HEYNE JUBILÄUMS BAND

Louisiana

Zwei ungekürzte Südstaaten-Romane

WILHELM HEYNE VERLAG
MÜNCHEN

HEYNE JUBILÄUMSBÄNDE
Nr. 50/74

QUELLENHINWEIS

Printed in Germany 1992
Umschlagillustration: Mauritius Bildagentur/H. Schmied, Mittenwald
Umschlaggestaltung: Atelier Ingrid Schütz, München
Satz: IBV Satz- und Datentechnik, Berlin
Druck und Bindung: Ebner Ulm

ISBN 3-453-06250-7

Inhalt

Gwen Bristow
Am Ufer des Ruhmes

Erstes Kapitel

Der Himmel war wie blauer Samt, und der Strom glitzerte in der Sonne. Es war Januar 1912.

Eleanor Upjohn, zehn Jahre älter als das Jahrhundert, saß vor ihrer Schreibmaschine im großen Verwaltungszelt des Deichbaulagers und war damit beschäftigt, die Geschäftskorrespondenz ihres Vaters zu erledigen.

Der Deichbauunternehmer Fred Upjohn war mit dem Bau des neuen Uferdammes beauftragt. Er saß an seinem Schreibtisch, las aufmerksam die Briefe durch, die seine Tochter geschrieben hatte, und unterzeichnete sie. Die Nachtischzigarre erlosch darüber; er zerdrückte sie achtlos im Aschenbecher.

Fred und Eleanor Upjohn waren nicht nur Vater und Tochter, sie waren auch sehr gute Freunde und respektierten einander in jeder Weise.

Fred hatte dreißig Jahre seines Lebens damit zugebracht, Deiche zu bauen, um den Strom von den Städten und Plantagen zurückzuhalten, die er begrenzte. Als Eleanor vom College zurückkam und ankündigte, daß sie in ihrer Freizeit Stenographie erlernt habe und nun arbeiten wolle, begrüßte er sie sogleich als seine Sekretärin. Das schien völlig selbstverständlich; was hätte sie denn sonst tun sollen? Für Müßiggang irgendwelcher Art war in seiner Vorstellung kein Raum.

Eleanor, wie sie ihn so vor sich sah, den Brief lesend und nebenbei die Zigarre ausdrückend, mußte daran denken, wie oft sie ihn so gesehen hatte. Sie sah sich selbst als kleines Mädchen in der Ecke hockend, das kühle ernste Gesicht des Vaters im mattgelben Lichtschein der Petroleumlampe, so wie jetzt; daneben die Mutter, ein Kind auf dem Arm und ein weiteres unter der hohen Wölbung ihres Leibes, wie sie ihn drängte, doch schlafen zu gehen, und ihm doch gleichzeitig Kaffee brachte, um ihn wachzuhalten.

Eleanor war stolz auf den Vater, und sie hatte wohl Grund dazu. Als Sandsackzähler hatte er dereinst begonnen, heute war er der erste Deichbauunternehmer am ganzen Mississippi. Oh, es gab nicht viele Männer, die sich eines solchen Weges rühmen durften! Heute besaßen die Upjohns ein Haus in einer der schönsten und vornehmsten Wohnstraßen von New Orleans, lebten in einer Atmosphäre weiter Behaglichkeit und brauchten sich nichts abgehen zu lassen. Und wenn Fred Upjohn den Strom hinauffuhr, zogen Hunderte von Arbeitern die Mützen.

Selbst das Zelt, das sie hier draußen bewohnten, zeugte von Würde und Erfolg. Es bildete Herz und Mittelpunkt des bienenemsigen Lagerbetriebes und war zugleich mit dem gediegenen Komfort einer modernen Wohnung ausgestattet, in der sich behaglich leben ließ. Der Fußboden wurde durch drei Fuß lange kunstvoll geschnitzte Dielen gebildet, die abgenommen werden konnten, wenn die Männer das Lager abbrachen, um es an anderer Stelle wieder zu errichten. Die Zeltwände bestanden aus drei Fuß hohen hölzernen Platten, von denen aus Schirmstäbe in regelmäßigem Abstand bis zur Spitze liefen. Darüber waren imprägnierte Leinwandstreifen gespannt, die bei gutem Wetter aufgerollt und bei Regen und Kälte herabgelassen und am Fußboden festgeschnallt werden konnten.

Das Zelt teilte sich in mehrere Räume. Der Hauptraum war außer den Arbeitspulten mit Eßtisch und Stühlen und einem großen Bücherschrank ausgestattet. Das Rohr des Holzbrandofens wurde mittels einer Metallstütze durch die Leinwandbespannung geführt. Schlafräume und Küche waren einfach, aber zweckmäßig und gediegen eingerichtet.

Eleanor war gern im Deichbaulager; es machte ihr Freude, mit dem Vater zu arbeiten; es wäre ihr nie in den Sinn gekommen, sich ein anderes Leben zu wünschen. Dabei war sie ein frisches, natürliches Mädchen, nicht eben hübsch im landläufigen Sinne, aber von einer kühlen und herben Schönheit, so wie eine Stahlbrücke schön ist, deren edle und zugleich zweckmäßige Linienführung des Auge erfreut. Ihr Körper war von einer biegsamen Schlankheit, hart und federnd zugleich, mit den langen Beinen und den ruhigen, gleichmäßigen Bewegungen, die keine Hast zu kennen schienen. Ihre Züge ließen jede Weichheit vermissen; nein, hübsch konnte man sie wohl nicht nennen, mit der etwas zu langen Nase und dem etwas zu breiten Kinn. Zudem war da ein Zug um den Mund, der von Härte und Willenskraft sprach und nicht eben zum Küssen einlud. Und doch machte gerade die Unregelmäßigkeit der Linien dieses Gesicht in einer merkwürdigen Weise anziehend; Sauberkeit, Ehrlichkeit und Anständigkeit sprachen daraus; kein Zweifel, sie war ein Mädchen, auf das man sich verlassen konnte. Sie hatte sehr schöne Augen von einem tiefdunklen Blau mit schwarzen Wimpern und sauber gezeichneten Brauen. Ihr festgeflochtenes dunkelbraunes Haar glänzte über ihrer Stirn wie eine Adelskrone.

Eleanor hatte sich im Widerspruch zum Zeitstil niemals geschnürt. Nicht, weil sie die Mode verachtete, sondern einfach deshalb, weil sie herausgefunden hatte, daß ein straff sitzendes Korsett das Atmen erschwerte. Aber die viele Bewegung im Freien, an die sie von Kind auf gewöhnt war, hatte ihrem Körper eine natürliche Geschmeidigkeit verliehen; was immer sie trug, es stand ihr prachtvoll. So wie die glatt sitzende Hemdbluse aus blauem Satin, in der sie jetzt hinter ihrer Schreibmaschine saß, mit dem einfachen weißen Kragen, der kühl und ein wenig pedantisch den schlanken Hals umschloß, und dem glatt bis zum Spann herabfallenden bortenbesäumten Rock. Immer betonte ihre Kleidung ihren durchaus eigenen, Eleganz und Freiheit verbindenden Stil. Der Kragen war gestärkt und konnte somit auf die üblichen Stäbchen verzichten, der Gürtel wirkte fest, ohne es zu sein; er behinderte sie nicht. Der Rock war unterhalb der Knie mit einer geschickt verborgenen Falte versehen, die ihr das freie Ausschreiten ermöglichte.

Der Glanz des Tages funkelte sogar im Inneren des Zeltes. Eleanor verspürte Neigung, ein wenig ins Freie zu gehen. Sie saß seit sechs Uhr morgens hinter der Schreibmaschine und hatte schon einen leichten Krampf zwischen den Schultern. Aber da waren nun noch drei ungeöffnete Briefe, und es war immerhin möglich, daß etwas dabei war, was sofortige Erledigung verlangte. Sie griff zum Falzmesser und schlitzte sie hintereinander auf. Ein Senator schrieb und wies Fred Upjohn auf die von Präsident Taft für den Herbst einberufene Wasserstraßen-Tagung hin. Upjohn hatte sein Erscheinen bereits zugesagt; der Brief konnte ohne Antwort abgelegt werden. Der nächste Brief war an sie selber gerichtet. Ihre Augen überflogen die Zeilen: »... die bemerkenswert vielen Frauen-Promotionen an amerikanischen Universitäten bestätigen nur die außerordentliche Wichtigkeit, die dem Frauen-Stimmrecht zukommt.« Ihre Lippen kräuselten sich, und der Brief flog in den Papierkorb. Eleanor hatte niemals besondere Schwierigkeiten gehabt, das zu erreichen, was sie wollte, und es kümmerte sie nicht, ob andere Frauen bekamen, was sie wollten; mochten sie zusehen, es war ihre Sache. Der letzte Brief erforderte eine Antwort; sie spannte einen Bogen in die Schreibmaschine.

Fred Upjohn sah flüchtig herüber: »Bald fertig?«

Sie nickte; ihre Finger glitten bereits über die Tasten: »... wenn also keine ernsthafte Behinderung, etwa durch Wetterverschlechterung, eintritt, so sind wir sicher, das neue Deichprojekt fristgemäß zum 1. März zu beenden. Mit verbindlichen Empfehlungen, Ihr sehr ergebener Fred Upjohn, Regierungsbeauftragter für den Uferdammbau.«

Sie schob ihm den Brief zur Unterschrift hin; er legte die eben neu angezündete Zigarre beiseite und griff nach dem Federhalter.

»Das war der letzte heute«, sagte sie, »Gott sei Dank! Ich bin auch halbtot.«

Upjohn streifte sie mit einem flüchtigen Blick. »Du siehst nicht so aus«, sagte er gleichmütig. Er pflegte durchschnittlich vierzehn Stunden am Tag zu arbeiten und hätte nie begriffen, wieso ein anderer nicht dasselbe leisten sollte.

Eleanor schnitt ihm ein Gesicht, während sie den Umschlag in die Maschine spannte und die Adresse schrieb: ›Mr. Kester Larne, Ardeith-Plantage, Dalroy, Louisiana‹.

»Was hast du denn geschrieben?« fragte Upjohn zerstreut, den Brief ergreifend.

»Mr. Larne fragte an, wann wir damit rechneten, fertig zu werden. Er hofft, daß wir verschwunden sind, wenn er mit dem Pflanzen der Baumwolle beginnt.«

»Die Pflanzer fürchten immer, daß unsere Leute einen schlechten Einfluß auf die Arbeiter ausüben.« Upjohn stieß ein trockenes Lachen aus. »Nun, unsere Männer werden ihnen keine Unannehmlichkeiten machen.« Er unterschrieb den Brief.

Eleanor erhob sich und dehnte die Glieder; sie waren ganz steif vom langen Sitzen. »Gehört das ganze Baumwollgebiet hier herum der Ardeith-Plantage?« fragte sie.

Er nickte flüchtig, schon wieder mit anderen Dingen beschäftigt.

»Ein riesiger Bereich. Müssen an die zweitausend Morgen sein.«

Upjohn ließ ein verächtliches Knurren hören: »Vermutlich in Höhe des ganzen Wertes mit Hypotheken belastet.«

»Wie kommst du darauf?«

Er stand auf, und über sein kühnes, hartes Gesicht glitt der Anflug eines Lächelns. »Das ist eine ganz besondere Rasse, die Larnes«, sagte er. »Eine blaublütige Gesellschaft von Faulenzern und Tagedieben. Diese Leute hatten durch Jahrhunderte nichts anderes im Sinn, als Saufgelage zu veranstalten, Frauen zu verführen und melancholische Betrachtungen über den Bürgerkrieg anzustellen.«

Eleanor lachte. Sie hatte sich, nunmehr in lässiger Haltung und im beglückenden Gefühl der Freiheit, wieder an ihrem Arbeitsplatz niedergelassen. »Immerhin«, sagte sie, »die Regierung hält sie für wichtig genug, ihnen zum Schutz ihrer Ländereien einen neuen Deich zu bauen.«

»Richtig.« Fred Upjohn ging zur Tür. »Und ich täte deshalb wahrscheinlich besser daran, mit meiner Meinung etwas hinter dem Berge zu halten.«

Sie beobachtete ihn, wie er das Zelt verließ. Er ging mit schweren und wuchtigen Schritten, wie ein Mann, der die meiste Zeit seines Lebens über offene Erde gegangen ist, anstatt über den Asphalt der Städte. Hier gehe ich, Fred Upjohn, sagte jeder Schritt aus, geht mir aus dem Wege! Ein Lächeln des Stolzes glitt über ihr Gesicht. Nein, es gab keinen Menschen, den sie so ehrlich und aufrichtig bewunderte wie ihren Vater.

Wenige Minuten später verließ sie gleichfalls den Raum und begab sich in ihr Schlafzimmer, um sich einen Mantel zu holen. Sie warf ihn lässig über den Arm, trat ins Freie und begann den verlassenen Uferdamm hinaufzusteigen. Mit ihren ruhigen, gleichmäßigen Schritten ging sie den Kamm entlang. Ein wundersames Flirren war in der Luft; sie glitzerte fast. Auf der einen Seite des Deiches dehnte sich unabsehbar das Land, die aufgebrochene schwarze Erde, bereit zur Aufnahme der neuen Pflanzen; auf der anderen glänzte in majestätischer Pracht der alte Strom, im Sonnenglast leuchtend wie ein Band von Feuer und Gold.

Als sie bei einer alten, breitästigen Eiche ankam, deren knorrige Wurzeln im alten Uferdamm steckten, blieb sie aufatmend stehen, lehnte sich gegen den mächtigen Stamm und sah beglückt in den trunkenen Glanz des späten Nachmittags.

Hinter ihr glitt der Strom in gemächlicher Ruhe dahin. Auf dem breiten Sandstreifen zwischen Wasser und Deich, der bei dem augenblicklich niedrigen Wasserstand völlig ausgetrocknet war, erstreckte sich die kleine Zeltstadt, in der die Deicharbeiter wohnten. Dreihundert Meter weiter konnte Eleanor die Männer und die von Maultieren gezogenen Schaufelkarren beobachten, die Tonnen von Erde heraufholten und sie auf der Baustelle abluden. Dort würde sich nun bald der neue Deich erheben und die Aufgabe des alten übernehmen, auf dem sie stand; der war durch die Hochwasser vieler Jahre und besonders durch die schweren Unwetter vom April des letzten Jahres stark angeschlagen und bot der reißenden Gewalt des Stromes keinen Widerstand mehr.

Eleanor liebte diesen Anblick: auf der einen Seite der Frieden der Baumwollfelder, auf der anderen das geschäftige Treiben des Lagers, wo die Kinder zwischen den Zelten spielten, während ihre Mütter kochten und ihre Väter mit der Kraft ihrer Hände den neuen Schutzwall errichteten. Sie kannte den Strom in all seinen vielfältigen Möglichkeiten: lohfarben im Sonnenglast, purpurn am Abend, wenn die Sonne sank, weißglitzernd im kalten Licht des Mondes, brav und fügsam im Herbst und wild wie der Panther, wenn die Frühlingsstürme das Land durchbrausten. Wer wie sie im Deichbaulager aufgewachsen war, der liebte den Strom und fürchtete ihn zugleich, dem war er wie ein milder und gnädiger König, von dem man doch weiß, daß er die Macht über Leben und Tod in seinen Händen hält.

Sie hatte ein Weilchen halb träumend gestanden, als sie aus der Ferne das ratternde Geräusch eines Motors vernahm. Taktmäßig und unbeirrbar durchschnitten die hämmernden Stöße in gleichmäßigem Rhythmus den vom Zeltlager herüberkommenden Lärm. Sie drehte sich um, die Ursache des Geräusches zu erforschen. Auf der quer durch die Felder führenden, für die Baumwollkarren bestimmten Straße kam, Rauch ausspeiend und knatternd, eines jener klobigen und ungefügten Automobile heran, die neuerdings in Mode kamen. Es fauchte, hüpfte und wand sich auf der trokkenen, von zahllosen Karrenrädern ausgefahrenen Straße, die für solche vornehme Vehikel nicht gedacht war.

Das Auto hatte kein Verdeck; als es näher kam, konnte Eleanor einen Mann am Steuer sehen, der keinen Hut trug und dessen dunkles Haar im Wind flatterte. Nahe einer struppigen Kiefer am Fuß des Deiches hielt es mit einem häßlich kreischenden Geräusch an, ohne daß der Fahrer den Motor gedrosselt hätte. Eleanor sah, daß er groß und breitschultrig war und ein junges, frisches Gesicht hatte. Sein Haar war vom Wind so durcheinandergeweht, daß es wie eine Schaumkrone wirkte. Er lachte dem Mädchen zu, das da allein unter dem Baum stand, und öffnete den Wagenschlag. Einen Augenblick später kam er bereits den Deich herauf.

Er sah aus wie ein junger Mann, der die Welt als einen idealen und herrlichen Aufenthaltsort betrachtete und sich glücklich preist, in ihr geboren zu sein. Eleanor sah, daß er fast einen Kopf größer war als sie selbst, und sie war wahrhaftig nicht klein. Breitbrüstig war er und sonnenverbrannt, als hätte er sein ganzes Leben im Freien zugebracht. Hätte er nicht so tiefdunkle Augen und Haare von der Farbe ungebleichten Zuckerrohrsirups gehabt, er hätte einem der Wikinger auf alten Bildern geglichen. Seine Stirn war breit und gewölbt, die kräftige Nase ein wenig gebogen. In seinem offenen und strahlenden Lächeln waren der Charme und die Selbstsicherheit des geborenen Frauenbetörers, der gewohnheitsmäßig jede nicht eben häßliche Frau anlächelt und von vornherein überzeugt ist, ihre Gunst zu erringen.

Annäherungen dieser Art fand Eleanor im allgemeinen lästig und widerwärtig, und als sie jetzt gar zurücklächelte, begriff sie sich selber nicht; sie fand nur rein instinktiv: Irgend etwas war anders als sonst in ähnlichen Fällen.

»Bitte entschuldigen Sie die Störung«, sagte der Mann mit einer leichten Verbeugung aus der Taille heraus, geradeso, als ob er unangemeldet ihr Zimmer beträte. Seine Stimme war tiefer, als sie erwartet hatte.

»Sie suchen jemand?« fragte sie, von einem sonderbaren Gefühl erfaßt, daß sie sich nicht zu erklären wußte.

»Nein, Gnädigste, durchaus nicht«, sagte der Mann; »ich hatte ursprünglich keine andere Absicht, als die, nach den Feldern zu sehen. Aber nun sah ich Sie.«

Jetzt lachte sie laut heraus, ihm gerade ins Gesicht.

»Haben Sie etwas gegen meine Anwesenheit einzuwenden?« Das war so dahingesagt; sicherlich war er überzeugt, daß jedermann über sein Erscheinen beglückt sein müsse.

Wie diese Augen sie ansahen! Sie war doch wahrhaftig nicht leicht in Verlegenheit zu bringen, aber jetzt machte es ihr Mühe, diesen schmeichelnden Blick standzuhalten. »Warum sollte ich?« sagte sie schließlich. »Der Deich ist Eigentum der Regierung und für jedermann frei.« Eigentlich war sie wütend, und weil sie es war, hatte sie Grund, sich über ihre Stimme zu ärgern, die nichts davon spüren ließ, die im Gegenteil warm und beinahe herzlich klang, als spreche sie mit einem längst vertrauten Freunde und nicht mit einem reichlich anmaßenden Fremden.

»Ausgezeichnet!« sagte der Mann, und das Lachen seiner Augen vertiefte sich. So ein Pfau! dachte Eleanor. Wenn er sich jedem Mädchen gegenüber, das er zum erstenmal sieht, so verhält, bleibt ihm keine Zeit, sonst noch etwas zu tun.

Der Mann sagte: »Höchstwahrscheinlich haben wir gemeinsame Bekannte, die in der Lage wären, uns einander ordentlich vorzustellen; einstweilen gestatten Sie, daß ich das meinerseits selbst übernehme: Kester Larne.«

»Larne?« wiederholte Eleanor gedehnt. Oh! dachte sie, das also ist er. Sie lächelte wieder. »Ich habe Ihnen gerade einen Brief geschrieben.«

»Sie – mir?« Jetzt schien es an ihm, verlegen zu sein. Verwirrt und bewundernd zugleich sah er sie an. »Wie komme ich zu dem Glück? Bitte, entschuldigen Sie, aber eines ist sicher: Hätte ich Sie je in meinem Leben gesehen, ich hätte Sie gewiß nicht vergessen.«

»Seien Sie kein Narr!« sagte sie mit einem zornigen Aufblitzen ihrer Augen, das aber gleich wieder verschwand und einem leicht amüsierten Lächeln Platz machte. »Mein Vater ist der Regierungsbeauftragte für den Deichbau hier. Sie fragten bei ihm an, wann wir voraussichtlich fertig würden, und da ich meines Vaters Sekretärin bin, schrieb ich die Antwort.«

»Oh!« Seine bewundernden Blicke ließen nicht von ihr; vielleicht sah er nur den Anknüpfungspunkt, der sich da bot; der Fortgang des Deichbaues jedenfalls interessierte ihn im Augenblick sicher nicht.

»Die Antwort, die ich Ihnen schrieb, wird Sie sicher erfreuen«, fuhr Eleanor fort; »wir hoffen, am 1. März unsere Zelte abbrechen zu können.« Sie trat einen Schritt näher und nahm wahr, daß ein Schatten über sein Gesicht glitt. »Sie brauchen nicht denken, daß ich es als persönliche Beleidigung auffasse, wenn sie wünschen, uns baldmöglichst los zu sein«, sagte sie mit leichtem Spott in der Stimme. »Ich weiß zur Genüge, daß Deichbauneger ein zähes Volk sind und im allgemeinen mit Baumwollnegern schlecht auskommen. Aber wenn ich ehrlich sein soll, kann ich sie deswegen nicht einmal tadeln.«

Er strahlte schon wieder; ein jungenhaftes Lachen überflog sein Gesicht. »Was für ein gescheites Mädchen Sie sind!« sagte er. »Sie kommen wirklich nicht miteinander aus, trotz der gleichen Haut, und ich wäre tatsächlich froh gewesen, wenn die Deichbauarbeit vor dem Beginn der Baumwollpflanzzeit geendet hätte. Aber jetzt interessiert mich etwas anderes: Bedeutet der Abbruch der Zelte auch, daß Sie uns verlassen?«

»Allerdings!« lachte sie. »Was sollte ich denn noch hier?«

Da war wieder der Schatten auf seinem Gesicht, aber er konnte sich auch diesmal nicht halten. »Nun, das sind fast noch zwei Monate«, sagte er unbekümmert, »eine Masse Zeit. Wollen Sie mir nicht Ihren Namen sagen?«

»Eleanor Upjohn.«

»Danke.« Kester Larne zog seinen Mantel aus und breitete ihn auf dem Gras der Böschung aus. »Möchten Sie sich nicht hinsetzen?«

Was ist das denn? dachte Eleanor. Ich sollte jetzt gehen. Ich begreife mich nicht. Da war etwas in seiner Stimme, in seinem Gesicht, in seinem ganzen Wesen, dem sie sich nicht zu entziehen vermochte. Sie wies auf ihren eigenen Mantel, den sie über dem Arm trug. »Ich habe selber einen«, sagte sie.

»Oh, aber den müssen Sie anziehen. Nein, wirklich, ich wunderte mich schon, daß Sie ihn über dem Arm hängen hatten. Diese leuchtenden Tage sind trügerisch.« Er nahm ihr, als verstehe sich das ganz von selbst, den Mantel ab und hielt ihn ihr zum Hineinschlüpfen hin.

Und Eleanor, in keiner Weise gewöhnt, so betreut zu werden, fügte sich. Es ist närrisch, dachte sie, das alles ist närrisch, ich weiß durchaus nicht, warum ich mir das alles gefallen lasse; aber es war nun so, es war nichts dagegen zu tun. Sie setzte sich auf den ausgebreiteten Mantel, und Kester ließ sich neben ihr nieder, als sei dies die selbstverständlichste Sache von der Welt.

»Es ist feucht«, warnte Eleanor.

»Ich erkälte mich nie.« Er stützte sich auf die Ellenbogen und sah zu ihr auf. Eleanor fiel ein, was ihr Vater über die Larnes gesagt hatte. Dieser Kester mochte ein Frauenheld sein – wahrscheinlich war er es –, der bleiche Abkömmling einer ausgelaugten Aristokratenfamilie war er jedenfalls nicht. Sie erinnerte sich nicht, jemals einen kräftigeren, gesünderen und körperlich wohlgebildeteren Mann gesehen zu haben.

»Eleanor – das ist ein hübscher Name«, sagte er. »Mögen Sie ihn?«

»Doch – es sei denn, daß man mich Nelli ruft.«

Er lachte. »Wer würde auf den grotesken Einfall kommen, ein Mädchen wie Sie Nelli zu rufen!«

»Oh, mein Vater zum Beispiel. Manchmal wenigstens. Er fing damit an, als ich noch klein war. Früher machte es mir nichts aus. Aber als ich herausbekam, daß jeder Maulesel in jedem Lager Nelli gerufen wurde, war ich es leid und drohte Pa damit, daß ich ihn verlassen würde. Da ließ er es denn, im allgemeinen wenigstens, aber manchmal vergißt er sich noch.«

»Ich verspreche, Sie niemals Nelli zu rufen!« sagte er feierlich.

Sie maß ihn mit einem ihrer kühl spöttischen Blicke. »Sie haben Ihr Auto stehenlassen und den Motor nicht abgestellt«, sagte sie.

Er wandte sich nicht um: »Haben Sie schon einmal versucht, so ein Ding anzukurbeln?«

Er ist träge, dachte sie, extravagant, aber träge. Ein Auto muß sein, aber Arbeit darf es nicht machen. Vater hat wahrscheinlich recht. Laut sagte sie: »Wenn Ihnen das Ankurbeln lästig ist, warum fahren Sie dann nicht einen leichten Einspänner?«

»Weil ich in Automobile vernarrt bin«, versetzte Kester. Und mit einem Aufblitzen seiner dunklen Augen: »Ich stelle fest, daß ich eine energische junge Dame vor mir habe.«

Sie lachte trocken: »Danke. Das hat man mir schon öfter gesagt.«

»Wahrscheinlich hat man Ihnen noch öfter gesagt, daß Sie entzückend aussehen.«

»Nein. Denken Sie an.« Sie ließ ihre Zähne blitzen. »Und das wäre auch verschwendete Mühe gewesen. Ich weiß ziemlich genau, wie ich aussehe. Ich kenne meine Nase und mein viereckiges Kinn. Und ich habe es gar nicht gern, wenn man mir etwas vormacht.«

»Ja«, sagte er, »so sehen Sie aus. Ich glaube, Sie sind viel mit Studenten zusammen gewesen, die im allgemeinen süße und puppenhafte Mädchen lieben. Hat niemals jemand versucht, Ihnen den Unterschied klarzumachen zwischen...« Er hielt ein und sah sie mit einem Blick an, über den sie errötete.

»Nun«, sagte sie, »zwischen –?«

Er hielt den Blick unverwandt auf sie gerichtet. »Ja – sagen wir zwischen süßen Weintrauben und – Kaviar?«

Sie lachte, unbewußt etwas verärgert. Wie frech er war! Sie dachte an ihre männlichen Bekannten, fast ausnahmslose Studenten oder Ingenieure. Nein, keiner von ihnen hatte jemals einen solchen Vergleich gewagt. Sie gestand sich ein, daß sie von allen respektiert worden war, weil sie mathematische Gleichungen schneller zu lösen verstand als einer von ihnen. Kester Larne war beträchtlich älter als die Studenten – sechs-, siebenundzwanzig, schätzte sie –, und ihre Talente und Fähigkeiten interessierten ihn vermutlich nicht im geringsten. Sie legte ihren Gedanken Zügel an; dieser Mann meinte wahrscheinlich kein Wort ehrlich, das er sagte.

Die Art, in der er mit ihr umging, ließ auf beträchtliche Erfahrungen schließen; sie zupfte, vor sich hinblickend, an einem Grashalm.

Kester maß sie mit einem neckisch prüfenden Blick.

»Sie halten mich für einen Schwindler?« sagte er.

»Ja«, sagte sie kurz, ohne aufzusehen.

»Das macht nichts, das korrigiert sich mit der Zeit von selbst. Lassen Sie uns eine Fahrt machen?«

»Eine Fahrt? Wohin?«

»Lieber Gott! Irgendwohin! Bitte, kommen Sie!« Er war bereits aufgesprungen und hielt ihr mit einer selbstverständlichen Geste die Hände hin, um ihr aufzuhelfen.

Eleanors Gedanken waren schneller als ihre Stimme. Ihr Verstand sagte: Er hat mich in wohlüberlegter Weise gefesselt. Er lädt mich ein und ist völlig sicher, daß ich ja sagen werde. Er vermöchte den Gedanken nicht zu ertragen, daß es irgendwo eine vernünftige, einigermaßen gut aussehende Frau geben könnte, die ihm zu widerstehen vermöchte. Hätte ich meine fünf Sinne noch beieinander, wie ich es vorhin zweifellos noch hatte, dann müßte ich jetzt nein sagen, aber –; da war irgendwo ein unerklärliches Aber.

»Danke«, sagte sie, »warum nicht?«

»Wunderbar!« Er ergriff ihre Hände und zog sie hoch. Sie standen einander gegenüber, und sie hatte ein leichtes Schwindelgefühl. Ich habe niemals soviel Frechheit und soviel Charme in einem Menschen gesehen, dachte sie. Er war bereits im Begriff, den Uferdamm hinabzusteigen, als sie ihn zurückhielt.

»Sie haben Ihren Mantel vergessen.«

»Das kommt, weil ich außer Ihnen nichts mehr sehe«, lachte er, nahm den Mantel auf und zog ihn an. Sie hatte ihn etwas zerdrückt, aber das machte nichts; die ungezwungene, selbstverständliche Eleganz seiner Erscheinung vermochte es nicht zu beeinträchtigen. Sie mühte sich, herauszubekommen, worauf der Zauber beruhte, der von diesem Manne ausging. Er kam wohl weitgehend von seiner Selbstsicherheit, von der Art, wie er sprach und wie er sich bewegte, ganz so, als ob nichts ihn anzuführen vermöchte. Die Ritter und Kreuzfahrer aus alten Geschlechtern, deren Bildnisse ihren Grabmalen eingemeißelt waren, bewahrten noch im steinernen Abbild diesen unwiderstehlichen Hauch von Hoheit und Adel.

Sie kletterten den Deichabhang hinunter; Kester hielt stützend ihre Hand. Er öffnete den engen Schlag des Autos; Eleanor stieg ein, und er setzte sich neben sie an das Steuer.

»Halten Sie sich fest«, sagte er; »als man diese Straße baute, hat man noch nicht an Autos gedacht.«

Lärmend und fauchend setzte der Wagen sich in Bewegung, hoppelte widerwillig über die verkrusteten Karrenspuren, durchfuhr das Baumwollfeld und bog bald darauf in eine Straße ein. Kester begann nun schnell die Geschwindigkeit zu steigern; Hindernisse schienen für ihn nicht zu existieren, ein Gefühl für Gefahr besaß er offenbar nicht, aber das entsprach wohl der Art seines Lebens. Eleanor jedenfalls fand, es gehöre zu ihm. Sie war durch dergleichen Abenteuer nicht verwöhnt, sie fand es erregend und schön, so schnell und sicher durch die vertraute Landschaft dahinzugleiten. Um sie herum wirbelte der Staub; er ballte sich hinter dem ratternden Gefährt zu einer Wolke. Eleanor klammerte sich an ihren Sitz, sie war wie betäubt und kämpfte mit einem leichten Schwindelgefühl.

Dann, ruckartig fast, verringerte Kester die Geschwindigkeit. Sie sah vor sich einen hohen, schmiedeeisernen Zaun, der ein geräumiges Grundstück einschloß.

»Hier wohne ich«, sagte er. »Ich denke, wir gehen hinein und trinken eine Tasse Kaffee, um den Staub aus den Kehlen zu spülen.«

»Fahren Sie immer so wie eben?« fragte Eleanor.

Er sah sie verdutzt an. »Ja. Wieso? Habe ich Sie erschreckt? Dann bitte ich um Verzeihung. Aber Sie dürfen mir vertrauen. Ich bin, glaube ich, ein recht guter Fahrer.«

»Warten Sie eine Minute.« Eleanor strich sich das Haar aus der Stirn, in ihren Augen stand jetzt ein fast hilfloses Lachen. »Sie fahren mich einfach hierher – ich weiß von Ihnen so gut wie nichts – sind Sie sicher, daß Sie hier wohnen?«

Sie mußte lachen, als sie sein Gesicht sah; er sah aus wie ein Junge, der über einem harmlosen Streich ertappt wurde. »Wieso?« stammelte er. »Ich versichere Ihnen, ich habe hier gelebt – meine Familie hat hier gelebt seit der Revolution und noch länger.« Er zog die Bremsen, ließ den Wagen auslaufen und begann in seinen Taschen herumzufingern. »Ich müßte eigentlich irgend etwas bei mir haben, worauf mein Name steht«, sagte er. »Hier!« Er reichte ihr ein kleines silbernes Taschenmesser. In winzigen Buchstaben war auf einer der Schalen der Name ›Kester Larne‹ graviert. »Mutter hat mir das irgendwann einmal zum Geburtstag geschenkt«, lachte er, »und meinen Namen hat sie hineingravieren lassen, weil ich die Eigenschaft habe, alles zu verlieren.«

»Ist Ihre Frau Mutter zu Hause?« fragte Eleanor.

Er zuckte die Achseln: »Vermutlich nicht. Ich glaube, meine Eltern sind ausgegangen, Besuche zu machen. Aber das tut ja nichts. Die Dienerschaft ist ja da. Bitte, kommen Sie. Hier herein. Es ist dies der einzige Platz weit und breit, wo man eine Tasse genießbaren Kaffees bekommen kann.«

Verrückt! dachte sie wieder, aber sie widersprach nicht. Kester setzte den Wagen wieder in Bewegung und fuhr durch das weit offen stehende Tor eine breite gepflegte Allee hinunter. Unwillkürlich stieß Eleanor einen Ruf der Bewunderung aus. Sie fuhren unter den schattigen Kronen sehr alter Eichen dahin, die in schnurgerader Richtung auf ein großes weißes Haus zuliefen, dessen schimmernde Fassade durch graue Moosgirlanden schimmerte, die von den Zweigen der Bäume herabhingen. Gleich dem verwunschenen Schloß eines Märchens stand es dann vor ihr, das Haus, umgeben von einer breiten Veranda, deren dorische Säulen das weit überhängende Dach trugen. Die Flügel der großen Mitteltür standen weit offen; schwer und wuchtig war diese Tür und von ungewöhnlicher Höhe und Breite. Die in gleicher Höhe gehaltenen Fenster zur Linken und Rechten reichten bis zum Fußboden hinab; schwere Vorhänge hinderten den Blick in das Innere und spendeten den dahinter befindlichen Räumen kühlenden Schatten.

Nachdem sie dem Auto entstiegen war, stand Eleanor einen Augenblick still und ließ die kühle, statuarische Schönheit des von alter Kultur zeugenden Bauwerkes und die abgeschiedene Stille der Parklandschaft auf sich wirken. Das Haus, fand sie, war griechisch und amerikanisch zugleich: ein steinernes Mal jener klassischen Zeit, die die Revolutionen gebar, die amerikanische wie die französische, jener Zeit, die sich aus dem geistigen Elan ihrer Frühzeit ihren eigenen unvergänglichen Stil schuf, einen Stil, der die Bill of Rights ebenso hervorbrachte wie die Guillotine. Der die griechischen Gewänder des frühen neunzehnten Jahrhunderts erzeugte und schließlich auch seinen Ausdruck in der Architektur fand. Der die Länder, welche der jungen Demokratie huldigten, mit Säulenbauten, Säulenhallen und Säulenkaminen ausstattete, so daß man bei Anblick eines solchen Bauwerkes in Zweifel geriet, ob man eine Kirche oder einen Bankpalast vor sich hatte. Hier wie dort war man versucht, an die Akropolis zu denken. Reiche Leute hielten es zukünftig für ihre Pflicht, dafür zu sorgen, daß ihre Kinder in Häusern geboren wurden, die wie griechische Tempel aussahen. Aber irgendwie zeugten alle diese in die Gegenwart herübergeretteten Bauten noch heute für den guten Geschmack ihrer Erbauer.

Eleanor streifte mit einem verwirrten Ausdruck in den Augen Kesters Gesicht. »Ich habe niemals einen schöneren Platz gesehen«, sagte sie leise. »Lassen Sie uns hineingehen.«

Die Haupthalle war weit, geräumig und luftig. Unweit der Eingangstür wand sich eine Wendeltreppe hinauf in den zweiten Stock. An den Wänden hingen große, nachgedunkelte Porträts in kostbaren Rahmen. Eleanor zur Linken sah ein Mann in weißgepuderter Perücke auf sie herab; ihm gegenüber stand eine junge Frau in der hohen Frisur des achtzehnten Jahrhunderts vor blauem Hintergrund. Daneben hing das Bild einer schwarzlockigen Frau in viereckig ausgeschnittenem, dicht unterhalb des Busens gegürtetem Gewand im Stil jener Zeit, da der erste Bonaparte Kaiser von Frankreich war. Eleanor durchschritt langsam den Raum. Am Fuß der Wendeltreppe blieb sie stehen. Dicht über ihr hingen zwei offenbar zusammengehörende Porträts. Das eine zeigte einen jungen Mann in der grauen Uniform der Konföderierten, das andere ein Mädchen in blauem Reifrock. Offenbar hatte dieses Mädchen zu dem Porträt an der gleichen Stelle gestanden, die Eleanor jetzt einnahm, denn dicht hinter ihr zeigten sich die Windungen der Wendeltreppe, und ihr Hand lag auf der Balustrade.

Eleanor wandte sich Kester zu. »Erzählen Sie mir etwas von diesen Menschen«, sagte sie leise; »wer sind sie?«

Kester ließ seinen Blick die Reihe der Porträts entlangschweifen. Seine tiefe Stimme strömte Ruhe und Sicherheit aus, als er dem Mädchen von seinen Vorfahren sprach.

Der Mann in der weißen Perücke war der erste. Philip Larne, der das Land, das jetzt die Ardeith-Plantage trug, von Georg III. von England für seine Verdienste im französisch-indianischen Krieg als Geschenk erhalten hatte. Die Dame vor dem blauen Hintergrund war seine Frau. Sie waren eines Tages beide in Flachbooten den Mississippi heruntergekommen, damals, als Dampf noch nichts anderes als Dunst war, der aus einer Kesseltülle quillt. Die Frau im Empirekleid hatte in die Larne-Familie hineingeheiratet, in der Zeit, da Louisiana ein Kauf- und Handelsobjekt war. Das Paar aus der Bürgerkriegszeit waren Kesters Großeltern. Der junge Mann war im Krieg gefallen, aber das Mädchen, seine Frau, war eine sehr alte

Dame geworden. Kester konnte sich aus seiner Kinderzeit her noch an sie erinnern.

Ach, da waren noch viele Bilder. Er würde sich glücklich schätzen, wenn er sie ihr nach und nach zeigen und ihr ihre Geschichte erklären könnte. Das ganze Haus würde er ihr gerne zeigen. Oh, es war sehr groß, dieses alte Haus, es hatte viele Räume, die keinen anderen Zweck hatten, als dem Besen Bewegung zu verschaffen. Merkwürdigerweise waren es genau dreißig gewesen, außer den Dienerschaftszimmern; einige waren inzwischen zu Toiletten und Badezimmern umgebaut.

Eleanor durchschritt eine Tür auf der einen Seite der Halle und sah sich in einer Bibliothek. In den hohen Buchregalen standen moderne Romane neben gebundenen Bänden von ›*Putnam's Magazine*‹ und ›*Godey's Lady's Book*‹, alte Abhandlungen über Baumwollkulturen und Romanzen mit erstaunlichen Titeln.

»›Der Fluch von Clifton‹«, las sie laut und schüttelte den Kopf; »›Der Damensalon im Jahre 1841‹.« Sie lachte: »irgendwann und -wo habe ich von Taschenbüchern dieser Art gehört, aber ich glaube nicht, jemals eins gesehen zu haben. Und wer ist ›Mrs. E. D. E. N. Southworth‹?«

Kester verzog sein Gesicht zu einem spöttischen Lächeln. »Diese Dame schrieb meines Wissens aufregende Sensationsgeschichten«, versetzte er sarkastisch; »wissen Sie, so 'n Zeug, wo Stürme heulen, Schiffe scheitern und unwahrscheinliche Menschen sich mit juwelengeschmückten Dolchen umbringen.« Er hob resigniert die Schultern und ließ sie wieder fallen. »Meine Familie hat zweifellos ausgezeichnete Qualitäten«, sagte er, »aber sie schwelgt nun mal gern in solch idiotischer Literatur.«

Eleanor legte einen Band von ›*Godey's Lady's Book*‹ vor sich hin und blätterte in den Seiten herum. Sie lächelte amüsiert über die hochtrabenden Phrasen, die ihre Augen auffingen, und über die bauschigen, pompösen Gewänder auf den Modeseiten. »Solche Lektüre ist sehr instruktiv«, sagte sie, »wenn man diese Bilder sieht – ich weiß nicht – es macht den Eindruck, als ob sie sehr selbstsicher waren. Ich möchte annehmen, daß das Leben zu jener Zeit einfacher war.«

Kester lachte sein jungenhaftes Lachen. »Lassen Sie sich nicht täuschen, Miß Eleanor«, sagte er, »ich habe oft in diesen Scharteken gelesen. Sicher habe ich aus einem guten Dutzend dieser ein bis zwei Jahrhunderte alten Bände den Rahm abgeschöpft. Und ich versichere Ihnen, in jedem wird das einfachere Leben der gerade vergangenen Epoche neidvoll bewundert und über die Schwierigkeiten der Gegenwart geklagt.«

»Dann glauben Sie also nicht, daß das Leben im neunzehnten Jahrhundert leichter war als das unsere?«

»Wie sollte das sein! Überlegen Sie einen Augenblick. Die Zeit, die den amerikanischen Bürgerkrieg einschloß, die ostindische Soldatenrebellion und die Belagerung von Paris? Nein, Gnädigste, das glaube ich nicht. Wir meinen, daß die alten Zeiten einfacher waren, weil wir mittlerweile wissen, wie Großvaters Probleme gelöst wurden. Jedes Problem ist einfach, wenn man die Lösung am Schluß eines Buches ablesen kann.«

Sie lachten zusammen. Eleanor stellte den Band *Godey's* an seinen Platz zurück und sah sich weiter in der Bibliothek um. Auf dem Mitteltisch lag eine riesige Bibel, deren Deckel durch Metallschließen verbunden waren. Sie fragte, ob sie sie öffnen dürfe; er nickte lächelnd. Die Bibel fiel von selbst in der Mitte auseinander. Sie enthielt hier eine ganze Anzahl druckfreier Seiten zur Aufnahme von Familienurkunden. In vielen voneinander abweichenden Handschriften standen hier die Geburts-, Heirats- und Todesdaten der Larnes verzeichnet. Die Tinte war großenteils von der Zeit gebleicht oder gebräunt. Eleanor überflog, die Seiten langsam umwendend, die verschiedenen Eintragungen.

»Gestorben auf Ardeith-Plantage am 23. September 1810: Philip Larne, geboren in der Kolonie Süd-Karolina...«, las sie.

»Geheiratet in Dalroy, Louisiana am 4. April 1833; Sebastian Larne und Frances Durham...«;

»Geheiratet auf Silberwald-Plantage, Louisiana am 6. Dezember 1849; Dems Larne und Ann Sheramy...«;

»Geheiratet in Dalroy, Louisiana am 21. März 1884; Denis Larne II und Lysiane St. Clair.«

»Das sind Ihre Eltern?« fragte Eleanor. Kester nickte. Ihr Interesse schien ihn zu freuen; er war weit entfernt davon, seine Heimat und die Geschichte seines Hauses als selbstverständliche Gegebenheit hinzunehmen.

Eleanor blätterte weiter in den Seiten; sie kam jetzt an die Geburtszeugnisse.

Fast am Ende der Spalte las sie: »Geboren auf Ardeith-Plantage am 18. Februar 1885: Kester Denis Larne, Sohn von Denis Larne II und Lysiane St. Clair.«

Er hatte noch einen jüngeren Bruder und eine Schwester. Ihre Geburtszeugnisse waren die letzten Eintragungen. Eleanor hob mit beinahe scheuem Ausdruck den Blick. »Mir scheint, es ist irgendwie ehrfurchtgebietend, sich als letztes Glied einer solchen Reihe zu sehen.«

Er schüttelte den Kopf. »Warum? Ich sehe das nicht ein.«

»Oh, ich weiß nicht. Schon das Gefühl, Glied einer endlosen Kette zu sein...«

Kester lachte: »Aber das sind wir schließlich alle.«

Sie schlossen die Bibel und gingen in die Halle zurück. Bei der Wendeltreppe bückte sich Kester und zeigte ihr den deutlich erkennbaren Abdruck eines Hufeisens im Holz einer Stufe. Man sah, daß die Treppe in jüngerer Zeit einer eingehenden Reparatur unterzogen worden war, aber dieser Hufeisenabdruck war völlig erhalten und noch jetzt unverkennbar. Er war entstanden, als gleich nach dem Bürgerkrieg die Nordstaatentruppen das Haus besetzt und geplündert hatten. Da war ein Soldat in die Halle geritten und offenbar auf den Einfall gekommen, die Wendeltreppe hinaufreiten zu wollen. Er erzählte ihr die alte Geschichte mit allen Einzelheiten.

»Es ist bezaubernd, wie Sie das lebendig werden lassen«, sagte Eleanor. »Ich kannte die Geschichte aus der Schule, aber jetzt ist es mir, als sähe ich vor mir, was damals geschah.«

»Wenn man Sie sprechen hört, sollte man denken, Sie kämen aus zehntausend Meilen Entfernung hierher«, lachte Kester; es war augenscheinlich, daß ihr Interesse ihm Spaß machte.

»Ich bin in einem Deichbaulager in West-Feliciana-Parish geboren«, antwortete sie, »das ist eine andere Welt. Aber ich ermüde Sie, wenn ich Sie fortgesetzt erzählen lasse.«

»Ich räume ein, daß es sich bei einer Tasse Kaffee angenehmer plaudert«, versetzte er.

Eleanor lachte; sie war entwaffnet, es war einmal so. Sie durchquerten gemeinsam die Halle und betraten das der Bibliothek gegenüber liegende Wohnzimmer. Es war dies der eigentliche Aufenthaltsraum des Hauses. Er war mit tiefen, bequem gepolsterten Mahagonisofas ausgestattet. An einer Wand stand ein großes Klavier aus Rosenholz, und die moderne Zeit wurde durch einen Phonographen repräsentiert. Ebenso wie die Bibliothek besaß auch dieses Zimmer einen weißen Marmorkamin, aber gegenwärtig brannte kein Feuer hinter dem Messinggitter. In der Nähe des

Kamins hing eine Glockenschnur herunter, in der Art, wie sie in den alten Tagen der Dampfboot-Schiffahrt von den Damen verwandt wurden, wenn sie bei einer Reise auf dem Strom stickend im Kreise saßen und sich eine Limonade heraufbringen ließen.

»Geht die Glocke noch?« fragte Eleanor.

»Ja, gewiß. Warum?« Kester zog an der Schnur. Gleich darauf stand ein schwarzgekleideter Neger in der Tür; er sah aus wie ein Leichenträger. Kester nannte ihn Cameo. Er befahl dem Mann, Kaffee zu bringen. Cameo näherte sich Eleanor mit groteskfeierlicher Höflichkeit. »Wünschen Sie, Ihren Mantel anzubehalten, Miß?« fragte er.

Eleanor zog mit Hilfe des Negers den Mantel aus und reichte ihm ihn. Als Cameo hinausging, bemerkte sie, daß die Tür eine silberne Klinke hatte und in silbernen Schanieren hing, die in weichem Glanz schimmerten. Jetzt erinnerte sie sich, die gleichen Klinken und Scharniere bereits in der Bibliothek gesehen zu haben. Einen Augenblick stand sie still. Sie tat heute ihren ersten Blick in die Wunderwelt eines der großen Herrensitze, von denen sie schon soviel vernommen hatte. Sie war sich klar bewußt, etwas sehr Wichtiges und Bedeutsames zu erleben, und doch waren alle ihre Sinne wie in heimlicher Abwehr gespannt. Sie begann zu begreifen, warum die Menschen, die Generationen hindurch in der konservierten Atmosphäre derartiger Häuser gelebt und geatmet hatten, so wurden, wie sie sich ihrer Umwelt zeigten. Ihre natürlichen Triebe waren durch die unverletzlichen Regeln einer kultivierten und aufs äußerste sublimierten Lebenshaltung nach und nach eingedämmt worden, bis schließlich die letzte Unsicherheit schwand; ihre Charaktere waren in dieser abgeschlossenen Welt, in der alles ein für allemal feststand, in der jeder von klein auf genauestens wußte, was er zu tun hatte und was von ihm erwartet wurde, bis zur äußersten Glätte abgeschliffen. Das Haus, die Wendeltreppe mit dem Hufeisenabdruck, die Porträts in der Halle und die uralten Eichen vor dem Haus – alles verriet die gleich ruhige Selbstsicherheit, die sie schon an Kester beobachtet hatte. Ach, es war ziemlich leicht, das zu verstehen, aber es schien eine Welt ohne Zugang.

Kester hatte inzwischen den Phonographen in Betrieb gesetzt und eine moderne Tanzplatte aufgelegt. Er stellte den Apparat ab, als Cameo wieder erschien und ein Tablett mit einem silbernen Kaffeeservice auf einem niedrigen Tischchen vor dem Kamin abstellte. Kester und Eleanor nahmen das Service vom Tablett und sahen einander an; Eleanor goß den Kaffee in die Täßchen.

»Was für ein wundervolles Service«, sagte sie; sie sah, wie der durch die hohen Fenster hereindringende Lichtschein sich in der Kanne spiegelte.

»Es sieht aus wie ein Hochzeitsgeschenk.«

»Vermutlich war es eins«, sagte Kester.

»Von Ihrer Mutter?«

»O nein, sehr viel früher. Meine Urgroßmutter dürfte es bekommen haben. Warten Sie, es ist ein Monogramm eingraviert.«

Eleanor drehte die Kanne und fand die Initialen ›F. D. L.‹. »Heißt das Frances Durham?« fragte sie. »Ich las den Namen zufällig vorhin in der Bibel. Aber entschuldigen Sie...« Sie brach ruckhaft ab.

»Was denn? Was haben Sie?«

Sie lachte etwas gezwungen: »Es geht mich ja schließlich nichts an. Aber ich sehe eben, da ist einer Ihrer Diener recht unachtsam gewesen. Hier gerade über dem Monogramm ist ein Sprung im Metall.«

Kester betrachtete sie entzückt. »Vierzig Jahre lang ist versucht worden, diesen Sprung zu heilen«, sagte er. »Er wurde durch einen Spaten verursacht, der dagegenschlug, als man das Silber nach dem Bürgerkrieg aus der Erde grub.«

Eleanor stellte die Kanne behutsam zurück. Und wieder fühlte sie sich angeweht von der dichten Atmosphäre dieser fremden Welt, in die sie so unversehens eingedrungen war. Sie sah das Licht in dem alten Silber der beschädigten Kanne blitzen und wußte, daß der Sprung da nicht irgendein Sprung war, daß er sich von irgendwelchen Zufallssprüngen ebenso unterschied wie die kleinen Unregelmäßigkeiten in handgearbeiteter Spitze von den Schludrigkeiten maschinell hergestellter Imitationen.

»Ich kann Ihnen gar nicht sagen, wie mir zumute ist«, sagte sie. »Ich blicke in eine ganz neue Welt, und diese Welt ist gänzlich verschieden von allem, was ich bisher kennenlernte. Ich wohne in einem Haus in New Orleans, das vor neun Jahren erbaut wurde, und wir beschweren uns fortgesetzt, weil es nicht modern genug ist.«

»Ich habe mir oft gedacht, es müßte sehr bequem sein, in so einem modernen Hause zu wohnen«, entgegnete Kester. »Zweifellos ist es angenehm, zu wissen, daß die Dachrinnen dicht sind und daß man nicht Gefahr läuft, die Bodentreppe auf den Kopf zu bekommen. Darf ich noch ein Täßchen Kaffee haben?«

Sie füllte ihm die Tasse. »Würden Sie meinen Vater kennen, so würden Sie besser wissen, was ich meine«, fuhr sie fort. »Er ist ganz und gar ein Mensch von heute, ein typischer Amerikaner, ein Selfmademan, wenn Sie so wollen. Vielleicht können Sie das nicht verstehen: Er ist so stolz, seinen Kindern Möglichkeiten bieten zu können, die er selbst nie gehabt hat.«

»Ich glaube, ich hätte mir das auch ohne Ihre Erklärung gedacht«, sagte er nachdenklich. »Seien Sie bitte nicht böse, aber ich brauche doch nur Sie anzusehen. Sie gleichen Ihrem Vater, nicht wahr? Ich meine – auch innerlich?«

Sie runzelte ein wenig die Stirn. »Die Leute sagen es. Ich habe lange für ihn gearbeitet, in den Sommerferien, solange ich im College war, und ständig, seit ich meine Studien beendet habe.«

»Wo waren Sie im College?«

»In Barnard. Und Sie?«

»In Tulane. Waren Sie gern im College?«

Sie lachte etwas verlegen. »Ich weiß nicht. Nicht sehr, glaube ich. Ich bin nicht besonders klug. Und die anderen Mädchen waren – nun ja, so jung. Hätten sie wie ich am Strom gelebt und die oft genug verzweifelten Kämpfe kennengelernt, die hier von den Männern bei Tag und bei Nacht durchgefochten werden mußten, um die Flut zurückzuhalten, sie hätten wahrscheinlich auch etwas andere Grundlagen für das Leben mitbekommen und würden ein Haarband oder einen Hut nicht mehr für das wichtigste Ding auf Erden halten. Aber ich langweile Sie wahrscheinlich; verstehen Sie überhaupt?«

Ihre Augen begegneten sich; sein Gesicht war jetzt ganz ernst. »Ja«, sagte er, »ich verstehe Sie. Aber ich habe ein Mädchen wie Sie nie gesehen. Bitte, sprechen Sie doch weiter. Erzählen Sie mir mehr von den Mädchen im College. Ich bin sicher, sie bisher mit ganz falschen Augen gesehen zu haben.«

Sie zog in burschikoser Manier die Knie hoch und umschlang sie mit den Armen. »Es ist merkwürdig«, sagte sie, »da war auch eine Wand. Ich verstand sie meistens nicht. Schon die Art, wie sie miteinander zu flüstern pflegten, schien mir sonderbar. Sie sprachen mit geheimnisvollen Mienen über Dinge und Zusammenhänge, die mir zeit meines Lebens selbstverständlich waren. Geburt und Tod sind natürliche Vorgänge in einem Deichbaulager; da gab es für mich kein Geheimnis. Auch das Zelt am Lagerende, das von Frauen bewohnt war und das ich nicht betreten sollte, war für mich weiter nichts Aufregendes. Nein, ich glaube nicht, daß ich jemals sehr mädchenhaft albern war.«

»Gewiß nicht«, versetzte Kester lächelnd, »Albernheit wäre sicher das letzte, was man einem Mädchen wie Ihnen vorwerfen könnte.« Er saß jetzt wie eine Lausejunge mit gekreuzten Beinen auf dem Fußboden und lauschte hingegeben ihren Worten.

»Fahren Sie fort«, sagte er, »erzählen Sie mir etwas von einem Deichbaulager. Das ist für mich eine fremde Welt, obgleich ich so nahe am Strom wohne.«

Eleanor war merkwürdig zumute. Es war gewiß nicht ihre Art, so viel von sich selber zu reden, aber er war ein Zauberer, er hatte sie behext. Er wollte, daß sie erzählen solle, und sie erzählte. Da war Randa, die Köchin des Deichbaulagers. Sie war eine Negerin und hatte Diamanten in den Zähnen. Eine sonderbare Geschichte. Randas Mann hatte bei der Deichbauarbeit eine Verletzung erlitten und war gestorben. Die Regierung hatte der trauernden Witwe eine Prämie gezahlt. Randa, die Gute, war aber bange vor Glücksjägern, die ihr mit Heiratsabsichten nahen und sie ihres Schatzes berauben könnten. Da sie entschlossen war, sich ihren Reichtum zu erhalten, brachte sie ihn in Gestalt von Diamanten in ihren Zähnen unter. – Eleanor erzählte von Jelli Roll, der auch ein Neger und der Aristokrat des Lagers war. Denn Jelli Roll war so tüchtig, daß er zweieinviertel Dollar am Tage verdiente und es sich leisten konnte, Hemden aus geblümtem Percale zu tragen. Zweifellos war Jelli Roll ein Genie. Seine Arbeit bestand darin, den Deichabhang zu planieren. Wenn nun die Männer mit den Schaufelloren heraufgekeucht kamen, sagte er ihnen, wo sie den Sand abladen sollten. Seine Kunst bestand in der Schnelligkeit der Berechnung. Er gab seine Anweisungen so schnell und so exakt, daß er nicht nur das Abladen von drei Loren gleichzeitig dirigierte, sondern auch die Verteilung der Sandmassen im gleichen Arbeitsgang vornahm, und zwar mit solcher Genauigkeit, daß hinterher nichts mehr zu ändern war. Fred Upjohn hatte das Dutzende Male überprüft; es stimmte immer, drei zu eins auf der Innenseite, vier zu eins auf der Außenseite. »Ich mag Leute gern, die ihre Arbeit korrekt und gründlich tun«, sagte Eleanor, »und hier liegt einer der Gründe, warum ich meinen Vater so bewundere. Pa baut die besten Deiche am Strom. Seine Sorgfalt und seine Exaktheit sind, glaube ich, einmalig. Er studiert mit nicht mehr zu überbietender Gründlichkeit die Beschaffenheit der Bodenformation, bevor er einen Spatenstich tun läßt. Form und Gestalt des Deiches stehen bei ihm bis in die kleinste Einzelheit fest, bevor er auch nur einen Löffel Erde bewegt.«

»Wissen Sie«, sagte Kester, »ich habe mein ganzes Leben am Strom zugebracht, aber jetzt, wo ich Sie darüber sprechen höre, ist es mir, als sähe ich das alles mit neuen Augen und finge eben an, die ersten Grundbegriffe zu lernen. Ich habe, glaube ich, zeit meines Lebens nur in Baumwolle gedacht.«

»Aber das mußten Sie doch«, entgegnete sie eifrig. »Das ist ja Ihre Sache. Was geht Sie der Deichbau an? Sind Sie gern Pflanzer geworden?«

»Sie fragen mich Dinge, über die ich niemals nachgedacht habe.« Kester schüttelte langsam den Kopf. »Das alles war immer ganz selbstverständlich, es stand nie in Frage. Mein Bruder Sebastian wollte von Anfang an Kaufmann werden. Also blieb mir die Plantage, und Sebastian ging nach New Orleans.«

»Was tut er dort?«

»Er verkauft, was Ardeith erzeugt; er ist Baumwollmakler.« Kester stand auf und reckte sich. »Er versteht sein Geschäft, glaube ich. Ein prachtvoller junger Mann, sage ich Ihnen. Und der einzige von uns, der gescheit genug ist, die Baumwolle für sich arbeiten zu lassen, während wir für die Baumwolle arbeiten.«

Er lehnte sich mit den Ellenbogen gegen die Marmorverkleidung des Kamins und betrachtete das Mädchen mit unverändertem Entzücken. Eleanor, das Kinn auf den über den Knien verschränkten Händen, hob ihre Augen und erwiderte seinen Blick. »Sie haben es nicht nötig, sich mit Späßen zu rechtfertigen«, sagte sie, »ich kann, glaube ich, nachfühlen, was in Ihnen vorgeht. Sie lieben den Platz und die Arbeit, zu der Sie gehören, und schämen sich, zuzugeben, was Ihnen beides bedeutet.«

Er nickte, halb stolz, halb verlegen; in seinen Augen stand ehrliche Bewunderung. »Ja, Miß Eleanor«, sagte er mit einer Stimme, die ernster, verhaltener klang als bisher, »ja, ich liebe Ardeith; warum sollte ich das nicht gestehen. Aber es ist so, daß ich mich als ein Teil dieses Besitzes fühle. Es ist mir völlig unmöglich, mich selbst und Ardeith auseinanderzudenken. Und ich schäme mich gar nicht, Ihnen das zu sagen, obgleich es nicht viele Leute gibt, denen ich so etwas mit dürren Worten sagen würde.«

Eine Pause trat ein. In Eleanor wuchs noch immer das sonderbare

Gefühl heimlicher Vertrautheit, das nach ihr gegriffen hatte, als sie Kester Larne zum ersten Mal lachen sah. Die Schatten in den Ecken des großen Raumes begannen sich zu verdichten, aber Kesters Gestalt stand als klarer Umriß vor dem Kamin, als ob das ganze Licht der scheidenden Sonne sich gesammelt hätte, um seine kraftvolle Männlichkeit sichtbar zu machen. Er hat recht, dachte sie, er gehört ebenso zu Ardeith wie das Haus, in dem er lebt, wie die Eichen, die es umschatten, es ist nicht möglich, sich ihn ohne diesen seinen ureigensten Hintergrund zu denken. Obwohl er reglos am Kaminsims lehnte, war sie sich seiner fordernden Gegenwart scharfsinnig bewußt. Sie stellte sich vor, wie er in einen mit vielen Menschen angefüllten Raum treten würde; sogleich mußte alles in diesem Raum unwichtig werden durch die bloße Tatsache seines Erscheinens. Es fiel ihr wieder ein, was ihr Vater über die Larnes gesagt hatte. Er weiß gar nichts über sie, dachte sie, er weist sie einer bestimmten Kategorie zu, aber das ist ganz abstrakt, die Wirklichkeit ist immer ganz anders. Aber was immer es auch mit dem Geschlecht der Larnes auf sich haben mochte, zweifellos war Kester ein gutaussehender junger Mann, der nicht nur selber bezaubernd war, sondern darüber hinaus die viel seltenere Gabe besaß, andere Menschen zu bezaubern. Er gefällt mir, dachte sie, es hat keinen Sinn, es mir ableugnen zu wollen, er gefällt mir wirklich!

Sie erhoben sich beide, als Geräusche von draußen hereindrangen. Eleanor schrak unwillkürlich zusammen, mit einem kleinen Schuldbewußtsein, als hätte man sie über einer ihrer nicht würdigen Haltung ertappt. Kester hatte sich der Tür zugewandt.

»Sie bekommen Besuch?« fragte sie.

Er lächelte, sehr verbindlich plötzlich und sehr wohlerzogen. »Nein«, sagte er, »meine Eltern. Sie kommen von ihrem Ausgang zurück. Ich werde sie holen.«

Er durchquerte den Raum, ging hinaus und kam nach wenigen Augenblicken mit seinen Eltern zurück. Die Vorstellung ging schnell vonstatten.

Das erste, was Eleanor beim Anblick von Mr. und Mrs. Larne einfiel, war: Sie sehen wundervoll aus. Dies war ein Gefühlseindruck; was darüber hinaus sogleich ins Auge fiel, war: Sie sahen sich ähnlich. Sie waren beide groß und schlank und bewegten sich in der gleichen, seltsam anmutigen Weise. Beide sprachen sie mit weichen, melodischen Stimmen, beide wirkten sie sehr gepflegt und sehr distinguiert und beide hinterließen sie den Eindruck sehr charmanter, sehr liebenswürdiger, leider gänzlich unnützen Wesen.

Mr. Larne bestand darauf, daß die junge Dame ein Glas Cherry mit ihnen trinken müsse. Als sie ein wenig unschlüssig zögerte, aus dem unsicheren Gefühl heraus, daß die Larnes vielleicht für sich allein sein möchten und nur einem Gebot anerzogener Höflichkeit folgten, indem sie sie zum Bleiben nötigten, versicherte Mr. Larne mit unwiderstehlichem Charme, daß Kester leider sehr selten auf den reizenden Einfall käme, so eine entzückende junge Dame mitzubringen, und daß es ihn ungemein schmerzen würde, auf ihre Gesellschaft verzichten zu müssen.

Da gab sie denn nach. Sie setzte sich wieder, verwirrt und ein wenig betäubt und nicht ohne ein heimlich belustigtes Prickeln: Meinen diese Leute eigentlich, was sie sagen? Wahrhaftig, es war nicht festzustellen. Sie beschloß, ein Glas Cherry zu trinken und dann zu gehen. Mrs. Larne gab ihren großen Federhut einem Mädchen; Cameo erschien und brachte eine Karaffe und Gläser.

Denis Larne II und Lysiane St. Clair, erinnerte sich Eleanor. Dies also war Kesters Vater. Ein Gentleman, ohne Zweifel! Ein Mann, bei dem jedes Ding im Leben seinen unverrückbar festen Platz hatte. Sicherlich kannte er die guten Weinjahrgänge und die besten Zigarren. Sicherlich konnte er geistvolle Stellen aus modernen Romanen zitieren, liebte Debussy und hatte eine Vorliebe für moderne Tanzmsuik. Zweifellos besaßen er und Lysiane ein klares Urteilsvermögen und verstanden es, eine Atmosphäre von Bildung und Wohlerzogenheit um sich zu verbreiten, aber wie, um alles in der Welt, hatte dieses zerbrechliche Porzellan-Paar einen Mann wie Kester hervorbringen können?

»Sie weilen auf Besuch in der Nachbarschaft, Miß Upjohn?« fragte Denis Larne, während er ihr den Cherry kredenzte.

Eleanor rief ihre Gedanken zur Ordnung: »Ja. Ich wohne in New Orleans.«

»In New Orleans. Ich dachte es mir. Ich glaube, Ihre Familie zu kennen, obgleich ich zu meiner Beschämung im Augenblick nicht weiß, wo ich sie unterbringen soll.«

Eleanor lächelte: »Sie werden von meinem Vater gehört haben. Er baut den neuen Deichabschnitt, der die Ardeith-Plantage begrenzt.«

»Oh, sehen Sie an. Ich glaube, etwas der Art hatte ich in Erinnerung.« Und er reichte ihr mit einer zierlichen Verneigung das Glas.

»Wie das schimmert!« Eleanor hielt das Gläschen hoch, daß die vom Fenster hereindringenden rötlichen Strahlen sich in dem Kristall und in der roten Glut des Cherrys brachen.

Lysiane stimmte lächelnd zu. »Ich habe oft gesagt, daß ich mir nichts aus solchen Getränken machen würde, wenn ich sie nicht sehen könnte.« Sie sah zu Kester hinüber, der wieder am Kamin lehnte: »Ist Post eingegangen, mein Lieber?«

»Ja, Madam, ein paar Briefe aus New Orleans. Vermutlich Einladungen zu Karnevalsbällen.«

Bei dem Wort Karneval hellte sich Mr. Larnes Gesicht um eine Nuance auf. »Ach, es wird auch Zeit, daß wir nach New Orleans zurückkehren«, bemerkte er.

Eleanor blickte überrascht auf. »Sie leben nicht hier?«

»Vaters Gesundheit läßt etwas zu wünschen übrig«, erklärte Kester. »Meine Eltern haben deshalb schon vor ein paar Jahren die Bearbeitung der Plantage abgegeben und leben seitdem in New Orleans. Sie kommen nur über Weihnachten nach Ardeith herauf.«

»Oh!« Sie war wohl ein wenig überrascht; ihr Blick streifte Kesters Gesicht: »Ist es da nicht oft sehr einsam für Sie in dem großen Haus?«

»Warum? Nein!« Er lächelte sie an.

»Meine Liebe«, sagte Mrs. Larne, »Sie kennen das nicht. Entweder befindet sich Kester außerhalb des Hauses, oder er hat es voller Leute. Allein ist er schwer zu denken, er muß immer Menschen um sich haben.«

»Mögen Sie keine Menschen um sich herum?« fragte Kester.

»Oh, einige schon, selbstverständlich. Aber beileibe nicht jeden.«

»Denken Sie an, ich wohl«, sagte Kester. »Klug oder dumm, es macht mir nichts aus. Kluge Leute sind unterhaltend, und dumme verschaffen mir ein erfreuliches Überlegenheitsgefühl.«

Lysiane strahlte ihn an; auch sie, die Mutter im Banne seiner Unwiderstehlichkeit.

»Wo seid ihr eigentlich während des ganzen Nachmittags gewesen?« fragte Kester.

Lysiane verzog ein wenig den noch immer reizvollen kleinen Mund. »Oh«, sagte sie, »wir haben einige Besuche gemacht und waren zuletzt bei Sylvia.«

Denis hüstelte; offenbar amüsierte er sich.

»Verzeihen Sie, Miß Eleanor«, sagte Kester, »aber wir haben so viele Vettern und Basen, daß es schwer ist, sie auseinanderzuhalten. Und es sind ein paar nicht eben erfreuliche Typen darunter.«

»Was meinen Sie, Miß Upjohn«, lächelte Denis Larne, »sind Vettern und Basen nicht überall die gleiche Rasse?«

»Ich weiß nicht«, sagte Eleanor, »ich habe keine.«

»Keine Vettern?« rief Kester. Der Zustand schien ihm unfaßlich.

»Nein«, versetzte Eleanor ruhig, »da sowohl mein Vater als meine Mutter keine Geschwister haben.«

Kester ließ einen Seufzer hören. »Offenbar ahnen Sie nicht, wie glücklich Sie wegen dieses Mangels zu preisen sind«, sagte er.

Eleanor sah ihn etwas verwundert an. »Warum? Ich denke es mir im Gegenteil sehr nett, eine große Familie zu haben. Selbst hatte ich mich insoweit nie zu beklagen, weil ich fünf eigene Geschwister habe, aber meine Mutter, die ganz allein aufgewachsen ist, beklagt sich noch jetzt oft darüber.«

»Und sie hat zweifellos recht«, sagte Lysiane. »Ich denke es mir entsetzlich, ganz einsam zu sein, ohne einen Menschen, der zu einem gehört. Wo ist Ihre Frau Mutter aufgewachsen? Bei entfernten Verwandten?«

Eleanor erwiderte den freundlich forschenden Blick der alten Dame mit ruhiger Höflichkeit: »Nein, Madam, in einem Waisenhaus in New Orleans.«

In Lysianes Augen trat ein Ausdruck hilflosen Entsetzens. »Nicht möglich!« stammelte sie.

»Oh, es war wohl nicht gar so schlimm«, versetzte Eleanor gleichmütig. »Mutter sagt immer, man sei dort sehr gut zu den Kindern gewesen.«

»Die Zeiten waren so schwierig«, seufzte Mr. Larne, offensichtlich bemüht, eine Brücke zu finden, »jedermann war damals in Verlegenheiten, die er nicht zu meistern wußte.«

»Oh, ich erinnere mich«, fiel seine Gattin ein, »es war die Zeit der politischen Abenteuer. Ich denke mit Schrecken daran. Als ich ein kleines Mädchen war, war ein neues Kleid ein außerordentliches Ereignis.«

Eleanor dachte an das vergrabene Kaffeeservice. »Es muß eine fantastische Zeit gewesen sein«, sagte sie. »Wir sprachen vorhin noch darüber, daß die ›gute alte Zeit‹ wohl auch ihre besonderen Schwierigkeiten gehabt hat.«

»Zweifellos«, sagte Kester. »Ich für meine Person bin jedenfalls froh, jetzt zu leben. Möchten Sie das von sich selbst nicht auch sagen, Miß Eleanor?«

»Ich habe, offen gestanden, niemals darüber nachgedacht«, erwiderte Eleanor. »Jedenfalls bin ich froh, nicht die Kleider von damals tragen zu müssen. Wenn ich mir vorstelle, ich müßte immer in solchen Reifröcken und Turnüren herumlaufen – es wäre entsetzlich!«

»Ich kann es gar nicht«, erklärte Lysiane. »Allerdings kann ich mir auch nicht vorstellen, wie man in einem so engen Rock laufen kann, daß man fast an den Füßen gefesselt ist.«

Eleanor lachte. »Nun«, sagte sie, »in einem engen Rock kann ich immerhin sitzen, aber ich habe nie begriffen, wie man mit einer Turnüre unter dem Kleid sitzen konnte.« Sie stellte ihr Glas auf das Tablett. »Mrs. Larne« – sie erhob sich –, »es war sehr liebenswürdig von Ihnen, mich zu bewirten, aber nun muß ich gehen.«

Lysiane fragte höflich, ob sie nicht noch zum Abendessen bleiben wolle, aber Eleanor dankte. Sie verabschiedete sich von den alten Herrschaften, und Kester brachte sie zum Auto zurück, nachdem Cameo ihr in den Mantel geholfen hatte.

Während sie dem Lager zufuhren, sprachen sie nicht viel. Nur kurz vor dem Ziel sagte Kester:

»Darf ich Sie morgen wiedersehen?«

Sie lächelte: »Das wäre ein wenig schnell.«

»Keineswegs zu schnell«, sagte er. »Ich habe Jahre gewartet, um einem Mädchen wie Ihnen zu begegnen, einem Mädchen, das einen ganzen Nachmittag zubringen kann, ohne an ihrer Frisur oder an ihrer Kleidung herumzuzupfen. Also? Morgen?«

»Gut«, sie lachte überwunden, »um drei. Bis dahin muß ich arbeiten.«

»Ich werde um drei Uhr zur Stelle sein.«

Er ließ das Auto am Uferdamm halten und geleitete sie bis zum Zelt. »Teufel! Was für ein Mädchen!« sagte er, als er zum Auto zurückging. Und er begann vergnügt, den ›*Horseshoe Rag*‹ vor sich hin zu pfeifen, wie ein junger Mann, der mit sich und der Welt zufrieden ist.

Zweites Kapitel

1

Fortan sahen Kester und Eleanor sich fast jeden Tag. Freilich immer erst am Nachmittag, denn Eleanor war weit entfernt davon, ihre Arbeit zu vernachlässigen; dennoch war etwas sehr entscheidend anders geworden. Zum ersten Mal, seit sie als Sekretärin bei ihrem Vater tätig war, ertappte sie sich dabei, von Zeit zu Zeit auf die Uhr zu sehen. Bisher hatte es für sie nur den Vater und die Arbeit gegeben; sie war nachmittags ins Freie gegangen, um sich zu erholen und sich etwas Bewegung zu verschaffen; plötzlich war ihr der Vormittag zu einer Art melancholischem Vorspiel geworden für die im Fluge dahineilenden Stunden, die sie mit Kester Larne zusammen sein würde, und selbst lange, bevor sie ihn erwarten konnte, war ihre Aufmerksamkeit schon zerstreut.

Dabei versuchte sie ernsthaft, ihre Gedanken während der Arbeit von Kester fern zu halten. Aber mit dem Fortschreiten der Tage wurde ihr das zusehends schwerer. Mitten in einem Bericht an die Mississippi-Deichbau-Kommission kamen ihr ein paar lustige Bemerkungen in den Sinn, die Kester am Vorabend gemacht hatte. Daran hingen sich ihre Gedanken, und zehn Minuten später lagen ihre Finger noch regungslos auf den Tasten der Schreibmaschine. Dann schrak sie zusammen und rief sich selber zur Ordnung. Mit aller Gewalt versuchte sie ihre Gedanken auf den Bericht zu konzentrieren und dennoch konnte sie nicht verhindern, daß sich ihr Buchstaben, Zahlen und Dollarzeichen zu einem heillosen Chaos verwirrten. Sie schalt sich eine Närrin, hörte Kester lachen und spannte wütend den Bogen aus, um noch einmal von vorn zu beginnen.

Einmal rief sie Randa herein und befahl ihr, eine Tasse Kaffee zu bringen. Die Negerin brachte den Kaffee, blitzte sie mit ihren Diamantenzähnen an und fragte, vertraulich grinsend: »Miß Elna haben Kopfschmerz?«

»Nein«, versetzte Eleanor wütend, »aber ich fürchte, ich bin dabei, den Verstand zu verlieren.«

»Oh, nix verloren«, feixte Randa, »Miß Elna haben ganzen Verstand auf große Plantage getragen.«

»Idiotin!« knurrte Eleanor und verbrannte sich die Lippen an dem heißen Getränk. Randa beobachtete sie kichernd, die Arme in die Hüften gestemmt. »Nix Idiotin«, sagte sie, »Randa wissen: Miß Elna haben große Liebe gefaßt zu großem Massa von Ardeith-Plantage.«

Eleanor schlürfte schweigend ihren Kaffee.

»Sein mächtig große Klasse! Edelsteinmann«, versicherte Randa. »Gibt jedesmal, wenn er kommt, halben Dollar. Massig viel Geld! Aber Miß Elna muß Herz in acht nehmen. Großer Mann hat so eine sprühende Art!«

»Würdest du vielleicht so gut sein, meine getupfte Bluse zu bügeln«, sagte Eleanor. »Ich möchte sie heute nachmittag anziehen.«

Oh, gewiß würde sie. Randa watschelte hinaus, ein wenig beleidigt, daß ihre guten Ratschläge offenbar so wenig Anklang fanden. Sie brummte wie ein Orakel.

Eleanor sah ihr nach. ›Sprühende Art‹ hatte Randa gesagt. Randa war ein kluges Weib, sie wußte sicherlich, was sie sagte. Eleanor hatte schon oft festgestellt, daß Neger viel mehr vom Wesen der weißen Leute wußten, als die Weißen vom Wesen der Neger. Sie schob die Tasse so heftig von sich, daß die Untertasse klirrte und wandte sich resolut ihrer Arbeit zu. Kester Larne ging Randa nichts an; sie sollte ihre Gedanken für sich behalten.

Fred Upjohn verhielt sich höflich, aber zurückhaltend kühl, als er erstmals mit Kester Larne zusammentraf. Seine Verachtung für das, was er ›verrottete Plantagenaristokratie‹ nannte, war so abgründig, daß er es nicht über sich bringen konnte, einem Abkömmling dieser Klasse besondere Liebenswürdigkeit zu zollen. Und Kesters ganze Haltung, seine offen zur Schau getragene Vorstellung, die ganze Welt sei eigens geschaffen, damit er sich darin amüsiere, vermochte erst recht nicht seinen Beifall zu finden.

Natürlich sah Fred Upjohn, was da vorging. Aber außer einigen flüchtigen eingestreuten Bemerkungen über ihren rätselhaft unbegreiflichen Geschmack äußerte er sich nicht zu Eleanor. Er war auch viel zu beschäftigt, und seine Gedanken bewegten sich viel zu stark im Kreis seiner Arbeitspojekte, als daß er anderen Dingen, die um ihn her vorgingen, besondere Aufmerksamkeit geschenkt hätte. Eleanor hingegen machte sich insoweit keine Sorgen; sie hörte die gelegentlichen Bemerkungen des Vaters an, aber sie drangen kaum in ihr Bewußtsein. Das war so gleichgültig, alles war plötzlich gleichgültig, bis auf dieses eine, Unbegreifliche, das da wie von ungefähr in ihr Leben eingebrochen war und es von heute auf morgen verändert hatte.

Sie versuchte nicht, ihr Gefühl zu analysieren. Sie wußte nur, daß Kesters Erscheinen genügte, um die Welt zu verwandeln, und war sie dann bei ihm, dann nahm sie nichts wahr außer seinem Charme, seiner strahlenden Liebenswürdigkeit, seinem jungenhaften unbekümmerten Lachen. Kester konnte über alles lachen. Schlechtes Wetter, verrottete Straßen, menschliche Schwächen und was immer es an unangenehmen Dingen gab – es regte ihn nicht auf, es war alles nicht sehr wichtig, aber es gab nicht selten Anlaß zu heiteren Betrachtungen.

Seine Heiterkeit wirkte bald ansteckend auf Eleanor. Obgleich sie von Natur schüchtern war und zum Eigensinn neigte, begann Kesters Duldsamkeit und Nachsicht gegenüber den Schwächen anderer allmählich auf sie abzufärben. Sie stellte fest, daß sie in den wenigen Wochen, seit sie Kester Larne kannte, mehr gelacht hatte als in ihrem ganzen bisherigen Leben.

Bei jedem Zusammensein erwies Kester sich als aufmerksamer und besorgter Kavalier. Niemals wurde er zudringlich. Zuweilen ergriff er, von einem spontanen Gefühl fortgerissen, ihre Hand und hielt sie ein wenig länger, als nötig gewesen wäre, aber das war auch die einzige Berührung, die er sich jemals erlaubte. Doch er strahlte vor Freude über das ganze Gesicht, sobald er sie nur von ferne erblickte.

Sie unternahmen lange Fahrten durch den weitgestreckten Plantagenbereich, sie ratterten im offenen Auto über die Landstraßen oder fuhren im Kutschwagen gemächlichen Tempos am Ufer entlang. Sie überquerten den Strom auf einer Fähre und besuchten während der Rohrschneidezeit eine Zuckerplantage. Sie ließen sich von einem Neger das Rohr schälen und saugten den Saft heraus, unbekümmert darum, ob er ihnen über das Kinn tropfte, ihre Kleider beschmutzte und ihnen hinterher Übelkeit verursachte.

Einmal trafen sie einen alten Neger, der dabei war, sein eigenes Rohr zu schneiden und Melasse für seine Familie herzustellen. Sie fanden ihn bei einer alten mit Palmblättern gedeckten Hütte, in der Art, wie die ersten Pflanzer sie erbauten, als der Rohrzucker noch neu war. Wie jedermann, zeigte sich auch der Alte von Kesters

Charme bezaubert. Er ließ sie von den Halmen essen, die zwischen großen, von Mauleseln bewegten Holzrädern zermalmt wurden, und sie brachen in Rufe des Entzückens aus, als der Saft in den Kessel über dem Feuer tropfte. Kester kaufte dem Neger zwei große Eimer Sirup ab, jener dunklen, zähflüssigen Melasse, die das letzte Stadium vor der Zuckerkristallisation darstellt. Einen davon gab er Eleanor und empfahl ihr, den Sirup mit heißem Gebäck zum Abendbrot zu servieren. Dabei warnte er sie vor dem Gebrauch silberner Löffel, die, wenn man sie in der Melasse steckenlasse, unfehlbar verderben würden.

Bei einer anderen Gelegenheit fuhren sie in die Wälder und veranstalteten ein Picknick. Als sie später am Rande eines Zypressensumpfes hielten und eben den Wagen verlassen hatten, setzte heftiger Regen ein. Sie flüchteten wieder in das Auto, ließen das Verdeck herunter und saßen so dicht aneinander gedrängt und blickten durch die Scheiben hinaus in die eigenartig reizvolle Landschaft. Es war eine Szenerie von wild romantischer Schönheit. Von den großen Zypressen hingen graue Moosschleier herab, hinter denen die Blätter fast unsichtbar wurden. Andere Bäume wieder reckten ihre kahlen, weißen Äste in den unablässig rinnenden Regen. Die riesigen Eichen hatten schon viel von ihrem Blattschmuck verloren, und die kümmerlichen Reste warteten darauf, den jungen Trieben zu weichen, die im März durchbrechen würden. Die einzige leuchtende Farbe in der Symphonie von Gelb, Braun und Rot war das Grün der Baumfarne, die üppig wucherten. Unter den Eichen war das Riedgras braun, mit einem leicht purpurnem Schimmer darüber, die Flechten auf den Stämmen der Zypressen, deren Wurzeln im Wasser ruhten, waren grau. Grau wie das Moos auf den Zweigen der Bäume, grau und farblos wie der unermüdlich strömende Regen.

Es war Kester, der ihr die wilde, düstere Schönheit dieser Sumpflandschaft offenbarte. Sie entdeckte, daß sie bisher blind durch die Welt gegangen war, und empfand beglückt, daß ihre Sinne sich neuen Eindrücken öffneten. Als sie schließlich durch den noch immer rinnenden Regen zurückfuhren, war es ihr, als käme sie von einer Reise nach einem fernen Land voll fremdartigem Zauber.

Oft gingen sie auch zusammen nach Ardeith. Dann hockte sich Eleanor in der Nähe des Kamins auf dem Teppich nieder und lauschte Kesters Worten. Meistens wußte sie hinterher nicht einmal, worüber sie gesprochen hatten, aber jedesmal, wenn sie ihm so gegenüber saß, fühlte sie sich von einer warmen Welle der Geborgenheit überflutet. Manchmal, wenn sie in Ardeith weilte, waren auch Kesters Eltern zugegen. Die alten Herrschaften waren ihr gegenüber von gleichbleibender Höflichkeit, sprühend von einem liebenswürdigen Charme, der sie bezauberte. Sie ließ sich ihre Freundlichkeiten gefallen und erwiderte sie nach ihrem Vermögen, aber tief in ihr war immer, wenn sie sie sah, ein heimliches Spott-Teufelchen auf der Lauer. Denis und Lysiane erschienen ihr ebenso wie die zahllosen Vettern und Basen, die das Haus zuweilen durchstreiften, wie fremde, reliquienhafte Wesen, die eigentlich hinter Glas und Rahmen gehörten. Zum ersten Male wurde sie von einem Schimmer jener sanften, sublimen Zivilisation gestreift, die auf so weltabgeschiedenen Plätzen wie Ardeith ein vergessenes Dasein führte und noch heute, nach soviel Jahren, von den Schrekken des Bürgerkrieges bestimmt wurde. Sie begriff diese Leute nicht, sie waren ihr fremd und ein wenig unheimlich, aber sie konnte nicht leugnen, daß sie eine Sicherheit ausströmten, die ihr Eindruck machte. Und diese Sicherheit hatte ihre Quelle zweifellos in dem Bewußtsein, daß niemals jemand auf den Gedanken verfallen war, ihren Wert und ihre Bedeutung auch nur von fern anzuzweifeln. Immer wieder nahm sie staunend wahr, mit welch kühler, souveräner Überlegenheit sie auf alle Menschen herabsahen, die gesellschaftlich unter ihnen standen. Alles, was so ein Mensch tat oder sagte, negierten sie völlig, als käme ihm nicht die geringste Bedeutung zu. Sie begriff das nicht und vermochte es sich trotz allen Nachdenkens nicht zu erklären. Merkwürdiger war noch, daß sie ihnen gleichwohl heimlich das Recht zugestehen mußte, sich so zu gebärden, eben weil sie so anders und um so vieles anziehender waren als die Leute, die im Schweiß ihres Angesichts die Schlachten schlugen, die das Leben in der so veränderten Welt unerläßlich machte.

Im Grunde ihres Herzens fand Eleanor, daß Leute dieser Art reizvoll, aber töricht und nutzlos seien. Und zuweilen konnte sie es sich nicht versagen, zum Ausdruck zu bringen, wie sehr sie sich ihnen überlegen fühle. Sie versuchte, Kesters Meinung zu erforschen und mußte zu ihrem Befremden feststellen, daß Kester über diese Dinge niemals nachgedacht hatte. Im Grunde überraschte sie das nicht sehr. Kester liebte sein Land. Er liebte es, das Wachstum der Baumwolle zu beobachten, zuzusehen, wie sie weiße Blüten ansetzte, wie die Blüten allmählich rosa wurden und abfielen, wie sich die harten, grünen Knollen entwickelten und schließlich öffneten, bis die reifen Baumwollkapseln das Feld in ein weißes, wogendes Meer verwandelten. Er liebte diese blauen Februartage, den Duft der Erde, wenn der Pflug sie umbrach, und den Ausblick auf den kommenden Sommer, wo aufs neue das wilde Blühen anheben würde, das die Menschen trunken machte und die Baumwollarbeiter zwang, alle Hände zu regen, um das Wachstum der Blüten in Maß und Ordnung zu halten. Er liebte die Jagd und den Hufschlag der Pferde beim Ritt über die Felder, er liebte den Tanz in festlich erleuchteten Sälen, das Schwimmen in den kühlen Fluten des Stromes, er liebte es, Freunde um sich zu versammeln und in Musik und Liedern zu schwelgen.

»Ich weiß nur nicht, ob du das Denken liebst«, sagte Eleanor zu ihm, »ich glaube, du liebst es nicht, weil du es nicht kennst und niemals versucht hast, den Dingen nachzuspüren.«

Sie fuhren nach einem Besuch auf Ardeith zum Deichbaulager zurück, auf Eleanors Schoß häuften sich die letzten Poinsettias der Jahreszeit. Es war noch nicht spät, aber da sich zwei Heeresingenieure zum Abendessen angesagt hatten, mußte Eleanor rechtzeitig zu Hause sein, um die Tischordnung zu überwachen. Kester streifte sie mit einem leicht belustigten Blick aus den Augenwinkeln. »So«, sagte er, »also ich liebe es nicht zu denken. Und was meinst du nun, worüber ich nachdenken sollte?«

»Interessiert es dich beispielsweise nicht, wie die Leute beschaffen sind, mit denen du umgehst? Ihre Art zu fühlen, zu reagieren, sich zu verhalten?«

Er schüttelte den Kopf. »Nein. Warum sollte ich mich damit befassen?« Er umfuhr in geschickter Wendung ein Fahrzeug, das mitten auf der Straße hielt. »Die Menschen sind, wie sie sind. Was geht das mich an?«

»Aber legst du denn keinen Wert darauf, sie zu verstehen?«

Wieder sah er sie mit heimlichem Prüfen an; es zuckte leicht um seine Augenbrauen. »Eleanor, ich glaube, ich verstehe mehr von den Leuten, als du jemals verstehen wirst.«

»Nein, das tust du gewiß nicht.«

»Doch«, versetzte er leicht erheitert, »das tut ich. Sieh, ich betrachte sie einzeln, als Individuen, eben als Menschen. Ich habe dich im Verdacht, daß du die Menschen betrachtest wie deine mathematischen Gleichungen, die du den Ingenieuren vorrechnetest.«

Eleanor spielte mit einer Poinsettiablüte. Sie zupfte ein Blatt ab und betrachtete es. »Ich glaube, wir beide sind sehr verschieden, Kester«, sagte sie, »findest du das nicht auch?«

Er nickte. »O ja, sehr, glaube ich, sehr verschieden. Du überraschst mich immer wieder.«

»Und wer von uns, glaubst du, hat recht, wenn wir einmal wieder verschiedener Meinung sind?«

Er lachte: »Ach, Eleanor, die Menschen haben nicht recht oder unrecht. Sie sind eben verschieden. Sie denken, empfinden und reagieren verschieden. Und warum nicht, um alles in der Welt? Es gibt schließlich braune und blaue Augen.« Er lenkte den Wagen von der Straße herunter und bog in den Baumwollpfad ein, der zum Deich hinüberführte.

»Liegt da vielleicht der Grund, daß wir soviel Freude aneinander und miteinander haben?« sagte Eleanor nachdenklich. »Darin, daß wir beide so verschieden sind?«

»Ja, Liebe. Wahrscheinlich ist das einer der Gründe.«

»Seltsam – nicht wahr? Du und ich, im selben Staat geboren, der gleichen Rasse angehörend, der gleichen Generation – und doch sind wir so ungleich in vielen Dingen.« Sie brach ab, und es sah aus, als sinne sie nach. »Du, ich glaube, ich weiß, wie es kommt«, setzte sie nach einem Weilchen hinzu.

»Ja?« Seine Augen waren auf den Weg gerichtet; ihre Gedanken schienen ihm nicht sehr wichtig zu sein.

»Du bist ein Südstaatler und ich bin eine Amerikanerin«, sagte Eleanor.

Kester grinste. »Du bist ein bezauberndes Mädchen, soviel ist sicher. Und ich denke mir schon, worauf du hinaus willst. Wenn ich einmal sterbe, wird man auf meinen Grabstein schreiben: ›Hier ruht ein Mann, der die Last einer großen Tradition auf seinen Schultern trug.‹«

Nun lachten sie beide. Sie hatten den Uferdamm erreicht, und Kester begleitete sie zum Zelt. »Morgen komme ich wieder«, sagte er, als sie an der Tür standen; er lächelte sie mit bewundernden Blicken an. »Du siehst wundervoll aus mit dieser Pracht roter Blumen im Arm«, sagte er leise, »wirklich. Aber ich weiß noch etwas, das mehr ist: Du bist auch ein prachtvoller Mensch!«

Sie sah ihn an; ein Zucken lief über ihr Gesicht. »Oh«, sagte sie, »oh, Kester! Sag so etwas nicht.«

Sie folgte ihm mit den Blicken, während er den Deichabhang hinabkletterte, gewandt und geschmeidig wie ein Tänzer. Am Fuß des Dammes wandte er sich noch einmal um und winkte zu ihr herauf. Sie lächelte versonnen, zog eine einzelne leuchtende Blume aus dem Poinsettiastrauß heraus und begann halb unbewußt, die Blütenblätter abzuzupfen.

»Er liebt mich – er ist nur ein Charmeur; er liebt mich – er ist nur ein Charmeur...«

Es blieb, da das letzte Blütenblatt fiel, leider bei dem Charmeur.

Eleanor lachte, ein halb nervöses, halb belustigtes Lachen. Sie warf den Blütenstengel fort und nannte sich selbst eine alberne Gans.

2

Kester sang und pfiff vor sich hin, während er nach Ardeith zurückfuhr. Es war ihm nicht gegeben, sich mit Dingen zu beschäftigen, die über den Augenblick hinausragten. Er wußte nur, daß er niemals ein Mädchen wie Eleanor gekannt hatte, und sein einziger Verdruß war ihre Gewissenhaftigkeit, die sie veranlaßte, ihm so viele Stunden zu stehlen. Wäre sie nicht so besessen von ihrer Arbeit, von dem, was sie ›ihre Pflicht‹ nannte, würde sie viel mehr Zeit für ihn haben, und alles könnte noch viel schöner sein.

Er ließ das Auto vor der Verandatreppe stehen und betrat das Haus. Als er ins Wohnzimmer trat, sah er seine Eltern in eine offenbar ernsthafte Unterhaltung vertieft. Denis Larne stand am Kamin, Lysiane saß nahe dabei in einem Sessel und sah aufmerksam zu ihm auf; in ihren feinen Zügen malte sich Besorgnis. Im Augenblick, da Kester in die Tür trat, hörte er seinen Vater sagen: »Es geht nicht so weiter. Es muß ein Ende haben.«

Kester warf mit nachlässiger Geste seinen Mantel auf das Sofa und ging auf den Kamin zu. »Hallo, da seid ihr!« sagte er.

»Wo warst du, mein Lieber?« fragte Denis Larne.

»Ich habe Nelli nach Hause gebracht.«

Frau Lysiane unterdrückte einen Seufzer. »Ich dachte es mir«, flüsterte sie.

Kester griff nach einer Feuerzange und begann zwischen den Scheiten zu stochern. Mr. Larne zuckte wie in hoffnungsloser Ergebenheit die Achseln und warf seiner Gattin einen vielsagenden

Blick zu. Kester legte die Zange aus der Hand, richtete sich auf und lehnte sich gegen den Kamin. Er betrachtete seine Eltern mit leicht gelangweilten Blicken.

»Ihr mögt Eleanor nicht sehr, wie?« sagte er.

»Im Gegenteil: Wir mögen sie recht gern«, versetzte Lysiane. »Aber...«, sie zögerte.

»Aber sie paßt euch nicht, wie? Ich meine, hier im Hause oder im Zusammenhang mit mir.« Er ließ ein knurrendes Lachen hören. »Ihr wart gleich beim ersten Mal unangenehm berührt, nicht wahr? Als sie die Bemerkung über die Turnüre machte. Ihr begreift nicht, wie ihr Vater sie in einem Deichbaulager leben lassen kann, wie? Ihr bringt das Opfer, die Karnevalsbälle zu versäumen, um ein Auge auf sie und mich haben zu können?« Er streifte sie mit spöttischen Blicken. »Damit ihr daran keinen Zweifel habt: Eure Ansicht beeindruckt mich nicht sehr. Eleanor ist das netteste Mädchen, das ich jemals kennenlernte.«

Denis Larne räusperte sich nicht ohne Verlegenheit; er setzte sehr vorsichtig an: »Ich zweifle nicht, Kester, daß Miß Upjohn ein sehr ordentliches und verdienstvolles Mädchen ist, aber...«, er legte eine kleine Pause ein und hob leicht die Hand, »... da ist der Hintergrund – wie soll ich das ausdrücken? Nun, kurz und gut« – er sah Kester an –, »deine Mutter und ich, und nicht nur wir, sind der Meinung, daß es nicht gut ist...«

Kester unterbrach ihn brüsk. »Bleibt mir vom Leibe mit eurem Hintergrund«, sagte er. Er schlenderte zum Sofa hinüber, setzte sich und streckte die Beine aus.

»Bitte, sei nicht albern«, sagte Lysiane und wandte sich ihm zu. Sie sprudelte die Worte heraus: »Ich bin wahrhaftig nicht das, was man eingebildet nennt, aber wir sind keine Menschen, die ohne innere Verpflichtung zu leben vermögen. Und ein Mädchen wie Eleanor Upjohn gehört nicht zu uns.«

Das jähe Pathos, in das sie unwillkürlich gefallen war, nützte ihr nichts. Kester war nicht leicht zu einem ernsthaften Gespräch zu bewegen. Er entnahm seinem Etui jetzt eine Zigarette und hielt sie der Länge nach zwischen Daumen und Zeigefinger. Er machte keine Anstalten, sie anzuzünden, weil er wußte, daß seine Mutter den Tabakrauch nicht mochte, aber wie er sie betrachtete und zwischen den Fingern bewegte, hatte es den Anschein, als interessiere sie ihn sehr viel mehr als die Bemerkungen Mrs. Larnes. »Oh«, sagte er nur obenhin, »und warum nicht?«

Denis Larne räusperte sich abermals. »Wir haben uns ein wenig umgetan«, sagte er, »und haben auf solche Weise einiges erfahren. Eleanors Mutter stammt Gott weiß woher; sie wuchs jedenfalls in einem Waisenhaus auf. Ihr Vater ist der illegitime Sohn einer Prostituierten und eines politischen Abenteurers.«

»Wie kannst du das wissen?« fragte Kester kurz.

Denis lächelte dünn. »Oh, es war nicht einmal nötig, besondere Nachforschungen anzustellen. Schon als ich Miß Upjohn zum erstenmal sah, wußte ich, daß ich ihren Namen bereits gehört hatte. Über dem Nachsinnen und einigen Umfragen kam mir eine Geschichte in die Erinnerung, die mir meine Mutter erzählte.«

Kester sah ihn an, in seinen Augen blitzte ein spöttischer Funke. »Wie kam deine Mutter dazu, sich mit Prostituierten und politischen Abenteurern zu befassen?«

Mr. Larne zuckte unwillkürlich zusammen und runzelte die Brauen. »Ich möchte dich ersuchen, in etwas weniger despektierlicher Weise von meiner Mutter zu sprechen«, sagte er. »Da war kurz vor dem Krieg ein Mädchen auf die Plantage gekommen und hatte um Näharbeiten gebeten. Sie wurde eine Zeitlang regelmäßig von meiner Mutter beschäftigt und verschwand dann eines Tages, ohne sich wieder sehen zu lassen. Während der Rekonstruktion tauchte sie dann plötzlich wieder auf, und zwar als Geliebte eines USA-Steuereinnehmers, eines Abenteurers vom übelsten Typ. Aus dieser Verbindung wurde ein Kind geboren. Ein Sohn.«

»Fred Upjohn?«

»Ja.«

Kester schlug ein Bein über das andere; seine Augen schweiften von Denis zu Lysiane und wieder zurück zu Denis. »Und nun erwartet ihr also von mir, daß ich Eleanor entgelten lasse, was ihre Großmutter möglicherweise gefehlt hat?« sagte er. »Wahrhaftig, ich hatte besser von euch gedacht.«

»Kester, ich bitte dich!« Lysiane erhob sich, kam herüber und setzte sich zu ihm auf das Sofa. »Wir erlauben uns kein kritisches Wort gegen Miß Upjohn«, sagte sie, »aber sieh doch den Untergrund, dem sie entstammt. Ein Mensch kann die Zeichen seiner Herkunft nicht leugnen.«

Kester zuckte uninteressiert die Achseln. Seine Mutter, nicht mehr weit davon entfernt, ihr Gleichmaß zu verlieren, fuhr mit etwas erhobener Stimme fort: »Mein lieber Junge, siehst du denn nicht, daß wir bei alldem nur an dich denken, daß wir uns mühen, dich vor Enttäuschungen zu bewahren? Du und Miß Upjohn – dazwischen ist eine Kluft, die nicht mit Gefühlen zu überbrücken ist. Hier ist keinerlei Basis für ein gemeinsames Leben.«

»Gemeinsames –?« Kester sprang plötzlich auf und warf die Zigarette fort. Er starrte seine Mutter an, und seine gewölbte Stirn zog sich in Falten. »Heiliger Rauch!« sagte er, »ihr dachtet – an Heirat?«

Sie schweigen; ihre Gesichter waren puppenhaft ausdruckslos.

»Hölle und Hochwasser!« rief Kester. »Was bin ich für ein Narr! Das ist ja der Weg!«

Er brach in helles Gelächter aus. »Oh, was war ich für ein Narr!« wiederholte er. Er nahm seinen Mantel und begann hineinzuschlüpfen.

»Kester«, sagte Lysiane, die wohl nicht wußte, was sie von diesem plötzlichen Ausbruch halten sollte, »wohin willst du?«

»Zum Deich«, sagte Kester, noch immer lachend, »ins Lager. Ich will Eleanor fragen, ob sie mich heiraten will.«

Denis Larne sprang auf; sein feines Gesicht begann sich zu röten. »Kester«, rief er scharf, »sei kein Dummkopf!«

»Oh, wahrhaftig, ich bin keiner mehr, aber ich war einer. Ihr beiden habt mir eben erst ein Licht aufgesteckt.« Er öffnete schon die Tür. Hier verhielt er noch einmal und sah sich um.

Lysiane hatte sich nicht gerührt. Sie saß da, sehr würdig, sehr aufrecht und sehr gepflegt. Ihre zarten weißen Hände lagen gefaltet in ihrem Schoß.

»Du weißt nicht, wie das war – damals«, sagte sie leise, ohne aufzusehen. »Der Stolz auf der einen – die Verwüstung auf der anderen Seite. Zwei Schwestern, die gemeinsam nur ein repräsentables Kleid besaßen, so daß sie nie zur gleichen Zeit im Salon erscheinen konnten. Die täglichen Qualen, die verzweifelten Versuche, den Schein zu wahren, unser Leben, unsere Kultur, unser Wesen zu bewahren. Es vor Leuten zu retten wie die, von denen wir vorhin sprachen. Weißt du eigentlich, was du mitbekommen hast? Welches Erbe du trägst und welche Verpflichtung? Du weißt es wohl nicht, sonst würdest du ein Gefühl dafür haben und dich nicht anschicken, das alles wie lästigen Plunder von dir zu werfen.«

Kesters Miene hatte sich verfinstert. Er warf jetzt mit einer leichten, für ihn sehr charakteristischen Bewegung den Kopf zurück. »Bitte – Mutter – sei still!« sagte er leise, aber mit unüberhörbarem Nachdruck.

Lysiane sprang auf und ging auf ihn zu. »Mein lieber Junge«, flüsterte sie, »glaube mir doch. Könnte ich hoffen, daß auch nur die leiseste Möglichkeit bestände, daß du mit diesem Mädchen glücklich würdest...« Sie hielt ein und ließ mit hilfloser Bewegung die Arme sinken.

Sie tat ihm leid, wie sie da stand, in ihrer rührenden Hilflosigkeit, aber gleichzeitig kam ihn von innen heraus ein heimliches Lachen an. »Du verwechselst die Zeiten, Mutter«, sagte er leise, »du siehst noch immer die Plantagenaristokratie auf der einen und das ›*Armweiß-Pack*‹ der Niggersongs auf der anderen Seite. Wir schreiben jetzt 1912, und ich bin soeben dahintergekommen, was ich zu tun habe, um einem lächerlichen Zustand ein Ende zu machen.«

Er streifte ihre Stirn mit einem flüchtigen Kuß und verließ den Raum. Die letzte Abendsonne war über den Baumwipfeln zu einem goldenen Streifen zusammengeflossen. Kester warf den Wagenschlag hinter sich zu und begann, eine Schlagermelodie vor sich hin zu pfeifen. Als er das Auto wendete, streifte sein Blick die dorischen Säulen des Verandavorbaues. Ein Lächeln überflog sein Gesicht, ihm war, als gliche Eleanor einer dieser Säulen. Ganz wie sie war dieses Mädchen: stark, sauber und von einer strengen und reizvollen Schönheit. Ich liebe sie, dachte er, aber ich habe es nicht gewußt. Ich habe mich von meinem Gefühl treiben lassen, ohne es in Gedanken und Worte zu fassen. Aber es ist kein Zweifel, daß ich sie liebe.

Er schlug die Richtung zum Deich ein und steigerte schnell die Geschwindigkeit. Als er bald darauf den großen Zeltbau betrat, sah er Randa, die sich am Eßtisch zu schaffen machte. Sie grinste ihn an und bleckte ihre diamantenbesetzten Zähne.

»Guten Abend, Master Kester«, knickste sie.

»Guten Abend, Randa. Kann ich Miß Eleanor sprechen?«

»Yassum! Yassum! Gewiß, Master Kester.« Sie watschelte nach hinten und erhob ihre Stimme: »Miß Elna! Miß Elna, kommen schnell! Master Edelstein will junge Miß sehen.«

Eleanors Stimme kam aus dem Schlafzimmer: »Ich komme gleich.« Kester stand am Pult; seine Hand trommelte auf der Platte; er brannte vor Ungeduld. Einen Augenblick später stand Eleanor im Raum. Sie hatte das Kleid gewechselt und trug eine weiße Bluse und einen schimmernden schwarzen Rock, der ihre schlanke Figur wundervoll zur Geltung brachte. Kester sah es mit bewundernden Blicken.

»Aber Kester«, rief Eleanor aus. »Du kommst noch mal?«

»Ja«, sagte Kester, »ich mußte noch einmal kommen. Mach, daß du fort kommst, Randa.«

»Yassum, Sir!« Randa kicherte unterdrückt und rauschte mit knisternden Röcken davon. Kester trat einen Schritt näher an Eleanor heran.

»Eleanor«, sagte er, »willst du mich heiraten?«

Sie starrte ihn an. Stand ganz still und starrte ihn an. Dann legte sie mit einer tastenden Bewegung die Hand an die Stirn und strich sich das Haar zurück. In ihren Augen glitzerte es. Nach einer kleinen Pause sagte sie mit fast tonloser Stimme:

»Sag das bitte noch einmal!«

»Willst du mich heiraten, Eleanor?«

Da stieß sie einen kleinen, schluchzenden Schrei aus; ihre Stimme zitterte:

»Ja – ja – du fragst das im Ernst? Ja, natürlich will ich. Aber – oh, Kester!«

Er ergriff ihre Hände und zog sie nahe an sich heran. »Du«, flüsterte er, »du weißt, was du sagst? Du willst? Willst wirklich?«

Und nun lachte sie. Ein tiefes, glückliches Lachen, das weit hinten in der Kehle saß. »Oh, Eleanor, du bist verrückt! Ob ich will? Ja gewiß will ich.« Und nun brach die Stimme, wurde leiser; sie senkte den Kopf. »Ich glaube, ich liebe dich schon seit der Stunde, da ich dich zum erstenmal sah.«

»Ich dich auch, Eleanor, ich dich auch!« Da war ein vertrautes, jungenhaftes Lachen. »Aber, denke dir, ich war so ein verdammter Narr, daß ich es bis jetzt nicht gewußt habe. Man hat mich erst darauf stoßen müssen. Verstehst du das? Weißt du eigentlich, daß ich dich noch nie – noch nicht ein einziges Mal geküßt habe?«

Sie strahlte ihn an mit ihren schimmernden Augen. »Nein«, sagte sie, »das hast du nicht. Warum eigentlich nicht?«

Als Kester sie zu sich heranzog und ihre Lippen suchte, flüsterte er: »Mein ganzes Leben lang habe ich auf dich gewartet, Eleanor.«

3

Sie flohen vor den zum Abendessen erwarteten Ingenieuren und verließen im Auto das Lager. Kester war eingefallen, daß seine Eltern zu einem Bridgeabend eingeladen waren, und er kannte sie gut genug, um zu wissen, daß kein Ereignis, nicht einmal ein Dienstbotenaufstand, sie abhalten würde, dieser gesellschaftlichen Verpflichtung nachzukommen. Immerhin vergewisserte er sich durch einen Telefonanruf davon, daß Mr. und Mrs. Larne ausgefahren seien. Dann fuhr er mit Eleanor nach Ardeith.

Lange Zeit saßen sie hier nebeneinander am Feuer. Um sie herum war die Stille des Wunders, das zu ungeheuerlich und gleichzeitig zu einfach schien, um Worte zu benötigen. Schließlich stand Kester auf, durchmaß einige Male mit langen Schritten den Raum und kehrte zu Eleanor zurück.

»Begreifst du das eigentlich?« sagte er. »Ich habe nicht gewußt, was Liebe ist. Woher hätte ich es schließlich auch wissen sollen? Es hat mir nie ein Mensch zu erklären versucht.«

Sie lächelte still vor sich hin. »Vielleicht kann man das nicht erklären«, sagte sie. »Es geschieht eben. Es ist plötzlich da. So wie jetzt.«

Er zog sie herauf und ging mit ihr durch das Zimmer. Auf dem Sofa zwischen den Fenstern setzten sie sich. Der Raum wurde von den rötlichen Flammen des Kaminfeuers durchzuckt. Kester beugte sich sacht über sie und küßte ihr Haar. Es duldete ihn nicht an einem Fleck. Er erhob sich wieder und ging zum Kamin zurück. Eleanor sah ihm nach; seine kraftvolle Gestalt erschien ihr schöner und männlicher denn je.

Kester warf einige neue Holzscheite ins Feuer und schürte den Brand mit der Greifzange. Die Flammen züngelten hoch und hüllten sein Gesicht in ihren rötlichen Schein. Ohne sich umzuwenden, sagte er:

»Ich denke, du weißt, daß ich nicht gut genug für dich bin.«

Sie legte sich mit einem leisen Auflachen in das Polster zurück. »Ich weiß nicht«, sagte sie, »jedenfalls bist du genau das, was ich haben möchte.«

Er legte die Zange beiseite und wandte sich ihr zu; ihre Augen begegneten sich.

»Es ist natürlich Musik für meine Ohren«, sagte er, »aber es beschämt mich auch.«

»Oh«, lächelte sie, »weißt du, wie du jetzt aussiehst? Wie ein Junge, der heimlich und unbemerkt in die Gebäckschale gegriffen hat. Aber sprich weiter: Soll das die Einleitung einer Beichtszene werden?«

»Das wäre vielleicht ganz gut«, sagte Kester.

Sie schüttelte den Kopf: »Es bedarf dessen nicht.« Sie strich mit der Hand über die Sofalehne, als müsse sie eine leichte Verlegenheit überwinden, dann sah sie ihn wieder an: »Komm her zu mir, Kester.«

Er gehorchte und setzte sich neben sie. Eleanor nahm seine Hand.

»Ich fände es ganz natürlich, wenn andere Frauen dich ebenso sähen, wie ich«, sagte sie leise.

»Ach du!« sagte er, ihre Hand streichelnd.

»Es beunruhigt mich nicht«, fuhr sie fort. »Oder wenigstens – ach, ich weiß nicht. Vielleicht bin ich doch nicht so ruhig. Sage mir also...«

»Was, Honigmädchen? Frage!«

»War da – irgendwann – ein Mädchen, was – wichtig war?«

Er schüttelte den Kopf.

»Also nur so – Gelegenheitslieben?«

Er nickte: »Wie das so ist: zuviel Champagner und zuviel Mondlicht! Das heißt...«

»Ja?«

»Ich will jetzt ganz ehrlich sein. Es fällt mir ziemlich schwer, Eleanor, aber trotzdem – da war einmal ein Mädchen, das eine Zeitlang ziemlich wichtig war. Aber es dauerte nicht lange.«

Eleanor lächelte wieder: »Kenne ich sie?«

»Nein.«

»Wäre es möglich, daß ich sie gelegentlich träfe?«

»O nein. Ich habe sie seit Jahren nicht mehr gesehen.«

»Dann kümmert sie mich nicht, Kester. Du brauchst mir nichts weiter zu sagen.«

Nun trat eine Pause ein; sie saßen dicht beieinander und sahen sich an, ganz erfüllt von dem Zauber, der über sie gekommen war. Eleanor glitt schließlich vom Safe herunter, kniete sich hin, umschloß seine Knie mit den Armen und sah zu ihm auf.

»Es wäre sinnlos, wollte ich auf etwas eifersüchtig sein, das geschah, bevor du auch nur wußtest, daß ich lebe. Ich bin Gott und dem Schicksal so dankbar dafür, daß ich dich habe, daß ich nicht über die Wege und Umwege nachgrübeln mag, die dich zu mir führten.« Sie ließ ein leises beglücktes Auflachen hören. »Wer weiß«, sagte sie, »wärest du nicht Frauen und Mädchen gegenüber so – siegesgewiß aufgetreten, wie du es gewiß immer tatest, vielleicht hättest du gar nicht den Mut gefunden, ein fremdes Mädchen anzusprechen, das da von ungefähr über dem Strom stand und dir gefiel.«

»Vielleicht«, lächelte er, »ich habe insoweit nie über mich nachgedacht, sondern immer nur getan, was die Stunde mir eingab. Aber nun ist mir so, als begänne ich eben erst zu leben. Ich denke das Wort Liebe und kann dir nicht sagen, was ich dabei fühle. Wenn ich es früher bei einem Dichter las, war ich geneigt, Menschen, die solche Worte gebrauchten, für überspannt und närrisch zu halten.«

»Denk an, mir ging es fast ebenso«, sagte Eleanor und lehnte den Kopf gegen seine Knie.

Lange Zeit saßen sie so in versunkenem Schweigen. Schließlich stellten sie mit leichtem Erschrecken fest, daß es Mitternacht war. Eleanor bat ihn, sie nach Hause zu bringen. Sie fuhren im Schweigen der Nacht am Ufer entlang. Hoch über ihnen funkelten am schwarzdunklen Himmel die Sterne.

4

Fred Upjohn hatte noch lange gesessen und an seinem Monatsbericht für das Staatliche Deichbauamt gearbeitet. Zuweilen irrten seine Gedanken ab, und er fragte sich, wo Eleanor stecken könne. Es lag ihm nicht, sich viel um das Tun oder Lassen seiner Tochter zu sorgen. Sie war ein vernünftiges Mädchen und alt genug, um selber auf sich acht zu geben. Aber nun hatte Randa gesagt, sie sei mit diesem Mister Larne weggegangen. Das gefiel ihm nicht. Er sah sie nicht gerne so oft mit diesem Mann zusammen. Gewiß, Eleanor war ein ordentlicher Kerl und würde sich gewiß nichts vergeben, aber andererseits war sie auch, wie viele intelligente Mädchen, von dem, was Fred Upjohn ›Junge-Hunde-Liebe‹ nannte, weitgehend verschont geblieben und wußte demzufolge wahrscheinlich viel weniger von Männern, als die zahllosen kleinen Flirtmädchen, die viel von Männern, aber sonst gar nichts verstanden. Und weil Fred sich niemals im geringsten um Eleanors Verabredungen gekümmert hatte, so war er nun, da ihm ihre häufige Abwesenheit auffiel, um so tiefer beunruhigt, und er beschloß, sie vor diesem ›Ausstellungsstück einer verrotteten und vermotteten Welt‹ zu warnen.

Über dem Gedanken geriet er ins Grübeln, was im allgemeinen gar nicht seiner Art entsprach. Vielleicht war ich selbstisch, dachte er; in einem Deichbaulager gibt es nicht eben viele Männer, die imstande wären, ein Mädchen wie Eleanor zu unterhalten. Kommt da nun so ein junger Bursche des Weges, dem man den Frauenverführer auf hundert Schritte ansieht, dann ist es nur zu natürlich, wenn sie auf seine glatte Visage reinfällt. Nun, man würde sehen, der Fehler würde sich reparieren lassen. Eleanor war ein großartiges Mädchen. Er würde sich zukünftig hüten, ihre Bereitschaft, ihm bei der Arbeit zu helfen, über Gebühr auszunützen. Irgendwie würde sich da Rat schaffen lassen, obgleich es zweifellos erhebliche Mühe kosten würde, eine ihr auch nur einigermaßen ebenbürtige Sekretärin zu finden. Zunächst würde er mit ihr über diesen Mr. Larne sprechen. Er lächelte flüchtig bei dem Gedanken. Ich werde nicht versuchen, den Chef herauszukehren, aber ich werde ihr klarmachen, daß dieser Mann nicht wert ist, daß sie ihm ihre Zeit opfert.

Zufällig fiel sein Blick auf die Uhr, und er erschrak. Teufel auch! Es war Mitternacht vorbei, und er mußte sich um fünf schon wieder erheben. Gleich darauf hörte er das Geräusch eines Autos auf der anderen Seite des Dammes. Da kamen sie also. Die Leinwand auf der dem Deich zugewandten Zeltseite war heruntergerollt; er erhob sich, um hinauszugehen und sich zu überzeugen, ob er sich nicht geirrt habe. Er blickte, draußen angekommen, eben um die Zeltwand herum, da sah er Kester und Eleanor quer über den Deich auf das Zelt zukommen. Er wollte sich eben zurückziehen – Eleanor sollte nicht etwa denken, er spioniere ihr nach –, da blieben die beiden in einiger Entfernung vor dem Zelt stehen und fielen sich in die Arme.

Fred Upjohn runzelte verärgert die Stirn. Aber gleich darauf lachte er knurrend in sich hinein. Das war nun wohl so; die Mädchen pflegten heutzutage wohl etwas freigebiger mit Küssen umzugehen, als zu der Zeit, da er jung war. Kein Grund zur Beunruhigung. Aber dann, halb abgewandt schon, blieb er dennoch stehen. In des Herrgotts Namen! Sie machte ein bißchen lange mit ihrem Kuß; sie schienen kein Ende zu finden. Das da war kein Flirt mehr, das war Hingabe und Leidenschaft.

Fred Upjohn kannte seine Tochter zur Genüge, um zu wissen, daß sie sich nicht leichtfertig in einen Taumel dieser Art reißen ließ. Er hätte schwören mögen, daß Kester Larne der einzige Mann war, der sie jemals so gehalten hatte. Das aber bedeutete, daß Eleanor diesen Mann liebte. Kein Zweifel, sein Mädchen liebte diesen überheblichen, handküssenden Sprößling eines verbrauchten und ausgelaugten Geschlechts.

Die zwei im Dunkel glitten auseinander, und Eleanor lief dem Zelt zu, ganz so, als sei sie vor ihrem eigenen Gefühl auf der Flucht. Er blieb im Schatten und ließ sie in ihr Schlafzimmer gehen. Sie benutzte den direkten Zugang und hatte wohl gar nicht gesehen, daß in seinem Zimmer noch Licht brannte. Wahrscheinlich glaubte sie ihn und das ganze Lager schon schlafend. Kester sah ihr nach. Im Sternenschein wirkte sein kühn geschnittenes Gesicht sauber und klar.

Fred drehte sich um. Sein Gefühl verbot ihm, jetzt gleich zu Eleanor zu gehen. Als er das Zelt betrat, hörte er sie durch die dünnen Wände verhalten seufzen.

Er betrat seinen eigenen Schlafraum, aber seine aufgewühlten Gedanken ließen ihn keine Ruhe finden. Er stand wieder auf und ging bis zum nahenden Morgen grübelnd und rauchend umher. Genau genommen hatte er noch nie darüber nachgedacht, wen Eleanor wohl einmal heiraten könnte. Er war ohnehin überzeugt, daß kein Mann gut genug für sie wäre. Wenn ihn der Gedanke überhaupt einmal von ferne streifte, hatte er gedacht: Nun gut, einmal wird es sein. Ich werde ihr keine Schwierigkeiten machen. Wenn er ihr paßt, warum sollte er mir nicht recht sein? Zweifellos: Er hätte sie gehen lassen, wenn sie es ernsthaft wollte.

Aber doch nicht mit dieser verwelkten Rose des alten Südens! Dieser Larne hatte zeit seines Lebens nichts anderes getan, als sich zu amüsieren und ein paar flüchtige Blicke auf seine heruntergewirtschaftete Plantage zu werfen. Fred Upjohn lachte ingrimmig in sich hinein. Nichts hatte dieser Bursche sonst getan, nichts, was irgendwelchen Wert weder für ihn selbst noch für andere hätte! Der Deichbaumeister liebte seinen Beruf und war ihm mit leidenschaftlicher Hingabe zugetan, aber jetzt, in diesen nächtlichen Stunden, verwünschte er den unablässigen Zwang der Arbeit, der ihn gehindert hatte, ein Auge auf die Dinge zu werfen, die sich da vor seinen

Augen abspielten. Warum, fragte er sich jetzt bedrückt und einigermaßen ratlos, warum habe ich mir nicht die Zeit genommen, mich wenigstens soviel um meine eigene Tochter zu kümmern, daß ihr diese Erfahrung erspart geblieben wäre?

Am nächsten Morgen erschien Eleanor gegen ihre Gewohnheit erst nach sieben Uhr. Fred hatte sein gleichfalls verspätetes Frühstück bereits eingenommen.

»Ich dachte, du würdest bis jetzt doch auf dem Deich sein«, bemerkte Eleanor, während sie sich am Tisch niederließ.

»Ich hatte ziemlich lange zu tun in der Nacht«, versetzte Fred. »Der Bericht für das Deichbauamt.«

»Bist du fertig geworden? Soll ich ihn abschreiben? Dann fange ich gleich nach dem Frühstück damit an.«

Eleanor hatte offensichtlich nicht viel geschlafen. Sie hatte schwere Augenlider, spielte zerstreut mit ihrem Schinkenbrötchen und trank eine Tasse Kaffee nach der anderen. Fred wußte nicht, wie er beginnen sollte. Was immer er sagen würde, es würde böse klingen und seine Gereiztheit verraten. Ein Mann, der sein ganzes Leben in Deichbaulagern zugebracht hat, hatte keine Zeit, diplomatische Phrasen zu erlernen.

Er schreckte aus seinem Grübeln auf, als Randa hereinkam und Eleanor einen großen Strauß roter Kamelien überreichte.

Eleanor sprang auf, um sie entgegenzunehmen. Während sie die Karte las, die dem Straße angeheftet war, überflog ein Lächeln ihr Gesicht. Sie sah auf: »Wartet der Bote, Randa?«

»Yassum, Miß Elna. Wartet!« Randa grinste verständnisinnig.

»Laß ihm in der Küche Kaffee geben, während ich die Antwort schreibe.«

Randa verließ den Raum, und Eleanor setzte sich an ihren Platz. Fred Upjohn erhob sich.

»Von wem sind die Blumen?« fragte er gänzlich überflüssigerweise.

»Von Kester.« Sie schrieb bereits.

»Warte ein wenig, bevor du antwortest«, sagte Fred.

Eleanor ließ den Federhalter ruhen; sie sah ihn an, als erblicke sie sein Gesicht zum ersten Male: »Warum, Pa? Was ist?«

Er durchquerte mit großen Schritten das Zelt und blieb vor ihr stehen.

»Eleanor«, sagte er sie fest ansehend, »du liebst diesen Mann?«

Er sah, daß sie leicht errötete. Sie nickte wie im Traum und lächelte versonnen vor sich hin; er vermochte ihren Blick nicht zu halten. »Woher weißt du es?« fragte sie nach einem kleinen Weilchen.

»Ich war noch auf, als du in der Nacht nach Hause kamst«, sagte er. »Ich sah, wie du ihn küßtest.«

Im ersten Augenblick war er auf eine empörte Entgegnung gefaßt. Aber dann wurde ihm bewußt, daß er sie unterschätzte. Eleanor hatte niemals ein Geheimnis vor ihm gehabt, und sie schien auch jetzt nicht gewillt, etwas vor ihm zu verbergen. Sie sagte leise, den Blick auf die Kamelien geheftet: »Du erfährst es als erster. Ich werde ihn heiraten.«

»Nein, das wirst du nicht«, sagte Fred Upjohn und wunderte sich über den harten und kühlen Ton seiner Stimme.

Dann sah er ihre groß aufgerissenen Augen. Sie starrte ihn an. Fast tonlos, wie aus einem großen Staunen heraus, sagte sie: »Was heißt das? Gewiß werde ich ihn heiraten.«

Fred Upjohn stand da wie ein Block, die Hände in den Taschen seiner Hose. Jäh wurde ihm bewußt, daß er in eine fremde, ihm in keiner Weise zugängliche Welt hineinredete. Lieber Gott, er wollte ihr doch nicht weh tun. Wie sollte er es nur sagen? Er ärgerte sich über seine Unbeholfenheit und suchte verzweifelt nach den passenden Vokabeln.

»Ich verstehe wahrscheinlich nicht viel von solchen Dingen, Nelli«, sagte er. »Wenn ich könnte, würde ich besser zum Ausdruck bringen, was ich meine. Ich muß es kurz machen: Dieser Bursche taugt nichts. Er ist nicht gut genug für ein Mädchen wie dich.«

»Oh, er ist es. Er ist es gewiß, Vater.« Sie lächelte geduldig, nachsichtig fast, als wäre sie die Mutter und Fred das Kind; sie legte ihm die Hände auf die Schultern und sah ihn an. »Ich weiß, was du von der Larne-Familie hältst«, sagte sie, »und ich glaube, ich sehe sie nicht viel anders als du. Aber die Familie ist nicht Kester.«

Fred seufzte; wahrhaftig, das Mädchen machte es einem schwer. »Hör zu, Kind«, begann er, »sieh, Nelli, du weißt nicht...«

Ihr Lächeln war entwaffnend; es war nichts dagegen zu tun. »Hör auf, mich Nelli zu nennen«, sagte sie. »Ich laufe dir sonst davon.« Sie ging wieder zu ihrem Platz und nahm den Halter zur Hand, ganz so, als sei die Angelegenheit endgültig abgeschlossen.

»Du wirst nicht davonlaufen. Du wirst mir jetzt zuhören«, sagte Fred, weich, aber mit der Festigkeit in der Stimme, die sie kannte. »Es ist ein Elend, Eleanor, ich glaube, ich muß jetzt das Schwerste aussprechen, was ich jemals zu sagen versuchte. Ich glaube dir vorbehaltlos, daß du ihn liebst und daß du im Augenblick überzeugt bist, glücklich zu sein. Aber ich sage dir, wenn du Kester Larne heiratest, wird dein Glück nur von kurzer Dauer sein.«

Sie saß über ihrer Antwortkarte und schien kaum hinzuhören. »Warum?« fragte sie obenhin.

»Weil er nichts taugt!« sagte Fred, den ihre Haltung allmählich zu erbittern begann.

Eleanor richtete sich auf, ergriff ein zufällig vor ihr liegendes Streichholz und begann, es in winzige Teilchen zu zerbrechen. »Ich weiß nicht, was du meinst«, sagte sie. »Ich bin überzeugt, er hat nicht eben wie ein Engel gelebt; er hat mir das selbst zugegeben. Aber glaube mir...«

Fred unterbrach sie: »Ich rede nicht von dem, was er vielleicht hier oder da irgendwann einmal getan hat, sondern davon, was er ist.«

Eleanors Antlitz begann sich mit einer feinen Röte zu überziehen. »Du solltest dir die Mühe sparen, Vater«, sagte sie. »Oder glaubst du im Ernst, ich würde nach dem, was mir widerfahren ist, wie bisher durch die Welt laufen, mit einem braven Lächeln im Gesicht und einem zerbrochenen Herzen? Wahrhaftig, das werde ich nicht!«

»Ich möchte, daß du mehr aus deinem Leben machst«, sagte Fred Upjohn. »Dann brauchst du nicht mit einem zerbrochenen Herzen herumzulaufen.« Er wiederholte, mit noch stärkerem Nachdruck: »Der Bursche taugt nichts!«

Eleanors Augen hatten sich gefährlich verengt, aber zwischen den Lidern funkelte es wie blaues Feuer. »Es wäre gut, wenn du in einen Äußerungen etwas vorsichtiger wärest, Vater«, sagte sie leise.

»Warum sollte ich vorsichtig sein?« Fred Upjohn fühlte, wie der Zorn in ihm wuchs. »Ich sage, was wahr ist, was ich weiß und was ich verantworten kann! Und du wirst dich jetzt zu mir setzen und mir zuhören.« Er erschrak gleich darauf selbst über die Härte seines Tones und fing seine Stimme wieder ab. »Hör zu, Honigkind«, sagte er. »Dieser Kester Larne weiß sicherlich nicht einmal, was es heißt und bedeutet, ein erwachsener Mann zu sein. Er ist ein Kind in einem Männerkörper. Du aber verdienst einen ganzen, einen wirklichen Mann, er mag sein, was er will.«

Er sah sie mit seinen großen, ruhigen Augen an. Eleanor stand auf und streckte die Hände in die Seitentaschen ihres Rockes. Fred sah, wie sie sie darin zu Fäusten ballte. Es war die Bewegung, die er selbst zu machen pflegte, wenn er einen unwiderruflichen Entschluß gefaßt hatte.

»Ich danke dir, Pa«, sagte Eleanor. »Ich habe dich nun angehört und ich weiß, daß du es gut meinst. Aber ich habe auf alles, was immer du sagen magst, nur eine Antwort, die alles andere einschließt: Ich liebe Kester.«

Fred Upjohn dachte nicht ohne heimliche Beschämung: Sie verhält sich genau so, wie ich es erwartet habe. Sie kann wohl nicht anders, aber ich muß ihr helfen. Ich bin dafür verantwortlich. Ich würde alles hingeben, wenn es mir gelänge, den Panzer der Verblendung zu lösen, der sie umklammert hält. Er beschloß, es noch einmal zu versuchen.

»Du bist heute überzeugt, daß dein Gefühl ausreicht, dich glücklich zu machen. Das ist natürlich. Aber ich sage dir, es reicht nicht aus. Es ist nicht genug.«

Eleanor sah an ihm vorbei, als wäre er nicht mehr vorhanden. »Ich weiß ja nicht, was alles dir im Leben begegnet ist«, sagte sie langsam, »vielleicht ist dir niemals dergleichen geschehen, vielleicht hast du es auch nur vergessen. Ich habe viele Leute über die Liebe reden hören. Aber niemand schien zu meinen, was ich heute fühle.«

»Ach Eleanor!« Ein gequältes Lächeln überschattete sein Gesicht. »Das sieht sich von ferne so an. Solange man unbeteiligt ist. Im Grunde meint jeder, was du meinst.«

Aber er war müde. Er sah, daß es keinen Zweck hatte. Gleichwohl redete er noch weiter, was seine Besorgnis ihm eingab. Er sei sicher, daß Kester Larne niemals die Verantwortung für sein eigenes Leben übernehmen könne, sagte er; wie solle er imstande sein, auch noch die Verantwortung für das Leben einer Frau zu tragen? Er redete und redete, er fand immer neue Beweisgründe für die gänzliche Unzuverlässigkeit Kester Larnes, aber Eleanor reichte es nun, sie wollte das nicht länger anhören. Sie blitzte ihn an, wie sie es nie bisher getan hatte, sie stammelte wirre, zusammenhanglose Worte, um ihre Liebe zu verteidigen, dann brach ihre Stimme um und sie bat um Verständnis für ihr Gefühl und für das, was sie ihr Leben nannte, und dann schrie wieder die Verzweiflung aus ihr: »Es hat keinen Zweck, Papa. Ich liebe ihn. Warum willst du mich nicht verstehen? Du hast mich doch immer verstanden.«

Sie zerknüllte die Karte in ihrer Hand und begann zu schluchzen. Es war das erste Mal, daß Fred Upjohn seine Tochter in Tränen ausbrechen sah, seit der Zeit, da sie ein ganz kleines Mädchen gewesen. Mein Gott! dachte er, sie weint! Ich war doch zeitlebens ihr bester Freund. Weiß sie das denn nicht? Eleanor war sein erstes Kind, sie stand ihm näher als irgendeins seiner anderen Kinder. Sie war schon als kleines Mädchen zu ihm gelaufen gekommen und hatte sich von ihm trösten lassen, wenn ihre Puppe zerbrochen war. Später war sie mit ihren kleinen Trägheitssünden zu ihm gekommen. Sie hatte bei allen irgendwie wichtigen Fragen stets seinen Rat eingeholt, und er hatte mit ihr über seine eigenen Gedanken und Probleme gesprochen. Und bei alledem war niemals eine gereizte Stimmung oder auch nur der Anflug einer Mißstimmung aufgekommen.

Er trat hinter sie und strich ihr mit einem Anflug plumper Zärtlichkeit über die Schulter. Sie war jetzt enttäuscht von ihm, zum ersten Mal in ihrem Leben war sie von ihrem Vater enttäuscht. Was sollte er tun? Er redete weiter auf sie ein, mit einer sachten, behutsamen Stimme nun, aber nicht weniger eindringlich. Und hatte bald darauf das Gefühl, daß weiteres Verharren auf seinem Standpunkt ihm nichts als ihren Haß und ihre Abneigung eintragen würden. Aber gerade weil er sie so sehr liebte, war er entschlossen, sich nicht irre machen zu lassen. Heimlich wünschte er sich die Zeiten zurück, da ein Vater die Macht hatte, seine Tochter hinter Schloß und Riegel zu sperren, bis sie seinem Willen gehorchte.

5

Eleanor erwähnte Kester gegenüber nichts von dem heftigen Widerstand, auf den ihre Liebe bei ihrem Vater gestoßen war. Sie erledigte an den Vormittagen mit peinlicher Korrektheit ihre Arbeit und war jeden Nachmittag mit dem Geliebten zusammen. Meistens fuhren sie in seinem Auto fort, weil die alten Larnes noch auf Ardeith weilten und Kester keinen Wert darauf legte, sie zu Zeugen seines Glückes zu machen. Eleanor nahm an, daß er seinen Eltern Mitteilung von ihrer Verlobung gemacht habe, aber sie fragte ihn nicht. Es war schon genug, daß ihres Vaters hartnäkkige Erbitterung den Zauberkreis trübte, in den sie sich versetzt sah, sobald sie mit Kester zusammen war.

Es war nun auch so, daß der neue Deichabschnitt in weniger als zwei Wochen fertiggestellt sein würde. Sie fürchtete sich heimlich vor der Rückkehr nach New Orleans. Solange sie Kester jeden Tag sah, ließ sich alles ertragen. War sie erst einmal aus seiner unmittelbaren Nähe verbannt, würde der ständige Kampf mit dem Vater, der sie jetzt schon ermüdete, zu einer nicht mehr abreißenden Qual werden.

Von ihrer Mutter waren ernsthafte Schwierigkeiten nicht zu befürchten. Mrs. Upjohn war eine Frau, die das Leben hinnahm, wie es sich gab. Sie hieß mit ihrem Mädchennamen Molly Thompson und hatte ihre Eltern bereits im Säuglingsalter verloren. In einem Methodisten-Waisenhaus war sie erzogen worden und hatte die Anstalt verlassen, um hinter den Verkaufstisch eines Provinz-Warenhauses zu treten. In dieser Stellung hatte Fred Upjohn sie getroffen, der damals noch ein kleiner Vorarbeiter in einem Deichbaubetrieb war. Gleich nach ihrer Verheiratung kam sie in das Lager und kochte dort für Fred und fünf andere Männer. Sie verzichtete bis einen Monat vor Eleanors Geburt auf die Hilfe einer Negerin und gab auch dann nur nach, weil Fred unerbittlich darauf bestand. Molly war der Ansicht, daß es eine Schande sei, Lohn für eine Arbeit zu bezahlen, die sie selbst verrichten könnte, wo Fred doch jeden Penny brauchte, um die Bücher für sein Studium zu bezahlen.

Molly Upjohn hatte in elf Jahren sechs Kinder geboren. Sie war dabei prächtig gediehen, mittlerweile füllig und rundlich geworden und auch ein bißchen bequem, aber Fred fand, es sei leichter mit ihr zu leben als jemals zuvor. Sie hatte nach und nach herausbekommen, daß der Lauf der Welt sich nicht immer nach ihren Wünschen und Hoffnungen zu richten pflegte; so überließ sie dem Herrgott die Führung, sicher, daß er mehr wisse als sie, und tat im übrigen, was in ihre Macht und Möglichkeit gegeben war.

Als jetzt Mann und Tochter aus dem Lager zurückkamen und zum erstenmal Kesters Name fiel, bemerkte sie weise, daß der Herr ihr leider völlig unbekannt und sie daher nicht imstande sei, sich eine Meinung über ihn zu bilden. Damit hatte sie schließlich recht, zumal Fred und Eleanor in so völlig gegensätzlicher Weise über ihn sprachen, daß eine Meinungsbildung für einen Dritten schlechterdings ausgeschlossen war. Nachdem sie Kester dann einige Male bei einem Zusammensein mit Eleanor gesehen hatte, fand sie, daß es sich bei Mr. Larne um einen sicherlich sehr liebenswerten jungen Herrn handele. Freilich, setzte sie hinzu, eine Heirat mit ihm würde sie sich trotzdem sehr überlegt haben, denn mit einem Pflanzer, der seine Baumwolle ausgerechnet zur Pflanzzeit so oft sich selbst überließe, nur um ein Mädchen zu sehen, das ihm ohnehin jeden Tag schreibe, könne nicht sehr viel los sein. Aber das blieb auch die einzige Bemerkung dieser Art. Nachdem Mrs. Upjohn sich einmal klar darüber war, daß ihre Tochter sich innerlich bereits entschieden hatte, schwieg sie hinfort über den Gegenstand.

Eleanor segnete die ruhige Gelassenheit ihrer Mutter, war aber eifrig bemüht, den unruhig forschenden Augen des Vaters aus dem Wege zu gehen. Sie entschied sich deshalb auch ohne Bedenken für die Trauung auf dem Standesamt. Kester hatte nach der Sitte des Landes angenommen, daß die Verlobung in der ›*New Orleans Picayune*‹ angezeigt und die Trauung durch einen Geistlichen im Hause des Brautvaters vorgenommen werden würde. Eleanor sah schließlich keine Möglichkeit mehr, ihm die voraussichtliche Unmöglichkeit einer solchen Regelung länger zu verschweigen. Als sie eines Abends im Restaurant Antoines zusammensaßen, sprach sie zum ersten Male von dem hartnäckigen Widerstand ihres Vaters, der vermutlich niemals einwilligen würde, die Hochzeit in seinem Hause vollziehen zu lassen.

Kester war zunächst verwirrt und befremdet, aber schließlich brach er in ein herzhaftes Gelächter aus. Natürlich begriff sie das nicht; sie fand die Situation in keiner Weise lächerlich. Als sie am Ende darauf bestand, den Grund seiner Heiterkeit zu erfahren, erzählte er ihr, daß seine Eltern gleicherweise davon überzeugt seien, daß diese Heirat zu einem Unglück führe, nur eben aus einem völlig anderen, sozusagen entgegengesetzten Grunde.

Eleanor flammte auf: Diese lächerlichen Requisiten einer versunkenen Welt!

Er legte ihr begütigend die Hand auf den Arm. »Ich will hier nicht den Friedensrichter machen«, sagte er. »Ich wollte dich haben und ich habe nie im Leben etwas so sehr und so ernst begehrt, wie dich. Aber ich will dich heiraten als ein Mann, der stolz ist auf das, was er tut.«

Er lachte schon wieder, aber ihr Gesicht blieb ernst. »Auch ich habe nie etwas so stark und so aus ganzer Seele gewollt«, sagte sie. »Eben deshalb ist es schlimm...«

»Nein, Liebste, es ist nicht schlimm!« Er schüttelte, noch immer lächelnd, den Kopf. »Überlege doch; im Grunde ist es erheiternd. Dein Vater ist überzeugt, die Larnes müßten dem Himmel danken, wenn durch eine Heirat mit seiner Tochter etwas frisches Blut in ihre müden Adern käme. Mein Vater windet sich unter der Vorstellung, die Upjohns möchten sich an der Aussicht weiden, meinen kostbaren Namen in ihrer Familienchronik verzeichnen zu dürfen. Nun, und wir? Du und ich? Denken wir etwas anderes, als daß wir uns lieben? Wünschen wir etwas anderes, als daß sie uns allein lassen möchten?«

Nun lachte Eleanor auch. Plötzlich erschienen auch ihr die gegensätzlichen Blickpunkte ihrer Familien närrisch und unsinnig. »Ich begreife nicht einmal, was sie meinen«, sagte sie, »die einen wie die anderen. Zwei wie wir sollten ganz ohne Anhang geboren sein.«

»Ich habe mich damit abgefunden, daß alle anderen närrisch sind«, lachte er, »alle außer uns beide.« Er schob das Ananas-Kompott beiseite, rief den Kellner und verlangte die Rechnung. »Kommt«, sagte er, »jetzt werde ich deinen Vater besuchen.«

Kester Larne ging zu Fred Upjohn mit einer Miene liebenswürdigster Höflichkeit, so daß Eleanor fand, es bedürfe wohl in der Tat einer Folge von sechs Generationen, um zu einer solchen Haltung zu gelangen. Sie suchten Fred in seinem Büro auf, und Kester erklärte ihm hier über den Schreibtisch hinweg in ruhiger und selbstsicherer Gelassenheit, daß er im Begriff sei, seine Tochter zu heiraten. »Ich bedauere herzlich, daß Sie mich nicht leiden mögen«, setzte er hinzu, »selbstverständlich werde ich sie trotzdem heiraten. Wir sind beide alt genug, um selbständige Entscheidungen treffen zu können, und bedürfen Gott sei Dank keiner Erlaubnis. Aber ich bin nun einmal ein Mann, der die Tradition achtet und liebt, in der er groß wurde. Ich möchte deshalb, daß Eleanor mir in ihres Vaters Haus angetraut wird. Ich möchte meine Frau nach alter Sitte durch Vermittlung des Geistlichen aus der Hand ihres Vaters entgegennehmen.«

Fred Upjohn kreuzte seine Hände auf der Schreibtischplatte und sah dem Sprechenden in das klare und männliche Gesicht. »Sie sind nicht wenig selbstbewußt, junger Mann«, sagte er mit gepreßter Stimme.

Kester hielt seinen durchdringenden Blicken stand. »Sie mögen recht haben, Mr. Upjohn«, sagte er, »ja, ich bin es wohl.«

»Nun, ich bin es nicht weniger, Mister Larne«, versetzte Fred, »und ich habe keineswegs die Absicht, mit meiner Ansicht zurückzuhalten. Es gefällt mir nicht, daß meine Tochter Sie heiratet, und ich sehe nicht ein, warum ich in der Öffentlichkeit das Gegenteil erklären sollte.«

Kester lächelte kühl. »Sie sind ein hartnäckiger Mann, Mr. Upjohn. Man sieht Ihnen an, daß Sie gewohnt sind, Ihrer Umgebung zu befehlen und Ihren Befehlen Respekt zu verschaffen. Nun, in diesem Fall dürfte Ihnen der Befehl nichts helfen, und Sie wissen ja auch längst, daß Sie insoweit verloren haben.« Er hob leicht die Schultern und lächelte dünn. »Schließlich ist das Ihre eigene Schuld.«

»Meine Schuld?« fragte Fred erstaunt.

»Zweifellos, Mr. Upjohn. Mindestens haben Sie selber den Grund dazu gelegt. Vielleicht war Ihnen bei Eleanors Geburt nicht bewußt, daß sie einmal so hartnäckig werden könnte wie Sie. Aber was wollen Sie? Im Augenblick, da Sie sie zeugten, rüsteten Sie sie mit Ihren eigenen Waffen aus; warum wundern Sie sich nun, daß sie davon Gebrauch macht? Was immer Sie sagen mögen, Mr. Upjohn, Sie werden nachgeben müssen. Das ist die Rache der Chromosomen.«

Es trat eine Pause ein. Fred Upjohn wandte den Blick ab und sah düster an beiden vorbei. Kester und Eleanor warteten schweigend. Schließlich nickte Fred. »Ich weiß, wann ich geschlagen bin.« Er blickte auf Eleanor. »Kurz und bündig also: Du willst ihn heiraten? Ja oder nein?«

»Ja, Vater, ich will.«

»Es ist gut. Die Sache ist abgeschlossen.« Sein Blick wanderte zu dem Mann hinüber, der aufgerichtet in guter Haltung neben seiner Tochter stand. »Sie haben vermutlich recht mit dem, was Sie sagten, Kester Larne. Ich habe niemals soweit gedacht.«

»Ich ebenfalls nicht«, sagte Kester. »Bis zu dem Augenblick, da ich hier hereinkam und Ihr Gesicht neben dem Eleanors sah. Ich danke Ihnen, Mr. Upjohn.«

Da die Entscheidung nun einmal gefallen war, widersetzte sich Fred Upjohn nicht länger. Er zog mit kühler Gelassenheit sein Scheckbuch aus der Schublade und schrieb Eleanor einen Scheck, um ihre Wäscheausstattung einzukaufen. Aber Enttäuschung und Niedergeschlagenheit vermochte er nicht ganz zu verbergen. Eleanor war froh, als es soweit war, daß sie gehen konnten.

Die Tage und Wochen flossen dann schnell dahin, Eleanor kam nicht viel zum Denken; sie hatte alle Hände voll mit den Vorbereitungen für die Hochzeit zu tun, und wäre ihre Schwester Florence nicht in den Osterferien nach Hause gekommen und hätte ihr geholfen, sie hätte nicht gewußt, wie sie die Arbeit bewältigen sollte. Die offizielle Verlobungsanzeige erschien bald darauf in der ›*New Orleans-Picayune*‹, und zwar mit einem Bild von ihr, das der Redakteur des Gesellschaftsanzeigers mit einem Eifer erbeten hatte, der ihr bewußt machte, was es bedeutete, in die Larne-Familie aufgenommen zu werden. Atemlos beschäftigt, wie sie war, kümmerte sie sich kaum darum.

Lysiane rief am nächsten Tag an, und wenn man ihre Stimme am Telefon hört, hätte man meinen sollen, daß es sich bei dieser Heirat um die Verwirklichung ihrer ureigensten Träume handelte. Sie sprach mit Molly.

»Ich kann Ihnen nicht sagen, Mrs. Upjohn, wie entzückt wir sind, Ihr reizende Tochter nun bald auch die unsere nennen zu dürfen.«

Bald danach meldete sich Kesters Bruder Sebastian am Fernsprecher und gratulierte; seine verheiratete Schwester Alice lud sie zum Dinner ein, Alices zahlreiche Freundinnen ließen gleicherweise nicht lange auf sich warten, und dann begannen Tag für Tag die Hochzeitsgeschenke einzutreffen, und zwar in einem solchen Ausmaß, daß ihr nicht länger zweifelhaft bleiben konnte, in welch festgefügten Turmbau sie durch die Heirat mit einem Mann namens Larne eintrat.

Eleanors Freundin, Lena Tonelli, deren Familie eine große Südfruchthandlung besaß und durch Bananen reich geworden war, übernahm es, eine Liste der Leute aufzustellen, an die Eleanor nach ihrer Heirat zu schreiben haben würde. Sie hockte Tag für Tag zwischen den Geschenken, sammelte die Glückwunschkarten und schrieb die Namen heraus. »Gott im Himmel, Eleanor«, rief sie einmal hingerissen aus, »das sind wahrhaftig samt und sonders Namen aus den Geschichtsbüchern. Ich dachte immer, die lebten alle längst schon nicht mehr. In was für Höhen gerätst du da! Mir wird schwindlig!«

Eleanor stieß einen komischen Seufzer aus. »Ich habe Kester einmal gesagt, er sei ein Südstaatler und ich sei eine Amerikanerin«, lachte sie. »Aber ich komme jetzt erst dahin, diesen Unterschied zu begreifen.«

»Meine Liebe, du bist im Begriff, den halben Louisianabesitz und die ganze konföderierte Armee zu heiraten«, sagte Lena Tonelli. Sie winkte zum Abschied mit der Hand. »Ich würde mich nicht mit diesem historischen Ausstellungsstück behängen...«

»Ach, Lena, was mich das alles angeht! Du ahnst ja nicht...«

Lena nickte nüchtern. »Doch, ich ahne wahrscheinlich. Ich habe Kester Larne nur einmal getroffen. Ich war hier bei dir und er kam zufällig herein. Nun, ich bin überzeugt, er ist ein bezaubernder Mann, aber sag mal, ist er das Gefühl, das du an ihn verschwendest, wirklich wert?«

»Ja, er ist es.«

»Nun, vielleicht hast du recht«, sagte Lena.

Eleanor lächelte vor sich hin. Die Menschen aus Kester Larnes Lebenskreis waren nicht so leicht zu durchschauen, wie sich das von außen her ansah. Da gab es manches, was Lena nicht wußte und auch nicht wissen konnte; sie begann es ja selbst erst nach und nach zu entdecken. Ihre Haltung zum Beispiel, ihre unerschütterliche Art, sich zu geben, ihr Gefühl für Würde. Die Larnes waren mit dieser Heirat innerlich ganz gewiß nicht einverstanden. Aber nachdem sie nun einmal beschlossen war, hatten sie die Tatsache mit gelassener Höflichkeit akzeptiert, weit mehr als Fred Upjohn etwa. Kein Außenstehender hätte auf die Vermutung kommen können, daß hier nicht alles so war, wie sie es sich wünschten. Sie verstanden es auf unnachahmliche Weise, die Tür zu ihrem Privatleben zu schließen und verschlossen zu halten. Diese unerschütterliche Haltung hatte sie durch die schwersten Zeiten, durch Not und Krieg und Elend sicher getragen; ihre gewachsene natürliche Anmut war schlechterdings unbesiegbar.

Immerhin, auch Fred Upjohn hatte sich mit den Tatsachen abgefunden; er gab sich in seiner etwas rauhen und barschen Art freundlich und liebenswürdig. Am Abend vor der Hochzeit sandte er nach Eleanor. Sie folgte der Aufforderung mit einigem Widerstreben, denn Freds Mißfallen an ihrem Heiratsplan äußerte sich noch so deutlich, daß sie ihm auswich, wo es irgend anging. Aber Fred begann die Unterhaltung in völlig nüchterner und geschäftsmäßiger Weise. Er wollte nichts als ihre Unterschrift. Er hatte ihr einen Anteil der Tonelli-Fracht-Dampferlinie, an der er beteiligt war, überschreiben lassen, um ihr durch die Zinsen ein eigenes Monatseinkommen von etwas über hundert Dollar zu sichern.

Eleanor zeigte sich sehr überrascht und wollte zunächst von der Überschreibung nichts wissen. Aber Fred Upjohn bestand darauf. Es mache gar keine Schwierigkeit, sagte er, er könnte es aufbringen. Dabei suchte er seine Verlegenheit durch unwirsche Bewegungen zu überdecken.

Der Tonelli-Linie gehörten außerordentlich große Ländereien in Mittelamerika, und sie war immer noch im Wachsen begriffen. Fred Upjohn hatte mit den in seinem Besitz befindlichen Aktien dieser Gesellschaft und seinem Einkommen aus der Deichbauarbeit im letzten Jahr an die zwanzigtausend Dollar verdient. Er wünschte nicht, daß seine Tochter ihren Mann jedesmal um Erlaubnis fragen müßte, wenn sie sich ein neues Kleid kaufen wollte. Er hatte ihr den Anteil überschrieben, aber das Kapital selbst gesperrt, so daß sie nur über die Zinsen verfügen konnte. So besaß sie, unabhängig von ihrem zukünftigen Mann, eine solide Sicherheit für die Zukunft, denn die Tonelli-Aktien behielten ihren Wert.

Nachdem Eleanor seine geheime Absicht begriffen hatte, küßte sie ihren Vater impulsiv. Sie saßen in dem kleinen Arbeitszimmer neben Freds Schlafraum, in welchem er auch des Nachts oft über seinen Plänen zu sitzen pflegte. Eleanor saß auf seinem Schreibtisch und ließ die Beine baumeln.

»Pa, du bist ein großartiger Mann«, sagte sie, ihn mit offenem Blick ansehend. Wahrhaftig, es kam ihr aus dem Herzen. »Sieh, ich weiß ja, daß du diese Heirat nicht gerne siehst. Um so mehr weiß ich deine heutige Haltung zu schätzen.« Ach, es war schwer, darüber zu sprechen. Sie hatten das Thema seit jener ersten Unterredung zwischen Fred und Kester nicht mehr berührt.

Fred verschränkte die Hände über der Schreibtischplatte und sah sie lächelnd an. »Ich tue es für dich, Eleanor«, sagte er, »und du darfst mir glauben, daß ich es gern tue.« Er legte seine Hand mit sanftem Nachdruck auf die ihre. »Honigmädchen«, sagte er, »ich glaube, wir haben uns beide neulich nicht sehr gut benommen. Ich habe eingesehen, daß ich kein Recht habe, in dein Leben einzugreifen. Ich möchte, daß wir immer gute Freunde bleiben.«

»Oh, Vater, das möchte ich auch. Du ahnst nicht, wie ich dich vermißt habe, in all der Zeit.« Ihre Stimme stockte ein wenig.

Er streichelte leicht ihre Hand; ein Weilchen herrschte Schweigen zwischen ihnen. Es war alles ganz so wie in den alten Zeiten.

»Daß Miß Loring mit den Bürogeschichten nicht so gut fertig wird wie du, ist ja klar«, sagte Fred schließlich.

Eleanor lachte ihn an: »Oh, sie wird es lernen. Als ich anfing, verstand ich auch noch nicht viel.«

»Sie hat nicht deine Erziehung und Ausbildung gehabt. Ich werde mich doch wohl nach einer Dame umsehen müssen, die das College besucht hat.«

Ach, er war rührend, der Vater. Eleanor mußte lächeln. Seine heimliche Hochachtung vor dem College kam bei jeder Gelegenheit zum Ausdruck. Sie sagte: »Wenn du einmal in einer schwierigen Lage sein solltest, Pa, laß es mich wissen. Ich springe dann gerne ein und bin sicher, daß Kester mich für ein paar Tage gehen läßt.«

Er schüttelte den Kopf. »Das wird nicht nötig sein. Ich werde es schon irgendwie schaffen. Ich bin ja auch früher fertig geworden. Es ist nur so, daß nicht viele Mädchen mit deinem Verstand herumlaufen.«

Er verzog das Gesicht zu einem kleinen Lächeln, wurde aber gleich wieder ernst. »Was sagte Kester damals zu mir? ›Die Rache der Chromosomen‹? Es hat mich ein Weilchen beschäftigt; ich wußte nicht gleich, was ich damit anfangen sollte, ich war mir über die Bedeutung des Wortes Chromosomen nicht ganz klar und mußte mich erst unterrichten. Wahrhaftig, ich mußte das Wort sogar erst buchstabieren lernen. Aber dann gemahnte es mich an etwas, was ich dir sagen sollte.« Er zögerte, und sein etwas verdunkelter Blick ging an ihr vorbei.

»Ja, Vater?« Sie preßte seine Hand, die die ihre noch hielt. »Sprich ruhig. Sage, was du mir sagen willst. Ich höre gern zu.«

»Es ist eine etwas komplizierte Sache, Mädchen. Aber sieh, du bist mir in vielen Dingen nachgeartet. Du bist verantwortlich für dein Tun und ich weiß, daß du dir dieser Verantwortung bewußt bist, wenn du jetzt diese Ehe schließt. Und ich muß sagen: Ich möchte dich nicht einmal anders. Und doch möchte ich jetzt eine Warnung aussprechen. Glaube nicht, daß du alles erzwingen und alles erreichen kannst, was du willst. Das wäre ein gefährlicher Irrtum.«

»Du machst mich bange, Pa«, sagte sie leise; »ich fürchte, ich verstehe noch nicht ganz, worauf du hinauswillst.«

»Ich meine ganz einfach, was ich sage, du brauchst nichts hineinzudeuten.« Fred suchte nach den Worten und sprach sie mit langsamem Nachdruck vor sich hin. »Nichts ist im Grunde so großartig und unverletzlich, wie es dir erscheint. Es kommen immer wieder Zeiten, wo Dinge in Scherben gehen, die wir für unzerstörbar hielten. Wir müssen immer auf Zusammenbrüche vorbereitet sein, und wir haben die Kraft mitbekommen, mit solchen Erlebnissen fertig zu werden.«

Er sah ihr mit wacher Aufmerksamkeit in die weit geöffneten Augen.

»Ich weiß das heute, Eleanor«, fuhr er fort, »aber ich habe es nicht immer gewußt. Zum ersten Mal wurde es mir klar, als ein Deich brach und zusammenstürzte, weil der Strom mächtiger war; es hätte mich bald das Leben gekostet. Ich hatte den Damm selber projektiert und gebaut und ich wußte, daß alles in Ordnung und nichts versehen war. Und doch brach er, und ich mußte erkennen, daß es Kräfte gibt, die wir nur schwer oder gar nicht einschätzen können. Du kannst nicht mehr tun, als das, was du aus bestem Gewissen für das Rechte hältst. Glaubst du mir das?«

»Warum? – Ja, natürlich!« sagte Eleanor, aber sie sagte es mit einer so glücklich unbekümmerten Stimme, die ihm wie ihr selber sagte, daß sie nicht überzeugt war.

Fred Upjohn schüttelte langsam den Kopf. »Ich weiß, du glaubst das noch nicht. Du bist überzeugt, es aus dir heraus meistern zu können. Versuche es trotzdem, mit dem Unvorhersehbaren zu rechnen. Es macht die Dinge leichter ertragbar. Eleanor, ich kümmere mich nicht um das, was da auf dich zukommt und Besitz von deinem Leben ergreift. Ich warne dich nur: Verliere dich nicht in einer Welt, die jenseits alles dessen steht, was du bist. Bleibe du selbst und verlaß dich auf nichts als die eigene Kraft. Die wirklichen Entscheidungen fallen diesseits des Ruhmes! Daran erinnere dich, wenn es aus jener Welt heraus nach dir greift. Nicht um meinet-, um deinetwillen!«

»Ja, Vater.« Sei beugte sich etwas vor und sah zu ihm auf. »Ich sage es noch einmal, Pa, du bist ein großartiger Mann und ich liebe dich sehr. Aber ich bitte dich herzlich, im Zusammenhang mit mir keinen traurigen Vorahnungen Raum zu geben. Ich bin sicher, daß alles gut werden wird. Ich weiß, daß ich mit Kester ein glückliches Leben führen werde...«

Fred unterbrach: »Ich hoffe und wünsche es von ganzem Herzen, Kind. Gott schütze dich, Eleanor.«

Am nächsten Tag waren Eleanor und Kester verheiratet. Es war jetzt die letzte Woche im Mai. Sie fuhren zur Golfküste hinunter und waren so glücklich, daß sie nichts wußten und dachten, als daß sie vereinigt und zusammen waren.

Drittes Kapitel

1

Der Golf glich einem weitgespannten Bogen aus purpurschimmerndem Glas. Hinter dem Strand winkten die Fächer und Federn der Palmen, die die großen Hotelbauten umstanden, deren weiße Fassaden im Sonnenlicht glänzten. Die Tage folgten einander in nicht abreißender Fülle. Eleanor und Kester schwammen und wanderten, oder sie lagen zusammen am Strand in der unendlichen Weite von Sand, Sonne und Wasser, sahen einander an und redeten wenig; manchmal vergingen Stunden, ohne daß sie ein Wort sprachen. Das Wunder ihres Beisammenseins erfüllte sie ganz. Manchmal fragte sich Eleanor, ob sie wohl jedes Jahr Zeit haben würde, um sich solche sorglosen Ferien zu leisten.

Es war ja zum ersten Mal in ihrem Leben, daß sie Ruhe und Untätigkeit kennenlernte. Sie war immer, solange sie denken konnte, irgendwie beschäftigt gewesen; immer war irgendwo ein Ziel gewesen, das es zu erreichen galt, und sie hatte niemals Ruhe gegeben, bis sie durchgesetzt hatte, was sie wollte. Langeweile kannte sie nicht, Nichtstun ertrug sie nicht, immer hatte ihre vorwärtsdrängende Tatkraft Ausschau nach neuen Aufgaben gehalten, die anzupacken und zu bewältigen sich lohnte. Hier nun war sie zu Ruhe und Nichtstun verurteilt. Sie gedachte der schier unerträglichen Spannung zu Hause, die sie in den letzten Monaten in Atem gehalten hatte, und sie wußte nicht recht, ob das Nachlassen dieser Spannung nun auf die schließliche Nachgiebigkeit ihres Vaters oder auf ihre plötzliche Befreiung aus dem Arbeits- und Pflichtenzwang zurückzuführen war. Sie mußte zuweilen lächeln, wenn ihr klar wurde, wie wenig sie eigentlich vom Leben gewußt hatte, obgleich sie sich doch immer eingebildet hatte, sie sei klug und weise und gegen Überraschungen gesichert. Kester war ein wundervoller Liebhaber und ein idealer Gatte, und sie erlebten das Glück so unmittelbar, daß sie sich nicht viele Gedanken über seine Grundlagen machten.

Da waren diese leuchtenden Morgen, wenn die sanften Wogen des Schlafes sie entließen und ihr nachschauernd bewußt wurde, sie Kester sie geküßt hatte. Sie kehrte aus dem Traumland zurück, schlug die Augen auf und sah ihn über sich gebeugt. Da waren die endlosen, warmen Tage, die unerschöpflich schienen mit der Fülle der Geschenke, die sie über sie ausschütteten. Sie gingen nebeneinander, sie schwammen Seite an Seite, sie lagen am Strand und er brachte ihr Fruchtpunsch, während ihr Haar in der Sonne trocknete und der weite Rock ihres Badekostüms sich im leichten Wind blähte. Er sah sie an, ihren schlanken Körper, ihre langen Beine in den schwarzen glänzenden Strümpfen, und er sagte ihr zum tausendsten Male, daß sie schön sei, die schönste Frau, die er jemals gesehen. Dann kam ihr ein Lachen tief hinten aus der Kehle, und sie saßen nebeneinander und schlürften ihre Getränke, bevor das Eis in der Sonne schmolz. Da waren die wundervollen Abende, die der Nacht vorangingen. Sie tanzten in der Hotelhalle, und Eleanor fand, daß Kester nicht nur ein ausgezeichneter, sondern auch ein unermüdlicher Tänzer war, den auch die wildesten Drehungen des Türkentrotts nicht zu ermüden vermochten.

Im Laufe dieses Sommers wurde Eleanor nach und nach mit Kesters strahlenden Tugenden, allerdings auch mit seinen zwar liebenswerten, aber zuweilen erschreckenden Fehlern bekannt. Kester schien jedermann zu kennen und jedermann zugetan, und dies schien durchaus wechselseitig. Kellner und Hotelpagen sprangen, wenn sie ihn sahen; er brauchte kaum den Mund aufzutun. Schon nach wenigen Tagen grüßten ihn die anderen Gäste, als seien sie schon seit Jahren mit ihm befreundet. Eleanor verwirrte das. Sie selber hätte von New Orleans nach Schanghai fahren können, ohne mit einem einzigen Menschen ein Wort zu wechseln. Aber nun sah sie sich einbegriffen in diesen Strom liebenswürdiger Zuneigung, der Kester mühelos zufloß. Offenbar nahm jedermann an, daß sie ebenso sein müsse wie Kester; aber das war sie nicht, keineswegs, sie begriff nicht einmal, was da vorging. Trotzdem freute es sie, wenn man sie ansprach und ihr versicherte, sie und Kester hätten allen Hotelgästen zu den angenehmsten und erfreulichsten Ferien ihres Lebens verholfen. Gleichzeit beunruhigten sie diese Komplimente. Sie hatte das dunkle Gefühl, Tribute einzuheimsen, die nicht ihr, sondern ausschließlich Kester zustanden. Gleichzeitig barst sie vor Stolz, einen so liebenswürdigen, allgemein beliebten Gatten zu besitzen. Er war aber nicht nur ein Genie in der Art, Menschen zu nehmen und zu behandeln, er war auch ein Muster von Selbsterziehung. Niemals war sie bei einem Menschen einer mit solch selbstverständlicher Gelassenheit zur Schau getragenen Eleganz und Sicherheit der Haltung begegnet. Sie war stolz, mit ihm gesehen zu werden; sie sonnte sich an den bewundernden Blicken, die Frauen ihm zuwarfen, sobald er ein Restaurant betrat. Eleanor litt nicht eben an Selbstunterschätzung, aber es gab Zeiten, da sie sich verwundert fragte, wie es nur käme, daß ein so fesselnder, von allen geliebter und bewunderter Mann ausgerechnet sie ausgewählt habe. Nun, er hatte es und es war kein Zweifel, daß er sie liebte; das Wissen machte sie glücklich.

Indessen machte die Leichtigkeit, mit der Kester Menschen und Dinge zuflossen, ihn auch gleichgültig und bedenkenlos in all den kleinen Fragen des täglichen Lebens. Ordnung und Selbstdisziplin, Dinge, mit denen Eleanor groß geworden war, kannte er nicht. Er vergaß, seine Uhr aufzuziehen, er wußte niemals, wo er einen Gegenstand hingelegt hatte. Wenn er seine Kleidung wechselte, warf er alle Sachen wild durcheinander, wo er gerade stand, und Eleanor rief manchmal mit komischem Entsetzen aus, sie müsse die meiste Zeit ihrer Flitterwochen damit zubringen, ihres Mannes Sachen aufzuräumen.

»Du liebst die Unordnung«, seufzte sie dann wohl. »Es interessiert dich weniger, ob Taft oder Wilson oder Roosevelt gewählt werden; es kommt dir nur darauf an, die verschiedenen Ansichten zu diesem Thema um dich herum aufzustapeln.«

Kester lachte über ihre Versuche, äußere Ordnung in sein Leben bringen zu wollen, pfiff einen Schlager und ging unbekümmert wie immer aus dem Zimmer.

Sie kam dahinter, daß er Schecks ausschrieb, ohne sich auch nur die Zahlen zu notieren. Diese Leichtfertigkeit in Gelddingen war ihr unbegreiflich, sie entsetzte sie geradezu. Als sie ihm einmal davon sprach, sah er sie nur verwundert an. »Wieso?« sagte er. »Ich bekomme doch die Bankauszüge, das ist ja ihr Sinn.« Sie sah sein Gesicht und war entwaffnet. »Du meinst vermutlich, auch die Engel seien dazu da, auf dich aufzupassen«, lachte sie. Kester fand den Gedanken witzig. »Warum nicht?« sagte er. »Bisher haben sie es jedenfalls getan. Aber nun haben sie ja dich zu mir geschickt, damit du ihnen die Aufgabe abnimmst.«

Er lachte sein fröhliches Lachen und ging in die Bar, um sich einen Manhattan-Cocktail servieren zu lassen, obgleich es erst Nachmittag war und das Thermometer über neunzig Grad Fahrenheit anzeigte. Eleanor begriff nicht, wieso Alkohol so früh am Tage und bei solcher Hitze ihn nicht elend machte, aber offenbar gab es nichts, was in der Lage gewesen wäre, seiner Gesundheit zu schaden.

Nach Beendigung der Ferien fuhren sie nach Ardeith. Pächter und Dienerschaft waren vor dem Herrenhaus versammelt, um sie zu begrüßen. Kesters Mutter stand, umgeben von etwa zwanzig Basen und Freundinnen, auf der Veranda, um Eleanor zu bewillkommnen. Das junge Paar schritt die Treppe hinauf und betrat das große Zimmer, in dem Kester selbst und sein Vater geboren wurden. Auf dem großen Marmorkamin blühten Tulpen; das riesige, auf vier Pfosten ruhende Bett unter dem Baldachin aus hochroter Seide wirkte wie eine Burg; man sah ihm seine Bestimmung an, den Erben einer alten und großen Tradition zum Leben zu verhelfen. Durch eine Tapetentür betrat man ein kleines Boudoir, ausgestattet mit damastbezogenen Möbeln aus Rosenholz; ein entzückender Rahmen für eines dieser empfindsamen und zerbrechlichen Luxusgeschöpfe, die in solcher Atmosphäre zu gedeihen pflegten.

Eleanor blickte verwirrt und ein wenig befangen auf diesen verschwiegenen Luxus, sie trat in das Schlafzimmer zurück, ging zum Fenster und sah draußen die mächtigen Kronen der alten Eichen, die sich im Winde wiegten und leise flüsterten, wie sie zu vielen Generationen geflüstert hatten. Sie fühlte, wie etwas auf sie zukam und nach ihr griff, wie sie langsam eingelullt und eingefangen wurde von dieser fremden, ganz in sich selbst ruhenden Welt, wie sie schon jetzt nicht mehr ein selbständiges Individuum, sondern bereits Teil einer Einheit war wie ein Stein in der Schloßmauer.

»Es ist alles so sonderbar«, flüsterte sie Kester zu, »so dicht, so unangreifbar und – so wesentlich!«

Später, während das Badewasser in die Wanne lief, stand sie vor der alten Mahagonikommode, sah in den Spiegel und dachte der vielen anderen Frauen vor ihr, deren Bild das Glas hier zurückgeworfen hatte. Die Kommodenschublade klemmte ein wenig, als sie sie aufzog, um ihre Schmucksachen hineinzulegen. Sie dachte an ihr Zimmer in New Orleans, wo alle Möbelstücke neu, glänzend und sehr praktisch waren. In der Upjohn-Familie hatte kein Mensch Zeit, sich mit Schubladen abzuquälen, die sich nicht reibungslos öffnen ließen, und auch eitle Gedanken vor dem Spiegel kamen dort niemand. Wahrhaftig, ihr war zumute, als habe sie plötzlich eine verzauberte Welt betreten, in der nichts mehr wirklich war, aber alles den unwahrscheinlichen Zauber fantastischer Träume hatte.

2

»Meine Zeit ist in unwahrscheinlicher Weise bis zum Rande mit Nichtstun erfüllt«, schrieb Eleanor ihrem Vater. »Versuche es, dir bildhaft vorzustellen, wie ich morgens in diesem riesigen, von vier Säulen getragenen Prunkbett erwache. Ich richte mich auf und ziehe an einer altertümlichen gestickten Glockenschnur. (Das Glockensystem hier im Hause ist eine Sache für sich. Die Einrichtung dürfte etwas aus dem Jahre 1840 stammen. Wenn ich, in meinem Bett sitzend, die Schnur ziehe, klingelt es irgendwo unten im Hause, in Bereichen, in die ich so gut wie niemals eindringe.) Ich lasse mich dann zurückgleiten und betrachte den Baldachin über meinem Kopf. Nicht lange danach erscheint eine Negerin. Sie trägt einen prächtigen Überwurf und hat goldene Ringe in den Ohren. Sie serviert mir auf einem silbernen Tablett den Kaffee. Es ist nicht immer dieselbe Frau, die den Kaffee bringt; ich unterscheide sie noch nicht genau, denn du mußt wissen, es läuft soviel Dienerschaft bei uns herum, daß wir das ganze ›Weiße Haus‹ damit versorgen könnten. Fred sagt, daß die meisten von ihnen auf der Plantage geboren seien und daß er ohnehin für sie sorgen müsse. –

Nachdem wir angekleidet sind, gehen wir hinunter und betreten ein Frühstückszimmer, das mit Mahagonimöbeln ausgestattet und Morgen für Morgen mit Blumen übersät ist. Wir vertilgen dann mit gutem Appetit eine große Portion Maisgrütze, Schinken und heiße Waffeln. Inzwischen hat einer der überall herumlaufenden Schwarzen die Pferde gesattelt und bereitgestellt, und gleich nach dem Frühstück reiten Kester und ich zu dem Baumwollfeldern. –

Ich fange an, mich mit Art und Wesen der Baumwollpflanzung vertraut zu machen. Kester wollte erst nicht, daß ich im Herrensattel reite, als ich ihm aber sagte, daß das heutzutage bei den vornehmsten Damen üblich sei und daß ich nicht mehr umlernen könnte, gab er sich zufrieden. –

Komme ich dann von dem Ausritt zurück – Kester bleibt in der Regel noch auf den Feldern –, dann ist, kaum daß ich zur Tür herein bin, bereits irgendein farbiges Mädchen zur Stelle, um mir beim Ablegen der Reitkleidung behilflich zu sein. Sie hüllt mich dann in einen durchsichtigen, mit Straußenfedern besetzten Morgenrock, und ich darf mich in mein Boudoir zurückziehen, eine Limonade schlürfen und Dankbriefe an die zahllosen Spender meiner Hochzeitsgeschenke schreiben. –

Weil die Hausfrauenpflichten in diesem Haus anscheinend so schwierig zu bewältigen sind, ist Kesters Mutter für einen Monat hier, um mir einen Teil meiner neuen Bürde tragen zu helfen. Während ich ausreite oder Briefe schreibe, führt sie das Haus, und das übertreibt sie so sehr, daß ich mir noch immer wie ein zufälliger Gast vorkomme, der um Gottes willen davor bewahrt werden muß, seinen Kopf mit profanen Dingen zu belasten. Um zwei Uhr werde ich zum Dinner angekleidet, das wir in einem Speisezimmer einzunehmen pflegen, das die Dimensionen eines Staatsbankettsaales besitzt. Das Essen selbst ist köstlich. Wir speisen hier jeden Tag wie früher gelegentlich festlicher Anlässe bei Antoines. Über dem Eßtisch ist ein großer Fächer angebracht (sie nennen ihn hier einen Besen), und dieser Fächer wird während der ganzen Mahlzeit von einem kleinen Negerjungen hin und her geschwungen, um die Fliegen zu verjagen. Die Mühe ist gegenwärtig völlig sinnlos, da die Fenster während des Tages zugezogen sind, aber sie wird gleichwohl geübt, und ich fange an, mich an die kleinen entzückenden Unsinnigkeiten dieses Daseins zu gewöhnen. –

Nach dem Essen werde ich abermals umgekleidet, nunmehr sehr sorgfältig, denn nun werde ich ausgestellt. Ich gehe in den Empfangssalon hinunter und sitze hier brav und sittsam neben Mrs. Larne, um Besuche zu empfangen. Meine Schwiegermutter strapaziert ihre Hände damit, eine Altardecke für die protestantische bischöfliche St. Margaretenkirche zu sticken. Ich selbst pflege meine Hände bei solchen Gelegenheiten ruhen zu lassen, denn würde ich irgend etwas damit sticheln, würde jedermann meinen, ich sei schon dabei, Babykleidung anzufertigen. Jedermann würde von einem zu erwartenden freudigen Ereignis tuscheln, und dergleichen ist hierorts nicht erwünscht. Es wäre unfein. –

Die Besucher lassen nie lange auf sich warten. Anscheinend ist jede Dame der Stadt von der unerläßlichen Notwendigkeit überzeugt, während dieser ersten Wochen unserer Anwesenheit auf Ardeith ihre eigenen Angelegenheiten zurückzustellen, um mein Dasein durch ihre Gegenwart zu bereichern. Die meisten Besuche dauern genau eine halbe Stunde. Mrs. Larne versieht dabei die Rolle meiner Anstandsdame. Sie meint wohl, eine junge Frau sei viel zu unerfahren, um ohne Führung und Anleitung ihre zukünftigen Freundinnen auswählen zu können. Sie ist unablässig bemüht, mir kleine Bemerkungen zuzuflüstern, um mich über Herkunft, Bedeutung und Lebensweise der jeweiligen Besucherinnen zu unterrichten. Mrs. Dingsda entstammt einer der vornehmsten Familien Louisianas und muß besonders zuvorkommend behandelt werden; über Mrs. Soundso wurde vor ihrer Heirat viel gesprochen, ohne Zweifel unberechtigt, aber es ist angezeigt, ein wenig Vorsicht zu üben. ›Neue Leute‹ nennt man alle diejenigen, die nach dem Bürgerkrieg zuzogen. Wenn sie ›nach dem Kriege‹ sagen, dann hört es sich an, als sei dieser Krieg am letzten Dienstag zu Ende gegangen. –

Einige der Damen sind reizend, einige sind unangenehm und einige sind dumm. Gestern meldete unser Butler Cameo die Durham-Mädchen an. Drei alte Damen kamen hintereinander hereinmarschiert, alle schwarz gekleidet; es war unheimlich, wie sie sich nebeneinander in einer Reihe niederließen. Sie betrachteten mich mit offensichtlicher Feindseligkeit, und ich dankte dem Himmel für die Anwesenheit von Mrs. Larne, die mit ihnen über die Sonntagsschule sprach. Am Abend fragte ich Kester, warum um alles in der Welt die drei alten Damen ›Mädchen‹ genannt würden. Es glimmte in seinen Augen und er erzählte mir in seiner sarkastischen Art ihre Geschichte:

Das Haus der Durhams fing eines Nachts Feuer. Da waren die drei Töchter alte Jungfern rund um die Fünfzig. Als ihr noch lebender Vater am folgenden Tag von dem aufregenden Ereignis erzählte, sagte er: ›Meine Frau und ich waren vollkommen ruhig, aber die Kinder waren ein wenig aufgeregt.‹ Die Kinder waren die drei Fünfzigjährigen. –

Beim Schein der Lampe pflegen wir zu Abend zu essen. Danach zieht sich Kesters Mutter taktvoll zurück. Entweder geht sie in ihr Zimmer und liest ›Barbaras Sieg‹, oder sie besucht eine ihrer zahllosen Freundinnen, um eine Partie Bridge zu spielen. Kester und ich haben dann jedenfalls Gelegenheit, uns über die Leute zu amüsieren, mit denen ich tagsüber zusammengetroffen bin. –

Lieber Pa, ich sehe dich vor mir, wie du die Nase rümpfst, und ich höre förmlich deinen Stoßseufzer: ›Das ist nun meine Tochter, die Logarithmen im Kopf behalten kann!‹ Aber laß es gut sein, Pa.

Die bisherige Zeit meiner Ehe ist eine solche Kette nicht abreißender Wunder, daß ich dir nichts darüber sagen kann, ausgenommen, daß ich glücklich bin und daß ich richtig gehandelt habe. Ich glaube nicht, daß ein Mensch glücklicher sein kann, als ich es gegenwärtig bin.«

Eleanor war in der Tat überrascht über die nicht abreißende Kette von Besucherinnen. Anscheinend hatten sich die zahllosen Freundinnen Lysianes vor der Hochzeit die Köpfe über Kesters unbekannte Braut zerbrochen; nun mußte man doch wenigstens sehen, wer da in die Larne-Familie aufgenommen worden war. Eleanor fand die feierliche Förmlichkeit, in der diese Besuche sich abzuwickeln pflegten, ein wenig lächerlich, aber da es nun ihr Schicksal geworden war, ihr Leben auf Ardeith zu verbringen, ging sie allmählich daran, sich ihre Besucherinnen ein wenig aufmerksamer anzusehen und im stillen eine geheime Auswahl zu treffen. Das war durchaus nicht einfach, denn die meisten dieser Damen glichen einander auf eine sonderbare Weise, wenn sie ihr da gegenüber saßen mit ihren strahlenden Augen und ihrem puppenhaften Lächeln. Immerhin verstand sie es auf geschickte Weise, einige von ihnen auszuzeichnen. So die junge Mrs. Neal Sheramy von der Silberwald-Plantage, die hübsch und ein bißchen zerbrechlich war und empfindlich hustete – wahrscheinlich hatte sie die Schwindsucht –; oder Kesters Cousine Sylvia St. Clair, eine etwa vierzigjährige Dame mit einem fleckigen Hals und einem Gesicht wie Essigwasser. Sylvia war nicht sehr angenehm, aber sie verstand so amüsant zu schwätzen, machte geheimnisvolle Andeutungen über ihre eigene unglücklich verlaufene Ehe, klatschte über jedermann und versuchte immer wieder, Eleanor vertrauliche Fragen zu stellen, die diese zwar nicht ungeschickt abzuwehren verstand, die sie aber immer wieder insgeheim amüsierten.

Dann war da noch Violet Purcell, ein dunkles lebhaftes Mädchen in einem lavendelfarbenen Kleid und einer schwarzen Federboa. Sie pflegte ihre Sätze mit Epigrammen zu spicken, von einer bittersüßen Heiterkeit, die nachdenklich stimmte.

Grundsätzlich kümmerte sich Eleanor nicht weiter um die Angelegenheiten ihrer Besucherinnen, aber sie lieferten ihr und Kester amüsante Gesprächsstoffe für den Abend. Kester hatte viel Sinn für Humor und ein fast untrügliches Gefühl für Menschen; er verstand sehr viel treffender und scharfsinniger zu urteilen als seine Mutter.

Nachdem Lysiane endlich nach New Orleans zurückgekehrt

war, sah sich Eleanor mit ihren kleinen Repräsentationspflichten allein. Aber sie hatte sich nun schon recht gut in den Stil von Ardeith hineingefunden. Sie gaben kleinere und größere Gesellschaften und besuchten ähnliche Veranstaltungen bei Verwandten und Freunden, und lange Abende verbrachten sie allein zu zweien, ohne jemals in Verlegenheit zu geraten, worüber sie sich unterhalten sollten. Gleich nach der Baumwollernte richtete Kester den Arbeitern ein Fest im Freien aus, bei dem ganze Tiere auf dem Rost gebraten wurden. Er und Eleanor traten dann gemeinsam mit ein paar Freunden als Gastgeber und Ehrengäste auf, thronten hoheitsvoll mitten unter den Schwarzen auf großen Baumwollballen und ließen sich mit Bier und Sandwiches bedienen. Anschließend wurden sie dann in einem Wagen zum Herrenhaus zurückgefahren, um hier mit ihren eigenen Gästen die Nacht zu durchtanzen.

An dem Tag, da Woodrow Wilson zum Präsidenten gewählt wurde, erschien Kester unerwartet mit einem ganzen Schwarm von Gästen, um das Wahlergebnis zu feiern. Eleanor, an solche Stegreif-Partys nicht gewöhnt, nahm ihn beiseite und fragte ihn ratlos, wie, um alles in der Welt, sie so viele Menschen unvorbereiteterweise denn verpflegen solle. Kester begriff offenbar gar nicht, was sie meinte, jedenfalls ging er nicht auf ihre Frage ein; er lachte sie an und rief, gänzlich von dem Tagesereignis in Anspruch genommen: »Vermont, Utah und Eleanor waren sämtlich für Taft, aber es hat nicht geholfen.« Damit verschwand er in der Küche. Eleanor folgte ihm, heftig protestierend. Sie habe keineswegs für Taft gestimmt, versicherte sie, sie sei durchaus für Wilson, aber darum ginge es jetzt nicht; vielmehr handele es sich darum, wie sie aus heiterem Himmel ein Abendessen für mehr als zehn Personen herbeizaubern solle. Aber dies schien nun hier in der Tat kein Problem; Kester schwatzte bereits mit Mammy, der Köchin. Mammy war immer schon, solange er denken konnte, in Ardeith gewesen, sie verstand sich auf solche Dinge. »Geh zu unseren Gästen, Eleanor«, sagte er, »und kümmere dich bitte nicht mehr um diese Dinge; ich versichere dir, daß sie geregelt werden.«

Drinnen fand sie die Gäste bereits um das Klavier versammelt. Sie sangen mit fröhlichen Stimmen, Violet Purcell begleitend, die die Tasten bearbeitete. Kester kam mit einem Tablett voller Getränke herein und warf Eleanor einen neckenden Blick zu. Sie flüsterte ihm zu: »Wird Mammy wirklich damit fertig?«

»Aber selbstverständlich«, antwortete er und wandte sich den Gästen zu: »Wünscht jemand einen Drink?«

Sie wünschten. Sie tranken, lärmten und lachten und verlegten sich schließlich aufs Tanzen. Neal Sheramy flüsterte ihr zu: »Es ist wie immer reizend in Ardeith, Eleanor.« Kein Zweifel, sie waren es gewöhnt, auf diese Weise hier einzufallen; offenbar war das schon immer so gewesen. Sie erinnerte sich, daß Lysiane ihr schon im Anfang gesagt hatte, Kester habe immer das Haus voller Gäste.

Violet spielte mit Hingabe und Temperament den ›*Mississippi-Dippi-Dip*‹, und Eleanor tanzte mit Neal Sheramy, bis sie beide außer Atem waren, dann setzte sie sich zu Neals kleiner Frau, die zu zerbrechlich schien, um sich so anstrengende Tänze leisten zu können. Eleanor dankte dem Himmel für ihre derbe Gesundheit und freute sich herzlich, in der Lage zu sein, Geselligkeiten dieser Art zu veranstalten.

Als schließlich die Glocke zum Abendessen rief, gingen sie alle in das Speisezimmer. Sie fanden einen reichgedeckten Tisch. Es gab Omeletten, ein Käse-Soufflé, eine Platte Schinken, heißes Biskuit und eingemachtes Obst. Staunend sah Eleanor, wie mühelos sich solche Herrlichkeiten in so kurzer Zeit auf Ardeith beschaffen ließen, und ebenso verblüfft nahm sie wahr, daß jeder der Gäste das offenbar gewöhnt war. Da ließ sie denn alle Sorgen und Bedenken fallen und gab sich der ausgelassenen Fröhlichkeit der Stunde hin. Kester sagte ihr hinterher, er könne zu jeder beliebigen Zeit beliebig viele Gäste einladen; Schwierigkeiten irgendwelcher Art gäbe es da nicht.

Dann und wann war Eleanor gezwungen, ein sehr offizielles und sehr förmliches Mittagessen zu geben. Dann thronte sie sehr hoheitsvoll hinter dem glänzenden Damast und dem spiegelnden Silber, hatte das Haar modisch aufgetürmt und den Hals mit antiken Juwelen geschmückt, die Kester eigens zu diesem Zweck aus den Tresoren des Kellergewölbes heraufgeholt hatte. Aber meist handelte es sich bei den Gesellschaften auf Ardeith um vergnügliche und ungezwungene Zusammenkünfte, wie die zuvor beschriebenen, wo nach Phonographenplatten getanzt wurde oder Violet Purcell auf dem Klavier moderne Schlager spielte. Kesters Freunde bildeten durchweg eine vergnügte, sorglose und unbekümmerte Bande. Die meisten hatten sehr schöne Stimmen, und alle verfügten sie über ausgezeichnete Manieren. Sie waren meistens von Kind auf mit Kester befreundet und taten allesamt ihr Bestes, seine Frau in ihren Kreis hineinfinden zu lassen. Eleanor wußte oft mit ihren harmlosen Neckereien nichts Rechtes anzufangen, aber sie gab sich alle Mühe, ihnen gefällig zu sein, fühlte sie doch, wie sehr sie samt und sonders Kester ergeben waren. Sie fand, daß die meisten Denis und Lysiane ähnelten, in ihrem Wesen und ihrer Art, sich zu geben. Ausnahmslos waren es sehr gepflegte und sehr distinguierte Damen und Herren, völlig nutzlos, wie ihr schien, aber nichtsdestoweniger sehr angenehm zu leiden. Allmählich ging ihr auf, daß auch andere Eigenschaften als diejenigen, die ihren Vater auszeichneten, gefällig und reizend sein konnten. Vor allen anderen begann sie mit der Zeit Violet Purcell auszuzeichnen, deren kühle Knappheit erfrischend und herzgewinnend wirkte.

So fand sie sich allmählich in das neue Leben hinein, erfreute sich an den schönen Tagen, die es ihr brachte, und begann allmählich zu vergessen, daß sie vorher immer nur für andere dagewesen war. Als sie einen Brief ihres Vaters erhielt, in welchem er ihr von der Wasserstraßen-Konferenz berichtete, die der Präsident in Washington abgehalten hatte, stellte sie fest, daß sie mit all der hier zutage tretenden Sachlichkeit und Nüchternheit nichts mehr anzufangen wußte, und begriff plötzlich nicht mehr, wie interessiert sie noch vor einem Jahr an all diesen Dingen gewesen war. Jetzt füllten Kester und Ardeith alle ihre Gedanken aus; nichts anderes schien daneben mehr wesentlich. Kester sagte ihr ein dutzendmal und öfter in der Woche, daß er nie in seinem Leben so glücklich gewesen sei. Es gab zwischen ihnen nur eine einzige Streitfrage. Eleanor wollte, daß er ihr die ordentliche Führung des Haushaltes übertrage. Seine immer wiederkehrende Antwort war charakteristisch für ihn. Sie lautete: »Kaufe ein, was du brauchst, und laß die Rechnungen an mich schicken.« Aber Eleanor war hartnäckig, sie war mit solchen Bemerkungen nicht abzuspeisen. Sie verwandte zwei Stunden darauf, ihm klarzumachen, daß sie unmöglich disponieren könne, ohne zu wissen, wieviel sie ausgeben dürfte. »Gut«, sagte Kester schließlich, »wieviel willst du also haben?« Eleanor seufzte. Was sollte sie auf eine so unmögliche Frage antworten? Sie wollte soviel haben, wie sie zur ordentlichen Führung des Haushaltes brauchte, aber wie um alles in der Welt sollte sie wissen, wieviel das war? Sie war entsetzt, als Kester ihr sagte, Cameo und Mammy hätten das immer in Ordnung gebracht; er habe sich nicht weiter darum gekümmert, sondern nur die Rechnungen bezahlt, die man ihm schickte, und zwar ohne die geringste Unterlage über die tatsächlichen Ausgaben.

Auf ihr hartnäckiges Fragen bekam sie schließlich heraus, daß Ardeith im letzten Jahr achthundert Ballen Baumwolle hervorgebracht habe, und daß man von einem guten Ergebnis sprechen konnte, wenn man zehn Cents für ein Pfund Baumwolle erzielte. Das bedeutete, daß die Plantage ein Gesamteinkommen von vierzigtausend Dollar hatte. Wieviel davon als Reingewinn betrachtet werden konnte, ahnte sie nicht; aus Kester war darüber nichts herauszubekommen. Um zu irgendeinem vagen Anhaltspunkt zu kommen, halbierte sie also die Summe. Zwanzigtausend Dollar schienen ihr durchaus kein sehr bedeutendes Einkommen für einen Betrieb wie Ardeith, aber immerhin war es sehr viel Geld. Das Haus war so verschwenderisch ausgestattet, daß es ohne große Ausgaben in Gang gehalten werden konnte. Nach einigem Nachdenken fragte sie Kester, ob er ihr monatlich sechshundert Dollar für die Haushaltsführung bewilligen könne. »Selbstverständlich!« bejahte er. Da sie indessen überzeugt war, er würde die ganze Unterredung nach einer Stunde vergessen haben, fuhr sie am nächsten Morgen mit ihm zur Bank, wo er die Auszahlung für sie veranlassen sollte. Sie war ziemlich mißgelaunt, er aber kam wieder heraus, strahlend und heiter wie immer, und überreichte ihr ein Buch, durch welches ihr ein Kredit von achttausend Dollar eröffnet wurde. Sie unterdrückte mit Mühe einen Aufschrei, aber er sagte nur lachend: »Nun wirst du mich hoffentlich ein Jahr lang nicht mehr belästigen.«

»Bist du böse?« fragte sie, seine Hand nehmend.

»Aber nein, Liebling, wie kommst du darauf? Nur, es ist so, daß ich noch nie eine monatliche Abrechnung vorgenommen habe. Ich habe keine Lust, meine Zeit an solche Dinge zu verschwenden; dazu sind sie nicht wichtig genug. Du mußt mich schon nehmen, wie ich bin. Weißt du, ich bekomme manchmal ein bißchen Angst: Du bist so aufregend tüchtig!«

Eleanor begann nun mit der ihr gewohnten Genauigkeit hauszuhalten. Sie rechnete wöchentlich ihre Haushaltsbücher ab und gab sich redliche Mühe, Mammy zu verhindern, ihren Mann und ihre Kinder aus den Beständen der Herrenhausküche zu ernähren. Das war ein ziemlich hoffnungsloses Unterfangen, denn Mammy war nur eine von Zahllosen und außerdem stellte sie eine nicht zu unterschätzende Macht dar. Es befanden sich insgesamt elf Bedienstete im Hause. Eleanor fand, daß mindestens fünf von ihnen überflüssig seien, aber ihr Vorschlag, sie zu verabschieden, fand bei Kester taube Ohren. Außer den elf liefen noch mehrere Negerjungen im Haus herum. Sie kamen dann und wann von der Plantage herübergeschlendert und erkundigten sich, ob die junge Miß keine Beschäftigung für sie habe; tatsächlich ging es ihnen nur darum, aus Mammys großmütiger Hand ein paar kalte Bisquits oder ähnliche Leckereien zu erhalten. Eleanor richtete in ihrem Haushaltsbuch für diese und ähnliche Dinge eine Spalte ›Sinnlose, leider unvermeidliche Ausgaben‹ ein, und ließ die Sachen weiter laufen. Kester lachte zu ihren Bemühungen, er fand sie wie vieles an ihr töricht, aber reizvoll und war stets geneigt, ihr in Kleinigkeiten nachzugeben.

»Du bist ein erstaunliches Mädchen«, sagte Violet Purcell einmal zu ihr. »Mach nicht so ein unschuldiges Gesicht, geradeso, als wüßtest du gar nicht, daß du mit dem unwiderstehlichsten Herzensbrecher der Vereinigten Staaten verheiratet bist. Erinnerst du dich daran, was Washington Irving einmal geschrieben hat?«

Eleanor schüttelte den Kopf.

Violet zitierte aus dem Gedächtnis: »›Einer, der tausend einfache Herzen gewinnt, mag sich billig rühmen, wem es aber gelingt, den unbestrittenen Sieg über das Herz einer Koketten zu erringen, der ist ein Held.‹ Das Zitat spricht von einem Mann«, sagte sie, »aber du brauchst es nur umzukehren und es gilt für dich. Eleanor, wie machst du das bloß?«

Eleanor lachte und antwortete, sie wisse es nicht, aber insgeheim war sie entzückt. Daß sie Kester liebte, schien ihr keiner Erklärung zu bedürfen; wie hätte eine Frau ihn nicht lieben sollen? Aber daß Kester sie liebte, das erschien ihr wie ein unfaßbares Wunder. Und sie war dankbar für jeden Beweis seiner Liebe.

Kester unternahm ziemlich häufig Fahrten nach New Orleans, manchmal mit ihr zusammen, zuweilen auch ohne sie. In letzteren Fällen brachte er stets irgendwelche kostbaren, aber ziemlich sinnlosen Geschenke für sie mit: Einsteckkämme mit Bergkristallschmuck, gekreppte Seidenhemden, taftseidene Unterröcke, die beim Schreiten knisterten. Zu Weihnachten schenkte er ihr eine Uhr, die an einer langen Kette um den Hals getragen und in den Gürtel gesteckt wurde. Er hatte ein Kärtchen an die Kette geheftet und darauf in neun Sprachen geschrieben: »Ich liebe dich!« Er hatte einen ganzen Vormittag in der Bibliothek von Tulane zugebracht, um diese Leistung fertigzubringen.

Nach Neujahr entdeckte Eleanor, daß sie ein Kind erwartete. Es verursachte ihr einen gelinden Schrecken, denn obgleich sie selbstverständlich mit Kindern gerechnet hatte, wäre es ihr doch ganz recht gewesen, wenn sie ein bis zwei Jahre sorglosen Eheglücks gehabt hätte, um sich darauf vorzubereiten. Zudem war sie sich durchaus nicht klar darüber, wie Kester die Neuigkeit aufnehmen würde. Er hatte zwar oft geäußert, daß er Kinder liebe, aber sie hatte ihn heimlich im Verdacht, daß er nicht ganz klare Vorstellungen vom Wesen und Bedeutung der Vaterschaft habe. Sie selbst hatte als älteste von sechs Geschwistern zu oft das Kindermädchen spielen müssen, um sich engelhaften Vorstellungen und übertriebenen Illusionen hinzugeben.

Aber als sie es Kester mitteilte, zeigte er sich vor Freude ganz aufgeregt. Sogleich erzählte er die Neuigkeit allen seinen Bekannten, mit der naiven Freude eines kleinen Jungen, dem man ein Fahrrad versprochen hat. Er stieg in die Dachkammer hinauf und brachte eine aus Rosenholz geschnitzte Wiege herunter, in der zahllose Larnekinder gestrampelt hatten und stellte sie sechs Monate vor dem erwarteten Ereignis in dem alten Kinderzimmer auf. Und nun strömte es wieder von allen Seiten herbei; die Freunde und Bekannten des Hauses stellten sich ein, um im voraus ihre Glückwünsche und allerlei kleine Geschenke mitzubringen. Da gab es silberne Fingerhüte, Musseline und andere Gewebe, die Eleanor in eine Schublade legte, da sie nicht nähen konnte und somit keinerlei Verwendung dafür hatte, zumal die benötigte Babyausstattung komplett in New Orleans bestellt wurde. Im übrigen sah sie sich von Stund an, ihren verärgerten Protesten zum Trotz, auf den ängstlich behüteten Platz einer braven Frau und werdenden Mutter verbannt, von der jegliche Aufregung ferngehalten werden mußte. Und zu ihrem Erstaunen fand sie, daß dies nicht einmal ein unangenehmer Platz sei. Es war so angenehm, von allen Seiten verehrt und bedient zu werden und Kesters liebenswürdige Huldigungen entgegenzunehmen. Er brachte ihr alles, was er sah und was ihm gefiel, ohne Rücksicht darauf, ob sie Verwendung dafür haben würde oder nicht. Als er fand, daß sie in ihrem gegenwärtigen Zustand viel zu zerbrechlich und gefährdet sei, um sich über Gebühr zu bewegen, ließ er ihr einen besonderen Telefonanschluß an das Bett legen. Damit nicht genug, erkundigte er sich jeden Tag mehrmals, ob sie irgend etwas wünsche oder benötige, und dies so eifrig, daß sie schließlich den Mut fand, eine Bitte auszusprechen, mit der sie sich herumtrug, seit sie von der Hochzeitsreise zurückgekehrt waren.

Sie ärgerte sich fortgesetzt über Kesters Unordentlichkeit und hatte andererseits oft beobachtet, daß Kester sich über ihre Bemühungen, die Ordnung wiederherzustellen, gleicherweise ärgerte. Und da dieser Zustand unabänderlich schien, sah sie voraus, daß bei weiterer Benutzung eines gemeinsamen Schlafzimmers das beiderseitige Ärgernis eines Tages in einen Sturm ausarten würde. »Ich will mich mit dir nicht über Belanglosigkeiten streiten«, sagte sie, »aber es ist nun einmal so, daß ich nicht an einem Ort leben kann, der immer aussieht, als wäre die chinesische Armee durchgezogen. Gibt es für diesen Zustand keine Abhilfe, dann will ich mich in Geduld fassen, aber ich vermag nicht recht einzusehen, warum ich in einem Haus mit soviel unbenützten Räumen nicht ein eigenes Schlafzimmer haben kann. Würdest du sehr viel dagegen haben, wenn ich ein eigenes Schlafzimmer benützte?«

Sie waren eben dabei, sich anzukleiden. Kesters Hemd hing baumelnd am Kronleuchter und der Fußboden war mit seiner am Vorabend ausgezogenen Unterwäsche bedeckt. Eleanor stand in der Mitte des Zimmers und sah mit verzweifelten Blicken in das Chaos.

Kester lachte. Warum sollte sie nicht ihren eigenen Schlafraum haben? »Aber ja«, sagte er, »selbstverständlich. Ich werde froh sein, deinen Ordnungsanwandlungen nicht mehr ausgeliefert zu sein.« Aber nicht sie müsse umziehen, fuhr er fort, vielmehr würde er sich das Zimmer der Halle gegenüber einrichten lassen. Es sei zwar nicht sonderlich groß, biete aber jede Bequemlichkeit.

Eleanor dankte erfreut; ihr heimlicher Verdruß schwand dahin.

Während der heißen Sommertage lebte sie in ruhiger Trägheit dahin. Der junge Dr. Purcell, der Bruder Violets und der Sohn des alten Doktors, der schon Kester und dessen Vater zur Welt geholfen hatte, kam ein- bis zweimal in der Woche vorbei, aber seine Besuche waren mehr gesellschaftlicher als beruflicher Art. Er saß mit Kester bei einem eisgekühlten Drink zusammen und plauderte über die Baumwollernte, über verschiedene Whiskyarten und über die großen und kleinen Ereignisse der Nachbarschaft. Eleanor mochte Dr. Purcell gern; er war klug und humorvoll und verstand es, seine ärztlichen Besuche amüsant abzuwickeln.

Nur einmal wurde sie aus ihrem Gleichmut gerissen. Das war, als ihr Vater nach Ardeith kam, um sie zu besuchen. Seine Arbeit hatte ihn für ein paar Tage den Strom heraufgeführt. Er sah Eleanor aufmerksam an, die, in einen weißen Satin-Morgenrock gehüllt, ihm gegenüber im Sofa lehnte. Er wurde bestürzt über das, was er sah, umarmte Eleanor und fragte, warum sie es ihn nicht habe wissen lassen, wenn es ihr nicht gut ginge. Kester hatte ihm irgendwelchen Unsinn erzählt, den er nicht begriffen hatte, und nun saß er also da und wollte wissen, was daran sei.

Eleanor sah sein Gesicht und mußte unwillkürlich lachen. »Lieber Pa«, sagte sie, »starr mich doch nicht so an. Ich bin eine Blume des alten Südens und im Begriff, der Ardeith-Plantage einen Erben zu schenken.«

»Fühlst du dich wirklich wohl?« fragte Fred mit zitternder Besorgnis in der Stimme.

»Aber ja, Papa, sei nicht so aufgeregt. Ich fühle mich vollkommen wohl.«

»Sei nur ja vorsichtig«, sagte Fred. »Wenn du beispielsweise auf die Idee kämest, mit dem Zug nach New Orleans zu fahren, würde ich mir Sorgen machen.«

»Mit dem Zug?« Eleanor sah ihn mit gespieltem Entsetzen an. »Aber lieber Mr. Upjohn, du denkst doch nicht etwa, daß sich eine Dame in meiner Verfassung außerhalb des eigenen Gartentores zeigen würde?«

»Du meinst, sie würden dich nicht ausgehen lassen? Aber was machst du für Übungen?«

»Übungen? Oh, ich pflücke zum Beispiel Blumen im Garten«, erklärte sie mit schalkhaftem Lächeln. »Selbstverständlich in Begleitung eines unserer Mädchen, das mir wie ein Schatten folgt und dafür sorgt, daß mich nicht etwa ein Grashüpfer erschreckt.«

Fred Upjohn ließ sich auf einen der zierlichen Stühle nieder, die eigentlich nicht für Figuren wie ihn gedacht waren. Seine Augen schweiften über sie hinweg. »Ich muß daran denken«, sagte er, »als deine Mutter mit dir im gleichen Zustand war, mußte sie täglich drei Mahlzeiten für sechs Männer kochen.«

»Meine Mutter«, sagte Eleanor lächelnd, »war auch nicht mit Kester Larne verheiratet.« Sie beugte sich zu ihm vor. »Pa«, sagte sie, »zieh doch nicht so ein Gesicht. Mir fehlt nichts. Ich ersticke fast in Magnolien, aber ich kann nicht sagen, daß es mir mißfällt.«

Fred hockte reichlich ungeschickt auf dem kleinen Stuhl, offenbar fürchtete er selbst, das zierliche Möbel möchte unter ihm zerbrechen. »Ich habe den Eindruck, daß das alles nicht im geringsten zu dir paßt«, sagte er langsam.

Eleanor biß sich auf ihren Finger und lachte ihn an.

»Aber du bist das eleganteste Mädchen geworden, das ich jemals gesehen habe«, fügte Fred hinzu.

Was sind wir für Menschen, daß uns unsere tiefsten Freuden zum Lachen reizen! dachte Eleanor. Sie vermochte dem Vater Tiefe und Weite ihres Glückes nicht zu erklären. Sie konnte ihm nicht sagen, was sie fühlte, wenn Kester ins Zimmer trat und ein flüchtiges Lächeln mit ihr tauschte. Kester und sie nickten sich oft, lachten über ihre gegenseitigen Fehler und waren dabei stets in geheimem Einverständnis. Sie konnte Fred nicht bewußt machen, was sie empfand, wenn sie in Kesters Armen lag. Aber eigentlich sollte Fred das alles auch so begreifen. Daß er es anscheinend nicht begriff, verwirrte und verletzte sie. Ich bin der erste Mensch, der es unternommen hat, seinen Zorn zu reizen, dachte sie, da darf ich mich nicht über sein Mißvergnügen wundern. So schlimm es war, im Grunde war sie erleichtert, als er ging. Daß es so war, bedrückte sie tief; es machte sie schuldig vor ihrem Gefühl.

3

Das Kind wurde im Oktober geboren. Kester benahm sich so, wie jeder, der ihn kannte, es hätte voraussagen können: Er lief aufgeregt durch das Haus, durchquerte mit langen Schritten die Halle, weigerte sich, zu essen, wurde krank vom Geruch des Chloroforms, betrat in den ungeeignetsten Augenblicken das Entbindungszimmer, um sich zu vergewissern, daß Eleanor nicht im Sterben liege, und gab sich redliche Mühe, allen anderen lästig zu fallen. Als die Schwester gegen sechs Uhr nachmittags erschien, um ihm mitzuteilen, daß ihm eine Tochter geboren worden sei, stöhnte er: »Gott sei Dank! Sie wenigstens wird so etwas nie durchmachen müssen!« Damit stürzte er in das Schlafzimmer und mußte von Dr. Purcell gewaltsam zurückgehalten werden, daß er Eleanor nicht durch Küsse erstickte.

Als Eleanor leise murmelte: »Bitte, laß mich jetzt etwas allein, ich möchte ein wenig ruhen«, war er überzeugt, daß sie ihn nicht mehr liebe, verließ, von seelischen Qualen völlig zerrüttet, den Raum, ohne seine eben geborene Tochter auch nur eines Blickes zu würdigen, rief seinen Vetter und guten Freund Neal Sheramy an und ging mit ihm fort, um sein Leid im Alkohol zu ertränken. Bei Sonnenaufgang mußte er von Cameo in leicht zerrüttetem Zustand zu Bett gebracht werden.

Eleanor lag in dem großen Prunkbett unter dem rotseidenen Baldachin und nahm erfreut und beglückt die ihr dargebrachten Huldigungen entgegen. Sie freute sich herzlich, ihre Eltern zu sehen; sie machten einen so kraftvollen Eindruck und gaben sich so offen, lachten über die verschwenderische Eleganz ihrer Umgebung und erinnerten sie daran, daß sie in einem Zelt geboren war. Hier, in der abgeschiedenen Ruhe von Ardeith erschienen sie Eleanor so erfrischend wie ein herzhafter Sommerwind; zugleich wurde ihr glückhaft bewußt, welch unbesiegbare Erbschaft sie ihrem eben geborenen Kind übergeben konnte. Die Upjohns nahmen den Nachtzug zurück nach der Stadt. Obgleich Eleanor müde war, bat sie die Schwester, Kester zu rufen.

Die Schwester brachte ihn und ließ sie mit ihm allein. Er setzte sich zu ihr an das Bett und sie sagte ihm, daß sie nun wisse, wie sie das Kind nennen wollte.

»Ich würde ihr gern den Namen einer tapferen und mutigen Frau geben«, sagte sie, »es sei denn, du hättest etwas dagegen einzuwenden. Ich denke an die Mutter meines Vaters.«

Kester legte seinen Kopf neben den ihren auf das Kissen. »Warum, Liebste, glaubst du, daß ich etwas dagegen haben könnte?« sagte er.

»Papa war ein uneheliches Kind; hast du das vergessen? Du bist doch so konservativ in solchen Dingen.«

»Nun, vergessen hatte ich die Geschichte nicht«, versetzte er. »Es handelt sich wohl um einen politischen Abenteurer aus der Rekonstruktion.«

»Ich habe bisher kaum darüber nachgedacht«, fuhr Eleanor fort. »Sie war sicherlich ein armes Wesen, die niemals ein hübsches Kleid und selten eine ordentliche Mahlzeit gehabt hatte, bis sie die einzige Chance wahrnahm, die sich ihr darbot. Der Mann verließ sie, bevor Papa geboren wurde. Als Vater ein Kind war, verdiente sie den Lebensunterhalt für beide in der Regel durch Waschen für andere Leute. Dabei brachte sie es fertig, Papa zur Schule zu schikken. Sie konnte nicht lesen, sie wußte wenig oder nichts von alledem, was wir wissen, aber ich bin sicher: sie war eine großartige

Frau. Sie starb, als ich ein kleines Mädchen war, triumphierend wie ein Soldat in einer gewonnenen Schlacht. Denn sie wußte, daß Papa ein großer Mann geworden war, und ihre Zähigkeit und Ausdauer haben ihn dazu gemacht.«

Kester lächelte. »Ich bin überzeugt, daß sie deine Zuneigung verdient. Wie heißt sie denn?«

»Corrie May Upjohn.«

Er tat einen langen Atemzug. »Ich weiß nicht, Eleanor, sei mir nicht böse, aber ich finde das scheußlich.«

»Meinst du? Nun, vielleicht ist der Name wirklich nicht schön. Aber es wäre mir so sinnvoll erschienen.«

»Wie ist es«, sagte Kester, »ist Corrie nicht eine Abkürzung von Cornelia? Wie wäre es, wenn wir das Baby Cornelia nennen?«

»Cornelia – das klingt gut. O ja, Kester, laß sie uns denn Cornelia nennen.«

»Aber gern, meine Liebe. Ich bin einverstanden.«

Eleanor lehnte ihre Wange gegen Kesters Hand, und sie fuhren fort, über das Kind zu sprechen. Kester unternahm es, Cornelias Zukunft auszumalen. Am Anfang dieser Zukunft stand ein Schaukelpferd, das sofort beschafft werden mußte, eines mit einer Mähne aus richtigem Haar. Eleanor sah ihre Tochter bereits in bräutlichem Weiß die Wendeltreppe herunterkommen.

»Wer weiß«, sagte Kester, »vielleicht unternimmt sie ihre Hochzeitsreise in einer Flugmaschine.«

Eleanor schauderte es bei dem Gedanken. »Du erschreckst mich zu Tode«, flüsterte sie. »Glaubst du, daß bis dahin Flugmaschinen im praktischen Gebrauch sein werden?«

»Warum nicht?« versetzte Kester. »Automobile waren vor zwanzig Jahren auch noch nicht im praktischen Gebrauch. Was willst du, Eleanor? Unsere Tochter soll etwas erleben, etwas sehen; sogar die Spitzen der Berge, die bis zum Mond hinaufreichen.«

Ach, er war großartig, mit seiner Tochter. Eleanor mußte herzhaft lachen über seine romantischen Pläne und Vorstellungen.

»Doch«, bestätigte er ernsthaft, »sie soll. Die Welt ist ein ganz erstaunlicher Ort, sage ich dir. Hast du die Liste der neuen Erfindungen gesehen, die gelegentlich des Regierungsjubiläums des Deutschen Kaisers Aufsehen erregten?«

Eleanor zuckte die Achseln: »Ich wüßte nicht.«

»Das muß eine pompöse Veranstaltung gewesen sein. Großartiges Händeschütteln und ewige Freundschaftsversicherungen aller

Könige, Königinnen, Dichter und Wissenschaftler aus ganz Europa. Der Kaiser verband die Feier mit der Vermählung seiner Tochter, und die Brautjungfern waren englische, rumänische, russische und italienische Prinzessinnen. Auf diese Weise wollte man wohl die Einheit Europas symbolisieren. Die versammelten Majestäten hielten feierliche Reden und nannten den Kaiser den ersten Friedensfürsten Europas. Ich sage dir das nur, weil du über die zum Mond reichenden Berge gelacht hast. Du hattest keinen Grund dazu, wirklich nicht. Der Kaiser verlieh nämlich bei dieser Gelegenheit einen merkwürdigen Titel. Er nannte den Grafen von Zeppelin den ›Größten Deutschen des zwanzigsten Jahrhunderts‹.«

»Zeppelin? Wer ist das?«

»Das ist der Mann, der den ersten lenkbaren Luftballon erfand. Einen Ballon also, mit dem man überall hin fliegen kann.«

»Aber gewiß nicht zum Mond, du Dummer. Wann war das übrigens?«

»Im letzten Sommer, Liebling. Ich sage dir, halte ein mit deinen nüchternen und prosaischen Einwänden. Hast du den Gedanken nicht gern, daß deine Tochter in eine Welt hineinwächst, die eine Art modernes Wunderland zu werden scheint?«

»Ich weiß nicht, Kester. Ich finde die Aussicht, offen gestanden, einigermaßen erschreckend. Aber ich könnte mir denken, daß ich selber gerne einmal in einem Ballon aufstiege.«

»Siehst du wohl. Ich, nebenbei, auch«, sagte Kester.

In der alten Wiege neben dem großen Baldachin begann Cornelia zu strampeln. Eleanor küßte Kesters Hand, die ihre Wange gestreichelt hatte. Sie war müde und schläfrig geworden über dem Gespräch, aber sie war sehr, sehr glücklich.

Viertes Kapitel

1

Eleanor liebte ihr kleines Mädchen von Herzen, aber sie gehörte nicht zu den Frauen, die ganz und ausschließlich in der Mutterschaft aufgehen. Mit etwas belustigtem Erstaunen sah sie zu, wie Kester seine Tochter vergötterte. Er gab Unsummen für Spielsachen und Kinderkleidung aus, belauschte jede noch so winzige Lebensäußerung des kleinen Wesens mit angespannter Aufmerksamkeit und war geneigt, jeden Laut, den es von sich gab, als einen Beweis einer außergewöhnlichen Klugheit zu deuten. Er war von Anfang an überzeugt, daß es sich bei Cornelia um das bemerkenswerteste Kind der Welt handele; dieser Überzeugung gab er bei jeder Gelegenheit und allen Leuten gegenüber Ausdruck, so daß Eleanor sich schließlich gezwungen sah, lachend zu protestieren.

»Es ist schon komisch, wie du von deiner Tochter sprichst«, sagte sie eines Abends, als sie nach einer Einladung von Purcells zurückkamen. »Cornelia war keineswegs rosig und weiß, wie sie geboren wurde, und hatte auch keine Grübchen, sie war rot wie ein Maurernacken. Und das ist auch ganz natürlich, alle Babys sehen so aus.«

»Cornelia nicht«, beharrte Kester. Er lag auf den Knien und mühte sich, das Feuer im Wohnzimmerkamin wieder in Gang zu bekommen.

»Alle neugeborenen Kinder sind zunächst einmal häßlich«, Eleanor war in ihrer Sachlichkeit nicht zu erschüttern, »und alle Eltern behaupten, daß ihr Kind insoweit die einzige Ausnahme darstelle. Ich habe schon immer darüber gelacht und mir geschworen, derartige Albernheiten nicht nachzumachen, wenn ich einmal selbst ein Kind haben sollte.«

»Du bist mit einem schrecklichen Tatsachensinn ausgestattet«, seufzte Kester. Er erhob sich und reinigte seine Hände. Das Feuer knisterte im Kamin.

Kester setzte sich auf einen Stuhl Eleanor gerade gegenüber, lehnte sich zurück und verschränkte die Hände im Nacken. Er ist nun einmal so, dachte Eleanor, er sieht alles rosig an. Niemand wird ihn je zu der Überzeugung bringen können, daß die Erde ein

Ort der Qualen und des Kampfes sei, wovon doch die meisten Menschen überzeugt sind. Aber Kester hatte ihr Leben so reich gemacht. Es war jetzt Januar; fast zwei Jahre waren seit dem Tag vergangen, da sie sich zum ersten Mal gesehen hatten. Alles, was vor jener Zeit lag, erschien ihr heute unwichtig und bedeutungslos, ausgenommen die ersten Schritte, die sie ihm entgegen tat. Ihr Blick schweifte umher, und sie sah, daß seine Tagespost noch immer ungeöffnet auf einem Tischchen lag. Sie schüttelte den Kopf.

»Pflegst du meine Briefe auch so interesselos zu behandeln?« fragte sie, auf das Briefpäckchen deutend.

»Es wird nichts Wichtiges mehr dabeisein«, entgegnete Kester. »Ich sehe den Posteinlauf morgen durch, bevor ich ausreite.« Er ergriff das Päckchen und blätterte es durch. »Meine Schwester Alice schreibt«, sagte er. »Sie hat zwar keine literarischen Talente, aber sie sieht es als eine Art Familienpflicht an, mir jeden Monat einmal einen Brief zu schreiben. – Da ist ja schon ein Brief geöffnet; was ist das?«

»Er ist von Mrs. Neal Sheramy und war an uns beide adressiert«, entgegnete Eleanor. »Sie erinnert uns daran, daß wir morgen zum Essen nach Silberwald kommen sollen.«

»Ach ja. Ich will nach dem Essen mit Neal in die Stadt fahren und ihm beim Kauf eines Autos behilflich sein. Alles andere sind Rechnungen und ein Brief von der Bank in New Orleans. Sieh zu, was Alice uns zu erzählen hat, während ich das Zeug durchgehe.«

Er reichte den Brief seiner Schwester Eleanor, die ihn zu lesen begann. Alices Neuigkeiten waren nie sonderlich aufregend. Es ging ihr und ihrem Manne gut, es war eine regnerische Woche gewesen in New Orleans, und Mutter hatte eine große Gesellschaft gegeben. Also, folgerte Eleanor, geht es Kesters Eltern ebenfalls gut. Sie war eben dabei, den Brief wieder in den Umschlag zu stecken, als Kester aufsprang und einen unterdrückten Schrei ausstieß.

Sie sah auf, sah sein Gesicht, und der Brief glitt ihr aus der Hand.

Kester hielt das Schreiben seiner Bank in Händen. Er sah sehr blaß aus, und seine Augen schienen aus den Höhlen quellen zu wollen. »Kester«, flüsterte sie, von einem bösen Gefühl gepackt, »was hast du? Was gibt es?«

Er antwortete nicht gleich; er sah sie an oder vielmehr durch sie hindurch, mit einem Ausdruck, den sie bisher nicht an ihm kannte. Dann sagte er mit einer fremden, sonderbar brüchigen Stimme: »Die Bank droht damit, mir Ardeith zu nehmen.«

Eleanor hörte sich selbst einen Schrei ausstoßen, einen unartikulierten Laut, der tief aus ihrer Kehle kam; sie fühlte, wie ein Schwindel sie befiel. Es war ihr, als hätte ein plötzlicher Windstoß ihr die Sinne verwirrt. Was denn? dachte sie. Was denn? Was hat er da gesagt? Sie starrte ihn an, wollte etwas sagen und konnte es nicht, und hatte auch gleichzeitig das Gefühl, jetzt besser nicht zu sprechen; da war etwas nicht in Ordnung, sie würde es mit Worten nur weiter verwirren, gleich – gleich mußte ja alles wieder auf seinem Platz sein; dann würde sie froh sein, nichts Unbedachtes gesagt zu haben. Im Geist sah sie Ardeith vor sich, wie es war, wie es sich erschlossen hatte: die Eichen und Palmen rund um das Haus, die endlosen Baumwollfelder, die niedrigen Hütten und die Scharen geschäftiger Neger. Sie sah Kester und ihr Kind, wie sie die Wendeltreppe herabgeschritten kamen, sie sah das Mädchen im Brautschleier, so wie damals in jener ersten Vision. Und seltsamerweise sah sie den Abdruck des Pferdehufes auf der Treppenstufe und den Sprung in der silbernen Kaffeekanne, und Kesters kleines Taschenmesser mit dem eingravierten Namenszug auf der Schale, den seine Mutter hatte anbringen lassen, weil er stets alle seine Sachen verlor.

Nach einer Weile – sie wußte nicht, wie lange sie so dagesessen und ihn angesehen hatte – beugte sich Kester herab und küßte sie sacht auf die Stirn. Sie hörte ihn sagen:

»Es tut mir leid, Liebling. Ich wollte dich nicht betrüben. Ich werde nach New Orleans fahren und die Sache in Ordnung bringen. Sie werden mir Aufschub gewähren.«

Eleanor strich sich mit der Hand über die Stirn; sie hatte einen Augenblick ein unangenehmes Empfinden, fast so, als habe sie ein Fremder zu küssen gewagt. Die Dinge kamen nicht wieder auf ihren Platz. Sie sagte, mit einer Stimme, von der sie das Gefühl hatte, sie gehöre ihr nicht: »Aufschub? Und wenn man ihn nicht gewährt?«

Er zuckte die Achseln.

Sie sah die Bewegung; sie stellte ihre ganze Aufmerksamkeit auf sie ein; kein Zweifel, er sah wieder wie immer aus, völlig normal, als sei nichts Aufregendes geschehen. Er war wieder der sorglose, reizende junge Mann, für den es kein Mißgeschick gab, dem alles zuflog, was er begehrte, der durch kein Ereignis aus dem seelischen Gleichmaß zu bringen war.

»Ich erreiche immer, was ich will, Liebes«, sagte er jetzt, »du brauchst dir keinerlei Sorgen zu machen. Das hier ist ein förmlicher Brief und er hat nicht mehr als formale Bedeutung. Ich hätte dich nicht so erschrecken sollen.« Er sah ihren Blick, und ein leichter Schatten überflog sein Gesicht. »Sieh mich nicht so an, Liebes«, fuhr er fort, »wirklich, es tut mir leid, daß ich dich erschreckt habe. Wußtest du nicht, daß ich immer hoffnungslos in Schulden stecke? Ich bin sozusagen das böse Kind, das von der Südost-Wechselbank verwöhnt und verhätschelt wird. Mein vorzüglichstes Talent ist jedenfalls, jederzeit von jedermann Geld borgen zu können.« Warum sagte sie denn nichts? Warum regte sie sich immer noch nicht? Wie sie ihn ansah! Es verletzte ihn fast. »Kanntest du mich denn nicht, als du mich heiratetest?« fragte er.

Mit einer so spröden, kalten und harten Stimme, daß ihre Worte wie Eisbrocken auf seine Selbstsicherheit fielen, sagte Eleanor: »Nein. Ich kannte dich nicht.«

Kester antwortete nicht; er trat einen Schritt zurück. Eleanor war es plötzlich, als werde in eben diesem Augenblick ihr Leben von unbekannter Hand mit einem Rasiermesser mitten durchgeschnitten. Als teile dieser Schnitt unwiderruflich alles, was vor ihr lag, von dem, was hinter ihr lag. Sie sah während dieses unheilvollen Augenblickes auf Kester, sah ihn und erkannte ihn mit der plötzlichen Klarheit, mit der man zuweilen den Schmerz erkennt. Sie sah ihn, als sähe sie ihn zum ersten Mal. Kester Larne, den Unwiderstehlichen, dem stets alles geschenkt worden war und der niemals einer Not und einem Zwang gegenübergestanden hatte. Mit einem großen, angesehen Namen gesegnet, einem großen Erbe, ausgestattet mit gewinnenden menschlichen Gaben, hatte er nie daran gedacht, das zu bewahren, was ihm gleichsam spielend zufloß. Geld war eine Sache – eine wichtige und bedeutsame Sache zweifellos –, die einzige Sache in seinem Leben jedenfalls, die seinem Zauber nicht erlag. Weil er das unbewußt fühlte, hatte er es bisher abgelehnt, sich mit dieser Sache zu befassen. Also zog er es vor, den Anschein zu erwecken, er habe es nicht nötig, sich mit so profanen Dingen abzugeben. Für ein Wesen wie Eleanor war das, zufolge ihrer ganzen Erziehung, ein unmöglicher und ein unverzeihlicher Standpunkt.

Sie dachte an das Zelt im Deichbaulager und sie hörte im Geiste die kühle und nüchterne Stimme ihres Vaters: »Ich rede nicht davon, was er vielleicht hier oder da irgendwann einmal getan hat, sondern davon, was er ist!«

Sie stand langsam auf; ihre Glieder waren so steif, als ob sie stundenlang gesessen hätte. Kester verfolgte ihre Bewegungen mit gerunzelten Brauen; er hatte noch immer den Ausdruck verletzter Eigenliebe im Gesicht.

»Ich verstehe das alles noch nicht«, sagte Eleanor, »haben wir denn so übermäßig viel verbraucht?«

Er zuckte die Achseln: »Ich wundere mich selbst.«

»Wieviel Geld besitzt du denn überhaupt?«

»Gegenwärtig nicht einen Penny«, sagte Kester.

Jetzt stieg ihr die Röte ins Gesicht. »Bitte, laß diesen Ton«, sagte sie nicht ohne Schärfe; »ich bin schließlich kein Kind! Wovon leben wir denn, wenn du nichts besitzt!«

Seine Hand vollführte eine weite, umfassende Geste; seine Stimme klang abwesend. »Ardeith!« sagte er langsam. »Seltsam, wie das alles zusammengekommen ist. Da hat sich etwas zusammengebraut und ich habe es nicht einmal wahrgenommen.«

»Das heißt, du hast den Besitz Stück um Stück mit Hypotheken belastet?«

»Nun ja.« Es war offensichtlich, daß es ihm schwerfiel, über diese Dinge zu sprechen. »Das ist so zusammengekommen. Es standen bereits Hypotheken darauf, als ich Ardeith übernahm. Meine Großmutter hatte die Besitzung noch schuldenfrei gehalten, aber schon mein Vater konnte das nicht mehr. Er hatte nicht mehr Sinn für Geld als ich. Er hat sich dann zurückgezogen und lebt nun von dem Zuckerland jenseits des Stromes; es ist verpachtet und sichert ihm ein ausreichendes Einkommen.«

»Und du? Wie hast du Ardeith gehalten? Was hast du getan?«

»Ja, du lieber Gott, getan! Wie machen es denn die anderen?« sagte er. »Ich habe all dem nicht viel Aufmerksamkeit gewidmet. Du nimmst ein Darlehen auf die Baumwolle auf, sobald sie gepflanzt wird. Du denkst, die Ernte wird es dir wieder einbringen, dann zahlst du es zurück. Aber dann kommt es eben so, daß du das Geld für andere Dinge brauchst, und du verpfändest der Bank als Sicherheit ein Stück Land. Das läuft dann so weiter; es ist eine Kette, die nicht abreißt; eines Tages stellst du fest, daß dir wahrscheinlich kein Teelöffel im Haus mehr gehört...« Er unterbrach sich. »Eleanor«, rief er aus, »sieh mich nicht so an, als ob ich jemand umgebracht hätte! Ich sage dir doch: die Dinge kommen in Ordnung. Es ist da noch ein Stück Kiefernwald über der Straße. Ziemlich wertlos vermutlich, aber es ist eine Kleinigkeit, Mr. Robichaux glauben zu machen, daß es wertvoll sei.«

Sie maß ihn von oben bis unten mit einem gleichsam abschätzenden Blick. Sie zitterte heimlich von Ingrimm, und der Zorn saß ihr wie ein kalter Stein in der Brust. Ihre Stimme war ganz kalt. »Ich möchte jetzt wissen, was dir von dieser Plantage noch gehört«, sagte sie.

Er hob mit einer Geste hilfloser Verzweiflung die Schultern und ließ sie wieder fallen:

»Ich sagte es dir schon: Ich weiß es nicht!«

Er stand gegen den Kamin gelehnt, die Ellenbogen rückwärts auf die Einfassung gestützt. Sie trat einen Schritt näher an ihn heran. »Kester«, fragte sie leise, »warst du bereits verschuldet, als wir heirateten?«

Er sah sie verwundert an. »Aber ja, Eleanor. Ich bin verschuldet, solange ich denken kann. Es ist das durchaus mein Normalzustand.«

Die Antwort versetzte sie in Wut. »So«, schrie sie; tatsächlich, sie schrie plötzlich; es war das erste Mal, daß sie ihn anschrie: »Du hattest Schulden, als du bei unserer Hochzeitsreise die teuersten Hotelzimmer mietetest? Als du dem Hotelpagen einen Dollar Trinkgeld gabst, wenn er dir eine Zeitung brachte? Als du deinen Gästen sechzehn Jahre alten französischen Cognac serviertest? Als du handgearbeitete Kleidchen für Cornelia angeschleppt brachtest und eingeführte...«

»Hör auf!« sagte Kester ruhig, sie aus flirrenden Augen ansehend. »Bitte hör sofort auf zu schreien!«

»Ich beabsichtigte nicht, zu schreien, aber wenn ich es tat, so kann ich es nicht ändern.« Sie zitterte noch immer vor Erregung, und ihre Stimme war noch immer sehr laut. »Hattest du beabsichtigt, diese Dinge als dein persönliches Geheimnis vor mir zu bewahren? Wolltest du auf die Dauer vor mir verschweigen, daß wir von Geldern gelebt haben, die uns nicht gehörten? Daß wir von deinem charmanten Lächeln gelebt haben, mit dem du dein unehrliches Tun zu tarnen liebst? – Sonderbar«, fügte sie mit umbrechender, beinahe nachdenklicher Stimme hinzu: »Mein Vater hat mir das alles vorhergesagt, damals, als er mich warnte, dich zu heiraten.«

»Und warum hörtest du nicht auf ihn?« fragte Kester. Er schlenderte zur Hausbar hinüber und begann sich einen Drink einzuschenken. Seine Hand war ruhig; auch während er die letzte Frage stellte, hatte sich seine Stimme nicht verändert.

»Ich habe nicht auf meinen Vater gehört, weil ich dich liebte«, sagte Eleanor. »Ich liebte dich so sehr, daß mir daneben nichts anderes wesentlich war. Aber mein Vater kannte mich wohl besser, als ich mich selber kannte. Er wußte genau, daß ich lieber Fußböden scheuern würde, als von Geldern zu leben, die mir nicht gehören.«

Kester antwortete nicht. Er stand an der Hausbar und schlürfte seinen Whisky. Sie warf einen schrägen Blick hinüber und fragte sich erbittert, ob der Whisky wohl schon bezahlt sei. Sie preßte die Hände, daß die Gelenke knackten; ihr war ganz elend unter der Last grenzenloser Enttäuschung, die da plötzlich über sie hereingebrochen war. »Eines Tages wirst du erkennen, was diese Stunde für mich bedeutet und was du mir angetan hast«, sagte sie leise.

Er schickte ihr über das Glas hinweg einen gespannten Blick; um seine Mundwinkel spielte ein kleines, bitteres Lächeln. »Oh, Eleanor«, sagte er, »ich hatte mir eingebildet, daß du der einzige Mensch seist, der mich niemals fallen lassen würde.«

Sie sah dieses Lächeln, sie sah, wie es an ihm zerrte und zog, aber ihr Zorn war noch zu groß. »Was willst du denn?« sagte sie kalt. »Ich habe nichts anderes getan, als dir gezeigt, wie du bist. Du selber weißt es ja offenbar nicht.«

Sein Gesicht wurde eine Nuance blasser. »Bitte, würdest du die Freundlichkeit haben, jetzt auf dein Zimmer zu gehen«, sagte er.

Seine Stimme war von einer unangreifbaren eisigen Höflichkeit, aber sie schloß Widerspruch aus. Eleanor drehte sich brüsk herum und verließ wortlos den Raum. Sie stieg die Wendeltreppe hinauf und betrat ihr Schlafzimmer. Sie trat an die Fenster und sah draußen die grauen Moosgirlanden, die, vom Winde bewegt, zwischen den Zweigen schwangen; sie sah die feinen silbrigen Nebelschwaden zwischen dem Buschwerk im Mondlicht wogen. Mit einem Seufzer wandte sie sich ab, trat in das Zimmer zurück und setzte sich an den Kamin. Sie wünschte sich, weinen zu können, um den Druck loszuwerden, der ihr Herz in der Klammer hielt. Sie sehnte sich danach, Meile um Meile hinauswandern zu können, irgendwohin; es war ihr, als vermöchte sie in dem Raum mit dem großen Prunkbett der Larnes, das irgendeiner Bank gehörte, nicht länger zu atmen.

Nach einer langen Weile hörte sie Kester die Treppe heraufkommen und sein Zimmer betreten. Das Geräusch der einschnappenden Tür verstärkte das Gefühl bodenloser Verlassenheit, in das sie sich so jäh gestürzt sah. Nie zuvor hatte es eine Nacht gegeben, da sie im Zorn auseinandergingen. Sie vermochte es auch zunächst nicht zu glauben, daß er wirklich zu Bett gehen würde, ohne noch einmal zu ihr zu kommen. Aber er kam nicht und sie hörte nichts mehr. Jetzt wünschte sie, niemals nach einem eigenen Schlafzimmer verlangt zu haben. Wäre er gezwungen gewesen, sich hier niederzulegen, so hätten sie noch miteinander gesprochen; sie wären beide zur Ruhe gekommen und hätten sich gesagt, daß die zornige Aufwallung ihnen leid sei.

Sie erhob sich, halb schon entschlossen, zu ihm hinüberzugehen und ihn um Verzeihung zu bitten. Aber sie konnte es nicht; nein, sie konnte es nicht. Sie trug keine Schuld daran, daß die Plantage überbelastet und verpfändet war, daß sie im Luxus gelebt hatte, ohne zu ahnen, daß sie von geliehenem Geld lebte. Sie überwand das aufwallende Gefühl, entkleidete sich, öffnete die Fenster und legte sich nieder.

Freilich, einschlafen konnte sie nicht. Sie wälzte sich unruhig umher; ihre Glieder waren kalt und gefühllos, sie vermochte nicht warm zu werden. Dann wieder gelang es ihr nicht, eine bequeme Ruhelage zu finden, und während sie sich umherwarf und Ruhe und Entspannung herbeisehnte, gingen ihre Gedanken immer auf den gleichen Wegen. Die kleine Uhr auf dem Nachttisch neben ihr tickte emsig und rastlos. Die Uhr mußte da stehen, denn sie sagte ihr, wann es an der Zeit war, zu der kleinen Cornelia zu gehen, aber das emsige Ticken des Werkes störte sie und quälte ihre aufgewühlten Nerven. Im ständigen Kreislauf des Denkens kam sie schließlich zu einer Art Selbstanalyse. Sie gestand sich nicht ohne Beschämung, daß sie Kester gekränkt habe, ohne irgendeinen positiven Vorschlag zur Lösung der gegenwärtigen Krise zu machen. Und sie erkannte, gequält von der Schlaflosigkeit, daß sie es nicht ertrug, ihn gekränkt und in seinem Selbstbewußtsein verletzt in seinem Zimmer zu wissen, weil sie ihn immer noch, dennoch und trotzdem mit unverminderter Leidenschaft liebte. Sie wollte ihn nicht verlieren, nie, nie, sie wollte ihn bis an das Ende ihres Lebens behalten. Welchen Preis sie immer auch für ein gemeinsames Leben mit ihm bezahlen mußte, sie wollte ihn bezahlen, sie wollte keine Chance auslassen, ihn wiederzugewinnen. – Weiterspinnend, überlegte sie bereits, was ihrerseits zu tun sei. Der nächste Schritt war einfach: Sie würde nach New Orleans fahren und die Bankiers veranlassen, ihr genau mitzuteilen, in welcher Höhe Ardeith verpfändet sei. Und wenn es noch irgendeinen Weg gab, die Besitzung zu retten, dann würde sie ihn gehen; sie würde diesen Leuten Ardeith entreißen und an diese Aufgabe die letzte Kraft ihres Lebens setzen. Sie sah Kesters Fehler nun mit völliger Klarheit und ohne jede Beschönigung; nun, so würde es ihre Aufgabe sein, ihn vor den Folgen dieser Fehler zu bewahren.

Ein leiser, verhaltener Schrei drang zu ihr herüber; er kam aus dem Kinderzimmer. Sie richtete sich auf; es mußte nach vier Uhr morgens sein. Sie pflegte sonst den Wecker für diese Stunde zu stellen; in der Aufregung hatte sie das heute vergessen. Sie warf einen Morgenrock über und eilte hinunter zum Kinderzimmer, wo Cornelia in ihrer Wiege lag und gegen die Vernachlässigung durch die Welt brüllend protestierte. Eleanor nahm sie auf. Als sie fühlte, wie das Kind sich ihr warm und vertrauensvoll anschmiegte, ward ihr beglückend bewußt, welchen Schatz sie da hielt. Ihre Liebe zu dem Kind pflegte sich nicht so demonstrativ wie bei Kester zu äußern, dafür war sie wärmer und tiefer verankert. Sie gedachte der tapferen Großmutter, nach der Cornelia genannt worden war, und lächelte still vor sich hin. Hinter Kester standen Generationen begnadeter und vom Glück begünstigter Männer und Frauen; in ihr lebte dafür etwas anderes: die harte und nüchterne Willensstärke einer Rasse, die sich ihren Weg soeben erst aus den Gossen der Armut heraus erkämpft hatte. Dies denkend, wünschte sie sehr, die kleine Cornelia möchte etwas von dieser zähen, verhaltenen Kraft mit der Muttermilch einsaugen.

Sie legte das Kind in seine Wiege zurück und deckte es sorgsam zu. Wieder in der Halle, zögerte sie einen Augenblick, ging dann zu Kesters Zimmer hinüber und öffnete leise die unverschlossene Tür. Seine Kleider lagen wie gewöhnlich in wirrem Durcheinander auf allen Stühlen und teilweise auf dem Fußboden umher; er selber aber schlief ruhig und fest, und nichts in seinem Gesicht zeugte von außergewöhnlicher Erregung. Sie fragte sich, halb grollend, halb belustigt, ob es wohl irgendeine Krise geben möchte, die imstande wäre, seinen Lebensrhythmus zu beeinträchtigen. Dennoch neigte sie sich leicht über den Schlafenden und küßte ihn. Er bewegte sich leicht, erwachte aber nicht. Sie verließ ihn auf Zehenspitzen und ging in ihr Zimmer zurück.

Aber sie legte sich nicht wieder hin. Sie wußte, daß der Zwang, etwas Entscheidendes zu tun, sie doch nicht schlafen lassen würde. So nahm sie einen Mantel aus dem Schrank, hängte ihn sich über und kletterte die Wendeltreppe wieder hinab. Unten betrat sie das kleine Kabinett, das Kester sein Arbeitszimmer zu nennen pflegte. Auf dem großen Rollpult türmten sich die verschiedenen Haupt- und Kontobücher. Die Schubladen des Pults waren sozusagen bis zum Rande mit Papieren vollgestopft und ließen sich nur widerstrebend öffnen. Eleanor zog sie eine nach der anderen auf und machte sich daran, den Inhalt durchzusehen.

Da lagen in wildem Durcheinander Rundschreiben, Menukarten, alte Briefe, obszöne Drucke, Merkzettel, Theaterprogramme und – Rechnungen. Rechnungen, Rechnungen, Rechnungen! Mit Händen, die steif vor Kälte waren, begann Eleanor den Wust zu sortieren.

Ihre Erbitterung wuchs schon wieder. Offensichtlich hatte Kester nie etwas bezahlt, was er nicht unbedingt bezahlen mußte. Die Geschenke, die er ihr gebracht hatte, die Kleidchen, die sie für Cornelia gekauft hatte, alles war unbezahlt. Und dann schrie sie unwillkürlich auf. Sie hielt die Liquidation Dr. Purcells in der Hand, für die ärztliche Hilfe, die er vor drei Monaten bei ihrer Entbindung geleistet hatte. Wahrhaftig, auch sie war noch unbezahlt. Gott sei Dank! besaß sie ja etwas Geld: die Zinsen der ihr vom Vater überschriebenen Tonelli-Aktien. Neunhundert Dollar lagen bereits auf der Bank. Sie hatte das Geld stehen lassen, weil sie beabsichtigt hatte, sich ein Auto zu kaufen, aber das kam unter den veränderten Umständen natürlich nicht mehr in Frage. Sie würde die Liquidation Bob Purcells gleich morgen selber bezahlen – nein, heute noch; der Morgen dämmerte ja schon.

Der Gedanke, daß Kester eine solche Verpflichtung vernachlässigt hatte, machte sie beinahe krank vor Scham. Aber sie gab sich selbst das Versprechen, daß zukünftig auf Ardeith nichts mehr vernachlässigt werden sollte. Was immer sie tun konnte, würde sie tun. Sie hatte einen ausgebildeten Zahlensinn; nicht umsonst hatte sie in Barnard in der Hauptsache Mathematik studiert.

Mit finsterer Entschlossenheit begann sie den Inhalt einer anderen Schublade zu sichten. Sie zitterte, als sie die erste Rechnung fand. Sie fand ihrer noch viele, und allmählich begann ihr Zorn sich in Furcht zu verwandeln. All diese Rechnungen – das war ja zweifellos nur ein Bruchteil; dazu kamen die angehäuften Hypothekenschulden, die sonstigen Verpflichtungen, die zweifellos bestanden und von denen sie noch nichts ahnte – das Ausmaß von Kesters Verschuldung begann in ihren Gedanken schreckliche Formen anzunehmen. In der äußersten Ecke dieser Schublade stieß sie auf einen weißen Karton. Sie hob den Deckel ab und sah einen Haufen Briefumschläge mit Kesters Adresse in ihrer eigenen Handschrift. Es waren die Briefe, die sie ihm vor der Hochzeit geschrieben hatte. Sie waren zusammen mit einem Taschentuch von ihr und einem seidenen Beutelchen, das sie irgendwann verloren haben mußte, und verschiedenen anderen Dingen, an denen niemand außer einem zärtlichen Liebhaber Interesse haben konnte, sorgfältig zusammengepackt, ganz offensichtlich die einzigen Gegenstände im Pult, auf deren Aufbewahrung Kester Wert gelegt hatte. Ein warmes Gefühl stieg in ihr auf, da sie sich das klarmachte; es erstickte den in ihr kochenden Ärger. Sie ließ den Kopf sinken und strich sich mit den starren Fingern durch das Haar. Ach, sie liebte ihn, sie konnte sich nicht helfen, es war einmal so. Und es war ja auch so leicht zu verstehen; jedermann, der ihn kannte, liebte ihn ja. Er war die liebenswerteste Person, die ihr jemals begegnet war, obgleich er, mit dem Maßstab der Rechtschaffenheit gemessen, zweifellos keinen Penny wert war.

Eleanor stellte das Kästchen auf seinen Platz zurück. Sie nahm die unbezahlten Rechnungen mit nach oben und ordnete sie in einem Schubfach ihres eigenen Schreibsekretärs. Obwohl ihre Finger so steif waren, daß sie kaum den Halter zu führen vermochte, schrieb sie sogleich einen Scheck für Bob Purcell aus, tat ihn mit der Quittung in einen Umschlag, schrieb die Adresse und versah den Brief mit einer Marke. Als sie schließlich aufstand und ihre Tischlampe abdrehte, war es sechs Uhr morgens. Sie zitterte vor Übermüdung.

Sie legte sich zu Bett und schlief sofort ein. Sie erwachte, als Dilcy, die Säuglingsschwester, ihr Cornelia brachte; als das Kind wieder weggebracht wurde, schlief sie sogleich wieder ein. Es war fast Mittag, als sie sich erhob und Kesters Stimme in der Halle hörte. Er sprach mit Dilcy.

»Prachtvolles Wetter, Dilcy«, sagte er, »zwar ein wenig kalt, aber das macht nichts; die Sonne wird ihr guttun. Geh ruhig mit ihr hinaus. Schläft Miß Eleanor noch?«

Eleanor hörte, wie Dilcy protestierte. Wie die meisten Ammen und Kinderschwestern war sie überzeugt, daß kalte Luft ihrem

Liebling schaden würde. Indessen bestand Kester auf seinem Willen. Sie richtete sich auf und rief nach ihm.

Er steckte den Kopf durch die Tür: »Hallo, bist du endlich wach? Du hast aber lange geschlafen.«

Kester sah gut aus wie immer, und er lachte sie an, als hätte ihr Streitgespräch vom vergangenen Abend niemals stattgefunden. Eleanor zog an der Glocke, um Kaffee bringen zu lassen, und legte sich wieder zurück. Sie schämte sich ein wenig, weil sie zerzaust war vom Schlaf, während er frisch und elegant vor ihr stand. Er setzte sich neben sie auf den Bettrand. »Bist du spät schlafen gegangen?« fragte er.

Sie nickte.

»Und – bist du mir böse?«

Sie nickte abermals, aber es war nicht viel Nachdruck in der Bewegung.

»Ich war auch böse auf dich«, sagte er. »Aber ich bin es nicht mehr.« Er ergriff ihre Hand. »Jedenfalls nicht, wenn es dir leid tut, mich angeschrien zu haben.«

»Oh, es tut mir leid«, flüsterte sie, wandte ihm den Kopf zu und küßte die Hand, die die ihre hielt. Sie lächelte schwach. »Ich fürchte, ich kann dir nicht lange böse ein. Du bist ein schlimmer Mensch, aber ich liebe dich. Es ist nicht zu ändern.«

»Ich liebe dich auch, Eleanor«, sagte er ernst.

Sie schwiegen, bis Bessy hereinkam und Eleanors Kaffee brachte. Dann richtete Eleanor sich auf und schlürfte mit großem Genuß das heiße, duftende Getränk. Nachdem sie eine Tasse geleert hatte, fühlte sie sich schon sehr viel wohler.

»Kester«, sagte sie, »ich bin jetzt ganz ruhig, mein Zorn ist verraucht und ich werde nicht schreien. Aber wir müssen miteinander über die Schulden reden.«

Er zuckte die Achseln. »Gut, wenn du meinst, daß es sein muß. Ich weiß ziemlich genau, was mit mir los ist. Ich bin ein ziemlich wertloser, unbedeutender und nichtsnutziger Kerl. Wenn du also damit anfangen willst...«

Ach, er war wie ein kleiner Junge, der seine kleinen Nichtsnutzigkeiten mit so reizender Unbefangenheit bekannte, daß die Mutter keine Möglichkeit sah, ihn zu bestrafen. Aber sie durfte sich jetzt dadurch nicht einfangen lassen. »Wir müssen sofort nach New Orleans fahren«, fuhr sie fort. »Wie heißt der Bankdirektor, mit dem wir sprechen müssen?«

»Mr. Robichaux.«

»Gut. Wir müssen mit ihm reden und zunächst einmal herausbekommen, was wir noch besitzen und wie die Bedingungen der Bank lauten. Dann müssen wir versuchen, eine Zahlungsfrist zu erlangen und uns überlegen, wie wir es anfangen, die Schulden zu tilgen.«

»Es ist erstaunlich, wie du das übersiehst«, sagte Kester. »Du hast sicher recht. Es wird da mancherlei Schwierigkeiten zu überwinden geben. Aber ich denke nicht, daß die Situation hoffnungslos ist. Nur hat es nicht viel Sinn, darüber zu reden, bis wir Genaueres wissen. Ich werde nach New Orleans fahren.«

»Ich komme mit.«

»Das ist reizend von dir, aber es ist nicht notwendig.«

»Ich bin überzeugt davon, daß es besser ist, und ich möchte es jedenfalls. Ich werde dir behilflich sein. Vor allem möchte ich aus erster Hand erfahren, wie und wo wir stehen.«

»Also gut, du fährst mit«, sagte Kester.

Eleanor goß sich eine neue Tasse Kaffee ein, und sie begannen friedlich miteinander über die Lage zu sprechen. Darüber wuchs ein neues Gefühl der Vertrautheit und Zusammengehörigkeit zwischen ihnen. Kester war ja kein Narr. Jetzt, nachdem seine Aufmerksamkeit einmal geweckt war, da er sah, daß seine Sorglosigkeit dabei war, ihn um Heimat und Erbe zu bringen, wuchsen seine Widerstandskämpfe und zugleich seine Entschlossenheit, den Kampf aufzunehmen.

Eleanor schob das Bettzeug zurück und erhob sich. »Ich werde nicht warten, bis man hier Feuer gemacht hat«, sagte sie. »Ich werde mich anziehen und ein paar Koffer zusammenpacken. Um drei Uhr geht ein Zug nach New Orleans.«

Kester sah sie erstaunt an. »Heute können wir doch gar nicht fahren«, sagte er.

»Wieso?« sagte sie. »Natürlich können wir fahren.«

Sie habe offenbar vergessen, daß sie eine Einladung zum Dinner angenommen hätten, versetzte er. Sie wisse doch: In der Stadt sei heute eine Automobilausstellung. Sie hatten Neal Sheramy versprochen, auf Silberwald zu essen und anschließend ein paar Autos auszuprobieren. Eleanor protestierte heftig. Selbstverständlich hatte sie nicht mehr an Silberwald und an die Ausstellung gedacht. Das kam ja, wie die Dinge lagen, jetzt auch gar nicht mehr in Betracht. Aber Kester war nicht zu erschüttern. Sie hatten zugesagt, zu kommen, Klara Sheramy erwartete sie um zwei Uhr zum Essen und hatte versprochen, Krebse zu servieren. Kester mochte Krebse sehr gern und hatte sich darauf gefreut, und außerdem wollte er mit Neal, wie gesagt, Autos ausprobieren. Neal wollte Klara einen Wagen kaufen, weil er hoffte, daß das Fahren in frischer Luft ihrer zarten Gesundheit gut tun würde. »Neal verläßt sich auf mich«, sagte Kester, »er versteht selbst nicht viel von Automobilen, während ich insoweit wohl bereits als Fachmann gelten kann. Es ist ausgeschlossen, daß ich ihn im Stich lasse. Es liegt auch gar kein Grund dafür vor. Die Bank läuft uns nicht weg; was wir wissen wollen, erfahren wir morgen auch noch.«

In Eleanor gärte schon wieder der Zorn; man sah es an ihrem Gesicht. »Rufe Neal Sheramy an und sage ihm, daß wir leider nicht kommen könnten«, sagte sie. »Bitte, Kester, es geht nicht anders. Es ist zu wichtig.«

»Aber ich begreife dich nicht.« Er sah sie kopfschüttelnd an. »Es ist wirklich vollkommen gleich, ob wir heut oder morgen zur Bank fahren.«

»Nein, das ist nicht gleich«, beharrte Eleanor. »Warum, um alles in der Welt, kann sich Neal Sheramy nicht allein ein Auto kaufen? Er ist doch kein Idiot!«

»Ich begreife deine Eile nicht«, stöhnte Kester. »Und ich kann dir auch nicht nachgeben. Ich habe zugesagt, in Silberwald zu essen, und ich werde gehen.«

»Ich werde nicht gehen«, sagte Eleanor.

Kester begriff das nicht, und er war offenbar auch noch nicht davon überzeugt, daß sie es ernsthaft meinte. Eine Einladung zum Dinner war nach seiner Auffassung heilig; es war unmöglich, sie ohne zwingenden Grund abzusagen. Und im Gegensatz zu Eleanor vermochte er einen wirklich zwingenden Grund dafür nicht zu sehen. Er ging aus dem Zimmer und ließ Eleanor allein.

Und wieder stand sie da, fassungslos vor einem Verhalten, das sie nicht begriff. Sie stand auf, kleidete sich an und begann ihre und Cornelias Sachen einzupacken. Während sie auf den Knien lag und die Koffer schloß, kam Kester zurück.

»Du willst also wirklich nach New Orleans fahren?« fragte er.

»Ja, gewiß will ich das.«

»Und was, willst du, soll ich den Sheramys sagen?«

»Sag ihnen, daß ich geschäftlich abberufen wurde.«

»Möchtest du, daß man dich auf Silberwald für einen Hottentotten hält?«

»Ich wüßte wahrhaftig nicht, warum sie das tun sollten.«

»Aber das ist doch klar. Wenn es sich bei diesem geschäftlichen Abruf um eine Angelegenheit deines Vaters handelte, so könnte er sie selbst erledigen; handelt es sich aber um eine Plantagenangelegenheit, so ist das meine Sache.«

»Was hilft das denn? Wenn du es nicht tust, muß ich doch fahren.«

»Aber ich will ja. Ich sagte dir doch, daß ich morgen fahren würde.«

»Ich will nicht warten. Nicht einen Tag.«

»Du willst Cornelia mitnehmen?«

»Gewiß; ich muß ja. Ich kann sie nicht in fünf Minuten entwöhnen.«

Die Hände in den Jackett-Taschen vergraben, lehnte Kester am Türpfosten und sah zu, wie sie die letzten Riemenschnallen schloß. »Weißt du, was mich interessiert?« sagte er mit einem bösen Unterton in der Stimme. »Ich wüßte gern, ob nie jemand auf die Idee gekommen ist, dich durchzuprügeln und in einer dunklen Kammer einzusperren, bis du begriffen hast, daß du mit deinem Dickkopf nicht die Welt stürmen kannst.«

»Sei nicht albern«, sagte Eleanor und erhob sich von den Koffern. »Ich tue es ja für dich«, sagte sie. »Um deine Heimat und dein Erbe geht es.«

»Eben«, versetzte er. »Und deshalb war ich der Meinung, daß es sich da um meine Geschäfte handelt.«

Da kam es denn wieder hoch in ihr, diese Gleichgültigkeit machte sie wild. Sie schrie: »Du siehst ja, wohin du es mit der Wahrnehmung deiner Geschäfte gebracht hast!« Sogleich bezwang sie sich wieder und biß sich auf die Lippen. »Es tut mir leid«, murmelte sie.

»Wo, in des Himmels Namen, hast du nur diese Stimme her!« Kester schüttelte den Kopf. Er selber sprach mit der gleichen unheimlichen Ruhe, die er während des Nachtgespräches an den Tag gelegt hatte.

Eleanor schluchzte fast. »Ich wollte ja nicht schreien. Aber ich muß heute nach New Orleans fahren. Sieh es doch ein. Ich muß es gewiß!«

Kester zog die Brauen hoch und streifte sie mit einem vorwurfsvollen Blick. »Zuviel Charakterstärke läuft auf einen unangenehmen Charakter hinaus«, sagte er.

Sie lächelte bitter. »Du machst dir keine Sorgen.«

»Nein«, sagte er, »das tue ich nicht. Wahrhaftig, das tue ich nicht. Und ich empfehle dir, es auch nicht zu tun.« Er wandte sich um, um zu gehen, verhielt aber noch einmal den Schritt. »Steige im St. Charles-Hotel ab«, sagte er, »es liegt an der Straße, die wir immer gegangen sind.«

Er schloß die Tür hinter sich. Eleanor stand regungslos im Raum und fühlte, wie sie anfing, sich selber zu hassen. Immer kam es in ihr hoch und sie konnte die Worte dann nicht zurückhalten. Sie stürzten ihr heraus wie die Kröten aus dem Munde des ungezogenen Mädchens im Märchen. Aber wie böse das Mädchen im Märchen auch immer gewesen sein mochte, ob ihr die Kröten wohl auch im Angesicht des geliebten Menschen aus dem Mund geschlüpft wären? Warum nur mußte sie Kester immer wieder so böse Worte sagen? Nahm sie ihm übel, daß sein Wesen es ihr unmöglich machte, ihm ernsthaft zu zürnen? Sie wußte es nicht, aber sie wollte den jüngsten Fehler sogleich wieder gutmachen. Sie wollte ihm nachgehen und ihn um Verzeihung für ihre Unbeherrschtheit bitten. Ja, sie würde sogar nachgeben und mit ihm nach Silberwald fahren, nur um ihm zu beweisen, wie leid es ihr tat, ihn neuerlich gekränkt zu haben.

Aber als sie sein Zimmer betrat, war es leer, und als sie eben die Treppe hinunterging, um nach ihm zu schauen, hörte sie, wie unten die Haustür zufiel. Sie eilte zum Fenster, von wo aus sie die ganze Rasenfläche zu übersehen vermochte, und sah Kester bereits die Allee hinunterfahren. Er fuhr noch schneller als sonst, so schnell, daß sie für seine Sicherheit zu fürchten begann und ins Zittern geriet, vor heimlicher Angst und vor Schmerz darüber, daß sie keine Möglichkeit mehr gefunden hatte, seine Verzeihung zu erbitten.

Sie zog die Uhr aus dem Gürtel, die Kester ihr Weihnachten geschenkt hatte; es war eben halb eins, also noch viel zu früh, um nach Silberwald zu fahren, da sie erst für zwei Uhr geladen waren und man die Plantage mit dem Auto in zwanzig Minuten erreichte.

Eleanor ließ den Kopf hängen, fühlte sich besiegt und geschlagen und kehrte mit trägen Bewegungen in ihr Zimmer zurück, um sich für die Reise fertig zu machen. Es war sicher gut, daß sie jetzt gleich nach New Orleans fuhr, aber vielleicht wäre es ebenso gut gewesen, wenn sie nachgegeben hätte. Sie begriff ihr eigenes Verhalten nicht. Wie kam es, daß sie Kester alles zuliebe tun konnte, ohne indessen den Takt aufzubringen, ihn richtig zu behandeln? Sie wußte es nicht.

Viertel vor zwei schloß sie die Tür ihres Zimmers hinter sich und rief Silberwald von dem Apparat auf ihrem Nachttisch aus an.

Am anderen Ende der Leitung meldete sich Klara Sheramy.

Eleanor entschuldigte sich, daß es ihr leider nicht möglich sei, zum Dinner zu kommen, aber sie müsse leider sogleich nach New Orleans fahren; es ginge um sehr wichtige Dinge. Der Zug ginge um drei Uhr.

Klara bedauerte das herzlich. Ihre Stimme klang ebenso zart, wie ihre Erscheinung zerbrechlich wirkte. Ich kann auch so sprechen, dachte Eleanor, während sie Klaras Stimme lauschte. Wenn ich nicht verrückt und aus dem Häuschen bin, kann ich auch so sprechen. Oh, lieber Gott, hilf mir, daß ich nicht bei jeder Gelegenheit die Beherrschung verliere! »Könnte ich Kester vielleicht einen Augenblick sprechen?« sagte sie.

»Aber ja, natürlich«, entgegnete Klara, »ich rufe ihn sofort. Er sitzt im Wohnzimmer und trinkt einen Cocktail mit Neal.«

Einen Augenblick später kam Kesters Stimme durch den Draht.

»Kester«, sagte Eleanor, »es tut mir leid. Wahrhaftig, ich weiß nicht, was mich wieder getrieben hat, so heftig zu werden. Ich will es nicht wieder tun.«

Kesters Stimme war völlig ohne Groll. Entweder hatte die inzwischen vergangene Zeit oder der Cocktail ihn besänftigt.

»Es wäre wunderbar, Eleanor«, sagte er, »es paßt nicht zu dir.«

»Ich wollte es wirklich nicht, Lieber. Aber ich habe in der Nacht kaum geschlafen. Ich bin ein wenig überreizt.«

»Dann bemühe dich, ruhiger zu werden, Liebling. Es ist alles in Ordnung.« Er schien wirklich zu meinen, was er sagte; seine Stimme klang ruhig wie immer.

»Kester«, sagte sie, »kann dich jemand sprechen hören?«

»Nein.«

»Dann sage mir, daß du mich noch liebst.«

»Ich liebe dich wie am ersten Tag, Herz. Hörst du das denn nicht?«

»Doch«, sagte sie, »doch, Lieber, ich höre es.« Und nun übersprudelten sich ihre Worte. Sie habe ihm das alles noch persönlich sagen wollen, bevor er ging. »Aber dann warst du schon fort«, sagte sie, »und ich war allein. Da habe ich mich denn für die Fahrt nach New Orleans fertig gemacht.«

»Fahr hin, Liebe«, sagte er trocken. »Du hast einen zweifelhaften Sieg errungen. Jedesmal, wenn ich anfange, meine Gefühle zu zergliedern, halte ich rechtzeitig ein und amüsiere mich über den Unsinn.«

Sie nahm den Nachmittagszug nach New Orleans. Dilcy saß ihr mit Cornelia im Abteil gegenüber. Dilcy machte ein grimmiges Gesicht; sie befand sich im Zustand äußerster Mißbilligung. Sie hatte lange Jahre für die Damen auf Ardeith gearbeitet, und es war ihr in all der Zeit niemals begegnet, daß eine Dame ihren Gatten verlassen hätte, um allein und unbeschützt in einem Hotel zu übernachten.

2

Eleanor ließ sich im St. Charles-Hotel eintragen. Unter keinen Umständen wollte sie die Gastfreundschaft von Kesters oder ihrer eigenen Familie in Anspruch nehmen. Sie telefonierte mit Mr. Robichaux und verabredete mit ihm eine Unterredung für den nächsten Nachmittag im Bankgebäude.

Sie schlief ruhig in dieser Nacht und der Schlaf tat ihr gut, stärkte und erfrischte sie. Am Morgen suchte sie ihren Vater in seinem Büro auf. Ihr Bruder Vance, der ein Jahr jünger als sie und bereits ein vielversprechender junger Ingenieur war, sprang auf, als sie hereinkam, und fragte, was sie in der Stadt zu tun habe. Sie sagte, daß sie den Vater gern kurz gesprochen hätte. Papa sei in seinem Privatbüro und diktiere, sagte Vance. Er bat sie, sich zu setzen und ihm einen Augenblick Gesellschaft zu leisten. Er erzählte ihr dann die Tagesneuigkeiten. Lena Tonelli hatte sich verlobt und wollte demnächst heiraten; Florence hatte sich zu einem hübschen Mädchen entwickelt und hielt das Haus mit ihren zahlreichen Verehrern ständig in Bewegung; der Atchafalaya-Fluß führte Hochwasser und stand höher als jemals zuvor in diesem Jahr. – Obgleich Eleanor im Innersten niedergeschlagen war, hörte sie dem Plaudern des Bruders doch aufmerksam zu. Vance trug seinen Namen nach dem Manne, dem Fred Upjohn seine erste Arbeit beim Deichbau verdankte; er hatte von klein auf großes Interesse für das Wasserstraßensystem Louisianas gezeigt und seine Schwester stets gern von seinen Kenntnissen profitieren lassen. Während er jetzt sprach, erinnerte sich Eleanor daran, wie sie mit Vance und Florence in den verschiedenen Deichbauanlagen herumgetollt und gespielt hatte. Sie hatten nach eigenen Entwürfen kleine Deiche gebaut und alte Blechdosen als Schaufeln benützt. Als Vance neun und sie zehn Jahre alt war, konnten sie bereits richtige kleine Uferdämme bauen, sorgfältig ausgewogen, mit Schächten, Böschungsabhängen und Schlaghölzern versehen. Die Abhänge pflegten sie mit Hilfe eines Maßbandes, das aus ihrer Mutter Nähkorb stammte, sorgfältig abzustufen und überhaupt jede Einzelheit korrekt vom Großen ins Kleine zu übertragen. Die erst siebenjährige Florence mußte Botengänge erledigen. Wenn sie sich weigerte, drohten sie ihr damit, ihr ihre ›Schweineschwänzchen‹ abzuschneiden. Jetzt war Vance bereits Ingenieur und Florence eine erwachsene junge Dame, und sie selbst hatte bereits die Erkenntnis hinter sich, daß nichts auf der Welt vollkommen war. Sie sprachen eine ganze Weile, aber schließlich bat Eleanor den Bruder, den Vater von ihrer Anwesenheit zu verständigen. Vance öffnete die Tür zu Freds Privatkontor und steckte den Kopf durch den Spalt. »Papa«, sagte er, »Eleanor ist hier.«

Fred Upjohn saß hinter seinem Schreibtisch und sah mit gerunzelten Brauen auf die rot-blaue Zeichnung eines Dampfplanierers. Er sprang auf, als sie das Zimmer betrat.

»Eleanor«, sagte er, »warum kommst du in die Stadt?«

Sie warf einen flüchtigen Blick auf seine Sekretärin. »Ich hätte dich gern einen Augenblick allein gesprochen«, sagte sie.

Fred gab dem Mädchen einen Wink, das seine Sachen zusammenpackte und das Kontor verließ. »Setz dich, meine Liebe«, sagte Fred, nachdem sie allein waren.

»Ich habe nicht sehr viel Zeit, Papa«, sagte Eleanor unvermittelt. »Ich habe nur eine Frage. Würdest du mir das Kapital meiner Tonelli-Anteile freigeben?«

»Oh!« Fred setzte sich wieder und faltete seine Hände über der rot-blauen Zeichnung. Er sah sie eine Weile schweigend von oben bis unten an; schließlich begegneten sich ihre Augen.

»Nein, Eleanor, das werde ich nicht tun«, sagte Fred Upjohn.

Es gab ihr einen Stich; sie fühlte ihn fast wie einen physischen Schmerz. Sie verstand ihn natürlich; sie brauchten gar nicht darüber zu sprechen. Er hatte ihr die Anteile überschrieben, weil er

Kester nicht traute. Aus dem gleichen Grunde hatte er sie gesperrt und überließ ihr nur die Zinsen zum Verbrauch. Die beliefen sich auf zwölf- bis fünfzehnhundert Dollar im Jahr, immerhin genug, um sie und ihr Kind vor Armut zu schützen.

»Gut«, sagte Eleanor, »wenn du nicht willst, willst du nicht und wir brauchen nicht weiter darüber zu reden. Aber dann entschuldige bitte, ich muß dann sogleich wieder gehen.«

»Bitte, noch nicht«, sagte Fred. Er streckte die Hand über den Tisch und griff nach der ihren, wobei er ihr einen ruhig prüfenden Blick zuwarf. »Honigkind«, sagte er, »wenn du Geldsorgen hast, warum hast du mir nie davon erzählt?«

»Oh, das ist nicht üblich«, versetzte Eleanor. »Danke, bemühe dich nicht. Ich richte es anders ein.«

»Wie? Wie willst du es einrichten?«

»Es ist ja nicht deine Sache, Papa«, sagte sie kurz.

Er hatte ein dünnes Lächeln im Gesicht: »Südost-Wechselbank?«

Sie sah ihn an und schwieg.

»Charles Robichaux?«

»Wie kannst du das wissen?« fragte sie, nun doch einigermaßen verblüfft.

Er ließ ein kurzes, trockenes Lachen hören: »Ich bin nicht ganz dumm, mein Kind. Es ist das besondere Geschäft dieser Bank, die heruntergewirtschafteten Plantagen längs des Stromes an sich zu bringen. Rund die Hälfte dürfte ihr schon gehören.« Er stand auf und kam um den Schreibtisch herum. »Warum hast du mir nie etwas davon erzählt, Eleanor?« fragte er.

Sie schüttelte den Kopf.

Er zuckte die Achseln. »Wie du willst, mein Kind. Ich denke, du bist eine erwachsene Person.« Er ging einige Male hin und her und blieb dann wieder vor ihr stehen. »Möchtest du, daß ich meinen Namen unter ein Dokument setze? Als Bürge gewissermaßen? Würde dir das eine Hilfe bedeuten?«

Eleanor fühlte, wie ein Zittern sie überkam. Sie wußte: Ihr Vater war kein reicher Mann, aber er hatte nie über einen Penny verfügt, der ihm nicht gehört hätte. Seine Integrität war außerhalb jeder Frage. Wenn er seinen untadeligen Namen unter einen Schuldschein setzte, war das eine Sicherheit, die jeder Bank reichte. Sie hatte bisher niemals darüber nachgedacht, wie sauer es einem Manne sein mußte, einen solchen Ruf zu erlangen, und wie kostbar es war, ihn zu bewahren. Aber in diesem Augenblick wußte sie es.

Sie antwortete mit einer rauhen und harten Stimme, die ihre innere Bewegung verbergen sollte: »Das würde ich niemals zulassen, Papa, hörst du? Nie! Nicht für eine Million Dollar! Ich hoffe, du verstehst mich. Anderenfalls bleibt mir nichts mehr zu sagen.«

»Ich glaube, ich verstehe dich sehr gut, Eleanor«, sagte Fred.

»Ja, Vater!« sie atmete schwer. »Ich bin deine Tochter, Vater!« Und einer plötzlichen Schwäche nachgebend, ließ sie sich in den Stuhl fallen, den er ihr hingestellt hatte, und barg den Kopf auf den über den Schreibtisch verschränkten Armen. Sie weinte nicht, aber es schüttelte sie. Sie hatte diese Unterredung an den Anfang ihrer Mission gestellt, weil sie wußte, daß sie das Schwierigste war. Wahrhaftig, das war sie. Sie fühlte sich nackt und beschämt vor den Augen ihres Vaters. Fred legte ihr sacht einen Arm um die Schultern, als wolle er ihr auf solche Weise ein Gefühl der Sicherheit geben. Eleanor dachte, wieviel leichter ihr diese Stunde geworden wäre, wenn er sie hart angefahren und ihr gesagt hätte, sie solle gehen und ihre Strafe auf sich nehmen, nachdem sie schon nicht auf seine warnenden Worte gehört habe. Sie bedauertes es jetzt schon, überhaupt hierhergekommen zu sein. Sie hätte es ja wissen können, daß er ihre Bitte ablehnen würde. Aber es war ihre einzige Chance gewesen, sofort veräußerliche Wert und damit flüssiges Kapital in die Hände zu bekommen; in ihrer Verzweiflung hatte sie geglaubt, diese Chance nicht auslassen zu dürfen.

Als sie nach einem Weilchen den Kopf hob, sagte Fred nur: »Deine Mutter und deine Geschwister würden sehr traurig sein, wenn sie keine Gelegenheit hätten, dich zu sehen, nachdem du einmal hier bist. Ich will Mutter eben anrufen und ihr sagen, daß du heut abend bei uns essen wirst.«

Eleanor hatte nicht die geringste Neigung, jemand von ihren Angehörigen zu sehen, aber sie sah keine Möglichkeit, die Einladung abzulehnen. Sie nickte deshalb schweigend. Als er den Telefonhörer abnahm, fuhr sie auf: »Bitte kein Wort zu Hause, warum ich in der Stadt bin.«

»Oh, sei ruhig, ich sage gewiß nichts«, versetzte Fred. »Du bist alt genug, um eigene Geschäfte zu haben. Möchtest du mit mir irgendwo eine Tasse Kaffee trinken?«

Sie lehnte ab. »Danke«, sagte sie, »ich muß jetzt zum Kind zurück und dann zu Mr. Robichaux.«

»Gut, dann sehen wir uns also am Abend. Bis dahin, meine Liebe.«

Eleanor verabschiedete sich und ging zum Hotel zurück. Sie wartete hier geduldig, bis es Zeit war, zur Bank zu gehen.

Sie wurde sogleich vorgelassen. Mr. Robichaux war ein Mann mit eisengrauem Haar und einem nicht unangenehmen Gesicht, das sich allerdings in düstere Falten legte, als sie auf die Ardeithhypotheken zu sprechen kam. Sie bat ihn, ihr die der Bank geschuldete Gesamtsumme und die Verfallsdaten zu nennen.

Mr. Robichaux räusperte sich vernehmlich. Er sagte, leider sei er gezwungen gewesen, Kester einen mehr oder weniger eindeutigen Brief zu schreiben. Kesters Vater habe oft Geld auf die nächste Baumwollernte entliehen, aber er sei im Ganzen vorsichtiger gewesen und habe die Rückzahlungstermine eingehalten, obwohl natürlich –; er räusperte sich wieder und sprang auf die Gegenwart über. »Tja«, sagte er, »da ist mit der Zeit – äh – eine gewisse Vernachlässigung der Zinszahlungen eingetreten. Mr. Larne hat die Dinge vielleicht – hm – etwas gleichgültig behandelt, wahrscheinlich nicht die Zeit gefunden, sich darum zu kümmern. Nun, und die Plantage ist – alles in allem – ein bißchen heruntergewirtschaftet, sie stellt nicht mehr die – tja – einwandfreie Sicherheit dar, die sie einmal war. Wir mußten also zusehen...«

»Ich verstehe«, sagte Eleanor. »Nun sagen Sie mir bitte, was wir der Bank schulden und wann die Beträge fällig sind.«

Mr. Robichaux ließ einen Angestellten kommen und erhielt nach kurzer Rückfrage einen Haufen Papiere vorgelegt.

Nachdem sie die Unterlagen eine Stunde lang durchgegangen waren, wußte Eleanor, daß sie und Kester nur zufolge besonders milder und entgegenkommender Auslegung der Bankvorschriften noch auf Ardeith saßen. Kester hatte offenbar völlig bedenkenlos in alles eingewilligt, was ihn im jeweiligen Augenblick zu entlasten vermochte, weil er sich niemals die Mühe gemacht hatte, über Wesen und Bedeutung des Geldes nachzudenken. Sie erbat sich von Mr. Robichaux einen Bogen Papier und begann sich die wesentlichsten Zahlen herauszuschreiben. Im Geiste rechnete sie diesen Zahlen noch die Beträge der Rechnungen zu, die sie in Kesters Schreibtisch gefunden hatte. Kesters Schuldscheine auf der Bank beliefen sich, wie sie feststellte, zuzüglich seiner persönlichen Schulden, auf nahezu einhunderttausend Dollar.

Dazu kam – Mr. Robichaux erinnerte sie daran –, daß Kester die Hälfte des Plantagenlandes an Pächter abgegeben hatte, die das Land durch ihre Ein-Maulesel-Bearbeitung zugrunde richteten.

»Ich danke Ihnen sehr, Mr. Robichaux, daß Sie mir so viel Ihrer Zeit geopfert haben«, sagte Eleanor.

Sie verließ ihn und ging hinunter auf die Straße. Kalte, flimmernde Januarsonne, die keine Wärme zu spenden vermochte, lag über der Stadt. Sie nahm ihre Uhr heraus, um nach der Zeit zu sehen, und fragte sich dabei mit spöttischer Erbitterung, wann sie wohl bezahlt werden würde und was sie dafür erhalten könnte, wenn sie versuchte, sie zu verkaufen. Sie hatte noch etwas Zeit und war dankbar dafür.

Sie durchschritt das Geschäftsviertel der Stadt und entlang den Fabriken, wo es nach gebranntem Kaffee und nach Melasse roch; sie kannte diese Gerüche von ihrer Kindheit an. Als sie die Uferstraße erreicht hatte, stand sie lange am Kai und ließ ihre Augen über den goldleuchtenden, träge dahinziehenden Strom schweifen, der Ardeith und die Stadt, in der sie jetzt weilte, hervorgebracht hatte. Mittelamerikanische Boote lagen am Kai und löschten Kaffee. Auf den Eisenbahnschienen standen große Kühlwagen bereit, eine Schiffsladung Bananen in Empfang zu nehmen. Weit draußen auf dem Strom arbeitete ein Baggerschiff, um den Kanal offen zu halten. Sie hörte das Schnaufen der Dampfmaschinen über den Stimmen der Männer, die am Kai arbeiteten. Ihr Auge fiel auf die großen Buchstaben: ›*TONELLI-FRUITS-LINES*‹.

Lena Tonellis Großvater war aus Italien eingewandert. Er war als Zwischendeckpassagier gekommen und hatte begonnen, die auf dem Kai weggeworfenen Bananen aufzuheben. Er hatte sie in eine Schubkarre geladen und für zwei Cent pro Dutzend verkauft. Heute war die Tonelli-Frucht-Linie ein Riesenunternehmen. Aber immerhin: Großvater Tonelli hatte keine Schulden gehabt, als er anfing.

Eleanor drehte den Fruchtschiffen den Rücken und schlenderte die Kanalstraße hinunter. Sie konnte das Gebäude der West-Bank sehen; die Fassade schimmerte undeutlich zwischen einigen Baumreihen. Fährboote gingen herüber und hinüber. Ein frischer Wind wehte hier am Wasser. Eleanor dachte daran, daß es hübsch wäre, den Strom mit dem Fährboot zu überqueren, aber sie verbot sich den Gedanken sogleich; sie konnte es sich jetzt nicht mehr leisten, einen Nickel unnötig auszugeben.

Sie fing sich schließlich wieder. Sie gab sich nicht oft wehmütig rückschauenden Gedanken hin, die für alles gut sein mochten, aber nicht für die Gegenwart. Sie drehte sich um und ging schnellen

Schrittes in ihr Hotel zurück, wo sie ihr Kleid wechselte und Dilcy mitteilte, sie müsse bei Cornelia bleiben, während sie zur Stadt hinaufginge, um ihre Mutter zu besuchen.

Das Abendessen zu Hause verlief heiter und geräuschvoll. Nach dem Essen kamen die jungen Tonellis mit Guy Rickert, Lenas Verlobtem, und nun sprachen alle auf einmal. Lena fragte Eleanor, ob sie inzwischen gelernt habe, ein Auto zu führen. Nein, versetzte Eleanor, aber Kester habe schon damit begonnen, es ihr beizubringen. Sie könne es bereits, sagte Lena; es sei eine ganz einfache Sache. Sie hätten ein Überlandcoupé mit einem elektrischen Anlasser, der noch niemals versagt habe. Dabei zeigte sie lachend auf ihren seitwärts geschlitzten Rock. »Diese Röcke mögen vielleicht nicht sehr moralisch sein«, sagte sie, »aber sie sind unerläßlich, wenn man im Auto sitzt und Kupplung und Bremse bedienen will.« Fred Upjohn erzählte von einem aufregenden Film, den er unlängst gesehen habe. Da habe Ford Sterlin Mabel Normand gefesselt an eine Planke gestellt und begonnen, sie vermittels einer singenden Säge in zwei Hälften zu zerschneiden. Er habe vergessen, wie das Mädchen schließlich gerettet worden sei; die Sache sei aber sehr aufregend gewesen und habe ihm alle seine Sorgen aus dem Kopf geblasen, vor allem die Sorgen, die ihm der Atchafalayafluß mache. Florence sagte, daß es in New Orleans jetzt schon mehr als dreißig Kinematographentheater gäbe; wußte Eleanor das schon? Molly Upjohn erinnerte Florence daran, daß Eleanor mit ihrem drei Monate alten Baby wahrscheinlich keine Zeit habe, sich über solche Sachen auf dem laufenden zu halten. Florence begann auf dem Klavier zu spielen, und Guy Rickert bat Eleanor um einen Tanz. Es war also so, als ob sie niemals fortgewesen wäre.

Eleanor hatte durchaus Sinn für glückliches Familienleben. Das hier waren ihre Leute, solide, charakterfest und in jeder Weise vertrauenswürdig. Ihnen war es selbstverständlich, daß jeder Mensch auf sich selber aufzupassen habe. Guy und Lena fuhren sie schließlich in ihr Hotel zurück. Eleanor stand noch einen Augenblick still, bevor sie hineinging, und sah ihnen nach. Es war ihr, als schwände mit ihnen zugleich das starke und sichere Selbstvertrauen dahin, das ihr einmal anerzogen worden war und das ihr entschwunden war, ohne daß etwas Neues an seine Stelle getreten wäre.

Als sie ihr Zimmer betrat, sah sie Kester. Er saß da und las eine Nachmittagszeitung; er sprang auf und warf die Zeitung weg.

»Da bist du endlich. Denkst du noch an mich?« fragte er.

Sie ging auf ihn zu, und er schloß sie in seine Arme. Sie ließ ihren Kopf an seine Schultern sinken und stellte mit heimlicher Verwunderung fest, wie das alte Gefühl der Sicherheit und Geborgenheit sie selbst in diesem Augenblick überkam. Lächelnd zu ihm aufsehend, fragte sie: »Bist du böse, daß ich jetzt erst komme?«

»Möchtest du etwa, daß ich böse wäre?« fragte er scherzend. »Wie ist Cornelia die Reise bekommen?«

»Oh, es geht ihr gut.«

»Den Eindruck hatte ich auch. Ich habe mit ihr im anderen Zimmer gespielt, bis sie schlafen ging.« Er half ihr aus dem Mantel. Ihren Hut konnte sie gerade noch davor bewahren, achtlos auf das Bett geworfen zu werden. Es war ein Samthut mit einer großen weißen Reiherfeder, und sie erwartete nicht, sich in absehbarer Zeit einen neuen Hut gleicher Qualität kaufen zu können.

»Nun«, sagte Kester, während sie den Hut in der Hutschachtel unterbrachte, »was hast du getan, Miß Ordnung-Schafferin?« Er maß sie mit einem spöttisch-amüsierten Blick, dem gleichen Blick, mit dem er sie auch bedacht haben würde, wenn es ihr eingefallen wäre, sich besorgt in ein Pokerspiel einzumischen.

Aber Eleanor war zu Neckereien nicht aufgelegt. Sie hatte noch die Atmosphäre ihres Vaterhauses um sich; ihre Antwort kam klar, kurz und bündig:

»Ich habe deine Schulden ermittelt. Sie belaufen sich, alles in allem, auf rund einhunderttausend Dollar.«

»Einhundertt–? Eleanor, bist du wahnsinnig?«

»Ich bin keineswegs wahnsinnig. Du hast mir gesagt, du wüßtest nicht, wie hoch du verschuldet seist. Nun, da habe ich es festgestellt.«

Kester ließ einen langen Pfiff hören. Er sank in einen Sessel und betrachtete den Kronleuchter. Eleanor berichtete ihm von dem Gespräch, das sie mit Mr. Robichaux geführt hatte.

»Warte einen Augenblick«, sagte Kester plötzlich. »Ich gehe hinunter und rufe ihn an.«

»Jetzt? Es ist fast Nacht.«

»Es ist noch nicht zwölf. Ich werde ihn in der Wohnung anrufen.«

Seine ruhige Gelassenheit und die unerschütterliche Sicherheit, die aus jeder seiner Bewegungen sprach, färbten auf Eleanor ab. Sie ging in das Nebenzimmer, um nach Cornelia zu sehen. Cornelia war bereits eingeschlafen. Ihr Fäustchen hielt eine Klapper. Eleanor nahm ihr das Ding ab, damit sie sich während der Nacht nicht daran verletze. Als sie wieder in ihrem Zimmer war, stellte sie fest, daß es sich um eine neue Klapper handelte, die Kester offenbar mitgebracht hatte, als er am Abend kam. Sie warf das Spielzeug in hohem Bogen fort. Was war Kester doch für ein Narr! Aus jeder Ecke grinsten ihn seine Schulden an; wie kam er eigentlich dazu, einen Vierteldollar zu verschwenden, um eine Klapper für ein Kind zu kaufen, das schon bis zum Überfluß mit unbezahltem Spielzeug versorgt war?

Kester kam wieder und war offensichtlich glänzender Laune. Er werde morgen nachmittag um drei Mr. Robichaux sehen, sagte er. Er küßte sie herzhaft und versicherte, er werde sehr wachsam sein und alles werde wieder in die Reihe kommen. Eleanor, die Hand an der Wange, lächelte ihn verwundert an:

»Bedrückt es dich denn nicht, daß du so verschuldet bist?« sagte sie. »Hast du denn keine Angst?«

»Liebling«, versetzte er, »vielleicht sollte es mich bedrücken und vielleicht sollte ich Angst haben, aber beides ist nicht der Fall. Es ist ein Zustand, an den ich gewöhnt bin.« Er setzte sich und zog sie auf seinen Schoß.

»Hast du denn wirklich immer Schulden gehabt?« fragte Eleanor.

»Immer«, versicherte er ungerührt. »Ich werde dir eine kleine Geschichte erzählen. Als ich acht Jahre alt war, gab mir mein Vater einen Vierteldollar und sagte, daß ich zukünftig jede Woche einen weiteren Vierteldollar als Taschengeld bekommen soll. Ich wurde angehalten, jeden Penny, den ich für Süßigkeiten oder andere Kleinigkeiten ausgäbe, in ein Notizbuch einzutragen. Offenbar wollte er mich auf solche Weise darauf vorbereiten, wie ich dereinst als erwachsener Geschäftsmann zu verfahren hätte.«

»Das ist die gleiche Art, wie man auch mich belehrt und zur Sparsamkeit angehalten hat«, sagte Eleanor.

»Gut«, sagte Kester. »Aber ich hatte kein Notizbuch, siehst du. Also ging ich in einen Laden und kaufte mir eins. Es war ein hübscher kleiner Laden, der von einem Mann namens Mr. Parfax geführt wurde. Das Notizbuch kostete dreißig Cents, ich aber besaß nur einen Vierteldollar. Also erschien meine erste Eintragung auf der Minusseite mit einer Schuld von fünf Cents an Mr. Parfax.« Er seufzte. »Mir scheint, es ist mir seither nicht gelungen, diese Schuld einzuholen.«

Eleanor konnte nicht anders, sie mußte ihn anlachen. Kesters

Gesicht war genauso unschuldig wie das seiner kleinen Tochter. »Mußt du deinen Vater unterstützen?« fragte sie nach einer kleinen Pause.

»Nein, Liebling. Er hat das Pachtgeld von der Zuckerplantage über dem Strom.«

»Und was wirst du morgen Mr. Robichaux sagen? Er kann die Hypotheken als verfallen erklären, wenn es ihm so gefällt.«

»Oh, Herz, ich weiß es nicht.« Er hob die Schultern und sah sie aus treuherzigen Augen an. »Ich werde ihm irgend etwas sagen. Ich habe mich mit dieser Frage schon eine Nacht lang herumgequält, und der ganze Erfolg war, daß ich hinterher Kopfschmerzen hatte. Ich habe aber nicht die Absicht, mir wegen dieser Sache meinen eigenen Kopf in Stücke zu sprengen. Es ist spät und ich bin müde. Und du, mein Herz, wirst Runzeln bekommen, wenn du nicht damit aufhörst, so ein ernstes Gesicht zu machen, und das, bevor du noch dreißig bist.«

3

Am nächsten Nachmittag gingen sie zur Südost-Wechselbank, um mit Mr. Robichaux zu sprechen.

Mr. Robichaux begrüßte Kester sehr herzlich und liebenswürdig. Eleanor hatte den Verdacht, daß diese Liebenswürdigkeit die bittere Pille verzuckern sollte, die er ihm zu verabreichen gedachte. Sie spürte eine heftige Beklemmung, als sie sich niederließ. Kester eröffnete sogleich das Gespräch und begann damit, über allgemeine Geschäfte zu sprechen. Eleanor hörte ihm mit steigender Verwunderung zu. Sie selbst pflegte bei wichtigen Gesprächen jederzeit gleich auf ihr Ziel loszugehen. Davon war Kester weit entfernt. Er plauderte über die Negerfrage, erkundigte sich höflich nach Mr. Robichaux' Enkelkindern (deren Namen er erstaunlicherweise auswendig kannte), gratulierte dem Bankier zu seinem Siege in einem unlängst ausgetragenen Schachturnier (wie, um alles in der Welt, konnte er überhaupt etwas von diesem Schachturnier wissen? fragte sich Eleanor verwundert) und brillierte mit Weisheiten, von denen sie sich nichts träumen ließ. Es war schon so: Kester wußte alles und kannte jedermann. Zweifellos hielt er Mr. Robichaux' Schachleidenschaft für wesentlich genug, um sich damit zu befassen. Mr. Robichaux jedenfalls gab sich von Minute zu Minute jovialer. Er erzählte Kester umständlich von einem äußerst verwikkelten Hazardspiel, an dem er teilgenommen habe. Bald darauf wandte sich das Gespräch der Politik zu. Mr. Robichaux vertrat die Meinung, die Amerikaner, die in Streitigkeiten mit mexikanischen Banditen verwickelt worden seien, sollten sich nach Hause scheren und jedenfalls nicht erwarten, daß die Regierung ihnen Soldaten schicken werde, um sie zu schützen. Dergleichen Zwischenfälle könnten sehr leicht zum Kriege führen, und wer wollte schließlich Krieg mit Mexiko? »In der Tat, wer?« stimmte Kester zu. Man hatte von der alten Geschichte von Anno 1858 noch genug. Die USA bezogen wesentliche Dinge aus Mexiko. – »Aber natürlich«, sagte Mr. Robichaux, »seit wir einen Universitätsprofessor im Weißen Haus sitzen haben – wer will sagen, was da alles noch geschehen kann!« Kester nickte. Die Wahl von Mr. Wilson stelle eben einen Versuch mit einem Philosophenkönig dar; man müsse das Ergebnis abwarten. Meinte Mr. Robichaux das nicht auch?

Lieber Gott! dachte Eleanor, was haben alle diese Geschichten nur mit den Ardeith-Hypotheken zu tun?

Von Mexiko sprang das Gespräch auf Mr. Robichaux' Reise nach Kalifornien im vergangenen Sommer. Bemerkenswertes Land, da drüben; leider soviel Wüste dazwischen; es war fast, als ob man nach einem anderen Kontinent reiste. Dachte Mr. Larne etwa daran, im nächsten Jahr zur Ausstellung nach San Francisco zu fahren? Man redete davon, daß der Panamakanal eröffnet und für Reisezwecke bereit sein werde. Es war geplant, direkte Linien von New Orleans nach San Francisco einzurichten.

Kester lächelte und zuckte die Achseln. Mr. Robichaux müsse sich selbst ausrechnen können, daß er es sich vermutlich nicht werde leisten können, zu einer Ausstellung zu reisen, sagte er. Er müsse jetzt alle Kraft aufwenden und sich um seine Plantage kümmern. Ja, und das sei ja nun eigentlich der Grund, warum er hier sitze. Man müsse einmal über die Hypotheken sprechen. Mr. Robichaux' Bank war so freundlich, sie bisher auf Ardeith stehen zu lassen.

»Ja, hm ja, allerdings«, sagte Mr. Robichaux. Sie hatten gesellig und liebenswürdig miteinander geplaudert; an der Form der Unterhaltung änderte das nichts. Mr. Robichaux blieb liebenswürdig wie bisher, er sprach über die Hypotheken wie über belanglose Angelegenheiten zwischen Freunden, völlig anders, als er gestern mit Eleanor diskutiert hatte. Kester erklärte, er habe zahllose Änderungen in der Führung von Ardeith geplant. Er habe diese Dinge wegen seiner Heirat und der Geburt des Kindes nur etwas zurückstellen müssen. Er beugte sich etwas zu seinem Zuhörer hinüber und begann flüssig und mit erstaunlicher Präzision seine Idee zu entwickeln.

Zu Eleanors grenzenlosem Erstaunen begann er Pläne zu umreißen, von denen sie nie auch nur andeutungsweise gehört hatte. Das ganze Arbeitssystem auf Ardeith würde einer grundsätzlichen Wandlung unterzogen werden. Er beschrieb kühl und sachlich die Bodenverfassung und die Möglichkeiten, die sie für eine intensive Kultivierung bot. Es ging da um wissenschaftliche Verbesserungen, wie sie seitens des Landwirtschaftsministeriums vorgeschlagen worden waren, um zu besseren Erträgen in der Baumwollpflanzung zu gelangen. Weiter um wesentlich verbesserte Besprengungsmethoden, um der Kapselwurmplage Herr zu werden. Er warf mit Ausdrücken um sich, die Eleanor einer fremden Sprache entnommen schienen, und Mr. Robichaux höchstwahrscheinlich auch, aber es war kein Zweifel, daß der Bankier Kesters Ausführungen mit steigender Aufmerksamkeit lauschte und sichtlich beeindruckt schien. Er stellte zuweilen Fragen, nickte besonnen vor sich hin und hörte weiter aufmerksam zu.

Kesters tiefe, einschmeichelnde Stimme fuhr fort, Mr. Robichaux eine einschneidende Neuerung nach der anderen klarzumachen. Beispielsweise würde man in der Winterzeit auf dem Baumwoll-Land Kohl pflanzen. Das Kiefernland, das bisher als mehr oder weniger wertlos gegolten habe, werde mit Stechpalmen bepflanzt werden. Stechpalmen erzielten zur Weihnachtszeit guten Absatz und gute Preise. Man pflanzte für je zehn weibliche Bäume einen männlichen Baum; außerdem konnte man jedem männlichen Baum die Zweige weiblicher Bäume aufpfropfen, um die höchstmöglichen Produktionsergebnisse zu erreichen. Freilich, Stechpalmen, Kohl und andere geringwertige Erzeugnisse würden nur zögernd und allmählich zur Steigerung der Gesamtkapazität führen; Ardeith war in erster Linie eben eine Baumwollplantage. Bei der letzten Ernte wurden insgesamt achthundert Ballen Baumwolle erreicht, aber es war nicht einzusehen, warum es nicht möglich sein sollte, auch tausend und mehr Ballen pro Ernte herauszuholen. Die Regierungssachverständigen hatten ja schon vor längerer Zeit darauf hingewiesen, daß es möglich sein müßte, die Baumwollerzeugung um das Doppelte zu steigern, wenn das Land öfter umgegraben würde. Ardeith hatte vorzüglichen Baumwollboden; es mußte ohne weiteres möglich sein, hier die bestmöglichen Ernten zu erzielen. Aber mit der Pächterwirtschaft ging das natürlich nicht; die Pächter taten nichts für den Boden, sie ließen die Dinge laufen. Er habe sich deshalb entschlossen, alle Pachtverträge zu kündigen und das Land wieder selbst in Bewirtschaftung zu nehmen. Er werde die Gesamtplantage unter eigener Leitung durch bezahlte Arbeitskräfte bearbeiten lassen.

»Geben Sie mir zwei Jahre, Mr. Robichaux«, sagte Kester. »Im kommenden Herbst werde ich sämtliche Zinszahlungen abdecken, und im Herbst 1915 kann ich damit beginnen, das Kapital selbst abzutragen.«

Mr. Robichaux ordnete gedankenverloren die Stifte und Federhalter auf seinem Schreibzeug.

»Was wollen Sie mit einer heruntergewirtschafteten Plantage beginnen?« sagte Kester. »Sie würde der Bank gar nichts nützen, da sie jedem Generalpächter nur Verlust brächte. Denn welcher Pächter gäbe sich wohl die Mühe, grundsätzliche Verbesserungen durchzuführen? Und wollte man gar den Besitz aufteilen und in kleinen Parzellen verkaufen, was käme schon dabei heraus? In jedem Fall schnitte die Bank mit Verlust ab. Lassen Sie mich den verfahrenen Karren herausholen, in der Weise, wie ich es Ihnen eben skizzierte, und Sie werden keinen Penny verlieren.«

Mr. Robichaux sah ihn an. »Ich wollte, Sie hätten mir Ihre Reorganisationspläne früher unterbreitet«, sagte er. »Ich ahnte ja schließlich nichts von Ihren Verbesserungsarbeiten.«

»Nun ja, aber dergleichen wächst einem ja nicht von heute auf morgen zu; man braucht seine Erfahrungen; die Dinge wollen in Einzelheiten geprüft, überlegt und ausprobiert werden. Ich wollte nicht mit halbfertigen Plänen zu Ihnen kommen, deren Realisationsmöglichkeiten mir noch zweifelhaft waren.«

»Das begreife ich, das ist klar«, sagte Mr. Robichaux. Das Ganze leuchte ihm ein, erklärte er weiter, und die Vorschläge seien zweifellos vernünftig. Natürlich könne er allein keine Entscheidungen treffen. Er müsse zunächst mit den übrigen Herren der Bank sprechen. Er sei selber überzeugt und werde der Gesamtdirektion den Vorschlag machen, die Schuldscheine zu erneuern und den Verfallstermin auf Herbst 1915 festzusetzen. Kester möge am nächsten Morgen wiederkommen und seine Pläne zur Reorganisation der

Plantagenbewirtschaftung dem Gesamtdirektorium noch einmal unterbreiten. Er sei überzeugt, daß die anderen Herren dem Vorschlag zustimmen würden.

Kester verbeugte sich leicht mit weltmännischer Gelassenheit. »Ich danke Ihnen sehr, Mr. Robichaux«, sagte er. »Nachdem ich mich so saumselig und fahrlässig verhalten habe, weiß ich das zu schätzen, Sir. Und ich werde Ihr Vertrauen nicht enttäuschen.«

»Ich bin davon überzeugt, lieber Freund!« Mr. Robichaux streckte ihm die Hand hin. »Bankiers sind keine Menschenfresser«, sagte er. »Das Geldverleihen ist unser Geschäft. Nur, wir müssen natürlich Sicherheiten haben. Und deshalb müssen wir uns ein bißchen mit Ihren neuen Plänen befassen, sehen Sie.«

Sie schüttelten sich die Hände in herzlichstem Einvernehmen. Eleanor hätte gleichzeitig schreien und lachen mögen. Wahrhaftig, das Ganze war so gewesen, daß Kester die Unterhaltung geführt und Mr. Robichaux sich am Ende noch entschuldigt hatte. Mr. Robichaux schüttelte auch ihr die Hand und sagte, wenn sie nächstens wieder einmal nach New Orleans komme, dann möge sie es doch vorher Mrs. Robichaux wissen lassen; es werde sich dann ohne Frage ein gemeinsames Essen einrichten lassen.

Kester und Eleanor verließen die Bank. Als sie auf der Straße waren, ergriff Eleanor den Arm ihres Mannes.

»Kester...«, begann sie.

»Sei still! Komm schnell«, flüsterte Kester; er erstickte fast vor unterdrückter Heiterkeit.

Es gab fast eine Art Wettlauf zwischen ihnen auf dem kurzen Weg zwischen Bank und Hotel. Als sich die Tür ihres Zimmers hinter ihnen geschlossen hatte, fiel Kester in einen Sessel und begann zu lachen; er wußte sich kaum noch zu fassen; es schüttelte ihn förmlich. Eleanor sah ihn nur an; sie wußte immer noch nicht, was sie sagen sollte.

»Nun, was war deine Eile wert?« sagte Kester schließlich. »Ich habe meine Tischeinladung wahrgenommen, habe Neal bei der Auswahl eines Autos beraten, habe zu Abend gegessen und bin am nächsten Tag nach New Orleans gefahren. Und ich habe die Angelegenheit hier in Ordnung gebracht.« Er maß sie mit einem amüsiert-spöttischen Blick. »Und du wolltest gleich im ersten Augenblick explodieren.«

»Aber Kester«, rief Eleanor, noch immer verwirrt, »ich fasse das alles ja nicht. Wenn du so großartige Ideen zur Reorganisation von

Ardeith mit dir herumtrugst, warum hast du bisher nichts davon in Angriff genommen? Und warum hast du mir nichts von diesen Plänen gesagt, wo du doch sahst, daß ich fast verrückt vor Sorgen wurde?«

Er sah sie mit einem leeren Blick an. »Aber liebes Herz«, versetzte er, »du denkst doch wohl nicht, daß ich über diese Dinge bis heute nachmittag schon einmal nachgedacht hätte?«

Sie starrte ihn an wie einen Verrückten. »Ich – begreife das nicht«, stammelte sie.

Kester zog sie auf seine Knie. »Mein Liebling! Mein Engel! Licht meiner Augen!« flüsterte er, sich noch immer vor innerer Heiterkeit schüttelnd, »ich habe es wahrhaft nicht; es ist mir so nach und nach eingefallen, während wir zur Bank gingen.«

»Aber – da sind doch so viele Einzelheiten«, sagte sie, es immer noch nicht fassend, »du warfst mit Begriffen herum, mit bestimmten Voraussetzungen; das alles kannst du dir doch nicht im letzten Augenblick ausgedacht haben?«

»Oh, ich verstehe eine ganze Menge von der Baumwollkultur, Liebling«, sagte er. »Was mit der Plantage los ist und was eigentlich gemacht werden müßte, um den Betrieb wieder flott zu machen, habe ich seit fünfzehn Jahren gewußt. Und wenn es Menschen geben sollte, die, wie man so sagt, mit einem goldenen Löffel im Mund geboren wurden, nun, dann bin ich wahrscheinlich mit einer Baumwollkapsel im Mund geboren worden.«

Sie saß einen Augenblick still auf seinen Knien, während Kester noch immer über den Triumph lachte, den er so leicht und mühelos erzielt hatte. »Du bist so diplomatisch im Umgang mit Leuten«, sagte sie nach einem Weilchen gedankenverloren, »ich kann das nicht.«

»Nein«, sagte er, »ich weiß. Du kannst das nicht.«

Eleanor fuhr in ihrer Betrachtung fort. »Man kann es vielleicht auch taktvoll nennen«, sagte sie; »Takt ist, finde ich, eine Art Betrug. Ja, das ist es gewiß. Man ist taktvoll und höflich, um zu erreichen, was man erreichen will. Man kann seine Absichten durch Takt oder – durch Gewalt durchzusetzen versuchen. Geht man nüchtern und sachlich oder gar gewaltsam vor, wird man von seinem Partner gehaßt, wenn man ihn verläßt. Du gehst immer den anderen Weg. Du verstehst es, deinen Gegner durch taktvolles und höfliches Benehmen in den Glauben zu versetzen, er sei sowieso von vornherein deiner Meinung gewesen.«

Kester lachte: »Du bist ein kluges Mädchen, Eleanor.« Er zog ihren Kopf herab und küßte sie. »Du hast so süße, weiche Locken an der Schläfe«, flüsterte er. »Komm; nachdem wir die Südost-Wechselbank da haben, wo wir sie haben wollten, laß uns irgendwo hingehen und ein bißchen feiern.«

Sie wollte gar nicht, aber er hatte sich so als Meister der Situation gezeigt und soviel mehr erreicht, als ihr jemals möglich gewesen wäre, daß sie einwilligte. Lächelnd sah sie zu, wie er seine Siegesfeier damit einleitete, daß er sich einen Whisky-Soda mischte.

Aber je mehr der Abend dann vorrückte, je mehr begannen sich bei Eleanor Kesters Pläne zur festen Vorstellung zu verdichten. Ohne Zweifel hatte er heute großartig operiert, aber nun benahm er sich so, als ob er die Schlacht um Ardeith, die doch noch vor ihnen lag, schon gewonnen hätte. Er strahlte vor Freude und trank erheblich mehr französischen Cognac, als ihm vernünftigerweise guttun konnte. Dabei steigerte er sich fortgesetzt in eine sieghafte Stimmung hinein und begann immer großartigere Pläne für die vollkommene Erneuerung des Plantagenbetriebs zu entwickeln. Während er auf solche Weise den Sieg schon im voraus feierte, begann Eleanor sich Aufzeichnungen über die Einzelheiten der von ihm herausgesprudelten Pläne zu machen. Da sie entschlossen war, sich selbst mit ihrer ganzen Kraft für die Durchführung dieser Planungen einzusetzen, mußte sie schließlich wissen, worauf es ankam, und sie fand, daß die gegenwärtige Freudenstunde sich genausogut wie jede andere Zeit dafür eignete, sich die erforderlichen Kenntnisse zu verschaffen.

Als sie Kester am nächsten Morgen weckte, stöhnte er verzweifelt und behauptete, sein Kopf sei ein aufgeblasener Ballon, in seinem Magen quirlten Korkstücke herum und sein Hirn sei völlig gelähmt. Und es sei kein Zweifel daran, daß er den Großvater aller Kater der Welt im Nacken sitzen habe.

Eleanor zitterte vor Erbitterung und Ingrimm. Sie stand neben seinem Bett und schrie auf ihn ein. Sie sagte ihm alles, was sie von ihm hielt, ins Gesicht, und wahrhaftig, im Augenblick hielt sie nicht viel von ihm. Als die Uhr schließlich Viertel vor zehn zeigte, raffte sie ihre Notizzettel zusammen, dankte dem Himmel, daß sie während der Nacht die notwendigsten Vorkenntnisse gesammelt hatte, und ging kurzentschlossen allein zur Bank.

Sie sagte Mr. Robichaux, Kester habe am Abend unglücklicherweise eine verdorbene Auster gegessen und liege mit bösen Verdauungsstörungen im Bett. Mr. Robichaux, der für dergleichen Verstimmungen offenbar Verständnis hatte, führte sie, höflich sein Bedauern ausdrückend, in ein Konferenzzimmer, wo sie von einer Gruppe bereits wartender Herren empfangen wurde.

Die Herren machten einen ernüchternd geschäftsmäßigen Eindruck. Eleanors Mut sank und ihre Verwirrung wuchs. Wenn ich jetzt den Verstand einer Fledermaus hätte, würde ich aufgeben und ihn seine Plantage verlieren lassen, dachte sie erbittert. Warum, um alles in der Welt, tue ich das überhaupt? Ist es meine Sache, mich um die Zukunft von Ardeith zu kümmern? Aber, dachte sie seufzend, während sie sich auf dem ihr angebotenen Sessel niederließ, der Himmel mag mir vergeben, ich kümmere mich um Kester!

Obwohl sie nun ihr Bestes tat, um den versammelten Herren zu erklären, was Kester gestern Mr. Robichaux erklärt hatte, so fehlte ihr nicht nur dessen Charme, sondern auch sein sachverständiges Wissen. Und wie sollte es anders sein? Sie hatte ja schließlich nicht jeden Tag über Baumwollkultur sprechen hören; sie mußte sich ganz auf ihren Instinkt verlassen. Und die Bankdirektoren erwiesen sich denn auch als durchaus nicht so von ihren Ausführungen beeindruckt, wie Mr. Robichaux am Vortage gewesen war. Aber Mr. Robichaux stand glücklicherweise noch unter dem Eindruck von Kesters nachwirkendem Zauber; er griff ihr deshalb sehr nachdrücklich unter die Arme und gab seiner Überzeugung Ausdruck, daß die Erzeugungsmöglichkeiten der Plantage alle wünschenswerten Sicherheiten für die darauf ruhenden Hypotheken böten. Die Herren hörten seinen Ausführungen mit ziemlich zweifelhaften Gesichtern zu, und einer von ihnen fragte schließlich geradezu: »Wer bürgt uns für die tatsächliche Durchführung der hier entwikkelten Pläne?« Eleanor sah ihm kühl und ruhig ins Gesicht. »Ich«, sagte sie.

Und siehe da, die Herren schienen von ihrer kühlen und nüchternen Sachlichkeit nicht weniger beeindruckt, als es Mr. Robichaux durch Kesters liebenswürdigen Eifer gewesen war. Der Mann, der die Frage an sie gerichtet hatte, lächelte zurückhaltend.

»Sie scheinen eine gute Geschäftsfrau zu sein, Mrs. Larne«, sagte er.

Eleanor blieb unverrückbar ernst. »Ich weiß nicht«, entgegnete sie, »ich hatte bisher nicht sehr viel Gelegenheit, das zu erproben. Aber«, fuhr sie mit etwas erhobener Stimme fort, »ich habe die Gewohnheit, zu beenden, was ich einmal begonnen habe.«

Der zweifelnde Direktor nickte langsam. »Haben wir uns früher schon einmal irgendwo getroffen, Madam?« fragte er. »Sie erinnern mich an irgend jemand, den ich kenne.«

»Sie werden meinen Vater kennen«, versetzte Eleanor, »Fred Upjohn.«

»Upjohn? Der Deichbau-Unternehmer? – Aber ja!« Der kühle Ausdruck im Gesicht des Direktors verschwand und machte einem gewinnenden Lächeln Platz. Er trommelte mit den Fingern auf der Schreibtischplatte. Einige der anderen Herren flüsterten miteinander, und Eleanor hatte den Eindruck, daß der Name Fred Upjohn bestimmte und keine negativen Vorstellungen in ihnen erweckte. Freilich, Upjohn hatte, wie sie wußte, mit der Südost-Wechselbank seit zwanzig Jahren geschäftlich zu tun gehabt. Der Herr, der zuerst mit ihr gesprochen hatte, räusperte sich. »Würde es möglich sein, daß Mr. Upjohn die Bürgschaft für die Ardeith-Hypotheken übernimmt?« fragte er.

»Nein«, sagte Eleanor fest, ohne einen Augenblick zu überlegen.

Stille trat ein. Eleanor und der Bankdirektor sahen sich an. Die etwas verkniffenen Augen des Mannes lagen unter schweren grauen Brauen; sein Gesicht war schmal und von harten, eckigen Linien. Eleanor brachte es nicht über sich, hier die innersten Beweggründe, die sie zu diesem ›Nein‹ geführt hatten, preiszugeben. Sie konnte ihnen nicht sagen, daß die Ardeith-Hypotheken eine Sache ihres persönlichen Stolzes waren, weil ihr Vater sie vor Kester gewarnt hatte und weil sich diese Warnung nun als gerechtfertigt erwiesen hatte. Daß sie lieber sterben würde, als zuzugeben, daß ihr Vater den Preis für die Durchsetzung ihres Willens bezahlte. Selber war sie bereit, alles zu geben, was man billigerweise von ihr fordern konnte. Und jäh stand vor ihrem sich klärenden Bewußtsein das Wissen, daß es hier auch um sie selbst, um ihre Selbstrechtfertigung ging und nicht nur um Kester und seine tiefinnere Verwurzelung mit Ardeith. Daß sie – das Opfer seiner Leichtfertigkeit – zu ihm stehen mußte, wenn sie sich nicht selbst aufgeben wollte. Mit heimlicher Verwunderung fragte sie sich, ob es wohl nur ihre eigene Bestimmung oder schlechthin Menschenlos sei, dort am meisten kämpfen zu müssen, wo man am tiefsten und innigsten liebte.

Laut sagte sie, in die wohl nur wenige Sekunden dauernde Stille hinein: »Mein Vater würde die Hypothekenschuld ohne Zweifel garantieren, wenn ich ihn darum bäte. Sollte ich sterben oder aus irgendeinem anderen Grunde in die Lage versetzt werden, meine hier übernommene persönliche Verpflichtung nicht einlösen zu können, würde mein Vater zweifellos, ohne einen Gedanken daran zu verschwenden, für diese Verpflichtung einstehen – und sei es mit Gefahr seines eigenen finanziellen Zusammenbruchs.«

Der Direktor ließ kein Auge von ihr, und auch die anderen sahen sie an, als erwarteten sie, daß sie fortfahren möge. Sie sagte: »Ich glaube, daß meine Eltern, die mir alles mitgegeben haben, was sie konnten, eine glückliche Kindheit und eine gute Erziehung, ein Recht haben, von mir wenigstens einen anständigen Charakter zu erwarten. Die bloße Tatsache, daß mein Vater bereit ist, mir noch mehr zu geben und mir auch in dieser Situation durch Bereitstellung seines guten Namens zu helfen, macht es mir unmöglich, davon Gebrauch zu machen.« Und klar und nüchtern stellte sie, in die Augen des Direktors hinein, die Frage: »Bekomme ich den Zahlungsaufschub?«

Er sagte, ebenso ruhig und sachlich: »Sie bekommen ihn, Mrs. Larne.«

Man legte ihr mehrere Dokumente zur Unterschrift vor und erklärte ihr, daß nach dem in Louisiana geltenden Bürgerrecht zukünftig Kesters Unterschrift bei jedem Geschäftsvorgang mit der ihren gekoppelt sein müßte.

Es war Januar 1914; die fälligen Zinsen waren in voller Höhe im November zahlbar. Eleanor faltete die Durchschläge der Verpflichtungserklärungen zusammen, steckte sie in einen Umschlag und nahm sie mit ins Hotel. Während sie ging, mußte sie unwillkürlich an die Männer denken, die in den Tagen der amerikanischen Kolonisation die Arbeit eines halben Lebens durch ihre Unterschrift verpfändeten, für die fragwürdige Chance, irgendwann einmal auf amerikanischem Boden als freie Männer die eigene Scholle bebauen zu können. Sie hatte sich soeben auf ähnliche Weise gebunden.

Fünftes Kapitel

1

Nachdem sie wieder in Ardeith waren, hatten Kester und Eleanor die längste, offenste Aussprache miteinander, die sie bisher gehabt hatten. Er fühlte sich stark beschämt, versicherte er ihr. Seit jenem Morgen, da er sie allein zur Bank gehen und den Kampf mit den Direktoren aufnehmen ließ, habe er mehr nachgedacht, als sie ahnen könne. Er sei bereit, seine bisherige Lebensführung aufzugeben, auf die bisher geübte Geselligkeit weitgehend zu verzichten und mit Nachdruck an die Arbeit zu gehen. Wolle er seine der Bank gegenüber eingegangene Verpflichtung einhalten, dann müsse er schwerer arbeiten, als er sich das jemals habe träumen lassen. Aber das ginge nun nicht anders; es müsse und es werde getan werden.

»Ich werde meinerseits auch nicht ruhen«, sagte Eleanor. »Ich sehe nicht ein, warum ich nicht lernen sollte, wie man Baumwolle pflanzt und behandelt. Freilich, der Hauptanteil an der Arbeit wird auf deinen Schultern liegen, du wirst festlegen und einteilen müssen, was zu tun ist, wirst auch mich einweisen und unterrichten müssen, aber ich werde dir gewiß manche Arbeit abnehmen können.«

Er stand in seiner gewohnheitsmäßigen Haltung am Kamin und zeigte ihr sein Gesicht, in dem ein kleines, skeptisches Lächeln stand. »Einverstanden, meine Liebe«, sagte er, »wenn...«, er machte eine eindrucksvolle Pause, »... du bereit bist, dein Temperament ein wenig zu zügeln.«

»Ich verspreche es dir, Lieber«, sagte Eleanor, »ich werde nicht wieder mit dir schreien.«

»Ich erinnere nicht an deine Fehler, um meine eigenen Fehler zu entschuldigen«, fuhr er fort, »aber, nimm es mir nicht übel: Ich habe nie zuvor eine sich selbst achtende Dame so schreien hören, wie du es zu tun pflegst, wenn dich etwas erregt. Was du zu sagen hast, ist meistens schon schlimm genug, aber der Ton, in dem du es sagst...« Er zögerte.

»Ja, ich weiß«, sagte sie leise, »ich weiß es selber ganz gut.«

»Ich liebe dich mehr, als ich auszudrücken vermag«, fuhr er fort,

»aber manchmal, wenn du zu schreien beginnst, könnte ich dich umbringen.«

Es entstand eine Pause. Eleanor stützte ihr Kinn mit der Hand und sah in das Feuer. »Ich war so damit beschäftigt, dir deine Unzulänglichkeit vorzuhalten«, sagte sie, »daß ich glaube, es wird nun langsam Zeit, mich um meine eigene zu kümmern.« Sie sah lächelnd zu ihm auf. »Ich glaube, es wird gut sein, wenn jeder von uns versucht, seine eigenen Fehler abzustellen.«

Er erwiderte ihr Lächeln: »Du denkst daran, was du schon einmal sagtest: Du bist eine Amerikanerin, und ich bin ein Südstaatler.«

»Ja«, sagte sie, »es ist nun einmal so. Meine Tugenden wirken unangenehm und deine Fehler wirken anziehend und liebenswürdig.« Sie nahm seine Hand und hielt sie fest. »Wir wollen das ruhig zu Ende durchsprechen«, sagte sie, »es ist für uns beide notwendig, daß wir uns sehen, wie wir sind.«

»Ich habe nichts dagegen, mein Herz.« Er stellte sich wieder an den Kamin und wartete, daß sie fortfahren möchte. Eleanor sah ihn gedankenvoll an. Es kam ihr in den Sinn, daß sie schon früher Kesters angeborene selbstverständliche Eleganz mit der gußeisernen Energie ihres Vaters verglichen hatte. »Ich möchte gerne etwas wissen, Kester«, sage sie, »antworte bitte ganz ehrlich: Wenn du früher zu uns kamst, vor unserer Heirat, was dachtest du eigentlich über meine Eltern? Fandest du sie nicht rauh und – ungeschliffen?«

Sein Lächeln zeigte, daß ihm die Frage mißfiel. »Muß ich antworten?«

»Du hast geantwortet«, sagte Eleanor.

»Aber mein liebes Mädchen«, rief er und hatte schon wieder das strahlende Jungengesicht, »das macht doch nichts! Das macht doch wirklich nichts!«

»Ich will dir etwas sagen«, versetzte Eleanor. »Als ich hierherkam und zum ersten Male deine Eltern sah, dachte ich, daß es sich bei ihnen um gänzlich nutzlose Wesen handele. Ich fühlte mich ihnen unsäglich überlegen, weil irgendwo tief in mir die harte Entschlossenheit steckt, die meinen Vater befähigte, aus dem Elend herauszukommen, in dem er geboren wurde.«

Kesters Stirn faltete sich leicht zwischen und über den Augenbrauen. Er machte das Gesicht eines Schülers, der zum ersten Mal mit der Philosophie in Berührung kommt.

»Nun«, fuhr Eleanor fort, »auch deine Leute müssen einmal etwas von dieser Härte gehabt haben. Als sie zum ersten Male nach

Louisiana kamen, war hier nichts als wegloser Dschungel. Die amerikanischen Kulturpioniere haben sich den Weg durch den Kontinent nicht mit romantischen Spielereien und schönen Redensarten geschlagen. Sie waren ohne Zweifel die unbeugsamsten Realisten, die die Welt jemals gesehen hat.« Sie sah, daß er aufmerksam zuhörte, und fuhr fort: »Du aber möchtest nun mit all den lächerlichen Nichtigkeiten leben, die erst wichtig wurden, nachdem deine Väter es aufgegeben hatten, den Kampf um die Existenz fortzusetzen. Aber das kannst du nicht!« sagte sie hart. »Du siehst es ja wohl. Es hat dich fast Ardeith gekostet. Wenn du Ardeith erhalten und bewahren willst, dann mußt du den Weg beschreiten, den Philip Larne ging, als er Ardeith aus der Wildnis herausstampfte!«

Nach einer Pause, in der sie beide schwiegen, sagte Kester, tastend, als sei er von einem philosophischen Lichtschein gestreift worden, der indessen noch nicht stark genug sei, seinen Weg zu erleuchten:

»Du willst sagen, ich müßte die Härte, die einmal in meinem Geschlecht war, erst wieder lernen, und zwar von Leuten deiner Art?«

»Ja«, sagte Eleanor. »Denn wir sind gerade noch dabei, uns unseren Pfad aus dem Dschungel herauszuschneiden.«

Und wieder trat eine Pause ein, ausgefüllt nur von dem Knistern des Feuers im Kamin. »Aber was haben die Upjohns in all der Zeit getan, da die Larnes sich durch die Wildnis bissen?« fragte er schließlich.

»Ich weiß es nicht«, antwortete sie, »vermutlich haben sie kämpfen müssen, um sich überhaupt am Leben zu erhalten. Vielleicht reichte ihre Kraft nicht zu einem wirklichen Beginn. Vielleicht blieben überhaupt nur die wenigen am Leben, die genügend Kraft besaßen.«

Kester griff nach der Feuerzange und verrückte einen der Kloben im Kaminfeuer. Dann nahm er sich eine Zigarette aus dem Kästchen auf dem Tisch, entzündete sie und betrachtete nachdenklich das Mundstück, wie einer, dem es leichter wird, seine Gedanken zu konzentrieren, wenn er sich mit irgendeinem gleichgültigen Gegenstand befaßt. »Du hältst also das, was du ›lächerliche Nichtigkeiten‹ nennst, für gänzlich unwichtig?« fragte er nach einer Weile.

»Im Gegenteil«, antwortete Eleanor. »Alle diese kleinen Nichtigkeiten können wunderbar sein. – Und insoweit möchte ich manches von dir lernen«, fügte sie einen Grad leiser hinzu. »Höflichkeit, Liebenswürdigkeit, Takt und alle diese Dinge«, sagte sie. »Die Kunst, die Menschen dazu zu bringen, daß sie mich lieben – ich möchte das auch können. Die Zivilisation, die deine Leute geschaffen haben, ist das Schönste, was ich jemals gekannt habe. Ach, da ist so viel, was mich fasziniert: die Tapferkeit, die Haltung, die hohe Bildung, die Fülle der Gedanken; der Mond über den Baumwollfeldern und die banjospielenden Schwarzen an den Ufern des Stromes – es gehört alles zusammen. Es ist der Süden mit seiner Dichtung und seiner Legende – das alles ist schön!« Sie stand auf und sah ihn an. »Das alles haben deine Leute mitgebracht oder geschaffen, Kester«, sagte sie. »Die Meinen haben nichts davon. Und du weißt es ja auch, du bist nur zu höflich und zu gut erzogen, um es auszusprechen. Vor einer Generation noch wurden die Meinen ›*Arm-weiß-Pack*‹ genannt, und die Neger sahen verächtlich auf sie herab. Aber meine Leute pflegen den Tatsachen des Lebens nüchtern ins Auge zu sehen; sie sind gewissenhafter als die Deinen. Und wenn ihr euch zurückzieht, wenn ihr es heute versucht, allein mit Tapferkeit und Schönheit zu leben – dann kommen wir! Wir kommen aus schlechtgelüfteten Mietswohnungen und aus den Zwischendecks der großen Dampfer. Wir sind hart und spröde und ungewandt. Wir werden immer wieder eure Empfindungen und eure Gefühle verletzen. Aber wir sind Amerika – mehr, als du es bist, denn wir verkörpern die Eigenschaften, die der amerikanischen Nation ihr Bestehen ermöglichten und ihr ihren Rang in der Welt verschafften. Wir sind die zweite Pioniergeneration!«

Kester ergriff ihre rechte Hand und drückte sie. »Alles, was ich antworten könnte, liefe auf einen Gemeinplatz hinaus«, sagte er. »Aber wenn ich dich recht verstanden habe, meinst du: Das, was du von deinen Leuten hast, und das, was ich von meinen Leuten habe, müßte zusammengenommen mehr erreichen, als wenn jeder von uns allein auf sich gestellt wäre? Ich glaube, daß du recht hast. Laß uns also gemeinsam anpacken!«

Sie nickte: »Ja, laß uns anpacken!« Der Handschlag mit dem sie die Übereinkunft besiegelten, bestärkte sie mehr in ihrem Zusammengehörigkeitsgefühl als irgendein Ereignis seit ihrer Hochzeit.

2

Unter der gemeinsamen Anstrengung und unter dem Zusammenwirken von Kesters Verstand und Eleanors Energie erwachte die Plantage sprunghaft zu neuem Leben.

Ardeith war tief gelegen; es hatte reiche, tiefschwarze Erde, die gierig die Baumwollsaat schluckte und schnell die jungen Pflanzen heraustrieb, die unter der brütenden Sonne üppig gediehen. Durch eine letzte Anleihe auf das Kiefernland hatten sie genügend Bargeld in die Hand bekommen, um die diesjährige Ernte zu sichern. Sie arbeiteten verbissen und unermüdlich. Morgens um sechs Uhr erhoben sie sich und verbrachten den ganzen Vormittag auf den Pferderücken, um die Arbeit auf den Feldern zu beaufsichtigen, zu dirigieren und vorwärts zu treiben. Erst gegen drei Uhr kamen sie zum Essen zurück. Am Nachmittag widmete Eleanor sich der Buchführungsarbeit, während Kester entweder auf die Felder zurückkehrte oder Geschäftsbriefe schrieb. Dann erholten sie sich gemeinsam und lasen aufmerksam die Zeitungen, wozu sie früher nur sehr selten Zeit gefunden hatten, oder spielten mit dem Kind.

Nach dem Abendessen arbeiteten sie immer noch ein paar Stunden, aber gegen neun Uhr pflegte die Müdigkeit sie zu überfallen, so daß sie nicht mehr zu denken vermochten.

Es war eine anstrengende Plackerei. Im Februar und März ging es noch, als aber der Frühling sich dem Juni zuneigte und Dampf und Hitze zu speien begann, meinte Eleanor manchmal, es nicht mehr ertragen zu können. Bisher hatte sie den Sommer nie als unangenehm empfunden, aber sie hatte auch nie zuvor die heißesten Tagesstunden ohne Schatten verbringen müssen. Aber sie gab nicht nach. Kester mußte schwerer arbeiten, die Sonne brannte auf seinem Kopf nicht weniger als auf dem ihren, aber sie wußte sehr wohl, daß ihre eigene eiserne Entschlossenheit das Rückgrat auch seiner Arbeitsbereitschaft darstellte. Es fiel Kester nicht schwer, eine Sache entschlossen zu beginnen, aber er brauchte ständige Ermunterung, um auf dem einmal eingeschlagenen Wege zu beharren, wenn sein Interesse an der Sache nicht bald zurückgehen und schließlich einschlafen sollte. Vorerst waren sie beide glücklich in dem Gefühl der Zusammengehörigkeit. Ihre Körper wurden härter und sie waren beide so braun wie Indianer. Aber die Baumwollfelder versprachen schon jetzt für den Herbst eine Ernte von tausend Ballen; die Erkenntnis steigerte ihr Leistungsbewußtsein und damit ihre innere Zufriedenheit.

Eleanor war zunächst überrascht, Kester so fleißig und unermüdlich am Werk zu sehen. Aber da der Frühling fortschritt und sie immer häufiger den Blick gewahrte, mit dem er über die Felder sah, und darin den gleichen Blick erkannte, den er ihr während ihrer zärtlichsten Stunden geschenkt hatte, wurde sie froh und begann ihn tiefer zu verstehen. Schon als kleiner Junge, unfähig noch, seine treibenden Gedanken in Worte zu fassen, hatte Kester auf seiner Erde gestanden und hatte gewußt: Das alles gehört mir! Schon als Kind hatte er das Land lieben gelernt: die endlosen Baumwollreihen, die dem Horizont entgegenliefen wie die Sprossen einer mächtigen Leiter; die Palmen, die ihre Fächer über einem Kopf im Winde wiegten, die wilden Schwertlilien in den Wäldern und die Hyazinthen, welche die sumpfigen Bäche umsäumten. Bevor er noch den Namen seines Landes aussprechen konnte, oder den Namen des Stromes buchstabieren, wußte er, über seine Baumwollfelder blickend, ob sie Sonne oder Regen benötigten. Seither war seine Liebe zu Ardeith gewachsen mit jedem Jahr, und nun war es längst so, daß er sich als ein Teil der Plantage betrachtete, nicht anders als die Baumwolle oder die Palmen, und daß er eher sterben würde, als sich von Ardeith trennen zu lassen.

Ohne selbst so empfinden zu können, verstand sie es doch, und sie versprach ihm und sich selbst, alles zu tun, um Ardeith für Kester zu retten. Sie teilten sich die Arbeit redlich. Kester war vielleicht nicht besonders tüchtig, aber er steckte voller schöpferischer Ideen, und seine Eingebungen waren in der Regel so vernünftig und gesund, daß es Eleanor nicht schwer wurde, ihre Durchführung in die Wege zu leiten. Es war Kester, der den Gedanken hatte, Stechpalmen auf dem Kiefernland anzupflanzen, aber es war Eleanor, die die Voraussetzungen schuf. Sie stellte fest, daß die meisten Stechpalmen, die zu Weihnachten in New Orleans verkauft wurden, aus Maryland kamen. Danach konnten in Louisiana gewachsene Stechpalmen billiger verkauft werden, weil die hohen Transportkosten wegfielen. Kester wußte genau, warum bezahlte Lohnarbeiter wirtschaftlicher arbeiteten als Pächter, aber Eleanor unternahm es, den Bewirtschaftungsplan der Plantage insoweit zu reorganisieren. Bis zum März hatte sie die Hälfte des Pachtlandes in die Gesamtbearbeitung der Plantage zurückgeführt. Den restlichen Pächtern war angekündigt worden, daß sie entweder Ardeith verlassen oder in Lohndienste treten müßten, nachdem sie die diesjährige Ernte eingebracht hätten.

Eleanor sorgte zwar dafür, daß die Arbeiter ihre Pflicht taten, aber sie mußte dafür in Kauf nehmen, ungern gesehen zu werden. Sie begriff niemals, warum die Schwarzen sie nicht mochten; sie tat ihnen ja nichts Böses. Wenn Kester bis ans Ende einer Reihe geritten war und zehn Minuten mit einem Schwarzen geschwätzt hatte, irgendwelchen Unsinn über sein Baby und über des Negers Baby, über das Wetter oder über die Beschaffenheit des Stromes in diesem Frühjahr, dann konnte er sich mit der sicheren Überzeugung abwenden, daß das Feld bei Sonnenuntergang gepflügt sein würde; er täuschte sich niemals darin.

Eleanor war die Gerechtigkeit in Person, sie enttäuschte insoweit nie, ob sie nun besonders gute Löhne anbot oder ob sie bezahlte Überstundenarbeit verlangte. Kester war alles andere als gerecht. Er war der Meinung, daß es dumm sei, eine besondere Arbeit auch besonders zu bezahlen. Wenn er fand, daß es notwendig sei, ein Stück Land nach einem plötzlichen Juniregen zusätzlich zu hacken, dann ging er wie von ungefähr auf das Feld, nahm eine Hacke zur Hand und schwätzte irgendeinen Unsinn über irgendeine belanglose und lange zurückliegende Sache, und das Feld wurde gehackt. Und keiner der Schwarzen kam auch nur von ungefähr auf den Gedanken, Extrabezahlung dafür zu verlangen. Eleanor begriff das nicht.

»Wie machst du das nur?« fragte sie eines Abends. »Was stellst du nur an, daß jedermann dich mag und tut, was du willst?«

»Ich mag sie eben auch, und das wissen sie«, sagte Kester. »Liebe selbst und du wirst Liebe bekommen.«

Eleanor seufzte; sie hatte die Ellenbogen auf den Kontobüchern und das Kinn in die Hand gestützt. »Die Leute werden für ihre Arbeit ja bezahlt«, sagte sie.

Kester streckte sich der Länge nach auf dem Sofa aus und las die ›*Times Picayune*‹ aus New Orleans. »Meine Liebe«, sagte er, »wenn du die Welt regieren würdest, so wäre jeder Bürgersteig gescheuert, jeder Zug führe pünktlich zur festgesetzten Minute und jeder Mensch würde bis zum neunzigsten Jahre leben. Aber niemand würde auch nur die geringste Freude empfinden. Und nun mach du deine langweiligen Rechenarbeiten und laß mich diese sonderbare Mordgeschichte lesen.«

»Streiche es für mich an, wenn es interessant ist«, sagte Eleanor.

Kester, bereits von der Zeitung in Anspruch genommen, antwortete nicht, und Eleanor machte sich wieder über ihre Kontobücher her. Kester war nicht imstande, Bücher zu führen. Alles, was er nicht mit seinen zehn Fingern ausrechnen konnte, war nichts für ihn. Eleanor führte die Haushaltsbücher und die Plantagenkonten getrennt, aber beide mit der gleichen peinlichen Genauigkeit. Sie hatte sich mit Fiebereifer in die Wirtschaft gestürzt, hatte den Almosenbetrieb in der Küche abgestoppt und wußte genau, wieviel Mehl, wieviel Zahnpasta und wieviel Seife im Monat verbraucht wurde; entsprechend kaufte sie ein. Sie wußte auch, wieviel Dünger jedes Feld der Plantage benötigte, was für Lohngelder verbraucht wurde und welchen Gewinn sie vernünftigerweise erwarten konnten, wenn die Baumwolle im Herbst geerntet sein würde. Kester fand das alles großartig. Er war unfähig, die Einzelheiten seiner weitreichenden Pläne im Auge zu behalten; ihr entging nicht die geringste Notwendigkeit. Und so machte die gegenseitige Achtung vor den besonderen Fähigkeiten des anderen beide zu vollkommenen Partnern.

Baumwolle stand in diesem Jahr hoch im Kurs. Zwischen zwölf und dreizehn Cents pro Pfund wurden notiert. Dieser Preis war ungewöhnlich; er hatte seinen Grund in den Verwüstungen, die der Kapselwurm unlängst angerichtet hatte. Da die Abwehrmaßnahmen auch auf Ardeith wesentlich verbessert worden waren, war außerdem mit einer Steigerung des voraussichtlichen Ertrages zu rechnen; aber Eleanor fand, es sei gefährlich, mit außergewöhnlichen Umständen zu rechnen, und legte deshalb ihren Kalkulationen nur einen Durchschnittspreis von zehn Cents zugrunde. Selbst bei zehn Cents und der zu erwartenden Jahresernte konnten die Neueinrichtungen auf der Plantage bezahlt werden (es handelte sich da um nur wenige, absolut unerläßliche Anschaffungen; bares Geld wurde noch nötiger als Pflüge gebraucht); die Bank konnte die Zinsen erhalten, und für die Kapitalabzahlung im nächsten Jahr konnte ebenfalls schon eine Summe beiseite gelegt werden. Sollte der Preis wirklich höher als zehn Cents pro Pfund liegen, dann konnten Traktoren und einige der neuen Vier-Reihen-Pflüge angeschafft werden, wodurch zahlreiche Handarbeiter eingespart werden könnten. Aber das waren, so fand sie, zunächst Hirngespinste, auf die sie sich in keiner Weise verlassen würde.

»Eine tolle Geschichte!« sagte Kester.

Sie sah auf und kam aus ihrem Sinnen in die Gegenwart zurück.

»Was, die Mordsache in der Zeitung? Lies es mir vor. Ich kann das hier auch nach dem Abendessen beenden. Ist es etwas aus New Orleans?«

»Nein. Viel interessanter. Es handelt sich um den Thronfolger von Österreich-Ungarn.«

»Großer Gott! Hat man ihn ermordet? Wo? In Wien?«

»Nein, – in –«, Kester buchstabierte das Wort langsam, »in S-a-r-a-j-e-w-o.«

»Wo ist das?«

»Ich weiß nicht. Irgendwo auf dem Balkan. Der Mörder heißt G-a-v-r-i-l-o P-r-i-n-c-i-p. Sie haben ihn gefaßt.«

Über seine Schulter hinweg sehend, stieß ihr Auge auf eine dreispaltige Überschrift:

›ÖSTERREICHISCHER THRONERBE OPFER EINES MORDANSCHLAGES!‹

Kester begann laut zu lesen:

»›Erzherzog Franz Ferdinand, der Erbe des österreichisch-ungarischen Thrones, und seine morganatische Gemahlin, die Herzogin von Hohenberg, wurden heute auf der Fahrt durch die Straßen von Sara – ich kann das nicht aussprechen – der Hauptstadt Bosniens, erschossen. Die tödlichen Schüsse wurden durch einen serbischen Studenten abgefeuert. Der langen Liste von Tragödien, welche die Regierung Kaiser Franz Josephs verdunkeln, ist mit diesem Attentat ein neuer Posten hinzugefügt worden.‹«

»Armer alter Mann«, murmelte Eleanor. »Er hat ein schweres Leben hinter sich.« Kester fuhr fort:

»›Auf der Rückfahrt von der Stadthalle fuhren der Erzherzog und seine Gemahlin nach dem Krankenhaus. An einer Straßenecke sprang Gavrilo – ich weiß nicht, wie der Kerl heißt – wie ein Pfeil auf das Auto zu und feuerte eine Salve auf die Insassen ab. Die Schüsse fanden ihr Ziel: Der Erzherzog und die Herzogin wurden tödlich verwundet.‹« Er brach ab. »Lies den Rest selbst«, sagte er, »das ist zu schwere Kost für eine amerikanische Zunge.«

Er gab ihr die Zeitung; sein Daumen zeigte auf den nächsten Absatz. Eleanor las:

»›Der Mörder, ein Mann mit fanatischen Grundsätzen, und ein anderer Verschwörer, ein Schriftsteller aus Trebinje namens Gabrilowicz, entgingen nur mit Mühe dem Schicksal, von der wütenden

Volksmenge gelyncht zu werden. Beide waren Einwohner der annektierten Provinz Herzegowina.‹«

Sie sah auf. »Die Drucker und Korrektoren der Zeitung wünschen wahrscheinlich, daß der Balkan auf dem Meeresgrund versunken wäre«, sagte sie. »Schau, Kester, hier unter dem Bild des Erzherzogs ist ein interessanter Artikel«, fuhr sie fort. »Es heißt da, daß Mais auf frisch urbar gemachter Erde besonders gut gedeihe. Das gleiche gelte für Sellerie. Verstehst du etwas von Sellerie?«

»Ich denke, wir bleiben der Baumwolle noch eine Weile treu«, antwortete er. »Gerade jetzt, wo es bei uns zu blühen beginnt, denke ich nicht gern an einen Wechsel. Ich habe niemals irgendwo bessere Baumwolle gesehen.«

»Ist denn der Gemüseanbau grundsätzlich überhaupt lohnend?«

»Er kann es sein. Unbedingt. Du pflanzt zuerst Mais, und wenn du neben dem Mais...«

»Neben dem Mais?«

»Wenn du ihn zum letzten Mal hackst, geh mit der Drillmaschine darüber und pflanze Erbsen. Wenn der Mais dann geschnitten wird, pflanze gleich noch einmal Mais. Die zweite Maisernte wird in der Regel nur als Pferdefutter verwandt. Dann pflanzt du Kartoffeln und zwischen die Kartoffeln Schalotten. Wenn du dann im späten Winter umgepflügt hast, kannst du abermals Mais pflanzen. Mit fünf Ernten im Jahr, zwei Maisernten, Kartoffeln, Erbsen und Zwiebeln kannst du einen ganz hübschen Gewinn erzielen, wenn du das Land gut in Ordnung hältst.«

»Nun, das tust du ja wirklich«, rief Eleanor aus.

»Gib mir die Zeitung zurück; ich will den Artikel durchsehen, von dem du gesprochen hast«, sagte Kester. Gleich darauf leuchtete sein Gesicht auf, als die Tür sich öffnete. »Hallo!« rief er. »Wer hat dich denn hereingelassen?«

Eleanor legte die Zeitung aus der Hand und lächelte. Cornelia kam quer über den Teppich auf sie zugekrabbelt. Dilcy stand in der Tür. Sie habe gedacht, daß Master Kester und Miß Eleanor es gerne sehen würden, wenn die kleine Miß ihnen gute Nacht sage, erklärte sie.

Cornelia kroch vom Tagesanbruch bis zur Dunkelheit im Hause umher, ohne jemals müde zu werden. Eleanor hatte Dilcy veranlaßt, ihr kleine Overalls aus grobem blauen Drillich zu machen, um ihre Beinchen zu schützen, und Cornelia hatte vom vielen Rutschen weiße Flecke auf den Knien. Sie änderte jetzt ihren Kurs und kam direkt auf ihren Vater zugerutscht.

Eleanor sah es nicht ohne ein leises Neidgefühl. Kester besaß selbst schon für ein Baby eine unwiderstehliche Anziehungskraft. Sie tat alles, was für Cornelia getan werden mußte, und sie tat alles mit großem Ernst und liebevoller Hingabe, aber Cornelia betrachtete sie nicht anders als die Möbelstücke in ihrem Zimmer. Kester pflegte ihr kleine Wünsche zu erfüllen und allerlei Allotria mit ihr zu treiben, dafür schenkte das Kind ihm die ganze Liebe ihres kleinen Herzens. Eleanor sah das und war nicht selten beschämt, während Kester keinen Gedanken daran verschwendete. Er war nur entzückt, daß Baby gelernt hatte, ihn zu erkennen. Er nahm jetzt das Kind auf, schwang es hoch über seinen Kopf und setzte es wieder auf seine Knie. Cornelia krähte vor Glück.

»Genug, Master Kester, genug!« rief Dilcy nach einer Weile. »Sie dürfen das Kind nicht so aufregen. Sie wird sonst nicht schlafen. Komm her, kleine Miß!«

»Gib sie mir«, sagte Eleanor; sie nahm das Baby und küßte es. »Ist es nicht süß?« rief sie über Cornelias Köpfchen weg Kester zu.

Cornelia zappelte und streckte ihre Ärmchen dem Vater entgegen. Kester schüttelte ernsten Gesichtes den Kopf. »Meine gnädige Miß«, sagte er, »du gehst jetzt zu Bett.« Cornelia wurde Dilcy zurückgegeben und protestierend aus dem Zimmer getragen.

Kester sah ihr mit stolzen Blicken nach. »Sie weißt jetzt ganz genau, daß sie ins Bett soll, und mag das gar nicht«, lachte er. »Sie ist ein ungewöhnlich kluges Kind.«

Eleanor tat, als sei sie mit dem Hauptbuch beschäftigt. »Ja«, versetzte sie, »ich glaube, sie wird sehr klug werden.«

»Und hübsch dazu mit den großen dunklen Augen, die sie hat. Ich glaube, sie ähnelt mir ziemlich, findest du nicht auch?«

»Doch, zweifellos«, gestand Eleanor zu, »nur wird sie, fürchte ich, mein Kinn bekommen.«

»Ich hoffe, sie wird deine Figur bekommen«, sagte Kester.

Eleanor mußte lächeln. Er hatte eine so liebenswürdige Art, ihr Gefühl zu schonen oder sie zu besänftigen, selbst wenn ihm gar nicht bewußt war, sie verletzt zu haben. Hoffentlich half ihr der Himmel, daß nie der Verdacht in ihm aufkam, sie könne ihm die Liebe des Kindes übelnehmen. Wenn ich keinen anständigen Charakter habe, dachte sie, als sie zum Essen ins Speisezimmer hinübergingen, dann muß ich mich wenigstens so benehmen, als hätte ich einen.

Danach versuchte sie, ihre Gedanken auf die Baumwolle zu konzentrieren. Die Baumwolle stand wundervoll; sie hatte eben zu blühen begonnen, und die Felder machten den Eindruck eines riesigen wohlgepflegten Blumengartens. Sie las Zeitungen, freute sich über den hohen Stand der Baumwollnotierungen und stimmte Kester darin zu, daß der neue Erbe des österreichisch-ungarischen Thrones, Erzherzog Franz Karl, einen sehr viel angenehmeren Eindruck mache als der ermordete Franz Ferdinand mit seinem grimmig hochgezwirbelten Schnurrbart.

Ermutigt durch die hohen Marktnotierungen für Baumwolle, wagte sie einkaufen zu gehen. Sie kaufte einige unbedingt notwendige Sachen für Cornelia und gab nach einigem Zögern der Versuchung nach, ein schwarzes Taftkleid mit einem bis zum Knie geschlitzten Rock und einem Wasserfall von weißem Georgette, sowie einen schwarzen Hut mit drei weißen Federn zu erwerben. Als Kester sie mit der neuen Pracht sah, schenkte er ihr einen langen bewundernden Blick. »Großartig!« rief er aus, und dann, mit einem Wink der Hand nach den blühenden Baumwollfeldern: »Aber ich denke, du kannst die Pracht für einen Trauerfall aufsparen. Wenn die Baumwolle in diesem Jahr wirklich mehr als zehn Cents bringt, möchte ich, daß du ein eigenes Auto bekommst und einen Mantel mit großem Fuchskragen.«

Sie lächelten sich an im Bewußtsein eines gemeinsam vollbrachten Werkes.

Mitte Juli nahmen die Baumwollblüten eine sanftrosa Farbe an. Das Wetter war fürchterlich heiß, für Menschen kaum zu ertragen, aber großartig für die Baumwolle. Und auf ganz Ardeith war kein einziger Kapselwurm zu finden. Auf den am weitesten fortgeschrittenen Feldern begannen die Blütenblätter bereits zu fallen und ließen kleine grüne Kapseln an den Stengeln zurück. Eleanor wurde durch den Anblick der aufbrechenden Kapseln angefeuert und begriff nicht, warum Kester in seinen Anstrengungen nachzulassen begann. »Was hast du?« rief sie aus, als sie ihn eines Tages lang ausgestreckt mit einer Zeitung in der Hand und einem Glas neben sich auf dem Sofa liegend fand; es war ein Uhr mittags. »Bist du vor der Sonne bange?«

Kester lachte sie an. »Du würdest auch noch die Baumwolle zu

Tode arbeiten, Eleanor«, sagte er, »setz dich hin.« Sie gehorchte unwillig; er ließ die Zeitung sinken.

»Wenn du jetzt den Boden aufwühlen würdest, mein Herz, so könnten die Pflanzen nicht wachsen«, erklärte er. »Zwischen Blüte- und Pflückzeit darf man den Boden nur nach einem Regen lockern. Laß ihn also in Ruhe.«

Es schien ihr gar nicht recht. »Aber ich kann jetzt nicht stillsitzen«, sagte sie, »ich bin viel zu ungeduldig.«

»Du würdest sicher eine ausgezeichnete Hilfe für einen Pilgervater abgeben«, lachte Kester, »aber Pilgerväter können keine Baumwolle bauen.«

Sie gab es auf. Das Zimmer war kühl; die Vorhänge flatterten in einem höchst willkommenen Wind. Der Wind brachte einen Hauch von Pfefferminze in den Raum. »Kester...«, begann sie.

»Ich habe dir versprochen, mich nicht mehr zu betrinken«, sagte Kester. »Aber ich versprach dir nicht, keinen Julap mehr zu trinken, wenn ich sonst nichts zu tun habe. Beherrsche dich also bitte.«

Sie begann zu lachen. »Ich bin ein Idiot«, sagte sie, »schmeckt der Julap?«

»Zieh die Glocke. Es stehen noch drei Gläser im Eisschrank.«

Sie ließ ich ein Glas kommen und fand, nachdem sie gekostet hatte, daß sie den Julap auch ganz gern tränke. »Was steht da für eine dicke Überschrift am Kopf der Seite?« fragte sie.

»Eisenbahnraub in der Nähe von New Orleans.«

Er hatte die Zeitung so gefaltet, daß sie den Kopf der Hauptseite umgekehrt vor sich hatte. Sie begann müßig die Überschrift eines anderen Artikels zu buchstabieren: »›U-l-t-i-m- – Ultimatum an Serbien...‹«

»Hör auf zu murmeln«, sagte Kester. »Ich lese gerade die Sache mit dem Eisenbahnraub.«

»›...läßt den Serben knapp Zeit...‹«, las Eleanor. »Was ist das denn mit Serbien?« fragte sie.

»Ich weiß nicht«, sagte Kester abwesend, »steht da irgendwas Interessantes?«

Eleanor lehnte sich zurück und erfreute sich an dem frischen, kühlen Luftzug, der vom Fenster herüberkam. Wenn es nicht nötig war, der Baumwolle in nächster Zeit größer Aufmerksamkeit zu schenken, dann gab es sonst noch allerlei zu tun, fand sie. Cornelia war aus aller Kleidung herausgewachsen. Es tat Eleanor leid, dem Kind nicht eine Anzahl Jungenspielanzüge gemacht zu haben, denn die Kleine begann nun allmählich herumzuwatscheln, und ihre kleinen Beinchen würden in den Puffhöschen aus gestärktem Baumwollstoff sicher entzückend aussehen.

Cornelia bildete weiterhin das Hauptentzücken in Kesters Leben, obgleich es ihn zu Tode betrübte, daß sie sich weigerte, sprechen zu lernen. Eleanor versuchte ihm zu erklären, daß noch verschiedene Monate vergehen müßten, bis man dergleichen billigerweise erwarten könnte; Kester war davon nicht zu überzeugen. Er versuchte, dem Kind das Wort Vater beizubringen. Kester konnte Kosenamen nicht leiden; er meinte, ein Baby könnte geradesogut Vater wie Vati oder Papa oder irgendein ähnliches Schmeichelwort lernen. Das Baby und die Baumwolle blieben gleicherweise wichtig, für andere Dinge interessierten sie sich nicht. Selbst als die Zeitung die dick ins Auge springende Überschrift ›EUROPA ZITTERT VOR DEM AUSBRUCH DES KRIEGES‹ brachte, nahmen sie sich nicht mehr als eine halbe Stunde Zeit, um darüber zu sprechen, dann waren sie wieder bei der Baumwolle angelangt. Als sie am nächsten Tag lasen: ›ÖSTERREICHISCHE TRUPPEN IM ANMARSCH AUF SERBIEN‹, begann Kester zu lachen. »Ich denke, die Amerikaner hätten ein verdammtes Recht, Österreich Beistand zu leisten, wenn du bedenkst, welchen Druck wir vor gar nicht so langer Zeit auf Spanien ausgeübt haben.«

»Ja, das war spaßig«, sagte Eleanor und lächelte. »Ich war eben acht Jahre alt und trug einen Knopf am Schulkleid, auf dem ›Denkt an Maine‹ stand.«

»So einen Knopf trug ich auch«, sagte Kester. »Ich war mächtig gespannt und wütend, daß ich noch zu jung war, um in die Armee einzutreten. San Juans Berg und Hobsons Auslese – erinnerst du dich? Und: ›Schreit nicht Hurra, Jungens, die armen Teufel können sterben!‹«

Sie nickte und sah wieder in die Zeitung. »Die Österreicher haben sich ziemlich viel Zeit gelassen«, sagte sie, »der Erzherzog ist schon vor einem Monat ermordet worden.«

»Ja, jeder hat nicht dein Tempo«, bemerkte Kester trocken.

Am folgenden Nachmittag kamen sie früh von den Feldern zurück, denn die Baumwolle blühte prächtig und es gab wenig zu tun; man mußte sie nur im Auge behalten. Die Sonne brannte und Kester erklärte, daß er gedächte, eine Stunde in einem kalten Bad zu verbringen. Als Eleanor bald darauf aus ihrem Badezimmer kam, glühend vom kalten Wasser, rief sie über die Halle hinweg nach ihm:

»Steckst du noch in der Wanne?«

»Ja, und ich gedenke auch bis zum Sonnenuntergang hierzubleiben«, rief er zurück.

»Willst du das Neueste über das Trara in Europa lesen?«

»Ja, bring mir die Zeitung. Ich lese sie hier.«

Sie brachte sie ihm und ging in das Kinderzimmer, um Cornelia aufzunehmen, die aus ihrem Mittagsschläfchen erwacht war und brüllte. Nachdem sie das Baby in seine eigene kleine Badewanne gelegt hatte, hörte sie Kester nach ihr rufen. Sie rief zurück, daß sie beschäftigt sei.

Sie hatte Cornelia im Schoß und bestreute sie mit Talkumpuder. Lächelnd sah sie zu, wie das Kind sich mit seinen eigenen kleinen Zehen beschäftigte. Da erschien Kester in der Tür. Er hatte einen Bademantel angezogen und hielt die Zeitung in der Hand. »Eleanor, hast du das gesehen?« fragte er.

»Was gesehen?«

Kester machte einen langen Schritt auf sie zu und rannte dabei fast Dilcy um, die eben Cornelias frische Sachen heranbrachte. Er hielt die Zeitung Eleanor dicht vor die Augen. Sie sah auf und las:

›DUNKLE KRIEGSWOLKEN ÜBERSCHATTEN EUROPA!‹

»›Österreich ruft seine Armee gegen Serbien auf. Der Deutsche Kaiser steht fest hinter seinem alten Verbündeten!‹ – Guter Gott, Kester!« Eleanor nahm Cornelia auf einen Arm, sprang auf und entriß ihm die Zeitung, denn zwischen einem Bild des Kronprinzen Alexander von Serbien und einem anderen der Französin Madame Caillaux sah sie einige weitere auffallende Textüberschriften:

›WELTMARKT DEMORALISIERT EUROPÄISCHE BÖRSEN – WALLSTREET ... BAUMWOLLTERMINE SCHWER GEFALLEN!‹

Dilcy kam angerannt: »Mein Gott, Miß Elna, ist jemand tot?«

»Nimm das Kind, Dilcy«, sagte Eleanor mechanisch, ohne aufzusehen. Sie begann den Artikel unter den Überschriften zu lesen. Der einzige Satz, den sie klar herauszulesen vermochte, lautete: ›SCHARFE ABWEICHUNGEN WURDEN BEI DEN BAUMWOLLNOTIERUNGEN IN NEW YORK UND NEW ORLEANS VERZEICHNET.‹

Sie ließ die Zeitung sinken. Kester stand noch neben ihr, die Hände in den Taschen des Bademantels, als erwartete er, sie vermöchte ihm zu erklären, was sie ebensowenig begriff wie er selbst.

»Komm in mein Zimmer, Kester«, sagte Eleanor.

Sie gingen hinein und schlossen die Tür hinter sich. Eleanor setzte sich und drehte nervös die Schnur ihres Bademantels zwischen den Fingern.

»Was denkst du?« fragte Kester.

»Ich weiß nicht, was ich denken soll. Was hat diese Erzherzogsaffäre mit dem Preis der Baumwolle zu tun?«

Er zuckte die Achseln: »Alles, was ich weiß, zeigte ich dir in der Zeitung.«

Eleanor drehte einen Knoten in die Schnur; Kester begann unruhig auf und ab zu gehen und redete mit unsicherer Stimme vor sich hin. Dies möchte eine zeitweilige Wirtschaftskrise sein, sagte er nach einer Weile. Internationale Komplikationen pflegten den Markt stets zu beeinflussen und unsicher zu machen. – Sie sprachen darüber, und der Nebel vor ihren Hirnen begann sich allmählich zu klären; sie wurden wieder optimistischer. »Jedenfalls«, sagte Eleanor, »ist jetzt erst Juli. Vor dem Septembermarkt werden wir ohnehin nicht fertig. Bis dahin wird sich das wieder normalisiert haben.«

»Ich werde Sebastian anrufen«, sagte Kester, »er ist ja Baumwollmakler und wird also am besten wissen, was heute los war. Dies ist die gestrige Ausgabe der ›*Times Picayune*‹.«

Sie stimmte eifrig zu. »Ja, ruf ihn gleich an. Hast du etwas dagegen, wenn ich von diesem Apparat aus mithöre?«

»Aber nein, natürlich nicht.« Kester rannte die Treppe hinunter. Sie nahm den Hörer des Nachttelefons auf und wartete, während Kester von unten aus Sebastians Büro in New Orleans anläutete.

Sebastians Stimme hatte einen müden Klang, aber er sprach so schnell, als stände er unter einem hetzenden Druck. Die Baumwolle sei seit gestern im Fallen, sagte er. Sie falle immer noch. An den drei Baumwollbörsen der Welt – in New Orleans, New York und Liverpool – sei die Lage ernst. Verschiedene Makler, Millionäre selbstverständlich, hätten bereits große Summen investiert, um die Preise zu unterstützen. – Eleanor stand unter dem merkwürdigen Eindruck, Sebastians Stimme habe einen ihr wohlbekannten Ton, so, als ob sie sie viele Male gehört hätte; was unmöglich war, denn sie kannte ihn kaum.

»Aber wo, um alles in der Welt, liegt der Grund?« fragte Kester.

»Kurz folgendes«, sagte Sebastian, »wenn in Europa ein allgemeiner Krieg ausbräche und der Absatzmarkt demzufolge geschlossen würde, so würde Amerika die ganze Baumwollernte aufnehmen müssen. Das können wir natürlich nicht. Normalerweise gehen zwei Drittel der Gesamternte nach Europa. Ist das alles, was du wissen wolltest? Dann gestatte, daß ich auflege; wir arbeiten wie die Verrückten.«

Eleanor hörte zu, wie versteinert. Stimmen dieser Art kannte sie doch. In einer Art erschreckender Gedankenassoziation dachte sie an das Deichbaulager. Kesters Stimme zerschnitt ihre verlorenen Betrachtungen:

»Aber, was denkst du...«

»Wir hoffen, daß es eine vorübergehende Krise ist«, unterbrach Sebastians Stimme. »Sie werden da drüben schließlich Wäsche und Kleider brauchen, ob sie nun Krieg haben oder nicht. Aber entschuldige, Kester, ich muß abbrechen.«

Die Hörer fielen in die Gabeln zurück. Einen Augenblick blieb Eleanor noch auf ihrem Bett sitzen. Sie konnte ihr Herz klopfen hören. Das alles mochte nicht so wichtig sein, wie es im Augenblick schien, aber sie zitterte. Und plötzlich wußte sie auch, wo sie die Stimme, die wie Sebastians Stimme klang, gehört hatte: Sie glich den Stimmen der Männer auf dem Strom, wenn sie sich mit unterdrückter Angst zuriefen: ›Ich denke, er wird halten, was?‹ – dann nämlich, wenn der Strom langsam stieg, einen schrecklichen Meter nach dem anderen; wenn ihre Augen zu brennen begannen und sie der entsetzlichen Anstrengung gedachten, den Deich gegen alle Gewalt zu halten, und ihn nun beinahe brechen sahen.

»O Gott, mein Gott, hilf!«

Eleanor sprang unwillkürlich auf und begann sich anzukleiden, in der gleichen verzweifelten Eile, mit der in solchen Situationen die Männer die schweren Sandsäcke auf die Höhe des Deiches geschleppt hatten.

Während sie die Wendeltreppe hinunterstürzte, rief sie Kester zu, daß sie bis zum Abendessen nicht mehr gestört werden möchte. Sie legte ihre Hauptbücher heraus. Obgleich sie nicht mehr gewollt hatte, gab sie sich heimlich zu, daß sie doch schon mehr oder weniger mit einem Baumwollpreis von zehn Cents gerechnet habe. Jetzt fragte sie sich verzweifelt, wieviel sie bei dieser Situation überhaupt noch erwarten könne. Sie hatten sich auf alles vorbereitet; sie hatten das Geld beiseite gelegt zum Egrenieren der Baumwolle, zur Bezahlung der Pflückerlöhne und der Lagerraummiete, um die Baumwollballen bis zur Verschiffung sachgemäß zu stapeln. Im

Gegensatz zu einigen leichtsinnigen Pflanzern (zu denen im vorigen Jahr auch Kester gehört hatte) hatten sie nicht bis zur letzten Minute gewartet, alle diese Einzelheiten vorzubereiten. Alles, was menschlicher Geist und menschliche Arbeitskraft auszurichten vermochten, war auf Ardeith geschehen, und das von einem gnädigen Himmel gesandte Wetter sorgte zum Überfluß noch dafür, daß die einzige außerhalb ihrer Kontrolle liegende Voraussetzung erfüllt wurde.

Sie arbeitete, bis sie zum Abendessen gerufen wurde. Danach ging sie zu ihren Büchern zurück und befahl Cameo, ihr ein Kännchen Kaffee zu bringen.

Um elf Uhr blickte sie auf und sah Kester an, der vorgab, die Zeitung zu lesen. Schultern und Rücken schmerzten ihr vor Anstrengung und Müdigkeit; ihre Stimme hatte einen blechernen Ton.

»Im äußersten Falle können wir mit siebeneinviertel Cents pro Pfund durch den Herbst kommen, Kester«, sagte sie.

Er sprang auf und runzelte die Stirn. »Siebeneinviertel Cents?« rief er aus. »Was redest du denn da? Das hieße, die Baumwolle verschenken.«

»Ja«, sagte sie, »ich weiß. Aber wir werden damit rechnen müssen. Und das würde bedeuten, daß wir an nichts als die Zinsen und die ausstehenden Rechnungen denken können. Wir können dann keinen Cent in die Plantage stecken und schwerlich ein Paar Schuhe für den Winter kaufen. Und selbstverständlich können wir keinen Penny für die Kapitalabzahlung auf die Seite legen.«

»Siebeneinviertel Cents«, wiederholte Kester, als handele es sich um Worte, die man in anständiger Gesellschaft nicht aussprechen könne, »es ist undenkbar.«

»Ja, denken magst du, was du willst«, sagte sie ungerührt. »Ich muß mir überlegen, womit wir zu rechnen haben.«

»Dann wäre es bald besser, die Ernte unterzupflügen«, rief Kester erbittert.

»Ja, guter Gott, Kester!« schrie sie. »Glaubst du etwa, daß es mir Freude macht? Aber ist dir nicht klar, daß man in verzweifelter Situation alles nehmen muß, was man bekommen kann?«

»Liebe, vergib mir!« Er kam heran, trat hinter die Lehne ihres Stuhles und küßte sie auf die Stirn. »Du hast einen Tatsachensinn, der mich immer wieder verblüfft«, sagte er. »Ich vermöchte bei so einem Preis nicht einmal auszurechnen, was für die Zinsen verbleibt.«

Sie lehnte sich gegen ihn; alle Glieder schmerzten vor Enttäuschung und auch vor Erschöpfung. »Ich bin schon dabei, Hungerlöhne für die Pflücker auszurechnen«, sagte sie. »Vierzig Cents für hundert Pfund; wahrhaftig, ich tue das nicht gern, aber wenn die Baumwolle so weit heruntergehen sollte, werden sich auch die Pflücker einschränken müssen. Oh!« – Sie fuhr sich mit der Hand über die Augen. »Und ich hatte schon geplant, Traktoren, maschinelle Pflüge und einige hübsche Sachen für Cornelia anzuschaffen. Sie läuft diesen Sommer herum wie das Kind eines Almosenempfängers.«

Kester hatte seinen Arm um sie geschlungen. »Was soll ich dir sagen, Liebes?« flüsterte er mit einer fast tonlosen Stimme. »Ich weiß nur, daß du großartig bist. Und ich fühle mich elender als du.«

Sie hielt seine Hand. Sie wagte ihm nicht zu widersprechen, denn sie fühlte, daß sie beim ersten Wort zusammenbrechen und schluchzen würde. Und sie wollte nicht weinen. Das hätte ihr das Gefühl gegeben, sich wie eine Närrin zu benehmen.

Als sie am nächsten Morgen über die Felder ritten, stand die Baumwolle noch immer in so verschwenderischer Pracht, als hätte die Beschießung Belgrads nie begonnen. Mit stolzer Genugtuung versicherte ihr Kester, dies sei die ausgezeichnetste Baumwolle, die jemals irgendwo auf der Welt gewachsen wäre. »Und was hilft uns das«, rief sie erbittert, »wenn die Preise so niedrig liegen?«

»Wer will wissen, ob sie so niedrig bleiben«, sagte er. »Wir werden die Baumwolle nicht vor sechs, sieben Wochen verkaufen.«

Sie streichelte die Mähne ihres Pferdes. »Ich weiß«, sagte sie, »ich schäme mich meiner Unbeherrschtheit. Aber es hat mich zu tief getroffen.«

»Ach, hör auf!« sagte Kester, wandte sein Pferd und begann nach der Plantage zurückzureiten. Eleanor folgte und fand ihn am Telefon. »Ich rufe New Orleans wieder an«, sagte er, »der Markt kann sich inzwischen geändert haben. Geh hinauf und höre zu, wenn du willst.«

Eleanor sprang die Treppe hinauf und setzte sich, den Hörer in der Hand, auf ihr Bett. Sie mußte längere Zeit warten, denn Kester hatte Schwierigkeiten, Sebastian ans Telefon zu bekommen. Als er sich schließlich meldete, war Stimmengewirr hinter ihm im Raum. In ihrer fieberhaften Unruhe dünkten die Geräusche ihr, ein Höllenlärm zu sein. Dann hörte sie Kester sprechen:

»Sebastian, wie steht's mit der Baumwolle?«

Sie hörte Sebastian schwer atmen. »Weiter fallend«, sagte er.

»Aber was geht vor?«

»Kannst du nicht lesen? Rußland hat mobilisiert. Gott weiß, wer heute nacht sonst noch dazukommt.«

Kester stellte weitere Fragen. Sebastian antwortete kurz, als ob er nicht in der Stimmung sei, mit irgend jemand zu diskutieren. Mit einem offensichtlichen Versuch, sich optimistisch zu geben, sagte er schließlich: »Die Baumwolle steht vorerst ja noch in Blüte. Vielleicht geht der Krieg in ein paar Monaten zu Ende.«

»Das sagten sie damals vom Bürgerkrieg auch, als er anfing«, versetzte Kester, »und dann dauerte er...«

Sebastian unterbrach ihn; seine eigene Bestürzung kam jetzt zum Ausdruck: »Ja, um Gottes willen, Kester, meinst du, du seiest der einzige Mensch, der heut von Panik ergriffen wurde? Die Baumwollbörse ist eine Irrenanstalt. So etwas ist noch nicht dagewesen. Wenn es dich zu trösten vermag, will ich dir sagen, was ich selber in dieser Woche verlor. Einige von uns...«

Eleanor legte ihren eigenen Hörer auf. Sie vermochte es nicht zu ertragen, noch länger zuzuhören. Sie ließ die Stirn in die Hände gleiten. Trotz der brütenden Hitze waren die Hände eiskalt.

Hinter ihren Fenstern tanzten die Blütenblätter der Baumwolle in der Sonne; der Überfluß, der sich darin kundtat, spottete ihrer Verzweiflung. Sie erinnerte sich der Hunderte von Stunden, die sie auf den Feldern verbracht hatte, während die Sonne auf ihren Kopf brannte und der Rücken sie schmerzte, bis sie kaum noch auf dem Pferd sitzen konnte. Sie gedachte der Nächte, die sie wachend über den Hauptbüchern saß, obwohl ihr der Kopf schwer vor Müdigkeit war. Sie gedachte der lockenden Schaufensterauslagen, vor denen sie gestanden hatte, um die weichen, duftenden Kleidchen zu betrachten, die Babymädchen so nötig brauchte. Sie hatte alles, was an Kraft in ihr war, hergegeben, bis tausend Ballen vollkommener Baumwolle auf den Feldern blühten. Und nun war da irgendwo auf dem Balkan ein Prinz, von dem kaum jemand etwas wußte, erschossen worden, in einer Stadt, deren Namen noch nie jemand gehört hatte, von einem Wahnsinnigen, dessen Namen niemand aussprechen konnte, und die Folge war, daß sie die Plantage ebensogut hätten mit Gras besäen lassen können.

Zu aufgeregt, um zu arbeiten und zu ruhelos, um stillsitzen zu können, gingen Kester und sie auf der Veranda auf und ab und gaben sich verzweifelte Mühe, einander zu ermutigen. Vielleicht würde Deutschland doch nicht in den Krieg eintreten. Und welche Beziehungen konnten Frankreich und das Britische Empire möglicherweise zu dem ermordeten österreichischen Erzherzog haben? Sie suchten verzweifelt nach irgendeinem vernünftigen Sinn in dem Geschehen. Irgendein Mitglied der kaiserlich-königlichen Familie war ermordet worden; es schien dies die Bestimmung dieses Geschlechts zu sein. Niemand hatte einen Krieg Kronprinz Rudolfs wegen oder der Kaiserin Elisabeth wegen angefangen. Die anderen Monarchen hatten ihr Bedauern ausgesprochen und waren weiter ihren eigenen Geschäften nachgegangen. Aber die Tatsache, daß das Geschehen offensichtlich ohne Sinn war, änderte nichts an der anderen Tatsache, daß die Baumwolle von Ardeith nur noch ungefähr halb soviel wert war wie vor noch nicht zwei Tagen.

»Laß uns eine kleine Party veranstalten«, sagte Kester plötzlich.

Eleanor blieb stehen. »Eine Party? Hast du den Verstand verloren?«

»Nein, aber ich möchte, daß wir die Krise durchhalten. Laß uns alle Bekannten anrufen. Sage Mammy, sie soll uns ein paar Sandwiches herrichten. Ich werde hinuntergehen und den besten Likör und Whisky, den wir im Haus haben, heraufholen. Sei lieb, Eleanor, laß uns eine Party geben.«

Er hatte ihre Hand ergriffen und sie ins Haus gezogen. Während er noch das letzte Wort sprach, drehte er bereits die Kurbel des Telefons und rief eine Nummer in die Muschel. Eleanor lauschte entsetzt.

»Violet? Hier ist Kester Larne. Ihr müßt heute um sieben Uhr zu uns kommen. Wir fühlen uns zum Tanzen aufgelegt. – Gut, danke! Wir erwarten euch.« Er drehte schon wieder die Kurbel. »Eleanor, sag Mammy wegen der Sandwiches Bescheid. – Cameo!« rief er über die Schulter. »Hallo! Neal? Hier ist Kester. Wir haben heut abend eine kleine Party. Du und Klara – ja, ich weiß: die Baumwolle, Teufel ja! Gut, wir erwarten euch.«

Cameo war aus dem Hintergrund erschienen, und Kester begann, ihm Befehle zu erteilen: »Cameo, mixe ein paar anständige Cocktails zurecht; wir haben heut abend ein paar Leute zu Besuch. Eleanor, geh, sprich mit Mammy!«

Eleanor begann etwas hysterisch zu kichern; sie küßte ihn leicht aufs Ohr. »Du bist wundervoll!« flüsterte sie und huschte hinaus in die Küche.

Gegen acht Uhr war das Wohnzimmer voller Gäste. Der Phonograph kreischte: ›Ich möcht' ein Mädchen – gerade so ein Mädchen – wie der liebe, alte Papa sich geheiratet hat!‹ Eleanor tanzte mit Bob Purcell, und Kester war eifrig beschäftigt, Getränke zu mixen. Sie sprachen ein bißchen von dem Fallen der Baumwolle, besonders diejenigen, die, wie Neal Sheramy, unmittelbar davon betroffen waren, aber Niggerjazz und Cocktails überzeugten die meisten davon, daß die Dinge sehr bald wieder in die Reihe kommen würden. Niemand von den Gästen kannte das gefährliche Stadium der Situation von Ardeith, demzufolge war auch von keinem besonderes Mitgefühl zu erwarten, und je mehr der Abend fortschritt, je froher wurde Eleanor darüber. Sie fand kaum Gelegenheit, sich eine Stunde hinzusetzen. Obwohl sie bereits seit sechs Uhr früh auf war, hielt sie mit zäher Willenskraft durch; sie vergaß fast, ob sie müde war oder nicht; sie trank vor dem Abendbrot Sazeracs und Highballs, mehr als sie je zuvor an einem Abend getrunken hatte. Und das erste Mal in ihrem Leben rauchte sie eine Zigarette. Das verschaffte ihr ein seltsam leichtes Gefühl im Kopf.

Es war drei Uhr morgens, als die Gäste gingen. Sie riefen begeistert, daß sie einen wunderbaren Abend verlebt hätten, und Kester übe nun einmal einen bösen Einfluß auf sie aus, da er sich ausgerechnet an einem Donnerstagabend Leute einlade und so reizend traktiere, wo doch morgen ein Arbeitstag sei. Aber eben die unerwarteten Partys auf Ardeith hätten es in sich; das sei schon immer so gewesen.

Als sich die Tür hinter dem letzten Gast schloß, blieb Eleanor einen Augenblick still in der Halle stehen. Dann plötzlich begannen die letzten Kräfte sie zu verlassen; sie sank an der Treppe zusammen. Ihr wurde noch bewußt, daß jedes einzelne Glied ihres Körpers einen besonderen Schmerz ausstrahle und daß ein fürchterliches Dröhnen ihren Kopf zu sprengen drohe.

Kester sprang zu und half ihr auf. »Fühlst du dich besser?« fragte er.

Sie nickte. Er legte den Arm um ihre Taille und führte sie die Treppe hinauf. Kester war leicht betrunken, aber sie sagte ihm kein böses Wort; es schien so unwichtig.

Obgleich sie so entsetzlich müde war, ging sie doch nicht gleich schlafen. Als sie dann schließlich doch im Bett lag, immer noch zu aufgeregt, um einschlafen zu können, wurde sie von den Gedanken gequält. Sie konnte sich nicht helfen: Wenn Kester sich in normalen Zeiten richtig um seine Plantage gekümmert hätte, wäre das Fallen der Preises nicht ein so entsetzliches Unglück.

Es war nahezu elf Uhr vormittags, als sie durch Cornelias Krabbeln vor der Tür geweckt wurde. Das Zimmer war stickig heiß und dunkel. Sie erinnerte sich, daß jemand in der Frühe auf Zehenspitzen im Raum gewesen war und die Vorhänge zugezogen hatte, damit sie nicht durch die Sonne gestört würde. Sie schlüpfte aus dem Bett, zog ihre Hausschuhe an und ging zur Tür. Dilcy kam eben aus dem Kinderzimmer, um Cornelia zu holen. An der Außenseite ihrer Tür fand sie einen Zettel, auf den Kester mit Bleistift geschrieben hatte: ›Miß Eleanor nicht wecken!‹

Sie lächelte. Der Gute! Er nahm Rücksicht auf sie, ganz so, als ob er nicht selbst ebensolange aufgewesen wäre. Die Tür seines Zimmers stand offen und sein Bett war leer. Sie fragte Dilcy nach ihm.

»Master war unten ganze Zeit«, sagte Dilcy. »Wünschen Miß Eleanor ihren Kaffee?«

»Ja«, sagte Eleanor, »bring ihn nur.« Sie ging in ihr Zimmer zurück und begann sich anzukleiden. Dann trank sie den Kaffee; essen mochte sie nichts; es war ihr zu heiß. Alter Gewohnheit folgend, zog sie das Reitkleid an, obwohl es eigentlich schon viel zu spät war, um noch auf die Felder zu reiten.

Kester saß unten, las in der Zeitung und trank eisgekühlten Tee. Er sprang auf, als sie hereinkam. »Hallo, Liebling«, rief er, »wie fühlst du dich?«

»Gut. Und du bist schon auf? Wie lange hast du denn geschlafen?«

»Komisch«, sagte er, »ich wachte wie gewöhnlich um sechs Uhr auf.«

»Es war nett, daß du die Vorhänge zuzogst«, sagte sie, »ich danke dir.«

Sie küßte ihn und zauste ihn im Haar. »Steht irgend etwas Wichtiges in der Zeitung?«

Er zuckte die Achseln. »Der Panamakanal ist ab 15. August für den Welthandel geöffnet. Als ob das irgendeinen Menschen noch interessiert; jetzt, wo ohnehin kein Handelsverkehr mehr durchgehen wird.«

»Ich hatte den Kanal völlig vergessen. Erinnerst du dich, wie wichtig er noch vor vier Wochen war?«

»Da du nun einmal dafür angekleidet bist – wollen wir einen Blick auf die Baumwolle werfen?« fragte er.

Sie sah ihn verwundert an. »Ich habe gut geschlafen, Kester, ich fühle mich sehr wohl. Aber wenn du schon seit sechs Uhr auf bist...«

»Oh, mir geht es ausgezeichnet«, versicherte er.

Sie ließen die Pferde bringen und ritten hinaus. Der Himmel schien weißglühend vor Hitze, aber Kester meinte, es liege Regen in der Luft. Das Spektakel der letzten Nacht hatte viel von ihrer Verzagtheit weggeschwemmt, und der Anblick der Baumwolle ließ sie denken, daß die Börsennotierungen genausoschnell steigen wie fallen konnten. Was immer die Europäer auch für kannibalische Gelüste hegen mochten, schließlich liefen sie bekleidet herum und würden diese Gewohnheit voraussichtlich auch nicht aufgeben. Es sei denn, die Briten fielen in die Sitten ihrer Vorfahren zurück und begännen sich selber blau anzumalen. Den Unsinn belächelnd, den Kester daherschwätzte, fühlte Eleanor, wie ihre Stimmung sich zu heben begann.

Die Baumwolle benötigte gegenwärtig wenig Aufmerksamkeit. Sie ritten an den Hütten vorbei, vor denen die Neger müßig in der Sonne saßen und warteten, daß die Kapseln sich öffnen möchten. Einige Schwarze waren damit beschäftigt, Wassermelonen zu schneiden, und eine Anzahl Negerkinder veranstalteten ein Wettrennen, um dem Herrn und der Herrin einige Scheiben zu bringen. Sie ritten nach Hause und wischten sich die Safttropfen vom Kinn.

Cameo trat ihnen in der Halle mit einem Telegramm entgegen.

»Von Sebastian?« rief Eleanor.

»Höchstwahrscheinlich«, antwortete Kester, das Formular aufreißend. »Er wollte drahten, wenn irgend etwas geschieht.«

Eleanor las über seine Schulter mit. Sie sah die Worte und ihr war, als würde ihrem Körper plötzlich alles Blut entzogen. Ihre Beine wurden schwer und ihr Körper gefühllos. Das Telegramm lautete:

›NEW ORLEANS BAUMWOLLBÖRSE GESCHLOSSEN – ERSTMALIG IN DER GESCHICHTE ZEHN UHR SECHSUNDZWANZIG HEUTE MORGEN – NEW YORK UND LIVERPOOL BÖRSEN EBENFALLS GESCHLOSSEN – DAS HEISST BAUMWOLLE NIRGENDS IN DER WELT ZU IRGENDEINEM PREIS VERKÄUFLICH – SEBASTIAN.‹

Sechstes Kapitel

1

Sehr bald machten sie die Erfahrung, daß sie in einem gelähmten Lande lebten.

Von Virginia bis Texas hatte der Süden von der Baumwolle gelebt. Es gab daneben noch andere Pflanzungen und andere Industrien, gewiß, aber die Baumwolle war das Fundament des Lebens. Die meisten Menschen hier hatten sich auf die Baumwolle ebenso wie auf die Sonne verlassen, und der Gedanke, eines dieser Lichter möchte plötzlich nicht mehr leuchten, wäre ihnen nie in den Sinn gekommen. Es war hier ein Sprichwort im Schwange: Der Süden bekleidet die Welt! Und dieses Sprichwort traf beinahe die Wirklichkeit: Seide und Leinen sind Luxusgewebe, alles andere aber, von den kostbarsten Wollstoffen abgesehen, wurde mit einem Zusatz von Baumwolle gewebt. Baumwolle war der Haupt-Exportartikel der Vereinigten Staaten.

Ausländische Fabrikanten hatten schon vor Monaten Verträge geschlossen und Anzahlungen auf die Baumwolle geleistet; jetzt lagen die beladenen Schiffe blockiert in amerikanischen Häfen, ganze Schiffsstädte von Fahrzeugen aller im Kriege befindlichen Nationen. Sie lagen so dicht nebeneinander, daß die Mannschaften sich von Deck zu Deck Grüße zurufen konnten. Sie taten das auch, mit einer freundschaftlichen Unbefangenheit, die ihren kriegführenden Herrschern jenseits des Ozeans vermutlich unbegreiflich gewesen wäre, hätten sie sie hören können. In Europa waren die Baumwollpreise derartig in die Höhe geklettert, daß sie nur mehr für die ganz Reichen erschwinglich waren; in den Vereinigten Staaten wurde Baumwolle für sechs Cents pro Meter verkauft, weil diejenigen, die an der Baisse zu verdienen gedachten, veranlaßt hatten, daß Baumwolle nicht ins Ausland geliefert werden durfte.

Eleanor erwachte jeden Morgen mit einem lähmenden Gefühl der Schwere, sah sich mit wirren Blicken um und dachte automatisch: Baumwolle! Sie fürchtete sich vor dem Aufstehen. Sie haßte die Tage, die sich träge und sinnlos dahinschleppten. Sie hatte Angst davor, Kester zu sehen.

Kester selbst sprach wenig über die Lage. Anscheinend beschäftigte er sich mit allem anderen lieber als mit der Frage, ob die Bank die Hypotheken für verfallen erklären würde, wenn es nicht möglich war, im November die längst überfälligen Zinsen zu bezahlen. Aber zuweilen, wenn er mit Cornelia spielte, fing sie einen Blick auf, mit dem er das Kind streifte, und dieser Blick brachte ihr zum Bewußtsein, daß Cornelia die siebente Generation der Larnes auf Ardeith repräsentierte. Und schaudernd bedachte sie, daß das Kind, müßten sie jetzt Ardeith verlassen, nicht einmal eine schwache Erinnerung an die Heimat seines Geschlechtes bewahren würde.

Der Gedanke, sie könne ihre ganze Kraft einsetzen und alles hingeben, was sie besaß, und die Schlacht um Ardeith dennoch verlieren, war ihr noch nie gekommen; der Mut und die Ausdauer, die ihr geholfen hatten, die schwere Arbeit der letzten Monate zu bewältigen, hatten ja weitgehend auf ihrem fröhlichen Selbstvertrauen basiert. Sie hatte immer geglaubt, es könne einem Menschen nichts Ernsthaftes geschehen, so er nur wach sei und unverdrossen seine Pflicht erfülle. Leute, die im Lebenskampf unterlagen, waren entweder zu träge oder zu dumm, um ihren Weg zu machen. Und nun war es plötzlich so, als ob all ihr Können und all ihre Einsatzbereitschaft nichts bedeuteten. Sie ging in ihrem Schlafzimmer auf und ab und grübelte über einen Weg nach, der aus der verzweifelten Situation herausführen möchte. Der Verlust von Ardeith würde einen furchtbaren Schlag für ihr Selbstvertrauen bedeuten, freilich wurde sie auch über all dem Nachdenken immer wieder daran erinnert, daß ja nicht sie, sondern Kesters Leichtfertigkeit das Unglück verschuldet habe. Alle Baumwollpflanzer litten unter dem Schock, den der europäische Krieg verursacht hatte, aber diejenigen, die bisher gut gewirtschaftet hatten, sahen sich wenigstens nicht dem völligen Ruin gegenüber. Obwohl sie sich entschlossen hatte, Geduld mit Kesters Fehlern zu haben, spürte sie unter der Zerreißprobe, der ihre Nerven ausgesetzt waren, jetzt von Tag zu Tag mehr, wie wenig Talent sie für eine derartige Eigenschaft hatte.

Fred Upjohn schrieb ihr und fragte, ob der jähe Zusammenbruch des Baumwollmarktes die Plantage etwa in eine schwierige Situation gebracht habe, und wenn ja, ob es irgend etwas gäbe, womit er ihr helfen könne. Sie gab Kester den Brief. Er las ihn aufmerksam und setzte sich an seinen Schreibtisch. Im Laufe des Tages brachte er ihr die Antwort. Sie lautete: »Dein lieber Brief an Eleanor zeigte mir wieder einmal, klarer als je zuvor, was für einen prachtvollen Vater sie hat. Ich hoffe, Deine Sorge ist noch etwas verfrüht. Einstweilen haben wir ja noch keine Baumwolle zu verkaufen. Wir hoffen, daß die Verhältnisse sich wieder normalisieren und daß die Börsen zum Herbst wieder öffnen werden.« Den weiteren Inhalt bildeten private Mitteilungen über Eleanor und das Kind. »Soll ich den Brief so abschicken?«

»Ja«, sagte Eleanor, »schick ihn ab.«

Sie lasen aufmerksam die Zeitungen, weniger um das Kriegsgeschehen zu verfolgen, als um nach Anzeichen zu forschen, ob die Handelssperre für Baumwolle aufgehoben würde. Die Deutschen waren auf dem Wege nach Paris, und die Russen stießen durch Ostpreußen auf Berlin vor. Eleanor hegte den verzweifelten Wunsch, die eine oder andere Armee möchte ihr Ziel erreichen. Es war ihr gleichgültig, welche, sie hoffte nur, daß damit der Krieg zu Ende ginge und die Meere wieder frei würden. Während des ganzen Septembers arbeiteten Kester und sie verbissen, um die Baumwolle hereinzubekommen. Sie schafften die versandfertigen Ballen in das Lagerhaus, das sie vor drei Monaten so frohlockend gemietet hatten. Es waren insgesamt 932 Ballen geworden, mit einem Gesamtwert von nahezu 50000 Dollar nach dem Stand vom letzten Juli, gegenwärtig allerdings nicht einen Cent wert.

Sie fuhren nach New Orleans und sprachen mit Mr. Robichaux. Der Bankier bedauerte die Situation sehr, sah aber keine Möglichkeit, an den getroffenen Vereinbarungen etwas zu ändern. Die Banken waren einfach nicht in der Lage, den Baumwollpflanzern über die Krise hinwegzuhelfen. Eleanor war zunächst über die Empfindungslosigkeit des Mannes empört, aber im weiteren Verlauf der Unterredung wurde ihr klar, daß Robichaux unter der Last, die ihm auferlegt war, fast zusammenbrach. Seine Stimme war mehrere Male, während er mit ihnen sprach, nahe daran, umzubrechen. »Überschätzen Sie unsere Möglichkeiten nicht«, sagte er. »Danken Sie Gott, daß Sie sich die Geschichten nicht anhören müssen, die mir im Laufe der letzten Wochen hier erzählt wurden. Ich habe hier gesessen, habe zugehört und bin mir wie ein gefühlloser Mensch vorgekommen, weil ich beim besten Willen keine Hilfe anbieten konnte. Ich habe einigen Leuten schließlich aus meiner eigenen Brieftasche geholfen, nicht so großen Pflanzern wie Ihnen selbstverständlich; kleinen Farmern, die ihre Ernten mit einem

Maulesel einzubringen pflegen, ehrenwerten, ordentlichen Männern, die nicht mehr weiter wußten. Ich habe sie hier sitzen und vor innerer Erregung beinahe schluchzen sehen. Da mußte ich helfen, soweit meine bescheidene Kraft eben reichte. Und nun kommen Sie und erzählen mir, daß Sie verzweifelt sind.«

»Ich bin tatsächlich verzweifelt«, sagte Kester ruhig.

»Gewiß, Mr. Larne. Armut ist ein relativer Begriff. Aber ich kann Ihnen nicht mehr sagen, als ich schon sagte. Wir sind verzweifelt.«

Kester stieß seinen Stuhl zurück und erhob sich. »Danke, Mr. Robichaux«, sagte er, »entschuldigen Sie die Störung.«

Sie fuhren mit dem Zug nach Ardeith zurück. Eleanor saß wie eine Wachsfigur an Kesters Seite, die Hände im Schoß gefaltet. Zum ersten Mal im Leben sah sie sich einer vollendeten Niederlage gegenüber.

»Mach nicht so ein versteinertes Gesicht«, sagte Kester nach einer Weile unter dem Geratter des dahineilenden Zuges, »selbst wenn das Schlimmste eintreten sollte, wirst du nicht waschen gehen müssen.«

»Oh, ich kann waschen gehen«, versetzte Eleanor. »Aber ich kann das Gefühl nicht ertragen, geschlagen zu sein.«

»Aber Eleanor, um Gottes willen, es ist schließlich nicht unsere Schuld, daß wir die Baumwolle nicht verkaufen können.«

»Es ist nicht meine Schuld, daß wir keinen Kredit mehr haben«, entgegnete sie kalt.

Kester erwiderte nichts. Er blickte durch die Fenster auf die grauen Zypressenwälder, an denen der Zug vorüberglitt. Nach einer Weile ergriff Eleanor seine Hand und legte die ihre darüber.

»Es tut mir leid, Kester«, flüsterte sie.

Er drehte ihre Hand herum und sah die gestopfte Spitze an einem ihrer Handschuhfinger. »Ich fürchte, du wirst es nicht lassen können, ab und zu derartige Bemerkungen zu machen«, sagte er. »Offenbar denkst du fortgesetzt über meine Fehler nach.«

»Ich will es ja nicht«, murmelte sie, »wirklich, ich will es nicht. Kester, auch wenn es manchmal nicht so aussehen sollte: Ich liebe dich, mehr, als ich dir sagen kann.«

Ihre Hände verbanden sich miteinander. Eleanor hielt den Blick gesenkt; sie schämte sich ihrer Unbeherrschtheit und begriff selber nicht, warum sie in solchen Augenblicken nicht schweigen konnte.

Als sie die Treppe zur Veranda hinaufgingen, kam ihnen Cornelia entgegengekrabbelt. Kester ergriff sie und hob sie hoch. Er lächelte zum ersten Mal an diesem Tage.

Eleanor ging nach oben und warf ihren Hut auf den Tisch. Der Hut war zwei Jahre alt. Während des letzten Sommers, als sie Cornelia erwartete, hatte sie keine Hüte gebraucht, und abgesehen von dem kostbaren Hut mit den drei weißen Federn, der sich für eine Eisenbahnfahrt nicht eignete, hatte sie es nicht gewagt, sich in diesem Jahr einen neuen zu kaufen. Den eben beiseitegeworfenen Hut besaß sie seit den zauberhaften Tagen ihrer Hochzeitsreise an die Golfküste. Tausend Jahre schien das zurückzuliegen. Damals war sie jung und voller Selbstvertrauen. Und wenn sie neben Kester gelegen hatte, von seinen Armen umschlungen, war sie sicher gewesen, in dieser Welt niemals ein ernsthaftes Problem lösen zu müssen. Sie nahm den Hut auf und glättete das etwas verschossene Band. Sie haßte es, schlecht angezogen zu sein; sie hatte niemals extravaganten Moden gehuldigt, aber sie hatte immer großen Wert auf gute, gediegene Kleidung gelegt. Ja, dachte sie, immer, bis ich dann Kester Larne geheiratet habe, die erste Handlung meines Lebens, bei der ich nicht meinem Verstand, sondern meinem Gefühl folgte.

Es klopfte leise an ihrer Tür. Auf ihr Rufen erschien Kester und brachte ihren Koffer. Der gute Kester! Er war so feinfühlig, daß er niemals ihr Schlafzimmer betrat, ohne anzuklopfen. Er kam herein, stellte den Koffer ab, legte die Arme um sie und hielt sie eine Weile fest umschlungen. Eleanor klammerte sich an ihn an, als bedürfe sie eines Haltes. Immer wenn er sie so hielt, konnte sie nichts anderes denken, als daß sie ihn liebte.

Nach einer langen Weile sagte Kester: »Es ist bald Zeit zum Abendessen. Zieh dich um und komm herunter.«

»Ja«, sagte sie leise, »gleich.«

»Es ist fürchterlich heiß«, sagte er, »ich werde dir einen Krug Eiswasser heraufschicken.«

Sie küßte ihn mit überquellender Zärtlichkeit.

Nach dem Abendessen verschanzte sich Kester hinter einem Magazin, während Eleanor dasaß und allerlei Figuren an den Rand einer Seite ihres Hauptbuches kritzelte. Dabei starrte sie auf die Wand, als suche sie eine Spalte, um entfliehen zu können. Sie verbrauchten gar nicht sehr viel Geld. Wenn Kester nicht versäumt hätte, die Zinsen für seine Schuldscheine zu bezahlen, lange bevor sie im letzten Januar zur Bank gefahren waren, wäre alles nicht halb so schlimm.

Sie fuhr fort, Kringel und Figuren zu zeichnen. Die erste Abzahlung auf das Kapital würde nicht vor dem nächsten Herbst fällig werden. Achttausend Dollar würden ausreichen, um die in diesem Jahr fälligen Zinsen zu bezahlen, obgleich dann nicht ein Penny für die Bezahlung der gekauften Düngemittel verbleiben würde, und ebensowenig für die angeschafften Geräte und die länger zurückliegenden Rechnungen. Achttausend Dollar – das war keine überwältigend große Summe, und doch bedeutete sie die Brücke zwischen Existenz und Zusammenbruch. Sie wurde daran erinnert, was Benjamin Franklin einmal gesagt hatte: ›Willst du den Wert des Geldes kennenlernen, geh und versuche dir welches zu borgen!‹

Kesters Schwager, der Mann Alices, und sein Bruder Sebastian hatten bei dem Börsensturz selber so hohe Verluste erlitten, daß sie nicht helfen konnten, auch wenn sie es gewollt hätten. Kesters Vater, der von den Pachterträgnissen des Zuckerlandes lebte, hatte gewohnheitsmäßig den letzten Penny verbraucht. Ihr eigener Vater – sie vermochte den Gedanken nicht zu Ende zu denken; die Vorstellung, hier Hilfe zu erbitten, ließ sie sich krümmen. Zudem würde es auch für Fred Upjohn eine beträchtliche Härte bedeuten, achttausend Dollar in bar mit nur einer Kündigungsfrist flüssigzumachen.

Ihr eigenes kleines Einkommen ging längst für laufende Haushaltsausgaben drauf, es ging so schnell weg, wie sie es erhielt. Um ein Haus wie Ardeith in Ordnung zu halten, brauchte man selbst bei sparsamster Wirtschaftsführung eine Menge Geld. Sie mußte unwillkürlich lächeln über die Ironie, die darin lag, daß sie hilflos inmitten einer prunkvollen Umgebung saß.

Die Vorstellung ließ einen Gedankenblitz in ihr aufzucken. Sie stieß mit dem Federhalter so hart auf das Papier, daß die Feder zerbrach. Impulsiv sprang sie auf.

»Wohin willst du?« fragte Kester.

»Meine Schlüssel holen. Ich werde es dir dann zeigen.« Dabei war sie bereits an der Tür. Sie stürmte die Treppe hinauf, holte ihr Schlüsselbund und eine Taschenlampe aus ihrem Schlafzimmer und stürmte wieder hinunter und noch eine Treppe tiefer, hinab in das unter dem Haus errichtete Kellergewölbe, in denen die Wertsachen von Ardeith in sicheren Tresoren ruhten. Sie ließ die Taschenlampe aufblitzen und sah sich um.

Kester hatte gesagt, daß jeder Teelöffel im Hause verpfändet sei; das war natürlich übertrieben. Da gab es noch einige Dinge, an die niemand gedacht hatte: einige Flaschen uralten französischen Cognacs, die einen erheblichen Wert verkörperten; sie lagen hier seit Generationen und zeugten davon, daß die Larnes schon immer Sinn für erlesenes Raffinement in der Lebensführung hatten; Juwelen und Kleinodien, die von den Damen längst vergangener Jahrzehnte bei festlichen Gelegenheiten getragen worden waren – mit einigen dieser Stücke hatte sie sich selbst dann und wann schon geschmückt. – Eleanor nahm die Flaschen aus dem Bord und wischte die Spinnweben ab, um die Etiketten lesen zu können. Sie verstand nicht viel von französischen Cognacs, aber sie sagte sich, daß ein Ding, das nicht mehr ersetzt werden konnte, seinen Wert haben mußte. Sie kniete sich auf den Boden des Gewölbes, ohne Rücksicht darauf, daß der Staub ihren Rock beschmutzte, und begann, den Safe aufzuschließen; es handelte sich um ein schon vor langer Zeit konstruiertes Schloß. Sie tappte im Halbdunkeln herum und fand eine silberne Tasse, die einem Larnebaby einer vergangenen Generation geschenkt worden war. Cornelia wetzte ihre Zähne auch an einem Silbertäßchen, das einmal ihrem Urgroßvater gehört hatte. Eleanor las im Schein ihrer Taschenlampe: ›Cynthia, 6. Juni 1849‹. Ohne weiter darüber nachzudenken, wer diese Cynthia gewesen sein mochte, setzte sie die Tasse auf den Boden und begann weiterzusuchen. Sie fand Bündel von Dokumenten: Heiratsurkunden, Testamente, Verträge über Land- und Sklavenkäufe; das alles hatte im Augenblick keinen realisierbaren Wert, sie beachtete es deshalb kaum. Sie fand große und schwere Ohrringe, verschiedene Broschen, einen juwelengeschmückten Schmetterling, der vermutlich angefertigt worden war, um die Locken einer Dame zu schmücken, und ein Medaillon, in dem sich eine Haarlocke befand, die von einem Kind stammen mochte; der für ein Bild vorgesehene Platz war leer, aber gleich einem Rahmen mit zahllosen kleinen Brillanten besetzt.

Eleanor raffte diese und andere Schätze zusammen und tat sie in einen Beutel. Dann verschloß sie den Safe, raffte ihren Rock zusammen und verließ das Gewölbe. Sie ließ die Juwelen vorerst in ihrem Zimmer und begab sich, ohne auch nur erst ihre schmutzigen Hände zu reinigen, auf den Boden des Hauses. Der war angefüllt mit altertümlichen Möbeln aus Mahagoni und Rosenholz, die hier nutzlos herumstanden, aber hinter den Schaufenstern der Royalstreet in New Orleans als kostbare Antiquitäten bestaunt werden würden.

Als sie nach einer Weile wieder herunterkam, trat ihr Kester schon in der oberen Halle entgegen.

»Eleanor, wo hast du gesteckt? Was hast du gemacht?« fragte er. Er sah sie von oben bis unten an und brach plötzlich in lautes Gelächter aus. »Dein Haar ist voller Spinnweben«, rief er aus, »und dein Kleid sieht aus, als hättest du dich im Straßenstaub herumgewälzt.«

»Komm herein«, antwortete Eleanor und öffnete die Tür.

»Kester, weißt du, daß wir genug alten Kram im Haus haben, um uns Geld zu verschaffen?« sagte sie. »Da stehen und liegen Dinge herum, die einen Antiquitätenhändler verrückt machen würden. Ich werde einen aus New Orleans kommen lassen.«

Kester sah sie verblüfft an. Sie merkte schon nach wenigen Minuten, daß er unangenehm berührt war. Offenbar war es ihm noch nie vorgekommen, daß jemand auf den Gedanken verfiel, die alten Möbel und Kleinodien von Ardeith trennen zu wollen. Sie schienen ihm ebenso untrennbar mit dem Haus verbunden wie die Säulen, die das Dach trugen. Seine Augen ruhten unverwandt auf den Juwelen und den Silbergeräten, während er Eleanor zuhörte, die Überlegungen darüber anstellte, was von all diesen Dingen sich am leichtesten und vorteilhaftesten verkaufen ließe. Dann und wann schüttelte er, wie in hilflosem Protest, den Kopf.

»Den Cognac meinetwegen«, sagte er nach einer Weile, »und wenn es sein muß, auch die Möbel vom Boden; wir werden sie selber ja vermutlich nicht mehr benötigen. Aber dies hier« – er wies auf die Juwelen –, »Eleanor, sollen wir uns von diesen Stücken wirklich trennen? Sie gehören zu Ardeith, jedes einzelne Stück hat seine besondere Bedeutung, ich könnte dir seine Geschichte erzählen...«

»Leider sind wir nicht in der Lage, uns Sentimentalitäten leisten zu können«, entgegnete Eleanor.

Er hatte das brillantengeschmückte Medaillon aufgenommen. »Meine Großmutter – das Mädchen mit dem blauen Reifrock unten in der Halle – versuchte, das Stück hier während der Rekonstruktion zu verkaufen«, sagte er. »Eines ihrer Kinder war schwer erkrankt. Es war Hochsommer und sie konnte kein Eis bekommen. Nicht einmal für das Medaillon hier. Das Kind starb.«

»Kester, mein Lieber, das war sicher sehr traurig«, sagte Eleanor.

»Aber es darf uns heute nicht mehr kümmern. Wir müssen an uns und unser Kind denken.«

Er legte das Medaillon behutsam zurück auf den Tisch neben die anderen Juwelen. »Das Schlimme mit dir ist, daß du immer so verdammt recht hast«, sagte er nicht ohne Bitterkeit.

Sie fuhren am nächsten Tag mit den Juwelen nach New Orleans und ließen sie schätzen. Hinterher erklärte Eleanor, es sei nicht unbedingt notwendig, die Sachen zu verkaufen; die Bank würde sie vielleicht als Sicherheit auf die fälligen Hypothekenzinsen in Verwahr nehmen. Kester atmete unwillkürlich auf, und da er das Schlimmste auf diese Weise abgewendet sah, stellte er ihr anheim, einen Antiquitätenhändler auszuwählen, der die alten Möbel auf Ardeith besichtigen möchte.

Der Händler zeigte sich sehr interessiert. Sein Gesicht glänzte wie Schweineschmalz. Sein Haar war schmierig, und selbst seine Stimme hatte einen öligen Ton. An seinem Rockaufschlag trug er einen Knopf mit einer sonderbaren Inschrift: ›Ich liebe meine Frau, aber du bist süß!‹ Es gab eine ganze Anzahl seriöser Händler auf der Royalstreet, aber Eleanor hatte gerade diesen Mann mit kühlem Bedacht ausgewählt; sie wollte mit jemandem verhandeln, der das, was sie zu verkaufen hatte, als Ware betrachten und nüchtern abschätzen würde, ohne sentimentale Betrachtungen an den Vorgang zu knüpfen. Cameo, der sie am Bahnhof mit dem Gespann erwartete, warf dem ein wenig fragwürdigen Individuum einen abschätzigen Blick zu, ließ aber im übrigen nichts von der respektvollen Haltung vermissen, die er allen Gästen auf Ardeith entgegenbrachte. Während der Wagen die Allee hinunterfuhr, pfiff der Händler ungeniert vor sich hin und machte seiner Bewunderung durch ein paar schmalzige Redensarten Luft. Als sie dann das Haus betraten, sah er sich um wie ein Auktionator, der im geheimen die Taxwerte errechnete.

»Verdammt feine Ausstellung, die Sie da haben«, sagte er. »Und wo ist nun das Zeug, das ich mir ansehen soll?«

Eleanor hatte die gesamte Dienerschaft in den Hinterräumen des Erdgeschosses versammelt. Sie sah, wie Dilcy und Bessy den unbekannten Gast mit den gleichen Blicken maßen, die ihm Cameo schon am Bahnhof zugeworfen hatte. »Wünscht der Herr vielleicht eine Tasse Kaffee?« erkundigte sich Bessy mit einem Lächeln, dem man bei aller Höflichkeit die Geringschätzung anmerkte.

»Keine Zeit für Kaffee«, sagte der Mann. »Wo befinden sich...«

»Hier in diesem Zimmer«, sagte Kester und öffnete eine Tür. Aber der Händler folgte der Einladung noch nicht; er stand vor den zwei zusammengehörenden Porträts am Fuße der Treppe. »Mhm!« knurrte er mit beifälligem Grinsen; »Romantik! Was sollen die Bilderchen kosten?«

»Sie sind nicht verkäuflich«, antwortete Kester kurz. »Würden Sie bitte hier hereinkommen?«

»Schön! Sie brauchen nicht gleich so ein zugeknöpftes Gesicht zu machen. Wozu haben Sie mich denn hier rausgeholt, wenn Sie nicht notwendig Geld brauchen?«

Kester wandte sich angewidert ab; diese Art, Geschäfte zu tätigen, war offensichtlich wenig nach seinem Geschmack. Eleanor schaltete sich ein. »Alles, was verkauft werden soll, befindet sich hier drinnen«, sagte sie und führte den Mann in das Hinterzimmer. »Der Klapptisch hier ist aus solidem Rosenholz gefertigt; dieser Satz Tische besteht aus sechs Teilen, die zusammengehören.«

»Ich sehe, ich sehe.« Der Händler beugte sich herab, tastete das Holz ab und betrachtete kritisch die Wurmlöcher. Eleanor nickte zufrieden vor sich hin. Sie hatte recht gehabt. Dieser Bursche würde keine Zeit aufs Schwätzen verschwenden; er kannte sein Geschäft.

Kester sah mit gerunzelten Grauen zu; er sprach nur, wenn er eine direkte Frage zu beantworten hatte. Eleanor zeigte sich dagegen sehr lebendig und beinahe heiter. Sie war froh, überhaupt etwas tun zu können. Die Möglichkeit, ihren Geist bei einer geschäftlichen Verhandlung am Geist eines anderen messen zu können, verschaffte ihr ein heimliches Triumphgefühl. Sie feilschten und stritten miteinander, und wenn sie schließlich bei der Feststellung eines Preises Übereinstimmung erzielten, notierte sie den festgesetzten Betrag in einem Notizbuch. Offenbar hatte der Händler das Geschäft in der falschen Voraussicht begonnen, zu einer Dame gerufen zu sein, die er leicht und ohne Schwierigkeiten betrügen könne. Aber er begriff sehr bald, daß er sich geirrt hatte, und begann, respektvolle Blicke zuzuwerfen. »Sie scheinen genau zu wissen, was Sie tun, Mrs. Larne«, sagte er einmal anerkennend.

»Darauf können Sie sich verlassen«, antwortete Eleanor.

»Sie sollten sich geschäftlich betätigen.«

»Sagen Sie mir lieber, was Sie für diesen Sessel bezahlen wollen«, entgegnete sie ungerührt.

Er setzte die Prüfung des Sessels fort, ohne im geringsten beleidigt zu sein. »Ich hätte Ihnen das wahrhaftig nicht zugetraut«, sagte er. »Die meisten Leute, die alten Hausrat dieser Art zu verkaufen haben, können einen Dollar nicht von einem Zwieback unterscheiden.«

Sie lachte: »Nun, seien Sie überzeugt, ich kann es.«

»Das sehe ich. Was haben Sie nun zusammengerechnet für den ganzen Kram?«

»Zweitausendeinhundertzweiundvierzig Dollar.«

»Also sagen wir rund zweitausend. Das ist ein klares Geschäft.«

»Ich sagte Ihnen doch: Zweitausendeinhundertzwei ...«

»Verdammt!« unterbrach er und begann ebenfalls zu lachen. »Sie sind wahrhaftig nicht die Spur ladylike!«

»Wenn es mich gutes Geld kostet, kann ich es mir nicht leisten, ladylike zu sein«, sagte Eleanor.

»Gut, gut, Mrs. Larne. Ich gebe mich geschlagen. Wenn Sie wieder einmal etwas zu verkaufen haben, lassen Sie es mich wissen. Ich verhandle gern mit Leuten Ihrer Art.« Er ging in die Halle zurück und wandte sich wieder den Porträts zu. »Wollen Sie sich das nicht noch überlegen?« sagte er. »Ich würde Ihnen die Bildchen da gerne abkaufen.«

»Ich sagte Ihnen doch bereits, daß sie nicht verkäuflich sind«, versetzte Kester böse.

»Ihre Vorfahren?«

»Ja.«

Der Händler betrachtete die Porträts unverwandt. »Kein Zweifel«, sagte er, »ich schätze Sie richtig sein. Sie hätten die Bilder nicht hier hängen, wenn sie nicht echt wären. Ihr gesamtes Zeug hier ist echt.«

»Die Bilder hier haben für niemand Wert außer für uns«, sagte Kester, der offensichtlich nur den einen Wunsch hatte, der Mann möchte so schnell wie möglich verschwinden. »Sie stammen von keinem großen Künstler.«

Der Händler pfiff durch die Zähne. »Das sind Dinge, von denen Sie nichts verstehen, mein Herr«, sagte er. »Die meisten der fetten Millionäre, die nach New Orleans kamen, haben dergleichen nicht aufzuweisen. Deren Vorfahren kamen per Zwischendeck über den Ozean, während Ihre Leute sich hier malen ließen. Da sie nun aber auch gerne auf Vorfahren hinweisen möchten, kaufen sie sich ein paar solcher Bilder und hängen sie sich in den Salon. Verstehen Sie? ›Das ist unsere Tante Minni; sie war eine sehr distinguierte Frau!‹«

Kester zuckte die Achseln und wandte sich ab, aber Eleanor lachte aus vollem Halse.

»Ich wette, die kleine Dame hier würde die Bilder verkaufen«, sagte der Händler. Er wies mit dem Daumen auf Eleanor.

Das gab ihr die Haltung zurück. »Sie hörten ja, was mein Mann Ihnen darüber sagte«, versetzte sie. »Hier ist das Verzeichnis der verkauften Gegenstände. Und hier haben Sie eine Feder.«

»Gut, Madam, wie Sie wünschen.« Er setzte sich nieder und zog ein Scheckbuch aus der Tasche. »Wie war der Vorname?« fragte er.

»Kester«, antwortete Eleanor.

»Oh, ich soll den Scheck auf den Herrn Gemahl ausstellen? Gut, wie Sie befehlen. Morgen kommen dann ein paar Jungens mit dem Lastwagen herunter und holen das Zeug ab. Aber kommen Sie nicht auf den Gedanken, ein paar Stücke in die Bodenkammer zurückzutragen.«

»Mein Herr!« rief Kester, der mittlerweile vor Wut zitterte.

»Oh, meinen Sie, das sei noch nicht vorgekommen? Das haben schon Leute mit großen Namen gemacht. Erregen Sie sich nur nicht. Ich habe durchaus nicht die Absicht, Ihre Ehrenhaftigkeit anzuzweifeln, aber ohne Vorsicht ist in unserem Geschäft nicht auszukommen.« Er grinste Eleanor an. »Und wenn Sie Ihre Meinung über ›Tante Minni‹ ändern sollten, sagen Sie es mir.«

Als der Mann endlich gegangen war, zitterte Kester am ganzen Leib. Er ließ sich in einen Sessel fallen und befahl Cameo, ihm einen Highball zu bringen. Eleanor brachte ihm frohlockend den Scheck. »Giriere ihn schnell, damit ich ihn zur Bank geben kann«, sagte sie. »Freust du dich denn nicht?«

»Doch«, sagte er, »ich freue mich unsagbar, daß der Kerl weg ist.« Und er schrieb seinen Namen auf die Rückseite des Schecks.

Eleanor nahm ihm das Papier ab. Einen Augenblick blieb sie vor ihm stehen und sah ihn an. Dann ging sie zum Schreibtisch zurück, steckte den Scheck in einen Umschlag und machte ihn fertig zur Absendung. Nachdem sie den Brief mit einer Marke versehen hatte, wandte sie sich um. Kester saß am Fenster und schlürfte einen Highball.

»Bist du denn gar nicht froh, daß ich etwas Geld für die Zinsen flüssigmachen konnte?« fragte sie.

»Doch, gewiß«, sagte er, ohne sich umzuwenden.

»Was hast du dann aber?«

»Soll ich mich vielleicht noch darüber freuen, daß du wie ein Pfandleiher feilschst?« sagte er bitter.

Sie begriff das nicht. »Aber einer von uns mußte ja wohl feilschen«, sagte sie, »und es war ja offensichtlich, daß du es nicht tun würdest.«

Er lachte kurz auf: »Du eignest dich ausgezeichnet dafür. Der Satz Tische, für den du achtzig Dollar erzieltest, ist beispielsweise keine fünfzig wert.«

Sie kam quer durch das Zimmer auf ihn zu.

»Und warum hast du das nicht gesagt?« rief sie aus. »Alles, was du an diesem Nachmittag getan hast, war herumzustehen und verächtlich die Lippen zu kräuseln. Man sollte denken, daß du Wert darauf legtest, deine Schulden zu bezahlen. Da kann man es wohl einmal in Kauf nehmen, etwas zu tun, was unter der Würde eines Gentleman liegt.«

Sie atmete einmal tief, ging zu ihm hin und legte ihm die Hand auf die Schulter. Sie bebte vor Erbitterung, bezwang sich aber und sprach mit unterdrückter Stimme: »Kester, ich bitte dich, mach mich nicht verrückt! Meine Nerven befinden sich in einem ähnlichen Zustand wie die europäische Kultur, und wenn ich erst einmal die Nerven verliere...«

Er drehte sich impulsiv herum, umschlang sie mit einem Arm und zog sie herunter auf die Sessellehne. »Ich weiß es, Liebste«, sagte er düster, »es geht mir ja nicht anders.« Er machte eine kleine, traurige Bewegung mit dem Kopf. »Was hilft es!« sagte er. »Wir sind gegenwärtig ebenso schlimm dran wie die Europäer. Diese Leute stürzen sich in einen Krieg und geben vor, für die Zivilisation zu kämpfen, aber sie benehmen sich dabei, als ob sie niemals etwas von Zivilisation verspürt hätten.«

Sie schwiegen dann einige Minuten. Eleanor, ruhelos, stand schließlich auf. »Ich glaube, es würde mir guttun, vor dem Abendbrot noch eine kleine Fahrt über die Uferstraße zu machen«, sagte sie.

Er streichelte sie sacht. »Ich glaube, ich habe mich auch schlecht benommen, mein Herz«, sagte er, »es tut mir leid.«

»Oh, mir tut es auch leid«, flüsterte Eleanor und streifte sein Haar mit einem Kuß.

Eleanor lenkte das Auto durch die Parkallee und dann durch den Torweg. Die Uferszenerie bot in diesem Herbst kein sonderlich erfreuliches Bild. Die Kronen der großen Eichen auf der einen Seite hatten sich ineinander verfilzt; die Straße war mit Sonnenflecken besät. Dahinter in den Feldern verrottete die ungepflückte Baumwolle. Viele Pflanzer hatten es nicht für der Mühe wert gehalten, sie zu ernten, war es doch offensichtlich sinnlos und kostete unnütz Zeit und Geld. Um die Egreniermaschinen herum türmten sich Baumwollballen, für die kein Lagerraum mehr beschafft worden war; jetzt war in keinem der Lagerhäuser mehr ein Plätzchen zu mieten. Eleanor war ins Freie gefahren, um sich zu entspannen, sie wollte jetzt nicht an die Baumwolle denken und nicht davon sprechen, aber sie konnte ihren Gedanken nicht befehlen. Freilich, die schlimmste Gefahr war beseitigt. Mit dem Bargeld, das sie heute beschafft hatte und den Juwelen als Sicherheit für den Rest würde die Bank sich zufriedengeben und die Hypotheken für ein weiteres Jahr stehenlassen. Aber wie sollte die Plantage aufrechterhalten werden?

Die Zukunft lag vor ihr wie eine Wüste. Sie hatten kein Geld, um die Arbeiter zu bezahlen, die unbedingt notwendig waren, um die unerläßliche Winterarbeit zu tun. Sie konnten keine Düngemittel einkaufen, ohne zuvor die Lieferungen des vergangenen Jahres zu bezahlen. Daneben waren noch zahllose andere Notwendigkeiten: Viehfutter und anfallende Reparaturen und die Abonnements der landwirtschaftlichen Zeitschriften, an die Bedürfnisse des täglichen Lebens noch gar nicht zu denken. Und ihr Kredit war schon so stark in Anspruch genommen, daß Eleanor schon jetzt vor dem Betreten eines Geschäftes zurückschreckte. Und wenn sie schließlich dennoch auf irgendeine Weise durch den Winter kämen – was, in Gottes Namen, sollten sie im Frühjahr pflanzen? Das Land barg zehn Millionen Ballen Baumwolle in seinen Lagerhäusern. Unter diesen Umständen wäre es geradezu närrisch gewesen, neue Baumwolle anpflanzen zu wollen. Aber auf Ardeith war seit dem Bürgerkrieg, von dem Gemüse für den eigenen Tisch abgesehen, niemals etwas anderes als Baumwolle gepflanzt worden. Man konnte eine solche Plantage nicht von heut auf morgen vollkommen umstellen, genausowenig wie eine Fabrik. Baumwolle, Baumwolle, Baumwolle! Das Wort drehte sich mit der Geschwindigkeit eines Kreisels in ihrem Kopf. Benötigten denn diese Wahnsinnigen in Europa keine Wäsche und keine Kleidung? Die Meere waren leergefegt, als hätte niemals ein Bedarf nach Baumwolle bestanden.

Es war spät geworden. Eleanor drehte den Wagen und fuhr nach

Ardeith zurück. Als sie vor dem Haus ankam, legte sie wie in plötzlicher Erschöpfung die Arme auf das Steuerrad und den Kopf auf die Arme. »Lieber Gott!« flüsterte sie. »Wenn du es schon nicht zulassen kannst, daß die Baumwolle wieder steigt, dann laß irgend etwas geschehen, daß ich wenigstens nicht mehr daran denken muß!«

2

Es geschah etwas, das Eleanor an die Ermahnung gewisser Geistlicher denken ließ, die ihre Gemeinden zu warnen pflegten, sich ihre Gebete sorgfältig zu überlegen, auf daß sie nicht in unerwarteter Weise Erhörung fänden.

Sie hinterlegten die Juwelen auf der Bank als Sicherheit für den Zinsrest. Das Geld, das Eleanor für den alten französischen Cognac erzielte, legten sie beiseite, um die notwendigsten Ausgaben für den Haushalt davon zu bestreiten. Es war unmöglich, vorauszusagen, wieweit dieses Geld reichen würde, denn zufolge des Mangels an Importwaren stiegen die Preise für Inlandserzeugnisse. Außerdem wurde neuerdings eine Kriegssteuer erhoben zum Ausgleich für die ausfallenden Zolleingänge. Die allgemeinen Lebenshaltungskosten stiegen auf diese Weise beträchtlich. Obwohl sie im Augenblick eine kleine Atempause hatten, fühlte sich Eleanor wie ein Patient, der nur noch mit Anstrengung atmete. Noch immer war keine Antwort auf die Frage gefunden, was im nächsten Frühjahr angepflanzt werden sollte, um die zwanzigtausend Dollar zahlen zu können, die im nächsten Herbst bei der Bank fällig waren.

Diese Unsicherheit belastete sie bei aller inneren Entschlossenheit zum Durchstehen zuweilen in nur noch schwer erträglicher Weise. Ihre oder vielmehr Kesters Freunde suchten sie immer wieder aufzuheitern; sie meinten, man könne schließlich nicht immer unter einem Bahrtuch leben. Es war wahr: Ihre Heiterkeit, soweit überhaupt davon gesprochen werden konnte, hatte einen hysterischen Zug bekommen; sie glich insoweit einer der belagerten Städte in Übersee. Kester meinte, Tanzen sei weniger nervenzerrüttend als das ständige ruhelose Auf- und Abschreiten, das sie sich angewöhnt hatte. Und Eleanor gab schließlich nach. Sie aßen bei den Sheramys zu Abend und gingen mit Violet Purcell zu einem Picknick. Sie besuchten eines Sonntagabends auch die drei Durhammädchen und nahmen hier ein ziemlich trauriges Mahl ein. Die alten Damen hatten gewohnheitsmäßig ein Gedeck mehr für ihre Schwester Kate aufgelegt, die vor vierzig Jahren durchgebrannt war, ihren ehrbaren Eltern und aller Schicklichkeit zum Trotz. Dieses traurige Geschehen hatte die Schwestern so betrübt, daß sie ihrer Lebtage nicht damit fertigwurden. Einer sonderbaren Gefühlsregung folgend, taten sie nun seit Jahren so, als sei das Ereignis gar nicht wirklich.

Kesters Cousine Sylvia kam, um ihnen Eintrittskarten für eine Ballveranstaltung zu verkaufen, die der Jagdklub in der Stadt inszenierte, und zwar zum Nutzen der jüngst ins Leben gerufenen Bewegung *Kauf-einen-Ballen*. Dieser Gründung lag der Gedanke zugrunde, den gespannten Baumwollmarkt dadurch zu entlasten, daß jeder, der etwas Geld übrig hatte, veranlaßt werden sollte, einen Ballen Baumwolle zum Standardpreis von 50 Dollar zu erwerben. »Das ist eine höchst ehrenwerte Sache«, erklärte Sylvia, »und niemand wird dabei einen Penny verlieren, denn die Makler meinen, daß der Baumwollpreis gleich nach dem Krieg auf zwölf Cents ansteigen wird. Jeder, der seinen Ballen behält, wird also am Ende zehn Dollar daran verdienen.«

»Oh«, sagte Eleanor, »wirklich?«

»Ja, ganz gewiß!« Cousine Sylvia flatterte durch das Wohnzimmer. »Habt ihr schon euren Ballen gekauft?« fragte sie.

Eleanor knirschte; sie wußte nicht, was sie sagen sollte.

»Ich glaube, wir haben schon Baumwolle genug liegen, Sylvia«, sagte Kester, ein böses Lachen verbeißend.

»Aber liebster Kester, es geht doch um das Prinzip der Sache!« beharrte die Cousine.

»Leider könne wir uns keine Prinzipien leisten«, sagte Eleanor.

»Aber Eleanor, so etwas darfst du nicht sagen!« Sylvia war nicht zu erschüttern. »Präsident Wilson hat einen Ballen gekauft, obgleich er ihn sicherlich nicht braucht. Alle möglichen Leute haben Ballen gekauft; sie legen sie auf ihre Hinterveranden.«

»Es ist unglaublich«, knurrte Kester. »Da erbetteln diese Leute ihre Almosen ausgerechnet bei den Leuten, die die eigentlichen Opfer dieser Zustände sind!«

»Und viele der führendsten Kaufleute von New Orleans und anderswo haben Ballen gekauft«, fuhr Sylvia unerschüttert fort. »Sie legen sie vor ihre Häuser auf den Bürgersteig, mit einem Schild versehen, auf dem steht: ›Erworben von der Gesellschaft Soundso. Haben Sie schon Ihren Ballen gekauft?‹«

»Wenn ich nur wüßte, worauf das Ganze eigentlich hinaus soll?« sagte Eleanor. »Das ist doch einfach idiotisch. Die Baumwolle bleibt ja auf diese Weise immer noch in Amerika und verkommt völlig sinnlos, ohne daß der Markt davon im geringsten berührt wird.«

»Oh, Eleanor, du verstehst das nicht.« Sylvia öffnete ihre Handtasche und holte eine Handvoll Knöpfe heraus. »Wir geben für jeden gekauften Ballen einen solchen Knopf«, sagte sie. »Sie werden an den Kleidern der Damen und an den Rockaufschlägen der Herren getragen. Sieh her, es steht darauf eingeprägt: ›Ich habe einen Ballen Baumwolle gekauft. Haben sie auch schon einen?‹«

Zitternd vor unterdrückter Heiterkeit ergriff Kester einen Knopf. »Ich sehe«, rief er aus, »in der Tat, ausgezeichnet! Hör zu, Sylvia, ich verspreche dir, einen Ballen von irgend jemand zu kaufen, wenn du einen von mir kaufst.«

Sylvia ließ ein kleines glucksendes Lachen hören. »Ach Kester«, sagte sie, »du weißt doch, ich habe kaum genug, um zu leben. – Mein armer Konrad«, fuhr sie, zu Eleanor gewandt, fort, »war trotz all seiner vornehmen Charaktereigenschaften kein guter Geschäftsmann. Darum widme ich alles, was ich habe, meine Kraft und meine Zeit, dieser Sache. Es ist alles, was ich zu geben habe.« Es sei ihr immer schon klar gewesen, sagte sie, daß es nicht gut sei, seine ganze Zuversicht auf ein bestimmtes Warenerzeugnis zu setzen; das müsse ganz zwangsläufig zu bösen Enttäuschungen führen. – Da niemand die Gute je zuvor so oder ähnlich reden gehört hatte, zeigte sich Kester fortgesetzt innerlich erheitert und Eleanor verwirrt.

Cousine Sylvia sagte, nachdem sie einige Male vergeblich in ihre Handtasche gegriffen hatte, sie habe beim Aussteigen aus dem Kutschwagen offenbar ihr Taschentuch verloren; ob der liebe Kester nicht freundlicherweise nachschauen wolle. Der liebe Kester ging, und als er fort war, beschwor Cousine Sylvia Eleanor mit vertraulich gedämpfter Stimme, sich doch ja in diesen schrecklichen Tagen sehr, sehr heiter zu zeigen. »Und mach nicht immer so pessimistische Bemerkungen, mein liebes Mädchen«, fuhr sie fort. »Jeder Mann will bei seiner Frau Trost, Frohsinn und Erholung finden. Glaube mir, Kind, ich weiß in diesen Dingen Bescheid.«

Eleanor war versucht, das Geschöpf zu schlagen, sie barst fast vor Zorn, und wurde nur durch Kesters Wiedererscheinen daran verhindert, ihrer Wut die Zügel schießen zu lassen. Kester hatte kein Taschentuch gefunden, und der bedauerliche Irrtum klärte sich auch gleich darauf auf: Sylvia fand das Tüchlein in ihrem Beutel. Wie dumm von ihr, zu denken, sie hätte es fallen lassen! Nun, wenn Kester und Eleanor heute durchaus keinen Ballen kaufen wollten, so würden sie doch wenigstens Eintrittskarten für den Baumwoll-Ball nehmen? Kester seufzte und kaufte die Billetts.

»Mußtest du das tun?« fragte Eleanor, als Cousine Sylvia gegangen war.

Kester sank in einen Sessel und begann zu lachen. »Nein«, versetzte er, »gewiß nicht. Ich kaufte sie, weil ich es wollte. Ist sie nicht ein großartiges Geschöpf? Als ich sie zum ersten Mal in meinem Leben sah, wurde ich die Treppe hinaufgeschickt, weil ich laut über sie gelacht hatte.«

»Sie ist eine Närrin!« rief Eleanor. Aber sie schien selber ein wenig amüsiert. »Sie hat dich hinausgeschickt, um mir einige Ratschläge zu geben, wie man sich als glücklich verheiratete Ehefrau zu benehmen hat.«

»Sieh an. Etwas Ähnliches hab' ich mir doch gedacht. Sylvia war zwölf Jahre mit Vetter Konrad verheiratet. Er war ein großartiger Junge und ertrug das Wesen Sylvias, indem er sich mit einer soliden Mischung von christlicher Standhaftigkeit und gutem Whisky wappnete. Schließlich kam es dann leider doch dahin, daß er sich völlig dem Trunk ergab.«

»Und nun erzählt sie also allen Leuten...«

Kester kicherte. »Das kennst du ja. Schließlich hat der Gute dann doch das Zeitliche gesegnet. Sie betrauert ihn aufopfernd. Sie hat ihn verbrennen lassen und bewahrt seine Asche in ihrem Schlafzimmer auf, um ihn nach wie vor bei Tag und Nacht verehren zu können.«

»Empörend!« schnaufte Eleanor.

»Sieh dich immerhin vor«, grinste Kester, »falls du sie einmal besuchen solltest. Sie nimmt dich unfehlbar mit hinauf, damit du dich vor ihrem Ankleidespiegel zurechtmachen kannst. Die Asche befindet sich in einem Krug dicht bei dem Spiegel, und es möchte geschehen, daß du die Behältnisse verwechselst und dein Gesicht mit Konrad puderst.«

Ach, ihr war gar nicht so zumute, aber sie mußte lachen. Sie ärgerte sich, daß er die Ball-Billetts gekauft hatte, denn sie fand, daß es töricht und nicht zu verantworten sei, in ihrer Situation auf solche Weise Geld hinauszuwerfen. Aber andererseits tanzte sie gern, und sie gab Kester schließlich recht, wenn er meinte, daß sie wieder einmal eine Abwechslung brauchen könne. Als dann der Abend herankam und sie sich umkleiden mußte, war sie ganz zufrieden. Sie fuhren gemeinsam zum Jagdklub, und hier war es, wo sie Isabel Valcour trafen.

Schon seit einer Woche war überall in ihrem Bekanntenkreis unausgesetzt über Isabel Valcour gesprochen worden, und Eleanor war deshalb ein wenig neugierig, ihre Bekanntschaft zu machen. Isabel war in Dalroy aufgewachsen, aber sie hatte vor sieben Jahren einen Deutschen geheiratet, einen sehr reichen Deutschen, wie man allgemein sagte, und hatte seitdem im Ausland gelebt. Wahrscheinlich hatte sie gar nicht mehr an Amerika gedacht, bis sie vor dem Krieg fliehen mußte.

Am Nachmittag vor dem Ballabend erschien Violet Purcell auf Ardeith, um eine Tasse Kaffee mit Eleanor zu trinken. Sie erzählte, daß sie gerade von Isabel komme, die in dem alten Haus ihres verstorbenen Vaters auf der Hauptstraße am Strom eingezogen sei. »Äußerst aufregend, meine Liebe!« sagte Violet. »Kosmopolitisch sozusagen, tadellos aussehend, besser als jemals zuvor, gekleidet nach einer Mode, die möglicherweise im kommenden Jahr hier aufkommen mag. Auf welche Weise sie gedenkt, ihre Zeit zuzubringen, bis der Krieg einmal zu Ende ist – ich weiß es nicht!«

»Wo ist denn ihr Mann?« fragte Eleanor. »Bei der Armee?«

»O nein. Im Himmel. Sie ist anscheinend schon seit drei Jahren Witwe und hat seitdem die jeweilige Saison von Norwegen bis Schottland, von Monte Carlo bis Paris und wer weiß wo noch mitgemacht. Ich hätte nie gedacht, jemals in die Verlegenheit zu kommen, die Odyssee dieser internationalen Millionäre beschreiben zu müssen. Und nun also sitzt sie in Dalroy, Louisiana. Stell dir das vor!«

Eleanor meinte, diese Isabel müsse danach mindestens eine sehr interessante Person sein, und fragte, ob sie auch den *Kauf-einen-Ballen*-Ball besuchen werde. Violet wußte es nicht. Sie hatte Isabel verlassen, weil Klara Sheramy zu Besuch gekommen war, und obwohl

Klara zweifellos ein ›süßes kleines Ding‹ war, so zwang ihre Dummheit doch zur Einhaltung gewisser Grenzen.

Eleanors Neugier war geweckt. Sie fragte Kester, während sie zum Jagdklub fuhren, ob er sich noch an Isabel erinnere. »O ja«, antwortete Kester, »ich habe sie ja von Kind auf gekannt.«

»Ist sie wirklich so hübsch, wie die Leute sagen?« fragte Eleanor.

»Das könnte ich mir denken. Aber ich kann noch nichts dazu sagen, denn ich habe sie nach ihrer Rückkehr noch nicht gesehen.«

»Wird sie heute abend dasein?«

Kester hatte sich nicht erkundigt, nahm aber an, daß sie kommen würde. Da zweifellos jedermann hinginge, wäre es eine gute Chance für Isabel, all ihre alten Bekannten zu treffen.

Kalte Herbstnebel hingen in der Luft; um so angenehmer war es im Klubhaus. Alle Räume waren dicht besetzt. Als Kester und Eleanor anlangten, wurde gerade ein Foxtrott getanzt. Bob Purcell kam auf sie zu und sagte, daß er auf Eleanor gewartet habe, damit sie mit ihm tanze. Auf Eleanors Protest, sie habe noch niemals einen Foxtrott versucht, meinte er, da sei gar keine Schwierigkeit; nach all den atemberaubenden Umarmungen und Hüpfereien der vergangenen Saison bilde der Foxtrott einen durchaus annehmbaren Zeitvertreib. Eleanor lachte, winkte Kester temperamentvoll zu und ließ sich von Bob auf die Tanzfläche ziehen. Bob tanzte ausgezeichnet, und es ging sehr viel leichter, als sie gefürchtet hatte. Sie dachte nicht mehr an Isabel, bis sie sie sah.

Es war dies in einer längeren Tanzpause. Bob Purcell geleitete sie zu einer Gruppe, die rund um den Punchtisch versammelt war. Hier glitzerte ein kleiner Champagnersee in der Höhle eines Berges von Ananaseis. Eleanor gewahrte, als sie näher kamen, im Mittelpunkt der Gruppe eine schlanke, blonde Frau in einem seegrünen Kleid, die, ein Glas in der Hand, dastand und Fragen beantwortete. Violet, die auch in der Nähe stand, ergriff Eleanors Hand und zog sie heran. Die Fremde unterbrach ihr Geplauder und sah Eleanor aus großen haselnußbraunen Augen an. Eleanor dachte sogleich, dies müsse Isabel Valcour sein. Wenn sie mich doch nicht so anstarren wollte! dachte sie.

Isabel schien nicht nur die schönste Frau hier im Saal, sondern die schönste Frau im ganzen Staat Louisiana. Unzweifelhaft entstammte sie einem guten, vermögenden Haus, aber das war es nicht, es ging etwas Besonderes, Einmaliges und Unwiederholbares von ihr aus; körperlich erschien sie als das Urbild der Sinnlichkeit; gleichzeitig wirkte sie wie die späte Blüte einer hochentwickelten Zivilisation. Sie schien geschaffen, unter reichen Leuten zu leben, und erweckte doch gleichzeitig den Eindruck, als bewege sie sich ausschließlich im Inneren eines von ihr selbst gezogenen Kreises. Sie war nicht sehr groß, aber ihre Figur schien eigens zu dem höchst irdischen Zweck geschaffen, elegante Kleider vorteilhaft zu tragen. Ihr bis auf einen ›Wasserfall‹ in der Hüftgegend eng anliegendes seegrünes Kleid bildete eine wundervolle Umrahmung für ihre blendendweißen Schultern und die vollkommene Linie ihres Halses. Ihr Haar schimmerte in einem seltenen Goldton; es umrahmte in gefälligen Wellen das klassische Oval ihres Kopfes. Zu dem feingeschnittenen, ebenmäßigen Gesicht stand das fast herausfordernde Lächeln, das um ihre Lippen spielte, in einem sonderbaren Mißverhältnis.

Man hätte Eleanor nicht sagen müssen, daß diese Frau aus fremden, fernen Bereichen in diese Stadt am Mississippiufer verschlagen worden sei; sie hätte es sogleich gesehen. Sie erschien ganz und gar als Ausländerin, verloren in ihrer gegenwärtigen Situation und doch schon so weit Herrin der Lage, um sie mit gelassener Heiterkeit zu betrachten. Sie tat Eleanor plötzlich leid; schien der europäische Krieg doch augenscheinlich das erste Ereignis, das diese Frau unvorbereitet gefunden hatte. Gleichzeitig sah sie sich dankbar daran gemahnt, daß auch das Leben anderer Menschen durch den plötzlichen Bruch der bisherigen Weltordnung empfindlich in Mitleidenschaft gezogen und aus der Bahn geworfen wurde.

Sie mußte Isabel nur für einen kurzen Augenblick angesehen haben, denn sie hörte jetzt Violet sagen:

»Wir haben eben einiges über die Schrecken des Krieges aus erster Hand gehört. Entschuldigt bitte, ihr kennt euch wohl noch nicht: Mrs. Larne – Mrs. Isabel – wie war doch Ihr Name?«

»Schimmelpfeng«, sagte Isabel mit einem undurchsichtigen Lächeln.

»Also«, sagte Violet, zu Eleanor gewandt, »du hast es gehört.«

Eleanor lachte: »Ja, aber – vergeben Sie mir – ich kann es nicht aussprechen.«

»Oh«, Isabels Stimme war süß wie ihr Gesicht, »beunruhigen Sie sich deswegen nicht. Ich habe auch über einen Monat gebraucht, um meinen eigenen Namen richtig aussprechen zu können. Sie sind Mrs. Kester Larne?«

»Ja.«

»Ich erinnere mich gut an Kester. Ist er hier heute abend?«

»Ja, er ist irgendwo. Aber lassen Sie sich nicht unterbrechen. Sie sprachen über den Krieg?«

Isabel zuckte die Achseln, als hätte sie gar nichts dagegen, das Gespräch über diesen Gegenstand abzubrechen. Aber Klara Sheramy zwitscherte:

»Sie hat uns von den Abenteuern erzählt, die sie bestehen mußte, um aus Europa herauszukommen. Es war schrecklich spannend. Bitte, fahre fort, Isabel.«

Isabel gab nach. »Ja, es war wirklich entsetzlich«, sagte sie. »Ganz Europa scheint mit galvanischem Strom geladen, das ist die einzige Bezeichnung, die mir einigermaßen passend erscheint. Du erwachst eines Morgens und stellst fest, daß jedes Dorf sich in ein Mobilisationszentrum verwandelt hat. Überall kleben leuchtend rosa Plakate, auf denen der Krieg und die ersten Kriegsverordnungen proklamiert werden.«

Eleanor nahm ein Glas Punsch, das Bob Purcell ihr reichte. »Sprich weiter, Isabel«, sagte Bob, »wo warst du? In Deutschland?«

»Nein, in Italien, Gott sei Dank! Wäre ich in Deutschland gewesen, dann wäre ich vermutlich immer noch dort. Italien war praktisch neutral, und trotzdem ist es fast ebenso schlimm dort, wie in anderen Ländern. Die Straßen waren voller Fremder, die zur Armee einberufen worden waren. Sie sagten sich lachend ›Auf Wiedersehen!‹ und versprachen, wieder zusammenzukommen, sobald der Krieg vorüber wäre.«

»Wie gut, daß du selber neutral warst«, rief Klara aus.

Isabel lachte: »Aber ich war doch gar nicht neutral, liebes Kind. Legal bin ich ja Deutsche.«

»Ach! Bist du das wirklich?« fragte Klara verblüfft.

»Natürlich ist sie es«, versicherte Violet.

Isabel hielt ihr Glas hin: »Würde jemand so freundlich sein? Ich habe keinen Champagnerpunsch mehr getrunken, seit ich das letzte Mal auf einem Ball in Vicksburg war.«

Bei der Vorstellung, Isabel auf einem Ball in Vicksburg zu sehen, hätte Eleanor beinahe gekichert. Aber sie erinnerte sich rechtzeitig, daß die Isabel jener Tage ja noch nicht die Isabel von heute war. Drei Herren sprangen gleichzeitig herbei, um das Glas wieder zu füllen. Isabel lächelte sie dankbar an.

»Ich fuhr nach Rom«, fuhr sie in ihrer Erzählung fort, »und begann ebenso wie alle anderen das amerikanische Konsulat zu stürmen. Da waren plötzliche Hunderte von Amerikanern, die ihre Sehnsucht nach Apfelpasteten oder nach dem Mount Vernon entdeckten und die bereit waren, alles, was sie besaßen, für eine Koje in irgendeinem nach dem Westen fahrenden Schiff herzugeben. Ihr wißt, wie amerikanische Reisende in diesen Ländern sonst geschätzt werden, die Leute machen tiefe Verbeugungen und halten die ausgestreckte Hand hin. So waren wir es gewöhnt, und plötzlich sahen wir uns so tief gesunken, daß wir uns bald wie ein öffentliches Ärgernis vorkamen.«

Sie spricht gut, dachte Eleanor. Ich will wetten, daß sie mit diesem Haar und dieser Figur keine großen Sorgen auszustehen hatte.

Isabels nächste Äußerung erschien wie eine Antwort auf diesen Gedankengang: »Gerade als ich dachte, ich müßte entweder in Rom bleiben oder gar nach Deutschland zurückfahren, um für die Dauer des Krieges dort zu bleiben, traf ich auf dem Konsulat einen reizenden Herrn, der gleich mir in Louisiana geboren war, in Baton Rouge. Wahrhaftig, niemand konnte mir gelegener kommen. Ich hatte fast vergessen, wie Louisiana aussah, aber ich erinnerte mich dann sofort: an die Krebsvorspeisen, die Flußboote, an Baumwolle und Zuckerrohr, an Uferdämme und Maisbrot, und ich konnte plötzlich darüber sprechen, als ob ich mich niemals eine Meile vom Strom entfernt hätte.«

Eleanor mußte, als sie die Geschichte dieser erstaunlichen Verwandlung hörte, unwillkürlich lachen. Isabels Augen trafen die ihren; sie schien zunächst etwas überrascht, aber dann lachte sie auch. »Lachen Sie nur«, sagte sie, »ich habe selber gelacht.« Und dann fuhr sie fort zu erzählen:

»Wir wurden recht gute Freunde. Er hatte schon ein Schiffsbillett, mußte aber noch in Rom bleiben, weil seine Firma ihm gekabelt hatte, er möchte noch abwarten. So kam ich heraus und konnte auch mein Gepäck mitnehmen.«

»Und wo hast du deine restlichen Sachen?« fragte Klara.

»In Berlin, Liebling. Möchtest du versuchen, sie zu holen?«

Hinter Isabel rief eine Stimme: »Hallo, da seid ihr ja alle!«

Es war Kester, der sich mit seinem alten jungenhaften Lachen der Gesellschaft näherte. Eleanor fragte sich, da sie ihn erblickte, wie es wohl käme, daß Kester immer und jederzeit aussähe wie die glückliche Jugend, ganz gleichgültig, was ihn bedrückte oder welche Umstände ihm zu schaffen machten. Und obgleich sie es nicht begriff, war sie doch stolz auf ihn.

»Kann ein Mann hier einen Drink haben?« fragte Kester. »Bob, du hast eine Abhandlung über Lepra bei mir zu Hause liegenlassen. Ja, um Himmels willen – Isabel Valcour!«

Sie bildeten eine Gasse für ihn. Isabel drehte den Stiel ihres Glases in der Hand und sah zu ihm auf: »Hallo, Kester!«

»Großartig, dich zu sehen!« Er maß sie mit einem bewundernden Blick.

»Aber das ist nicht Berlin. Das ist Paris. Oder irre ich mich?«

»Nein. Natürlich Paris.« Sie betrachtete ihn lächelnd. »Nun sage nur nicht auch, ich hätte mich nicht verändert.«

»Natürlich hast du dich verändert«, sagte Kester.

»Die sieben Jahre, die ich fort war?«

»Nein. Die Welt!«

»Du hast dich nicht verändert«, sagte Isabel.

Kester nahm dem Kellner seinen Drink ab. Anstatt auf ihre letzte Feststellung einzugehen, fragte er: »Wie bist du herausgekommen?«

»Isabel hat es uns eben erzählt«, zwitscherte Klara. »Sie wußte erst nicht, wie sie es anfangen sollte und war schon ganz verzweifelt. Aber dann war da ein Mann, der sie wundervoll fand.«

»Aber Isabel«, lachte Kester, »wie ist es möglich, daß du dich an einem Ort aufhieltest, wo nur ein Mann war?«

»Benimm dich deinem Alter entsprechend!« sagte Isabel.

Das Orchester begann wieder zu spielen. Nachdem sie zahllosen Männern einen Tanz versprochen hatte, schritt Isabel mit Neal Sheramy davon. Eleanor sah sie nicht mehr, bis zum Essen gebeten wurde. Da erblickte sie sie, schon wieder von einer Gruppe umgeben, ihren Teller auf den Knien und Fragen beantwortend. Aber sie sah aus, als langweile es sie mittlerweile, so im Mittelpunkt des Interesses zu stehen. Eleanor begriff das, denn die Fragen, die da gestellt wurden, waren durchweg dumm und töricht.

»Isabel, warum sind die Deutschen durch Belgien marschiert?«

»Um nach Frankreich zu kommen.«

»Aber warum mußten sie durch Belgien gehen?«

»Weil es auf dem Weg liegt. Schau auf die Landkarte.«

»Aber die Franzosen haben doch nicht versucht, durchzugehen.«

»Nein. Die Deutschen waren schneller.«

»Warum haben sie Louvain verbrannt?«

»Ich weiß es nicht.«

»Aber findest du nicht auch, daß das schrecklich war?«
»Doch, das wird es gewesen sein.«
»Hast du den Kaiser schon mal gesehen?«
»O ja, ich habe ihn gesehen.«
»Wo?«
»Bei der Parade.«
»Hat er wirklich einen verkrüppelten Arm?«
»Ich habe es nicht bemerkt.«
»Ist es wahr, daß Belgien heimlich mit England alliiert ist?«
»Ich weiß es nicht.«
»Aber die Zeitungen schreiben, Graf Bernstorff forderte...«
»Mag sein, daß es so ist.«
»Was denkst du über die Greuelgeschichten, die man erzählt?«
»Unsinn!«
»Du meinst, die Deutschen würden so etwas nicht tun?«
»Nein, solche Dinge, das weiß ich, würden sie nicht tun.«
»Aber die Zeitungen schreiben es doch – warum glaubst du es nicht?«
»Ich verstehe nichts von der Kriegsführung, aber ich kann mir nicht vorstellen, daß Soldaten, die sich auf dem Vormarsch befinden, Zeit haben, sich zu betrinken und nackte Frauen durch die Straßen zu schleifen.«
»Mhm! Mag sein. Aber das alles klingt so entsetzlich. Du bist für Deutschland, nicht wahr?«
Eleanor unterbrach: »Warum sollte sie nicht für Deutschland sein? Wir sind hier in einem neutralen Land.«
Isabel sandte ihr einen erstaunten Blick. »Danke, Mrs. Larne«, sagte sie nach einem Augenblick. »Dieses Land ist so neutral«, fügte sie gleich darauf hinzu, »daß die Speisekarten in sämtlichen Restaurants nur in Englisch geschrieben sind, offenbar weil niemand Gerichte mit französischen, deutschen oder russischen Bezeichnungen bestellen will.«
Es wurde gelacht. Kester, in der offensichtlichen Absicht, Isabel von der sinnlosen Ausfragerei zu erlösen, fragte: »Hast du schon bemerkt, daß England eine neue Steuer auf Tee gelegt hat?«
Aber Cousine Sylvias Neugier war noch nicht befriedigt. Sie schaltete sich wieder ein: »Was meinst du, Isabel: War England berechtigt, in den Krieg einzutreten?«
Isabel holte kurz Luft. »Nun hört alle mal zu«, sagte sie, »ich habe seit dem letzten Sommer keine deutsche Zeitung mehr gesehen;

seit einer Woche habe ich überhaupt keine Zeitung mehr in der Hand gehabt; ich weiß gar nichts über den Krieg. Ich bin froh, daß ich den explodierenden Kontinent noch eben verlassen konnte, und ich werde Christoph Columbus in meinem Hausgarten ein Denkmal setzen.«

Sie schien plötzlich innerlich hochgradig erbittert. Vor einer Stunde noch schien sie über ihre Heimkehr nach Louisiana erfreut, jetzt benahm sie sich wie ein verzogenes Kind, dem nicht alles nach Wunsch geht. Eleanor fragte sich verwundert, ob nur die sinnlosen Belästigungen diese Wandlung herbeigeführt haben mochten oder ob unterdessen sonst etwas geschehen sei, was Isabel verwirrte. Kester schaltete sich in seiner charmanten Art ein. »Laßt uns ein paar Schlager singen«, rief er. »Violet, würdest du nach dem Essen etwas spielen?«

Violet stimmte bereitwillig zu, offenbar war sie froh, Isabel auf solche Weise Gelegenheit geben zu können, sich etwas zu erholen. Die ganze Gesellschaft folgte Violet bald darauf zum Klavier, und im Augenblick war der Raum von fröhlichem Lärm erfüllt. Violet wirbelte auf den Tasten, Kellner liefen mit Speisen und Getränken umher; Gruppen von Herren, die keine Lust hatten, sich am Gesang und an John Bunnys komödiantischem Talent zu ergötzen, diskutierten die Baumwollkatastrophe; eine andere Gruppe stritt sich über die wichtige Frage, ob der Pfefferminz-Julap mit oder ohne Rum besser schmecke, und über all dem Geschwätz und Gelächter trillerte das Klavier die Begleitung zu dem Song:

»Die Neutralen vor mir rufen: ›Es lebe der Kaiser!‹
Die Neutralen hinter mir rufen: ›Vive la France!‹«

Eleanor lehnte sich gegen das Klavier und lächelte Kester an. Kester ist die Seele des Festes, dachte sie; ein Fest ohne Kester wäre gar nicht denkbar! Sie hörte durch Musik, Gesang und Gelächter Sylvias stimme:

»... aber ich fühle, daß es meine Pflicht ist, dich zu warnen, Isabel: Die meisten Menschen in diesem Land sind nach der belgischen Affäre sehr empört über die Deutschen ...«

»Oh, hör auf, Sylvia! Um Himmels willen, hör auf!«

»Isabel!« rief Sylvia erbittert. Sie wandte ihr beleidigt den Rücken und rauschte davon. Isabel sah ihr erleichtert nach. Eleanor fing ihren Blick auf und lächelte:

»Nehmen Sie es ihr nicht übel«, sagte sie, »sie ist eine Gans!«

Isabel lächelte, aber man merkte diesem Lächeln noch immer ihre

Erbitterung an. »Deshalb bin ich nun in ›Gottes eigenes Land‹ zurückgekommen«, seufzte sie. Sie machte eine Bewegung, als wolle sie alles wegwischen, was sie belästigte. »Wie lange sind Sie mit Kester verheiratet?« fragte sie.

»Im letzten Mai zwei Jahre.«

»Oh! Und haben Sie Kinder?«

»Ja, ein kleines Mädchen. Sie hatte letzte Woche ihren ersten Geburtstag.«

»Wie reizend«, sagte Isabel.

»Besuchen Sie uns und sehen Sie sich Cornelia an«, sagte Eleanor. »Ich verspreche Ihnen, daß wir Sie nicht über die belgischen Greueltaten ausfragen werden.«

»O gewiß, danke sehr«, sagte Isabel.

Violet zog sie auf den Klavierstuhl herunter. »Isabel, spiel für uns«, rief sie. »Du hast immer viel besser gespielt als ich.«

»Habt ihr in Europa neue Kriegslieder, die wir hier drüben noch nicht gehört haben?« fragte Klara.

Isabel maß sie mit einem bösen Blick, aber Kester schaltete sich ein und vermittelte mit einer so gelassenen Selbstverständlichkeit, als ob er hier der Hausherr und für die gute Stimmung der Gesellschaft verantwortlich wäre. »Spiel ein Kriegslied, Isabel!«

Isabel zuckte die Achseln, lächelte aber nach einem Augenblick des Zögerns gehorsam, ganz so, als ob sie soeben ihr Temperament wiederentdeckt hätte. Sie sang ein britisches Rekrutenlied, das begann:

»Where will you look, sonny, where will you look
When your children yet to be
Clamor to learn of the part you took
In the war that kept men free?«

Von dem Song ging sie dann zu Schlagermelodien über, erzählte, daß sie den Schloßtanz in Paris gesehen habe, und unterhielt die ganze Gesellschaft plaudernd und spielend mit dem Klavier, bis alle schließlich in den Ballsaal zurückkehrten. Eleanor sah sie nicht mehr, aber auf dem Rückweg äußerte sie zu Kester, daß sie Isabel gut leiden möchte.

»Sie hatte ziemlich viel auszustehen heute abend«, sagte sie.

»Das hatte sie gewiß«, antwortete Kester. »Ich habe mich über deine Bemerkung gefreut, es sei ganz natürlich, daß sie für Deutschland sei. Ob sie nun in Wirklichkeit dafür ist oder nicht, es war auf jeden Fall eine vernünftige Feststellung.«

»Ich denke, sie ist dafür. Schließlich ist ihr Mann ja ein Deutscher.« Kester ließ ein vergnügtes Lachen hören. »Wo deine Schätze sind, mein liebes Mädchen, da wird dein Herz auch sein!« trällerte er.

»War ihr Mann wirklich so ungeheuer reich?«

»Kolossal!« bemerkte Kester trocken.

»Sylvia war heute noch eine größere Plage als sonst«, seufzte Eleanor.

»Ja«, grinste Kester erheitert, »sie hat eine ganze Sammlung fleckenloser Ahnen, aber nichtsdestoweniger ist sie genau das, was ich *›arm weiß Pack‹* nennen würde.«

Eleanor lachte. »Ich bin nie ganz sicher, was diese Redensart eigentlich bedeutet«, sagte sie.

»Ja, wie soll man das formulieren?« Er sann einen Augenblick nach. »Ich würde sagen, es sind Menschen, die kein Feingefühl, keinen Takt haben, die nicht wissen, daß manche Dinge Cäsars und manche Dinge Gottes sind.«

Eleanor blickte schweigend auf die Schatten der Bäume, an denen sie vorüberglitten. Sie dachte an Sylvias aufdringliches Geschwätz, an Isabels Verlegenheit und dann an ihre eigene. Ein Krieg, an dem sie keinen Anteil hatten und der sie nichts anging, brachte gleichwohl eine Menge Unannehmlichkeiten mit sich, auch für Leute, die nicht direkt von ihm berührt wurden. Er richtete noch dort, wo er nicht unmittelbar wirkte, Verwüstungen an. Ob das Getanze einiger weniger Patrioten und das Kaufen von Baumwollballen ein Weg war, solcher Verwüstung entgegenzuwirken?

Sie ging schlafen und dachte: Baumwolle. Und sie erwachte und dachte dasselbe. Sie trank Kaffee und schwor sich, während des ganzen Tages nicht über Baumwolle zu sprechen. Kester dagegen schien kein anderes Problem zu kennen, als wie er Cornelia das Wort ›Vater‹ beibringen könnte. Sie freute sich darüber, denn es lenkte sie ab. Kester hatte es sich in den Kopf gesetzt, daß die Kleine das Wort zu ihrem Geburtstag sprechen können sollte, aber nun lag der Geburtstag schon eine Woche zurück, und Cornelia gab noch immer nur unartikulierte Laute von sich. Kester, keineswegs nachgebend, verdoppelte seine Anstrengungen, aber Cornelia schien zu denken, daß alle diese Versuche nur ausgedacht seien, um ihr Spaß zu bereiten; sie krähte und strampelte und beschmierte ihre Bäckchen mit dem Haferbreilöffel.

»Vater«, wiederholte Kester.

»Dschaggel«, lallte Cornelia.

»Vater«, sagte Eleanor.

»Blab«, gluckste Cornelia selig.

»Was meinst du«, sagte Kester, »ob sie vielleicht doch nicht sehr klug ist?«

Eleanor sah auf ihre Uhr. »Ich weiß es nicht. Jedenfalls ist sie aus den Windeln heraus. Übrigens ist die Seife und auch sonst noch alles mögliche für Baby ausgegangen, ich muß deshalb zur Stadt, um einzukaufen. Unterrichte sie derweil ruhig weiter.«

Sie ging trotz des ziemlich trübseligen Wetters guter Laune hinaus. Ein Baby war jedenfalls etwas sehr Schönes. Kester wünschte sich ein zweites, aber Eleanor weigerte sich, an weitere Kinder zu denken, solange sie nicht die Gewißheit hatte, ein Dach über dem Kopf zu haben. Während sie zur Stadt fuhr, wirbelte der Begriff Baumwolle schon wieder in ihrem Kopf herum und folterte sie. Als sie den Drugstore erreichte, regnete es. Klara und Violet saßen an der Sodaquelle vor einem Getränk und klagten über das Wetter.

»Du kannst nicht einmal einwenden: Es ist gut für die Ernte«, sagte Violet, »die Ernte ist herein.«

»Ich bin es so leid, über Baumwolle reden zu hören«, jammerte Klara, »mit Neal ist gar nichts mehr anzufangen.«

Silberwald ist wenigstens nicht bis zum Zusammenbruch in Hypothekenschulden verstrickt, dachte Eleanor, während sie grüßend herankam.

»Ich habe gerade beschlossen, mich nicht mehr darüber zu ärgern«, trotzte Klara und hob das Kinn mit einem Selbstbewußtsein, als hätte sie durch diesen Beschluß die Wiedereröffnung der Börse erzwungen.

Eleanor lehnte die Einladung, einen Soda mitzutrinken, ab. Sie vermochte Klaras niedliches Geschwätz im Augenblick nicht zu ertragen; es zerrte an ihren Nerven. Aber als sie dann zurückfuhr, beneidete sie die junge Frau fast. Es mußte wundervoll sein, einfach bei sich beschließen zu können, sich nicht mehr zu ärgern und auch andere zu der gleichen harmlosen Betrachtungsweise bringen zu können.

Sie stellte den Wagen ab, rannte durch den rieselnden Regen zur Hintertür, riß sie auf und schloß sie so hastig hinter sich, daß ihr Rock dazwischengeriet und entzweiriß. Sie schrie verwirrt und ärgerlich auf und eilte die Treppe hinauf. Ihr Zimmer war kalt. Sie mußte veranlassen, daß zum Abend geheizt wurde. Sie untersuchte den Rock und stellte fest, daß er böse zerrissen war. Die gestopfte Stelle würde sich nicht verbergen lassen. »Ich beginne nun langsam wie ein Almosenempfänger auszusehen«, sagte sie erbittert zu sich selbst, »o mein Gott – Ardeith! Sogar der Verkäufer im Drugstore sah mich an, als wüßte er, daß unsere Rechnung monatelang überfällig ist. Baumwolle – der Krieg – verdammt sei das alles!«

Das Telefon läutete.

Sie hatte gar keine Lust, mit jemand zu sprechen. Die Dienerschaft war unten bei der Arbeit; irgend jemand würde den Hörer schon abnehmen. Aber das Telefon läutete abermals. Sie besah sich den Riß in ihrem Rock und achtete nicht darauf. Es klingelte zum dritten Male. Sie stand unwillig auf und setzte sich auf die Bettkante. So ein Instrument ist hartnäckig; man kann es nicht ignorieren. Sie nahm den Hörer ab und hörte im gleichen Augenblick Kester am unteren Apparat antworten.

»Mr. Larne?« sagte eine weibliche Stimme am anderen Drahtende.

»Ja«, sagte Kester.

»Kester, hier ist Isabel.«

»Oh«, sagte Kester, »ich dachte es fast.«

Eleanor wunderte sich, was Isabel wohl von Kester wollen möchte.

Sie schickte sich eben an, den Hörer wieder aufzulegen, als Isabels nun folgende Worte sie zögern ließen:

»Ist deine Frau – wie heißt sie doch noch?«

»Eleanor.«

»Ach ja. Ist Eleanor in der Nähe?«

»Nein. Sie ist in die Stadt gefahren.«

»Gut. Kester, ich möchte mit dir sprechen.«

»Ja? Also sprich.«

»Nein, verzeih! Ich meine, ich möchte dich sehen. Könntest du herkommen?«

Es entstand eine Pause. »Ja, ich weiß nicht«, sagte Kester dann, »ich möchte lieber nicht.«

Eleanor lauschte. Sie saß auf der Bettkante und hielt den Hörer ans Ohr gepreßt. Sie spürte, wie ihr Herz klopfte.

»O Kester«, rief Isabel über den Draht, »benimm dich nicht wie ein provinzlerischer Puritaner.«

Er lachte. »Ich bin in meinem Leben schon mit allen möglichen Namen belegt worden, aber das Prädikat ist neu. Aber mein liebes, sehr ehrenwertes Mädchen, ich sehe den Grund zu einem solchen Besuch noch nicht ein.«

»Deine Stimme erinnert mich an Louisiana, – wie es damals war. Aber ernsthaft. Lieber, ich möchte dich sehen. Soll ich es dir erklären?«

»Bitte, bitte, wenn es sein muß. Sprich ruhig. Es ist niemand weiter hier.«

Er sprach obenhin, offensichtlich uninteressiert. Vielleicht tut er das absichtlich, dachte Eleanor.

»Höre zu, Kester«, sagte Isabel, »ich bin nicht deinetwegen nach Hause gekommen« – sie lachte nervös –, »aber seit ich nun hier bin – sage mir, Kester, weiß Eleanor etwas über – nun, über uns?«

»Nein«, sagte Kester.

»Danke. Ich zweifelte schon ein wenig. Ihre Haltung in der letzten Nacht – aber ich bin froh; Frauen neigen manchmal dazu, solche Dinge zu übertreiben.«

»Übertreibst du nicht auch?«

»Vielleicht«, sagte Isabel, »kennst du mich nicht?«

»Ich kenne dich in- und auswendig«, sagte Kester.

»Und du lachst über mich?«

»Im Gegenteil: Du tust mir leid. Obwohl die Vorstellung spaßig ist, dich in Tränen ausbrechend vor der Freiheitsstatue zu sehen.«

»Wer sagt dir denn, daß ich vor der Freiheitsstatue in Tränen ausgebrochen bin?«

»Niemand. Aber ich kenne deine Neigung zur Selbstdramatisierung. Du bist ja schon wieder dabei.«

»Wieso?«

»Du spiegelst dich schon wieder und sonnst dich in der Beachtung, die du hier findest.«

»Oh, du tust mir Unrecht«, rief Isabel aus. »Glaube mir nur: Du warst ganz in den Hintergrund getreten und ganz und gar unwichtig geworden. Es ist mir nicht einmal eingefallen, mich zu erkundigen, ob du auf dem Ball in der letzten Nacht sein würdest oder nicht. Ich hatte gehört, daß du verheiratet seiest. Die Mädchen hier haben mir erzählt, was vorgegangen ist. Sie besuchten mich alle, angeblich, um mich willkommen zu heißen, in Wirklichkeit natürlich, um sich zu überzeugen, wie ich aussehe. Aber als ich dich dann plötzlich sah, war ich so selbstbewußt wie ein Schuldmädchen.«

Kester lachte amüsiert: »Das habe ich bemerkt.«

»Du hast mich ja kaum angesehen.«

»Sieben Jahre sind eine lange Zeit«, sagte Kester.

»Als ich dann nach Hause ging, mußte ich über etwas nachdenken, was ich bis dahin kaum überlegt hatte. Ich habe die Absicht, den ganzen Winter über hierzubleiben. Vielleicht sogar, bis der Krieg zu Ende ist. Alles, was ich besitze, liegt in Deutschland fest, und hier in Dalroy habe ich wenigstens das alte Haus. Wenn wir beide nun klug wären, würden wir uns wahrscheinlich meiden. Aber ich glaube, wir können das nicht. Wir könnten es nicht einmal, wenn wir es wollten. Es wird immer wieder vorkommen, daß wir zu den gleichen Leuten eingeladen werden, also werden wir uns immer wieder sehen, es sei denn, daß einer von uns beiden zum Einsiedler wird. Und jetzt möchte ich gern einmal mit dir in Ruhe sprechen, ganz allein, bevor wir uns wieder in irgendeinem fremden Raum vor fremden Menschen begegnen.«

»Hältst du das wirklich für nötig? Ich sagte dir schon: Ich würde es lieber lassen.«

»Du möchtest der Erinnerung lieber aus dem Weg gehen, wie? Ach, ich kenne dich auch, Kester. Aber ich bitte dich: Komm! Es war einmal eine Zeit, da habe ich mich dir gegenüber wie eine Idiotin benommen.«

»Hast du das?«

»Kester, bringst du es wirklich fertig, eine Tür in deiner Erinnerung einfach zuzuschlagen?«

Kester antwortete mit einer leisen, fast gehauchten Stimme; es hörte sich an, als spräche er zwischen zusammengepreßten Lippen unmittelbar in die Muschel hinein; vielleicht war irgend jemand in der Halle, der nicht verstehen sollte, was er sagte: »Isabel, du hast niemals jemand geliebt außer dem Mädchen, das dich aus dem Spiegel heraus ansah. Versuche nicht, mir etwas anderes einreden zu wollen.«

»Du kannst sehr grausam sein, Kester.«

»Bin ich der einzige Mensch, der dir jemals die Wahrheit sagte?«

»Ja. Vielleicht habe ich dich deswegen geliebt. Aber – die ganze Wahrheit ist das nicht. Doch egal! Laß uns zur Gegenwart zurückkehren. Ich glaube beispielsweise ...«

»Ja?«

»Ich glaube – Eleanor – ich mag sie recht gern. Was für eine Art Frau ist sie?«

»Sie ist ohne Zweifel eine großartige Frau. Du würdest sie nicht verstehen.«

»Wer ist sie überhaupt?«

»Sie wohnte in New Orleans. Ihr Name ist Upjohn.«

»Spaßig. Ich habe niemals in New Orleans von Leuten gehört, die Upjohn hießen.«

»Lieber Gott, in einer Stadt solcher Größe müssen auch ein paar Leute wohnen, von denen du noch nichts gehört hast. Isabel, was willst du von mir?«

»Ich hätte gern deinen Rat in verschiedenen Dingen gehabt. Beispielsweise bei einer so komplizierten Frage wie Eleanors Einladung. Sie fragte mich letzte Nacht, ob ich sie nicht einmal in Ardeith besuchen wollte. Soll ich die Einladung nun annehmen, oder soll ich eine höfliche Entschuldigung vorbringen? Und würde sie sich im letzteren Falle nicht unnötig wundern? Eleanor muß sich ja schließlich sagen, daß wir uns früher gekannt haben. Und also wäre es eigentlich ein völlig natürlicher Vorgang, wenn sie mit mir Freundschaft schlösse wie mit Klara und Violet.«

»Ja, was soll ich dazu sagen? Ich habe noch nicht darüber nachgedacht.«

»Kester, eine deiner wundervollsten Eigenschaften ist die, daß du nicht denkst. Das wird dich ewig jung erhalten. Aber ich zweifle nicht, daß sich ein paar Leute finden werden, die gelegentlich erzählen, daß wir früher häufige Tanzpartner waren. Ich meine, wir würden in diesem Winter alle erheblich glücklicher sein, wenn Eleanor bei ihrer Unbefangenheit bliebe und nicht auf den Gedanken käme, es könnte zwischen uns mehr gewesen sein als etwa ein Kuß. Findest du nicht, es wäre vernünftig, wir würden über alle diese Fragen einmal in Ruhe wie ein paar zivilisierte und erwachsene Leute reden?«

»Vielleicht«, sagte Kester, »vielleicht hast du recht. Nur«, fügte er mit etwas erhobener Stimme hinzu, »erinnere dich dann auch daran, daß wir beide – zivilisiert und erwachsen sind.«

»Du wirst also kommen?«

»Wann denn? Etwa jetzt gleich?«

»Ja, Kester, ich bitte dich darum. Sieh, das ist natürlich nicht alles, was ich dir sagen wollte. Ich brauche auch in anderen Fragen deinen Rat. Es sind da eine Menge Unannehmlichkeiten, in denen ich stecke. Vielleicht kannst du nicht nachempfinden, wie es ist, wenn ein Leben plötzlich in zwei Hälften zerschnitten wird. Ich mußte fliehen wie ein gesuchter Verbrecher.«

»Fliehen? Wieso?«

Ihre Stimme klang hilflos: »Sei jetzt nicht so grausam, Kester. Ich brauche dich wirklich. Ich bin so verloren und müde. Ich komme mir vor wie in einem fremden Land. Niemand außer dir würde das verstehen.«

»Ich glaube zu verstehen.«

»Natürlich tust du das. In ganz Dalroy bist du der einzige wirkliche Freund, den ich habe, der einzige Mensch, mit dem ich vernünftig reden kann. Könntest du dich nicht entschließen, mir wenigstens einen einzigen Nachmittag zu widmen? Kester, bitte! Ich brauche dich!«

»Du armes Mädchen!« rief Kester mit etwas gewaltsamer Heiterkeit. »Ist es wirklich so schlimm?«

»Ja, das ist es. Wirst du herüberkommen?«

»Ja. Ich werde kommen. Aber warte – häng noch nicht ein – es muß wirklich bei diesem einem Mal bleiben.«

»Gut, gut, wenn du nur kommst. Ich danke dir, Kester, ich danke dir.«

Eleanor hörte noch das Klicken der beiden Hörer, bevor sie ihren eigenen abhängte. Als sie die Hand zurücknahm, fühlte sie, daß ihre Finger steif waren.

»Und ich war noch liebenswürdig zu dieser Person!« sagte sie laut vor sich hin.

Sie zitterte vor Erregung am ganzen Körper. Das Aufregende war nicht, zufällig auf eine Jugendsünde von Kester gestoßen zu sein. Unglaublich war es, daß diese Isabel schamlos genug war, in den Frieden ihrer Ehe einzubrechen und daß es Kester offenbar gar nicht bewußt war, was er im Begriff war zu tun. ›Könntest du dich nicht entschließen, mir wenigstens einen einzigen Nachmittag zu widmen? Kester, ich brauche dich!‹ Schamloser ging es doch wahrhaftig nicht mehr. Jeder, der nicht völlig mit Blindheit geschlagen war, konnte diese Worte ohne weiteres übersetzen in das, was eigentlich gemeint war: ›Jetzt, wo ich dich wiedergesehen habe, will ich dich auch wieder haben!‹

Sie hörte das Hufgeklapper eines Pferdes in der Allee, ging zum Fenster und sah Kester auf das Parktor zureiten. Es hatte aufgehört zu regnen. Offensichtlich dachte er, sie wäre noch nicht aus der

Stadt zurück, und hatte gar nicht nach dem Auto gesehen. Da ritt er also hin. Überzeugt von seiner Fähigkeit, den Kuchen zu essen und ihn gleichwohl noch zu haben. Nun würde er sich anhören, was für Sorgen die arme Isabel drückten. Sie würde sie ihm schon drastisch genug illustrieren. – Eleanor drehte nervös an der Vorhangschnur herum. Sie gedacht des Abends, da sie Kesters Frage, ob sie ihn heiraten wolle, bejaht hatte. Damals hatte sie ihn gefragt: ›War eines dieser Mädchen – wichtig für dich?‹ Und er hatte geantwortet: ›Da war ein Mädchen, das zeitweilig ziemlich wichtig war. Aber es währte nicht lange. Ich habe sie seit Jahren nicht mehr gesehen.‹ Sie hatte bisher nie wieder an diese Unterredung gedacht. Kester hatte ihr nie einen Grund gegeben, daran zu zweifeln, daß er sie liebte.

Ich habe auch jetzt keinen Grund, redete sie sich selber zu. Was immer zwischen ihm und Isabel gewesen sein mochte – es war vorüber, wenigstens soweit es Kester betraf. Sie rief sich in die Erinnerung zurück, was er am Telefon gesagt hatte. Er war sehr zurückhaltend gewesen. Im Grunde hatte er nichts gesagt, wogegen sie etwas hätte einwenden können. Nur daß er eben Isabels Zudringlichkeit am Ende nachgegeben hatte und zu ihr geritten war. Aber Isabel – Eleanor ballte die Fäuste.

Wir sind sehr verschieden, Isabel und ich, dachte sie. Ganz unmöglich könnte ich zu jemand so sprechen, wie Isabel eben mit Kester geredet hat. Ich kann gehen, wohin ich mag, aber ich kann mich nicht heimlich an jemand anschleichen. Ich bin geradezu und vielleicht manchmal etwas zu schnell mit der Zunge, aber sie ist schlau. Ich glaube, alle Frauen aus Kesters früherer Welt waren ähnlich: klug, sanft, katzenhaft; nie genau heraussagend, was sie wollten, immer hintenherum vortastend, eben schlau, daß die Männer denken mußten, sie handelten aus eigenem Antrieb. Da denke ich nun über diese mir fremde Isabel nach, die den Anschein erweckt, als sei sie Europäerin oder Kosmopolitin geworden. In Wirklichkeit ist sie eine dieser Magnolien, die hierzulande in der alten Südstaatenluft zu gedeihen pflegen und die ihre zähen Stengel unter zarten, weißen Blütenblättern verbergen. Sie ist in dieser Luft aufgewachsen; sieben Jahre Europa haben daran nichts geändert.

Gut, Isabel! Sei so rührend und so hilflos, wie du magst! Aber ich bin Kesters Frau und nicht eine seiner zufälligen Eroberungen! Du würdest gut daran tun, den Kampf mit mir nicht aufzunehmen!

Dann, ganz plötzlich, schämte sie sich der Gewalt ihrer Reaktion. Sie ging quer durch das Zimmer und besah sich im Spiegel. Nimm dich zusammen, Eleanor! befahl sie sich selbst. Du gehörst nicht zu diesen schwächlichen, empfindsamen Geschöpfen, die innerlich so unsicher sind, daß sie bei dem geringfügigsten Anlaß vor Eifersucht zittern und nicht ertragen, daß ihr Mann eine hübsche Frau ansieht. Du vermagst auf dich selber achtzugeben. Kester hat bisher nicht von Isabel gesprochen, weil er es nicht für wichtig hielt. Jetzt, wo sie versucht, eine Wichtigkeit daraus zu machen, wird er es dir sagen. Nur, wenn er einen Nachmittag mit dieser exquisiten Person zugebracht hat und dich dann sieht mit diesem Haar, das aussieht wie ein Rabennest, und mit diesem zerrissenen Rock, dann wird er nicht sehr erfreut sein. Und wird vielleicht nichts sagen.

Eleanor nahm ein Bad und kleidete sich um. Sie flocht sehr sorgfältig ihr Haar; Kester sah sie am liebsten mit einer geflochtenen Krone rund um den Kopf – sie zog ein Kleid aus marineblauem Serge mit einem gestärkten weißen Medicikragen an, der ihren Hals schmeichlerisch umrahmte. Es war dies eines von Kesters Lieblingskleidern, erst im letzten Jahr gekauft, kurz bevor sie entdeckten, daß sie sich dergleichen nicht mehr leisten konnten, und sie trug es in diesem Herbst zum ersten Mal. Sie prüfte ihr Bild im Spiegel und lächelte befriedigt. Das Kleid stand ihr zweifellos ausgezeichnet; es brachte ihre Figur gut zur Geltung.

Das erste Feuer dieses Jahres knisterte im Kamin des Wohnzimmers. Nachdem Eleanor sich mit einem Magazin in der Hand niedergelassen hatte, erschien Dilcy und brachte das Kind; es sah reizend aus in den rosa Spielhöschen, mit den dunkelbraunen Lokken, die das Köpfchen umspielten. Cornelia spielte hingegeben mit zwei Stoffpuppen. Eleanor sah ihr lächelnd zu.

Dann betrachtete sie eine kartographische Darstellung der Kriegsschauplätze in dem Magazin und war eben dabei, Pforzheim und Przemysl zu suchen, als sie das Hufgetrappel des herankommenden Pferdes vernahm. Einen Augenblick später kam Kester, der niemals ging, wenn er rennen konnte, die Treppe des Haupteingangs heraufgestürmt. Sie hörte, wie er einem Jungen zurief, er möge das Pferd in den Stall bringen; gleich darauf stand er im Zimmer. Eleanor sah von der Karte auf.

»Hallo, Liebling, da bist du!« sagte sie.

Kester lachte sie an und sah dann auf das Kind, das mit seinen

Puppen am Fußboden spielte. Cornelia sah auf und sagte, Kester erblickend, klar und deutlich: »Vader!«

Eleanor sprang auf, aber Kester war schneller; er nahm das Kind mit beiden Armen hoch. Fast gleichzeitig riefen sie:

»Hast du gehört? Sei kann sprechen!«

Kester warf Cornelia in die Höhe, bis fast an die Decke, fing sie wieder und lachte schallend vor Freude, während Cornelia kreischte und krähte, ihren Triumph immer wieder durch den Ausruf »Vader! Vader! Vader!« wiederholend. Offenbar kannte sie die Reaktionen ihrer Eltern schon gut genug, um zu begreifen, daß die soeben von ihr vollbrachte Leistung als das hervorragendste Ereignis ihres kleinen Lebens gewertet wurde. Kester lief, das Kind auf dem Arm, zur Tür, öffnete sie und rief hinaus:

»Dilcy, komm her! Hör die kleine Miß! Sie kann sprechen!«

Dilcy kam angerannt, und hinter ihr erschienen Cameo und Mammy und Bessy und schließlich auch noch die übrigen Neger der Hausbedienung, und Cornelia, stolz und von ihrer Wichtigkeit durchdrungen, wiederholte immer wieder ihr glücklich erlerntes Wort. Während sie ihr Abendbrot bekam, standen alle um sie herum und lauschten, ob sie nicht vielleicht noch irgendeine andere Äußerung von sich geben möchte.

Während ihres eigenen Abendessens sprachen Kester und Eleanor von nichts anderem als von den sichtbaren Fortschritten, die das Kind machte. Er habe keine Ahnung gehabt, daß es solchen Spaß machte, Vater zu sein, rief Kester freudig aus, er möchte am liebsten noch fünf weitere Kinder haben.

»Gut«, sagte Eleanor, »aber du wirst dich etwas in Geduld fassen müssen.«

Als Kester ihr später ›Gute Nacht‹ sagte und sie vor dem Spiegel stand, um ihr Haar zu bürsten, fiel ihr ein, daß er den Besuch bei Isabel mit keinem Wort erwähnt hatte. Aber schließlich – wie konnte er? Vielleicht hatte er gewollt, aber als dann Cornelia aufsah und ›Vader‹ sagte, hatte dieses eine Zauberwort alle anderen Dinge aus seinem Kopf gefegt. Ach, es war von vornherein klar, daß Cornelias erstes Wort Vater sein würde; auf keinen Fall wäre es ›Mutter‹ gewesen.

Auch am nächsten Tag verlor Kester kein Wort über Isabel. Er verbrachte den größten Teil des Vormittags damit, Artikel über die Situation auf dem Baumwollmarkt zu lesen, und erzählte Eleanor, daß die Gouverneure der Südstaaten auf einer Konferenz in

Washington beschlossen hätten, die Pflanzer zu veranlassen, wenigstens die Hälfte ihrer Baumwolläcker im nächsten Frühjahr ersatzweise mit Mais und Gemüse zu bepflanzen, um dem Land eine Chance zu geben, zunächst einmal die ungeheuren Baumwollvorräte zu verbrauchen. Im Laufe des Nachmittags rief Neal Sheramy an, und sie verabredeten sich zu einem Kinobesuch. Es war Gelegenheit, die Schauspielerin Pearl White in der Rolle des Mädchens Pauline zu bewundern, welches die Klippen hinabgestürzt wurde, ohne dabei den Hals oder sonst etwas zu brechen. Als sie später allein war, saß Eleanor an ihrem Schreibtisch, trommelte mit den Fingern auf ihrem Hauptbuch herum und sann über Kesters unbegreifliches Verhalten nach. War es möglich, daß sich hinter seiner unbekümmerten Laune kein Gedanke daran verbarg, daß er ihr, seiner Frau, etwas sehr Wesentliches vorenthielt?

Auch während der folgenden zwei Wochen erwähnte Kester Isabel Valcour mit keinem Wort. Und auch Eleanor sagte nichts. Es war das erste Mal in ihrem Leben, daß sie zu einer Angelegenheit schwieg, die sie so nahe anging. Aber ihre Verwirrung begann allmählich alle anderen Gedanken zu überschatten. Sie wußte nicht, ob Kester Isabel noch ein zweites Mal besucht hatte, aber immer, wenn er jetzt allein das Haus verließ, fragte sie sich: Ob er wohl zu ihr geht? Kester bemerkte ihr zerstreutes Wesen, schrieb es aber der Baumwollkrise zu, und war froh, als Bob und Violet Purcell sie zu einer kleinen Party einluden. Sie brauche unbedingt Ablenkung, sagte er; wie solle sie sonst ihren Geist elastisch erhalten?

Eleanor ging zu der Party, aber sie empfand wenig Freude dabei. Isabel war gleichfalls zugegen; sie trug ein schwarzes Kleid von apartem Schnitt, das Eleanor mehr als jemals zuvor bewußt machte, wie schlimm es um ihre eigene Garderobe bestellt war. Die Unterhaltung drehte sich um die alten Zeiten; man sprach von Geburtstagsgesellschaften, von der Sonntagsschule und ähnlichen dingen. »Erinnert ihr euch noch, wie Fräulein Agatha Durham uns die alten Namen aus den Büchern der Bibel aufsagen ließ?« fragte Violet.

»Kester gewann den Preis«, sagte Bob.

»Ja, ich erinnere mich«, lachte Kester. »Es war ein seidenes Buchzeichen mit einem eingestickten Spruch darauf.«

Ich erinnere mich jetzt auch«, sagte Isabel. »Du standest in einem weißen Leinenanzug da, hattest das Haar sehr ordentlich gekämmt und sagtest mit frommem Augenaufschlag die kleinen

Propheten auf« – sie faltete die Hände und verdrehte die zur Decke erhobenen Augen: »Hosea, Joel, Amos, Obadjah, Jona, Micha, Nahum, Habakuk, Zephanja, Haggai, Sacharja, Meleachi.«

»Wie um alles in der Welt kannst du dich daran noch erinnern?« fragte Kester entgeistert.

»Ja«, antwortete sie, »Fräulein Agathas pädagogische Fähigkeit! Oder« – sie lachte – »vielleicht, weil du so süß aussahst.«

Sie lachten alle, und irgend jemand erwähnte die Spiele, die sie auf dem Uferdamm hinter den Baumwollfeldern zu spielen pflegten. Über den einzelnen Bildern, die hervorgekramt wurden, schwebte die zärtliche Heiterkeit, die Erwachsenengesprächen eignet, wenn selige Jugenderinnerungen hervorgeholt werden. Selbst wenn Isabel nicht zugegen gewesen wäre, würde sich Eleanor aus dem Kreis dieser Erinnerungen ausgeschlossen gefühlt haben, weil sie ihre Jugend woanders verbracht hatte. Isabel saß am Klavier. Sie klimperte ein wenig auf den Tasten herum und begann dann eine Melodie zu intonieren. »Erinnert ihr euch? ›*Chickama, chickama, craney crow...*‹«

Auch dieser Abend ging zu Ende. Als sie sich von den anderen verabschiedet hatten, war Kester strahlender Laune. »War das nicht eine wundervolle Party?« fragte er, während sie nach Hause fuhren. »Ich habe nichts, worüber ich mit all diesen Leuten sprechen könnte«, sagte Eleanor.

»Du bist dumm, Mädchen. Sie mögen dich alle gern.«

Eleanor sah auf die Bäume, an denen sie vorüberfuhren, und fragte sich, ob Kesters Freunde sie akzeptiert hatten, weil sie sie mochten oder weil sie Kester mochten. Sie gebot sich selber, nicht zu sehr auf sie zu achten. Als sie nach einiger Zeit Ardeith erreichten, kam sie zu dem Schluß, daß stillschweigendes Vertrauen für jede andere Frau aus Kesters Kreis passen mochte; für sie selber und ihre eigene Natur war es nicht möglich, länger zu schweigen. »Bist du müde?« fragte sie, während sie die Treppen hinaufstiegen.

»Nein. Warum?«

»Komm herein«, sagte Eleanor und öffnete die Tür zu ihrem Zimmer. »Ich möchte dich etwas fragen.«

Kester folgte ihr ins Zimmer und setzte sich. »Du machst ja ein mächtig feierliches Gesicht, Honigkind«, sagte er, während er sich eine Zigarette entzündete, »was hast du für Kummer?«

Honigkind! dachte sie; das hat er lange nicht mehr gesagt. Sie setzte sich auf die Kante des Bettes und sah zu ihm auf.

»Kester, es wäre vielleicht gut, wenn du mir etwas über Isabel Valcour erzählen würdest«, sagte sie.

Er runzelte, offensichtlich verwirrt, die Stirn. Nach kurzem Schweigen sagte er mit gepreßter Stimme:

»Was für einen Unsinn hat man dir da erzählt?«

»Niemand hat mir etwas erzählt«, sagte sie. »Bitte, glaube nicht, daß ich meine privatesten Angelegenheiten mit allen möglichen Leuten bespreche.«

»Nein«, versetzte er, »das könnte ich mir von dir auch nicht vorstellen. Was willst du also, das ich dir sagen soll?«

Eleanor sah auf ihre Hände herab. Sie waren wie alle ihre Glieder mager, hart, voller Muskeln und griffig. Sie hob ihre Augen wieder auf zu ihm.

»Ich bin ziemlich beschämt«, sagte sie offen, »ich hätte dich früher danach fragen sollen. Aber ich dachte, du würdest es mir von selbst sagen. Und ich bin auch für dich beschämt, weil du es nicht tatest. Ihr hattet eine Affäre, du und Isabel, bevor sie verheiratet war, nicht wahr? Und an dem Tage, nachdem wir sie abends im Jagdklub trafen, rief sie dich an, erinnerte dich an die Vergangenheit und bat dich, sie zu besuchen. Und du rittest hin.«

Kester warf seine Zigarette in den Kamin und ließ sein Kinn in die aufgestützte Hand sinken. Er betrachtete sie mit einem Ausdruck befremdeter Überraschung, aber er machte durchaus keinen schuldbewußten Eindruck.

»So«, sagte er, »das wäre also der Grund für dein Verhalten in letzter Zeit.«

»Ja. Allerdings. Meinst du nicht, du hättest es mir sagen müssen?«

»Vielleicht. Aber jetzt hätte ich erst gerne einmal gewußt, welche Art Detektivarbeit du da geleistet hast«, bemerkte er kühl.

»Ich habe euch sprechen hören am Telefon. Hier an diesem Apparat. Das ist alles.«

Er stieß einen bösen Pfiff aus. »So!« sagte er. »Und von dir habe ich geglaubt, du seiest die ehrenhafteste Person, die ich jemals gekannt habe.«

Sie sah ihn entsetzt an. »Guter Gott, Kester, ich habe nicht beabsichtigt zu lauschen. Ich kam zufällig an den Apparat. Und ich wollte einhängen, als ich deine Stimme hörte. Aber als sie dann sagte: ›Ist deine Frau da?‹ – was, im Namen der menschlichen Natur, konnte ich denn da tun?«

»Verzeih!« sagte er. »Ich verstehe. Nein, im Augenblick konntest du da wohl nicht anders handeln. Aber ich wünschte, du hättest mich gleich gefragt, anstatt dir allerlei schreckliche Dinge vorzustellen.«

»Ich dachte, du würdest es mir sagen. Nachdem du es nun bisher nicht tatest – erzähle es mir jetzt. Wie oft hast du sie gesehen, ich meine, allein, und worüber habt ihr gesprochen?«

Er erwiderte, ohne zu zögern: »Ich habe genau drei persönliche Unterredungen mit Isabel gehabt, seitdem sie wieder hier ist. Ich habe dagesessen und zugesehen, wie sie im Zimmer umherlief, und habe zugehört, wie sie sagte, daß sie es nicht aushielte hier, daß sie sich wie in einem Gefängnis vorkäme und daß sie nicht wisse, was sie anfangen solle. Und ich lieh ihr meine Schulter, um sich daran auszuweinen.«

»Aber was, um des Himmels willen, ist denn mit ihr los?«

Kester antwortete so, als müsse er einem dummen Zuhörer eine einfache Tatsache auseinandersetzen: »Eleanor, Isabel befindet sich in der Situation eines ausländischen Reisenden, in dem Haus, in dem sie geboren wurde. Sie möchte ihr amerikanisches Bürgerrecht zurückhaben. Sie muß jetzt lernen, mit Geldern auszukommen, die vor einem Jahr nicht ausgereicht hätten, ihre Hausschuhe zu bezahlen. Rund um sie her ist ihr alles fremd geworden; sie versucht verzweifelt, sich in ein geordnetes Leben hineinzufinden, und weiß nicht, wie sie es anfangen soll. Deshalb ist sie entmutigt und unglücklich.«

»Ja, denkt sie etwa, sie sei der einzige Mensch, dessen Lebensgewohnheiten durch den Krieg über den Haufen geworfen wurden?« fragte Eleanor verächtlich.

Er lächelte etwas dünn: »Ja, Eleanor, das denkt sie. Das denkt sie wirklich. Du kennst Isabel nicht.«

»Nun, du scheinst sie offensichtlich um so besser zu kennen. Wie magst du nur Zeit daran verschwenden, solch einer Närrin die Flausen aus dem Kopf zu treiben?«

»Ich habe versucht, mich ihr gegenüber wie ein Freund zu verhalten, das ist alles. Anscheinend tat es ihr gut, sich mir gegenüber aussprechen zu können.«

»Das bezweifle ich nicht im geringsten. Wenn die Person Rat braucht, warum nimmt sie sich keinen Rechtsanwalt?«

»Ich habe ihr geraten, sich einen zu nehmen. Sie wird es tun.«

»Ich staune!« sagte Eleanor.

Er sah sie ruhig an: »Was willst du damit sagen?«

Sie antwortete mit einer Gegenfrage: »Kester, hast du sie während der drei Besuche, die du ihr machtest, geküßt?«

»Gewiß habe ich sie geküßt«, antwortete er. »An dem ersten Nachmittag, als sie vor meinen Augen weinend zusammenbrach, habe ich sie geküßt, wie ein Onkel sie geküßt haben würde.«

»Ein Onkel!« sagte Eleanor. »Das denkst du! Und sie möchte, daß du es denkst. Du hast ein paar angenehme und vergnügliche Stunden gehabt, während sie dir weinend erzählte, daß sie ohne deinen Rat nicht zu leben vermöchte. Weiter wird sie dir vorerst nichts sagen. Aber sei sicher, sie wird dich wieder da haben wollen, wo sie dich schon einmal hatte.«

Kester nahm sich eine neue Zigarette. »Eleanor, Isabel ist keine Närrin. Sie weiß, daß ich dich liebe.«

»Oh, aber sie ist schlau«, beharrte Eleanor. »Kester, sage mir, wie lange hat sie dir einmal gehört?«

Er zuckte die Achseln: »Ungefähr drei Monate war ich von ihr betört. Das war vor sieben Jahren. Ich habe keinerlei Illusionen über sie. Aber sie war damals das lieblichste Geschöpf, das ich jemals gesehen hatte.«

»Ich vermute, sie ist es noch«, sagte Eleanor.

Er widersprach nicht; er schwieg.

»Aber siehst du denn nicht, daß sie versucht, dich zurückzugewinnen?« sagte Eleanor. »Du bist ein Mann, der auf Frauen wirkt, heute wahrscheinlich mehr noch als damals, da sie dich zuletzt sah. Oh, Kester, wenn eine Frau einen Mann gehen läßt, tut sie es in der Regel in dem Gefühl, ihn jederzeit wiedergewinnen zu können, wenn sie nur will. Solange diese Frau in Europa herumfuhr und alles bekam, was sie wollte, solange ihr überall die Männer zu Füßen lagen, hat sie nicht an dich gedacht. Aber nun, wo sie hier strandete und dich wiedersah, tat es ihr sicher leid, nicht an dir festgehalten zu haben. Nein, sie wird nicht versuchen, dich von mir zu trennen, um dich rechtmäßig gewinnen zu können, dafür ist sie zu schlau, aber ganz gewiß spielt sie mit dem Gedanken, dich überhaupt zurückzugewinnen. Siehst du das denn nicht?«

Bei ihren letzten Worten begann Kester zu lachen. »Liebling«, sagte er, »du hast mehr Fantasie, als ich jemals geahnt habe.«

»Sie bat dich, nur ein einziges Mal zu ihr zu kommen«, sagte Eleanor hartnäckig, »du bist dreimal bei ihr gewesen.«

Offenbar wurde es Kester zu viel. »Oh, Eleanor, wenn du wüßtest, wie unwichtig das alles ist!« rief er aus. »Hör zu! Wenn du wirklich ernsthaft besorgt bist – du hast keinen Grund, es zu sein; ich hätte dir das alles gesagt, wenn ich geahnt hätte, daß du dich darüber grämst – also wenn du trotzdem besorgt bist, werde ich Isabel nicht wiedersehen. Ist es das, was du willst?«

Sie nickte.

»Also gut«, sagte er. Er kam herüber und küßte sie. »Ich werde Isabel nicht wiedersehen, es sei denn, wir begegneten uns in anderen Häusern, wie letzte Nacht.«

»Ich danke dir.« Eleanor nahm seine Hand. »Das ist alles, was ich will.« Sie zog ihn zu sich auf die Bettkante. »Kester, weiß irgend jemand von eurer alten Beziehung vor langer Zeit?«

»Nein.«

»Gott sei Dank! Es macht die Dinge einfacher. Willst du mir nicht erzählen, was damals zwischen euch geschehen ist?«

»Ich kann es kaum, Eleanor, ohne gegen sehr natürliche Kavalierspflichten zu verstoßen.«

»Ach, geh!« sagte Eleanor.

In ihr war ein solches Gefühl der Erleichterung, daß sie sich wieder frohgemut fühlte. Kester gab sich völlig unbekümmert; er dachte nie über den Augenblick hinaus, aber er liebte sie und er würde alles tun, um sie glücklich zu machen. Nicht ohne Beschämung fragte sich Eleanor, warum sie die Dinge nicht früher zu offener Aussprache gebracht habe, anstatt sich die traurigsten vierzehn Tage seit ihrer Heirat zu bereiten.

Siebentes Kapitel

1

Die Valcours waren Franzosen aus Louisiana, Nachkommen einer Ehe, die im Jahre 1794 zwischen der Witwe Gervaise Violet, geborenen Durand aus New Orleans, und Louis Valcour, einem unverheirateten jungen Mann aus derselben Stadt, geschlossen worden war. Nahezu hundert Jahre später wurde einer ihrer Nachkommen, Mr. Pierre Valcour, in schon ziemlich vorgeschrittenen Jahren durch eine goldblonde Schönheit aus Memphis gefesselt, die ihre Hochzeit gerade lange genug überlebte, um ihrem Gatten ein kleines Vermögen zu vererben, das den neuen Glanzzeiten der Baumwolle nach dem Bürgerkrieg entstammte, und dazu eine Tochter, in der die lateinische und die angelsächsische Rasse sich zu einem Wesen von bezauberndem Charme vereinigt hatten. Mr. Valcour war sich nicht im Zweifel darüber, wie er seine beiden Vermächtnisse behandeln sollte. Er machte sich für das Geld ein fröhliches Leben und schickte seine schöne Tochter in ein vornehmes College, damit sie sich auf zukünftige Erfolge vorbereite und sich allgemach in eine wohlerzogene junge Dame verwandele.

Im Alter von achtzehn Jahren bestand Isabel das Abschlußexamen. Sie war schlank und wundervoll gebaut, hatte ein rassig geschnittenes Gesicht, goldenes Haar von einem Meter Länge, große unschuldige Augen und eine süße, einschmeichelnde Stimme.

Aber unter den welligen Massen goldblonden Haares und den samtenen Stirnbändern wohnten bereits allerlei kluge und ehrgeizige Gedanken. Isabel war sich schon sehr früh darüber klar, daß das Leben eines Mädchens entscheidend durch ihre Heirat bestimmt würde. Deshalb hatte sie sehr bewußt alle ihre Talente darauf ausgerichtet, eines Tages eine vorteilhafte Ehe zu schließen. Ihre Erziehung war ihren angeborenen Wünschen und Trieben durchaus entgegengekommen. Sie konnte wundervoll tanzen, verstand, aufmerksam zuzuhören, hübsche Melodien auf dem Klavier zu spielen und sich mit so modischer Extravaganz zu kleiden, daß jeder Mann von ihrem Anblick hingerissen und entzückt war. Ihre

Lehrer hatten ihr Englisch und Französisch beigebracht; sie hatte beide Sprachen mit gleicher Leichtigkeit aufgenommen. Besser wäre es gewesen, sie hätten sie davon überzeugt, daß es wünschenswert wäre, wenigstens eine von beiden Sprachen richtig zu beherrschen. Aber das war weniger der Fehler der Lehrer als Isabels eigener. Isabel verachtete ihre Lehrer heimlich, zumal sie keine Ahnung davon hatten, mit welchen Plänen und Träumen sie sich trug; anderenfalls hätten sie sich wohl nicht darauf kapriziert, ihr alles mögliche Zeug einzutrichtern, als beabsichtigte sie, eines Tages mit ihren Kenntnissen ihren Lebensunterhalt zu verdienen. Sie waren ganz offensichtlich dümmer als sie, ausgemachte Einfaltspinsel, gemessen an dem, was sie aus sich zu machen gedachte.

Isabel machte ihr Examen in einem duftigen weißen Kleid mit einer blauen Schärpe; sie bekam hundertmal zu hören, sie sähe aus wie ein Engel. Die Feststellung bereitete ihr einiges Vergnügen, sollte doch nach der Behauptung der Bibel Engel keinerlei Heiratschancen besitzen. Doch ging sie gehorsam mit ihrem grauhaarigen Vater nach Hause, bestand ihr Debut in der Gesellschaft, besuchte alle sich bietenden Geselligkeiten und widmete sich mit Hingabe dem besonderen Studium ihrer besonderen Berufung. Sie hatte keineswegs die Absicht, ihr Leben damit zuzubringen, in einer kleinen Stadt am Strom Tees zu geben und Babys zu liebkosen; die jungen Männer von Dalroy, denen sie immer wieder begegnete, schienen ihr deshalb keine geeigneten Objekte für ernsthafte Bemühungen. Immerhin waren sie aber ziemlich typische Vertreter der Männlichkeit, und was sich im Umgang mit ihnen lernen ließ, war sicherlich eines Tages vorteilhaft anwendbar, wenn sich der Horizont ihrer Möglichkeiten erst etwas weitete.

Sie war sich klar darüber, daß ihr Gesicht und ihre Figur unschätzbare Werte darstellten, aber sie wußte auch, daß das Aussehen allein nicht genügte; eines Tages würde es auch auf den Geist ankommen. Sie erinnerte sich, irgendwann einmal in einem ihrer Schulbücher gelesen zu haben, daß den Männern die Sprache gegeben sei, um die Gedanken zu verdecken. Sie wandelte die Replik dahin ab, daß der Frau die Klugheit gegeben sei, um ihren Verstand zu verbergen. Also, wenn ein Mädchen darauf ausging, einen Mann zu erobern, würde sie gut daran tun, ihn davon zu überzeugen, daß sie keinen Verstand besäße. Männer gaben sich nun einmal nicht gern mit zu klugen Frauen ab. Sie machte auch einige

Male erfolgreich die Probe. Und da es ihr tatsächlich gelang, den Eindruck zu erwecken, sie sei geistig weit weniger begabt als einige der anderen jungen Schönheiten, mit denen sie konkurrieren mußte, so bewies sie allein dadurch einen ziemlich hohen Grad von Intelligenz. So flatterte und tanzte sie denn durch die ersten Wochen der gesellschaftlichen Saison wie ein entzückender, reizvoller und ein wenig hilfloser Schmetterling. Und alle Herzen flogen ihr zu. Allmählich, mit der Zunahme ihrer Erkenntnisse, wandelte sie auch ihre Methoden. Sie entdeckte den Wert der Klugheit. Die glänzenderen und bedeutenderen Erscheinungen innerhalb der für sie entflammten Männerwelt nämlich schienen keineswegs nur an geistloser Schönheit interessiert. Und gerade die klügsten unter ihnen schienen auch kluge Frauen zu bevorzugen, mit der kleinen Einschränkung, daß ihr eigener Geist den der Frau um eine Kleinigkeit überragte; die Frau sollte noch eben zu ihnen aufsehen müssen. Erwies eine Frau sich nun als geistreich und klug und sah gleichwohl zu dem Auserkorenen auf, so mußte der sich durch ihre Bewunderung geschmeichelt fühlen. Und da Isabel bisher noch keinen Mann gefunden hatte, von dem sie ernsthaft überzeugt gewesen wäre, er sei klüger als sie, so hegte keiner ihrer Bewunderer bösen Verdacht.

Vor Weihnachten konnte Isabel den Triumph verbuchen, das beliebteste Mädchen der ganzen Stadt zu sein. Ihren Ruf hielt sie mit großem Bedacht makellos. Ausgeschlossen, daß sie auf die abwegige Idee verfallen wäre, einen Kuß zu gewähren, sich beim Walzer zu eng umarmen zu lassen oder am Abend ohne Anstandsdame auszubleiben. Von alledem geschah nichts. Sie war sich völlig klar darüber, daß ein hohes Ziel einen hohen Preis verlangte, eben weil es schwer zu erringen war.

Eisern, wenn auch nicht immer leichten Herzens, hatte sie sich zu dem Entschluß durchgerungen, keinen der zahllosen Bewerber aus ihrer bisherigen Umgebung zu erhören. Ihre Ziele waren höher gesteckt. Mehrere Verwandte ihrer Mutter wohnten in New York und hatten Isabel eingeladen, den nächsten Winter bei ihnen zu verbringen. Es handelte sich um sehr wohlhabende Leute, und Isabel war gewillt, die Einladungen anzunehmen, hoffte sie doch, dort auf eine ergiebigere Auswahl begehrenswerter Männlichkeit zu stoßen. Sie war nicht eben ungeduldig. Sie war noch jung und hatte mittlerweile genug gelernt, um überzeugt zu sein, daß sie noch sehr viel mehr zu lernen habe.

Und dann kam Kester Larne, der gerade in Tulane promoviert hatte, nach Hause zurück.

Im Zusammenhang mit ihren Zukunftsplänen hatte Kester Larne ihr nicht fünf Minuten lang Kopfzerbrechen gemacht. Sie, Kester, sowie dessen Bruder und Schwester hatten als Kinder zusammen gespielt; das College hatte ihre Wege dann getrennt, und sie hatten sich einige Jahre lang nicht gesehen. Ardeith war eine heruntergewirtschaftete Plantage, von Schulden und Pächtern zugrunde gerichtet. Kesters Vater war ein extravaganter Narr und Kester selbst ein gedankenloser junger Mann, der seiner losen Streiche wegen gerade noch daran vorbeikam, vom Studium ausgeschlossen zu werden. Ein Mann dieser Art hatte auf der Bestimmungskarte ihres Lebens von vornherein nichts verloren.

Aber da war Kester nun selbst. Er fehlte bei keiner Geselligkeit; man traf ihn überall; er ließ sich zu Kotillontänzen einschreiben, und sie sah sich nicht immer imstande, nein zu sagen, denn Kester war ein hübscher, eleganter junger Mann aus guter Familie, von dem ein höchst gefährlicher und wirkungsvoller Zauber ausstrahlte. Er mochte nicht mehr als ein müßiger Jüngling sein, aber dann war er ganz gewiß der faszinierendste Müßiggänger, den sie jemals gesehen hatte; nicht nur ein höchst erfreulicher Anblick, sondern auch ein vorzüglicher Tänzer. Und überdies war er der einzige Mann, der ihr den Eindruck vermittelte, er wisse mehr von Frauen, als sie von Männern wußte.

Als sie eines Abends einen Walzer begannen – Isabel in einer Wolke von blaßblauem Tüll –, fragte Kester abrupt: »Du bist wohl noch zu jung, um Schwarz zu tragen, wie?«

»Warum?« fragte Isabel.

»Du bist wundervoll, wie du bist, Isabel«, antwortete er, »aber in schwarzer Seide müßte dein Körper zu schlechthin unwiderstehlicher Wirkung kommen.«

Isabel stockte und fühlte wütend, daß sie unsicher wurde. War er absichtlich so unverschämt, oder war er zu naiv, um zu wissen, was er sagte? Er hatte ein geringschätziges Lächeln um den Mund, ein Lächeln, das gleichzeitig vertraulich wirkte und nicht ohne Zärtlichkeit war. Aber seine Augen sahen sie so offen an, daß sie ein Gefühl hatte wie bei einem arithmetischen Problem, dessen Lösung keine Schwierigkeiten bot. »Ich weiß nicht, worüber du sprichst«, sagte sie.

»O ja, das weißt du sehr wohl«, entgegnete Kester. »Gib dir weiter keine Mühe; ich bin schon fasziniert genug; du kannst dir Anstrengungen sparen.«

Sie unterbrach den Tanz. »Ich wäre dir dankbar, wenn du mich zu meinem Tisch zurückführen würdest«, sagte sie.

Als ob er die Aufforderung gar nicht gehört hätte, rief Kester plötzlich frohlockend aus: »Ich habe es: Schwarz würde jetzt noch nicht zu dir passen, aber hast du jemals versucht, ein etwas gewaltsames Blau zu tragen? Es gibt nicht viele Blonde, die ich in leuchtenden Farben sehen möchte, aber du würdest darin aussehen wie ein heidnisches Idol.«

Isabel war an diesen Ratschlägen so interessiert, daß sie darüber völlig vergaß, daß sie ja empört war; ließ sich von Kester an die Seite des Tanzsaales führen und gestattete ihm, sich neben ihr niederzulassen, während die anderen Paare weitertanzten. Er sprach unverdrossen auf sie ein:

»Die blassen Farben, die du in der Regel trägst, lassen dich zu unbedeutend erscheinen. Du siehst aus wie Elaine, aber du solltest wie Franziska aussehen.«

»Wer war Franziska?« fragte Isabel.

»Eine Dame, die für ihre Liebe zur Hölle fuhr«, sagte Kester. »Du würdest das zweifellos niemals tun, nicht wahr? Aber, wie gesagt, du solltest so aussehen, als wärest du dazu bereit.«

»Wirklich?« rief sie aus und begann sich unbehaglich zu fühlen.

»Ja, wirklich. Du hast deinen Typ mißverstanden, Miß Isabel.«

Isabel lachte und ließ sich zum Tanzplatz zurückführen. Sooft ihre sonstigen Engagements es erlaubten, war sie im Laufe des Abends mit Kester zusammen. Als er sie schließlich bei ihrer Tante Agnes ablieferte, um sie nach Hause bringen zu lassen, sagte er mit leiser Stimme: »Ich danke dir für die reizenden Stunden. Und willst du versuchen, ein tiefblaues Kleid zu probieren?«

»Ja«, lachte Isabel. »Ich will es versuchen, aber ich weiß wirklich nicht, wer Franziska war.«

»Ich werde dir morgen früh ein Buch herüberschicken, worin du es nachlesen kannst«, versprach Kester. Er bog seinen Kopf näher zu ihr heran, damit Tante Agnes nicht hören könne, was er sagte: »Nebenbei«, raunte er, »du bist die großartigste aller schönen Frauen, die ich jemals gesehen habe.«

Am nächsten Tag kam an Stelle der faden, süßlichen Rosen, die er eigentlich hätte schicken müssen, ein prachtvoller Band von Dantes ›Inferno‹, umwunden von einem langen königsblauen Seidenband, dessen eingelegter Zipfel die Stelle anzeigte, die sie nachlesen sollte, jene Stelle, die von der nie erlöschenden, alle Nebel der Hölle überwindende Glut der Liebe spricht. Dem Buch lag ein Kärtchen von Kester bei, mit dem er ihr ankündigte, daß er sie am Nachmittag zu einer Spazierfahrt abholen würde. Er fragte nicht erst an, ob es ihr recht wäre, er setzte das offenbar voraus. Isabel, die dieses ausgeprägte Selbstbewußtsein schlechterdings unerträglich fand, spielte mit dem Gedanken, ihm, wenn er käme, durch einen Diener ausrichten zu lassen, sie sei ausgegangen, aber als er tatsächlich kam, da wartete sie schon auf ihn.

Keiner ihrer sonstigen Verehrer würde gewagt haben, ihr eine Geschichte zu schicken, in der von einer Dame die Rede war, die in ungeweihter Liebe schwelgte; zu Kester schienen dergleichen Unmöglichkeiten irgendwie zu passen. Und auch in den nun folgenden Wochen dachte Kester gar nicht daran, sie nach dem in ihren Kreisen üblichen Formenritus zu behandeln, der erfolgreich verhinderte, daß ein junger Herr und eine junge Dame etwas Wissenswertes übereinander erfuhren. Er ging mit ihr frisch und geradezu um, wie mit einem x-beliebigen Einzelwesen. Für Isabel bedeutete das eine neue, höchst interessante Erfahrung. Sie begegneten sich fortan immer häufiger, und nicht sehr lange währte es, da sahen sie einander jeden Tag.

Dabei wußte Isabel genau, daß sie unbesonnen handelte. Kester besaß nichts von dem, was sie von ihrem künftigen Ehemann erwartete, aber er war so charmant, wußte so fesselnd zu erzählen, und es war so angenehm, an seiner Seite zu gehen, daß Isabel schließlich vor sich selbst bange wurde und nachts zu beten begann: »O lieber Gott, bitte, laß mich nicht Kester Larne lieben!«

Und doch fühlte sie von Tag zu Tag mehr, wie es auf sie zukam. Sie fühlte, wie Kester ohne jegliche Anstrengung seinerseits ihre Traumschlösser zu zerschlagen begann. Noch lange so fort, und sie würde nicht mehr imstande sein, ihn zu verlassen und weiter den Zielen nachzujagen, die sie ihrem Ehrgeiz gesetzt hatte. Immer wieder, wenn er sie besuchte, dachte sie: es muß das letztemal gewesen sein, und immer wieder zerplatzte ihr Entschluß wie Seifenschaum, wenn sie seinen Schritt in der Vorhalle hörte. Als sie es dann schließlich eines Abends in ihrem eigenen Wohnzimmer geschehen ließ, daß er sie küßte, flammte es zuerst wild in ihr auf, gleich darauf stürzte die Erkenntnis dessen, was geschehen war, sie in jähes und weitsichtiges Erschrecken. Sie ließ ihn allein und stürzte in ihr Schlafzimmer hinunter. Hier stand sie, bebend am ganzen Leibe und dachte: Das ist es! Das ist es also! All die närrischen Frauen, über die ich immer gelacht habe, weil sie ihr ganzes Leben für etwas dahingeben, was sie Glück oder Liebe oder Leidenschaft nannten, das also ist es, was sie verzauberte! Das ist die Liebe! O lieber Gott im Himmel, laß mich nicht schwach werden! Laß mich nicht mein ganzes Leben auf einer alten Plantage zubringen!

Ihre Furcht vor sich selbst war so groß, daß eine unerwartete Einladung ihrer New Yorker Verwandten, ein paar Wochen in ihrem Sommer-Landhaus in Westchester zu verbringen, ihr wie eine Antwort des Himmels auf ihr inbrünstiges Gebet erschien. Sie floh vor Kester und ahnte nur dunkel, daß sie sich selbst zu entfliehen gedachte. Kester schrieb ihr einen harmlos heiteren Brief, er hoffe, sie werde schöne Ferientage haben; er vermisse sie sehr, es sei sehr einsam ohne sie. Aber nicht eine Zeile des Briefes verriet eine glühende Empfindung. An diese scheinbaren Gleichgültigkeit rankte sich Isabels Entschluß empor, die gefährliche Beziehung nunmehr endgültig zu lösen. Ungeachtet dessen kreisten ihre Gedanken nach wie vor um Kester, und mit leiser Erbitterung gestand sie sich ein, daß er ihr offensichtlich weniger gleichgültig war als sie ihm. Den Brief beantwortete sie nicht.

Onkel und Tante aus New York waren entzückt von Isabel. Sie hatten sie seit ihrer Kleinmädchenzeit nicht mehr gesehen und hatten vielleicht nicht erwartet, eine so auffallend schöne junge Dame zu erblicken. In ihrem Hause in Westchester traf Isabel mit zahlreichen jungen Männern zusammen, und wie immer feierte sie sehr bald rauschende Triumphe. Da Kester nicht da war und sein unmittelbarer Einfluß sie nicht verwirren konnte, ließ sie bald ihre Blicke in gewohnter Weise umherschweifen, um nach geeigneten Opfern für ihre ehrgeizigen Heiratspläne Ausschau zu halten. Unter den Gästen befand sich ein junger Deutscher namens Schimmelpfeng, der augenblicklich Amerika bereiste und von ihrem Onkel in sein Landhaus eingeladen worden war. Der Vater Schimmelpfeng war Inhaber einer bedeutenden Textilgesellschaft, mit der die Baumwoll-Exportfirma des Onkels in Geschäftsbeziehungen stand.

Es war kein Zweifel, daß Herr Schimmelpfeng Isabel Valcour bewunderte. Er überschüttete sie mit Aufmerksamkeiten aller Art und erwies sich in seinen Bemühungen um ihre Gunst als so hartnäckig, daß sie schließlich aufmerksam wurde und Erkundigungen anzustellen begann.

»Wie«, fragte der Onkel, »kennst du die Schimmelpfengs nicht?« Nein, sie kannte sie nicht. »Aber mein liebes Kind«, sagte der Onkel, »das ist eine Weltfirma. Schimmelpfeng Färbereien, Schimmelpfeng Textilien, Schimmelpfeng Kurzwaren; das sind Bezeichnungen für ebenso viele Millionen!«

»Das wußte ich nicht«, sagte Isabel.

Millionen? Eine gute alte Familie, eine angesehene Weltfirma, eine wichtige Geschäftsverbindung ihres Onkels? Was wollte man eigentlich weiter? Ich werde noch netter zu ihm sein, dachte Isabel; wie gut, daß ich ihn immer höflich und freundlich behandelt habe! Onkel und Tante zeigten sich entzückt.

An diesem Abend war Tanz im Landhaus, und obwohl Schimmelpfeng etwas schwerfüßig war, ließ sich Isabel, die bessere Tänzer gewöhnt war, nicht beirren. Sie quittierte Herrn Schimmelpfengs schmachtende Blicke mit einem glühenden Aufblitzen ihrer märchenhaft schönen Augen und bewies ihm soviel Entgegenkommen, wie eine junge Dame der guten Gesellschaft einem europäischen Millionär gegenüber sich eben noch erlauben konnte. Gegen Mitternacht war an der völligen Verzauberung des Herrn Schimmelpfeng schlechterdings nicht mehr zu zweifeln. In seinem ein wenig harten Englisch sprach er Isabel sein Bedauern darüber aus, daß sie so bald schon wieder nach dem Süden zurückzukehren gedenke. Und er zeigte sich entzückt, als er vernahm, daß sie schon im November zurückkommen und dann den Winter bei ihrer Tante verbringen wolle. Oh, wirklich? Sie würde wiederkommen? Herr Schimmelpfeng beabsichtigte eigentlich, im Herbst eine Reise nach dem Westen anzutreten, um das zauberhafte Kalifornien kennenzulernen, aber wenn Miß Valcour im November nach New York käme...

Miß Valcour schlug verschämt ihre süßen, haselnußbraunen Augen nieder.

Als sie hinterher in ihrem Zimmer war, setzte sie sich nieder und begann die Situation zu überdenken. Herr Schimmelpfeng war nicht mehr besonders jung. Er war hoch in den Dreißigern, wirkte aber älter; ein ernster, seriöser Geschäftsmann, von dem man sicher sein konnte, daß sich sein beträchtliches Vermögen bei seinem Tode verdoppelt haben würde. Kein Vergleich mit Kester Larne, bei dem kein Zweifel daran bestand, daß er den kümmerlichen Rest seines zusammengeschmolzenen Besitzes auf elegante Manier durchbringen und bedenkenlos so viele Schulden machen würde, wie er mit seiner Überredungskunst Kredit zu erlangen vermochte. Oh, er war ganz anders als Kester, dieser Herr Schimmelpfeng aus Deutschland, ganz anders. Kester verstand eine riesige Gesellschaft sprühend zu unterhalten. Kester steckte immer voll gutem Humor, seine Laune schien durch nichts zu erschüttern; Kester hatte einen muskulösen, sonnenverbrannten Körper, Kester war umstrahlt von dem unzerstörbaren Hauch ewiger Jugend. Von alledem war bei Herrn Schimmelpfeng wenig die Rede.

Und wie sie so dasaß und an Kester dachte, da fühlte sie sich wieder von seinen Armen umschlungen und fühlte nachempfindend seinen Kuß. Ihr wurde schwindlig und sie vermochte an Schlaf nicht zu denken. Erst als der erwachende Morgen den Himmel rötete, ließ sie sich fallen, und noch im Traum verfolgte sie der sinnverwirrende Gegensatz zwischen Kester Larnes bezauberndem Charme und Herrn Schimmelpfengs lockenden Millionen.

Bald nach dieser Nacht wurde es Zeit für sie, nach Hause zu fahren. Sie sagte Herrn Schimmelpfeng ›Auf Wiedersehen!‹ und machte ihn noch einmal durch ein verheißungsvolles Aufblitzen ihrer Augen glücklich. Herr Schimmelpfeng hatte ihr eine Woche lang jeden Morgen eine Gardenie geschickt. Die letzte Gardenie, die sie während der Fahrt tragen sollte, gab er ihr selbst. Aber als dann der Zug in Dalroy einlief, da war Kester Larne mit der Kutsche am Bahnhof. Sein Lächeln strahlte in dem Halbdunkel der kleinen Bahnhofshalle wie ein Licht. Ganz offensichtlich war Kester beglückt, Isabel wiederzuhaben. Er fuhr sie nach Hause und saß dann noch ein Weilchen bei ihr. Die Stadt sei dumpf, trist und langweilig ohne sie gewesen, versicherte Kester; Tag für Tag sei er ihrem Vater lästig gefallen, um zu erfahren, wann sie zurückkäme. »Nun erzähle von Westchester«, sagte er, »vermutlich hast du wieder zahllose Eroberungen gemacht.«

»Eroberungen?« sagte sie unschuldig. Und mit einem kleinen listigen Lächeln: »Bist du eifersüchtig?«

Kester wehrte ab. Eifersüchtig? Nein! »Im Gegenteil«, sagte er, »ich freue mich, wenn mein liebes Mädel Erfolg einheimst. Etwas, das niemand begehrt, vermöchte mich nicht zu reizen.«

Isabel plapperte und erzählte sehr anregend. Sie berichtete getreulich, was sie erlebt hatte, nur von Herrn Schimmelpfeng sprach sie nicht. Sie saßen im Wohnzimmer der Valcours, tranken Kaffee und knabberten Biskuits. Draußen wurde das Geräusch eines heranrumpelnden Mauleselgespanns hörbar. Gleich darauf erschien ein Junge in der Tür und fragte nach Miß Valcour. Er überreichte Isabel ein Telegramm von Herrn Schimmelpfeng, und hinter ihm, vor der offenen Haustür hielt ein zum Überlaufen mit Gardenien angefülltes Gefährt.

Herr Schimmelpfeng kannte das Land zu wenig und hatte sich ein wenig verkalkuliert. Bekanntlich pflegte er Isabel in Westchester jeden Morgen eine Gardenie zu schicken. Damit sie nun bei ihrer Rückkehr ins Vaterhaus einen Willkommensgruß vorfinde und sogleich an ihn erinnert werde, hatte er einem Blumenhändler in Dalroy 20 Dollar überwiesen, auf daß er Miß Valcour einen schönen Gardenienstrauß übersende. Der Blumenhändler besah sich den Auftrag und die 20 Dollar und war überzeugt, es mit einem Spaßvogel zu tun zu haben, dem es um einen gelungenen Scherz zu tun sei. Denn es war Mittsommer und ganz Louisiana war vom Duft der wild wachsenden Gardenien geschwängert. Für 20 Dollar konnte man eine Wagenladung Gardenien liefern. Der Blumenhändler war ein ehrlicher Mann, er hatte keineswegs die Absicht, einen Besteller, und noch dazu einen Ausländer, zu übervorteilen. Also schickte er einen Haufen Negerjungen hinaus in die Wiesen und ließ sie Gardenien schneiden. Er lud die duftende Last auf einem Mauleselkarren und gab Befehl, sie auf schnellstem Wege zu Miß Isabel Valcour zu befördern und dort abzuliefern.

Kester und Isabel hatten sich inzwischen hinaus in den Hausflur begeben und stießen hier zu ihrer ratlosen Verblüffung auf ganze Gardenienberge, die sich bereits auf dem Fußboden häuften. Zwei vor Heiterkeit grinsende Negerjungen waren eifrig beschäftigt, weitere Berge von Blumen hereinzuschleppen. Die Folgen waren entsetzlich. Der Duft einer Gardenie ist köstlich und angenehm, der Duft einer Wagenladung Gardenien, im Inneren eines Hauses verteilt, ist schlechterdings unerträglich, er reicht aus, einen Menschen zu betäuben.

Kester starrte, vielleicht zum ersten Mal in seinem Leben verblüfft und nichts begreifend, auf die Blumen schleppenden Negerjungen und auf die duftenden Gardenienberge. Dann sah er auf Isabel. Die stand wie vom Donner gerührt, aber mit einem bis unter die Haarwurzeln geröteten Kopf neben ihm.

»Darf ich einmal sehen?« fragte Kester und nahm ihr, ohne die

Erlaubnis abzuwarten, das Telegramm aus der Hand. »Ein kleiner, bescheidener Gruß, um eine sehr große Bewunderung zum Ausdruck zu bringen«, las er, »Hermann Schimmelpfeng.«

Kester gab Isabel das Telegramm zurück, sah ihr hochrotes Gesicht und von ihrem Gesicht auf die Gardenienberge, und stieß ein Lachen heraus, das sich wie der Kriegsruf eines blutrünstigen Indianerstammes anhörte. Er lachte und lachte, er brüllte vor Vergnügen und war vor innerer Heiterkeit nahe daran, sich in den Gardenien zu wälzen. Isabel, allmählich zu sich kommend, befahl den Jungen, unverzüglich die Blumen aus dem Haus zu schaffen. Kester lehnte an der Wand und sah sich mit irren Blicken um; es schüttelte ihn immer noch, aber er konnte nicht mehr lachen.

Der alte Mister Valcour erschien auf der Treppe und fragte entsetzt, was da vorgehe. Es sei plötzlich ein geradezu unerträglicher Geruch im Haus; er sei bis in sein Zimmer gedrungen und habe binnen weniger Minuten die Luft verpestet. Er sah die Blumenberge und schrie unwillkürlich auf. »Um des Himmels willen!« rief er aus. »Was bedeutet das?« Isabel, in der Absicht, eine Erklärung abzugeben, begann zu stammeln; sie bekam kein zusammenhängendes Wort heraus. Mr. Valcour wandte sich an Kester. »Zum Teufel auch, Sir«, rief er, »sind Sie für diesen Wahnsinn verantwortlich? Erklären Sie sich doch!«

Unter fortgesetzten Heiterkeitsausbrüchen berichtete Kester, worum es sich handelte. »Eine kleine Aufmerksamkeit von einem Verehrer Isabels aus dem Norden. Dort wachsen keine Gardenien auf den Wiesen und in den Straßengräben.«

Mr. Valcour gab einem der Negerjungen ein Fünf-Dollar-Stück mit dem Befehl, augenblicklich für die Entfernung der Gardenien zu sorgen. Er befahl weiter, den Hausflur mit scharfer Seifenlauge auszuschrubben, um den Geruch herauszubringen, und zog sich, noch immer schimpfend und grollend, in sein Zimmer zurück. Kester ging mit Isabel in das Wohnzimmer zurück; der Duft der Gardenien folgte ihnen, er hing in den Wänden und haftete daran wie Mottenpulver. »Nun sage mir um alles in der Welt, wer ist Hermann Schimmelpfeng?« lachte Kester.

»Ein Deutscher«, sagte Isabel. Sie sah sein lachendes Gesicht und wußte nicht, wohin sie vor Verlegenheit blicken sollte. »Oh, Kester, du bist schrecklich!« seufzte sie.

Kester, in einen Sessel zurückgelehnt, sprach mit dem abwesenden Blumenspender. »Oh, Herr Schimmelpfeng«, redete er ihn an,

»noch nach vielen Tagen wird der Duft Ihres Willkommengrußes in den Vorhängen des Hauses Valcour hängen! Sie haben sich mit unauslöschlichen Buchstaben in die Gedenktafeln dieses Hauses eingegraben – Isabel«, wandte er sich gleich darauf dem Mädchen zu, »oh, geliebte Isabel, reicht es dir nicht aus, jedem Amerikaner, der dir unter die Augen kommt, das Herz zu versengen, mußt du jetzt auch noch mit Deutschen anfangen? Sage mir also: Wer ist der Mann?«

»Er ist ein sehr netter Herr«, versetzte Isabel, die ihrem Ärger irgendwie Luft machen mußte, »und er verfügt über Millionen Dollars.«

Sie kam sich wie eine Närrin vor und hätte sich am liebsten selber geohrfeigt. Kester gab keinerlei Zeichen von Eifersucht zu erkennen. Er fand bei sich nur, Herr Schimmelpfeng sei lächerlich. Und ganz gegen ihren Willen empfand Isabel innerlich ähnlich. »Wie ist es«, sagte Kester schließlich nach einer Weile, »wollen wir morgen nachmittag Tennis spielen?« Isabel machte sich an sich nicht viel aus sportlichen Übungen dieser Art, sagte aber zu, froh, die Unterhaltung von Herrn Schimmelpfeng und seinen Gardenien auf andere Gegenstände lenken zu können.

Während der weiteren Sommermonate empfand Isabel den tiefen Kontrast zwischen Kester Larne und Hermann Schimmelpfeng von Tag zu Tag eindringlicher. Kester war immer heiter, charmant und bezaubernd, er war schlechthin unwiderstehlich. Und immer tiefer und zwingender fühlte Isabel, daß sie nicht nur verliebt war, daß sie jenseits jeglicher Überlegung liebte. Immer wenn diese Erkenntnis sie überkam, schalt sie sich heimlich eine Gans und schwor sich, dem gefährlichen Spiel ein Ende zu machen, aber niemals brachte sie die Kraft auf, nein zu sagen, wenn Kester sie um eine Zusammenkunft bat.

Sie war entsetzt. Ihr Leben drohte in Stücke zu brechen; sie hatte sich nicht mehr in der Hand. Der September war in diesem Jahr schwül. Der Arzt empfahl Mr. Valcour, bis zum Eintritt kühleren Wetters nach Virginia Springs zu fahren. Isabel, deren töchterliche Liebe sich niemals besonders hervorgetan hatte, wurde plötzlich eine vorbildliche, zärtlich besorgte Tochter. Konnte sie ihren Vater allein in einen Kurort fahren lassen? Gewiß nicht. Nein, sie würde ihn selbstverständlich begleiten. Sie würde ihm vorlesen, ihm Getränke bringen und für seine Bequemlichkeit sorgen. Mr. Valcour war im Grunde seines Herzens eine lustige Seele, und er war durchaus imstande, allein auf sich aufzupassen. Es habe keinen Sinn, gab er zu verstehen, er brauche sie nicht, ja er fürchte, daß sie mit ihrem Temperament seine Ferienruhe gefährden werde; es half alles nichts. Isabel stellte sich seinen Vorstellungen gegenüber taub; sie begleitete ihn. Mr. Valcour wäre nie auf die Idee gekommen, Isabel könnte sich freiwillig in einen abgelegenen Kurort begeben, wo sie so gut wie keine Möglichkeit zu einer ihrem Wesen entsprechenden Geselligkeit erwarten konnte. Er war verwirrt und etwas verärgert über das ihm gänzlich ungewohnte Ausmaß töchterlicher Besorgnis. Aber Isabel war nicht zu erschüttern. Sie ließ sich mit dem Vater in dem Hotel zwischen Invaliden und ältlichen Feriengästen nieder und dankte dem Himmel, daß fünf Staaten zwischen ihr und Kester Larne lagen.

Sie vergaß, daß Eisenbahnzüge öffentliche Beförderungsmittel sind. Sie weilte noch keine achte Tage mit dem Vater in dem Kurort, als Kester Larne erschien. Er glaube, eine Brunnenkur werde ihm auch guttun, bemerkte er. Mr. Valcour freute sich offensichtlich. Er fände es reizend, daß Isabel nunmehr ihre angemessene Gesellschaft habe, sagte er und ging zu Bett, um sein Mittagsschläfchen zu halten.

Isabel wußte nicht, ob sie sich freuen oder ärgern sollte. Einesteils schmeichelte es ihr nicht wenig, daß der schönste und eleganteste Mann ihrer Bekanntschaft ihr auf eine solche Entfernung hin folgte, andererseits zitterte sie bei dem Gedanken an eine mögliche Gefährdung ihrer Zukunft. Aber was immer sie dachte und fühlte: Kester war da und er war unwiderstehlich wie immer. Seine Nähe war aufregend und betörend. Kester fragte Isabel, ob sie ihn heiraten wolle.

Isabel preßte die Hände ineinander und flüsterte, ohne ihn anzusehen: »Ich weiß es nicht. Bitte, laß mir Zeit«, stammelte sie, »ich muß es bedenken, Kester.« Anstatt sie nun zu beschwören, ihr zu sagen, wie hinreißend sie aussähe und daß er nicht ohne sie zu leben vermöchte, stand Kester auf, sah sie einen Augenblick an und bemerkte dann kühl: »Amerikanerinnen pflegen keine Fremden ihres Geldes wegen zu heiraten, Isabel. Das geschieht höchstens anders herum.«

Sie sprang wütend auf: »Was fällt dir ein...«

Er maß sie mit einem ruhigen Blick, in dem leichter Spott funkelte: »Es schickt sich nicht, meine Liebe«, sagte er, »und außerdem möchte es internationale Verwicklungen geben.«

Und dann plötzlich, bevor sie noch begriff, was ihr da geschah, hatte Kester schon die Arme um sie geschlungen und seinen Mund auf ihre Lippen gepreßt. Da war denn die Schlacht verloren und an Widerstand nicht mehr zu denken. Nach unendlich langer Zeit hörte sie Kester flüstern: »Nun, Isabel, für wie viele Millionen ist dir das feil?«

Nachdem er schließlich gegangen war, blieb sie in einem Aufruhr der Gefühle zurück. Sie schlief kaum in dieser Nacht. Ihr Verstand revoltierte nach wie vor gegen die Entscheidung ihres Herzens.

Aber am nächsten Tag war Kester wieder da, und die Seligkeit des Augenblicks war wieder stärker als die Gedanken an morgen und übermorgen.

Mehrere Wochen lang waren Kester und Isabel wunschlos glücklich. Dann begannen sie sich zu streiten.

Kester war ein vollendeter Kavalier, höflich und zärtlich zugleich und von einer poetischen Galanterie, dennoch glaubte Isabel zu fühlen, daß er insgeheim nicht eben hoch von ihr denke. Mit welchen Fehlern er übrigens immer behaftet sein mochte, eines war sicher: Er war nicht käuflich. Er nahm das Leben hin als eine herrliche Gottesgabe und freute sich vorbehaltlos an allem, was es ihm bot, aber er hätte niemals um irgendeines Vorteils willen seine persönliche Integrität verkauft. Er wußte, daß Isabel ihn liebte, und wenn sie in seinen Armen zitterte, so betrachtete er das als einen so natürlichen wie wunderbaren Vorgang. Aber wenn dieses gleiche Mädchen, seinem natürlichen Gefühl zum Trotz, einen Millionär heiraten wollte, aus keinem anderen Grund, als weil er Millionär war, dann sah er darin nichts anderes als ganz gewöhnliche Prostitution. Oft wenn Isabel ihn heimlich betrachtete, hatte sie ihn im Verdacht, daß er mit einer Art schadenfrohen Triumphes an Herrn Schimmelpfeng denke; sie nahm ihm das nicht einmal sonderlich übel, kicherte sie doch selbst zuweilen bei dem Gedanken, daß der millionenschwere Deutsche eines Tages nicht mehr alles bekäme, wofür er bezahlte.

Solange also Kesters innere Heiterkeit sich nur auf Herrn Schimmelpfeng bezog, machte ihr das nicht viel aus. Aber allmählich kam sie dahinter, daß er sich heimlich auch über sie selbst belustigte, und das ertrug sie nicht. Hunderte von jungen Männern hatten ihr zu Füßen gelegen und ehrfürchtig ihrer Schönheit gehuldigt, und da war nun einer, der über sie zu lachen wagte? Der Gedanke brachte sie zur Weißglut, der innere Grimm färbte auf ihre Stimmung ab und begann schließlich selbst die zärtlichsten Stunden zu verbittern. Sie begannen sich immer häufiger zu zanken; irgendeine Nichtigkeit konnte zu langen erbitterten Streitgesprächen führen, und außerhalb der Liebesseligkeit, die sie immer wieder zusammenriß, gab es schließlich kaum noch einen Punkt der Übereinstimmung zwischen ihnen. Kester war es, der der unerträglichen und ständig wachsenden Spannung dann eines Tages ein Ende machte, indem er nach einem heftigen Zank kurz entschlossen seine Koffer packte und abreiste.

Isabel kam eine Woche später nach Hause zurück. Sie blieb gerade so lange in Dalroy, um ihre Sachen in Ordnung zu bringen, bevor sie nach New York fuhr. Kester sah sie nur ein einziges Mal. Er ritt durch die Stadt, und als er sie plötzlich aus einem Laden heraustreten sah, stieg er vom Pferd und ging hinüber, um sie zu begrüßen. »Ich wußte gar nicht, daß du zu Hause bist«, sagte er. »Ich wollte dir gerade schreiben, daß es mir leid tue, neulich die Beherrschung verloren zu haben, als du meinen Tennisschlag kritisiertest.«

Es war dies der äußere Anlaß ihres letzten entscheidenden Streitgespräches gewesen; sie hatte diesen Anlaß längst vergessen. Sie versuchte seinem Gesicht abzulesen, ob nur Höflichkeit und Galanterie ihn so sprechen ließen, und sagte ein wenig stockend: »Ich habe mich, glaube ich, auch ziemlich schlecht betragen. Es tut mir auch leid.«

Er lächelte. »Wann fährst du nach New York?«

»Morgen.«

Sein Lächeln veränderte sich nicht. Er sagte: »Ich hoffe, du wirst eine gute Fahrt haben.«

»Danke!« sagte Isabel.

Er verabschiedete sich höflich und stieg wieder zu Pferde. Isabel sah ihm nach. Er blickte zurück, und sie glaubte einen Ausdruck der Trauer auf seinem Gesicht wahrzunehmen. Ich glaube, er sieht nicht gern, daß ich fahre, dachte sie. Wenn ich ihm jetzt sagte, ich wolle Schimmelpfeng aufgeben, würde er glücklich sein und mich mit Freuden heiraten.

Aber das war nur ein flüchtiger Gedanke; sie verwarf ihn sogleich. Am nächsten Tag fuhr sie nach New York. Das nächste, was ihre Freunde zu Hause von ihr hörten und sahen, war ein Bild von ihr im Gesellschaftsanzeiger der *›New Orleans Picayune‹* mit der Unterschrift: ›Miß Isabel Valcour, Tochter von Mr. Pierre Valcour in

Dalroy, deren Verlobung mit Mr. Hermann Schimmelpfeng aus Berlin, Deutschland, heute von ihrem Vater bekanntgegeben wurde. Das junge Paar gedenkt in den ersten Tagen des kommenden Frühlings zu heiraten.«

Bald darauf kam Isabel nach Hause, um alle Vorbereitungen für die Hochzeit zu treffen. Ganz Dalroy war in Aufregung über die glänzende Partie, die Miß Valcour machen würde. Ihre alten Freundinnen bestürmten sie, um Einzelheiten zu erfahren. »Wir dachten immer, du würdest Kester Larne heiraten«, wurde ihr dann und wann gesagt. Dann lachte sie und antwortete: »Wie kommt ihr nur darauf? Ich habe nie an eine solche Möglichkeit gedacht, und ich bin überzeugt, Kester auch nicht.« Sie erhielt Brautgeschenke von den Mädchen, Partys wurden ihr zu Ehren veranstaltet; in ihrer Wohnung sammelten sich Salatschüsseln, Eßbestecke und ähnliche Gegenstände, deren Transportkosten nach Berlin ihren Wert beträchtlich übersteigen würden. Und alle Mädchen samt ihren Müttern platzten vor Neid und begriffen nicht, warum der Himmel einige Geschöpfe mit Engelsgesichtern und goldenen Haaren ausstattete und ihnen zum Überfluß dann auch noch internationale Millionäre bescherte.

Kesters Schwester Alice bestand darauf, Isabel einen Boudoirtee zu geben. Isabel konnte der Einladung nicht ausweichen und war nun also gezwungen, den Ehrengast auf Ardeith zu spielen. Sie fand hier alle Stühle und Sessel des Zimmers mit Damenwäsche belegt, die die Mädchen für ihre Aussteuer gestickt hatten. Die jungen Herren waren erst für den Abend gebeten, würden also keine Gelegenheit haben, sich beim Anblick der zarten und intimen Gebilde zu erheitern. Natürlich war auch Kester zugegen.

Als Bruder der Gastgeberin konnte Kester es nicht gut vermeiden, den Ehrengast um einen Tanz zu bitten, und Isabel als Ehrengast konnte die Bitte kaum ablehnen. Sie tanzten gemeinsam einen Walzer, Kester war unerschütterlich höflich. Aber Isabel, da sie seinen Arm fühlte, war in Gefahr, schwach zu werden. Sie grollte heimlich dem Schicksal, das so grausam war, ihr zwei Zukunftschancen zu geben und die Umstände gleichzeitig so zu arrangieren, daß sie, gleichgültig, welche Möglichkeit sie wählte, immer wünschen mußte, die andere gewählt zu haben. Sie hatten eine Zeitlang ruhig miteinander getanzt, als Kester sagte:

»Das Seidenband in deinem Haar hat gerade die richtige Farbe. Erinnerst du dich daran, wie ich dir sagte, du solltest ein kräftiges Blau tragen?«

»Ja«, sagte Isabel.

Sie biß sich auf die Lippen, sie fürchtete jeden Augenblick, aufzuschluchzen und zu sagen: »O Kester, laß mich nicht gehen!« Dann dachte sie an alles, was ihre deutsche Heirat ihr bringen würde: ein prächtiges Haus in Berlin, Ferien an der Riviera, Reichtum, Luxus und Vergnügungen aller Art. Sie kannte Schimmelpfeng; sie wußte, daß sie alles von ihm haben konnte, weil er ihren Besitz als ein unfaßbares Wunder betrachtete. Sie sah Kester an, senkte wieder den Kopf und sagte schließlich leise, allen Widerständen ihres Verstandes zum Trotz:

»Kester – soll ich meine Verlobung lösen? Würdest du, wenn ich es täte, mich noch einmal fragen, ob ich dich heiraten wolle?«

Er schenkte ihr einen ruhigen Blick: »Ehrlich gesagt, Isabel, ich weiß es nicht. Ich glaube, du läßt es besser nicht darauf ankommen.«

Sie lachte ihm spöttisch ins Gesicht. »Mach dir keine Sorge«, sagte sie, »ich hätte es ohnehin nicht getan.«

Sie sprachen kein Wort mehr, bis der Tanz zu Ende war und die Paare auseinandergingen. Als sie in Hörweite der anderen waren, sagte Kester mit seiner üblichen Stimme: »Ich danke dir für den wunderbaren Walzer, Miß Isabel. Darf ich gleichzeitig die Gelegenheit wahrnehmen, dir Glück zu wünschen?«

»Ich danke dir«, sagte Isabel.

Und dies waren die letzten Worte, die sie miteinander tauschten, bis zu jenem Abend nach langen Jahren, da Kester Larne Isabel Valcour wiedersah, die der ausbrechende Weltkrieg aus Europa vertrieben hatte.

Achtes Kapitel

1

Eleanor hatte eine wenig gute Meinung von Isabel, und sie machte Kester gegenüber daraus auch kein Hehl. »Du hast sie also einmal gefragt, ob sie dich heiraten wolle«, sagte sie. »Nun gut. Jetzt, nachdem du versprochen hast, sie nicht mehr allein zu sehen, will ich das alles vergessen und das Thema nicht mehr erwähnen.«

»Gut«, sagte Kester, »ich danke dir. Wir brauchen nicht mehr darüber zu sprechen.«

»Nein«, versetzte Eleanor, »wir brauchen es nicht.«

Tatsächlich drängte Eleanor Isabel Valcour in den äußersten Winkel ihres Gedächtnisses zurück. Aber obgleich sie das tat und obgleich sie sich immer wieder sagte, daß sie keinen Grund zur Unruhe habe, fand sie doch keinen Frieden. Zumal es auch ohne Isabel Sorgen genug gab. Denn da war die Baumwolle. Die Börsen wurden am 16. November wieder geöffnet. Der Preis stand auf fünf Cent für das Pfund.

Dieser Preis deckte nicht einmal die Erzeugungskosten, geschweige, daß Kester und Eleanor eine Möglichkeit gesehen hätten, die neue Aussaat zu finanzieren. Also hielten sie die Baumwolle zurück. Die Tageszeitungen gaben sich redliche Mühe, den Pflanzern Mut zu machen. Sie schrieben, daß Europa ohne Baumwolle gar nicht auskommen könne, es benötigte sie für Zeltplanen und Uniformen. Ferner würden die steigenden Lebenshaltungskosten in den Vereinigten Staaten die Leute zwingen, in stärkerem Maße Baumwollsachen zu kaufen, an Stelle von Wolle und Seide. In jedem Falle werde die Baumwolle wieder ihre Käufer finden. Gleichwohl warnten sie davor, im kommenden Frühjahr zu viel Baumwolle anzupflanzen. Der Landwirtschaftsminister in Washington forderte Bankiers und Kaufleute öffentlich auf, nur solchen Pflanzern Kredite zu geben, die sich vorher verpflichteten, ihre Plantagenbetriebe weitgehend von Baumwolle auf andere Erzeugnisse umzustellen.

Kester und Eleanor verbrachten den Winter damit, die Voraussetzungen einer solchen Betriebsumstellung zu prüfen. Vor dem

Bürgerkrieg waren große Flächen der Ardeith-Plantage mit Zuckerrohr bestellt worden, weitere Flächen mit Orangen. Gegenwärtig wuchs Zuckerrohr hauptsächlich westlich des Stromes, und in dem Golf näheren Bereichen wurden Orangen gezüchtet; sie hatten dort den besseren Boden. »Wie ist es mit Reis?« fragte Eleanor. Kester zuckte die Achseln: das würde erhebliche Umstellungen bedingen. Es müßten Anlagen geschaffen werden, um das Wasser über den Deich zu bringen, da das Land dann ständig berieselt werden müßte. Außerdem müsse man Arbeiter haben, die etwas vom Reisbau verstünden. »Hier herum weiß niemand etwas vom Reis«, sagte er. »Reis wächst in Südwestlouisiana. Wir könnten es mit Mais versuchen, aber wir hatten gute Maisernten im vergangenen Jahr, und die Hälfte aller Baumwollpflanzer plant ohnehin schon, sich auf Maisbau umzustellen.«

Eines Tages im Januar erschien Sylvia und wollte, daß man einen Betrag für den belgischen Hilfsfond zeichnen solle. Sie sei froh, in diesem Winter ihr eigenes Kind eben noch ernähren zu können, versetzte Eleanor kühl; die Belgier sollten für sich selber sorgen. »Wenn du schon nichts für die armen Belgier tun willst«, sagte Sylvia, »dann tue wenigstens folgendes: Wenn du Gelatine zu Nachspeisen verwendest, dann verwende Hoopers Gelatine. Schau, sie ist in solchen Kartons verpackt, mit einem gelben Etikett an der Seite.« Sie zeigte ihr eine Musterpackung. »Das Etikett mußt du jeweils abschneiden und an die Hausfrauenliga einsenden«, erklärte sie weiter. »Die Firma löst die Etiketts für einen Cent pro Stück bei der Liga ein. Der Betrag wird dem Roten Kreuz zur Verfügung gestellt.«

»Warum gibt man dem Roten Kreuz nicht einfach das Porto, das alle dieser Aufwand verschlingt?« fragte Eleanor.

»Nun, Eleanor, du verstehst das nicht«, bemerkte Sylvia spitz.

»O doch, ich verstehe durchaus«, sagte Eleanor ungerührt. »Die Gelatinegesellschaft möchte die öffentlichen Sympathien ausnützen, um mehr Gelatine zu verkaufen.«

»Eleanor«, sagte Sylvia, »ich bin enttäuscht von dir. Viele von uns müssen heutzutage so schwer arbeiten.«

Als sie endlich ging, um ihre Werbebesuche fortzusetzen, ging Eleanor hinunter. Sie fand Kester damit beschäftigt, einen Brief von Sebastian zu lesen. Sebastian schrieb, daß die Baumwolle gegenwärtig sechs Cents koste; ob sie zu verkaufen wünschten?

»Die Baumwolle ist alles, was wir gegenwärtig besitzen«, sagte

Eleanor, »verschleudern wir sie zu diesem Preis, der nicht einmal die Gestehungskosten deckt, bedeutet das den Bankrott.«

Er stimmte ihr zu. Sie setzte sich zu ihm und nahm seine Hände in die ihren. »Laß uns noch etwas warten, Kester«, sagte sie. »Viele Leute meinen, daß der Krieg noch in diesem Jahr zu Ende ginge.«

»Es gibt auch viele Leute, die sagen, er würde noch lange dauern.«

»Sollte ich unrecht haben und die Lage sich weiter verschlechtern – ich halte es aus«, sagte sie. »Ich habe inzwischen eine Menge gelernt.«

»Du bist ein großartiges Mädchen, Eleanor.«

Sie lächelte: »Ich kann allerhand aushalten, Kester, ausgenommen Sylvia, wenn sie gackert wie ein Huhn, das ein Ei gelegt hat.«

Er lachte: »Sie war ja hier. Was wollte sie denn?«

Eleanor erzählte ihm die Gelatinegeschichte und Sylvias rührende Bemühungen um das Wohl der Belgier. Er lachte abermals: »Du hättest ihr sagen können, daß ich dem Belgischen Hilfsfonds gestern fünf Dollar gespendet habe.«

»Kester!« fuhr sie auf. »Wie konntest du nur! Wo wir jeden Cent dringend brauchen.«

»Ich konnte es nicht abschlagen«, sagte er. »Sie kamen mit den belgischen Kindern und ihrer Not. Ich mußte an Cornelia denken.«

»Wenn du an Cornelia gedacht hättest, würdest du ihr klargemacht haben, daß ich für fünf Dollar zwei Paar Schuhe hätte kaufen können«, sagte sie scharf. »Sie hat sie wahrhaftig nötig.«

»Bitte, sei ruhig«, entgegnete Kester. Sie biß sich auf die Lippen. Er war offensichtlich verstimmt und bald danach froh, als Neal Sheramy anrief und ihn zu einer Kinoveranstaltung einlud. Er sagte zu.

Eleanor gab sich alle Mühe, heiter zu erscheinen. Sie nahm kleine gesellschaftliche Einladungen an und bat dann und wann ein paar Freunde zum Abendessen. Wenn sie Isabel irgendwo traf, begrüßte sie sie kurz und schenkte ihr im übrigen so wenig wie möglich Aufmerksamkeit. Wie alle ihre Bekannten sangen auch sie und Kester ›Tipperary‹ und versuchten Worte wie Ypern und Prysanyz auszusprechen. Sie lachten ironisch über die Zeitungsmeldung, daß Gavrilo Princip, der Mann, der mit dem Massenmorden angefangen hatte, zu zwanzig Jahren Kerker verurteilt worden sei; sie erörterten die zahllosen polemischen Artikel, die den Unterschied zwischen Kultur und *Kultur* klarzumachen suchten; sie beschäftigten sich mit dem neuen Kriegsspiel, das auf einer Landkarte Europas gespielt wurde, mit Armeen und Marineeinheiten Deutschlands, Österreichs, Frankreichs, Belgiens, Großbritanniens und Rußlands, und benahmen sich alles in allem nicht viel anders als alle anderen Leute in diesen Tagen auch. Unterdessen wurden ihre Gläubiger so dringlich mit ihren Forderungen, daß sie sich scheuten, durch die Stadt zu fahren. Jeder Einkauf in der Apotheke oder beim Kaufmann wurde zu einer schwierigen und peinlichen Angelegenheit. Sie konnten keine Nägel kaufen, um ein loses Brett an der Galerie zu befestigen. Das Auto befand sich in einer Verfassung, daß eine gründliche Reparatur unerläßlich wurde, weil man nicht mehr sicher damit fahren konnte. Schon seit Monaten putzten sie die Zähne mit Salz, weil sie sich Zahnpasta nicht leisten konnten.

Im Februar stieg der Baumwollpreis auf acht Cents für das Pfund. Am 1. März schrieb Sebastian in dringender Form, sie möchten verkaufen. Baumwolle werde inzwischen in geringen Mengen nach Übersee verschifft, aber die Tätigkeit der deutschen U-Boote beeinträchtige den Handel der Alliierten so stark, daß er allgemach ein schweres Risiko einschließe, so daß niemand zu sagen vermöchte, wann die Einstellung der Verschiffung zu einem neuen Preissturz führen würde.

Sie saßen mehrere Abende nebeneinander und sprachen darüber. Verkauften sie ihre Baumwollbestände zu acht Cents für das Pfund, würde der Ertrag gerade ausreichen, die dringendsten Rechnungen zu begleichen, aber es würde kein Penny verbleiben, um an die Abtragung der zwanzigtausend Dollar zu denken, die die Bank zu beanspruchen hatte, und die aufgebracht werden mußten, wenn sie länger als bis zum 1. Dezember auf Ardeith bleiben wollten. Es konnte keine Rede davon sein, daß die Plantage bei einer Umstellung auf Gemüsebau im ersten Jahr zwanzigtausend Dollar abwerfen würde. In der äußersten Verzweiflung erwogen sie schließlich den Gedanken, Fred Upjohns Hilfe in Anspruch zu nehmen. Aber Eleanor kannte den Betrieb ihres Vaters genug, um zu wissen, daß es ihm unmöglich sein würde, zwanzigtausend Dollar in bar aufzubringen. Bei der allgemeinen Krisenlage der Banken würde Fred eine derartige Summe nur flüssig machen können, wenn er seine Deichbaumaschinen und sein Haus verpfändete, was ihn praktisch in die gleiche Situation brächte, in der sich Kester und Eleanor gegenwärtig befanden. Eleanor kannte den langen und hartnäckigen Kampf, den ihr Vater durchgefochten hatte, um seine heutige Stellung zu erringen; sie war deshalb eher gewillt, eine persönliche Niederlage einzustecken, als ihrem Vater einen solchen Schritt zuzumuten.

»Ich bezweifle, daß Vater uns entscheidend helfen könnte«, sagte sie. »Die jüngeren Kinder gehen noch zur Schule. Er hat kein Recht, ihre Zukunft um meinetwillen aufs Spiel zu setzen.«

»Du meinst: um meinetwillen!« berichtigte Kester. »Natürlich hat er das nicht. Er kann nicht riskieren, alles zu verlieren, was er sich erarbeitete, nur weil du dir in den Kopf setztest, mich zu heiraten.«

»Wieviel Geld hast du noch?« fragte Eleanor nach einer Weile.

»Ich habe« – Kester zog seine Geldbörse heraus und zählte – »elf Dollar, vierunddreißig Cents.«

»Und ich besitze noch ungefähr sechs Dollar im Portemonnaie und zweiunddreißig Dollar auf meinem Bankkonto«, versetzte Eleanor.

»Und das ist alles«, sagte Kester.

Er setzte sich und legte ein Bein über das andere. Sie sah die Sohle seines Schuhs; sie bedurfte dringend der Reparatur. Sie hatten ihre Baumwolle zurückgehalten, weil es ihr letzter verkäuflicher Besitz war, mit dem sich alle ihre Hoffnungen verbanden. Aber die Situation, der sie sich jetzt gegenübersahen, übertraf alle früheren Befürchtungen. Es ging nicht mehr um die Möglichkeit, Ardeith zu retten, es ging um die Sicherung der einfachen nacktesten Lebensnotdurft. Die offenen Rechnungen bei den örtlichen Kaufleuten würden Eleanors persönliches kleines Einkommen auf Monate hinaus verschlingen. Ihre Augen trafen sich in verzweifelter Frage.

»Wir müssen die Baumwolle verkaufen«, sagte Kester.

»Ja«, sagte Eleanor. Sie saßen sich in traurigem Schweigen gegenüber und sahen sich an.

Am Morgen setzte sich Eleanor an die Schreibmaschine und schrieb Sebastian einen Brief, worin sie ihm mitteilte, daß sie ihre Baumwollbestände verkaufen wollten. Kester, der selbst nicht mit der Maschine schreiben konnte, saß daneben und sah ihr zu. Eleanor begann den Brief viermal von neuem. Es war ein ganz einfacher Brief, nur wenige Zeilen lang, aber sie war so nervös, daß ihr ständig Fehler unterliefen; ihre Hände weigerten sich, die Befehle auszuführen, die ihr Hirn ihnen erteilte. Sie riß den vierten falsch begonnenen Bogen aus der Maschine, zerknüllte ihn zu einem Ball und warf ihn in den Papierkorb. Kester trat dicht hinter sie und umarmte sie wortlos. Sie hielt still und mehrere Minuten lang verharrten sie so schweigend. Schließlich sagte Eleanor:

»Und was sollen wir nach dem 1. Dezember beginnen?«

»Ich denke, daß wir imstande sein werden, fünfzig oder hundert Morgen zu halten«, sagte Kester. »Ich werde als Ein-Maulesel-Farmer neu beginnen.«

»Und wenn wir nicht einmal das halten können?«

Er zuckte die Achseln: »Ich weiß es nicht.«

Eleanor legte ihre Hände in die seinen. Kester drückte sie und ließ sie dann plötzlich los. Er ging zum Fenster und starrte hinaus auf die schwingenden Moosketten an den Eichen und auf die Azaleen mit ihren leuchtenden, zerbrechlichen Blüten.

»Ardeith!« sagte er. »Philip Larne hat hier eine Blockhütte gebaut. Er pflanzte Indigo an.«

»Kester! Bitte, hör auf!«

Sie wandte sich brüsk der Schreibmaschine zu und begann die fünfte Fassung des Briefes. Diesmal flossen ihr die glatten Sätze ohne Schwierigkeiten aus den Tasten; weder Niedergeschlagenheit noch Todessehnsucht sprachen daraus: »... Sie erhalten damit die Vollmacht, die Baumwolle zu verkaufen, die durch die beiliegenden Lagerquittungen ausgewiesen wird...«

»Hier«, sagte sie, den Bogen aus der Maschine nehmend.

Er kam heran, beugte sich über den Schreibtisch, las den Brief und setzte seinen Namen darunter. »Ich werde ihn mit zur Stadt nehmen und dort postfertig machen«, sagte er. »Wir wollen keine Zeit mehr versäumen; der Preis kann jeden Augenblick wieder fallen.«

Bessy erschien, um zu Tisch zu bitten. Sie gingen ins Eßzimmer und stocherten in den Speisen herum, die vor ihnen standen. Wir leben schon wie die Pächter, dachte Eleanor, aber sie sprach es nicht aus. Während des Essens fiel kaum ein Wort, nur Kester machte einmal die Bemerkung, daß der Pfirsichgarten zu blühen beginne und einen prächtigen Anblick biete.

Gleich nach der Mahlzeit ließ Kester sein Pferd satteln und ritt zur Stadt, um den Brief fortzuschaffen. Eleanor machte sich im Haus zu schaffen. Ihr war zumute, als müsse sie sich jetzt schon von all den Dingen verabschieden, die ihr liebgeworden waren. Sie hielt es schließlich nicht mehr aus, setzte sich in das reparturbedürftige Auto und fuhr etwas hinaus, um sich Ablenkung zu verschaffen. Sie zögerte zunächst einen Augenblick, ob sie das Recht hatte, Benzin zu verschwenden, sagte sich aber schließlich, daß selbst das Sparen mittlerweile sinnlos geworden sei. Sie fuhr die Uferstraße entlang und grübelte darüber nach, was sie wohl aus den Trümmern zu retten vermochte, wenn sie wirklich Ardeith verlassen müßten.

Die Felder waren voller Düfte und Farben, der Pfirsichgarten blühte in bunter Pracht. Ich habe früher nie gewußt, wie schön das alles ist, dachte sie; jetzt, da ich im Begriff bin, es zu verlieren, fühle ich es. Plötzlich setzte sie den Fuß so hart auf die Bremse, daß der Wagen ruckte und stieß. Im Pfirsichgarten saßen Kester und Isabel im Gras unter einem Baum. Sie waren so in ihre Unterhaltung vertieft, daß sie gar nicht bemerkten, wie Eleanor vorüberfuhr.

Eleanor gab Gas, und das Auto sprang vorwärts. Als sie um die Kurve fuhr, sah sie Kesters Pferd an einem Baum angebunden und nahe dabei den eleganten kleinen Sportzweisitzer, den Isabel fuhr, seit sie wieder hier war. Denn obgleich ihr Einkommen gering sein mochte, gemessen an dem, was sie bisher besaß, reichte es doch hin, sie mit allem Nötigen zu versorgen.

Eleanor wendete und fuhr abermals an dem Obstgarten vorbei. Sie saßen noch immer da. Isabel hielt ihren Hut im Schoß; die Sonne spielte mit ihrem leuchtenden Haar. Sie hatte die Beine über Kreuz gelegt und sah zu Kester mit Blicken auf, als bedeute jedes Wort von ihm eine Offenbarung für sie. Man sah ihrer Haltung, jeder ihrer Bewegungen und ihrem ganzen Benehmen an, daß sie gewohnt war, mit Männern umzugehen und Männern zu gefallen. Eben als Eleanor im Wagen draußen vorbeifuhr, sagte Kester etwas, was Isabel Veranlassung gab, den Kopf zurückzuwerfen und zu lachen.

Eleanor wurde von Wut und Ingrimm geschüttelt. Im ersten Impuls wäre sie am liebsten dazwischengetreten; sie unterdrückte die Regung, weil sie Isabel nicht den Triumph gönnte, sich ihr gegenüber als Siegerin fühlen zu können. Sie verließ das Auto auf der Parkallee, ging ins Haus und begann im Wohnzimmer auf und ab zu gehen. Dilcy kam mit Cornelia herein, während sie noch immer Schritt für Schritt das Zimmer durchmaß.

»Bring sie hinaus«, sagte Eleanor kurz.

»Vader?« fragte Cornelia. Ihre Augen suchten das Zimmer ab. »Vader?«

»Miß Elna«, sagte Dilcy vorwurfsvoll, »es ist zu kalt draußen für kleine Miß.«

»Ich habe dir gesagt, du sollst sie hinausbringen.«

»Ja, Miß.« Dilcy zog sich grollend zurück.

Und wieder ging Eleanor auf und ab. »Er hat es versprochen«, flüsterte sie vor sich hin, »er hat es mir versprochen. Aber diesmal werde ich es nicht schweigend einstecken.«

Sie hatte den Namen Isabel ihm gegenüber nie wieder erwähnt, seit er ihr im November versprochen hatte, sich nicht mehr allein mit ihr zu treffen. Jetzt war man in der ersten Märzwoche. Kester hatte das Versprechen aus eigenem Antrieb gegeben, und sie hatte nie gedacht, daß sie daran zweifeln müßte. Sie erinnerte sich, wie bereitwillig er es gegeben hatte, genau so bereitwillig, wie sie einem Kind ein Stück Kandis gegeben hätte, um es ruhig zu halten. Das Gefühl, betrogen zu sein, zu wissen, daß man insgeheim über sie lache, bereitete ihr fast physische Übelkeit. Der bloße Gedanke an eine solche Möglichkeit brachte sie zur Weißglut. Heute hatte sie eingewilligt, die Baumwolle abzustoßen; wenn nicht ein Wunder geschah, würden sie Ardeith verlieren, und sie hatte Kester, der letzten Endes die Schuld an dieser Entwicklung trug, kein Wort des Tadels oder auch nur der Kritik gesagt. Und dies also war nun seine Dankbarkeit! Nein, es war zuviel!

Die Sonne war schon untergegangen, als er zurückkam. Sie hörte die Hufschläge des Pferdes auf der Allee; gleich darauf kam er die Verandatreppe heraufgestürmt.

»Hallo!« rief er, als er das Wohnzimmer betrat. »Sag mal, Eleanor, findest du nicht, daß es draußen zu kalt für Cornelia ist? Dilcy sagte, du hättest sie hinausgeschickt.«

Eleanor wandte sich ihm zu. »Du hattest mir versprochen, Isabel Valcours Haus nicht mehr zu betreten«, sagte sie, »ich konnte nicht annehmen, daß du dich statt dessen mit ihr im Pfirsichgarten treffen würdest.«

Kester war ruckhaft stehengeblieben, als sie zu sprechen begann. Er warf jetzt die Tür hinter sich ins Schloß. »Du bist der größte Dummkopf, den ich je in meinem Leben gesehen habe«, sagte er.

Eleanors Brust wogte auf und ab vor Erregung. »So«, sagte sie, »Ich bin also ein Dummkopf, wenn ich wissen möchte, warum du mir ein Versprechen gabst, das du nicht zu halten beabsichtigtest?«

»Großer Gott, Eleanor, kann ich dafür, wenn ich jemand auf einer öffentlichen Straße begegne?«

»Leider bist du ihr nicht auf einer öffentlichen Straße begegnet«, sagte Eleanor.

Kester stand mit dem Rücken der Tür zugewandt und sah sie an. Seine Antwort hatte die kühle Klarheit, die Ärger stets in seiner Sprache auszustrahlen pflegte: »Isabel fuhr die Straße entlang. Sie hielt an, rief mich an und fragte, ob sie ein paar Pfirsichblüten haben könne. Ich ging mit hinein, um ihr zu helfen, welche abzuschneiden.«

»Du warst nicht dabei, Blüten zu schneiden, als ich dich sah.«

»Ist es ein Verbrechen, sich auf eine ganz allgemeine harmlose Unterhaltung einzulassen?« fragte er.

»Harmlose Unterhaltung!« Sie lachte böse auf. »Ich frage mich, worüber du dich schon mit ihr unterhalten konntest.«

»Das ist einfach, wir sprachen von Sylvia. Sie erzählte mir, daß Sylvia neuerdings herumrenne und jedermann frage, ob er helfen wolle, Puppen für belgische Kinder auszustatten. Ich hatte ihr einmal erzählt, daß sie für eine Gelatinefabrik Propaganda gemacht habe.«

»Gelatine?« fragte Eleanor. »Die Sache mit Sylvias Gelatinereklame war nach Weihnachten. Hast du denn Isabel während des Winters getroffen?«

Nun wurde Kester wütend. Wut äußerte sich bei ihm nicht wie bei Eleanor, die eine Flut unüberlegter Worte heraussprudelte; er sprach dann im Gegenteil leise, mit einer schneidenden Stimme, die überzeugender als jeder Temperamentsausbruch wirkte. Gewiß, sagte er, er habe Isabel mehrere Male während des Winters gesehen. Isabels Haus liege an der Uferstraße unweit der südlichen Grenze von Ardeith. Sie könnten nichts dafür, wenn sie einander gelegentliche begegneten. Sie habe seinen Rechtsanwalt zu Rate gezogen, und es sei die natürlichste Sache von der Welt, daß sie ihm davon erzählt habe. Isabel brauche einen Berater. Ihr Vater sei während ihres Aufenthaltes in Deutschland gestorben und sie habe niemand, mit dem sie sprechen könne. Es sei da, nebenbei, um seine eigenen Angelegenheiten gegangen. Er habe das Eleanor gegenüber nicht erwähnt, weil er Eifersuchtsszenen dieser Art hasse und sie habe vermeiden wollen. Es sei ihm klar gewesen, daß sie bei dem lächerlichsten und geringfügigsten Anlaß über ihn herfallen werde.

Eleanors Zorn war über seinen Worten noch gestiegen. Ihre Stimme zitterte, als sie sagte:

»Wirst du fortfahren, mit ihr zusammenzutreffen?«

»Ich werde tun, was ich will«, sagte Kester, »ich bin nicht auf dem Sklavenmarkt gekauft.«

Eleanor hatte ein Gefühl, als müsse ihr Kopf jeden Augenblick springen. Ihre monatelange Arbeit, ihre verzweifelte Sorge um Ardeith, ihre Angst, als sie sich endlich entschließen mußten, die Baumwolle zu verkaufen, all die unendlichen Strapazen und Enttäuschungen, die sie hinter sich hatte, das alles kam jetzt zusammen und fiel über sie her. Sie begann zu sprechen, aber sie wußte kaum, was sie sprach, die Worte wurden nicht mehr von einem zentralen Willen gelenkt; alles, was sich in ihr angehäuft hatte an Schmerz, Qual und Bitterkeit, brach jetzt heraus und fiel über Kester und Isabel her. Alles, was sie sagte, kreiste um die Enttäuschung, daß Kester sein Wort nicht gehalten habe, aber alle die anderen Bitterkeiten und Enttäuschungen schwangen darin mit.

Kester war verwirrt und halb betäubt. Aus all ihrem Geschimpf hörte er nur heraus, daß sie ihm Dinge vorwarf, die er nicht begangen hatte und auch nicht zu begehen beabsichtigte. Einige Male versuchte er, sie zum Schweigen zu bringen, aber er hätte geradesogut den Versuch unternehmen können, das hereinströmende Wasser bei einem Deichbruch mit der Hand aufhalten zu wollen. Zuletzt rief er mit erhobener Stimme:

»Wirst du, in Gottes Namen, jetzt endlich aufhören?«

»Warum sollte ich? Wirst du zukünftig diese Frau in Ruhe lassen?«

»Warum sollte ich?« nahm er ihre Redewendung auf. »Für das Glück, dich ansehen zu dürfen, so, wie du jetzt aussiehst?«

»Oh! Sie ist wohl reizend, wie?«

»Du siehst jedenfalls aus wie eine Hexe, und du schreist auch wie eine Hexe!«

»Ich kann nicht vierzehn Stunden am Tage arbeiten und dann wie eine Sirene aussehen. Wenn du eine Frau haben wolltest, die zart und süß und anbetungswürdig aussieht, warum hast du nicht eine solche geheiratet?«

»Ich wollte, ich hätte es«, sagte Kester. Er sprach langsam und abgehackt, immer noch mit diesem schneidenden Ton in der Stimme; eine Hand hielt hinter seinem Rücken den Türknopf umklammert.

»Eine, die dir jeden Tag von neuem erzählt, was du für ein wundervoller Mann seiest, gleichgültig, was du tust oder wie du dich benimmst?«

»Ja«, antwortete Kester und öffnete die Tür.

Eleanor lachte böse. »Es ist schrecklich, daß meine Manieren nicht durch eine jahrhundertealte Tradition geläutert und verfeinert wurden«, höhnte sie.

»Du hast nur zu recht«, versetzte Kester, »sie lassen leider viel zu wünschen übrig.« Die Wohnzimmertür dröhnte, gleich darauf dröhnte die Haustür, und einen Augenblick später hörte sie das Auto die Parkallee hinunterrattern.

Eleanor fiel in einen Sessel; sie legte die Hände an ihre pochenden Schläfen. Einen Augenblick verwirrten sich ihre Gedanken; die zitternde Wut hatte all ihre Kräfte erschöpft; sie saß mit leerem Kopf im Sessel und starrte vor sich hin.

Sie wußte nicht, wie lange sie so gesessen hatte, leeren Blicks auf die wachsenden Schatten starrend; ganz allmählich erst begann ihr Bewußtsein wieder zu erwachen. Sie spürte, daß sie zitterte, nicht vor Kälte, denn obgleich das Feuer im Kamin heruntergebrannt war, war die Wärme doch noch im Raum, sondern vor innerer Erregung. Als sie ihre Hände von den Schläfen nahm und sich gerade aufrichtete, wußte sie, woher die Lähmung kam, von der sie sich befallen sah. Sie hatte Angst vor einer Situation, der sie bisher in ihrer Ehe noch nicht gegenübergestanden hatte, und sie war bange, weniger, weil diese Situation nun bestand, als, weil sie sie selber herbeigeführt hatte. Sie wußte nicht mehr, was alles sie Kester in diesen schrecklichen Minuten an den Kopf geworfen hatte, aber was immer sie auch gesagt haben mochte, sie hatte niemals wirklich geglaubt, daß er ihr untreu gewesen sei. Sie hatte immer nur gefürchtet, daß Isabel die alte Macht, die sie schon einmal über ihn gehabt hatte, wieder beleben und ihn zur Untreue verführen könnte.

Eleanor stand auf. Sie ging zum Kamin hinüber, in dem die Aschehäufchen noch glühten; das Zimmer war inzwischen völlig dunkel. Mechanisch ergriff sie ein Stück Holz und ließ es auf die Glut fallen. Dann setzte sie sich auf den Teppich und beobachtete, wie das Holz allmählich Feuer fing. Schaudernd wurde ihr klar, daß sie Kester durch ihr heutiges Verhalten geradezu auf Isabel gestoßen habe; stärker als irgend etwas anderes ihn je hätte stoßen können. Wahrhaftig, die sinnlose Wut hatte ihr den Verstand getrübt, sonst hätte das nicht geschehen können.

Schließlich erhob sie sich und ging nach oben. Kesters Rückkehr abwartend, stand sie am Fenster und sah hinaus in die Dunkelheit. Über den Bäumen stand der Mond und sah aus wie eine vertrocknete Zwiebel. Die Stunden liefen dahin; sie beobachtete, wie der Morgen heraufkam. Als es zwischen den Eichen heller und heller wurde, fühlte sie sich völlig verbraucht. Aber sie hatte gelernt, daß nichts, was ihr von außen angetan werden konnte, schrecklicher war als da, was sie sich selber antat.

Es klopfte an der Tür. Eleanor sprang auf, von einer jähen Hoffnung geschüttelt. Sie stolperte in der Hast über einen Stuhl und wäre beinahe gefallen. Als sie die Tür aufriß, stand Bessy draußen; es war ihr wie ein Schlag ins Gesicht.

»Was ist, Miß?« fragte Bessy verwundert. »Miß schon aufgestanden und angekleidet?«

Eleanor hatte vergessen, daß sie sich während der Nacht gar nicht ausgezogen hatte. Sie hoffte, Bessy würde nicht sehen, daß ihr Bett noch unbenutzt war.

»Ja«, sagte sie, »was gibt es?«

Bessy gab ihr einen soeben eingetroffenen, persönlich zugestellten Brief aus New Orleans. Die Adresse war mit der Maschine geschrieben. Eleanor setzte sich hin und drehte den Brief in den Händen. Sie fühlte sich so leer, enttäuscht und geschlagen, daß sie zögerte, ihn zu erbrechen, obgleich es wichtig sein mußte, da er mit einer besonderen Zustellungsmarke versehen war. Schließlich riß sie den Umschlag auf. Ein beschriebener Bogen und zwei gedruckte Zettel fielen in ihren Schoß. Der Brief war von ihrem Vater. Er enthielt nur ein paar Zeilen: Sie werde vermutlich an den beiliegenden Notizen interessiert sein. Im übrigen viele liebe Grüße.

Eleanor war an gar nichts interessiert. Nichtsdestoweniger hob sie den kleineren Zettel auf und begann zu lesen. Fred hatte mit Bleistift an den Rand geschrieben: ›*NEW YORK TIMES 2. März*‹

Auf dem Abschnitt stand ein kurzer Artikel, der ohne Kommentar feststellte, daß das britische Großkampfschiff ›*QUEEN ELIZABETH*‹, das sich gegenwärtig in den Dardanellen aufhalte, jedesmal, wenn es einen Schuß aus seinen fünfzehnzölligen Geschützen abfeuere, einen Ballen Baumwolle verbrauche.

2

Eleanors Augen waren umwölkt vor Müdigkeit, während sie versuchte, den zweiten Zettel zu lesen. Es war dies kein Zeitungsausschnitt, sondern eine herausgeschnittene Seite aus einer Enzyklopädie. Sie enthielt einen mit der Überschrift ›Explosivstoffe‹ versehenen Teil eines Artikels. Die meisten in dem Artikel verwandten Ausdrücke waren Eleanor nicht bekannt. ›Schießbaumwolle‹, las sie, ›Nitrozellulose, rauchschwarzes Schießpulver.‹

Eleanor stand auf. Sie dehnte sich in Armen und Schultern, um die Steifheit aus den Gliedern zu bekommen. Der innere Aufruhr ihres Gemüts über Kester, Isabel und ihr eigenes Verhalten begann sich allmählich zu legen; ein neuer Gedanke arbeitete in ihrem Kopf. Sie ging ins Badezimmer und ließ kaltes Wasser über ihre Augen laufen. In ihr Zimmer zurückkehrend, nahm sie den Hörer ihres Telefons ab.

Sebastian würde zu so früher Stunde noch nicht in seinem Büro sein; sie rief deshalb seine Wohnung an. Als seine Stimme sich am anderen Drahtende meldete, nahm sie den ganzen Rest ihrer Kraft zusammen.

»Sebastian«, sagte sie, »du wirst heute einen Verkaufsantrag von Kester bekommen. Ich rufe dich an, um dir zu sagen, daß Kester seinen Entschluß geändert hat. Er will noch nicht verkaufen.«

»Warum, Eleanor, was ist geschehen?« fragte Sebastian.

»Kester wird es dir später sagen«, antwortete sie. »Aber – verstehst du mich auch klar? Nicht verkaufen!«

»Eleanor, ich weiß zwar nicht, was ihr wollt, aber ich kann dir nicht nachdrücklich genug raten, jetzt zu verkaufen. Deutschland und England ...«

»Hast du schon einmal etwas von Schießbaumwolle gehört? Sebastian? Nitrozellulose und so weiter?«

»Was heißt das?«

»Es ist gleichgültig. Nicht verkaufen, Sebastian!«

Sie verabschiedete sich kurz und hängte den Hörer ein. Die Anstrengung, den in hellwacher Einsicht gefaßten Entschluß sofort durchzuführen, hatte sie den letzten Zipfel ihrer Kraft gekostet. Während der Hörer klickend in die Haltegabel zurückfiel, sank sie auf das Bett, und ohne die Schuhe auszuziehen oder den Gürtel zu öffnen, fiel sie in Schlaf.

Als sie erwachte, stand die Sonne hoch am Himmel. Einen Augenblick war sie erschrocken, so lange geschlafen zu haben und sich, gekleidet wie am Vortag, auf dem Bett zu finden. Dann erinnerte sie sich an alles, was geschehen war, und sprang auf. Kester war nicht nach Hause gekommen. Die Bediensteten schlichen mit merkwürdigen Blicken durchs Haus, als machten sie sich über diesen Umstand ihre eigenen Gedanken, aber Eleanor tat, als sei gar nichts geschehen. Sie gab ihre Anordnungen für den Haushalt, ruhig und sachlich wie immer, sie überzeugte sich, daß für Cornelia gesorgt wurde, und zwang sich selbst, etwas Obst zu essen und ein paar Tassen Kaffee zu trinken. Nachdem sie sich umgekleidet hatte, ließ sie sich auf den Stufen der Verandatreppe nieder, lehnte sich gegen eine der Säulen und wartete auf Kester.

Es war nahezu vier Uhr, als das Auto durch das Parktor gefahren kam. Als Kester aus dem Wagen stieg, lief sie auf ihn zu. Sie reichten einander die Hände und sagten fast gleichzeitig: »Kannst du mir verzeihen?«

Danach redeten sie ein wenig durcheinander und wußten offenbar beide nicht genau, was sie sagten. Eleanor versuchte, alles auf einmal herauszusprudeln, und auch Kester sprach in wirren und abgehackten Sätzen auf sie ein. Sie gingen ins Wohnzimmer zum Kaminfeuer. Eleanor ließ sich auf dem Sofa nieder und Kester legte ihr, vor ihr kniend, den Kopf in den Schoß.

Sie versuchte, ihm klarzumachen, daß sie ihm lange schon vergeben habe, lange, bevor er nach Hause gekommen sei. Alles, was sie wissen wolle, sei, ob sie auch seine Vergebung habe. Ach, Vergebung; erst mußte er doch einmal erzählen, was geschehen und wie das alles gekommen sei. Er hatte nicht die Absicht gehabt, Isabel Valcour aufzusuchen, gewiß nicht. Oh, er war ärgerlich gewesen, als er fortfuhr, gewiß, und es war schwer, jetzt zu sagen, was in seinem Kopf vorging. Jedenfalls war er schon früh am Abend völlig betrunken. Oder wenigstens hatte er gemeint, es zu sein, obwohl er sich an alles erinnern konnte, was geschehen war. »Ich sehe den Buffetier an Joe's Platz noch vor mir«, sagte er. »Er meinte, ich solle in dem Zustand nicht fahren, aber ich habe gesagt, ich könne jedes Auto zu jeder Zeit und an jedem Ort fahren. Als ich dann draußen an der Luft war, wurde es besser, ich bin, glaube ich, sehr vorsichtig gefahren, jedenfalls weiß ich noch, daß ich das Auto mit großer Behutsamkeit um das Colston-Warenhaus, dessen Gebäude so weit in die Straße hinausragt, gesteuert habe. Aber wie mir der

Kopf langsam klarer wurde, da kam auch die Erinnerung zurück an alles, was du gesagt hattest, und die Wut kam wieder in mir hoch. Ach, Eleanor, es war mir alles egal, ich dachte, es wäre mir ganz gleich, ob ich dich noch einmal wiedersähe oder nicht, und es käme jetzt nicht mehr darauf an, was weiter geschähe. Ich bin dann, nicht absichtlich, die Uferstraße entlang gefahren, ohne bestimmten Grund, weißt du, nur so kraft der Gewohnheit; obwohl – ich will nicht lügen, und es ist sehr schwer, nachträglich zu sagen, was mir im Kopf herumging, denn ich war ja doch sehr betrunken. Und ich merkte dann auch bald, daß das Auto mir nicht mehr gehorchte, ich war bald auf der linken und bald auf der rechten Straßenseite und bald in der Mitte, und ich war auch wieder nicht so betrunken, daß ich die Gefahr nicht erkannt hätte, und ich wollte durchaus weder mich noch sonst jemand ums Leben bringen.«

Er machte eine Pause und starrte vor sich hin. »Und dann war ich vor Isabels Haus«, fuhr er nach einem Weilchen fort. »Es war alles dunkel, nur aus einem Fenster der oberen Etage fiel Licht.« Er stöhnte und fuhr sich durch das verwirrte Haar. »Oh, Eleanor«, sagte er, »kannst du dir ausdenken, wie dir zumute wäre, wenn du des Morgens erwachtest und sähest dich von Ratten und Kröten und allerlei Gewürm umgeben? Wenn du dir das vorstellen kannst, dann weißt du ungefähr, wie mir heute morgen zumute war.« Er seufzte wieder und starrte vor sich hin. Er habe den größten Teil des Tages damit verbracht, daß er durch die Wälder gefahren sei, sagte er, er habe am versumpften Seeufer gestanden und Stecken in das Wasser geworfen und versucht, mit sich ins Reine zu kommen, um nach Hause fahren und ihr gegenübertreten zu können.

Sie könne ihm alles genau nachfühlen, sagte Eleanor. Sie hatte eine schlaflose Nacht hinter sich und hatte viel nachgedacht. Sie meinte, die Puritaner und überhaupt alle Leute, die die Sitten- und Moralgesetze aufstellten, hätten nicht die Hälfte von dem begriffen, was sie predigten, wenn sie die Behauptung aufstellten, es gäbe nur eine Sünde, durch welche eine Ehe gebrochen würde. Sie habe die Ehe gebrochen so gut wie er. Sie seien beide treulos gewesen, und alles, was sie tun könnten, sei, sich zu schwören, daß sie hinfort nie mehr treulos sein wollten.

Danach war zwischen ihnen eine lange Stille. Kester hielt ihren Leib mit den Armen umschlungen und seinen Kopf in ihrem Schoß gebettet. Ihre Hände streichelten sein zerzaustes Haar. Mit heimlicher Verwunderung stellte sie fest, daß dieses Geschehen sie fester an Kester gebunden hatte als alles andere vorher, und daß sie stärker als je nach ihm verlangte, gleichgültig, was immer er getan haben mochte.

Kester hob schließlich den Kopf. »Ich brauche jetzt notwendig etwas Selbstbewußtsein«, sagte er.

Eleanor beugte sich über ihn und küßte ihn. »Was du jetzt brauchst, Lieber, ist ein Bad und ein sauberes Hemd«, sagte sie. »Kein Mensch kann auch nur eine Spur Selbstbewußtsein haben, wenn er so aussieht, wie du augenblicklich.«

»Was für eine Frau!« sagte Kester und lächelte in einer Art schmerzlichen Glücksgefühls.

Mitten in der Nacht erwachte Eleanor. Sie wälzte und drehte sich und vermochte nicht in den Schlaf zurückzufinden. Sie wollte doch nicht mehr daran denken, sie wollte doch nicht. Aber es war immer dasselbe, sie entging dem Kreislauf der Gedanken nicht. Und sie konnte das dumpfe Gefühl nicht loswerden, daß ihre Ehe einem reparierten Kleid glich, bei dem nur ein scharfes Auge die Flickstelle sehen konnte, das aber doch eine schwache Stelle behalten würde, wo es jederzeit von neuem zerreißen könnte.

Neuntes Kapitel

1

Am Morgen lagen die Zeitungsausschnitte noch auf Eleanors Schreibtisch. Sie nahm sie auf und begann Kester zu erzählen. Sie sprach lebhaft und mühte sich, ihre ganze Aufmerksamkeit auf die Baumwolle und ihre Möglichkeiten zu konzentrieren, um die bohrenden Gedanken von jener anderen Sache abzulenken. Sie hatte im Laufe dieser Nacht alles über Isabel Valcour erfahren, und über die Nacht, die Kester bei ihr verbracht hatte; sie mußte die Erinnerung daran verwischen, sie fühlte, daß sie es in Zukunft nicht mehr ertragen würde, auch nur den Namen dieser Frau zu hören, und sei es auch nur in Verbindung mit Kesters reumütigen Versicherungen.

Kester hörte ihr mit einiger Verblüffung zu. Er gab zunächst nur hin und wieder einen leichten Überraschungsruf von sich. Schließlich begann er zu begreifen, worauf sie hinauswollte, und geriet in Entzücken. »Schießbaumwolle – Nitron!« rief er, »Eleanor, es ist nicht auszudenken! Wenn der Krieg noch bis zum Herbst dauert, wird der Preis bei der nächsten Ernte so hoch sein, daß wir alle unsere Schulden bezahlen können.«

Eleanor dämpfte sein Hochgefühl etwas und erinnerte ihn daran, daß sie gegenwärtig nicht einmal Geld besäßen, um an neue Aussaat zu denken. Während sie sprach, wurde ihr bewußt, daß sie während der ganzen Nacht über das Problem nachgedacht haben mußte, denn ein fertiger Plan begann sich in ihrem Kopf zu fixieren. Gleich darauf strömten die Worte bereits über ihre Lippen.

»Ich werde nach New Orleans fahren und mit Mr. Tonelli sprechen«, sagte sie, »du weißt, Papas Freund, dem die Tonelli-Frucht-Linien gehören. Wir werden ihm unsere gesamten Baumwollvorräte zum Pfand anbieten.«

»Glaubst du, ihn davon überzeugen zu können, daß der Krieg noch zwei Jahre dauern wird?« fragte Kester.

»Ich werde es jedenfalls versuchen. Wenn Mr. Tonelli eine Chance wittert, nimmt er sie wahr. Er hat seine Millionen gemacht, indem er Chancen dieser Art rechtzeitig wahrnahm.«

»Wart einen Augenblick.« Kester war etwas eingefallen. »Wir

haben Sebastian angewiesen, unsere Baumwolle zu verkaufen«, sagte er.

Eleanor blickte zu Boden und rollte die Ecke eines Zeitungsausschnittes zwischen Daumen und Zeigefinger. »Ich habe mit ihm telefoniert und ihn angewiesen, nicht zu verkaufen«, sagte sie.

Er sah sie überrascht an. »Du hast ihn angewiesen –? Wann?«

»Gestern morgen in aller Frühe«, sagte Eleanor mit schwacher Stimme. Sie sah immer noch zu Boden.

Kester sagte nichts. Er kam herüber und barg ihren Kopf an seiner Schulter. Ein Weilchen fiel kein Wort; als Eleanor wieder sprach, hatte ihre Stimme einen forciert lebhaften Ton. Sie fühlte noch immer geheime Unsicherheit, sobald sie an andere Dinge als an Baumwolle dachte.

»Ich werde heute nachmittag nach New Orleans fahren«, sagte sie. »Es ist besser, du kümmerst dich um die Beaufsichtigung der Plantage, während ich die finanziellen Angelegenheiten in Angriff nehme; wir sind auf diese Weise ja immer ganz gut gefahren.«

Kester lachte sie an. »Wie gut, daß ich eine Frau heiratete, die Mathematik im Hauptfach studierte«, sagte er.

Er drückte sie fest an sich; sie machte sich lachend los und ging auf ihr Zimmer, um ihre Koffer zu packen. Ein paar Stunden später holte sie die letzten Dollars von ihrem Bankkonto und fuhr nach New Orleans.

Hier verbrachte sie zunächst zwei Tage in der Bibliothek und las alles, was es dort über Explosivstoffe zu lesen gab. Daneben studierte sie die internationale Gesetzgebung über die Verschiffung Neutraler an kriegführende Staaten. Ausgerüstet mit so viel Informationsmaterial, daß sie sich anheischig machte, stundenlang darüber zu referieren, suchte sie alsdann Mr. Tonelli auf. Sie ging ohne weiteres auf ihr Ziel los. Wie wäre es, fragte sie geradezu, würde er ihr gegen Verpfändung der Ardeithschen Baumwollbestände Geld leihen? Der Krieg würde vermutlich noch lange dauern, Baumwolle würde unvermeidlich im Preis steigen, und es handele sich somit um eine einmalige Chance.

Mr. Tonelli tippte mit dem Bleistift auf seinen Daumen und betrachtete ihn angelegentlich. Er war ein kleiner, dicklicher Mann mit schlauen schwarzen Augen und Falten in den Mundwinkeln. Sein Vater hatte auf den Kais in New Orleans die weggeworfenen Bananen aufgelesen und war damit hausieren gegangen. Er selber hatte einmal eine mittelamerikanische Revolution finanziert, und zwar weil er helfen wollte, eine Regierung in den Sattel zu heben, die seinem Bananenhandel großzügigere Bedingungen verschaffen sollte. Mr. Tonelli fuhr einen Zwölftausend-Dollar-Wagen und pflegte reichhaltig für allerlei Wohltätigkeitszwecke zu spenden, aber er hatte niemals einen Vierteldollar wissentlich verschwendet.

»Also dann erzählen Sie mal, was Sie alles über Munitionsherstellung herausgefunden haben, Miß Eleanor«, sagte Tonelli.

Eleanor, ausgezeichnet vorbereitet, begann zu sprechen. »Die Einzelheiten des Herstellungsprozesses sind natürlich Fabrikationsgeheimnisse«, sagte sie, »aber das Hauptprinzip ist folgendes: Die Rohbaumwolle wird mit Äther und Alkohol behandelt, um die Faser aufzubrechen. Äther und Alkohol verdampfen und lassen einen gallertartigen Rückstand hinter sich, der mit Nitraten behandelt wird. Das Ergebnis dieser Behandlung ist hochexplosiv; wird es mit Feuer in Berührung gebracht, werden ausdehnungsfähige Gase entwickelt, die explodieren, ohne einen Rückstand zu hinterlassen.«

Tonelli nickte beifällig, und Eleanor fuhr fort:

»Nitrate gibt es in Europa genug, aber keine Baumwolle außer der importierten. Bei Ausbruch des Krieges bestanden erhebliche Munitionsreserven, die sind sozusagen verbraucht, und überall wird mit Hochdruck gearbeitet, um neue Munition herzustellen. Im breiten Publikum ist darüber bisher wohl wenig bekannt. Aber jetzt, wo diese Fragen in der Presse behandelt werden, wird man bald dahinterkommen. Aber dann wird es zu spät sein, neue Baumwolle anzupflanzen. Wir werden 1915 eine sehr geringfügige Ernte haben, also werden die Preise erheblich anziehen. Und die amerikanischen Munitionsfabriken werden Tag und Nacht arbeiten, um Munition herzustellen, die nach Europa verschifft wird.«

»Wer sagt Ihnen, daß die Entwicklung so laufen wird?« fragte Tonelli.

»Sie läuft bereits so«, entgegnete Eleanor. »Haben Sie noch nicht in den Zeitungen gelesen, daß die Frage erörtert wird, ob man ein Gesetz erlassen soll, das amerikanischen Rüstungsfabriken den Verkauf von Munition an kriegführende Staaten verbietet?«

»Mhm!« sagte Tonelli. »Ich glaube, darüber gelesen zu haben. Vermutlich ist mit dem Erlaß eines solchen Gesetzes zu rechnen, wie?«

Eleanor sah ihn an. »Mr. Tonelli«, sagte sie, »Sie sind weder weichherzig noch schwachsinnig genug, um einen Augenblick zu glauben, der Kongreß vermöchte amerikanische Bürger daran zu hindern, lukrative Geschäfte zu machen.«

Er begann zu lachen. »Sie sind es jedenfalls auch nicht, Madame«, sagte er, »das ist offensichtlich.«

Eleanor lachte nicht. Sie fuhr nüchtern und sachlich fort, ihm weitere Tatsachen zu unterbreiten. »Die einzige Frage ist, wie lange der Krieg noch dauern wird«, schloß sie ihre Ausführungen. »Er hat jetzt sieben Monate gedauert, und ernsthafte Schätzer rechnen noch mit einer dreijährigen Fortdauer.«

Das Kinn in die Hand stützend, trommelte Mr. Tonelli mit den Fingern gegen seine feiste Wange. »Wieviel Baumwolle haben Sie liegen, Miß Eleanor?« fragte er.

»Neunhundertzweiunddreißig Ballen.«

»Unbelastet?«

»Ja, ausgenommen 300 Dollar, die wir noch für Lagermiete schulden.«

»Wieviel möchten Sie entleihen?«

»Dreißigtausend Dollar.«

Mr. Tonelli pfiff durch die Zähne. »Sie haben Nerven, junge Frau!« sagte er.

»Wenn die Baumwolle im Oktober nicht sechzigtausend wert ist, dürfen Sie meinen Kopf aufessen«, sagte Eleanor.

»Ich will Ihren Kopf nicht aufessen«, sagte Mr. Tonelli. »Ich möchte meine dreißigtausend Dollar zurückhaben plus acht Prozent Zinsen.«

»Acht Prozent? Mir scheint, Sie haben auch Nerven, Mr. Tonelli!« sagte Eleanor.

»Ohne Zweifel«, versetzte Mr. Tonelli. »Die habe ich. Die Deutschen sind in letzter Zeit ziemlich nahe an Paris herangekommen. Wer will da sagen, ob der Krieg wirklich noch lange dauert? Also acht Prozent. Wollen Sie oder wollen Sie nicht?«

»Doch«, sagte Eleanor, »ich will.«

Er versprach ihr, die Papiere in den nächsten Tagen fertigmachen zu lassen. Eleanor verließ das Büro sehr gesetzten Schrittes, aber als sie auf der Straße war, begann sie zu rennen. Alles in ihr jauchzte: Ich habe es geschafft! Da war eine Herausforderung und ein Kampf und die Chance des Sieges. Sie drahtete Kester, er möge nach New Orleans kommen, um die Pfandbriefe für Mr. Tonelli zu unterschreiben. Kester kam am nächsten Tag, er gewann das unbeugsame Herz Mr. Tonellis durch seine strahlende Laune, dankte Fred

Upjohn dafür, daß er die Notiz über den Schießbaumwollverbrauch des britischen Kriegsschiffs gelesen und Eleanor zugesandt habe, und unterschrieb – sehr bezeichnend für ihn – die Pfandbriefe, ohne sie auch nur zu lesen. Es bedurfte dessen freilich auch nicht, da Eleanor jede Zeile sorgfältig geprüft hatte.

Anschließend gingen Kester und Eleanor nach Ardeith zurück, gewillt und entschlossen, weiter zu arbeiten, wie sie im letzten Sommer gearbeitet hatten, nur, wenn möglich, mit noch größerer Härte und Zähigkeit.

2

Im April notierte Baumwolle mit zehn Cents für das Pfund, und die Frühjahrsexporte überschritten das Ausfuhrergebnis jeder entsprechenden Periode der vergangenen Jahre. Eleanor stellte fest, daß sie ein zweites Kind haben würde.

Sie freute sich darüber, obgleich es bedeutete, daß sie die doppelte Last zu tragen haben würde. War dieses werdende Kind doch eine lebendige Erinnerung an die Stunden, da ihre Ehe dicht daran war, zu zerbrechen, und nun hatten eben diese Stunden zu einer neuen Einheit zwischen ihr und Kester geführt. Kester zeigte sich, als sie ihm die Eröffnung machte, hoch beglückt. Der Gedanke, es könne durch das bevorstehende Ereignis etwas von der Energie, die sie der Plantage widmen wollten, verlorengehen, kam ihm nicht einmal von fern.

Aber Eleanor war ja auch eine gesunde Frau, und niemand hätte sie je in ihrem Leben mit einem Schimmer von Berechtigung träge nennen können. Während der ersten Schwangerschaftsmonate arbeitete sie eher noch eifriger als sonst, um soviel wie möglich im voraus zu schaffen, für die Zeit, wo sie nicht mehr imstande sein würde, ihre volle Kraft zu entfalten. Sie waren jetzt beide wieder fröhlich und hoffnungsvoll und sehr glücklich miteinander. Ohne daß sie ein Wort des Einverständnisses darüber verloren hätten, erwähnten sie beide Isabel Valcour mit keinem Wort. Isabel war auch nicht mehr am Ort. Nach Klara Sheramys Erzählung war sie nach Washington gefahren, wo sie versuchen wollte, ihre Staatsbürgerschaft zurückzuerlangen und etwas von ihrem in Deutschland festliegenden Vermögen herüberzubekommen. Eleanor schwor sich selbst immer wieder, daß sie keinen Gedanken an Isabel verschwenden wolle, und doch dachte sie zuweilen, wie gut es wäre, wenn Isabel einen Diplomaten bezaubern und sich wieder verheiraten würde.

Aber sie hatte ohnehin nicht genug Spannkraft, um Gedanken an Isabel zu verschwenden. Neben ihrer Arbeit – sie besorgte die Buchhaltung und den ganzen Schriftverkehr – gab sie jetzt wieder häufiger kleine Partys, denn Kester vermochte nicht lange angespannt zu arbeiten, ohne sich zwischendurch hin und wieder zu vergnügen. Die Baumwolle stieg indessen langsam und zäh. Sie wurde in der Mitte des Sommers mit elf Cents notiert.

Der Krieg machte keine Anstalten, sich dem Ende zuzuneigen. Experten erklärten, daß die Russen sich weit zurückgezogen hätten und daß die britisch-französische Offensive in Frankreich aus Munitionsmangel fehlgeschlagen sei. Die Armeen erwarteten dringend Munitionsnachschub für den Winterfeldzug. Die Deutschen und Österreicher schienen noch reichlich mit Munition versorgt. Die Alliierten gaben sich verzweifelte Mühe, Baumwolltransporte nach Deutschland zu unterbinden, aber sogar der britischen Diplomatie fiel es nicht immer leicht, amerikanische Verschiffungen an neutrale Länder zu verhindern. Die nordeuropäischen Länder hatten plötzlich festgestellt, daß sie erstaunliche Mengen Baumwolle benötigten. Während der letzten Monate hatte beispielsweise Schweden fünfundzwanzigmal so viel Baumwolle eingeführt als in der entsprechenden Periode des letzten Vorkriegsjahres und Holland vierzehnmal so viel. Eleanor lachte, als sie das las und fragte sich, welchen Preis sie wohl erzielen würden, wenn sie die Baumwolle direkt an Deutschland verkauften.

Sie wendete die Seiten der Zeitung um, während Cornelia auf den Stufen mit ihren Puppen spielte und Dilcy darunter saß und ihre Spielhöschen ausbesserte. Kester befand sich im Haus und bereitete Pfefferminzjulap, da sie zum Abend Gäste erwarteten. Ardeith würde in diesem Jahr, bei Kesters ständigem Hin und Her zwischen Arbeit und Lustbarkeit, keine tausend Ballen Baumwolle hervorbringen, nichtsdestoweniger würde es eine gute Ernte geben, und im nächsten Jahr, wenn sie erst wieder voll arbeitsfähig war, würde sie tausend und mehr Ballen aus der Plantage herausziehen, schwor sich Eleanor. Die Zeitung verfolgend, fand sie, der König von England oder der Zar von Rußland sollten sich den Bart abnehmen lassen, denn die abgedruckten Bilder der beiden Monarchen erschienen zum Verwechseln ähnlich. Sie vertiefte sich in die ausführliche Beschreibung eines neuen österreichischen Geschützes, das ›Skoda zweiundvierzig‹ genannt wurde, und nahm mit Verblüffung zur Kenntnis, daß die zu dieser Kanone gehörende Granate ein Gewicht von zweitausendachthundert Pfund habe. Die Granate drang zwanzig Fuß tief in weichen Boden ein, bevor sie explodierte. Sie tötete jedes lebende Wesen in einem Umkreis von hundertfünfzig Metern; der Gasdruck der Explosion war geeignet, Dächer zum Einsturz zu bringen. In den menschlichen Körper eindringende Gase zerfetzten den Körper derart, daß auf diese Weise getötete Soldaten als vermißt gemeldet wurden, weil es unmöglich war, ihre Leichen zu identifizieren.

Eleanor schauderte unwillkürlich; sie brach die Lektüre des Artikels in der Mitte ab und begann die anschließende Spalte der Zeitung zu überfliegen. Da stand ein Bericht, der jeden Baumwollpflanzer interessieren mußte. Maßgebliche Autoritäten hätten geschätzt, daß die deutschen und österreichischen Armeen allein im Zeitraum eines Tages tausend Tonnen Baumwolle verschössen, stand da zu lesen. Dazu käme der ungeheure Verbrauch der alliierten Armeen. Jedes Maschinengewehr werde einschließlich der Reservemunition mit Patronen ausgerüstet, zu deren Herstellung durchschnittlich ein halber Ballen Baumwolle benötigt werden. – Eleanor ließ die Zeitung von ihren Knien gleiten und blickte über Cornelias Kopf hinweg auf die Gardenien und Hibiskusbüsche und die Baumwollfelder dahinter. Es war schwer, sich in dieser traumschönen Landschaft klarzumachen, daß jeder Baumwollstengel auf den Feldern da hinten aufwuchs, um millionenfachen Tod zu ermöglichen. Der Gedanke war so neu und erschreckend, daß er sie zutiefst aufwühlte.

Sie stand auf und ging in das Haus. Kester kam eben die Treppe herunter und hielt einen Julap in der Hand.

»Eleanor, da bist du«, sagte er, »ich suchte dich eben. Versuche das. Ich glaube, ich habe die ersten zu süß gemacht.«

Die kostete und gab das Glas zurück. »Es scheint so«, versetzte sie, »aber verlaß dich bitte nicht allzusehr auf mein Urteil dabei. Ich verstehe nicht sehr viel davon.«

»Was hast du, Liebling?« fragte er, »du siehst so ernst aus.«

Eleanor ließ sich auf dem Sofa zwischen den Fenstern nieder. »Ich las gerade die genaue Beschreibung eines dieser modernen Geschütze«, sagte sie. »Das ist eine schreckliche Sache. Hast du schon einmal darüber nachgedacht, was wir hier machen? Daß wir diese Geschütze füttern?«

Kester hatte ein unbestimmtes Lächeln im Gesicht; er malte mit dem Fingernagel allerlei Schnörkel auf das beschlagene Julapglas. »Warum?« sagte er, »natürlich habe ich dann und wann darüber nachgedacht.«

»Du hast noch nie ein Wort darüber verloren.«

»Ja, was erwartest du?« sagte er. »Vielleicht bin ich noch ein wenig altmodisch, aber du kannst kaum verlangen, daß ich über solche Dinge mit einer Frau rede, die ein Kind erwartet.«

»Mich hat die Lektüre für ein paar Minuten ganz krank gemacht«, sagte Eleanor. »Es ist schrecklich, an der Herstellung so entsetzlicher Mordinstrumente beteiligt zu sein.«

Kester zuckte die Achseln: »Wir sind nicht verantwortlich für den Krieg. Was erwarten diejenigen, die ihn anfingen? Leute, die nicht gerne Spinnen in ihrem Tee haben, sollten keine Picknicks im Freien veranstalten.«

»Oh, ich weiß, daß wir nichts tun können«, stimmte sie zu, »aber würdest du dich nicht weniger verantwortlich fühlen, wenn wir etwas harmlosere Dinge erzeugten? Nahrungsmittel zum Beispiel?«

Er schüttelte den Kopf. »Wieso?«

Er durchquerte den Raum, um eine Gardenie zurechtzuzupfen, die die Sonnenstrahlen hereindringen ließ. Sich herumdrehend, stützte er sich mit den Armen auf die Lehne eines Stuhls, und es sah aus, als suche er nach Worten, um seinen Überlegungen treffenden Ausdruck zu verleihen. Sie fand das ein wenig überraschend, denn in der Regel formten sich ihm die Gedanken mühelos zu Worten.

»Sieh die nüchternen Tatsachen, Eleanor«, sagte er. »Wir müssen etwas pflanzen, das ist unser Beruf. Alles, was wir in diesem Jahr angebaut haben, wird gebraucht werden, um den Krieg fortzusetzen. Nahrungsmittel, Kleidungsstücke, Munition – da ist kein Unterschied. Die Armeen brauchen das alles, wenn sie kämpfen wollen.«

Sie nickte.

»Wir verkaufen an beide Seiten«, fuhr Kester fort. »Und warum auch nicht? Die ›rechte Seite‹ und die ›schlechte Seite‹ – das ist ganz egal. Ich habe die beiderseitigen Argumente gelesen, bis ich krank davon wurde. Sie sagen beide, sie kämpften für die Zivilisation, für die Kultur, für Heimat und Vaterland und für die Ehre der Fahne. Sie reden beide von der ›geistigen Natur des Krieges‹, aber sie sprachen nicht davon, was sie eigentlich erreichen wollen, abgesehen von der Freude, ihren Feinden den Hosenboden vollgehauen zu haben.«

Eleanor lachte kurz. »Ja«, sagte sie, »das habe ich auch bemerkt.«

»Und was die Munition betrifft«, fuhr Kester fort, »da gab es viele Kriege, bevor das Schießpulver erfunden wurde. Es gibt überhaupt keine anständige Methode des Mordens. Wenn du einen Menschen töten willst, macht es keinen Unterschied, ob du ihn erschießt, ob du ihn mit einem Knüppel niederschlägst oder ob du ihn einschließt und zu Tode hungern läßt. Wir entsetzen uns darüber, daß die Deutschen Bomben über unverteidigten Städten abwerfen, aber die Briten töteten mindestens ebenso viele Kinder durch ihre Blockade wie die Deutschen mit ihren Bomben.« Er hob die Schultern und ließ sie wieder fallen.

Eleanor sah finsteren Blickes und gedankenverloren in die Ecke des Zimmers. »Und wenn wir keine Baumwolle pflanzen, verlieren wir Ardeith«, sagte sie.

»Gewiß. Wir würden Ardeith verlieren, wenn wir so idealistisch wären, keine Baumwolle zu pflanzen. Ich bin nicht aus dem Zeug, aus dem man Märtyrer macht, Eleanor, und du bist es auch nicht. Ich denke, wir sollten versuchen, so viel Baumwolle zu erzeugen, wie der Boden von Ardeith eben hergeben will, und wir sollten dankbar sein, wenn die Preise steigen.«

In ihrem Antlitz stand ein kleines ironisches Lächeln.

»Dankbar?« fragte sie. »Wem gegenüber?«

»Honigkind«, sagte Kester, »jedermann in diesem Krieg ist überzeugt, Gott auf seiner Seite zu haben. Warum sollten wir nicht gleicherweise davon überzeugt sein?«

3

Die Plantage erzeugte in diesem Herbst achthundertvierundsechzig Ballen Baumwolle. Der Preis stand im Oktober auf zwölf Cents für das Pfund. Mit dem Ergebnis zweier Ernten im Lagerhaus verfügten Kester und Eleanor über mehr als hunderttausend Dollar in Baumwollwerten, und nachdem sie lange über ihren Büchern gebrütet hatte, erklärte Eleanor, daß sie einen Teil der Ware zurückhalten könnten.

»Wir können Mr. Tonelli bezahlen und auch der Bank ihre zwanzigtausend Dollar geben«, sagte sie, »und wenn wir sehr vorsichtig wirtschaften, können wir etwas Baumwolle liegenlassen und auf die Preise von 1916 warten. Laß uns das tun, Kester. Der Krieg geht vorläufig noch nicht zu Ende.«

Er war damit einverstanden. Gleich darauf sagte er: »Jetzt werde ich erst einmal zu meinem Schneider gehen.«

»Tue das«, versetzte Eleanor. »Sobald ich meine alte Figur wiederhabe, werde ich auch einiges für mich beschaffen: ein hübsch gesticktes Kleid mit einem passenden Sonnenschirm und Lacklederschuhe mit Spitzen aus weißem Ziegenleder; ein graues Kostüm und einen Hut mit einer Paradiesfeder – unterbrich mich, Kester, ich werde sonst verrückt.«

»Fahre fort und werde verrückt. Wie lange ist es her, daß du kein neues Kleid mehr bekamst?«

»Erinnerst du dich nicht? Das schwarze mit dem geschlitzten Rock. Das war damals, als der Erzherzog getötet worden war.«

Kester zog sie in impulsiver Bewegung an sich und küßte sie.

Der Sohn wurde im Januar geboren. Kester bestand in einem Anflug romantischer Stimmung darauf, ihn Philip Larne zu nennen, zur Erinnerung an den Begründer von Ardeith, dessen Porträt mit der Perücke in der Halle hing. Er holte Cornelia herein, damit sie sich den kleinen Bruder besehe, und Cornelia betrachtete das Baby mit ernsthaftem Interesse. »Eine lichtige Puppe!« sagte sie, da sie noch Schwierigkeiten hatte, das R auszusprechen.

Kester lächelte und wickelte eins ihrer Löckchen um seinen Finger. Eleanor beobachtete ihn vom Bett aus und sagte lächelnd: »Ich stelle fest, daß Philip keine verbogene Nase hat.«

Er lachte und sagte, das wolle er hoffen. Als er gegangen war, von der hinterhertrippelnden Cornelia gefolgt, drehte Eleanor den Kopf auf dem Kissen und sah nach der Wiege, wo sie gerade ein kleines Händchen des Babys auf der Bettdecke erblicken konnte. Es war ein winziges rosiges Händchen; der Anblick bereitete ihr ein Gefühl tiefinnerer Freude.

Sie schlief bald darauf ein und erwachte später dadurch, daß Kester den Kopf zur Tür hereinstreckte, um ihr zu erzählen, daß der Preis für Baumwolle auf zwölfeinhalb Cents gestiegen sie, und dies, obgleich die ständigen Angriffe von Unterseeboten auf Handelsschiffe den Markt unsicher machten.

Eleanor öffnete die Augen. »Sind die Alliierten durch die Dardanellen gekommen?« fragte sie.

»Nein.«

»Baumwolle wird im Herbst fünfzehn Cents kosten«, sagte Eleanor.

4

Zur Zeit, da die Ernte des Jahres 1916 in der Blüte stand, wurde Baumwolle mit vierzehn Cents pro Pfund notiert. Ardeith würde in diesem Jahr eintausendzweiunddreißig Ballen erzeugen. Im Oktober, zur Zeit, da Ardeith seine Baumwolle in der Regel zu verkaufen pflegte, betrug der Preis sechzehn Cents.

Sie verkauften, was notwendig war, um die Bank zu bezahlen. Wegen des Restes zögerte Eleanor mit dem Gefühl, den Atem anhalten zu müssen. »Laß uns den Rest bis nach der Präsidentschaftswahl zurückhalten«, sagte sie.

Die Wahrheit war: Eleanor brauchte einen Aufschub. Kester arbeitete nicht mit der verbissenen Beständigkeit, die notwendig war, um das Äußerste aus der Plantage herauszuholen. Sie kannte ihn und seine Schwächen so gut, daß sie früher an die Arbeit zurückgekehrt war, als es eigentlich nach der Geburt zu verantworten war. Sie hatte den kleinen Philip sechs Monate lang gestillt, getrieben von dem gleichen Pflichtgefühl, das ihr nie erlaubt haben würde, in ihren Anstrengungen zu erlahmen, den Ertrag der Plantage nach ihren Kräften zu steigern. Ihre Erfahrung in Krankheiten war nicht groß; sie hatte mit dreizehn Jahren die Masern gehabt; davon abgesehen, war sie nie länger als zwei Tage krank gewesen, und so hatte sie nie sonderlich auf ihren Körper geachtet und seine Leistungsfähigkeit als unbegrenzt angesehen. Sie hätte sich geradezu geschämt, einzugestehen, daß sie sich nicht wohl fühle.

Kester war anders veranlagt. Wenn er sich müde fühlte, ging er schlafen. Wurde ihm die Arbeit zu viel, rief er ein paar Leute an und veranstaltete eine kleine Party, um sich zu entspannen. Die harte Tatsache, daß Ardeith nach wie vor unter seiner Schuldenlast stöhnte und daß der Kriegswahnsinn in Europa eine vorübergehende Hochkonjunktur geschaffen hatte, die ausgenutzt werden mußte, focht ihn nicht weiter an. Er erfreute sich seines gegenwärtigen Wohlergehens, kaufte ein neues Auto und ergänzte seine Alkoholvorräte und ließ, wie gewöhnlich, die Zukunft für sich selber sorgen. Nach den Anstrengungen bei der Baumwollernte wurde Eleanor in den kargen Mußestunden immer klarer, was sie sich während des Sommers nicht hatte zugeben wollen: daß Kesters innere Ruhelosigkeit ständig zunahm. Kein Zweifel, er war es leid, das harte, arbeitsreiche Leben eines Pflanzers zu führen. Er wollte, daß irgend etwas Neues das Einerlei seines Tagesablaufs unterbräche. Schon während der Sommermonate, da sie tagein, tagaus vom dämmernden Morgen bis zum Einbruch der Dunkelheit auf den Feldern waren, hatte er dann und wann von der Möglichkeit gesprochen, in eines der Vorbereitungslager zu gehen, die überall eingerichtet worden waren, um Soldaten und Offiziere für den Fall einer etwaigen Mobilisation auszubilden. Als sie erschrocken einwandte, er könne sie doch unmöglich mit der Plantage und einem neugeborenen Kind allein lassen, hatte er den Gedanken fallenlassen, aber sie hatte wohl die interessierten und sehnsüchtigen Blicke gesehen, mit denen er Abbildungen von solchen Lagern in den Zeitungen verfolgte. Es waren die Blicke eines kleinen Jungen, dem man den Aufenthalt in einem Ferienlager abgeschlagen hat.

Eleanor seufzte, als sie sich das in Erinnerung zurückrief. Sie hatte Kesters innerste Natur kennengelernt und wußte, daß man ihn nicht zu ändern vermochte. Er war gewandt und liebenswürdig, bezaubernd und großmütig, aber er erinnerte sie immer an den reichen jungen Herrscher, von dem der Herr gesagt hatte: »Ein Ding wird dir mangeln!« Er hatte kein Talent, sich zu plakken.

Aber sie hatte dieses Talent, und da Kester so war, wie er war, mußte sie eben für beide arbeiten. Wenn sie die Männer anderer Frauen mit Kester verglich, fühlte sie sich trotzdem gesegnet. Was für Fehler Kester auch immer haben mochte, er hatte zwei Tugenden, die sie höher als alles andere stellte: er war niemals mißmutig und er hatte ihr niemals Gelegenheit gegeben, daran zu zweifeln, daß er sie liebte. Er sagte es ihr oft, und er hatte es ihr selten so innig gesagt, wie an jenem Tag, da sie Isabel Valcour nach ihrer Rückkehr aus Washington zufällig begegneten. Sie waren in Kesters neuem Auto ausgefahren und sahen Isabel und Violet

Purcell im Schatten einer mit Plakaten beklebten Bretterwand auf der Straße stehen. Eines der Plakate zeigte ein überlebensgroßes Bild des Präsidenten Wilson mit der Unterschrift: ›Er hilft uns aus dem Krieg heraus.‹

»Ich wußte nicht, daß sie wieder da ist«, sagte Eleanor.

»Sie ist schon ein paar Wochen hier«, antwortete Kester, »aber ich sehe sie auch zum ersten Mal.«

Violet winkte, als sie vorüberfuhren, aber Isabel nahm keine Notiz von ihnen. Eleanor sah nicht hoch. »Kester –?« sagte sie leise.

»Ja, Liebling?«

»Hast du sie seit – damals gar nicht mehr gesprochen?«

»Doch. Einmal.«

»Wann?«

»Nicht lange danach. Ich sagte ihr, daß ich mich schämte und daß sich dergleichen nie wiederholen dürfe. Das ist alles. War war eine ganz kurze Unterredung. Du warst doch ihretwegen nicht etwa beunruhigt?«

Sie schüttelte den Kopf. »Nein. Natürlich nicht.«

»Du darfst das auch nicht sein. Denn sieh, Eleanor, ich liebe dich mehr, als ich jemals ausdrücken kann. Du kannst mich nicht loswerden, es sei denn, du würfest mich hinaus und verschlössest mir die Tür.«

Sie legte ihre Hand auf die seine, die auf dem Steuerrad lag, und drückte sie leicht.

»Du darfst keine gestopften Handschuhe mehr tragen«, sagte Kester.

Die Börse zögerte, bis Präsident Wilson wiedergewählt war; dann sprangen die Baumwollnotierungen auf achtzehn Cents pro Pfund. Das war ein außerordentlicher Preis. Und obgleich Ardeith auch die Arbeiterlöhne erhöht hatte, war der Gewinn höher, als Eleanor je zu hoffen gewagt hätte. Kester schlug vor, ein großes Essen zu geben, und Eleanor stimmte zu. Sie schmückten zu Weihnachten einen prächtigen Christbaum für die Kinder. Goldhaarige Puppen mit richtigen Augenwimpern kamen nicht mehr aus Deutschland herein, aber Cornelia vermißte sie nicht, und der kleine Philip zeigte sich so entzückt von dem strahlenden Baum, daß er vor Vergnügen krähte und strampelte und seinen Spielsachen keinerlei Aufmerksamkeit schenkte.

Nach Weihnachten begann sich das Leben auf sonderbare Weise ohne sichtbaren Anlaß zu wandeln. Irgend etwas, ein Gefühl der

Erwartung lag in der Luft. Es kam nicht plötzlich; es war nach und nach gewachsen; wie man mit einem Mal auf einen schon lange rieselnden Regen aufmerksam wird, dessen Geräusch man gehört hatte, ohne es bisher richtig zu deuten und einzuordnen. Die Vereinigten Staaten von Amerika traten in den europäischen Krieg ein. Niemand wußte genau zu sagen, wann diese Entwicklung begonnen hatte; Kriegswille und Kriegsbereitschaft waren auf einmal da. Die Entstehung der Kriegspsychose war schwer zu analysieren: Sie war nicht dadurch verursacht, daß die ›*LUSITANIA*‹ versenkt worden war; mit Vorfällen dieser Art hatte man gerechnet; man pflegte achselzuckend zu sagen, daß Amerikaner, die nicht bombardiert werden wollten, zu Hause bleiben sollten; es waren auch nicht die Greuelgeschichten; auch an die hatte man sich längst gewöhnt, so sehr, daß der Durchschnittsleser Berichte dieser Art gelangweilt zu überlesen pflegte; es waren nicht einmal die außerordentlich hohen Anleihen, die Amerika den Alliierten gegeben hatte; es war mehr ein unbestimmtes grollendes Gefühl: Etwas Ungeheures geschah in der Welt, und Amerika war nicht beteiligt! Eleanor bemerkte, daß jedermann, den sie kannte, von dem gleichen Gefühl der Ruhelosigkeit befallen war, unter dem Kester litt. Die Vorbereitungslager, die Bestimmungen über die Landesverteidigung: Äußerungen, die hier und da laut wurden, die ganze allgemeine Stimmung, das alles waren nur zu deutliche Anzeichen für eine entscheidende Wendung.

Als Eleanor eines Nachmittags die Kinder zum Spielen in den Garten brachte, sah sie Kester mit einem halben Dutzend seiner Freunde um eine soeben aufgestellte Schießscheibe versammelt. Sie erschrak, als sie das sah. Cornelia klatschte in die Hände und rief: »Vater ist ein Soldat! Bist du ein Soldat, Vater?«

»Noch nicht, Cornelia«, antwortete Kester vergnügt, »aber paß auf! Halt sie fest, Eleanor.«

Eleanor hielt die Kinder zurück, während Kester schoß und genau ins Zentrum der Scheibe traf. Philip, durch den Knall alarmiert, begann zu brüllen. Das gab Eleanor einen Grund, sich zu entschuldigen und die Kinder ins Haus zu bringen. Aber als Kester später hereinkam, fragte sie ihn geradezu: »Kester, wenn wir nun wirklich in diese Verwicklung hineingezogen werden sollten...«

»Es sieht so aus, als seien wir schon dabei, hineinzugeraten«, sagte Kester.

»Du sagst das so gelassen. Du hast offenbar keine Vorstellung davon, was das für uns bedeutet?«

»Wieso?«

»Wenn du schon keine Angst hast, getötet zu werden – und ich glaube nicht, daß du sie hast –, weißt du nicht, daß du hier eine Aufgabe zu erfüllen hast? Wer sollte die Baumwolle pflanzen, wenn du weg bist?«

»Ich bin ja vorläufig noch nicht weg«, versetzte Kester leichthin. »Und wenn Mr. Wilson noch lange so weiter trödelt, wird alles vorbei sein, bevor irgendein Amerikaner nach Europa geht.«

Aber sein ganzes Wesen war in diesem Frühjahr sprunghafter als jemals zuvor, und wenn die Felder bestellt werden sollten, mußte Eleanor ständig auf dem Posten sein. Sie war nicht überrascht, als die Vereinigten Staaten dann tatsächlich in den Krieg eintraten. Nur Kesters Verhalten beunruhigte sie in steigendem Maße. Er schien der Meinung zu sein, jetzt, da die Baumwolle zwanzig Cents pro Pfund kostete, könne die Plantage von allein weiterlaufen; er jedenfalls beschäftigte sich in der Hauptsache damit, Paraden zuzusehen, Berichte über den Krieg zu lesen und Unterhaltungen über den gleichen Gegenstand zu führen.

»Hör zu, Eleanor«, sagte er, »was immer sie über Wilson sagen, sie können nicht leugnen, daß er ein fantastischer Redner ist.« Er zitierte: »›Wir sind glücklich, für den ewigen Frieden der Welt und für die Freiheit der Menschen kämpfen zu dürfen... Die Welt muß durch die Demokratie gegen Katastrophen dieser Art gesichert werden...‹«

»Kester, hast du die Düngemittel für den Südabschnitt bestellt?« sagte Eleanor ungerührt.

»Nein, ich habe es vergessen. Ich werde morgen früh telefonieren. Das ist wirklich gut, Eleanor, hast du das gelesen? ›Für eine Aufgabe dieser Art dürfen wir frohgemut unser Leben und unser Schicksal aufs Spiel setzen. Alles, was wir sind und was wir haben, wollen wir einsetzen, mit dem hohen Stolz derjenigen, die wissen, daß der Tag gekommen ist, wo Amerika das Glück hat, sein Blut und seine Macht zum Schutz der Prinzipien in die Waagschale zu werfen, denen es seine Existenz und sein Glück verdankt und den Frieden, den wir über alles schätzen!‹«

»Du wolltest die Düngemittel schon gestern bestellen«, sagte Eleanor. »Wie soll die Baumwolle wachsen, wenn du dich nicht im geringsten um die Pflege der Felder kümmerst?«

»Oh, Eleanor, sei ruhig! Ich habe dir gesagt, ich telefoniere morgen früh. Soll ich weiter vorlesen?«

»Gott im Himmel, nein!« rief sie aus. »Ich habe keine Zeit für Demokratie! Sag mir die Telefonnummer! Ich rufe selbst an.«

Sie ging zum Telefon und bestellte die Düngemittel. Als sie zurückkam, war Kester noch immer in die Botschaft des Präsidenten an den Kongreß vertieft. Offensichtlich hatte er völlig vergessen, was für zynische Bemerkungen er früher über den Krieg von sich gegeben hatte. Eleanor fühlte, wie eine tödliche Angst in ihr aufkam. Die Plantage hielt einen Mann in Atem, sie verlangte gebieterisch den unaufhörlichen Arbeitseinsatz, niemand wußte das besser als Eleanor. Der Krieg aber war eine neue und aufregende Sache. Einen Mann von Kesters Temperament lockten tausend reizvolle Möglichkeiten. Eleanor dachte an die Arbeit, die noch vor ihnen lag, wenn sie Ardeith endgültig retten wollten, und sie schauderte vor der Möglichkeit, einen Kampf dieser Art allein bestehen zu müssen. Sie konnte sehen, wie es herankam. Sie versuchte, die Augen davor zu verschließen. Immer wieder sagte sie sich, daß Kester ja gar nicht fortgehen und ihr die Sorge um Ardeith überlassen könne. Und er brauchte ja auch nicht zu gehen; er war zweiunddreißig Jahre alt, und nur die Männer von achtzehn bis dreißig Jahren fielen unter die Militärdienstpflicht. Aber sie wußte insgeheim, er würde gehen, und wenn es einmal dahin käme, würde sie auch mit diesem Schlag fertig werden, wie sie schon mit so vielem fertig geworden war.

Eines Tages kam Kester laut singend und offenbar strahlender Laune von draußen herein und betrat das Zimmer, in dem sie über ihren Büchern saß, gleichzeitig ein Auge auf Cornelia und Philip werfend, die am Fußboden spielten. Er nahm Cornelia auf, warf sie in die Luft, fing sie wieder auf und sagte, während er sie wieder niedersetzte, zu Eleanor gewandt: »Was meinst du, werde ich dir in Uniform gefallen?«

Sie ließ den Federhalter sinken und machte vor Schreck einen Klecks. »Kester«, sagte sie, »du hast doch nicht etwa...«

Er lachte sie unbefangen an:

»Ja, ich habe.«

»Du hast dich gemeldet?« fragte sie mit einer Stimme, die tief aus ihrer Kehle kam und vor deren hohlen Klang sie erschrak.

»Ich habe es versprochen. Endgültig werde ich mich heute nachmittag einschreiben lassen.«

Eleanor stand auf. Sie ging zu der Wand, wo die Klingelschnur hing, und zog daran. Als Dilcy erschien, befahl sie ihr, die Kinder herauszunehmen. Nachdem sich die Tür hinter ihnen geschlossen hatte, wandte sie sich Kester zu, der sie, wie es schien, in ratlosem Erstaunen betrachtete.

»Eleanor«, sagte er, »was hast du? Möchtest du denn nicht, daß ich gehe?«

Sie umklammerte die Lehne eines Stuhls mit den Händen. »Kester«, sagte sie, »du weißt offenbar nicht, was du tust. Du kannst mir das nicht antun. Wenn du bisher nur irgend jemand versprochen hast, dich eintragen zu lassen, dann nimm wenigstens jetzt noch Vernunft an. Du kannst Ardeith jetzt nicht verlassen.«

»Mein liebes Herz«, versetzte Kester, »fange bitte nicht an, dich wie eine dieser Frauen zu benehmen...«

»Ich bin nicht ›eine dieser Frauen‹!« rief Eleanor. »Ich rede jetzt überhaupt nicht als deine Frau zu dir, sondern als dein Geschäftspartner. Was soll aus Ardeith werden, wenn du weg bist, frage ich?«

Kesters Gesicht bekam einen leeren Ausdruck. »Aber wieso?« sagte er, offenbar verwirrt, »du weißt doch alles – kennst doch alles...«

»Ich weiß alles«, rief sie erbost. »Wissen ist eine Sache und Tun ist eine andere. Die Plantage verlangt unseren restlosen Einsatz; denk doch nur nach! Das Haus ist in Ordnung zu halten, die Kinder sind zu besorgen. Und die Plantage selbst? Du hast hier Pflichten zu erfüllen.«

Er tat einen Schritt auf sie zu: »Aber es ist Krieg! Begreifst du das denn nicht?«

»Oh, und ob ich das begreife!« versetzte sie bitter. »Ich kenne alle die Sprüche: ›Die bösen Hunnen! Hängt den Kaiser! Berlin oder Untergang!‹ O ja, ich verstehe. Ich verstehe, daß du davonlaufen willst.«

»Davonlaufen?« Röte stieg in sein Gesicht.

»Ja, davonlaufen!« sagte Eleanor.

In Kester flammte patriotischer Zorn. Begriff sie denn nicht, daß das Land Männer brauchte? Daß jede Litfaßsäule, jeder Maueranschlag, jeder Zeitungsaufruf an die Frauen appellierte, das Herdfeuer brennend zu erhalten, während die Männer hinauszögen, die bedrohte Demokratie zu retten? Wollte sie nicht, daß die Kinder eines Tages stolz auf ihn wären?

»Die Kinder würden dir dankbar sein, wenn du deine Pflicht tätest, um ihnen die Heimat zu erhalten«, sagte Eleanor. »Die Schulden von Ardeith sind erst zur Hälfte bezahlt.«

»Aber du wirst doch für Ardeith sorgen«, rief Kester verzweifelt.

Eleanor fühlte plötzlich, wie es ganz ruhig und kalt in ihr wurde. »Ja«, sagte sie, »ja Kester, ich werde für Ardeith sorgen. Aber sage mir nicht, ich wüßte nicht, warum ich es tue. Du siehst jetzt nur Fahnen und Ruhm und suchst nach einer Entschuldigung dafür, daß du die Pflicht deines Lebens anderen Schultern aufbürdest. Wäre ich eine hilflose, dumme Person, würdest du dich wohl oder übel um Ardeith kümmern müssen, anstatt dich darauf zu kaprizieren, die Demokratie in der Welt zu retten. Aber du weißt gut genug: Wenn ich eine Arbeit angefangen habe, verlasse ich sie nicht, bis sie beendet ist. Nur weil du das weißt, hast du die Möglichkeit, einem neuen Abenteuer nachzulaufen.« Sie endete mit einem verächtlichen Achselzucken.

»Mit meiner Geduld ist es unterschiedlich bestellt«, sagte Kester leise, »aber ich hoffe zu Gott, daß du nun aufhören wirst.«

»Ja, ich werde aufhören«, antwortete Eleanor, »geh nur und hole dir deine Lorbeeren!«

Kester maß sie mit einem kleinen bitteren Lächeln. »Du hast ein erstaunliches Talent, allen Dingen, die mich locken und an denen ich mich freue, den Glanz und die Farbe zu nehmen«, sagte er. »Das muß eine besondere Gabe sein.« Er ging zur Tür und stieß sie auf. »Sonne dich nur in deiner eigenen Vortrefflichkeit, ich wünsche dir viel Vergnügen dabei. Ich gehe derweilen in die Stadt, um mich eintragen zu lassen.«

Er ging grußlos hinaus. Eleanor setzte sich und ließ den Kopf in ihren aufgestützten Händen ruhen. Ihr war zumute, als läge die Last der kommenden Zeit schon auf ihren Schultern.

Aber schon nach wenigen Minuten begann sie zu bedauern, daß sie ihn erzürnt hatte. Es hatte keinen Sinn, mit ihm zu streiten. Kester war nun einmal nicht fähig, das ermüdende Einerlei täglicher Arbeit zu ertragen. Schalt man ihn deswegen aus, dann weckte man nur seinen Zorn, ohne ihn im geringsten zu ändern. Eleanor drehte seufzend die bekleckste Seite ihres Kontobuches um und nahm die unterbrochene Arbeit wieder auf. Ach, ich will ja, dachte sie, ich will ja gern die mir vom Schicksal zugedachte Rolle übernehmen und nüchtern und sachlich zu Ende führen, was er einmal unüberlegt und leichtfertig begann. Wenn Kester erst bei der Armee war, würde sie klug sein und ihren Mund in acht nehmen müssen, wie sich das für die Frau eines Helden gehörte.

Als er spät zurückkam, sagte sie ihm, daß ihr Ausbruch von vorhin ihr leid tue. Kester, glücklich über seinen Entschluß, hatte den Auftritt längst vergessen. Es mache gar nichts, sagte er, jeder Mann müsse heute darauf gefaßt sein, daß seine Frau ihm eine Szene mache, wenn er beabsichtige, in die Armee einzutreten. Darauf setzte er sich und begann ihr zahllose Instruktionen über die Bewirtschaftung der Plantage während seiner Abwesenheit zu geben; er sprach dabei, als habe er es mit einem lieben und noblen, aber nicht sonderlich begabten Menschen zu tun.

Aber er war und blieb auch in so heiterer, gelöster Stimmung, daß sie während der letzten kurzen Tage bis zu seiner Abreise schöne und glückliche Stunden miteinander verbrachten. Als Eleanor ihn dann an den Zug begleitete, der ihn zum Ausbildungslager bringen sollte, gab sie sich selber zärtlich und stolz und hielt ihr Herz fest in der Hand.

Als er sie dann zum Abschied küßte, fühlte sie, wie es in ihr hochkam. Sie vermochte die Tränen nicht länger zurückzuhalten und klammerte sich an ihn, als wolle sie ihn um keinen Preis hergeben. Tatsächlich war es ihr bis zu diesem Augenblick nicht bewußt geworden, daß Kester in einen Krieg zog, in dem täglich zahllose Männer getötet wurden. Sie sah im Geiste die Zeitungsüberschriften vor sich: ›Zwanzigtausend Tote pro Tag‹, und ihr Herz krampfte sich in jähem Entsetzen zusammen. Als er sich dann endgültig aus ihren Armen riß, als andere Männer um sie herum waren, die sich gleicherweise von ihren weinenden Frauen losrissen, stand sie ganz still, befallen von einem Gefühl grenzenloser Verlassenheit, und heftig bemüht, die Tränen zu verbergen, die ihr über die Wangen tropften.

Der Zug ratterte aus der Halle, und Eleanor stolperte zum Auto zurück. Sie setzte sich hinter das Steuer, ließ den Kopf sinken und weinte still vor sich hin, nicht anders als jede Frau, die ihren Mann liebt und ihn nicht aus dem Krieg herauszuhalten vermochte. Es dauerte lange, bis sie sich so weit beruhigt hatte, daß sie imstande war, das Auto nach Hause zu fahren.

Sie schloß sich in ihrem Zimmer ein und setzte sich mit zitternden Gliedern auf das Bett. Allerlei Begriffe schwirrten ihr durch den Kopf: ›Schießbaumwolle – Nitrozellulose – Cordite‹; die Worte wiederholten sich in endloser Folge, ähnlich wie an jenem Morgen, da sie sie zuerst gelesen hatte. Damals freilich hatten sie Hoffnung und Triumph bedeutet, heute ließen sie sie vor Angst und Schrekken erstarren. ›Schießbaumwolle – Nitrozellulose – Cordite – zwanzig Cents für das Pfund Baumwolle – zwanzigtausend Tote pro Tag!‹

Eleanor starrte leer auf die Wand.

»Baumwolle – zwanzig Cents!« sagte sie laut vor sich hin. »Sonderbar: In dieser einen Minute müssen zwanzig Millionen Frauen überall in der Welt ebenso fühlen wie ich.«

Zehntes Kapitel

1

Sie hatte sich nie vorgestellt, wie groß und wie leer das Haus ohne Kester sein würde.

Während der fünf Jahre ihrer Ehe waren sie und Kester niemals länger als für wenige Tage getrennt gewesen. Und immer war da die Gewißheit, daß sie morgen oder übermorgen wieder vereinigt sein würden. So hatte sie ihn nie vermißt; aber jetzt, da sie wußte, daß er für Monate oder gar für Jahre nicht zurückkehren würde, befiel sie in den leeren Zimmern das Gefühl grenzenloser Verlassenheit. Kester weilte in einem Offiziersausbildungslager in Tennessee. Um ganz sicher zu sein, hatte er vier Jahre seines Lebens unterschlagen; eine patriotische Flunkerei, für die eine Bestätigung leicht zu erhalten war. Er schrieb sehr häufig, aber diese Beschäftigung reichte bei weitem nicht aus, seine Freizeit auszufüllen. Eleanor hatte in all der vergangenen Zeit unermüdlich gearbeitet, und nun, da sie allein war, wunderte sie sich, wieviel freie Zeit ihr verblieb. Da waren plötzlich alle die Stunden unausgefüllt, die sie mit Kester verplaudert hatte, und jede einzelne dieser leeren Stunden erinnerte sie an die Vergangenheit.

Sie hängte eine Fahne heraus, machte Schnappschüsse von den Kindern und legte die Bilder einem Brief an Kester bei. Während sie den Umschlag auf der Maschine tippte, dröhnte das Klappern der Typen lauter denn je durch das öde, verlassene Haus.

Ich muß das ändern, dachte Eleanor; ich kann nicht den ganzen Krieg damit zubringen, mich wie ein Kind zu benehmen, das man in einem dunklen Zimmer eingesperrt hat. Sie stand auf und zog an der Glockenleine. »Bring mir Kaffee«, sagte sie, als Bessy sich meldete, »und die ›*Times-Picayune*‹!«

Die Titelseite der Zeitung war voller Schlachtenberichte. Sie erinnerte sich, die Börsennotierungen in letzter Zeit nicht mehr so regelmäßig verfolgt zu haben, und wendete die Zeitung, um zu sehen, wie die Kriegslage sich auf dem Baumwollmarkt ausgewirkt habe. Sie las und starrte und hätte beinahe ihren Kaffee verschüttet. Der Preis für Baumwolle war seit Kesters Weggang weiter gestiegen und inzwischen bei fünfundzwanzig Cents für das Pfund angekommen.

Eleanor fühlte, wie sich ihr Rückgrat zu steifen begann. Bei einem Preis von fünfundzwanzig Cents würden tausend Ballen Baumwolle hundertfünfundzwanzigtausend Dollar einbringen. Auch wenn man eine Verteuerung der Erzeugungskosten einkalkulierte, war danach für das laufende Jahr mit enormen Gewinnen zu rechnen.

Sie erhob sich langsam von ihrem Platz. Ihr Zorn über Kesters Weggang und ihre heimliche Furcht hatte sie eine einfache Wahrheit vergessen lassen: Wenn sie schon nicht in der Lage war, den Krieg aufzuhalten, so konnte sie doch jedenfalls Nutzen aus seiner Fortdauer ziehen. Sie würde jetzt in der Lage sein, die Maschinen anzuschaffen, von denen sie schon vor drei Jahren geträumt hatte. Sie würde die Produktion der Plantage so weit steigern können, daß Kesters diesbezügliche Pläne weit im Hintergrund blieben. Je mehr Baumwolle sie produzierte, um die Kanonen zu füttern, um so eher würden die Kanonen in der Lage sein, einen Weg frei zu schießen, der Kester zurückbringen würde, dachte sie. Und wenn er dann eines Tages zurückkam – den Gedanken an eine andere Möglichkeit wagte sie nicht weiter zu verfolgen, weil sie befürchtet hätte, darüber verrückt zu werden –, wenn er erst wieder da war, dann würde sie ihm das Ardeith seiner Vorfahren übergeben, nicht nur frei von Schulden, sondern als einen Musterbetrieb mit enorm gesteigerter Leistungsfähigkeit! Welch ein Willkommensgruß wäre das!

Sie ging an die Arbeit mit dem Gefühl, für die Zeit einer Belagerung vorsorgen zu müssen. Zunächst ging es darum, einen Mann zu engagieren, der die ständige Aufsicht über die Arbeit übernehmen und sie in Einzelheiten entlasten konnte. So ein Mann war nicht leicht zu finden. Sie wußte genau, was sie wollte, aber sie hatte im Laufe der Jahre herausgefunden, daß das Wachstum der Baumwolle geheimnisvollen, nicht ohne weiteres kontrollierbaren Grenzen unterlag, worüber die Beteiligten sich in höchst unbestimmter Weise zu äußern pflegten: die Aristokraten der alten Pflanzergeschlechter in allerlei wirren Reden, angekränkelt von Mondschein und Pfefferminzjulap, die Landarbeiter in fatalistischer Abhängigkeit von der Laune des Wetters. Männer, die wirklich etwas von Baumwollpflanzung verstanden, waren meist auf ihren eigenen Feldern beschäftigt und hatten es nicht nötig, sich um die

Felder anderer Leute zu kümmern. Indessen schrieb Eleanor an die Staatsuniversität und an das Landwirtschaftsministerium und gab Anzeigen in landwirtschaftlichen Fachblättern auf. In der Folge meldeten sich zwei Dutzend Bewerber bei ihr, von denen sie schließlich einen Mann namens Wyatt auswählte, einen mageren, hartgesichtigen Burschen, der offenbar etwas von Baumwolle verstand und energisch genug schien, um die Aufsicht über einen großen Plantagenbetrieb zu übernehmen. Wyatt hatte bisher die amtliche Baumwollversuchsanstalt der Regierung geleitet. Einige Meilen oberhalb des Stromes wurden hier Versuche mit Düngemitteln, verschiedenen Aussaat- und Schädlingsbekämpfungsmethoden angestellt. Wyatt beanspruchte ein Gehalt von vierhundert Dollar pro Monat, zuzüglich Wohnung, Wasser und Licht, und ein Auto.

Eleanor stimmte der Forderung zu und schloß den Vertrag mit ihm ab.

»Ich wünsche, daß Sie das Äußerste herausholen, was die Plantage hergeben kann, ohne den Boden zu gefährden«, sagte sie. »Ich bin nicht geizig und ich möchte durchaus nicht, daß Sie sich als Leuteschinder betätigen. Ich werde die besten Löhne zahlen, die in der hiesigen Gegend gezahlt werden, aber ich möchte nicht, daß irgendwelche Banjo-Spielereien und Schnitzeljagden mit Wassermelonen oder dergleichen Lustbarkeiten veranstaltet werden, solange noch Arbeit zu tun ist.«

Wyatt verzog keine Miene. »Ich werde dafür sorgen«, sagte er ruhig.

»Sehen Sie sich die Plantage an und sagen Sie mir dann, was Sie benötigen«, befahl Eleanor.

»Traktoren«, sagte Wyatt.

»Ja. Ich bin im Begriff, welche zu kaufen. Wenn wir die erforderlichen Maschinen haben, sollte Ardeith zwölfhundert Ballen im Jahr erzeugen können. Nebenbei: Wie alt sind Sie?«

»Zweiundvierzig«, sagte Wyatt.

»Bevor Sie die Arbeit aufnehmen, wollen wir das noch in Ordnung bringen«, sagte Eleanor. »Ich bin siebenundzwanzig. Ich bin nicht so schwachsinnig, mir einzubilden, ich wüßte alles. Geben Sie mir jede Anregung, die Ihnen kommt, weiter. Sie werden ein Telefon haben und mich jederzeit erreichen können. Aber es handelt sich hier um meine Plantage und ich werde sie bewirtschaften. Sie verstehen?«

»Ja, Madam«, antwortete Wyatt. Es zuckte ein wenig um seinen etwas schwermütig geschnittenen Mund. »Sie brauchten mir das übrigens nicht zu sagen.«

»Gut«, sagte Eleanor und reichte Wyatt die Hand.

Mit großem Elan ging sie nun daran, ihren Traum von der Wiedergeburt der alten Ardeith-Plantage zu verwirklichen. Sie beschaffte Traktoren, Bodenbearbeitungsmaschinen, Sprengwagen und Motortrecker; sie bezahlte den Negern gute Löhne, sorgte dafür, daß ihre Hütten instand gehalten wurden, und vermied es peinlich, irgend jemand zu begünstigen. Als sie mit großer Befriedigung sah, wie die Arbeit auf den Feldern Auftrieb bekam, wandte sie ihre Aufmerksamkeit dem Haus zu, wo, von den allernotwendigsten Neuerungen, wie Wasserleitung und elektrischem Licht abgesehen, noch alles so weiterlief wie vor dem Bürgerkrieg. Jetzt ließ sie die alten Badezimmereinrichtungen herausreißen und neue anlegen. Sie beschaffte elektrische Öfen, Staubsauger und eine elektrische Waschmaschine und ließ eine Haustelefonanlage einrichten. Die Dienstboten, die von all diesen Dingen nie etwas gehört hatten, protestierten, aber natürlich half ihnen das nichts. Einzige zogen es unter den veränderten Umständen vor, zu gehen, aber da man sie bei dem vereinfachten Betrieb ohnehin entbehren konnte, machte das nichts. Auch auf den Feldern wurden jetzt weniger Arbeiter benötigt; die neuen Maschinen hatten den Einsatz menschlicher Arbeitskräfte auf ein Minimum reduziert, und diese Umstellung erwies sich gerade in diesem Jahr, wo die Einziehungen zur Armee und der Arbeitermangel in den Fabriken zu einer Verknappung der Arbeitskräfte führten, als unbezahlbar.

Rund um sie herum schrie und tobte das Land im Kriegsfieber. Flugzeuge ratterten in der Luft, Soldaten marschierten, die Litfaßsäulen schrien von riesigen Plakaten ihre grellen Forderungen hinaus. Eleanor hörte fast nichts von dem allgemeinen Aufruhr. Wenn sie selbst, wie es vorkam, aufgefordert wurde, Kriegsarbeit zu leisten, antwortete sie: »Mein Mann ist in der Armee. Ich habe seinen Platz eingenommen. Mehr kann ich nicht leisten.« Und selbst die in Schlachtordnung aufgestellten Damen des Roten Kreuzes mußten einsehen, daß sie es nicht konnte. Sie war in einem Mahlstrom der Arbeit untergetaucht, der sie Nacht für Nacht trunken vor Müdigkeit ins Bett fallen ließ. Das Wetter war sehr heiß. Die Preise stiegen derartig in die Höhe, daß ihre Buchführung von Woche zu Woche schwieriger wurde. Sie begann an Körpergewicht zu verlieren; ihr Kopf, ihr Rücken und ihre Beine schmerzten vor Überanstrengung so sehr, daß sie fast nicht mehr wußte, wie einem zumute ist, wenn man richtig geruht hat. Noch in ihren Träumen drehten sich die Zahlenkolonnen; manchmal erwachte sie darüber und hatte dann das Gefühl, überhaupt noch nicht geschlafen zu haben. Aber wenn sie auf die strotzenden Felder blickte, fühlte sie sich für alle Mühe belohnt. Zug um Zug und mit eiserner Beharrlichkeit wandelte sie Ardeith um. Aus der romantischen Verschwendungssucht alter Baumwolltradition führte sie Kesters Erbe heraus und formte es um zu einem nüchtern und unpersönlich geführten, aber leistungsfähigen modernen Großbetrieb. Wyatt nahm ihre Anordnungen mit einer Höflichkeit zur Kenntnis, die nicht frei von Bewunderung war, und führte sie durch; die Neger gewöhnten sich daran, pünktlich und regelmäßig zur Arbeit zu erscheinen, und selbst Mammy und Dilcy begannen sich an die neuen modernen Hauseinrichtungen zu gewöhnen, ersparten sie ihnen doch viele Rückenschmerzen. Wenn Eleanor die Traktoren bei der Arbeit beobachtete, fühlte sie eine Welle der Kraft in sich aufsteigen, und es war ihr, als dröhnten die Motoren einer heimlichen Frage ihres Herzens die berauschende Antwort zu.

Die Baumwolle wuchs und blühte, sie ließ die Blütenblätter fallen und öffnete ihre Kapseln den wärmenden Strahlen der Sonne. In Wyatts Begleitung fuhr Eleanor durch das Land, um Ausschau nach Pflückern zu halten. Denn das Pflücken der Baumwolle war der einzige Arbeitsprozeß, bei dem die Traktoren nicht helfen konnten, der an menschliche Arbeitskraft gebunden war. Mechanische Baumwollpflücker gab es noch nicht. Eleanor bot zunächst einen Dollar Pflücklohn für hundert Pfund, dann eineinhalb Dollar und schließlich zwei Dollar. Sie hielt jeden körperlich rüstigen Mann und jede Frau an, die sie traf, und forderte sie auf, bei ihr zu arbeiten. Dann schickte sie die Trecker meilenweit aus, um die einzelnen Arbeiter zusammenzuholen. Es ging trotzdem etwas Baumwolle verloren, weil nicht Hände genug zum Pflücken da waren, aber als die Arbeit schließlich getan war, hatte sie eine Ernte von elfhundertsechzehn Ballen eingebracht und war zufrieden. Sie verkaufte die Baumwolle für siebenundzwanzig Cents pro Pfund. Trotz der beispiellos hohen Erzeugungskosten verzeichnete sie in diesem Jahr einen Gewinn von über siebzigtausend Dollar.

2

Im Winter versuchte sie ein wenig auszuspannen. Sie ging dann und wann aus und veranstaltete sogar selbst eine kleine Party; aber das war auch alles, es war immer noch viel zu tun.

Der Krieg komplizierte die einfachsten Dinge des täglichen Lebens. Eleanor erfreute sich daran, Sachen für sich und die Kinder einzukaufen, denn sie fühlte sich nun wohlhabend genug, um auch die enorm hohen Kriegspreise bezahlen zu können, aber vieles, was sie benötigte, konnte sie gar nicht kaufen. Zucker war nahezu unerschwinglich; Fleisch ging fast restlos zur Armee; Kohle wurde für die Truppentransporte benötigt; die Zivilisten waren genötigt, sie eimerweise zu kaufen. Da Fett in den Sprengstoff-Fabriken gebraucht wurde, kostete die Butter achtzig Cents pro Pfund. Weißes Mehl war selten und kostspielig, so daß Brot aus Ersatzmehl gebacken wurde und aussah, als hätte man den Fußboden damit aufgewischt. Eleanor hatte die Neger damit beauftragt, Holz zu schlagen, aber die Arbeit war so kostspielig, daß sie nicht genug schlagen lassen konnte, um den Bedarf zu decken. Zwar wurde das Kinderzimmer immer geheizt, aber sie selbst begnügte sich oft ohne Feuer. Sie zog Hühner auf, pflanzte Wintergemüse, ließ ihre eigene Butter auf der Plantage herstellen und dankte dem Himmel für Mammys Geschicklichkeit in der Herstellung von Maispfannkuchen und Löffelbrot. Mit Einsatz all ihrer Findigkeit brachte sie es fertig, die Kriegseinschränkungen von den Kindern fernzuhalten, aber sie selbst kam kaum noch zur Ruhe.

Kester schrieb überschwengliche Briefe. Das Vorbereitungslager hatte er als erster Leutnant verlassen. Er war dann nach Camp Jackson in Columbia, Süd-Karolina, geschickt worden, wo er Rekruten drillen, marschieren und auf Strohpuppen schießen lassen mußte, die deutsche Soldaten vorstellen sollten. Der Dienst machte ihm Freude. Manchmal, wenn sie seine Briefe las, konnte sie sich eines leicht spöttischen Gefühls nicht erwehren: Kester hatte es wieder einmal fertiggebracht, sich an einen Ort zu retten, wo die Unbequemlichkeiten des kalten Winters ihm nichts anhaben konnten.

›Das ist das erstaunlichste Abenteuer meines Lebens!‹ schrieb er einmal. ›Die Stadt sieht aus wie San Francisco in den neunundvierziger Jahren, sie ist vollgestopft mit Menschen und jedermann hier scheint in Fieberfantasien zu reden. –

Aber das ist ja kein Wunder. Vor dem Krieg war Columbia eine nette kleine Stadt von dreißigtausend Einwohnern. Es hatte zwei Wolkenkratzer: das Palmetto Building (sechzehn Stockwerke) und das National Loan und Exchange Building (Darlehns- und Wechselbank) mit zwölf Stockwerken, eine neue Oberschule, schattige Straßen mit weißen Häusern und ein vornehmes Staatskongreßgebäude, an dessen Fassade man noch einige Rauchflecke feststellen konnte, die aus dem Jahr 1865 stammten, als General Sherman die Stadt in Brand schießen ließ. Seit den Zeiten Shermans hatte Columbia eine friedliche Blütezeit, die anhielt, bis die Vereinigten Staaten in den Krieg mit Deutschland eintraten.

Nun hat die Regierung am Stadtrand das Camp Jackson errichtet. Hier steigen fortgesetzt Flugzeuge auf, und auf den Straßen marschieren endlose Kolonnen von Infanterie, Kavallerie und allerlei Kriegsmaschinenattrappen mit rosa und purpurnen Streifen. Fast im wörtlichen Sinn über Nacht ist die Bevölkerung der Stadt um hundertfünfzigtausend Soldaten und einen Schwarm von Frauen, Kindern, Krankenschwestern und allerlei freundlichen Mädchen angeschwollen. Logis sind so kostbar geworden, daß jeder, der ein freies Schlafzimmer hat, es für dreißig Dollar in der Woche vermieten kann. Viele der Offiziersfrauen sind reich. Und um sie mit allen möglichen Gütern beliefern zu können, sind zahllose kleine Läden entstanden, untergebracht in ganz primitiven, ungestrichenen Hütten. Hier werden Pelzmäntel und handgearbeitete Schuhe und Kleider aus den ersten Ateliers der Staaten ausgestellt. Nur an Nahrungsmitteln fehlt es sehr; vor den Kaufläden stehen Schlangen von Menschen. Wenn sie schließlich an der Reihe sind, bedient zu werden, müssen sie drinnen ihren Namen eintragen, um nur ein Pfund Zucker für 90 Cents erwerben zu können. –

Mit Geld wird umhergeworfen, als gelte es nichts. Laufjungen, die gewöhnt waren, drei Dollar in der Woche zu verdienen, bekommen jetzt zwanzig; Fahrstühle und Autogaragen werden von den Mädchen bedient, die die Höhere Schule besucht haben und die heute mehr verdienen, als ihre Väter vor dem Kriege verdienten. Kohle kostet einen Dollar pro Eimer, und Negerfrauen verkaufen kleine Holzbündel auf der Straße, denn die Natur hat den allgemeinen Wirrwarr noch dadurch gesteigert, daß sie uns den kältesten Winter bescherte, den Süd-Karolina seit mehr als fünfzig Jahren erlebt hat. Eine Woche lang hat es ununterbrochen geschneit. Die Soldaten aus dem Norden fangen an, sich über den ›sonnigen

Süden‹ lustig zu machen, und ich kann sie nicht tadeln, denn die Eiszapfen an den Dächern und Bäumen sind drei Fuß lang. Aber wir haben kein Recht, uns zu beschweren, denn trotz des Kohlenmangels haben wir ein schönes warmes Quartier. Wir haben Kohle genug, nur Zivilisten können keine bekommen. Kirchen und Schulen sind geschlossen worden, um die Kohle für uns zu sparen, und deshalb strömen die vor Kälte zitternden Bürger schon am Morgen aus den Häusern und bleiben bis zum Schlafengehen unterwegs, weil es in den Straßen wenigstens genug Aufregung gibt, die sie die Kälte vergessen läßt. –

Seit keine Schule mehr abgehalten wird, sind die Kinder den ganzen Tag draußen. Sie gehen ins Kino. Die Theater sind nicht geheizt, aber die Bilder sind grell genug, um von der Kälte abzulenken. Die Filme haben fürchterliche Titel: Der Kaiser, das Raubtier von Berlin – Die Auktion der Seelen – Zur Hölle mit dem Kaiser!, und der Atem der Menschen in den Stuhlreihen erzeugt weiße Dampfwolken zwischen Zuschauern und Leinwand. Wir von der Khaki-Brigade sitzen Seite an Seite mit den Jungen und Mädchen, die sich von der Algebra befreit fühlen, und betrachten uns Türken, die armenische Mädchen kreuzigen, Babys, die erstochen werden, und deutsche Soldaten, die in Frauenklöstern wüten. Die Kinder glauben alles, was man ihnen zeigt und begeistern sich daran; ich, offen gestanden, weiß nicht, was ich von all dem Zeug glauben soll; vielleicht die Hälfte, wenn es hochkommt. Wie dem aber auch sei – Europa sitzt in der Patsche, und ich bin froh, daß wir demnächst hinübergehen werden, um die Welt wieder in Ordnung zu bringen, bevor Cornelia und Philip erwachsen sind. –

Eleanor, warum kommst Du nicht einmal her, mich zu besuchen? Du kannst wirklich gar nichts vom Krieg wissen, wenn Du nicht wenigstens einmal einen Blick in eine Garnisonsstadt geworfen hast. Ich werde für Dich irgendwo ein Zimmer beschaffen, und ich glaube sicher, daß ich ein paar Tage Urlaub bekommen kann. Ich vermisse Dich *schrecklich*!‹

Eleanor ließ den Brief sinken und lächelte, während sie auf den ungeheizten Kamin blickte. Es war in der Mitte des Winters, und das Zimmer glich einer Eishöhle. Aber jetzt, nachdem sie Kesters Brief gelesen hatte, war ihr, als sei es von Wärme erfüllt. Jäh und scharf fühlte sie den Schmerz ihrer Verlassenheit, wie damals, in den ersten Tag, nachdem Kester gegangen war. Sie drahtete ihm, er möge sie wissen lassen, wenn er Urlaub bekommen könne.

Es gelang Kester, zwei Tage Urlaub zu bekommen. Eleanor kletterte in einen gedrängt vollen Zug, dessen Abteile schmutzig, verraucht und verwahrlost waren. Sie verbrachte die Nacht eingekeilt zwischen Menschen, mit dem Kopf auf einem Kissen, das gegen die rote Plüschlehne der Bank gelehnt war; ihre Füße berührten die Knie eines bärtigen Mannes, der aussah wie ein Bolschewik. In Columbia führte Kester sie in das Hinterzimmer eines baufälligen Hotels in einer Nebenstraße, für das er 15 Dollar pro Tag bezahlen mußte. Das Zimmer hatte keine Heizung. Es enthielt ein Bett mit einem zu kurzen Laken und völlig ungenügenden Zudecken, so daß sie ihre Mäntel zu Hilfe nehmen mußten. Es stand weiter eine Kommode darin mit einem graufleckigen Spiegel darüber, in dem sie wie die Opfer einer fremden gefährlichen Krankheit erschienen. Der Teppich wies Löcher auf, in denen sie mit den Absätzen hängenblieben, sobald sie das Zimmer durchquerten. Zwei wackelige Stühle und ein Wasserständer mit einem Krug und einer Waschschüssel, wofür sie das Wasser selber vom Ende des Ganges hereinschleppen mußten, vervollständigten die Einrichtung.

Aber sie beklagten sich nicht, es machte ihnen alles nichts aus. Sie waren für achtundvierzig Stunden beieinander. Eleanor dachte zuweilen, sie wolle gerne den Rest ihre Lebens in einem solchen Zimmer zubringen, wenn nur Kester ihr schwören würde, sie nie wieder allein zu lassen.

Obgleich ihr Louisiana leuchtend und heiter vorkam gegenüber dem Schnee Karolinas, fand sie, wieder zu Hause angekommen, Ardeith doch grimmig und kalt ohne Kester, und das trotz der blühenden Kamelien auf den Wiesen. Sie war froh, daß es Zeit war, sich für die Frühjahrsarbeit bereit zu machen. Kester war gar nicht aufgefallen, wie dünn sie geworden war, und sie hatte keine Zeit gefunden, ihm zu erzählen, wie sie gearbeitet hatte. Aber was sollte das auch? Sie war sicher, daß sie durchhalten würde, denn jeder Blick auf den Börsenteil der Zeitung gab ihrem Mut neuen Auftrieb. Die Baumwolle war mittlerweile bis auf dreißig Cents für das Pfund geklettert.

3

Im April hörten Kesters Briefe plötzlich auf; eine unerklärliche Stille trat ein. Eleanor wußte, daß sie sich im Augenblick noch keine Sorgen zu machen brauchte, dennoch wurde sie von fiebernder Unruhe erfaßt. Den Soldaten wurde nie mitgeteilt, wann sie nach Übersee verschifft wurden. Sie erfuhren das immer erst ganz kurz vor der Abfahrt, und auch dann war ihnen nicht erlaubt, ihre Familien zu benachrichtigen, denn die Auslaufzeiten der Transportschiffe wurden streng geheimgehalten. Eleanor wartete und wartete und suchte ihre Nerven zu beruhigen, indem sie sich in die Arbeit stürzte, um über der Anspannung das Denken zu vergessen. Sie fragte sich oft, ob die Spionagegefahr wirklich so bedeutend sei, um die Grausamkeit zu rechtfertigen, die Frauen über das Schicksal ihrer Männer im ungewissen zu lassen.

In der Zeit, da die Ungewißheit noch andauerte, sah sich Eleanor schließlich genötigt, Bob Purcell aufzusuchen, um seinen ärztlichen Rat in Anspruch zunehmen. Bob legte zwei Finger an ihren Puls und schüttelte mit vorwurfsvollem Lächeln den Kopf. Er machte ein Gesicht wie ein Schulmeister.

»Wenn die geringste Chance bestehen würde, daß du auf mich hören würdest«, sagte er, »dann würde ich dir in dringendster Form raten, dich für einen Monat ins Bett zu legen.«

»Rede keinen Unsinn«, sagte Eleanor, »ich kann meine Plantage nicht im Stich lassen.«

Er zog ihr unteres Augenlid herunter und sah nach den Blutäderchen. »Hast du jemals etwas von dem Iren gehört«, sagte er, »der erklärt hatte, er wolle lieber fünfzehn Minuten ein Feigling sein als tot für den Rest seines Lebens?«

»Ich glaube nicht, daß ich in der Gefahr schwebe, zu sterben«, versetzte Eleanor.

»Ich weiß nur, daß du hochgradig anämisch bist«, sagte Bob. Er gab ihr ein Eisenpräparat und genaue Verhaltensmaßregeln. Eleanor nahm das Eisen, fand aber bald, daß die Verhaltensmaßregeln aus lauter Unmöglichkeiten bestanden: neun Stunden Nachtschlaf, mindestens zwei Stunden Mittagsschlaf und ähnliches. Sie zuckte die Achseln und ignorierte die Verordnung. Als sie bald darauf wieder einen Brief von Kester erhielt, fühlte sie sich sogleich um so vieles besser, daß sie überzeugt war, sie habe keine Anämie, nur ihre Nerven hätten ein wenig versagt.

Kester war in Frankreich; den Ort konnte er ihr nicht nennen, aber nach seinen Beschreibungen befand er sich in einer lieblichen Gegend, vom Geschützfeuer zerzaust, aber von Frühlingsdüften erfüllt.

›Ich fahre ein Auto‹, schrieb er, ›ich fahre Oberste und Stabsoffiziere, befördere Nachrichten und Proviantnachschub. Im allgemeinen genügt es der Armeeführung, wenn ein Bursche zwanzig Jahre lang Barmixer war, um ihn zum Koch zu ernennen; immerhin haben einige Leute meine besonderen Talente schätzen gelernt. Hier zu fahren ist ein sonderbares Geschäft. Vorn und hinten kein Licht, schlechte Straßen voller Löcher und Granattrichter, so daß man sich manchmal wie ein Selbstmordkandidat vorkommt. Und wo keine Granatlöcher sind, da ist fürchterlicher Schlamm. Lieber Gott, der Schlamm von Frankreich! Ich hatte bisher immer die Vorstellung, Louisiana habe schlammigen Boden. Wahrhaftig, ich will das nie wieder behaupten. Der einzige Fleck in Louisiana, der an französischen Schlamm erinnert, ist die Molasse in New Orleans. Gott sei Dank weiß ich, wie man ein Auto auseinanderzunehmen und wieder zusammenzusetzen hat. Deshalb komme ich überall durch. Aber das Ganze macht mir ziemlich viel Spaß. Vor allem, weil es keine Scheinwerfer an meinem Auto gibt, keine Verkehrslichter, die mich aufhalten können, keine Geschwindigkeitsgrenzen, keine weißen Linien, die nicht überquert werden dürfen, und vor allem keine eleganten Damen, die sagen können: Kester fährt dich nach Hause? Hast du auch schon dein Testament gemacht? –

Ich möchte Dir gerne mehr schreiben, aber es ist nicht erlaubt. Schicke mir bitte ein neues Bild von Dir und eines von Cornelia und Philip. Die, die ich immer in der Tasche trug, sind nun fast schon zerrissen. Wie groß ist Cornelia jetzt? Erinnert sie sich an mich? Gute Nacht, mein Liebling, mach Dir meinetwegen keine Sorge. Ich verlebe hier eine großartige Zeit.‹

Eleanor küßte seine Unterschrift und zitterte vor Dankbarkeit, ihn wenigstens etwas sicherer zu wissen, als wenn er zwischen den Stacheldrahtbarrikaden der Schützengräben gesteckt hätte. Sie hatte auch das Gefühl, sich nicht sorgen zu müssen. Kester steckte so voller zauberhaftem Leben; er war wahrscheinlich bestimmt, seine Urenkel zu überleben. Die Kinder lärmten auf der Galerie.

Eleanor ging zur Tür und beobachtete sie. Sie hatte ein Bild Kesters in der Hand, das im Camp Jackson aufgenommen worden war. Die Kinder spielten Soldat. Sie trugen dreieckige aus Zeitungspapier gefaltete Helme und hatten Küchenbesen über die Schulter; so marschierten sie unter Dilcys Aufsicht auf und ab und sangen nach einer wilden Melodie einen verrückten Text:

»Wir sind keine dummen Teufel!
Wir sind keine dummen Teufel!
Da drüben bei den anderen, den schönen,
mag's Tölpel und Dummköpfe geben,
aber wir sind keine dummen Teufel!«

Eleanor lachte über den Unfug und hielt ihnen Kesters Fotografie hin.

»Cornelia«, sagte sie.

Cornelia sah sich, anscheinend in leichter Verärgerung, um. »Ja, Madam?«

»Komm her, Cornelia.«

»Kompanie halt!« befahl Cornelia. Philip stand und hielt krampfhaft seinen Besen hoch, der größer war als er selbst, und Cornelia kam auf die Mutter zu. »Ich bin der Hauptmann«, sagte sie, »was willst du?«

Eleanor zeigte ihr das Bild. Es war eine gute Aufnahme. Anstatt wie die meisten Männer beim Fotografieren mit Siegerblick in die Kamera zu starren, zeigte Kester ein freundliches Gesicht. Auch Cornelia lächelte, als sei das Bild sah, und in ihren Augen glänzte es auf. Sie hatte wunderschöne dunkle Augen.

»Das ist Vater!« rief sie aus. Sie strahlte das Bild an. »Hübsch sieht er aus.«

Wie immer, wenn Cornelia ein Bild ihres Vaters betrachtete, wurde Eleanor von leisen Neidgefühlen erfaßt. Cornelia konnte noch nicht wissen, daß das Haus, in welchem sie lebte, und der Luxus, der sie umgab, nicht ihres Vaters Charme, sondern der zähen Kraft ihrer Mutter zu verdanken war. Sie schien es offenbar für selbstverständlich zu halten, daß ihre Mutter immer müde und abgespannt aussah und viel zu beschäftigt war, um mit ihr spielen zu können, und lebte deshalb in der Erinnerung an ihren Vater. Sie sah jetzt auf Eleanor und fragte: »Wann kommt Vater nach Hause?«

»Wenn der Krieg zu Ende ist, mein Herz.«

»Papa schießt Deutsche!« sagte Cornelia.

Eleanor rief auch Philip herbei, um ihm das Bild zu zeigen. Philip betrachtete es sehr ernst und sagte: »Soldat.« Er war zwei Jahre alt und konnte sich nicht mehr an Kester erinnern. »Vater, Philip!« korrigierte Cornelia heftig.

»Ich bin Soldat«, sagte Philip.

»Ja, Philip«, sagte Eleanor, »du bist ein Soldat und dein Vater ist auch ein Soldat.«

Sie begannen wieder zu singen und zu marschieren. Eleanor, die einiges in der Stadt zu erledigen hatte, ging die Treppe hinauf, um sich umzuziehen. Sie ging in Kesters Zimmer und blieb einen Augenblick vor seiner Kommode stehen. Ach, sie sehnte sich nach ihm. Seine Sachen lagen säuberlich aufgeschichtet in den Schubladen, viel zu ordentlich, um auf seine Anwesenheit schließen zu lassen. Zwischen seinen Taschentüchern lag das kleine Silbermesser mit seinem Namenszug auf der Schale. Eleanor nahm es auf und küßte es; sie erinnerte sich, daß das kleine Messer der erste Gegenstand aus seinem Besitz war, den sie in der Hand hatte.

Vom Fenster aus vermochte sie über die Felder zu sehen. Sie versprachen auch in diesem Jahr wieder einen Gewinn abzuwerfen, der sie in heimlichem Triumphgefühl erschauern ließ. Oh, sie hatte wohl etwas geleistet, seit Kester Ardeith verließ.

Während sie sich in ihrem eigenen Zimmer umkleidete, wurde sie durch den einfachen Vorgang des Kleiderwechsels daran erinnert, wie gut sie daran getan hatte, die Inneneinrichtung des Hauses zu modernisieren. Sie liebte das seidige Gefühl des lauwarmen Wassers in ihrer schönen Badewanne, die Bequemlichkeit ringsum, die die Pflege des Körpers zu einer Freude machten; sie stand vor dem Spiegel und freute sich an der indirekten Seitenbeleuchtung. Sie war keine hinreißende Schönheit, nein, aber sie war eine gutaussehende junge Frau, groß und schlank, mit einer gut proportionierten Figur, und sie wußte sich sehr geschickt und vorteilhaft zu kleiden. Es war gut, sich wieder hübsch und ansprechend kleiden zu können, ein Kleid aus braunem Taft mit einem dazu passenden Hut zu tragen, dazu Schuhe und Handschuhe aus champagnerfarbenem Ziegenleder, die immer aussahen, als ob sie sie noch niemals angehabt hätte. Es war gut, in einem kleinen eleganten Wagen in die Stadt fahren zu können, erfolgreich zu sein und zu wissen, daß man gut aussah.

Alle Geschäftsleute beeilten sich heute, sie zu bedienen, sie zeigten sich höflich und ehrerbietig. Sie erinnerte sich daran, daß die gleichen Kaufleute vor drei Jahren ihren Kredit gesperrt hatten, weil sie ihre Schulden nicht zu bezahlen vermochte. Die Stadt machte einen blühenden Eindruck. Die Geschäfte waren voll von Kunden und die Straßen voller Autos. Im Park tummelten sich Kinder; Mädchen spazierten unter Sonnenschirmen, die zu den Kleidern paßten, und lachten und scherzten unter der strahlenden Sonne. Jedermann schien guter Laune zu sein. Die Palmen raschelten mit den Blättern und schienen zu flüstern: ›Baumwolle – dreißig Cents!‹ – zweiunddreißig Cents! korrigierte Eleanor bei sich, während sie vor einem Drugstore parkte und nach der Bedienung hupte. Zweiunddreißig Cents, und die Tendenz ist weiterhin steigend. Wahrhaftig, niemand hierzulande hatte bisher so eine gute Zeit.

Der Verkäufer erschien, und sie beauftragte ihn, ihr eine Packung Gesichtspuder und ein Glas Limonade zu bringen. Das Wetter war bereits sommerlich warm; die Limonade in dem beschlagenen Glas war kühl und erfrischend. Als sie den Strohhalm in den Mund nahm, sah sie Isabel Valcour mit einem blauen Leinensonnenschirm über der Schulter die Straße entlang kommen. Eleanor hatte Isabel seit langer Zeit nicht mehr gesehen. Wahrscheinlich wird sie von der Langeweile geplagt, dachte sie, während sie Isabel beobachtete, die auf den Drugstore zuging. Isabel warf mit Blicken um sich, als schaue sie nach Müßiggängern aus, die Lust hätten, einen Nachmittag mit ihr zu verbringen.

Zwei schmutzige kleine Knirpse kamen von der anderen Seite her den Bürgersteig heraufgeschlendert. Sie sahen Eleanor, die in ihrem Auto saß und die Limonade schlürfte. Sahen den eleganten, glänzenden Wagen, die neben Eleanor aufgetürmten Pakete und grinsten ihr frech ins Gesicht. Der Größere der beiden stecke, als sie vorbei waren, die Hände in die Hosentaschen und begann lärmend zu singen:

»Seht des Armeelieferanten einzige Tochter,
sie verschwendet ihr Geld,
sie verschwendet ihr Geld...«

Isabel sah auf, stockte und brach in schallendes Gelächter aus. Gleich darauf drehte sie sich um und senkte den Sonnenschirm, um ihr lachendes Gesicht zu verbergen, aber ihre Schultern zuckten wie bei einer Sängerin. Offenbar einen verwandten Geist ahnend, näherten sich ihr die Burschen, und der eine von ihnen sprach sie vertraulich grinsend an.

»Lady«, sagte er, »geben Sie mir einen Nickel. Ich möchte eine Vorstellung besuchen.«

»Einen Nickel wollt ihr?« lachte Isabel. »Ihr sollt ihn haben.« Eleanor hörte ihrer Stimme an, daß sie sich amüsierte. Isabel öffnete ihre Handtasche und gab jedem der Bengel einen Nickel. Die Knirpse zogen ab, und Isabel verschwand in dem Drugstore. Eleanor drückte auf das Horn.

Sie war beschämt über ihre augenblickliche Verwirrung. Es war idiotisch, sich durch die Albernheiten eines Straßenjungen und das Gelächter der Dame Isabel belästigt zu fühlen. »Vielen Dank, Mrs. Larne, geben Sie uns bitte bald wieder die Ehre!« sagte der Sodaverkäufer, als sie ihm das Glas zurückgab, und Eleanor brachte es fertig, ihn anzulächeln. Aber als sie dann zur Plantage zurückfuhr, überkam sie doch wieder der Zorn, und sie schrie mehrmals Isabels Namen heraus, während sie durch die Stadt und die eichengesäumte Uferstraße fuhr, auf beiden Seiten von ihren Baumwollfeldern begrenzt. Der Anblick der Baumwollpflanzen beruhigte sie. Sie verglich ihre eigene Leistung mit Isabels trägem und nutzlosem Leben und lächelte, als sie ins Haus ging.

Wyatt wartete auf sie. Eleanor war ein wenig überrascht, ihn zu sehen, denn er kam selten ins Haus.

Das Lächeln, mit dem er sie begrüßte, war noch düsterer als gewöhnlich. »Mrs. Larne«, sagte er, »ich möchte Sie nicht erschrekken, aber ich glaube, es wäre gut, wenn wir uns bald darum kümmerten, die Pflücker zusammen zu bekommen. Einige von den Leuten sind erkrankt.«

»Erkrankt? Was haben sie?«

Er blickte auf seine staubigen Stiefel. »Ja, Madam«, sagte er zögernd, »ich weiß nicht recht, was es ist. Sie reden von der ›spanischen Grippe‹.«

»Spanische Grippe? Davon habe ich nie etwas gehört. Aber ich danke Ihnen, daß Sie es mir sagen. Ich werde den Arzt kommen lassen. Im übrigen brauchen Sie sich, glaube ich, nicht zu sorgen. Wir haben noch reichlich Zeit bis zur Ernte.«

»Ich weiß doch nicht, Madam«, sagte Wyatt. »Es scheint, daß eine Menge Menschen hier herum erkrankt sind. Und ich dachte, es wäre besser, wenn Sie es wüßten.«

Sie dankte ihm abermals, und Wyatt ging. Eleanor nahm den Telefonhörer ab und rieb Bob Purcell an.

»Kannst du morgen zu uns herunterkommen, Bob?« fragte sie.

»Natürlich komme ich. Was ist los?«

»Nichts Persönliches. Aber einige meiner Schwarzen haben so eine neumodische Krankheit.«

»Doch nicht Grippe?« fragte Bob.

»Was?«

»Spanische Grippe, meine ich.«

»Ja, Wyatt nannte es so. Warum fragst du?«

»Weil diese Seuche augenblicklich ziemlich grassiert.«

»Ist das etwas Ernstes? Was ist es überhaupt?«

»Ja, ich weiß nicht. Ich kann dir beide Fragen nicht beantworten«, sagte Bob offen, »aber ich komme natürlich.«

Am nächsten Morgen besuchte Dr. Purcell die Arbeiterquartiere und kam anschließend ins Haus. Er trug eine Gazemaske über dem Mund und machte ein sehr ernstes Gesicht.

Die Sache sei schlimm, sagte er, und Eleanor müsse unbedingt auch eine Maske tragen, wenn sie mit den Negern in Berührung komme, und die Kinder müsse sie innerhalb der Grenzen des Parkes lassen. Niemand wisse, wie gefährlich die Krankheit sei, aber in keinem Fall dürfe man sorglos sein. Eleanor versprach aufzupassen und befahl, daß die Schüsseln und Teller der Kinder mit antiseptischer Seife abgewaschen werden sollten, bevor sie ihre Mahlzeiten einnähmen.

Am nächsten Tag rief Neal Sheramy an, um eine Einladung für den folgenden Sonntag rückgängig zu machen. Klara hatte ein Abendessen geplant, aber nun war Klara plötzlich erkrankt. – »Die sonderbare Krankheit, die augenblicklich jeder zu kriegen scheint«, sagte Neal, »die Grippe.«

Eleanor war nicht sehr betroffen von der Mitteilung, denn Klara verbrachte die Hälfte ihres Lebens damit, etwas aufzufangen und andere anzustecken. Manchmal schien ihr das sogar Spaß zu machen. Aber als Eleanor einen Brief ihres Vaters erhielt, der ihr mitteilte, daß ihre Schwester Florence schwer von der Krankheit betroffen sei, begann sie sich ernsthaft Sorgen zu machen, denn wie alle anderen Upjohns war Florence sozusagen niemals krank gewesen. Eleanor schrieb nach Hause, daß sie gern kommen würde, um die Kranke zu besuchen, aber ihre Mutter antwortete ihr mit einem zugestellten Brief und bat sie, den Besuch zu unterlassen. ›Du kannst das Risiko nicht auf Dich nehmen, die Spanische Grippe nach Ardeith zu schleppen zu Deinen Kleinen‹, schrieb sie. ›In New Orleans ist kaum ein Haus verschont; es ist eine sehr böse Sache.‹

Eleanor telefonierte mit Wyatt. Der Verwalter sagte, er tue sein Möglichstes, aber wenn das so weitergehe, wisse er nicht, woher sie die Hände nehmen sollten, um die Baumwolle zu pflücken.

Eleanor ließ sich das Pferd satteln und ritt durch die Felder. Die Baumwollpflanzen trugen kleine grüne Kapseln. Bald würden sie aufspringen, und dann war es soweit. Baumwolle konnte nicht warten, wenn sie nicht verderben sollte. Aber wer, um alles in der Welt, sollte sie pflücken? Schon im letzten Jahr war es schwer gewesen, Pflücker zu bekommen, und da herrschte allgemein der normale Gesundheitszustand. Es riß und zerrte an ihren Nerven, sie hätte am liebsten ihre Verzweiflung hinausgeschrien. Ihre Arbeiter waren gut ernährt und bewohnten gute, wohnliche Hütten, sie taten die gesündeste Arbeit im Freien, aber Wyatt sagte, sie seien anfällig wie alte Männer. Und diejenigen, die bisher von der Krankheit verschont geblieben waren, standen mit düsteren Begräbnismienen umher, flüsterten miteinander und zeigten gar keine Neigung zu arbeiten.

In den folgenden Wochen mußte Eleanor Bob Purcell häufig bitten, die Plantage zu besuchen. Er konnte längst nicht so oft kommen, wie sie wollte, denn er arbeitete vom Morgengrauen bis in die Nacht hinein. Sein Gesicht war schmal und hager geworden; er hatte dunkle Ringe unter den Augen. »Wann hat die Krankheit eigentlich begonnen?« fragte sie ihn eines Morgens.

»Ich weiß es nicht«, sagte Bob.

»Hast du etwas gehört? Es gibt Leute, die sagen, deutsche Spione befänden sich im Land oder seien wenigstens hier gewesen.«

Er zuckte die Achseln: »Das möchte glaubwürdig sein, wenn die Spanische Grippe nicht gleichzeitig in China, Schweden, auf den Fidschi-Inseln und auch in Deutschland ausgebrochen wäre.«

»Was können wir tun, um uns davor zu schützen?«

Bob atmete schwer. »Eleanor, ich weiß noch nicht, was es eigentlich ist, und demzufolge auch nicht, wie man sich davor schützen und was man zur Heilung tun kann. Niemand weiß es. Wenn du davon befallen werden solltest, lege dich zu Bett und bleibe darin, bis es dir wieder besser geht.«

Ihre Hände verklammerten sich. »Und es ist fast Zeit, mit dem

Pflücken der Baumwolle zu beginnen«, sagte sie, »was soll ich nur tun?«

»Mein Gott, Eleanor«, sagte Bob, »es handelt sich hier nicht um Baumwolle, die gepflückt oder nicht gepflückt wird, es handelt sich um Leben oder Tod! In einigen Städten können schon keine Särge mehr geliefert werden.«

Er verließ sie, Eleanor ging die ganze Nacht in ihrem Zimmer auf und ab, zu ruhelos, um schlafen zu können. Sie hatte einiges über Seuchen gelesen: der Schwarze Tod in Europa, das schreckliche gelbe Fieber, das sich über amerikanische Häfen ergoß, bevor irgend jemand wußte, daß Moskitos nicht nur harmlose Insekten waren; aber nie war sie auf den Gedanken gekommen, sie könnte selbst einmal gegen eine Seuche zu kämpfen haben. Ihr ganzes Leben lang hatte sie es als selbstverständlich hingenommen, daß sie in einer Welt lebte, in der weißgekleidete Männer und Frauen in gut ausgerüsteten Laboratorien für die Gesundheit der Bevölkerung sorgten; so stand sie diesem unvermittelten und heimtückischen Angriff völlig betäubt gegenüber. Seuchen! dachte sie. Das waren bisher Dinge, die in eine Zeit gehörten, wo die Menschen an Geister glaubten, anstatt sich impfen zu lassen. Wahrhaftig, man hätte es nie für möglich gehalten, in der zivilisiertesten Nation des zwanzigsten Jahrhunderts Vorgänge sehen und erleben zu müssen wie bei einer Pestilenz vergangener Jahrhunderte. Man sollte es nicht für möglich halten, daß der modernst eingerichtete, mit den neuesten technischen und wissenschaftlichen Hilfsmitteln arbeitende Pflanzer im ganzen Stromgebiet nicht wußte, wie er seine Baumwolle einbringen sollte.

Am nächsten Tag erkrankte Dilcy an der Grippe. Die Kinder vermißten sie, und Eleanor fand, daß sie bisher keine Ahnung davon hatte, was Dilcy im Laufe eines Tages alles zu verrichten pflegte. Während sie selbst auf den Feldern weilte, ließ sie Bessy bei den Kindern, aber Bessy wußte nicht viel von Kinderpflege, und Eleanor fürchtete sehr, daß die Kinder sich anstecken könnten. Nach ein oder zwei Tagen stellte sie, vom Felde heimkommend, fest, daß auch Mammy erkrankt war. Sie ging in die Küche und kochte das Abendessen für die Kinder selbst, ziemlich ungeschickt, denn sie wußte nicht viel vom Kochen, und außerdem zitterte sie vor Übermüdung. Die Kinder waren quengelig, und sie selber war so nervös, daß es ihr schwerfiel, sanft mit ihnen umzugehen.

Die Baumwollkapseln öffneten sich auf nahezu leeren Feldern.

Eleanor stand auf der Landstraße und fing die Leute ab, um sie zur Arbeit zu jagen, sie inserierte in den Zeitungen und bot zwei Dollar Pflückerlohn für hundert Pfund, aber sie erzielte bei all diesen Bemühungen nur sehr dürftige Ergebnisse. Die Plakate an den Litfaßsäulen und patriotische Redner auf allen Plätzen proklamierten, daß Amerika Europa ernähren, Europa mit Kleidung versehen und Europas Kanonen mit Munition füttern müsse. Aber Tausende von Arbeitern dienten in der Armee, Tausende bei den verschiedensten Kriegsdienststellen; dazu befand sich nahezu die Hälfte der Zivilbevölkerung in den Krankenhäusern; wo sollten da die Menschen herkommen, um Baumwolle zu pflücken?

Eleanor fühlte sich sehr elend und krank, als sie die mageren, knochigen Gestalten der wenigen Pflücker betrachtete. Baumwolle kostete jetzt siebenunddreißig Cents pro Pfund. Zufolge der Arbeitsknappheit verminderte sich der Ertrag, und es war abzusehen, daß der Preis noch weiterhin steigen würde. Hätte sie diese Ernte im Lagerhaus, dann könnte sie Ardeith unbelastet an Kester zurückgeben, die bestausgestattete Plantage in Louisiana, nicht nur frei von Schulden, sondern auf dem besten Weg, ihn reich zu machen. Aber wie die Dinge jetzt lagen, mußte schon ein Wunder geschehen, wenn nicht die Hälfte der Baumwolle das Lagerhaus nie erreichen sollte.

Sie schickte nach Wyatt. »Sie hatten Anweisung, etwas zu unternehmen«, schrie sie ihn an, als er kam, nicht, weil sie meinte, er hätte etwas versäumt, sondern weil der Ausbruch ihr etwas von der unerträglichen Spannung nahm.

Er schüttelte düster den Kopf und beobachtete sie, wie sie erregt den Fußboden abschritt. »Ich tue mein Bestes, Mrs. Larne«, sagte er.

»Ihr Bestes? Vermutlich soll es in die geöffneten Kapseln hineinregnen und sie sollen durchweichen, wie? Wir müssen die Baumwolle hereinbekommen.«

Wyatt seufzte. »Ich bin wahrhaftig kein Drückeberger, Mrs. Larne«, sagte er, »aber ich kann keine Arbeiter aus dem Boden sprießen lassen.«

Eleanor setzte sich, verkrampfte die Hände ineinander und stand wieder auf. »Wechseln Sie die Zahlen in unseren Angeboten aus, Wyatt«, sagte sie, »schreiben Sie zwei Dollar fünfzig Pflücklohn pro hundert Pfund.«

»Zwei fünfzig, pro Hundert«, sagte Wyatt. »Mein Gott, diese

Pflücker werden Nigger-Reiche und werden zukünftig nur noch rosa Seidenhemden und gelbe Schuhe tragen.«

»Wenn Sie die Baumwolle einbringen, kümmert es mich nicht, wie reich die Neger werden«, versetzte Eleanor. »Gehen Sie und tun Sie, was ich Ihnen gesagt habe.«

Er seufzte und zog sich zurück. Eleanor ging in die Halle hinaus und zermarterte sich den Kopf darüber, wie sie an Baumwollpflükker kommen könne. Auf der Galerie quengelten die Kinder. Sie besänftigte sie, ermüdet, wie sie war, und ging in die Küche, um Fleischbrühe zum Abendbrot zu machen. Der Haushalt befand sich in einem ähnlichen Zustand wie ihre Nerven; Dilcy und Mammy waren noch nicht imstande, wieder zu arbeiten, dazu waren noch zwei weitere Mädchen an der Grippe erkrankt und nach Hause geschickt worden. Die gesund gebliebene Dienerschaft konnte die Arbeit einfach nicht bewältigen; alle Möbel waren mit dicken Staubschichten bedeckt und die Spielsachen der Kinder lagen auf dem Fußboden zerstreut, weil niemand Zeit hatte, sie aufzuheben. Eleanor hatte Unordnung um sich herum nie ertragen können; jetzt, mit den Staubschichten überall, mit den unruhigen und ungebärdigen Kindern und mit den Sorgen um die Plantage, fühlte sie sich bis zur Unerträglichkeit gereizt.

Sie gab den Kindern ihr Abendbrot; die waren durch Mammy grenzenlos verwöhnt, Mammy pflegte ihnen immer besonders lekkere Sachen zu kochen, jetzt nörgelten sie herum und wollten nicht essen. Eleanor zitterte und mußte sich gewaltsam beherrschen, um nicht aufzuschreien. Nachdem sie die Kinder endlich zu Bett gebracht hatte, ging sie in die Küche zurück, um selber einen Bissen zu essen. Sie stand noch am Tisch und aß eine Maisspeise gleich aus der Schale heraus, als Bob Purcell erschien, um nach den kranken Hausnegern zu sehen. Violet befand sich in seiner Begleitung; sie pflegte neuerdings sein Auto zu fahren, damit er sich wenigstens während der Fahrten ausruhen konnte.

Während Bob bei den Erkrankten war, saßen Eleanor und Violet einander in dem unaufgeräumten Wohnzimmer gegenüber. Beide waren zu müde, um viel zu reden. Violet hatte ihren Bruder seit dem frühen Morgen ununterbrochen von Haus zu Haus gefahren.

»Ich versuche manchmal, mir den Himmel vorzustellen«, seufzte sie, »und ich sehe ihn dann als einen Ort, wo man weißes Brot essen, eine ganze Tonne auf einmal kaufen und morgens in der Zeitung lesen kann, daß der Krieg vorbei ist.«

Eleanor antwortete nur mit einem bösen Lachen.

Bob kam zurück und gab Eleanor eine Anzahl neuer Grippemasken. Sie möge ja täglich ihr Eisenpräparat einnehmen, sagte er.

Sie antwortete mit einem gequälten Lächeln: »Ich habe schon so viel Eisen genommen, daß man eine Lokomotive davon bauen könnte.«

»Leider sieht man es dir nicht an«, versetzte Bob.

Eleanor brachte beide zur Tür. Violet legte ihr tröstend die Hand auf die Schulter.

»Laß dich nicht zu sehr quälen«, sagte sie. »Du wirst das schon durchstehen. Du gehörst Gott sei Dank zu den Menschen, die überall durchkommen.«

Eleanor antwortete nicht. Sie schloß die Tür hinter den Geschwistern und ging in ihr Zimmer hinauf, wo sie sich quer über das Bett legte, die Hände auf die pochenden Schläfen gedrückt. Die überall durchkommen! dachte sie. Kein Mensch denkt daran, daß auch unsereiner einmal einen Punkt erreichen könnte, wo er nicht mehr weiter weiß, wo er sich fallen lassen und an der Brust eines Stärkeren ausruhen möchte.

Als sie am nächsten Morgen ihr hageres Gesicht im Spiegel erblickte, erschrak sie. Es hielt sie nicht im Haus; sie mußte einen Platz finden, um ruhig nachdenken zu können. Sie befahl Bessy, bei den Kindern zu bleiben, holte das Auto aus der Garage und fuhr langsam der Stadt zu. Das Autofahren tat ihren Nerven gut; es zwang sie, alle Aufmerksamkeit auf die Straße zu richten, und zwang ihre jagenden Gedanken zur Ordnung. Von allen Litfaßsäulen schrien ihr grelle Aufrufe und Proklamationen entgegen. Gemalte Soldaten grinsten sie an, von gemalten Müttern mit stolzen Blicken betrachtet. Sonderbar, dachte sie, alle diese Burschen sind achtzehn, neunzehn Jahre alt, und alle ihre Mütter sehen aus, als wären sie achtzig. Es war nur ein flüchtiger Gedanke im Vorüberfahren; die Baumwolle und die Pflückernot schoben sich gleich wieder in den Vordergrund. Da waren Plakate, auf denen klassisch schöne Frauen in griechischen Gewändern mit Fahnen winkten; sie forderten mit dem Pathos ihrer Schönheit zur Zeichnung von Freiheitsobligationen auf. Andere verlangten, daß jede Frau in das Rote Kreuz einzutreten habe. Präsident Wilson und Herbert Hoover sahen ernst auf sie herab und verkündeten: ›Brot und Fleisch werden den Krieg gewinnen! Verschwende nichts!‹

›Jeder Haushalt, der Maismehl verwendet, ist ein Bollwerk der

Demokratie‹, hieß es da weiter. ›Spart Zucker! Ein amerikanisches Mädchen von 1918, dem man eine Dose Konfekt anbietet, sollte ebenso entrüstet sein, wie ein Mädchen von 1776, dem man eine Tasse Tee anbieten wollte!‹

›Brot und Fleisch werden den Krieg gewinnen! Jeder Junge und jedes Mädchen, die auf einem Gemüsefeld arbeiten, sind Soldaten der Freiheit!‹

Eleanor trat auf den Bremshebel; ihr kam eine Idee.

Sie wandte das Auto der Bordschwelle zu und verhielt sich, zu einem Plakat aufblickend, auf dem ein Junge in einem Overall mit einem Rechen über der Schulter dargestellt war. Sie besah sich das Bild eine Weile mit gerunzelten Brauen. Ob ich wohl imstande bin, eine Rede zu halten? dachte sie; eigentlich kann es nicht schwer sein, ein paar wohltönende Phrasen aneinanderzureihen. Sie schüttelte gleich darauf, wie in Verwunderung über sich selbst, den Kopf. Widerstreitende Gedanken durchschossen sie: Ich tue es nicht! Ich muß aber etwas tun, ich halte es nicht mehr aus! Es wäre eine Möglichkeit, und ich muß es versuchen! Sie ließ den Motor an und fuhr zur Höheren Schule.

Der Direktor empfing sie in seinem Büro. sie wolle ihm einen Plan unterbreiten, sagte sie. Die Jungen und Mädchen möchten doch sicherlich gerne mithelfen, den Krieg zu gewinnen, und es quäle sie, daß sie nur so wenig tun könnten. Sie kauften Sparmarken, aber bei den meisten reiche das Taschengeld ja nicht dazu. »Wie ist es«, sagte sie, »haben Sie hier Ihr Sparkontingent erfüllen können?«

Nein, sagte der Direktor, das habe er nicht.

»Ich würde zwei und einen halben Dollar Pflücklohn für ein Pfund Baumwolle bezahlen«, sagte Eleanor. »Hier haben Sie ein Schlachtfeld, auf dem Ihre Jungen und Mädchen kämpfen können. Sie werden die Armee hinter der Front darstellen. Wenn Sie dann dazu auffordern, Sparmarken für den Pflücklohn zu kaufen, wird die Schule von Dalroy mit ihrem Sparkontingent an die Spitze aller Schulen im Staat rücken, bevor noch ein Monat vergangen ist.«

Der Direktor hörte ihr interessiert zu. Er fand, das sei wirklich eine ausgezeichnete Idee. Ob sie am nächsten Morgen vor dem versammelten Auditorium eine Rede halten wolle?

Eleanor wollte. »Ich werde sprechen«, sagte sie. »Wie erreiche ich den Leiter der Schulkapelle?«

Der Direktor sagte es ihr, und sie suchte den Kapellmeister auf, um ihre Absichten mit ihm zu besprechen.

Als sie am nächsten Morgen sprach, saß die Schulkapelle hinter ihr auf dem Podium. Die Schüler und Schülerinnen waren restlos in der Aula vor ihr versammelt.

»Um einen Schuß aus einem fünfzehnzölligen Geschütz abzufeuern, wird ein Ballen Baumwolle benötigt«, begann sie ihre Ausführungen. »Der Sieg der amerikanischen Waffen hängt von der Leistung des Südens ab, denn der amerikanische Süden ist der Baumwollmarkt der Welt. Unsere Armeen, die für Frieden und Freiheit in den Kampf gezogen sind, sind auf uns angewiesen und rechnen mit uns. Kommt alle nach Ardeith und arbeitet dort auf den Feldern für die Rettung der Weltdemokratie!«

Die Schüler klatschten und trampelten.

»Ich danke euch!« schrie Eleanor. »Ihr Jungen, die ihr noch zu jung seid, um nach Frankreich zu ziehen, ihr Mädchen, die ihr euch grämt, weil ihr nicht kämpfen dürft, mobilisiert eure Kräfte, damit wir in der Lage sind, unseren Soldaten die Mittel zum Kämpfen zu verschaffen! Jeder Ballen Baumwolle, den wir in diesem Jahr einbringen, bringt uns dem Universalfrieden näher. Seid Soldaten der Erntearmee und helft uns, den Krieg zu gewinnen!«

Die vorher instruierte Kapelle intonierte: *›THE STAR-SPANGLED BANNER‹*. Alle sprangen auf, sangen und jubelten Eleanor zu.

»Ich danke euch!« rief Eleanor in den tosenden Lärm hinein. »Um drei Uhr werden Trecker vor der Schule stehen, um euch abzuholen.«

Am Nachmittag waren die Trecker zur Stelle, rundum mit Flaggen drapiert. Im ersten Wagen saß die Kapelle und spielte patriotische Lieder, während die freiwilligen Pflücker und Pflükkerinnen zur Plantage gefahren wurden. Überall in den Feldern von Ardeith waren Plakate aufgestellt:

›DIESE BAUMWOLLE IST FÜR AMERIKANISCHE GESCHÜTZE BESTIMMT!‹

›BAUMWOLLPFLÜCKER WERDEN DEN KRIEG GEWINNEN!‹

Sogar am Wiegehaus hatte Eleanor plakatieren lassen. Da stand zu lesen:

›BRINGT DIE BAUMWOLLE EIN FÜR AMERIKA UND KAUFT SPARMARKEN VON EUREN LÖHNEN!‹

In den ersten Tagen der folgenden Woche klebten Plakate an allen Litfaßsäulen der Stadt:

›*BAUMWOLLE WIRD DEN KRIEG GEWINNEN! EIN SCHÜLER IM PLANTAGENFELD KÄMPFT EBENSO GEGEN DEN KAISER WIE EIN SOLDAT IN DEN SCHÜTZENGRÄBEN VON FRANKREICH!*‹

›*KÄMPFT MIT UNS IN ARDEITH!*‹

An fünf Nachmittagen der Woche und an den Samstagen während des ganzen Tages schickte Eleanor die Schüler und Schülerinnen auf die Baumwollfelder zum Pflücken. Jeder Samstagmorgen wurde mit einer kleinen Feierstunde eingeleitet. Die Kapelle spielte, und die Jungen und Mädchen marschierten zu einem im Freien aufgestellten Podium, vor dem eine Fahnenstange aufgerichtet war. Die Fahne wurde gehißt, und Eleanor verpflichtete die jungen Pflücker und Pflückerinnen feierlich für die Arbeit im Dienst der Nation. Dann spielte die Kapelle ›*DIXIE*‹ oder ›*THE STARS AND STRIPES FOR EVER*‹, und die Jungen und Mädel marschierten in Zweierreihen auf die Felder, um die Baumwolle für die Demokratie zu pflücken.

Jeder Pflücker erhielt eine in Quadrate eingeteilte Karte; jedes Karo galt als Bon für zwanzig Pfund gepflückter Baumwolle; auf diese Weite wurde Mr. Wyatt Kontrolle und Auszahlung erleichtert. »Bezahlen Sie mit einzelnen Dollarnoten, Wyatt«, sagte Eleanor, »die Kinder freuen sich, wenn sie möglichst viele Noten in die Hand bekommen. Und beschaffen Sie sich möglichst schöne neue Banknoten.«

Er streifte sie mit einem heimlich bewundernden Blick. »Bei meiner Seele, Mrs. Larne«, seufzte er, »ich habe niemals eine Dame wie Sie gesehen.«

Eleanor lachte: »Was habe ich Ihnen gesagt? Wir müssen die Baumwolle hereinbringen.«

Sie sorgte schließlich auch dafür, daß die Aktion öffentlich bekannt wurde. Sie ließ in den Zeitungen von New Orleans verbreiten, daß sie eine Erntearmee einberufen habe, um die Baumwolle einzubringen, damit die Soldaten in Übersee Munition bekämen, und ließ Fotografen nach Ardeith kommen. Die Bilder der Jungen und Mädchen auf den Baumwollfeldern erschienen wenige Tage später. Eleanor aber stellte inmitten des von ihr entfachten patriotischen Lärms nüchtern fest, daß sie in diesem Jahr einer der ganz wenigen Arbeitgeber im Staat war, die arbeiten konnten und

Arbeiter beschäftigten. – Einige der Kinder bekamen die Grippe, andere machten schlapp und fielen aus und noch andere brachen in ihrer Ungeschicklichkeit die Baumwollpflanzen ab, aber die Mehrzahl arbeitete erfolgreich. Eleanor bekam die Baumwolle herein.

Das Ernteergebnis betrug insgesamt zwölfhundertzehn Ballen. Die Baumwolle erbrachte achtunddreißig Cents pro Pfund. Der Bruttowert der Ernte von 1918 betrug etwas über zweihunderttausend Dollar.

4

Nun war nur noch eine kleine Aufgabe zu erledigen, dann würde alles getan sein. Sie mußte die letzten Schecks ausschreiben, mit denen sie die Schulden von Ardeith endgültig tilgen würde. Danach würde kein Mensch in der Welt auch nur einen Penny mehr von ihr zu fordern haben.

Sie war krank vor Ermüdung, aber gleichzeitig durchdrungen von dem Gefühl, die Schlacht hinter sich und den Sieg in der Tasche zu haben.

Es war zehn Uhr in der Nacht; sie saß vor ihrem Schreibtisch und hatte das Scheckbuch und die Kontobücher vor sich. Am Nachmittag hatte die Bank bereits die deponierten Schmucksachen zurückgesandt. Sie hatte die einzelnen Stücke in den Händen gedreht, zu müde, um zu erfassen, daß das Ziel, für das sie so leidenschaftlich gekämpft hatte, in Reichweite vor ihr lag. Wie hoch der Reingewinn des letzten Jahres sein würde, wußte sie noch nicht; um das zu ermitteln, mußten erst die Bücher abgeschlossen werden, aber ihre unruhigen Gedanken tänzelten beglückt zwischen den möglichen und wahrscheinlichen Zahlen hin und her. Sie war so müde, daß sie kaum noch die Zahlen unterschied, die sie hinschrieb, aber das machte ja nichts, nun machte das ja nichts mehr; sie würde schlafen in der Nacht, der Schlaf würde sie stärken, und am Morgen würde sie ausgeruht an ihren Schreibtisch zurückkehren. Jetzt ging es einfach nicht mehr.

Aber obwohl sie gelöst und glücklich befreit war, schlief sie nicht gut in der Nacht. Sie hatte rasende Kopfschmerzen, und das Ticken der Uhr auf dem Nachttisch drohte sie wahnsinnig zu machen. Sie stand schließlich auf und trug die Uhr in das Badezimmer. Als sie endlich in Schlaf fiel, wurde sie von wirren Träumen heimgesucht. Sie sah sich arbeitend zwischen den Baumwollreihen auf den Feldern, oder vor endlosen Zahlenkolonnen, die sich in die Ewigkeit auszudehnen schienen. Sie erwachte und fühlte heftige Schmerzen in jedem Glied ihres Körpers, und die kleine Arbeit des Scheckausschreibens, die vor ihr lag, erschien ihr wie eine nicht zu bewältigende Aufgabe.

Angeekelt von ihrer eigenen Schwäche, schleppte sie sich die Treppen hinunter und kochte sich ein Ei. Der Gedanke, es essen zu sollen, widerte sie an, aber sie zwang sich dazu, und sie trank auch ein paar Tassen Kaffee, in der Hoffnung, das starke Getränk möchte ihren hämmernden Kopfnerven Beruhigung bringen. Aber es wurde eher schlimmer. Sie gab Befehl, sie nicht zu stören, und ging in ihr Arbeitszimmer.

Ihre Finger schmerzten so sehr, daß es ihr schwer wurde, die Schreibtischschublade aufzuziehen. Sie spielte mit dem Federhalter herum und fand, daß es eine unsägliche Anstrengung erforderte, die Verschlußkappe abzuschrauben. Schließlich schlug sie das Scheckbuch auf. Zehn Minuten! dachte sie, in zehn Minuten ist es getan.

Vor ihren Augen drehten sich allerlei Bilder in einer Wolke wogender Nebel. sie meinte, alle Bilder zu gleicher Zeit zu erblikken: die verschuldete Ardeith-Plantage, den Zusammenbruch der Baumwoll-Börse, den Zeitungsausschnitt, der sie über das Wesen der Schießbaumwolle unterrichtete, die unablässige, ruhelose Arbeit auf den Feldern. Zehn Minuten, dachte sie, es ist alles klar, ich muß nur die paar Zahlen hinschreiben; es dauert bestimmt nicht länger. Ich habe gesiegt! dachte sie und fühlte gleichzeitig, daß der Gedanke ohne jeden Eindruck blieb; sie war viel zu elend, um Sinn und Wesen eines Wortes zu erfassen. Sie begann, den ersten Scheck auszuschreiben.

Daß Schreiben so schwer sein kann! Die Finger bewegten sich langsam und widerwillig; vor ihren Augen war ein Schleier, dahinter waren Zahlen, die nicht zu erkennen waren. Und der Schmerz kroch und bohrte in ihr herum wie ein Wurm.

Ganz plötzlich durchfuhr sie ein lähmender Schrecken: Ich bin krank! Sie stieß den Gedanken wie einen Verbrecher aus ihrem Hirn. Sie war nicht krank; es war lächerlich; sie war niemals krank gewesen, sie hatte keine Zeit für derartigen Unsinn. Sie mußte jetzt diese Schecks hier ausschreiben und dann noch die Begleitbriefe abfassen. Was ging sie die Grippe an! Die Grippe hatte keine Macht über sie.

Aber der widerwärtige Wurm in ihr kroch weiter und weiter; die Schmerzen waren überall, es war längst nicht mehr festzustellen, was ihr weh tat; die Glieder gehörten ihr ohnehin nicht mehr; sie waren selbständige Wesen und taten, was sie wollten; ihre Füße bewegten sich unter dem Tisch, aber sie wußte nichts davon, da waren zehn Zehen, und jede einzelne war ein besonderes Wesen und wurde von ganz besonderen Schmerzen geplagt; in ihren Schultern riß und zerrte es so, daß es unmöglich wurde, den Arm zu heben und die Hand zu bewegen, etwa um das Haar aus der Stirn zurückzustreichen, hinter der ein stählerner Hammer unentwegt pochte. Aber der Kopf gehörte ihr ja auch nicht, er gehorchte ihr nicht. Er wollte nicht länger aufrecht stehen, und sie hatte keine Macht, ihm zu befehlen; er sank ihr auf die Brust. Dann war es ganz leer hinter der Stirn, als sei da gar nichts mehr, und die Haut brannte wie Feuer, als müsse sie jeden Augenblick aufflammen, und drinnen im Körper war eine Kälte, als hätte ihr jemand einen riesigen Eiszapfen gegen das Rückgrat geschleudert.

Eleanor saß vor dem Schreibtisch; sie sah, daß das Zimmer sonderbar geformt war, daß Wände und Möbel sich im Kreise drehten. Dann, für einen Augenblick, hob sich der Schleier vor ihren Augen. Ich habe ja nur noch einen Scheck auszuschreiben, dachte sie. Ihre Hand tastete wie ein Tier über die Platte, um den Füllhalter zu ergreifen, sie ergriff ihn auch, das Scheckbuch war da, es war aufgeschlagen, die Finger bewegten sich, die Feder glitt über das Papier, träge, sehr, sehr träge, aber sie formte ihren Namenszug, ein bißchen anders als sonst, ein bißchen schwerfällig, nicht viel anders wie bei einem Kind, das eben erst schreiben gelernt hatte. Der Halter entfiel ihrer Hand und glitt in ihren Schoß hinunter; er hinterließ einen Fleck auf ihrem Kleid und rollte auf den Fußboden. Eleanor sah ihm blinzelnd nach. Der Federhalter rollte über den Teppich. Er benahm sich wie alle anderen Gegenstände im Zimmer auch; alles bewegte sich, tänzelnd wie die Schatten des Kaminfeuers. Sie lächelte etwas töricht; es war ihr keineswegs klar, was da geschah. Es war auch ganz gleichgültig; sie hatte ihre Arbeit getan. Dieses Wissen war alles, was übriggeblieben war von ihrem Denken, ein kleiner kreisrunder Fleck im Gehirn, der frei geblieben war von der sonderbaren Verwirrung.

Sie fühlte noch, daß sie vom Stuhl und auf den Fußboden glitt; sie fing sich im Gleiten und suchte sich an dem Stuhl wieder aufzurichten. Sie war nicht bewußtlos. Sie wußte sehr genau, daß sie auf dem Fußboden lag, daß ihr Kopf auf dem Stuhlsitz ruhte und daß ihre Hände ihn hielten. Hundert wirre Gedanken jagten sich in ihrem Kopf. Irgendwer mußte den Kindern zu essen geben; Bob Purcell hatte gesagt, sie werde zusammenbrechen, wenn sie sich nicht zusammennehme; sie konnte es nicht ändern; es machte jetzt auch nichts mehr aus; sie hatte ihre Arbeit getan. Irgendwer würde die ausgeschriebenen Schecks zur Post befördern lassen. Ardeith war gerettet, und sie hatte Geld genug, um lange Zeit davon zu leben, auch wenn sie gar keine Baumwolle mehr pflanzen würde. – Als Cameo sie eine Stunde später fand, lag sie noch immer am Boden und murmelte vor sich hin, sie sei fertig, sie habe es geschafft.

Cameo rief einen Jungen; sie trugen sie die Treppe hinauf und legten sie in ihr Bett. Zu dieser Zeit wand sie sich in heftigen Fieberdelirien.

5

Eleanor wußte ganz klar, daß sie Fieber hatte und daß heftige Schmerzen ihren ganzen Körper durchzuckten. Sie hätte nie für möglich gehalten, daß es so viele Stellen an einem Körper geben könnte, die zu gleicher Zeit weh täten. Es war Nacht um sie herum; ab und an durchbrachen Lichtflecke die Dunkelheit und taten ihren Augen weh. In ihrem Kopf schwirrten allerlei Zahlen; sie sprach sie laut vor sich hin: »Siebzehn Cents – zwanzig Cents – siebenundzwanzig Cents – achtunddreißig Cents.« Sie wiederholte die Zahlen fortgesetzt.

Nach einer langen Zeit wurde ihr bewußt, daß sie im Bett liege und daß es dunkel sei, vielleicht weil ihre Augen geschlossen wären. Jemand zog ihr die Bettdecke über die Arme herauf. Sie öffnete die Augen. Sie sah, daß sie in ihrem eigenen Bett lag, unter dem roten Baldachin, und daß eine fremde, weißgekleidete Frau über sie gebeugt war; die Frau trug eine Maske über dem unteren

Teil des Gesichtes. Eleanor sagte: »Achtunddreißig Cents«, aber die Frau schien das nicht zu interessieren, sie achtete nicht darauf und trat vom Bett zurück. Eleanor sah am Fuß des Bettes einen ihr merkwürdig bekannten Mann sitzen, dessen Mund und Nase eine Gazemaske verdeckte. Sie sah den Mann an und traf auf seinen Blick. Er war groß und breitschultrig und hatte blaue Augen. Und was von seinem Gesicht zu sehen war, kam ihr vertraut vor in seinem rötlichen Schimmer. Eleanor bewegte sich, um ihre Lage zu verändern. Der Mann reichte mit seiner großen Hand herüber, um sie zu streicheln. Als sie die Hand mit den großen eckigen Nägeln sah, erkannte sie den Mann. Sie hörte auf, Zahlen vor sich hinzusagen. Ein sonderbarer Friede kam über sie. Einen Augenblick lag sie ganz ruhig, dann sagte sie leise mit einem schwachen Lächeln um die Lippen: »Papa!«

Er sprang auf und trat an das Kopfende des Bettes. Sie wollte noch etwas sagen, aber sie konnte es nicht. Er setzte sich auf die Bettkante neben sie. Es gelang Eleanor, ihre Hand unter der Bettdecke hervorzuziehen und in die seine zu legen. Der Mann sagte, hinter der Maske hervorsprechend: »Es ist alles in Ordnung, Baby.« Sie hielt seine Hand und schloß wieder die Augen. Der Vater war da, er würde auf sie achten; er wußte ja, daß sie im Augenblick nichts tun konnte. Sie konnte sich gehenlassen und krank sein, solange sie wollte.

In den folgenden Wochen wurde Eleanor außer ihrem Leiden sehr wenig bewußt. Da gab es Stunden, die ihr wie Jahre vorkamen, Jahre der Qual, da sie nicht zu atmen vermochte, da sie nicht sprechen konnte und nur den einen Wunsch hatte: Die Schmerzen möchten weichen und sie möchte sterben.

In den Stunden, da sie zu denken vermochte, sagte sie sich, daß die Kriegsgrippe, von der sie befallen war, sich vermutlich zu einer bösartigen Lungenentzündung entwickelt habe. Man hatte ihr das ja des öfteren gesagt, ohne daß sie weiter darauf geachtet hätte.

Aber sie überwand die Krankheit. Sie lag schwach und erschrekkend weiß in ihrem Bett und begann allmählich wieder Interesse an den Dingen ihrer Umwelt zu nehmen und Fragen zu stellen. Fred Upjohn war häufig da; er jagte zwischen seinen Deichbaulagern und Ardeith hin und her, und wenn er abwesend war, nahm die Mutter seine Stelle ein, oder eine ihrer Schwestern. Die Kinder waren in New Orleans bei ihrer Familie. Mammy und Dilcy waren wieder wohlauf; die Grippe hatte sich ausgetobt, der Schrecken war vorüber.

An einem hellen Morgen brachte die Krankenschwester Eleanor in einem Rollstuhl zum Fenster und ließ sie hier sitzen und in die fahle Wintersonne hinaussehen.

»Mr. Larne hat mehrmals geschrieben«, sagte die Schwester. »Mr. Upjohn hat die Briefe.«

»Bitte«, sagte Eleanor, »ich möchte sie haben.«

Die Schwester lächelte und ging, Fred zu suchen. Er saß unten und trank seinen Morgenkaffee. Er kam gleich darauf in Begleitung von Bob Purcell herauf. Eleanor reichte Bob die Hand.

»Sage nicht: Ich habe dich gewarnt«, lächelte sie.

»Ich werde nichts sagen. Du bist genug bestraft.«

»Du wirst nun wieder gesund werden«, sagte Fred und setzte sich nahe neben sie.

»Du hast Briefe von Kester?« fragte Eleanor.

»Ja, ich habe sie.« Fred griff in die Brusttasche und holte das Päckchen heraus.

»Du bist hoffentlich nicht böse, daß ich sie öffnete, las und beantwortete«, sagte er. »Ich tat es nicht gern, aber ich dachte, ich müsse es tun, da du es nicht konntest.«

Sie streckte die Hand aus, um die Briefe in Empfang zu nehmen: »Was schreibt er denn?«

Fred zuckte die Achseln: »Alles mögliche. Du wirst es ja lesen, und wahrscheinlich bist du mittlerweile sentimental genug, um Spaß daran zu haben. Er wird ja auch bald wieder hier sein.«

Eleanor richtete sich ruckartig auf, so gewaltsam, daß Bob sie mit den Schultern zurückdrückte. »Was sagst du da?« rief sie, »Kester kommt? Ist er verwundet?«

»Nein. Entlassen«, sagte Bob. »Ja, Eleanor, hat dir denn noch niemand gesagt, daß der Krieg zu Ende ist?«

»Der Krieg – zu Ende? O mein Gott!«

Eleanor barg ihr Gesicht in den Händen und lehnte den Kopf gegen das Kissen, um ihre Tränen zu verbergen. Sie war nicht stark genug, sie zurückzuhalten. Als sie die Hände von den Augen nahm, sahen Fred und Bob einander schuldbewußt an und schüttelten die Köpfe.

»Daß es einen Menschen gibt, an dem der Lärm des Waffenstillstandstages spurlos vorübergegangen ist!« sagte Fred. Er stand auf und beugte sich über Eleanors Stuhl. »Weine ruhig, Honigkind«, sagte er, »schäme dich nicht. Alle anderen sind ihre Tränen schon vor einer Woche losgeworden.«

Sie faßte sich und drängte die Tränen zurück. »Papa«, sagte sie, »die Plantage ist schuldenfrei. Die Baumwolle wird jetzt wieder fallen, nicht wahr? Aber das macht nun nichts mehr. Ich habe es geschafft.«

»Ja, Baby«, sagte Fred Upjohn, »das hast du!«

Elftes Kapitel

1

Den Rest des Winters verbrachte Eleanor damit, auf Kester zu warten. In den ersten Tagen des neuen Jahres fühlte sie sich wieder frisch und gesund. Um aus ihrer Ungeduld einen Ausweg zu finden, begann sie Ardeith für Kesters Rückkehr zu schmücken. Das Haus wurde von Grund auf renoviert, so daß nur noch Baustil und Möbel erkennen ließen, daß es nahezu hundert Jahre alt war. Die alten Eichen hatte Eleanor beschneiden lassen, und die Gärten waren in eine Parklandschaft verwandelt worden. Aus New Orleans hatte sie Elektriker kommen lassen, die Kesters Schlafzimmer mit einem Telefon ausstatteten, das ihn mit den Dienerschaftsapparaten im Parterre verband; einen elektrischen Heizofen hatte sie einbauen lassen und einen Fächer, der automatisch in Bewegung gesetzt werden konnte, um den Raum bei großer Hitze mit frischer Luft zu versorgen. Kesters Badezimmer hatte sie um das Doppelte vergrößern lassen, Wände und Fußboden waren mit blauen Kacheln in zwei verschiedenen Tönen belegt worden; modernste Vorrichtungen und Apparaturen sorgten für weitestgehende Bequemlichkeit; die blaue Badewanne war riesengroß und edel geformt, die verdeckte Brause das neueste auf diesem Gebiet; der Rasierspiegel wurde indirekt beleuchtet; in die Innentür war ein großer durchgehender Spiegel eingearbeitet; ein Gewirr funkelnder Hähne sorgte für Zerstäubung, Heizung und Dampf; Bürsten, Matten und farbige Frottiertücher trugen Kesters Monogramm. Eleanor erinnerte sich, daß er Zahlen haßte, und ließ deshalb in seinem Arbeitszimmer eine Addiermaschine anbringen. Sie kaufte ihm ein Automobil neuester und modernster Konstruktion, ein langes, schnittiges und metallschimmerndes Gefährt, mit den modernsten Errungenschaften der Technik ausgestattet, und ließ zur Unterbringung dieses Wagens und ihres eigenen eleganten kleinen Zweisitzers eine neue Garage bauen.

Sie sah sich um, überblickte alles, was sie durch ihre Zähigkeit und Hingabe geschaffen hatte, und zitterte vor heimlichem Stolz. Jedes Ding in Ardeith, vom Kinderzimmer des Herrenhauses bis zu den äußersten Grenzen der Plantage hatte ein neues Gesicht bekommen, alles glänzte vor Sauberkeit, Ordnung und Modernität. Im Hause gab es fast nichts zu tun, was nicht durch einen Knopfdruck oder eine Schalterdrehung bewältigt werden konnte. Draußen auf der Plantage wurden, abgesehen vom Baumwollpflücken, menschliche Hände nur noch für die Bedienung der Maschinen benötigt.

Sie konnte es kaum erwarten, Kester beim Anblick all der Pracht in Freude und Bewunderung ausbrechen zu sehen, und sie versuchte, sich vorzustellen, was er zu den Veränderungen sagen würde. Sicherlich würde er zunächst einmal sprachlos sein. Dann würde er sich ihr zuwenden und sagen: »Eleanor, ich hätte mir nie träumen lassen, daß Ardeith so schön sein könnte! Und das alles tatest du für mich!« Ach, seine Freude würde sie für alle Mühe, für jede Anstrengung und für jede Qual reichlich entschädigen. Sie würde ihm nicht im einzelnen sagen, wie das alles gewesen war. Sie würde die endlose ermüdende Arbeit auf den Feldern nicht erwähnen, würde nicht von den Schrecken sprechen, die die Spanische Grippe ihr verursacht hatte, und auch daß sie selber nahe daran gewesen sei, vor Erschöpfung und Elend zu sterben. Sie würden Ardeith wiederhaben, eine Musterplantage von außerordentlichem Leistungsvermögen, und sie würden hier gemeinsam für den Rest ihres Lebens zusammensein.

Der Frühling blühte in voller Pracht, als Kester kam. In den Gärten glühten die Kamelien und Rosen, die Magnolienblüten prangten an den Bäumen, und die weiten Baumwollfelder waren grün von der Straße bis zum Strom. Eleanor traf Kester in New Orleans. Sie stand eingeklemmt zwischen zahllosen Menschen und sah doch nicht einen von ihnen; sie sah Hunderte von Soldaten, die einander zum Verwechseln zu gleichen schienen, und suchte doch nur nach einem.

Und dann sah sie Kester. Sie bekam ihn eher zu Gesicht, als er sie. Kester hatte das alte jungenhafte Siegerlächeln im Gesicht, er schob, stieß und zwängte sich durch die Menschengruppen, und seine Augen suchten genau wie die ihren. Und dann sah er sie, und seine Augen strahlten auf. Bevor sie selbst sich durch das Gedränge zu winden vermochte, war er schon bei ihr. Er hatte sich rücksichtslos Bahn gebrochen und hielt sie nun in seinen Armen. Im Augenblick waren sie so ineinander versunken, als ob sie tausend Meilen von jeder menschlichen Gesellschaft entfernt wären. Eleanor wußte nichts, dachte nichts, sie fühlte nur, daß seine Arme sie umschlungen hielten, daß seine Küsse auf ihren Lippen und auf ihren Augen brannten und daß sie namenlos selig war. Sie vermochte sich später nie zu erinnern, was sie in diesen ersten Minuten des Wiedersehens gesprochen hatten, sie wußte nur, daß Kester zu Hause war, und sie schwor sich, daß sie sich nie mehr trennen wollten.

Nach einer Weile – sie wußte nicht, wie lange sie so gestanden hatten – nahm sie wahr, daß Militärkapellen spielten, daß die Leute Hurra riefen und daß Kommandorufe über den Platz schwirrten. von irgendwoher drangen frische junge Stimmen herüber, die sangen:

»And it's oh, boy,
*It took the doughboy**
To hang the wash on the Hindenburg Line!«

Kester und Eleanor standen und schauten einander an; sie begannen zu lachen. Er müsse zur Parade und sich vom Volk bejubeln lassen, grinste er; nein, er könne ihr nicht helfen; jedermann scheine in diesen Tagen Frieden zu haben, ausgenommen die Soldaten, die den Krieg gewonnen hätten. Eleanor, ob sie wollte oder nicht, mußte vorerst noch auf ihn verzichten, sie mußte ihn der Armee, seinen Eltern, seinem Bruder und seiner Schwester überlassen; und es sah aus, als hätte er Tausende von Freunden. Wahrhaftig, es war, als hätte die halbe Bevölkerung von New Orleans ebenso eifrig auf Kesters Heimkehr gewartet wie sie. Sie hatte sich immer über seine große Beliebtheit gefreut, aber in diesem Augenblick hätte sie gewünscht, niemand außer ihr kenne ihn in der Stadt.

Schließlich war es dann doch so weit, daß sie nach Ardeith fahren konnten. Cameo war mit dem großen eleganten Auto am Bahnhof. Als Kester ihn erblickte, sprang er auf ihn zu und schüttelte ihm die Hände. Cameo strahlte ihn von oben bis unten an und sagte: »Cameo hat immer gewußt, daß Master den Krieg gewinnt!«

»Wie geht es Dilcy und Mammy?« fragte Kester.

»Geht sehr gut«, sagte Cameo, »freut sich, daß Master gleich sehen.«

* Spitzname für Infanterist.

Kester warf einen Blick in das Innere des Wagens: »Warum habt ihr die Kinder nicht mitgebracht?«

»Kinder warten auf Galerie, Master. Kleine Miß Cornelia springt über Brüstung wie junges Pferd.«

Kester lächelte Eleanor an. »Wie ist es?« sagte er. »Philip wird mich gar nicht kennen.«

Eleanor lachte: »Er hat sich ein Bild von dir gemacht: mindestens acht Fuß hoch und mit dem Schwert rasselnd. Wie gefällt dir das Auto?«

Erst jetzt sah Kester, was da für ein Wagen auf ihn wartete; ein Ausdruck der Verblüffung erschien in seinem Gesicht. »Heiliger springender Josua!« keuchte er und ging um das Fahrzeug herum. Dann kletterte er auf den Führersitz, drehte die verstellbaren Spiegel, knipste die Nebelscheinwerfer an und stieg wieder aus, um ihre Strahlweite zu prüfen, drehte die Lampen wieder aus und schüttelte den Kopf. Er starrte Eleanor an: »Wieviel Kilometer macht er in der Stunde?«

»Ich weiß nicht genau«, sagte Eleanor, »so siebzig, achtzig, denke ich.«

»Fährst du gern damit?«

»Ich fahre überhaupt nicht damit. Es ist ja deins.«

»Meins?«

Sie strahlte ihn an: »Ja gewiß, deins. Ich habe einen kleinen Zweisitzer.«

»Ach«, sagte er; er klang ein wenig leer. Er ging ein paarmal um den Wagen herum und besah sich die schimmernde Pracht. »Ich dachte, ich hätte einen Zweisitzer bekommen«, murmelte er, »einen kleinen schnittigen Wagen. Ich hätte mir nie im Leben träumen lassen, daß ich einmal so ein Ausstellungsstück fahren würde.«

»Du wirst eine ganze Menge Dinge vorfinden, von denen du dir nie etwas träumen ließest.« Eleanor beschäftigte sich verlegen mit ihren Händen: »Möchtest du den Wagen nicht selbst nach Hause fahren? Cameo kann ja mit dem Gepäck hinten sitzen.«

Er schüttelte den Kopf: »Nein, laß ihn fahren. Ich würde mich lieber mit dir unterhalten.« Sie nahmen hinten im Wagen Platz, und Cameo setzte sich ans Steuer. Kester spielte mit der Innenbeleuchtung und dem Sprachrohr, er drehte die Glasscheiben hoch und wieder herunter; ein halb amüsiertes, halb spöttisches Lächeln stand auf seinem Gesicht.

»Schön, nicht wahr?« sagte Eleanor.

»Doch ja, sehr nett«, sagte Kester. Während sie durch Dalroy fuhren, sah er angeregt aus dem Fenster. »Sieh da«, sagte er, »Colstons Warenhaus hat einen neuen Anstrich bekommen, und der Drugstore auch. Und die vielen Blumenbeete im Park; die waren doch früher auch nicht da. Festlich, festlich, wie das hier aussieht!«

Eleanor zuckte die Achseln. »Die Baumwolle, mein Lieber! Achtunddreißig Cents für das Pfund!«

»Acht-und-drei-ßig Cents?« Er starrte sie an. »Das ist doch wohl nicht möglich!«

»Habe ich dir das nicht geschrieben? Mag sein, daß ich es nicht mehr tat. Das war zu der Zeit, als ich krank wurde.«

»Bist du jetzt auch wieder völlig wohlauf?« fragte er besorgt.

»O ja, du kannst ganz ruhig sein. Ich habe mich nie wohler gefühlt.«

»Herrgott, es ist schön, wieder zu Hause zu sein!« Kester sah hinaus. Seine Augen suchten wie ausgehungert nach vertrauten Plätzen und Gegenständen. Das Auto bog in die Uferstraße ein; es fuhr fast geräuschlos. »Eleanor, ich kann dir nicht sagen, wie ich von Dalroy geträumt, wie ich mich danach gesehnt habe!« stöhnte Kester. »Die schattigen Straßen und die Palmen mit den rosa Blüten; die Maulesel und die Schwarzen am Sonnabendnachmittag; der Drugstore mit seinen Waren und den Sodahähnen; die Neger beim Hacken der Baumwolle; Wassermelonen und Maisbrot und Krebsgumbo, ach, und Ardeith hinter den Granatäpfelbäumen!« Er nahm ihre Hände, hielt sie fest und umklammerte sie. »Wie ich das alles vermißt habe!« sagte er leise.

Eleanor sah nichts außer ihn. Ihre Augen hingen an seinem Gesicht, folgten atemlos seinem Mienenspiel. Bald, bald würde er Ardeith in seiner neuen Pracht erblicken. Was würde er sagen?

»Was für prachtvolle Baumwolle!« rief Kester aus. »Ich habe sie nie so hoch gesehen in dieser Jahreszeit.« Sein Blick glitt über die Felder; er wandte ihr den Rücken zu. Sie zitterte vor innerer Erregung.

»Wie ist das«, sagte er, »müßten jetzt nicht schon Leute auf den Feldern beim Hacken sein? Ich habe bisher nicht einen einzigen Schwarzen gesehen.«

»Ich brauche nur noch wenig Arbeiter draußen«, versetzte Eleanor; »sie werden nicht mehr benötigt.«

»Wieso?« fragte er verblüfft. Bevor sie noch antworten konnte, stieß er einen grunzenden Laut aus. »Was ist denn da drüben für ein greuliches Ungetüm auf dem Feld, das so viel Staub aufwirbelt?«

»Das ist eine Bodenbearbeitungsmaschine«, sagte Eleanor stolz. »Sie ist es, die uns die vielen Neger auf den Feldern erspart.«

Er wandte sich ihr zu und hatte ein kleines erstauntes Lächeln um die Lippen: »Damit werde ich mich dann ja wohl abfinden müssen. Sonderbar sieht so ein Ding aus, wie?«

»Ich habe dir doch geschrieben, daß wir die Maschinen anschafften?«

»Wie? Ja, ich glaube. Aber ich habe mir das wohl etwas anders vorgestellt. Komisch, was? Komische Ungeheuer!«

»Sie arbeiten wundervoll.«

»Davon bin ich überzeugt. Ich habe nirgendwo so großartige Baumwolle gesehen.« Sein Blick glitt schon wieder über die Felder. »Was, um alles in der Welt, sind das für kleine weiße Häuser mit grünen Einfassungen, da oben am Strom?«

»Die Neger wohnen da.«

»Heiliger Rauch! Willst du sagen, das seien die Arbeiterquartiere?«

»Aber ja.« Sie nickte. »Wir haben keine einzige baufällige Hütte mehr. Die Häuschen sind ganz modern eingerichtet, mit Zwischenwänden und so.«

»Erstaunlich!« sagte Kester. »Ich wette, jeder Schwarze hat inzwischen ein Loch in die Haustür geschnitten, damit die Katze herein kann.«

»Sie haben tatsächlich allerlei Unfug dieser Art versucht«, lächelte Eleanor. »Aber wir haben das schnell abgestellt.«

»Oh!« sagte er. »Das hätte ich nicht getan.«

»Wieso?«

»Wenn die Leute durchaus Moskitos im Haus haben wollen und glücklich dabei sind, warum soll man ihnen die Moskitos nicht lassen? Solange sie arbeiten, ist es ja nicht unsere Sache, wie sie sich wohl fühlen.«

Was sollte sie dazu sagen? Sie lachte ihn an. Das Auto bog durch das Parktor in die Allee ein. »Ardeith!« sagte Kester; seine Stimme zitterte ein wenig. Seine Blicke schweiften umher und seine Augen leuchteten. Plötzlich war ein verwundertes Zucken darin. »Was ist denn mit den Eichen geschehen?« fragte er. »Ich hatte sie anders in der Erinnerung.«

»Sie sind verschnitten worden«, sagte Eleanor, »ich habe ein paar Spezialgärtner zu diesem Zweck kommen lassen.«

»Ach!« sagte er. »Und wie sieht denn der Rasen aus? So – ja, ich weiß nicht – so verdammt vornehm sozusagen.«

»Es war alles so schrecklich verwildert. Ich habe einen Landschaftsgärtner beauftragt, Ordnung hineinzubringen.«

»So«, sagte er leise, »Ordnung! Ja – ordentlich sieht er aus.«

Das Auto hielt vor der Verandatreppe. Kester sprang heraus. Auf der Galerie ertönte ein Aufschrei; Cornelia hatte mit Philip probeweise ›Vater‹-Sagen geübt, jetzt, als Kester auf sie zusprang, schrie sie auf: »Vater!« und sprang jauchzend vor Glück in die Höhe. Auch Philip zeigte sich aufgeregt, obgleich er seinen Vater noch nie mit Bewußtsein gesehen hatte, aber Eleanor hatte ihm so viel von Kester erzählt, daß er vor Erwartung, den wundervollen Mann, der da kommen sollte, zu sehen, fieberte. Kester hielt schon beide Kinder auf den Armen, auf jedem eins.

»Schau, mein neues Kleid!« sagte Cornelia. »Es ist rot getupft und hat eine Schärpe.«

»Baby, was bist du gewachsen!« rief Kester aus. »Philip, weißt du überhaupt, wer ich bin?«

»Soldat!« sagte Philip. »Vater!«

Er trug sie beide ins Haus. Eleanor folgte ihnen. Sie fand Kester gleich darauf im Wohnzimmer auf dem Fußboden liegend, einen offenen Korb neben sich, aus dem er einen Haufen Puppen und Spielsachen aller Art herauskramte, daß die Kinder sich vor Glück nicht zu lassen wußten. Auch Eleanor lächelte glücklich. Die Kinder waren so hübsch und so gesund; jeder Vater würde stolz auf sie sein, und Kester war es gewiß. Als sie schließlich davonsprangen, um Dilcy ihre Schätze zu zeigen, stand Kester auf. »Spaßig, was für kleine Persönlichkeiten aus den Babys geworden sind«, sagte er. »Cornelia ist, glaube ich, das niedlichste Kind, das ich jemals gesehen habe.«

»Ich glaube«, lächelte Eleanor, »aber sie weiß das auch. Nur etwas macht mir ein wenig Sorge. Ich habe zuweilen den Eindruck, sie sieht nicht gut. Hoffentlich muß sie nicht einmal eine Brille tragen.«

»Oh!« sagte er betroffen.

»Nun, es mag sein, daß ich mich irre«, schwächte Eleanor ab. »Wie findest du Philip?«

»Ein prachtvoller kleiner Bursche! Ich werde mich mächtig anstrengen, mir ihre Freundschaft neu zu erwerben.«

Sie hakte ihn ein und zog ihn fort.

»Komm, Kester«, sagte sie, »ich muß dir so viel zeigen; ich weiß kaum, wo ich anfangen soll.«

Er sah sich mit brennenden Augen um. »Ardeith!« flüsterte er. »Ich möchte jedes Zimmer sehen, jeden einzelnen Stuhl. Laß uns Cameo sagen, er soll das Gepäck nach oben bringen.« Er tat einen Schritt auf die Wand zu, blieb stehen und wandte sich um. »Nanu«, sagte er, »wo ist denn die Glockenschnur?«

»Auf dem Boden.« Sie ließ seinen Arm fahren und ging zu einem mit schwarzen Knöpfen versehenen rechteckigen Kasten an der Wand einer Zimmerecke. Sie nahm den Telefonhörer ab und drückte auf einen Knopf. »Cameo möchte Mr. Kesters Koffer in sein Zimmer bringen«, sagte sie. »Und Mammy soll Kaffee machen und hinaufschicken. Wir sind in wenigen Minuten oben.«

Kester starrte sie an: »Was, in Gottes Namen, ist das für ein Ding?«

»Ein Haustelefon. Es erspart der Dienerschaft manchen unnützen Weg. Komm mit!«

Sie führte ihn durch das Haus, zeigte ihm die überall angebrachten Knöpfe und Schalter und die Rechenmaschine in seinem Arbeitszimmer. Kesters Verblüffung wuchs von Minute zu Minute; sonderbare Schatten flogen über sein Gesicht.

»Für die Küche und die Waschküche wirst du dich ja nicht weiter interessieren«, sagte Eleanor, »aber einen Blick hineintun sollst du doch.«

»Warum nicht – natürlich!« sagte Kester verwirrt.

Eleanor öffnete die Küchentür. Kester starrte auf die weißgekachelten Wände, auf die Gardinen vor den Fenstern, auf den blitzenden elektrischen Herd, hinter dem Mammy präsidierte.

»Ein – Restaurant!« stammelte Kester, und die Unruhe in seinem Gesicht wuchs.

»Mächtig feine Sachen wir jetzt haben, Master Kester«, sagte Mammy und fletschte die Zähne.

»Wahrhaftig, das habt ihr!« sagte Kester. »Kannst du denn auf so einem Ding kochen, Mammy? Ich meine: kochen, wie du es gewöhnt bist?«

»Oh, gut, Sir!« strahlte Mammy. »Zuerst es war komisch, aber dann – es ist mächtig fein und sehr sauber, wenn man ist gewöhnt. Ganz hohe Klasse, Master Kester!«

»Du wirst ja wahrscheinlich recht haben«, murmelte Kester. Er ging mit Eleanor in die Halle zurück.

»Gefällt es dir denn nicht?« fragte Eleanor, ein wenig befremdet.

»Warum? Doch, natürlich«, sagte Kester. »Nur, es ist alles so neu. Als wäre ich an einen ganz fremden Ort gekommen. Ich werde mich schon daran gewöhnen; Mammy hat sich ja auch daran gewöhnt.«

Sie gingen die Wendeltreppe hinauf und betraten Kesters Schlafzimmer. Eleanor drückte auf den Knopf, der den verborgenen Luftfächer in Bewegung setzte. Kester starrte darauf, als sähe er ein Fabelwesen. »Ich kann noch nichts sagen«, murmelte er. »Ich bin noch zu verblüfft. Ich komme mir vor wie ein Ackerpferd vor einem Dogcart.«

Sie lachte. Kester durchquerte das Zimmer und öffnete die Tür zum Badezimmer.

»Um der Liebe Gottes willen!« schrie er auf. »Das ist doch nicht etwa meins?«

»Natürlich ist es dein Badezimmer. Da, schau!« Sie drückte wieder auf einen Knopf. Er starrte auf ihre Hand, als sähe er den Kunststücken eines Zauberkünstlers zu. Eine Bürste kam aus der Wand heraus und drehte sich mit kreisender Bewegung. Sie zeigte ihm, wie er den Fuß unter die Bürste halten müsse, um sich die Schuhe reinigen zu lassen, ohne sich bücken zu müssen. Sein Gesicht war ganz leer. Sie zeigte ihm die funkelnden Hähne, die Spiegel mit der indirekten Beleuchtung und die Brauseeinrichtung. Er stand in der Mitte des großen Raumes und starrte auf all die Pracht, wie ein Kind, dem ein Spielzeug geschenkt wurde, dessen Mechanismus es nicht begreift.

»Und all dieser Zauber, nur um ein Bad zu nehmen?« murmelte er. »Hast du auch so einen Badesalon?«

»Doch«, nickte sie stolz. Ihr Badezimmer sei ähnlich eingerichtet. Er könne es sich später ansehen.

Es klopfte. Cameo trat ein und trug ein Tablett mit Kaffeegeschirr. Es war das alte Silberservice. »Ich kann eine Tasse Kaffee gebrauchen«, sagte Kester, »mein Kopf ist vollkommen leer.«

Sie setzten sich an das Tischchen neben seinem Bett, und Eleanor goß den Kaffee ein. »Sag mir nun, was du von den Veränderungen hältst, Kester«, bat Eleanor.

Er sah sie an; sein Gesicht war ganz ausdruckslos. »Ja«, sagte er, »ich bin noch zu überrascht. Wahrscheinlich ist das alles sehr bequem. Du wirst mir schon nach und nach beibringen, wie ich mit all dem Zeug umzugehen habe.«

»Ach, das ist alles sehr viel einfacher, als es aussieht«, versicherte Eleanor, »wir sparen sehr viel Zeit.«

Kester strich mit behutsamen Fingern über den Henkel der silbernen Kaffeekanne. »Schön, das alles wieder zu sehen«, sagte er leise. »Schön hier zu sitzen und Mammys Kaffee zu trinken; sie macht den besten Kaffee der Welt. – Aber was ist denn da?« Er brach ab und starrte auf die Kanne.

»Was denn, Lieber? Was hast du?«

»Wo ist denn der Sprung in der Kanne?«

»O ja, das! Du hättest mich beinahe erschreckt. Ich habe die Kanne ein wenig verengen lassen; du siehst den Sprung nun nicht mehr.«

»Nein«, flüsterte er, »ich sehe ihn nicht mehr. Du hast sie verengen lassen.« Er setzte mit einem plötzlichen Ruck die Kanne zurück und stand auf. »Eleanor, laß mich allein«, sagte er, mit einem sonderbar rauhen Klang in der Stimme. »Bitte, ja? Ich möchte mich noch vor dem Essen waschen.«

»Oh, meinst du? Nun gut.« Sie stand ebenfalls auf. »Soll ich dir nicht helfen, deine Sachen auszupacken?«

»Nein, danke. Ich mache das selbst.«

Sie wandte sich ab; er starrte durch das Fenster auf den veränderten Garten. »Kester, was hast du denn?« fragte sie.

»Nichts«, sagte er. »Ich fühle mich schmutzig von der langen Fahrt. Und ich bin auch ausgehungert. Was werden wir zum Essen bekommen?«

»Flußgarnelen, gefüllte Krebse und Reis!«

»Ah! Ausgezeichnet! Und gibt es danach etwa gar – ich wage es nicht auszudenken – Ananas-Torte?«

»Ja«, lachte sie, »die gibt es.«

Kester sah sich um. »Wenn ich mir das vorstelle: Ananas-Torte – gefüllte Krebse und Flußgarnelen in einem Hause mit – dem Badezimmer da...« Er brach ab und begann zu lachen.

»Was ist denn so spaßig daran?« fragte sie.

»Nichts, Eleanor. Ich freue mich nur auf das Essen. Sage Mammy, sie möchte sich beeilen. Ich werde in wenigen Minuten unten sein.«

Eleanor ging hinaus und schloß die Tür hinter sich. Sie ging durch die Halle und blieb einen Augenblick bei der Wendeltreppe stehen. Sie konnte hören, wie er in seinem Zimmer hin und her ging. Von unten tönten die Stimmen der Kinder herauf.

In ihr war ein Gefühl der Leere. Es war sonderbar. Sie hatte sich Kesters Heimkehr ganz anders vorgestellt. Er hatte nichts gesagt oder getan, was das fade Gefühl rechtfertigte, das sie hatte, aber irgend etwas schien nicht zu stimmen. Sie ging langsam die Treppe hinauf.

»Nichts ist im Grunde so großartig, wie es dir erscheint«, hatte ihr Vater damals gesagt, als sie sich darauf versteifte, Kester Larne zu heiraten. Sie mußte plötzlich an diese Worte denken. Er ist noch zu voll von all dem Neuen, um jetzt schon etwas dazu sagen zu können, entschuldigte sie Kester vor sich selbst. Ich bin wahrscheinlich etwas überreizt und leide an Einbildung.

Kester beugte sich oben über die Balustrade und rief nach ihr. »Eleanor«, sagte er, »hast du jemand für heute eingeladen?«

»Wieso? Nein!« Sie stand unten am Fuß der Treppe und sah hinauf. Sie fühlte sich von einer Woge der Enttäuschung überflutet: Er wollte den ersten Abend nicht allein mit ihr verbringen?

»Oh, ruf sie gleich an: Neal und Bob und Violet und die anderen. Du weißt schon!« rief Kester herunter. »Ich möchte sie alle da haben.«

»Gut, ich rufe an«, sagte Eleanor.

Er ging in sein Zimmer zurück und pfiff vor sich hin. Eleanor schüttelte den Kopf. Habe ich mich falsch benommen? dachte sie. Oder bin ich zu sentimental und bilde mir etwas Dummes ein? Sie fühlte, wie die Enttäuschung in ihr hochkroch.

2

Das Gefühl heimlicher Enttäuschung schwand auch während der nächsten Wochen nicht. Kester ritt mit ihr durch die Felder, lobte die Baumwolle und bewunderte die Verjüngung des Landes, aber niemals zeigte er die offene, jungenhafte Freude, die sie erwartet hatte. Er schien in einer Weise zerstreut, die sie nicht an ihm kannte. Während sie ihm den Arbeitsgang der Traktoren erklärte, sah sie, daß seine Augen sich abwandten und zum Strom hinüberblickten. Als sie ihm die neue Düngemaschine vorführte, fand er nur ein paar Phrasen, die sich in einem Artikel ganz gut ausgenommen hätten, in seinem Munde aber leer und fast teilnahmslos klangen. Er schien innerlich ganz woanders zu sein. Es war aber nicht Kesters Art, sich geistesabwesend zu zeigen, es war, im Gegenteil, eine seiner erfreulichsten Eigenschaften, daß er sich so in eine Sache vertiefen konnte, als existiere daneben nichts anderes auf der Welt. Sie wußte, wie sehr er jeden Winkel und jeden Klumpen Erde von Ardeith liebte; deshalb hatte sie es als selbstverständlich vorausgesetzt, er werde alles im einzelnen prüfen und jeden Zipfel seiner Felder besuchen wollen. Sonderbarerweise schien ihm indessen gar nichts daran zu liegen. Er folgte ihr höflich, lobte sie nicht selten, wenn sie ihm etwas erklärte, aber nur sehr selten erlebte sie, daß er einen spontanen Freudenausruf von sich gab.

Eleanor hatte hier und da gehört, daß der Krieg bei manchen Männern, die aus Frankreich zurückkamen, nervöse Störungen hinterlassen hatte; es kam hier und da vor, daß einer, noch ganz im Banne des Vergangenen, nicht in das normale Leben zurückfinden konnte. Aber sie war sicher, daß das auf Kester nicht zutraf. Kester hatte von den schrecklichen Seiten des Krieges nur wenig zu sehen bekommen. Er machte daraus keinerlei Hehl, obwohl er überhaupt nicht gerne vom Krieg sprach. Die Freunde des Hauses waren des Lobes voll über ihn. »Ist Kester nicht großartig!« sagten sie immer wieder. »Wie haben wir es nur die ganze Zeit ohne ihn aushalten können?« Wenn sie dergleichen hörte, lächelte Eleanor, um ihre steigende Unruhe zu verbergen. Ach ja, Kester war großartig, er war entzückend und liebenswürdig, und zwar unverändert gleichmäßig, ob er sich nun im intimsten Zusammensein mit ihr oder unter Freunden und Bekannten befand. Nur der alte Kester war es nicht.

Kein Zweifel: Ihn quälte irgend etwas, er war unzufrieden mit ihr. Er sagte es nie, aber sie fühlte es. Er redete oft lange und weitschweifig, gerade so, als habe er seine eifrigste Zuhörerin zu lange entbehren müssen, aber immer war es, als befände sie sich mit ihm auf einem Bankett, wo es auserlesene Speisen und exquisite Weine gab und wo ihr Tischherr bereit war, ihr jeden Wunsch zu erfüllen. Nur die heimliche, leise Vertraulichkeit zwischen Mensch und Mensch kam nicht auf, in dieser Sphäre von Luxus und Amüsement. Bei ihrem ersten Zusammensein nach langer Trennung hatte es einen kurzen physischen Rausch gegeben; der war nicht von langer Dauer, und darüber hinaus schien es plötzlich, als hätten sie nur sehr wenig Gemeinsames.

Er behandelt mich wie eine Frau, der er den Hof machen muß! dachte sie verzweifelt. Er versucht mich mit Galanterien und allerlei Redensarten einzulullen, ganz so, als wolle er unter allen Umständen verhindern, mich hinter die Barriere seines eigentlichen Lebens blicken zu lassen. Was habe ich ihm nur getan?

Wieder und wieder versuchte sie, die unsichtbare Kluft zu überbrücken, indem sie so tat, als ob diese Kluft gar nicht existiere, und erzählte, was die einzelnen während seiner Abwesenheit getan hätten, und er hörte liebenswürdig aufmerksam zu. Sie sprach über die Plantage, und er zeigte sich interessiert, aber wenn sie ihn in irgendeiner Angelegenheit um Rat fragte, bekam sie kaum mehr als ein höfliches: »Oh, mach nur!« zu hören. »Ich weiß kaum etwas davon«, sagte er dann wohl, »es ist alles so anders jetzt hier; ich fürchte, meine Vorstellungen sind zu altmodisch.«

»Du verstehst mehr von Baumwolle, als ich jemals verstehen werde«, protestierte Eleanor dann.

»Aber – tu nicht so, als ob du mir schmeicheln wolltest, Liebling!« versetzte er. »Du hast alles so großartig gemacht – du brauchst wirklich nichts, was ich dir sagen könnte.«

Eleanor kämpfte mit leidenschaftlicher Hingabe gegen die aufkommende Leere, aber sie drang nicht durch.

»Liebst du mich, Kester?« fragte sie.

»Honigkind, wie kannst du das fragen? Wenn dein Bild fünf Minuten aus meiner Brieftasche herauskam, dann nur, weil ich es meinen Kameraden zeigen wollte.«

»Liebst du mich heute noch ebenso wie damals?«

»Ich habe dich immer geliebt, ich liebe dich jetzt und ich werde dich immer lieben. Weißt du das wirklich nicht?«

»Doch, aber ich höre es gern, wenn du es sagst.« Ach, aber die Leere blieb.

Gewiß, er liebte sie, sie konnte nicht daran zweifeln. Als er eines Tages einen Kriegskameraden einlud, eine Woche auf Ardeith zu verleben, kam der Gast mit einem liebenswürdigen Lächeln auf Eleanor zu und sagte: »Und Sie sind Eleanor! Verzeihen Sie, aber ich kann nicht an Sie denken, ohne Sie beim Vornamen zu nennen, weil Ihr Name und Kesters Erzählungen in Camp Jackson sich zu einer festen Vorstellung verbunden haben.« Eleanor lachte; sie war glücklicher, als sie dem Fremden zeigen wollte.

Er möge sie ruhig weiter Eleanor nennen, sagte sie. Er plauderte von Kesters Beliebtheit im Lager. »Jeder liebte ihn«, sagte er, »aber ich glaube, Sie sind es gewöhnt, das zu hören.« Als Kester sich später entfernte, um einen besonderen Whisky für den Schlummerpunsch auszuwählen, sagte der Gast noch: »Ich habe nie einen Mann kennengelernt, der so stolz auf seine Frau gewesen wäre. Er wurde richtig ehrfürchtig, wenn er von Ihnen sprach.«

Sie veranstalteten am folgenden Abend ein kleines Fest. Kester spielte, offensichtlich erfreut, die Rolle des liebenswürdigen Gastgebers. Eleanor beobachtete ihn und verstand ihn nicht. Anderen Leuten gegenüber schien er völlig der alte zu sein. Nur ihr gegenüber war er verändert, schien er von einer sonderbaren Scheu befallen. Dabei schien nicht einmal Absicht dahinterzustecken; es sah im Gegenteil so aus, als sei er überzeugt, sie merke nichts von einer Veränderung. Und doch fühlte sie: Er wollte irgend etwas von ihr, etwas, das sie ihm nicht gab und von dem er wohl glaubte, es sei zwecklos, danach zu fragen.

Am Ende des Sommers war Eleanor nahezu verzweifelt, angesichts seiner undurchdringlichen Liebenswürdigkeit. Sie hatte gedacht, daß die reifen Felder, strotzend von einer Ernte, wie er sie nie zuvor in Ardeith erblickt hatte, ihn aufleben lassen würden, aber Kesters Bewunderung erschöpfte sich in allgemeinen höflichen Redensarten; keines seiner Worte bot eine bestimmte Angriffsfläche, und doch – der alte Kester hätte sich ganz anders geäußert. Er nahm nicht wie früher eine aufgebrochene Baumwollkapsel in die Hand und streichelte sie, als handele es sich um das Haar einer geliebten Frau. Er schien überhaupt für nichts wirklich erwärmt, es sei denn für die kleinen Partys, die er häufiger als sonst zu veranstalten pflegte. Und er trank viel, sehr viel mehr als früher. Sie sagte nichts dazu, aus Furcht, die heimliche Kluft noch zu erweitern, aber sie sah es mit Sorge. Das einzige Ereignis, das ein etwas tieferes Interesse bei ihm erweckte, war Cornelias Schulanfang. Überhaupt schien er viel Freude im Umgang mit den Kindern zu empfinden. Eleanor sah es mit leisen Neidgefühlen. Sie wandte ihre Aufmerksamkeit seufzend der Arbeit zu; die Baumwolle mußte eingebracht werden.

Baumwollpflücker zu bekommen machte in diesem Jahr keine Schwierigkeiten; im Gegenteil: Der Ansturm der zurückgekehrten ehemaligen Soldaten führte sehr bald zu einem Überschuß an Arbeitskräften, und Wyatt bekam sehr viel mehr Angebote, als er berücksichtigen konnte. Die Baumwolle stand noch immer hoch im Kurs, weil der größte Teil der vorjährigen Produktion noch mit Nitraten behandelt worden war und weil überall in der Welt ein empfindlicher Mangel an Kleidungsstücken und Wäsche herrschte. Als Eleanor insgeheim errechnete, mit welchem Erntegewinn sie vermutlich rechnen könnte, kam wieder eine leise Hoffnung in ihr auf, sein tieferes Interesse wecken zu können. Sie konnte sich nicht denken, daß Kester seiner Plantage gegenüber gleichgültig bleiben könnte; deshalb freute es sie, daß jetzt ein Problem auftauchte, bei dem sie seinen Rat brauchte. Der Krieg war vorüber, die riesige Nachfrage nach Baumwolle würde bald nachlassen, man würde deshalb vernünftigerweise darüber nachdenken, ob man nicht Teile der Plantage mit anderen Erzeugnissen bestellen solle. Eines Nachmittags nach dem Essen kam sie auf die Frage zu sprechen.

»Was meinst du«, sagte sie, »sollten wir es jetzt nicht einmal mit der Gemüsegärtnerei versuchen? Welche Gemüse wachsen denn hier am besten?«

»Oh«, sagte er, »vielleicht Erdbeeren.«

»Erdbeeren«, wiederholte sie. »Was meinst du: Wäre es nicht vielleicht gut, es mit verschiedenen Dingen gleichzeitig zu versuchen? Wahrscheinlich müßten wir dabei zunächst mit einigem Verlust rechnen, aber das könnten wir uns augenblicklich wohl leisten.«

Er lächelte etwas dünn: »Können wir es uns nicht mehr leisten, bei der Baumwolle zu bleiben?«

»Oh, natürlich könnten wir. Nur, der Grund ist nicht einzusehen. Die Baumwollpreise werden fallen. Ich bin ziemlich überzeugt, daß wir auf die Dauer mit anderen Produkten besser fahren. Würde es dir nicht Spaß machen, ein wenig zu experimentieren?«

»Aber du hast jetzt das ganze Land auf Baumwolle eingerichtet. Und wir können leben dabei, und zwar gut. Selbst dann, wenn der Baumwollpreis auf zehn Cents heruntergehen sollte.«

»Gewiß«, sagte sie, »aber es ist kein Sinn dabei, es dabei bewenden zu lassen, wenn wir nicht müssen.«

Sein Lächeln war undurchsichtig: »Ich weiß nicht. Ich finde es durchaus sinnvoll, sich das Leben angenehm zu machen, wenn man kann.«

»Aber da ist so viel, was wir tun *könnten*, Kester«, sagte Eleanor ratlos. »Es ist so aufregend, zu arbeiten, Risiken einzugehen, zu planen, zu organisieren und dann allmählich zu sehen, wie es wird, und sich schließlich belohnt zu sehen, wenn man es richtig gemacht hat.«

»Wenn du daneben nur noch Zeit für die wichtigen Dinge behältst«, versetzte Kester, immer noch mit dem gleichen undurchdringlichen Lächeln. »Versuch die Umgestaltung meinetwegen, wenn es dir Spaß macht. Pflanze Erdbeeren, und zwar so früh wie möglich, damit du den Februarmarkt noch erreichst. Und laß dich nicht auf Feigen ein. Feigen sind schwer zu verschiffen, das lohnt auf die Dauer nicht. Versuche es mit – ja – mit Kopfsalat, Kohl, Sellerie, Mais, Schalotten, Rüben – es wächst alles ziemlich gut hier bei uns.«

Sie sah ihn kopfschüttelnd an. »Wenn du soviel davon weißt«, sagte sie, »warum versuchst du es nicht selbst? Ich verstehe das nicht. Wir könnten wahrscheinlich ohne Schwierigkeit reich werden.«

Sein Lächeln wurde noch dunkler: »Du möchtest sehr gerne reich sein, wie?« sagte er.

»Natürlich möchte ich das. Wer, um alles in der Welt, möchte das nicht?«

Er kam zu ihr herüber, beugte sich über sie, strich ihr Haar von den Schläfen zurück und küßte sie. »Du bist eine merkwürdige Person«, sagte er. »Du bist anders als irgend jemand, den ich sonst kenne und jemals gekannt habe.« Er wandte sich ab: »Es ist schrecklich heiß. Ich denke, ich werde Cameo einen ›Tom Collins‹ machen lassen.«

»Ich werde es bestellen.« Eleanor gab den Auftrag durch das Telefon. sie hätte ihn am liebsten gescholten, weil er soviel trank, aber sie fürchtete sich, ihn zu erzürnen. Und doch war es ihr, als vermöchte sie selbst einen seiner Zornausbrüche leichter zu ertragen als diese höfliche, nichtssagende Teilnahmslosigkeit, die er zur Schau trug. »Ich gehe in die Stadt«, sagte sie abrupt, »ich muß ein paar Besorgungen machen.«

Sie holte das Auto aus der Garage und fuhr die Allee hinunter. Als sie in die Uferstraße einbog, begann sie langsamer zu fahren. Sie hatte keine Besorgung zu machen. Sie fuhr nur, ziel- und ruhelos; sie war dem Wind dankbar, der ihr durchs Haar strich, und fragte sich immer und immer wieder: Was habe ich getan? Was hat er? Warum liebt er mich nicht mehr? Sie fand keine Antwort auf die brennenden Fragen.

3

Nachdem die Baumwolle in Ballen verpackt war, kam Wyatt, um Eleanor Bericht zu erstatten. Eleanor traf ihn auf der Veranda; er schien munterer als sonst und hatte, ganz gegen seine Gewohnheit, den Hut etwas nach hinten geschoben.

»Da hätten wir das Ergebnis, Mrs. Larne«, sagte er, ihr seinen Abschlußbericht überreichend. Er trat zurück, ihre Stellungnahme erwartend.

Eleanor sah auf die Zahlen vor ihren Augen und begann zu keuchen. Die Ernte ergab in der Gesamtheit dreizehnhundertsechsundzwanzig Ballen.

»Großartig!« rief sie aus.

»Ja, Madam«, sagte Wyatt, »es ist, glaube ich, nicht schlecht.«

»Ausgezeichnete Arbeit, Wyatt!« Sie schüttelte ihm warm die Hand. Wyatts Gesicht faltete sich zu einem kleinen Lächeln, in dem etwas von heimlichem Stolz stand.

»Ich glaube, wir können wirklich ganz zufrieden sein, Madam.«

Eleanor sah ihn an. »Ich denke, Wyatt, das verdient eine Prämie«, versetzte sie.

»Meinen Sie wirklich, Mrs. Larne?«

»Ganz gewiß meine ich das. Sollen wir sagen: einen Dollar pro Ballen?«

»Wenn Sie denken«, sagte Wyatt, »es wäre sehr anständig von Ihnen.«

»Warten Sie eine Minute. Ich möchte das meinem Mann sagen.« Sie lief zur Tür und rief hinein: »Kester, komm doch mal, bitte.«

»Was gibt's hier für eine Aufregung?« fragte Kester, auf die Veranda heraustretend. »Hallo, Wyatt!«

»Guten Morgen, Mr. Larne. Schönes Wetter!«

»Kester«, rief Eleanor aus, »weißt du, was wir geschafft haben dieses Jahr? Dreizehnhundertsechsundzwanzig Ballen.«

»Heiliger Rauch!« sagte Kester. Er lächelte Wyatt beglückwünschend zu. »Ich sehe, Sie sind noch tüchtiger, als meine Frau mir schon immer sagte.«

Wyatt, aufgelockert wohl durch das Prämienversprechen, zeigte sich gesprächiger als sonst. »Ich möchte nicht das ganze Lob für mich in Anspruch nehmen, Mr. Larne«, sagte er. »Nicht mehr als allenfalls ein Drittel davon. Denn ich muß Ihnen sagen, ich habe nie eine Frau gesehen, die Leistungen vollbringt wie diese Dame hier.« Er wies auf Eleanor.

»Ja, sie ist großartig, wie?« lachte Kester.

»Sie ist bei Gott ohne Beispiel. Dreizehnhundertsechsundzwanzig Ballen!« Wyatt blickte sich um, als wolle er ganz Ardeith in sich hineintrinken. »Nicht schlecht für eine Plantage, die noch vor sechs Jahren kaum achthundert Ballen produzierte«, sagte er.

»Wahrhaftig nicht schlecht«, sagte Kester trocken.

»Gehen Sie noch nicht«, rief ihm Eleanor zu. »Ich will gleich den Scheck für Sie ausschreiben.« Sie eilte ins Haus. Als sie nach einer kleinen Weile herauskam, mit dem Scheck in der Hand, stand Kester gegen eine der Säulen gelehnt, in freundschaftlichem Gespräch mit dem Aufseher. Wyatt schien offensichtlich angeregt und erfreut, mit Kester plaudern zu können.

»... durch den Staat Louisiana«, sagte er gerade. »Es geht ihr ausgezeichnet da unten. Sie hat für dieses Jahr ein Stipendium bekommen. Ich fand das großartig. Es handelt sich schließlich um eine große, bedeutende Universität.«

»Über wen sprecht ihr denn?« fragte Eleanor.

Wyatt sah, etwas verlegen anscheinend, zu Boden. »Ach«, sagte er, »es handelt sich um meine Tochter.«

»Oh!« Sie sah ihn überrascht an. Sie erinnerte sich jetzt, einmal ein junges Mädchen in der Nähe seines Hauses gesehen zu haben; sie hatte das gleich wieder vergessen damals, und sie hatte nie mit ihm über seine etwaige Familie gesprochen. »Bitte«, sagte sie, »hier ist der Scheck. Ich danke Ihnen noch einmal für Ihre vorzügliche Arbeit.«

»Ich danke Ihnen, Madam«, sagte Wyatt.

Sie setzte sich auf die oberste Treppenstufe und begann ihm Instruktionen zu geben. Er sollte noch vor Beginn der Winterarbeit die Traktoren überholen lassen. Kester hörte einen Augenblick zu und entfernte sich dann.

Er ist mit jedermann intimer als mit mir, dachte Eleanor, während sie mit Wyatt über die Traktoren sprach. Dreizehnhundertsechsundzwanzig Ballen Ernteergebnis nötigten ihm nicht mehr als ein höfliches Lächeln ab; er schien sehr viel interessierter, als er sich mit Wyatt über dessen Tochter unterhielt, die ein Stipendium bekommen hat. Wenn Wyatt so stolz auf seine Tochter ist, warum hat er mir niemals etwas von ihr erzählt? Was habe ich Kester getan? Was habe ich überhaupt hier anders getan als gearbeitet bis zum Zusammenbruch? Ich habe Ardeith zur besten und ertragreichsten Plantage in ganz Louisiana gemacht!

»Danke, es ist alles!« sagte sie kurz, Wyatt verabschiedend. »Wenn mir sonst noch etwas einfällt, rufe ich Sie an.«

Beim Abendessen war Kester gesprächig und amüsant. Als sie später hinaufgingen, um den Kindern ›Gute Nacht‹ zu sagen, erzählte er ihnen noch eine Geschichte, die sie in ausgelassene Lustigkeit versetzte. Wenigstens Cornelia und Philip gegenüber schien er unverändert.

»Hast du jemand für den Abend eingeladen?« erkundigte sich Eleanor, als sie das Kinderzimmer verließen.

»Nein, ich glaube nicht.«

»Dann komm doch noch in mein Zimmer«, bat sie, »ich möchte gern noch mit dir reden.«

»Gut«, sagte er, »ich wollte auch schon immer einmal mit dir sprechen.«

Sie freute sich über seine Bereitschaft. Im Zimmer brannte ein kleines Feuer, hauptsächlich aus dekorativen Gründen, denn es war noch nicht sonderlich kalt. Sie setzte sich an den Kamin, und Kester nahm einen Reiseprospekt aus der Tasche.

»Das kam heute per Post«, sagte er, »da wird eine Kreuzfahrt durch Mittelamerika veranstaltet. Sie soll sechs Wochen dauern. Würdest du nicht gerne mal Ferien machen?«

»Oh, furchtbar gern!« rief sie aus, glühend vor Freude. Wenn sie jetzt gemeinsam an den Golf führen, in Freiheit und Untätigkeit, würden sie offen miteinander reden können. Vielleicht fand sich dann wieder, was in ihrem Leben verlorengegangen war. »Ich würde mich schrecklich freuen«, setzte sie noch hinzu; »von mir aus könnten wir schon morgen fahren.«

»Das scheint eine sehr ordentliche Sache zu sein«, sagte Kester, in den Prospekt vertieft, »es handelt sich um ein schönes Schiff, und es ist beabsichtigt, in allen interessanten Häfen anzulegen.«

»Bitte, laß mich sehen.« Sie reichte herüber und er gab ihr den Prospekt, der mit ansprechenden Bildern ausgestattet war. Aber sie sah gleich, daß das Schiff nicht vor dem 1. Februar New Orleans verlassen würde. Als sie das festgestellt hatte, sah sie auf. »Das ist ein bißchen spät«, sagte sie. »Mittelamerikareisen werden doch fortgesetzt veranstaltet. Es wäre schön, wenn wir uns schon an einer der nächsten Fahrten beteiligen könnten.«

Er zuckte die Achseln: »Warum? Das hier scheint eine wirklich schöne und interessante Fahrt zu versprechen. Und es ist doch auch früh genug. Du hast bei allen Dingen immer solche Eile. Den meisten Frauen wäre es nur lieb, ein paar Monate Zeit zu haben, um ihre Einkäufe zu tätigen und ihre Vorbereitungen zu treffen.«

Sie lachte: »Du Dummer! Ich kann alles Nötige in einer Woche einkaufen. Außerdem, wenn wir uns für diese Fahrt entschieden, würden wir im März nicht zurück sein, und das wäre für die Plantagenarbeit hier gerade die wichtigste Zeit.«

»Ja, du lieber Gott«, sagte er, »Wyatt ist doch da.«

»Wyatt ist Baumwollfachmann«, versetzte sie, »wir waren uns ja klar darüber, daß wir ein paar Experimente anstellen und es mit anderen Produkten versuchen wollten. Und da wäre es doch wohl notwendig, daß wir im März hier sind.«

Er zuckte die Achseln: »Ich hatte es vergessen.« Er nahm den Prospekt wieder an sich und steckte ihn in die Tasche.

»Ich werde gleich morgen nach New Orleans schreiben und anfragen«, sagte Eleanor, »es fährt sicher irgendein Schiff in den nächsten Wochen. Unsere Arbeit hier würde dann überhaupt nicht beeinträchtigt.« Sie lächelte zum Fenster hinüber. »Experimente sind meistens etwas kostspielig«, fuhr sie fort, »und da hat es wirklich keinen Sinn, die Gewinnchancen unnötig noch mehr zu verringern.«

Kester sah starren Blickes in das Feuer. Sich plötzlich ruckartig aufrichtend, sagte er: »Eleanor, denkst du eigentlich jemals an irgend etwas anderes als Geld?«

»Wieso, Kester? Was heißt das?« Sie setzte sich und beugte den Oberkörper vor. »Was meinst du mit dieser merkwürdigen Frage?«

»Ich meine, hast du schon jemals, seit ich wieder hier bin, an irgend etwas anderes gedacht als an das Geld, das du gemacht hast? Möchtest du nicht vielleicht doch einmal etwas anderes tun, als immer nur weiter Geld zu machen?«

»Ich – verstehe dich nicht«, sagte Eleanor langsam. »Bist du denn nicht froh, daß wir heute sozusagen wohlhabend sind?«

»Natürlich bin ich froh. Aber du wirkst nicht gerade gemütlich bei all der Wohlhabenheit. Du läßt das Geld wie ein Geizhals durch deine Finger laufen. Eleanor, was ist nur mit dir geschehen?« Er sah sie jetzt an, mit einem großen verwunderten und zugleich fordernden Blick.

Eleanor fuhr sich mit der Hand über die Stirn. »So«, sagte sie langsam, »das ist es also! Das ist der Grund, warum du mich nicht mehr liebst.« Oh, es war furchtbar. Ihre Verwirrung war noch größer als ihre Erbitterung.

»Ich liebe dich sehr«, versetzte Kester ruhig. »Aber ich liebe gewisse Dinge nicht, die anscheinend zu dir gehören; deine entsetzliche Leidenschaft, Geld machen zu wollen, liebe ich nicht. Ich leide unter der Vorstellung, daß für dich eine Bankabrechnung offenbar das einzig wichtige Ding auf der Welt ist. Oh, Eleanor, es ist mir im Grunde ganz gleichgültig, ob wir jetzt oder erst im nächsten Frühjahr verreisen, oder ob wir überhaupt hierbleiben. Aber ich zittere bei dem Gedanken, daß du bei allen Dingen, die du tust oder läßt, davon ausgehst, was es dich kostet. Ardeith ist jetzt so gut durchorganisiert, daß es auch ohne uns läuft. Warum kannst du es nicht einmal allein lassen? Du bist förmlich eingespannt in den Gedanken des Geldverdienens.«

»Warte eine Minute«, sagte Eleanor. Sie sprach langsam und gab sich verzweifelte Mühe, ruhig zu bleiben. »Kester, du verstehst das nicht«, fuhr sie fort. »Ich habe eine sehr lange Zeit hindurch keine Gelegenheit und keine Möglichkeit gehabt, an etwas anderes zu denken. Als du weggingst, waren die Schulden von Ardeith noch nicht zur Hälfte bezahlt. Ich hatte auch mit der schlimmsten Arbeiterknappheit der Geschichte zu kämpfen. Ich mußte zu jeder Stunde, da ich nicht schlief, an Geld denken, um meine Aufgabe durchzuführen.«

»Aber du mußt es jetzt nicht mehr«, sagte Kester. »Wir schulden keinem Menschen auf Erden mehr einen Penny. Wir haben ein sehr gutes Einkommen, weit mehr, als wir jemals verbrauchen können.«

»Ja«, versetzte sie, »das alles ist richtig. Aber nun, nachdem wir den Sieg errungen haben, dürfen wir uns nicht wieder fallenlassen. Wir dürfen nicht wieder zurückgleiten und uns träumerischer Indolenz hingeben.«

»Niemand verlangt das von dir. Aber es hat ja wohl keinen Sinn. Du kannst nicht anders. Du mußt unausgesetzt so verbissen weiterarbeiten, wie du es während des Krieges getan hast, offensichtlich aus keinem anderen Grund, als um mit aller Gewalt reich zu werden.«

Eleanor schüttelte den Kopf. Sie fühlte sich noch immer gekränkt, aber gleichzeitig empfand sie auch ein Gefühl der Erleichterung. Der Nebel hatte sich wenigstens geklärt; sie wußte, woran sie war. »Aber Kester«, sagte sie, »ist es nicht unsere Pflicht, den Platz ordentlich zu verwalten? Du kannst doch nicht wollen, daß wir uns jetzt gehenlassen und eine Sache wie diese auf die leichte Schulter nehmen. Ich habe gern das Gefühl, eine Sache gut gemacht zu haben. Ich möchte die Ergebnisse meiner Arbeit sehen. Du weißt ja nicht, wie das hier alles war. Du warst ja nicht hier.«

»Du hast verdammt recht«, sagte Kester; er sprach mit fest zusammengepreßten Lippen, »ich war nicht hier!«

Sie stand auf. »Wenn du hier gewesen wärst...«

»Wenn ich hier gewesen wäre, sähe Ardeith nicht so aus, wie es aussieht«, sagte Kester.

»Wie?« Sie sah ihn in grenzenloser Verblüffung an. »Bist du nicht zufrieden mit dem, was ich hier getan habe? Bist du nicht froh, Ardeith schuldenfrei zu sehen und all dein Eigentum zurückzuhaben? Denke doch, was Ardeith heute ist, verglichen mit dem, was es früher war.«

»Ich habe den ganzen Sommer über nichts anderes gedacht«, sagte Kester.

»Bist du nicht froh, daß alle Schuldbriefe und Hypotheken bezahlt sind?«

»Natürlich bin ich das.«

»Dann also: Was? Bitte, sag es mir doch! Bist du nicht stolz? Liebst du Ardeith nicht mehr?«

»Lieben?« sagte er, und nun flogen dunkle Schatten über sein sonst immer heiteres Gesicht. »In Gottes Namen, Eleanor, wie kann man einen Platz lieben, der wie eine Fordfabrik aussieht?«

Er drehte sich um und ging zur Tür, während sie regungslos stehenblieb, atemlos vor Verwirrung. Mit der Hand auf der Türklinke fuhr er fort:

»So. Ich habe es dir nun gesagt. Ich habe es dir verschweigen wollen und habe mir Tag für Tag, solange ich hier bin, selber den Befehl gegeben, nicht darüber zu reden. Aber nun magst du es wissen: Nein, es gefällt mir nicht, was du aus Ardeith gemacht hast. Ich hasse jeden Knopf und jeden Schalter und jede Maschine, die du hier anbringen ließest. Ich hasse dieses gottverdammte Badezimmer und deine Telefone und Rechenmaschinen. Das hier war ein wundervoller Fleck Erde, als ich ihn besaß. Ja, es war herrlich in Ardeith. Es war alt und versponnen und nobel und ein bißchen verschwenderisch in seiner Pracht und in seiner Lebensart; niemand arbeitete besonders viel und besonders gern, aber jeder hatte ein Gefühl, hier zu Hause zu sein und sich wohler zu fühlen als irgendwo auf der Welt. Jetzt ist das hier eine riesige gesichtslose Fabrik zur Erzeugung von Baumwollballen! Es ist entsetzlich!«

Er öffnete eine Tür.

»Warte eine Minute«, sagte Eleanor.

Sie stand da und zitterte und hatte ein Gefühl, als habe ihr jemand mit der Peitsche ins Gesicht geschlagen. Es kostete sie eine ungeheure Anstrengung, ihr Temperament zu zügeln. Sie sagte: »Ich bin sicher, du weißt nicht ganz, was du da gesagt hast, Kester. Deine malerische Art, die Plantage zu verwalten, hat sie bankrott gemacht.«

»Sie war bankrott ein Jahr vor dem Krieg. Aber dann begannen wir unsere Schulden abzuzahlen. Und wir hätten sie auf die alte Weise schließlich auch ganz abgezahlt.«

»Bei den Raten, die wir auf diese Weise hätten zahlen können, hätte es Jahre um Jahre gebraucht«, sagte Eleanor. »Auf meine Art ging es nicht nur unendlich viel schneller, wir haben darüber hinaus den Gewinn nahezu verdoppelt.«

»Ja, ich weiß«, versetzte Kester mit steigender Bitterkeit. »Und das alles hast du gemacht. Auf diese Weise hast du alles, was Ardeith warm und fröhlich und menschlich gemacht hat, herausgerissen. Hier war ein Ort, wo Generationen geboren wurden, lebten und starben. Du hast die letzte Spur der Menschen, die Ardeith geschaffen haben, die darin lebten und glücklich waren, getilgt. Sogar die alte Kaffeekanne meiner Urgroßmutter mußte in diesen Verwandlungsprozeß hinein. Du ließest den Sprung, den sie seit alten Tagen trug, daraus entfernen und nahmst ihr damit gerade das, was ihren Rang und ihre Bedeutung ausmachte.«

Eleanors Brust hob und senkte sich in tiefen Atemzügen; ihr Herz war schier gelähmt vor Zorn und Erbitterung.

»Ich glaube, du bist – ein Narr!« keuchte sie.

»Ja«, entgegnete Kester, »von deinem Standpunkt aus bin ich zweifellos ein Narr. Ein sentimentaler Narr. Und von meinem Standpunkt aus bist du gleicherweise eine Närrin. Eleanor, Männer leben nicht nur vom Brot allein!«

Sie würgte die Worte heraus; ihre Kehle war zugeschnürt. »Ich dachte, du würdest dich an den Veränderungen freuen«, sagte sie. »Ich dachte, du würdest froh sein, dich reich und unabhängig zu wissen.«

»Ich lege gar keinen Wert drauf, niggerreich zu sein«, versetzte Kester kalt.

»Nigger-reich?« Sie vermochte nun wirklich kaum noch zu sprechen, so würgte sie der Zorn.

»Ja«, wiederholte er, »niggerreich! Du hast ja wohl schon Schwarze gesehen, denen es gut ging. Sie lieben dann rosa Seidenhemden und Hängelampen und Phonographen und allen möglichen Plunder; alles, was grell und laut ist – sieh mich nicht so an! Oder sieh mich an, wenn du willst, du sollst das jetzt hören. Bevor ich nach Hause kam, sah ich Postkarten, auf denen man Kriegsgewinnler karikiert hatte, selbstgefällig und fett; es hat mich gegraust, und ich hätte im Traum nicht gedacht, selbst einmal mit jemand dieser Art leben zu müssen.«

»Selbstgefällig – fett!« Eleanor war zu schockiert, um mehr sagen zu können. Ihre Hände verkrampften sich so fest ineinander, daß die Knöchel aus der straffen Haut weiß heraustraten.

»Es fehlt nur noch, daß du eine aufgehende Diamantensonne an der Brust trügest«, sagte Kester. »Glaubst du wirklich, daß irgendein Unterschied ist zwischen so einem Kriegsgewinnler und dir? Deine Maschinen und Apparaturen und Schalter und Knöpfe und deine ganzen prahlerischen Leistungen – sie widern mich an!«

»So«, stammelte sie, »das ist es, das ist es also, was du von mir denkst.« Sie hatte nicht mehr Atem genug, um schneller zu sprechen. »Das also ist der Lohn, den ich für meine Arbeit erhalte.«

»Ich weiß genau, wie schwer du gearbeitet hast. Deshalb wollte ich nichts sagen. Ich wollte nichts sagen.«

»Ich habe jede Minute gearbeitet, die ich wach zu bleiben vermochte«, sagte Eleanor. »Es war mir gleichgültig, ob ich müde war, ob ich zusammenbrach, ob ich mir eine Lungenentzündung holte und beinahe starb – ich tat das ja alles für dich!«

»Für mich?« Ein böses, gefährliches Lächeln stand in seinem Gesicht. »Ich bin bereit, mir eine Menge Unsinn von dir anzuhören, Eleanor«, sagte er, »aber versuche nicht, mir so etwas einreden zu wollen. Was du getan hast, hast du um deiner eigenen Selbstachtung willen getan. Du wolltest dir selber beweisen, daß du in der Lage seiest, eine fast übermenschliche Arbeit ohne jemandes Hilfe zu vollbringen. Wenn es dir darum gegangen wäre, die Plantage für mich zurückzugewinnen, dann hättest du mehr Gefühl für das aufgebracht, was mir lieb sein könnte. Du kennst mich doch gut genug; du hättest dir sagen können, daß ich an einem mechanisierten Musterbetrieb dieser Art keine Freude haben würde. Ich behaupte nicht, daß du nicht das Recht habest, nach deiner Art zu leben, du hast es ebenso, wie ich das Recht habe, nach meiner Art zu leben. Aber versuche nicht, mich glauben zu machen, daß du deine Arbeit für irgend jemand, außer zu deinem eigenen Vergnügen getan hast.«

»Und ich dachte, du würdest dich freuen«, stammelte sie, »ich dachte, du würdest dich freuen.«

»Auch das ist nicht ganz richtig. Du dachtest, ich würde dir Beifall klatschen. Alles, was du von mir wolltest, waren feierliche Zustimmungserklärungen. Ich habe mich bemüht, sie dir zu geben.«

Sie sah ihn von oben bis unten an. Kester stand gerade vor der halb geöffneten Tür, die Hände in den Jackettaschen. Er sprach zu ihr mit einem Lächeln auf den Lippen und in so leidenschaftsloser Grausamkeit, wie sie sie bisher nur ein- oder zweimal an ihm erlebt hatte. Sie fürchtete gerade diese Haltung an ihm mehr als jede andere, die er etwa hätte einnehmen können.

»Es scheint, es hat dir gutgetan, mir das alles zu sagen«, flüsterte sie mit bebender Stimme.

»Ja«, sagte er, »es hat mich erleichtert. Ich habe es zu lange zurückhalten müssen.«

»Und warum hast du es mir nicht früher gesagt? In all der Zeit, wo ich vor Unruhe fast außer mir war, weil ich nicht wußte, was du vor mir verbargst?«

»Ich wußte nicht, daß du dir meinet- oder meiner Haltung wegen irgendwelche Gedanken machtest. Ich dachte, ich hätte deiner Tätigkeit hier laut genug applaudiert.«

»Aber *warum* hast du mir nicht gesagt, was du dachtest?«

»Ich konnte es nicht. Ich glaube, im äußersten Winkel meines Verstandes wußte ich, daß ich es nicht so weiterlaufen lassen dürfe, ohne etwas zu sagen, aber ich habe den Versuch, zu sprechen, immer wieder aufgegeben. Du tatest mir zu leid.«

»Ich tat dir leid?«

»Ja. Warum verstehst du das nicht? Du warst so zufrieden mit dir. Du dachtest, es wäre alles so wunderschön und in Ordnung.«

»Ja«, sagte Eleanor, »ich dachte auch so. Ich denke immer noch so. Ich habe gern Komfort und Bequemlichkeit um mich herum. Und ob du das nun liebst oder nicht, du wirst dich damit abfinden müssen.«

»So wie es ist, nicht«, entgegnete Kester. »Ich möchte mich wieder am Leben freuen können, und das kann ich nicht, wenn hier alles so bleibt, wie es jetzt ist. Ich werde dieses entsetzliche Badezimmer herausreißen und eine einfache weiße Einrichtung einbauen lassen. Ich werde dieses schreckliche Automobil gegen einen Wagen umtauschen, der nicht aussieht, als sei er bestimmt, für den Wohlstand eines Pfandleihers zu zeugen. Ich werde auf den Feldern vor Ardeith hier und da wieder in alter Weise Wassermelonen pflanzen und sie von schwarzen Kindern am Uferdamm essen lassen. Und solange wir hier leben, werde ich mich nicht darum kümmern, ob sich der Gewinn in zwei gleiche Teile teilen läßt. Ich werde Ardeith wieder in die Hand nehmen und werde wieder das daraus machen, was es war und was es seiner Geschichte und seinem Wesen nach sein soll: eine alte Baumwollplantage am Strom.«

Sie durchquerte das Zimmer, kam dicht auf ihn zu, sah ihm hart in das Gesicht und sagte: »O nein, das alles wirst du nicht tun.«

»So«, sagte er, »verlaß dich darauf, ich werde!«

»Du wirst nichts davon tun. Du bist jetzt an der Reihe zuzuhören.« Sie stand dicht vor ihm, sah ihn an und sprach mit ganz kalter, aber vor innerer Erregung bebender Stimme: »Ich habe den Preis für deinen unverantwortlichen Leichtsinn früherer Jahre bezahlt, und jetzt, nachdem ich es getan habe, soll ich mir schweigend deine Verachtung ins Gesicht sagen lassen? Ist es dir noch nicht einmal in den Kopf gekommen, darüber nachzudenken, daß diese Plantage mit jedem Schatten eines Rechts *mir* gehört?«

Kester antwortete nicht, er starrt sie nur an. Sie fuhr fort, langsam, deutlich, jedes Wort vom anderen absetzend:

»Ganz ohne Zweifel ist es so. Als ich nach Ardeith kam, gehörte der Besitz nicht dir. Er gehörte der Südost-Wechselbank; die Leute haben dich aus Gnade hier leben lassen. Als sie dann drohten, sie wollten dich hinauswerfen, da ging ich an die Arbeit. Am Anfang hattest du mir zu erklären, was zu tun sei, aber sogar in jenem ersten Sommer arbeitete ich mehr als du. Als dann die Börse zusammenbrach, verkaufte ich die alten Möbel und veranlaßte Mr. Robichaux, den Schmuck als Sicherheit für unsere Zinsschulden anzunehmen. Als Papa mir den Zettel mit der Notiz über die Bedeutung der Schießbaumwolle schickte, telefonierte ich mit Sebastian und gab ihm den Auftrag, nicht zu verkaufen, während du eine Nacht bei Isabel Valcour verbrachtest. Ich bekam die Anleihe von Mr. Tonelli, die uns ermöglichte, in jenem Jahr das Land zu bestellen. Als du dann fandest, es sei spannender, in den

Krieg zu ziehen als hier zu arbeiten und deine Schulden zu bezahlen, fandest du weiter kein Wort als die Bemerkung: ›Du wirst das schon machen!‹ Und ich habe es dann gemacht! Wenn ich auf patriotische Damentees gegangen wäre, während du im Lager warst, dann wärest du nicht nach Ardeith zurückgekommen. Du wohnst jetzt hier, weil ich Ardeith zurückgekauft und bezahlt habe. Wenn dir die Art und Weise, wie ich meine Plantage bewirtschafte, nicht gefällt, dann tut es mir leid; du wirst dich damit abfinden müssen.«

Kester hatte ihr schweigend zugehört, ohne sich zu bewegen. Als sie jetzt eine Pause machte, bewegte er leicht den Kopf und die Schultern, zog die rechte Hand aus der Jackettasche und langte nach der Klinke hinter seinem Rücken.

»Du hast vollkommen recht«, sagte er, »verzeih bitte, daß ich mich wie ein sehr undankbarer – Gast benommen habe.«

Er ging hinaus und schloß behutsam die Tür hinter sich.

Während er draußen die Halle durchquerte, lehnte sich Eleanor gegen den Türpfosten und zitterte. Sie hörte, wie er die Tür seines Zimmers öffnete, hineinging und die Tür hinter sich zuzog. In einer jähen Bewegung riß sie die Tür des eigenen Zimmers wieder auf und verhielt unbeweglich im Rahmen.

Sie hörte, wie er sich in seinem Zimmer bewegte, Schranktüren öffnete und Schubladen herauszog. Plötzlich machte ihr Herz ein paar kleine heftige Sprünge; sie legte die Hände darüber, als könnte sie so das Klopfen abschwächen. Was hatte sie gesagt? War sie sehr grausam gewesen? Ihre Worte kamen ihr langsam ins Bewußtsein zurück, mit ihrer einfachen und unmißverständlichen Forderung, die kein Mann von Kesters Natur unbeachtet lassen konnte, wenn er sie vernahm. Die Wände begannen um sie herum zu wanken bei dem Gedanken, er könnte aus ihren Feststellungen die nüchternen Konsequenzen ziehen.

Sie rannte quer durch die Halle und öffnete mit jäher Bewegung die Tür zu Kesters Zimmer.

Sie sah zwei geöffnete Koffer auf dem Fußboden, halbvoll mit einem Wirrwarr von Hemden, Schuhen und Pyjamas. Die Schubladen seiner Kommode standen offen, und Kester ging zwischen Kommode und Koffern hin und her, brachte Wäsche heran und stapelte sie zu Haufen.

Als sie hereinkam, sah er flüchtig auf, unterbrach aber seine Tätigkeit nicht und sprach auch kein Wort.

»Kester«, sagte sie, »wohin willst du?«

»Ich weiß es wirklich noch nicht«, antwortete Kester. Er lag auf den Knien und tat seine Zahnbürsten in einen Behälter.

»Kester, ich habe es nicht so gemeint«, rief Eleanor. »Ich habe wahrhaftig nie im Traum daran gedacht...«

»Ich hätte selber längst daran denken sollen«, entgegnete Kester ruhig. »Ich hätte mir sagen sollen, daß sechs Monate eine lange Zeit sind, freies Logis in Anspruch zu nehmen.«

Eleanor preßte die Hände so stark, daß sie das Knacken der Gelenke hören konnte. »Willst du mir nicht verzeihen, Kester«, sagte sie, »ich war so in Zorn – ich weiß kaum, was ich gesagt habe. Aber gewiß wollte ich nicht – dachte ich nicht, was du jetzt von mir glaubst.«

»Würdest du bitte hier weggehen, damit ich mein Jackett nehmen kann«, sagte Kester.

Sie tat einen Schritt beiseite. Mit einem leeren Blick sah sie, daß Kester das Jackett nach seiner Gewohnheit über einen vorspringenden Wandleuchter gehängt hatte. Er nahm es jetzt herunter, begann es zu falten. Eleanor blieb stehen, wo sie war, regungslos in der äußersten Hilflosigkeit, von der sie sich befallen sah. Kester fuhr fort, die Koffer zu packen. Er verstaute die Sachen ohne jede Sorgfalt; beispielsweise legte er die Schuhe neben die Taschentücher, so daß man sicher sein konnte, die Politur des Leders würde die Wäsche beschmutzen. Die fein gefältelten Hemden mußten bei dieser lieblosen Behandlung zerknüllen; es war nicht anzusehen. Eleanor hatte die Eingebung, zu sagen: ›Laß mich das tun, du wirst sonst niemals etwas finden, wenn du die Koffer öffnest!‹, aber sie sagte es nicht; sie sagte auch sonst nichts, sie stand einfach da und sah zu, wie er die Sachen durcheinanderwarf und schließlich die Koffer schloß. Er hatte so viele Dinge unordentlich durcheinandergestopft, daß die Verschlüsse nicht passen wollten; er mußte sein Knie dagegenstemmen, damit die Schlösser einschnappten. Danach zog er die Verschlußriemen zu. Als er fertig war, stand er auf, nahm in jede Hand einen Koffer und ging, an ihr vorbei, durch die Tür in die Halle.

Sie ging ihm nach; er war dabei, die Wendeltreppe hinunterzugehen.

»Kester«, sagte Eleanor, »Kester, ich sagte dir, daß es mir leid täte. Lieber, warum gehst du weg?«

Er setzte die Koffer ab, drehte sich um und maß sie mit einem kalten Blick von oben bis unten. Sein Gesicht war ganz ausdruckslos, nur in den Mundwinkeln war für einen Augenblick ein flüchtiges Zucken.

»Wenn du nicht ›*arm weiß Pack*‹ wärest«, sagte er langsam mit ruhiger Stimme, »dann würdest du mich das jetzt nicht fragen.«

Er nahm die Koffer wieder auf und ging die Treppe hinunter. Sie stand da, mit den Händen an der Kehle, die geschlossen war und sie so drückte, daß sie nicht schlucken und sich auch nicht rühren konnte; selbst das Atmen fiel ihr schwer. Sie hörte, wie unten die Haustür geschlossen wurde, und bald darauf das Geräusch des leise anfahrenden Autos.

Später in der Nacht brachte ein Neger das Auto zurück. Cameo, der auf das Läuten der Türglocke hin geöffnet hatte, brachte Eleanor einen Zettel.

›Es tut mir leid, daß ich Dein Auto entleihen mußte‹, stand darauf, ›aber ich habe den Tank neu auffüllen lassen. Kester.‹

Zwölftes Kapitel

1

Eine Woche lang hörte Eleanor nichts von Kester, dann erhielt sie einen Brief von ihm. Er teilte ihr in vier Zeilen mit, daß er auf dem Regierungs-Baumwollamt oberhalb des Stromes arbeite. Danach schrieb er nicht mehr. Sie wußte nicht, wollte er sie durch hartnäkkiges Schweigen verletzen und demütigen, oder hatte er ihr nichts mehr zu sagen.

Eleanor hatte sich nie zuvor in ihrem Leben unsicherer, elender und unglücklicher gefühlt, sie hatte auch nie zuvor einen solchen Schlag gegen ihre Selbstachtung erhalten. Sie wagte nicht zu entscheiden, wer von ihnen den anderen am empfindlichsten verletzt habe, alles, was sie wußte, war: Kester hatte Ardeith verlassen, und sie wußte nicht, ob und wann er zurückzukehren gedachte.

Sie rief sich ihre letzte Unterredung in die Erinnerung zurück. Ach, sie hatte ihm harte und böse Dinge gesagt. Sie hatte ihn mit der kalten und harten Wahrheit verletzt wie mit einem Messer. Aber sie hätte das gewiß nicht getan, wenn er sie nicht vorher ebenso bitter verwundet hätte, und dies, obgleich er sie doch liebte.

Er hatte sie über die Grenzen ihrer Geduld hinaus gepeinigt und verwundet: Niemand konnte geduldig bleiben, bei seiner immer wiederholten Gewohnheit, eine moralische Verpflichtung durch Charme und Liebenswürdigkeit ersetzen zu wollen.

Immer, wenn sie so weit gekommen war, mit ihrem kläglichen Versuch, das Geschehene zu analysieren und die Ursachen des Zusammenbruchs bloßzulegen, hielt sie ein. Weiter denken durfte sie nicht, denn sie liebte Kester, sie liebte ihn immer noch, trotz seines Leichtsinns und seiner gedankenlosen Oberflächlichkeit, die sie in die Verbitterung getrieben hatten, und sie wünschte nichts so sehr auf der Welt, als daß er zurückkehren möchte.

Sie versuchte, ihm einen Brief zu schreiben. ›Die Kinder fragen ein dutzendmal am Tag nach dir‹, begann sie, da stockte sie schon, und nach kurzer Überlegung zerriß sie den Brief. Es war wahr: Die Kinder fragten nach ihm, aber sie durfte die Kinder nicht als Waffe benutzen; sie hätte sich selber verachten müssen, und er würde sie auch verachten, wenn sie die Kinder vorschöbe, um ihn zur Rückkehr zu bewegen. Sie beruhigte Cornelia und Philip immer wieder, indem sie ihnen sagte, der Vater käme bald wieder. Anderen gegenüber sagte sie offen, daß Kester auf dem staatlichen Baumwollamt oberhalb des Stromes arbeite, und sie sagte das so ruhig und unbefangen, daß sie für längere Zeit mit Fragen verschont blieb. So grub sie sich immer tiefer in Vereinsamung und Verbitterung hinein, bereit, über jedweden Gegenstand, nur nicht über die Dinge ihres persönlichsten Lebens zu diskutieren.

Langsam, vage und unbestimmt zunächst, aber deshalb nicht weniger quälend, wurde ihr dann bewußt, daß die Dinge den Bereich der privaten Sphäre längst schon verlassen hatten. Zunächst war das hin- und herhuschende Gerücht noch ein Spinngewebe, das man wegwischen konnte. Es ist nichts, dachte sie dann, es sind nur die Nerven, aber je mehr sich Vorgänge dieser Art wiederholten, je unsicherer wurde sie, und schließlich hatte sie das peinliche Gefühl, daß jedermann ihr innerstes Geheimnis teilte und daß die meisten mehr davon wüßten als sie selber.

Sie ging in den Drugstore und sah Klara und Cousine Sylvia dasitzen und miteinander tuscheln, während sie an ihren Coca-Cola-Gläsern nippten. Als sie sich dem Tisch näherte, brach das Getuschel abrupt ab, und Sylvia rief, mit der Hand winkend: »Hallo, Eleanor!«

»Willst du nicht Platz nehmen?« setzte Klara hinzu.

Nein, sie wolle nicht, sie habe Eile, entgegnete Eleanor. Während sie eine Dose Cold-Creame und eine Bürste für Philip kaufte – Philip hatte goldblonde, für einen Jungen ungewöhnlich lange Locken –, machte Sylvia eine nichtssagende Bemerkung über das Wetter. Eleanor streifte sie mit einem flüchtigen Blick und wunderte sich, warum Sylvia ihren fleckigen Nacken durch eine Halskrause noch besonders hervorhob, warum sie sich solche Mühe gab, jung zu wirken, obgleich sie es doch ganz offensichtlich nicht mehr war. Sylvia reagierte um eine Sekunde zu spät, um zu verbergen, daß sie Eleanor heimliche Blicke zugeworfen und sie beobachtet hatte.

Als sie nach Hause kam, ging Eleanor in die Küche, um eine Anweisung für das Abendessen der Kinder zu geben. Dilcy und Bessy standen dicht beieinander und tratschten; Eleanor hörte Dilcy durch die halb geöffnete Tür sagen: »Das glaube ich nicht; so war es nicht.«

»Aber die Leute sagen es«, antwortete Bessy. Als Eleanor dann eintrat, fuhren beide wie ertappt zusammen und machten sich gleich darauf mit großer Betriebsamkeit zu schaffen.

Eleanor hatte zugesagt, am folgenden Sonntagnachmittag nach Silberwald zu kommen; die Sheramys gaben einen kleinen Tee zu Ehren von Klaras Schwester, Mrs. Meynard, die aus Baton Rouge zu Besuch gekommen war. Sie ging auch hin, und die Stunden verliefen ruhig und ziemlich uninteressant, bis Mrs. Meynard einmal die Bemerkung einwarf: »Was macht eigentlich Isabel Valcour? Ist sie noch in der Stadt?«

»Ja«, antwortete Klara schnell, »sie ist noch hier.« Dabei bekam sie einen roten Kopf und bestürmte gleich darauf Violet Purcell, sie möchte sich ans Klavier setzen und spielen. Hier und da wurde der gleiche Wunsch geäußert, und Eleanor hatte das peinliche Gefühl, als gehe es allen darum, etwas zu verdecken, oder von einem bestimmten Gegenstand abzulenken. Violet gab mit einem Zögern nach, das die Verlegenheit noch unterstrich, und Eleanor saß da, knabberte an ihrer Waffel und kam sich vor wie ein Ausstellungsobjekt. Sie segnete heimlich Violets Selbstbeherrschung. Violet war eine patente Person, die kein Vergnügen darin fand, sich in die Angelegenheiten anderer Leute zu mischen.

Vorfälle dieser Art häuften sich und konnten von Eleanor schließlich nicht mehr übersehen werden. Aber was sollte sie tun? Um wenigstens die eigene Würde zu wahren, blieb ihr nichts übrig, als so zu tun, als bemerke sie nichts von alledem. Das Geschwätz, dessen Ausstrahlungswellen sie hier und da streiften, verlief überall ähnlich, in den Wohnzimmern ebenso wie in den Küchen. Sie hörte es, und sie hörte es auch nicht. Niemand sagte ihr etwas direkt, doch immer wieder drang diese oder jene Redewendung an ihr Ohr. Wohin immer sie ging, oder wo immer sie in Erscheinung trat, war Isabel nicht zugegen; nie wurde sie mit ihr zusammen eingeladen, und abgesehen von der einen Entgleisung bei Klara Sheramys Tee, erwähnte niemand in ihrer Gegenwart Isabels Namen. Viele ihrer Bekannten legten plötzlich ein übertrieben freundliches Betragen an den Tag; das heimliche Mitgefühl, das sie darin zu spüren meinte, brachte sie innerlich in Wut. Die ganze Sache gab ihr eine Art moralischen Überlegenheitsgefühls, etwa so, als wenn sie beobachtet hätte, daß ihre Nachbarn ihre Wäscheleine daraufhin kontrollierten, wie oft sie die Wäsche wechsle.

Gerade das Bewußtsein ihrer Hilflosigkeit erzeugte in ihr etwas wie tapferen Trotz, die Bereitschaft, den Dingen ins Auge zu sehen.

Sie fuhr fort auszugehen, sie begrüßte ihre Freunde auf der Straße mit gespielter Unbefangenheit, nahm Einladungen an, veranstaltete Partys für Kinder, lud sich Bekannte zum Essen ein, ging selber zu Geselligkeiten aller Art und gab sich fröhlich und unbefangen und kaufte mehr an Kleidungsstücken und Gebrauchsgegenständen ein, als je zuvor in einer Saison. Wenn sie dann allein war, schritt sie ruhelos im Zimmer auf und ab, gehetzt und getrieben, als müsse sie Meilen auf diese Weise zurücklegen, schimpfte auf sich selbst und auf Kester, stieß heimliche Drohungen gegen Isabel aus und ließ ihrer Verzweiflung die Zügel schießen, aber niemals gab sie irgendeinem Menschen durch ihr Verhalten Anlaß zu der Vermutung, daß sie innerlich leide. Sie ging zuweilen durch die Halle, stand lange vor den Gemälden und studierte die Gesichter der Ahnen von Ardeith. Vor allem forschte sie in den Gesichtern der Frauen, die Männer namens Larne geheiratet hatten – Frauen mit Puderperücken im Stil der Kolonialzeit, Frauen mit den hohen Taillen der napoleonischen Ära, Frauen mit Ballonärmeln aus den dreißiger Jahren des vergangenen Jahrhunderts, Frauen in Krinolinen der Bürgerkriegsepoche; sie las aus all diesen Gesichtern etwas Gemeinsames heraus, wenigstens schien es ihr so, und sie fragte sich verwundert, worin dieses Gemeinsame wohl seine Wurzel haben möchte. Glück und Enttäuschung, himmelhohe Freude und verzweifelter Kummer – das alles hatte es wohl immer gegeben, aber, was immer das Schicksal dieser Frauen im einzelnen gewesen sein mochte, eines war ihnen allen sicherlich gemeinsam gewesen: die Fähigkeit zur Geduld. Was immer sie bewegte – dem Maler, dem sie zu einem Porträt saßen, zeigten sie gleicherweise ein ruhiges Gesicht, alle waren sie davon überzeugt, daß eine Dame ihre persönlichen Empfindungen hinter einem undurchdringlichen Lächeln zu verbergen habe; alle waren sie Glieder nur, eingebettet in den Ring einer großen Tradition. Eleanor hatte niemals viel über diese Dinge nachgedacht, aber jetzt, da sie, eine Geschlagene, vor diesen Bildern stand, glaubte sie manches davon zu verstehen. Und sie trug tapfer ihren Schmerz, weil es ihr leichter fiel, Schmerz zu ertragen, als Mitleid herauszufordern; wußte sie doch, daß dem Mitleid die Verachtung benachbart ist.

2

In der ersten Dezemberwoche kam eines Vormittags Cousine Sylvia zu Besuch. Eleanor war ziemlich überrascht, als Cameo sie anmeldete, denn es war ein unfreundlicher, nebliger Tag, kaum geeignet für eine Besuchsrunde, wie Sylvia sie von Zeit zu Zeit zu unternehmen pflegte. Eleanor sagte sich deshalb auch sogleich, daß die redselige Dame einen besonderen Zweck mit diesem Besuch verbinden müsse, sie hätte sich sonst schwerlich einen Tag und eine Stunde ausgesucht, wo sie ziemlich sicher sein konnte, Eleanor allein anzutreffen. Eleanor beschloß jedenfalls, sich mit einem Panzer innerer Abwehrbereitschaft gegen Sylvias Mundwerk zu schützen. Sie trat mit einem liebenswürdigen Lächeln in das Wohnzimmer.

»Wie nett von dir, Cousine Sylvia, mich einmal zu besuchen, und noch dazu bei so unfreundlichem Wetter«, sagte sie.

»Ach, meine Liebe, ich wollte dich so gern wieder einmal sehen«, versetzte Sylvia und drückte heftig Eleanors Hand.

Eleanor, ihre Besucherin verstohlend musternd, fragte sich mit heimlicher Verblüffung, wie eine Frau in Sylvias Alter und äußeren Umständen nur auf den Gedanken verfallen könne, übermäßiger Gebrauch von Rouge vermöchte ihre grämlichen Falten zu verdekken. »Ach«, sagte sie, »deine Hände sind ganz kalt. Sicher trinkst du gern eine Tasse heißen Kaffee.«

Sie sei wirklich reizend, versicherte Sylvia. Doch, ja, eine Tasse Kaffee wolle sie nicht ablehnen.

Eleanor gab sich redliche Mühe, auch weiterhin reizend zu sein. Sie nahm Sylvia ihren Mantel ab, machte ein paar geistreiche Bemerkungen über ihr mädchenhaft wirkendes Kleid und den entzückenden Florentiner Hut – beides würde sie für sich selbst als zu jugendlich betrachtet haben, und sie war immerhin zwanzig Jahre jünger als Sylvia – und nötigte die Besucherin in einen dicht am Kamin stehenden Sessel. Cameo brachte bald darauf den Kaffee. »So«, sagte Eleanor, »nun können wir einen guten, langen Klatsch miteinander halten«, und füllte die Tassen.

Sylvia lächelte süß. »Ach ja«, sagte sie, »einen guten, langen Klatsch. Bei schlechtem Wetter wirkt ein Kaminfeuer so anheimelnd und stimmungsvoll.«

»Ja, nicht wahr?« sagte Eleanor.

»Weißt du, deine Poinsettias sind in diesem Jahr wundervoll«, versicherte Sylvia. »Ich war ganz entzückt von der Pracht, als ich eben vorbeifuhr.«

»Ach ja, ich erfreue mich auch oft daran«, sagte Eleanor.

Sie schlürften ihren Kaffee und verweilten nun für einige Minuten bei den Poinsettias. Dann bemerkte Sylvia, die meisten Gärten seien augenblicklich zufolge der nassen Zeit arg verwildert und von Unkraut überwuchert. Demgegenüber biete Eleanors Garten einen geradezu beglückenden Anblick.

»Aber du pflegst deine Blumen wohl nicht selbst, meine Liebe, wie?« setzte sie hinzu.

»Nein«, sagte Eleanor, »ich habe einen Gärtner dafür.«

»Ich weiß nicht, ob du recht daran tust.« Sylvia schüttelte nachdenklich den Kopf. »Gartenarbeit stellt so eine gesunde Körperübung dar, weißt du. Die Luft und die Sonne – das alles ist sehr zuträglich. Außerdem habe ich die Erfahrung gemacht, daß Arbeit im Freien geeignet ist, einen von seinen Sorgen abzulenken.«

Eleanor schlürfte mit Hingabe an ihrem Kaffee.

»Hast du dich in letzter Zeit einigermaßen gut amüsiert?« setzte Sylvia, nachdem sie ein Weilchen vergeblich auf eine Äußerung gewartet hatte, die Inquisition fort.

»Ach, weißt du, ich hatte eine ganze Menge zu tun«, versicherte Eleanor. »Die Winterkleidung der Kinder mußte in Ordnung gebracht werden, ich mußte meine Weihnachtsliste zusammenstellen, und schließlich habe ich das trübe Wetter ausgenützt, um meine Briefschulden zu bereinigen.«

»Du schreibst sicher ziemlich viele Briefe?« erkundigte sich Sylvia.

»Nun ja, es kommt einiges zusammen«, entgegnete Eleanor, »ich habe fünf Geschwister, wie du weißt, außerdem sind da noch meine Eltern und meine alten Freunde.« – Und wenn du etwa wissen möchtest, ob ich mit Kester korrespondiere, so muß ich dich leider enttäuschen, setzte sie in Gedanken hinzu.

Aber Sylvia war so leicht nicht zu enttäuschen. »Findest du es nicht ein bißchen einsam hier draußen auf der Plantage?« fragte sie mit unschuldigem Lächeln.

»Einsam? Ach nein. Der große Haushalt, zwei Kinder – da ist es nicht weit her mit der Einsamkeit.«

»Nun ja, gewiß«, druckste Sylvia, »aber eine junge Frau verlangt schließlich noch nach anderer Gesellschaft.«

Eleanor schien nicht zu begreifen. »Wieso?« sagte sie. »Ich habe die entzückendste Gesellschaft, die eine Frau nur haben kann: meine Kinder!«

Sylvias Augen huschten unruhig im Zimmer umher und blieben dann wieder auf Eleanor haften. »Ich wollte dich schon längst einmal besuchen, liebes Kind«, sagte sie, »ich habe es immer wieder aufgeschoben. Manchmal ist es schwer zu erkennen, was die Pflicht von einem verlangt. Es bleibt immer schwierig, heikle Probleme zur Sprache zu bringen, auch wenn man von den reinsten und edelsten Motiven geleitet wird. Schließlich habe ich mich dann doch durchgerungen. Zu deinem Besten, Eleanor.«

Sie hätte sich wunderbar zu einem Zahnarzt geeignet, dachte Eleanor; es würde ihr eine Wonne sein, stundenlang in einem kranken Zahn herumzubohren; sie äußerte sich im übrigen nicht.

Sylvias sanfte, monotone Stimme plätscherte weiter. Sie spielte mit ihrem Opfer wie die Katze mit der Maus. Eleanor hörte zu und schien völlig empfindungslos; von dem Groll, der tief in ihr brannte, spürte man nichts.

»Wir waren alle so glücklich damals, als ihr heiratet«, sagte Sylvia weinerlich, »obgleich wir uns andererseits ja auch Gedanken machten – du hast sicherlich nichts davon bemerkt, und ich wäre gewiß die letzte, die etwas davon erwähnte, wenn es nun nicht doch an der Zeit schiene...«

»Was meinst du denn, Cousine Sylvia?« fragte Eleanor mit ihrem höflichen ausdruckslosen Gesicht.

»Ja, meine Liebe«, seufzte Sylvia, »du brauchst nicht so ein bestürztes Gesicht zu machen. Du bist ein liebes, guterzogenes Mädchen, und deine Eltern sind sicherlich sehr verdienstvolle Leute. Vor allem dein Vater verdient jede Anerkennung für seine fantastische Laufbahn. Wir sind sehr stolz, daß unser Land Männern wie ihm die Gelegenheit bietet, sich emporzuarbeiten! Wirklich, in diesen Dingen ist Amerika groß. Und ich bin sicher, deine Vorfahren waren ausnahmslos tadellose Leute. Habe ich nicht recht, Eleanor?«

Das Lächeln blieb unverändert: »Bei uns zu Hause zollt man den Toten nicht mehr viel Aufmerksamkeit, Cousine Sylvia, man sieht nur zu, daß sie anständig beerdigt werden.«

»Ah!« murmelte Sylvia. Sie glitt ein wenig unruhig auf ihrem Sessel hin und her, und es sah aus, als wisse sie nicht mehr recht, wie sie das Verhalten ihres Opfers beurteilen solle. Indessen war sie weit entfernt davon, ihr Ziel aus dem Auge zu verlieren. »Ich habe dir das alles gesagt, liebe Eleanor«, fuhr sie fort, »nicht etwa, um dich zu verletzen – ich wäre sehr unglücklich, wenn ich dich verletzt haben sollte –, sondern um dich so vorsichtig wie möglich auf das – nun ja, auf ein gewisses dummes Geschwätz aufmerksam zu machen, das da neuerlich im Gange war.« Sie schwieg und starrte Eleanor an; die mußte sich doch nun endlich äußern. Aber Eleanor dachte gar nicht daran, und so fuhr sie denn seufzend fort: »Oh, meine Liebe, wenn du wüßtest, wie es mich schmerzt, dir so etwas erzählen zu müssen. Weißt du, es hat da genug boshafte Leute gegeben, die erklärten, ein Mann könne nicht gezwungen werden, gegen seinen Willen zu seiner Familie zurückzukehren. Wie kann jemand nur so grausam sein! Sie kann ein Mensch nur ein Interesse daran haben, sich mit bösartigem Geklatsche in die innersten Beziehungen anderer Menschen zu mischen?« Sie machte eine dramatische Pause und sah Eleanor an.

»Ja«, sagte Eleanor, »ich verstehe es auch nicht. Vielleicht kannst du es erklären.«

»Nein, Eleanor, das kann ich nicht. Ich werde so etwas niemals verstehen. Ach, mein liebes Kind, wenn du wüßtest, wie mein Herz um deinetwillen schon geblutet hat!« Sie wartete wieder einen Augenblick, und als Eleanor durchaus keine Anstalten machte, sich zu äußern, setzte sie hinzu: »Aber vielleicht weißt du gar nicht, wovon ich rede?«

»Wie sollte ich denn?« sagte Eleanor.

»In der Tat!« bestätigte Sylvia. »Wie solltest du! Wie könntest du überhaupt! Ach, ich habe das gefürchtet, und ich hatte eine Scheu davor, mit dir über diese Dinge zu sprechen, ich habe gebetet, daß der Kelch von mir genommen werden möchte, aber schließlich war das Pflichtgefühl stärker in mir; ich wußte: Ich muß es dir sagen. Es ist ja offensichtlich niemand außer mir da, der es täte. Oh, wie bin ich immer wieder davor zurückgeschreckt, eine so delikate Aufgabe zu übernehmen! Ich bin mit Kester verwandt, nicht wahr; seine liebe Mutter ist meine Cousine, und da wirst du mir nachfühlen, wie schwer es mir wird, Böses über mein eigen Fleisch und Blut zu sagen. Kester war immer ein wilder Junge, schwer zu leiten, und es brach uns manchmal das Herz, wenn wir sahen, wohin er zu treiben drohte. Da dachten wir alle, eine Heirat würde ihn ruhiger machen, würde zu seinem Glück führen...«

Eleanor hatte unentwegt das leere Lächeln im Gesicht; ach, es ward ihr so schwer, es war kaum noch zu ertragen. Aber sie riß sich zusammen. Ich will dieser Person nicht die Genugtuung verschaffen, mich unter der Qual ihrer Demütigungen leiden zu sehen, dachte sie. Sie regte sich nicht.

»Verstehst du denn immer noch nicht, was ich meine?« fragte Sylvia und begann wieder nervös hin- und herzurutschten.

»Nein, Cousine Sylvia«, entgegnete Eleanor, »ich tappe völlig um Dunkeln. Möchtest du vielleicht noch eine Tasse Kaffee?«

Sylvia dankte. Sie fuhr fort, mit ihrer monotonen und ausdruckslosen Stimme auf ihr Opfer einzureden, sie sondierte, deutete an, beobachtete. Eleanor blieb unentwegt stumpf und gleichgültig. »Die Frau ist immer die letzte, die diese Dinge erfährt«, lamentierte Sylvia. »Und das ist furchtbar. Die Leute meinen, es sei taktvoll, nicht darüber zu reden, aber jemand sollte reden, und wenn schon geredet werden muß, dann sollte sich jemand aus der Familie finden, meinst du nicht auch? Jemand, der mit Kester verwandt ist.«

»Ich hatte manchmal den Eindruck, nahezu alle Bewohner der Stadt seien mit Kester verwandt«, murmelte Eleanor.

»Ja«, versetzte Sylvia, »die Familie ist sehr verzweigt. Aber für eine so delikate Mission eignet sich sicherlich besser ein Mensch, der während seines ganzen Lebens intim mit dem Hause verkehrte, als irgendein entfernter Verwandter. Wenn doch nun einmal über die Dinge gesprochen werden muß.«

»Aber über welche Dinge muß denn gesprochen werden, Cousine Sylvia?« fragte Eleanor höflich.

»Aber mein armes, unschuldiges Mädchen, sollte es möglich sein, daß du immer noch nicht verstehst?«

»Was soll ich verstehen, Cousine Sylvia?«

»Aber liebste Eleanor, jedermann weiß, daß Kester auf dem staatlichen Baumwollamt arbeitet, daß er schon seit zwei Monaten da ist.«

»Ja – und? Natürlich weiß das jeder. Warum denn auch nicht?« Eleanor zog erstaunt die Brauen hoch.

Sylvia starrte sie an, räusperte sich und starrte wieder. »Aber mein liebes Kind«, fuhr sie schließlich fort, »hast du darüber hinaus noch kein Geflüster vernommen?«

»Geflüster? Was für ein Geflüster?« fragte Eleanor.

»Ach du unglückliche Frau!« jammerte Sylvia. »Ich meine über Isabel Valcour!« Ihr Blick kroch über Eleanors Gesicht. Eleanor lächelte starr, lächelte und wartete unbewegt ab, bis Sylvia ihr

Geschwätz wieder aufnahm: »Die arme Isabel! Sie ist so ein charmantes Mädchen, weißt du, und sie stammt aus einer so ausgezeichneten Familie – ach, es ist alles so unendlich traurig. Erst ihre brillante Heirat, dann ihr junges Witwendasein, so jung, wie sie noch war! Wir dachten bisher, sie habe hier weiter kein Interesse, ihr Herz weile noch in einer anderen Hemisphäre.« Sylvia schüttelte ratlos den Kopf, als bestände die Welt aus Dutzenden von Hemisphären und sie könne sich nicht entschließen, das in sie gesetzte Vertrauen zu enttäuschen und zu verraten, in welcher sich Isabels Herz befände. »Aber das ständige Alleinsein«, fuhr sie schließlich fort, »und dann die Rückkehr in die Heimat für die Dauer des Krieges – das alles muß das arme Mädchen schließlich so unglücklich gemacht haben; sie hat ja keine Eltern mehr, und Kinder hat sie auch nicht. Eine Frau sollte nicht allein sein, sie sollte Kinder und ein Heim haben. Aber es sieht aus, als ob gerade wir guten Frauen, die wir ständig bemüht sind, unsere Pflicht zu erfüllen, am meisten Leid und Unglück erfahren; ist es nicht so, meine Liebe?«

»Wenn du mich meinen solltest, ich bin ganz zufrieden, Cousine Sylvia«, sagte Eleanor, und nun war ein neuer Ton in ihrer Stimme. Der Ärger kam in ihr hoch über Sylvias Zudringlichkeit, und sie hätte sie mit Vergnügen erwürgt.

»Oh, mein gutes Kind«, sagte Sylvia, »sollte es wirklich sein, daß deine Liebe zu Kester dich so verblendet, daß du nicht siehst, was um dich her geschieht: Kester –?«

Sie legte eine dramatische Wirkungspause ein. Eleanor hatte zunächst nicht antworten wollen, aber sie fühlte sich plötzlich von einer kühlen Geringschätzung erfüllt. Sie sah Sylvia gerade ins Gesicht und begann zu lachen. »Cousine Sylvia«, sagte sie, »bist du etwa in diesem Nebel extra hierhergekommen, nur um mir zu erzählen, daß Kester und Isabel eine Liebesaffäre miteinander hatten? Hast du etwa gar angenommen, ich wüßte das nicht?«

Cousine Sylvia stierte und begann zu keuchen. Zunächst war sie nur verwirrt, aber dann wuchs die Empörung in ihr, alle ihre Anstrengungen verschwendet zu haben, ohne offenbar den ersehnten Triumph einheimsen zu können. »So hat dir bereits jemand angedeutet...«

Eleanor goß sich die dritte Tasse Kaffee ein und sah Sylvia ruhig an. Sie sah den lächerlichen Aufputz, in dem sie steckte, das Rouge über den Runzeln, den verzweifelten Versuch, um alles in der Welt jung zu erscheinen, und sie fühlte kein Mitleid. »Ich fürchte, du lebst noch im neunzehnten Jahrhundert, meine Liebe«, sagte sie, »Kester und ich verstehen einander vollkommen.«

Sylvia öffnete den Mund und vergaß, ihn wieder zu schließen.

Eleanor aber sammelte ihre eigenen Waffen. »Es ist ja klar«, sagte sie, »daß eine Frau in deinem Alter die heutige junge Generation nicht mehr verstehen kann. Vermutlich klammerst du dich noch an die altertümliche Auffassung, wer einmal verheiratet sei, müsse Angehörige des anderen Geschlechts wie Aussätzige behandeln. Ach, Liebste, was muß das für ein langweiliges Leben gewesen sein! Aber zu deiner Zeit erwartete man wohl von den Leuten, daß sie schwerfällig und langweilig seien, wie?«

In Sylvias Augen flimmerte es; sie gurgelte: »Dann – dann weißt du also, daß Kester und Isabel – und – und hast nichts dagegen?«

»Aber Cousine Sylvia«, sagte Eleanor, »selbst in deinem Alter sollte man sich vergegenwärtigen, daß die Welt sich geändert hat. Wir sind so großzügig geworden seit der Zeit, da du einmal jung warst. Die neue Freiheit hat allerlei für sich. Kester und ich würden es uns nie im Traum einfallen lassen, einander in so sklavischer Bindung zu halten.«

»Einander?« echote Sylvia.

Sie saß etwas vornübergebeugt, ihre Hände tasteten unruhig die Sessellehnen ab.

Eleanor langte herüber und strich ihr freundschaftlich über die Hand. »Nun, sorge dich nicht weiter, Cousine Sylvia«, sagte sie. »Ich weiß, du wolltest mir helfen, deshalb bist du gekommen, um mir etwas zu erzählen, von dem du dachtest, ich wüßte es nicht. Deine Herzensgüte hat dich dazu veranlaßt; glaube mir, daß ich das zu würdigen weiß. Aber nun versuche auch zu verstehen, daß moderne Menschen diese Dinge ein wenig anders betrachten.«

Cousine Sylvia blinzelte, während Eleanor sie mit einem kleinen, amüsierten Lächeln betrachtete. Plötzlich stand sie auf. Sie erhob sich zu ihrer vollen Größe, die allerdings nicht sehr beträchtlich war.

»Du kannst lachen!« rief sie entsetzt. »Du kannst über solche Dinge lachen! Eleanor Larne, du hast kein moralisches Gefühl! Ich schäme mich, daß ich versucht habe, dir einen Freundschaftsdienst zu erweisen.«

»Schämst du dich wirklich?« Eleanor stand auf. »Das ist aber gut.« Sie reichte Sylvia ihren Mantel und ihre Handtasche. »Laß es dir eine Lehre sein«, sagte sie, »es macht einen Menschen lächerlich, wenn er sich mit Dingen befaßt, von denen er nichts versteht.«

»Ich verstehe mich auf Moral und Anstand!« entgegnete Sylvia. Sie schlüpfte in ihren Mantel. »Aber ich verstehe Leute nicht, die nicht die Fähigkeit moralischer Entrüstung haben. Nachdem ich dich so sprechen hörte, würde es mich gar nicht überraschen, wenn du dein Ehegelübde ebenfalls brechen würdest. Wahrhaftig, nicht im geringsten würde mich das überraschen! Hör sofort auf, mich auszulachen!«

Eleanor dachte nicht daran. »Kester hat mir oft erzählt, du seiest so spaßig«, sagte sie. »Du bist es wirklich.« Sie öffnete die Tür. »Ich danke dir schön für den unterhaltsamen Vormittag.«

Sylvia schritt aufrechten Ganges und hocherhobenen Hauptes in die Halle hinaus. »Wir hätten es wissen sollen«, sagte sie. »Wir hätten wissen sollen, was geschieht, wenn ein Mann von vornehmer Geburt eine Frau heiratet, die gewöhnlich ist wie ein Schweinehirt! O Gott, wir hätten es wissen sollen!«

»Du solltest es sicher gewußt haben«, stimmte Eleanor zu, während sie Sylvia folgte, »und du hättest auch wissen sollen, daß ich deinen Rat erbeten hätte, wenn ich ihn benötigte. Ich begreife natürlich dein Interesse an diesen Dingen. Es muß ziemlich trübselig sein, nichts zu tun zu haben, als still und nutzlos zwischen Gräbern zu stehen.« Sie öffnete die Eingangstür. »Vielen Dank für deinen Besuch, Cousine Sylvia.«

»Ich bin nicht deine Cousine!« keuchte Sylvia.

Eleanor sah ihr nach, wie sie über die Veranda ging und die Treppen hinunterstieg. Sie ging in ihr Zimmer zurück. Ihre Lippen kräuselten sich vor Wut; sie zitterte vor innerer Empörung am ganzen Leibe.

Als sie dann den Ursachen von Kesters Untreue nachzusinnen begann und sich alles in die Erinnerung zurückrief, was zu dieser Entwicklung geführt hatte, fiel sie auf ihr Bett und bettete den Kopf in die Arme. Das ganze Ausmaß ihres Unglücks überfiel sie in jähen Stößen und trieb ihr die Tränen in die Augen. Sie weinte ihren fassungslosen Schmerz in die Kissen hinein, bis sie rot verschwollene Augen hatte und sich einer langen Behandlung mit heißem Wasser und Eis unterziehen mußte, bevor sie wagen konnte, den Kindern gegenüberzutreten.

3

Cornelia kam lamentierend von der Schule zurück und beklagte sich über das schlechte Wetter, das sie wahrscheinlich zwingen würde, den ganzen Nachmittag im Zimmer zu verbringen, und sie wollte so gerne draußen im Freien spielen. Der kleine Philip, der während des ganzen Vormittags ohne Protest drinnen gespielt hatte, schloß sich der Schwester jetzt lärmend an. Eleanor beruhigte sie, indem sie ihnen versprach, am nächsten Tag mit ihnen in die Stadt zu fahren. Der nächste Tag war ein Sonnabend; da brauchte Cornelia nicht zur Schule. Sie versprach, ihnen neue Kleider zu kaufen, damit sie auf einer Weihnachtsparty, zu der sie eingeladen waren, schmuck aussähen. Die Kinder beruhigten sich über dieser erfreulichen Aussicht sogleich. Um sie für den Nachmittag zu beschäftigen, gab Eleanor ihnen einen Karton mit einer Serie Ausschneidebilder, der ursprünglich als Weihnachtsgeschenk vorgesehen war. Da waren Köpfe, Beine und Rümpfe von Tieren, auf dünnem Karton gedruckt, auszuschneiden und aneinanderzufügen. Die Kinder beschäftigten sich beide gern mit derartigen Dingen und gingen deshalb willig hinauf in das Kinderzimmer, wo sie sich am Kaminfeuer niederließen, nachdem sie mit stumpfen Scheren und einem Topf Leim ausgerüstet worden waren, vortrefflich vorbereitet, um Unordnung zu schaffen. Sie waren beide so liebenswert, wie sie da nebeneinander auf dem Fußboden saßen und miteinander plapperten. Ihr lautes und überschwengliches Wesen erinnerte so sehr an Kester, daß Eleanor einen dumpfen, hämmernden Schmerz fühlte, als sie mit ihnen sprach.

Sie überließ Dilcy die Beaufsichtigung der Kinder und ging in ihr eigenes Zimmer, wo sie sich vor das Kaminfeuer setzte. Sie fragte sich, was Kester jetzt wohl tun möchte, was er dächte und ob er die Kinder vermißte. Was immer er auch über sie selbst denken mußte, sie konnte nicht glauben, daß er es auf die Dauer fertigbrächte, Cornelia und Philip zu entbehren. Sie hatte nie einen Mann gesehen, der durch sein bloßes Erscheinen solch ungestüme Freude in seinen Kindern auszulösen vermochte, wie Kester. Aber sie wollte nicht – das sagte sie sich zum hundertsten Male –, daß Kester nur um der Kinder willen zurückkomme. Weder ihre Liebe noch ihr Stolz vermochten das zu ertragen. Kester sollte nach Hause kommen, weil er sie liebte. Er hatte sie sehr geliebt, das wußte sie, gleichgültig, wie sehr sie ihn immer gekränkt haben mochte an jenen letzten Abenden ihres Beisammenseins, man zerschlug nicht mit einem einzigen Schlag eine Gemeinschaft, die in vielen Jahren gewachsen war. Sollte es wirklich zutreffen, daß er wieder zu Isabel ging, so war er sicherlich nur in der Verzweiflung zu ihr zurückgekehrt, wie jemand sich dem Glücksspiel oder dem Alkohol zuwendet, wenn er den Halt verliert. Aber das waren, soweit sie von diesen Dingen wußte, Männer, denen das Laster eine Ausflucht war, die keinen anderen Weg mehr sahen, als einen Vorhang zwischen sich und die ihnen unerträglich gewordene Wirklichkeit zu ziehen.

Oder war es nur ihr Stolz, der sie so denken und ihn heimlich verteidigen ließ, der Stolz, der sich nicht eingestehen wollte, daß sie selber gerade da gefehlt hatte, wo sie sich so eifrig bemühte?

Sie wußte es nicht. Eleanor, halt ein! rief sie sich selber zu. Tu etwas! Unternimm etwas!

Aber sie hatte keine Ahnung, was sie tun, was sie unternehmen sollte. Vielleicht würden frische Luft und ein Spaziergang ihr guttun. Der Himmel war wolkig, dann und wann durchbrachen Sonnenflecken die Düsternis; es regnete nicht. Ein langer Spaziergang würde vor allem helfen, ihre Gedanken zu klären. Sie zog ein Paar derber Schuhe mit flachen Absätzen an, hüllte sich in ihren Mantel und ging die Uferstraße hinunter.

Schon nach wenigen Minuten war sie froh, hinausgegangen zu sein. Der feuchte Wind, der ihr Haar durchblies, erfrischte sie. Das Land atmete in friedlicher Ruhe. Die Moosgirlanden der Eichen auf beiden Seiten der Straße wehten im Wind, und hinter den Eichen warteten die endlosen Felder auf ihre Wiedergeburt im kommenden Frühling. In den Kronen der Bäume orgelte der Wind eine ernste und einfache Melodie. Die Hände in den Taschen ihres Mantels vergraben, folgte Eleanor den Windungen der Straße; den dann und wann vorübergleitenden Autos und Pferdegespannen zollte sie keinerlei Aufmerksamkeit. Es war schon immer so gewesen, daß ein Spaziergang in frischer Luft ihre Nerven am ehesten beruhigte.

Sie ging und ging, ohne noch sonderlich des Weges zu achten; die huschenden Gedanken, die dann und wann im Rhythmus des Schreitens in ihr aufkamen, verblaßten und blieben schließlich irgendwo im Hintergrund. Der Wind nahm an Heftigkeit zu; es tat ihr wohl. Sie blieb einen Augenblick stehen, um ein paar Haarnadeln zu befestigen, und ging dann weiter. Über dem Strom begannen Nebelschleier zu wogen.

Allmählich spürte sie, wie Müdigkeit sie überkam. Sie sah sich um und stellte mit einigem Verwundern fest, daß sie an die vier bis fünf Meilen gelaufen sein mußte; sonderbar, das war ihr gar nicht bewußt geworden. Es mochte daher kommen, daß sich ihre Entfernungsvorstellungen durch das Auto gebildet hatten. In den alten Zeiten, da es noch keine Automobile gab, hatte die Ardeith-Plantage weitab in der Einsamkeit gelegen. Eleanor erinnerte sich, gehört zu haben, daß man vier Tage gebraucht hatte, um von Ardeith nach New Orleans zu kommen. Das aufkommende Dampfboot hatte diese Reisezeit dann auf weniger als einen Tag reduziert, und jetzt fuhr man mit dem Zug kaum noch zwei Stunden. Flugzeuge...

Plötzlich wurde es ihr bewußt, daß die Dunkelheit eingebrochen war.

Es war schon ziemlich spät gewesen, als sie zu ihrem Spaziergang aufbrach, aber sie hatte nicht auf die schwindende Zeit geachtet. Jetzt verhielt sie mitten im Schritt, unsicher, wie lange sie für den Weg gebraucht habe. Sie schalt sich töricht, nicht vorher bedacht zu haben, daß sie ja allein auf der einsamen Landstraße zurücklaufen müsse. Als sie sich umwandte, um den Rückweg anzutreten, trieb der Wind ihr ein Büschel Haare in das Gesicht.

Das war kaum noch ein Wind. Es schrie und tobte in den Baumkronen und schüttelte die Zweige. Eleanor fröstelte und schlug den Mantelkragen hoch. Es war nur ein leichter Mantel, den sie trug, aber das Laufen hatte sie bisher warm gehalten. Nun aber, da der eisige, schneidende Wind sie im Rücken jagte, schauerte sie unwillkürlich zusammen. Als sie den Mantelkragen hochschlug, traf ein Regenspritzer sie ins Gesicht.

Der Regen kam plötzlich und mit jäher Gewalt. Und nirgendwo war ein Dach, das wenigstens vorübergehend Schutz geboten hätte. Es stürzte wie ein reißender Gießbach vom nachtdunklen Himmel herunter und schlug wie mit Peitschen. In wenigen Minuten war Eleanor bis auf die Haut durchnäßt. Das Wasser lief ihr über die Augen und den Rücken hinunter. Die Landstraße hatte sich in unglaublich kurzer Zeit in ein Schlammbad verwandelt. Der jagende Wind trieb sie wie einen Halm von einer Straßenseite zur anderen. Sie stolperte mehrmals gegen einen Baum; dann wieder tappte sie blind in Schlaglöcher der Straße hinein und sah sich von aufspritzendem Schlamm übersprüht. Ihre Schuhe blieben stecken und mußten bei jedem Schritt mit Anstrengung befreit werden.

Eleanor war zunächst weniger erschreckt als verwirrt von dem plötzlich hereinbrechenden Unwetter. Sie schalt erbittert ihren eigenen Mangel an Vorsicht. Jeder Narr hätte gesehen, daß das Wetter heraufkam, ganz gewiß ein in Louisiana geborener Narr, der Winterregen dieser Art aus Erfahrung kennen mußte. Es sah aus, als würde der Regen stundenlang anhalten; die Erde weichte langsam auf, und das Gehen wurde zur Qual. Die Eichen stöhnten und ächzten unter dem rauhen Zugriff des Windes. Eleanors Haar war längst durchnäßt, ihre Schuhe steckten voller Schlamm; ihr Rock klatschte naß und schwer gegen ihre Beine. Mehrere Male war sie nahe daran, auszugleiten und zu fallen, denn ihre Füße waren so eisig, daß sie fast gefühllos schienen. Während sie sich so durch Sturm und Regen kämpfte, dachte sie mit einigem Unbehagen an die schwere Lungenentzündung, der sie vor ein paar Jahren beinahe erlegen war.

Die Scheinwerfer eines Autos gruben einen hellen Lichtschacht durch die Finsternis. Eleanor blieb stehen und hätte beinahe aufgeschrien vor Erleichterung. Das Auto fuhr langsam und sehr vorsichtig über die glitschige Straße; Eleanor torkelte in den Lichtschein der Scheinwerfer, ohne Rücksicht auf etwaige Gefahr; ihr war so elend zumute, daß sie an nichts anderes zu denken vermochte, als an die Aussicht, Wärme und Trockenheit zu gewinnen. Das Auto fuhr dicht neben ihr an den Straßenrand und hielt. Ein Negerchauffeur beugte sich heraus:

»Guten Abend, Missis, wollen sie mitfahren?«

»Ach ja, bitte, sehr gern«, rief Eleanor. Der hintere Wagenschlag öffnete sich und eine Frauenstimme sagte:

»Kommen Sie herein.«

Eleanor kletterte in den Wagen. »Vielen Dank«, stammelte sie, »Sie sind sehr freundlich.« Nachdem die Tür sich hinter ihr geschlossen hatte, sank sie in das Polster zurück. Sie zitterte derart am ganzen Körper, daß es ihr schwer wurde, ein weiteres Wort herauszubringen. Der Chauffeur fragte:

»Kommt Missis mit nach Hause, Miß Isabel?«

Eleanor wandte ruckhaft den Kopf. Sie sah nichts als den schattenhaften Umriß einer weiblichen Figur, sagte sich aber, daß sie selbst im Scheinwerferlicht des Wagens deutlich sichtbar gewesen sein mußte.

Isabel sagte: »Ja, natürlich.« Und zu Eleanor gewandt: »Sie haben doch nichts dagegen? Wir sind ohnehin gleich da.«

Ihre Stimme war kühl und höflich. Eleanor war starr vor Verwirrung. Und ihr wurde jetzt erst klar, daß sie entweder zufällig oder einem unbewußten Antrieb folgend, die Richtung nach dem alten Valcourschen Hause eingeschlagen hatte. »Nein, danke, natürlich nicht«, sagte sie schließlich, mit soviel Würde, wie sie in ihrem gegenwärtigen Zustand aufzubringen vermochte.

»Es tut mir leid, daß ich Ihnen nicht anbieten kann, Sie nach Hause bringen zu lassen«, fuhr Isabel fort, »aber der Chauffeur ist schon erkältet, und ich möchte ihn bei diesem Wetter nicht noch einmal in die Nacht hinausschicken.«

»Ich werde nach einem Auto telefonieren«, sagte Eleanor und hatte das Gefühl, die andere betrachte sie heimlich, wie sie einen kleinen nassen Hund betrachtet haben würde. Ach, sie kam sich selber nicht viel anders als ein nasser kleiner Hund vor. Sie sagte: »Hoffentlich werden meine tropfenden Kleider nicht die Polster Ihres Wagens ruinieren.«

»Gewiß nicht«, versetzte Isabel, »es sind ja Lederpolster. Wie konnte es nur geschehen, daß Sie in solch einen reißenden Gießbach gerieten?« fragte sie höflich.

Eleanor klapperte mit den Zähnen. »Ich habe einen Spaziergang unternommen«, sagte sie. »Unvermutet überfiel mich dann das Unwetter.«

»Einen Spaziergang? Über vier Meilen?« wunderte sich Isabel. »Da wird es begreiflich, daß Sie so eine tadellose Figur haben. Ich war niemals sehr fürs Wandern.«

Eleanor hatte den Eindruck, Isabel ertrüge ihr plötzliches Zusammentreffen viel leichter als sie. Aber sie war so durchnäßt und durchkältet und fühlte sich so elend, daß sie kaum zu denken vermochte. Ein leichter Hauch von Parfüm stieg ihr in die Nase, ihr Handgelenk streifte die Spitzen eines Pelzes. Sie mußte niesen.

»Um Himmels willen«, sagte Isabel, »Sie haben sich erkältet.« Der Wagen hielt vor dem Treppenaufgang des Valcourschen Hauses. »Kommen Sie herein und werden Sie erst trocken.«

Eleanor fühlte sich zu hilflos, um zu widersprechen. Sie eilte die Treppenstufen hinauf. Der Fahrer berührte mit der Hand seine Mütze und fuhr weiter zur Garage. Isabel öffnete die Haustür. Während sie gleich darauf mit einem Hausmädchen sprach, stand Eleanor fröstelnd im Flur; ihr Rock tropfte und verursachte kleine

Pfützen auf dem Fußboden. Aus den durchweichten Zöpfen ihres Haares rann ihr das Wasser in die Augen. Sie mußte abermals niesen und suchte in ihrer Tasche nach einem Taschentuch. Das war ziemlich sinnlos, denn was sie schließlich fand, war ein kleiner durchnäßter Stoffknäuel. Isabel wandte sich mit unpersönlicher Höflichkeit nach ihr um. »Wir wollen nach oben gehen«, sagte sie. »In meinem Zimmer ist es warm.«

Sie machte einen eleganten und zugleich lieblichen Eindruck in ihrem dunkelgrünen mit Eichhörnchenpelz abgesetzten Kostüm. Eleanor war sich bewußt, daß sie selber nicht nur verlassen war, sondern gegenwärtig zweifellos auch einen scheußlichen und lächerlichen Anblick bieten mußte. Ihr Haar war an den Wangen wie angeklebt, ihr Rock war über und über bespritzt und verschmutzt, und ihre Schuhe waren derart verkrustet, daß es unmöglich war, auch nur noch die Farbe des Leders festzustellen. Sie hatten widerliche Spuren auf den Fußboden gezeichnet. »Ich kann hier warten«, sagte sie. »Ich würde nur Ihre Möbel ruinieren, wenn ich versuchen würde, mich irgendwo hinzusetzen.«

»Seien Sie vernünftig«, sagte Isabel. »Wenn Sie jetzt nicht warm werden, bekommen Sie das Fieber. Kommen Sie mit zum Kaminfeuer; Ophelia wird uns heiße Limonade bringen.«

Das Elend war stärker als der Wille. Eleanor fühlte sich zitternd und zähneklappernd vorwärtsgetrieben. Es kam ihr flüchtig der Gedanke, Isabel könne einen bestimmten Grund haben, sie zum Bleiben zu bewegen. Andernfalls hätte sie das Auto wohl nicht fortzuschicken brauchen. Nie hätte Eleanor geglaubt, in die Lage zu kommen, ausgerechnet von Isabel Valcour Gastfreundschaft erbitten und entgegennehmen zu müssen. Aber wie die Dinge augenblicklich lagen, ging es wohl nicht anders, und es handelte sich ja auch nur um wenige Minuten, bis das Auto von Ardeith da sein würde. Zudem sagte ihr ihre Vernunft, daß Isabel recht behalten und sie krank werden würde, wenn sie jetzt nicht dafür sorgte, in Wärme und Trockenheit zu kommen. Sie folgte Isabel die Treppe hinauf.

Isabel öffnete die Tür ihres Schlafzimmers. Hinter dem Kamingitter brannte ein knisterndes Feuer, und Eleanor hatte das Gefühl, nie zuvor ein Kaminfeuer mit dankbareren Augen betrachtet zu haben. Isabel nahm ihren Hut ab und zog ihre Handschuhe aus und machte ein paar gleichgültige Bemerkungen über das Wetter.

Im Parterre hatte sich Eleanor noch zu unbehaglich gefühlt, um auf ihre Umgebung zu achten. Jetzt, da ihre steifen Finger sich zu wärmen begannen, sah sie sich um. Das Zimmer war angefüllt mit Möbeln im Stil der Vorbürgerkriegszeit. Daneben sah man überall die Hilfsmittel und Gebrauchsgegenstände einer modernen Frau, die die Hälfte ihrer Zeit darauf verwandte, ihre Person zu pflegen. Da stand ein großes vierpfostiges Himmelbett, eine Kommode mit Marmorplatte, ein Ankleideschrank mit Spiegeln in den Türen, mehrere kleine Tischchen und Stühle aus Rosenholz mit gepolsterten Sitzen. Auf der Kommodenplatte standen und lagen in wirrem Durcheinander zahllose Puderdosen, Zerstäuber und Flakons aller Art. Ein wattierter blauseidener Morgenrock lag über dem Bett, und ein Paar zierlicher blauer Pantoffeln stand am Bettrand. Als Isabel ihren Hut in den Kleiderschrank legte, mußte Eleanor wieder niesen.

»Wollen Sie nicht Ihre nassen Sachen ablegen?« fragte Isabel in so drängendem Ton, daß Eleanor sich fragte, ob sie wohl bange sei, sie möchte hier zusammenbrechen und gestrandeterweise eine Woche oder länger hierbleiben müssen. Inzwischen hatte Isabel, ohne eine Antwort abzuwarten, die Tür zu dem anstoßenden Badezimmer geöffnet, und begann drinnen bereits die Hähne aufzudrehen. »Kommen Sie herein«, rief sie, »die Einrichtung hier ist noch ein bißchen altes Amerika, aber heißes Wasser ist jedenfalls reichlich da.«

Eleanor sagte sich, daß Nässe und Unbequemlichkeit ihre Nerven über Gebühr quälen und beanspruchen würden, deshalb nahm sie zusammen, was von ihrer Selbstsicherheit übriggeblieben war, und betrat das Badezimmer. »Vielen Dank«, sagte sie, »aber zunächst möchte ich doch telefonieren.«

»Ophelia wird anrufen und veranlassen, daß Ihnen das Auto geschickt wird«, sagte Isabel und brachte den blauen Morgenrock und die dazugehörigen Pantoffeln herbei. »Ziehen Sie das dann an«, setzte sie hinzu, »ich lasse Ihre Kleider derweilen trocknen und bügeln. Da ist Ophelia ja schon.«

Das Mädchen kam soeben mit einer Thermosflasche und zwei Gläsern herein. Ein paar Augenblicke später händigte Eleanor ihr ihre Kleidungsstücke aus. Sie selbst stieg in die Badewanne. Als das warme Wasser wohlig ihren Körper überspülte und ihre Gänsehaut beseitigte, begann ihre innere Sicherheit wieder zu wachsen. Sie dachte mit leiser Verwunderung darüber nach, was Isabel und sie einander wohl sagen würden. Das Geschehen hatte sie so plötzlich und unvorbereitet überfallen, daß sie sich gänzlich in fremdem Terrain fühlte und fast etwas wie Neugier empfand, ähnlich einem Reisenden, der mit Spannung einem ihm noch unbekannten Ort entgegensieht. Isabels Badezimmer war, wie sie selber gesagt hatte, noch unbequem und altmodisch; die Wanne stand ziemlich hoch auf vier Klauenfüßen, und die offensichtlich überlasteten Rohre stöhnten bei der Anstrengung, die von ihnen verlangt wurde. Aber Isabel Valcour zog es offenbar vor, ihr unzureichendes Einkommen für Kleidung und Goldcreames auszugeben, statt für die Modernisierung ihrer Wohnung, in der zu leben ein undankbares Schicksal von ihr forderte.

Eleanor trocknete sich an Isabels Handtüchern ab, bestreute ihren Körper mit Isabels Talkumpuder, zog Isabels Morgenrock und Pantöffelchen an und kämmte ihr nasses Haar mit einem silbernen Kamm, auf dem die Initialen I. S. in Fraktur eingraviert waren. Als sie schließlich aus dem Badezimmer herauskam, das Haar mit einem trockenen Badetuch reibend, schenkte Isabel die heiße Limonade in die Gläser.

»Das wird uns beiden guttun«, sagte sie, Eleanor ein Glas reichend. »Ich hoffe, daß Sie nicht krank werden.«

»Oh«, versetzte Eleanor, »da bin ich ziemlich sicher. Ich bin so leicht nicht umzubringen.«

Sie nahm das Getränk und setzte sich an den Kamin. Sie fühlte sich jetzt ganz wohl. Es war ihr, als mache ihre Anwesenheit im Valcourschen Hause Isabel auf eine sonderbare Weise verwundbar. Isabel und sie hatten, abgesehen von dem ersten Zusammentreffen bei dem *Kauf-einen-Ballen*-Ball, nie miteinander gesprochen. Jener Abend lag jetzt fünf Jahre zurück; Eleanor schien es, als seien tausend Jahre darüber vergangen. Seitdem hatte Isabel in ihrer Vorstellung die Maße eines normalen menschlichen Wesens, einer Frau aus Fleisch und Blut verloren und war zu einem peinigenden und quälenden Gedanken erstarrt. Jetzt nun, da sie ihr leibhaftig gegenübersaß, sah sie, daß da nur eine schöne, eitle und müßige Frau war, die ihr heftig mißfiel.

Nun, wo zur gegenwärtigen Situation kaum noch etwas zu sagen war, schien Isabel unschlüssig, wie sie sich weiter verhalten solle. Sie saß Eleanor gegenüber, gleichfalls am Kamin vor dem kleinen Tisch, auf den das Mädchen das Tablett gestellt hatte, und schlürfte an ihrem Glas. Eleanor begann die Unterhaltung schließlich selbst.

»Es war sehr freundlich von Ihnen, mich aufzulesen«, sagte sie.

Isabel lächelte leicht. »Ich konnte Sie doch nicht durchweichen lassen bei diesem Unwetter.«

»Hatten Sie mich erkannt?«

»Warum? Ja, natürlich.«

Es entstand eine Pause. Sie sahen einander an, und ihre Züge nahmen sehr bald den Ausdruck etwas abschätzigen Interesses an; die Maske der Höflichkeit fiel schnell. Eleanor sah, daß Isabel äußerst gut und gepflegt aussah, und sie stellte nicht ohne heimliche Bewunderung fest, daß sie ihre Gaben zu bewahren, zu pflegen und zu nützen verstand. Sie wußte offensichtlich, daß Schönheit eine Göttergabe war, wenn man zwanzig Jahre zählte, daß sie aber viel mehr bedeutete, wenn man dreißig war. Nichts an Isabels Erscheinung, weder ihr Gesicht, noch ihre Figur oder ihre Hände zeigten die geringste Spur von Erschlaffung. Eleanor war ihres eigenen Körpers wegen noch nie in Verlegenheit gekommen; sie war hübsch in einer kühlen, repräsentativen Art, aber zwischen Isabel und ihr bestand ein Unterschied wie zwischen einem geschliffenen Diamanten und einer blühenden Blume. Isabel machte, fand Eleanor, einen zwar zweifellos anziehenden, aber gänzlich unnützen Eindruck. Sie verachtete sie, nicht, weil sie wußte, was sie wollte und auf dem besten Wege war, es zu erlangen, sondern weil sie in ihren Augen nichts als ein schöner und blendender Parasit war. Sie hatte nicht den Willen, aus eigener Kraft zu leben. Eleanor fragte sich vergebens, wie es nur geschehen konnte, daß Kester oder irgendein anderer Mann von so einem Geschöpf bezaubert würden.

Mit dem zornigen Entschluß, das Wesen Isabel ein für allemal zu erledigen, fragte Eleanor:

»Isabel, warum sagen Sie mir nicht klar und offen den Grund, weshalb Sie es so eingerichtet haben, daß ich hier bei Ihnen sitzen und warten muß?«

Isabels Stimme war glatt und hatte einen fragenden Unterton: »Warum glauben Sie, daß ich Sie aus einem bestimmten Grund hierhergebracht habe?«

»Sie hätten dem Chauffeur ohne weiteres sagen können, er solle mich nach Hause fahren. Es hätte ihn nicht lange aufgehalten.«

Isabel maß sie mit einem kühlen, etwas verschleierten Blick. »Sie haben recht«, sagte sie nach einer Weile, »ich wollte mit Ihnen sprechen.« Sie nippte wieder an ihrer Limonade und beobachtete Eleanor über den Rand des Glases hinweg.

»Dann sagen Sie also, was Sie von mir wissen wollen«, versetzte Eleanor.

Mit einem kleinen Lächeln antwortete Isabel: »Jetzt nichts mehr. Ich hatte ziemlich viel Zeit, Sie zu beobachten.«

»Oh«, sagte Eleanor, »wie interessant Sie mit Ihrer Zeit umgehen.«

Isabel ließ ein ironisches kleines Lachen hören. »Hatten Sie ein anderes Bild von mir? Vielleicht so: Eine alleinstehende Frau in einem alten Haus, die sich mit einem Vogel und einem Kätzchen amüsiert, Decken häkelt und ihre Nachbarn belauert? Ein wundervolles Bild!«

»Nein«, versetzte Eleanor, »ein solch dummes Bild habe ich mir nicht von Ihnen gemacht, mindestens nicht in solchen Einzelheiten. Ich hatte überhaupt keine Zeit, mich mit Ihnen zu befassen. Ich war zu beschäftigt dazu.«

»Oh, ich bin auch beschäftigt«, sagte Isabel. »Meine Verwandten und Freunde sind, wie Sie wohl wissen, in New York. Ich war ziemlich häufig dort. Nur dann und wann mußte ich aus einem sehr einleuchtenden Grund nach Hause kommen.«

»Einem einleuchtenden?«

»Ja«, entgegnete Isabel mit kühler Offenheit. »Meine Armut! Oh, ich weiß, Sie verstehen das nicht. Sie würden sich an meiner Stelle eben bemühen, Ihre Einnahmen zu verdreifachen. Sie würden ohne Auto mit Chauffeur auskommen, bis Sie sich beides wirklich sorglos leisten könnten. Aber ich bin kein Finanzgenie. Ich kann mein Einkommen nicht vermehren. Das einzige, was ich tun kann« – sie lächelte, als erzähle sie einen amüsanten Witz –, »ist, von meinem Einkommen zu leben, das heißt, es auszugeben.«

Eleanor blickte auf ihre Limonade und wieder zurück auf Isabel. Wie verschieden wir beide sind! dachte sie. Es lag nicht in ihrer Art, ihre eigenen Fehler und Unzulänglichkeiten zuzugeben. Isabel, im Gegensatz dazu, pflegte Kapital daraus zu schlagen.

»Ich habe niemals darüber nachgedacht, wie Sie Ihren Besitz verwalten«, sagte Eleanor, »aber ich glaube kaum, daß Sie so hilflos sind, wie Sie mich glauben machen möchten.«

Isabel betrachtete sie mit ruhigen Blicken. Nach einer kleinen Pause sagte sie: »Wie geradeaus Sie sind! Sie denken, sprechen und handeln immer unmittelbar und direkt. Sie haben es nicht gern, wenn man die Dinge sacht und behutsam anfaßt, wie?«

»Nein«, versetzte Eleanor, »das habe ich nicht.«

»Gut!« Isabel setzte ihr Glas auf das Tablett. Sie schlang ihre Arme um die Knie und sah Eleanor gerade ins Gesicht. »Dann kann ich auf Umwege verzichten«, sagte sie. »Würden Sie sich von Kester scheiden lassen?«

Eleanor fühlte, wie sich alles in ihr versteifte. Sie erinnerte sich daran, was ihr ungezügeltes Temperament sie in letzter Zeit bereits gekostet hatte, und gab sich selbst den herrischen Befehl, an sich zu halten. Mit einer kühlen und unpersönlichen Stimme, die der Isabels fast ähnelte, sagte sie: »Kester hat noch keine diesbezügliche Frage an mich gerichtet.«

»Das ist keine Antwort«, sagte Isabel.

»Es ist genau die Antwort, von der ich meine, daß sie im Augenblick erforderlich ist.«

»Wissen Sie denn wirklich nicht, daß Kester die Scheidung schon lange möchte?« fragte Isabel.

»Ich bin sicher, daß ich es wüßte, wenn er es wirklich wollte«, entgegnete Eleanor. »Ganz gewiß würde er Sie nicht vorschicken, um mich danach zu fragen.«

Isabel zuckte die Achseln: »Er würde schon deshalb lange zögern, mit Ihnen darüber zu sprechen, weil er eine so hohe Achtung vor traditionellen Formen hat. Aber was veranlaßt Sie zu der Ansicht, er würde es gar nicht tun?«

»Wenn Kester den Gegenstand mir gegenüber jemals erwähnt hätte, würde ich mit ihm auch darüber gesprochen haben.«

Isabel maß sie mit abschätzigen Blicken. »Sie können sich das gar nicht vorstellen, wie?« sagte sie. »Sie fragten mich, was ich von Ihnen wollte, aber meine Antwort gefiel Ihnen nicht. Ich wußte natürlich vorher, was Sie sagen würden. Ich sagte Ihnen ja, daß ich bereits alles wüßte, was ich von Ihnen wissen wollte. Legen Sie vielleicht Wert darauf, darüber hinaus noch zu hören, was ich von Ihnen denke?«

Eleanor lehnte sich zurück und stellte ihr Glas auf den Kamin. Ihre Pulse gingen schnell; sie fühlte, wie die Wut in ihr aufstieg. Sie sprach deshalb sehr vorsichtig, immer bemüht, ihre Stimme unter Kontrolle zu halten. »Nein«, sagte sie, »ich lege keinen Wert darauf. Ich habe gar kein Interesse an Ihren Gedanken.«

»Nun, an etwas anderem sind Sie vielleicht interessiert: Ich liebe Kester. Er ist der einzige Mann, den ich je geliebt habe.«

»Das glaube ich Ihnen nicht«, entgegnete Eleanor kurz. »Sie sind gar nicht fähig, einen anderen Menschen zu lieben.«

Isabel zeigte ihr kleines höhnisches Lächeln. »Und warum sollte ich ihn dann haben wollen? Und ich will ihn haben, Eleanor.«

»Ich werde Ihnen sagen, warum Sie ihn haben wollen.« Eleanor sprach jetzt mit einer Stimme, aus der ruhige Sicherheit klang. »Sie langweilen sich bis zum Überdruß. Der Krieg zerstörte Ihre bisherige Welt und machte aus Ihnen ein bemitleidenswertes und ziemlich lächerliches Geschöpf. Wenn es Ihnen gelänge, Kester von allem wegzuführen, was er liebt: von mir, von Ardeith, von den Kindern – das würde Ihnen die etwas fragwürdig gewordene Überzeugung von Ihrer Unwiderstehlichkeit wiedergeben.«

Isabel saß vorgebeugt und hielt die Seitenlehnen ihres Sessels umklammert. »Glauben Sie wirklich, meine Selbstachtung erforderte es, einem Mann nachzulaufen, damit er mich heirate? Seien Sie nicht kindisch, Eleanor. Ich kann in der nächsten Woche heiraten, wenn es mir gefällt.« Sie blitzte Eleanor spöttisch an und setzte hinzu: »Und der Mann ist über sechs Millionen Dollar wert. Das wissen Sie ja wohl wenigstens abzuschätzen.«

»Wenn es wahr sein sollte, würde es mich überraschen.«

»Es ist wahr, und es überrascht Sie auch.«

»Nicht, daß Sie es fertiggebracht haben, einen reichen Mann dazu zu bringen, daß er Sie liebt. Nur, daß Sie zögern, ihn zu heiraten.«

»Sie halten mich für ausgesprochen berechnend, wie? Aber es ist umgekehrt: Sie sind berechnend, und ich erwähnte diese Geschichte auch nur, um Ihnen zu beweisen, daß ich Kester mehr liebe als Sie. Glauben Sie mir nun?«

»Nein.«

»Und warum nicht?«

»Ich sagte es Ihnen bereits. Sie lieben den Luxus, aber noch mehr als den Luxus lieben Sie Ihr eigenes Ich. Und Kester würde für Ihre eigene Selbstachtung mehr bedeuten als irgendein anderer Mann. Das ist alles, was Sie mir bewiesen.«

»Sie sind dumm, Eleanor, Sie wollen einfach nicht begreifen.« Isabel ergriff ein Taschentuch und begann es zwischen ihren Fingern zu drehen. »Seien Sie vernünftig und geben Sie jetzt nach«, fuhr sie fort. »Sie hatten eine Chance, mit Kester zu leben. Besehen Sie sich, was Sie mit der Chance begonnen haben. Er ist Ihnen davongelaufen. Was für ein Recht haben Sie eigentlich, ihn jetzt noch behalten zu wollen?«

»Entschuldigen Sie, wenn ich etwas langsam denke«, versetzte

Eleanor, »aber wenn ich nicht weiß, was Ihnen über mich gesagt wurde, kann ich Ihnen nicht folgen.«

»Was mir über Sie gesagt worden ist?« wiederholte Isabel zornig. »Denken Sie, ich hätte es nötig, mich über Sie unterrichten zu lassen? Denken Sie, ich könnte nicht selbst sehen, was Kester geschehen ist? Oh, Sie sind eine Närrin, Eleanor!«

»Bin ich das? Sehen Sie, und mir erscheinen Sie als Närrin. Ich weiß nicht, was für Träumen Sie nachhängen, aber es ist offensichtlich, daß es Ihnen Spaß macht, daran zu glauben.«

»Warum lassen Sie diesen Unsinn nicht und geben zu, daß Sie verloren haben?« fuhr Isabel auf. »Können Sie nicht wenigstens einmal in Ihrem Leben zugeben, daß es ein Ding gibt, das Sie nicht meistern können? Warum beschäftigen Sie sich nicht damit, Büros zu eröffnen und Fabriken zu begründen? Das stände Ihnen an. Warum lassen Sie Kester nicht in Ruhe? Er ist ein menschliches Wesen und nicht das Objekt gedanklicher Spekulationen.«

»Warum hören Sie dann nicht auf, von ihm zu sprechen, als wäre er ein Leihbibliotheksbuch?« höhnte Eleanor. »Man kann einen Menschen nicht auswechseln und herumreichen.«

»Vielleicht ist er durch die Art, wie Sie ihn zu behandeln beliebten, zu einem Gegenstand wie ein Bibliotheksbuch geworden«, sagte Isabel. »Warum lassen Sie ihn nicht gehen, solange es noch Zeit für mich ist, die Schäden zu reparieren, die Sie angerichtet haben?«

»Schäden? Die Sie reparieren könnten?« Eleanor mußte sich mit aller Kraft in der Gewalt halten; der Rücken tat ihr vor Anstrengung weh. »Sie? Ein Mistelzweig, der nach einem lebenden Wesen Ausschau hält, an das er sich anklammern kann?«

»Wie Sie das sehen!« rief Isabel aus. »Sie Unbesiegbare! Wissen Sie nicht, daß Kester das Gefühl braucht, benötigt zu werden? ›Nach allem, was ich für ihn getan habe!‹ sagen Sie und wollen nicht verstehen, daß Kester glauben möchte, er täte die Dinge für Sie? Sie denken, Sie gäben ihm so viel; ach, ich habe Sie beobachtet, ich habe über Sie gelacht; Sie sind gar nicht in der Lage, ihm das zu geben, was er möchte und was er braucht. Die kleinen Triumphe, das leise Beifallsgeflüster, alles das, was ein Mann liebt – Eleanor, Kester ist zu mir gekommen, weil ich ihm sein Selbstvertrauen wiedergegeben habe. Sie brauchen sich nicht weiter anzustrengen, ihn festhalten zu wollen; es hätte doch keinen Zweck mehr. Sie haben genug Zerstörungen angerichtet.«

Eleanor hörte kaum noch zu. Sie war so wütend, daß Isabels Hohn ihr nicht viel mehr als ein Geklingel von Silben bedeutete. Ihr ward kaum bewußt, daß sie sich erhoben hatte, daß auch Isabel aufgestanden war und daß sie sich nun gegenüberstanden, während Isabel unentwegt weitersprach:

»Kester entstammt einer ununterbrochenen langen Reihe von Helden – was immer die Larnes für Männer waren, die Frauen, die sie liebten, ließen sie jederzeit fühlen, daß sie Helden waren. Was die Männer den Charme der Mädchen aus dem Süden nannten – ich meine Mädchen, die aus Familien wie unseren stammen –, das war nichts anderes als die einfache Fähigkeit, dem Mann sein Selbstvertrauen zu schenken und zu erhalten. Wir handeln so unbewußt, unserem Instinkt folgend, auch wenn wir es gar nicht darauf anlegen. Gebt einem Mädchen unserer Art einen Mann, den sie wirklich liebt, und sie kann von ihm alles verlangen, was sie will. Und wissen Sie, wie wir das machen? Natürlich wissen Sie es nicht; wie sollten Sie auch! Wir tun nichts anderes, als den Mann für die Eigenschaften zu loben, von denen wir möchten, daß er sie hätte.« Sie lachte. »Denken Sie daran, Eleanor, beim nächsten Mal«, rief sie aus, »für diesmal haben Sie verloren, und Sie wissen es. Kester ist so krank von Ihnen, er haßt schon den bloßen Gedanken an Ihre Existenz. Sie täten wahrhaftig besser daran nachzugeben.«

Isabel drehte sich um und wandte sich zur Tür. Eleanor stand mitten im Zimmer, die Hände in den Taschen des Morgenrocks zu Fäusten geballt. Die Wut schüttelte sie innerlich wie ein Sturm. Sie konnte immer nur denken: Wenn ich jetzt den Mund öffne, kommt etwas Entsetzliches heraus! Hilf, Gott, daß ich den Mund halten kann!

An der Tür sagte Isabel, über ihre Schulter hinweg: »Das ist alles, was ich Ihnen sagen wollte. Ich werde Ihre Sachen heraufschicken und nach Ihrem Wagen sehen.«

Sie schloß die Tür hinter sich. Ein paar Minuten lang rührte Eleanor sich nicht. Sie fühlte, wie ihr Herz pochte. Als sie endlich die Hände aus den Taschen des Morgenrocks herausnahm und die Fäuste öffnete, waren ihre Finger steif und schmerzten bei jeder Bewegung. Alle Muskeln taten ihr weh, so angespannt waren sie, aber sie war froh, daß sie sich nicht gerührt und geschwiegen hatte, denn was immer sie in dieser Erregung auch getan hätte, es wäre keine Antwort gewesen, sondern nur ein hilfloser Ausbruch des in ihr kochenden Zornes. Es klopfte an die Tür; sie fuhr schnell herum, aber es war nur das Negermädchen mit ihren Kleidungsstücken, das hereinkam.

Sie habe Kleid und Wäsche mit einem heißen Eisen gebügelt, erklärte das Mädchen, sie seien eben trocken genug, um angezogen zu werden. Mantel und Schuhe seien leider noch naß. Sie brachte aushilfsweise ein Paar Schuhe von Miß Isabel. Eleanor dankte kurz und begann sich umzukleiden, nachdem das Mädchen gegangen war. Sie zog ihre eigenen Schuhe an; es war ihr immer noch lieber, eine Erkältung zu riskieren, als Isabels Schuhe zu tragen. Sie sammelte ihre Haarnadeln auf und ging zur Kommode.

Ihr Haar war nahezu trocken. Eleanor begann es eilig zu bürsten. Sie sah auf die Platte, um sicher zu sein, daß sie keine Haarnadel liegengelassen hatte. Ihr Auge traf einen kleinen funkelnden Gegenstand.

Sie starrte auf diesen Gegenstand und fühlte, wie ihr Herz rasend zu klopfen begann. Mit unsicherer Hand tastete sie danach.

Der Gegenstand war Kesters kleines silbernes Taschenmesser. Eleanor drehte es um und sah seinen Namenszug auf der Griffschale. Das Blut stieg ihr zu Kopf und innerlich wurde ihr kalt. Es war nun einmal Kesters Art, alles herumliegen zu lassen. Sie umklammerte das Messer mit der Hand, öffnete die Finger und sah es auf ihrer offenen Handfläche liegen. Ein böser Gedanke schoß ihr in den Kopf: Es ist sehr scharf, ich kann ihr die hübsche Visage damit zerfetzen! Unwillkürlich schauderte ihr; nie zuvor hatte sie gewußt, wie es ist, wenn man sich versucht sieht, physische Gewalt anzuwenden. Es klopfte wieder an der Tür. Sie schloß ihre Hand um das Messer, drehte sich um und sagte: »Ja?« Ihre Stimme klang rauh und lauter als notwendig gewesen wäre. Das Negermädchen trat ein und erklärte, der Wagen aus Ardeith sei vorgefahren.

Eleanor hielt Kesters Messer in der geschlossenen Faust. Das Mädchen hielt ihr den feuchten Mantel hin; sie nahm ihn ihr ab und warf ihn über den Arm. Sie ging wortlos an dem Mädchen vorbei und die Treppe hinunter.

Isabel stand an der geöffneten Haustür und sprach mit Cameo. Als Eleanor heran war, sagte sie: »Gute Nacht!«

»Gute Nacht!« antwortete Eleanor, ging hinaus und stieg in das Auto. Sie hielt den Mantel über den Knien und darunter die Faust, die Kesters Messer umklammerte.

Der Regen strömte noch immer. Cameo fuhr langsam und vorsichtig; hinter ihm saß Eleanor, zitternd vor Kälte und mühsam zurückgehaltener Wut. Sie war ganz schwach von der Anstrengung, die die Selbstbeherrschung erfordert hatte. Es war das erste Mal, daß sie vermocht hatte, ihre Wut zu zügeln, ohne sich durch einen Temperamentsausbruch Erleichterung zu verschaffen.

Dilcy und Bessy stürzten ihr bereits in der Halle entgegen und bestürmten sie mit Fragen. Dilcy nahm ihr den nassen Mantel ab, gab ihr ein Paar vorsorglich angewärmter Hausschuhe und bestand darauf, Abendessen bringen zu wollen. Eleanor sagte, sie habe keinen Hunger, aber Dilcy war unerbittlich; sie mußte wenigstens eine Tasse heißer Milch trinken. Eleanor gab schließlich nach, nur um das bittende Geschwätz des Mädchens nicht länger hören zu müssen.

Sie setzte sich an das Kaminfeuer und betrachtete das kleine Silbermesser in ihrer Hand. Sie hatte es nie benutzt; jetzt, wo sie daran dachte, wozu sie vor kurzem noch fähig gewesen wäre, entsetzte sie sich vor ihren Möglichkeiten. Es war erschreckend zu sehen, wie dicht die primitivsten Impulse unter der dünnen Hautschicht der Zivilisation lagen. Sie starrte auf das Messer, bis sie Dilcys Schritte in der Halle vernahm; da warf sie das kleine Ding mit einem unbestimmten Gefühl der Schuld unter eines der auf dem Tisch liegenden Magazine. Als Dilcy dann mit der Milch und einem Schälchen Bisquits hereinkam, fühlte sie sich angesichts des breiten strahlenden Lächelns der Negerin fast befreit. Dilcy mußte zufolge des Telefonanrufs wissen, daß sie bei Isabel Valcour Zuflucht vor dem Regen gesucht hatte, aber Dilcy konnte immerhin nicht wissen, welche Gefühle sie dabei bewegten. Beschämt ob ihrer Nervosität, lächelte sie zurück. Ich bin halb närrisch vor Erschöpfung und Müdigkeit, dachte sie. Es war ein schwerer Tag, der hinter ihr lag. Sie wünschte sich einen langen Schlaf.

»Sie müssen jetzt die Milch trinken und einen Zwieback essen«, sagte Dilcy, »dann Missis müssen gleich hinauf in ihr Bett. Nacht ist sehr schlimm.«

»Du hast recht, Dilcy«, versetzte Eleanor. »Wie geht es den Kindern?«

»Kinder haben zu Abend gegessen und sind ins Bett. Haben Miß Elna gehabt Sorge?«

»Nein, das hatte ich nicht.« Eleanor fühlte, wie sie schon wieder ruhiger wurde. »Du achtest gut auf die Kinder, Dilcy«, sagte sie. »Ich wüßte gar nicht, was ich anfangen sollte ohne dich.«

»Ja, Madam, ich versuchen alles zu machen richtig bei meine Kinder«, sagte Dilcy. »Nun Sie trinken diese Milch, ehe sie ist kalt.«

Eleanor gehorchte und aß auch einen Zwieback, weil es ihr einfacher schien, Dilcys Wunsch nachzukommen als zu widersprechen. Dilcy führte sie dann, wie der Hirt sein Schäfchen, die Treppe hinauf und half ihr beim Auskleiden, denn Eleanor war so müde, daß sie kaum fähig war, ohne Hilfe aus den Kleidern zu kommen. Dilcy legte ihr noch einen mit heißem Wasser gefüllten Gummibeutel an die Füße und versicherte, daß niemand in ihre Nähe kommen würde, bis sie am nächsten Morgen von selber erwache. »Vielleicht überhaupt besser, Missis bleiben morgen im Bett«, sagte sie. O nein, morgen sei sie wieder ganz in Ordnung, versicherte Eleanor. »Danke schön, Dilcy.«

»Missis muß ausschlafen. Ich sehr gern möchte sie verwöhnen. Sie das nicht oft lassen tun mit sich«, klagte Dilcy und versetzte Eleanor einen kleinen Schlag auf den Arm.

Eleanor streckte sich wohlig unter der Decke. Bevor Dilcy noch das Licht ausgeschaltet hatte, war sie schon eingeschlafen.

Dreizehntes Kapitel

1

Am nächsten Morgen regnete es nicht mehr, aber der Boden war so naß, daß Dilcy Cornelia und Philip nicht hinauslassen wollte. Sie schickte sie hinunter, damit sie Eleanor nicht weckten. Cornelia und Philip gefiel das gar nicht; sie benahmen sich ziemlich unleidlich. Der Himmel war grau in grau, das Ausschneiden der Tierbilder war eine schwierige Sache, und Dilcy konnte nicht helfen, weil sie oben weilte und das Kinderzimmer säuberte. Cornelia stand am Fenster des Wohnzimmers und sah trübsinnig hinaus. Die Mutter hatte ihnen versprochen, am Nachmittag mit ihnen in die Stadt zu fahren, um neue Kleider zu kaufen, aber Cornelia sah schon, daß daraus nichts werden würde. ›Bei dem Wetter können wir natürlich nicht fahren‹, würde die Mutter sagen.

»Da, ausschneiden Elefant«, sagte Philip und kam zu ihr herübergewatschelt.

Cornelia warf ziemlich hochmütig die Lippen auf. Sie sehnte sich sehr nach einem Spielgefährten ihres Alters. Sie war schon sechs, und Philip war noch nicht einmal vier; ein Baby! Sie mußte ihm immer bei allen Dingen helfen, die für ihn noch zu schwer waren, und sie hatte das auch immer getan.

So nahm sie ihm auch jetzt schließlich den Karton ab und mühte sich mit dem Elefanten herum, während der Junge dabeistand und mit großen Augen zusah. Das Ausschneiden der Stoßzähne des Elefanten war eine sehr schwierige Sache; die stumpfe Schere, die ihnen bewilligt worden war, eignete sich schlecht dazu. Cornelia ärgerte sich. Es paßte ihr gar nicht, daß da etwas war, was ein großes Mädchen von sechs Jahren noch nicht fertigkriegen sollte. Sie ging hinüber zum Tisch und drehte die Leselampe an, als ob sie mehr Licht zu der Arbeit brauchte, und Philip folgte ihr, um ihrer Tätigkeit weiter zuzusehen. Aber es ging wirklich nicht mit der Schere; sie brauchte durchaus einen spitzen Gegenstand. Während sie noch dastand und mißmutig auf die halb ausgeschnittene Figur blickte, schob sie mit dem Ellenbogen ein Magazin beiseite und erblickte ein Taschenmesser, das da lag. Sie legte die Schere hin und nahm das Messer zur Hand.

»Damit kriege ich die Zähne wahrscheinlich heraus«, sagte sie.

»Was ist das, was du da hast?« fragte Philip.

»Vaters Messer, das er immer benützt. Er hat es gewiß hier liegenlassen, als er fortging. Ich wette, er vermißt es; Mutter sollte es ihm schicken.« Philip sah aufmerksam zu, wie sie es hin- und herdrehte. Cornelia lächelte stolz. »Du kannst sicher noch nicht lesen, was hier draufsteht«, sagte sie.

Philip schüttelte den Kopf. Er konnte noch gar nicht lesen.

»Ich kann es aber lesen«, sagte Cornelia. »K-e-s-t-e-r – das heißt Kester. Kester Larne. Wenn Vater wiederkommt, wird er staunen, wie gut ich schon lesen kann. Jetzt will ich aber die Elefantenzähne ausschneiden.«

»Laß mich das tun«, sagte Philip.

»Nein, versuche nicht, das Messer zu öffnen. Du bist noch zu klein. Ich mach' das schon richtig.« Cornelia schob ihren Fingernagel in die dazu bestimmte Kerbe der Messerschneide und zog das Messer heraus.

»Das geht gut; es ist schön spitz«, sagte Philip. »Laß mich ausschneiden.«

»Nein, ich mache es. Du bist zu klein. Du schneidest den ganzen Elefanten kaputt.«

»Ich will aber!« schrie Philip und versuchte, ihr das Messer wegzunehmen. Cornelia zog die Hand zurück, aber Philip griff abermals nach dem Messer. Cornelia zog es mit aller Kraft zu sich heran und forderte Respekt für ihr Alter und ihre überlegene Weisheit. Sie balgten sich beide, und Cornelias Fuß glitt auf dem Teppich aus. Während sie fiel, stieß sie einen so gellenden Schrei aus, daß die Dienstboten in der Küche zusammenschraken, daß Dilcy im Kinderzimmer der Besen aus der Hand fiel und selbst Eleanor in ihrem Bett dadurch geweckt wurde.

2

Eleanor regte sich unwillig vor Ärger, daß man das Haus nicht ruhig zu halten vermochte, um sie schlafen zu lassen, bis sie von selber erwachte. Was war das nur für ein Lärm? Die Kinder schrien, die Dienstboten rannten umher, unten in der Halle knallte die Tür. Ebenso hätte sie versuchen können, bei einem Fußballspiel zu schlafen. Eines der Kinder – es schien Cornelia – schrie jämmerlich. Sie verdiente wahrhaftig, in die Ecke gestellt zu werden für solch ein Benehmen, es sei denn, es wäre ihr irgend etwas Ernsthaftes passiert. Eleanor setzte sich im Bett auf; ihr Kopf war plötzlich ganz klar, und sie wußte, was sie eben gehört hatte, war nicht der Schrei eines ungezogenen Kindes, das war ein Schmerzensschrei gewesen. Es mußte irgend etwas Schlimmes geschehen sein.

Eleanor sprang aus dem Bett. Die Fenster standen offen; die feuchte Luft drang durch ihr Nachthemd. Sie schlüpfte in Hausschuhe und Morgenrock und rannte die Treppe hinunter. Die Schreie waren von unten gekommen.

Dilcy rannte vor ihr die Treppe hinunter, und ein anderes Mädchen rannte herauf, den Staublappen noch in der Hand. Sie stieß an der Biegung der Treppe fast mit Eleanor zusammen.

»Miß Cornelia«, keuchte das Mädchen, »sie ist gefallen.«

Eleanor eilte an ihr vorüber. Das Wohnzimmer war voller Dienstboten, die zusammengelaufen waren, als sie das Schreien gehört hatten. Philip weinte, offenbar durch den Aufruhr erschreckt. Nachdem Eleanor ihm einen Blick zugeworfen und festgestellt hatte, daß ihm offensichtlich nichts Ernsthaftes fehlte, fiel sie neben Dilcy auf die Knie, die auf dem Fußboden saß und Cornelia hin- und herwiegte, während sie laut schluchzte: »Oh, mein Kind, liebes, Baby armes, klein Lämmchen mein!«

Cornelia hatte die Hände vor dem Gesicht und den Kopf an Dilcys Busen gebettet. Sie ließ fortgesetzt kleine gedämpfte Schreie ertönen. Eleanor langte nach ihr, um sie zu nehmen, und Cornelias Hände glitten herab. Eleanor schrie auf, während ihre Arme den Körper des Mädchens umschlangen, und der Schrei klang nicht weniger wild als der Cornelias, über dem sie erwacht war.

»Es sind ihre Augen!« schrie sie. »Oh, mein Gott, es sind ihre schönen Augen!«

Dann war einen Augenblick nichts zu hören als Cornelias leises Wimmern und Philips erschrockenes Weinen. Die Neger standen erstarrt. Eleanor sah fasziniert und zu Tode erschrocken auf die winzigen Blutstropfen, die unter Cornelias linkem Augenlid hervorkamen. Sie war für Sekunden wie gelähmt. Was eigentlich geschehen war, wußte sie nicht, sie hatte auch nicht die Kraft zu fragen; ihre Stimme gehorchte ihr nicht. Sie saß starr am Boden; ihr

Mund war geöffnet, und die Arme umklammerten das wimmernde Kind, und ihr Hirn wiederholte immer wieder die zwei Worte: Ihre Augen, ihre Augen, ihre Augen!

Dann, ganz plötzlich, war wieder Bewegung im Raum. Die Neger sprachen mit Philip und suchten ihn zu besänftigen, boten sich an, Cornelia zu helfen, und fragten durcheinanderplappernd, was eigentlich passiert sei. Cameo beugte sich nieder, um etwas vom Fußboden aufzuheben, und Eleanor hörte ihn verblüfft ausrufen: »Seht! Seht! Master Kesters Messer!«

Eleanor gab es einen Ruck. Kesters Messer! Die Worte trafen sie wie eine Anklage. Es fiel ihr ein, daß sie das Messer am vergangenen Abend auf dem Tisch liegengelassen hatte, und das, obgleich sie den Dienstboten eingeschärft hatte, niemals und unter keinen Umständen spitze und scharfe Instrumente liegenzulassen, wo die Kinder sie erreichen konnten. Der Schrecken mußte ihr wohl im Gesicht stehen, denn Cameo beugte sich über sie.

»Lassen Sie mich kleine Miß nach oben tragen«, sagte er. Und ohne Eleanors Antwort abzuwarten, hob er Cornelia auf. Während er mit ihr hinausging, sagte er: »Du, Bessy, telefonierst sofort an Dr. Purcell. Kannst du nicht sehen, daß Miß Elna bekommen hat einen Schock, daß sie nicht tun kann etwas?«

Eleanor stellte sich auf die Beine. »Danke schön, Cameo«, sagte sie schwach. Mit aller Gewalt rief sie ihren betäubten Verstand zur Ordnung und begann Befehle zu geben. »Ruf Dr. Purcell an, Bessy. Sage, Miß Cornelia fiel in ein Messer und wurde am Auge verletzt. Sag ihm, er möchte sofort herüberkommen, und frage ihn, ob es irgend etwas gäbe, was ich tun könnte, bis er käme. Dilcy, paß auf Philip auf. Bringe Miß Cornelia in mein Zimmer, Cameo. Und ihr anderen, verhaltet euch um des Himmels willen ruhig!«

Sie folgte Cameo die Treppe hinauf; oben beugte sie sich über das Kind, das der Diener auf ihr Bett gelegt hatte. Cornelia wimmerte und hielt die Hände so fest auf die Augen gepreßt, daß es Eleanor schwer wurde, sie herunterzuziehen. Cornelia krümmte sich über der bloßen Berührung. Beide Augen waren fest geschlossen, und Eleanor sah mit einiger Verwunderung, daß außer den wenigen Blutstropfen noch sonst keinerlei Folgen der Verletzung erkennbar waren. Heiße Packungen, kalte Packungen, oder was? fragte sich Eleanor verzweifelt. Sie wußte es nicht. Bessy erschien und erklärte, der Doktor käme sofort. Er führe in dieser Minute ab.

Eleanor sprang auf: »Was können wir für sie tun?«

»Doktor sagt: Gar nichts tun, bis er kommt.«

»Oh, das ist entsetzlich!« Eleanor setzte sich wieder auf das Bett, legte den Arm um Cornelia und versuchte, beruhigend auf sie einzusprechen, aber sie bekam vor Schrecken noch immer kaum ein Wort heraus. Nach ein paar Minuten wurde ihr bewußt, daß Cornelia zwischen ihrem Stöhnen irgend etwas murmelte. Sie beugte sich tiefer über sie und fragte: »Ja, Liebling, was sagtest du?«

»Vater!« sagte Cornelia. »Vater soll kommen!«

Eleanor hielt sie fest und mühte sich, Cornelias Händchen von den Augen fernzuhalten. »Gut, mein Herz«, flüsterte sie, »ich will ihn holen, sobald ich kann.«

»Kannst du ihn nicht jetzt holen? Kannst du nicht da anrufen, wo er ist?«

»Ja, ich werde ihn anrufen. Versprichst du mir, deine Augen nicht anzufassen, während ich telefoniere?«

Cornelia nickte.

»Das ist gut«, sagte Eleanor. »Ich rufe ihn sofort an.«

Sie machte sich von Cornelia los und wandte sich dem Telefon zu. Kester war auf dem Regierungs-Baumwollamt. Eleanor rief das Fernamt an und bekam die Verbindung. Sie nannte dem Mann am anderen Drahtende ihren Namen und fragte nach Kester. Mister Larne sei draußen auf dem Versuchsfeld, antwortete der Beamte, sie möchte ihren Anruf am Mittag wiederholen.

Hinter Eleanors Rücken fragte Cornelia: »Hast du ihn erreicht? Kann ich mit ihm sprechen?«

»Noch nicht, mein Herz«, antwortete Eleanor, und ins Telefon hinein sagte sie: »Es handelt sich um eine Sache von lebenswichtiger Bedeutung. Schicken Sie nach Mister Larne. Ich bleibe am Telefon.«

»Einen Augenblick. Ich will sehen, ob ich ihn finden kann.«

Sie wartete. Es dauerte eine lange Zeit, bis sie wieder etwas hörte. Aber schließlich kam Kesters Stimme über den Draht.

»Hallo! Eleanor?«

Zwei Monate waren vergangen, seit sie das letzte Mal seine Stimme gehört hatte. Als nun seine Worte an ihr Ohr drangen, wurde ihr bei dem bloßen Klang klar, daß sie diese Stimme unter Tausenden herausgekannt hätte, und wenn nicht zwei Monate, sondern zwanzig Jahre vergangen wären, seit sie sie letztmalig vernahm. Die Stimme klang überrascht und verwirrt. Sie versuchte, so ruhig und klar wie möglich zu antworten. »Kester«, sagte sie, »Cornelia hat sich verletzt. Sie...«

»Cornelia? Was ist es? Doch nicht ernsthaft?«

»Ich weiß es noch nicht. Es sind die Augen.«

»Großer Gott!«

»Sie möchte mit dir sprechen.«

»Wann ist das denn passiert?«

»Gerade erst. Vor wenigen Minuten.«

»Hast du den Arzt geholt?«

»Ich habe Bob Purcell rufen lassen. Er ist noch nicht hier.«

»Bob Purcell? Diesen Pillendoktor? Was weiß denn der schon von Augen! Bring sie nach New Orleans. Ich werde gleich hinunterfahren und einen Spezialisten suchen, damit er darauf vorbereitet ist, wenn ihr kommt. Wann kannst du abfahren?«

»Sobald der Doktor sie gesehen hat.«

»Muß das denn sein?«

»Doktor Purcell kann jeden Augenblick hier sein, und Cornelia hat ziemliche Schmerzen.«

Sie hörte, wie Kester einen wortlosen Laut von sich gab; sie biß die Zähne zusammen.

»Sie möchte mit dir sprechen, Kester«, sagte sie nach einem Augenblick. »Cornelia, hier ist Vater.«

Sie rückte den Apparat näher und hielt den Hörer an Cornelias Ohr. Kester sprach etwas, was sie nicht verstand. Cornelia sagte: »Warum kannst du jetzt nicht kommen? Soll ich nach New Orleans kommen?«

Sie sprachen miteinander, bis Eleanor hörte, daß jemand die Treppe heraufgestürmt kam. Es war Bob Purcell. Eleanor nahm dem Kind den Hörer ab und sagte: »Kester, Bob ist da. Ihr müßt jetzt aufhören zu sprechen.«

»Ich fahre noch in dieser Minute nach New Orleans«, sagte Kester schnell. »Da geht ein Zug um zehn Uhr herum, nicht wahr? Den nimm bitte; ich erwarte euch am Bahnhof.«

»Gut.« Eleanor legte den Hörer auf und wandte sich um.

Bob hatte sich schon über Cornelia gebeugt, die wieder aufschrie, ob aus Schmerz oder Furcht, konnte Eleanor nicht feststellen.

»Ich habe gerade mit Kester gesprochen«, sagte Eleanor. »Er ist auf dem Weg nach New Orleans, um einen Spezialisten zu bekommen. Kannst du mit mir und Cornelia mitkommen?«

Bob sandte ihr einen flüchtigen Blick. »Ja«, sagte er, »ich wäre auch froh darüber. Aber laß mich erst noch etwas genauer zusehen.« Cornelia schreckte wieder vor ihm zurück, und Bob sah zu Eleanor auf. »Es ist keine Zeit mehr, behutsam vorzugehen, Eleanor«, sagte er, »Cornelia kann noch nicht verstehen, daß ich genau zusehen muß. Du wirst sie festhalten müssen.«

»Bitte, tu ihr nicht weh«, flüsterte Eleanor, »warte, ich halte sie.« Sie setzte sich auf das Bett, zog Cornelias Arm herab und hielt ihren Kopf fest. Sie drehte den eigenen Kopf beiseite und schloß die Augen. Die Zeit, die sie so sitzen und Cornelia halten mußte, erschien ihr endlos. Schließlich hörte sie Bob sagen: »Es ist gut, du kannst sie jetzt wieder hinlegen.« Eleanor ließ Cornelia los und stellte fest, daß ihre Muskeln vor Anspannung schmerzten. Bob hob Cornelia auf, legte sie auf das Bett und breitete die Bettdecke über sie. Er hatte Schutzdeckel über ihre Augen gelegt und sie mit einer Bandage befestigt; sie war ganz ruhig geworden. Eleanor sah auf sie hinab und fuhr sich mit der Hand an den Kopf, um sich eine Haarsträhne aus der Stirn zu streichen. Jetzt, da Cornelia sich ein wenig erleichtert fühlte, fiel ihr erst ein, daß sie noch nicht einmal ihr Gesicht gewaschen und ihr Haar gekämmt hatte.

»Du bist tapfer, Eleanor«, sagte Bob, »nicht jede Mutter hätte so ruhig dabeigestanden.«

Eleanor lächelte schmerzlich. Sie fühlte sich gar nicht tapfer. Sie hätte es als Erleichterung empfunden, wenn sie ohnmächtig geworden wäre und ein paar Minuten Leere um sich gehabt hätte.

»Kann ich jetzt mit dir sprechen, Bob?« fragte sie.

»Gewiß; komm hier herein.« Er nahm sie am Arm und führte sie in das nächste Zimmer.

»Bob«, sagte sie, »was ist geschehen?«

»Es ist das linke Auge«, sagte Bob. »Sie hat die Sclera am Seitenrand der Cornea zerschnitten; kannst du dir darunter etwas vorstellen?«

Eleanor schüttelte den Kopf.

»Die Sclera ist die weiße Augenhaut, die Cornea das offene Fenster vor der Iris.«

»Ist es gefährlich?«

Er zögerte.

»Bob, ich möchte es wissen.«

»Es ist fast unmöglich, jetzt schon etwas zu sagen, Eleanor.

Augen haben manchmal eine erstaunliche Heilkraft. Du wirst dich jetzt ankleiden und veranlassen müssen, daß deine Koffer gepackt werden. Ich sorge für alles andere.«

Sein Lächeln hatte etwas von berufsmäßigem Optimismus. Er werde außerdem veranlassen, daß ihr Frühstück heraufgebracht werde, sagte er. Seine fürsorgliche Höflichkeit erschreckte sie mehr, als es vorhin Cornelias Schmerzensschrei getan hatte.

3

Bob mietete ein Zimmerabteil im Zug. Nachdem Cornelia zu Bett gebracht worden war, immer noch unter der Wirkung des Beruhigungsmittels, das er ihr gegeben hatte, saß er bei Eleanor auf dem Sessel am Fenster. Eleanor sah zum Fenster hinaus auf die Zypressensümpfe, an denen sie vorüberfuhren. Das Land dämmerte in einem kühlen Silbergrau unter dem wolkigen Himmel; dann und wann gingen Regenschauer hernieder, die grauen Moosschleier der Bäume wiegten sich im Wind. Sie mußte des Tages gedenken, da sie zusammen mit Kester bei den Zypressensümpfen gewesen war; sie hatten nebeneinander im Auto gesessen und dem Regen zugesehen, während ihr über seinen Worten Schönheiten aufgingen, von denen sie zuvor nie etwas geahnt. Das war während jenes wunderbaren Winters gewesen, da sie erstmals verspürte, daß sie ihn liebte. Ihre Liebe war so reich gewesen in jener Zeit, so reich und so zart und so voll von großartigen Möglichkeiten, die sie sich hatte entgleiten lassen; und nun war die Zitadelle, an der sie seit ihrer Hochzeit gebaut, ein Ruinenhaufen, und sie mußten einander über dem verkrümmten und leidenden Körper ihres Kindes gegenübertreten.

Sie mußte wohl sichtbar gezittert haben, denn nun sprach Bob zu ihr, und da sie seine Stimme hörte, kam ihr erst zum Bewußtsein, wie still es eben noch gewesen war.

»Die Sache ist nicht unbedingt tragisch, Eleanor«, sagte Bob.

»Ich dachte an Kester«, entgegnete Eleanor. »Er liebt sie so.«

Bob sagte nichts mehr. Hierfür hatte er keinen Trost zu bieten, und er war zu klug, um mit Geringerem auszuhelfen. Aber er nahm ihre Hand in die seine und drückte sie mit einer einfachen Geste der Freundschaft. Eleanor sah auf Cornelias wuscheliges Haar, schüttelte ihr das Kopfkissen zurecht und fragte sich bitter, welche Verstümmelung die Eltern des Kindes wohl bewirkt hätten, durch ihre Unfähigkeit, ihr eigenes Leben in Ordnung zu halten.

Während der Zug durch den tropfenden Zypressensumpf dampfte, rief Eleanor sich Umstand um Umstand in die Erinnerung zurück und hielt schonungslose Kritik. Wäre sie imstande gewesen, ihr Temperament zu zügeln, hätte Kester Ardeith nicht verlassen. Hätte Kester sein Temperament gezügelt, wäre ihr nicht sein Messer in Isabels Schlafzimmer in die Hand gefallen. Hätten sie beide das richtige Verantwortungsgefühl aufgebracht und sich gegenseitig und den Kindern gegenüber verhalten, wie es sich gehörte, das Unglück wäre sicherlich nicht geschehen. So, wie die Dinge nun lagen, hatten sie jedenfalls nicht das Recht, Kritik am Schicksal zu üben, es sei denn, sie verzichteten fortan darauf, sich selber wie Kinder zu benehmen.

Wie sonderbar das ist, dachte Eleanor, während draußen die moosverhangenen Bäume an ihr vorüberglitten, da hat man sich nun bemüht, dir die angehäufte Weisheit von Generationen beizubringen, die leiden mußten, um ihre Kenntnisse und Erfahrungen zu sammeln; es hat auf dich keinen Eindruck hinterlassen; du hast es nicht auf dich bezogen. Für andere Leute mag das gelten, hast du gedacht, aber doch nicht für mich, ich weiß ja, was ich will, und werde es auch erreichen! Du warst der Mittelpunkt deines eigenen Universums und entschlossen, dir durch niemand hineinreden zu lassen. – Sie warf einen Blick auf Cornelias bandagierte Augen, und ihre Fäuste ballten sich in heimlichem Grimm. Ein Satz stand wie eine Anklage vor ihren Augen: »Der, der langsam in Zorn kommt, ist besser als der Gewaltige, und der, der seinen Geist regiert, ist mächtiger als der, der eine Stadt einnahm!«

Als der Zug in die Bahnhofshalle einfuhr, sah sie vom Fenster aus Kester stehen. Sein Gesicht war düster, sein Mund eine schmale Linie und seine Stirn in Falten gelegt, während sein Blick zwischen den Aussteigenden umhersuchte. Der Ausdruck der Angst und der Sorge in seinen Zügen hätte ihr sagen können, wie sehr er Cornelia liebte, wenn sie es noch nicht gewußt hätte. Bob nahm das Kind auf den Arm und veranlaßte Eleanor vorauszugehen. Während sie von der Plattform herunterkletterte, wurde sie von Kester erblickt. Er war mit ein paar Sätzen bei ihr.

»Wo ist sie, Eleanor?« stieß er heraus. Er hörte sich an, als gäbe es außer Cornelia keinen Gegenstand einer Gemeinsamkeit zwischen ihnen. Eleanor war im Grunde froh darüber; alles, was sonst zwischen ihr und Kester an offenen Fragen war, konnte warten. Sie sagte:

»Bob kommt ja schon mit ihr.«

»Gib sie mir«, sagte Kester. Er nahm Cornelia in die Arme und fuhr sichtbar zusammen, als er den Verband über ihren Augen gewahrte. »Draußen wartet ein Krankenwagen«, sagte er, »kommt hinter mir her.« Während er Cornelia, die sich leicht gerührt, aber gleich wieder beruhigt hatte, durch das Bahnhofsgewühl trug, fuhr er fort zu sprechen: »Dr. Renshaw und seine Assistentin sind im Krankenhaus. Man hat mir gesagt, er sei einer der ersten Augenspezialisten des Landes. Unterrichte mich bitte über seine Meinung, wenn du mit ihm gesprochen hast, Bob.«

Bob sagte, daß er das selbstverständlich tun werde, und sie stiegen in den Krankenwagen, in dem eine Schwester wartete, um Cornelia bequem auf der kleinen Liege zu betten. Eleanor setzte sich zwischen Kester und Bob ihr gegenüber. Sie sprachen kaum miteinander. Kester hielt seinen Blick unentwegt auf Cornelia gerichtet, als vermöchte er sie zu beschwören, doch ja nicht ernsthaft zu erkranken.

Eleanor hatte niemals einen solchen Ausdruck ernster Besorgnis in seinem Gesicht gesehen. Sie hegte den dringenden Wunsch, es möchte ihr gelingen, die äußeren Umstände des Unfalls vor ihm zu verbergen. Er brauchte nicht zu erfahren, daß sein Taschenmesser die Verletzung verursacht hatte. Die Sorge um Cornelias Augenlicht war Strafe genug für ihn, fand sie, und wahrlich auch für sie selbst war es Strafe genug.

Als sie dann im Krankenhaus ankamen, nahm Eleanor nicht ohne Rührung wahr, wie gründlich Kester hier bereits alles hatte vorbereiten lassen; unbewußt hatte sie erwartet, für alle diese Dinge selbst sorgen zu müssen. Aber siehe, es war nichts mehr für sie zu tun. Der Arzt wartete bereits, für Cornelia war ein Zimmer bereit, ein anderes stand als Warteraum für sie und Kester zur Verfügung. Bob suchte sofort den Spezialisten auf, um mit ihm zu sprechen, hinter Cornelia hatte sich die Tür eines Krankenzimmers geschlossen, und Kester und Eleanor blieben allein zurück.

Da saßen sie nun einander im Wartezimmer gegenüber. Das Zimmer war mit einem Tisch, mehreren Stühlen und einem Sofa möbliert, das Fenster hatte helle Vorhänge, und auf dem Tisch grünte Farn in einem Blumentopf. Trotzdem strahlte der Raum die unpersönliche Kühle eines Wartezimmers aus, in dem ruhelose Angehörige sitzen oder umhergehen, um auf das Ergebnis einer ärztlichen Untersuchung oder einer Operation zu warten. Eleanor sah sich mit scheuen Blicken um und fragte sich mit heimlichem Schauder, wieviel Seelenqual dieser Raum wohl schon erlebt haben mochte. Auf dem Sessel, der vor ihr stand, war der Lack der Armlehnen durch zahllose Hände, die ruhelos darüber hingeglitten sein mochten, matt und stumpf geworden. Sie wandte den Blick davon ab, setzte sich auf einen anderen Stuhl, zog die Handschuhe aus und fand zu ihrem Erstaunen kleine Blutstropfen auf ihrer Handfläche.

Kester stellte Eleanors Koffer, den er getragen hatte, in die Ecke und begann im Zimmer auf- und abzugehen. Über dem Schreiten sagte er:

»Ich habe weder deine noch meine Familie unterrichtet. Ich hielt es für gut, damit noch etwas zu warten. Verwandte sind in solchen Fällen immer nur im Weg.«

»Das ist wahr, du hast recht getan«, stimmte Eleanor zu.

Kester tat wieder ein paar Schritte und blieb dann vor ihr stehen. »Nun sage mir wenigstens, was überhaupt geschehen ist, Eleanor«, sagte er.

»Ich weiß selbst nicht viel«, entgegnete sie. »Es war früh am Morgen, und ich schlief noch.« Sie hielt die Hände fest im Schoß verklammert. »Cornelia und Philip müssen sich um ein Messer gebalgt haben. Cornelia stolperte dabei und fiel in das Messer, das ihr ins Auge ging.«

»Was hat Bob gesagt?«

»Nichts. Ich meine, nichts Bestimmtes. Er könnte vorerst noch nichts sagen, erklärte er.«

»Ihre Augen!« sagte Kester. »Es ist entsetzlich! Gerade die Augen!«

»Es ist, Gott sei Dank, nur ein Auge«, flüsterte sie.

»Ich frage mich, ob der Schnitt wohl sichtbar sein wird«, sagte er. »Sie hat so wunderschöne Augen!« Er setzte sich in den Sessel, und ohne daß ihm das bewußt geworden wäre, krampften sich seine Hände um die abgenutzten Stellen der Lehnen. Es entstand eine Pause. Solange die Notwendigkeiten der Stunde sie in Anspruch genommen und in Atem gehalten hatten, war es gut gewesen; jetzt, da sie nichts tun konnten als zu warten, waren sie krank vor innerer Hilflosigkeit. Nach einer Weile sagte Kester: »Wie konnte es nur geschehen, daß so ein gefährliches Instrument an einer Stelle liegenblieb, wo die Kinder es finden konnten?«

»Ich habe es liegenlassen«, sagte Eleanor, »es war mein Fehler!«

»Du?«

Sie nickte: »Es war ein Messer, das ich in der letzten Nacht benutzte. Ich war müde und schläfrig und vergaß es. Es blieb auf dem Tisch im Wohnzimmer liegen.«

Kester atmete einmal schwer. Als wäre er froh, etwas zu haben, woran er seinen Schmerz erleichtern könne, rief er aus: »Das war aber furchtbar leichtsinnig von dir!«

»Ja«, sagte Eleanor, »das war es.«

Die Tür öffnete sich, und eine junge Frau kam herein. Sie hatte ein französisch geschnittenes Gesicht, schlichtes schwarzes Haar und lange, schmale Hände, die einen Notizblock hielten. »Mrs. Larne?« fragte sie kurz.

»Ja.«

»Ich bin Amélie Crouzet, Dr. Renshaws Assistentin. Möchten Sie mir bitte sagen, wie sich der Unfall ereignete?«

»Wie geht es ihr?« rief Kester dazwischen.

»Dr. Renshaw ist bei ihr, Mr. Larne. Sie hat keine Schmerzen, wenn Sie das meinen. Sie waren sicher nicht zu Hause, als es passierte?«

»Nein«, sagte Kester, »ich war nicht zu Hause.«

Er stellte einen Stuhl für Miß Crouzet zurecht. Die setzte sich und wandte sich, den Notizblock auf den Knien, wieder an Eleanor. Eleanor erzählte ihr, was sie wußte. Nachdem Miß Crouzet ein paar Minuten lang Notizen gemacht hatte, nahm sie einen in Mull gewickelten Gegenstand aus der Tasche ihres weißen Kittels. »Ist das...«, begann sie.

Eleanor unterbrach sie und wandte sich an Kester. »Würdest du mir bitte ein Glas Eiswasser besorgen?« sagte sie. »Mir ist entsetzlich heiß.«

»Ja, gewiß«, sagte Kester. Er ging hinaus, und Eleanor wandte sich wieder der Assistentin zu.

»Ist dies das Messer, mit dem das Unglück passierte?« fragte Miß Crouzet. »Dr. Purcell sagte, einer der Diener habe es ihm gegeben.« Sie öffnete das Gazepaket und wickelte Kesters Messer heraus.

»Ja«, sagte Eleanor, »das ist es.«

»Die Klinge war anscheinend sauber«, bemerkte Miß Crouzet.

»Ich nehme es an. Natürlich war sie nicht steril.«

»Nein, natürlich nicht. Vielen Dank.« Miß Crouzet erhob sich, wobei ihre gestärkten Röcke ein heftiges Geraschel veranstalteten.

»Einen Augenblick, bitte«, sagte Eleanor. »Ich würde Sie bitten, das Messer, wenn irgend möglich, meinem Mann nicht zu zeigen. Sehen Sie – es ist sein Messer, sein Name ist darin eingraviert; zu allem, was er jetzt schon zu tragen hat, würde er sich nun noch Vorwürfe machen, das Messer liegengelassen zu haben.«

Miß Crouzet lächelte leicht und sah nach der Tür, durch selche Kester hinausgegangen war, um Eiswasser zu holen. »Selbstverständlich, Mrs. Larne«, sagte sie, »ich werde es nicht verraten.« Sie wartete noch, bis Kester mit dem Eiswasser zurückkam, aber auf all seine dringlichen Fragen nach Cornelias Befinden konnte sie nur die Achseln zucken: »Ich kann noch nichts sagen. Sie werden es erfahren, sobald wir etwas Bestimmtes wissen.«

Sie ging hinaus, und Eleanor trank von dem Wasser. Kester stand am Fenster und sah auf die Straße hinab. Nach einigen Minuten drehte er sich um und kam quer durch das Zimmer auf Eleanor zu.

»Hast du mir gar nichts zu sagen?« stieß er heraus. »Weißt du nicht, daß ich sie genauso liebe wie du?«

»Doch«, sagte Eleanor leise, »das weiß ich. Vergib mir.«

Sie zitterte leicht, während sie sprach, und bedeckte das Gesicht mit den Händen. Kester legte seine Arme um ihre Schultern und zog sie an sich heran, damit sie sich gegen ihn lehnen könne. Eleanor fühlte sich wie entspannt. Sie mußte daran denken, welche Freude sie aneinander gehabt hatten und wie unachtsam sie damit umgegangen waren. Sie fragte sich, ob es wohl noch irgendwo den Zipfel einer Möglichkeit gäbe, das Verlorene zurückzugewinnen. Ach, da wäre so viel gewesen, was sie Kester hätte sagen mögen, aber jetzt hatte sie keine Kraft, um damit zu beginnen. Der Boden, auf dem sie sich gegenwärtig begegneten, war fest, aber begrenzt: Es war das Wissen, daß das Leiden ihres Kindes sie miteinander verband. Im Augenblick konnte keiner von ihnen über diesen Boden hinausgehen. Sie mußten warten, und sie warteten zusammen, aber außer gelegentlichen Ausrufen, mit denen sie ihrer Unsicherheit und ihrer Besorgnis Luft machten, sprachen sie kaum miteinander, bis Miß Crouzet wieder erschien, um ihnen zu sagen, daß Dr. Renshaw sie jetzt empfangen wolle.

4

Aber auch das Gespräch mit dem Spezialisten verschaffte ihnen keine Erleichterung, denn alles, was sie erfuhren, war, daß auch der bedeutendste Facharzt nicht mit Sicherheit sagen konnte, wie sich ein Messerschnitt in einem Kinderauge in der Zukunft auswirken werde. Während des Nachmittags saßen sie abwechselnd bei Cornelia und kehrten dann wieder in ihr Zimmer zurück, um dort in Qualen der Ungewißheit ruhelos den Raum zu durchschreiten.

Eleanor war so entmutigt, daß sie fast so hilflos wie Cornelia erschien. Die seelische Not und Unruhe, die sie seit jenem entscheidenden Streitgespräch mit Kester nicht mehr losgelassen hatte, war nicht spurlos an ihr vorübergegangen, sie hatte ihr nur wenig Kraft gelassen, um mit einer neuen Krise dieser Art fertig zu werden. Abgesehen von den wenigen Stunden, die sie bei Cornelia bleiben durfte, wußte sie ihrer Unruhe und ihrer inneren Verzweiflung keinen anderen Ausdruck als das sinnlose Hin- und Herschreiten im Zimmer.

Kester schien von ihrem Zustand wenig zu bemerken. Er ging jetzt daran, die unvermeidlichen Begleiterscheinungen des Unfalls ins Auge zu fassen und sich mit all den kleinen dadurch hervorgerufenen Notwendigkeiten zu befassen. Er gab Eleanors und seinen Eltern Kenntnis von dem Geschehen, empfing sie, als sie ins Krankenhaus kamen, und zog sich zurück, damit Eleanor eine ungestörte Stunde mit ihren Eltern verbringen konnte. Molly erbot sich, den kleinen Philip nach New Orleans zu holen, damit er, allein zu Hause, nicht nur den Dienstboten ausgeliefert wäre. Eleanor unterbreitete Kester den Vorschlag ihrer Mutter, und Kester telefonierte sogleich mit Dilcy und wies sie an, Philip und sich reisefertig zu machen. Er beantwortete Telefonanrufe und nahm Blumen und Bilderbücher in Empfang, die von wohlmeinenden Bekannten abgegeben wurden, die sich nicht die Mühe gegeben hatten, darüber nachzudenken, daß Cornelia ja zur Zeit gar nicht sehen konnte. Solange es ihm erlaubt wurde, blieb er neben Cornelia sitzen und erzählte ihr lustige Geschichten, die sie das Unleidliche ihres Zustands vergessen ließen. Eleanor beobachtete ihn bei all diesem Tun mit dankbarer Bewunderung, war aber zu überreizt, um auszudrücken, was sie fühlte. Es schien ihr, als stände Kester erstmalig in seinem Leben vor einer Situation, in der er selbständig handeln und Entschlüsse fassen müsse.

Kurz vor dem Einbruch der Dunkelheit erschien Kester wieder im Wartezimmer, wo Eleanor auf dem Sofa saß. Die Schwester hatte ihr gesagt, sie dürften noch einmal mit Cornelia sprechen, bevor sie schlafen müßte, und Kester war hinuntergegangen, während sie darauf wartete, gerufen zu werden.

»Das Zimmer Cornelia gegenüber ist frei«, sagte Kester. »Du kannst es haben. Wir können übrigens beide hierbleiben, bis die Zimmer für neue Patienten benötigt werden.«

»Ich danke dir, daß du daran gedacht hast«, sagte Eleanor. Ihr selbst war noch gar nicht der Gedanke gekommen, daß sie das Krankenhaus ja schließlich wieder einmal verlassen müßten und daß es andernfalls schwierig sein könnte, ein Arrangement zu treffen, um ihr einstweiliges Hierbleiben zu ermöglichen. »Wo wirst du bleiben?« fragte sie.

»Man wird mir hier eine leichte Bettstelle hereinstellen«, antwortete Kester. »Was hast du da für ein Telegramm?«

»Von Neal und Klara Sheramy. Sie sorgen sich alle so. Leg es zu den anderen.« Sie gab ihm das Telegramm und wunderte sich, daß die Krankenhausverwaltung, wenn sie ihnen schon die Übernachtung hier gestattete, einem Ehepaar gleich zwei Zimmer statt einem überlassen wollte. Immerhin war sie sehr froh, daß Kester es verstanden hatte, die Angelegenheit zu arrangieren, ohne auf den traurigen Zustand ihrer Ehe anzuspielen.

Die Schwester erschien und teilte ihnen mit, daß sie Cornelia jetzt noch einmal sehen könnten. Sie folgten ihr in das Krankenzimmer.

Cornelia wandte leicht den Kopf, als sie hörte, daß die Tür sich öffnete. »Sind das Vater und Mutter?« fragte sie.

»Ja, mein Herz, wir sind es beide«, sagte Eleanor. Sie setzten sich, jeder auf eine Seite des Bettes, und Cornelia streckte ihre Hände aus, ums ich von ihrer Gegenwart zu überzeugen.

»Ach«, sagte sie leise, »daß ich euch nicht sehen kann! Wann werden sie den Verband abnehmen, daß ich euch sehen kann?«

»Sehr bald, Liebes«, sagte Eleanor. »Sobald es deinen Augen bessergeht!«

»Ich weiß nicht, warum sie mir nicht erlauben, die Binde einen Augenblick abzunehmen. Ich habe dich so lange nicht gesehen, Vater.«

»Ich habe mich aber nicht ein bißchen verändert, Cornelia.«

»Wirst du nun jeden Tag hier bei mir sein?«

»Ja, Liebling, jeden Tag.«

»Und wirst du auch nicht wieder fortgehen?«

»Gewiß nicht, mein Herz.«

Cornelia lächelte zufrieden. »Mutter«, sagte sie, »kann ich morgen zu essen bekommen, was ich gerne möchte?«

»O gewiß, das denke ich doch«, sagte Eleanor.

»Schokoladen-Eiscreme?«

»Das wirst du sicher haben können. Ich werde Bescheid sagen, daß du es gerne ißt, und bin sicher, sie bringen es dir.«

Bald danach berührte die Schwester leise Kesters Schulter und zeigte auf die Uhr an ihrem Arm. Kester nickte. Sie sagten Cornelia gute Nacht und versprachen zurückzukommen, sobald sie erwacht sei und sie sehen wolle. Dann verließen sie das Zimmer.

Kester brachte Eleanor ihren Koffer an die Tür des für sie eingerichteten Zimmers.

»Ich werde morgen fragen, ob sie nicht einen Phonographen im Zimmer haben darf«, sagte er. »Das wird ihr die Sache leichter machen.«

»Oh, das wäre schön«, versetzte Eleanor. »Sie werden gewiß nichts dagegen haben. Die Schwester kann die Tür ja geschlossen halten, solange der Phonograph spielt.«

»Ich werde sehen, ob es sich machen läßt«, sagte Kester. Er öffnete die Tür und stellte den Koffer ab. Er zögerte einen Augenblick und folgte ihr dann in das Zimmer hinein. »Du brauchst keine Angst vor mir zu haben, Eleanor«, sagte er mit mattem Lächeln. »Wir haben jetzt ja beide keinen anderen Gedanken als Cornelias Zustand im Kopf. Über uns selbst können wir später miteinander reden.«

»Ja«, sagte sie, »das können wir.«

»Du solltest wissen, wie ich darüber denke«, sagte Kester.

»Gute Nacht!«

»Gute Nacht!« Er verließ das Zimmer. Als sich die Tür hinter ihm geschlossen hatte, fiel Eleanor auf das Bett und umschlang das zusammengeknüllte Kopfkissen mit den Armen. Sie zitterte vor Müdigkeit und vor dem überwältigenden Gefühl ihrer Niederlage. Und sie fragte sich erschüttert, ob sich hinter Kesters unpersönlicher Höflichkeit wohl das gleiche Gefühl namenloser Einsamkeit berge, das sie selbst zu verschlingen drohte.

5

Während der nun folgenden Wochen unternahm Kester keinen Versuch, die Schranke niederzureißen, die ihn von Eleanor trennte. Er zeigte sich hilfsbereit, mitfühlend und besonnen, aber sein ganzes Verhalten ließ deutlich erkennen, daß er weit entfernt davon war, sich ihr mit einem intimeren Wort zu nahen, es sei denn, sie gäbe den Wunsch danach ausdrücklich zu erkennen. Die Stunden, die sie gemeinsam damit verbrachten, Cornelia zu beruhigen und Unterhaltungen und Abwechslungen für sie zu erdenken und zu veranlassen, ließen ihnen wenig Zeit, an ihre eigenen Dinge zu denken. So sehr Eleanor durch diesen Zustand gequält wurde, so sehr fehlte es ihr doch an Kraft, von sich aus etwas zu unternehmen. Und wenn sie Cornelia in ihrem Bett liegen sah, mit den verbundenen Augen, dann wurde sie vollendes mutlos.

Nachts saß sie oft stundenlang auf ihrem Bettrand, den Kopf in die Hände gestützt. Immer wieder fragte sie sich, ob Kester ihr wohl die Wahrheit sagen würde, wenn sie ihn offen befragte, ob er sie wirklich so sehr verabscheue, wie Isabel Valcour behauptet hatte. Und immer wieder kam sie zu dem Schluß, das könne ja gar nicht sein. Er war gegenwärtig selbst in so großer Not, und er kannte sie doch so gut und mußte also auch wissen, wie sie sich fühlte. Wenn das erst vorüber ist, sagte sie sich immer wieder, muß es sich klären. Es kann nicht ewig so weitergehen. Aber sie zitterte vor der Ungewißheit, der sie sich gegenübersah. Jetzt, wo sie Kester wieder jeden Tag um sich hatte, wurde ihr stärker als je zuvor bewußt, was es ihr bedeutete. Hatte sie seine Liebe zu ihr wirklich zerstört, so würde das die schrecklichste Erkenntnis sein, der sie sich jemals im Leben gegenübergesehen hatte.

Dr. Renshaw hatte sich zunächst sehr optimistisch geäußert. Dann eines Abends im Januar, als Eleanor von einem Besuch bei ihren Eltern zurückkam, erfuhr sie, daß Kester aufgefordert worden war, den Arzt in seinen Praxisräumen in der Stadt aufzusuchen. Er war schon ein paar Stunden dort.

Eleanor versuchte, Miß Crouzet zu finden, um sie nach dem Grund dieser Aufforderung zu befragen. Es wurde ihr gesagt, Miß Crouzet befinde sich bei Cornelia. Ihr selbst wurde nicht gestattet, das Krankenzimmer zu betreten. Zitternd vor Ungeduld und in einer Seelenqual ohnegleichen ging sie ins Wartezimmer. Sie atmete auf, als Kester schließlich erschien.

Kesters Antlitz zeigte eine fahle Blässe. Er schien die Fragen, mit denen sie ihn bestürmte, kaum zu hören, ja es sah aus, als bemerke er nicht einmal ihre Anwesenheit. Eleanor ergriff schließlich seinen Arm und rüttelte ihn.

»Kester!« rief sie. »Um Gottes willen: Was ist geschehen?«

Er streifte sie mit einem leeren Blick und fuhr sich mit der Hand über die Augen, als sei es schwierig, eine Antwort auf ihre Frage zu finden. »Wir werden sie in ein paar Minuten sehen können«, sagte er schließlich.

»Aber was ist nur? Was ist geschehen?«

Kester atmete schwer. »Der Arzt ist beunruhigt«, sagte er. »Sie...«, er hielt ein, als hätte er Angst, es auszusprechen.

»Sprich doch, Kester, ich bitte dich, sprich!«

»Hast du schon einmal von sympathetischer Ophthalmie gehört?« fragte er.

Sie schüttelte den Kopf und starrte ihn an. Dann schrie sie auf: »Heißt das, daß – beide Augen...?«

»Ja.« Er wurde über dem Sprechen ruhiger. »Es scheint, daß die beiden Augen keine voneinander unabhängigen Organe sind. Wird das eine verletzt, ist es leicht möglich, daß das andere in Mitleidenschaft gezogen wird. Niemand weiß, wie man es davor schützen kann.«

»Was bedeutet das? Doch nicht etwa...« Sie konnte nicht weitersprechen; die Kehle war ihr wie zugeschnürt, sie brachte kein Wort heraus.

»Es sei denn, daß es gelingt, den Prozeß aufzuhalten«, sagte Kester.

Eleanor ließ die Hände herabsinken. Für einen Augenblick war eine leere Stille zwischen ihnen. Dann fragte sie:

»Gibt es niemand – nirgendwo auf der Welt, der helfen kann, Kester?«

»Das ist es, warum Dr. Renshaw mich kommen ließ. Er ist selbst einer der bedeutendsten Augenärzte Amerikas. Aber es gibt immerhin außer ihm noch einige, deren Rat vielleicht wichtig wäre, wenn man sie hierherkommen ließe.«

»Warum hat er nicht schon nach ihnen geschickt? Wenn auch nur die geringste Chance besteht, Cornelia zu helfen – warum hat er noch nicht nach ihnen geschickt?«

»Er hat eben ein Ferngespräch mit Chicago und Baltimore, wo zwei sehr bedeutende Spezialisten praktizieren. Was er mich fragen wollte, war, ob wir pekuniär in der Lage seien...«

»Mein Gott!« schrie Eleanor. »Hast du ihm nicht gesagt, daß es gleichgültig ist, was die Konsultation kostet?«

»Ich habe es ihm gesagt«, antwortete Kester. Er legte seine Hand auf ihre Schulter. Sie sah zu ihm auf. »Es tut mir leid, Eleanor«, sagte er leise. Sie war zu verwirrt, um sogleich zu begreifen. »Leid?« fragte sie deshalb. »Was tut dir leid?«

»Weißt du es nicht?« sagte er, ihr tief in die Augen sehend. »Daß ich dich ›niggerreich‹ genannt habe.«

Er ließ sie los. Eleanor schüttelte langsam den Kopf. Einen Augenblick überraschte es sie, daß er in einem solchen Augenblick an so eine Belanglosigkeit denken konnte.

Dann sagte sie:

»Oh, das! Es ist nicht wichtig. Wir können es wieder erarbeiten. Ich wollte dir schon lange sagen, daß – du recht hattest. Ich habe immer nur Geld gemacht, wie eine Verrückte – ich konnte so etwas ja nicht voraussehen.«

Kester sah sie aufmerksam an. Aber er konnte nicht mehr sagen, was er auf der Zunge hatte; Cornelias Schwester erschien. Sie wandten sich abrupt nach ihr um. Sie könnten Cornelia jetzt sehen, sagte die Schwester.

Cornelia hatte offensichtlich keine Schmerzen. Sie setzten sich wie immer auf je einer Seite des Bettes, und Cornelia streckte mit einer ihr mittlerweile schon geläufigen Bewegung beide Arme aus, um die Hände der Eltern zu ergreifen. Sie erzählte ihnen, daß sie am Nachmittag dem Phonographen zugehört habe.

Eleanor riß sich mit aller Gewalt zusammen, um es Kester gleichzutun, der sich Cornelia gegenüber ganz unbefangen gab, ihr zuhörte, mit ihr scherzte und plauderte, als sei alles in schönster Ordnung. Ihr verursachte schon Cornelias Griff an ihrer eigenen Hand ein Zittern der Furcht. In den Tagen, da Kester und sie noch gemeinsame Pläne machten, hatten sie oft über allerlei Dinge gesprochen, die sie Cornelia schenken wollten, lauter kleine unschuldige und harmlose Dinge, wie sie ein Kinderherz glücklich machen, und manchmal hatten sie sie schon im weißen Brautgewand die Wendeltreppe herabschreiten sehen.

»Mutter, du tust mir weh«, sagte Cornelia, »bitte, drück meine Hand nicht so fest.«

»Es tut mir leid, mein Liebling.«

Sie blieben bei ihr, bis sie eingeschlafen war. Als sie auf Zehenspitzen auf den Korridor hinausgegangen waren, sahen sie Miß Crouzet auf sich warten. Sie sprach Kester an:

»Dr. Stanley hat ein besonderes Flugzeug gemietet, das ihn von Chicago herbringen wird«, sagte sie. »Er und auch Dr. Field werden morgen früh hiersein.«

»Vielen Dank«, sagte Kester. »Und sonst gibt es nichts, was Sie uns noch sagen könnten?«

»Noch nicht, Mr. Larne.«

Eleanor wandte sich ruckhaft ab und rannte über den Korridor in ihr eigenes Zimmer. Sie fiel auf einen Stuhl und preßte die Faust in den Mund, um den Schrei zurückzuhalten, den Angst und Hilflosigkeit ihr entlocken wollten. Als sie schließlich etwas ruhiger wurde, ward ihr bewußt, daß nicht viel gefehlt hatte und sie wäre Kester um den Hals gefallen, solcherweise ein Gefühl verratend, von dem sie nicht wußte, ob es ihm erwünscht oder nicht gar unangenehm wäre.

Die halbe Nacht war schon vorüber, als Erschöpfung ihr schließlich die Augen schloß. Die ganze Zeit hatte sie daran denken müssen, daß Kester die erste Anspielung auf ihr Zerwürfnis gemacht hatte. Und er hatte gesagt, daß es ihm leid täte. Aber was hieß das schließlich schon? Großmut war nun einmal eine seiner angeborenen Tugenden. Ich tue ihm leid, dachte sie. Das ist alles!

Am nächsten Tag berührte sie Kester gegenüber ihre persönliche Beziehung mit keinem Wort. Als sie den Ärzten gegenübertraten, erschienen sie so ruhig und gefaßt, daß Miß Crouzet sie ihrer Selbstbeherrschung wegen lobte. »Ich habe selten ein Elternpaar gesehen, das einer ernsten Gefahr bei einem Kind so tapfer ins Auge gesehen hätte«, sagte sie.

Also nicht einmal ein Fremder vermochte die entsetzliche Angst, die sie beide fast wahnsinnig machte, hinter der starren Maske ihrer Gesichter zu sehen, stellte Eleanor mit resignierter Befriedigung fest.

6

Die Ärzte kamen und gingen, ernste, gesetzte Männer, die mit leisen Stimmen sprachen, Konferenzen abhielten und zunächst auch nicht mehr zu sagen wußten als ein beruhigendes: »Wir tun unser Bestes!« Eleanor hätte nicht zu sagen vermocht, wie ihr die Tage vergingen. Sie saß bei Cornelia, sie versuchte, etwas Zerstreuung in den Büchern zu finden, die ihr Vater ihr gebracht hatte, sie bekam Rechnungen vorgelegt und schrieb Schecks aus, sie schrieb Dankbriefe für die Blumensendungen, die fortgesetzt eintrafen. Aber nichts von alledem drang so tief in ihr Bewußtsein ein, daß es auch nur für eine kleine Weile die quälende Ungewißheit ausgelöscht hätte. Daneben wuchs in ihr von Tag zu Tag ein neues heimliches Schuldgefühl: Acht Jahre war sie mit Kester verheiratet, und niemals war ihr bewußt geworden, über welche inneren Kraftreserven er verfügte.

Je mehr sie seine Standhaftigkeit beobachten konnte, je mehr wuchs ihre heimliche Bewunderung für ihn und je tiefer quälte sie ihre eigene Schuld. Kester stand neben ihr und hielt Cornelias Hand in der seinen, während die Ärzte allerlei Manipulationen vornahmen, die kleine Tropfen kalten Schweißes auf seiner Stirn erzeugten, aber niemals zuckte er zurück oder verließ auch nur einen Augenblick seinen Posten. Er hielt die schlafende Cornelia in seinen Armen, bis seine Muskeln vor Erschöpfung einschliefen, und er war nicht zu bewegen, sie loszulassen, bis sie schließlich erwachte. Dann aber wandte er sich Eleanor zu, um sie zu trösten, während sie sich in seelischem Schmerz zusammenkrümmte und glaubte, die Qual nicht einen Tag länger ertragen zu können. Er sprach zu ihr mit ruhigen und einfachen Worten und machte sie glauben, daß sie sehr tapfer sei. Ach, und sie wußte doch, daß sie das gar nicht war. Sie waren nur verhältnismäßig selten allein zusammen, und wenn sie es waren, dann sprachen sie von nichts anderem als von Cornelia. Verwirrt und verblüfft gestand Eleanor sich ein, daß sie es nie für möglich gehalten hätte, sich jemals von einem anderen Menschen so abhängig zu fühlen. Zwischen seiner und ihrer Kraft, fühlte sie, bestand ein erheblicher Unterschied, der Unterschied zwischen dem Mut, einen Angriff zu unternehmen, und der Kraft, eine Niederlage einzustecken und damit fertig zu werden. Mein Gott, wie arrogant war sie gewesen, als sie glaubte, nur der Angreifer habe Wert und Bedeutung. Kesters Herkunft bedenkend, wurde ihr klar, wie es zugehen mochte, daß seine Vorfahren trotz ihres heiteren und oberflächlichen Wesens Krisen und Zusammenbrüche aller Art immer wieder überlebt und überstanden hatten.

Einmal so weit in ihren Überlegungen gekommen, rief sie sich in unbarmherziger Anklage die Anwürfe und Behauptungen in die Erinnerung zurück, mit denen Isabel Valcour sie überschüttet hatte: ›Wissen Sie nicht, daß Kester das Gefühl braucht, benötigt zu werden?... Sie sind gar nicht in der Lage, ihm zu geben, was er möchte und was er braucht!... Die kleinen Triumphe, das leise Beifallsgeflüster, alles das, was ein Mann liebt... Was immer die Larnes für Männer waren, die Frauen, die sie liebten, ließen sie jederzeit fühlen, daß sie Helden waren... Kester ist zu mir gekommen, weil ich ihm sein Selbstvertrauen wiedergegeben habe!‹ Hundertmal und öfter war sie soweit, daß sie am liebsten hinausgeschrien hätte: Kester, vergib mir! Gib mir eine Chance, daß ich dir beweisen kann, daß ich gelernt habe! Aber sie tat es nicht, weil sie nicht wußte, ob Kester heute dergleichen noch von ihr hören wollte.

Kester wußte nichts von dem, was in ihr vorging, und Eleanor glaubte immer, es sei seine Kraft und nicht die ihre, die sie davor bewahrte zusammenzubrechen. Und dann kam jener Februarmorgen, da er an ihre Tür klopfte und, bevor sie noch antworten konnte, hereinstürzte und ihr zurief:

»Eleanor, sie sagen, es würde besser mit ihr.«

Für einen Augenblick war Eleanor wie erstarrt. Die Freude würgte sie fast, sie wagte noch nicht zu begreifen. Sie keuchte nur, stammelte: »Sie sagen –?«

»Dr. Renshaw. Er sagte mir eben, sie glaubten, die Entzündungen zum Stillstand gebracht zu haben. Verstehst du denn nicht?« rief er. »Sie kann sehen!«

Eleanor taumelte zur Tür; ein Instinkt sagte ihr, sie müsse jetzt zu Cornelia gehen, aber schon nach dem ersten Schritt knickten ihre Knie ein, und sie fand sich am Boden kniend, das Gesicht auf den Sitz eines Sessels gepreßt; ihr ganzer Körper schüttelte sich in einem wilden Weinkrampf. Nein, sie konnte nicht mehr.

Kester versuchte jetzt nicht, sie zu beruhigen. Er stand neben ihr, hatte seine Hand auf ihren Scheitel gelegt und wartete, bis der schlimmste Sturm sich gelegt hatte. Als sie schließlich zu ihm aufsah, nahm er ihr mit einer zärtlichen Gebärde das naßgeweinte Taschentuch fort und gab ihr ein sauberes in die Hand.

Eleanor unterdrückte ein Schluchzen und versuchte, ihre Augen zu trocknen. Kester half ihr auf die Füße.

»Kann ich denn nicht zu ihr gehen?« drängte sie. »Kann ich nicht mit ihr sprechen?«

»Nicht so«, sagte Kester, den Kopf schüttelnd. »Hör zu, Eleanor. Sie sieht nicht so gut wie wir. Sie wird nie wieder so gut sehen. Aber sie sieht jedenfalls. Und sie weiß gar nicht, daß sie in Gefahr war, überhaupt nicht mehr sehen zu können. Wir dürfen sie um Gottes willen nicht aufregen. Es könnte sich unheilvoll für sie auswirken.«

Eleanor zögerte noch, setzte sich aber schließlich. »Wie kannst du nur so vernünftig sein!« stammelte sie.

»Ich bin gar nicht vernünftig, Eleanor. Ich fühle mich genauso wie du.« Er lächelte matt. »Ich habe dir eben nur wiederholt, was mir der Arzt gesagt hat.«

Eleanor zitterte vor Nervosität. Sie spielte mit den Falten ihres Rockes, ließ die Hände aber ruhen, als sie sich über dem sinnlosen Spiel ertappte.

»Wann können wir zu ihr gehen?« fragte sie.

»In ungefähr einer Stunde. Sie sind noch dabei, einige Versuche zu machen. Miß Crouzet wird uns rufen.« Er legte ihr die Hand auf die Schulter. »Versuche, dich zu beruhigen, ja?« sagte er leise.

Ach, sie wollte so gern. Sie würde gewiß kein Wort sagen, daß Cornelia aufregen und darauf aufmerksam machen könnte, heute sei ein besonderer Tag. Kester verließ sie schließlich. Sie nahm sich mit aller Gewalt zusammen, aber es gelang ihr nicht, Ruhe zu finden. Der plötzliche Hoffnungsschimmer hatte neue Energien in ihr ausgelöst. Um sich für die endlose Wartezeit einige Ablenkungen zu verschaffen, telefonierte sie mit ihren Eltern, schrieb Wyatt einen Brief mit Anweisungen für die Plantagenarbeit und stellte endlich, nachdem sie die Adresse im Telefonbuch ermittelt hatte, einen Scheck für das Braille-Blinden-Institut aus, als Gabe des Dankes dafür, daß Cornelia die Hilfsmittel des Institutes nicht würde in Anspruch nehmen müssen.

7

Tag für Tag berichtete Cornelia nun von den Fortschritten, die sie machte. »Heute morgen konnte ich einen roten Ball von einem grünen unterscheiden. Der Doktor hat gesagt, das sei sehr gut.«

Als sie versuchten, ihm ihre Dankbarkeit zum Ausdruck zu bringen, wehrte Dr. Renshaw ab. Er wolle ganz aufrichtig mit ihnen reden, sagte er. Cornelia könne sehen, aber ihr Augenlicht sei nicht und würde auch nie wieder fehlerfrei sein. Die Ophthalmie sei für diesmal zum Stillstand gebracht worden, aber Cornelia werde starke Augengläser tragen müssen, und es werde gut sein, ihre Aufmerksamkeit so viel wie möglich auf Musik und andere Interessen zu lenken, die ihre Augen nicht überanstrengten.

Eleanor hörte zu, das Kinn auf die Hand gestützt. Sie sah, an den Arzt vorüberblickend, die Knöpfe an Miß Crouzets weißem Kittel. Sie ließ Kester die Unterhaltung führen; sie selbst sah sich dazu nicht in der Lage.

Es ist vielleicht nicht unbedingt tragisch, dachte sie. Aber es ist schlimm genug. Bis zum Ende ihres Lebens wird Cornelia das Zeichen eines Kampfes tragen, den ihre Eltern sinnloserweise miteinander ausfochten. Ob Kester eigentlich weiß, daß die Schuld bei uns liegt? Wenn er es nicht weiß, werden wir nie wieder eine Chance haben, von vorn zu beginnen. Ach Gott im Himmel, der Arzt sagt, wir sollen sie für Musik interessieren. Auch Musik wird sie nicht vor einer Erfahrung retten können, wie ich sie jetzt machen mußte. Hilf mir, lieber Gott, daß sie lernt, die Menschen zu verstehen, die anders sind als sie selbst! Hilf mir, die Kinder davor zu behüten, daß sie stolz auf ihre eigenen Tugenden werden! ›Selig sind die Sanftmütigen – selig sind, die geistig arm sind – selig sind die Barmherzigen!‹ Ich habe das alles bisher nicht geglaubt.

Zu ihrem Erstaunen hörte sie Kester fragen: »Dr. Renshaw, wird der Augenfehler Cornelias Äußeres beeinträchtigen?«

Sie hob ruckhaft den Kopf. Seitdem das Unglück geschehen war, hatte sie keinen Gedanken an die Frage verschwendet, ob Cornelia hübsch sei oder nicht. Aber Kester – sie stellte es mit leichter Belustigung fest – hatte natürlich daran gedacht. Nun, vielleicht war auch das nicht unwichtig.

Dr. Renshaw gab beruhigende Versicherungen ab. Man würde fast gar nichts bemerken, sagte er, es sei denn, man unterziehe das

Mädchen einer sehr kritischen Untersuchung. Denn eine sehr kleine Unregelmäßigkeit der einen Iris möchte vielleicht bemerkbar sein. Miß Crouzet, die mit berufsmäßiger Gelassenheit dabeigesessen hatte, erschreckte plötzlich alle anderen dadurch, daß sie zu lachen begann.

»Wie können Sie nur so etwas fragen, Mr. Larne«, sagte sie, »haben Sie sie sich denn schon einmal angesehen?«

»Was, um Himmels willen, meinen Sie?« fragte Kester.

Sie schüttelte, noch immer lachend, den Kopf. »Sie werden vermutlich nichts bemerkt haben«, sagte sie. »Sie waren zu aufgeregt. Gehen Sie doch jetzt mit Mrs. Larne zu ihr. Die Schutzklappen sind augenblicklich ab.«

Kester sah auf Eleanor. Eleanor sprang auf, ließ den Arzt, wo er war, und eilte in Cornelias Zimmer. Cornelia saß aufrecht im Bett und lauschte auf eine Geschichte, die die Schwester ihr vorlas.

»Hallo!« rief sie, als die Eltern hereintraten. »Wartet, bis sie zu Ende gelesen hat.«

Sie nahmen sich Stühle, setzten sich und beobachteten sie. Die Schwester fuhr fort, eine spannende Geschichte von Königinnen, Elfen und Kobolden vorzulesen. Kester und Eleanor sahen auf ihr Kind, um zu prüfen, warum Miß Crouzet wohl gelacht haben mochte, sie maßen sich dann selbst mit verwunderten Blicken und starrten abermals Cornelia an. Eleanor beugte sich unwillkürlich etwas vor.

Cornelia war das schönste Kind, das sie jemals gesehen hatte. Ihre Augen waren immer groß und dunkel gewesen, aber Eleanor sah jetzt nicht unmittelbar auf die Augen. Sie sah auf Cornelias Augenwimpern.

Sie erinnerte sich nicht, jemals zuvor solche Wimpern gesehen zu haben. Sie waren einen Viertelzoll lang und säumten ihre Lider wie schwere Fransen von schwarzer Seide. Cornelia war immer ein hübsches kleines Mädchen gewesen, aber diese Wimpern verliehen ihr die malerische Schönheit eines romantischen Porträts.

Eleanor fühlte, wie sich Kesters Hand um ihr Handgelenk schloß. »Wir sind gleich wieder da, Cornelia«, sagte er. »Wir wollen Miß Crouzet etwas fragen.«

Miß Crouzet wartete im Korridor auf sie. Sie hätte es ihnen wohl schon sagen sollen, lächelte sie. Aber wenn man tagein, tagaus mit Augen zu tun habe, vergesse man leicht, daß Laien ja nicht wissen können, was einem selbstverständlich sei. Es komme oft vor, daß die Verletzung eines Auges starke Blutmengen in die Lider triebe, wodurch denn ein besonders starker Wimpernwuchs entstehe. Doch, das werde vermutlich so bleiben, sehr wahrscheinlich!

Nein, sie hatten es nicht gewußt. Und nicht einmal im Traum wäre ihnen der Gedanke gekommen, Cornelias Unglück könne eine so sonderbare und reizvolle Entschädigung im Gefolge haben.

Vierzehntes Kapitel

1

Als sie Cornelia wiedersahen, war sie, trotz ihrer Behauptung, sie sei noch gar nicht müde, zu Bett gebracht worden. Aber sie gähnte herzhaft bei diesen Protesten. Die Schwester erlaubte ihnen, bei ihr zu bleiben, bis sie eingeschlafen sei. Wie immer ließen sie sich auf jeder Seite des Bettes nieder. Cornelia klagte, sie sei das Krankenhaus leid und möchte nach Hause. Sie waren froh, das zu hören. Lange Zeit war Cornelia so krank gewesen, daß keine Möglichkeit bestanden hatte, sie der ständigen Aufsicht des Arztes und des Pflegepersonals zu entziehen, aber nun sah man doch schon, daß es aufwärts ging.

»Wann kann ich nach Hause?« fragte Cornelia.

»In ein bis zwei Wochen bestimmt«, sagte Kester.

Cornelia schlug die Hände vor das Gesicht. Ein bis zwei Wochen waren in ihrer Vorstellung eine endlose Zeit. »Ich werde sicherlich schon zu Hause vermißt«, sagte sie altklug. »Was tun sie da alle überhaupt, seit ich weg bin?«

»Nun, alles was zu tun ist, wenn du nicht da bist«, antwortete Eleanor. »Mammy kocht und Dilcy vermißt dich mehr als du sie.«

»Ist Philip da?«

»Nein. Philip ist noch beim Großvater Upjohn. Aber er wird mit uns nach Hause zurückkehren.«

»Wie spaßig: Alle sind da, wo ich bin. Du und Vater und ich und Philip. Blüht die Baumwolle schon?«

»Nein, sie ist noch nicht einmal gepflanzt. Das Land wird noch gepflügt.«

»Ich sehe die Baumwolle so gerne blühen. Wenn wir im Sommer draußen spielen, gibt es Wassermelonen, und alles ist wunderbar. Mutter, ist es warm draußen?«

»Es wird jetzt jeden Tag wärmer.«

»Ich brauche ein paar neue Kleider. Was meinst du dazu?«

»Sobald es dir gut genug geht, nehme ich dich mit, um Kleider zu kaufen, mein Herz.«

»Oh, das ist fein. Wahrscheinlich bin ich für alle Sachen zu groß geworden, seit ich hier bin. Du wirst mir alles neu kaufen müssen.« Cornelia äußerte sich selbstbewußt wie eine kleine Dame. »Wenn ich wieder zur Schule gehe, will ich alles neu haben. Vater, du mußt einmal zuhören, wie ich lesen kann.«

»Kannst du denn wirklich schon lesen?« fragte Kester.

»Ganz bestimmt kann ich das.« Cornelia unterdrückte schon wieder ein Gähnen. »Im ersten Teil meiner Fibel kann ich schon alles ganz richtig lesen.«

»Dann hast du aber sehr schnell gelernt.«

»Ich bin überhaupt sehr gut in der Schule. Kann ich nicht schön in meinem Buch lesen, Mutter?«

»Doch, du liest schon sehr gut«, sagte Eleanor.

»Du wirst dich wundern, wenn du es hörst und siehst«, wandte sich Cornelia wieder an Kester, »ich kann wirklich gut lesen. Ich konnte auch deinen Namen auf dem Messer lesen.«

»Auf was für einem Messer?« fragte Kester.

»Auf dem Messer, mit dem ich mich ins Auge geschnitten habe. Ich habe es doch Philip gezeigt. Da stand ›Kester Larne‹ auf dem Griff.«

»Aber du hast dich doch nicht mit meinem Messer verletzt?«

»Hast du Vater schon von dem großen Wort erzählt, das in deiner Fibel vorkam?« sagte Eleanor. »Was war es doch noch? Ich glaube, das Wort Brücke. Du warst die einzige in der Klasse, die es richtig lesen konnte.«

»›Brücke‹ ist nicht so schwer zu lesen wie ›Kester‹«, Cornelia war nicht von ihrem Thema abzubringen. »Kester ist ein sehr schweres Wort, aber ich habe es gleich lesen können, als ich das Messer aufnahm.«

»Aber mein Messer war ja gar nicht da, Cornelia«, sagte Kester. »Ich hatte es ja bei mir.«

»Nein«, sagte Cornelia, »das hattest du nicht. Es hat auf dem Tisch im Wohnzimmer gelegen. Ich war dabei, die Stoßzähne vom Elefanten für Philip auszuschneiden, und da brauchte ich etwas, das spitz war. Und dann wollte Philip es selber tun, und das ging doch nicht, weil er noch so klein ist, und da...« Cornelia unterbrach sich selbst und gähnte.

»Würden wir sie nicht besser jetzt allein lassen?« sagte Eleanor, obwohl sie fürchtete, Cornelia habe bereits Kesters mißtrauische Neugierde so weit geweckt, daß er Fragen an sie stellen würde, die sie gehofft hatte, nicht beantworten zu müssen.

»Sie ist noch nicht eingeschlafen«, sagte Kester; auf seiner Stirn hatte sich zwischen den Augenbrauen eine Falte gebildet. »Cornelia«, sagte er, »ich bin ganz sicher...«

»Ich sagte ihm, daß er es nicht dürfe«, fuhr Cornelia schläfrig fort, »er will immer alles selber tun. Wenn er nicht versucht hätte, mir das Messer wegzunehmen, dann wäre das nicht passiert – mit meinem Auge.«

Sie war nun zu müde, um noch weiterzuerzählen. Sie hörte wohl noch, daß mit ihr gesprochen wurde, aber sie konnte keine klaren Antworten mehr geben. Einen Augenblick später schlief sie schon fest. Eleanor zog ihre Hand aus dem Händchen des Kindes zurück und deckte Cornelia sorgfältig zu. Kester stand offensichtlich verwirrt und unsicher, mit gerunzelter Stirn daneben. Eleanor tat, als bemerke sie es nicht. Sie rief die Schwester, übergab Cornelia ihrer Obhut und ging auf Zehenspitzen in ihr Zimmer.

Kester folgte ihr. Während sie gemeinsam über die Schwelle traten, sagte sie mit etwas forciert gleichmütiger Stimme: »Es scheint ihr gutzugehen, nicht wahr? Ich hoffe, sie wird die Nacht gut durchschlafen.«

»Sie weiß nicht, daß sie nie mehr wie früher sehen wird«, sagte Kester. Und nach einer Pause: »Eleanor, du sagtest mir nichts davon, daß es mein Messer war, mit dem sie sich verletzte.«

»Sagte ich das nicht?«

»Nein. Und ich frage mich vergeblich: Wie kam es dahin? Ich war sicher, es verloren zu haben.«

»Ist das nicht ganz gleichgültig?« sagte sie. »Ist es nicht genug, daß das Unglück passierte? Müssen wir uns nun auch noch mit den Einzelheiten herumquälen? Laß uns nicht mehr davon sprechen.«

»Aber ich verstehe das nicht«, beharrte Kester. »Ich hatte das Messer bei mir, als ich Ardeith verließ. Ich weiß sicher, daß ich es hatte, weil ich mich genau erinnere, es später noch gebraucht zu haben, und zwar mehrmals. Wie kann es nach Ardeith zurückgelangt sein?«

»Oh, ist das denn nicht unwichtig?« rief Eleanor aus. Sie suchte nach Worten, nach irgendeinem Gesprächsgegenstand, der seine Aufmerksamkeit von dem Unglücksinstrument ablenken könnte. Aber sie war selbst zu verwirrt und zu hilflos; es fiel ihr nichts ein.

»Du sagtest, sie hätte sich mit einem Messer verletzt, das du auf dem Wohnzimmertisch liegenließest«, sagte Kester. »Wo hast du das Messer gefunden?«

»O mein Gott – irgendwo – herumliegend.«

»Herumliegend«, wiederholte Kester. Er setzte sich und ließ die Stirn auf die zusammengelegten Hände sinken. »Warum achte ich auch so wenig auf meine Sachen!« sagte er, mehr zu sich selbst als zu ihr sprechend. »Das ist nun mal so meine Art. Ich habe das Messer vermißt und fragte mich vergeblich, wo ich es gelassen haben könnte.«

Sie saß da und verknotete ihr Taschentuch. »Hör auf, dich selber zu tadeln«, sagte sie.

Aber mit einer geradezu masochistischen Hartnäckigkeit nahm Kester das Thema immer wieder von neuem auf, außerstande, sich davon abzukehren. »Warum habe ich nicht danach gesucht? Ich vermißte es eines Tages, es ist noch nicht sehr lange her.«

Er stellte allerlei Betrachtungen an und hielt dabei seinen Kopf mit den Händen. Sie hätte gern alles gegeben, was sie besaß, um ihn von seinen selbstquälerischen Bemühungen abzuhalten. Aber es war nichts zu machen. Er hockte da, starrte auf den Fußboden und ließ seine Gedanken weiterlaufen.

»Ich erinnere mich an einen Abend, wo ich es brauchte«, sagte er. »Ich wollte eine Flasche Bourbon-Whiskey öffnen. Ich habe mit dem Messer die Stanniolkapsel der Flasche gelöst. Dann muß ich es irgendwo hingelegt haben...«

Nachdem er den letzten Satz gesprochen hatte, fuhr er ruckhaft mit dem Kopf hoch. Er sprang mit einem Satz auf die Füße und war mit zwei langen Schritten bei Eleanor.

»Eleanor, wie bist du an das Messer gekommen?« sagte er.

Seine direkte Frage zerschlug den letzten Rest der künstlichen Mauer, die sie aufzurichten versucht hatte. Sie schüttelte den Kopf und bat ihn mit stummer Geste, nicht auf die Beantwortung seiner Frage zu bestehen. »Bitte, erzähle!« sagte er rauh.

Sie stieß die Antwort in kleinen stoßweisen Sätzen heraus: »Ich fand es – eines Abends – im Schlafzimmer von – Isabel Valcour. Sie hatte mich draußen bei einem Unwetter aufgelesen und mit in ihre Wohnung genommen. Ich nahm es mit nach Hause und vergaß es dann im Wohnzimmer.«

Sie hielt inne, atemlos fast, als habe sie eine ungeheure Anstrengung hinter sich. Sie wandte den Kopf ab, und ein kleines hilfloses Schluchzen brach über ihre Lippen.

»Warum hast du meinen ersten und einzigen Versuch, mich dir gegenüber großmütig zu benehmen, zerstört?« klagte sie.

Kester ließ sie los. Er wandte sich um und ging auf das Fenster zu. Hier blieb er stehen und sah hinunter auf die Straße. Lange Zeit war lautlose Stille zwischen ihnen. Die Hände in den Jackett-Taschen, starrte Kester durch das Fenster und rührte sich nicht. Eleanor stand schließlich auf, ging zu ihm hinüber und trat dich hinter ihn.

»Kester«, sagte sie leise, »sprich doch mit mir.«

Ohne sich umzuwenden, antwortete er: »Ich weiß nicht, ob ich noch einmal Gelegenheit haben werde, mit dir zu sprechen. Darum möchte ich dir jetzt gerne sagen, daß ich nun weiß, was für eine Art Mensch ich bin. Ich glaube, Leute meiner Art sind geschaffen, sich selbst zu zerstören.«

Eleanor feuchtete ihre trockenen Lippen an; ihr Hals war so rauh, daß es ihr schwer wurde zu sprechen. »Hilft es dir, wenn ich dir sage, daß ich mich genauso elend fühle wie du?« flüsterte sie.

Er schüttelte den Kopf und sah sie immer noch nicht an. Eleanor stand reglos schräg hinter ihm.

»Was für eine Zerstörung haben wir angerichtet!« sagte Kester bitter. Einen Augenblick später hörte sie ihn fragen: »Willst du, daß ich gehe?«

»Nein!« schrie sie. Nachdem sie das Wort herausgestoßen hatte, fühlte sie, daß ihr Rückgrat sich steifte. Kesters mehr zu sich selbst gesprochener Satz war erst jetzt in ihr Bewußtsein gedrungen. ›Wir!‹ hatte er gesagt. ›Welche Zerstörung haben wir angerichtet?‹ War es so, daß er begriffen hatte, daß sie beide nicht schuldlos waren, dann gab es einen Punkt, wo sie sich treffen konnten. Sie sagte: »Kester, bitte, sieh mich an!«

Er wandte sich langsam um; ihre Augen begegneten sich.

»Ich wollte dir nichts über das Messer sagen«, flüsterte sie, »aber vielleicht ist es ganz gut, daß du mich zwangest, meinen Vorsatz aufzugeben. Weil wir jetzt ganz ehrlich miteinander sprechen können. Isabel Valcour hat mich in jener Nacht gefragt, ob ich mich von dir scheiden lassen wolle.«

»Das hätte sie getan?« Er starrte sie an, offensichtlich überrascht.

»Ja. Ich wollte ihr nicht antworten. Ich sagte ihr, wenn du mich jemals danach fragen solltest, würde ich dir antworten. Seit wir hier Cornelias wegen wieder zusammen sind, wolltest du nicht mit mir über diese Dinge sprechen. Natürlich nicht. Ich tat dir zu leid. Ich habe mich ja auch wie ein armseliges Wrack benommen. Du hat wahrscheinlich gedacht, meine Verwirrung und meine Verzweiflung und meine Unfähigkeit, etwas zu tun, das alles hinge nur mit Cornelia zusammen. So war es aber nicht. Gewiß war ich auch ihretwegen in furchtbarer Unruhe und Angst, aber das war nicht alles. Und wenn du glaubst, ich könnte es noch lange ertragen, dich täglich zu sehen und nicht zu wissen, was du von mir denkst...«

Ihre Stimme brach ab; sie schluckte und schwieg. Kester sagte ruhig und unerschüttert:

»Ich frage dich, ob du willst, daß ich gehe.«

»Willst du denn?« fragte Eleanor zurück. Sie hielt sich am Rahmen des Fensters, als fürchte sie umzusinken. »Es hätte keinen Sinn, wollte ich weiter darauf beharren, ich allein sei beleidigt worden«, fuhr sie fort. »Ich beginne zu begreifen, daß du Ardeith nicht wegen der Worte verlassen hast, die ich dir an jenem Abend an den Kopf warf – obgleich ich mein halbes Leben dafür geben würde, könnte ich zurücknehmen, was ich da von ›meiner Plantage‹ gesagt habe –; jener Ausbruch war nur der Höhepunkt all dessen, was ich dir im Laufe der Jahre angetan habe. Ich habe dir nach und nach deine Selbstachtung genommen und habe das so weit getrieben, bis du müde warst, mit mir länger zu streiten. Das ist das schrecklichste Bekenntnis, das ich jemals abgelegt habe. Aber ich sagte dir ja: Du kannst sicher sein, ich weiß heute ebensoviel über mich, wie du über dich weißt. – Willst du nun noch gehen?«

Kester hatte ihr mit wachsendem Erstaunen zugehört. »Woher weißt du, wie es in mir aussah, was mich bewog? Ich habe kaum begonnen, es mir selber einzugestehen.«

»Bitte, antworte mir!« sagte sie gequält.

Er ließ keinen Blick von ihr. »Nein«, sagte er mit klarer Stimme, »nein, Eleanor, ich will nicht gehen. Nicht, wenn du willst, daß ich bleiben soll!«

Eleanor hielt den Atem an. Sie hatte ihm die Arme schon halb entgegengestreckt, jetzt zog sie sie wieder zurück. »Sagst du das auch nicht nur Cornelias wegen?« flüsterte sie. »Sprich, wie du gesprochen haben würdest, einen Tag, bevor ich dir am Telefon ihre Verletzung mitteilte.«

»Willst du mich denn zurückhaben?« fragte er.

»Ja«, sagte sie still. »Ja, Kester. Ich liebe dich. Ich wußte niemals zuvor, wie sehr ich dich liebe, bis zu dem Augenblick, da ich dachte, nun seiest du für immer von mir gegangen. Aber ich wollte dich nicht um der Kinder willen zurückrufen, ich wollte auch nicht an dein Pflichtgefühl appellieren, ich wollte dich nur zurückhaben, wenn du mich liebst. Liebtest du mich noch an dem Tage, bevor ich Cornelias wegen mit dir telefonierte?«

»Ich habe dich an jenem Tag geliebt wie am Tag zuvor«, sagte Kester, »ich habe dich immer geliebt. Damals freilich, als du diesen Kübel unerträglicher Arroganz über mich ausgossest, ich wußte nicht, wie mir geschah, – ja, da war ich grausam, Eleanor, aber ich war so ehrlich, wie du wolltest, daß ich sein soll.«

»Du sollst auch ehrlich sein, Kester, ich will es. Ich liebe dich viel zu sehr, um etwas anderes zu wollen. Ich bin mit allen Ungewißheiten fertig geworden, die mir auferlegt worden sind.«

»Warum hast du nicht früher so gesprochen?«

»Wie konnte ich denn?«

»Du wußtest, wo ich zu finden war.«

»Du hast mir vier Zeilen geschrieben – eine Art Geschäftsbrief. Nachdem du aus eigenem Antrieb fortgegangen warst.«

»Du hattest mich praktisch aufgefordert zu gehen.«

»Ich wußte nicht, was ich sagte. Oh, Kester, ich bin ein Teufel, wenn die Wut mich packt. Ich kann dann nicht kalt und überlegen sein wie du. Hast du ihr gesagt, du wolltest dich von mir scheiden lassen?«

»Ich habe deinen Namen ihr gegenüber niemals in keiner wie immer gearteten Verbindung erwähnt. Glaubst du wirklich, ich könnte das getan haben?«

»Ich wußte nicht, was ich denken sollte. Wie sollte sie dazu kommen, mir so etwas zu sagen, wenn sie keinen Grund hatte, es zu glauben?«

»Ich habe zuweilen denken müssen, es bliebe uns kein anderer Weg«, sagte Kester. »Ich habe das niemals gesagt, aber vielleicht habe ich es ungewollt spüren lassen. Vielleicht hat sie mir den Gedanken von der Stirn abgelesen. Ich war ja offensichtlich nicht der Mensch, den du haben zu wollen schienst.«

»Auch ich war augenscheinlich nicht der Mensch, den du haben zu wollen schienst«, sagte Eleanor. »Kester, liebst du mich?«

»Ja, Eleanor, ich liebe dich mehr als sonst etwas auf Erden. Ich habe versucht, dieses Gefühl zu unterdrücken. Ich habe versucht, mich davon zu überzeugen, daß du fertig mit mir seiest. Ich habe dir nie etwas geben können. Ich war nicht tüchtig und unbesiegbar wie dein Vater, und du verglichst mich jeden Tag deines Lebens mit deinem Vater.«

»Habe ich das wirklich getan?« fragte sie verblüfft.

»Tatest du das denn nicht bewußt?«

»Gewiß nicht. Ich habe niemals daran gedacht.«

»Du hast mich in eine Lage hineinmanövriert, in der ich so untauglich war und mir so untauglich vorkam, daß ich schließlich nichts weiter wünschte, als daraus befreit zu sein. Ich versuchte, mich zu befreien. Es hatte keinen Zweck. Ich dachte an dich. Aber du...«

»Oh, sag es nur!« rief sie aus, als er zögerte. »Wenn du es jetzt nicht sagst, wirst du es niemals tun.«

»Du brauchtest mich nicht«, sagte Kester, »und ich hatte nicht den Eindruck, daß du mich liebtest. Du kamst sehr gut ohne mich aus.«

»Ja«, sagte sie, »da liegt meine Schuld. Das ist es, was ich dir antat. Ich ließ dich glauben, ich brauchte dich nicht.«

»Du sagtest es sogar.«

»Ich dachte auch, ich brauchte dich nicht. Es gefiel mir, daß ich niemand brauchte. Ich sonnte mich in dem Glauben, alles, was ich wollte, ohne eines anderen Menschen Hilfe allein vollbringen zu können. Aber als du dann nicht mehr da warst, als ich dachte, du würdest nie mehr zurückkommen – ach, Kester, wenn du gewußt hättest, wie einsam und verlassen und schutzlos ich mir vorkam! Sagtest du nicht, du hättest mich immer in der Erinnerung gehabt? Auch als du es gar nicht mehr wolltest?«

»Ich habe dich nicht einen Augenblick aus der Erinnerung verloren. Ich habe oft versucht, dich zu vergessen, aber ich mußte immer an dich denken und verlangte immer danach, von dir zu wissen. Dein ganzes Wesen, deine Art zu gehen und zu stehen, dich zu bewegen, deine Hände auf den Tasten der Schreibmaschine, hundert kleine Einzelheiten, an die ich sonst nie gedacht hatte – das alles stand immer vor mir. Ich behielt alles in der Erinnerung, was jemals zwischen uns geschah.«

»So viel ist mit uns beiden geschehen!« sagte sie leise.

Ein schwaches Lächeln stahl sich auf sein Gesicht. »Ich habe an alles gedacht«, sagte er.

»Erinnerst du dich an die Party, die wir gaben, als die Baumwolle fiel?«

»Gewiß erinnere ich mich daran. Denkst du an den Tag, als das Telegramm kam, das uns mitteilte, daß Baumwolle nirgends auf der Welt mehr verkäuflich sei?«

»Und wie wir uns in diesem schrecklichen Jahr behelfen mußten?

Wo es keine Zahnpasta gab und nichts zu essen außer dem, was im Garten wuchs?«

»Und der widerliche Kerl, den du aus New Orleans zu uns herausschlepptest, um ihm die Möbel zu verkaufen!«

Eleanor biß sich auf die Lippen. »Ja«, sagte sie, »ich sehe ihn vor mir, wie er in der Halle stand, wie er von den alten Familienbildern als von ›Tante Minni‹ sprach. Ach, es tut mir leid. Ich wollte dich nicht kränken. Wenn wir noch lange so fortfahren, werden wir bald beide zu weinen anfangen, und das würde uns nicht guttun.«

»Würde es das nicht?« sagte Kester. »Du Gänschen! Du lieber, unbeschreiblicher Narr! Was macht dich so bange vor dir selbst? Was macht dich so bange vor mir?« Er legte seinen Arm um sie und zog sie an sich. Einen Augenblick gab sie, willenlos fast, nach, dann plötzlich einem Zwang folgend, über den sie sich keine Rechenschaft gab, schlangen sich ihre Arme auch um ihn, und sie hielten einander in einem Glücksgefühl umschlungen, von dem sie geglaubt hatten, es nie wieder empfinden zu dürfen.

Nach einem Weilchen legte Eleanor den Kopf zurück und sah zu Kester auf. »Ich liebe dich so!« sagte sie. Und plötzlich war ihr, als habe nichts in der Welt Wert und Bestand außer dem Klang dieser Worte und dem Gefühl, das dahinterstand.

»Daß ich mir jemals vorstellen konnte, ich vermöchte ohne dich zu leben!« sagte Kester. »Eleanor, hast du mir wirklich vergeben, daß ich so ein verdammter Narr war?«

Sie nickte: »Hast du mir auch vergeben?«

»Oh, Liebste, halt ein! Im Augenblick scheint mir nichts wichtig außer dem Wissen, daß ich dich niemals wieder verlieren werde.«

»Das wirst du niemals«, sagte Eleanor. Und mit ruhigem Ernst fuhr sie fort: »Das ist nicht nur, weil wir uns lieben, Kester. Wir haben uns immer geliebt. Aber ich glaube, es ist vor allem, weil wir wissen, wie schwer es ist, das zu erringen, was uns beide bindet, und wie leicht es ist, es zu verlieren. Und wie unendlich kostbar es ist!« Sie lehnte den Kopf wieder gegen seine Schulter. Ein paar Augenblicke lang schwiegen sie, dann sagte Eleanor: »Ich hätte dich gerne noch etwas gefragt.«

»Frag, Liebste.«

»Hat sie – vorgeschlagen, daß du auf dem Baumwollamt arbeiten solltest?«

»Ja, das hat sie.«

»Hat sie dich daran erinnert, was du alles über Bodenbearbeitung, Schädlingskontrolle und Pflanzungsmethoden weißt? Hat sie dir gesagt, man würde auf dem Amt froh sein, einen Mann mit deiner Erfahrung und deinen Fähigkeiten zu bekommen?«

»Wie kannst du das wissen?«

Sie lächelte etwas versonnen: »Ich glaube, ich bin ein wenig klüger geworden. Ich habe nicht viel gelernt, aber ich weiß wenigstens, daß ich nicht alles weiß.« Sie lehnte ihren Kopf wieder gegen seine Schulter. Er strich ihr mit einer liebenden Handbewegung das Haar aus der Stirn und küßte es. »Du dachtest, ich brauche dich nicht!« flüsterte sie.

Sie hatte das kaum gesagt, als ein starkes Gefühl der Ruhe und des Friedens sie überkam. Und ein wenig wehmütig fragte sie sich, ob Kester wohl wisse, wie elend und vom Schicksal geschlagen sie sich gefühlt hatte, bis zu dem Augenblick, da er seine Arme um sie schlang.

2

Der Arzt verschrieb Cornelia die ihrer Sehschärfe entsprechenden Augengläser, riet aber dringend dazu, jede unnötige Belastung der Augen zu vermeiden, sie am besten in eine Spezialschule zu schikken, deren Unterrichtsmethode mehr auf mündlichen Unterricht eingestellt sei. Cornelia, mittlerweile schon an den Gebrauch der Gläser gewöhnt, protestierte nicht gegen die Brille, wehrte sich aber dagegen, als Eleanor ihr ein Lederetui umhing und ihr erklärte, sie müsse die Gläser immer bei sich führen.

»Brillen sind für alte Damen!« sagte sie trotzig, fügte sich aber den dringenden Vorstellungen Kesters und Eleanors. »Gut«, sagte sie, »ein Weilchen will ich sie tragen, bis ich wieder wie früher sehen kann.«

Weder Kester noch Eleanor brachten es jetzt schon fertig, ihr zu sagen, daß sie nie wieder wie früher sehen würde. Obwohl sie das Brillenetui immer bei sich trug, trug sie die Gläser doch nur selten, und einstweilen ließen die Eltern sie denn auch noch gewähren. Als sie aber wieder mit ihr nach Ardeith kamen, stellten sie sogleich fest, daß Cornelia Mammy und Dilcy nur aus nächster Nähe zu unterscheiden vermochte. Und als Violet Purcell kam, um sie zu besuchen, stand sie am Fenster, sah hinaus und sagte: »Da kommt eine Dame die Treppe herauf, Mutter.« Und erst als Violet hereinkam, das Zimmer durchquerte und dicht auf sie zutrat, rief sie erstaunt: »Hallo, Miß Violet!«

Dennoch war das Unglück nicht ganz so groß, wie sie befürchtet hatten. Denn Cornelia wußte sich zu helfen, das heißt, sie half sich wahrscheinlich, ohne selbst zu wissen, daß sie es tat. Sie waren noch keinen Monat wieder zu Hause, da stellten Kester und Eleanor fest, daß es nicht mehr anging, in Cornelias Nähe etwas zu erörtern, was für ihre Ohren nicht bestimmt war. Ganz offensichtlich hatte sich Cornelias Gehör außerordentlich geschärft. Während des Winters, da ihre Augen umnachtet waren, mochte das geschehen sein. Jedenfalls hörte sie jetzt auf ähnliche Weise, wie andere Menschen sahen, und ihr Gehör ersetzte bemerkenswert gut ihre mangelnde Sehfähigkeit. Sie waren überrascht und beglückt, das zu beobachten.

Ihrem Versprechen gemäß nahm Eleanor Cornelia zum Einkauf mit in die Stadt. Cornelia schwelgte in ihren neuen Kleidern und lächelte, wenn Freunde und Bekannte ausriefen: »Was für ein süßes kleines Mädchen!« Oft wurde sie gefragt: »Wo hast du nur die wundervollen Augenwimpern her?« Darauf pflegte sie erstaunt zu antworten: »Sie wachsen aus mir heraus.« Eleanor erschien das als eine intelligentere Antwort, als die törichte Frage sie verdiente. Sie fürchtete manchmal, Cornelia möchte eine eitle kleine Person werden, und mühte sich deshalb, sie vor gar zu vielen Komplimenten zu schützen, aber sie konnte wenig dagegen tun. Doch Cornelia war zweifellos auch ein kluges Mädchen, sie schien Bemerkungen über ihre eigene Schönheit nicht viel anders aufzunehmen als etwa entsprechende Bemerkungen über die Schönheit der Eichenallee.

Aber manchmal wünschten die Eltern fast, ihre Töchterchen wäre weniger klug. Denn es war Cornelia beispielsweise aufgefallen, daß bisher niemand etwas darüber gesagt hatte, daß sie wieder zur Schule gehen solle. Sie ging aber sehr gern zur Schule und beklagte sich deshalb, alle anderen Kinder würden mittlerweile viel besser lesen können als sie. Eleanor wußte nicht recht, was sie tun sollte. Vor ihr stand die heikle Aufgabe, Cornelia darauf vorzubereiten, daß sie ihr altes Sehvermögen nie wiedererlangen werde. Sie hätte damit gern noch ein Weilchen gewartet, aber Cornelia drängte, sie wollte zur Schule, und Kester erklärte schließlich, man solle es ihr sagen. Und eines Tages sagte er es ihr ohne jede Vorbereitung.

Es war an einem Sommernachmittag. Kester und Eleanor saßen in der Bibliothek und diskutierten die Vorzüge der Schule, die Cornelia zukünftig besuchen sollte. Cornelia huschte unbemerkt durch die Halle und fing mit ihrem verfeinerten Gehör das Wort ›Schule‹ auf. Sie kam herein und fragte, ob sie nun wieder zur Schule gehen dürfe.

»Du kannst doch jetzt nicht zur Schule gehen«, sagte Eleanor lächelnd, »es sind ja große Sommerferien.«

»Oh!« sagte Cornelia, holte sich eine Fußbank herbei und setzte sich. »Dann darf ich aber nach den Ferien wieder gehen?« fragte sie. »Bis dahin kann ich bestimmt wieder richtig sehen.«

Kester und Eleanor tauschten über ihren Kopf hinweg einen Blick. Kester lehnte sich in seinem Sessel zurück.

»Hör zu, Cornelia«, sagte er im Ton ruhiger Überlegenheit, »du wirst im Herbst in eine andere Schule gehen, ein Stück am Strom hinauf.«

»Am Strom hinauf? Aber warum denn? Warum muß ich in eine andere Schule gehen?«

»Weil das eine besondere Schule ist. Du wirst dort eine Menge Dinge lernen, die die meisten Jungen und Mädchen niemals lernen.«

»Eine besondere Schule? Aber ich mag meine alte Schule so gern«, protestierte Cornelia. »Ich möchte mit den Kindern zusammen gehen, die ich kenne.«

Kester fuhr fort, ihr Einzelheiten von der neuen Schule zu erzählen. Sie werde dort Kenntnisse erwerben, mit denen sie all ihre Freunde beschämen werde. Er versuchte, ihr diese Aussicht schmackhaft zu machen, und Cornelia wurde tatsächlich allmählich warm dabei, während Eleanor zum hundertsten Male Gelegenheit erhielt, Kesters Takt und Feingefühl zu bewundern.

»Es wird dir da sehr gefallen«, fuhr Kester fort, »du wirst lernen, auf der Schreibmaschine zu schreiben, ohne auf die Tasten zu sehen...«

»Wie Mutter?«

»Vielleicht sogar schneller als Mutter. Du wirst Klavier spielen lernen...«

Cornelia war noch etwas verwirrt.

»Aber um solche Dinge zu lernen, warum kann ich da nicht zu Hause bleiben wie andere Leute auch?«

Eleanor biß sich auf die Lippen, aber Kester zögerte keinen

Augenblick mit der Antwort: »Weil deine Augen nicht so sind wie die Augen anderer Leute, Cornelia.«

»Aber werden sie denn nicht wieder ganz gesund?« Sie starrte ihn an.

»Nein, Cornelia«, sagte er, ihren Blick festhaltend.

Cornelia starrte ihn an, fassungslos offenbar; sie trug im Augenblick keine Brille. Jetzt nahm sie sie aus dem Etui und setzte sie auf. Wieder sah sie den Vater durch die Gläser hindurch an und nahm die Brille dann langsam wieder ab. »Du meintest, ich würde nie wieder ganz richtig sehen?« fragte sie. »Nie wieder?«

»Nein«, sagte Kester, »nie wieder.«

Cornelia riß die Augen weit auf und sah sich mit einem Ausdruck ratloser Verblüffung im Zimmer um. Sie kniff die Lider ein wenig zusammen und versuchte, durch die Wimpern zu sehen. Langsam füllten sich ihre Augen mit Tränen; sie machte den kläglichen Versuch, sie durch Blinzeln zu verdecken. Eine Träne tropfte auf ihre Hand. Sie wischte sie weg und saß ein Weilchen ganz still.

Kester langte nach Eleanors Hand, ergriff sie und legte seine andere Hand darüber. Sie wagten weder sich zu bewegen noch zu sprechen. Sie sahen Cornelia an und warteten. Es war, als seien sie unversehens in eine sehr intime Szene hineingetappt und vermöchten sich nicht mehr zurückzuziehen und es bliebe ihnen nun nichts weiter übrig, als mit Anstand zu versuchen, sich so wenig wie möglich bemerkbar zu machen. Cornelias Lebenserfahrungen waren noch sehr gering; sie wußten nicht, wieweit sie sich an ihr früheres Sehvermögen erinnerte und wie stark sie den Kontrast zwischen ihrer früheren und ihrer jetzigen Situation selber empfand. Mit der Kindern eigentümlichen Schmiegsamkeit hatte sie seit der jähen Veränderung ihrer Sehfähigkeit bereits sehr viel an sich gearbeitet. Die große Schwierigkeit, der sie sich jetzt gegenübersah, war, daß sie begreifen sollte, sie sei anders als andere Menschen. Sie hatte das sicherlich weitgehend schon begriffen, denn wie Kester und Eleanor sie so vor sich sahen, da schien ihnen, als habe das Mädchen, obwohl es doch noch nicht sieben Jahre alt war, den entscheidenden Schritt zwischen Kindheit und Jugend bereits vollzogen. Cornelia begann nach einem Weilchen zu schlucken, zog tief den Atem ein und sah die Eltern aus verschleierten Augen an.

»Ich – dachte . . .«, begann sie; ihre Stimme brach um, ihre Lippen bewegten sich zitternd; mit einer rührend hilflosen Gebärde wandte sie sich Kester zu. Der hob sie auf seinen Schoß. Sie schlang ihre Ärmchen um seinen Hals und barg ihr Gesicht an seiner Brust. Kester hielt sie zärtlich umfaßt und sprach leise und behutsam auf sie ein, bis sie ruhig wurde und schließlich den Kopf hob. Eleanor reichte ihr ein Taschentuch. Nachdem sie ihr Gesicht trockengetupft hatte, saß Cornelia zusammengekuschelt auf Kesters Knien und beschäftigte sich hingegeben damit, die Ecken des Taschentuches umzubiegen. Endlich sah sie auf.

»Ich kann ganz gut sehen«, sagte sie nicht ohne Trotz in der Stimme.

Eleanor saßen Jammer und Schmerz so tief in der Kehle, daß sie nicht zu sprechen vermochte. Kester dagegen sagte mit seiner ruhigen Überlegenheit:

»Selbstverständlich kannst du sehen. Und mit der Zeit wirst du schwimmen und tauchen lernen und selbstverständlich auch tanzen, und keinem Menschen wird auffallen, daß deine Augen nicht ganz so gut wie die anderer Leute sind.«

»Das alles kann ich lernen?« fragte Cornelia ein wenig ängstlich.

»Aber gewiß kannst du das.«

»Wie andere Mädchen?«

»Ganz wie andere Mädchen.«

Cornelia dachte einen Augenblick nach, dann kletterte sie von Kesters Schoß herunter. »Kann ich bald zu der neuen Schule gehen?« fragte sie. »Ist da im Sommer auch Schule?«

»Nächsten Monat kannst du gehen.«

Cornelia hob eine Hand, um eine Locke ihres Haares zurückzustreichen. »Ich kann ganz gut sehen«, wiederholte sie, »ich kann alles sehen. Ich kann die Tür sehen.«

Als ob sie sogleich den Beweis für diese Behauptung antreten wollte, ging sie zur Tür und legte ihre Hand auf die Klinke. Eleanor stand auf. »Wohin willst du?« fragte sie. Es wurde ihr schwer schwer, gleichmütig zu sprechen.

»Nirgends hin. Nur hinauf. Ich will Philip erzählen, in was für eine schöne Schule ich komme.« Sie blickte über die Schulter zurück. »Ich kann ganz gut sehen!« sagte sie noch einmal und knallte die Tür hinter sich zu.

Eleanor saß jetzt auf Kesters Knie, wo eben Cornelia noch gesessen hatte, und lehnte ihr Gesicht gegen seine Brust, wie Cornelia es vorher getan hatte, und er hielt sie ebenso zärtlich, wie er vorher Cornelia gehalten hatte. Sie weinte nicht, aber sie klammerte sich an ihn, als suche sie Trost. Als sie nach einem Weilchen den Kopf hob, sagte Kester: »Cornelia ist dir sehr ähnlich.«

»Ja«, sagte Eleanor, »sie nimmt es mit dem Leben auf. Sie bietet ihm auch Trotz. Ich beobachte das schon eine Weile. Aber sie ist auch dir ähnlich. Sie ist tapfer. Jetzt geht sie zu Philip und prahlt ihm von den Vorzügen ihrer neuen Schule vor. Zur Abendbrotzeit wird es dann soweit sein, daß er auch in die neue Schule will.«

»Sprich mit ihr nie mehr von ihren Augen«, sagte Kester, »wenn es irgend zu vermeiden ist. Sie will selbst nicht davon sprechen, und ich bin froh darüber. Ich bin sicher, sie wird deswegen nicht mehr weinen.«

Eleanor nickte. »Ich glaube, das Leben hat ihr einige Chancen gelassen, trotzdem glücklich zu werden«, sagte sie, »sie ist schön, sie ist klug und sie ist tapfer.«

»Ihre Augen sind schwach«, sagte Kester, »aber die Larnes waren nie sonderlich intellektuell. Auch Cornelia wird es wahrscheinlich auf die Dauer nicht so sehr um Studieren zu tun sein. Zum Tanzen wird sie keine Brille brauchen. Eleanor, stell dir vor: Unser eben noch so unglückliches Mädchen zehn Jahre später auf einem Mardi-Gras-Ball in New Orleans!«

Sie lachte bei dem freundlichen Fernbild, das er da beschwor, wurde aber gleich wieder ernst. »Ich möchte, daß sie mehr wird als nur schön, Kester«, sagte sie. »Ich möchte, daß sie klug wird. Ich möchte, daß sie großmütig wird. Meinst du nicht, wir könnten sie dazu erziehen?«

Kester lächelte: »Jedenfalls verfügen wir beide heute über bessere Voraussetzungen dafür als früher.«

»Ich hoffe es«, sagte Eleanor, »nein, ich bin dessen sicher.«

»Ich glaube«, sagte Kester langsam, »sie wird ein besserer Mensch werden als wir beide, Eleanor.«

Eleanor lächelte zurück: »Hast du darüber nachgedacht? Du hast recht. Wir beide sind – so heftig in unseren Reaktionen. Deine Eltern sind einander sehr ähnlich, und die meinen auf ihre so ganz andere Weise auch. Aber unsere Kinder haben ihr Erbe von beiden Seiten bekommen. Sie werden es miteinander verbinden: den unpraktischen Idealismus deiner Leute und die robuste Kraft der Upjohns. Ach ja, ich glaube, sie haben die Chance mitbekommen, besser zu werden als du und ich.«

»Wir wollen uns Mühe geben, die Duldsamkeit an Stelle des Stolzes zu lehren«, sagte Kester.

Eleanor glitt von seinem Schoß herunter. Sie ging zum Fenster und sah hinaus auf die langen Reihen der Eichen, deren Kronen über den Köpfen vieler Generationen gerauscht hatten.

»Warum konnten wir nicht voneinander lassen?« fragte sie leise. »Wir liebten uns, weil wir so verschieden waren. Dann wurde alles, was wir begannen, zu Zwist und Streit. Wir zerrten aneinander herum und versuchten, einer den anderen zu ändern. Wir quälten uns mit lauter unmöglichen Versuchen herum.«

»Ja, ich weiß«, sagte Kester. »Warum ist das so? Warum ist es nicht möglich, zu einer höheren Bestimmung des Menschen zu gelangen? Wir sind niemals geneigt, den anderen in seiner Eigenart zu respektieren. Wir wollen den anderen, selbst den liebsten Menschen immer so haben, wie wir selber sind.«

Sie schüttelte nachdenklich den Kopf. Durch das Fenster kam eine warme Windströmung herein, die kam von den Baumwollfeldern herüber. Eleanor mußte an den Abend denken, da sie am Strom entlang zu Isabel Valcours Haus gelaufen war. Sie war so trostlos gewesen an jenem Abend. Heute war alles ganz anders. Heute war sie erfüllt von einer inneren Ruhe und Sicherheit, die Anker und Führung zugleich bedeutete.

»Kester«, sagte sie, »was ist aus Isabel Valcour geworden?«

»Sie ist fortgezogen«, antwortete Kester. »Nach New York, glaube ich.«

»Warum?«

»Vielleicht ist sie meinem Ratschlag gefolgt. Ich habe es ihr vorgeschlagen.«

»Wann hast du sie noch einmal gesehen?« fragte sie und drehte sich um.

»Ich habe sie nicht gesehen. Sie schrieb mir einige Male, während wir in New Orleans waren. Ich habe zunächst nicht geantwortet, dann, nachdem wir beide unsere Aussprache hatten, schrieb ich ihr einen ziemlich langen Brief.«

»Was hast du ihr gesagt?«

»Nichts, was dich anginge«, entgegnete er mit einem müden Lächeln.

»Wieso nicht?«

»Es – gehört sich nicht. Sie hat mich schließlich geliebt, wie du weißt.«

»Das hat sie nicht.«

Kester stieß einen kleinen Seufzer aus, aber er schien eher erheitert als böse. »Ich glaube, über diesen Punkt haben Männer und Frauen schon seit dem Fall von Jericho immer wieder miteinander gestritten«, sagte er. »Sie ist weggezogen; ich habe ihr kein Bedauern darüber ausgesprochen, ich habe nicht gefragt, ob sie jemals zurückkommt, und sie kann keinen Zweifel daran haben, daß es mir gleichgültig ist. Was soll das also noch?«

Eleanor knüpfte eine Schlinge in die Gardinenschnur. Eine Zeitlang sagte sie nichts. Trotz Kesters ruhigen Versicherungen hätte sie am liebsten gehört, Isabel habe sich in einer Bodenkammer zu Tode gehungert, aber sie war absolut sicher, daß das Leben für Isabel Valcour Aussichten dieser Art nicht in Bereitschaft habe. Isabel hatte damals von einem Millionär gesprochen, den sie heiraten könnte, wenn sie es wollte. Sie hatte ihr das damals nur halb geglaubt, aber nun fand sie, sie hätte vielleicht doch die Wahrheit gesagt. Jetzt, da sie keinerlei Aussicht mehr hatte, Kester zurückzugewinnen, war sie vielleicht wirklich weggegangen, um die Grundlagen für eine neue Juwelen verheißende Existenz zu legen. Eleanor sah wieder auf, ihre Augen trafen mit denen Kesters zusammen, und plötzlich wußte sie ganz sicher, daß sie sich nicht mehr zu sorgen brauchte, was mit Isabel Valcour geschah. Sie sagte:

»Es ist gut, Kester. Ich werde den Namen der Frau nun nicht mehr erwähnen, solange ich lebe.«

»Ich danke dir«, sagte Kester. »Ich danke dir sehr.«

Er kam zum Fenster herüber und legte seinen Arm um ihre Schulter. Sie sah sein klares männlich schönes Profil und dachte an die Zeit, da sein Anblick zum erstenmal ihre Fantasie bewegte, und an die leuchtenden Tage ihres jungen Glückes. – Und ein heimliches Verwundern kam sie an bei dem Gedanken, wie wenig der Mensch doch geneigt ist, vom Glück zu lernen.

Rückschauend schien jene erste Zeit ihrer Liebe ihr in endloser Ferne zu liegen. Sie fand, Kester und sie müßte damals unglaublich jung und unglaublich arrogant gewesen sein. Ach, sie war ja so sicher gewesen, nichts mehr lernen zu müssen. Sie waren in die Ehe hineingestürzt und hatten geglaubt, die Barrieren, die unduldsame Generationen vor ein, zwei Jahrhunderten errichteten, im Sturm nehmen zu können. Sie hatten gelacht, wenn man sie wohlmeinend warnte, und sie waren übereinander hergefallen, wenn sie feststellen mußten, daß das Gelächter die Schwierigkeiten nicht aus der Welt geschafft hatte. Es war einfach zu sagen, Menschen so verschiedener Herkunft und Erziehung hätten es nie unternehmen sollen, sich zusammenzufinden und eine gemeinsame Existenz zu gründen, in einem Land, dessen ganze Lebensstruktur auf der Gleichheit der Vorrechte basierte. Es war einfach, aber auch unnütz, sich mit toten Großvätern zu streiten. Es war einmal so, daß Kester das Leben an sich in den ihm überlieferten Formen liebte, während ihr Wesen mehr auf die Mittel des Lebens gerichtet war. Streitpunkte, die sich aus solch divergierenden Lebensauffassungen ergaben, konnten nur beigelegt werden, wenn jeder sich mühte, des anderen Wesen und Art zu verstehen. Sie aber hatten beide keine Demut gelernt, und anstatt nachsichtig miteinander zu sein, waren sie zornig geworden.

Niemand konnte ihnen die stürmisch und unruhig verlaufenen Jahre zurückgeben. Aber es lagen hoffentlich noch viele Jahre vor ihnen, in denen sie Gelegenheit haben würden, sich in der Selbstbeherrschung zu üben und ihre Kinder dazu zu erziehen. Eleanor sah hinaus auf die Eichen, deren graue Moosschleier leise im Wind schwangen; sie mußte an die lange Reihe der Upjohns denken, die vor ihr gelebt, und an die Vorfahren Kesters, die die Wildnis gerodet und die Ardeith-Plantage geschaffen hatten. Und sie fragte sich, ob wohl jede dieser Generationen den Preis für ihr Glück habe zahlen müssen. Sie und Kester waren schon zu schwer vom Schicksal angeschlagen worden, um jemals wieder das gedankenlose Entzücken zu empfinden, das sie einst beseligt hatte.

Während sie daran dachte, wandte ihr Kester den Kopf zu und lächelte sie an, und Eleanor fühlte sich ihm enger verbunden als jemals zuvor. Sie kannten ihre Fehler, und sie sahen die kommenden Jahre klar genug, um nicht zu erwarten, sie würden es leichter und einfacher haben, aber sie wußten: Was immer geschehen mochte, sie würden es ins Auge fassen und anpacken, ohne aneinander zu zweifeln. Sie erwiderte sein Lächeln, und in dem ruhigen, warmen Blick, mit dem ihre Augen einander trafen, lag die Gewähr ihrer Zukunft. Sie wußten beide: Sie waren von dem leuchtenden, strahlenden Gipfel ihres jungen Glückes herabgestiegen, aber eben der Abstieg hatte sie gelehrt, daß sie damit die erste Stufe zum Turm der Weisheit betreten hätten.

Karen Robards
Das Mädchen vom Mississippi

Prolog

Clive McClintock spielte Stud Poker. Er rekelt sich auf seinem bevorzugten Stuhl mit dem Rücken zur Wand an einem runden Tisch in dem kleineren der drei öffentlichen Salons auf dem Flußschiff *Mississippi Belle*. Ein dünner Stumpen baumelte aus seinem Mundwinkel, sein Halstuch war gelockert, und die langen Beine in den Stiefeln hatte er lässig ausgestreckt. Die schöne, spärlich bekleidete Frau mit der fülligen Figur, die hinter ihm stand, ließ ihre Finger durch sein welliges, schwarzes Haar gleiten.

»Laß das, Luce. Du raubst mir die Konzentration«, sagte er gedehnt und warf ihr einen Blick über die Schulter zu. Sie sah zufrieden auf ihn herab, mit einem wollüstigen, anzüglichen Lächeln, das den drei anderen Männern am Tisch neiderfüllte Blicke entlockte. Luce ignorierte sie. Ihre Aufmerksamkeit galt ausschließlich Clive.

»Nicht könnte dir die Konzentration rauben, Süßer.« Sie fuhr mit den Fingern liebevoll über eine Wange mit dunklen Bartstoppeln, dann zog sie die Hand zurück, blieb aber hinter ihm stehen. Ihre Augen, die so blau wie Rotkehlcheneier waren, wurden schmaler, als sie das Blatt in seiner Hand betrachtete. Seine Augen, deren Blauton noch heller und verblüffender war, wandten sich vollkommen ausdruckslos wieder den Karten zu.

»Verdammt noch mal, McClintock, was haben Sie vor?« Der Mann zu seiner Linken, der Clive nur als Hulton bekannt war, war gereizt, das lag auf der Hand. Der größte Teil seiner Scheine lag mitten auf dem Tisch. Die wenigen, die noch vor ihm lagen, würden aller Wahrscheinlichkeit nach nicht ausreichen, und dann mußte er eben ausscheiden. Er hatte bereits versucht, seine Taschenuhr anstelle von Bargeld einzusetzen, doch es war ihm verweigert worden. Hier wurde professionell gepokert, man spielte um hohe Einsätze. Nur Bargeld wurde angenommen. Hulton war in die Runde aufgenommen worden, weil er die erforderlichen zehntausend Dollar aufweisen konnte, die als Mindesteinsatz verlangt wurden. Wenn ihm das Geld ausging, und dazu würde es mit Sicherheit innerhalb der nächsten Minute kommen, schied er aus dem Spiel aus. So einfach war das, und wie die übrigen Männer hatte Hulton diese Regeln gekannt, ehe er sich auch nur hingesetzt hatte.

Die nervöse Verzweiflung in den Augen des Mannes ließ ein seltsames Mitleid in Clive aufsteigen, in das sich Verachtung mischte. Aus den hohen Einsätzen des Mannes war klar ersichtlich, daß er das Blatt seines Lebens in der Hand hatte oder es zumindest glaubte, doch seine guten Karten würden sich für ihn nicht auszahlen, weil er nicht länger mitbieten konnte. In der Situation war Clive selbst schon ein paarmal gewesen, und er konnte Hultons Enttäuschung nachvollziehen. Trotzdem hätte der Mann gar nicht erst spielen sollen. Wenn er nicht mit einem Achselzucken und einem Lächeln verlieren konnte, hatte er unter Kartenspielern nichts zu suchen. Clive hoffte nur, daß er nicht irgendwo eine Frau und eine Horde Kinder hatte, die fest mit dem Geld rechneten, das Hulton gerade verspielt hatte. Andererseits fragte sich Clive, was ihn das eigentlich anging.

Er war jetzt schon seit zwölf Jahren professioneller Spieler, seit er als junger Kerl von sechzehn Jahren mit Flaum im Gesicht an Bord seines ersten Schaufelraddampfers gegangen war. Derart ablenkende Gefühlsregungen wie Mitleid mit einem Gegner – vor allem, wenn es einer wie Hulton war – hätten ihm fernliegen müssen. In diesem Augenblick hätte nur eins seine Aufmerksamkeit beanspruchen dürfen – das Spiel. Aber in der letzten Zeit neigte seine gerühmte Konzentration zum Abschweifen, und das war kein gutes Zeichen. Vielleicht würde er nach diesem Spiel eine Zeitlang aussetzen, eventuell sogar eine Reise unternehmen. Und das bestimmt nicht auf einem Flußschiff. Er hatte die Flußschiffe inzwischen so satt wie das Pokern. Diese Erkenntnis, die ihm ausgerechnet jetzt kam, kurz vor einem Gewinn, einem sehr hohen Gewinn sogar, machte ihm Sorgen. Clive runzelte nahezu unmerklich die Stirn und gab sich dann innerlich einen Ruck, um sich wieder in den Griff zu kriegen. Er konnte es sich nicht leisten, jetzt darüber nachzudenken. Er mußte sich ganz auf das Spiel konzentrieren.

Wenn Clive richtig rechnete – und für Zahlen hatte er ein fast so gutes Gespür wie für Karten –, dann lagen jetzt einundvierzigtausendzweihundertundsechs Dollar auf dem Tisch. Das war ein Vermögen, und wenn seine Glückssträhne noch ein klein wenig länger anhielt – und wenn er sich von Hultons mißlicher Lage nicht zu Tränen rühren ließ –, gehörte es ihm.

»Ich gehe mit und erhöhe um zweihundert.« Clive wandte sich

nicht direkt an Hulton, sondern richtete seine Bemerkung an LeBoeuf, der rechts neben ihm saß.

Jetzt war Hulton an der Reihe. Er sah seine Karten finster an, ehe er sie fluchend auf den Tisch warf.

»Ich bin draußen«, sagte er bitter und schnappte die wenigen Scheine, die ihm noch geblieben waren, während er den Haufen Geld mitten auf dem Tisch so ansah, als hätte er ihn ebenfalls gern eingesteckt. Er stand mit ungeschickten Bewegungen auf. Sein Stuhl kippte polternd um. Er wollte sich abwenden, drehte sich dann aber noch einmal um, beugte sich vor, stützte sich mit den Händen auf die Tischplatte und ließ seine Blicke mit loderndem Haß über die drei verbleibenden Spieler gleiten. Ein Murren erhob sich unter den Zuschauern, die sich versammelt hatten, und manche wichen vor Hulton zurück.

Clives Augen drückten täuschende Gleichgültigkeit aus, als er von seinen Karten aufblickte und Hulton ansah. Ein Mord wegen wesentlich geringerer Verluste beim Spiel als der, den Hulton gerade erlitten hatte, war nichts Ungewöhnliches, und Clive hatte es im Laufe der Jahre oft genug erlebt. Das Tragen von Waffen an Bord war verboten, und der Kapitän der *Mississippi Belle* legte größten Wert darauf, daß dieses Verbot befolgt wurde, doch Clive war trotzdem vorbereitet. Eine kleine Pistole, die er sich speziell hatte anfertigen lassen, steckte in einem Halfter in seinem Stiefel. Wenn Hulton eine falsche Bewegung machte, hatte er nur noch wenige Sekunden zu leben.

Aber im Gegensatz zu Clive war Hulton anscheinend unbewaffnete. Er musterte seine Mitspieler lediglich finster, und dabei arbeitete sein Kiefer, ehe er einen abscheulichen Fluch ausstieß und sich wieder abwandte. Die Zuschauer machten ihm Platz. Clive behielt ihn im Auge. Hulton hatte einen verzweifelten Eindruck gemacht, und ein Verzweifelter konnte gefährlich sein, doch wenn Hulton mit dem Gedanken an Gewalttätigkeit gespielt hatte, dann hatte er es sich anscheinend doch noch anders überlegt. Hulton griff seinen Hut von einem Ständer, drückte ihn sich auf den Kopf und verließ mit eiligen Schritten den Salon, ohne sich noch einmal umzusehen. Als die Türen hinter ihm zuschwangen, wandte sich Clives Blick wieder seinen Karten zu. Das Spiel wurde ohne weitere Verzögerung fortgesetzt.

Als es vorbei war, war Clive, wie er erwartet hatte, um rund fünfundvierzigtausend Dollar reicher.

»Und das mit einem Pärchen Dreier«, gurrte Luce ihm ins Ohr, als sie ihm einen schmatzenden Siegerkuß gab. Da das Spiel jetzt aus war, konnte Clive sich entspannen.

»Was zählt, ist nicht so sehr, was man hat, sondern wie man es einsetzt«, antwortete Clive mit einem anzüglichen Grinsen, und seine Hände legten sich auf ihren runden Hintern und kniffen zu, um seine Worte zu veranschaulichen. Als sie kicherte und zart an seinem Hals zu knabbern begann, stopfte er einen Packen Scheine in den verführerischen Spalt, der sich an seine Brust preßte.

»O Clive«, hauchte sie, als sie das kühle Knistern der Banknoten spürte. Sie wandte sich augenblicklich von seinem Hals ab, um das Geld aus ihrem Ausschnitt zu fischen.

»Dafür, daß du mir Glück gebracht hast«, sagte er und kniff sie noch einmal. Sie quietschte automatisch, gab ihm noch einen Kuß und wandte sich ab, um ihr Geld zu zählen. Clive grinste, als er ihr zusah. Luce hatte einen mindestens so harten Schädel wie er auf den Schultern sitzen. Sie mochte Männer, vor allem ihn, aber noch lieber war ihr Geld. Schon bei der bloßen Berührung von Geldscheinen lief ihr ein Schauer über den Rücken.

Clive nahm die Glückwünsche mit einem Nicken und einem Scherz entgegen. Ihm war bewußt, daß ihn fast alle Anwesenden im Salon beobachteten, als er seine Gewinne in seinen Hut schaufelt. Es war ein guter Gewinn, und noch dazu ein sauberer. Schon vor Jahren hatte er gelernt, Asse verschwinden zu lassen und Karten von unten auszugeben, aber auch alle anderen Tricks. Ein Spieler mußte Karten zinken können, wenn er überleben wollte. Er tat es, wenn es sein mußte, aber er machte es nicht gern. Heute war es nicht nötig gewesen, und daher freute er sich ganz besonders über seinen Sieg. Noch ein paar solche Gewinne, und er konnte sich ein Stück Land kaufen und den verdammten Fluß und den Gestank des Mississippischlamms für alle Zeiten hinter sich lassen.

Er war nicht so dumm, eine so große Summe länger als nötig bei sich zu behalten. Als er den Salon verließ, sah er sich auf dem Deck vorsichtig nach allen Seiten um. Es war spät am Abend oder besser gesagt früh am Morgen, und die meisten Passagiere hatten sich längst in ihre Kabinen zurückgezogen. Ein einzelner Mann, den Clive nicht kannte, stand da und hielt mit den Händen die Reling umklammert, während er auf das Ostufer des Flusses hinaussah. Es war Dezember 1840, und der Regen hatte den Strom anschwellen lassen, der seltsam nach Würmern roch. Die Nach war klar, und der Vollmond warf genügend Licht, so daß das schlammige braune Wasser und die Decks zu sehen waren. Nur das rhythmische Plätschern des Schaufelrades und die Stimmen aus dem Salon, den er gerade verlassen hatte, waren zu hören. Es schien alles in Ordnung zu sein, aber Clive war nur so alt geworden, weil er nie etwas riskierte. Er bückte sich, zog die Pistole aus seinem Stiefel und legte sie auf das Geld in seinem Hut. Dann ging er auf seine Kabine zu. Am Morgen würde er seine Gewinne im Büro des Zahlmeisters abgeben. Dann würde das Geld die weitere Reise bis nach New Orleans im Tresor der *Mississippi Belle* zurücklegen. Wenn sie erst einmal in New Orleans angekommen waren, würde er das Geld direkt zur Bank bringen, und damit würde sich der nette kleine Notgroschen, den er angespart hatte, mehr als verdoppeln. Eines Tages, in nicht allzu weiter Ferne, würden seine Tage als Spieler zu Ende gehen, abgesehen von einer gelegentlichen Wette unter Gentlemen. Er würde sich den Lebensunterhalt auf eine Art und Weise verdienen, die es ihm erlaubte, auf Land zu bleiben.

Ein paar Stunden später schlief Clive in seiner Kabine, als er von dem Gefühl erwachte, daß etwas nicht stimmte und daß er in Gefahr war. Er war augenblicklich hellwach, denn sein gefährliches Leben hatte über Jahre seine Sinne geschärft, und daher wußte er, daß außer ihm noch jemand in der Kabine war. Und zwar nicht Luce, die nackt neben ihm zusammengerollt lag und schlief, sondern noch jemand. Jemand, der, wenn seine Sinne ihn nicht täuschten, eben in diesem Moment auf das Bett zuschlich.

Es war stockfinster in der Kabine. Er konnte nicht das geringste erkennen.

Clives Hand griff unter das Kissen, schloß sich um seine Pistole, zog sie heraus und richtete sie auf den Eindringling, dessen Gegenwart er spürte, wenn er ihn auch nicht sah.

»Wer Sie auch sein mögen, bleiben Sie auf der Stelle stehen, oder ich...«

Er sollte diesen Satz nie beenden. Als seine Augen endlich den dunklen Umriß erkennen konnten, der sich durch die finstere Kabine schlich, als er gerade die Pistole entsicherte und diese Worte sprach, brach der Teufel los. Ein Schatten erwachte auf dem Boden vor dem Bett zum Leben und ragte dort, wo er nichts vermutet hatte, aus der Dunkelheit auf und fluchte heiser. In seiner Verblüffung reagierte Clive mit einem Reflex. Er setzte sich blitzschnell auf und riß die Mündung der Pistole zu der neuen Gefahr herum. Doch ehe er sich orientieren konnte, ehe er sich auch nur so weit von seinem Schock erholte hatte, um das Ziel zu erkennen und einen Schuß abzugeben, sah er, wie das Licht auf der Klinge eines Messers schimmerte, das näher kam, noch näher...

»Ahhh!«

Clive schrie auf, als das Messer sich durch das Fleisch der Hand schnitt, in der er die Pistole hielt. Erst spürte er die Klinge eiskalt, dann glühend heiß, als sie seine Hand mit der Handfläche nach unten gegen die Matratze preßte...

»Clive!« Neben ihm erwachte Luce jäh aus dem Schlaf.

»Komm schon!« Der Mann, der näher an der Tür stand, riß sie auf und rief seinen Partner, der hinter ihm herlief. Als das matte Licht durch die geöffnete Tür fiel, erkannte Clive in dem zweiten Mann Hulton. Dann sah er den Umriß seines eigenen großen Stiefels, den Hulton an sich preßte – seines Stiefels, in dem er seine Gewinne versteckt hatte.

»Verdammt und zum Teufel!« fluchte er und nahm keinen Schmerz wahr, als er das Messer am Griff packte und aus seiner Hand zog. Das Geld; er mußte sein Geld wieder an sich bringen...

Sobald seine Hand frei war, sprang Clive aus dem Bett, schnappte die Pistole, die auf die Matratze gefallen war, mit der linken Hand und rannte hinter den Dieben her, die ihn bestohlen hatten. Blut strömte aus seiner Handfläche und tropfte warm auf seine Beine. Er nahm nichts von alledem wahr, auch nicht den Schmerz und nicht seine Nacktheit. Er verfolgte die Kerle mit großen Sätzen, als sie aufs untere Deck flohen. Er schrie, wußte aber nicht, was er sagte. Hinter ihm kreischte Luce, die ihm nachlief. Der Wachoffizier kam von der Brücke, doch er war zu weit weg, um Clive eine Hilfe zu sein. Die Mistkerle hatten ein Boot an die Reling gebunden.

»Edwards!« rief Hulton seinem Komplizen zu, der gut zwei Meter vor ihm war. Der Mann drehte den Kopf um, ohne langsamer zu laufen. Als Clive gerade die Hand hob und stehen blieb, um sein Ziel anzupeilen, da er mit der linken Hand nie so gut hatte schießen können wie mit der rechten, warf Hulton den Stiefel. Der Mann, der ihm vorauslief, fing ihn.

Der vordere der beiden hatte die Reling erreicht und wollte gerade ins Beiboot springen.

Clive riß die Mündung herum und richtete sie auf den Mann, der jetzt den Stiefel in der Hand hielt. Auf den Mann mit seinem Geld.

Der Schuß ertönte. Der Mann mit dem Stiefel schrie auf, taumelte, drehte sich im Kreis und fiel auf das Deck. Trotz der keineswegs optimalen Voraussetzungen hatte Clive seinen Hinterkopf genau getroffen.

Während der Mann sich noch im Todeskampf wand, sprang Hulton mit einem Satz über ihn hinweg, löste das Tau von der Reling und sprang in das Boot. Die *Mississippi Belle* tuckerte weiter voran. Hulton, der heftig in die entgegengesetzte Richtung ruderte, verschwand im dunstigen Morgengrauen.

Clive schenkte den Schritten, die sich ihm von hinten näherten, keine Beachtung, ebensowenig wie Hultons Flucht. Der Stiefel war nirgends zu sehen, doch als Clive den Toten umdrehte, entdeckte er ihn unter ihm. Eine Woge der Erleichterung spülte über ihn hinweg. Als er sich hinkauerte, um sich sein Geld zurückzuholen, nahm er zum ersten Mal den Schmerz in seiner Hand wahr. Herr im Himmel, wie weh das tat!

Aber das war nichts im Vergleich zu dem Schmerz, der ihn durchzuckte, als er in den Stiefel sah, die linke Hand tief hineinsteckte und feststellen mußte, daß er leer war.

»Diese gottverdammten Schurken!« schrie er und sprang auf. Er rannte an die Reling und sah finster in die Richtung, in der das Beiboot verschwunden war. Ihm wurde allzu klar, daß Hulton den Stiefel nur geworfen hatte, um ihn irrezuführen, daß er das Bargeld jedoch bei sich behalten hatte.

»Sie haben ihn erschossen, Mr. McClintock«, ertönte die Stimme des jungen Offiziers, die gleichzeitig Ehrfurcht und eine leise Besorgnis ausdrückte.

»Dieser Halunke!« fauchte Clive, der damit den Toten meinte. Wenn er sich nicht entschloß, seinem Geld hinterher zu schwimmen, würde keine Verfolgung aufgenommen – das wußte er. Es war keine Sache von Minuten, einen Raddampfer umkehren zu lassen. Selbst unter den besten Bedingungen war es verzwickt und konnte eine Stunde, wenn nicht länger dauern. Die *Mississippi Belle* würde die Verfolgung des Diebes nicht aufnehmen. Clive konnte nur hoffen, daß sie in der nächsten Stadt anhalten würde, damit er den Diebstahl melden konnte. Aber das würde ihm wohl kaum etwas nutzen.

Clive wandte sich von der Reling ab, drehte sich zu dem Toten um und konnte kaum dem Drang widerstehen, der Leiche einen Fußtritt zu verpassen.

»Hier, Liebling.« Luce war schnaufend hinter dem Schiffsoffizier aufgetaucht, der neben der Leiche kniete. Sie hielt ihm ein Bettlaken hin. Clive sah, daß sie sich in die Bettdecke gehüllt hatte, unter der sie beide gelegen hatten, und er stellte fest, daß er splitternackt im kühlen Morgengrauen auf dem Deck stand und sich bereits neugierig Hälse aus den offenen Türen der nächsten Kabinen nach ihm verrenkten. Er nahm das Laken und schnürte es sich um die Taille, und sein Blut rann auf das weiße Leinen und färbte es leuchtend rot.

»O Clive, deine Hand...«

»Zum Teufel mit meiner Hand! Die Halunken haben mir mein Geld gestohlen. Hulton und der hier. Wer zum Teufel ist das überhaupt? Ich habe ihn in meinem ganzen Leben noch nicht gesehen.«

»Ich glaube, er heißt Edwards. Stuart Edwards. Er ist in St. Louis an Bord gekommen.« Der Schiffsoffizier stand auf. »Mr. McClintock, ich spreche Sie ungern gerade jetzt darauf an, aber da wäre die Sache mit Ihrer Pistole...«

Der Mann streckte entweder aus Tollkühnheit oder aus Dummheit die Hand danach aus. Clive sah ihn einen Moment lang ungläubig an und überließ ihm dann kopfschüttelnd die Pistole, ohne ein Wort von sich zu geben.

»Vielen Dank. Ich bin sicher, daß man Sie nicht gerichtlich belangen wird...«

»Gerichtlich belangen?« sagte Clive lachend, und es war kein angenehmes Geräusch. Seine rechte Hand, von der das Blut noch tropfte, hing matt an ihm herunter und pochte und schmerzte, als hätte der Teufel persönlich mit seiner Mistgabel zugestochen, aber das war Clives geringste Sorge. Er wollte sein Geld wieder haben! »Gerichtlich belangen? Mir sind gerade fünfundvierzigtausend Dollar gestohlen worden, und Sie glauben, ich mache mir Sorgen, gerichtlich belangt zu werden, weil ich den Mistkerl erschossen habe, der das getan hat? Mir macht nur Sorgen, wie ich mein Geld wieder bekomme!«

»Ja, gewiß...«

Jemand hatte anscheinend den Kapitän aus seiner Kajüte geholt, denn er kam auf sie zu und knöpfte im Näherkommen sein Hemd zu.

»Mr. Smithers! Mr. Smithers, was um Himmels willen geht hier fort?«

Mr. Smithers, der Offizier, schien darüber erleichtert zu sein, seinen Vorgesetzten zu sehen. Er beendete seinen Satz nicht, wie auch immer er gelautet haben mochte, und eilte auf den Kapitän zu, um sich flüsternd mit ihm zu besprechen. Luce stellte sich neben Clive und tätschelte beschwichtigend seinen nackten Arm, während er finster auf die Leiche des Mannes herunterschaute, den er getötet hatte.

»Du schuldest mir noch etwas, Stuart Edwards«, knurrte er an die Leiche gewandt. »Du schuldest mir noch etwas, du mieser Dieb, und du kannst dich darauf veranlassen, daß ich es mir wiederhole.«

1

Mit dem würde es Ärger geben. Das wußte Jessie von dem Moment an, in dem sie ihn zum erstenmal sah.

Sie war gerade zerzaust und reichlich verschwitzt von ihrem morgendlichen Ausritt zurückgekommen und hatte sich im Schatten auf einen Schaukelstuhl fallen lassen. Ihr dichtes, lockiges kastanienbraunes Haar hatte sich längst aus dem lockeren Knoten gelöst und fiel ihr ins Gesicht und auf den Rücken. Eine Strähne war in ihren Kragen gefallen und kitzelte sie am Hals. Sie schnitt eine Grimasse und kratzte sich, ohne es zu bemerken oder sich gar etwas daraus zu machen, daß die Schlammschmierer von ihren Fingern dabei auf ihre rechte Wange gelangten.

Die Reitkleidung, die sie trug, war für sie geschneidert worden, als sie dreizehn war, folglich vor fünf Jahren. Ursprünglich war sie flaschengrün gewesen, doch der Stoff war durch die Abnutzung von Jahren so verschlissen, daß er an manchen Stellen nur noch die Farbe von staubigem Gras im Frühjahr hatte. Noch schlimmer war, daß sie vor fünf Jahren noch nicht allzuweit entwickelt gewesen war. Der Stoff zwischen den Knöpfen spannte und drückte ihre Brüste platt, und das, obwohl Tudi erst im letzten Jahr große Stücke in den Seitennähten eingesetzt hatte. Der Rock war weit kürzer, als es sich gehörte, doch Jessie dachte keinen Moment lang an Anstandsformen, als sie die Stiefel auf das Balkongeländer legte und die Beine an den Knöcheln übereinanderschlug, wobei sie skandalöse Mengen weißer Baumwollstrümpfe und Teile ihres dreifach gewendeten Petticoats zeigte.

»Na hör mal, das geht doch nicht! Du tust jetzt die Beine runter und setzt dich hin wie eine Dame!« protestierte Tudi entsetzt. Sie saß auch auf einem Schaukelstuhl, und ihre knorrigen schwarzen Hände steckten tief in einer Schüssel mit grünen Bohnen, die sie fürs Essen putzte.

Jessie seufzte, doch sie gehorchte und ließ ihre Füße lautstark runterplumpsen. Tudi wandte sich zufrieden wieder den Bohnen zu.

Neben der Veranda stand die Mimose, die der riesigen Baumwollplantage ihren Namen gegeben hatte. Jessie schaute auf sie hinaus, während sie genüßlich in das Kirschtörtchen biß, das sie Rosa, der Köchin, auf ihrem Weg durch das Haus abgeluchst hatte.

Von der Straße, die sich am Haus vorbeiwand, war ein Holpern und Knarren zu hören, und ein Einspänner kam in ihr Blickfeld. Jessie beobachtete interessiert, wie er näher kam. Als sie sah, daß er in die lange Auffahrt abbog, die zum Haus führte, statt zum nahegelegenen Fluß weiterzufahren, runzelte sie die Stirn. Das konnte nur einer der Nachbarn sein, und sie wollte keinen von ihnen sehen, wahrscheinlich, weil sie sie alle nicht mochten und keinen Hehl daraus machten. ›Die wilde kleine Lindsay‹, so nannten sie die Frauen der Pflanzer. Ihre heiklen Töchter lehnten sie als Spielkameraden ab, und ihre Söhne im heiratsfähigen Alter schienen noch nicht einmal bemerkt zu haben, daß sie existierte. Doch dieser Stand der Dinge, redete sich Jessie ein, paßte ihr nur zu gut!

Als Jessie in der zierlichen, exquisit herausgeputzten Frau, die neben dem Kutscher thronte, ihre Stiefmutter Celia erkannte, erwartete sie deren Eintreffen mit noch weniger Begeisterung, als sie die für einen der Nachbarn aufgebracht hätte. Ihr Blick glitt auf den dunkelhaarigen Kutscher, blieb auf ihm hängen, und sie kniff die Augen zusammen. Ihn kannte sie überhaupt nicht, und in einer Gegend, in der man all seine Nachbarn vom reichsten Pflanzer bis hin zum ärmsten Kleinbauern kannte, löste das Erstaunen aus.

»Wer ist das?« Tudi blickte nun auch auf, als der Wagen durch die eingesäumte Allee kam. Ihre Hände beschäftigten sich weiterhin mit den Bohnen, doch ihre Augen waren weit aufgerissen und neugierig auf den Fremden gerichtet.

»Ich weiß es nicht«, erwiderte Jessie, und das war die Wahrheit. Sie mied die Nachbarn wie Natterngezücht, und daher konnte es immer sein, daß sie Besucher hatten, die sie nie gesehen hatte. Es ließ sich jedoch deutlich erkennen, daß der Mann, wer auch immer er sein mochte, Celia kein Fremder war. Celia saß so dicht neben ihm, daß ihre Körper einander berührten. So hätte sie nicht mit irgendeinem Kavalier dagesessen, den sie gerade erst kennengelernt hatte. Dazu kam, daß Celia lächelte und charmant mit ihm plauderte und ständig über den Ärmel des Mannes strich oder seine Hand tätschelte. Und wenn man bedachte, daß Jessie ihre Stiefmutter kannte, dann hatte sie eine scheußliche Ahnung, wer der Fremde sein mußte: Celias neuer Liebhaber.

Sie wußte schon seit ein paar Wochen, daß Celia einen neuen Mann hatte. Nachdem sie zehn Jahre mit ihrer hübschen, blonden

Stiefmutter zusammengelebt hatte, merkte Jessie so etwas. Jessies Vater war seit neun Jahren tot, und in dieser Zeitspanne hatte Celia es mühelos auf die doppelte Anzahl von Männern gebracht. Celia war vorsichtig genug, um ihre Taktlosigkeit vor den scharfen Augen ihrer Stieftochter zu verbergen, die sie keineswegs anbetete. Der wahre Grund für ihre ausgedehnte Abwesenheit war Jessie klar geworden, als sie zufällig einen Brief gefunden hatte, den Celia an ihren neuesten Liebhaber geschrieben hatte. Jessie wußte, daß es sich nicht gehörte, anderer Leute Post zu lesen, aber sie tat es doch. Die schlüpfrige Ausdrucksweise und der leidenschaftliche Tonfall des Schreibens hatte bei dem unschuldigen kleinen Mädchen, das sie damals gewesen war, einen unauslöschlichen Eindruck hinterlassen. Als ihr erst einmal die Augen geöffnet worden waren, hatte Jessie schnell gelernt, in ihrer Stiefmutter zu lesen wie in einem Buch: die Rastlosigkeit und die kleinen Gehässigkeiten, wenn Celia gerade keinen Mann hatte, die Heimlichtuerei und die unbesorgte Reaktion auf Jessies übelste Schandtaten, wenn Celia sich mit jemandem eingelassen hatte.

In den letzten Wochen war Celia mit einem verschlagenen Halblächeln durchs Haus gelaufen, das deutlich ausdrückte, daß sie ein Geheimnis hatte und sich mit einem neuen Liebhaber etwas anbahnte. Jessie war aus Erfahrung davon ausgegangen, Celia würde bald wieder einmal nach Jackson fahren, um Einkäufe zu erledigen, oder sie würde zu einer Party nach New Orleans eingeladen oder sich sonst einen Vorwand ausdenken, unter dem sie wochenlang verschwinden würde, ohne einen Skandal auszulösen, während sie ihr neues Interesse weit ab von wachsamen Augen und den Einschränkungen verfolgte, die ihr der Anstand auferlegte. Damit konnte sie die Nachbarn vielleicht zum Narren halten, die schockiert gewesen wären und sie lauthals verdammt hätten, wenn sie gewußt hätten, daß die charmante Witwe Lindsay es mit mehr Männern getrieben hatte als eine rollige Katze. Aber Jessie ließ sich nicht so leicht täuschen. Nachdem sie ihr halbes Leben damit zugebracht hatte, ihre Stiefmutter zu beobachten, war Jessie grundlegend mit der wahren Celia vertraut, die nur oberflächliche Ähnlichkeit mit dem reizenden, etwas dümmlichen Frauchen aufwies, als das sie sich gab. Die wahre Celia ging ihren Gelüsten so unerbittlich und gnadenlos nach wie eine Tigerin, und sie war auch etwa so gutmütig.

»Das erste Mal, daß sie einen von denen nach Hause mitbringt«, murmelte Tudi mit finsterer Miene, als der Wagen vor dem Haus vorfuhr. Es stimmte, daß Celia ihre Männer nie nach Hause mitgebracht hatte, und das war natürlich einer der Gründe für Jessies Unbehagen, als der hier jetzt auftauchte. Aber daß Tudi es genauso sah wie sie...

Jessie warf einen erstaunten Seitenblick auf ihr früheres Kindermädchen, das den Haushalt schon vor langem in die Hand genommen hatte, weil sich gezeigt hatte, daß das nichts für Celia war. Jessie war erstaunt über die Feststellung, daß auch Tudi die Situation vollkommen durchschaute. Trotz ihrer immensen Körperfülle und ihrer Warmherzigkeit hatte Tudi Adleraugen und den Verstand eines Fuchses. Celias Ausflüchte konnten sie genausowenig täuschen wie Jessies fantasievolle Ausreden für ihre Missetaten, als sie noch klein war.

Der Fremde sprang vom Wagen, und Jessie ließ ihn nicht mehr aus den Augen. Celia und er bemerkten nicht, daß sie vom oberen Balkon aus eindringlich und feindselig beobachtet wurden. Tudis Hände waren immer noch regungslos in die Bohnenschüssel getaucht, und Jessie hatte das Schaukeln und das Essen eingestellt und konzentrierte sich ganz darauf, die beiden zu beobachten.

Sogar von hinten war der Fremde weiblicher Aufmerksamkeit würdig. Er war groß mit breiten Schultern und langen muskulösen Beinen und hatte dichtes, welliges schwarzes Haar. Soweit Jessie das erkennen konnte, waren seine schwarze Jacke und seine braune Hose völlig frei von Staub und Falten, was an sich schon ausgereicht hätte, um ihn gegen die Pflanzer und deren Söhne abzusetzen, die Celia offiziell besuchten. Es war das Jahr 1841, und es war Mitte Mai und noch nicht so heiß und schwül, wie es im späteren Sommer im Deltagebiet werden sollte, aber es war doch schon recht warm, und die Männer aus der Gegend hatten bereits um die Mittagszeit zerknitterte Kleidung und rochen nach Schweiß. Aber dieser Mann dort – selbst seine Stiefel glänzten! Jessie wußte jetzt schon, daß sie diesen Mann nicht leiden konnte.

Finster beobachtete sie, wie der Fremde die Hände ausstreckte, um Celias Taille zu umfassen und sie vom Kutschbock zu heben. Wenngleich diese Geste auch normal war und jeder Gentleman einer Dame in dieser Form behilflich gewesen wäre, legten sich aber doch diese langfingrigen Hände, die in schwarzen Lederhandschuhen steckten, viel zu vertraulich auf Celias zierliche Taille, und er hielt sie wesentlich länger fest, als es sich schickte. Beim Zusehen spürte Jessie eine gewisse Peinlichkeit in sich aufkommen, als sähe sie etwas mit an, was nicht für fremde Blicke bestimmt war. Celia strahlte ihn natürlich an – und das war nicht weiter erstaunlich. Wenn er ihr Liebhaber war, und diese Überzeugung verstärkte sich sekündlich, dann war es klar, daß sie ihn anlächelte. Und dann hätte er sie auch mit ekelerregender Glut angeblickt und nur widerwillig seine Hände zurückgezogen. Mit anderen Worten: Er hätte sich genauso benommen, wie er es tat.

Celia kicherte über irgend etwas, was er sagte, und ihre Hände blieben auf den ausgezeichnet geschnittenen Ärmeln seiner modischen Jacke liegen, als er sie auf die Füße stellte und endlich seine Hände von ihrer Taille nahm. Sie hatte ihre Hände besitzergreifend auf seinen Armen liegen und schien sich beim Reden zu ihm vorzubeugen. Für Jessie war der Fall entschieden. Der Mann war Celias neuester Liebhaber, und sie war wirklich so geschmacklos, ihn nach Hause mitzubringen, nach Mimosa. Es fragte sich nur, warum.

Wie er auch heißen mochte und woher er auch kommen mochte – dieser Mann würde ihr Ärger machen. Jessie konnte es in ihren Knochen spüren, wie Tudi spürte, daß Regen bevorstand.

2

»Was meinst du, was sie vorhat?« Es war eher ein Fall von lautem Denken als eine Frage, die Jessie stellte, doch Tudi beantwortete sie trotzdem.

»Lämmchen, ich habe vor Jahren schon aufgegeben, Miß Celia verstehen zu wollen. Und jetzt starr nicht so. Das gehört sich nicht.«

Tudi starrte zwar selbst ganz gebannt, doch sie hatte recht. Es war nicht gut, sich beim Gaffen erwischen zu lassen. Jessie schaukelte wieder auf ihrem Stuhl und biß in ihr Törtchen, doch als sich der Fremde umdrehte und mit Celia die Treppe hinaufkam, genügte ein Blick in sein Gesicht, und Jessie hörte wieder auf zu essen. Das Törtchen war vergessen, als sie ihn mit wachsendem Unwillen anstarrte.

Selbst für ihren kritischen, ungeübten Blick war der Mann faszinierend. Als das Paar die Treppe heraufkam, lächelte er auf Celia herunter, die sich bei ihm eingehängt hatte. Seine langen Finger lagen auf ihrer kindlich kleinen Hand. Seine weißen Zähne hoben sich gegen sein gebräuntes Gesicht ab. Seine Züge waren gut geschnitten und gleichmäßig. Als er den Kopf zurückwarf und über etwas lachte, was Celia gesagt hatte, sah Jessie, daß seine Augen unter den dichten, schwarzen Augenbrauen auffallend blau waren, so blau wie der klare Himmel, der an jenem Tag über dem Yazoo-Tal hing.

Manche Pflanzer aus der Gegend und ihre Söhne waren attraktive Männer, und Jessie fand insgeheim, Mitchell Todd, dessen Familie das angrenzende Riverview gehörte, sähe wirklich sehr gut aus. Aber Mitch und der gesamte Rest verblaßten neben der außergewöhnlichen Erscheinung dieses Mannes, der neben seinem guten Aussehen auch noch Spannung, Gefahr und einen verwegenen Charme ausstrahlte, an dem es den anderen ganz entschieden fehlte.

Woher er auch kommen mag, aus diesem Tal stammte er ganz bestimmt nicht, dachte Jessie. Als sie oben auf der Treppe angekommen waren, bemerkten Celia und der Fremde endlich Jessie und Tudi. Jessie legte das Kirschtörtchen vorsichtig auf ihren Schoß und hoffte nur, es würde nicht allzu schlimm durch den Stoff sikkern, ehe sie die Armlehne fest umklammerte.

»Also, Jessie! Meine Güte, du siehst ja gottverboten aus! Nun, dagegen läßt sich wohl nichts machen. Stuart, mein Lieber, das ist meine widerspenstige Stieftochter.« Celia verdrehte die Augen, als wolle sie noch einmal nachdrücklich betonen, was sie dem Mann alles über Jessie erzählt hatte. Er lächelte Jessie an. Es war ein äußerst entwaffnendes Lächeln, das ihn noch besser aussehen ließ. Als Reaktion darauf schlossen sich Jessies Hände noch fester um die Armlehnen. Es war eine unwillkürliche Geste physischer Abwehr gegen diesen mächtigen Charme. Auch ihr Gesicht verkrampfte sich, und sie wußte, daß es den gewohnten, schmollenden Ausdruck angenommen hatte, für den Tudi sie ewig ausschalt, gegen den sich aber anscheinend nichts machen ließ, wenn Celia in ihrer Nähe war. Celia, die so beiläufig, wie man es sich nur irgend vorstellen konnte, immer wieder die Aufmerksamkeit auf die zahllosen Mängel ihrer Stieftochter lenkte.

Celia, die Tudi ignorierte wie alle Sklaven, wenn sie sie nicht gerade ausschimpfte oder ihnen Befehle erteilte, lächelte Jessie ebenfalls an – und das war an sich schon ungewöhnlich genug, um

Jessies üble Vorahnung zu bestätigen – und zog den Mann an das Ende des Balkons, auf dem Jessie saß.

Celia war wie immer von Kopf bis Fuß makellos gekleidet, von dem süßen, kleinen Hut bis zu den Spitzen der winzigen Satinschuhchen, die gerade noch unter ihrem Rock herausschauten. In ihrem hellblauen Kleid sah Celia hübsch und schlank und erstaunlich jung aus. Jessie fragte sich erbarmungslos, ob ihr neuer Liebhaber sich auch nur die geringste Vorstellung davon machte, daß Celia im vergangenen Winter dreißig geworden war. Dann blieb Celia mit dem Mann im Schlepptau vor ihr stehen. Jessie starrte versteinert in das lächelnde Gesicht des Fremden, während Celia mit der künstlich süßen Stimme vor sich hin plauderte, die sie annahm, wenn sie in Gesellschaft von Männern war.

»Jessie, das ist Stuart Edwards. Also wirklich, meine Liebe, du siehst aus, als seist du rückwärts durchs Gebüsch geschleift worden! Und ißt du schon wieder Süßigkeiten? Du weißt doch, daß du keine Süßigkeiten essen darfst, wenn du diesen Babyspeck je ablegen willst! Du mußt dir wirklich mehr Mühe mit deinem Äußeren geben. Ich weiß, eine Schönheit wirst du nie, aber du könntest es wenigstens anstreben, halbwegs präsentabel auszusehen. Normalerweise hat sie wenigstens ein sauberes Gesicht! Du mußt ihr verzeihen, Stuart. Meine Güte, Jessie, bisher ist es mir gar nicht aufgefallen, aber du bist ja in Windeseile ein richtiger Brocken geworden, ein Bauernmädchen. Stuart findet mich jetzt sicher scheußlich und glaubt, ich sei eine gräßliche Stiefmutter und obendrein noch furchtbar alt, aber ich war Jahrzehnte jünger als mein verstorbener Mann, und altersmäßig könnte ich Jessie eher eine Schwester als eine Stiefmutter sein.« Bei den letzten Worten sah sie Jessie finster an und lachte dann trällernd mit einem Seitenblick auf Stuart Edwards.

»Jeder, der Augen im Kopf hat, muß sofort erkennen, daß du fast gleichaltrig mit Miß Lindsay bist«, fiel ihr Edwards galant ins Wort. »Es freut mich, Sie kennenzulernen, Miß Lindsay.«

Celia freute sich über das Kompliment, klapperte mit den Wimpern und hauchte ekelerregend: »O Stuart!«

Edwards lächelte sie an, ehe er sich höflich vor Jessie verbeugte, die seinen triefenden Charme mit steinernem Schweigen aufnahm. Schmeicheleien mochten Celia zuckersüß werden lassen, doch bei ihr waren sie vergeudet! Hinter Edwards Rücken warf Celia Jessie einen Blick zu, der ihr Vergeltung für ihre Grobheit zusicherte, sowie sie allein waren. Jessie ignorierte die Drohung, die dieser Blick ausdrückte. Ein Vorteil ihrer Größe gegenüber ihrer puppenhaften Stiefmutter war der, daß sie Celia physisch nicht mehr zu fürchten brauchte.

»Also wirklich, Jessie, hast du denn gar kein Benehmen? Du kannst doch wenigstens ›Guten Tag‹ sagen, wenn du jemandem vorgestellt wirst.« Jessie wußte, daß Celia sie in Wirklichkeit am liebsten geohrfeigt hätte. Dennoch sagte sie nichts und sah nur mit einem Blick zu dem Paar auf, der dazu gedacht war, ihren Abscheu deutlich auszudrücken. Celia packte Edwards am Arm und wollte ihn fortziehen. »Sei so gut, ihre mangelnden Manieren zu übersehen, Stuart! Ich habe mein Bestes versucht, aber wie du siehst, hat es nichts genutzt. Vielleicht wird sie jetzt, wenn sie wieder einen Vater hat...«

»Was hast du gesagt?« brachte Jessie heraus, und ihre Stimme war ein ungläubiges Quietschen. Sie mußte sich verhört haben. Celia blickte nervös und flehentlich zu dem Mann an ihrer Seite auf. Jessie erkannte, daß sie sich nicht verhört hatte. Sie stand langsam und vorsichtig auf und nahm sogar das Kirschtörtchen von ihrem Schoß, ohne zu merken, was sie tat. Der Schock bewirkte, daß sie sich plötzlich wie eine ganz alte Frau bewegte.

Celia war gerade einsfünfzig und zart gebaut, und Jessie war rund fünfzehn Zentimeter größer und ganz und gar nicht zart. Im Stehen ragte Jessie über ihre Stiefmutter, und ihr Verhalten war alles andere als liebevoll. Edwards schien sich zwischen die beiden stellen zu wollen, tat es aber dann doch nicht, und Jessie ignorierte ihn. Ihr Blick war nur auf Celia gerichtet. Celia stand mit dem Rücken zu Edwards und blickte mit der Gehässigkeit zu Jessie auf, die ihre übliche Haltung gegenüber ihrer Stieftochter darstellte, wenn sie miteinander allein waren.

»Also, Jessie, meine Liebe, ich hatte gefürchtet, es könnte dich aus der Fassung bringen, aber verstehst du, Stuart und ich sind verliebt und...« Die künstlich süße Stimme klang für Jessie wie Kreide auf einer Tafel. Sie ballte die freie Hand zur Faust.

»Ihre Stiefmutter hat mir die große Ehre erwiesen, meine Frau zu werden, Miß Lindsay«, fiel ihr Edwards ins Wort. Er rückte näher zu Celia, und seine Stimme und seine Augen wurden hart, als er sie verteidigte. »Wir hoffen, daß Sie uns viel Glück wünschen.«

Seine Hoffnung sollte sich nicht erfüllen. Jessie sah die beiden lange wortlos an. Ihr Magen drehte sich um, und ihr Gesicht wurde schneeweiß.

»Du willst... wieder heiraten?« krächzte sie schließlich.

»Sobald es sich einrichten läßt.« Die Antwort kam von Edwards, obwohl die ungläubige Frage an Celia gerichtet gewesen war. Jessie ignorierte Edwards, als sei er gar nicht da.

»Soll das heißen, daß du... fortgehst?« Jessie sprach immer noch mit Celia, und ihre Stimme klang, als würde sie gerade erdrosselt. Schon als sie die Frage stellte, kannte Jessie die Antwort. Celia würde niemals fortgehen.

»Wir werden natürlich eine kleine Hochzeitsreise machen, aber länger kann ich dich doch nicht allein lassen, oder, meine Liebe? Nein, ganz gewiß nicht. Dein guter Vater hat dich mir anvertraut, und dieses große Vertrauen werde ich niemals verletzen, wenn du mich auch noch so sehr dafür haßt. Stuart wird hier einziehen, um mir einen Teil der Last von den Schultern zu nehmen, die es für mich bedeutet hat, die Plantage zu führen, wie es sich dein Vater gewünscht hatte. Stuart wird versuchen, dir ein gerechter Vater zu sein. Vielleicht wird ja seine Führung den Einfluß auf dich haben, den ich nie geltend machen konnte. Ich...«

»Das kannst du nicht machen!«

»O Jessie, warum mußt du bloß alles so schwierig machen? Ich wollte doch nur das Beste für uns alle...« Celias kläglicher Ausruf raubte Jessie jeden Rest von Selbstbeherrschung.

»Das – kannst – du – nicht – machen!« fauchte sie und ging hastig einen Schritt näher auf ihre Stiefmutter zu. Celia schrie auf und wich genauso hastig zurück. Jessie packte ihre Stiefmutter an einem der schmalen Arme und schüttelte sie. »Hast du gehört, Celia? Das kannst du nicht tun!«

»Reißen Sie sich zusammen, Miß Lindsay!« Diesmal stellte sich Edwards zwischen Jessie und Celia, und seine Hände legten sich so fest auf Jessies Schultern, daß es wehtat. Jessie riß sich los und gab dabei, wie es zweifellos Edwards Absicht entsprach, Celia frei.

»Jessie, meine Liebe.« Celia rieb sich den Arm und schien kurz vor den Tränen zu stehen. Da Jessie wußte, was für eine Heuchlerin und Schwindlerin sie war, sah Jessie sie mordlustig an.

»Ich schlage vor, wir sollten jede weitere Auseinandersetzung verschieben, bis deine Stieftochter wieder zu sich gekommen ist«, schlug Edwards vor und legte einen Arm beschützend um Celias schmale Schultern, während er Jessie einen Blick zuwarf, in dem sich Ablehnung und eine deutliche Warnung ausdrückten.

»Sie ist bei sich.« Celias Stimme klang verzweifelt, als sie zu ihm aufsah und ihre kleinen Hände sich an seiner Hemdbrust auf eine Weise festklammerten, die selbst Jessie gerührt hätte, wenn sie Celia nicht so gut gekannt hätte. »Sie ist immer so. Sie haßt mich schon, seit ich ihren Vater geheiratet habe. Sie... sie will nicht, daß ich glücklich werde...«

Jessie war angewidert, als Celia geräuschvoll in Tränen ausbrach. Edwards fiel natürlich auf diesen widerlichen Auftritt rein, zog sie in seine Arme und flüsterte ihr beschwichtigend ins Ohr. Tudi hielt die Augen taktvoll gesenkt, doch die Ohren hatte sie aufmerksam gespitzt, und sie sog gierig jedes Wort ein. Jessie kam sich vor, als sei sie kopfüber in einen Alptraum gestürzt.

»Das kannst du nicht tun«, sagte sie noch einmal. Ihre Worte prallten an Celias Rücken ab.

»Ich werde Ihre Stiefmutter heiraten, Miß Lindsay«, sagte Edwards mit ruhiger Stimme, und seine Augen waren kalt, als er sie ansah. »Sie sollten sich am besten an diese Vorstellung gewöhnen und uns mit dieser Theatralik verschonen. Ich muß Sie warnen, daß Sie, sobald ich mit Ihrer Stiefmutter verheiratet bin, meiner Kontrolle unterstehen, und ich bin durchaus in der Lage, ungezogene Kinder so zu behandeln, wie sie es verdient haben.«

Jessie starrte ihn an und sah tief in die Augen, die so kalt und unnachgiebig wie Eis waren. Sie war so besessen von Wut und Haß, daß sie zitterte. Und sie war so außer sich, daß sie nach Luft schnappte und es fast wie ein Schluchzen klang. Aber sie konnte nicht weinen. Sie weinte nie, und eher wollte sie in den Erdboden versinken, als sich vor ihm so zu erniedrigen – vor ihnen beiden! Sie reckte das Kinn in die Luft und strafte den feuchten Glanz in ihren Augen Lügen. Sie wußte es nicht, aber sie sah plötzlich sehr kindlich aus, wie ein hilfloses Mädchen, das nicht wußte, was es tun sollte. Edwards Mundwinkel zogen sich unwillig herunter, als er die drohenden Tränen sah, und er machte eine Bewegung, als wolle er ihr eine tröstende Hand auf die Schulter legen. Jessie sah das Mitleid, das plötzlich in seine Augen getreten war, und sie funkelte ihn wütend an. Wie konnte er es wagen, Mitleid mit ihr zu haben!

»Miß Lindsay...« Seine Hand legte sich tatsächlich auf ihren

Arm und tätschelte ihn kurz. Jessie schlug seine Hand brutal zur Seite.

»Wagen Sie es nicht, mich anzurühren!« fauchte sie und sah ihn durch die Tränen hindurch, die sie nicht vergießen wollte, mit glühendem Haß an. Dann wandte sie sich mit einem wilden Aufschrei ab und rannte an ihm und Celia vorbei zur Treppe. Celia hatte inzwischen aufgehört zu weinen und schniefte nur noch kläglich an seiner Brust, während ihre Augen, die einen Seitenblick auf Jessie warfen, triumphierend funkelten.

»Was, zum Teufel! . . .« Dieser Ausruf entfuhr Edwards, als Jessie ihn aus dem Weg stieß, doch sie sah sich nicht um, als sie die Stufen hinunterfloh und zu den Ställen rannte. Daher kam sie nicht in den Genuß der kleinen Befriedigung, die ihr das Wissen verursacht hätte, daß die Hand, mit der sie ihn gestoßen hatte, die mit dem Kirschtörtchen war – und daß sie den klebrigen Teig über den ganzen Ärmel seiner makellosen schwarzen Jacke verteilt hatte.

3

Die Abenddämmerung war schon angebrochen, als Jessie auf das Haus zuritt. Firefly, ihr Fuchs, war mit schwarzem Schlamm bespritzt, und die Stute lief langsam, obwohl sie fast zu Hause waren. Der wilde Galopp, der sie tief in den Panther-Sumpf geführt hatte, bereitete Jessie plötzlich Gewissensbisse. Jasper, der riesige Hund undefinierbarer Abstammung, der ihr gehörte, seit er ein Welpe war, war noch schmutziger als Firefly. Die Zunge hing ihm weit heraus, aber er hatte seine helle Freude daran gehabt, Opossums und Eichhörnchen zu jagen. Das war also halb so schlimm, aber Jessie hätte ihrer zierlichen Stute den Ritt in den Sumpf niemals zumuten dürfen. Als sie aufgebrochen war, hatte sie allerdings keinen Gedanken daran verschwendet.

Celia würde wieder heiraten. Die Vorstellung war derart schokkierend, daß sie ihr unwirklich erschien. Jessie hatte den ganzen Nachmittag mit diesen Neuigkeiten gerungen, doch sie akzeptierte sie jetzt genausowenig wie vor Stunden, als sie aus dem Haus gelaufen war. Die Vorstellung war einfach undenkbar. Es konnte nicht angehen.

An der Abzweigung des Weges, der auf der einen Seite einen

Kreis vor dem Haus beschrieb und auf der anderen Seite zu den Ställen führte, ritt Jessie zum Stall. Große, alte Eichen bildeten mit ihren verwobenen Ästen, die über dem Weg hingen und schon neue Blätter hatten, einen Baldachin bis hin zum Stall und den Hütten der Sklaven und dem Vorarbeiterhaus dahinter. Aus der Küche neben dem großen Haus und aus der Gemeinschaftsküche der Sklaven stiegen Rauchsäulen auf, und die Luft roch nach Rauchsalz.

Als Jessie auf das Haus zukam, leuchteten nach und nach die Lichter hinter den Fenstern auf. Sissie, Rosas kleine Tochter, die eines Tages die Stelle ihrer Mutter als Köchin einnehmen sollte, lief von einem Zimmer ins andere und zündete die Lampen und die Kerzen an wie jeden Abend. Der Lichtschein aus den Fenstern hüllte den weißgetünchten Backsteinbau in einen warmen Schimmer. Mimosa war vor der Jahrhundertwende erbaut worden, und seitdem war es von einem Rechteck aus Backstein zu einem T gewachsen, dessen Querbalken aus Holz errichtet war. Das Ganze war weiß angestrichen worden. Im ersten Stock ragten auf der Galerie zwölf imposante dorische Säulen bis über die mit Schnitzereien verzierten Dachtraufen auf. Die lange Treppenflucht, die von der Auffahrt aus zum oberen Säulengang führte, unterstrich die majestätische Erscheinung des Hauses.

Jessie liebte Mimosa mit einer Inbrunst, die ihr jetzt erst wirklich bewußt wurde. Die Plantage war über Generationen im Besitz der Familie ihrer Mutter, den Hodges, gewesen. Als ihre Mutter Elizabeth Hodge, ein Einzelkind, Thomas Lindsay aus Virginia geheiratet hatte, hatte sich anscheinend nie die Frage gestellt, wo das frischvermählte Ehepaar leben würde. Mimosa würde, wenn die Dinge ihren natürlichen Lauf nahmen, eines Tages an Elizabeth fallen. Mit den Jahren konnte Josiah Hodge seinem Schwiegersohn in aller Ruhe beibringen, wie man ein Unternehmen verwaltete, das mehr als zehntausend Morgen Baumwollfelder umfaßte, aber auch eine Sägemühle, eine Spinnerei, eine Schmiede und neunhundertzweiundneunzig erwachsene Sklaven, die dort arbeiteten.

Was niemand hatte voraussehen können, war, daß Elizabeth Hodge-Lindsay ihre Eltern nur um zwei Jahre überleben würde. Thomas Lindsay hatte kaum ein Jahr später wieder geheiratet – Celia Bradshaw war ein hübsches kleines Mädchen, das er auf einer Reise nach New Orleans kennengelernt hatte – und war rund ein Jahr danach gestorben. In der Verliebtheit in seine Kindfrau hatte

Thomas tesamentarisch Mimosa mit allem Drum und Dran Celia hinterlassen und nur zwei Bedingungen daran geknüpft: erstens daß Jessica, seine Tochter von Elizabeth, auf Lebzeiten dort wohnen könne, falls sie dieses Recht in Anspruch nehmen wollte, und zweitens, daß keiner der Sklaven, die zur Zeit seines Todes zu Mimosa gehörten, verkauft werden dürfe.

Jessie war erst neun Jahre alt gewesen, als ihr Vater gestorben war, und daher hatte es ihr nichts weiter ausgemacht, daß Mimosa an Celia gefallen war. Sie war auf Mimosa zu Hause, war es immer gewesen und würde es immer sein. Daran konnte sich durch irgendwelche rechtlichen Verfügungen nichts ändern, die darüber bestimmten, wessen Besitz Mimosa war. Erst der Schock, den Celias Ankündigung an jenem Nachmittag hervorgerufen hatte, hatte Jessie klargemacht, wie ungewiß ihre Position war. Irgendwie war sie nie auf den Gedanken gekommen, Celia könne wieder heiraten – natürlich hätte sie es sich denken können. Aber sie hatte sich gar keine Gedanken darüber gemacht. Und selbst wenn sie darüber nachgedacht hätte, wäre sie wahrscheinlich zu dem Schluß gekommen, daß Celia Männer mochte, und zwar so viele Männer, daß sie sich nie für einen einzelnen entschieden hätte. Jessie hatte den Vogel Strauß gespielt, den Kopf in den Sand gesteckt und sich schlicht geweigert, unerfreuliche Dinge zu erkennen. Wie dumm sie doch gewesen war! Und noch viel dümmer war sie gewesen, als sie auch nur einen Moment lang gehofft hatte, Celia könne fortgehen.

Natürlich würde Celia Mimosa nicht verlassen. Es gehörte ihr. Sie konnte ungestraft mitbringen, wen sie wollte – einen Ehemann, einen Liebhaber, und sie konnte ihm die Plantage überlassen, die von der Blutsverwandtschaft her an Jessie hätte fallen müssen. Konnte Celia die Plantage verkaufen? Als ihr dieser entsetzliche Gedanke kam, erkannte Jessie gleichzeitig, daß sie sich diese Frage nicht beantworten konnte. Sie hatte nie daran gedacht, sich danach zu erkundigen. Mit dem blinden Vertrauen der Jugend hatte sie geglaubt, das Leben würde ewig so weitergehen wie bisher.

Sie hatte nie auch nur in Betracht gezogen, daß sich etwas ändern könnte bis sie mit der Nase darauf gestoßen worden war. Jetzt erst merkte sie, wieviel sie zu verlieren hatte. Mimosa, ihr Zuhause, gehörte Celia. Dieser Tatsache, an der sie nichts ändern konnte, stand sie machtlos gegenüber. Wenn Celia diesen Stuart heiratete und Kinder bekam, dann würden diese Kinder so gut wie sicher die

Erben sein, nicht etwa sie. Diese Vorstellung war qualvoll, lähmend und unerträglich. Jessie hatte auch keineswegs die Absicht, das über sich ergehen zu lassen. Jessica Lindsay war eine geborene Kämpferin, und sie hatte vor, verbissen um ihr Zuhause zu kämpfen.

Im Laufe des Nachmittags hatte Jessie beschlossen, daß sie alles tun würde, was nötig war, um diese Eheschließung zu verhindern. Auch wenn sie gezwungen sein sollte, mit Firefly über den zukünftigen Bräutigam zu galoppieren. Die Vorstellung, Edwards' makellose Erscheinung zertrampelt im Staub vor sich zu sehen, machte Jessie Freude. Sie würde ihn erschießen, wenn es sein mußte, um ihr Zuhause zu retten. Aber es war anzunehmen, daß keine derart drastischen Maßnahmen erforderlich waren. Aller Wahrscheinlichkeit nach brauchte sie ihm nur von Celias Schwäche für Männer zu erzählen, um ihn so weit zu schockieren, daß er Hals über Kopf wieder aufbrach. Jessie haßte es, Dinge auszuplaudern, aber sie hatte das Gefühl, in dem Fall keine andere Wahl zu haben. Celia verdiente ihre Loyalität ohnehin nicht.

Es bestand kein Grund zur Verzweiflung. Noch waren Celia und ihr Kavalier nicht verheiratet. Sie, Jessie, würde das zu verhindern wissen.

Progress stand in der Stalltür, dürr, gebeugt und alt wie immer, seit sie ihn kannte, und er sah sich besorgt um, als Jessie auf ihn zukam. Sein runzeliges, kaffeebraunes Gesicht entspannte sich sichtlich, als er sie sah.

»Das war aber auch an der Zeit, Miß Jessie«, begrüßte er sie.

»Ich war mit ihr im Sumpf, Progress. Sie ist verschmiert, und ich schäme mich«, sagte Jessie, als sie Progress die Zügel reichte.

»Ja, das sehe ich, Miß Jessie.« Progress hätte sich normalerweise die Freiheit eines Sklaven herausgenommen, der schon vor der Geburt von Jessies Mutter zur Familie gehört hatte, und sein Mißfallen deutlich ausgedrückt. Da er das nicht tat, wurde Jessie klar, daß er von ihrem Kummer gehört haben mußte. »Machen Sie sich keine Sorgen, ich kümmere mich schon um Firefly.«

»Sie haben von Miß Celia gehört.« Es war eher ein Seufzer als eine Frage. Die Neuigkeiten mußten sich wie ein Lauffeuer im Haus ausgebreitet haben, und vom Haus bis zum Stall war der Weg nicht weit. Schon gar nicht, wenn man bedachte, daß Tudi Progress' Schwester war.

»Ja.«

»Ich werde es nicht zulassen, Progress.«

»Aber, aber, Miß Jessie...«

»Nein, ganz bestimmt nicht! Ich lasse das nicht zu, hörst du?« Ihre Stimme war aufgebracht. Progress seufzte.

»Ja, Miß Jessie, ich höre sehr gut, was Sie sagen. Aber manchmal können wir nicht allzuviel tun, um andere Leute von dem abzuhalten, was sie sich in den Kopf gesetzt haben.«

»Ich lasse das nicht zu! Ich kann es nicht zulassen, verstehst du das denn nicht? Celia hat sich nie das geringste aus Mimosa gemacht, und er wird sich auch nichts daraus machen. Vielleicht verkaufen sie die Plantage sogar und...«

»Sie haben schon immer weit vor der Hürde Anlauf genommen, Miß Jessie. Schon als Kind. Miß Celia wird Mimosa nicht verkaufen! Warum sollte sie das tun? Schon seit den Zeiten Ihres Großpapas ist es die beste Baumwollplantage im Tal. Und jetzt laufen Sie los, damit Sie rechtzeitig zum Essen kommen. Tudi ist schon dreimal hier gewesen, um nach Ihnen zu sehen. Sie macht sich gewaltige Sorgen, das kann ich Ihnen sagen.«

»Aber, Progress...«

»Jetzt laufen Sie schon los. Husch, husch.«

»Schon gut, ich gehe ja.«

»Äh, noch was, Miß Jessie...«

»Was denn?« Sie hatte sich schon abgewandt und sah ihn jetzt über die Schulter an. Es sah Progress nicht ähnlich, daß ihm die Worte fehlten.

»Wenn ich Sie wäre, würde ich in der Küche essen und gleich ins Bett gehen. Sie sollten Miß Celia bis morgen früh aus dem Weg gehen.«

»Weshalb denn? Ich habe ihr einiges zu sagen.«

Progress biß sich nachdenklich auf die Unterlippe, und die Worte kamen so widerwillig heraus, als sei er nicht sicher, ob es richtig war, zu sagen, was er sagen wollte. »Er ist noch da – Miß Celias Kavalier. Ich glaube, es führt zu nichts, wenn Sie sich heute abend noch einmal auf einen Streit mit den beiden einlassen.«

»Er ist noch da!« Jessie starrte das Haus mit geballten Fäusten an. »Wieso? Bildet er sich etwa ein, all das gehört schon ihm?«

»Ich weiß nicht, was er denkt, Miß Jessie. Ich weiß nur, daß Sie sich einen Haufen Ärger einhandeln, wenn Sie... Miß Jessie, seien Sie jetzt bloß nicht zu vorlaut!« Die letzten Worte rief er ihr nach, denn sie stolzierte bereits auf das Haus zu. Kopfschüttelnd murrte

Progress vor sich hin, als er Jessie nachblickte und geistesabwesend über Fireflys Nüstern strich. Dann richtete er den Blick zum Himmel, als erwarte er von dort göttliche Hilfe. Eher konnte man einen Flußlauf eindämmen, als Miß Jessie zurückhalten, wenn sie entsprechend aufgelegt war.

Jessie vergaß vollkommen, daß sie zur Küche gehen und sich ihr Abendessen holen wollte, und sie vergaß auch ihre Erschöpfung und ihre schmutzigen Kleider. Mit kriegerischen Schritten und kämpferisch erhobenem Kinn marschierte sie auf den Haupteingang zu. Ihr Zorn, der sich im Laufe des Nachmittags abgekühlt hatte, war neu entfacht. Sie würde nicht zulassen, daß sich dieser Eindringling kampflos in ihrem Haus einrichtete!

Jetzt mußten sie sich gerade im Eßzimmer an den Tisch setzen. Celia wollte ihren Liebhaber bestimmt beeindrucken, und daher würde es ein großartiges Mahl geben. Jessies Magen knurrte schon bei dem Gedanken. Erst jetzt merkte sie, wie hungrig sie war. Bis auf das angebissene Kirschtörtchen hatte sie heute noch nichts gegessen.

Siedend vor Wut stieg sie die Stufen hinauf und legte sich ihre Worte bereits zurecht. Wortgewandt würde sie Edwards von Mimosa vertreiben, und er würde nie mehr zurückkommen. Celias Haß auf sie würde dann natürlich größer denn je sein und ihr das Leben schwermachen. Aber das war ein unbedeutender Preis dafür, Mimosa zu retten. Bis zum nächsten Mann... Aber darüber wollte sie jetzt nicht nachdenken. Wenn sie erst gesehen hatte, wie entsetzt dieser Kerl war, wenn er die Wahrheit erfuhr, würde Celia vielleicht die Vorstellung aufgeben, wieder zu heiraten. Und wenn nicht... schön der Reihe nach, jetzt würde sich Jessie erst einmal mit ihm befassen.

Sie nahm nichts um sich herum wahr, nicht die Grillen und nicht den Mimosenduft. All ihre Gedanken drehten sich nur um die bevorstehende Auseinandersetzung – darum, was sie zu tun hatte, um den Eindringling von Mimosa zu vertreiben, der eine Bedrohung darstellte.

Daher entging ihr auch die Glut des Stumpens auf dem Balkon im ersten Stock, und sie nahm auch den Mann nicht zur Kenntnis, der an einer Säule lehnte, rauchte und aus zusammengekniffenen Augen zu ihr hinuntersah.

»Guten Abend, Miß Lindsay.«

Die leise Stimme überrumpelte sie unerwartet. Sie schien aus dem Nichts zu kommen. Als sie sich auf der obersten Stufe umdrehte, brachte sie die plötzliche Bewegung aus dem Gleichgewicht. Jessie wankte mit weitaufgerissenen Augen und wäre fast die Treppe heruntergestürzt, die sie gerade hinaufgestiegen war. Doch bewegte sich blitzschnell eine Hand durch das Dunkel, umfaßte ihren Oberarm und bewahrte sie vor dem Sturz. Sie stolperte jetzt vorwärts und fiel ihrem Retter an die Brust.

Ihre Hände und ihre Stirn preßten sich an seine Hemdbrust, während ihr Herz heftig klopfte. Einen Moment lang blieb sie so stehen und rang um Luft. Die Treppe war steil, und ein Sturz hätte mit ziemlich großer Sicherheit beträchtliche Verletzungen nach sich gezogen. Davor hatte er sie bewahrt, aber schließlich war es seine Schuld, daß sie beinahe gestürzt wäre, und daher bestand kein Grund zur Dankbarkeit.

Er roch nach Leder und guten Zigarren. Seine Brust unter dem Leinen fühlte sich warm und kräftig an. Sie war groß, aber er war einen guten Kopf größer als sie. Gegen seine breiten Schultern nahm sie sich fast zierlich aus. All das nahm Jessie innerhalb von Sekunden wahr. Dann hielt er sie nur noch mit der linken Hand fest und bewegte seine recht, als hätte er Schmerzen.

Jessie sah ihm ins Gesicht, um ihn augenblicklich zu beschimpfen, doch in seinem Ausdruck stand etwas, was sie sofort vergessen ließ, was sie hatte sagen wollen. Sie sah in Augen, die in der späten Dämmerung fast farblos waren, Augen, die verschleiert, wachsam und so räuberisch wie die eines Wolfes waren. Als sie in diese Augen blickte, erkannte Jessie plötzlich, daß der Mann ein Feind war, der sich dieses Begriffs würdig zeigen würde. Trotz seines schönen Gesichts und seiner eleganten Kleidung, trotz seiner leisen und höflichen Art im Auftreten verrieten ihn diese Augen. Das hier war kein vornehmer Pflanzer, kein Landadel, den ein Polster aus Reichtum verweichlicht hatte. Dieser Mann war eine Kämpfernatur – wie sie. Und sie fürchtete, er wäre weitaus erfahrener im Kampf als sie.

»Vorsicht.« Seine Stimme klang belustigt. Wahrscheinlich lag es daran, daß sie ihn aus weitaufgerissenen Augen anstarrte. Als sie abrupt wieder in die Realität zurückgeworfen wurde, riß sich Jessie aus seinem Griff los und wich ein paar Schritte zurück, doch diesmal achtete sie sorgsam darauf, der Treppe nicht zu nahe zu kommen.

4

»Sie sind hier nicht erwünscht, Mr. Edwards. Es wäre einfacher für alle Beteiligten, wenn Sie sich einfach in Ihren Wagen setzen und abfahren würden.«

Er steckte sich den Stumpen mit der linken Hand wieder in den Mund und musterte sie einen Moment lang, ohne etwas darauf zu antworten. Er lehnte mit spöttischem Gesichtsausdruck an der Säule. Seine rechte Hand hing regungslos an ihm herunter. Nur die Finger krümmten sich gelegentlich, als machte diese Hand ihm Schwierigkeiten. Jessie empfand, daß allein schon die Lässigkeit seiner Pose beleidigend war, und die Härchen in ihrem Nacken stellten sich auf.

»Ein höfliches kleines Ding, das muß ich schon sagen. Aber schließlich kann ich nicht behaupten, Celia hätte mich nicht gewarnt. Miß Lindsay, da wir uns gerade mit dieser reizenden Offenheit unterhalten, will ich Ihnen eins sagen: Ich beabsichtige, Ihre Stiefmutter zu heiraten. Wenn hier etwas für alle Beteiligten einfacher wäre, insbesondere jedoch für Sie, dann wäre das der Vorschlag, daß Sie sich mit den Tatsachen aussöhnen und uns mit Ihren Auftritten verschonen.«

»Ich habe nicht die Absicht, Ihnen irgend etwas leichter zu machen. Ich plane im Gegenteil, die Dinge so schwierig wie möglich zu machen.«

Er seufzte und zog an seinem Stumpen. Als er weitersprach, war seine Stimme fast zu sanft. »Miß Lindsay, offensichtlich haben Sie sich noch nicht klargemacht, daß ich nach der Hochzeit eine gewisse – nein, eine ganze Menge – Autorität haben werde. Ich hoffe, daß unsere Beziehung halbwegs erfreulich verläuft. Aber wenn nicht, dann werden Sie die Leidtragende sein. Das sollten Sie einsehen.«

Jessie biß die Zähne zusammen. »Wenn Sie entschlossen sind, Celia zu heiraten – und *das* ist mir völlig egal! –, warum nehmen Sie sie dann nicht mit zu sich und leben dort mit ihr? Ich dachte, man erwartet von einem Mann, daß er seine Frau ernährt und ihr ein Dach über dem Kopf bieten kann, und nicht umgekehrt.«

Das ärgerte ihn. Jessie konnte es daran erkennen, daß er seine Augen etwas zusammenkniff, aber sonst ließ er sich nichts anmerken. Als er weitersprach, klang seine Stimme so unbesorgt wie bisher. »Nicht, daß es Sie etwas angeht, aber zu meinem Besitz gehört nun einmal kein Anwesen, das sich zur Gründung eines Hausstands eignen würde. Außerdem fühlt sich Celia hier wohl, und mir gefällt es auch hier – sogar sehr gut.«

»Mimosa gehört mir!«

»Sie sind uns hier immer willkommen. Wenn Sie auch etwas mehr auf Ihre Manieren achten sollten.«

»Sie können Celia doch nicht im Ernst heiraten wollen! Schließlich ist sie schon über dreißig!«

»Ein gewaltiges Alter, das ist gewiß. Doch Ihre Stiefmutter macht ihr vorgerücktes Alter voll und ganz mit ihrem Charme wett.«

»Sie lieben sie nicht!«

»Und woher sollte ein Kind wie Sie etwas über die Liebe wissen?«

»Sie können sie einfach nicht lieben! Celia ist... ist... Sie können sie einfach nicht lieben! Niemand könnte sie lieben! Weshalb also wollen Sie sie heiraten?«

»Meine Gründe, meine Liebe, gehen Sie, ebenso wie meine Gefühle, nicht das geringste an.«

»Sie heiraten sie doch nur, weil Sie Mimosa haben wollen, oder etwa nicht? Sie wollten doch überhaupt nicht Celia haben, sondern nur ihr Geld! Sie sind nichts weiter als ein elender Mitgiftjäger!«

Einen Moment lang herrschte eisiges Schweigen. Stuart zog an seinem Stumpen, bis die Spitze rot glühte. Dann nahm er ihn aus dem Mund.

»Sie sind wirklich ein verzogenes kleines Gör. Ich habe mir heute einiges von Ihnen gefallen lassen, Miß Lindsay, weil mir klar ist, daß Sie verständlicherweise außer sich sind. Jetzt reicht es mir. Ich werde sehr bald die Vaterrolle bei Ihnen einnehmen, und ich habe vor, die Vorrechte eines Vaters für mich zu beanspruchen und meine neue Tochter zu erziehen. Mit anderen Worten: Jede Grobheit von Ihrer Seite wird eine entsprechende Strafe nach sich ziehen. Habe ich mich deutlich genug ausgedrückt?«

»Sie glauben, Sie könnten mir mit Strafe drohen? Versuchen Sie es doch!« Jessie nahm eine herausfordernde Haltung an. »Die Leute hier werden Sie in Stücke reißen: Es sind meine Leute, und es ist mein Haus! Versuchen Sie doch, die Hand gegen mich zu erheben!«

»Nach der Hochzeit wird das hier *mein* Haus sein«, antwortete er mit ruhiger Stimme. »Und es werden meine Sklaven sein. Wenn Sie sich auch nur das geringste aus ihnen machen, werden Sie sie bestimmt nicht dazu anspornen, die Hand gegen ihren neuen Herrn zu erheben.«

Dagegen ließ sich so wenig einwenden, daß Jessie fast an seinen Worten erstickte. »Sie sind gemein!«

»Und Sie setzen zuviel aufs Spiel. Wenn Sie so weitermachen, werden Sie es bereuen, das verspreche ich Ihnen.« Er nahm wieder einen Zug von seinem Stumpen. »Nun, Miß Lindsay, wollen wir uns nicht anfreunden? Ich habe vor, Ihre Stiefmutter zu heiraten, und nichts, was Sie sagen oder tun könnten, wird mich von diesem Entschluß abbringen. Aber es besteht kein Anlaß dafür, daß wir uns ständig in den Haaren liegen. Ich habe nicht die Absicht, den strengen Stiefvater zu spielen, solange Sie mich nicht dazu zwingen.«

»Stiefvater! Sie... ich...«

Ehe Jessie die rechten Worte fand, um ihren Gefühlen Ausdruck zu verleihen, ging die Haustür auf, und Celia trat auf die Veranda. Sie ging sofort lächelnd auf Stuart zu und bemerkte Jessie im ersten Moment gar nicht.

»Du warst so lange hier draußen, Stuart! Ich habe mir schon Sorgen gemacht!«

»Ich habe mich näher mit deiner netten Stieftochter bekannt gemacht.« Er deutete mit seinem Stumpen auf Jessie.

Celia sah unwillig in Jessies Richtung. »Du bist also endlich wieder zu Hause? Das Abendessen hast du jedenfalls verpaßt. Sissie hat den Tisch abgeräumt. Vielleicht gelingt es dir in Zukunft, pünktlicher zu kommen.«

»Ich habe keinen Hunger.« Die Verdrossenheit, die Celia immer in ihr wachzurufen schien, war aus Jessies Stimme herauszuhören. Jessie bemerkte es selbst und war böse. Was sie jetzt brauchte, war Kraft, und diese mürrische Stimme ließ sie schwach wirken.

»Ich glaube, das höre ich zum allerersten Mal von dir. Aber wirklich, meine Liebe, das ist ja ganz enorm! Vielleicht kriegst du irgendwann doch noch einen etwas handlicheren Umfang. Weißt du, die Männer mögen keine Frauen, die übermäßig plump sind. Du solltest aber doch noch etwas essen. Wenn du gleich in die Küche läufst, wird Rosa dir sicher noch eine Kleinigkeit richten.«

»Ich habe dir doch schon gesagt, daß ich keinen Hunger habe!« Mit glühenden Wangen sah Jessie verkniffen auf ihre Stiefmutter hinunter, die die Aufmerksamkeit eines Fremden auf ihre Körperfülle gelenkt hatte.

Celia zuckte anmutig die Achseln. »Tu, was du willst. Komm jetzt ins Haus, Stuart. Es wird kühl draußen.«

Celia hing sich bei Stuart ein, und als Jessie den Charme sah, mit dem er sie anlächelte, geriet sie außer sich. Sie ließen sie einfach stehen und behandelten sie wie ein Kind, wobei doch sie – sie, und nicht Celia und schon gar nicht er – die rechtmäßige Besitzerin von Mimosa war! »Es gibt etwas, was Sie nicht über meine Stiefmutter wissen, Mr. Edwards«, sagte sie kalt.

Wenn sie erwartet hatte, daß sie erstarrt stehenblieben, war Jessie dazu verdammt, enttäuscht zu werden. Sie liefen weiter, als hätten sie nichts gehört, vollkommen vertieft ineinander.

»Mr. Edwards!«

Er warf ihr einen unwilligen Blick über die Schulter zu, doch Celia antwortete.

»Also wirklich, Jessie, du kannst einem ganz schön auf die Nerven gehen. Wenn du mir etwas zu sagen hast, dann kannst du mir das morgen früh ungestört sagen.«

»Ich habe Mr. Edwards etwas zu sagen.« Jessie trat entschlossen in den Lichtschein, der durch die offene Tür fiel. Celia und Stuart musterten sie verdrossen.

»Wie Celia schon sagte, Miß Lindsay, Sie gehen uns auf die Nerven. Warum laufen Sie nicht in die Küche und holen sich etwas zu essen und legen sich dann wie ein braves Mädchen schlafen, statt sich in Schwierigkeiten zu bringen?«

»Noch... nicht.« Seine herablassende Haltung erboste Jessie fast so sehr wie seine Anwesenheit. Dennoch kostete es sie Mühe, die Worte herauszubringen. Sie stammelte, holte tief Atem und stellte erstaunt fest, daß ihre Hände zitterten. Es fiel ihr schwerer, Celia zu verpetzen, als sie erwartet hatte, doch es mußte sein. Sie rang die Hände, reckte das Kinn in die Luft und sah Stuart fest in die Augen. »Wenn Sie vorhaben, sie zu heiraten, gibt es etwas, was Sie wissen sollten.«

»Und das wäre?« Sie merkte, daß er sich über sie lustig machte. Sie hörte es aus seiner Stimme heraus, aber sie nahm auch wahr, daß er jetzt Geduld mit ihr hatte. Celia, die neben ihm stand, sah Jessie fest an. Jessie wagte es nicht, ihr ins Gesicht zu sehen. Celia konnte nicht wissen, was jetzt kam, denn schließlich ahnte sie nicht daß Jessie alles über ihr abscheuliches heimliches Leben wußte. Für das, was sie jetzt tat, würde ihre Stiefmutter sie bis in alle Ewigkeit hassen.

Jessie holte noch einmal Atem. Jetzt oder nie.

»Was würden Sie dazu sagen, wenn ich Ihnen erzähle, daß Celia männliche Freunde hat?« Nein, das klang, als wolle sie damit sagen, Celia hätte absolut ehrbare Freier. Jessie wußte, daß sie sich deutlicher ausdrücken mußte, doch ihre Erziehung hatte ihr nicht die Mittel in die Hand gegeben, das auszudrücken, was sie zu beschreiben versuchte. Celia riß die Augen weit auf, und Stuart schüttelte nur den Kopf und schien belustigt zu sein. Jessie suchte verzweifelt nach den rechten Worten und sprudelte dann heraus, ehe sie ihr ins Wort fallen konnte: »Was ich meine, ist, daß Celia eine... eine... Hure ist.«

Jessie verschluckte sich zwar an dem Wort, doch es kam ihr über die Lippen. Celia keuchte, wurde weiß und schlug sich die Hand vor den Mund. Stuart blinzelte einmal, als sei das der Zeitraum, den das Wort brauchte, um bei ihm anzukommen. Dann hob er wortlos die Hand und gab Jessie eine schallende Ohrfeige. Sie taumelte und hielt sich das brennende Gesicht.

»Wie kannst du es wagen?« brachte Celia erstickt heraus, und ihre Wangen zeigten leuchtend rote Flecken. Ihre Augen funkelten Jessie an und versprachen ihr gräßliche Vergeltung. »Du undankbares Geschöpf, wie kannst du es wagen?«

Stuart zerrte Jessie ins Licht. »Wenn du jemals wieder so etwas über deine Stiefmutter sagst, dann bekommst du von mir eine Tracht Prügel, die du nie vergessen wirst.« Stuart stieß die Worte durch die Zähne heraus und sah sie wutentbrannt an. »Hast du mich verstanden?«

»Aber es ist wahr...«

»Du hast gerade die Grenzen dessen überschritten, was ich dulde.« Jessie fürchtete eine weitere Ohrfeige, doch zu ihrem Entsetzen mischte sich Celia ein.

»Nicht, Stuart. Ich bin sicher, daß sie gar nicht weiß, was sie sagt. Sie ist noch ein Kind.«

Beistand von Celia, das war noch nie dagewesen, und einen Moment lang starrte Jessie ihre Stiefmutter verständnislos an.

»Du läßt dir von diesem Gör mit seinem bösen Mundwerk mehr gefallen, als ich es täte«, sagte Stuart, der immer noch durch die Zähne zischte. Seine Hand spannte sich fester um Jessies Arm. »Wenn Sie ein Mann wären, Miß Lindsay, würde ich Sie für diese Worte töten. So, wie die Dinge stehen, kommen Sie ungeschorener davon, als Sie es verdient haben. Aber ich warne Sie: Von jetzt an werden Sie Ihrer Stiefmutter Respekt entgegenbringen. Wenn sie so etwas von Ihnen duldet, dulde ich es noch lange nicht. Und mit mir haben Sie es in Zukunft zu tun, vergessen Sie das nicht.«

»Aber ich...«

»Es reicht! Sie werden sich jetzt bei Celia entschuldigen.«

»Nein, ganz bestimmt nicht! Ich denke gar nicht daran! Lassen Sie mich los, Sie...« Jessie hatte sich von ihrem Schock erholt und war noch wütender als vorher. Es gelang ihr aber nicht, sich loszureißen. Celia hatte die Hände vor der Brust gefaltet und beobachtete diesen einseitigen Kampf zwischen ihrem Verlobten und ihrer Stieftochter. Dabei brachte sie es fertig, gleichzeitig wie ein Engel zu wirken und sich tödlich verletzt von Jessies Anschuldigung zu geben. Jessie wußte zwar, daß sie nichts als die Wahrheit gesagt hatte, doch sie wußte auch, daß sie verloren hatte. Celias Geheimnis war die Hoffnung gewesen, an die sie sich geklammert hatte. Jessie war so sicher gewesen, so absolut sicher, daß kein Mann Celia heiraten wollte, wenn er erst etwas über ihre Männergeschichten erfuhr. Aber Stuart Edwards hatte ihr nicht geglaubt! Er hatte keinen Moment lang in Betracht gezogen, es könnte...

»Was ist?« Seine Stimme klang bedrohlich.

»Was soll sein?«

»Celia erwartet eine Entschuldigung.«

»Dann kann sie lange warten.«

Seine Lippen wurden schmaler. Seine Hand schloß sich noch fester um Jessies Arm, doch ehe er etwas sagen konnte, mischte sich Celia ein weiteres Mal ein.

»Ich bin ganz sicher, daß sie sich morgen früh entschuldigen wird. Komm jetzt, Stuart, sei nicht so grob zu ihr. Ich sagte dir doch schon, daß sie im Grunde genommen noch ein Kind ist.«

»Ein verzogenes Kind mit schlechten Manieren«, knurrte Stuart. »Da es Celias ausdrücklicher Wunsch ist, können Sie sich morgen bei ihr entschuldigen, Miß Lindsay. Und Sie werden sich entschuldigen, das versichere ich Ihnen. Und bis dahin werden Sie sich in Ihr Zimmer zurückziehen und nicht vor morgen früh herauskommen. Und auch dann nur, wenn Sie bereit sind, sich zu entschuldigen.«

»Hier geben Sie keine Befehle«, fauchte Jessie, der es endlich gelang, ihren Arm loszureißen. »Und dazu wird es auch nie kommen. Ich tue, was ich will, Sie... Sie schmutziger Mitgiftjäger!«

Er wollte sie packen, aber sie war bereits aus seiner Reichweite verschwunden. Jessie rannte zum dunklen Rasen, als sei der Teufel hinter ihr her.

So war es auch. Stuart Edwards lief ihr nach, und ein Blick in sein Gesicht ließ Jessie weiter in die Nacht hinaus fliehen.

Am Rand des Obsthains holte er sie ein. Dort hatte sie sich zwischen den Hunderten von Bäumen verstecken wollen, doch seine Hand legte sich auf ihre Schulter, und Jessie schrie auf. Sein Gesicht war verzerrt vor Wut. Sie schrie erneut auf, als er sie an den Oberarmen packte und schüttelte. Er schien so wütend zu sein, daß er ihr wirklich etwas antun wollte.

Jessie dachte nur noch an Flucht. Der Selbsterhaltungstrieb flammte in ihr auf, und er brachte sie dazu, sich auf Stuart zu stürzen, statt sich loszureißen. Ihre Finger bogen sich zu Klauen, die seine Wangen aufrissen, während sie auf seine Augen aus waren.

»Du teuflisches kleines Miststück!« brüllte er und ließ sie los, um sich die Hände vors Gesicht zu schlagen. Ehe Jessie fortlaufen konnte, hatte er sie aber schon wieder gepackt. Sie trat um sich und schrie, als er sie hochhob.

»Zum Teufel mit dir, du kleine Göre, ich sollte dich verprügeln, daß du wochenlang nicht mehr sitzen kannst!«

Er hielt sie so, daß sie die Arme nicht bewegen konnte, und so trug er sie zum Haus zurück. Sie hatte schon die Zähne gebleckt, um ihn beißen zu können, als sie über seine Schulter eine schmächtige Gestalt sah, die mit einer erhobenen Hacke aus der Dunkelheit des Obstgartens auf sie zueilte.

Der Anblick schockierte sie so sehr, daß sie wieder zu Sinnen kam. Nicht aus Angst um sich selbst, sondern um ihn und um alle, die bald in Stuart Edwards' Gewalt sein würden.

»Nein!« schrie sie. »Progress, nein! Es ist alles in Ordnung! Mir fehlt nichts, hast du gehört? Das ist mein Kampf – überlaß ihn mir!«

Stuart Edwards wirbelte herum, als ihr Aufschrei ihn auf die drohende Gefahr aufmerksam machte. Er konnte nur den Umriß eines alten, gebeugten Mannes erkennen, der eine Hacke hob, auf der der Mond bedrohlich funkelte.

»Geh weg, bitte, geh weg! Ich befehle es dir!« Jessies Worte klangen verzweifelt. Zu ihrer Erleichterung zögerte Progress und senkte dann die Hacke. Stuart Edwards ließ ihn keinen Moment lang aus den Augen. Als Progress die Hacke gesenkt hatte, wandte sich Stuart wieder ab, kehrte Progress seinen ungeschützten Rükken zu und setzte mit Jessie im Arm seinen Weg zum Haus fort.

Diesmal wehrte Jessie sich nicht mehr. Sie fürchtete, wenn sie es täte, könnte es Progress das Leben kosten. Wenn sich ein Sklave gegen einen Weißen auflehnte, war das ein Vergehen, das mit dem Tod bestraft wurde.

»Du magst sie also leiden, stimmt's? Das ist bisher der einzig nette Zug, den ich an dir entdecken konnte«, sagte Stuart. Dann schwiegen beide, als er die Treppe erreichte, die Stufen hinaufstieg, den Balkon überquerte und das Haus betrat. Zu Celia, die mit gerunzelter Stirn und den Armen eng um sich geschlungen auf der Terrasse stand, sagte er nur: »Wo ist ihr Zimmer?«

Celia wies ihm den Weg, und Stuart Edwards trug Jessie in das Haus, vorbei an Sissie und Rosa, die mit weitaufgerissenen Augen zusahen, aber Gott sei Dank den Mund hielten, die Treppe hinauf zu ihrem Zimmer. Nachdem er die Tür geöffnet hatte, ließ er sie ohne weitere Umstände fallen.

»Du wirst für den Rest des Abends nicht aus deinem Zimmer kommen, und morgen früh wirst du dich bei Celia entschuldigen«, sagte er eisig.

Jessie war derart erschüttert, daß sie keine Antwort herausbrachte. Sie konnte nur mit weichen Knien zusehen, wie er den Schlüssel aus dem Schloß zog und ihre Tür hinter sich schloß. Dann hörte sie von der anderen Seite der Tür das Klicken, als er sie einsperrte.

Als sie dort im Dunkeln stand und die geschlossene Tür anstarrte, ohne sie zu sehen, konnte sie an nichts anderes denken als an sein Gesicht, als er die Tür zugemacht hatte. Das Licht aus dem Korridor war vorher auf sein Gesicht gefallen und hatte es gut beleuchtet.

Sechs offene Fleischwunden hatten sich über seine glattrasierten Wangen gezogen. Sie hatte ihn übel zerkratzt, aber sie wußte nicht, ob sie froh darüber sein oder ob es ihr leid tun sollte.

5

Als sich der Schlüssel das nächste Mal im Schloß drehte, war schon heller Morgen. Sissie war im Laufe der Nacht gekommen, hatte leise an der Tür gekratzt und sich flüsternd erkundigt, ob Jessie etwas fehlte. Tudi und Rosa hatten sie geschickt. Die Versuchung war zwar groß gewesen, doch Jessie hatte Sissies Angebot zurückgewiesen, sie mit dem Nachschlüssel freizulassen, den Tudi als Haushälterin bei sich tragen durfte. Wenn sie entkommen wollte – und sie hätte es liebend gern getan, und sei es nur gewesen, um Stuart Edwards eins auszuwischen –, dann mußte sie es eigenständig schaffen. Wenn ihr kein Mittel einfiel, um es zu verhindern, dann würde er bald Hausherr und Herr über die Sklaven sein. Wenn sie auch noch so wütend war, wollte Jessie doch nicht, daß sich Tudi oder andere in Schwierigkeiten brachten, indem sie ihr halfen. Es waren ihre Leute, und sie war für sie verantwortlich – und sie waren das einzige, was sie noch an Familie hatte.

Als die Tür sich öffnete, wandte sich Jessie von dem hohen Fenster ab, an dem sie gestanden und sich ihre Chancen ausgerechnet hatte, einen Sprung zu überleben, ohne sich das Genick oder ein Bein zu brechen. Am meisten graute ihr davor, Stuart Edwards zu sehen, doch er konnte nicht der Eindringling sein. Er war am Abend zuvor, gut zwei Stunden, nachdem er sie eingeschlossen hatte, aufgebrochen, und sie war so gut wie sicher, daß er inzwischen nicht zurückgekommen war. Von ihrem Fenster aus konnte sie die Auffahrt sehen, und wenn er nicht querfeldein geritten war, hätte sie sein Eintreffen bemerken müssen.

»Ich hoffe, du hast gut geschlafen, Jessie.«

Celia trat mit einem gehässigen Lächeln ein und schloß die Tür hinter sich ab. Heute morgen trug sie ein bezauberndes Gewand aus weißem Musselin mit blauen Streifen, und das Haar fiel ihr in jugendlichen Ringellöckchen um den Nacken. Sie versucht bestimmt, sich für ihren Liebhaber jünger zu machen, schloß Jessie hämisch, als Celia den Schlüssel einsteckte und dann demonstrativ auf ihre Tasche klopfte. Jessie musterte sie. Wenn man den beträchtlichen Größenunterschied berücksichtigte, bezweifelte Jessie keineswegs, daß es eine Frage von Minuten gewesen wäre, Celia den Schlüssel abzunehmen. Aber Jessie hatte ihre Stiefmutter nie körperlich bedroht, und Celia erwartete bestimmt nicht, daß sich heute etwas daran ändern könnte. Gerade Celias Zuversicht schreckte sie ab. Jessie spielte mit dem Gedanken, zögerte und wußte, daß sie sie nicht angreifen würde.

Da sie keine Antwort zu erwarten schien, sah sich Celia mit mäßigem Interesse in dem Zimmer um, das sie selten betrat. Das Zimmer hatte sich kaum verändert, seit Jessie klein war. Die Wände waren weiß und weitgehend schmucklos, die Vorhänge aus einfachem Musselin, die Möbel aus hochwertigem Mahagoni, aber schlicht gearbeitet. Das reich verzierte, vierpfostige Bett, das frühere Ehebett ihrer Eltern, war der einzige edlere Gegenstand, und Celia musterte es stirnrunzelnd.

»Dieses Bett macht sich einfach albern hier. Es ist viel zu aufwendig für ein junges Mädchen.«

»Ich mag es.« Wenn sie sich auch noch so sehr bemühte, klang Jessies Stimme doch mürrisch. Sie wußte genau, daß sie dadurch jünger wirkte, aber Celias bloße Gegenwart ließ sie jedesmal wieder auf diesen Tonfall abgleiten. Jessie biß sich bekümmert auf die Unterlippe und verstummte, um abzuwarten, was Celia von ihr wollte.

»Das glaube ich sofort. Dein Blick für Möbel ist etwa so gut entwickelt wie dein Blick für Kleidung. Sieh dir doch bloß das Kleid an, das du trägst. Du bist viel zu dick dafür, und selbst wenn es ausgezeichnet säße, wäre es noch scheußlich.« Celia strich selbstgefällig den Rock ihres Kleides glatt, dessen Paßform vollkommen war.

Jessie sah an ihrem ausgeblichenen Reitkleid hinunter. Ihre übrigen Kleider waren ebenso abgenutzt. Sie hatte seit drei Jahren kein neues Kleid bekommen, doch selbst wenn sie eine so umfangreiche Garderobe wie Celia besessen hätte, hätte sie doch ihr geliebtes Reitkleid angezogen.

»Wie dem auch sei, ich bin nicht hergekommen, um mich mit dir über dein Äußeres zu unterhalten. Wir sollten miteinander reden, du und ich.« Mit einem höhnischen, abfälligen Blick sah Celia noch einmal an Jessie herunter, ehe sie ihr ins Gesicht schaute.

»Gestern abend hast du mich mit einem Ausdruck beschimpft, den ich nie mehr von dir hören will.« Die Stimme, mit der Celia sprach, hatte keinerlei Ähnlichkeit mit dem honigsüßen Lispeln, das sie für Stuart einsetzte. Ebenso sicher war Jessie, daß die Kälte in ihren Augen und der verkniffene Mund Dinge waren, die noch kein Mann zu sehen bekommen hatte. Diese Frau, die jetzt in ihrem Schlafzimmer saß, war die wahre Celia, diejenige, die außer Jessie und den Dienstboten nie jemand zu sehen bekam. Es war die Celia, die Jessie fürchtete und nicht ausstehen konnte.

»Aber das brauche ich dir wohl kaum zu sagen, oder? Ich bin sicher, daß du nicht so dumm bist, so etwas ein zweites Mal zu sagen. Es kann keine angenehme Erfahrung gewesen sein, eine Ohrfeige von Stuart zu bekommen. Er war ja so wütend! Ich fand das wirklich höchst unerfreulich. Er sieht so gut aus, und er ist so verliebt in mich. Man muß sich das einmal vorstellen: Er hätte dich für deine Worte getötet, wenn du ein Mann gewesen wärst! Aber natürlich wirst du wohl nie verstehen, wovon ich rede. Es ist stark anzuzweifeln, daß sich je ein Mann in dich verlieben wird.«

Wenn man den Umstand bedachte, daß die jungen Männer hier in der Gegend Jessies Existenz gar nicht zu bemerken schienen, war das eine treffende, wenn auch unfreundliche Äußerung. Es tat weh, und Jessie konnte nur hoffen, daß Celia nicht merkte, wie sehr. Celia konnte unmöglich etwas von Mitchell Todd wissen...

»Wenn du so etwas noch einmal sagen solltest, dann läßt sich wirklich nicht abschätzen, wie wütend Stuart würde. Er könnte dich prügeln – oder der könnte dich sogar fortschicken. Hoch in den Norden, in ein Pensionat für junge Damen beispielsweise – wenn du auch ein wenig zu alt dafür bist. Ich bin sicher, daß sich da etwas machen ließe.«

»Du weißt, daß ich die Wahrheit gesagt habe.« Jessie wußte aus Erfahrung, daß es das Beste gewesen wäre, den Mund zu halten, aber sie konnte die Worte nicht länger hinunterschlucken. Es mochte sein, daß Stuart Edwards die Wahrheit nicht kannte, daß er auf Jessies Vorwürfe mit rechtschaffener, wenn auch verfehlter Entrüstung reagiert hatte, aber Celia wußte, daß Jessie nicht log. Wahrscheinlich war sie mit noch mehr Männern zusammengewesen, als Jessie je vermutet hatte.

Celia musterte sie lächelnd.

»Daß ich eine Hure bin? Das bin ich ganz gewiß nicht«, leugnete sie lebhaft. »Eine Hure nimmt Geld dafür, daß sie den Männern gefällig ist, und das tue ich nie. Was sollte ich denn mit dem Geld anfangen? All das«, sagte sie mit einer ausholenden Geste, die Mimosa umfaßte, »gehört mir.«

Jessies Miene verfinsterte sich. Celia schüttelte lächelnd den Kopf. Die blonden Ringellöckchen tanzten um ihren Nacken.

»Du bist ein solches Kind, Jessie! Du hast keine Ahnung von Männern – und Frauen. Männer sind so groß und kräftig, solche Tiere, und doch kann eine kluge Frau sie an der Nase herumführen. Ein verliebter Mann tut alles, aber auch alles... Vor allem dann, wenn eine Frau sich weigert, ihm zu geben, was er will. Darin besteht das Geheimnis, Jessie: Gib nicht nach, solange du nicht bekommen hast, was du willst. Bring sie dazu, zu betteln... Dein Vater hat mich geheiratet, weil er mich in seinem Bett haben wollte und wußte, daß er mich mit keinem anderen Mittel in sein Bett bringt. Und sieh dir an, was für mich dabei herausgesprungen ist: Die Nächte eines Jahres war ich ihm gefällig – und er hat dazu noch recht gut ausgesehen – und all das: Mimosa!«

»Er – Mr. Edwards – hat dir nichts zu bieten.« Jessie bekam die Worte kaum heraus. Als Celia ihren Vater so beiläufig erwähnt hatte, als sei er nichts weiter als einer ihrer zahllosen Männer gewesen, hatten sich Jessies Hände so fest hinter ihrem Rücken um die Fensterbank geklammert, daß ihre Knöchel schmerzten. Celia bereitete ihr physisches Unbehagen.

»Ach, nein?« Celia lächelte ihr verschlagenes Lächeln und schien wirklich belustigt zu sein. »Stuart sieht so gut aus, daß mir bei seinem Anblick Schauer über den Rücken laufen. Findest du etwa nicht, daß er gut aussieht? Natürlich findest du das, ob du es nun zugibst oder nicht. Alle Frauen finden ihn schön. Und er ist so gebieterisch. Einen despotischen Mann weiß ich wirklich zu schätzen.« Bei diesen Worten senkten sich ihre Lider anzüglich, und Jessie sie spürte, daß Röte in ihr Gesicht stieg. Sie hatte schon immer gewußt, daß Celia einen Hang zur Lüsternheit hatte, doch bisher hatte ihre Stiefmutter ihn nie so offen gezeigt. Trotz ihrer neu erlangten Reife ließ sich Jessie von einer solchen Freimütigkeit in Verlegenheit bringen, wenn es um ein so intimes Thema ging. Allein schon die Tatsache, daß sie sich davon in Verlegenheit bringen ließ, war ihr peinlich. Ihr Gesicht wurde dunkelrot, und sie konnte nichts dagegen tun.

Als Celia Jessie erröten sah, strahlte sie noch heiterer. »Abgesehen von seinen körperlichen Vorzügen, die auf der Hand liegen, kommt er aus einer guten Familie, und wenn ich auch bezweifle, daß er so reich ist wie ich, hat er doch eine hübsche Summe angespart. Er könnte jede Frau heiraten, jede beliebige – und doch hat er mich all den süßen Dingern vorgezogen, die herumlaufen, obwohl doch etliche sehr hübsche darunter sind. Ihn dazu zu bringen, daß er mir einen Heiratsantrag macht, war eine bravouröse Leistung – aber das wüßtest du ja doch nicht zu schätzen.«

»Reicht es dir denn nicht, daß du ihn dazu gebracht hast – und daß es alle wissen? Du brauchst ihn doch nicht auch noch zu heiraten. Weshalb solltest du das wollen? Er würde deinen... deinen Reisen doch nur im Weg stehen, und deinen M-männern und... und...« Trotz ihrer Verlegenheit brachte Jessie die Worte heraus. Wenn es ihr gelang, Celia die Nachteile vor Augen zu führen, die Ein Ehemann mit sich brachte, dann war es ihr vielleicht doch noch möglich, eine Heirat abzuwenden.

»So ungern ich es auch zugebe, aber ich bin dreißig geworden. Dafür habe ich mich äußerlich fantastisch gehalten, aber früher oder später wird man mir mein Alter ansehen. Ich spiele schon seit einer ganzen Weile mit dem Gedanken, wieder zu heiraten. Von einem gewissen Alter an wird eine Frau bemitleidet, wenn sie keinen Mann hat. Aber die meisten Männer, die den entsprechenden Hintergrund haben, sind so langweilig! Oder sie sind unattraktiv oder gar beides! Aber Stuart…« Ein Schauer überlief sie, und die Geste drückte mehr aus, als Worte hätten sagen können. Jessie spürte, daß sie angesichts der Vorstellungen, die dieser Schauer heraufbeschwor, wieder errötete. »Eine Ehe mit Stuart kann ich mir vorstellen. Er wird aufregend sein. *Er ist* aufregend!«

»Aber eine Ehe ist fürs Leben. Die Spannung läßt zwangsläufig nach, und dann könnte es sein, daß du… daß du dich wieder für andere Männer interessierst. Nach allem, was ich gesehen habe, glaube ich nicht, daß Mr. Edwards seiner Frau Seitensprünge erlauben würde.« Schon während sie noch sprach, nahm Jessie wahr, daß ihre Worte wie Wassertropfen von Celia abperlten.

»Weißt du, ich glaube, Stuart könnte genau der Mann sein, der mir genügt. Und wenn nicht…« Celia zuckte lächelnd die Achseln. »Ich bezweifle, daß er mir etwas verbietet. Wie könnte er das auch – solange er nichts davon weiß?«

Ihre Stimme wurde kälter, stahlhart. »Sollte allerdings jemand so dumm sein, ihm zu erzählen, daß meine Ausflüge gelegentlich nicht nur einem Einkaufsbummel dienen oder daß ich in den letzten Jahren etwas anderes als eine keusche Witwe gewesen bin, dann kann ich dir versichern, daß die Folgen für diejenige Person äußerst unangenehm sein werden.«

»Du mußt doch wissen, daß er dich nicht liebt. Er heiratet dich doch nur, weil er Mimosa will.« Es war ein verzweifelter Versuch, doch schon während sie die Worte aussprach, wußte Jessie, daß es nichts nutzte. Celia war entweder nicht bereit, es einzusehen, oder es störte sie nicht.

Celia lächelte Jessie an. »Stuart und ich werden am Sonntag in zwei Wochen heiraten. Ich bin reichlich verliebt in ihn, und ich wüßte nicht, warum ich länger warten sollte. Die Damen Edwards – das sind übrigens Stuarts Tanten aus Charleston, und hochnäsig sind sie auch noch – sind ganz begeistert darüber, daß er heiratet und in der Gegend bleibt. Sie veranstalten heute abend auf Tulip Hill ein kleines Fest für uns. Eine Art Verlobungsfeier, das versteht sich. Du wirst mitkommen, und du wirst nett und höflich sein zu allen, aber ganz besonders zu Stuart. Wir wollen doch nicht, daß jemand glaubt, daß dir die Situation nicht paßt, oder? Klatsch ist doch immer so unerfreulich! Und zu der Hochzeit wirst du ebenfalls erscheinen. Ich könnte dir sogar erlauben, Brautjungfer zu sein.« Celias Augen zogen sich zu Schlitzen zusammen, als dächte sie gerade darüber nach. »Ja, ich bin sicher, daß das eine gute Idee ist. Du wirst meine Brautjungfer sein. Und du wirst lächeln, Jessie.«

Jessie musterte Celia voller Abscheu. Ihre Stiefmutter beugte sich beim Reden vor, und sie war so zart und hübsch wie immer. Ein kleines Lächeln spielte auf ihren Lippen, als sie Jessie Anweisungen erteilte, von denen sie selbst wissen mußte, daß Jessie sie niemals befolgen würde. Ungeachtet aller Drohungen hatte Jessie die feste Absicht, ihr Mißvergnügen laut herauszuposaunen.

»Und wenn du nicht nett und höflich bist, Jessie, wenn du nicht tust, was ich gesagt habe...« Celia unterbrach sich, und ihr Gesicht nahm einen scharfen, boshaften Ausdruck an. Jessie fühlte sich an einen besonders schönen Stein erinnert, den sie einmal aufgehoben hatte, und dann hatte sie feststellen müssen, daß auf seiner Unterseite zahllose Maden herumkrochen. Genauso war einem zumute, wenn man den Unterschied zwischen dem Anschein entdeckte, den sich Celia gab, und dem, was sie tatsächlich war. »Wenn du nicht ganz genau das tust, was ich dir gesagt habe, werde ich diesen scheußlichen Köter, den du so gern hast, erschießen lassen und deine kleine Stute auch. Vergiß das nicht.«

»Jasper – erschießen? und Firefly? Wenn du so etwas auch nur versuchst, werde ich...« In ihrem Entsetzen trat Jessie mit geballten Fäusten einen Schritt näher.

»Du wirst gar nichts tun, meine liebe Stieftochter, weil du nämlich nichts tun kannst. Dein Vater hat all das mir hinterlassen. Ich kann mit diesen Tieren umspringen, wie es mir paßt. Von Rechts wegen gehören sie nämlich mir.«

»Wenn du ihnen etwas antust, bringe ich dich um!«

»Also wirklich, Jessie, jetzt wirst du schon wieder theatralisch, wie Stuart sagen würde. Du wirst mich ganz bestimmt nicht umbringen. Du wirst tun, was ich sage.«

Mit diesen Worten stand Celia zufrieden auf. »Von mir aus können wir vergessen, daß es gestern abend zu dieser unerfreulichen Szene gekommen ist.« Celia ging zur Tür, schloß sie auf, öffnete sie weit und ließ den Schlüssel im Schlüsselloch stecken, als könne sie sich nur zu gut darauf verlassen, daß sie Jessie nicht mehr einzuschließen brauchte. Jessie hätte in ihrem ganzen Leben nicht geglaubt, daß sie jemanden so hassen könnte, wie sie ihre Stiefmutter jetzt haßte. Celia stand schon im Korridor, als sie sich noch einmal zu Jessie umsah und die Augenbrauen hochzog.

»Ach ja, ich werde Stuart sagen, daß du dich bei mir entschuldigst hast, nicht wahr?« hauchte sie lächelnd und schlenderte durch den Korridor davon, ohne eine Antwort abzuwarten.

6

Um vier Uhr am selben Nachmittag stand Jessie, in die schräg einfallenden Sonnenstrahlen getaucht, vor dem Spiegel in ihrem Schlafzimmer, und Tudi steckte ihr die Haare auf, während Sissie Rüschen an den Saum ihres Kleides nähte, damit es bis über die Knöchel reichte.

Jessie schnitt eine Grimasse. Bei diesem Licht waren die Mängel ihrer äußeren Erscheinung nur zu deutlich zu erkennen. Das weiße Kleid war vergilbt und das zartrote Muster ausgeblichen. Die rosafarbene Schärpe von einem abgelegten Kleid Celias paßte zwar zu den Rüschen, die aber wiederum unpassend zu dem ganzen Kleid wirkten. Außerdem preßte das ungewohnte Korsett ihre Brüste so weit nach oben, daß der Ausschnitt einem so jungen Mädchen keineswegs gemäß war. Auch dort mußte jetzt noch eine Borte angesetzt werden.

Auch das nutzte nichts. Als Jessie sich im Spiegel sah, wurde ihr nur flau im Magen.

»Ich sehe einfach gräßlich aus«, sagte sie aus tiefer Überzeugung.

»Nein, Lämmchen, ganz bestimmt nicht«, protestierte Tudi, die hinter ihr stand und ihr Spiegelbild betrachtete.

»Sie sehen gut aus, Miß Jessie«, fügte Sissie hartnäckig hinzu, doch Jessie ließ sich nichts vormachen.

»Ich sehe aus wie eine Kuh, die man in ein Kleid gesteckt hat.«

Beide widersprachen, doch Jessie wußte, daß sie recht hatte. »O doch. Mein Haar ist zu rot, mein Gesicht ist zu rund, und was den Rest von mir angeht – ich bin ganz einfach zu fett.«

Tudi konnte es nicht ausstehen, wenn jemand ihr Lämmchen angriff. Noch nicht einmal Jessie selbst räumte sie dieses Recht ein. »Dein Haar ist hübsch, ein kräftiger Mahagoniton und überhaupt nicht rot. Und du hast Locken – meine Güte, wie gern Miß Celia deine Locken hätte! Minna hat mir erzählt, daß sie jede Nacht mit Lockenwicklern schläft. Und dein Gesicht ist wirklich hübsch mit diesen großen braunen Augen und der süßen kleinen Nase und den zarten, runden Backen, wie sie ein junges Mädchen haben sollte. Und schöne Haut hast du auch.«

»Ich bin so fett wie ein Schwein«, sagte Jessie entmutigt und ließ die Schultern hängen. Ihre Frisur würde auch nicht halten, denn sie hielt nie, und der Knoten würde genau so verrutschen, daß es lächerlich aussah. So war es immer, wenn sie versuchte, sich herauszuputzen.

»Du bist gesund, Lämmchen, nicht dick. Das glaubst du nur, weil Miß Celia so ein winziges Dingelchen ist und du sie immer an deiner Seite gesehen hast.«

»Ach, Tudi.« Jessie wußte, daß es zwecklos war, mit Tudi zu streiten. Tudi, die das Mädchen, das sie aufgezogen hatte, mit liebenden Augen ansah, würde nie zugeben, daß es an Jessies äußerer Erscheinung haperte. Als sie sich selbst im Spiegel ansah, erkannte Jessie die bittere Wahrheit. Sie war nicht nur groß, sondern auch mollig, wenn man es wohlwollend ausdrückte; wenn man es weniger gut mit ihr meinte, war sie schlichtweg dick. Die kurzen Puffärmel des Kleides schnitten sich in ihre Oberarme, die direkt unter den Ärmeln kleine Röllchen bildeten. Ihr Busen wollte das Mieder sprengen, und ihre Taille ließ sich von keinem Korsett in Form bringen. Sie bezweifelte keinen Moment lang, daß ihre Hüften den Rock ausgebeult hätten, wenn er nicht ganz so weit gewesen wäre.

Sissie legte ihr Perlohrringe an, die Jessies Mutter gehört hatten, und Tudi schloß die passende Kette um Jessies Hals.

Als sie zurücktraten und Jessie sich wieder im Spiegel ansah, stellte sie fest, daß der Schmuck vielleicht doch ein wenig geholfen hatte, denn er schien die Aufmerksamkeit auf ihre braunen Augen unter den langen, dichten Wimpern zu ziehen und somit von ihrer Figur abzulenken. Hätte sie bloß nicht diese dichten, dunklen Augenbrauen gehabt, und hätten sich die rosafarbenen Verzierungen ihres Kleides nicht ganz so sehr mit ihrem rötlichen Haar gebissen, dann hätte sie – fast – ein hübsches Gesicht haben können.

Celias fragile Gestalt tauchte in der Tür auf. Zu allem Überfluß trug sie auch noch Spitzenhandschuhe und einen bemalten Fächer.

»Gütiger Himmel«, sagte sie, als ihr Blick auf Jessie fiel und sie die Augen belustigt aufriß. Jessie kam sich sofort wie eine häßliche Kröte vor.

»Ich nehme an, da läßt sich nichts machen«, sagte Celia. »Jedenfalls bin ich froh, daß du fertig bist. Stuart wartet schon auf uns. Tudi, vergiß nicht, mein Bettzeug morgen zum Bleichen in die Sonne zu legen. Es ist schrecklich vergilbt – fast so schlimm wie Jessies Kleid.«

»Ja, Mam.« Tudis Gesicht wurde finster, doch Celia hatte sich schon abgewandt.

»Komm jetzt, Jessie. Und denk daran, was ich dir gesagt habe, meine Liebe.«

Celia war schon auf der Treppe, und ihre Stimme klang plötzlich so süß wie gesponnener Zucker. Jessie vermutete, zu Recht, wie sich herausstellen sollte, daß Stuart Edwards sie unten in Hörweite erwartete.

7

»Du darfst mich küssen, Jessica, denn schließlich gehörst du ja bald zur Familie.« Miß Flora Edwards hielt ihr die verknitterte Wange hin. Jessie tat ihr Bestes, um sie nicht allzu finster anzusehen, aber ihr blieb nichts anderes übrig, als ihr einen Kuß zu geben.

»Mich darfst du auch küssen, wenn du magst, Jessica«, sagte Miß Laurel Edwards, als Jessie sich wieder aufrichtete. Jessie holte tief Atem, ehe sie der anderen älteren Dame einen flüchtigen Kuß auf die Wange hauchte. Dann nahm Miß Laurel ihre Hände, und die beiden Damen strahlten sie an, während Jessie krampfhaft lächelte. Es kostete sie Mühe, und sie zweifelte nicht daran, daß ihr Lächeln halbherzig wirkte.

Das Picknick, das die Damen Edwards anläßlich der Verlobung ihres Neffen veranstaltet hatten, hatte bei anbrechender Dunkelheit seinen Abschluß gefunden. Die Gesellschaft, zu der alle Nachbarn und auch ein paar Freunde aus der weiteren Umgebung eingeladen worden waren, hatte sich dann ins Haus zurückgezogen. Das Picknick war schon schlimm genug gewesen, doch als Jessie festgestellt hatte, daß jetzt getanzt wurde, hatte sie sich in eines der hinteren Zimmer geschlichen, um zu entkommen. Dort war sie zu ihrem Entsetzen den alten Damen in die Arme gelaufen, die eine hitzige Auseinandersetzung führten, wessen Schuld es sei, daß das Eis geschmolzen war, ehe es serviert werden konnte. Sie kannte Miß Flora und Miß Laurel von Geburt an, wenn auch nur wenig, wie man eben Nachbarn kennt, die ein paar Kilometer weiter wohnen. Bis zu diesem Moment hatten sie nie sonderliches Interesse an Jessie gezeigt, doch jetzt betonten sie deutlich, da sich ihr Neffe mit ihrer Stiefmutter verheiratete (die liebe Celia, war sie nicht ein bezauberndes Geschöpf?), sei Jessie ja (mehr oder weniger) ihre Großnichte.

Sie schweiften häufig vom Thema ab und fielen einander noch häufiger ins Wort, als die Damen Edwards Jessie zu verstehen gaben, es sei ihr sehnlichster Wunsch, ihren Neffen in ihrer Nähe zu haben, denn er war ihr nächster männlicher Verwandter, der noch am Leben war. Das war auch der Grund, aus dem sie Stuart eingeladen hatten, sie zu besuchen, nicht etwa einmal, nein, unzählige Male. Man mußte sich ihre Begeisterung vorstellen, als er endlich doch vor der Tür gestanden hatte! Und dann war er auch noch so charmant und ihrem kleinen Bruder, der sein Vater gewesen war, wie aus dem Gesicht geschnitten!

Natürlich würde Tulip Hill eines Tages an ihn übergehen. Allerdings war ihre Familie (bis auf den kleinen Bruder, der im Alter von zweiundvierzig Jahren unseligerweise bei einem Unfall umgekommen war, was dem kleinen Stuart in den Jahren seines Heranwachsens den Vater geraubt hatte) äußerst langlebig – ihre Mutter war einundneunzig geworden, und deren Mutter war einen Monat vor ihrem hundertsten Geburtstag gestorben. Daraus schlossen Miß Flora und Miß Laurel mit einem verschwörerischen Lächeln, es könne noch ein paar Jährchen dauern, bis Stuart sie beerbte, denn sie waren beide erst in ihren Sechzigern.

»Und warum tanzt du nicht, mein Kind?« fragte Miß Flora Jessie unerwartet.

»Ich... ich...«, stammelte Jessie, die sich von dieser Frage hatte überrumpeln lassen. Die Wahrheit war, daß sie nicht tanzen konnte. Noch schlimmer war, daß sie davon ausging, von niemandem aufgefordert zu werden. Sie war mit den Jungen aufgewachsen. Sie kannte jeden einzelnen von ihnen bei seinem Namen, und sie kannten sie auch. Als Kind hatte sie mit ihnen gespielt – sie hatten Steine geworfen, waren auf Bäume geklettert, und vom Faustkampf bis zum tollkühnen Wettstreiten hatte sie ihr Bestes gegeben. Aber jetzt – jetzt war sie eine junge Dame, und sie waren die jungen Herren. Sie schien für sie unsichtbar geworden zu sein, und sie hatte auch keine Ahnung, wie sie sich ihnen gegenüber verhalten sollte. Was die Mädchen anging, so hatte sie nicht das geringste mit ihnen zu tun. In ihrer Gegenwart fühlte sie sich noch viel unbeholfener als im Umgang mit den Jungen.

Das Picknick war schon reichlich unangenehm gewesen, denn all die jungen Leute hatten sie, die ihnen mehr oder weniger eine Fremde war, höflich in ihrer Mitte aufgenommen, aber natürlich hatten sie alle ihre speziellen Freunde und Freundinnen, denen sie sich auch gleich wieder zuwandten, als sich das anfängliche Erstaunen über Jessies Erscheinen gelegt hatte. Gleich nach ihrer Ankunft war die Verlobung verkündet worden, und die beiden Tanten hatten gemeinsam mit dem Paar die Glückwünsche entgegengenommen, die kaum den Neid der Frauen auf Celia verhehlen konnten, weil sie diesen Mann bekommen hatte. Als Jessie sah, wie sich die Damen jeden Alters nach Stuart verzehrten, gelang es ihr kaum, ihren Hohn zu verbergen. Wie dumm sie doch alle waren, nur sein gutgeschnittenes Gesicht zu sehen, aber nicht, was dahintersteckte!

Sie hatte sich hinter dem leuchtend gelben Forsythienstrauch recht wohl gefühlt, während sie die Festlichkeiten beobachtet hatte, ohne selbst gesehen zu werden, bis Bess Lippman es sich in den Kopf gesetzt hatte, zu ihrer Rettung beizutragen. Die blonde Bess mit dem Puppengesicht, die Jessie wie fast alle anderen von klein auf kannte, war eine jüngere Ausgabe von Celia: nach außen hin zuckersüß und innerlich stahlhart. Jessie hatte sie noch nie gemocht, und Bess hatte schon vor langer Zeit von ihrer Mutter zu hören bekommen, daß ihre wohlerzogene Tochter sich nicht mit einem Wildfang wie Jessie einlassen sollte. Daher war ihr Erstaunen verständlich, als Bess um den Forsythienstrauch herumsteuerte und sie in scherzhaftem Tonfall ausschalt, sich so abzusondern. Dann hing sie sich bei ihr ein und zerrte Jessie gewaltsam mit sich.

Oscar Kastel, Bess' Begleiter, sah Jessie bewundernd an, und Jessie glaubte schon, vielleicht doch noch einen Jungen zu finden, der sie zum Tanzen aufforderte. Bess war immerhin schon zwanzig und würde trotz ihrer blassen Schönheit und ihrer kostbaren Kleider bald eine alte Jungfer sein. Vielleicht waren die jungen Männer doch nicht ganz so dumm wie die jungen Mädchen. Wenn man daraus etwas schließen durfte, daß Bess Lippman noch nicht verheiratet war, dann ließen sich die jungen Männer doch nicht so leicht von der äußeren Erscheinung täuschen.

Bess hatte sie an den langen Tisch gezogen, den man für die jungen Leute aufgestellt hatte. Oscar Kastel hatte gestrahlt, als Bess fröhlich die Aufmerksamkeit aller auf den hilflosen Neuankömmling gelenkt hatte. Als die anderen sie begrüßten, blieb Jessie nichts anderes übrig, als sich zu einem Lächeln zu zwingen und sich ihnen anzuschließen. Dort hatte sie die schier endlose Mahlzeit hinter sich gebracht, während der niemand mit ihr redete, sondern nur die plattesten Höflichkeiten ausgetauscht wurden. Sie hatte sich elend gefühlt und war sich fehl am Platz erschienen, aber wenigstens hatte das Essen ihr die Möglichkeit gegeben, sich zu beschäftigen. Aber der anschließende Tanz – oder besser gesagt, der Umstand, daß niemand mit ihr tanzen würde, während alle zusehen konnten und sie als Mauerblümchen abstempeln würden – war eine Tortur, die sie nicht verkraftet hätte.

»Sie ist schüchtern«, sagte Miß Laurel und zwinkerte ihrer Schwester zu. »Keine Sorge, Jessica, wir werden uns um dich kümmern. Komm mit, meine Liebe.«

»Bitte, ich...«

Jeder Protest war zwecklos. Miß Laurel hing sich bei Jessie ein, als seien sie zwei junge Mädchen, und zog sie ans andere Ende des Hauses. Die Musiker auf der kleinen Bühne spielten gerade eine Quadrille.

Auf kleinen Stühlen an den Wänden des Raumes saßen zurückhaltend gekleidete verheiratete Frauen jeden Alters und unterhielten sich leise miteinander. Sie würden den Abend damit zubringen, den tanzenden Paaren zuzusehen und an den Mädchen und ihren Kavalieren Kritik zu üben, und sie würden nur mit ihren Ehemännern oder Brüdern tanzen. Die Ehe verdammte eine Frau automatisch dazu, langweilige Kleidung zu tragen und einen Platz unter den Zuschauern einzunehmen. Die hübschen, bunten Kleider und das fröhliche Plaudern mußten sie den jungen, unverheirateten Mädchen überlassen.

Die älteren Herren, die zweifellos ohne Ausnahme von ihren Frauen dazu überredet worden waren, mitzukommen, hatten sich um die Punschschale herum versammelt, die zusammen mit anderen Erfrischungen in einem kleinen Vorraum stand. Sie diskutierten über erlegtes Wild und das Fallen der Baumwollpreise. Mitten im Raum tanzten vielleicht zwanzig Paare. Jessie kannte sie natürlich alle, kannte sie schon von Geburt an, aber... aber...

Die Mädchen wiesen in ihren pastellfarbenen Kleidern wenig Ähnlichkeit mit den Spielkameradinnen auf, an die sie sich noch aus Zeiten erinnerte, ehe die Mütter der Mädchen beschlossen hatten, sie sei wohl doch keine angemessene Freundin für ihre reizenden Töchter. Jede einzelne von ihnen sah so hübsch aus, und die schimmernden Haare waren so raffiniert zurückgebunden, ließen die Gesichter frei und fielen in Ringellöckchen um ihre Schultern.

Und ihre Kleider – auch ihre Kleider waren ganz anders als das, das Jessie trug. Die Mieder waren tief ausgeschnitten und zeigten viel mehr von ihren weißen Brüsten, als ihr Kleid je freigelassen hatte. Sie hatten zwar auch Puffärmel, doch sie waren so gearbeitet, daß sie die zarten, weißen Schultern freiließen. Das hatte die Wirkung, als würde jedes der Kleider seiner Trägerin im nächsten Augenblick bis auf die Taille herunterrutschen, doch alle Mädchen trugen sie, und noch dazu in Gegenwart ihrer Mütter, was hieß, daß es nicht nur modisch sein konnte, sondern auch als durchaus respektabel galt. Zierliche Taillen wurden durch enorme Schärpen betont, Schärpen, die auf dem Rücken zu riesigen Schleifen gebunden waren, deren Enden weit herunterhingen und so breit waren, daß Jessies Schärpe sich dagegen wie ein schmales Band ausnahm. Die Röcke waren weit und bauschig und hinten länger als vorn geschnitten, so daß beim Tanzen die zierlichen Satinschuhe und gelegentlich ein Knöchel zu sehen waren.

Sie hatten sich zum Tanzen umgekleidet und trugen nicht mehr das, was sie beim Picknick angehabt hatten. Jessie erkannte, daß sämtliche Mädchen, außer ihr, Ballkleider mitgebracht und sich nach dem Abendessen umgezogen hatten. Im Vergleich zu dem Hauch, den die anderen trugen, wirkte ihr zusammengeflicktes Kleid noch deplazierter als vorher. Aber woher hätte sie wissen sollen, daß die Mädchen sich umziehen würden? Und was hätte es geändert, wenn sie es gewußt hätte? Sie hätte ja doch nichts zum Anziehen gehabt.

Schon beim Zusehen spürte Jessie gewaltige Hemmungen in sich aufsteigen. Sie selbst war sich allzu klar über die Unvollkommenheiten ihrer äußeren Erscheinung. Hätten sie doch bloß alle in Ruhe gelassen, denn dann hätte sie sich davongeschlichen und irgendwo unbemerkt abgewartet, bis es an der Zeit war, sich auf den Heimweg zu machen.

Doch die Damen Edwards hatten ihre eigenen Vorstellungen.

Miß Flora hing sich auf Jessies anderer Seite ein. Sie zogen sie mitten ins Getümmel.

»So, dann wollen wir doch mal sehen, ob wir nicht einen Partner für dich finden können«, sagte Miß Flora zu Jessies Entsetzen und blieb stehen, um sich umzuschauen. Da sie sich weder losreißen konnte, noch eine Möglichkeit sah, den beiden Damen auszuweichen, ohne allzu unhöflich zu wirken, war Jessie gezwungen, zwischen ihnen stehen zu bleiben, und ihr war jämmerlich bewußt, wie schrecklich sie sich zwischen ihnen ausnehmen mußte. Die Damen Edwards waren rundlich, aber klein, ihre Köpfe mit dem gepflegten silbrigen Haar reichten Jessie kaum bis an die Schulter. Trotz ihres vorangeschrittenen Alters trugen sie prächtige Satinkleider, Miß Laurel in Lavendel, Miß Flora in Mauve.

Die Musik wurde lauter. Gelächter und Stimmengewirr hingen in der Luft. Eleanor Bidswell, die in einem Kleid aus apfelgrüner Gaze fantastisch aussah, tanzte in den Armen des blonden Chaney Dart an ihnen vorbei. Im Alter von sieben Jahren hatte Jessie sie als Nell gekannt, doch der zierliche Rotschopf auf der Tanzfläche wies keine Ähnlichkeit mit ihrer Kindheitsfreundin auf. Die große, gertenschlanke Susan Latow in blaugesprenkeltem Muselin tanzte mit dem dunkelhaarigen Lewis Russell. Margaret Culpepper dagegen, eine kleine, rundliche Dunkelhaarige, die in einem tiefausgeschnittenen Kleid, das in einem blassen Apricot gehalten war, das Beste aus ihrem Typ machte, hatte Howie Duke als Partner. Mitchell Todd bahnte sich mit einem vollen Punschglas in der Hand einen Weg durch die Menge und war offensichtlich auf dem Weg zu seiner Partnerin, die irgendwo am Rand des Saales sitzen mußte. Mitch, der mit seinen hellbraunen Locken und seinen grünen Augen immer einen ganz besonderen Platz in ihrem Herzen eingenommen hatte...

»Mitchell! Mitchell Todd!«

Voller Entsetzen hörte Jessie, daß Miß Flora ausgerechnet ihn zu sich rief, den Jungen, dem all ihr pubertäres Sehnen gegolten hatte. Sie drehte sich zu Miß Flora um, wollte Einwände erheben, doch es war zu spät.

»Ja, Ma'am?« Mit seinen gewohnt guten Manieren drehte sich Mitch um und zog fragend die Augenbrauen hoch, als er Miß Flora ansah. Er mußte lauter sprechen, um sich über das Getöse hinweg verständlich zu machen, doch es war immer noch die samtige Stimme, die Jessie jedesmal wieder einen Schauer über den Rücken jagte, wenn sie sie hörte. Dann wandte er den Blick von Miß Flora ab und sah statt dessen sie an, und Jessie glaubte, sterben zu müssen.

»Komm her, Mitchell, und tanz mit Jessica!« Bei diesem dröhnenden Befehl wäre Jessie am liebsten im Erdboden versunken. Ihr Gesicht lief knallrot an, als Mitch zögerte, einen Blick auf den vollen Becher in seiner Hand warf, die Achseln zuckte und dann auf sie zukam. Wenn ein himmlischer Chor verkündet hätte, daß in eben diesem Augenblick die Welt untergehen sollte, wäre Jessie dankbar auf die Knie gesunken. Wenn ein Tornado durchs Tal gewirbelt wäre und Tulip Hill samt seinen Gästen in ein anderes Land geweht hätte, hätte sie das als eine Erlösung empfunden. Wenn...

Doch es blieb keine Zeit mehr für ein Wenn und Aber. Mitch stand vor ihr. Jessie war in ihrer Verlegenheit derart erstarrt, daß sie ihn nicht ansehen konnte, und noch weniger gelang es ihr, das zu verhindern, was ihr jetzt bevorstand.

»Entschuldigen Sie, Miß Flora, aber ich konnte nicht verstehen, was Sie gesagt haben«, sagte er freundlich und sah die alte Dame lächelnd an. Die beiden mittleren Schneidezähne standen leicht vor, und das gab ihm etwas so liebenswert Knabenhaftes, und Jessies Herz schlug schneller. Anscheinend hatte er versucht, sich einen Schnurrbart wachsen zu lassen, denn auf seiner Oberlippe wuchs ein zarter brauner Flaum. Bei diesem Beweis aufkeimender Männlichkeit wurden ihre Handflächen feucht. Aber vielleicht war es auch nur die reine Nervosität.

»Sie hat gesagt, du sollst mit Jessica tanzen«, mischte sich Miß Laurel ein. Jessie zuckte zusammen. Ihre Handflächen wurden noch feuchter.

»Ja, aber... warum...« Er war entgeistert, das erkannte Jessie, und natürlich wollte er nicht mit ihr tanzen, aber was hätte er sagen sollen? Seine wirklich guten Manieren ermöglichten ihm keine Ausflüchte. »Es ist mir ein Vergnügen. Wenn Sie diesen

Punsch bitte nehmen würden, Miß Laurel. Er schmeckt übrigens ganz köstlich. Richten Sie Clover von mir aus, er sei ihr glänzend gelungen.«

Miß Laurel nahm lächelnd den Becher entgegen, während sich Miß Flora für das Kompliment an ihre Köchin bedankte. Mitch hielt Jessie die Hand hin. Sie sah gelähmt von seiner Hand in sein Gesicht. Was konnte sie bloß tun? Was sollte sie bloß sagen? Sie wollte nicht, daß er mit ihr tanzte, weil ihm nichts anderes übrigblieb.

»Na, Jessie – ich meine, Miß Jessica –, wollen wir nicht tanzen?«

Er kannte sie natürlich schon ewig, und als Kinder waren sie füreinander Jessie und Mitch gewesen, aber jetzt war er Mr. Todd, und sie... Aber gerade darin lag ja die Schwierigkeit. Sie war eben *nicht* Miß Jessica. Das war der Name einer eleganten jungen Dame. Einer Dame wie Eleanor und Susan und Margaret und Bess.

»Geh schon, Jessica. Hab deinen Spaß, und mach dir um uns keine Sorgen.«

Miß Flora, die Gute, hatte Jessies Zögern, sei es aus Unwissenheit oder aus Herzensgüte, auf ihren Unwillen zurückgeführt, ihre beiden Gastgeberinnen allein stehen zu lassen.

»Ich...« Jessie machte den Mund auf, um abzulehnen, um Mitch zu sagen, daß er glimpflich davongekommen war, weil sie nämlich nicht tanzen konnte und auch gar nicht tanzen wollte, und wenn schon, dann am allerwenigsten mit ihm, doch er nahm sie an der Hand und zog sie zur Tanzfläche, ehe sie die Worte herausbrachte.

»Jessica wird jetzt bald unsere Nichte sein!« rief ihnen Miß Laurel – oder war es Miß Flora? – noch nach, als Mitch mit ihr auf die Tanzfläche ging. Dann wandte er sich lächelnd zu ihr um, während ihr kalter Schweiß über den Rücken lief und ihre Füße plötzlich so gelähmt waren wie ihre Zunge.

Ein neues Stück begann. Mit einem lebhafteren Rhythmus. Ein Murmeln zog über die Tanzfläche.

»Ein Reel!« ertönte es von allen Seiten. Jubelnd wurde Beifall gespendet, und dann gingen alle auseinander, um sich für den Tanz in Reihen aufzustellen. Mitch sah sie lächelnd an und zuckte die Achseln. Jessie war nahezu benommen vor Erleichterung, weil ihr das gräßliche Eingeständnis erspart blieb, daß sie nicht tanzen konnte, ganz zu schweigen von dem Anblick, den sie mit Sicherheit geboten hätte, wenn sie es versucht hätte, und daher gelang ihr ein Lächeln. Es kam zu neunzig Prozent aus reiner Erleichterung zustande, doch es war immerhin ein Lächeln.

Als Jessie gerade dachte, es müsse wohl doch einen Gott im Himmel geben, als sie gerade ihrem Glücksstern, ihrem Schutzheiligen, ihrer Patentante oder sonstwem dankte, der zu ihrer Rettung gekommen war, nahm Mitch sie an der Hand, und sie schlossen die Reihen. Die Herren stellten sich auf der einen Seite auf, die Damen auf der anderen.

Der Reel war allgemein beliebt, und deshalb tanzten jetzt nicht nur die jungen Leute, sondern auch die älteren. Zu ihrer Linken stand Margaret Culpepper, zu ihrer Rechten Lissa Chandler, eine verheiratete Frau, die etwa in Celias Alter war und vier kleine Töchter hatte.

Der Geiger trat an den vorderen Rand der Bühne und begann zu spielen.

Celia und Stuart tanzten als Ehrengäste zuerst durch den Korridor aus lachenden und klatschenden Paaren. Als sie die beiden ansah, vermutete Jessie, daß sie gemeinsam ein gutes Bild abgaben. Für Celia stellte dieser Abend einen Triumph dar, und es war ihr deutlich anzumerken, daß sie jeden einzelnen Moment auskostete. Mit Sicherheit war sie hübscher, als Jessie sie bisher je gesehen hatte. Was Stuart Edwards anging, so mußte Jessie zugeben, wenn sie es auch noch so ungern eingestand, daß er in seinem eleganten schwarzen Abendanzug ein Anblick war, der einer Frau den Atem rauben konnte.

Was nur wieder einmal bewies, wie recht das alte Sprichwort hatte, Schönheit ginge nicht unter die Haut.

Doch sie war sicher das einzige weibliche Wesen, das hier anwesend war, ganz gleich, in welchem Alter, das sich nicht in den Bann seiner Schönheit ziehen ließ. Seit seiner Ankunft waren ihm die Blicke der Frauen unablässig gefolgt. Die Kühneren hatten ganz offen mit ihm geflirtet, und wenn sie auch widerwillig anerkennen mußten, daß Celia bereits Anspruch auf ihn hatte, so versuchten sie dennoch nachdrücklich ihr Glück. Sogar manche der älteren Damen hatten ihn mit mehr als nur einem flüchtigen Blick bedacht. Man mußte ihm zugute halten – und Jessie wollte sich nur ungern eingestehen, daß es überhaupt etwas gab, was für ihn sprach, und sie suchte immer noch nach einem Motiv, mit dem sich seine Zurückhaltung erklären ließ –, daß er keiner der Damen mehr als höfliche Aufmerksamkeit entgegengebracht hatte. Er war den ganzen Tag über an der Seite seiner Verlobten geblieben, wie es sich gehörte, während Celia ihn herumgezeigt hatte wie eine Jagdtrophäe und sich mit ihm vor allen Frauen gebrüstet hatte, weil sie ihn bekommen hatte und die anderen nur wünschen konnten, ihn zu haben.

Jessie konnte es kaum mitansehen, ohne Übelkeit in sich aufsteigen zu spüren. Aber über Celias wortloses Prahlen und das betont charmante Lächeln ihres Verlobten konnte man kaum hinwegsehen.

Celia und Stuart wurden bejubelt, als sie durch die Reihen getanzt waren. Darauf folgten Nell Bidswell und Chaney Dart, die ein schönes Paar abgaben. Zu Jessies Erstaunen hatte Miß Flora in dem verwitweten Dr. Angus Maguire einen Partner gefunden, und dieses ältere Paar, das direkt auf Nell und Chaney folgte, wurde ebenfalls bejubelt.

Jessie war derart in den Anblick vertieft, daß sie nicht merkte, daß sie und Mitch an der Reihe waren, bis Lissa Chandler mit ihrem Mann vortrat. Seth Chandler war der Erbe von Elmway, und Jessie vermutete, daß der Reiz, den der gedrungene Seth mit der Halbglatze auf seine hübsche, junge Frau ausübte, weitgehend auf den Reichtum dieser Plantage zurückzuführen war. Und das hieß, daß Lissa Chandler ihn wegen des Geldes geheiratet hatte, und genau diese Absicht unterstellte sie auch Stuart Edwards. Aber irgendwie schien das bei einer Frau etwas anderes zu sein. Von Frauen wurde erwartet, daß sie finanzielle Sicherheit bei ihren Männern suchten, aber doch nicht umgekehrt.

Dann ging Jessie auf, daß die Damen Edwards gesagt hatten, Stuart würde ihr Erbe antreten. Tulip Hill war nicht annähernd so groß oder so gewinnbringend wie Mimosa oder Elmway, aber es war doch ein durchaus ansehnlicher Besitz. Dann bestand doch die Möglichkeit – und bei diesem Gedanken blickte sie finster –, die klitzekleine Möglichkeit, daß sie Stuart Edwards unrecht getan hatte, als sie ihn beschuldigt hatte, nichts weiter als ein Mitgiftjäger zu sein. Vielleicht liebte der Mann Celia wirklich, wenn ihr das auch noch so unmöglich erschien.

Jessie war so in Gedanken, daß sie fast vergessen hatte, was ihr bevorstand. Sie mußte es schaffen, und sie würde sich nicht vor allen Leuten lächerlich machen, und schon gar nicht vor Mitch.

Die Musik war wunderbar, das Gelächter ansteckend. Mitch war der Junge, für den sie insgeheim schon seit Jahren schwärmte. Vielleicht würde er sie jetzt endlich doch noch bemerken. Jedenfalls lächelte er sie in diesem Moment an.

Plötzlich sah die Welt nicht mehr trostlos aus.

Mit einem strahlenden Lächeln trat Jessie in den Gang und tanzte mit dem Jungen, in den sie seit Jahren hoffnungslos verliebt war und der nichts davon ahnte.

8

Mitchs Hände waren warm, seine Haut zart und trocken. Er hielt ihre Hände mit kräftigen Fingern und sah lächelnd in ihre Augen hinunter. (Seltsam, daß sie bisher nie bemerkt hatte, um wieviel er größer war als sie; vielleicht war er noch gewachsen.) Schon das Gefühl, seine Hände zu spüren, die ihre hielten, ließ sie ganz zittrig werden. Jessies Wangen waren rosig, sie strahlte, und irgendwie schaffte sie es bis ans Ende der klatschenden Reihen. Zu dem einzigen peinlichen Augenblick kam es, als es Zeit für die beiden war, auseinanderzugehen; Jessie war so entzückt, daß sie vergaß, Mitchs Hände loszulassen.

Den Rest des Tanzes nahm sie nur noch verschwommen wahr. Sie lächelte und klatschte und tanzte durch den Gang, wenn sie an der Reihe war, doch ihre Aufmerksamkeit galt nur noch Mitch. Sie war so hingerissen, daß sie gar nicht wußte, wie ihr geschah. Sie wußte nur, daß aus diesem Tag, der so gräßlich begonnen hatte, ein wunderbarer, zauberhafter Abend geworden war. Sie wünschte, er möge niemals enden.

Als der Tanz vorbei war, rechnete sie damit, daß er sie stehen lassen würde. Statt dessen bot er ihr seinen Arm an und führte sie zu einem Stuhl dicht neben den gläsernen Schiebetüren, die geöffnet worden waren, um die Abendluft einzulassen. Die Kapelle spielte noch ein Lied, und Paare wirbelten auf der Tanzfläche herum. Jessie sah ihnen mit einem einfältigen Lächeln zu. Mitch war an ihrer Seite geblieben, und er sagte zwar nicht viel, doch er war *da*. Jessie war wortkarg, aber glücklich. Sie nahm an, ihm ginge es ähnlich.

Sie wagte einen scheuen Seitenblick auf ihn und hoffte verzweifelt auf einen brillanten Einstieg in ein Gespräch, das ihn fesseln würde. Ihr fiel absolut nichts ein – und doch lächelte er sie an.

»Soll ich dir vielleicht einen Becher Punsch holen?« fragte er und stand auf. Jessie sah ihn an. Ihre Augen waren vor Glück sanft und verletzbar, und sie lächelte strahlend. In Wirklichkeit war ihr die Vorstellung verhaßt, er könne von ihrer Seite weichen, aber andererseits würde er mit Sicherheit zurückkehren, wenn er ihr etwas zu trinken holte, und vielleicht fiel ihr, solange er fort war, sogar etwas ein, was sie sagen konnte. Wenn sie nicht bald etwas sagte, würde er sie für einen argen Dummkopf halten.

»Das... das wäre sehr nett«, brachte sie heraus, und ihre Hände verschlangen sich in ihrem Schoß miteinander. Er grinste sie an, nickte und war verschwunden. Jessie sah ihm nach und sackte vor Erleichterung fast in sich zusammen. Gott sei Dank, jetzt hatte sie einen Moment Zeit, um sich etwas einfallen zu lassen, was sie sagen konnte.

Worüber redeten Männer wohl gern? Verzweifelt versuchte sie, sich an die Gesprächsfetzen zu erinnern, die sie aufgeschnappt hatte, ehe Miß Flora Mitch zu sich gerufen hatte. Konnte sie über die Jagd reden? Oder über die Baumwollpreise?

»...kann einfach nicht glauben, daß du das Kind in dieser Aufmachung auftreten läßt. Sie sieht lächerlich aus!«

»Also wirklich, Cynthia, was erwartest du denn von mir? Sie ist achtzehn, verstehst du – ja, tatsächlich! –, und sie hat den ganzen Schrank voller hübscher Kleider, aber sie weigert sich, sie zu tragen. Ich kann sie schließlich nicht dazu zwingen – schließlich ist sie das Doppelte von mir, und außerdem, auch wenn ich so etwas noch so ungern über meine eigene Stieftochter sage, hat sie eine gewalttätige Veranlagung, die mir Angst macht! Es grenzt schon an ein Wunder, daß ich sie überhaupt dazu gebracht habe, heute mitzukommen. Ich mußte sie ganz schön unter Druck setzen, das kann ich dir versichern!«

»Jedenfalls wirst du nie einen Mann für sie finden, solange sie sich so zurechtmacht! Wenn ihre Mutter sie sehen könnte, würde sie sich im Grab umdrehen!«

Es waren Celia und Mrs. Latow, Susans Mutter. Sie schlenderten gemeinsam am Rand der Tanzfläche entlang und hatten Jessie offensichtlich noch nicht in der Ecke sitzen sehen. Erst jetzt bemerkte Jessie, daß sie in einer Ecke saß. Auf der einen Seite war sie durch die Bühne und auf der anderen durch den wogenden Vorhang vor der Glastür vor Blicken geschützt. Dennoch hätten die beiden sie sofort entdeckt, wenn sie auch nur den Kopf gedreht hätten.

Jessie machte sich nicht viel daraus, daß Celia Lügen über sie verbreitete, aber Mrs. Latows Kommentar zu ihrem Kleid setzte ihr zu. Celia verbreitete ihre Lügen schon seit Jahren. Jessie hatte den Versuch aufgegeben, etwas daran zu ändern. Anfangs hatte es sie überrascht, daß die Nachbarn ihr die kalte Schulter zeigten, doch als sie hinter die Ursache kam, fand sie es verletzend, daß sie Celia Glauben schenkten. Inzwischen störte sie sich schon längst nicht mehr daran. Sie brauchte sie nicht, keinen von ihnen. Sie fühlte sich mit ihren Tieren und in Gesellschaft der Dienstboten wohl.

Aber Mrs. Latow hatte gesagt, sie sähe lächerlich aus. Das tat weh. Jessie sah an sich selbst herunter und wußte tief in ihrem Innern, daß Mrs. Latow nichts anderes als die Wahrheit gesagt hatte.

Doch Mitch schien das nicht zu glauben. Es sei denn, er hätte aus reiner Freundlichkeit mit ihr getanzt. Aber darüber wollte sie jetzt nicht nachdenken. Jetzt nicht.

Jessie stand behutsam auf. Dieses eine Mal war sie entschlossen, sich den Abend nicht von Celia verderben zu lassen. Sie fühlte sich prächtig, und es war ein schönerer Abend als alles, was sie sich je erträumt hätte. Mitch würde bald mit dem Punsch zurückkommen, und sie mußte Celia aus dem Weg gehen. Angenommen, er hörte Celias gehässige Bemerkungen, oder gar angenommen, Celia schloß sich ihnen an, weil sie den Verdacht schöpfte, ihre Stieftochter könnte einen Verehrer gefunden haben? Sie würde mit Sicherheit etwas sagen, was Jessie die Laune verdarb. Das gelang ihr immer.

Jessie trat auf die dunkle Terrasse an der Rückfront des Hauses. Sie lehnte sich an die kühle Mauer, schaute durch den Vorhang und hielt nach Mitch Ausschau. Sowie er auftauchte, würde sie wieder eintreten. Wild entschlossen bemühte sie sich, Mrs. Latows kritische Bemerkungen zu verdrängen. Vielleicht war Mitch scharfsichtiger als alle anderen; vielleicht war ihm ihr Kleid gar nicht aufgefallen.

In dem Moment, in dem Celia und Mrs. Latow weitergingen, kam Mitch mit dem Punsch zurück. Auf die Sekunde richtig! Jessie lächelte und wollte gerade wieder durch den Vorhang treten.

Dann sah sie, daß er nicht allein war. Jeanine Scott war bei ihm.

»Siehst du, was habe ich dir gesagt? Sie ist weg. Ihr hat wahrscheinlich genauso sehr davor gegraut, mit dir zu tanzen, wie dir, als du sie plötzlich am Hals hattest. Ich wette, sie war froh, daß sie eine Chance hatte, sich zurückzuziehen.«

»Sie würde nicht einfach davonlaufen. Sie muß hier irgendwo sein.« Mitch sah sich um, als könnte sich Jessie unter einem Stuhl versteckt haben. Jeanine kicherte.

»Da könnte sie sich wohl kaum verstecken. Da paßt sie nicht drunter.«

»Das ist nicht nett von dir, Jeanine.« Mitch sah die schlanke Brünette vorwurfsvoll an. Jeanine verzog das Gesicht.

»Ja, du hast natürlich recht, und es tut mir leid. Aber es war so peinlich! Ich habe dagesessen und alle Angebote abgelehnt, weil ich dir versprochen hatte, mit dir zu tanzen, und dann hast du mit ihr getanzt! Ich mußte dasitzen, und du weißt doch, daß der Reel mein Lieblingstanz ist.«

»Ja, ich weiß.« Mitch wirkte reumütig. »Ich habe dir doch gesagt, daß ich nichts daran ändern konnte. Was hätte ich denn sagen können, wenn Miß Flora es mir geradezu befiehlt?«

»Ja, sicher, du bist ein Gentleman. Aber wahrscheinlich hätte ich dich nicht halb so gern, wenn du keiner wärst.« Jeanine klapperte kokett mit den Wimpern. Jessie ballte gequält die Fäuste und preßte sich dicht an die Hausmauer. All ihre Instinkte sagten ihr, sie solle fortlaufen, damit sie sich nicht noch mehr anhören mußte, doch sie konnte sich nicht von der Stelle rühren.

»Du bist ein kokettes Luder, Jeanine.« Mitchs Stimme klang keineswegs mißbilligend.

»Und genau das gefällt dir. Das weißt du selbst.«

»Ich kann mir nicht vorstellen, wohin sie verschwunden sein könnte.« Mitch sah sich entnervt noch einmal um, als rechnete er damit, daß Jessie plötzlich aus dem Nichts auftauchte.

»Vielleicht brauchte sie einen Moment Zeit für sich. Aber vielleicht hat sie auch jemand anderes zum Tanzen aufgefordert.«

Jeanine schien ungeduldig zu werden. Mitch sah sie bei diesen letzten Worten an, und sein Gesicht drückte eindeutig Skepsis aus. Dann lachten sie beide.

»Schon gut, ich muß dir lassen, daß das ziemlich unwahrscheinlich ist. Aber das ändert nichts an der Tatsache, daß sie verschwunden ist, und somit bist du aus dem Schneider, mein galanter Ritter Galahad. Und jetzt möchte ich tanzen.«

Mitch lachte wieder und stellte den Punschbecher auf einen

Stuhl. Dann bot er Jeanine mit einer scherzhaften Verbeugung seinen Arm an.

»Darf ich um diesen Tanz bitten, Miß Scott?«

»Sie dürfen.« Sie lächelte, knickste und nahm seinen Arm. Ohne sich noch einmal umzusehen, führte er sie auf die Tanzfläche.

Jessie blieb, wo sie war, und sie war zutiefst dankbar für das schützende Dunkel, das sie umhüllte. Plötzlich war ihr das ungewohnte Korsett viel zu eng und schnürte ihren Brustkorb ein wie eiserne Spangen. So sehr sie sich auch bemühte, sie bekam keine Luft. Die Welt schien sich zu drehen, und sie lehnte die Stirn matt gegen die kühle Backsteinmauer. Ihr Herz klopfte schmerzhaft. Mit löblicher Distanz zu dem Geschehen dachte sie, so müsse es wohl sein, wenn einem das Herz brach.

Dann umfaßten von hinten zwei Hände ihre Oberarme. Eine Stimme, die sie augenblicklich erkannte, brummte ihr ins Ohr.

»Wenn du wirklich vorhast, ohnmächtig zu werden, dann tu es um Gottes willen nicht hier.«

9

Stuart Edwards' Worte verhinderten nicht nur eine Ohnmacht, sondern auch, daß sie sich übergab, und das war das wahrscheinlichere Los gewesen, das ihr gedroht hatte. Er zog sie die Treppe hinunter in den Garten, fort von den Liebespaaren auf der Terrasse, und dann führte er sie über das Kopfsteinpflaster des Weges, der sich durch den Garten schlängelte, zu einer abgelegenen Bank in eine Weinlaube. Wenn man nicht direkt davorstand, konnte man die Bank nicht sehen, da sie hinter einem Spalier verborgen war, an dem sich die zarten, duftenden Reben rankten. Er drückte sie ohne weitere Umstände auf die Bank, blieb vor ihr stehen, stemmte die Hände in die Hüften und sah sie verärgert und mit schmalen Lippen an. Jessie starrte ihn gequält an und zuckte vor seinem grimmigen Gesicht zurück. Wenn er jedoch nett zur ihr gewesen wäre, hätte sie sich ewige Schande machen und in Tränen ausbrechen können.

Sie wußte es zwar nicht, aber ihre Augen waren groß und drückten Hilflosigkeit aus. Ihr Gesicht war so weiß wie der bleiche Mond, der über ihnen hing. Ihr Haar hatte sich, wie erwartet, bei dem

Tanz gelöst und fiel unordentlich auf ihre Schultern. Ihre Lippen zitterten, und dann preßte sie sie eilig zusammen, ehe er dieses beschämende Zeichen von Schwäche entdecken konnte. Er sah sie immer noch finster an, und so viel offensichtliche Abneigung nach allem, was ohnehin schon passiert war, gab Jessie den Rest. Sie schloß die Augen und lehnte den Kopf an die Girlande aus schmiedeeisernen Rosen, die die Rücklehne der Bank bildete.

»Steck den Kopf zwischen die Knie!« befahl er.

Als sie seinen Worten keine Beachtung schenkte, legte er die Hand auf ihr Genick und half nach.

»Lassen Sie mich los! Was soll das heißen?«

»Hör auf zu reden, und atme durch!«

Jessie gab auf. Sie hatte in dem Moment nicht die Kraft, sich gegen ihn zu wehren. Gehorsam ließ sie den Kopf dicht über den Boden sinken, und ihr Haar hing vor der Bank bis auf die Steine. Die ungebärdige Lockenpracht legte sich über die Schuhspitzen seiner blitzblanken Stiefel wie eine Mahagonidecke. Es war ein seltsam beunruhigender Anblick, der Jessie zum Leben erwachen und den Kopf soweit wie möglich zurückreißen ließ. Wieder versuchte sie, sich zu befreien.

»Atmen, habe ich gesagt!«

Seine Hand in ihrem Genick bog ihren Kopf wieder nach unten. Jessie ließ sich nicht mehr von ihrem Haar auf seinen Stiefeln beunruhigen, sondern dachte nur noch daran, wie sehr sie diesen herrischen Mann verabscheute, dessen Gefangene sie zu sein schien.

Sie atmete tief ein, und nach kürzester Zeit fühlte sie sich wieder wohler. Jedenfalls wohl genug um ihn zum Teufel zu wünschen. Warum hatte er, ausgerechnet er, ihre Demütigung mitanhören müssen?

Als Jessie sich aufrichtete und den Kopf schüttelte, um durch ihre Locken wieder etwas sehen zu können, flogen etliche Haarnadeln durch die Luft, und ihr Haar fiel wie eine unbändige Woge über den Rücken bis über die Hüften. Das Korsett schien ihr jetzt nicht mehr ganz so einengend, und zu ihrer Erleichterung stellte sie fest, daß sie wieder ganz normal atmen konnte. Einen Moment lang blieb sie still sitzen und war dankbar für die Dunkelheit, die ihr Gesicht vor ihm verbarg. Sie schämte sich bitterlich. Schlimm genug, daß sie sich eingebildet hatte, Mitch könne sich für ein tölpelhaftes Ungetüm wie sie interessieren. Aber der Gipfel war, daß es sie schrecklich verletzt hatte, die Wahrheit zu hören, und dieser Mann, den sie verabscheute, hätte nicht merken dürfen, wie sehr es schmerzte. Jetzt mußte sie sich etwas einfallen lassen, um das Gesicht vor ihm zu wahren. Wieviel wußte er? Ob sie ihn vielleicht davon überzeugen konnte, daß ihr nichts weiter fehlte als ein vorübergehender Anfall von Schwindel und Übelkeit?

»Ich hätte niemals diese Innereien essen dürfen«, sagte sie so leichthin, wie es ihr gelang.

»Miß Lindsay, für wie dumm halten Sie mich? Ich habe auf der Terrasse gestanden und geraucht, als Sie durch die Tür gekommen sind. Ich habe meine Zigarre weggeworfen und bin auf Sie zugegangen, um Sie hineinzubegleiten, und daher war es mir vergönnt, jedes abschätzige Wort mitanzuhören, das dieser Fatzke von sich gegeben hat. Wenn Sie wollen, duelliere ich mich mit ihm.«

Das klang, als sei es vollkommen ernst gemeint. Jessie riß die Augen weit auf, als sie zu ihm aufblickte. Als der zukünftige Ehemann ihrer Stiefmutter kam er wie kein anderer als ihr männlicher Beschützer in Frage. So unglaublich es erschien, war es jetzt sein Vorrecht, in der Tat sogar seine Verpflichtung, ihre Ehre zu verteidigen. Aber ihrer Ehre war kein Schaden zugefügt worden, nur ihrem Herzen. Schossen Männer wirklich wegen solcher Zwischenfälle aufeinander? Bei der Vorstellung, Stuart Edwards könnte Mitch erschießen – auf den Gedanken, daß es eventuell anders ausgehen könnte, kam sie gar nichts erst –, schüttelte sie eilig den Kopf. »Nein. O nein. Vielen Dank.«

»Wie Sie wünschen.« Er zündete sich eine Zigarre an. Tabakduft erfüllte die Luft. »Der Junge ist ein großmäuliger Dummkopf, und das Mädchen, mit dem er geredet hat, ist eine vorlaute dumme Gans, die Stroh im Kopf hat. Es wäre absurd, wenn Sie sich von etwas verletzen ließen, was einer von den beiden sagt.«

»Ich war nicht verletzt.« Da ihr Stolz angestachelt war, protestierte Jessie zu eilig.

Er sah sie einen Moment lang wortlos an, zuckte die Achseln und steckte sich den Stumpen wieder in den Mund. »Nein, natürlich nicht. Ich habe mich sicher getäuscht.«

»Schon gut, vielleicht hat es mich doch getroffen. Ein bißchen wenigstens. Es hätte jeden verletzt.«

»Es ist immer verletzend, wenn wir uns etwas aus Menschen machen, die sich nichts aus uns machen.«

Jessie schnaubte. »Woher wollen Sie das wissen? Die Frauen reißen sich doch alle regelrecht um Sie. Ich möchte wetten, daß das schon so geht, seit Sie zum ersten Mal eine lange Hose getragen haben.«

Er antwortete mit einem unerwarteten Grinsen. Es war ein schiefes, seltsam entwaffnendes Grinsen, und es war so charmant, daß Jessie verblüfft war. »Noch nicht ganz so lange. Tatsache ist, daß ich mich als Junge von etwa fünfzehn Jahren – etwas jünger, als Sie es heute sind, aber nicht allzuviel – Hals über Kopf in eine elegante, junge Dame aus einer guten, alten Familie verliebt habe. Ich sah sie immer auf der Straße, wenn sie mit ihrer Mutter auf den Markt ging, und dann bin ich ihr gefolgt. Sie hat mich ein- oder zweimal angesehen, gelächelt und mit den Wimpern geklimpert, wie es die jungen Damen tun. Ich war sicher, wir seien rasend ineinander verliebt. Dann habe ich mitangehört, wie sie mit ihrer Mutter über diesen schmutzigen Bauernjungen gelacht hat, der ihr ständig nachläuft. Ich habe mich davongestohlen wie ein getretener Hund. Ich kann mich heute noch daran erinnern, wie verletzend das war. Aber wie Sie sehen, habe ich es überlebt, und das gar nicht so übel.«

Es war nett von ihm, ihr von dieser längst vergangenen Demütigung zu erzählen, doch Jessie bezweifelte, daß die Geschichte wahr war. Erstens war es ihr unvorstellbar, daß irgendein weibliches Wesen, das bei klarem Verstand war, einem Mann die kalte Schulter gezeigt hätte, der wie Stuart Edwards aussah. Schon als Junge mußte er außerordentlich attraktiv gewesen sein. Und zweitens...

»Das ist eine rührende Geschichte, aber ich weiß, daß Sie mir etwas vormachen. Wie hätte irgendein Mädchen einen Edwards für einen schmutzigen Bauernjungen halten können?«

Für einen Sekundenbruchteil wirkte er fast bestürzt. Dann lachte er und zog wieder an seinem Stumpen. »Ich habe keine Ahnung, wie sie auf diesen Irrtum verfallen ist, aber es war so, das versichere ich Ihnen. Wenn ich mich auf den Straßen rumgetrieben habe, habe ich mich vielleicht etwas schmutziger gemacht, als sie es von einem Edwards erwartet hätten.« Er sah sich zum Haus um. Sein Gesicht trug einen nachdenklichen Ausdruck. Kurz darauf sah er wieder in ihre Richtung.

»Sie müssen wieder reingehen, das wissen Sie doch.« Er sagte es sehr freundlich, doch schon allein bei der Vorstellung schauerte Jessie zusammen.

»O nein, das kann ich nicht tun.«

»Es wird sein müssen. Andernfalls werden die Leute über Sie reden, und das ist nie angenehm für eine junge Dame. Erst hat

Ihnen das Tanzen solchen Spaß gemacht, und dann verschwinden Sie. Wie sieht das denn aus? Ihr Kavalier besitzt vielleicht doch einen Funken Verstand, und wenn er zwei und zwei zusammenzählt, kann er sich ausrechnen, daß Sie sein Gespräch mit der dummen Gans mitangehört haben. Sie wollen doch bestimmt nicht, daß er glaubt, er hätte Sie so sehr verletzt, daß Sie davongelaufen sind?«

»Nein!« Das war eine noch schlimmere Vorstellung als die, wieder in den vollen Ballsaal zurückzukehren. Jetzt drang zu ihr durch, was er sonst noch gesagt hatte. Trotz all ihres Elends verzog sich Jessies Gesicht unsicher zu einem Grinsen. »Finden Sie wirklich, daß Jeanine Scott eine dumme Gans ist?«

»Und ob! Und Sie können mir glauben, daß ich genug Erfahrung mit den Frauen habe, um eine dumme Gans zu erkennen, wenn sie mir über den Weg läuft.«

»O ja, das glaube ich Ihnen!« Sie lächelte befreit, und dabei stellte sie fest, daß sich ihr Kummer ein wenig legte. Wahrscheinlich hatte er das nur gesagt, um nett zu ihr zu sein, doch, ganz bestimmt. Und trotzdem war es genau das, was sie hatte hören wollen.

»Ach, wirklich? Und dann lachen Sie mich auch noch aus! Kommen Sie schon; ich sollte Sie ins Haus begleiten, solange Sie gerade so heiter sind.«

Er warf seinen Stumpen weg und hielt ihr die Hand hin. Jessie sah auf seine langen Finger und spürte, wie sich ihr der Magen umdrehte. Ihr wurde schon übel bei der Vorstellung, wieder ins Haus zu gehen – zurück zu den Menschen, die Lügen über sie ausbreiteten, hinter vorgehaltener Hand über sie lachten oder sie ganz offen bemitleideten.

»Bitte... können wir nicht einfach nach Hause fahren?«

Sie stellte diese Frage mit einer kleinlauten, zittrigen Stimme, die Bände darüber sprach, wie schwer es ihr fiel, ihre Schwächen einzugestehen. Sie sah flehentlich in seine Augen. Ihre Unterlippe hätte gebebt, wenn sie ihre Zähne nicht darin vergraben hätte.

»Jessica.« Er sprach ihren Namen auf eine Weise aus, die seine Ungeduld ausdrückte und doch unsäglich zärtlich war.

Sie blickte nur wortlos zu ihm auf. Mit einer geschmeidigen Bewegung kauerte er sich vor ihr hin und nahm ihre Hand zwischen seine Hände, die so groß waren, viel größer als ihre, und so kräftig und warm. Jessie war gar nicht klar gewesen, daß sie kalte Hände hatte, bis sie diese Wärme spürte.

»Was wollen Sie von mir? Soll ich reingehen und Celia von der

Party loseisen, während Sie sich hier draußen verstecken, damit ich euch beide dann einpacke und nach Hause kutschiere?«

»Bitte... sagen Sie Celia nichts.« Es war ein klägliches Flüstern. Er preßte die Lippen zusammen, und einen gräßlichen Moment lang glaubte Jessie, sie hätte ihn verärgert. Es war erstaunlich, wie sehr ihr plötzlich die Vorstellung mißfiel, sie könnte ihn verärgert haben. Hier draußen in der Dunkelheit waren sie ein paar Minuten lang fast so etwas wie... Freunde geworden.

»Wenn ich sie jetzt hole und ihr sage, daß wir aufbrechen, muß ich ihr erzählen, was los ist.«

»Könnten Sie nicht einfach sagen, daß mir übel ist?« Celia hätte das ohnehin nicht interessiert, soviel wußte Jessie. Sie wäre fuchsteufelswild geworden, wenn man sie gezwungen hätte, ihre Verlobungsfeier vorzeitig zu verlassen – dafür würde Jessie später sehr büßen müssen.

»Celia ist Ihre Stiefmutter, Jessie. Niemand kann Ihnen eher dabei helfen, mit all diesen Dingen umzugehen. Ich ganz bestimmt nicht.«

»Bitte, sagen Sie ihr nichts davon. Bitte.« Ihre Hand wand sich in seiner und schloß sich eindringlich um seine Finger. Er sah auf ihre Hand hinunter, die sich mit seiner verschlungen hatte, und dann stand er abrupt auf und zog seine Finger zurück.

»Einverstanden. Ich werde ihr nichts davon sagen. Obwohl ich es für falsch halte.«

»Danke.« Erleichtert lächelte sie ihn an. Als er wieder auf sie heruntersah, hatte er die Hände tief in die Taschen gesteckt, und sein Gesicht war so verschlossen, daß sie nichts darin erkennen konnte.

»Aber mein Schweigen wird Sie etwas kosten. Wenn Sie von mir verlangen, daß ich Geheimnisse vor meiner zukünftigen Ehefrau habe, dann erwarte ich dafür eine Gegenleistung.«

»Was denn?«

»Sie werden wieder ins Haus gehen – und zwar als die Kämpferin, die Sie sind. Das haben Sie mir bereits mehrfach deutlich bewiesen. Und dann werden Sie so tun, als hätten Sie Ihren Spaß, bis Celia von sich aus bereit zum Aufbruch ist. Es wird schwer werden, aber Sie schaffen das. Und es ist nur zu Ihrem eigenen Besten. Sie wollen doch nicht, daß dieser Junge, der Ihnen gefällt, auf den Gedanken kommt, Sie könnten heulend im Dunkeln gesessen haben, weil er sich nicht für Sie interessiert, oder?«

»Nein!« Allein schon der Gedanke war abscheulich.

»Gut, dann sind wir uns einig, oder nicht?«

»Doch.« Jessies Lider flatterten, und sie biß sich auf die Lippe, als sie bedachte, was für eine gewaltige Leistung sie jetzt vollbringen mußte. Wenn sie jetzt wieder ins Haus ging und so tat, als sei die Welt noch so wie vor einer Viertelstunde, dann war das das Schwierigste, was sie in ihrem ganzen bisherigen Leben getan hatte. Jeanine Scott gegenüberzutreten... und Mitch.

»Mr. Edwards?« Ihre Stimme war kaum hörbar. Er musterte sie mit fragend hochgezogenen Augenbrauen. Sie sprudelte die Worte schnell heraus, ehe sie ganz die Nerven verlor. »Wenn wir jetzt wieder reingehen, darf ich dann... darf ich bei Ihnen bleiben? Ich kenne eigentlich überhaupt niemanden, und es ist alles so schrecklich, und ich sehe schrecklich aus, und das weiß ich selbst, und... ich möchte nicht, daß jemand glaubt, er müßte mit mir tanzen.« Ihre Stimme verklang, und sie sah wie gebannt auf den Boden. »Wenn Sie mit Celia oder mit irgendeiner anderen Frau tanzen wollen, dann soll das natürlich nicht heißen, daß Sie das nicht tun könnten, aber... aber ich meine nur, ob ich die restliche Zeit bei Ihnen bleiben darf.« Als sie diese wirren Worte herausgebracht hatte, glühte ihr Gesicht, als hätte sie eine Stunde lang vor einem lodernden Feuer gestanden. Jessie war froh über das schlechte Licht.

Sie glaubte, wenn er jetzt lachte, müßte sie sterben, doch zu ihrer großen Erleichterung lächelte er noch nicht einmal.

»Machen Sie sich keine Sorgen, Jessie, ich werde mich um Sie kümmern«, versprach er fest und hielt ihr die Hand hin.

Jessie zögerte nur wenige Sekunden, ehe sie ihre Hand in seine legte und sich von ihm auf die Füße helfen ließ.

10

»Einen Moment noch. Wir haben etwas vergessen. So kann Ihr Haar nicht bleiben. Weiß Gott, was die Leute Ihnen sonst noch unterstellen.«

Er hatte sie in den hellen Mondschein gezogen, ehe er sie plötzlich stirnrunzelnd gemustert hatte.

»Wo sind Ihre Haarnadeln?« Seine Stimme klang resigniert.

»Hier ist eine – und hier noch eine...« Jessie zog die letzten Haarnadeln aus ihren Locken, die sich längst gelöst hatten. »Aber ich habe weder einen Spiegel, noch eine Bürste.«

»Geben Sie her.« Er streckte die Hand aus. »Ist das alles?« fragte er, als sie ihm ein halbes Dutzend Nadeln aushändigte.

»Mehr kann ich nicht finden.«

»Dann müssen sie eben ausreichen. Drehen Sie sich um, und ich sehe mal, was sich machen läßt.«

»Sie?« Dieses eine Wort drückte all ihren Unglauben aus.

»Wenigstens sehe ich, was ich tue. Außerdem wäre es nicht das erste Mal, daß ich einer Dame das Haar hochstecke. Drehen Sie sich um.«

Als Jessie nicht gleich reagierte, legte er die Hände auf ihre Schultern, um sie umzudrehen. Seine Handflächen fühlten sich warm und rauh auf ihrer bloßen Haut an. Die männliche Kraft seiner Hände sandte ihr einen leichten Schauer über den Rücken. Es war kein unangenehmes Gefühl, aber sie wollte ausweichen.

»Stillgehalten, verdammt noch mal!«

Seine Stimme klang, als hätte er die Haarnadeln zwischen den Lippen. Mit beiden Händen fuhr er durch ihr volles Haar, das so lang und doppelt so dicht war wie ein Pferdeschwanz, kräftiges, lockiges Haar, das tat, was es wollte, und sich nur mit größtem Widerstreben den Anforderungen der Mode unterwarf.

Jessie hielt ganz still, als er ihr Haar mit seinen Fingern durchkämmte, es dann zurückzog, zu einem Tau wand und es mit erstaunlicher Geschicklichkeit auf ihrem Kopf zusammenrollte.

»Halten Sie das fest«, wies er sie an. Er nahm ihre Hand und legte sie flach auf die Haarrolle. Während sie tat, was er sagte, brachte er strategisch geschickt die wenigen Haarnadeln an, die sie noch übrig hatte.

»Autsch!« Sie zuckte zusammen, als eine Nadel sie in die Kopfhaut piekste.

»Stillhalten, habe ich gesagt! Sonst fällt alles wieder runter.«

Jessie hielt still.

»So, und jetzt können Sie loslassen.«

Jessie ließ ihre Hand vorsichtig sinken und war sicher, daß wenigstens die Hälfte ihrer Locken über ihren Rücken hinunterfallen würde. Doch zu ihrem Erstaunen hielt ihr Haar mindestens so gut wie der frühere Knoten.

»Danke«, sagte sie überrascht, als sie sich zu ihm umdrehte. »Wo um Himmels willen haben Sie das gelernt?«

»Ich habe früher so einige Fohlen gestriegelt.« Er grinste so anzüglich, daß Jessie nicht sicher war, ob er von Pferden oder von Frauen sprach. Als sie ihn noch argwöhnisch ansah, reichte er ihr seinen Arm. Die Geste war eher routinemäßig als galant, aber dennoch...

Bisher war es noch nie vorgekommen, daß jemand Jessie den Arm gereicht hatte, damit sie sich einhing.

Zögernd legte sie die Hand in seine Armbeuge. Ihre Finger prikkelten, als sie den edlen Stoff spürte, der sich über seinen kräftigen Muskeln spannte, doch er führte sie bereits zum Haus zurück, als sei nichts Außergewöhnliches passiert. Schließlich war es für ihn ganz normal, einer Dame seinen Arm anzubieten.

Für ihn waren solche Höflichkeiten an der Tagesordnung, aber Jessie kam sich zum ersten Mal in ihrem Leben wie eine echte junge Dame vor und überhaupt nicht wie ein unattraktives, viel zu plumpes, unweibliches Geschöpf.

»Falls jemand so aufdringlich sein sollte, Ihnen Fragen zu stellen, können Sie immer noch sagen, Sie hätten sich nur zurückgezogen, um sich das Haar wieder aufzustecken«, sagte er zu ihr. Jessie nickte, und wieder einmal fiel ihr nichts ein, was sie hätte sagen können.

Leise Musik drang aus dem Haus herüber in den Garten. Der Duft der Rosen und der Lilien verband sich zu einem schweren, betörenden Parfüm. Ein Regentropfen fiel, dann ein zweiter.

»Gehen wir rein. Es wird gleich regnen.«

Da sie gnadenlos weitergeführt wurde, hatte Jessie kaum die Zeit, sich Sorgen über ihre Reaktion zu machen, wenn sie Mitch oder Jeanine gegenüberstand. Schon hatte Stuart sie auf die Terrasse mit dem schützenden Dach gezogen. Sie waren gerade in Sicherheit, als es zu regnen begann. Wenige Momente später war es kein sachtes Tröpfeln mehr, sondern der Regen fiel wie in silbrigen Mauern herunter, und sein Geruch überdeckte den Geruch der Blumen.

»Mein Gott, wie mir dieser Geruch verhaßt ist«, murmelte Stuart Edwards. Er legte eine Hand auf Jessies Kreuz, um sie mit sanfter Gewalt durch die offene Glastür zu drängen.

11

Im Haus war alles unverändert. Jessie zögerte und rückte unauffällig näher zu Stuart Edwards, als sich ihre Augen an den hellen Schein der Kronleuchter gewöhnten. Die Kapelle spielte nach wie vor beschwingte Melodien, und Paare lachten und wirbelten im Tanz herum. Die schwatzenden älteren Damen saßen noch auf ihren Stühlen am Rand des Saals, und die Herren drängten sich um die Punschschale. Miß Flora und Miß Laurel standen an der gegenüberliegenden Mauer und schienen in eine hitzige Diskussion vertieft zu sein.

Jessie blickte zu dem Mann an ihrer Seite auf. Der Kerzenschein spielte auf seinem Gesicht, und zum ersten Mal an jenem Tag nahm sie bewußt die Kratzer wahr, die sie ihm zugefügt hatte. Es waren jeweils drei auf jeder hageren Wange, und sie verliefen parallel von den Augen bis zum Mund, nicht mehr so rot und offen wie am Vorabend, aber deutlich zu erkennen. Sie fragte sich, wie er sie anderen gegenüber erklärt hatte.

Er mußte ihren Blick gespürt haben, denn im selben Moment sah er auf sie herunter. Ein Mundwinkel zog sich hoch. Die Haut um die himmelblauen Augen legte sich in Fältchen, und er lächelte. Trotz der Kratzer sah dieser Mann umwerfend gut aus, wenn er lächelte.

»Durch den Regen lockt sich Ihr Haar um das ganze Gesicht.« Es war ein verschwörerisches Flüstern, das sie aufmuntern sollte, soviel stand für Jessie fest.

»Es lockt sich immer. Mit diesem Fluch bin ich fürs Leben gestraft.« Jessie sagte das erstbeste, was ihr einfiel, denn sie war ihm zwar dankbar für seine Bemühungen, aber sie war zu nervös, um sich über das Kompliment zu freuen. Ihre Augen suchten den überfüllten Raum ab. Celia tanzte mit Dr. Maguire und drohte Stuart scherzhaft mit dem Zeigefinger, ehe sie Jessie abschätzend musterte und ihr Blick plötzlich finster wurde. Aber Jessie war so in Anspruch genommen, daß sie Celia kaum bemerkte. Sie hielt nach Mitch Ausschau und fand ihn, wie erwartet, mit Jeanine Scott auf der Tanzfläche. Mitch sah sie im selben Moment, in dem sie ihn sah. Er winkte ihr und senkte gleichzeitig den Kopf, um Jeanine etwas ins Ohr zu flüstern. Jessie zuckte zusammen.

»Ich glaube, sie kommen auf uns zu«, murmelte sie in ihrer Panik und klammerte sich an Stuart Edwards' Ellbogen fest.

»Dann werden wir uns eben in Bewegung setzen, was meinen Sie?« sagte er fröhlich, und ehe Jessie wußte, wie ihr geschah, hatte er ihre rechte Hand genommen, seinen Arm um ihre Mitte gelegt und trug sie auf die Tanzfläche hinaus.

»Was tun Sie da?« fauchte sie. Er hatte sie wirkungsvoll von Mitch abgelenkt, und jetzt stolperte sie über die Stiefel ihres Retters und wäre in die Knie gegangen, wenn der Arm, den er um sie gelegt hatte, sie nicht aufrecht gehalten hätte.

»Ich glaube, das nennt sich Walzer«, sagte er mit ausdruckslosem Gesicht. Zum Glück hielt er sie trotz seiner täuschenden Lässigkeit fest wie in einem Schraubstock. Ihr blieb gar nichts anderes übrig, als seine Bewegungen mitzumachen. Schockiert stellte sie fest, daß sie über die Tanzfläche gewirbelt wurde, und sie hoffte nur, daß sie es den anderen Paaren einigermaßen gleichtaten.

»Mr. Edwards, ich kann nicht tanzen!«

»Da wir bald eng miteinander verwandt sein werden, schlage ich vor, daß du mich Stuart nennst. Und es mag zwar sein, daß ich mich irre, aber mir scheint, du tanzt recht ordentlich.«

Er lächelte sie charmant an. Sie trat ihm auf die Zehen.

»Vorsicht.« Dasselbe hatte er im selben Tonfall schon einmal zu ihr gesagt. Bei dieser Erinnerung wurden ihre Versuche, sich seinen Schritten anzupassen, im Keim erstickt. Sie trat ihm wieder auf die Zehen, murmelte mit beschämtem Gesicht eine Entschuldigung – und wurde so atemberaubend herumgewirbelt, daß ihr ganz schwindlig wurde und sie sich nur noch an ihn klammern und beten konnte, sie möge nicht ganz so verstört wirken, wie sie sich fühlte.

Sie war ihm so nah wie an jenem ersten Abend auf der Veranda, als er sie davor bewahrt hatte, die Treppe hinunterzufallen, und sie nahm ihn ebenso bewußt wahr wie zu jenem Zeitpunkt.

Heute abend roch er nach Rumpunsch und Regen. Seine Schulter unter ihrer Hand war breit und kräftig. Sein Hals war auf ihrer Augenhöhe. Gegen den weißen Kragen nahm sich sein Hals auffallend braun aus. Sein ausgeprägt geschnittenes Kinn war von kurzen, schwarzen Bartstoppeln überzogen. Sein Mund war wunderbar geformt, und seine Lippen waren bräunlichrot und sahen fest aus. Seine Nase war gerade, die Backenknochen gewölbt und hoch.

Jessie war so vertieft in die Bestandsaufnahme seiner Gesichtszüge, daß sie, als ihr Blick höher glitt, schockiert feststellte, von ihm beobachtet zu werden. Seine himmelblauen Augen funkelten amüsiert. Jessie zwinkerte verlegen, weil er sie ertappt hatte, wie sie ihn ansah, und sie schlug eilig die Augen nieder. Ihre nachlassende Konzentration bewirkte, daß sie wieder über seine Füße stolperte. Sein Arm spannte sich fester um ihre Mitte und hielt sie aufrecht.

Und in dem Augenblick gelangte Jessie zu einer verblüffenden Erkenntnis.

Celia hatte gesagt, Stuart Edwards ließe ihr Schauer über den Rücken laufen. Plötzlich wußte Jessie nur zu genau, was Celia gemeint hatte.

Sie wagte es nicht, ihren Blick höher als bis zu seinem Kinn zu heben, denn ihr graute davor, ihre veränderte Wahrnehmung seiner physischen Gegenwart könnte ihr so deutlich ins Gesicht geschrieben sein, daß er sie dort lesen konnte. Sie wurde steif in seinen Armen und hielt sich soweit wie möglich von ihm fern, doch das führte nur dazu, daß er sie unwillig dichter an sich zog. Zwischen ihnen lag immer noch der vorgeschriebene Abstand, doch Jessie nahm überdeutlich die Kraft der Arme wahr, die sie festhielten, die festen Muskeln, die unter dem makellosen Leinenhemd steckten, aber auch die geradezu überwältigende Männlichkeit, die dieser Mann verkörperte.

Wenn Jessie sich später an diesen Tanz erinnerte, dann sollte es für alle Zeiten die Erinnerung an den Augenblick sein, zu dem sie wirklich anfing, erwachsen zu werden.

»Du mußt lächeln, Jessie, oder alle werden glauben, daß du mich nicht leiden kannst«, flüsterte er ihr scheltend ins Ohr und wirbelte sie erneut herum. Eine weitere Serie von schwindelerregenden Drehungen begann.

Was hätte sie sonst auch tun können? Jessie lächelte.

12

Veni, vidi, vici: Ich kam, sah und siegte. Diese Worte hatte Julius Cäsar einmal ausgesprochen, und Clive McClintock wiederholte sie mit stummer Zufriedenheit, als er feierlich vor dem blumenbedeckten Altar der kleinen Kirche stand und zusah, wie seine zukünftige Frau hinter ihrer Stieftochter durch den Gang geschritten kam. Der Hochzeitsmarsch schwoll an, die Zuschauer beugten sich vor, um Celia in ihrem Brautkleid besser sehen zu können, und Clive lächelte. Alles, was er sich schon immer gewünscht hatte, stand kurz vor seiner Erfüllung.

Celia Lindsay und ihre Plantage entsprachen zwar nicht ganz den Reichtümern des alten Rom, aber ihm genügte sie. O ja, sie würde ihm durchaus genügen. Sie war hübsch, wohlerzogen, von guter Herkunft und gefügig, und sie war eine Dame. Und sie war reich. Sehr reich sogar. Reich an Land. Ohne Mimosa als Köder hätte Clive ihr nie die Ehe angeboten. Vielleicht wäre er mit ihr ins Bett gegangen, aber geheiratet hätte er sie ganz bestimmt nicht. Er gestand sich ein, daß die Stieftochter in gewisser Weise recht gehabt hatte, als sie ihn als Mitgiftjäger beschimpft hatte. Aber er hatte vor, dafür zu sorgen, daß Celia bei diesem Geschäft nicht zu kurz kam. Und die Stieftochter auch nicht, was das anging. Er hatte vor, sein Bestes zu geben, um Celia ein guter Ehemann zu sein, und wenn je ein junges Ding die sprichwörtliche eiserne Hand im samtenen Handschuh gebraucht hatte, dann war das Jessica Lindsay. sie würden beide davon profitieren, daß sie ihm die Plantage und ihr Leben anvertrauten.

So, wie sich die Dinge entwickelt hatten, konnte man von nicht mehr und nicht weniger als ausgleichender Gerechtigkeit sprechen. Er hatte an jenem unvergeßlichen Morgen an Deck der *Mississippi Belle* gelobt, jemand würde ihm dafür büßen, daß ihm sein Geld gestohlen worden war. Und es hatte sich herausgestellt, daß derjenige, der diese Schuld wiedergutmachte, Stuart Edwards war, der unwissentlich zurückgezahlt hatte, was er gestohlen hatte, indem er Clive etwas gab, wofür er selbst keine Verwendung mehr hatte – seine Identität. Und den unbenutzten Teil seines Lebens.

Natürlich war es nicht Clives ursprünglicher Plan gewesen, Edwards' Identität anzunehmen. In der Hoffnung, irgend etwas zu finden, was ihn zu Hulton und zu seinem Geld führen würde, hatte er unwillig jedes Angebot zurückgewiesen, seine Hand zu behandeln. Statt dessen hatte er sorgfältig Edwards' Habe durchwühlt. Er hatte ein wenig Bargeld gefunden, ein paar Kleinigkeiten – und einen Brief. Den Brief hatte er wegen der Adresse eingesteckt: Als Absender war die Tulip Hill Plantage im Yazoo-Tal, Mississippi, angegeben. Vielleicht würde sich Hulton dorthin begeben.

Dann war Luce mit einem Arzt im Schlepptau angerückt und

hatte darauf beharrt, daß der Mann sich seine Hand ansah. Anschließend hatte Clive tagelang nichts anderes getan als zu fluchen, zu trinken und Hulton und sein Geld zu suchen, doch beides schien vom Erdboden verschwunden zu sein.

Als Clive endlich dazu kam, den Brief zu lesen, erfuhr er, daß er von Edwards' beiden alten (und, so wie es klang, etwas dämlichen) Tanten kam. Er hatte das Ding schon fast weggeworfen, weil es ihm völlig unbrauchbar erschien. Aber dann hatte er den Brief aus unerklärlichen Gründen doch behalten. Erst später, nachdem ihm die besten Ärzte von New Orleans versichert hatten, sie hätten getan, was in ihrer Macht stand, doch es sei zu bezweifeln, daß er die volle Beweglichkeit seiner Finger je wieder erlangen würde, fielen ihm Edwards' Tanten wieder ein.

Der Messerstich hatte mehrere Nerven, Muskeln und Sehnen beschädigt. Er würde für den Rest seines Lebens gewisse Lähmungserscheinungen in der rechten Hand zurückbehalten.

Die Hände eines Spielers waren sein ein und alles, um sich den Lebensunterhalt zu verdienen. Seit seiner Kindheit hatte Clive alles mit Karten anstellen können; er hatte sich mit Kartentricks am Leben erhalten. Die Fingerfertigkeit und die Geschicklichkeit hatten es dem einstigen ›schmutzigen Bauernbuben‹ ermöglicht, sich das Drum und Dran eines bequemen, manchmal sogar luxuriösen Lebens zu leisten. Noch ein paar Jahre, und er hätte für den Rest seines Lebens ausgesorgt gehabt.

Aber das war jetzt aus. Gleichzeitig mit seinem Geld hatte man ihm die Mittel geraubt, sich seinen Lebensunterhalt zu verdienen. Die Beweglichkeit der rechten Hand einzubüßen war weit schlimmer, als ausgeraubt zu werden.

Die Idee war ihm erst gekommen, nachdem er wochenlang zwischen betrunkenem Selbstmitleid und Wutausbrüchen infolge noch größerer Trunkenheit geschwankt hatte. Er hatte hektisch nach dem Brief gesucht und ihn noch einmal gelesen, diesmal jedoch aufmerksamer.

Edwards' Tanten besaßen eine Baumwollplantage, was zweifellos hieß, daß sie reich waren. Und sie wollten diesen ganzen Klimbim ihrem Neffen vermachen, wenn er bloß käme und sie besuchen würde. Sie waren alt und einsam, und er war ihr einziger männlicher Verwandter, der noch am Leben war. Sie liebten ihn unverbrüchlich, obwohl sie ihn nicht mehr gesehen hatten, seit er ein Wickelkind gewesen war.

Zu diesem Thema stand noch einiges da, drei Seiten mit wirren, zittrigen Zeilen, die so sprunghaft das Thema wechselten, daß es schwer war, sich aus dem Brief etwas zusammenzureimen. Doch es gelang Clive, das zu erfassen, was für ihn die entscheidenden Tatsachen waren: Zwei alte Damen, die nicht ganz klar im Kopf waren und keine anderen Verwandten auf Erden hatten, waren gewillt, ihren (gewaltigen) weltlichen Besitz ihrem Neffen zu vermachen, wenn er sie bloß endlich besuchte.

Sie hatten nur das Pech, daß ihr Neffe tot war. Aber Clive war nicht tot. Stuart Edwards hatte ihm fünfundvierzigtausend Dollar und seine entscheidendsten Voraussetzungen geraubt, die er brauchte, um sich seinen Lebensunterhalt zu verdienen. Stuart Edwards war ihm etwas schuldig.

Clive trieb jede Schuld ein, wenn es sich irgend machen ließ.

Clive zweifelte keinen Moment daran, daß sich bei der Durchführung seiner Pläne ein paar unerwartete Probleme stellen würden, doch er zweifelte auch keinen Moment daran, daß er diese Schwierigkeiten bewältigen würde. In den vielen Jahren, in denen er sich von seiner Geistesgegenwart ernährt hatte, hatte er gelernt, daß die Leute nur das sahen, was sie erwarteten, und im großen und ganzen fast alles glaubten, was man ihnen erzählte. Wenn er sich bei den beiden tatterigen alten Damen auf der Plantage Tulip Hill als ihr verlorener und endlich heimgekehrter Neffe einführte, wer hätte das bestreiten sollen?

Clive hatte sich das Hirn zermartert, aber das einzige, was ihm zu dem verstorbenen Stuart Edwards einfiel, war, daß er groß gewesen war und schwarzes Haar gehabt hatte. Clive machte sich nicht die geringste Vorstellung von der Augenfarbe des Kerls, aber wenn die alten Daumen ihren räuberischen Neffen nicht mehr gesehen hatten, seit er ein Säugling war, dann würden sie sich an solche Kleinigkeiten wahrscheinlich auch nicht mehr erinnern. Außerdem standen die Chancen, daß Edwards blaue Augen gehabt hatte, fünfzig zu fünfzig. Das war gar kein so übler Prozentsatz, wenn man es einmal näher bedachte.

Und falls sich zufällig doch irgendwelche Fragen zu seiner Identität stellen sollten, konnte Clive zum Beweis dafür, der zu sein, für den er sich ausgab, den Brief vorweisen, der an ihn, Stuart Edwards, in Charleston, South Carolina, gerichtet war. Dazu kam ein flinker Verstand, der ihn in achtundzwanzig Jahren noch nie im Stich gelassen hatte. Es sollte lachhaft einfach sein, zwei alte

Damen hinters Licht zu führen. Außerdem würde er ihnen wahrscheinlich ein besserer Neffe sein, als Stuart Edwards, Dieb und fast auch Mörder, es ihnen je gewesen wäre.

Clive hatte den Plan gefaßt, sie eine Zeitlang zu besuchen, sich als Stuart Edwards in ihrer Nähe niederzulassen, und dann, wenn die alten Damen aus dem Diesseits geschieden waren (der Tonfall ihres Briefs ließ darauf schließen, daß es nicht allzu lange dauern konnte), zurückzukommen und sein Erbe anzutreten, und die gesamte Umgebung würde sich dafür verbürgen, wer er war.

Die besten Pläne waren immer die einfachsten.

Es hatte alles noch besser geklappt, als er es erwartet hatte. Miß Flora und Miß Laurel waren ihm sofort um den Hals gefallen, als ihr Verwalter ihnen mitgeteilt hatte, wer er war, und sie hatten ihn auf der Stelle als ihren Neffen anerkannt. Seine Identität war nicht einen einzigen Moment lang in Frage gestellt worden.

Der einzige Haken war der, daß die beiden alten Damen trotz all ihrer Tatterigkeit bei bester Gesundheit zu sein schienen. Clive wurde deutlich klargemacht (es ging aus dem Plaudern der Damen Edwards über ihre langlebigen Vorfahren allzu deutlich hervor), daß es noch eine beträchtliche Anzahl an Jahren dauern konnte, ehe seine Intrigen endgültig Früchte trugen.

Nicht etwa, daß er den alten Damen etwas Böses gewünscht hätte, aber doch...

Und dann hatte er Celia Lindsay kennengelernt, die reiche Witwe.

Solange ihm Miß Flora, die gerissenere seiner beiden Tanten, nicht deutlich dargestellt hatte, wie es um ihren Familienstand und ihre Finanzen bestellt war, hatte Clive ihr kaum Beachtung geschenkt. Sie sah zwar recht gut aus, aber unter einer Horde von taufrischen Debütantinnen wäre sie ihm nicht gerade ins Auge gefallen.

Es gab jedoch viel, was für eine reiche Witwe sprach. Und wenn ihn eine reiche Witwe noch dazu mit allen Mitteln in ihr Bett locken wollte, dann machte sie es ihm geradezu lachhaft einfach.

Clive zeichnete sich mehr als durch irgend etwas anderes durch seine Anpassungsfähigkeit aus. Statt abzuwarten, bis die Damen Edwards aus dem Diesseits schieden, beschloß er, seine Pläne zu ändern. Er würde seinen vielgerühmten Charme bei Mrs. Lindsay spielen lassen, sie restlos betören und ohne weitere Umschweife sie und ihre Plantage heiraten. So kam er an das Land, das er sich immer erträumt hatte, und zu einem Lebensstil, der weit über seine kühnsten Träume hinausging.

Die Vorstellung, Clive McClintock – nein, das mußte natürlich Stuart Edwards heißen – könne zum Landadel gehören und reicher Pflanzer und feiner Herr sein, gefiel ihm doch sehr gut.

13

»Geliebte Gemeinde...«

Jessie stand etwas weiter links hinter ihrer Stiefmutter und hielt Celias Brautstrauß aus weißen Rosen und Lilien aus dem Tal in Fingern, die nicht allzu ruhig waren. Der süße Duft der Blumen stieg ihr in die Nase, als sie die Worte hörte, die Mimosa der Aufsicht von Stuart Edwards unterstellten.

In Wahrheit wußte sie nicht, was sie empfand. Vor weniger als zwei Wochen hätte sie noch geschworen, daß sie den Mann eher erschießen würde, als mitanzusehen, wie die Rechte an allem, was ihr hätte gehören sollen, an ihn übergingen. Doch das war, ehe sie sich miteinander angefreundet hatten – oder sich zumindest in irgendeiner Form miteinander arrangiert hatten. Ehe sie eine Freundlichkeit an ihm entdeckt hatte, die Celias ganzer Natur vollkommen fremd war.

Die bittere Wahrheit war die, daß Mimosa nicht ihr gehörte, sondern Celia. Und in den vielen schlaflosen Nächten, die sie seit der verheerenden Verlobungsfeier verbracht hatte, war Jessie zu dem Glauben gelangt, daß Stuart Edwards das Anwesen und die Menschen, die dazugehörten, weit besser beaufsichtigen würde, als Celia es je getan hatte.

Es war auch möglich, daß er ihr weiterhin ein Freund sein würde. Jessie hatte feststellen müssen, daß sie sehr großen Wert darauf legte, Stuart Edwards zum Freund zu haben.

Und hier stand sie jetzt als die einzige Brautjungfer ihrer verabscheuten Stiefmutter. Sie war in ein unglaublich weites Seidenkleid gesteckt worden, das in demselben abscheulichen Zartrosa gehalten war wie bei der Verlobung die Schärpe und die Rüschen an Rocksaum und Ausschnitt. Es war ein neues Kleid, aber das war auch das einzige, was nicht daran zu bemängeln war. Celia hatte den Schnitt und den Stoff persönlich ausgesucht, und Jessie konnte nur annehmen, daß sie beides im Hinblick darauf gewählt hatte, ihre Stieftochter so unattraktiv wie möglich dastehen zu lassen. Volants fielen in Schichten von den Schultern bis zum Saum, und nur die breite Schärpe deutete an, daß sie nicht völlig formlos war. Das diente nicht gerade dazu, ihrer Figur zu schmeicheln. Als Jessie ihr Spiegelbild gesehen hatte, fand sie, sie ähnelte in Form und Farbe Celias Nadelkissen.

Außerdem fand sie, ein kräftiges Rosa sei keine günstige Farbe für eine Frau mit rötlichem Haar.

Celia dagegen sah fantastisch aus. Ihre zarte Gestalt kam in einem schulterfreien, eisblauen Satinkleid sehr vorteilhaft zur Geltung. Wenn sie es auch ungern zugab, mußte sich Jessie doch eingestehen, daß sie sehr jung und sehr hübsch aussah.

»Willst du, Celia Elizabeth Bradshaw-Lindsay, diesen Mann zum...«

Sie legten ihre Gelübde ab, Jessie beobachtete sie dabei und bemühte sich, ihre Sorge nicht zu zeigen, als Celia gelobte, ihren Mann zu lieben und zu achten und ihm gehorsam zu sein.

Dann war Stuart an der Reihe.

»Willst du, Stuart Michael Edwards...«

Seine Stimme war fest, als er vernehmlich gelobte, Celia für den Rest ihres Lebens zu lieben und zu ehren.

»Den Ring, bitte.«

Seth Chandler hatte sich bereit erklärt, Stuart beizustehen, und jetzt fummelte er einen Moment lang in seiner Tasche herum, ehe er den Ring fand. Stuart steckte ihn Celia an. Seine Hand war groß und langfingrig, braun und kräftig, und nur eine rötliche Narbe, die sich diagonal über den Handrücken und die Handfläche zog, entstellte die männliche Schönheit dieser Hand. Ihre Hand war schmal, zart, lilienweiß und im Vergleich zu seiner einfach winzig. Als sie diese beiden Hände sah, durchzuckte Jessie etwas, was sich nur als Sehnsucht beschreiben ließ.

Sie hätte jedoch nicht sagen können, wonach sie sich sehnte.

»Ich erkläre euch hiermit zu Mann und Frau. Sie dürfen die Braut jetzt küssen.«

Stuart küßte Celia, und sein dunkler Schopf beugte sich über ihren hellen. Einen Moment lang hielt sie ihn an den Schultern fest, und ihre Nägel gruben sich in seinen taubengrauen Frack. Dann richtete er sich wieder auf, und sie sah sich um, lachte und strahlte. Wieder durchzuckte Jessie diese vage Sehnsucht.

Dann reichte sie Celia den Brautstrauß, und Celia und Stuart schritten Arm in Arm durch den Gang zur Tür, der Inbegriff eines glücklichen Brautpaars.

Jessie kam nie dahinter, wie es anfing. Als sie selbst an Seth Chandlers Arm auf die Kirchentreppe trat und die Gäste ihnen folgten, war das Geschehen bereits im Gange.

»Sie gehört mir! Ich sage euch, sie gehört mir! Sie hat sich mir hingegeben... sie hat sich mir versprochen...!«

»Aber das ist ja Mr. Brantley, unser Aufseher«, sagte Jessie schockiert. Ihre Worte waren an niemand Bestimmten gerichtet. Stuart und Celia waren anscheinend regungslos erstarrt und standen auf den Stufen. Stuart hörte Jessies Worte; Jessie sah, daß er zusammenzuckte, und als ihr klar wurde, wie bedeutsam dieser Zwischenfall war, wurde ihr flau im Magen.

Celias Sünden sollten sie in eben diesem Augenblick in Gestalt von Ted Brantley einholen. Jahrelang hatte sie sich heimlich zum Haus des Aufsehers geschlichen. Jessie hatte sogar selbst gesehen, wie sie abends nach dem Essen in diese Richtung gelaufen war. Das einzige, was Jessie jetzt noch wunderte, war, daß sie nicht schon eher darauf gekommen war, was diese einsamen Spaziergänge zu bedeuten hatten. Aber schließlich hatte sie geglaubt, Celia sei nicht so dumm, das eigene Nest zu beschmutzen. Offensichtlich hatte sie sich getäuscht.

Auf dem Kirchplatz hatten sich die Arbeiter von Mimosa und Tulip Hill versammelt. Nur den langjährigsten Hausangestellten war es gestattet gewesen, in der Kirche auf den hinteren Bänken zu sitzen. Alle übrigen hatten draußen gewartet, um dem Brautpaar zuzujubeln, wenn es aus der Kirche kam. Die meisten waren zu Fuß gekommen, doch ein paar Wagen waren auch da.

»Sie gehört mir! Sie ist schon seit Jahren die meine!«

Mr. Brantley saß auf seinem Pferd. Er war von einem Meer von Gesichtern umgeben, vorwiegend Schwarze, die das Brautpaar beglückwünschen wollten, und er war so deutlich sichtbar wie ein Berg in einer Ebene. Er wankte im Sattel und war eindeutig betrunken, so betrunken, daß er sich kaum auf dem Pferd halten konnte. Er war sehr betrunken, aber doch nicht zu betrunken, um Celia auf der Treppe zu erkennen.

»Celia! Celia, mein Liebling! Und was ist mit mir? Du liebst doch mich und nicht ihn! Das hast du doch selbst gesagt!«

Celia stand regungslos, stumm und mit weißem Gesicht da

und umklammerte den Arm ihres Bräutigams, als sie über die Menge hinweg ihren einstigen Liebhaber anstarrte.

»Er ist übergeschnappt«, sagte sie abschätzig. Dann sagte sie mit ruhiger Stimme: »Schafft ihn fort.«

Die Sklaven, die Brantley am nächsten standen, traten voller Unbehagen von einem Fuß auf den anderen, sahen zu ihm auf und versuchten mit Gesten und gesenkten Stimmen, ihn zum Schweigen zu bringen. Aber keiner von ihnen, noch nicht einmal diejenigen, die am meisten an Mimosa hingen, wagte es, die Hand gegen den weißen Aufseher zu erheben. Keiner von ihnen machte sich genug aus Celia, um dieses Risiko einzugehen.

Hinter Jessie drängten ständig mehr Besucher aus der Kirche und blieben auf den Stufen stehen, und die, die keinen Platz mehr fanden, stellten sich auf die Zehenspitzen und versuchten, den anderen über die Schultern zu sehen. Von allen Seiten erhob sich ein schockierendes Murmeln.

»Ich soll also übergeschnappt sein, was? Du bist mit mir ins Bett gegangen, du hast gesagt, daß du mich liebst! Das kannst du nicht leugnen! Was ist mit den vielen Malen, die du zu mir gekommen bist, mit den Dingen, die du gesagt hast? Du gehörst mir, mir, mir!«

Alle sahen fasziniert zu und lauschten gebannt. Die Gunst der Menschenmenge teilte sich in diejenigen, die entrüstet, und die anderen, die belustigt waren. Aber niemand schien zu wissen, was er tun sollte, um dieser gräßlichen Szene ein Ende zu bereiten. Schließlich riß sich Stuart mit vollkommen ausdruckslosem Gesicht von Celia los und lief leichtfüßig die Stufen hinunter und auf den stämmigen, dunkelblonden Betrunkenen zu.

Die Menge teilte sich wie das Rote Meer. Stuart erreichte Brantley, blieb neben ihm stehen, streckte die Hand aus und packte den Mann an seiner Jacke.

»He, was zum Teufel...!« wehrte sich Brantley, als er vom Sattel gezerrt wurde. Dann erkannte er anscheinend die Gefahr, in der er schwebte, und er holte mit einem Heuwender aus, der Stuart den Kopf abgerissen hätte, wenn er getroffen hätte.

Er traf jedoch nicht. Stuart schlug dem Mann eine Faust ins Gesicht, die den Kopf in seinen Nacken fallen und Blut aus seiner Nase auf die Umstehenden spritzen ließ. Dieser eine Hieb reichte aus, um Brantley in sich zusammensacken zu lassen.

»Du da, schaff diesen Lumpen fort«, sagte Stuart zu einem Feldarbeiter, der in der Nähe stand. Dann ließ er den bewußtlosen Brantley wie lästigen Müll auf den Boden fallen.

»Ja, klar«, erwiderte der Arbeiter mit weitaufgerissenen Augen, die sich von seinem neuen Herrn abwandten und auf den Aufseher fielen. Dann wurde ein Wagen geholt, und Brantley, der nach wie vor bewußtlos war, aufgeladen.

Das Summen der Stimmen hinter Jessie schwoll immer heftiger an. Es legte sich abrupt, als Stuart sich umdrehte und zur Treppe und zu seiner Braut zurückkehrte.

Instinktiv rückte Jessie dichter zu Celia. Sie konnte ihre Stiefmutter nicht allzu gut leiden, aber sie gehörte dennoch zur Familie. Trotz der jahrelangen Feindseligkeiten zwischen den beiden konnte Jessie nicht einfach dastehen und zusehen, wie Celia öffentlich gedemütigt wurde, wenn nicht noch Schlimmeres auf sie zukam. Jeder Skandal, der sich um Celia entfachte, würde unvermeidlich Mimosa mit hineinziehen.

Als sie ihren Mann auf sich zukommen sah, stand Celia so weiß und regungslos wie ein Marmorbildnis da. Jessie wußte, daß Celia sich fürchtete. Sie konnte es an ihren bebenden Nasenflügeln erkennen, und sie roch es in ihrem Schweiß.

Wer hätte sich unter diesen Umständen nicht gefürchtet? Jessie wußte, daß sie versteinert wäre, wenn Stuart Edwards' Zorn sich in dem Moment gegen sie gerichtet hätte.

Doch Stuart versetzte alle Anwesenden in Erstaunen. Er schrie Celia nicht an, er schlug sie nicht, und er widerrief auch nicht die Gelübde, die er gerade abgelehnt hatte.

»Du mußt etwas an dir haben, was die Männer vor Liebe in den Wahnsinn treibt«, sagte er leichthin, als er wieder neben Celia stand. »Ich sollte mich hüten, damit mich dieses Schicksal nicht auch noch ereilt.«

Dann lächelte er sie an, als hätte er nicht den geringsten Glauben, daß an Brantleys Behauptungen etwas Wahres dran sein könnte.

Ein paar Minuten lang ließ sich Jessie zum Narren halten. Sie spürte, wie die Spannung in der Menge nachließ und alle enger zusammenrückten und sich zu dem Zwischenfall äußerten, als sei es ein Tribut an Celias Schönheit gewesen.

Celia ihrerseits hielt sich prachtvoll. Jessie sah zu, wie ihre Stiefmutter und Stuart die Glückwünsche der Menge entgegennahmen und die unvermeidlichen Scherze über sich ergehen ließen. Sie wunderte sich. Celia war um Haaresbreite einem Skandal um ihre

Tugend entgangen, der ihren Namen für alle Zeiten beschmutzt hätte. Und ihr frischangetrauter Ehemann, derjenige, den ihre Tugend oder ihr Mangel an Tugend direkter betraf als jeden anderen, hatte sie am Rande des Abgrunds gerettet und anscheinend gar nicht gemerkt, wie tief der Abgrund gewesen war.

Daher fragte sich Jessie, ob Stuart vielleicht, ganz vielleicht, wirklich glaubte, an Brantleys Prahlereien sei nichts dran, es sei nichts weiter als das leere Gefasel eines Betrunkenen, der Liebeskummer hatte.

Schließlich hatte Stuart Celia beim Einsteigen geholfen, und als er sich umdrehte, sah er in Jessies Augen.

In diesen eisblauen Tiefen las sie die Wahrheit: Als sie erst vor kurzem ihre Stiefmutter als Hure bezeichnet hatte, hatte er sie beschuldigt, eine Lügnerin zu sein, und er hatte sie geohrfeigt. Jetzt war er bereit, die Möglichkeit in Betracht zu ziehen, daß Jessie eventuell doch die Wahrheit gesagt hatte.

14

Die Hochzeitsreise dauerte nicht länger als drei Wochen. Sie hätte zweimal so lange dauern sollen, doch am ersten Juli sah Jessie, als sie gegen Mittag mit Tudi auf dem Balkon saß, den Einspänner näherkommen, der ihr inzwischen vertraut war. Auf gespenstische Weise wiederholte sich die Szene, die sie mitangesehen hatte, als Stuart Edwards ihr das erste Mal unter die Augen gekommen war. Aber anstelle des Unbehagens von damals freute sie sich jetzt sehr.

Es war eine absurde Vorstellung, daß sie einen Mann vermißt haben sollte, den sie kaum kannte, einen Mann, in dem sie nach wie vor mit gutem Grund ihren Feind hätte sehen sollen.

»Du strahlst ja wie ein Weihnachtsbaum«, bemerkte Tudi, die von dem Flickzeug auf ihrem Schoß aufblickte.

»Sie sind zurück.« Jessie stand auf und beugte sich über das Geländer, um dem Einspänner entgegenzusehen.

»Du hast dich doch sonst nie auf Miß Celia gefreut«, rief Tudi aus, und ihre Stimme drückte Erstaunen und Ungläubigkeit zugleich aus.

»Es wird sich einiges ändern, wenn Mr. Edwards die Dinge in

die Hand nimmt«, sagte Jessie ernst und sah Tudi über die Schulter an. »Er ist nicht so wie Celia. Ganz und gar nicht.«

»Das nenne ich eine ganz schön schnelle Kehrtwendung«, murrte Tudi, doch Jessie beachtete sie nicht weiter. Sie mußte sich zusammenreißen, um nicht die Stufen hinunterzulaufen und die Ankömmlinge überschwenglich zu begrüßen, als der Wagen holpernd vorfuhr und auf der Auffahrt anhielt.

Sie brachte es mühsam fertig, sich zurückzuhalten, aber sie lehnte sich über das Geländer.

Der Stallknecht Thomas, Rosas Jüngster, kam herausgerannt. Stuart stieg ab. Mit Anzug, Hut und Mantel schien er bei achtunddreißig Grad gar nicht zu wissen, was schwitzen hieß.

Jessie tupfte sich mit dem ausgelassenen Saum des alten weißen Musselinkleids, das sie trug, die Tropfen von der Oberlippe und der Stirn und winkte, doch Stuart blickte nicht auf.

Statt dessen ging er um die Kutsche herum, um Celia beim Absteigen behilflich zu sein. Celia ließ seine Hand in dem Moment los, in dem ihre Füße den Boden berührten. Jessie konnte selbst auf diese Entfernung die Feindseligkeit spüren, die zwischen den beiden herrschte.

Sie waren zu dritt gekommen. Der Besucher war ein großer, schlaksiger Mann mit hellbraunem Haar. Er war fast so elegant gekleidet wie Stuart, doch bei ihm hatte es nicht diese betörende Wirkung.

Celia sagte etwas zu ihm, und er nickte. Dann kamen sie zu dritt die Treppe herauf, Celia voran, die beiden Männer hinter ihr.

»Ihr seid früher zurückgekommen.«

Jessie hatte sich auf das Geländer gesetzt und sich umgedreht, um die Ankömmlinge zu begrüßen. Sie sah ihre Stiefmutter kritisch an. Celia war wie immer fantastisch gekleidet und trug ein apfelgrünes Reisekleid mit einem raffinierten Hut, der tief auf der Stirn saß, aber sie wies wenig Ähnlichkeit mit einer Braut auf, die gerade aus den Flitterwochen zurückkehrt. Ihr Gesicht war blaß, und sie hatte dunkle Ringe unter den Augen. Als sie Jessie ansah, waren ihre Lippen zusammengekniffen.

»Stuart hat die Vorstellung gar nicht behagt, daß wir die Plantage ohne jemanden zurücklassen, der genügend damit vertraut ist, um die Aufsicht zu führen. Daher mußten wir zurückkommen. Ich verstehe allerdings nicht, wieso wir nicht einfach Graydon vorausschicken und unsere Hochzeitsreise wie geplant fortsetzen konnten.«

»Das haben wir ein dutzendmal ausdiskutiert, Celia. Solange dein Cousin nicht eingearbeitet ist, kann man nicht von ihm erwarten, daß er eine Plantage von der Größenordnung von Mimosa ohne Anleitung führt. Außerdem will ich mir die Bücher ansehen und mir selbst ein Bild davon machen, wie die Dinge stehen.« Stuarts Erwiderung war höflich, aber man konnte klar erkennen, daß seine Geduld kurz vor dem Zerreißen stand.

»Ich habe dir ebenso oft gesagt, daß Graydon auf Bascomb Hall in den letzten sechs Jahren alles organisiert hat. Um Himmels willen, er hat Erfahrung. Du machst nur Schwierigkeiten, um mir eins auszuwischen.«

»Ich glaube, dieses Gespräch sollten wir lieber unter uns fortsetzen, meinst du nicht auch?« Stuarts Tonfall war immer noch freundlich, aber seine Augen waren plötzlich stahlhart. Celia warf ihm einen nahezu haßerfüllten Blick zu.

»Ich werde mich jetzt hinlegen. Ich habe Kopfschmerzen. Wenn du auch nur das geringste Einfühlungsvermögen besäßest, hättest du nicht von mir verlangt, daß ich bei dieser Hitze reise.«

Ohne eine Antwort abzuwarten, ging Celia ins Haus, setzte ihren Hut ab und rief dabei nach Minna.

Jessie sah Stuart erstaunt und respektvoll an. Sie wußte nicht, wie er es geschafft hatte, aber es bestand jetzt schon kein Zweifel mehr daran, wer in dieser Ehe das Sagen hatte. Sie wußte, wie sehr Celia darauf versessen war, ihren Kopf durchzusetzen, und wenn er die Oberhand so schnell gewonnen hatte, dann mußte das von seiner Seite aus einiges erfordert haben.

»Hallo, Jessie.« Stuart sah Celia nach und lächelte Jessie dann matt an.

»Hallo.« Sie lächelte schüchtern. Dann sagte sie aus dem Gefühl heraus, etwas dazu beitragen zu müssen, daß sich die Spannung legte: »Celia war durch Reisen schon immer leicht zu erschöpfen.«

»Ich glaube, das geht vielen Damen so.« Seine Antwort war absolut nichtssagend, aber er hätte nicht deutlicher ausdrücken können, wie wenig Wert er darauf legte, jetzt über dieses Thema zu reden. Sein Blick glitt auf Tudi. »Und du bist...?«

»Tudi, Mr. Edwards, Sir.« Tudi war respektvoll aufgestanden, als ihr neuer Herr die Treppe heraufgekommen war. Das Flickzeug hielt sie in den Händen, und während des Wortwechsels mit Celia hatte sie taktvoll die Augen niedergeschlagen. Jetzt hob sie den Blick, um ihm voll ins Gesicht zu sehen. Ihr Tonfall war respektvoll, aber mehr auch nicht. Tudi war eine Sklavin, aber ihr Einfluß auf Mimosa war nicht zu unterschätzen.

»Tudi. In Zukunft werde ich es mir merken.« Sein schwaches Lächeln drückte seine Anerkennung ihrer Bedeutung aus. Dann wandte er seinen Blick wieder Jessie zu. »Jessie, das ist Graydon Bradshaw. Er ist Celias Cousin und der neue Aufseher von Mimosa. Graydon, das ist Miß Jessica Lindsay, Celias Stieftochter.«

»Guten Tag, Miß Lindsay.« Graydon Bradshaw verbeugte sich vor Jessie. Jessie, die vor einem Verwandten Celias instinktiv auf der Hut war, nickte lediglich.

Stuart sah Tudi wieder an. »Gibt es jemanden, der Mr. Bradshaw zum Haus des Aufsehers begleiten und ihm fürs erste helfen kann?« Wenn er hoffte, sich bei Tudi einzuschmeicheln, machte er seine Sache genau richtig, dachte Jessie belustigt. Sein Tonfall war fast ehrerbietig.

»Ja, Sir, Mr. Edwards. Ich werde Charity damit beauftragen. Sie ist es gewohnt, sich um Mr. Brantley zu kümmern.« Tudis Augen wurden größer, als ihr der letzte Satz herausrutschte. Sie wirkte plötzlich so gehemmt, daß man ihr das Gefühl anmerkte, etwas Falsches gesagt zu haben.

Falls Stuart daran etwas auffiel, gab er es mit keinem Anzeichen zu erkennen.

»Ja, das wäre nett.« Er nickte. Tudi ließ ihr Flickzeug in den Korb neben dem Stuhl fallen und wandte sich an Graydon Bradshaw.

»Wenn Sie mir folgen würden, Mr. Bradshaw.«

»Es war mir ein Vergnügen, Ihre Bekanntschaft zu machen, Miß Lindsay«, sagte Bradshaw beim Gehen, und Jessie nickte wieder.

Als sie allein mit Stuart zurückblieb, fühlte sich Jessie plötzlich unbeholfen. Schließlich war es möglich, daß ihre noch so junge Freundschaft diese Flitterwochen nicht überdauert hatte, die offensichtlich unerfreulich verlaufen waren.

»Mein Gott, diese Hitze«, sagte er und ließ sich auf einen Stuhl fallen. »In der Hölle kann es nicht heißer sein als in Mississippi im Sommer.«

Er setzte seinen eleganten Hut ab und fächelte sich Luft zu. Dabei behielt er das Gepäck im Auge, das Thomas und Fred, ein gleichaltriger Junge, vom Wagen luden und auf dem Gras neben der Auffahrt stapelten.

»Es ist noch nicht annähernd so heiß, wie es im August sein wird.«

»Gott behüte«, sagte er, und beide lachten. Dann sah er lächelnd zu ihr auf, denn sie saß immer noch auf dem Geländer.

»Und was hast du in diesen letzten Wochen mit dir angefangen?«

»Nicht allzuviel. Ich bin geritten. Und sonst habe ich die meiste Zeit mit Jasper gespielt.«

»Jasper?«

»Das ist mein Hund.«

»Du meinst doch nicht etwa, daß dieser riesige, verlauste Köter, den ich bei den Ställen gesehen habe, dir gehört, oder doch?«

»Er hat keine Läuse!« Ihr Tonfall war entrüstet, als sie ihren Hund verteidigte. Stuart grinste.

»Aber alles andere gibst du zu. Sieh mich nicht so gereizt an. Ich mag Hunde.«

»Ach so.« Einen Moment lang hatte sie gefürchtet, er könnte Tiere so hassen, wie Celia sie haßte. Sie hätte sich natürlich denken können, daß es nicht so war. Der Freund, den sie an jenem Abend im Garten von Tulip Hill kennengelernt hatte, konnte nichts gegen Hunde haben.

»Ich habe dir ein Geschenk mitgebracht.« Er sagte die Worte ganz beiläufig, doch seine Augen beobachteten sie lächelnd, als er auf die Reaktion wartete.

»Du hast... was?« Seine Worte kamen für sie weit mehr als unerwartet. Seit dem Tod ihres Vaters hatte niemand außer den Dienstboten Jessie je ein Geschenk gemacht. Sie riß die Augen weit auf. »Wirklich?«

»Hand aufs Herz.«

»Was denn?«

Er schüttelte den Kopf. »Willst du nicht lieber abwarten, bis du es siehst? Es ist im Gepäck. Wenn ich mich nicht irre, ist es sogar genau in der Kiste, die diese Jungen gerade unter dem Sitz herausgezogen haben.«

»Oh! Darf ich hingehen und es mir gleich ansehen?« Sie klatschte vor Aufregung fast in die Hände. Stuart betrachtete sie verständnisvoll.

»Geh hin und hol das Päckchen, aber mach es hier oben auf, damit ich zusehen kann.«

Das brauchte er Jessie kein zweites Mal zu sagen. Sie lief die Treppe herunter, rannte trotz der Hitze und hob das Päckchen auf.

Es war eine große, flache Schachtel, aber sie war nicht besonders schwer.

Was konnte das bloß sein?

Ihre Schritte waren langsamer, als sie wieder zum Balkon hinaufstieg. Dort erwartete er sie lächelnd. Vorfreude war ein Gefühl, das Jessie vollkommen neu war, und es gefiel ihr.

»Na, mach schon, pack es aus«, wies Stuart sie ungeduldig an, als Jessie die Schachtel auf den Boden legte, sich daneben kniete und die hübschen silbernen Schleifen bewunderte.

Mit einem scheuen Lächeln sah sie zu ihm auf und löste die Bänder.

15

Jessie hob den Deckel von der Schachtel, und dann blieb sie einen Moment lang regungslos sitzen und starrte den Inhalt an. Das, was in der Schachtel lag, war zusammengefaltet, und daher konnte sie nicht ganz sicher sein, doch es schien sich um ein Abendkleid zu handeln. Sie berührte es fast zögernd. Es war aus feinstem indischem Musselin, und es war in einem zarten Blaßgelb gehalten.

»Nimm es raus, und schau es dir an«, sagte Stuart. Er schaukelte sachte auf seinem Stuhl und lächelte.

Jessie zog das Kleid aus der Schachtel, stand damit auf und hielt es auf Armeslänge von sich, um es besser sehen zu können. Es hatte ein schlichtes, gerafftes Mieder mit kurzen Puffärmeln und einem züchtigen Ausschnitt, der dennoch die Schultern seiner Trägerin weitgehend entblößte. Es war stark tailliert und darunter saß ein Glockenrock mit einem eierschalenfarbenen Spitzenbesatz am Saum. Auch die Ärmel waren mit Spitze eingesäumt.

»Die Schärpe liegt noch in der Schachtel«, sagte Stuart. Jessie sah von dem Kleid zur Schärpe, und dann sah sie Stuart an.

»Es ist wunderschön. Danke. Ich hätte nie damit gerechnet... Du hättest mir doch kein Geschenk mitzubringen brauchen.« Es war fast mürrisch.

»Ich weiß, daß ich das nicht zu tun brauchte. Ich wollte es tun. Schließlich gehören wir jetzt zu ein und derselben Familie. Und außerdem ist das Kleid natürlich ebenso sehr ein Geschenk von Celia wie von mir.«

Jessie wußte, daß das nicht stimmte. Celia war mehrfach im Jahr fortgefahren und hatte ihr noch nie auch nur eine Haarschleife mitgebracht. Die Vorstellung, Celia könnte in ihren Flitterwochen an ihre ungeliebte Stieftochter denken, war einfach lachhaft. Aber das sprach Jessie nicht aus. Wenn es ihr auch noch so schwerfiel, es sich klarzumachen, aber Celia war jetzt Stuarts Frau. Wenn er vorher die unerfreuliche Wahrheit über sie nicht hatte hören wollen, dann würde er sich zweifellos jetzt noch mehr dagegen wehren. Und sie wollte Stuart nicht gegen sich aufbringen. Jessie ging allmählich immer deutlicher auf, wie ausgehungert sie schon seit Jahren nach einer Freundschaft war.

»Wo hast du das bloß her?« Jessie ging nicht direkt auf seine letzte Äußerung ein. Statt dessen sah sie wieder das Kleid an. Es war wirklich großartig. Wenn es an ihr auch nur halb so hübsch aussah wie in der Hand...

»Aus Jackson. Celia hat mich durch so viele Geschäfte geschleift, daß ich dir wirklich nicht sagen könnte, aus welchem das Kleid kommt.«

»Woher hast du gewußt, wie... wie groß es sein muß?« In Jessie keimte der entsetzliche Verdacht auf, das Kleidungsstück könnte zu klein für sie sein. Wenn Celia bei der Bestellung auch nur ein Wort mitgeredet hatte, war es bestimmt zu klein. Jessie ein hübsches Geschenk zu machen, das sie unmöglich anziehen konnte, das hätte Celia ähnlich gesehen. Wenn es nicht unmöglich geschnitten war, konnte Sissie natürlich immer noch etwas an den Säumen herauslassen.

»Ich habe der Schneiderin gesagt, deine Maße seien...« Stuart zeigte mit den Händen eine Höhe und eine Breite und grinste Jessie frech an, die errötete, als sie ihm zusah. »Nein, das habe ich nicht getan. Ich gebe das natürlich gegenüber einer Dame in deinen jungen Jahren ungern zu, aber ich kann weibliche Maße tatsächlich recht gut schätzen.«

»Aufgrund von Erfahrungen, vermute ich?« antwortete Jessie, die zwar errötete, sich aber doch seinem Spott nicht beugen wollte. Stuart lehnte sich auf seinem Stuhl zurück, ohne ihr eine Antwort zu geben, doch sein vielsagender Blick reichte Jessie als Antwort vollauf. Sie hob ihre gerade kleine Nase vorwurfsvoll und wandte ihre Aufmerksamkeit wieder dem Kleid zu. Sie hielt es an sich. Wenigstens stimmte die Länge. Tudi konnte vielleicht in den Seitennähten etwas einsetzen...

»'tschuldigung, Massah Edwards, aber wohin soll ich Ihre Sachen bringen?« Thomas stand mit einem Reisekoffer in jeder Hand auf der Treppe. Fred brachte gerade den Wagen fort.

»In Miß Celias Zimmer. Wenn du nicht weißt, wo es ist, dann laß es dir von jemandem zeigen.«

»O doch, das weiß ich ganz genau.« Thomas grinste. »Ich kenne mich bestens in diesem Haus aus. Ich bin unten im Parterre geboren worden.«

»Ach, wirklich?« Stuarts Stimme drückte gebührende Achtung aus.

»Ja, das stimmt. Rosa – das ist unsere Köchin – ist seine Mutter, und sie hat es nicht mehr rechtzeitig zum Krankenrevier geschafft. Das ist Thomas.« Jessie stellte ihn nachträglich vor. Thomas neigte den Kopf.

»Es freut mich, dich kennenzulernen, Thomas. Da du den Weg kennst, kannst du die Sachen ja ins Haus bringen.«

»Ja, klar. In Miß Celias Zimmer.« Thomas verschwand im Haus, und Stuarts Aufmerksamkeit wandte sich wieder Jessie zu.

»Geh schon, probier es an.«

»Oh, aber, ich...« Plötzlich fürchtete sie, das Kleid könnte ihr wirklich zu eng sein und sie würde es ihm gegenüber eingestehen müssen. Dann wäre sie vor Verlegenheit gestorben.

»Geh schon. Lauf los. Sonst glaube ich noch, daß dir mein Geschenk nicht gefällt.«

»O doch! Natürlich gefällt es mir.«

Jessie wußte, daß sie sich geschlagen geben mußte. Sie hob die Schachtel und die Schärpe mit etwa soviel Freude auf wie einen Strick, an dem sie sich erhängen sollte, und dann wandte sie sich zur Tür.

»Komm wieder her und laß dich ansehen, wenn du das Kleid anhast«, rief er ihr zu, als sie ins Haus ging. Jessie antwortete nichts darauf. Wenn sie scheußlich in dem Kleid aussah, würde sie sich von nichts auf Erden vor die Tür zerren und von ihm betrachten lassen.

Trotz ihrer Ängste stellte sich heraus, daß das Kleid recht gut saß. Anscheinend hatte Stuart wirklich eine Menge Erfahrung im Abschätzen von weiblichen Maßen. Ja, an der Taille saß es eine Spur zu eng, aber Sissie, die Jessie zu sich gerufen hatte, damit sie ihr half, versicherte ihr, das läge nur daran, daß man solche Kleider mit Korsett trug. Jessie haßte ihr einziges Korsett über alles, aber unter den gegebenen Umständen... Sie wand sich wieder aus dem Kleid heraus und ließ sich von Sissie in das Korsett schnüren.

»Holen Sie tief Atem«, wies Sissie sie an, und ihre Finger strafften die Schnüre. Jessie tat es. Sissie zerrte so heftig, daß Jessie schon glaubte, sie könnte ihr die Rippen brechen.

»Ich kriege keine Luft mehr!« ächzte Jessie, aber davon wollte Sissie nichts hören. Sie schnürte das Korsett so fest zu, daß Jessie fürchtete, sie könnte ersticken, wenn sie es länger als ein paar Minuten trug.

»Und jetzt ziehen wir das Kleid an.« Erst als Sissie mit allem fertig war und sogar den Ausschnitt zurechtgerückt hatte, durfte sich Jessie vor den Drehspiegel stellen.

Die junge Dame, die sie aus dem Spiegel ansah, war eine Offenbarung. Sicherlich war sie groß, aber selbst mit der kühnsten Fantasie hätte man sie nicht als dick bezeichnen können. Sie hatte zwar volle Brüste und runde Hüften, aber durch ihre schmale Taille wirkten ihre Rundungen einfach nur üppig weiblich. Die Ärmel und der Ausschnitt gruben sich nicht in ihr Fleisch, wie es bei ihren Sommerkleidern der Fall war, aus denen sie herausgewachsen war, und ohne die kleinen Röllchen unter den Puffärmeln wirkten ihre Arme wunderbar fest und straff. Und ihr Busen! In jedem anderen Kleid, das sie besaß, wurde er entweder plattgedrückt oder so weit hochgepreßt, daß er aus dem Ausschnitt quoll, und keines von beidem machte sich allzu attraktiv. Aber in diesem Kleid wirkte ihr Busen wohlgeformt, voll, aber nicht zu voll.

»Sissie... Sissie, was meinst du?« brachte Jessie heiser heraus und starrte sich an, als fürchtete sie, die junge Dame im Spiegel könne sich als eine Fata Morgana erweisen und sich auflösen, sowie sie den Blick abwandte.

»Also wirklich, Miß Jessie, wer hätte das gedacht? Sie sehen wirklich hübsch aus«, hauchte Sissie, die Jessies Spiegelbild mit demselben staunenden Ausdruck aus weitaufgerissenen Augen anstarrte, der auch auf Jessies Gesicht stand. »Richtig hübsch.«

Es war nicht zu übersehen, daß es Sissies Ernst war. Jessie ließ ihren Blick noch einmal über die junge Dame im Spiegel gleiten und war immer noch nicht so ganz davon überzeugt, daß das, was sie sah, nicht doch ein Streich war, den ihr das Wunschdenken spielte – oder das Licht.

Doch die zarten, vollen Schultern gehörten ganz entschieden ihr. Um ganz sicher zu gehen, berührte sie sie und sah zu, wie ihr Spiegelbild es ihr nachmachte. Auch die schmale Taille, um die die breite Schärpe gebunden war, gehörte ihr, so unglaublich es auch zu sein schien. Kein Wunder, daß sich die Damen immer in ein Korsett schnürten, wenn diese Dinger das aus ihrer Figur machten!

Das Blaßgelb stellte Unglaubliches mit ihrer Haut an und ließ sie so hell und seidenweich wirken wie die Satinschärpe. Ihre Augenbrauen waren immer noch so dicht und dunkel wie sonst, aber sie erschienen ihr nicht mehr als die Zerstörung ihres Gesichts, als die sie ihr immer vorgekommen waren. Wenn man es von der positiven Seite aus sehen wollte, hätte man sogar sagen können, daß sie ihre Haut durch den krassen Gegensatz nur noch heller und zarter wirken ließen. Ihre Augen hatten das gewohnte warme Braun, aber sie strahlten vor Aufregung und Vergnügen und sahen dadurch viel interessanter als sonst aus. Zum ersten Mal nahm Jessie ihre dichten, dunklen Wimpern selbst wahr, und als sie sie versuchsweise niederschlug und wieder aufschlug, stellte sie fest, daß ihre Augen hübsch waren, obwohl sie dieses gewöhnliche Braun hatten. Die Spannung hatte ihre Wangen rosig gefärbt und ein Lächeln auf ihre Lippen gezaubert. Beides stand ihr gut, und als sie ihr Spiegelbild betrachtete, wurde Jessies Lächeln noch strahlender.

»Ich sehe ja... fast hübsch aus, oder nicht?« fragte sie Sissie schüchtern, denn sie brauchte die Bestätigung.

»Miß Jessie, wenn Miß Celia Sie sieht, kriegt sie einen Anfall«, sagte Sissie voller Überzeugung. Jessie sah sich zu Sissie um, und ihre Augen wurden bei dieser Aussicht noch größer. Dann feixten beide Mädchen.

»Das will ich doch hoffen«, sagte Jessie. Sie wandte sich ihrem Spiegelbild wieder zu und hob beide Hände zu ihrem Haar.

Ihr unmögliches, unbändiges Haar. Das einzig Unpassende an dieser sonst gar nicht ungewöhnlichen jungen Dame, die modisch gekleidet war.

»Es ist eine solche Menge.« Sissie nahm das Problem stirnrunzelnd in Angriff. »Miß Jessie, wenn ich diesen Lockenschopf hätte, den Sie da haben, dann würde ich mit der Schere rangehen.«

Jessie starrte ihr Haar an, das sich wie üblich soweit gelöst hatte, daß der Knoten über dem linken Ohr thronte und die meisten Haarnadeln herausgefallen waren. In alle Richtungen hatten sich Strähnen gelöst, Locken von einem Meter Länge. Der einzige Grund, aus dem ihr Haar sie nicht kitzelte und sie am Sehen hinderte, war der, daß Jessie daran gewohnt war.

»Tätest du das wirklich?« fragte sie zweifelnd. Ihr Haar war eine Katastrophe, aber die Vorstellung, es einfach abzuschneiden...

»Ja, das täte ich«, sagte Sissie entschieden. Plötzlich grauste Jessie vor der ganzen Idee, und sie schüttelte den Kopf.

»Ich werde es für den Moment einfach hochstecken, Sissie. Wenn du mit der Schere rangehst, würde ich hinterher wahrscheinlich wie Jasper aussehen.«

»Nicht ich, Miß Jessie. Ein richtiger Friseur«, sagte Sissie ungeduldig. Sie hatte schon angefangen, die restlichen Haarnadeln aus Jessies Haar herauszuziehen. »Sehen Sie doch nur, wie Miß Celia sich in Jackson immer die modernsten Frisuren machen läßt. Sie könnten doch auch hinfahren.«

Auf den Gedanken, sie könnte nach Jackson fahren, um dort einzukaufen und sich ihr Haar modisch frisieren zu lassen, war Jessie nie gekommen. Bis vor wenigen Minuten hätte sie auch noch beide Hände dafür ins Feuer gelegt, daß sie sich für Kleidung und weiblichen Krimskrams genauso wenig interessierte wie für die Entwicklungsphasen des Baumwollkapselkäfers. Wahrscheinlich hätte sie sogar tatsächlich behauptet, sie mache sich mehr aus dem Baumwollkapselkäfer. Schließlich hatte er etwas mit Baumwolle zu tun, und Mimosa war eine Baumwollplantage, und daher konnte es sich früher oder später als nützlich erweisen, etwas über dieses lästige Insekt zu wissen, diesen Schädling. Aber wozu Mode gut sein sollte, das konnte sie beim besten Willen nicht einsehen.

Das hatte sie wenigstens geglaubt, ehe sie die erstaunliche Verwandlung erlebt hatte, die dieses gelbe Kleid hervorgerufen hatte.

Sissie hatte ihr das Haar gebürstet und steckte es hartnäckig wieder hoch. Beide Mädchen wußten, daß diese Mühe vergebens war. Ihr Haar würde sich aus den Klammern gelöst haben, ehe auch nur eine Stunde vergangen war.

Trotz dieses Wissens war Jessie verblüfft von dem, was sie im Spiegel sah, als sie ein letztes Mal hineinschaute, ehe sie auf den Balkon eilte, um sich Stuart vorzuführen.

Aus dem häßlichen Entlein war zwar nicht wirklich ein Schwan geworden, aber doch zumindest ein attraktives kleines Entlein.

16

Stuart saß noch da, wo sie ihn zurückgelassen hatte, und lehnte sich behaglich auf dem Schaukelstuhl zurück. Jemand hatte ihm ein Pfefferminzgetränk gebracht, an dem er ab und zu nippte. Sein Hut lag neben dem Stuhl auf dem Boden.

Er hörte sie nicht auf dem Balkon kommen. Einen Moment lang stand Jessie still da und war unentschlossen. Sollte sie vielleicht doch ins Haus zurücklaufen, ohne ihm das Kleid zu zeigen? Hatte er aus reiner Freundlichkeit gesagt, er wolle sie in ihrem neuen Kleid sehen?

Aber er hatte ihr das Kleid gekauft. Das hieß doch sicher, daß er sie ein wenig mochte.

»Ach, Jessie.«

Er drehte sich um und sah sie. Jessie spürte eine seltsame Nervosität in ihrer Magengrube aufsteigen, aber jetzt gab es kein Zurück mehr. Sie holte tief Atem und ging tapfer auf ihn zu.

Er sah ihr wortlos entgegen, und sein Gesicht war ausdruckslos, sein Blick undefinierbar.

Mit keiner anderen Reaktion hätte er sie derart verunsichern können. Jessie blieb stehen und verschränkte instinktiv die Arme vor der Brust, eine schützende Geste.

Er sagte immer noch nichts, sondern musterte sie nur mit diesen himmelblauen Augen, die so unergründlich wie Glas waren.

»Was ist?« flüsterte Jessie schließlich, und sie war sicher, daß sie einer Täuschung erlegen war, daß die Verwandlung, die sie vor dem Spiegel beobachtet hatte, wirklich nur auf Wunschdenken oder auf einen Streich zurückzuführen war, den ihr das Licht gespielt hatte.

»Du siehst bezaubernd aus«, sagte er endlich und lächelte.

Das flaue Gefühl in Jessies Magen legte sich, und sie lächelte ihn scheu an. Dann senkte sie die Lider und strich mit ihren Händen den Rock glatt, weil sie nicht recht wußte, was sie sonst mit ihnen anfangen sollte.

»Es liegt nur an dem Kleid. Das Kleid ist wunderschön.« Sie hatte ihre Fassung soweit wiedergewonnen, daß sie ihn ansehen konnte.

Stuart schüttelte den Kopf. »Nein, Jessie, es liegt nicht an dem Kleid. Du steckst in diesem Kleid, und du siehst bezaubernd aus. Du darfst dich nicht unterschätzen.«

Jessies Kehle schnürte sich zu. Aus irgendwelchen absurden Gründen brachte sein Kompliment sie fast zum Weinen. In der Welt, in der sie aufgewachsen war, war Freundlichkeit etwas Rares und Kostbares, ja, geradezu unbezahlbar.

»Ich bin froh, daß Celia dich geheiratet hat«, brachte sie plötzlich inbrünstig heraus. Dann wandte sie sich ab, ehe sie sich noch mehr in Verlegenheit bringen konnte, und lief eilig auf die Tür zu.

»Jessie...«

Sie sollte nie erfahren, was er sagen wollte. Celia kam exakt in dem Moment durch die Tür und hielt ein halbvolles Glas Tomatensaft in der Hand. Als sie Jessie sah, blieb sie entgeistert stehen. Sie musterte Jessie von Kopf bis Fuß, und dabei wurden ihre Augen erst größer, dann kleiner, und schließlich hefteten sie sich auf Jessies Gesicht. Jessie wartete hilflos und angreifbar auf die Breitseite, die jetzt kommen mußte.

»Es freut mich, daß es dir gelungen ist, dich in dieses Kleid zu zwängen. Stuart hat darauf bestanden, es für dich schneidern zu lassen, obwohl es natürlich ein Jammer ist«, sagte sie. »Allein die Stoffmengen, die erforderlich waren, um es in deiner Größe anzufertigen! Aber es scheint dir ja halbwegs zu stehen.«

Ehe ihr Celia mit ihrer Gehässigkeit jeden Spaß an dem Kleid verderben konnte, sprang Stuart auf und stellte sich hinter Jessie. Seine Hände legten sich tröstlich auf ihre Schultern, und er sah seiner Frau über Jessies Kopf hinweg in die Augen.

»Sie sieht ganz reizend aus, Celia, und die Schneiderin hat nicht mehr Stoff für das Kleid gebraucht als bei jeder anderen mittelgroßen Frau. Da du selbst so zierlich bist, vergißt du immer wieder, daß der Rest der Welt um einiges größer ist als du.«

Jessie hätte ihm aus Erfahrung sagen können, daß geheuchelte Taubheit und verbissenes Schweigen die beste Verteidigung gegen Celias scharfe Zunge waren. Wenn man ihr widersprach, suchte sie nach noch heimtückischeren Waffen, die sie gegen ihr Opfer richten konnte. Aber Stuart hatte diese grundlegenden Dinge im Umgang mit Celia entweder noch nicht gelernt, oder er dachte gar nicht daran, sich daran zu richten.

Celias Augen wurden hart, als sie sich betont auf Stuarts Hände richtete. Ihr Gesichtsausdruck trieb Jessie Glut in die Wangen. Dieser eine Blick von Celia genügte, damit Jessie sich unkeusch fühlte.

»Wolltest du etwas Bestimmtes von mir, Celia?« fragte er kühl. Seine Stimme gab keinen Hinweis darauf, daß er nicht die Ruhe selbst war. Nur Jessie bekam seinen aufsteigenden Zorn zu spüren, und das auch nur, weil sich seine Finger etwas fester um ihre Schultern spannten.

Eine stille Mißachtung ihrer verbalen Brutalität wirkte auf Celia normalerweise wie Benzin, das in Feuer geschüttet wird. Jessie war nicht überrascht, als sie Wut in Celias Augen aufblitzen sah.

»Ja, allerdings. Ich wollte zwar mit dir allein darüber reden, aber da du mit meiner Stieftochter auf einem derart vertraulichen Fuß stehst, kann ich wohl genauso gut jetzt gleich vorbringen, was ich dir zu sagen habe. Dann haben wir es wenigstens hinter uns.«

»Ja, bitte, meine Liebe.« Stuarts Stimme klang nahezu gelangweilt, aber seine Hände spannten sich noch fester um Jessies Schultern. Andernfalls hätte sich Jessie, der dieser Ehekrach, der sich anbahnte, peinlich war, sofort zurückgezogen. Aber das ging nicht, da Stuart sie festhielt, ob bewußt oder nicht.

»Nun gut. Ich würde es vorziehen, daß du deine Sachen in deinem Zimmer unterbringst, in dem du auch schlafen wirst, aber statt dessen weist du das Personal an, sie kreuz und quer in meinen Räumen zu verteilen.«

Stuarts Finger gruben sich so fest in Jessies Schultern, daß sie fast zusammengezuckt wäre. Sie kämpfte tapfer gegen diesen Impuls an. Celia durfte nicht erfahren, daß Stuarts ruhiger Anschein nur eine Maske war.

»Ich muß mir wohl gedacht haben, dein Zimmer sei auch mein Zimmer. Wir sind verheiratet, falls du das vergessen haben solltest.«

Celia lächelte gepreßt. »O ja, das weiß ich wohl. Ich weiß es nur zu gut. Trotzdem ziehe ich getrennte Schlafzimmer vor. Obwohl ich dir natürlich deine ehelichen Rechte nicht streitig mache, falls du darauf bestehen solltest, sie zu fordern.«

Jessie zuckte jetzt doch zusammen, als Stuarts Finger sich fast in ihre Knochen gruben. Außerdem errötete sie, weil sie Zeugin einer derart privaten Auseinandersetzung wurde. Stuart spürte, daß sie zusammenzuckte. Er ließ sie los und gab ihr einen sachten Schubs zur Tür.

»Geh ins Haus, Jessie.«

Sie brauchte keine zweite Aufforderung. Sie machte einen Bogen um Celia...

»O nein!«

»Du tolpatschiges Geschöpf! Jetzt habe ich meinen Saft verschüttet!«

Beide Rufe wurden gleichzeitig ausgestoßen, als sich Celias Saft über Jessies Kleid ergoß. Der leuchtend rote Tomatensaft rann über den gelben Rock, und der Musselin sog ihn gierig auf. Jessie bemühte sich vergebens, das Schlimmste zu verhindern. Sie hatte das scheußliche Gefühl, das Kleid sei nicht mehr zu retten.

»Das hast du mit Absicht getan!« Jessie sah von ihrem Rock zu Celia auf.

»Ganz gewiß nicht! Es war deine eigene Schuld, du ungeschickte Kuh! Du bist an meinen Arm gestoßen!«

»Bin ich nicht!«

Jessie ballte die Hände zu Fäusten, und sie biß die Zähne so fest aufeinander, daß ihr Kinn zitterte. Celia strahlte vor Zufriedenheit mit sich selbst und kostete ihren Triumph genüßlich aus, das wußte Jessie ganz genau. Sie hätte Celia am liebsten umgebracht.

»Geh ins Haus, Jessie.« Stuarts Hände legten sich auf ihre Oberarme und verhinderten, daß sie sich auf ihre Stiefmutter stürzte, ehe sie auch nur wußte, was sie tat.

»Mein Kleid!«

»Ich weiß. Geh jetzt ins Haus.«

»Aber...«

»Tu, was ich sage.«

Jessie ging. Sie war wütend und fühlte sich elend, als sie zu ihrem Zimmer lief und das Kleid fast in Fetzen riß, während sie es auszog. Die verdammte Celia! Der Teufel sollte sie holen! Sie würde sie bis ans Ende ihres Lebens hassen!

Auf dem Balkon sah Stuart seiner Frau mit funkelnden Augen ins Gesicht.

»Warum hast du das getan?«

Sie lächelte. »Es war ein Versehen. Du glaubst doch nicht etwa, ich hätte das Kleid dieser dummen Gans absichtlich ruiniert.«

»Ich weiß, daß du zu so etwas in der Lage bist.«

»So spricht ein liebender Gatte.«

Stuarts Lippen preßten sich zusammen. »Ich warne dich, Celia. Ich werde nicht tatenlos dastehen und mir ansehen, wie du Jessie oder sonst irgend jemanden verletzt. Du hast mich geheiratet, aus welchem Grund auch immer. Und es steht in meiner Macht, dir das Leben schwer zu machen.«

»Ich hasse dich!«

»Welch ein Jammer!«
»Ich muß verrückt gewesen sein, dich zu heiraten.«
»Merkwürdig, aber dasselbe dachte ich mir auch gerade.«
»Wenn du glaubst, du könntest hier einfach alles an dich reißen und mir vorschreiben, wie ich mit meiner Stieftochter umzugehen habe, du könntest meinen Besitz verwalten und...«
»Genau das glaube ich, und genau das werde ich auch tun. Ich bin dein Mann, meine Liebe. Alles, was dir früher gehört hat, ist somit in meinen Besitz übergegangen. Oder hast du etwa in deiner Hast, mich in dein Bett zu kriegen, die Tatsache übersehen, daß verheiratete Frauen kein eigener Besitz zusteht?«
»Du bist gemein!«
»Noch nicht!« sagte Stuart grimmig und streckte die Hände aus, um sie an den Armen festzuhalten.
»Rühr mich nicht an! Ich hasse dich!« Celia schlug seine Hände zur Seite, lief ins Haus und schluchzte hysterisch. »Ich hasse dich, ich hasse dich, ich hasse dich!«
»Und ich«, sagte Stuart erbittert zu der Tür, die gerade krachend zufiel, »hasse dich. Gott steh mir bei, aber es ist die Wahrheit.«
Unten in der Vorratskammer hörte Tudi den Trubel, der von oben kam. Sie hob den Kopf, lauschte einen Moment lang und schüttelte den Kopf, als die Laute verstummten.
»Sieht ganz so aus, als hätten wir keine paradiesische Ruhe«, murmelte sie vor sich hin und wandte ihre Aufmerksamkeit dann wieder ihrer Arbeit zu.

17

In den nächsten Wochen kristallisierte sich auf Mimosa ein Alltagstrott heraus, der äußerlich reibungslos abzulaufen schien, doch unter der Oberfläche brodelten die Spannungen. Celia versuchte abwechselnd, sich bei Stuart einzuschmeicheln und dann ihrem Haß wieder lautstark Luft zu machen. Beides schien von Stuart abzuprallen. Er schien gegen jede von Celias Launen immun zu sein. Falls in dieser Ehe je von Liebe die Rede gewesen war, mußte sie sich kurz nach der Heirat verflüchtigt haben. Sämtliche Hausangestellten wußten, daß Mr. Stuart sich Miß Celias Bett beharrlich fernhielt. Und wenn die Hausangestellten etwas wußten, dann dauerte es nicht allzu lange, bis Jessie etwas davon erfuhr, ob sie es nun wissen wollte oder nicht. Die Vorstellung, daß Celia und ihr Mann sich entfremdet hatten, war ihr peinlich, da sie auch die Einzelheiten zu hören bekam, doch gleichzeitig mußte sie sich zu ihrer Schande gestehen, daß sie es tröstlich fand. Vielleicht lag das daran, daß sie zunehmend das Gefühl hatte, Stuart gehörte ihr.

Er war ihr schnell ein Vater, ein Bruder und ein Freund geworden, alles zugleich, und dabei sah er so unsäglich gut aus. Jessie war nie klar gewesen, wie sehr sie einen Menschen vermißt hatte, der nett zu ihr war, bis Stuart zu einem Fixstern in ihrem Leben geworden war. Er behandelte sie immer nur freundlich (wenn es auch noch so seltsam sein mochte, daß jemand, der Celia geheiratet hatte, überhaupt nett sein konnte), und sein Umgang mit ihr war zwanglos und liebevoll. Jessie sog diese Zuneigung so gierig in sich auf wie ein trockener Schwamm. Sie mußte sich zusammenreißen, um ihm nicht ständig nachzulaufen wie ein junger Hund seinem Herrchen. Nur ihr Stolz hielt sie davon ab – und Celias spitze Zunge. Nachdem sich herausgestellt hatte, daß ihre Ehe eine Katastrophe war, ergoß sich Celias Erbitterung wie Säure über alle, die auf Mimosa lebten. In Stuarts Gegenwart zügelte sie ihr böses Mundwerk, doch wenn er nicht da war, war Jessie ihr liebstes Opfer.

Unter diesen Umständen verbrachte Jessie möglichst viel Zeit außerhalb des Hauses. Sie ritt täglich auf Firefly aus und streifte mit Jasper auf den Fersen vom Morgengrauen bis zur Abenddämmerung durch den nahen Kiefernwald. Sie achtete im allgemeinen darauf, nicht vor dem Abendessen zurückzukommen, und dann nahm sie das Essen zusammen mit Rosa in der Küche ein. Angesichts der frostigen Atmosphäre, die allabendlich im Eßzimmer herrschte, gab sich Jessie gern damit zufrieden, in der Küche die Reste zu essen. Nach Angaben von Sissie, die meistens die undankbare Aufgabe hatte, die Herrschaften zu bedienen, saßen der Herr und die Herrin einander an den Kopfenden des langen Tisches gegenüber und sagten beim Essen nicht mehr, als unbedingt erforderlich war. Nur das Zischen des Ventilators und das Klappern des Geschirrs durchbrachen das angespannte Schweigen.

Oft kam Jessie zum Mittagessen gar nicht erst nach Hause, da Stuart nie zu Tisch erschien und Celia nur darauf wartete, sich auf ihre Stieftochter zu stürzen wie eine Spinne auf eine Fliege. Statt dessen gewöhnte sich Jessie an, einen Apfel und eine Scheibe Brot mitzunehmen, und sie stellte fest, daß sie die deftigen Mahlzeiten, die sie früher als einen Hochgenuß empfunden hatte, gar nicht vermißte.

Diese veränderten Eßgewohnheiten und die vielen Stunden im Sattel hatten eine günstige Wirkung auf Jessies Figur. Sie nahm so langsam und gleichmäßig ab, daß sie gar nicht merkte, wie sie schlanker wurde.

Jeden Morgen arbeitete Stuart mit Graydon Bradshaw im Büro der Plantage. An den Nachmittagen ritt er meistens umher und machte sich mit allen Arbeiten auf Mimosa vertraut. Pharaoh, der Vorarbeiter der Sklaven, der jahrelang unter Brantley gearbeitet hatte, war gewöhnlich an Stuarts Seite. Pharaoh war groß gewachsen, so dunkel wie Ebenholz und sehr muskulös. Er kannte sich mindestens so gut mit allen Arbeiten auf der Plantage aus wie Brantley. Wäre er kein Slave gewesen, hätte sich Mimosa nicht nach einem neuen Aufseher umschauen müssen.

Während sich Stuart mit den verzwickten Einzelheiten in der Leitung der Plantage vertraut machte, war Graydon Bradshaw der offizielle Aufseher, doch er begab sich nur selten in die glühende Hitze hinaus, die auf den Feldern herrschte. Jessie bekam wenig von dem adretten neuen Aufseher zu sehen, doch um so mehr hörte sie von den Hausangestellten. Celia verbrachte anscheinend auffallend viel Zeit damit, ihren Cousin bei der Eingewöhnung zu helfen. Da sie Celia kannte, behagte das Jessie gar nicht. Dennoch hoffte sie, daß selbst Celia nicht so weit gehen würde, ihren Mann direkt unter seiner Nase mit einem Aufseher zu betrügen, der noch dazu ihr Cousin ersten Grades war.

Oder doch? Wenn sie derart verwerflich war, konnte Jessie nur inbrünstig hoffen, daß sie diskret vorging. Der große Knall, zu dem es kommen würde, wenn Stuart sie bei ihrem Lieblingsspiel ertappte, war zu erschreckend, um ihn sich näher auszumalen. Bei all seiner Freundlichkeit und seinem Charme war Stuart doch sehr männlich, und Celia war seine Frau, ob er sie nun leiden konnte oder nicht. Jessie wußte allzu gut, daß Stuart kein Mann von der Sorte war, die man ungestraft lächerlich machen konnte. Sie hatte ihn selbst schon erlebt, wenn er aufbrauste. Wenn Celia ein falsches Spiel mit ihm trieb und er dahinterkam, würde ihre Stiefmutter die Konsequenzen noch bereuen, daran zweifelte Jessie nicht.

Manchmal konnte Jessie der Versuchung nicht widerstehen, und sie ritt mit Jasper im Gefolge von Stuart durch die Felder. Er nahm sie und den großen Hund hin, ohne sich dazu zu äußern. Manchmal stellte er ihr sogar Fragen, die sich um die Bodenbeschaffenheit oder um die Ballen Baumwolle drehten, die ein Feldarbeiter täglich pflücken sollte. Jessie staunte selbst darüber, wieviel sie wußte. Seine meisten Fragen konnte sie einigermaßen ausreichend beantworten.

»Solltest du nicht einen Hut tragen?« fragte er sie eines Tages, als seine Aufmerksamkeit auf ihre gerötete Nase und die rötlichen Wangen fiel. Es war ein heißer Augusttag, und die Sonne brannte erbarmungslos herunter. Soweit das Auge sehen konnte, erstreckten sich Felder. Die Sonne spiegelte sich auf der flauschigen weißen Baumwolle. Die Feldarbeiter hockten gebückt da und pflückten die Baumwolle mit blitzschnellen Bewegungen. Der leise, melodische Gesang der Männer gehörte ebenso sehr zum Sommer wie das Surren der Bienen.

»Ich trage nie einen Hut«, sagte Jessie achselzuckend.

»Mir wäre es lieb, wenn du es dir angewöhnen könntest. Fürs erste kannst du den hier haben. Wenn du nicht aufpaßt, bekommst du Sommersprossen, und das dürfen wir nicht zulassen.« Er drückte ihr seinen breitkrempigen Strohhut auf den Kopf. Von dieser Geste war Jessie gerührt, und gleichzeitig wunderte sie sich. Sie war es nicht gewohnt, daß jemand für sie auf etwas verzichtete.

»Ich brauche keinen Hut. Ich bin die Sonne gewohnt, wirklich. Und ich kriege keine Sommersprossen.« Sie wollte ihm den Hut zurückgeben, doch er hielt sie mit einer Geste davon ab.

»Trag ihn. Du hast wunderschöne Haut. Es wäre ein Jammer, sie zu ruinieren.«

Jessie ließ die Hand sinken und riß die Augen weit auf, als sie dieses unerwartete Kompliment hörte. Stuart sah sie nicht mehr an, sondern ließ seinen Blick über die Felder schweifen. Sein Ausdruck war undefinierbar. Hatte er das ernst gemeint? Fand er ihre Haut wirklich schön? Ihre Finger legten sich unwillkürlich an ihre Wange.

Sie bekam kaum je einen Sonnenbrand und hatte keine Neigung zu Sommersprossen. Trotz des hellen Teints und des rötlichen Haars schadete die Sonne ihrer Haut kaum. Seine Haut war weit dunkler als ihre, doch sicher brauchte er den Hut viel mehr als sie. Schließlich war er nicht sein Leben lang an die glühende Augusthitze in Mississippi gewöhnt.

Aber es sandte ihr einen zu köstlichen Schauer über den Rücken, etwas zu tragen, was ihm gehörte.

»Danke. So ist es gleich viel angenehmer«, sagte sie mit einer matten Stimme, die ihr selbst fremd war.

»Bitte, gern geschehen.«

Er sah sie jetzt wieder an, und er lächelte nicht. Seine Augen nahmen sich gegen das schwarze Haar leuchtender als der wolkenlose Himmel aus. Seine ausgeprägten Gesichtszüge waren so gleichmäßig, daß sie eine Münze hätten zieren können. Seine breiten Schultern in dem weißen Leinenhemd bezeugten seine verborgene Kraft. Jessies Blick glitt über seinen offenen Kragen, das Haar auf seiner Brust und seine langen Beine, ehe er sich wieder auf sein Gesicht richtete. Sein Mund zog ihre Blicke an. Er war deutlich gezeichnet. Die Unterlippe war ein wenig voller als die Oberlippe, und Jessie war gebannt von diesem unwahrscheinlich schönen Mund. Sie starrte ihn an wie hypnotisiert, ohne es selbst zu merken, und ihre Lippen teilten sich, als ihr ein kleiner Schauer über den Rücken lief.

Jasper rannte kläffend hinter einem Kaninchen her, und dieser unerwartete Lärm ließ Jessie wieder zu sich kommen. Ihr wurde klar, daß sie ganz unverhohlen den Mund des Mannes angestarrt hatte, der mit ihrer Stiefmutter verheiratet war, und in größter Verlegenheit riß sie gewaltsam ihre Blicke los.

»Dir kann nicht kalt sein.« Seine Worte kamen plötzlich.

»Nein.« Trotz ihrer Verlegenheit sah sie ihn überrascht an, als er unvermittelt diese Bemerkung machte. Jessie konnte nur annehmen, daß sie zusammengezuckt war, als ihr der Schauer über den Rücken gelaufen war – aber seine Aufmerksamkeit war auf ihr Kleid gerichtet.

Verwundert folgte Jessie seiner Blickrichtung. Ihr fiel nichts an ihrer Kleidung auf, was seinen Gesichtsausdruck hätte erklären können, und sie sah ihn fragend an.

»Dein Oberteil ist zu eng.« Seine Worte klangen mißbilligend, ebenso unfreundlich wie sein Blick.

»Nein, ganz bestimmt nicht«, antwortete Jessie überrascht. Bluse und Rock waren ihr vor einer Weile zu eng gewesen, doch jetzt saß beides lose und war bequem.

»O doch«, erwiderte Stuart, und diesmal war seine Stimme so grimmig, daß Jessie die Augen weit aufriß. Wieso war er plötzlich so wütend auf sie? Was hatte sie bloß getan? Jetzt sah Jessie, was der Grund für seine Mißbilligung war. Glühende Röte stieg in ihr Gesicht auf.

Wenn sie auch schlanker geworden war, dann hatten sich doch ihre Brüste nicht zurückgebildet. Auf ihrer feuchten, verschwitzten Haut schmiegte sich das Leinen an. Das Kleidungsstück betonte die vollen, runden Konturen ihrer Brüste eher, als sie zu verhüllen. Aber das schlimmste von allem, das Beschämende, war, daß ihre Brustwarzen sich aufgestellt hatten und sich deutlich sichtbar durch den Stoff abzeichneten.

In all ihrer Unschuld wußte Jessie doch genug über den eigenen Körper, um sich klarzumachen, was das bedeutete. Dieser köstliche kleine Schauer, der sie überlaufen hatte, als sie Stuarts Mund angestarrt hatte, hatte eine unerfreuliche Nebenwirkung gezeitigt. Und die war schrecklich klar zu erkennen.

»Sieh mich nicht so an«, sagte sie mit erstickter Stimme. Sie verschränkte die Arme vor der Brust und zog die Schultern vor, um ihre Schande zu verbergen. Wenn sie wußte, was diese körperliche Reaktion bedeutete, dann mußte er es auch wissen. Jessie war noch nie in ihrem Leben so gräßlich verlegen gewesen.

»Wann hast du zum letzten Mal etwas Neues zum Anziehen bekommen?« Er wirkte gereizt. Vielleicht war er sich doch nicht über die gräßliche Bedeutung des Anblicks im klaren, der sich ihm geboten hatte. Vielleicht glaubte er wirklich, daß ihre Brustwarzen immer so aussehen und er es erst jetzt gemerkt hatte, weil ihr Oberteil zu eng anlag.

Lieber Gott, bitte, laß es das sein, was er glaubt!

»Äh... für die Hochzeit... und das gelbe Kleid, das du mir gekauft hast.« Wenn sie jetzt nicht die Nerven verlor, konnte sie vielleicht verhindern, daß er die beschämende Reaktion ihrer Brustwarzen auf sich bezog. Wenn er das wußte, würde ihm in Zukunft schon allein ihre Anwesenheit peinlich sein. Er würde sie in Zukunft meiden, und Jessie glaubte nicht, damit fertig zu werden. Sie fühlte sich inzwischen auf eine Art und Weise an ihn gebunden, die ihr weit wichtiger war als die körperlichen Reaktionen, die er bei ihr auslöste.

»Und davor?«

»Mit fünfzehn. Vor drei Jahren.«

Stuart preßte die Lippen zusammen, als er sie wieder ansah. Jessie hielt den Atem an und zwang sich, ihn furchtlos anzuschauen, obwohl sie die Arme weiterhin vor ihren verräterischen Brüsten verschränkte.

»Celia war nachlässig. Ich werde dafür sorgen, daß du bekommst, was du brauchst.«

Jessie wollte etwas darauf erwidern, doch ehe sie ein Wort herausbrachte, ritt Pharaoh auf sie zu, und Stuarts Aufmerksamkeit richtete sich auf den kräftigen Vorarbeiter.

»Mr. Stuart, es wird Regen geben. Wir sollten sehen, daß wir die gepflückte Baumwolle in Sicherheit bringen.«

Stuart nickte. »Kümmere dich bitte darum. Ich komme sofort nach.«

Pharaoh ritt weiter, und Stuart sah Jessie wieder an.

»Du gehst jetzt ins Haus und ziehst dich um«, sagte er, und es war nicht zu überhören, daß es sich um einen Befehl handelte.

»Ja, Stuart.« Ihre Stimme klang noch schwächer als bisher. Sie war in fieberhafter Eile und hatte nichts anderes im Kopf, als seinen Blicken zu entgehen. Er sah ihr mit zusammengekniffenen Augen ins Gesicht. Dann preßte er seinem Pferd die Fersen in die Flanken und ritt in einer Staubwolke davon.

»Dein Hut...!« Er würde ihn brauchen. Das ferne Donnergrollen kündigte den nahenden Sturm an. Aber falls er sie gehört hatte, gab er es mit keinem Anzeichen zu erkennen. Jessie saß da und sah ihm nach, als er fortritt. Dann kehrte sie sich zum Haus um, und ihre Wangen glühten immer noch vor Verlegenheit, als sie sich auf den Rückweg machte, um sich eilig umzuziehen.

18

Zwei Tage später kamen Miß Flora und Miß Laurel zu Besuch. Celia hatte ein paar spezielle Freundinnen eingeladen, die bereits mit ihr im Wohnzimmer saßen und Eistee tranken. Doch als die Tanten ihres Mannes vorfuhren, entschuldigte sie sich und lief eilig hinaus, um sie mit einem strahlenden Lächeln zu begrüßen. Jessie, die mit Jasper im Obstgarten gespielt hatte und sich ausgerechnet diesen unglücklichen Moment ausgesucht hatte, um einen Stock zu werfen, dem er auf dem Rasen vor dem Haus nachjagte, sah, wie Celias Lächeln schwand und ihr Gesicht bedrohlich finster wurde, während sie den alten Damen zuhörte.

Jessie war nervös, denn sie glaubte, Jaspers kläffendes Auftauchen hätte etwas mit Celias Erbitterung zu tun. Sie rief ihn mit einem leisen Pfiff zurück.

Jasper hob den Kopf, wedelte mit dem Schwanz und sprang in langen Sätzen auf sein Frauchen zu. Nicht nur Celias Blick, sondern auch der der beiden Tanten folgte Jasper, bis alle drei Augenpaare auf Jessie lagen, die zwischen den dichten Bäumen stand.

»Jessica, meine Liebe, komm her«, trällerte Miß Flora.

Es ließ sich nicht ändern. Ihr Rock hatte Grasflecken und Schlammspritzer, weil sie mit Jasper gespielt und sich dabei hingekniet hatte, und ihr Haar war völlig zerzaust, als Jessie aus dem Obstgarten kam.

»Guten Tag, meine Liebe«, sagte Miß Laurel, die nicht zu bemerken schien, wie ungepflegt Jessie aussah.

»Guten Tag, Miß Laurel, guten Tag, Miß Flora.« Jessie drückte pflichtbewußt einen Kuß auf die beiden Wangen, die ihr hingehalten wurden. Resigniert fügte sie sich in dieses Zeremoniell.

»Diese reizenden Damen haben dir einen ... einen Vorschlag zu unterbreiten.« Celias Stimme war zuckersüß. Ein kurzer Blick auf ihre Stiefmutter sagte Jessie überdeutlich, daß Celia nichts, aber auch nichts von diesem Vorschlag hielt.

»Also, so was!« sagte Miß Flora. »Wir sind doch nur gekommen, um Jessica nach Jackson mitzunehmen.«

»Der gute Stuart sagt, daß sie nichts, aber auch nichts zum Anziehen hat«, fiel Miß Laurel ein.

»Nach Jackson!« Voller Entsetzen sah Jessie von einer der Damen zur anderen.

»Ich habe ihnen natürlich schon gesagt, daß du unter keinen Umständen einfach deine Sachen packen und mitkommen kannst«, sagte Celia. Dieses eine Mal traf sie ihre Auffassung mit Jessies Ansicht.

»Natürlich wird Jessica mitkommen«, sagte Miß Flora.

»Lauf schnell ins Haus, zieh dich um und pack eine kleine Tasche, meine Liebe. Mehr als ein Kleid brauchst du nicht. Wir werden dich in Jackson ausstatten«, fügte Miß Laurel hinzu.

Jessie sah wieder von der einen zur anderen. »Das ist sehr nett von Ihnen, aber ich kann wirklich nicht einfach ...«

Miß Flora brachte sie zum Schweigen.

»Celia hat viel zuviel damit zu tun, sich wieder an das Eheleben zu gewöhnen, um sich im Moment um deine Kleider zu kümmern, verstehst du. Und wir sind jetzt schließlich deine Tanten. Du kannst ruhig mit uns kommen, das ist nicht unschicklich.«

»Aber ich kann doch wirklich nicht...« Jessies Einwände verstummten, als sie Miß Floras entschlossenen Ausdruck sah. Die Vorstellung, Miß Flora und Miß Laurel auf einem Einkaufsbummel zu begleiten, der sich über Tage hinziehen konnte, war so grauenhaft, daß sie gar nicht daran denken durfte. Die alten Damen schienen es zwar gut mit ihr zu meinen, aber Jessie kannte sie kaum. Sie war sicher, daß es sie um den Verstand brächte, ihr Plappern Stunden über Stunden anhören zu müssen. Der Gedanke, neue Kleider zu bekommen, war im ersten Moment verlockend (die Erinnerung, wie sie in dem verdorbenen, betrauerten gelben Kleid ausgesehen hatte, tat ihr jetzt noch wohl), aber nicht, wenn sie zu dem Zweck nach Jackson fahren mußte. Die Wahrheit war die, daß Jessie in ihrem ganzen Leben noch keine Nacht außerhalb von Mimosa verbracht hatte und sich bei dieser Vorstellung fürchtete.

»Es ist längst alles entschieden«, sagte Miß Flora streng.

»Der gute Stuart hat uns gebeten, dich mitzunehmen«, fügte Miß Laurel hinzu, als sei damit alles geregelt. Und so war es leider auch, selbst wenn das Jessie gar nicht paßte.

Trotz ihrer Bedenken wurde es ein vergnüglicher Ausflug. Sie waren rund zwei Wochen unterwegs, und die Zeit verging mit ihren Einkäufen wie im Flug. Überrascht und erfreut stellte Jessie fest, daß Miß Flora einen untrüglichen Blick für Farbe und Schnitt besaß. Jessie, die sich in keiner Hinsicht auf ihr eigenes Gespür verlassen hätte, überließ Miß Flora die Entscheidung, was sie brauchte. Das einzige, was sie selbst aussuchte, war ein Reitkleid, dessen strengen Schnitt wiederum Miß Flora bestimmte, und bei der letzten Anprobe vor der Abreise erwies sich, daß ihr nicht je besser gestanden hatte.

Miß Flora hatte beschlossen, Jessie in leuchtende Edelsteinfarben einzukleiden. Jessie hatte das Urteilsvermögen der alten Dame insgeheim in Frage gestellt, doch die Ergebnisse waren überzeugend. Die klare Reinheit eines Saphierblaus, eines Smaragdgrüns und eines Rubinrots wirkten Wunder an ihren Augen und ihrer Haut. Die Farben ließen ihre Augen größer und strahlender wirken, und ihre Haut nahm sich aus wie Magnolienblüten. Als sie beeindruckt ihr Spiegelbild betrachtete, fand Jessie, ihre Haut sähe fast so aus, als fühlte sie sich samtig an. Gegen ihren Willen fiel ihr wieder ein, daß Stuart ihre Haut schön gefunden hatte. Sie konnte es kaum erwarten, sich ihm in ihren neuen Kleidern zu zeigen.

Außerdem stellte Jessie begeistert fest, daß sie wesentlich schlanker geworden war. Es war nicht ihre Einbildung, und auch das Licht spielte ihr keinen Streich. Sie war tatsächlich nahezu schmal. Im Lauf des Sommers war sie noch knapp zwei Zentimeter gewachsen, und ihr Bauch, ihre Hüften und vor allem ihre Taille schienen sich wie durch Zauber verändert zu haben. Jessie war nicht ganz sicher, was diese Veränderung ausgelöst hatte. Anfangs fragte sie sich, ob die Schneiderin vielleicht einen speziellen Spiegel hatte, der einen schlanker machte, damit sich ihre Schnitte besser verkaufen ließen. Aber irgendwie und irgendwann mußte sie es geschafft haben, eine hübsche Figur zu bekommen. Jedenfalls konnte man sie beim besten Willen nicht mehr als dick bezeichnen.

»Jessica, aus dir ist eine echte Schönheit geworden«, sagte Miß Laurel überrascht, als Jessie von dem Termin zurückkam, vor dem sie sich am meisten gefürchtet hatte, dem Besuch beim Friseur.

»Ich wußte, daß es so kommt«, erwiderte Miß Flora voller Zufriedenheit. »Sie ist das Abbild ihrer Mutter. Erinnerst du dich denn nicht mehr, Schwester, daß Elizabeth Hodge Freier von überall abgewiesen hat, sogar aus New Orleans, ehe sie sich für Thomas Lindsay entschieden hat?«

»Richtig, genauso war es.« Miß Laurel nickte.

Jessie lächelte Miß Flora und Miß Laurel unsicher an.

»Sehe ich wirklich aus wie meine Mutter?« Jessie hatte ihre Mutter als eine dunkelhaarige Schönheit in Erinnerung, die immer zu lächeln schien. Sie konnte sich unmöglich vorstellen, daß sie je so aussehen würde.

»Jeder, der Elizabeth gekannt hat, würde in dir auf der Stelle ihre Tochter erkennen«, antwortete Miß Flora sanft. Zu ihrem Verdruß spürte Jessie, daß sich ihre Kehle zuschnürte. Plötzlich sehnte sie sich so sehr nach ihrer Mutter wie schon seit Jahren nicht mehr.

»Aber genug davon«, sagte Miß Flora abrupt, da sie die plötzliche Gefühlsregung gespürt hatte. »Steh still, Kind, damit wir uns dein Haar ansehen können. Eine Verbesserung ist es ganz bestimmt. Jetzt hängt es dir wenigstens nicht mehr ins Gesicht.«

Jessie war dankbar für diese Ablenkung, die gerade noch rechtzeitig gekommen war, ehe sie in der Öffentlichkeit in Tränen ausgebrochen wäre. Sie blieb gehorsam stehen und drehte ihren Kopf nach allen Seiten, um sich von ihren Tanten betrachten zu lassen.

»Gefällt es euch wirklich?« fragte sie nach einer Weile. Auf dem Rücken reichte ihr das Haar noch weit über die Taille, aber die gesamte ungebärdige Mähne war in Form gebracht und ausgedünnt worden, und kurze Löckchen umspielten ihr Gesicht. Madame Fleur, die Friseuse, hatte Jessie gezeigt, wie sie sich das Haar aufstecken konnte. Die Löckchen wirkten wie ein zerzauster Heiligenschein und hatten eine reizvolle Wirkung auf ihr Gesicht. Madame Fleur hatte Jessie versichert, wenn sie das Haar ordentlich aufsteckte, würde diese Frisur alles unbeschadet überstehen, bis hin zu einem Orkan. Jessie konnte das Haar auch offen tragen und es zu einem Pferdeschwanz zurückbinden, doch davon riet Miß Fleur für den Sommer ab. Jessies Haar war so dicht, daß es bei dieser Hitze wie eine Decke gewirkt hätte, unter der es ihr zwangsläufig viel zu heiß werden mußte.

»Du siehst ganz reizend aus«, sagte Miß Laurel strahlend, nachdem sie Jessies neue Frisur von allen Seiten bewundert hatte.

»Diese Frisur ist äußerst kleidsam«, stimmte Miß Flora zu. Auf dem Rückweg zum Hotel warf Jessie häufig verstohlene Blicke in die Fensterscheiben und kam beseligt zu dem Schluß, daß Miß Flora und Miß Laurel recht hatten.

Trotz ihrer vorherigen Bedenken hatte Jessie so viel Spaß in Jackson, daß sie es fast bedauerte, wieder aufbrechen zu müssen. Doch je näher die Kutsche Mimosa kam, desto eiliger hatte sie es, wieder nach Hause zu kommen. Auf den allerletzten Meilen befiel sie dann das Heimweh, vor dem sie sich gefürchtet hatte. Sie konnte es kaum erwarten, wieder zu Hause zu sein. Es war schwer zu sagen, wen oder was sie am meisten vermißt hatte: Tudi oder Sissie, Firefly und Jasper oder gar... Stuart. Als die Kutsche jedoch vor dem Haus anhielt, stellte Jessie zu ihrem eigenen Erstaunen fest, daß ihr die Tanten fehlen würden. Sogar sehr.

»Wir kommen nicht mit, meine Liebe«, sagte Miß Flora abrupt. Jessie sah erst sie an und dann Miß Laurel, und plötzlich war es ihr ein schrecklicher Gedanke, sich von den beiden zu trennen. Impulsiv beugte sie sich vor, um Miß Laurel an sich zu drücken, und dann zog sie Miß Flora fest an sich.

»Ich danke Ihnen beiden sehr«, sagte sie mit einem Kloß im Hals, und sie meinte es ernst.

Miß Flora legte einen Finger auf den Mund, um sie zum Schweigen zu bringen, und Miß Laurel klopfte Jessie auf die Schulter.

»Vergiß nicht, daß wir jetzt zur Familie gehören. Du mußt uns unbedingt besuchen«, sagte Miß Laurel.

»Ich werde es nicht vergessen«, versprach Jessie. Als Ben, der ältere Kutscher von Miß Flora und Miß Laurel, der sie sicher nach Jackson und wieder zurück gebracht hatte, die Tür öffnete, lächelte Jessie die beiden noch ein letztes Mal an und stieg aus.

»Auf Wiedersehen, Jessica.«

»Auf Wiedersehen!«

Thomas und Fred hoben bereits Dutzende von Schachteln auf, die Ben von der Kutsche abgeladen hatte. Beide begrüßten Jessie mit einem Wortschwall. Jessie erwiderte ihren Gruß und freute sich aufrichtig, sie zu sehen und wieder zu Hause zu sein, doch innerlich war sie zerrissen. Sie, die Gefühlsregungen haßte, kämpfte gegen den gewaltigen Drang zum Weinen an. Als die Kutsche, die ihre neuen Tanten fortbrachte, die Auffahrt hinunterfuhr und auf die Straße einbog, die nach Tulip Hill führte, spürte Jessie, daß ihre Augen brannten. Wenn Jasper nicht gewesen wäre, der ungestüm an ihr hochsprang und sie damit ablenkte, wäre es ihr vielleicht nicht gelungen, die drohenden Tränen zurückzuhalten.

19

Der September kam und mit ihm Seth Chandlers Geburtstag. Alle im Tal kannten das genaue Datum – der vierzehnte –, da Elmway alljährlich an diesem Tag der Ort war, an dem das größte Fest des ganzen Jahres gefeiert wurde. Lissa war eine ausgezeichnete Gastgeberin, und Gäste kamen aus einem Umkreis von Meilen zum Grillen, zum Feuerwerk und zum Tanz am Abend. Viele Besucher aus weiter abgelegenen Plantagen blieben über Nacht bei den Chandlers, und viele andere, vorwiegend Verwandte, blieben ein bis zwei Wochen. Miß May Chandler, Seths unverheiratete Cousine, war vor drei Jahren zu dem Fest gekommen und nie mehr abgereist. Dabei dachte sich niemand etwas, denn im Süden war es üblich, daß die Männer unverheirateten weiblichen Angehörigen den Schutz ihres Hauses zur Verfügung stellten. Und außerdem half Miß May mit und kümmerte sich um die Kinder.

Jessie war nie zu Seth Chandlers Geburtstagsfest gegangen, zumindest nicht mehr, seit sie ein kleines Mädchen gewesen war, das die Eltern mitgenommen hatten. Sie wäre auch von sich aus nie auf die Idee gekommen, dieses Jahr hinzugehen, wenn Stuart nicht darauf bestanden hätte.

»Natürlich geht sie hin«, sagte er unwillig, als Celia ihm am Morgen des Festes mitteilte, Jessie sei nie mitgekommen. Celia und Stuart waren schon fertig angezogen, und Minna folgte Celia mit ihrem Ballkleid die Treppe hinunter. Das Kleid war sorgfältig mit Seidenpapier ausgestopft und zusammengefaltet, damit es nicht knitterte, und Minna trug es über dem Arm. Stuart erkundigte sich danach, wo er Jessie finden könnte. Als er eine Antwort bekam, die ihm nicht paßte, fluchte er und machte sich selbst auf die Suche nach ihr. Er fand sie im Stall, als sie gerade zu ihrem morgendlichen Ausritt aufbrechen wollte. Sie saß schon auf Firefly, als er durch die Tür kam. Ihr neues blaues Reitkleid stand ihr ausgezeichnet und ließ ihre Taille unglaublich schmal wirken, und ihr Haar war nur einen Ton dunkler als die braune Stute, auf der sie im Damensitz saß. Sie bot wirklich einen hübschen Anblick. Stuarts Mund war so fest zusammengekniffen, daß man ihm deutlich ansehen konnte, wie wenig er das jetzt zu würdigen wußte.

»Wolltest du etwas von mir?« fragte Jessie unschuldig, nachdem er eine Zeitlang geschwiegen hatte. Sie blieb mit Firefly direkt vor ihm stehen. Jasper begrüßte Stuart schon temperamentvoll, denn er mochte ihn besonders gern. Doch Stuart hielt sich Jasper schimpfend vom Leib, damit er seine makellose Weste und seine Hose nicht beschmutzen konnte, indem er seine großen Vorderpfoten mit beiden Händen festhielt. Jessie stellte fest, daß sie endlich einmal auf Stuart hinunterschauen konnte. Sie nutzte den ungewohnten Höhenunterschied und beobachtete ihn lächelnd, wie er Jasper ausschimpfte und dem Hund eine Hand auf den Kopf legte, damit er nicht wieder an ihm hochspringen konnte. Jasper faßte das als ein Streicheln auf und wollte augenblicklich mehr. Er ließ sich auf den Bauch fallen, rollte sich auf den Rücken und streckte alle viere in die Luft, um sich den Bauch kraulen zu lassen. Jessie lachte. Stuart sah zu ihr auf. Ihm war deutlich anzusehen, daß er sich nicht amüsierte.

»Steig ab«, sagte er.

»Ich will gerade ausreiten«, antwortete sie erstaunt.

»Du wirst zu dem Fest bei den Chandlers mitkommen.« Er

stemmte die Hände in die Hüften und stand mit weit gespreizten Beinen in einer angriffslustigen Haltung da.

»Ich gehe nie mit.«

»Diesmal wirst du mitgehen!«

Als sie einfach sitzenblieb und ihn ansah, murmelte er etwas vor sich hin, was sie nicht verstehen konnte, aber sie war sicher, daß es eine Unfreundlichkeit war. Dann trat er vor, hob die Hände, umfaßte ihre Taille und wollte sie gewaltsam vom Sattel ziehen. Jessie schnappte nach Luft, Firefly trippelte nervös, Jasper sprang auf und bellte, und Progress trat eilig vor, um die Stute festzuhalten.

»Aber ich will nicht mitgehen«, protestierte Jessie und hielt sich an Stuarts Oberarmen fest, um das Gleichgewicht zu finden, als er sie auf dem Boden abstellte. Seine Muskeln faßten sich stark und kräftig an. Jessies Finger blieben aus eigenem Antrieb auf dieser atemberaubenden Kraft liegen, die sie durch seine Ärmel spürte. Schon im nächsten Augenblick schämte sie sich dafür, ballte die Hände zu Fäusten und zog sie zurück. Seit jenem Tag in den Baumwollfeldern, als ihr Körper sie auf so peinliche Weise verraten hatte, hatte sich Jessie gezwungen, in Stuart nur noch eine Art Onkel zu sehen. Abgesehen von der Tatsache, daß er ihr ein Freund und ein Lehrer geworden war, war er der Mann ihrer Stiefmutter. Es wäre geradezu verrucht gewesen, etwas anderes in ihm zu sehen!

Sie wollte das Prickeln nicht wahrhaben, das seine Hände auf ihrer Taille in ihr auslösten. Nein, niemals.

»Du wirst hingehen«, sagte Stuart. Sie war dankbar, sich auf seine Worte konzentrieren zu können und damit von seinen Händen auf ihrer Mitte abgelenkt zu werden. Sie verschränkte die Arme vor der Brust und sah zu ihm auf.

Das war ein Fehler.

Er schaute finster auf sie herunter, aber seine Augen waren so blau, daß sein Ausdruck kaum noch eine Rolle spielte. Sein Gesicht war unter dem welligen, schwarzen Haar hager, braun und so schön, daß ihr Herz schneller schlug. Sein Mund war vor Ärger verkniffen, aber es war immer noch ein schöner Mund.

Seine großen Hände, die ihre Taille umfaßten, trafen sich fast über ihrem Nabel. Als sie wahrnahm, daß sie sich sanft in ihr weiches Fleisch preßten, glühte Jessie innerlich. Sie biß sich fest auf die Unterlippe. Sie mußte sich von der verlockenden Berührung seiner Hände losreißen, solange sie noch die Willenskraft besaß, es zu tun.

»Ich habe keine Lust hinzugehen«, brachte sie heraus und gebot ihren Beinen, wieder Kraft zu finden. Aus Furcht, er könne ihre Reaktion in ihren Augen sehen, wandte sie den Blick ab.

»Sieh mich an.« Seine Stimme war unwillig. Widerstrebend tat Jessie, was er verlangte. Sie fürchtete, wenn sie es nicht tat, könnte er sie wieder berühren.

Etwas in ihrem Gesichtsausdruck mußte ihn beschwichtigt haben. Seine Stimme war sanfter, als er weitersprach.

»Hör mir zu, Jessie. Es ist der pure Wahnsinn, wenn du dich zum Einsiedler machst, und ich will verflucht sein, wenn ich das zulasse. Hast du dir je Gedanken über deine Zukunft gemacht? Willst du denn nicht eines Tages heiraten und Kinder kriegen? Natürlich willst du das. Das wollen alle Frauen.«

Jessie schüttelte den Kopf und machte den Mund auf, um es abzustreiten – und daran war etwas Wahres. Ehe sie jedoch etwas sagen konnte, hatte er sie an den Schultern gepackt und stand sehr dicht davor, sie zu schütteln.

»Es ist Celias Fehler, daß sie dich so hat aufwachsen lassen, aber du bist auch mit schuld daran. Verdammt noch mal, Jessie, du bist kein Kind mehr! Du bist eine hübsche, begehrenswerte junge Frau, und die Jungen werden dir scharenweise nachlaufen, wenn du ihnen die Chance gibst, deine Bekanntschaft zu machen. Und du *wirst* ihnen eine Chance geben! Du wirst zu dieser Party gehen, und wenn ich dich über die Schulter werfen und dich zu Fuß hintragen muß!«

Er hatte gesagt, sie sei eine hübsche, begehrenswerte Frau. Sollte das heißen, daß *er* sie hübsch und begehrenswert fand? Seine Hände auf ihren Schultern schienen sich in ihre Haut zu brennen. Jessie schluckte schwer und kämpfte gegen den Drang an, die Augen zu schließen.

»Einverstanden«, sagte sie und riß sich wieder von ihm los. Ihr blieb nichts anderes übrig, denn andernfalls wäre sie ihm in die Arme gesunken.

»Einverstanden?« wiederholte er und ließ die Hände sinken. Es war eindeutig, daß er nicht ahnte, welche Wirkung er auf sie hatte. Gott sei Dank, daß er es nicht ahnte! »Was soll das heißen?«

»Einverstanden, ich gehe mit zu dieser Party.« Wenn sie ihre Kapitulation in einer Form bekundete, die unwillig klang, dann lag das nur daran, weil sie zum Zerreißen gespannt war und augenblicklich vor Stuart davonlaufen mußte. Sie machte auf dem Absatz kehrt, ohne abzuwarten, ob er sonst noch etwas zu sagen hatte, und als sie über den Rasen zum Haus lief, blieb er stehen und starrte ihr nach.

Auf der Fahrt fragte sich Jessie, warum sie so kampflos kapituliert hatte. Seit dem Tod ihres Vaters war sie eigene Wege gegangen, und selbst Celia hatte ihr nichts vorschreiben können. Auf Mimosa wußte man, wie eigenwillig sie war, und selbst die Dienstboten, die sie liebten, hatten längst gelernt, daß es das beste war, Miß Jessie ihren Willen zu lassen.

Aber in Stuarts Händen war Jessie Wachs – so ungern sie es sich auch eingestand. Sie hätte alles getan, um ihm Freude zu machen. Das war eine äußerst beunruhigende Erkenntnis. Es war zwecklos zu leugnen, daß er sie körperlich anzog. Zumindest sich selbst konnte sie in diesem Punkt nichts vormachen. Aber an ihrem Wunsch, ihm zu gefallen, war weit mehr als nur das dran. Jessie kam zu dem Schluß, daß sie sich so leicht von ihm tyrannisieren ließ, weil sie Freunde waren. Aber wenn sie sich auch weigerte, darüber nachzudenken, dann wußte sie doch, daß die Beziehung, die sich zwischen ihnen entwickelt hatte, weit komplexer als eine reine Freundschaft war.

Es war seltsam, daß ein Mann, den sie noch kein halbes Jahr kannte (und am Anfang gehaßt hatte), eine solche Bedeutung in ihrem Leben erlangt hatte. Lag es ganz einfach daran, daß er so nett zu ihr war, so freundlich und so wahrhaft an ihrem Wohlergehen interessiert? Seit dem Tod ihres Vaters hatte sich außer den Dienstboten kaum jemand auch nur die Mühe gemacht, das Wort an sie zu richten, es sei denn, um sie zu schimpfen oder um sie lächerlich zu machen. War es unter diesen Umständen ein Wunder, daß sie sich von Stuarts Freundlichkeit derart beeindrucken ließ?

Zumindest war sie nicht die einzige, die er so weit gezähmt hatte, daß sie ihm regelrecht aus der Hand fraß. Thomas folgte ihm ständig auf dem Fuß, wohin er auch ging, und Fred wetteiferte mit Thomas darum, wer dem neuen Herrn öfter etwas bringen oder holen durfte. Tudi und die übrigen Hausangestellten sprachen ihn schon lange mit der familiären Anrede ›Mr. Stuart‹ an, eine Ehre, in deren Genuß Celia erst gekommen war, als sie schon mehr als drei Jahre auf Mimosa gelebt hatte. (Selbst jetzt, nachdem sie seit zehn Jahren die Herrin von Mimosa war, redete man sie noch weitgehend mit ›Ma'am‹ an. Celia, die nicht auf einer Plantage aufgewachsen war, schien nie gemerkt zu haben, wie subtil sie dadurch vor den Kopf gestoßen wurde.) Als selbst Progress sich soweit herbeiließ, ›Mr. Stuarts‹ Pferd seine spezielle, selbst angerührte Kleie vorzusetzen, um es aufzupäppeln, wußte Jessie, daß die Plantage kapituliert hatte: Stuart hatte sie kampflos erobert. Und das Merkwürdigste daran war, daß es sie freute.

Elmway lag am Yazoo, mit der Fassade zum Fluß und der Rückseite zur Straße. Von hinten sah das Haus nicht annähernd so groß aus, wie es war. Als die Kutsche um die Biegung fuhr und Elmway zu sehen war, stellte Jessie fest, daß in der Auffahrt bereits die Kutschen Schlange standen, während die Gäste ausstiegen. Der Empfang bei der Verlobungsparty fiel ihr wieder ein, und Jessie spürte ein nervöses Flattern aufkeimen. Würde man sie diesmal auch wieder wie eine Ausgestoßene behandeln, oder würde man sie besser aufnehmen als beim letzten Mal?

Sie sah unendlich viel besser als auf der Verlobungsfeier, das wußte Jessie selbst. Ihr Kleid saß perfekt, und das Haar hatte sie hochgesteckt, da immer noch sommerliche Temperaturen herrschten. Die Löckchen ringelten sich wie eine duftige Wolke um ihr Gesicht.

»Hallo, Jessie! Guten Tag, Mrs. Edwards!« Nell Bidswell und Margaret Culpepper kamen gemeinsam in der Kutsche von Nells Mutter. Mrs. Bidswell kam als Anstandsdame mit, und Mr. Bidswell ritt neben ihnen her. Sie reihten sich hinter den Damen von Mimosa ein. Jessie war überrascht, so begrüßt zu werden, und sie drehte sich um und winkte. Celia winkte auch und lächelte zum ersten Mal an jenem Tag.

Weitere Begrüßungen schwirrten durch die Luft, als Chaney Dart und Billy Cummings zur Kutsche der Bidswells ritten. Nicht allzu weit hinter ihnen folgte Mitchell Todd. Als Jessie ihn näherkommen sah, drehte sie sich eilig wieder um und sah nach vorn.

»Ich dachte, Mitchell Todd hättest du besonders gern, Jessie«, sagte Celia abfällig, und ihre Augen funkelten gehässig. Celia hatte sich nie auch nur mit einem einzigen Wort zu der Verwandlung geäußert, die sich an ihrer Stieftochter vollzogen hatte. Alle anderen auf Mimosa hatten sie mit einem Schwall von Komplimenten überschüttet. Jessie wußte schon seit langem, daß ihre Stiefmutter sie nicht mochte, aber in der letzten Zeit schien es Celia besonderes Vergnügen zu bereiten, zu tun, was sie nur irgend konnte, um Jessie zu verletzen. Natürlich nur, wenn Stuart nicht in der Nähe war.

Ehe Jessie etwas darauf erwidern konnte, hörte sie zu ihrem Erstaunen, daß Mitch ihren Namen ausrief. In ihrer Verlegenheit tat sie so, als hätte sie nichts gehört. Aber dann ritt er zu ihrer Verblüffung neben der Kutsche her.

»Guten Tag, Mrs. Edwards. Hallo, Miß Jessie.«

Mitch begrüßte Celia höflich und Jessie weit freundlicher. Da sie nicht wußte, was sie sonst hätte tun können, wandte sich Jessie zu ihm um. Sie hoffte, daß ihre Stimme ruhig klang, als sie ihn begrüßte. Doch die Erinnerung an das letzte Zusammentreffen mit ihm war noch sehr deutlich. Als ihr die Demütigung jenes schrecklichen Abends wieder einfiel, röteten sich ihre Wangen.

»Miß Jessie, ja, so was, Sie sind ja im Handumdrehen eine Schönheit geworden!« rief Mitch aus und musterte sie mit offenkundigem Erstaunen. Seine Stimme klang spöttisch, doch der tiefe Ernst ließ sich nicht übertönen. Jessie stammelte und wurde vor Verlegenheit und Freude rot. Celia sah sie lächelnd an. Jessie fragte sich, ob sie die einzige war, die erkannte, wieviel Überwindung dieses Lächeln sie kostete. Celia glühte vor Neid – soviel erkannte Jessie plötzlich. Es war ihr verhaßt, daß ihrer verabscheuten Stieftochter männliche Beachtung zuteil wurde, während sie in die Reihen der älteren Anstandsdamen abgeschoben wurde.

Es war erstaunlich, welchen Unterschied ein modisches Kleid und eine kleidsame Frisur doch machten, wenn es darum ging, seinen Spaß zu haben, dachte Jessie Stunden später, nachdem das Barbecue vorbei war und die Damen sich zurückgezogen hatten, um ihre Ballkleider anzulegen. Nell und Margaret hatten ihr Komplimente zu ihrem Aussehen gemacht und sie aufgefordert, sich beim Essen zu ihnen zu setzen. Sie waren sehr beliebt bei den jungen Männern, und daher erfuhr Jessie zum ersten Mal in ihrem Leben, was es hieß, von einem Schwarm von Bewunderern umgeben zu sein. Und sie bezweifelte auch nicht, daß die jungen Herren von ihrem veränderten Aussehen fasziniert waren. Es ließ sich deutlich an ihren Blicken erkennen, und auch die Scherze, die sie mit ihr machten, zeigten es deutlich. Bislang hatten sie Jessie nur höflich behandelt, als sei sie eine Art ältere Tante, wenn sie sich überhaupt die Mühe gemacht hatten, das Wort an sie zu richten. Jetzt flirteten sie fast mit ihr. Jessie sah die meiste Zeit auf ihren Teller hinunter, den sie auf dem Schoß hielt, weil sie zu unsicher war, um sich an den leichten Plaudereien zu beteiligen, die Nell und Margaret so mühelos über die Lippen zu kommen schienen. Aber die Herren fanden ihre Schüchternheit anscheinend nicht abstoßend. Wenn überhaupt, dann verdoppelten sie nur ihre Bemühungen, überschütteten sie mit übertriebenen Komplimenten und erzählten ihr lustige Geschichten, um sie zum Lachen zu bringen.

Wenn auch die frühere Freundschaft, die sie in ihrer Kindheit mit Nell und Margaret verbunden hatte, wieder aufgenommen worden war, und wenn sie auch von den anderen Mädchen freundlich behandelt wurde, fühlte sich Jessie doch in ihrer Gegenwart nicht allzu behaglich. Daher zog sie sich mit Sissies Hilfe eilig um und ging allein nach unten. Sie brauchte eine Atempause, ehe sie sich wieder auf diese raffinierten Spielchen und diese verzwickten Höflichkeiten einlassen konnte.

Die Damen waren alle noch oben, mit Ausnahme von Lissa, die am Ende des Saales mit ihrer Köchin sprach und gequält wirkte, und Miß May, die auf dem Rasen vor dem Haus die Kinder beschäftigte und auf sie aufpaßte, während sie unter lautem Kreischen Versteck spielten. Jessie lauschte kurz dem Lärm, den die Kinder veranstalteten. Sie konnte sich vage erinnern, früher selbst in der warmen Dämmerung des Altweibersommers so mit anderen Kindern gespielt zu haben, doch in diese Erinnerung mischten sich sofort Gedanken an ihre Eltern. Sie schüttelte sie ab und war nicht bereit, sich jetzt mit solchen Dingen zu befassen. Es konnte für nichts gut sein, jetzt rührselig zu werden.

Die meisten Herren standen auf der großen Terrasse, von der aus man auf den Fluß schauen konnte. Sie redeten über Politik und rauchten. Um ihnen und den lärmenden Kindern aus dem Weg zu gehen, lief Jessie durch einen Seiteneingang, der zu einem gepflegten kleinen Kräutergarten führte. Am anderen Ende war ein kleiner Komposthaufen angelegt. Jessie rümpfte die Nase und lief über den Weg, der an dem Kompost vorbeiführte. Sie lüpfte ihre Röcke sorgsam, um die empfindliche Seide nicht zu beschmutzen. Für sie war es noch ungewohnt, hübsche Kleider zu besitzen, und daher waren ihr diese Dinge kostbar.

Es herrschte Zwielicht. Die ersten Glühwürmchen funkelten schon über den leuchtend bunten Blumen, die am Wegrand wuchsen. In der Ferne stand ein Hain aus Apfelbäumen, deren süßlicher Duft sich mit den kräftigen Gerüchen vermischte, die die Blumen ausströmten. Grillen zirpten, als die Nacht näherrückte. Die Luft kühlte ein wenig ab.

Etwas weiter vorn stand ein Gewächshaus neben dem Weg. Es

war sehr klein und wahrscheinlich nur für Lissas Rosen gedacht. Jessie hätte es nicht weiter beachtet, wenn sie nicht durch das durchlässige Milchglas den Umriß eines Paares gesehen hätte, das sich umarmt hielt. Sie bemühte sich zwar, nicht hinzusehen, doch Jessie konnte es einfach nicht lassen. Wer das auch sein mochte – das Benehmen der beiden war wirklich schockierend. Sie küßten einander leidenschaftlich. Die Arme der Frau hatten sich um den Hals des Mannes geschlungen, und die schattenhaften Umrisse ihrer Köpfe und Körper verschmolzen miteinander, daß sie ein einziges Wesen hätten sein können.

Jessie war plötzlich neiderfüllt, als sie sich fragte, was für ein Gefühl es wohl sein mußte, so geküßt zu werden. Jahrelang hatte sie Mitchs Gesicht vor sich gesehen, wenn sie sich ausgemalt hatte, sich von einem Mann küssen zu lassen. Sie würde die Augen fest zusammenpressen, die Lippen spitzen...

Doch in diesem Moment, in dem sie genau das tat, stellte Jessie zu ihrem Entsetzen fest, daß sie nicht Mitchs Gesicht durch die geschlossenen Lider sah.

»Was zum Teufel tust du da?« fragte Stuarts Stimme hinter ihr. Es klang belustigt, und das lag auf der Hand. Jessie wirbelte herum. Sie riß die Augen auf, und ihr Mund wurde kugelrund, als sie genau das Gesicht tatsächlich vor sich sah, das sie sich gerade noch vorgestellt hatte.

»Äh... was hast du denn hier zu suchen?« In ihrer Verlegenheit fiel ihr keine zufriedenstellende Erklärung dafür ein, daß sie hier in der einbrechenden Dunkelheit stand und einen imaginären Partner küßte. Daher versuchte sie, das Thema zu wechseln.

Stuart grinste sie daraufhin nur an.

»Ich suche Celia«, sagte er, und sein Blick drückte deutlicher aus als alle Worte, daß er genau wußte, was Jessie gerade getan hatte. »Tante Flora hat mich hergeschickt, um sie zu suchen. Sie möchte ein Rezept für ein Mittel zur Faltenbekämpfung, von dem sie schwört, Celia hätte es.«

»Ich habe sie nicht gesehen«, brachte Jessie heraus, während das Blut in ihren Adern stockte. Sie wußte nämlich plötzlich mit einer Sicherheit, als sei keine Milchglasscheibe dazwischen gewesen, wer wenige Meter von ihnen entfernt gerade seinen Liebhaber im Gewächshaus küßte.

Celia war dumm genug, wieder auf ihre alten Tricks zurückzugreifen.

20

»Wen hast du eigentlich geküßt?«

Unter den gegebenen Umständen hätte sich Jessies Verlegenheit eigentlich abschwächen sollen, aber da sich ihre Gedanken überschlugen, kam die Frage kaum bei ihr an.

»Ich habe überhaupt niemanden geküßt.«

»Ich erkenne einen Kuß, wenn ich ihn sehe.«

Stuart grinste breit, als er Jessies Kinn in die Hand nahm und ihr Gesicht musterte. Es wurde zusehends dunkler, und dafür war Jessie dankbar. Wenn es nur schnell genug dunkel wurde, erkannte Stuart vielleicht nicht mehr, daß sich überhaupt irgend jemand im Gewächshaus aufhielt. Und vielleicht würde er dann auch die Panik nicht bemerken, die in ihren Augen stand.

Jessie dachte schnell nach, und es gelang ihr, täuschend echt so zu tun, als sei ihr zu kalt.

»Gehen wir ins Haus. Ich friere.«

»Nicht, ehe du mir gesagt hast, an welchen jungen Mann du dabei gedacht hast.«

Er hielt ihr Kinn immer noch fest. Jessie war zu aufgeregt, um seine Berührung schuldbewußt genießen zu können. Sie riß ihr Kinn los und nahm ihn statt dessen an der Hand.

»Celia ist wahrscheinlich bei den Kindern vor dem Haus.«

»Das bezweifle ich. Sie kann Kinder nicht ausstehen. Das hat sie mir selbst gesagt.«

Jessie ging um ihn herum und schlug den Rückweg zum Haus ein. Sie hielt ihn immer noch an der Hand, und er ließ sich auch gehorsam von ihr zum Haus umdrehen, rührte sich aber ansonsten nicht von der Stelle.

»Wie heißt der Junge? Mitchell? Wenn ja, dann könntest du dir wirklich etwas Besseres aussuchen.«

»Ich interessiere mich kein bißchen für ihn«, fauchte Jessie, und da sie so nervös war, klang es ganz echt.

»Und wen hast du dann geküßt?«

»Ich habe *geübt*, um Gottes willen! Würdest du jetzt vielleicht davon aufhören und mit mir ins Haus kommen?«

Sie zerrte wieder an seiner Hand. Er stand so regungslos wie ein Berg da. »Dieses Kleid steht dir wirklich sehr gut. Wenn du wolltest, könntest du hier draußen mit Mitchell üben.«

Ihr Ballkleid war aus endlosen Metern goldgelber Seide geschneidert. Das tief ausgeschnittene Mieder ließ ihre zarten Schultern frei, und der weite Rock endete in drei Lagen Rüschen, die ihre Taille extrem schmal wirken ließen. Es war ein ganz bezauberndes Kleid, und Jessie war mehr als zufrieden mit ihrem Spiegelbild gewesen. Aber im Moment konnte noch nicht einmal Stuarts Kompliment sie von dem Ziel ablenken, das sie erreichen wollte. Sie mußte dafür sorgen, daß er augenblicklich aus der Nähe des Gewächshauses verschwand.

»Ich will nicht mit Mitch üben. Ich will mit überhaupt niemandem üben. Ich will sofort zurück ins Haus gehen.«

Stuarts Augen funkelten belustigt. Jessie konnte ihm deutlich ansehen, daß er sie noch länger necken würde. Seine Stiefel gruben sich hartnäckig in den Boden, als sie ihn Richtung Haus drängen wollte. Jessie hätte vor Zorn fast mit dem Fuß aufgestampft. Wie sollte sie ihn je dazu bringen, sich zu bewegen?

»Sag mir die Wahrheit, Jessie: Du übst für deinen ersten Kuß. Wer wird der Glückliche sein?«

»Würdest du jetzt vielleicht aufhören, solchen Quatsch zu reden, und dich in Bewegung setzen? Die Mücken zerstechen mich bei lebendigem Leib.«

»Komisch, mich stechen sie überhaupt nicht. Ich glaube, du stellst dich nur an.«

»Ich stelle mich nicht an!«

»Wer es auch sein mag – gib ihm nicht mehr als einen kleinen Schmatz, oder er glaubt, daß du zu leicht zu haben bist. Und achte darauf, daß deine Lippen fest geschlossen bleiben.«

»Wovon auf Erden sprichst du?«

»Vom Küssen.«

»Ich will nicht vom Küssen reden. Ich...«

Aber es war zu spät. Jessie blieben die Worte in der Kehle stekken, und sie riß vor Entsetzen die Augen weit auf, als Celia aus dem Gewächshaus kam und über die Schulter lachte. Jessie konnte Celias Begleiter nicht sehen. Er stand noch in der offenen Tür.

Ihr schockierter Gesichtsausdruck mußte Stuart aufgefallen sein, denn er sah sich um. Als er Celia entdeckte, zuckte er zusammen. Seine Finger verkrampften sich um Jessies Hand.

Instinktiv schlossen sich auch ihre Finger. Die Röte, die bis zu seinen Wangen aufstieg, sagte Jessie deutlich, daß er es nicht einfach hinnehmen würde, seine Frau mit einem anderen Mann an einem verborgenen Ort ertappt zu haben. Sie konnte Gott danken, daß er die Umarmung nicht mitangesehen hatte.

»Was, zum Teufel...« Es war ein leiser, unfreundlicher Ausruf. Jessie versuchte, sich an seine Hand zu klammern und ihn zurückzuhalten, doch er schüttelte sie ab und ging mit energischen Schritten auf seine Frau zu.

»Stuart!« Celias Stimme war kaum mehr als ein Piepsen. Sie warf einen schnellen Blick über ihre Schulter, als Stuart auf sie zukam. Sie verkörperte in Jessies Augen die reine Schuld.

Seth Chandler trat aus dem Gewächshaus. Als er Stuart sah, blieb er erstarrt stehen.

»Ich, äh, wir, äh...«, stammelte Chandler, und seine Augen traten hervor. Er zog an seinem Kragen, als säße er plötzlich zu fest.

Stuart ließ ihm gar nicht erst die Zeit, seinen Satz zu beenden. Er ging auf Chandler zu und holte, ohne auch nur ein Wort zu sagen, mit seiner Rechten zu einem Kinnhaken aus, der den Mann rückwärts durch die Tür des Gewächshauses wanken ließ.

Celia schrie auf. Jessie rannte auf das Gewächshaus und auf Stuart zu.

Stuart packte seine Frau am Arm und zerrte sie mit einem Ruck zu sich. Seine Augen drückten Mordlust aus. Celia zuckte zusammen. Da sie Angst vor dem hatte, was er tun könnte, rannte Jessie zu den beiden, packte seine freie Hand und zerrte daran.

»Tu ihr nichts«, sagte sie eindringlich.

»Du gottverdammtes Luder.« Die Worte klangen wie pures Gift. Stuart beachtete Jessie überhaupt nicht. Seine Aufmerksamkeit galt ausschließlich Celia.

Bei dieser Beleidigung schien Celia sich ein Herz zu fassen. Sie errötete und versuchte erfolglos, ihrem Mann ihren Arm zu entreißen. Als es ihr nicht gelang, hörte sie auf sich zu wehren und sah ihn böse an. Celia war klein und zierlich und Stuart groß und muskulös. Beide waren in Wut geraten. Wenn es zu einer tätlichen Auseinandersetzung zwischen den beiden kam, stand von vornherein fest, wer der Sieger sein würde. Als sie Stuart ansah, der zornig über seiner Frau aufragte, fragte sich Jessie, woher Celia den Mut nahm, sich ihm zu widersetzen. Er sah aus, als könnte er sie mühelos in Stücke reißen.

»So, ich bin also ein Luder?« zischte Celia. »Und das nur, weil ich mich mit einem alten Freund meines verstorbenen Mannes allein unterhalte? Wenn es eine Frau schon zur Schlampe macht, sich unter vier Augen mit einem Mann zu unterhalten, was ist dann mit unserer Jessie, die ganz allein mit *dir* hier draußen im Dunkeln steht?«

»Laß Jessie aus dieser Sache raus.« Es war eine geknurrte Warnung.

Celia lachte böse. Sie funkelte Jessie an und musterte dann wieder Stuart. Bei dieser Andeutung hatte Jessie augenblicklich Stuarts Arm losgelassen und war einen Schritt zurückgetreten. Jetzt errötete sie. Der Blick, der in den Augen ihrer Stiefmutter stand, gab ihr das Gefühl, unkeusch zu sein.

»Da! Siehst du? Du brauchst sie doch bloß anzuschauen! Die reinste Verkörperung des Schuldbewußtseins! Na, los, geliebter Gatte, gestehe: Du hast dich an die süße kleine Jessie rangemacht!« Celias Stimme versprühte Gift.

Stuarts Gesicht verkrampfte sich, bis die Muskeln deutlich hervortraten. Seine Hand mußte sich fester um Celias Arm geschlossen haben, denn Celia keuchte.

»Zwei Nächte nach unserer Hochzeit habe ich dich mit einem Stallknecht im Heu ertappt. Du warst es damals nicht wert, jemanden deinetwegen zu töten, und heute bist du es genauso wenig wert.«

»Himmel, Mann, darum geht es doch gar nicht! Es war doch gar nichts – jedenfalls so gut wie nichts...«

Seth Chandler machte den größtmöglichen Fehler. Er stand auf, wankte durch die Tür und legte tatsächlich eine Hand auf Stuarts Schulter, um nicht aus dem Gleichgewicht zu geraten. Diese Berührung veranlaßte Stuart, sich augenblicklich umzudrehen und ihn am Revers seines eleganten Jacketts festzuhalten. Er hob ihn fast vom Boden hoch.

Chandler war zwar stämmig und muskulös, aber angesichts der Wut, in die Stuart geraten war, und seines eigenen Wissens um den Fehler, den er begangen hatte, war er so schwach wie ein getretener Welpe. Jessie schlug sich die Hand vor den Mund und erkannte, daß Chandlers unterwürfiges Auftreten selbst dann seine Schuld bewiesen hätte, wenn sie die Umarmung nicht mit eigenen Augen beobachtet hätte.

»Wir haben nur miteinander geredet – es war alles ganz unschuldig«, stammelte Chandler und versuchte, Stuarts Hände von seinem Revers zu ziehen.

»Wenn Sie noch einmal mit meiner Frau *reden*, dann schlage ich

Sie zu Brei.« Es klang eher nach einem Versprechen als nach einer Drohung. »Verstanden?«

Chandler nickte ruckartig, und die Angst stand sichtlich in seinen Augen.

Stuart verzog den Mund. Er ließ den Mann abrupt los. Chandlers Knie sackten unter ihm zusammen, und er stolperte zurück. Es gelang ihm, sich am Rahmen der Gewächshaustür festzuhalten. Das bewahrte ihn davor, der Länge nach auf dem Boden zu landen.

»Kommen Sie mir nicht mehr unter die Augen«, knurrte Stuart. Chandler rieb sich den schmerzenden Kiefer und verzog sich mit wackligen Schritten.

Celia hatte sich nicht von der Stelle gerührt und mit deutlicher Verachtung in den Augen diese Szene mitangesehen, die recht entwürdigend für ihren Liebhaber gewesen war. Als Stuart sich wieder zu ihr umwandte, wich sie nicht zurück. Jessie fand, ihre Haltung drückte sogar einen gewissen Triumph aus.

»Was stört es dich eigentlich, ob ich mich amüsieren oder nicht? Du hast mich doch nur geheiratet, um mein Geld in deine verdammten Finger zu kriegen!«

»Und du hast mich nur geheiratet, um zu beweisen, daß du mich kriegen kannst. Daher würde ich behaupten, daß wir einander verdient haben.«

Stuart streckte unerwartet die Hand aus, packte eine von Celias hüpfenden Ringellöckchen, schlang es sich um den Finger und zerrte daran.

»Ganz gleich, aus welchen Gründen wir geheiratet haben – es ändert nichts an der Tatsache, daß wir miteinander verheiratet sind. Und ich lasse mich von meiner Frau nicht zum Gespött machen.«

»Und ich lasse mich von meinem Mann nicht versklaven!«

Stuart lächelte, ein kaltes, finsteres Lächeln, das gehässig genug war, um wenigstens Jessie zu erschrecken.

»Mach dir eins klar: Ich habe dich gewarnt. Wenn ich dich ein zweites Mal mit einem anderen Kerl im Bett erwische, dann bringe ich dich um.«

Er ließ ihre Locke los und zog seinen Finger so grob aus den Haaren zurück, daß Celia aufschrie und zurückwich. Ihre Hand legte sich schützend auf ihre geschundene Kopfhaut.

»Ich hasse dich«, fauchte sie.

»Gut so.« Die Worte klangen brutal. Celia warf ihm einen mordlustigen Blick zu, ehe sie auf dem Absatz kehrtmachte und zum Haus zurücklief.

»Luder«, murmelte Stuart. Sein Gesicht war vor Wut gerötet. Er rammte die Fäuste in seine Jackentaschen, drehte sich in die entgegengesetzte Richtung und lief los.

Jessie sah ihm unentschlossen nach. Sollte sie ihn jetzt besser in Ruhe lassen? Die Gehässigkeit der Szene, die sie gerade miterlebt hatte, erregte ihr Übelkeit, und Stuart hatte ganz gewiß nicht den Eindruck gemacht, als sei er jetzt gern in Gesellschaft. Als sie jedoch sah, wie dieser steife, stolze Rücken in der dichter werdenden Dunkelheit verschwand, wurde Jessie klar, daß sie in diesem Punkt gar keine Wahl zu treffen hatte. Es war ihr eine unerträgliche Vorstellung, ihn jetzt allein zu lassen. Sie biß sich auf die Lippen und folgte Stuart.

Als sie ihn eingeholt hatte, lehnte er an einem hüfthohen Steinmäuerchen, das durch ein Feld lief. Jessie sah ihn erst, als sie fast mit ihm zusammengeprallt wäre.

Jessie stellte sich neben ihn und sagte kein Wort. Sie sagte immer noch nichts, als er über das Feld hinausschaute. Er gab ihr mit keinem Wort und keiner Geste zu erkennen, daß er ihre Anwesenheit wahrgenommen hatte.

Es dauerte etliche Minuten, bis er etwas sagte.

»Es tut mir leid, daß du das miterleben mußtest!« sagte er schließlich.

»Das macht nichts.«

Dann sah er sie einen Moment lang an, ehe seine Blicke sich auf den Dunst richteten, der sich gerade auf das Feld senkte. »Du hast mir damals die Wahrheit über sie gesagt, stimmt's? Und ich habe dir zur Belohnung eine Ohrfeige gegeben. Dafür habe ich mich bis heute noch nicht bei dir entschuldigt. Ich tue es hiermit.«

»Das macht doch nichts«, sagte Jessie wieder. Sie wußte selbst, daß das eine unpassende Antwort war, aber seine Qualen waren so spürbar, daß sie mit ihm litt.

»Ich liebe sie nicht. Ich habe sie nie geliebt.«

»Ich weiß.«

»Du hast recht gehabt. Ich habe sie nur geheiratet, weil ich Mimosa haben wollte.«

»Das weiß ich auch.«

»Aber ich dachte, es könnte klappen. Ich dachte, *wir* könnten eine gute Ehe daraus machen. Gott im Himmel!« Stuart schloß einen Moment lang die Augen, und als er sie wieder aufschlug, starrte er vor sich hin, ohne etwas wahrzunehmen. Hunderte von Glühwürmchen schwirrten durch die samtig blaue Dunkelheit, die sich jetzt über die Felder herabgesenkt hatte. Es war ein Anblick von gespenstischer Schönheit, wie ein Feentanz.

»Wir sind erst ein paar Monate verheiratet, und ich hasse sie. Gott steh mir bei, aber ich hasse sie so sehr, daß ich sie umbringen könnte.« Stuart lehnte sich mit gesenktem Kopf an das Mäuerchen. Jessie legte sachte eine Hand auf seinen Ärmel, Tränen traten in ihre Augen, und ihre Kehle schnürte sich zu. Er litt, und sie litt mit ihm. Dieses Wissen war beängstigend.

»Mein Gott, ich habe alles verpfuscht«, murmelte er und hob den Kopf. Jessie zuckte zusammen, als er seiner Hilflosigkeit Ausdruck verlieh und mit der Hand an die Mauer schlug.

Es war die vernarbte Hand, mit der er schon Chandler geschlagen hatte. Sie vergaß jede Angst, nahm seine geschundene Hand und massierte sie sachte zwischen ihren beiden Händen.

21

»Das tut gut!«

Er sah auf ihren gesenkten Kopf herunter, als sie seine Hand massierte. Jessie wußte es; sie konnte es spüren. Sie war aber nicht bereit, aufzublicken. Ihre Aufmerksamkeit galt ausschließlich dieser armen, mißhandelten Hand – denn sie fürchtete jede Ablenkung.

»Woher stammt diese Narbe?« Die Frage war nur dazu gedacht, unzählige Gefühle zu verbergen, die im Widerstreit miteinander lagen. Seine Hand mit der breiten Handfläche und den langen Fingern war viel größer als ihre Hände, und die Haut hatte Schwielen. Seine Hand war warm und um einiges brauner als ihre, die im Vergleich dazu fast weiß wirkte. Auf seinem Handrücken wuchs schwarzes Haar. Die Narbe auf seiner Handfläche war häßlich, rund und rot. Seine Finger hatten sich nach ihnen gekrümmt. Jessie massierte die Sehnen und hatte den Eindruck, daß sie sich ein wenig lockerten. Sie blickte immer noch nicht auf.

»Von einer Messerstecherei. Vor einigen Monaten.«

Bei diesen Worten sah sie auf. »Von einer Messerstecherei?« Ihre Stimme klang ungläubig.

Seine Lippen verzogen sich. »Überrascht dich das?«

Jessie dachte darüber nach und schüttelte dann den Kopf. »Nein. Eigentlich nicht. Wenn ich es mir jetzt überlege, scheint es mir absolut typisch für dich, in eine Messerstecherei zu geraten. Als ich dich das erste Mal gesehen habe, fand ich, du sähest gefährlich aus.«

Er lächelte. »Ach, wirklich?«

»Ja.«

Es war ein Fehler gewesen, zu ihm aufzublicken, das hatte sie ganz richtig vermutet. Er war ihr nah, zu nah. So nah, daß sie jedes einzelne Haar seiner Bartstoppeln deutlich erkennen konnte, die sich schon gebildet hatten, obwohl er sich direkt vor ihrem Aufbruch von Mimosa frisch rasiert hatte. So nah, daß sie seinen Schweiß einatmen konnte, seinen schwachen, männlichen Geruch.

»Jessie, Kleines, mir scheint, du bist gerade dabei, das Flirten zu lernen.« Seine Stimme klang überrascht und nachdenklich zugleich.

»Ich flirte nicht.« Sie meinte es zwar wörtlich, doch sie konnte ihm ansehen, daß er es anders auffaßte. Seine Lider senkten sich, und er sah einen Moment lang auf ihre kleinen Hände, die seine rieben und massierten.

»Wirklich nicht?« Er sah ihr wieder in die Augen. In seinem Blick stand eine ungewohnte Eindringlichkeit, die Jessie beunruhigte und elektrisierte.

»Nein.« Es war nur ein Hauch. Ihre Hände hatten schon vor Sekunden ihre Bewegungen eingestellt, hielten aber nach wie vor seine Finger.

»Nein?«

»Nein.«

»Ach.« Diese eine Silbe war seltsam verwirrend. Stuart lächelte vergnügt und senkte seinen Kopf zu ihr herunter. Jessie spürte, wie ihr Kopf schwirrte. Ihre Hände umklammerten seine, ihre Nägel gruben sich in sein Fleisch, und sie kam gar nicht erst auf den Gedanken, sie könnte ihm möglicherweise wehtun. Ihr Atem stockte, und auch das nahm sie nicht wahr. Die Nacht um sie herum schien zu erstarren wie eine Momentaufnahme. Die Glühwürmchen und ihr Leuchten, die Insekten und ihr Zirpen, das

Laub und sein Raschen – all das existierte plötzlich nicht mehr. Jeder Nerv in ihrem Körper konzentrierte sich nur noch auf das schöne, dunkle Gesicht, das sich über ihres beugte; auf diesen wunderschönen Männermund, der innerhalb von einem Sekundenbruchteil ihre Lippen berühren mußte.

Seine freie Hand, die sie nicht umklammerte, als müsse sie sterben, wenn sie sie losließ, hob sich und legte sich in ihr Genick.

Jessies Herz pochte heftig. Sie fühlte sich, als könne es aus ihrer Brust springen und hakenschlagend davonlaufen wie ein aufgestörtes Kaninchen. Sie wankte und schloß die Augen...

Und sein Mund streifte flüchtig ihre Lippen.

Es war eine zarte Liebkosung, die kaum spürbar war. Und doch zog sie eine Glut nach sich, die die Knochen aufzuweichen schien. Ihre Lippen teilten sich, und sie holte stockend Atem. Es erschien ihr, als bekäme sie kaum noch Luft. Seine Hand spannte sich kurz fester um ihren Nacken und zog sich dann zurück. Jessie erkannte in einem Winkel ihres Verstandes, der noch funktionstüchtig war, daß er auf ihr benommenes Gesicht herunterschauen mußte.

Sie zwang sich, die Augen zu öffnen.

Er sah sie wirklich an, und sein Ausdruck war undefinierbar. In der Dunkelheit, die sie jetzt einhüllte, konnte sie nichts in seinen Augen lesen. Er war ihr nah, noch näher als vorher, so nah, daß ihr weiter Rock auf seine Stiefel fiel, so nah, daß nur wenige Zentimeter zwischen ihren Brüsten und seinem breiten Brustkorb lagen, und ihre Brüste waren plötzlich hochgradig sensibilisiert. Sie merkte, daß sie seine verletzte Hand immer noch umklammert hielt. Sie wußte zwar, daß es sein mußte, doch sie konnte sich einfach nicht dazu durchringen, seine Hand loszulassen.

»Das war schon ganz gut.«

»Was?« Sie hatte keine Ahnung, wovon er redete. Seine Stimme klang leichtfertig, so leichtfertig, daß sie sich nicht mit der Glut vereinbaren ließ, die durch ihre Adern zog, so leichtfertig, daß sie nicht verstehen konnte, was er gesagt hatte. Sie stand in Flammen und verzehrte sich, und seine Stimme klang, als sei überhaupt nichts geschehen.

»Dein erster Kuß. Es war doch dein erster, oder nicht?«

Es war ein Alptraum. Es konnte nur ein Alptraum sein. So hätte er über ein Dutzend belanglose Themen mit ihr reden können. Aber dieser Kuß war alles andere als belanglos gewesen. Trotz all seiner Zartheit und Kürze war er eine nachhaltigere Erfahrung als alles, was Jessie bisher in ihrem ganzen Leben erlebt hatte. Sie war immer noch aufgewühlt und erschüttert. Aber allmählich, ganz allmählich, ging ihr auf, daß ihm dieses Erlebnis vielleicht weniger nahegegangen war als ihr. Schließlich war er ein erwachsener Mann und kein Junge mehr, ein verheirateter Mann, der zweifellos sehr viel Erfahrung darin hatte, Frauen zu küssen. Das, was für sie ein weltbewegendes Erlebnis gewesen war, hatte ihm nicht das geringste bedeutet.

»Jessie?«

Ihm in die Augen zu sehen und mit ruhiger Stimme zu sprechen gehörte zu den schwierigsten Dingen, die sie in ihrem ganzen Leben bewerkstelligt hatte. Sie tat es trotzdem, weil es sein mußte. Wenn sie ihm zeigte, wie nah ihr dieser flüchtige Kuß gegangen war, würde sie ihm nie mehr in die Augen sehen können. Ihr dummes Herz mochte zwar nach seinen Küssen lechzen, doch ihr Verstand fürchtete, sie könnte seine Freundschaft verlieren. Und ohne seine Freundschaft wäre ihr Leben trostlos gewesen.

»Jessie, fehlt dir etwas?« Seine Stimme klang plötzlich barsch, und seine Augen kniffen sich zusammen, als er sie musterte. Die Hand, die sie die ganze Zeit verzweifelt umklammert hatte, drehte sich in ihren Händen und legte sich fest um ihre Finger.

»Nein, was sollte mir fehlen?« Es war Jessie hoch anzurechnen, daß sie sogar ein kleines Lachen zustande brachte. Sie kam sich vor, als sei sie von einem Dunstschleier eingehüllt, der all ihre Sinne betäubte und nur noch das Prickeln ihres Fleisches durchdringen ließ, doch sie hatte vor, ihre Reaktion um jeden Preis vor ihm zu verbergen. Ihr Stolz zwang sie, ihm das Gefühl zu geben, dieser flüchtige Kuß hätte ihr kein bißchen mehr bedeutet als ihm. »Es mag zwar mein erster Kuß gewesen sein, aber es war nicht ganz das, was ich erwartet habe.«

Er riß die Augen auf. »Willst du damit etwa sagen, daß du enttäuscht bist, du kleines Biest? Du lernst das Flirten wirklich schnell.« Seine Hand löste sich von ihren Fingern. Als sie seine Hand endlich losließ, hatte Jessie das Gefühl, seine Schultern seien weniger verspannt. »Wenn ich Mitch oder irgendeiner von diesen Jungen wäre und es geschafft hätte, dich allein in die Dunkelheit zu locken, dann würde mir diese Äußerung ausreichen, um dich in meine Arme zu reißen und dir einen Kuß zu geben, den du nicht so leichthin abtun könntest. Aber natürlich wärst du dann gezwungen, mir eine Ohrfeige zu geben.«

»Das wäre mir allerdings wirklich ein Vergnügen«, murmelte Jessie durch zusammengebissene Zähne, die sich hinter einem starren Lächeln verbargen. Gott sei Dank stieg eine erlösende Wut in ihr auf. Es war weitaus besser, zornig auf ihn zu sein, als sich von einem Pferd in den Bauch getreten zu fühlen.

Auf ihre unverständliche Antwort hin runzelte Stuart die Stirn. »Was hast du gesagt?«

»Ich habe gesagt, daß ich Mitch vielleicht gar keine Ohrfeige geben würde. Oder wem auch immer.«

»Dann, meine Liebe, würden sie wahrscheinlich glauben, du seist keine Dame.«

»Dann sollte ich dich vielleicht ohrfeigen?« Es juckte sie, und ihre Hand kribbelte schon.

»Für dieses kleine Küßchen? Das war nicht mehr als ein Dankeschön für deine sanfte Zuwendung. Unter Verwandten ist das durchaus zulässig, das kann ich dir versichern.«

»Ach, ja?« Jessie lächelte strahlend und ballte hinter den schützenden Falten ihres Rocks die Hände zu Fäusten. »Es freut mich, daß ich dir nützlich sein konnte. Wenn du dich das nächste Mal über Celia ärgerst, dann vergiß nicht, dich bei mir zu melden.«

Er wollte gerade in seine Jackentasche greifen, um sein Zigarrenetui herauszuholen, doch jetzt hielt er inne, um sie genauer anzusehen.

»Meine Güte, du bist ja wütend! Auf mich?«

»Ich«, sagte Jessie durch dieses strahlende Lächeln, das sie verbissen beibehielt, »bin nicht wütend. Aber mir ist ziemlich kühl. Wenn du mich jetzt entschuldigen würdest, gehe ich wieder ins Haus.«

Sie neigte anmutig den Kopf, wandte sich mit majestätischer Haltung ab, machte auf dem Absatz kehrt, lüpfte ihre Röcke und lief in die Richtung zurück, aus der sie gekommen war.

»Aber, Jessica.« Seine Stimme, die hinter ihr herwehte, war kläglich, aber Jessie mußte erbost feststellen, daß auch ein unterdrücktes Lachen darin mitschwang. »Ist das nicht eine reichlich extreme Reaktion auf einen derart enttäuschenden Kuß?«

22

Wut war ein großartiges Mittel, um eine Frau schöner werden zu lassen, stellte Jessie fest. Als sie sich im Vorbeigehen in einem Spiegel sah, nahm sie verblüfft wahr, wie rosig ihre Wangen waren und wie lebhaft ihre Augen funkelten. Sie war wirklich so wild entschlossen, Stuart – und sich selbst – zu beweisen, wie wenig ihr dieser Kuß bedeutet hatte, nämlich überhaupt nichts, daß ihr Auftreten lebhafter und temperamentvoller wirkte, als es ihrer Natur entsprach. Für den Rest des Abends lachte und flirtete sie und tanzte sogar, denn ihr Selbstvertrauen war von ihrer Wut derart angefeuert, daß ihre Unerfahrenheit auf der Tanzfläche ihr nicht peinlich war. Und sie hatte das Gefühl, ihre Sache recht gut zu machen. An Partnern fehlte es ihr jedenfalls nicht, und als Stuart sie und Celia von der Feier loseiste, hatten nicht weniger als vier junge Herren um die Erlaubnis gebeten, sie auf Mimosa besuchen zu dürfen. Huldvoll gewährte sie es allen vieren.

Außerdem trank sie zum ersten Mal in ihrem Leben hochprozentigen Alkohol. Mitch gab ihr ein Schlückchen ab, als sie ihn kokett darum bat, einmal kosten zu dürfen, was er in seinem Glas hatte.

»Es wird dir nicht schmecken«, warnte er sie, aber als sie nicht nachgab, hielt er ihr das Glas an die Lippen. Mit einem unauffälligen Seitenblick auf Stuart, der sich den Männern an dem Tisch mit den Getränken angeschlossen hatte, trank Jessie einen Schluck. Mitch hatte sie zu Recht gewarnt. Das Zeug schmeckte abscheulich. Aber Stuart sah sie finster an, als sie daran nippte, und mehr Ansporn brauchte Jessie nicht. Trotzig behauptete sie, Geschmack an dem Getränk zu finden, und als sie an Mitchs Arm eine Runde durch den Saal drehte, schwatzte sie Mitch das Glas ab.

Als sie beim zweiten Glas angekommen war und gerade eine besonders lebhafte Quadrille gespielt wurde, gesellte sich Miß Flora zu Jessie.

»Meine Liebe, eine Dame trinkt nur Likör«, flüsterte Miß Flora Jessie eindringlich ins Ohr.

Als sie der kleingewachsenen Miß Flora über die Schulter sah, fiel Jessies Blick auf Stuart, der sie quer durch den Raum finster musterte. Offensichtlich hatte er seine Tante geschickt, um sie zurechtzuweisen. Aber sie war kein Wachs mehr in seinen Händen, und es würde nicht lange dauern, bis er das feststellte. Sie lächelte trotzig, neigte den Kopf in seine Richtung und trank noch einen viel zu großen Schluck aus ihrem Schnapsglas. Sie wäre fast an der beißenden Flüssigkeit erstickt, aber es gelang ihr, die Fassung zu wahren und das Zeug sogar runterzuschlucken. Der Schnaps brannte auf ihrer Zunge und in ihrer Kehle, aber nachdem sie den nächsten, nicht ganz so großen Schluck getrunken hatte, fand Jessie, so schlimm sei es eigentlich gar nicht. Stuart sah sie so finster an, daß sie sich angespornt fühlte, ihr Glas zu leeren und um ein weiteres zu bitten. Von dieser Vorstellung nahm sie nur Abstand, weil Mitch sich weigerte, ihr ein Getränk zu holen und sie statt dessen auf die Tanzfläche zog.

Anschließend bat sie immer dann, wenn sie Stuarts Blicke auf sich fühlte, ihren jeweiligen Partner um einen Schluck von seinem Getränk. Wein schmeckte nicht ganz so übel wie Cognac, stellte sie fest, wogegen man einen Bourbon kaum trinken konnte. Er war absolut ungenießbar. Sie nippte nur hier und da, und die jeweiligen Herren, die sie aus ihren Gläsern trinken ließen, lächelten nachsichtig. Stuarts Laune verschlechterte sich zusehends. Jessie hätte vor Behagen schnurren können. Wenn es ihr gelungen war, ihn wütend zu machen, dann sollte sie das freuen!

Die einzige Wirkung, die der Alkohol auf sie hatte, war ihres Erachtens, daß sie lebhafter und charmanter als je zuvor war. Mitch war ihrem Charme jedenfalls restlos erlegen. Er mußte von ihr bezaubert sein, denn er tanzte zweimal mit ihr und lungerte sogar dann in ihrer Nähe herum, wenn sie mit anderen Männern tanzte. Es wurde als ungehörig angesehen, öfter als zweimal mit demselben Partner zu tanzen, wenn er kein naher Verwandter war; Jessie war sicher, daß Mitch sie andernfalls immer wieder aufgefordert hätte. Jeanine Scott beachtete er kaum. Die schlanke Brünette war offensichtlich entrüstet über Mitchs Zurückweisung. Es wäre nicht normal gewesen, wenn sich Jessie darüber nicht grenzenlos gefreut hätte.

Alles in allem war der Abend für Jessie ein Triumph. Warum also fühlte sie sich unter der Fassade des Lächelns und des Flirtens so elend?

Es war noch nicht ein Uhr, und die Party war noch in vollem Gang, als Stuart sich ihr von hinten näherte, während sie gerade fröhlich mit Oscar Kastel plauderte. Bess Lippman warf den beiden wütende Blicke aus einer Ecke des Saales zu, in der sie mit ihrer Mutter saß. Bess Lippman, das gehässige Biest, war ein Mauerblümchen, während ihr Kavalier die unauffällige Jessica Lindsay nicht aus den Augen ließ! Jessie strahlte triumphierend, bis sie eine Hand auf ihrem Oberarm spürte. Lächelnd sah sie sich um und rechnete damit, Mitch oder einen ihrer vielen neuen Bewunderer zu sehen, doch statt dessen mußte Jessie feststellen, daß es Stuart war, und das Lächeln schwand aus ihrem Gesicht. Sein aufgesetztes Lächeln konnte das grimmige Funkeln seiner Augen nicht ganz verbergen. Ihm paßte also nicht, wie sie sich benahm, was? Gut so!

»Guten Abend, Mr., äh... Kastel, das stimmt doch?« Seine Stimme klang freundlich, aber seine Hand lag grob auf ihrem Arm.

»Ja, Sir. Guten Abend, Mr. Edwards. Ich habe gehört, daß Sie dieses Jahr eine prächtige Baumwollernte auf Mimosa haben.«

»Ja, allerdings. Jessie, Celia fühlt sich nicht wohl. So ungern ich dir den Abend verderbe, aber wir müssen aufbrechen.«

»Celia...«, wollte Jessie einwenden. Schließlich wußte sie ganz genau, daß das eine Lüge war, aber sein warnender Blick und der Griff, der sich fester um ihren Arm spannte, ließ sie verstummen. Sie wußte, daß es zu nichts führte, ihm öffentlich eine Szene zu machen. Damit hätte sie nur sich selbst geschadet. Sie bezweifelte keinen Moment lang, daß Stuart sie hochgehoben und ohne zu zögern aus dem Haus getragen hätte, wenn sie sich weigerte.

Daher lächelte sie ihn so falsch an wie er sie und sagte: »Ach, du meine Güte.«

»Ja, das kann man wohl sagen.« Er sah Oscar Kastel wieder an. »Wenn Sie Jessie und mich jetzt entschuldigen würden, Mr. Kastel?«

»Ja, natürlich. Miß Jessie, ich hoffe, wir sehen uns bald wieder.«

»Auf Wiedersehen, Mr. Kastel.«

Jessie ließ sich von Stuart fortführen. Es blieb ihr auch nichts anderes übrig.

Als ihr die kühle Nachtluft entgegenschlug, wankte Jessie. Stuarts Hand schloß sich noch fester um ihren Oberarm.

»Du bist beschwipst, stimmt's? Genau den Verdacht hatte ich.« Es klang angewidert.

»Nein, keineswegs«, sagte Jessie würdig und riß sich von ihm los, um es zu beweisen. Sie lief alleine zum Wagen, ohne auch nur einmal zu schwanken.

Celia, Sissie und Minna waren bereits eingestiegen. Progress saß auf dem Kutschbock. Jessie wollte sich nicht von Stuart helfen lassen, sondern stieg allein ein. Celia bedachte sie mit einem feindseligen Blick. Sie freute es sicher gar nicht, so früh aufbrechen zu sollen, und wahrscheinlich gab sie Jessie die Schuld daran. Oder vielleicht war sie noch wütend wegen des üblen Zwischenfalls, den Jessie mitangesehen hatte. Wer konnte das wissen?

Wie dem auch sein mochte – Jessie machte sich nicht viel daraus. Dieses eine Mal war ihr völlig gleich, wie Celia aufgelegt war. Sie war selbst viel zu wütend, zu müde, zu benommen und zu unglücklich, um sich etwas daraus zu machen, ob Celia wütend war oder nicht oder gar, weshalb sie wütend war.

»Dein Benehmen war eine Schande!« zischte Celia, als der Wagen losfuhr.

»Hier schilt doch wohl ein Esel den anderen Langohr, oder nicht?« sagte Jessie mit süßlicher Stimme. Celia riß die Augen auf. Es sah Jessie gar nicht ähnlich, sich zu wehren. Dann kniff sie die Augen wieder zusammen. Aber Minna und Sissie hätten als stumme Zeugen alles mitangehört, was sie oder Jessie zu sagen hatte. Daher entschied sich Celia zu einem weisen Schritt und sagte nichts mehr. Jessie vermutete, daß sie den Mund nur aus Angst heraus hielt, ihre Stieftochter könnte ausplaudern, wie unangemessen sie sich mit Seth Chandler benommen hatte.

Stuart war vorausgeritten. Deshalb sah Jessie ihn erst, als sie Mimosa erreicht hatten. Als der Wagen anhielt, erwartete er sie auf der Veranda und rauchte eine seiner Zigarren. Er rührte sich nicht von der Stelle, um den Damen beim Aussteigen behilflich zu sein, sondern überließ es Progress. Celia stieg die Stufen hinab und ging wortlos an Stuart vorbei. Aber als Jessie ihrem Beispiel folgen wollte, hielt er sie mit einer Hand auf ihrem Arm zurück.

»Ich möchte mit dir reden, wenn es dir recht ist«, sagte er mit ruhiger Stimme.

»Ich bin müde.« Jessie versuchte, sich von ihm loszureißen, als Minna und Sissie mit den Schachteln vorbeikamen, in denen die Kleider verpackt waren, die Celia und Jessie am Nachmittag getragen hatten.

»Laß uns trotzdem miteinander reden.«

Er war höflich und benahm sich mustergültig, doch seine Finger, die sich um ihren Arm spannten, hätten aus Eisen sein können. Er hatte eindeutig vor, seinen Kopf durchzusetzen. Jessie sah ihn finster an und kapitulierte dann mit einem Nicken. Wenn er glaubte, er könnte ihr eine Strafpredigt halten, dann stand ihm eine größere Überraschung bevor! Sie kochte vor Wut, und sie hatte vor, sich nichts von ihm gefallen zu lassen, ohne es ihm heimzuzahlen.

23

Die Bibliothek war ein kleiner Raum recht weit hinten im Erdgeschoß, der kaum benutzt worden war, bis Stuart auf Mimosa eingezogen war. Er hatte den Raum, dessen Wände von Büchern gesäumt waren, für sich beansprucht, hatte ihn abstauben und durchlüften und mit einem massiven Mahagonischreibtisch und bequemen Ledersesseln einrichten lassen. Jetzt führte er Jessie zur Bibliothek und trat höflich zur Seite, um ihr den Vortritt zu lassen. Dann schloß er die Tür hinter sich. Mit der Kerze, die er mitgenommen hatte, zündete er die Lampen beidseits des Schreibtisches an. Das Licht ließ Schatten in alle Winkel des Zimmers tanzen, bewirkte aber auch, daß Jessie ihm nichts im Gesicht ansehen konnte, als er sich zu ihr umdrehte.

»Setz dich.« Er deutete auf den Stuhl, der Jessie am nächsten stand.

»Danke, aber ich ziehe es vor, zu stehen. Ich vermute, es wird nicht allzu lange dauern?«

Sie stand ihm trotzig gegenüber, reckte das Kinn empor und sah ihn mit funkelnden Augen an. Einen Moment lang musterte er sie, ohne etwas zu sagen. Dann setzte er sich auf eine Ecke seines Schreibtischs und ließ die stiefelbedeckten langen Beine herunterbaumeln. Das blankpolierte schwarze Leder blinkte bei jeder Bewegung. Dieser Schimmer nahm Jessies Blick gefangen. Von dort aus ließ sie ihre Augen weiterwandern. Wie immer war Stuart makellos gekleidet. Trotz der Ereignisse dieses bewegten Tages war seine Hose faltenlos, und der beigefarbene Stoff schmiegte sich an seine kräftige Beinmuskulatur. Seine Brokatweste saß knitterfrei auf seiner breiten Brust und seiner schmalen Taille. Sein Frack mit den langen Schößen betonte seine breiten Schultern. Sein Hemd und seine Krawatte wirkten so frisch wie am Morgen, als er sie angezogen hatte. Wenn sein Haar ein wenig vom Wind zerzaust war, dann stand ihm das nur um so besser. Eine Locke des blauschwarzen Haares fiel ihm in die Stirn und betonte den klassischen Schnitt seines schönen Gesichts. Im

Kerzenschein funkelten seine Augen noch leuchtender blau als sonst.

Jessie selbst fühlte sich so zerzaust, daß sie die Vollkommenheit seiner Erscheinung nur finster mustern konnte.

»Da du mich hergeholt hast, um mich auszuschimpfen, kannst du es auch gleich tun, damit ich bald ins Bett komme.«

Etwas belustigte ihn, und sie wußte nicht, ob es ihre Worte waren oder ihr schnippischer Tonfall.

»Du darfst keine hochprozentigen Getränke auf Partys zu dir nehmen, verstehst du? Die braven Leute hier aus der Gegend sagen sonst, du seist kein anständiges Mädchen.«

Wenn er bei den Chandlers wütend auf sie gewesen war, dann schien sich sein Zorn jetzt gelegt zu haben. Seine Stimme schalt sie nur sanft aus. Es klang sogar danach, als schelte ein besorgter Vater liebevoll sein ungezogenes Kind. Aber sie war kein Kind! Nicht mehr! Und er hatte ganz entschieden keine Vaterrolle bei ihr einzunehmen!

»Wage es nicht, mich zu kritisieren! Ich wäre gar nicht erst zu dieser dämlichen Party gegangen, wenn du nicht darauf bestanden hättest. Und mir scheint, daß dein Benehmen heute abend weitaus tadelnswerter war als meines. Schließlich habe ich meinen Gastgeber nicht niedergeschlagen – oder meine Stieftochter geküßt!«

Sie hatte es nicht sagen wollen, aber ihr Zorn war so übermächtig, daß es von selbst heraussprudelte. Die Worte lagen zwischen ihnen wie ein Fehdehandschuh.

Stuarts Lippen wurden schmaler. Ihm war deutlich anzumerken, daß ihr Gegenangriff ihn überraschte und ärgerte.

»Nein, das hast du allerdings nicht getan. Du hast lediglich wie verrückt mit jedem halbwegs passablen Mann geflirtet und dich dabei mächtig angetrunken. Ein schönes Benehmen für eine junge Dame, die noch naß hinter den Ohren ist!«

»Nicht schlimmer als dein Benehmen! Oder Celias! Und hör auf, mir in diesem gönnerhaft herablassenden Tonfall zu erzählen, ich sei noch naß hinter den Ohren!«

»Bestimmt nicht schlimmer als Celias Benehmen – außerdem erzähle ich dir, was ich will«, sagte er, und es klang ruhig, doch seine Augen straften seinen Tonfall Lügen. Sie fingen ganz entschieden an zu funkeln, und Jessie merkte, daß sie ihn in Wut brachte. Gut so! Sie wollte ihn wütend machen! So wütend, wie sie es war!

»Was geht es dich überhaupt an, was ich tue? Du solltest deine Energie lieber darauf richten, deine streunende Frau im Auge zu behalten! Schließlich hast du sie im Gewächshaus vorgefunden und nicht mich, oder hast du das vergessen?«

»Ich habe dich nicht hierher geholt, um mit dir über Celia zu reden!«

Jessie lachte. Die Wut glühte immer heftiger in seinen Augen.

»Du nimmst viel zuviel Mühe auf dich, Stuart. Ich lasse mir von dir nicht sagen, wie ich mich zu benehmen habe!«

»Wirklich? Du hast diesen kleinen Todd so schöne Augen gemacht, daß ich schon dachte, ihr beide würdet euch zusammen in die Dunkelheit hinausschleichen. Genauso, wie es deine Stiefmutter getan hätte!«

»Du bist gemein.«

Jetzt lächelte er bedrohlich und stand auf. Plötzlich wirkte er sehr groß in dem kleinen Raum. »Nicht halb so gemein, wie ich es sein kann, das versichere ich dir. Und auch nicht so gemein, wie du mich erleben wirst, wenn ich dich in einer Situation ertappe, die auch nur die entfernteste Ähnlichkeit mit der hat, in der wir Celia vorgefunden haben – oder falls ich hören sollte, daß du noch einmal Schnaps trinkst.«

»Wage es nicht, mir zu drohen!«

»Du stellst meine Geduld auf die Probe, Jessie.«

»Gut so!«

Seine Lippen preßten sich zusammen. Er verschränkte die Arme vor der Brust, legte den Kopf zur Seite und betrachtete sie aus zusammengekniffenen Augen. Jessie sah, daß er die Selbstbeherrschung wiedergefunden hatte und darum kämpfte, sie zu bewahren.

»Und diesen kleinen Koller hast du nur gekriegt, weil ich dich geküßt habe, stimmt's?«

»Absolut nicht! Und außerdem habe ich keinen Koller!«

»Ach, nein? Du hast den ganzen Abend über einen Rappel gehabt. Das Flirten und der Alkohol – das hast du doch alle nur getan, um mir eins auszuwischen, oder nicht?«

Jessie spürte, daß sie rot wurde, aber sie war außer sich und wußte daher nicht, ob es an ihrer Wut oder an ihrer Verlegenheit lag. Er stand da, lehnte am Schreibtisch und wirkte so schrecklich überlegen, während sie idiotisch nervös war und er gefühllos in den tiefsten Geheimnissen ihres Herzens herumstocherte. Sie biß die Zähne zusammen, und in dem Moment haßte sie ihn beinah.

»Du bildest dir zuviel ein!«

»So, tue ich das?«

Er lächelte gütig, und dieses mitleidige Lächeln führte ihn ins Verderben. Mit einem unartikulierten Wutgeheul stürzte sie sich auf ihn und hatte vor, ihm dieses Lächeln vom Gesicht zu kratzen.

»He!«

Er fing ihre Hände in der Luft und hielt sie von sich fern, während sie sich wand, zappelte, um sich trat und ihn mit allen Schimpfwörtern bedachte, die sie je gehört hatte. Aber ihre Tritte trafen nur seine Stiefel, und ihre Beleidigungen brachten ihn zum Lachen. Sein Gelächter erboste sie rasend, und schließlich mußte er sie an sich ziehen, um sich gegen sie zu wehren.

»Laß mich los!«

»Benimm dich, dann lasse ich dich los.« Er grinste immer noch.

»Ich hasse dich!«

»Na, na, jetzt reiß dich aber zusammen!«

»Du Heuchler! Du Trottel!«

»Meine Mutter hat immer gesagt, ich sollte mich vor rothaarigen Frauen hüten. Die sind hitzköpfig, hat sie gesagt.«

»Ich bin nicht rothaarig!«

»Doch, das bist du. Und dein Temperament beweist es. Beruhige dich, Jessie, dann lasse ich dich los.«

Jessie holte tief Atem und blieb ganz still stehen. Sie stand mit dem Rücken zu ihm, ihr Hinterteil preßte sich an seinen Oberschenkel, und ihre Arme waren vor ihrem Busen gekreuzt, während er ihre Handgelenke umklammert hielt. Aus dem Augenwinkel konnte sie sein breites Grinsen sehen.

»Ich finde nicht, daß ein winzig kleiner Kuß all das rechtfertigt, oder doch?«

Sein Tonfall war fast spöttisch. In Gedanken bedachte Jessie ihn mit einem Schimpfwort, das so übel war, daß sie gewöhnlich errötet wäre, wenn sie es gehört hätte. Laut sagte sie jedoch einschmeichelnd: »Würdest du jetzt bitte meine Handgelenke loslassen? Du tust mir weh.«

»Dann benimm dich.«

Er preßte ihre Handgelenke zur Warnung zusammen und ließ

sie dann langsam los. Kaum hatte er Jessie freigegeben, als sie auch schon auf dem Absatz herumwirbelte und ihm fest in sein belustigtes Gesicht schlug.

»Das hast du meiner Meinung nach für deinen Kuß verdient!«

»Au!«

Er trat einen Schritt zurück und hob eine Hand zu seiner Wange. Seine Augen wurden vor Erstaunen größer. Einen Moment lang sah er sie nur an, und sein Ausdruck war so komisch, daß sie vergaß, sich zu fürchten. Sie lächelte ihn mit triumphierender Gehässigkeit an. Und genau das war ein großer Fehler.

»Du... kleines... Luder!« sagte er durch zusammengebissene Zähne und streckte die Hände nach ihr aus.

»Oh!« Seine Hände schlossen sich um ihre Oberarme, und er zog sie an sich. Einen Moment lang schien alles stillzustehen, und Jessie sah ihm zornig in die Augen, die so kalt und hell wie Diamanten funkelten. Dann senkte Stuart mit einem Laut, der Ähnlichkeit mit einem Knurren hatte, den Kopf.

Als er sie diesmal küßte, hatte der Kuß nicht die geringste Gemeinsamkeit mit seiner vorherigen zarten Annäherung. Dieser Kuß war heftig und roh und gleichzeitig dazu gedacht, seine Wut an ihr auszulassen und ihr eine Lektion zu erteilen. Mit weitaufgerissenen Augen versuchte Jessie, ihren Kopf zur Seite zu drehen, doch er verhinderte diese Bewegung und preßte ihren Kopf mit seinen Armen an seine harte, unnachgiebige Schulter. Sein Mund senkte sich auf ihre Lippen und preßte sie gegen ihre Zähne, bis sich ihre Lippen gewaltsam öffneten. Dann stieß sich seine Zunge zu ihrem ungläubigen Entsetzen in ihren Mund, forderte ihn für sich, ergriff Besitz von ihm und tastete sich über ihren Gaumen, die Innenseiten ihrer Wangen und ihre Zunge.

Dieses heiße, nasse Eindringen erschreckte sie und ließ sie wimmern und sich winden. Zu ihrer unsäglichen Erleichterung hob Stuart plötzlich den Kopf und blieb starr stehen. Einen Moment lang starrten sie einander nur an. Jessies Augen waren weit aufgerissen und drückten Angst aus. In Stuarts Augen standen Empfindungen, die sie nicht benennen konnte.

Dann ließ er sie ganz plötzlich los und trat zurück.

»Und *jetzt* kannst du mich ohrfeigen«, sagte er mit ruhiger Stimme.

Jessie handelte blind, rein aus Instinkt, und nicht, weil er es ihr gesagt hatte. Sie holte mit dem Arm aus und gab ihm eine Ohrfeige, die in dem kleinen Zimmer widerhallte und seinen Kopf zur Seite schleuderte. Dann wich sie eilig aus seiner Reichweite zurück.

Er stand eine Ewigkeit da und sah sie an, sah sie einfach nur an. Der Ausdruck ihrer Hand zeigte sich jetzt schon deutlich auf seiner Wange. Mit zitternden Lippen und einer Hand vor dem Mund sah Jessie ihn wortlos an.

Endlich brach er das Schweigen. »Geh ins Bett, Jessie.« Seine Stimme war vollkommen ausdruckslos. Auch sein Gesicht war nichtssagend, als er ihr in die Augen sah. Jessies Instinkte drängten sie, zu ihm zu gehen und sich zu entschuldigen, die Ohrfeige, die sie ihm gegeben hatte, irgendwie wieder gutzumachen.

Dann fiel ihr dieser abscheuliche Kuß wieder ein.

Ohne ein Wort zu sagen, drehte sich Jessie auf dem Absatz um und floh.

24

Im Lauf der nächsten zehn Tage verschlimmerten sich die häuslichen Verhältnisse auf Mimosa sichtlich. Jessie verbrachte die meiste Zeit damit, Stuart aus dem Weg zu gehen, und sie hatte den Verdacht, daß auch er sein Bestes tat, um sie zu meiden. Celia schwankte zwischen erbitterten sarkastischen Ausbrüchen und verdrossenem Schweigen, und fast über Nacht bildeten sich Falten der Unzufriedenheit und ließen ihr junges Gesicht altern. Jessies Schlafzimmer lag am anderen Ende des Hauses, weit ab von den getrennten, aber aneinandergrenzenden Schlafzimmern von Celia und Stuart. Doch sie führten spät nachts derart heftige Auseinandersetzungen, daß Jessie sie nicht überhören konnte. Oder zumindest hörte sie Celia, die ihren Mann wütend ankreischte. Stuarts Erwiderungen hörte sie im allgemeinen nicht, doch einmal hörte sie ihn schreien: »Zum Teufel, ich habe gesagt, du sollst verschwinden, du Luder!« Es war laut genug, um Jessie aus dem Halbschlaf aufschrecken zu lassen. Bei einer anderen Gelegenheit hörte sie ein nachhallendes Klatschen, als sei etwas Schweres auf den Boden gefallen oder durch die Luft geworfen worden, und direkt darauf folgte Celias Aufschrei.

Diese Geräusche beunruhigten und ängstigten Jessie. Sie vergrub den Kopf unter dem Kissen und tat so, als hätte sie nichts gehört. Da sämtliche Sklaven bei ihren Familien in deren Unterkünften schliefen, war Jessie der einzige Zeuge dieser Gewalttätigkeiten, zu denen es fast allabendlich kam. Wenn die Sonne aufging und die Dienstboten erschienen, liefen die Dinge etwa so weiter wie bisher, doch eine beträchtliche Spannung hatte sich über das Haus herabgesenkt. Diese spannungsgeladene Luft war so dick, daß Jessie ihr Gewicht wie eine Decke spüren konnte, sowie sie sich im Haus aufhielt. Auch die Dienstboten nahmen sie wahr. Tudi, Rosa, Sissie und alle anderen gingen ihren Pflichten ungewohnt still nach. Sie alle, Jessie inbegriffen, neigten dazu zusammenzuzucken, wenn Celia irgendwo auftauchte.

Als Gegengewicht hatte Jessie jetzt einen Schwarm von Kavalieren. In den Tagen nach der Party bei den Chandlers kamen Oscar Kastel, Billy Cummings, Mac Wilder, Evan Williams und Mitch Todd alle mehr als einmal zu Besuch. Jessie saß mit ihnen auf der Veranda, ging mit ihnen spazieren oder fuhr mit ihnen aus, und Tudi und Sissie kamen als Anstandsdamen mit. Es hatte Zeiten gegeben, in denen Jessie außer sich vor Glück gewesen wäre, wenn Mitch um sie geworben hätte. Doch jetzt war sie so abgelenkt durch die unselige Stimmung, die auf Mimosa herrschte, insbesondere über die Entwicklung ihrer Beziehung zu Stuart, daß ihr die Erkenntnis kaum Freude machte, einen Traum verwirklicht zu sehen. Jahrelang hatte sie sich gewünscht, Mitch würde ihr Kavalier sein und um sie werben. Zu ihrem Mißvergnügen mußte Jessie feststellen, daß sie lächelte und die Augen niederschlug, wenn Mitch ihr Komplimente machte, sich währenddessen jedoch ständig anstrengen mußte, um nicht in Gedanken abzuschweifen.

Und sie wußte, daß daran einzig und allein Stuart schuld war.

Jessie hätte nicht sagen können, ob Stuart wahrnahm, wie beliebt sie plötzlich war. Er verbrachte seine Tage in den Baumwollfeldern, während die Arbeitskräfte sich damit abmühten, den Rest der Ernte vor dem ersten Nachtfrost zu pflücken. Die Baumwollblüten waren nicht mehr rosarot, sondern schon purpurn. Wenn die Blüten verwelkten und sich damit zeigte, daß die Pflanzen ausgereift waren, wurden sämtliche Bewohner von Mimosa zur Feldarbeit eingesetzt, Männer, Frauen und Kinder. Wie ein Ameisenvolk zogen sie über die vielen Morgen Land, die mit weißgesprenkelten Pflanzen bewachsen waren. Das ferne Summen der Gesänge der Neger vermischte sich mit dem Strömen des nahen Flusses, und beides gemeinsam bildete ein Hintergrundgeräusch, daß Jessie es kaum noch hörte – so vertraut war es ihr. Niemand – außer ihr, Celia und den Hausangestellten – war von der Feldarbeit freigestellt.

Wenn sie nicht mit ihren Besuchern beschäftigt war (die schon bald ebensosehr eine Last wie eine Freude waren, da ihr Eintreffen hieß, daß Jessie sie unterhalten mußte), verbrachte Jessie die meiste Zeit im Sattel. Zweimal ritt sie nach Tulip Hill, um den Nachmittag mit Miß Flora und Miß Laurel zu verbringen, die sie jedesmal lieber mochte. Fast immer war sie bestrebt, erst lange nach dem Abendessen zurückzukommen, das Celia und Stuart nach wie vor mit grimmigem Schweigen gemeinsam einnahmen. Sie ritt allerdings nicht mehr in die Felder, um sich Stuart anzuschließen.

Chaney Dart machte Nell Bidswell schließlich einen Heiratsantrag, und die Bidswells veranstalteten eine Party, um die Hochzeit im großen Rahmen bekanntzugeben. Zu Jessies Erstaunen lehnte Celia die Einladung ab. Auch Stuart nahm mit der Begründung Abstand, er habe zuviel Arbeit damit, die Baumwolle rechtzeitig einzulagern. Jessies Eigeninitiative wurde von dem Verlangen angespornt, ihm zu zeigen, daß sie gesellschaftlich nicht so zurückgeblieben war, wie er glaubte, und sie ging allein hin. Tudi und Progress begleiteten sie, und zu ihrem eigenen Erstaunen machte ihr das Fest großen Spaß. Sie vermutete, daß Celias ungewohntes Ausschlagen einer Einladung zu einer Party auf Stuart zurückging, der vermutlich darauf bedacht war, eine Wiederholung dessen zu vermeiden, was sich Celia mit Seth Chandler geleistet hatte. Jessie hielt solche vorbeugenden Maßnahmen von Stuarts Seite allerdings für reine Zeitverschwendung. Celia war wild auf Männer, und sie würde so oder so einen willigen Partner finden.

Zum Beispiel auf ihrer eigenen Plantage an den langen, heißen Nachmittagen.

Der Oktober kam. Es wurde kühler. Mitch Todd kam eines Tages mit Billy Cummings zu Besuch, und sie überraschten Jessie, die sich gerade aus dem Haus schleichen wollte. Celia war wie immer nach dem Mittagessen verschwunden und würde erst wieder auftauchen, wenn es an der Zeit war, sich zum Abendessen umzuziehen. Jessie wollte sichergehen, daß sie außer Reichweite von Celias böser Zunge war, wenn ihre Stiefmutter ins Haus zurück kam. In der letzten Zeit verteilte Celia nach allen Seiten und mit zunehmender Gehässigkeit ihre Seitenhiebe. Gleich nach Stuart kam Jessie als ihr zweitliebstes Opfer.

»Kommst du nächste Woche zu den Culpeppers, Jessie?«

Jessie saß auf der obersten Stufe der Treppe, die zur Veranda führte. Billy Cummings, ein schlaksiger, blonder Junge von zwanzig Jahren, saß ein paar Stufen tiefer. Er sah hingebungsvoll zu ihr auf, als er diese Worte an sie richtete.

»Tja, ich...«

»Du mußt unbedingt kommen. Der Ball macht keinen Spaß, wenn du nicht kommst.« Mitch verzog den Mund zu einem knabenhaften Grinsen, und Jessie fragte sich, warum ihr Herz bei diesem Anblick nicht mehr schneller schlug. Billy und er saßen auf derselben Treppenstufe, jeder an einem Ende, und Jessie saß etwas höher und in der Mitte, um sich mit beiden gut unterhalten zu können. Als sie jetzt auf die beiden heruntersah, fragte sie sich, wie sie je Ehrfurcht vor ihnen hatte haben können. Beide waren gutaussehende, große, gutgebaute junge Männer, und beide waren ein oder zwei Jahre älter als sie, und doch waren sie nichts weiter als Jungen. Sie fühlte sich bei weitem älter als die beiden.

»Du weißt genauso gut wie ich, daß ich auf der Tanzfläche keinen Blumentopf gewinnen kann, Mitchell Todd.« Jessie lächelte bei ihren Worten den Jungen an, dem einst ihr Herz gehört hatte. Mitch grinste breiter.

»Wen interessiert denn, wie gut du tanzen kannst?« antwortete er. »Was zählt, ist doch nur, wie hübsch du dabei aussiehst.«

»Und du siehst wirklich sehr hübsch dabei aus«, warf Billy ein, der sich von seinem Rivalen nicht ausstechen lassen wollte. Jessie lächelte die beiden an. Sie trug ein hübsches Kleid mit viel Spitze und Rüschen. Ihr gelocktes Haar fiel bis auf die Hüften und wurde von einem smaragdgrünen Satinband aus ihrem Gesicht gehalten. Das Kleid stand ihr gut, und sie wußte, daß sie hübsch aussah. Dieses Wissen ermöglichte es ihr, dieses Kompliment mit einem Lachen aufzunehmen, statt zu erröten.

»Du flunkerst ganz gewaltig, Billy Cummings«, sagte sie mit der neckenden Stimme, die sie bei den anderen Mädchen gehört hatte. Billy protestierte und legte eine Hand aufs Herz, um zu unterstreichen, wie aufrichtig er es meinte. Jessie lachte laut darüber.

»Du hast Gäste, Jessie?« Celia trat aus dem Haus auf die Veranda. Sie mußte durch die Hintertür ins Haus gekommen sein. Jessie sah sich zu ihrer Stiefmutter um, und ihr fröhliches Lächeln schwand. Celias Verhalten war in der letzten Zeit unvorhersehbar, aber sie würde Jessie doch sicher nicht vor den Söhnen ihrer Nachbarn in Verlegenheit bringen.

»Guten Tag, Mrs. Edwards«, sagte Mitch und ersparte Jessie damit eine Antwort. Billy begrüßte sie ebenfalls, und beide Jungen standen höflich auf.

»Guten Tag, die Herren.« Celia hatte sich für das Abendessen umgezogen und trug ein lavendelblaues Kleid, dessen schmeichelhafte Farbe der Härte ein wenig entgegenwirkte, die ihre Gesichtszüge in der letzten Zeit angenommen hatten. Sie lächelte die Besucher an, bedeutete ihnen mit einer Geste, sich wieder zu setzen, und wandte sich an Jessie. Als sie ihre Stiefmutter musterte, behielt Celia das Lächeln auf dem Gesicht, doch ihre Augen wurden unterkühlt.

»Wo steckt Tudi? Und wo ist Sissie?«

»Ich vermute, sie sind im Haus.« Jessies Tonfall war zurückhaltend. Sie kannte diesen spröden Ton von Celia. Im allgemeinen hieß das, daß es Ärger geben würde.

»Du solltest Gäste nicht allein empfangen, das weißt du doch, meine Liebe. Diese Herren werden denken, daß du die Manieren eines Gassenkindes hast.« Celia lächelte die jungen Männer mit ihrem Krokodilslächeln an, und sie schienen sich jetzt schon unbehaglich zu fühlen. Jessie wand sich innerlich. Celia würde sich wohl durch die Anwesenheit von Gästen doch von nichts abhalten lassen.

Der große Gong begann zu läuten und kündigte das Ende des Arbeitstages auf der Plantage an. Gleichzeitig war die Situation gerettet. Der erste Schlag war kaum verhallt, als Stuart mit Graydon Bradshaw angeritten kam. Als sie die Pferde nahen hörte, drehte sich Jessie um. In der Ferne konnte sie sehen, wie die Felder sich leerten, und die Sklaven machten sich in einer langen Kolonnne zu Fuß und auf Maultieren auf den Heimweg. Ihre Lieder schwollen zu größerer Lautstärke an, als die erschöpften Sänger näher kamen und dann am anderen Ende des Obstgartens zu ihren Unterkünften abbogen.

Stuart und Graydon Bradshaw stiegen ab. Thomas lief ihnen entgegen, um ihnen die Pferde abzunehmen. Die beiden Männer kamen die Stufen hinauf. Diesmal stand Jessie gemeinsam mit Mitch und Billy auf, um Stuart Platz zu machen. Sie verabscheute sich zwar selbst dafür, doch ihre Augen sogen begierig seinen Anblick ein. Seit Tagen hatte sie ihn nicht mehr zu sehen bekommen. Er war verschwitzt, und das schwarze Haar lockte sich feucht um seinen Kopf. Die Stoppeln färbten seine gebräunten Wangen noch dunkler, und sein weißes Hemd wies einen langen Schmutzfleck auf, die schwarze Hose und die sonst so makellos polierten Stiefel waren staubig. Es war eines der wenigen Male, die sie ihn je so gesehen hatte. Merkwürdigerweise nahm ihm das nichts von seiner Anziehungskraft. Graydon Bradshaw, der ihm folgte, sah auch nicht gepflegter aus, doch Jessie hatte nur Augen für Stuart. Es war, als existierte Bradshaw gar nicht.

In der Ferne ertönte der letzte Gongschlag. Die Gesänge verstummten allmählich.

»Du kommst wie üblich zu spät zum Abendessen.« Celia sah Stuart an, der gerade eben auf die Veranda getreten war. Ihre Stimme war gereizt, und Jessie hoffte, daß nur diejenigen, die sie gut kannten, es allzu deutlich merkten.

»Ich brauche nicht lange zum Umziehen. Gray, wenn Sie Lust haben, können Sie gern mit uns essen. Jessie, hast du deine Freunde zum Essen eingeladen?«

Jessie wurde schon bei der bloßen Vorstellung ganz anders, sie müßte mit Stuart und Celia, die aufeinander herumhackten, gemeinsam im Eßzimmer sitzen und gleichzeitig versuchen, Mitch und Billy abzulenken, doch sie konnte sich nicht aus ihrer üblichen Lage winden. Daher zwang sie sich zu einem Lächeln, ehe sie sich an die beiden jungen Männer wandte, die hinter ihr standen.

»Wir würden uns freuen, wenn ihr zum Abendessen bleibt, falls ihr mögt.«

Mitch und Billy sagten eifrig zu. Nachdem er Höflichkeitsfloskeln mit ihnen ausgetauscht und Bradshaw fortgeschickt hatte, damit er sich umziehen konnte, wandte sich Stuart an seine Frau und richtete ein paar leise Worte an sie. Celia hatte ein paar Minuten lang Konversation mit Jessies Gästen betrieben und dabei einen Charme an den Tag gelegt, der nur dazu gedacht war, Stuart aufzubringen, soviel stand für Jessie fest. Jessie merkte auch, daß es ihm aufgefallen war und daß er sich ärgerte, denn sein Gesicht wurde eine Spur härter. Das Geschehen steuerte zielstrebig auf eine entsetzliche Auseinandersetzung zu, und da sie das wußte, graute Jessie sekündlich mehr vor dem bevorstehenden Abendessen.

Es war für keinen der Anwesenden verständlich, was Stuart zu Celia sagte, doch ihr Gesicht rötete sich bei seinen Worten vor Wut. Jessie hielt den Atem an; der Ausbruch, den sie befürchtet hatte, stand deutlich bevor. Aber Stuart wandte die drohende Szene mit einem einzigen warnenden Blick ab, den er seiner Frau zuwarf. Dann stand er mit schnellen Bewegungen, die nicht im entferntesten den Eindruck von Eile vermittelten, neben Celia und nahm ihren Arm. Jessie vermutete, daß seine Geste auf einen Zuschauer, der keine Ahnung hatte, wie die Dinge zwischen den beiden standen, liebevoll wirken konnte. Dann zog er sie mit sich zur Tür.

»Jessie, du kannst Rosa sagen, daß wir in etwa zwanzig Minuten zum Essen kommen«, sagte er über die Schulter, und seine Worte wirkten freundlich. Jessie glaubte, daß nur jemand, der ihn so gut kannte wie sie, die Wut heraushören konnte, die unter dem sorglosen Gebaren brodelte. Flüchtige Bekannte hätten in seiner Hand auf Celias Arm wohl eher eine besitzergreifende Geste gesehen und nicht den eisernen Griff, mit dem er sie festhielt. Trotz ihrer Differenzen waren Celia und er nach wie vor ein attraktives Paar, und ihre zierliche blonde Gestalt war die perfekte Ergänzung zu seiner dunklen Schönheit. Aber Jessie zweifelte nicht daran, daß es innerhalb der nächsten Minuten zu einem Ehekrach kommen würde, und sie konnte nur hoffen, daß es keine der allzu lauten Auseinandersetzungen werden würde. Sie verspürte nicht den geringsten Wunsch, sich vor ihren Gästen in Verlegenheit bringen zu lassen.

Ein Ehekrach. Selbst derart unangenehme Vorgänge waren von einer Vertraulichkeit, die Jessie bedrückte. Es machte ihr allzu deutlich die Tatsache bewußt, daß die beiden miteinander verheiratet waren, wenn Stuart Celia auch noch so sehr verabscheuen mochte, und sie ihn ebensosehr. Aneinander gebunden, bis daß der Tod sie scheide. Stuart hatte sie zweimal geküßt, einmal aus Dankbarkeit und einmal aus Wut. Aber er war mit Celia verheiratet. Jessie wußte nur zu gut, daß sie sich das merken mußte, es sich immer wieder einprägen mußte, und es nicht vergessen durfte. Alles andere wäre unklug gewesen.

Aber ganz gleich, was sie wußte, es zog sich doch etwas in Jessies Magengrube zusammen und verspannte sich, als sie den beiden nachblickte, wie sie gemeinsam ins Haus gingen. Im allerersten Moment war sie überrascht. Bei dieser inneren Anspannung hatte sie nicht damit gerechnet, daß sie Hunger haben könnte. Doch dann wurde ihr klar, daß das, was sie empfand, nichts mit Hunger zu tun hatte.

Es mochte lachhaft sein, und es mochte noch so dumm sein, aber sie war eifersüchtig auf Celia.

25

Zu Jessies Erstaunen verlief der Abend recht erfreulich. Falls Stuart und Celia miteinander gestritten hatten, und dessen war sich Jessie ziemlich sicher, dann war ihnen nach außen hin nichts davon anzumerken. Celia brachte es fertig, für die Dauer der Mahlzeit ihre Zunge im Zaum zu halten, und sie versprühte kein Gift gegen Stuart, flirtete aber auch nicht mehr mit Mitch oder Billy, als angemessen gewesen wäre. Sie richtete sogar tatsächlich ihre meisten Bemerkungen an ihren Cousin Gray und überließ es Jessie und Stuart, Jessies Gäste zu unterhalten.

Jessie teilte amüsiert fest, daß die beiden jüngeren Männer Stuart mit einem Respekt behandelten, als gehörte er einer anderen Generation an und sei nicht kaum zehn Jahre älter als sie. Er dagegen behandelte sie mit einer gönnerhaften Art, die ebenso unangemessen war. Oder vielleicht doch nicht. Rein rechnerisch gesehen mochte der Altersunterschied vielleicht nicht allzu groß sein, aber in ihrer Haltung und in ihrem Erfahrungshorizont klaffte ein tiefer Abgrund zwischen den Männern.

Nach dem Essen zog sich die Gesellschaft mit Ausnahme von Celia, die Kopfschmerzen vorgab, auf die Veranda zurück. Stuart und Gray rauchten, während die jüngeren Männer um Jessies Aufmerksamkeit wetteiferten. Jessie war sich bewußt, wie wachsam Stuart sie im Auge behielt, während er sich den Anschein gab, unbefangen mit Gray zu plaudern, und sie ging auf ganz untypische Manier auf ihre Komplimente und Scherze ein.

Als es dunkel wurde und Sissie die Lampen im Haus anzuzünden begann, stand Stuart auf und warf seinen Stumpen über das Geländer.

»Gray und ich haben noch zu tun. Ihr werdet doch nicht mehr allzu lange hier draußen sitzen, oder, Jessie?«

»Wir wollten gerade gehen, Mr. Edwards. Vielen Dank für die Esseneinladung.«

Mitch und Billy standen hastig auf, als sie Stuarts nicht allzu gut versteckten Hinweis hörten. Stuart nickte ihnen freundlich zu und lud sie ein, jederzeit wiederzukommen. Dann begab er sich mit Gray ins Haus, höchstwahrscheinlich in die Bibliothek, denn dort erledigten sie den größten Teil der Büroarbeiten.

»Thomas, hol schon die Pferde von Mr. Todd und Mr. Cummings«, rief Jessie dem Schatten zu, den sie um die Hausecke schleichen sah. Sie wußte, daß Thomas auf dem Weg zu Rosa in die Küche war. Nach dem Abendessen bettelte er am liebsten und wollte noch ein Häppchen zu essen haben.

»Ja, Miß Jessie«, rief Thomas zurück, doch Jessie glaubte, einen leisen Widerwillen aus seiner Antwort herausgehört zu haben. Sie feixte. Rosa hatte zum Abendessen frischen Schinken und Jamswurzeln serviert und zum Nachtisch Pfannkuchen mit Zuckerrübensirup. Thomas liebte nichts auf Erden mehr als Zuckerrübensirup, und jetzt hatte er Angst, etwas zu verpassen. Aber Rosa würde ihm zweifellos etwas aufheben, und daher empfand Jessie kein allzu großes Schuldbewußtsein. Sie würde ihn nicht um diese Leckerei bringen. »Kommst du jetzt zu den Culpeppers?« fragte Mitch mit gesenkter Stimme, als Billy sich abgewandt hatte, um seinen Hut vom Schaukelstuhl aufzuheben.

»Du wirst es noch früh genug sehen«, gab Jessie mit einem strahlenden Lächeln zurück. Sie konnte Mitch wirklich gut leiden. Im Umkreis von Meilen sah kein Junge besser aus als er (obwohl er neben Stuarts prächtiger Erscheinung verblaßte, ein Gedanke, den Jessie resolut von sich wies, sowie er ihr durch den Kopf ging). Und er war nett und freundlich und...

»Glaubst du, es geht, daß ich noch einen Moment bleibe? Ich möchte dir nämlich wirklich noch etwas sagen«, flüsterte Mitch hastig, als Billy mit dem Hut in der Hand zurückkam.

»Was habt ihr beide denn zu flüstern? Wenn ich dich nicht ganz so gut kennen würde, könnte ich schwören, daß du mich ausstechen willst.« Billy musterte seinen Freund finster und warf Mitch dann den Hut zu, den er mitgebracht hatte.

Mitch fing den Hut, machte aber keine Anstalten, ihn aufzusetzen.

»Es geht dich nichts an, was ich Miß Jessie zu sagen habe. Und du kannst ruhig schon ohne mich nach Hause reiten. Wir haben ohnehin nicht dieselbe Richtung.«

»Ich lasse dich doch nicht mit ihr allein!«

»Willst du ausfallend werden? Wenn ja, dann mach dich darauf gefaßt, daß wir es mit den Fäusten austragen!«

Jessie stellte beunruhigt fest, daß die beiden jungen Männer einander plötzlich wie Todfeinde und nicht mehr wie Freunde gegenüberstanden. Sie funkelten einander wütend an. Schnell legte sie jedem von beiden eine Hand auf den Arm.

»Mr. Todd! Mr. Cummings! Bitte!«

Sie sahen auf sie herunter, wirkten plötzlich beschämt und wandten sich voneinander ab.

»Es tut mir leid, Miß Jessie«, murmelte Billy verlegen und sah Mitch finster an.

»Schon gut, Mr. Cummings. Und weil Mr. Todd gerade so eklig zu Ihnen war, werde ich Ihnen einen Tanz bei den Culpeppers freihalten.«

»Sie kommen also doch!« Beide waren plötzlich gespannt.

»Ja, vermutlich.«

»Das ist ja wunderbar. Einfach wunderbar! Und Sie heben mir einen Tanz auf.« Billy strahlte sie an und warf dann einen triumphierenden Blick auf Mitch. »Dir ist sicher aufgefallen, daß sie nichts davon gesagt hat, sie würde sich einen Tanz für dich freihalten.«

»Verschwinde, du Mistkerl, ehe mir wieder einfällt, daß wir angeblich Freunde sind.« Mitch versetzte Billy einen Rippenstoß, aber diesmal war deutlich zu sehen, daß es nur Scherz war.

Billy grinste, nahm Jessies Hand und führte sie, ehe sie wußte, wie ihr geschah, an seine Lippen.

»Wenn ich mich schon von diesem Kerl vertreiben lasse, will ich doch wenigstens dafür sorgen, daß Sie an mich denken.«

Mit diesen Worten drückte Billy einen Kuß auf ihren Handrücken und lief dann die Stufen hinunter zu Thomas, der schon mit seinem Pferd wartete. Mitch sah finster hinter ihm her. Jessie lachte. Sie konnte Billy Cummings recht gut leiden. Wenn sie sich selbst eine Chance gab, dann würde sie vielleicht, ganz vielleicht, jemanden finden, der dieselbe Wirkung auf sie hatte wie Stuart. Jemanden, der zu haben war. Jemanden wie Billy oder Mitch.

»So, und was wolltest du mir sagen?« fragte sie Mitch, nachdem Billy weg war.

Mitch sah sich unsicher um. »Äh… kannst du mich noch ein kleines Stückchen begleiten? Wir gehen auch nicht weit, aber es, äh… es wäre mir lieber, wenn wir nicht gestört werden.«

»Das klingt ja interessant.« Jessie hing sich bei Mitch ein und ließ sich von ihm die Treppe hinunterführen. Es war jetzt schon fast dunkel, und der Mond stand hoch am Himmel, obwohl es erst kurz nach sieben sein konnte. Mit dem Sonnenuntergang war ein Wind aufgekommen. Jessie wünschte, sie hätte eine Stola gehabt.

Thomas wartete immer noch mit Mitchs Pferd. Er sah die beiden erwartungsvoll an, als sie näher kamen.

»Mr. Todd bleibt noch einen Moment, Thomas. Du kannst sein Pferd wieder in den Stall bringen.«

»Ja, Miß Jessie.« Der Junge reagierte angemessen, doch in seinen Augen stand eine gewisse Mißbilligung, als er Jessie an Mitchs Arm über den Pfad schlendern sah. Jessie, der diese Mißbilligung nicht verborgen blieb, reckte ihr Kinn in stummer Mißachtung des Vorwurfs noch etwas höher in die Luft. Wie hätte sie denn je einen Mann finden sollen, von dem sie sich ebensosehr angezogen fühlte wie von Stuart, wenn sie nie mit einem Mann allein sein durfte?

»So, und was wolltest du mir sagen?« fragte Jessie, nachdem Thomas endlich mit dem Pferd im Stall verschwunden war.

»Tja, also...« Zu ihrem Erstaunen schien sich Mitch unsicher zu fühlen. Er sah sich unruhig um, ehe er Jessie an der Hand nahm und sie zu den Obstbäumen zog. Sie war zwar erstaunt, doch sie kam mit. Als das Haus durch die dichten Bäume nicht mehr zu sehen war, blieb er stehen.

»Meine Güte, daß muß ja etwas Gewaltiges sein!« Ihre Stimme klang leichtfertig, obwohl sie sich eingestehen mußte, daß sie ein wenig nervös war. Hier war es so dunkel, daß sie Mitchs Züge kaum erkennen konnte. »Ich darf wirklich nicht allzu lange hierbleiben. So ziemlich jeder, den wir kennen, würde sagen, daß sich das nicht gehört.«

»Es gehört sich durchaus, wenn du ja sagst«, sagte Mitch und holte tief Atem. Er sah ihr ins Gesicht, nahm sie an beiden Händen und sah einen Moment lang auf sie herunter, und währenddessen keimte eine Ahnung in ihr auf. »Jessie, wirst du mich heiraten?«

Sie war derart entgeistert, daß sie fast laut gelacht hätte. Es gelang ihr, diesen Impuls zu unterdrücken, aber sie stand da und sah mit dem größten Erstaunen zu Mitch auf. Sie bezweifelte, daß er vor einem halben Jahr auch nur die leiseste Vorstellung davon gehabt hatte, wer sie war, obwohl er sie ein Leben lang gekannt hatte. Auf dem Fest zur Verlobung von Stuart und Celia war es ihm ein Greuel gewesen, mit ihr tanzen zu sollen. Und jetzt schlug er ihr eine Heirat vor, und das nur aufgrund ihres veränderten Aussehens und weil sie ein paarmal miteinander getanzt hatten? Diese Vorstellung erschien Jessie außerordentlich komisch.

Aber vielleicht waren auch nur ihre Nerven daran schuld, daß sie den unbändigen Drang verspürte, wahnsinnig zu kichern.

»Ist das dein Ernst?«

Sie war so verblüfft, daß sie die Haltung nicht ganz bewahren konnte. Sowie sie die Worte ausgesprochen hatte, wußte sie, daß das nicht die geziemende Antwort auf einen Heiratsantrag sein konnte. Aber ihr hatte noch nie jemand einen Heiratsantrag gemacht, und sie wußte nicht genau, was die Anstandsformen jetzt vorschrieben.

»Jessie, Jessie.« Mitch holte tief Atem und sah sie fest an. Er war um einiges größer als sie und hatte klare, regelmäßig geschnittene Gesichtszüge, deren Jugend durch den kleinen Schnurrbart auf seiner Oberlippe nur noch betont wurde. Seine Schultern waren männlich, er war kräftig gebaut, und seine Hände, die ihre hielten, waren stark. Jessie sah ihm ins Gesicht und fragte sich, ob sie ernstlich ins Auge fassen könnte, ihn zu heiraten. Noch vor wenigen Monaten war es ihr kühnster Traum gewesen, er könnte sie bemerken. Jetzt, da er sie – gütiger Himmel! – tatsächlich bat, ihn zu heiraten, hätte sie vor Glück außer sich sein sollen.

Sie sollte die Möglichkeit zumindest in Betracht ziehen.

Während sie gegrübelt hatte, hatte er ihr erzählt, wie ihre Schönheit ihn nahezu ohnmächtig dastehen ließ. Sie hörte erst wieder zu, als er bei ihren Augen angelangt war, die ihn an köstlichste Schokolade erinnerten, und es gelang ihr kaum, gegen den neuerlichen Drang anzukämpfen, laut herauszulachen. Irgendwie klang es hoffnungslos unromantisch, daß Augen wie Schokolade aussahen.

»Du hörst mir ja gar nicht zu«, unterbrach er sich plötzlich vorwurfsvoll.

»Natürlich höre ich dir zu. Mir hat nur noch nie jemand einen Heiratsantrag gemacht.«

»Das möchte ich auch hoffen«, sagte er beschwichtigt. »Du bist noch sehr jung, Jessie, und doch glaube ich, daß du reif für die Ehe bist. Und ich... ich würde dich liebevoll umsorgen.«

Diese letzten Worte sagte er sehr leise, und ihre Aufmerksamkeit ergriff Jessie. Seine Bewunderung erschien ihr immer angenehmer, und sie fragte sich wirklich, ob sie nicht vielleicht... ganz vielleicht...

»Mitch«, sagte sie, »ich weiß einfach nicht, was ich sagen soll.«

»Sag ja, Jessie«, hauchte er und führte Jessies Hände an seine Lippen, um der Reihe nach zarte Küsse auf ihre Knöchel zu drükken.

»O Mitch...« Die Berührung seiner Lippen auf ihrer Haut war gar nicht unangenehm. Sie kam auf den Gedanken, sich zu fragen, was wohl geschehen würde, wenn er sie küßte, sie richtig auf die Lippen küßte. Vielleicht würde dann augenblicklich alles, was sie für Stuart empfand, für Mitch entflammen, und sie konnte ihn heiraten und mit ihm glücklich werden bis in alle Ewigkeit.

»Küß mich, Mitch«, flüsterte sie tollkühn. Sie schloß die Augen und hob ihm ihre Lippen entgegen, und sie spürte, daß Mitchs Hände sich fester um ihre schlossen, spürte, daß er zögerte, und schließlich legte sich sein Mund auf ihren, und er küßte zart ihre Lippen.

Dann setzte eine grimmige Stimme, die vom Weg her kam, Jessies Experiment ein abruptes Ende.

»Das genügt jetzt wohl, Mr. Todd«, sagte Stuart.

26

»Mr. Edwards!«

Mitch wich zurück und drehte sich mit einem derart schuldbewußten Gesichtsausdruck zu Stuart um, daß Jessie ihn am liebsten ans Schienbein getreten hätte. Sie hatte nicht die geringsten Gewissensbisse, und sie hoffte nur, daß sich das in ihrem hochmütig vorgereckten Kinn deutlich zeigte.

»Ich glaube, Sie sollten jetzt lieber aufbrechen.« Stuart sprach immer noch mit Mitch. Jessie hatte er bis auf einen einzigen strafenden Blick noch keiner Aufmerksamkeit gewürdigt. Stuart war keine zwei Meter von ihr entfernt, hatte die Hände in die Hüften gestemmt und stand mit leicht gespreizten Beinen da. Er sah groß, kräftig und einfach umwerfend aus.

»Sir, ich... ich weiß, daß es keinen guten Eindruck macht, aber ich kann es Ihnen erklären. Ich... ich habe Jessie gerade gebeten, meine Frau zu werden.«

Stuart kniff die Augen zusammen. »Ach ja, wirklich?«

Jessie fand, es sei an der Zeit, sich einzumischen. »Ja, tatsächlich.«

Er würdigte sie immer noch keines Blickes. Seine Aufmerksamkeit galt ausschließlich Mitch, der vor Nervosität in der kühlen Abendluft schwitzte.

»Und was hat Jessie darauf geantwortet?«

»Sie... sie hat mir keine Antwort gegeben. Noch nicht. Sie sind... sie hat... sie hat noch nichts gesagt.«

Im Angesicht der eisigen Mißbilligung, die ihm von Stuart entgegenschlug, brach Mitchs vorgetäuschte Männlichkeit überraschend schnell in sich zusammen. Er sah aus wie ein Schuljunge, der vom Direktor bei einem Streich erwischt wird.

»Ist das wahr? Jessie?«

Jetzt sah Stuart sie endlich doch an. Es war zu dunkel, um seinen Gesichtsausdruck zu erkennen, aber Jessie wußte, daß auch das ihr nicht allzuviel genutzt hätte. Wenn er wollte, konnte er sein Gesicht zu einer ausdruckslosen Maske versteinern lassen.

»Ich habe nicht die Absicht, Mitch in deinem Beisein eine Antwort zu geben«, sagte sie kühl. Mitch, dem entschieden unbehaglich zumute war, sah von Stuart zu ihr und dann wieder zu Stuart. Stuart schenkte ihm im Moment keinerlei Beachtung, sondern musterte Jessie gründlich von Kopf bis Fuß. Sie wußte ganz genau, daß dieser Blick dazu gedacht war, sie aus der Fassung zu bringen. Falls ihm das gelang, weigerte sie sich, es auch nur sich selbst einzugestehen.

»Willst du damit sagen, daß du Zeit brauchst, um über Mr. Todds schmeichelhaften Antrag nachzudenken?«

Falls Stuarts Worte einen ironischen Beiklang hatten, entschloß sich Jessie, nicht darauf einzugehen.

»Ja«, sagte sie trotzig. »Genau das wollte ich damit sagen.«

»Ach so«, sagte er und nickte, als hätte er sie ganz genau verstanden. Jessie erdolchte ihn mit ihren Blicken. Sie hätte nicht sagen können, ob er es auch nur bemerkte. Nicht einmal seine Wimpern zuckten. Er sah ihr mit diesem eisigen, undurchdringlichen Blick in die Augen, den sie kennen und hassen gelernt hatte, und sagte kein Wort.

»Du wirst es dir überlegen?« fragte Mitch und drehte sich wieder zu ihr um. Damit lenkte er ihre Aufmerksamkeit vom Objekt ihrer Begierde ab. Ihre Lippen verzogen sich. Wie eifrig diese Worte klangen! Im Vergleich zu Stuarts überwältigend männlicher Erscheinung wirkte er auf die Weise jung, die so typisch für große Jungen ist, langgliedrig, aber linkisch und ein wenig unbeholfen, als hätte er seine Bewegungen noch nicht ganz unter Kontrolle.

»Ich werde darüber nachdenken«, willigte Jessie mit einer Wärme ein, die nicht eingeflossen wäre, wenn Stuart nicht dabei gewesen wäre. Sie wußte bereits jetzt, daß sie Mitch schließlich mit einem Nein antworten mußte. Sein Kuß hatte kein anderes Verlangen in ihr wachgerufen als das, sich den Mund am Handrücken abzuwischen, wenn es vorbei war. Vielleicht hätte ihr das früher einmal nichts ausgemacht, aber jetzt störte es sie. Jetzt hatte sie dem Mann mit dem grimmigen Blick, der dastand und sie betrachtete, als sei sie gerade unter einem Felsen herausgekrochen, zu verdanken, daß sie wußte, welche Empfindungen ein Kuß auslösen sollte. So sehr, wie sie sich nach diesem Gefühl sehnte, wäre es eine Dummheit gewesen, einen Mann zu heiraten, der das nicht bei ihr auslösen konnte.

Und Mitch konnte ganz entschieden nichts dergleichen bei ihr auslösen.

»Ich schlage vor, daß Sie sich keine Freiheiten mehr bei Jessie herausnehmen, solange sie sich nicht entschieden hat«, sagte Stuart und sah Mitch dann stumm aus stahlharten Augen an. »Das heißt mit anderen Worten, wenn ich noch einmal sehen sollte, daß Sie sie anrühren, solange Sie nicht offiziell mit ihr verlobt sind, reiße ich Sie in Stücke.«

Stuarts Tonfall war nach wie vor äußerst liebenswürdig, aber es war keine hohle Drohung, soviel stand fest. Mitch biß sich auf die Lippen und nickte dann.

»Das kann ich Ihnen nicht vorwerfen, Mr. Edwards. Mir ginge es genauso, wenn Jessie meiner Obhut anvertraut wäre. Es wird nicht wieder vorkommen, das verspreche ich Ihnen. Es kam nur daher, daß... Jessie so bezaubernd ist. Ich habe gewissermaßen den Kopf verloren.«

»Ich versichere Sie meines Mitgefühls, Mr. Todd, wenn Sie auch nicht meine Zustimmung haben.« Stuarts trockene Antwort setzte Mitchs Stammeln gnädig ein Ende. »Unter den gegebenen Umständen bin ich sicher, daß Sie sich nicht verletzt fühlen, wenn ich vorschlage, daß Sie sich jetzt auf den Heimweg machen. Ich habe bereits dafür gesorgt, daß Ihr Pferd gebracht wird – zum zweitenmal an diesem Abend, wenn ich es richtig verstanden habe –, und daher besteht kein Anlaß, Ihren Aufbruch noch länger hinauszuzögern. Jessie kann sich ein anderes Mal zu Ihrem Antrag äußern – in Gegenwart einer Anstandsdame.«

»Ja, Sir.« Mitch sah Jessie an. »Soll ich morgen wiederkommen?«

Er meinte natürlich, um sich die Antwort abzuholen. O Gott, wenn Stuart nicht dort gestanden hätte, hätte sie sie ihm jetzt gleich gegeben. Wenn Mitchell Todd auch noch so gut aussah und noch so lieb und nett war, wußte Jessie doch, daß sie ihn nicht heiraten konnte. Was sie für ihn empfunden hatte, war nichts anderes als eine pubertäre Schwärmerei gewesen. Mit Stuarts Eintreffen hatte sich dieser Fimmel abgeschwächt und schließlich ganz gelegt.

»Laß mir ein paar Tage Zeit, um darüber nachzudenken, Mitch. Es… es ist eine sehr einschneidende Entscheidung«, sagte Jessie sanft. Das Allerletzte, was sie jetzt gebrauchten konnte, war, sich am folgenden Tag wieder mit Mitchs Flehen auseinandersetzen zu müssen. Irgendwie, wenn sie auch nicht genau hätte sagen können wie, war diese ganze unangenehme Situation auf Stuart zurückzuführen. Wenn er nie auf der Bildfläche erschienen wäre, hätte Mitch ihr niemals einen Antrag gemacht. Sie bedauerte zwar nicht direkt die Wandlung in ihrem Leben, die zu diesem Antrag geführt hatte, aber sie bedauerte, daß sie nicht mehr die Neigung hatte, diesen Antrag anzunehmen. Wenn Mitch sie in den einsamen Zeiten vor Stuarts Eintreffen gebeten hätte, seine Frau zu werden, wäre sie wahrscheinlich ohnmächtig geworden und ihm dann hastig in die Arme gestürzt. Aber Stuart hatte sich gewaltsam in ihr Leben eingeschlichen und alles geändert. Sogar ihr Herz.

Als ihr dieser Gedanke durch den Kopf ging, sah Jessie ihn finster und verdrossen an. Falls er ihren Mißmut erkannte, ließ er sich nichts anmerken. Er stand mit seinen breiten Schultern und seinen schmalen Hüften da, so unverrückbar wie ein Berg, und wartete darauf, daß Mitch fortgehen würde.

»Ja. Gut. Wenn es das ist, was du willst.« Mitch war tapferer, als Jessie es ihm zugetraut hatte. Er ließ sich durch Stuarts finstere Miene nicht davon abhalten, sich zu ihr umzudrehen und ihre beiden Hände in seine zu nehmen. »Laß deine Antwort ›Ja‹ lauten, Jessie. Bitte.«

Die Worte kamen ganz zart heraus und waren nur für ihre Ohren bestimmt. Dennoch verzogen sich Stuarts Lippen so zynisch, daß Jessie nicht bezweifelte, daß auch er sie gehört hatte. Ohne eine Antwort abzuwarten, ließ Mitch sie los und machte sich auf den Weg. Wenige Minuten später hörten sie die Pferde auf der Auffahrt klappern.

Stuarts Blick war immer noch auf Jessie geheftet. Sie sah ihn so hochmütig an, wie es ihr nur irgend möglich war. Da sie jetzt allein miteinander waren, entspannte sich seine Haltung ein wenig. Er lehnte sich mit einer Schulter gegen den knorrigen Stamm eines alten Birnbaums und verschränkte die Arme vor der Brust.

»Wenn du mich jetzt entschuldigst, gehe ich wohl besser wieder ins Haus«, sagte Jessie kühl. Warum sie nicht schon eher gegangen war, zusammen mit Mitch, hätte sie nicht sagen können. Es war fast so, als sei sie während dieses kurzen Zeitraums hypnotisch in den Bann von Stuarts Augen gezogen worden. Er fixierte sie wie eine Schlange ein Kaninchen. Aber ganz gleich, aus welchen Gründen sie auch geblieben war – sein Bann war von ihr abgefallen, als er sich bewegt hatte.

»O nein, das wirst du nicht tun. Noch... nicht.« Stuart streckte die Hand nach ihrem Handgelenk aus, als sie an ihm vorbeirauschen wollte. Jessie mußte aufgeben. Sie sah ihn an.

»Laß mich los! Wie kannst du es wagen, hierherzukommen und mir nachzuspionieren!«

Er zog die Augenbrauen hoch und richtete sich auf, stieß sich mit der Schulter von dem Baum ab. Seine Hand klammerte sich wie eine Fessel um ihr Handgelenk, und er stand so dicht vor ihr, daß er furchteinflößend aufragte. Jessie weigerte sich jedoch hartnäckig, sich einschüchtern zu lassen. Plötzlich war sie wütend auf ihn, geradezu wutentbrannt. Sie war nicht bereit, sich damit auseinanderzusetzen, warum sie derart wütend war.

»So, ich spioniere dir also nach?« fragte er leise. Jessie stellte verblüfft fest, daß er mindestens so wütend war wie sie. Diese blauen Augen glühten und loderen. »Du kleine Schlampe, wenn du deine Haut retten willst, wirst du nicht in diesem Tonfall mit mir reden!«

»Schlampe!«

»Wie sonst würdest du eine junge Frau nennen, die ihren Kavalier unter die Bäume führt und ihn dann anfleht, er solle sie küssen?«

»Du hast mir also wirklich nachspioniert! Wie ekelhaft!«

»Küß mich, Mitch«, ahmte er sie gnadenlos mit einer Fistelstimme nach. »O bitte, küß mich!«

»Ich habe nicht«, sagte Jessie durch zusammengebissene Zähne, »o bitte‹ gesagt!«

»Aber du hast ihn angefleht, dich zu küssen. Streite es bloß nicht ab, denn ich habe es selbst gehört, Mädchen!«

»Ich habe ihn nicht angefleht, ich habe ihn aufgefordert! Und das nur, weil... weil...« Jessie ließ den Satz abreißen und funkelte ihn sprachlos an, als ihr aufging, daß sie ihm das unmöglich erklären konnte.

»So, warum denn? Es gibt keinen Grund auf Erden, den du mir nennen könntest, um derart lockere Sitten zu entschuldigen. Gütiger Himmel, es muß in der Familie liegen, daß ihr euch benehmt wie leichte Mädchen!«

»Leichte Mädchen!«

»Wie deine Stiefmutter«, sagte Stuart gehässig.

»Du meinst wohl wie *deine* Frau?« Jessie war so wütend, daß sie ihm diesen Hieb unter die Gürtellinie genußvoll entgegenschleuderte.

»Ja, genau wie meine Frau. Meine gottverdammte Frau, die für alles die Beine breit macht, was Hosen anhat. Hast du so lange mit ihr zusammengelebt, daß ihre lockeren Sitten auf dich abgefärbt haben?«

»Wenn du noch ein gehässiges Wort zu mir sagst, schlage ich dich ins Gesicht, das kann ich dir versichern!«

Jetzt lächelte Stuart, ein gemeines, hämisches Lächeln, das beleidigender war als alles, was er gesagt hatte. »Wenn du mir ins Gesicht schlägst, bekommst du genau das, was du das letztemal dafür bekommen hast. Aber vielleicht ist es ja gerade das, worauf du hoffst.«

Jessie starrte ihn an, blickte in dieses grimmige, schöne Gesicht auf und spürte, wie ein großer Teil ihres Zornes von ihr wich. Wenn sie auch noch so heldenhaft dagegen angekämpft hatte, es sich einzugestehen, dann fürchtete sie doch, daß er den Nagel auf den Kopf getroffen hatte. Nein, nicht etwa, daß sie sich nach einer Wiederholung dieses verletzenden, zornigen Kusses sehnte, mit dem er sie bei ihrer letzten Begegnung gestraft hatte. Sie lechzte nach einem Kuß von der Sorte, die sie ihm zutraute – schon bei dem Gedanken daran wurden ihr die Knie weich. Sie schaute auf seinen Mund und stellte ihn sich auf ihren Lippen vor – und endlich sah sie der Wahrheit ins Gesicht. Der Grund, aus dem sie kein Interesse an Mitch Todd mehr hatte, war ganz einfach. In eben diesem Moment stand er in seiner Verkörperung vor ihr, dieser Grund, und hielt ihr Handgelenk umklammert, während er finster auf sie herunterschaute und seine Brust nur Zentimeter von ihr entfernt war. Der Grund hieß Stuart. Jessie erkannte mit einem flauen Gefühl in der Magengrube, daß sie sich in ihn verliebt hatte.

Außerdem hatte sie den Verdacht, daß er sich auf gewisse Weise auch etwas aus ihr machte. Mit Sicherheit war er wütend auf sie, weil sie Mitch geküßt hatte, und zwar so wütend, daß es in keiner Relation zu ihrem geringfügigen Vergehen stand. Schließlich war es nicht gerade der erste Schritt auf der schiefen Bahn, die in die Hurerei führte, wenn sie sich einen keuschen Kuß von einem passablen jungen Herrn geben ließ, den sie schon ihr Leben lang kannte und der ihr gerade die Ehe angeboten hatte. Selbst der fürsorglichste Vater auf Erden hätte weniger Anstoß an dem Vorfall genommen. Und Stuart war nicht ihr Vater.

Wenn er auch noch so oft behauptet hatte, er hätte es nur aus Dankbarkeit getan – das änderte nichts an der Tatsache, daß Stuart sie selbst geküßt hatte, genau wie Mitch. Und später hatte er sie dann auch noch auf eine Art geküßt, die weit anstößiger war.

Seine Frau. Ihre Stiefmutter. Wenn Celia auch ein Luder war, dann war Stuart doch ein verheirateter Mann. Sie sollte ihn jetzt auf der Stelle stehenlassen und bei der nächsten Gelegenheit, die sich ihr bot, Mitchs Antrag annehmen. Da sie sich ihre wahren Gefühle für Stuart eingestanden hatte, wäre es nicht mehr und nicht weniger als eine Katastrophe gewesen, auf Mimosa zu bleiben. Hier gab es für sie keine Zukunft, und bestenfalls würde sie mit gebrochenem Herzen davonkommen.

Aber nie so von ihm geküßt zu werden, wie es ihr ganzer Körper verlangte – sie glaubte nicht, fortgehen zu können, ohne es wenigstens einmal erlebt zu haben.

Jessie schluckte schwer, weil ihre Kehle plötzlich ausgetrocknet war, und dann löste sie ihren Blick von seinem Mund und sah ihm in die Augen. Er starrte sie gebannt an. Sein Gesicht war finster vor Wut und seine Augenbrauen über diesen Augen zusammengezogen, die ihr Herz stocken ließen. Er war entsetzlich wütend auf sie, und doch schlug ihr Puls schneller, wenn sie ihn auch nur ansah. Zweifellos sah er besser aus als jeder andere Mann, den sie in ihrem ganzen Leben gesehen hatte.

»Vielleicht«, sagte Jessie schließlich. »Ja, das könnte vielleicht sein.«

»Was?« Er zwinkerte verwirrt, als sei ihm im ersten Moment gar nicht klar, wovon sie sprach. Es dauerte ein paar Sekunden, bis ihm seine hämische Bemerkung wieder einfiel, auf die sie keine Antwort gegeben hatte. In dem Moment, in dem er sich wieder daran erinnerte, konnte sie es ihm sofort ansehen. Diese unglaublich blauen Augen öffneten sich noch weiter, und dann sah er sie wütender denn je an.

»Du hast gehört, was ich gesagt habe.«

»Du willst, daß ich dich küsse?« fragte er ungläubig.

»Ja, Stuart«, sagte sie und trat einen Schritt näher. Dann wandte sie ihm das Gesicht zu. »Bitte.«

Sein Ausdruck war unbeschreiblich. »Gott im Himmel, bist du von Sinnen? Oder fehlt dir etwas? Bist du vielleicht krank – Gehirnfieber oder so was? Du kannst doch nicht einfach rumlaufen und Männer auffordern, dich zu küssen! Ich sollte dich verprügeln!«

Seine Stimme drückte ein solches Entsetzen aus, daß Jessie unwillkürlich lächelte. Sie trat noch einen Schritt näher zu ihm, und zu ihrer Belustigung wich er einen halben Schritt zurück.

»Ich will nicht von irgendwelchen Männern geküßt werden. Ich will, daß *du* mich küßt.« Sie hatte ihn vollständig aus dem Gleichgewicht gebracht, das sah sie selbst, und dieses Wissen ermutigte sie sehr. Sie hatte das Gefühl, daß er sich nicht allzuoft und allzu leicht aus dem Gleichgewicht bringen ließ.

»Vor einer Viertelstunde wolltest du dich noch von diesem jungen Todd küssen lassen.«

»Das«, sagte Jessie, »war lediglich ein Experiment.«

»Ein Experiment?«

Jessie nickte. »Ich wollte sehen, ob er so küßt wie du.«

»Gütiger Himmel!«

»Es war aber nicht so wie bei dir.«

»Jessie...«

»Es war kein Vergleich.« Sie trat wieder einen Schritt näher. Da der Birnbaum hinter ihm stand, konnte er nicht weiter zurückweichen. Er packte sie an den Handgelenken, ließ beide Hände bis auf ihre Ellbogen gleiten und hielt sie weiter von sich.

»Jetzt hör mir mal zu, Jessie...«

Sie legte den Kopf auf eine Seite und fuhr nachdenklich fort: »Aber andererseits warst du der erste Mann, der mich je geküßt hat. Vielleicht hat das dazu geführt, daß sich in meiner Vorstellung etwas herausgebildet hat, was in keinem Verhältnis zur Wirklichkeit steht. Wenn du mich noch einmal küßt, empfinde ich vielleicht auch nicht mehr, als ich bei Mitch empfunden habe. Dann kann ich ihn doch noch heiraten.« Ihr Tonfall war wehmütig, und ihre Stirn wies Sorgenfalten auf. Er hätte sie nicht entgeisterter anstarren können, wenn ihr plötzlich eine zweite Nase gewachsen wäre.

»Wenn du es wirklich nicht tun willst, verstehe ich das natürlich.« Von einem Moment zum nächsten wirkte sie ganz unterwürfig.

»Es ist nicht so, daß ich es nicht tun möchte.« Kopfschüttelnd sah er auf sie herunter. »Himmel, was ist das bloß für ein verteufeltes Gespräch, Jessie! Das erstemal habe ich dich geküßt, weil... weil... zum Teufel, ich weiß es nicht... weil du so süß ausgesehen hast. Das zweitemal war ein Fehler. Es hätte nicht dazu kommen dürfen. Es wieder zu tun, wäre ein noch größerer Fehler. Das kannst du mir wirklich glauben.«

»Dann soll ich also mein Leben weiterführen und einfach so tun, als empfände ich nicht... als hätte ich nie erlebt, was ich empfinde, wenn du mich küßt?«

»Ja«, sagte er durch zusammengebissene Zähne. »Genau das sollst du tun.«

»Ich kann es nicht.« Ihre Worte kamen ganz zart heraus. Sie sah ihm fest in die Augen. Stuart schaute ihr ins Gesicht und machte den Mund auf, als wollte er etwas sagen. Dann zögerte er und war verloren. Seine Hände auf ihren Ellbogen hielten sie nicht mehr von ihm fern, sondern glitten auf ihre Oberarme, ehe er sie sachte an seine Brust zog.

27

»Ich weiß, daß ich das Falsche tue«, murmelte Stuart.

Jessie stellte sich bereits auf die Zehenspitzen, und ihre Brüste reckten sich ihm entgegen, als sie das Gesicht zu ihm hob, um sich küssen zu lassen. Seine Augen flammten leuchtend blau auf, als sie von ihren Augen zu ihrem Mund glitten, und seine Finger, die sich um ihre Oberarme spannten, schlossen sich, bis es beinah schmerzhaft war. Alles, was sie in dem Moment interessierte, war der schöne Mund, dem sie sich entgegenstreckte.

»Himmel«, flüsterte er, und es war eher ein Fluch als ein Gebet.

Aber Jessie machte sich keine Gedanken darüber, was eine solche Äußerung hervorrufen mochte. Er neigte den Kopf, und sein Mund berührte ihre Lippen mit der köstlichen Zartheit, mit der er sie das erstemal geküßt hatte. Sanft und zärtlich berührte er ihre Lippen. Die nasse, schmelzende Glut, die sie schon einmal erlebt hatte, setzte wieder ein, und sie schnappte nach Luft.

»Himmel«, sagte er wieder und sah mit einem Ausdruck in ihr Gesicht, den sie nur als Bestürzung deuten konnte. Sie glaubte schon, er würde sie von sich stoßen, und ihre Hände hielten flehentlich die Ärmel seiner Jacke fest.

Aber er stieß sie nicht von sich.

Statt dessen senkte er wieder den Kopf.

Wenn Jessie in dem Moment gestorben wäre, wäre sie mit Freuden gestorben. Die Berührung seines Mundes auf ihren Lippen durchzuckte sie wie ein Blitzstrahl. Innerlich bebte sie, und ihre Knie wurden weich. Ihre Lippen zitterten unter seinem Mund.

Es war immer noch kaum ein Kuß, und sein Mund bewegte sich nur sachte über ihre zitternden Lippen. Um sie herum drehte sich alles. Jessie hielt sich an dem Wollstoff seines Jacketts fest. Ihre Augen blieben geschlossen, und sie reckte sich noch höher auf die Zehenspitzen, um ihm näher zu kommen, und ihr Herz schlug so schnell, daß sie glaubte, sterben zu müssen.

»Ach, Jessie.« Er flüsterte die Worte gegen ihre Lippen. Sie spürte seinen warmen Atem. Einen Moment lang, nur einen Moment lang, fürchtete sie, er könne sich von ihr lösen. Seine Hände glitten über ihre nackte Haut von den Ellbogen zu den Handgelenken, und sie bekam eine Gänsehaut. Dann legten sich seine Hände auf ihre, die immer noch seine Ärmel umklammert hielten. Sachte zog er ihre Hände von dem Stoff und hob sie zu seinem Nacken. Dann schlug sie die Augen auf und stellte fest, daß er sie fast so benommen ansah, wie sie sich fühlte.

Als hätte er sein Handeln genauso wenig unter Kontrolle wie sie.

Wortlos senkte er den Kopf, und diesmal war sein Kuß ein klein wenig unsanfter als zuvor. Jessies Lider schlossen sich, und ihre Arme schlangen sich enger um seinen Hals. Seine Hände glitten über ihren Rücken, streichelten ihren Nacken unter dem dichten Haar und folgten ihrer Wirbelsäule, die er durch den dünnen Stoff ihres Kleides fühlen konnte.

Als seine Zunge sich zwischen seine Lippen schob und sachte den Umriß ihrer Lippen nachzeichnete, erschauerte sie.

»Meine süße, süße Jessie.« Er murmelte die Worte vor sich hin, als er ihre Mundwinkel küßte. Ihre Finger gruben sich in die seidigen Locken auf seinem Nacken, und sie bebte in seinen Armen. Sie war von Kopf bis Fuß an ihn gepreßt und nahm seine Kraft und seine Muskeln mit jeder Faser ihres Seins wahr. Ihre Brüste und ihre Schenkel glühten.

»Ich liebe dich, Stuart.« Die Worte kamen gehaucht hervor, entschlüpften ihr ohne ihr Zutun. Als sie hörte, wie ihre eigene Stimme das Geheimnis flüsternd von sich gab, das sie selbst gerade erst entdeckt hatte, schlug Jessie entsetzt die Augen auf.

Sein Mund löste sich wenige Millimeter von ihren Lippen. Als er ihr in die Augen sah, waren seine Lider schwer, sein Blick verhangen. Dann legten sich seine Arme um ihre Taille, und er zog sie dicht an sich und senkte wieder den Kopf.

Diesmal behandelte er sie gar nicht sanft. Sein Mund preßte sich auf ihren, und er teilte gewaltsam ihre Lippen. Seine Zunge glitt in sie hinein. Wie schon einmal eroberte er ihren Mund, und seine Zunge erkundete ihren Kiefer, ihren Gaumen, ihre Wangen, glitt über ihre Zähne und streichelte ihre Zunge. Er schmeckt nach Cognac und Zigarren. Seine Zunge war glühend heiß und stark und kräftig.

Aber dieses Eindringen hatte nichts von der Strafe, die er ihr damals auferlegt hatte. Dieser Kuß hob die Welt aus den Angeln.

Jessies Arme schlangen sich noch enger um seinen Hals, und ihr Kopf fiel zurück und blieb auf seiner Schulter liegen. Als seine Zunge wieder die ihre berührte, reagierte sie instinktiv und streichelte sie mit ihrer eigenen Zunge.

Er atmete hörbar ein und hob dann den Kopf.

»Stuart...« Sie hatte entsetzliche Angst, er könnte sie jetzt im Stich lassen.

»Psst, mein Liebling.« Er drückte ihr Küsse auf die Wange und erkundete dann mit seiner Zungenspitze die zarten Windungen ihres Ohres. Dann glitt sein Mund über ihren Hals, bis er an der Spitzenborte ihres Kragens angelangt war.

»Du riechst nach Vanille.«

Während er ihr die Worte zuflüsterte, preßte er sie fester an seinen Körper. Fasziniert und entsetzt zugleich stellte Jessie fest, daß seine Hände jetzt auf ihrem Hinterteil lagen. Es waren große, kräftige Hände. Jessie konnte ihre Wärme und ihre Kraft durch das Kleid spüren, als sie sich auf dem Körperteil spannten, von dem sie bislang geglaubt hatte, er sei nur zum Sitzen gut. Diese Hände zogen sie noch enger an sich.

Etwas Großes, Hartes lag auf seinem Bauch. Als er sie dagegenpreßte, wurde Jessie klar, daß das Ding zwischen seinen Schenkeln herauskam.

Erst als er sie sanft schaukelte und ihre Weiblichkeit sich an diesem Vorsprung rieb, erkannte sie, was es war.

Dieses Wissen löste einen Aufruhr in ihrem Innern aus, der einem Erdbeben gleichkam, und das Gefühl feuchter, schmelzender Glut verstärkte sich, bis Jessie sich an seinem Hals festklammern mußte, weil sie nicht mehr stehen konnte.

Als sie in seinen Armen zusammensackte, glitt sein Mund noch tiefer und blieb auf einer Brust liegen. Sie spürte die Glut durch ihr Kleid und ihren Unterrock hindurch. Als er an ihrer Brustwarze knabberte, schrie Jessie auf.

Dann ließ er sie sanft auf den Boden gleiten und legte sich auf sie.

Jessie wimmerte, als sie sein Gewicht auf sich spürte, aber nicht aus Schmerz. Sie wollte alles, was er mit ihr tat, und sie brannte darauf und verzehrte sich danach. Ihre Hände umklammerten seine Schultern, und während er sie wieder küßte, preßte er seine Hüften an sie und umfaßte mit den Händen ihre Brüste.

Er kniff sie in die Brustwarzen, und Jessie entflammte. Als er mit einer Hand ihren Rock hochzog, bebte sie vor Erwartung.

Dann hielt er ohne jede Vorwarnung inne und blieb still liegen.

»Stuart?« Mit steifen Bewegungen sprang er auf. »Was ist?«

»Ich bin ein Schwein, aber so ein großes Schwein nun auch wieder nicht«, sagte er durch die Zähne und machte auf dem Absatz kehrt.

Jessie setzte sich zitternd auf, und ihr blieb nichts anderes übrig, als zuzuschauen, wie er sich mit schnellen Schritten entfernte.

28

Als Clive seinem Pferd Saber den Sattel abnahm, war Mitternacht schon lange vorbei, und die Morgendämmerung nahte. Er hätte Progress wecken können, aber er hätte einem Mann nicht den nächtlichen Schlaf geraubt, wenn er selbst das ebenso gut erledigen konnte. Außerdem erfüllte es ihn mit einem seltsamen inneren

Frieden, in Gesellschaft der Tiere in dem großen Stall zu sein. Und nichts anderes als eine Form von Seelenfrieden hatte er auf seinem wilden Ausritt gesucht.

Clive war müde. Mein Gott, vielleicht sogar müde genug, um schlafen zu können.

Doch das bezweifelte er. Er mochte zwar körperlich erschöpft sein, aber seine Gedanken drehten sich im Kreis, und er versuchte unablässig eine Lösung des Rätsels zu finden, vor dem er stand. Bisher hatte er damit kein Glück gehabt.

Hatte nicht einmal jemand gesagt, man solle aufpassen, was man sich wünschte, denn sonst könnte man genau das bekommen? Clive wußte jetzt, was damit gemeint war.

»Gute Nacht, mein Junge«, sagte Clive zu Saber. Er streichelte seine samtigen Nüstern und zauste ihn hinter dem linken Ohr.

Er wußte, daß es blödsinnig war, aber er liebte dieses Pferd. Saber war ein prachtvolles Tier mit dem stolzen Kopf eines Araberhengstes und der Schnelligkeit eines Vollbluts. Ein Hengst wie Saber war ein entscheidender Bestandteil dessen, was er sich so dringend gewünscht hatte. Und auch ansonsten war ihm dieser Wunsch restlos erfüllt worden. Endlich hatte er alles, was er sich je erträumt hatte. Genaugenommen sogar mehr, als er sich je erträumt hatte. Er war jetzt ein reicher Mann, Besitzer einer gewaltigen Plantage von der Sorte, die er im Vorbeifahren immer neidisch betrachtet hatte, wenn er sie von Deck aus angestarrt hatte. Es war sein Wunsch gewesen, ein Stück Land zu kaufen, ein eigenes Zuhause zu haben, seßhaft zu werden und Wurzeln zu schlagen. Aber er hatte immer gewußt, daß er nie eine der großen Plantagen besitzen würde, die er vom Fluß aus sehen konnte. Es war unwahrscheinlich, daß man beim Kartenspiel das Geld verdienen konnte, um sich so etwas zu kaufen.

Doch durch eine unerforschliche Wendung des Schicksals war er jetzt Herr über eine Plantage mit mehr Land und Bewohnern als manche Städte. Er hatte größere Besitztümer an sich gebracht, als es einem Menschen zustehen sollte. Sogar Saber, den er bei einem Pferdezüchter in der Nähe von Jackson gekauft hatte, war der Inbegriff dessen, was er sich erträumt hatte. Das Tier hatte weit mehr gekostet, als er in seinem früheren Leben je für ein Pferd ausgegeben hätte, doch als Herr über Mimosa gab es wenig, was er sich nicht hätte leisten können.

Dazu kam noch, daß man ihn respektierte, sogar zu ihm aufblickte, und er hatte sich nie vorgestellt, die Achtung anderer erringen zu können. Clive McClintock, ein professioneller Spieler, der selbst bei seinen Freunden in dem Ruf stand, nicht ehrlicher zu sein, als es irgend erforderlich war, zählte jetzt zu den besseren Leuten und war ein angesehener Pflanzer, ein Gentleman.

Als er sich ein Stück Land gewünscht hatte, lag das Leben, das er jetzt führte, so weit außerhalb seiner Möglichkeiten, daß er gar nicht auf den Gedanken gekommen wäre, es ließe sich verwirklichen.

Und doch waren alle seine Wünsche in Erfüllung gegangen.

In seiner Sorglosigkeit hatte er sich ein Stück Land und genug Geld gewünscht, um es zu bewirtschaften, und jetzt mußten sich die Götter ins Fäustchen lachen.

Jetzt hatte er eine Frau, die er haßte und nur zu gern erwürgt hätte, obwohl er noch nie in seinem Leben einer Frau weh getan hatte; sie war ein Luder und eine Hure, und sie haßte ihn mindestens so sehr wie er sie.

Auch seinen Namen begann er allmählich zu hassen. Als er ihn damals, vor Monaten, angenommen hatte, war ihm nicht klargewesen, wie sehr es ihn stören würde, den Rest seines Lebens als Stuart Edwards verbringen zu müssen.

Clive McClintock war zwar vielleicht nicht der Name eines feinen Herrn, aber es war sein Name.

Es gab Menschen, die er mit der Zeit ins Herz geschlossen hatte, wie zum Beispiel Miß Flora und Miß Laurel. Sie hielten ihn für ihren Neffen. Als er dieses Täuschungsmanöver begonnen hatte, hatte er sich eingeredet, er würde ihnen ein weit besserer Neffe sein, als es Stuart Edwards je gewesen war. Und so war es auch. Er hatte sie doch besucht, oder nicht? Und er war höflich und sorgte sich um ihr Wohlergehen und stand ihnen immer zur Verfügung, wenn sie ihn bei sich haben wollten. Sein Eintreffen hatte ihnen neue Kraft gegeben. Er zweifelte nicht daran, daß sie beide hundert Jahre alt werden konnten.

Doch je mehr er sie mochte, desto mehr kam er sich wie ein Schwindler vor.

Als er ursprünglich seine Pläne geschmiedet hatte, hatte er vorgehabt, Celias pummelige kleine Stieftochter aus ihrem Schneckenhaus zu locken und sie unter die Haube zu bringen, um dem Mädchen ein schöneres Leben zu ermöglichen und sie sich gleichzeitig vom Hals zu schaffen.

Wer hätte ahnen können, daß unter all dem Haar und dem Übergewicht eine Schönheit lauerte, in deren Kraft es stand, ihm mit einem Lächeln den Atem zu rauben? Wer hätte ahnen können, daß er bei dem Versuch, der Kleinen das Leben zu verschönern, selbst den Kopf und das Herz verlieren würde? Wer hätte ahnen können, daß er sie schließlich mehr begehren würde, als er je irgend etwas anderes auf Erden begehrt hatte?

Aber er war nie auf den Gedanken gekommen, sich eine Frau zu wünschen, die er lieben könnte. Liebe, so hätte er behauptet, ist etwas, was sich ein Mann im Bett mit seiner Angebeteten innerhalb von zirka zwanzig Minuten aus den Rippen schwitzen kann.

Aber das wäre ein Irrtum gewesen. Das wußte er jetzt. Die Liebe hatte nichts (na ja, sehr wenig) damit zu tun, mit einer Frau ins Bett zu gehen. In der Liebe drehte es sich darum, gemeinsam zu lachen, miteinander zu reden und die unzähligen Kleinigkeiten des Zusammenlebens im Alltag miteinander zu teilen.

Es drehte sich darum, daß einem das Wohlergehen eines geliebten Menschen mehr am Herz lag als das eigene Wohlergehen.

Und genauso empfand er für Jessie. Er liebte das Mädchen, und das war die schlichte und ergreifende Wahrheit. Er liebte sie so sehr, daß er zwischen den Obstbäumen nicht beendet hatte, was er begonnen hatte. Er liebte sie so sehr, daß er sie nicht entjungfern und damit ihr Leben zerstören konnte.

Die Götter hatten ihn mit großem Reichtum bedacht, mit Land und mit Achtung. Um all das zu bekommen und zu behalten, brauchte er nichts weiter zu tun, als Celia zu heiraten und ihr Mann zu bleiben.

Und wenn er mit Celia verheiratet war, konnte er seinen Gefühlen nicht nachgeben und Jessie heiraten. Wenn er sie nicht heiraten konnte, durfte er weder ihre Jungfernschaft annehmen, noch ihre Liebe.

Wie er ihr bereits gesagt hatte, er war ein Schwein, aber ein ganz so großes Schwein nun doch wieder nicht. Aber er wäre dieses Schwein gewesen, wenn er sie nicht geliebt hätte.

Folglich lachten sich die Götter ins Fäustchen. Sie hatten ihm alles gegeben, was er sich je erträumt hatte, und noch mehr dazu.

Aber er war ein solcher Dummkopf, daß er ihr großartiges Geschenk nicht länger haben wollte.

Alles, was er wollte, war Jessie, und sie war das einzige, was er nicht haben konnte.

29

Mitch kam am darauffolgenden Dienstag, um sich seine Antwort abzuholen. Am Tag zuvor hatte er anfragen lassen, ob sein Besuch angenehm sei, und daher war Jessie auf sein Eintreffen vorbereitet.

Jessie wußte, daß sie hübsch anzusehen war, bis sie das Wohnzimmer betrat, in dem sie Mitch empfangen würde. Sie trug ein jadegrünes Kleid und hatte bei ihrer Auswahl ganz vergessen, daß das Zimmer in Blautönen gehalten war, die sich mit ihrer Kleidung bissen. Sie war ohnehin schon nervös, und ihre Unsicherheit ließ sie noch unruhiger werden.

»Mein Lämmchen, ich dachte schon, dieser Tag käme nie«, sagte Tudi flüsternd, als Mitch in den Salon geführt wurde. Jessie richtete sich nach Stuarts Vorstellungen, was sich gehörte, und sie hatte Tudi gebeten, den Raum nicht zu verlassen, aber vor allem, weil sie fürchtete, Mitch könne Einwände erheben, wenn sie seinen Antrag ablehnte. Regungslos und unbeirrbar blieb Tudi hinter dem Stuhl stehen, auf dem Jessie saß. Jessie hatte Tudi nicht gesagt, daß sie den Antrag ablehnen würde.

»Hallo, Jessie. Guten Tag, Tudi.«

Mitch schien genauso nervös zu sein wie Jessie. Sie konnte nicht länger stillhalten, und daher stand sie auf, um ihn zu begrüßen. Er nahm ihre Hand und hob sie auf und hob sie an seine Lippen. »Du siehst heute ganz bezaubernd aus.«

»Danke.«

Jessie war es immer noch ungewohnt, sich selbst als schön anzusehen – wenn sie darüber nachdachte, erschien es ihr unmöglich –, und sie errötete schwach, als er ihr das Kompliment machte. Mitch hielt ihre Hand noch in seiner; sie spürte den Abdruck seiner Lippen feucht auf ihrem Handrücken.

Als sie zu ihm aufblickte, fiel Jessie erneut auf, wie attraktiv er war. Wenn sie Stuart nie gesehen hätte, hätte sie Mitch mit seinem braunen Lockenkopf, den strahlenden Augen und dem stämmigen Körperbau für ihren Traummann gehalten. Wenn sie Stuart nie gesehen hätte…

Während er noch ihre Hand hielt, warf Mitch einen Seitenblick auf Tudi und zog Jessie dann ans Fenster. Tudi beobachtete die beiden mit einem zufriedenen Lächeln. Jessie wußte, daß Tudi, die sie liebte und nur an ihr Glück dachte, sich sehr gefreut hätte, wenn sie Mitch heiratete.

Mitch würde einem Mädchen einen lieben, aufmerksamen Ehemann abgeben. Jessie bedauerte ernstlich, daß sie nicht die Glückliche sein konnte.

»Jessie, ich bin gekommen, um mir deine Antwort abzuholen«, sagte Mitch leise, als offensichtlich war, daß Jessie die Sprache verloren hatte.

Seit er ihr den Heiratsantrag gemacht hatte, wußte Jessie schon, daß dieser Augenblick kommen mußte. Da sie Mitch nicht verletzen wollte, hatte sie sich ihre Antwort sorgsam zurechtgelegt. Trotzdem fiel es ihr schwer, diesem Jungen, um den sich ihre Tagträume gedreht hatten, für den sie als Mädchen jahrelang geschwärmt hatte, eine abschlägige Antwort zu geben.

»Mitch«, setzte Jessie an und hielt dann hilflos inne, als ihr die Zunge am Gaumen festklebte. Sie holte tief Atem, wandte den Blick von seinem Gesicht ab und sah aus dem Fenster.

Sie starrte ins Leere, doch dann bot sich ihr ein Anblick, der sie augenblicklich aufrüttelte.

Stuart und Celia stritten heftig miteinander.

Ein Ehekrach.

»Geht es dir denn so schwer über die Lippen, Jessie?« fragte Mitch zärtlich. Jessie riß ihren Blick von dem streitenden Paar los und sah ihm ins Gesicht. In ihrer Magengrube machte sich eine Unruhe breit, ein seltsames Gefühl, das an Übelkeit grenzte. Wut entflammte in ihr.

»Nein, Mitch, es geht mir gar nicht schwer über die Lippen«, erwiderte Jessie, und es überraschte sie selbst, wie gefaßt ihre Stimme klang. »Es wird mir eine Ehre sein, deine Frau zu werden.«

»Hurra!« rief Mitch und machte einen Luftsprung. Ehe Jessie sich von ihrem Staunen erholt hatte, umfaßte er ihre Taille, wirbelte sie herum und drückte ihr dann einen Kuß auf die Lippen.

Jessie schwirrte der Kopf, und sie wußte nicht, ob es daran lag, daß Mitch sie herumgewirbelt hatte, oder an dem Kuß, aber sowie sie die Worte ausgesprochen hatte, konnte sie einfach nicht glauben, daß es wahr war. Sie hatte doch nicht etwa eben gerade Mitch versprochen, seine Frau zu werden?

»O Lämmchen!« Tudi eilte hinzu, um Jessie in ihre Arme zu ziehen. Jessie war restlos benommen. Gütiger Himmel, was sollte sie jetzt tun? »Sie werden gut auf sie aufpassen, haben Sie gehört, Mr. Todd?«

»Mach dir keine Sorgen, Tudi, ich werde gut für sie sorgen!« Mitch strahlte vor Glück, während Jessie sich elend fühlte. Ehe sie den Mund aufmachen konnte, um die Worte, die sie gerade gesagt hatte, in Abrede zu stellen – war das überhaupt noch möglich, nachdem sie nun schon eingewilligt hatte? –, nahm Mitch sie an der Hand und zog sie zur Tür.

»Mr. und Mrs. Edwards sind draußen«, sagte er. »Wir werden es deinen Stiefeltern sagen, Liebling, damit es offiziell ist. Juhu, wir sind verlobt!«

Es klang so fröhlich, daß Jessie sich von ihm auf die Veranda ziehen ließ. Sie wußte nicht, was sie sonst hätte tun können. Mitch blieb am Geländer stehen und rief nach Stuart und Celia, die immer noch auf der Auffahrt standen und miteinander stritten.

»Mrs. Edwards! Mr. Edwards! Schauen Sie her!«

Mit diesen Worten riß er Jessie in eine Umarmung, die ihr den letzten Rest an Luft aus der Lunge quetschte. Als sie sich an seine Schultern klammerte, weil ihr nichts anderes übrigblieb, machte er sich daran, sie mit einer Gründlichkeit zu küssen, die er an jenem Abend zwischen den Obstbäumen nicht gezeigt hatte.

Als er den Kopf hob, grinste er von einem Ohr bis zum anderen. Er sah sich um, und Jessie folgte seinem Blick. Stuart und Celia starrten sie beide, soweit sie das auf die Entfernung erkennen konnte, völlig entgeistert an.

»Diesmal ist es in Ordnung, Mr. Edwards! Wir sind verlobt!« brüllte Mitch. Wieder grinste er breit und legte einen Arm um Jessies Taille.

30

Wie Jessie den Rest des Tages und des Abends überstand, wußte sie später nicht mehr. Sobald ihr die verhängnisvollen Worte über die Lippen gekommen waren, kam sie sich vor, als sei ihr alles Weitere aus der Hand genommen worden. Einmal in ihrem Leben war es Jessie gelungen, Celia eine wirkliche Freude zu bereiten. Sie fing augenblicklich an, Pläne für eine aufwendige Verlobungsfeier zu schmieden, aber auch gleich für später, für eine noch aufwendigere

Hochzeit, die wahrscheinlich im folgenden Sommer stattfinden würde. Die Aussicht, derart große Empfänge zu veranstalten und sich gleichzeitig ihre lästige Stieftochter vom Hals zu schaffen, löste gute Laune bei Celia aus. Jessie wußte, daß das der Grund war, aber es war trotzdem eine willkommene Abwechslung, Celia lächeln und nicht schmollen zu sehen. Die Hausangestellten, die die Neuigkeiten schon von Tudi erfahren hatten, ehe Jessie wieder ins Haus kam, waren ganz aufgeregt. Tudi sprach sogar davon, mit ihrem ›Lämmchen‹ in sein neues Zuhause überzusiedeln und möglicherweise auch Sissie mitzunehmen, falls sich Miß Celia dazu überreden ließ, es ihnen zu erlauben.

Stuart dagegen war verkrampft, als er Mitch gratulierte und Jessie einen unterkühlten Kuß auf die Wange drückte. Wie sonst auch, wenn starke Empfindungen ihn aufwühlten, verschloß sich sein Gesicht vollkommen. Als er Jessie in die Augen sah, wußte sie trotzdem, daß ihre Verlobung ihm zutiefst zuwider war, es jedoch nicht in seiner Macht stand, etwas zu unternehmen, um sie daran zu hindern. Schließlich war Mitch Todd der Abkömmling einer der reichsten Pflanzerfamilien der Umgebung. Er hatte zwei Schwestern, aber als der einzige Sohn der Familie würde er zweifellos eines Tages Riverview erben, eine Plantage, die einen ähnlichen Wert wie Mimosa hatte. Es war Stuart beim besten Willen nicht möglich, Mitch als einen unangemessenen Partner hinzustellen.

Natürlich blieb Mitch zum Abendessen, und da sie jetzt verlobt waren, wurde es Jessie gestattet, nach dem Essen allein mit ihm einen Spaziergang zu machen. Jessie machte mehrfach den Mund auf, um ihm zu sagen, daß sie es nicht so gemeint hatte, daß alles ein Versehen gewesen war. Aber Mitch war so offensichtlich glücklich, daß sie es einfach nicht über sich brachte. Daher litt sie stumm vor sich hin und war insgeheim entsetzt über das, was sie ins Rollen gebracht hatte, während er über seine Zukunftspläne redete und ihr ausmalte, wie sie zusammen alt werden würden und wie viele Kinder sie miteinander haben würden. Später, kurz vor seinem Aufbruch, küßte er sie. Jessie gestattete es ihm pflichtschuldig und wich noch nicht einmal zurück, als seine Zunge kühn in ihren Mund glitt. Doch ihre leise Hoffnung, sie könne Mitch vielleicht, ganz vielleicht, doch heiraten, verflüchtigte sich gänzlich, als sein Kuß nichts anderes als eine leise Abwehr in ihr wachrief.

Allmählich mußte sie fürchten, daß sie das Feuerwerk des Sinnentaumels nur bei Stuart erleben konnte.

Konnte sie einen Mann heiraten, dessen Küsse in ihr nur den einen Wunsch weckten, sich hinterher die Zähne zu putzen? Nein, das konnte sie nicht tun. Aber wie sollte sie es Mitch erklären – und allen anderen? Wie ein Schneeball, der an einem Hang hinabrollt, nahm ihre Verlobung mit jeder Minute, die verging, größere Dimensionen an und ließ sich immer schwerer aufhalten. Es schien jetzt schon unmöglich, dem Lauf der Dinge Einhalt zu gebieten.

Selbst nachdem Mitch fortgeritten war und Jessie sich ins Bett gelegt hatte, war sie noch so bedrückt, daß sie einfach nicht schlafen konnte. Schließlich gab sie den Versuch ganz auf, zog sich einen Morgenmantel über das Nachthemd und lief durch den Korridor. Sie wollte sich auf die Veranda setzen, bis die Nachtluft sie schläfrig machte – falls es je dazu kommen sollte.

Bis auf die Lichter auf der Treppe und in den Fluren lag das Haus im Dunkeln. Die Dienstboten hatten sich längst in ihre Unterkünfte zurückgezogen, und Stuart und Celia lagen wohl ebenfalls schon im Bett. In anderen Nächten hatten sich ihre Streitigkeiten oft noch bis in die späten Abendstunden gezogen, aber heute lag das Haus still da. Jessie hätte ebensogut der einzige Mensch auf der weiten Welt sein können, der noch wach war.

Jessie zog die schwere Eichentür auf und trat auf die Veranda. Das samtige Mitternachtsblau des Himmels zog sofort ihre Aufmerksamkeit auf sich. Die Sterne funkelten wie Diamanten, so viele Sterne, daß Jessie ganz benommen in den Lichterschein sah. Dann zog sie die Tür hinter sich zu und stellte sich ans Geländer. Ihre Hände legten sich auf das glatte Holz, und sie warf den Kopf zurück. Der Mond war riesig und so rund wie ein Rad Käse, und er war von Millionen von funkelnden Sternen umgeben. Von Osten her kam eine leichte Brise, die kleine, dunkle Wolken wie Fetzen eines Schleiers über den glitzernden Himmel wehte. Das Laub raschelte, die Heuschrecken surrten, und die Nachtvögel und ihre Beutetiere stießen Rufe und Schreie aus. Die atemberaubende Schönheit dieser Nacht verfehlte ihre Wirkung auf Jessie nicht. Zum erstenmal, seit sie Mitch versprochen hatte, ihn zu heiraten, fühlte sie sich ein wenig ruhiger.

Dann drang gemeinsam mit dem zarten Duft der Lilien und der Mimosen beißender Zigarrenrauch in Jessies Nase.

Sie riß den Kopf herum. Am hintersten Ende der Veranda konnte sie deutlich die glühende rote Spitze einer brennenden Zigarre sehen. Es war nicht wesentlich schwieriger, den dunklen Umriß des Mannes auszumachen, sowie sich Jessies Augen an die Dunkelheit gewöhnt hatten. Er saß zurückgelehnt auf einem Schaukelstuhl und hatte die Füße übereinandergeschlagen. Seine Stiefel lagen in der Haltung auf dem Geländer, die ihr die liebste gewesen war, bis er für ihre Metamorphose von einem jungen Wildfang zur Dame gesorgt hatte. Trotz der Kälte war er hemdsärmelig, und die elegante Brokatweste, die er beim Abendessen getraten hatte, war offen, das Halstuch hatte er ganz abgelegt.

»Hallo, Stuart.«

Er lächelte sie an. Sie konnte deutlich das Weiß seiner Zähne sehen.

»Bist du zu aufgeregt, um zu schlafen? Wegen deiner bevorstehenden Hochzeit?« Die Frage wurde mit einem hämischen Unterton gestellt.

»Ja«, sagte Jessie trotzig, und jeder Gedanke an die Schönheit der Nacht war verflogen. Eine Hand lag noch auf dem Geländer. Die andere hatte sie zur Faust geballt.

»Du hast also beschlossen, daß du seine Küsse doch erträgst.«

»Ja.«

»Und du freust dich schon darauf, stimmt's?«

»Natürlich.«

Stuart lachte. Es war ein unangenehmer Laut. »Lügnerin.«

»Er ist zumindest frei und kann mich heiraten.«

»Das«, sagte Stuart, »ist unbestreitbar wahr.«

Der Stumpen leuchtete kurz auf. Dann hob Stuart mit der anderen Hand etwas hoch – eine Flasche. Er hielt sie sich an die Lippen und neigte den Kopf zurück. Jessie sah ihm angewidert zu, als er einen großen Schluck aus der Flasche trank, sie dann wieder auf den Boden stellte und sich mit dem Handrücken den Mund abwischte. Nie zuvor hatte sie Stuart trinken sehen, und er hatte sich auch noch nie so ungehörig benommen. Aber wenigstens erklärte der Alkohol sein ungewohnt schlampiges Äußeres und den beißenden Ton, der in seinen Worten mitschwang.

»Du bist ja betrunken!«

»Nur eine Spur angeheitert. Und warum auch nicht, kannst du mir das verraten? Ein Mann erfährt nicht alle Tage von der Verlobung seiner Stieftochter.«

»Ich gehe ins Bett.«

»Um von dem süßen Mitch zu träumen?« fragte er süffisant. Stuart hob die Flasche wieder an seine Lippen und trank.

»Das ist mit Sicherheit besser als, von dir zu träumen!«

»Zweifellos.«

Stuart stellte die Flasche auf den Boden, stand auf und schnippte die Asche von seinem Stumpen, den er dann über das Geländer warf. Jessie wich nicht zurück, als er mit gezielten Bewegungen auf sie zukam, die nicht unsicher waren, wie sie es erwartet hätte, wenn er wirklich betrunken gewesen wäre. Eine winzige Stimme in ihrem Innern drängte sie zur Flucht, doch sie hörte nicht darauf. Mit geradem Rücken und stolz erhobenem Kopf verharrte er. Nur sie selbst wußte, wie fest sich ihre Hand um das Geländer spannte.

Er blieb direkt vor ihr stehen. Nur in solchen Momenten, in denen er so dicht vor ihr stand und sie zu ihm aufblicken mußte, war Jessie sich bewußt, wie groß Stuart wirklich war. Er war weit mehr als einen Kopf größer als sie und so breitschultrig, daß ihr Schatten auf dem Boden sich winzig gegen seinen ausnahm.

Er hob die Hand und legte sie seitlich auf ihren Hals. Seine warmen, kräftigen Finger schlangen sich unter ihrem Haar zum ihren Nacken. Schon bei dieser kleinen Berührung begann ihr dummes Herz schneller zu schlagen.

»Trotzdem«, sagte Stuart mit sanfter Stimme, »ziehe ich es vor, daß du von mir träumst.«

Sein Kopf näherte sich ihrem Mund.

Er küßte sie zart und liebevoll, und seine Lippen versprachen ihr alles auf Erden. Jessie schloß die Augen, und ihre Hand umklammerte das Geländer noch fester, als sie gegen den Drang ankämpfte, vor diesem zärtlichen Angriff zu kapitulieren. Ihre Körper berührten einander nicht, und er hielt sie nur mit der Hand fest, die auf ihrem Nacken lag. Doch das Blut in ihren Adern verwandelte sich in glühende Lava.

Erst als er ihre Lippen teilte, schmeckte sie den Whisky auf seiner Zunge und seinen Lippen und erinnerte sich wieder daran, daß er zwar nicht betrunken war, aber doch einiges getrunken haben mußte. Hätte er sie so geküßt, wenn er nüchtern gewesen wäre? Oder hätte er ihr dann alles Gute für ihre Ehe mit Mitch gewünscht?

Die Antwort, die sie sich ausrechnete, gab ihr die Kraft, sich von ihm zu lösen.

»Du bist ja nur mißgünstig«, sagte sie bitter, und um ihre Ernüchterung deutlich zu zeigen, fuhr sie sich mit der Hand über den Mund, als wolle sie den Nachgeschmack seines Kusses abwischen.

»Was soll das heißen?«

Er sah auf sie herunter. Sein Gesicht war im Schatten, aber seine Augen funkelten so hell wie die Sterne.

»Du willst mich selbst nicht haben, aber du willst auch nicht, daß ein anderer mich bekommt.«

»Wie kommst du auf die Idee, daß ich dich nicht haben will?«

Während ihr Herz sich gerade überschlug, verzogen sich seine Lippen auch schon zu einem gemeinen, spöttischen Lächeln. Als seine Hand sich auf ihre linke Brust legte, war sie derart schokkiert, daß sie sich nicht von der Stelle rühren konnte. Die weiche Kugel schmiegte sich an seine Handfläche, als gehörte sie dorthin und nirgends sonst. Jessie spürte, wie die Wärme seiner Hand durch ihr Nachthemd und ihren Morgenmantel ihre Haut versengte. Einen Moment lang stockte sogar ihr Atem.

»Ich will dich. Und es steht fest«, sagte er, und seine Daumen glitten über ihre Brustwarze, die sich ihm bei dieser Berührung sofort entgegenreckte, »daß du mich auch willst.«

»Wie kannst du es wagen!« Jessie erwachte aus ihrer Erstarrung, stieß einen unartikulierten Laut aus und schlug seine Hand von ihrer Brust. Das überhebliche Lächeln, mit dem er ihr in die entrüsteten Augen sah, zeigte deutlich, daß er ihr nur beweisen wollte, wie hilflos sie auf seine Berührung reagierte. Und das war ihm natürlich blendend gelungen.

»Ich würde jederzeit wetten, daß deine Brustwarze das bei dem guten Mitch nicht tut.«

»Du«, zischte Jessie durch zusammengebissene Zähne, »kannst dich zum Teufel scheren.«

Es war selten in ihrem Leben soweit gekommen, daß sie laut einen Fluch ausstieß, doch das tat gut. Triumphierend wandte sie sich ab, um in der Sicherheit ihres Schlafzimmers Schutz zu suchen.

Aber Stuart, dieser Mistkerl, lachte.

»Ach, wie unbeständig sie doch sind, die Frauen! Hast du mir nicht erst gestern gesagt, daß du mich liebst?«

Ein Hieb in die Magengrube hätte Jessie nicht stärker treffen können. Sie holte hörbar Atem und spürte dann eine rotglühende Wut in sich aufsteigen, die alles vor ihren Augen verschwimmen ließ. Wie konnte er es wagen, sie mit dem aufrichtigsten Geständnis aufzuziehen, das sie je in ihrem Leben gemacht hatte? Ihre Hände ballten sich zu Fäusten, ihre Zähne bissen sich schmerzhaft aufeinander, und sie wandte sich wutschnaubend zu ihm um – und mußte feststellen, daß er immer noch lachte.

»Du Schuft!« knirschte sie, stürzte sich auf ihn und holte mit den Fäusten aus. Er packte ihre Oberarme, um sie festzuhalten – und lachte immer noch.

»Na, na«, ermahnte er sie, und das böse Funkeln in seinen Augen strafte seinen spöttisch verzogenen Mund Lügen. »Du liebst mich doch, oder hast du das vergessen?«

Wenn sie eine Waffe zur Hand gehabt hätte, hätte sie ihn erschossen. Zum Glück war sie unbewaffnet – aber sie hatte etwas in der Hand, einen Rat, den Tudi ihr vor langer Zeit gegeben hatte, um sich gegen Männer zur Wehr zu setzen.

»Laß... mich... los!« fauchte sie, und als er es tat, verzog sie hämisch die Lippen, zog den Arm zurück, holte aus und hieb ihm die Faust mit aller Kraft in die Lenden.

31

Dann rannte sie weg. Er blieb gekrümmt zurück und fluchte, und sie rannte, als ginge es um ihr Leben, und wahrscheinlich stimmte das auch. Sie zweifelte nicht im entferntesten daran, daß es Stuarts erster Impuls gewesen wäre, seine Hände um ihre Kehle zu legen und zuzudrücken, wenn er sie jetzt in die Finger bekam.

Ihr Ziel war der Stall. Sie würde Firefly satteln und um ihr Leben reiten, reiten bis zur totalen Erschöpfung, reiten, bis ihr Kopf wieder klar war und ihr Körper so matt, daß sie schlafen konnte, reiten, bis Stuart genug Zeit gehabt hatte, um die Wut zu zügeln, die ihr Hieb mit Sicherheit ausgelöst hatte. Es spielte keine Rolle, daß sie nur mit ihrem Nachthemd und ihrem Morgenmantel bekleidet war, und es zählte auch nicht, daß sie barfuß war. Es zählte auch nicht, daß es schon nach Mitternacht war. Sie verspürte den Impuls fortzulaufen, Mimosa so weit wie möglich hinter sich zu lassen – und aus Stuarts Reichweite zu verschwinden. Sie würde reiten, bis ihr wieder danach zumute war, umzukehren, ganz gleich, wie lange es dauern würde.

Sie spürte das Gras kühl und feucht an ihren Füßen, und vereinzelte Steine preßten sich in ihre zarten Fußsohlen. Jessie trat auf das stachelige Blatt einer Stechpalme, als sie den Stall fast erreicht hatte, und sie mußte stehenbleiben, um es sich vom Fuß zu ziehen, ehe sie weiterlaufen konnte. Sie bückte sich gerade und zog den verletzten Fuß auf das andere Knie, um an dem Blatt zu reißen, als sie merkte, daß Stuart ihr so leichtfüßig wie ein Indianer nachlief.

Jessie beachtete ihren Fuß nicht weiter, sondern hastete zum Stall. Drinnen war es so dunkel wie in einer Höhle. Die Pferde in ihren Boxen gaben keinen Laut von sich, und Progress schlief hoch oben auf dem Heuboden. Jasper sprang von seinem Strohlager auf und bellte, verstummte aber sofort wieder, als er merkte, daß es sich bei dem Eindringling um sein Frauchen handelte.

Da Stuart dicht hinter ihr war, wußte Jessie, daß ihre Chancen, seiner Rache zu entgehen, gering waren. Dennoch hoffte sie, Firefly satteln und vor Stuarts Augen aus dem Stall reiten zu können, denn die Dunkelheit kam ihr zugute, da sie sich besser im Stall auskannte. Wenn sie erst einmal aufgestiegen war, konnte er sie nicht mehr zurückhalten. Wenn es sein mußte, würde sie über ihn reiten.

Die Sättel und das Zaumzeug hingen in einem Raum am hinteren Ende des Stalles. Mit Jasper auf den Fersen, der das Ganze eindeutig für ein neues Spiel hielt, zog Jessie die Tür auf. Hinter ihnen fiel die Tür von allein zu und hätte beinah Jaspers Schwanz eingeklemmt. Gefüllte und halbleere Getreidesäcke lagen auf dem Boden. In der Mitte des Raumes waren Sättel über Sägeböcke geschlungen. Weitere Sättel hingen von Haken an der Wand, aber auch Zaumzeug, Bürsten und alles mögliche, was für die Pflege der Pferde erforderlich war. Durch ein winziges Fenster, das der Tür gegenüberlag, schien der Mond. Der silbrige Schein verhinderte, daß Jessie über eines der zahlreichen Hindernisse stolperte, die ihr im Weg lagen, als sie Fireflys Zaumzeug vom Haken nahm.

Es baumelte in ihrer Hand, als sie sich nach ihrem Sattel umsah. Jessie fand ihn und stellte sich auf die Zehenspitzen, um den Steigbügel vom Haken zu ziehen, als sich die Tür leise in ihren ledernen Angeln öffnete. Jasper bellte und stürzte dem Neuankömmling dann entgegen. Jessie drehte sich um und schluckte schwer. Stuart zeichnete sich als Silhouette in der Öffnung ab.

»Faß ihn, Jasper!« zischte Jessie, doch sie mußte beschämt feststellen, daß ihr verräterischer Hund an dem Mann hochsprang und freudig mit dem Schwanz wedelte.

Stuart wankte keinen Moment lang. Er tätschelte Jasper kurz den Kopf und sagte dann: »Sitz!« Es war die Stimme des Herrn, und sein Befehl wurde augenblicklich befolgt. Dann gab Stuart dem

Hund einen Schubs durch die Tür, sagte: »Und jetzt leg dich schlafen!« und sperrte Jasper aus.

Zu ihrem Verdruß mußte Jessie feststellen, daß der Hund noch nicht einmal winselte, um wieder eingelassen zu werden. Ihr treuer, anhänglicher Beschützer war Wachs in Stuarts Händen, wie alle anderen auf Mimosa auch.

»Na, so was, Jessie«, sagte Stuart. Jessie konnte deutlich hören, daß er mindestens so wütend auf sie war, wie sie gefürchtet hatte.

»Wenn du mich auch nur anrührst, schreie ich, so laut ich kann!«

Diese Drohung kam als ein heiseres Flüstern heraus. Sie durfte nicht zulassen, daß Progress ihretwegen die Hand gegen Stuart erhob, und das wußte sie genau. Selbst wenn sie geschrien hätte und Progress, der wie ein Toter schlief, seit er alt geworden war, sie gehört hätte, stand ernstlich zu bezweifeln, auf wessen Seite er sich stellen würde. Auch er war Stuarts Charme schon vor langem erlegen. Gab es denn niemanden, der gegen diesen verschlagenen Teufel immun war?

»Schrei doch, soviel du willst. Ich werde mich nämlich nicht damit zufriedengeben, dich anzurühren.«

Es war zwar so dunkel, daß sie sein Gesicht nicht deutlich erkennen konnte, doch Jessie konnte aus dem Klang seiner Worte deutlich schließen, daß seine Zähne zusammengebissen waren. Als er auf sie zukam und im Dunkel vor ihr aufragte, fiel ihre Hand vom Sattel, und sie wich vor ihm zurück. Er folgte ihr und pirschte sich an, bis sie mit dem Rücken an der Wand stand und nicht weiter zurückweichen konnte.

»In die Falle gegangen, Jessie?« Die Worte kamen sehr leise heraus und klangen doch nicht weniger bedrohlich. Jessie wußte, daß Stuart ihr nichts antun würde, und doch lief ein Schauer der Furcht über ihr Rückgrat. In der Dunkelheit wirkte er noch größer und bedrohlicher als sonst. Seine Augen, das einzige, was sie deutlich sehen konnte, funkelten in dem düsteren Licht wie draußen die Sterne am Himmel. Sie preßte sich an die Holzwand und rollte die Zehen zusammen. Ihre Augen waren weit aufgerissen und sahen ihm starr ins Gesicht – und ihre Finger hielten die kühlen Lederriemen des Zaumzeugs umklammert.

Das Zaumzeug. Sie war also doch nicht ganz wehrlos.

»Verschwinde!«

Jessie holte nach ihm aus, doch ihr wurde das Zaumzeug aus der Hand gerissen.

»Oh!«
Stuart warf es zur Seite. Es landete klirrend auf dem Boden.

»Und was jetzt? Wirst du mich treten? Mich schlagen? Mich kratzen? Mich an der Stelle treffen, an der eine junge Dame einen Mann nicht zu verletzen hat? Oder bin ich jetzt endlich an der Reihe?« In seinem Tonfall schwang etwas Befremdliches mit, etwas, was ganz bestimmt keine Wut war.

»Stuart...« Jessies Herz schlug schneller, und sie hätte nicht sagen können, ob aus Angst oder aus anderen Gründen. Ihre Augen waren riesig, als sie ihn durch das Dunkel ansah. Ihre Hände waren plötzlich ganz kalt. Der Mond spiegelte sich in seinen Augen wider, als er die Hände nach ihr ausstreckte, ihre Handgelenke packte und sie an sich zog. Jeder Kampfgeist war aus Jessie gewichen. Sie ließ sich von ihm zu sich ziehen, ohne sich zu wehren, bis kaum noch eine Hendbreit sie voneinander trennte. Nur seine Hände auf ihren Handgelenken berührten sie, doch jeder Millimeter ihrer Haut prickelte.

»Ich will nicht, daß du den kleinen Todd heiratest.« Seine Stimme war grob.

»Stuart...« Seltsamerweise war das einzige Wort, das sie aus ihrer ausgedörrten Kehle herausbrachte, sein Name. Er ragte über ihr auf und setzte seine Körpergröße als einziges Mittel gegen sie ein, damit sie sich seinem Willen beugte. In der Dunkelheit schien sein kräftiger, muskulöser Körper ein Eigenleben zu führen, das sie berauschte.

»Du hast gesagt, daß du mich liebst.«

Diesmal geriet sie nicht außer sich vor Wut, als er sie an ihre eigenen Worte erinnerte. Diesmal verspottete er sie nicht. Seine Stimme war gesenkt, seine Hand auf ihrem Handgelenk war warm und kräftig und tat ihr doch nicht weh.

»Wenn du mich liebst, kannst du ihn nicht heiraten.«

»Stuart...« Ihre Stimme war sehnsüchtig und gequält. Ihr Herz schwoll in ihr, während ihre Knie weich wurden. Er berührte sie kaum, und doch machte er sie schon zu der Seinen. Sie stand in Flammen, verzehrte sich vor Liebe und noch etwas anderem, und er war der einzige auf Erden, der diese Glut löschen konnte.

»Ich lasse nicht zu, daß du ihn heiratest, hast du gehört?« Unwillig schüttelte er ihr Handgelenk.

»Stuart.« Jessie holte tief Atem und fand endlich die Sprache wieder. Sie wußte, daß sie ihm erklären sollte, warum sie Mitchs

Antrag angenommen hatte, doch diese Erklärungen konnten warten. Alles konnte warten, nur nicht dieses Verlangen, das sie bei lebendigem Leib verschlang. »Ich liebe dich wirklich, Stuart.«

»O Gott!« Es war ein Stöhnen. Es konnte sein, daß er sie an sich gezogen hatte, aber es konnte ebensogut sein, daß sie ihm in die Arme gefallen war. Sie wußte es nicht. Aber ehe sie Atem holen konnte, war Jessie an ihn gepreßt, ihre Arme schlangen sich fest um seinen Hals, und seine Arme zogen sie näher, als er den Kopf senkte und ihre Lippen suchte.

Der Kuß war alles andere als zart. Er küßte sie, als sei er ausgehungert nach ihrem Mund, als könne er nie genug von ihr bekommen. Jessie beantwortete sein Drängen mit ihrer eigenen unbändigen Erregung. Sie hob sich auf die Zehenspitzen, preßte sich an ihn und grub ihre Nägel in sein empfindliches Genick. Er schmeckte nach Whisky, und da es Stuart war, der so schmeckte, fand sie den Geschmack plötzlich begeisternd. Seine Stoppeln piekten sie, aber da es Stuart war, der ihre zarte Haut zerkratzte, fand sie das Gefühl wundervoll. Er hielt sie fest genug, um ihr die Rippen zu brechen und ihr den Atem zu verschlagen, aber auch das war herrlich. Alles, was er mit ihr tat, beglückte sie so sehr, daß sie sich ganz benommen fühlte. So sehr, daß sie leise, wimmernde Laute in seinen Mund hauchte, als sie ihn küßte, ohne es selbst zu bemerken. So sehr, daß sie sich dagegen preßte, als sie seine Härte an ihrem Unterleib spürte, sich daran rieb und instinktiv versuchte, die Qualen zwischen ihren Beinen zu lindern.

»Mein Gott, Jessie!« Es war ein Stöhnen, und sein Mund glitt von ihren Lippen auf ihren Hals und dann tiefer, bis er auf ihrer Brust lag und ihre Brustwarzen suchte und fand.

Als sie die feuchte Glut seines Mundes durch den Stoff spürte, schrie Jessie auf. Reines Feuer schoß durch ihre Adern, und ihre Knie sackten zusammen. Er fing sie in seinen Armen auf. Einen Moment lang hob er den Kopf und sah sich um. Dann hob er sie hoch und stieg über die Getreidesäcke und die Sättel, während sie wimmernd protestierte, um sie sachte auf den Fußboden zu legen. Als er sich neben sie legte, erkannte Jessie, daß er einen Haufen leerer Kornsäcke gefunden hatte, auf den er sie bettete.

»Ich begehre dich schon so lange – wie sehr ich dich begehrt habe«, flüsterte er heiser, als er sie wieder auf den Mund küßte. Jessie schlang die Arme um seinen Hals und war verloren. Sie überlegte keinen Moment lang, was falsch und was richtig war, und sie vergeudete auch keinen Gedanken an die Gefahren, die ihrer Person drohten, ihrem Körper oder ihrem Herzen. Alles, was sie wußte, war, daß das der richtige Mann für sie war: der Mann, nach dem sie sich ihr Leben lang gesehnt und auf den sie schon immer gewartet hatte.

Als er mit einem Ruck ihr Nachthemd hochzog und es um ihre Taille schlang, klammerte sie sich an seinen Hals und küßte ihn mit glühender Hingabe. Als er mit einer Hand etwas mit seiner Hose tat, drückte sie winzige Küsse auf seinen Backenknochen. Als seine Knie, die noch vom Stoff seiner Hose verhüllt waren, sich zwischen ihre Knie schoben und sie auseinanderpreßten, bebte sie, wölbte sich ihm entgegen und schrie mit den Lippen auf seiner Kehle auf.

Seine Hand lag zwischen ihnen und berührte sie an der Stelle, die niemand je berührt hatte, an der Stelle, die so geheim war, daß sie sie sogar beim Baden nicht gern selbst berührte. Aber als seine Hand sich dort auf sie legte und auf den zarten Haaren liegenblieb, verstärkte sich das quälende Verlangen in ihr, bis sie erschauerte und ihre Schenkel zitterten, und ihr ganzer Körper verzehrte sich glühend nach etwas... etwas...

Als er sich hochzog und sein Gewicht auf einen Ellbogen stützte, erkundete er gleichzeitig diese bebende, weiche, glühende Stelle, stieß mit diesem großen, heißen Ding daran, das sie gespürt, aber nie gesehen hatte. Es schien, als sei eine Öffnung in ihrem Fleisch, denn er zwängte sich hinein...

Jessie keuchte und empfand Furcht und Ekstase zugleich, und sein Mund, der sich wieder auf ihre Lippen legte, küßte sie mit leidenschaftlicher Glut. Er drückte den Rücken durch, und dieses Ding stieß in ihrem Innern gegen eine Schranke. War es das, was Männer mit Frauen machten? Steckten sie diese Dinger in sie hinein, bis sie diese Schranke berührten? Wozu dann dieser ganze Wirbel? Aber nein, damit schien er sich nicht zufriedenzugeben. Er stieß zu... stieß zu...

Ein Teil der Ekstase, die sie mit sich gerissen hatte, verflüchtigte sich eilig. Er tat ihr weh...

»Stuart, laß das!«

Doch ihr Protest ging in seinem Mund unter. Während sie noch versuchte, den Kopf abzuwenden, noch einmal versuchte, ihm zu sagen, daß das über die Grenzen dessen hinausging, was angenehm war, stieß er so gewaltig zu, daß sie sich in zwei Hälften gespalten fühlte.

32

Eine einzige Träne rann über Jessies Gesicht, und sie wischte sie augenblicklich mit einem zitternden Finger fort. Sie lag auf dem Rücken, und Stuart lag auf ihr. Sein Ding war noch in sie gezwängt, doch schon vor Minuten hatte er sein abscheuliches Werk mit einem lauten Stöhnen beendet. Anschließend war er auf ihr zusammengesackt und preßte sie auf den Boden, während er sein Gesicht in ihren Nacken grub und schnell und heftig atmete.

Jessie wünschte, sie hätte selbst auch durchatmen können, aber sein Gewicht auf ihrem Brustkorb untersagte ihr diesen Genuß. Der Mann wog eine Tonne. Er war verschwitzt und stank nach Whisky – hatte sie noch vor einer Viertelstunde wirklich geglaubt, der Geruch sei ihr angenehm? –, und so, wie es sich zwischen ihren Beinen anfühlte, war sie anscheinend überall mit männlichem Saft bespritzt.

Allein schon die Vorstellung war abscheulich. Das, was er gerade mit ihr getan hatte, war abscheulich. *Er* war abscheulich.

Und sie hatte Schmerzen.

»Geh runter von mir!« Jessie fand endlich die Kraft, ihn an der Schulter zu stoßen.

Es bewirkte wenigstens, daß er den Kopf hob.

»Ich soll von dir runtergehen?« Seine Stimme klang seltsam, verwundert, fast so, als könnte er nicht glauben, was er gerade gehört hatte.

»Ja«, zischte sie, »geh runter von mir.«

Stuart rollte sich gehorsam auf die Seite. Er zog sich auf einen Ellbogen und sah zu, wie sie sich kerzengerade aufsetzte. Jessie stellte zu ihrem Entsetzen fest, daß der Mondschein, der durch das kleine Fenster drang, ihre Nacktheit von der Taille abwärts deutlich zeigte. Ihr Bauch und ihre Beine schimmerten matt in der Dunkelheit, und das dunkle Dreieck zwischen ihren Schenkeln setzte sich deutlich gegen die helle Haut ab.

Errötend zog sie ihr Nachthemd und ihren Morgenmantel herunter, und schließlich gelang es ihr, wieder halbwegs anständig auszusehen. Dann versuchte sie aufzustehen, obwohl ihre Knie weich waren und ihre Schenkel zitterten.

»He, halt mal!«

Stuart hielt sie zurück, indem er einen Arm um ihre Taille

schlang. Er zog sie wieder auf den Boden und setzte sich dann selbst auf, um ihr Gesicht zu sehen. Zornig wandte Jessie das Gesicht ab. Sanfte Finger glitten unter ihr Kinn und zogen es zu ihm.

»Rühr mich nicht an!«

Sie schlug wütend auf seine Hand. Wenige Momente später tastete sich ein Finger über ihre Wange und fuhr die feuchte Spur nach, die diese verräterische Träne hinterlassen hatte.

»Ich habe gesagt, du sollst mich nicht anrühren!«

»Ich habe dir weh getan.« Die Worte kamen mit einer so leisen Stimme heraus, daß Jessie sie kaum hörte. Es klang reuig, aber Jessie war nicht in der Stimmung, sich auch nur im geringsten dafür zu interessieren, ob er jetzt Gewissensbisse hatte oder nicht. Sie hatte sich ihm rückhaltlos hingegegben, und er hatte ihr weh getan, ihrem Körper Schmerzen bereitet! Die Stelle zwischen ihren Beinen pochte immer noch!

»Ja, du hast mir weh getan! Natürlich hast du mir weh getan! Du... du hast dieses... dieses *Ding* in mich gesteckt!«

In der Dunkelheit konnte sie ein mattes Lächeln sehen. Dann war es verflogen. Stuart griff nach ihrer Hand und hob sie an seine Lippen. Jessie versuchte, sie ihm zu entreißen, doch er ließ sie nicht los.

»Jess. Jessie.« Er preßte ihre Handfläche auf seine Lippen und küßte dann zart jeden Knöchel. Jessie war seelisch und körperlich zu sehr ermattet, um sich auf den Kampf einzulassen, den es sie gekostet hätte, ihm ihre Hand zu entreißen. Daher blieb sie sitzen und sah ihn finster an, als er mit ihren Fingern spielte.

»Nutzt es irgend etwas, wenn ich sage, daß es mir leid tut?«

»Nein!«

»Das dachte ich mir.«

Stuart seufzte. Er ließ ihre Hand los, machte seine Hose zu und rutschte zurück, bis er mit dem Rücken an der Wand lehnte. Dann packte er Jessie, ehe sie erkannte, was er vorhatte, und zog sie auf seinen Schoß.

»Laß mich los!«

»Gleich. Aber jetzt halt still, Jessie. Ich tue dir nicht weh.«

»Findest du nicht, daß dieses Versprechen etwas zu spät kommt?« Die hohe Kunst des Spotts fiel ihr zusehends leichter.

»Darf ich es dir erklären?«

»Was gibt es da zu erklären? Du... wir... haben Unzucht

getrieben, und jetzt ist es vorbei, und ich will wieder ins Haus gehen.«

»Wir haben uns geliebt«, verbesserte er sie ruhig.

Jessie schnaubte verächtlich. Stuart zuckte die Achseln. Sie spürte die Bewegung seiner Schultern in ihren Rückenmuskeln, die an seine Brust geschmiegt waren. Ihr Hinterteil, das jetzt züchtig bedeckt war, schmiegte sich an den Teil von ihm, der ihr weh getan hatte, und ihre Beine lagen auf seinen. Vielleicht wäre das eine bequeme Haltung gewesen, wenn er sie nicht an den Handgelenken hätte festhalten müssen, damit sie nicht davonlief.

»Es mag sein, daß du Unzucht getrieben hast«, sagte er ihr ins Ohr. »Ich habe dich geliebt.«

»Liebe? Pah!« spottete sie.

»Ja, Liebe. Ich liebe dich, Jessie.«

»Ha!«

Einen Moment lang herrschte Stille. Dann lachte Stuart zu ihrem Erstaunen vor sich hin.

»Weißt du überhaupt, wie viele Frauen – ausgewachsene, elegante, kultivierte und sehr schöne Frauen – ihren Augapfel dafür gegeben hätten, diese Worte von mir zu hören? Aber ich lege erstmals in meinem Leben meine Seele vor einem Mädchen bloß, das noch feucht hinter den Ohren ist, und was hat das Objekt meiner Leidenschaft dazu zu sagen? Ha!«

»Ich glaube dir kein Wort.«

»Warum sollte ich lügen?«

»Weil du mich dazu bringen willst, noch einmal... du weißt schon was... zu tun.«

Diesmal lachte er laut. Obwohl er ihre Handgelenke umklammert hatte, gelang es Jessie, ihm für dieses empörende Lachen einen Ellbogen in die Rippen zu stoßen.

»Au!«

»Hör auf zu lachen!«

»Ach, Jessie, ich lache doch gar nicht. Jedenfalls nicht über dich. Würdest du bitte nur einen kleinen Moment lang deinen bewundernswert funktionierenden Verstand benutzen und mir diese eine Frage beantworten: Wenn ich nichts anderes wollte als – Unzucht zu treiben, um deine eigenen Worte zu benutzen –, glaubst du wirklich, dann hätte ich Schwierigkeiten, bereitwillige Partnerinnen zu finden? Du bist wirklich sehr hübsch, mein Liebling, aber gewöhnlich habe ich einen anderen Geschmack und reiße mich nicht ausgerechnet um Küken, die gerade erst flügge sind.«

»Ich bin kein Küken, das gerade erst flügge ist!«

»Hast du gelogen, als du gesagt hast, daß du mich liebst? Vielleicht wolltest du mich nur benutzen, um... du weißt schon.«

Jetzt zog er sie auf. Wie konnte er bloß lachen – nach allem, was er getan hatte? »Das ist überhaupt nicht komisch!«

»Diese ganze verdammte Geschichte ist alles andere als komisch. Jessie, du hast mir gesagt, daß du mich liebst. War das dein Ernst?«

Jeder geschundene Nerv in ihrem Körper stand noch unter dem Einfluß der traumatischen Begebenheiten, und sie schrien ihr zu, ›Nein‹ zu sagen. Aber Jessie stellte fest, daß sie es nicht über sich brachte, in einem Punkt zu lügen, der ihr so wichtig war, während sie auf seinem Schoß saß und seine Stimme warm und aufwühlend in ihrem Ohr spürte.

»Ja!« Das Wort kam durch zusammengebissene Zähne heraus.

»Wenn du mich liebst, warum glaubst du mir dann nicht, wenn ich dir sage, daß ich dich liebe?« Es klang, als sei er wirklich neugierig auf ihre Antwort. Jessie ruckelte nervös auf seinem Schoß herum, doch er hielt sie sofort fester. Eine Weile hatte sie sich so wohl gefühlt, daß sie fast vergessen hatte, wie unfreiwillig sie in seiner Umklammerung dort saß.

»Weil du so... so...« Jessies Stimme verklang. Es war unmöglich, alle die Dinge in Worte zu fassen.

»So, was?« Er ließ es nicht auf sich beruhen.

Nun gut. Dann würde sie es ihm eben sagen. Sie würde ihm das Ganze erklären, und dann sollte er doch sehen, wie er an der Behauptung festhielt, daß er sie liebte. Wenn er sie auch als Küken bezeichnet hatte, das gerade erst flügge geworden war, dann war sie doch nicht so naiv, zu glauben, ein Mann wie Stuart könnte sich tatsächlich in den Wildfang aus dem Yazoo-Tal verlieben. Zweifellos hatte sein ekelhafter männlicher Trieb ihn dazu gebracht, mit ihr Unzucht zu treiben, und jetzt suchte er nach einem Vorwand und wollte das, was zwischen ihnen passiert war, in nette Worte kleiden, damit sie sich nicht ganz so elend fühlte.

Das war nämlich überflüssig. Lieber wollte sie die Wahrheit hören, wenn sie auch noch so unerfreulich sein mochte, als beschwichtigende Lügen.

»Weil du so gut aussiehst und so klug bist und so... so charmant und...«

»Hör auf, Jessie, oder du entmannst mich noch.« Trotz seines scherzhaften Tonfalls hatte sie das Gefühl, er meinte es ernst. Dann fuhr er fort. »Und selbst, wenn all das wahr wäre, warum sollte ich dich dann nicht lieben können?«

Jessie knabberte auf ihrer Unterlippe herum. Ihre Unzulänglichkeiten waren zahlreich, und bisher waren sie ihr Leben lang als Munition benutzt worden, um sie zu verletzen. Aber hier hatte sie es mit Stuart zu tun. Er hatte ihr zwar körperliche Schmerzen bereitet, aber sie liebte ihn trotz allem mehr als jeden anderen Menschen auf Erden. Er durfte ihr nicht vormachen, daß er sie liebte, wenn es nicht so war. Es war entscheidend, daß Aufrichtigkeit zwischen ihnen herrschte, wenn die Wahrheit auch noch so bitter sein mochte.

»Weil ich... na ja, ich nehme an, ich bin ganz passabel. Aber wenn es um das Aussehen geht, kann ich mich ganz bestimmt nicht an dir messen, und ich bin noch nie weiter weg gewesen als in Jackson, und ich... ich mag Hunde und Pferde lieber als Menschen, und ich weiß nicht, wie man sich anzieht oder sich frisiert, und ich kann auch nicht tanzen und verstehe von alledem gar nichts.«

»Liebling, bist du nie auf den Gedanken gekommen, daß du dich in einem Spiegel siehst, dessen Glas von der Gehässigkeit deiner Stiefmutter getönt ist?«

Diese Vorstellung verblüffte Jessie. Sie wollte gerade etwas sagen, doch Stuart brachte sie mit einer Geste zum Schweigen. Als er weitersprach, war seine Stimme sehr, sehr sanft. »Soll ich dir sagen, was ich sehe, wenn ich dich anschaue? Ich sehe eine junge Dame, deren Haar die Farbe von blankpoliertem Mahagoni hat, eine so dichte Mähne, daß sie damit wie Lady Godiva durch die Straßen reiten könnte, ohne an Anstand einzubüßen. Ich sehe porzellanschimmernde Haut, große, unschuldige, kakaobraune Augen und ein Gesicht, das so zart geschnitten ist wie eine Kamee. Ich sehe fantastische Schultern, Brüste, die so üppig sind, daß jeder Mann sich die Lippen danach lecken würde, und eine Taille, die...«

»Stuart!« protestierte Jessie, die über die intime Wendung, die seine Beschreibung eingeschlagen hatte, entsetzt war.

»Unterbrich mich nicht«, sagte er daraufhin streng und fuhr fort. »Wo war ich doch stehengeblieben? Ach ja, eine Taille, die schmal genug ist, um ein Korsett überflüssig zu machen, aber sie trägt ohnehin selten eins – oh, glaub nicht, das sei mir nicht aufgefallen! –, und ein so knackiges, kleines Hinterteil, daß ich es jedesmal greifen möchte, wenn es an mir vorbeiläuft.«

»Stuart!«

»Pst, ich bin noch nicht fertig. Um all diese ablenkenden körperlichen Attribute zusammenzufassen und auf einen Nenner zu bringen – wenn ich dich anschaue, sehe ich eine außergewöhnlich schöne, junge Frau. Aber, Jessie...«

»Ja?«

»Das ist nicht der Grund, aus dem ich dich liebe.«

»Nein?«

»Nein.« Er legte eine theatralische Pause ein. Als er weitersprach, flüsterte er ihr ins Ohr. »Ich liebe dich, weil du heldenhaft bist. Du hast jede Hürde, die dir das Leben in den Weg gestellt hat, gemeistert und hast triumphal gesiegt. Du hast in achtzehn Jahren mehr Widrigkeiten erlebt, als die meisten jungen Damen sie ihr Leben lang kennenlernen werden, und doch hast du sie überwunden, ohne an Mut oder an Reiz einzubüßen. Was du bist, meine Jessie, ist eine ganz große Seltenheit, und dafür liebe ich dich.«

Als er ausgeredet hatte, kosten seine Lippen ihre zarte Ohrmuschel. Jessie saß einen Moment lang regungslos da und nahm seine Berührung kaum wahr, denn die Wirkung seiner Worte hatte sie bis in ihr Innerstes aufgewühlt.

Vielleicht, ganz vielleicht, liebte er sie ja doch.

»Ist das dein Ernst, Stuart?« fragte sie kläglich.

»Es ist mein Ernst, Jessie.« Seine Lippen glitten von ihrem Ohr zu ihrem Haaransatz und knabberten zart an der schmalen Säule ihres Halses. Sie lehnte den Kopf an seine Schulter, damit er ihren Hals leichter erreichen konnte.

»Das sagst du nicht nur, um mich zu kriegen – um mich dazu zu bringen, daß ich wieder mit dir schlafe?«

»Gelobt sei der Herr, wenigstens sind wir jetzt nicht mehr beim ›Unzuchttreiben‹. Nein, Jess, ich sage das nicht nur so.« Etwas, das verdächtig nach Belustigung klang, war aus seinen Worten herauszuhören. Jessie zog die Augenbrauen zusammen und warf einen Blick auf ihn. Er nutzte die leichte Drehung ihres Kopfes, um sie wieder auf den Mund zu küssen.

Sein Kuß war zart und betörend und lenkte sie in Gedanken vollständig von dem Schmerz zwischen ihren Schenkeln ab. Jessie rutschte auf seinem Schoß herum, damit sie die Arme um seinen Hals schlingen konnte, und dann schloß sie die Augen. Als sein

Kuß eindringlicher wurde, seufzte sie tief. Wenn sie von Stuart und seinen Küssen träumte, dann träumte sie von genau dem, was sie jetzt bekam. Die brutale Leidenschaft, mit der er sie vorher geküßt hatte, war besänftigt. Seine Lippen waren zart, als sie über ihren Mund glitten. Sie waren warm und nicht fordernd. Jessie stellte fest, daß der Hauch von Whisky, den sie auf seinen Lippen und seiner Zunge schmeckte, doch gar nicht so abtoßend war. Mit der Zeit mochte sie diesen Geschmack sogar wieder recht gern.

Er ließ sich Zeit mit ihrem Mund, fuhr mit seiner Zunge den Umriß ihrer Lippen nach, tastete sich sachte durch ihre Lippen vor und zog sich dann zurück, bis ihre Lippen sich aus eigenem Antrieb für ihn öffneten. Er spielte immer noch mit ihrem Mund und hörte nicht auf, bis ihr Atem unregelmäßig ging und sie vor Ungeduld bebte und es nicht erwarten konnte, ihn noch mehr zu spüren. Als er sich wieder zurückzog, biß sie auf diese verlockende Zunge, um sie dafür zu strafen, daß sie sie neckte.

»Autsch!« protestierte er und hob den Kopf. Jessie zog ihn an den Locken in seinem Nacken wieder zu sich herunter.

»Küß mich richtig«, befahl sie ihm, und er gehorchte. Als sein Mund sich wieder auf ihre Lippen legte, seufzte Jessie zufrieden. Er küßte sie so, wie sie es bei ihm gelernt hatte, es sich zu wünschen, aber auch so, daß das inzwischen vertraute, glühende Verlangen in ihr aufstieg und ihren Leib schmelzen ließ. Obwohl sie wußte, wohin all dieses Küssen führen mußte, und trotz der Schmerzen, die sie, wie sie inzwischen wußte, erwarteten, wenn es dazu kam, konnte sie es ebensowenig lassen, auf seine Berührungen zu reagieren, wie sie das Atmen hätte einstellen können. Sie liebte ihn. Wie sehr sie ihn doch liebte! Wenn es das Los einer Frau war, sich von dem Mann, den sie liebte, weh tun zu lassen, dann sollte es eben so sein.

Er küßte sie ausgiebig, und ihr Kopf fiel in einer Geste vollkommener Selbstaufgabe gegen seine Schulter. Ein Arm schlang sich um ihren Rücken und stützte sie, als sie sich anlehnte. Die andere Hand streichelte die zarte Haut ihres Halses, strich über ihre Schultern, legte sich auf ihre Brüste. Sein Daumen rieb ihre Brustwarzen, und ihre Glut steigerte sich. Instinktiv preßten sich ihre Brüste gegen seine schützenden Handflächen. Ihre Brustwarzen lechzten danach, von ihm berührt zu werden. Aber seine Hand glitt bereits weiter nach unten, durch den Einschnitt zwischen ihren Brüsten, über die empfindliche Haut ihres Bauchs und noch tiefer hinunter, während sie zitterte, bebte und entflammte. Erst als diese Hand stillhielt und die geheime Stelle zwischen ihren Schenkeln berührte, durchzuckte die Erinnerung an den Schmerz sie wieder.

Trotz ihrer tapferen Entschlossenheit zuckte Jessie zusammen und blieb steif liegen. Stuart hatte ihr dort weh getan. Ihre Lider flatterten und öffneten sich dann.

»Nein, bitte nicht«, flüsterte sie, und als er sie küssen wollte, wich sie seinem Mund aus.

Ihre leisen Proteste und die Abweisung seines Mundes trafen ihn wie ein Schlag. Er hob den Kopf gerade so, daß er auf sie heruntersehen konnte. Jessies Mund war voll und rosig von seinen Küssen, ihr Kopf lehnte an seiner Schulter, ihr dichtes Haar fiel wie wogende, dunkle Seide um sie und verbarg die Kornsäcke und den Boden. Diese kakaobraunen Augen waren vor Unsicherheit weit aufgerissen, und die Erinnerung an den Schmerz und die Angst vor weiteren Schmerzen zeigten sich als dunkle Schatten in den Tiefen ihrer Augen. Dunkle Ringe unter den Augen bezeugten nicht nur die späte Tageszeit, sondern auch das Trauma, das sie erlebt hatte. Der Mondschein, der auf ihre Züge fiel, verlieh ihr eine betörende Schönheit, von der er wußte, daß die Erinnerung daran noch lange nach dieser Nacht vor seinen Augen stehen würde. Ihre Arme lagen um seinen Hals, vertrauensvoll in ihrer Passivität angesichts der Schmerzen, die er ihr bereitet hatte und von denen sie glaubte, er würde sie ihr gleich ein zweitesmal bereiten. Der Gürtel ihres Morgenmantels hatte sich gelöst, und nur ihr Nachthemd verschleierte jetzt noch ihre Gestalt. Die weiche, weiße Baumwolle verhüllte sie kaum, und er konnte ihre Konturen gut erkennen.

Er hatte ihr weh getan, und das hatte er keinen Moment lang gewollt. Als ihm das klar wurde, durchzuckten ihn entsetzliche Schuldgefühle. Er hatte in dieser Nacht schon vieles getan, was er nie vorgehabt hatte: er hatte nie die Absicht gehabt, mit ihr zu schlafen, sie zu entjungfern, sie zu der Seinen zu machen. Aber der Whisky hatte sich in Verbindung mit ihrem Versprechen, einen anderen Mann zu heiraten, als Dynamit erwiesen, und sein ungewohnter Edelmut hatte ihn verlassen und war von dem heftigen Verlangen abgelöst worden, das schon so lange in ihm gegärt hatte.

Er hatte sich betrunken, und dann hatte sie ihn in Wut gebracht. In seinem Zorn hatte er nicht nur die Fassung verloren, sondern auch seine guten Absichten, und in einem Anfall von rasender Leidenschaft hatte er sich genommen, was er wollte. Jetzt war er nüchtern, aber wenn es auch noch so schäbig von ihm gewesen sein mochte, ihr die Jungfräulichkeit zu rauben, dann bereute er es doch nicht wirklich. Jedenfalls nicht im Moment. Wenn erst der Morgen graute und er sich nicht mehr vom Mondschein und den Küssen berauschen ließ, dann würde er sich vielleicht dafür verfluchen, daß er wieder einmal ein derart egoistischer Schurke gewesen war.

Aber nicht jetzt. Nicht, wenn das Mädchen, das er liebte, auf seinem Schoß lag, die Arme um seinen Hals geschlungen, nahezu nackt war und ihn aus Augen ansah, in denen Furcht und Zweifel standen und die dennoch vor Liebe zu ihm strahlten.

Falls ihn je ein anderer Mensch in seinem ganzen Leben wahrhaft geliebt hatte, dann konnte er sich im Moment nicht daran erinnern.

Seine Augen sahen nur Jessie, und sein Herz war erfüllt von ihr. Sie war alles, was er sich je gewünscht hatte, und er hatte sie zu der Seinen gemacht.

Sollen sich die Götter doch ruhig ins Fäustchen lachen, aber er würde sich für den Moment nehmen, was er bekommen konnte, und sich erst morgen Gedanken darüber machen, wie es weitergehen sollte.

Nur eins gelobte er sich selbst und ihr: Da er ihr mit seinem ersten besitzergreifenden Eindringen weh getan hatte, wollte er gut aufpassen, damit weder er noch ein anderer ihr je wieder Schmerzen bereiten konnte.

So oder so war es geschehen, und jetzt gehörte sie ihm. Und wenn er sonst vielleicht nichts wissen mochte, so wußte Clive McClintock doch ganz genau, wie er auf sich selbst und alles, was ihm gehörte, achtgab.

33

»Jess. Laß dir etwas über die Liebe beibringen.«

»Ich... ich... das hast du doch schon getan.«

Jessie schaute weg. Ihre Leidenschaft ebbte sofort ab, als die Erinnerung an den Schmerz wieder stärker wurde. Sie glaubte, daß sie das beim besten Willen nicht noch einmal über sich ergehen lassen konnte. Dann sah sie ihn wieder an. Das Licht, das durchs Fenster drang, fiel auf sein Gesicht, und sie konnte seinen Ausdruck deutlich erkennen. Sein Gesicht war jetzt überhaupt nicht verschlossen, und er sah ihr zärtlich in die Augen. Der Mond schimmerte silbrig auf seinen nachtschwarzen Haaren und funkelte in seinen azurblauen Augen. Seine unglaublich regelmäßigen Züge waren in einen matten Schein getaucht, der ihm die überirdische Schönheit eines jungen Gottes verlieh, der auf die Erde herabgekommen war, damit er um ein sterbliches Mädchen werben konnte. Sein Hals war stark, seine Schultern und seine Brust waren breit und kräftig. Unter ihrem Hinterteil spürte sie die Kraft der Muskeln in seinen Oberschenkeln – und die zunehmende Härte seiner Männlichkeit dazwischen.

»Ich ... ich kann es einfach nicht«, sagte sie kläglich und ließ den Kopf hängen.

Zu ihrem Erstaunen drückte er sie an sich, schlang beide Arme um sie und wiegte sie wie ein Kind, das sich weh getan hat. Dann löste er seine Umarmung und bog ihr Kinn zu sich, um ihr einen flüchtigen Kuß auf den Mund zu drücken.

»Es wird nicht noch einmal weh tun, verstehst du. Einer Frau tut es nur beim erstenmal weh, vermutlich zur Abschreckung, falls eine Frau versucht sein sollte, ein liederliches Leben zu führen. Aber danach ... danach kann es sehr schön sein, Jessie.«

»Wenn du nichts dagegen hast, glaube ich dir das aufs Wort.«

Er lächelte sie an, und das wirkte auf sie wie die Sonne, die an einem regnerischen Tag durch die Wolken brach. Die Schönheit dieses Mannes wirkte betörend auf Jessie. Sie fing schon an zu glauben, vielleicht könnte sie es doch tun, und sei es auch nur, um ihm einen Gefallen zu tun.

Aber vielleicht konnte sie es doch nicht tun, wenn es zu weh tat.

»Wir können den Teil, den du nicht magst, für den Moment einfach weglassen«, sagte er entgegenkommend. »Vielleicht können wir damit anfangen, daß wir dieses äußerst kleidsame Nachthemd ausziehen. Ich hätte wirklich große Lust, dich nackt im Mondschein zu sehen.«

Schockiert klammerte Jessie ihre Hände in ihr Nachthemd und schüttelte heftig den Kopf.

Stuart musterte sie lächelnd von Kopf bis Fuß. »Das scheidet wohl für den Moment auch aus, was? Schon gut, mein schüchterner kleiner Liebling. Wie wäre es denn, wenn wir die Rollen vertauschen und ich mich dir nackt im Mondschein zeige?«

Er feixte übermütig – und plötzlich ging Jessie auf, daß er sie neckte. Sie runzelte die Augenbrauen und sah ihn finster an.

»Das tust du mit Absicht«, sagte sie anklagend.

»Was?« Er verkörperte die reinste Unschuld.

»Du willst mich absichtlich in Verlegenheit bringen!«

»Ich doch nicht.«

Aber Jessie wußte es besser. Er hatte sie bewußt entrüsten wollen, damit ihr Kampfgeist wieder erwachte. Seine Methode war vielleicht übel, aber er hatte sein Ziel erreicht. Sie war nicht mehr so... angespannt. Ihre Stirn glättete sich, und sie ließ ihre Blicke über seinen Körper gleiten, soweit sie ihn sehen konnte, und das war nicht weit, da sie auf seinem Schoß saß. Die Vorstellung, ihn nackt im Mondschein zu sehen, war faszinierend, um es gelinde auszudrücken. Sie hatte es nie gewagt, sich auch nur zu fragen, wie er wohl nackt aussehen mochte, aber andererseits...

»Ich... habe mich gelegentlich... gefragt... wie du wohl ohne Hemd aussiehst«, gestand sie, und die letzten Worte sprudelten verlegen heraus. Sie wandte den Blick ab, als ihre mädchenhafte Scheu die Oberhand über ihre plötzliche Kühnheit zu gewinnen drohte.

»So, das hast du dich also gefragt? Ich stehe ganz und gar zu deiner Verfügung. Warum befriedigst du deine Neugier nicht und findest es heraus?«

Jessie blickte wieder zu ihm auf und war äußerst versucht – doch mehr als unsicher, wie sie das anfangen sollte – und ob sie es überhaupt tun sollte. Als er ihr Dilemma sah, nahm Stuart ihre Hände und legte sie auf den obersten geschlossenen Knopf seines Hemdes, das am Kragen offenstand.

»Na, mach schon«, ermutigte er sie, als ihre Finger auf dem zerknitterten Leinen liegen blieben, das seine Brust bedeckte, sich aber nicht von der Stelle rührten.

»Du willst, daß ich es... tue?« Es war fast ein Quietschen.

»Du weißt doch wohl, wie ein Knopf aufgeht?«

Auf diese banale Frage hin sah Jessie ihn böse an. Seine Stimme klang fast spöttisch, doch in seinen Augen stand alles andere als Spott. Sie leuchteten und funkelten, und in ihnen drückte sich pures Verlangen aus – das Verlangen nach ihr. Er begehrte sie rasend. Es stand in seinen Augen.

Die Vorstellung, daß sie so nachhaltig auf ihn wirken konnte, gab Jessie den Mut, den sie brauchte. Sie holte tief Atem, sah auf seine

Brust herunter und machte sich mit ungeschickten Fingern ans Werk. Als sie drei der kleinen Knöpfe geöffnet hatte, war Jessie derart abgelenkt von dem Teil seiner Brust, den sie freigelegt hatte, daß sie ganz vergaß, was sie eigentlich vorgehabt hatte. Ihre Finger lösten sich von den Knöpfen und berührten zögernd das schwarze Haar, das sich ihren Blicken darbot. Die kräftigen Muskeln darunter strahlten Hitze ab, als sie mit ihren Fingern über seine Brust fuhr. Seine Lippen wurden schmaler, aber er rührte sich nicht. Jessie hatte den Eindruck, daß er sich bewußt zurückhielt, um ihr keine Angst einzujagen.

Die Vorstellung, daß er ihr die Erkundung seines Körpers nicht in gleicher Münze heimzahlen würde, ließ sie kühner werden. Während sie die Haut mit den krausen Haaren streichelte, fühlte sich Jessie zunehmend berauschter. Es begeisterte sie, wie seine Brust sich anfaßte, und sie begeisterte sich auch für die Männlichkeit der kräftigen Muskeln unter der behaarten Haut und für den Geruch, den Stuart ausströmte. Sie mußte sich zusammenreißen, um ihren Kopf nicht an seiner Brust zu vergraben und nur noch seinen Duft einzuatmen.

»Siehst du? Du hast gar keinen Grund, dich zu fürchten«, murmelte Stuart, als ihre Hände über ihn glitten. Seine Augen waren ein wenig zusammengekniffen und verschleiert. Sein Ausdruck war wieder einmal absolut unergründlich, aber sein Herz – Jessie konnte unter ihrer Hand spüren, wie schnell es schlug. Jessies Mundwinkel zogen sich ein wenig nach oben. Endlich hatte sie eine Möglichkeit gefunden, sich ein Bild davon zu machen, was er empfand.

»Was ist hier komisch?« Seine Stimme klang ungnädig. Jessies Blick glitt von seiner faszinierenden Brust auf sein Gesicht.

»Dein Herz schlägt.«

»Ach, wirklich?«

»Mhm.«

»Und das findest du komisch?«

»Mhm.«

»Wenn es dir nichts ausmacht, könntest du mir vielleicht sagen, was du daran so komisch findest?«

»Das ist ein Geheimnis.«

»Ach, ja?« Er sah sie an, als paßte ihm das gar nicht.

Jessies Finger spreizten sich und gruben sich in das dichte Haar. Sie wandte ihren Blick wieder seiner Brust zu.

»Das ist einfach fantastisch.«

»Danke. Ich glaube allerdings nicht, daß du schon genug gesehen hast, um ein fundiertes Urteil von dir zu geben.«

»Oh.«

Jessie fiel wieder ein, was sie vorgehabt hatte, und sie öffnete die restlichen Knöpfe. Als sie fertig war, schlüpfte er mit einer schnellen Bewegung aus den Ärmeln.

Jetzt saß Jessie auf seinem Schoß und sah zum erstenmal eine entblößte männliche Brust. Und das auch noch aus nächster Nähe. Sie machte den Mund auf und starrte.

Er war wunderschön. Ob wohl alle Männer so schön waren? Jessie war sicher, daß es nicht so sein konnte. Stuarts Brust, sein Bauch, seine Schultern und seine Arme mußten ebenso ungewöhnlich sein wie sein Gesicht. Natürlich war ihr klar gewesen, daß er breite Schultern hatte. Das war schon offensichtlich, wenn er bekleidet war. Aber was sie nicht gewußt hatte, war, daß diese Schultern fest und braun und derart kräftig waren. Proben seiner Kraft hatte sie oft genug mitangesehen, doch sie hätte nie geglaubt, daß seine Arme solche Muskelpakete waren. Er hatte sie schon an diese Brust gepreßt, und doch hatte sie nie den Verdacht geschöpft, sie könnte mit einem keilförmigen Pelz bewachsen sein, der so dicht und so schwarz wie das Haar auf seinem Kopf war. Auch seinen glatten, flachen Bauch und seine bräunlichen Brustwarzen hätte sie sich nicht vorstellen können. Als Jessie regungslos dasaß und ihren Blick auf seine Brust geheftet hatte, nahm Stuart ihre Hände und preßte sie auf seine Haut. Sie spürte die Glut an ihren Handflächen und das Haar unter ihren Fingerspitzen, und ihr stockte der Atem. Der Schauer, der sie durchzuckte, als sie ihn berührte, kam völlig unerwartet. Ihre Brüste spannten sich an, und das betörende Verlangen zwischen ihren Schenkeln, das sie schon kannte, entflammte wieder.

So ausgeschlossen es auch zu sein schien, aber ihr Körper hatte wohl den Schmerz vergessen, den solche Regungen zwangsläufig nach sich zogen. Auch ihr benommener Verstand vergaß es gleich darauf.

Jessie ließ ihre Hände über seine Schultern und seine Arme gleiten, dann über seine Brust und seinen Bauch. Stuart saß regungslos da, als ihre Finger über seinem Gürtel entlangglitten und ein neugieriger Finger in seinen Nabel eintauchte, der zur Hälfte über den Gürtel schaute, denn seine Hose saß nicht ganz richtig. Als dieser

Finger langsam kreiste, ehe er zurückgezogen wurde, flatterten Stuarts Lider, doch seine Hände blieben weiterhin auf Jessies Taille liegen, ohne Druck auszuüben, und er ließ es zu, daß sie nach Lust und Laune seinen Körper erkundete. Doch als ihre Finger schließlich den Weg zu seinen Brustwarzen fanden und leicht darüberstrichen, verlor er einen Moment lang die Selbstbeherrschung. Seine Hände umspannten ihre Taille fester, und er holte hörbar Atem.

Dieser Laut zog Jessies Aufmerksamkeit auf sich. Sie sah schnell zu ihm auf und fühlte sich von der Glut seiner Augen hypnotisiert. So unglaublich es ihr erschien, und das, obwohl er nicht das geringste unternahm, weckte sie doch ein rasendes Verlangen in ihm. In dem Moment erkannte Jessie erst, wie sehr er sich zurückhielt, während sie ihn berührte und streichelte. Dennoch hatte er bisher nichts getan, was ihr weh tat oder sie ängstigte, und er hatte es ihr überlassen, nur das über die Liebe zu erfahren, was sie selbst wissen wollte. Plötzlich erkannte sie, daß das, was sie lernen wollte, war, womit sie ihn eigentlich derart erregte. Dann kam sie auf einen Gedanken, der so kühn war, daß sie selbst erschrak.

Als er sie unter den Obstbäumen geküßt hatte, hatte er seinen Mund auf ihre Brustwarze gelegt. Dabei hatte sie sich wie in Feuer getaucht gefühlt.

Würde ihr Mund auf seiner Brustwarze auch so etwas auslösen?

Jessie senkte den Kopf und probierte es.

»Himmel, Jess!«

Zu ihrer Enttäuschung hob Stuart die Hände, um sie auf ihr Gesicht zu legen und es von sich zu ziehen. Stirnrunzelnd sah sie von seiner Brustwarze auf und in Stuarts Gesicht. Ob sie ihm wohl weh getan hatte? Oder taten Frauen solche intimen Dinge nicht bei Männern?

»Mögen Männer das nicht?«

Er lachte. Zumindest hielt Jessie es für ein Lachen, obwohl dieser zaghafte Laut ebensogut ein Stöhnen hätte sein können.

»Allzu sehr, Liebling. Ich glaube, das solltest du für den Augenblick lieber vergessen. Es sei denn, du willst schnell wieder flach auf dem Rücken landen.«

»Oh.«

»Ja, ganz recht: Oh!«

Die Warnung reichte aus, um sie von einer Wiederholung dieses speziellen Versuchs abzubringen. Statt dessen beschränkte sich Jessie darauf, seine Schultern, seine Brust, seinen Rücken und seinen Hals anzufassen, bis seine Augen in Flammen standen und sein Herz unter ihrer Hand schlug, als hätte er einen Dauerlauf hinter sich.

Es war gut, daß sie diesen Maßstab dafür gefunden hatte, wie nah ihm ihre Berührungen gingen. Bis auf die Glut in seinen Augen gab ihr sein Gesicht nicht den geringsten Hinweis darauf. Nur das heftige Pochen seines Herzens zeigte ihr, wie sehr er nach ihr verlangte. Ein zufriedenes kleines Lächeln spielte um Jessies Mundwinkel, als sie die Hand wieder auf diese verräterische Stelle seiner Brust legte. Es würde ihm nie mehr möglich sein, seine Gefühle gänzlich vor ihr zu verbergen.

»Ich habe noch mehr Knöpfe, falls dir das entgangen ist.«

Stuarts Stimme war heiser. Jessie brauchte einen Moment lang, ehe diese Äußerung zu ihr durchdrang.

»Mehr...?« Jessies Stimme verklang, als sie verwirrt zu ihm aufblickte. Dann glättete sich ihre Stirn wieder. Natürlich wußte sie, was er meinte.

Erwartete er etwa wirklich von ihr, daß sie seine Hose aufknöpfte? Wollte sie das denn tun? Jessie dachte einen Moment lang darüber nach. O ja, und wie sie das wollte!

Sie senkte ihre Hände auf die Stelle, an der sein Nabel über den Gürtel lugte, und sie suchte und fand den ersten Knopf. Er war wesentlich größer als die kleinen Hornknöpfe seines Hemdes, und daher hätte er sich um so leichter öffnen lassen müssen, aber ihre Finger fummelten hilflos daran herum und glitten immer wieder aus. Schließlich schob Stuart ihre Hände zur Seite und erledigte es selbst.

Noch mehr festes Fleisch war zu sehen. Der Haarkeil auf seiner Brust verengte sich zu einem schmalen Pfeil, der an seinem Nabel vorbei und über seinen Unterleib führte und dort verschwand, wo die Hose Jessies Sicht behinderte. Ihre Blicke folgten der Behaarung wie gebannt, und sie riß die Augen weiter auf, als ihr Blick schließlich auf etwas fiel, was direkt unter der Öffnung gegen den schwarzen Stoff gepreßt war.

Das war natürlich dieses Ding, was die Männer hatten. Erschauernd schloß Jessie die Augen.

»Feigling«, schalt Stuart sie aus. Jessies Augen blieben fest geschlossen. Er gab einen belustigten Laut von sich, und seine Hände spannten sich fester um ihre Taille, als er sie von seinem Schoß hob.

Jessie schlug die Augen auf, als sie abrupt auf dem schmutzigen Boden abgesetzt wurde.

»Wenn wir dieses interessante Experiment fortsetzen wollen, muß ich meine Stiefel ausziehen«, beantwortete er ihren fragenden Blick. Und während Jessie ihm sprachlos zusah, tat er genau das.

Als seine Füße nackt waren, richtete er sich auf und legte die Hände auf seinen Hosenbund. Jessie preßte die Augen fest zu. Aber das Rascheln von Stoff sagte ihr deutlich, daß er sich auch seiner Hose entledigte.

»Mach die Augen auf, Jessie.« Ein Lachen schwang in seinen Worten mit. Jessie schüttelte den Kopf.

»Das Hinsehen wird doch nicht weh tun, oder?«

Wahrscheinlich nicht. Aber sie konnte sich einfach nicht dazu überwinden.

»Komm schon, Jess.« Wenn sein Tonfall auch noch so sanft war, stand doch fest, daß er ein Nein nicht als Antwort hinnehmen würde. Er packte sie an den Oberarmen und zog sie auf die Füße, bis sie vor ihm stand. Währenddessen schlug Jessie, wie er es zweifellos beabsichtigt hatte, die Augen auf.

Sie hielt den Blick fest auf sein Gesicht gerichtet.

Er lächelte sie an, und da er jetzt näher am Fenster stand, fiel der Mondschein auf sein Gesicht und ließ sie seine Züge überdeutlich erkennen. Seine Augen leuchteten von innen und strahlten hell, als sie über sie glitten. Sein Mund umspielte ein schwaches Lächeln.

Aus eigenem Antrieb legte sich ihre Hand auf sein Herz. Es schlug wie eine Kesselpauke.

Natürlich hätte sie die Hand sinken lassen sollen, sobald sie zu dieser Feststellung gelangt war. Doch statt dessen blieben ihre Finger liegen und ließen sich von der Berührung seiner Haut hinreißen. Wie diese Haut glühte und wie fest die Muskeln waren, die drunterlagen...

Er hob die Hand, packte ihr Handgelenk, zog ihre Hand tiefer auf seine Brust, auf seinen Bauch und immer noch tiefer. Jessies Finger prickelten, als sie ihn berührte. Ein Schauer lief ihr über den Rükken.

»Faß mich an, Jessie«, flüsterte er. Während sie protestierend die Augen schloß, führte seine Hand die ihre auf das Ding, das die Männer hatten und das ihr Schmerzen bereitet hatte.

Ihre Finger fanden es und zogen sich zurück. Er wollte ihr Handgelenk nicht loslassen.

»Bitte, Jess.«

Jessies Finger zitterten, aber sie reagierte auf die einzige Weise, die ihr möglich war, auf dieses heisere Flüstern. Sie ließ zu, daß seine Hand ihre führte – und diesmal schloß sich ihre Hand auf seine unausgesprochene Aufforderung hin um ihn.

Er schnappte hörbar nach Luft. Sie schlug die Augen auf.

Sein Gesicht war starr, die Lippen leicht geöffnet, und er atmete durch die Zähne. Seine Augen waren schmale Schlitze, eher silbern als blau, als sie auf sie herunterblickten. Jessie sah einen langen, zaudernden Moment lang in diese Augen auf, und dann ließ sie ihren Blick ganz langsam an seinem Körper hinuntergleiten, so langsam wie möglich, bis er auf dem gewaltigen pochenden Ding lag, das sie in der Hand hielt.

Gegen ihre weiße Haut nahm es sich sehr dunkel aus. Ihre Augen glitten über die gesamte Länge, und sie war jetzt weit mehr fasziniert als ängstlich. Es hatte sich groß angefühlt, als es in sie eingetaucht war, aber sie sah, daß es nicht so furchtbar riesig war, wie sie geglaubt hatte. Es erhob sich aus dem dichten schwarzen Haar, zu dem der Pfeil führte, der an seinem Nabel vorbei nach unten wies. Es war so heiß, daß es ihre Handfläche versengte, aber die Haut war weich und samtig und nur ein klein wenig feucht. Als sie die Hand zusammendrückte, um zu sehen, was passieren würde, zuckte Stuart zusammen und schnitt eine Grimasse. Schweiß war auf seiner Stirn ausgebrochen, obwohl es kalt in dem Geräteschuppen war. Trotz seiner extremen körperlichen Reaktion sah Stuart sie fest an, und seine Augen funkelten im Mondschein wie Diamanten.

»Siehst du? So fürchterlich ist es doch gar nicht.« Die Worte kamen abgehackt durch seine Zähne. Als Jessies Augen wieder über den Körper mit den breiten Schultern und den schmalen Hüften zu dem Ding glitten, das sie in der Hand hielt, sah sie, daß er die Hände zu Fäusten geballt hatte. In dem Moment ging ihr auf, daß es ihm vielleicht sehr schwerfiel, sich von ihr berühren zu lassen und nichts tun zu dürfen. Vielleicht verspürten die Männer den Drang, das zu tun, was den Frauen diese Schmerzen bereitete, um nicht selbst Schmerzen zu haben. Vielleicht war dieses Ding deshalb so groß und geschwollen. Vielleicht tat es weh, wenn es seinen Saft nicht hergab.

Seltsamerweise legte sich ihre Angst vor diesem Ding, je länger sie es in der Hand hielt.

»Nein«, stimmte Jessie ihm zu und umfaßte es wieder fester.

Diesmal sah sie, wie die Muskeln seiner Oberschenkel sich anspannten, als wolle er sich gegen sie stemmen. Als sie einen schnellen Blick in sein Gesicht warf, sah sie, daß seine Lider gesenkt waren, seine Lippen zusammengepreßt.

»Tut es weh, wenn ich das tue?« fragte sie neugierig.

Er schüttelte den Kopf. »Es gefällt mir.« Seine Stimme war belegt. Seine Augen waren geschlossen. Jetzt öffnete er sie wieder, und seine Hand legte sich auf ihre, um sie fortzuziehen.

»Wenn es dir gefällt, warum darf ich es dann nicht tun?«

»Es gefällt mir zu gut.«

Diese Erklärung leuchtete Jessie nicht ein. Sie wollte gerade um nähere Erläuterungen bitten, als seine Hände über ihre Arme auf ihre Schultern glitten und sich dort unter ihren Morgenmantel legten. »Darf ich dir das ausziehen?« Seine Stimme war immer noch merkwürdig heiser.

Jessie sah unsicher zu ihm auf. Aber es war Stuart, ihr Stuart, den sie von ganzem Herzen liebte. Was er von ihr wollte, das würde sie tun.

»Ja«, flüsterte sie. Er zwinkerte ihr ermutigend zu, und dann zog er den Morgenmantel von ihren Schultern. Er fiel unbeachtet zu Boden.

Jessie stand jetzt in ihrem dünnen Baumwollnachthemd mit den langen Ärmeln vor ihm, das hoch geschlossen war, und sie wußte, was als nächstes kommen würde.

»Du fürchtest dich doch nicht vor mir, Jess?«

»Nein.« Sie flüsterten beide. Jessie starrte gebannt in den zärtlichen Glanz seiner Augen.

»Laß mich dir das Nachthemd ausziehen.«

Seine Finger lagen bereits auf ihrem Hals und öffneten die winzigen Knöpfe.

»Stuart...«

»Ich werde nichts tun, was du nicht selbst willst. Ich will dich nur ansehen. Einverstanden?«

Jessie hätte dieser einschmeichelnden, belegten Stimme ebensowenig etwas abschlagen können, wie sie das Atmen hätte einstellen können. Allein schon die Heiserkeit seiner Stimme ließ Schauer durch ihr Inneres ziehen. Obwohl sie wußte, wo sein gefährliches Spiel enden mußte, erwachte ihr Körper wieder zum Leben, jeder Nerv flatterte vor Vorfreude, ihre Brüste schwollen an, und ihre Brustwarzen wurden hart. Der Schmerz zwischen ihren Schenkeln hatte sich verändert und war jetzt weit mehr genüßlich als unangenehm. War es das Los einer Frau, genau das zu wollen, was ihr weh tat?

»Einverstanden, Stuart«, hauchte sie und senkte den Kopf.

»Sei nicht so ängstlich, Jess. Ich werde dir nicht weh tun«, flüsterte er zärtlich und zog ihr das Nachthemd über den Kopf. Es landete gemeinsam mit dem Morgenmantel auf dem Boden.

Jessie stand da. Sie war in den Mondschein getaucht und fühlte sich so entsetzlich angreifbar wie in ihrem ganzen Leben noch nicht. Niemand außer ihrer Zofe hatte sie je gänzlich unbekleidet gesehen, und es war etwas ganz anderes, Stuarts Blicke auf sich zu spüren, als sich von Tudi oder Sissie ankleiden zu lassen. Instinktiv hob sie die Hände, um sie in der ewig alten Geste der Frauen schützend vor sich zu halten. Stuart griff nach ihren Händen und breitete ihre Arme weit aus. Sein Blick glitt über ihren Körper. Da ihr die eigene Nacktheit viel zu peinlich war, um an sich herunterzusehen, sah sie ihm statt dessen ins Gesicht.

Sein Gesicht blieb weiterhin ausdruckslos, und nur seine Augen zogen sich zusammen, und seine Mundwinkel zuckten.

»Mein Gott, Jessie, du verschlägst mir den Atem.«

Seine Augen waren auf ihre Brüste gerichtet.

34

Nackt war sie das schönste Geschöpf, das Clive je gesehen hatte. Vom Mondschein umspült, war ihre Haut in einen überirdischen weißen Schimmer getaucht, so hell und so rein, daß es ihm nahezu als ein Sakrileg erschien, sie zu berühren. Sie hatte die Schultern steif zurückgezogen, stolz und schüchtern zugleich. Ihre Brüste waren noch vollkommener, als er sie sich ausgemalt hatte – feste, runde Kugeln, die sich wollüstig vorreckten – und ihre Brustwarzen erinnerten ihn in Form und Farbe an frische, reife Erdbeeren. Ihr Brustkorb war schmal, ihre Taille ebenfalls, und ihre Hüften waren zart gerundet. Ihr Bauch wies eine wundervoll leichte weibliche Wölbung auf, und krauses rötliches Haar verhüllte den Sitz ihrer Weiblichkeit. Ihre Schenkel waren fest zusammengepreßt, als wolle sie sich ihm vorenthalten. Ihre Beine waren lang und geschmeidig, die Knie rundlich, die Füße klein.

Selbst wenn er sie noch so sehr für ihr Herz und ihren Verstand liebte, war ihr Körper doch eindeutig ein wunderbares Geschenk, das er obendrein noch bekam.

Er mußte sich sehr zusammenreißen, um nicht die Arme auszustrecken, eine üppige Brust zu kosen und sie dann auf den Rücken zu werfen und der glühenden Schwellung zwischen seinen Beinen auf die schnellste und simpelste Art Linderung zu verschaffen.

Aber da es Jessie war, die bezaubernde, süße Jessie, hielt er sich zurück. Er hatte sich ihr gegenüber jetzt schon mehr Zurückhaltung auferlegt, als es sich je gegenüber einer anderen Frau ergeben hatte. Aber lange würde er das nicht mehr aushalten.

Sie gehörte ihm und scheute doch vor ihm zurück, und daher würde er sich Zeit lassen und sachte mit ihr umgehen. Beim erstenmal hatten ihn der Whisky, die Wut und die allzu lange gezügelte Lust angestachelt. Beim zweitenmal sollte sie alles erleben, was sich eine Frau in ihren Träumen ausmalen konnte. Er hatte vor, seine beträchtliche Erfahrung einzubringen, um ganz sicherzugehen, daß ihre Träume sich erfüllten.

Aber jetzt errötete sie gerade heftig und wandte ihre Augen in qualvoller Verlegenheit von ihm ab. Wenn er sie nicht an den Händen gehalten hätte, hätte sie sich züchtig bedeckt, das wußte er genau.

»Sei nicht schüchtern, Jess«, murmelte er einschmeichelnd. Als sie ihm immer noch nicht in die Augen sehen wollte, ließ er ihre eine Hand fallen, um ihr Kinn zu sich hochzuziehen. Es klappte. Als sie ihn ansah, waren ihre Augen weit aufgerissen, und in ihren walnußfarbenen Tiefen glühte eine Mischung aus neuentflammter Leidenschaft und Angst. Er machte sich scharfe Vorwürfe, daß er ihr beim erstenmal weh getan hatte. Aber es war halt das unabwendbare Los einer Jungfrau, beim erstenmal Schmerzen zu haben. Das hätte er ihr beim besten Willen nicht ersparen können.

»Ich kann nichts dafür«, flüsterte sie, und ihre Stimme klang so nervös, wie sie ohnehin schon wirkte. Clive lächelte zärtlich auf sie herunter. Was für ein Kind sie doch noch war! Es würde ihm großes Vergnügen breiten, sie zu belehren und sie wirklich zur Frau zu machen.

»Du bist wunderschön, Jessie.«

»Danke.«

Sie sagte es wie ein wohlerzogenes Schulmädchen, und so sah sie auch aus, wenn man von ihrer Nacktheit absah, bei der ihm das

Wasser im Mund zusammenlief, und von der dunklen Röte, die in ihre Wangen gestiegen war.

»Deine Brüste sind das Schönste, was ich in meinem ganzen Leben gesehen habe.«

»Stuart!«

Dieses ›Stuart‹ ging ihm allmählich auf die Nerven. Mit jeder Faser seines Seins sehnte er sich danach, Clive von ihr genannt zu werden. Aber dazu würde es natürlich nie kommen, und er verabscheute diese Vorstellung wie eine lästige Stechmücke. »Ich möchte sie küssen.«

»Stuart!«

Es klang, als sei sie wirklich entsetzt. Ihre Augen waren weit aufgerissen und schockiert. Ein Lächeln zog Clives Mundwinkel nach oben, als seine Hand von ihrem Kinn auf die zarte Haut ihres Halses glitt, um ihn zu streicheln. Seine Handfläche wollte sich unbedingt auf ihre Brust legen, aber er wußte, daß er jetzt nichts überstürzen durfte. Er mußte geduldig um Jessie werben. Genau das brauchte sie.

»Ich möchte jeden Zentimeter deiner Haut mit Küssen bedecken. Angefangen mit deinem Mund, und von dort aus weiter. Hast du etwas dagegen?«

»Ja! Nein! Ich weiß es nicht! O Stuart, bitte...«

Er sollte nie erfahren, worum sie ihn in diesem Augenblick bitten wollte, denn er neigte den Kopf, um ihren offenen Mund zu schmecken, ihn nur kurz zu kosten, mehr nicht.

»Bitte was?« Er besaß die Geistesgegenwart, sich danach zu erkundigen, als er im nächsten Moment den Kopf wieder hob. Ihre Augen wirkten blind, als sie zwinkerte und zu ihm aufblickte. Gut dreißig Zentimeter lagen zwischen ihren Körpern. Seine Hand in ihrem Nacken war der einzige Berührungspunkt. Aber dieser Kuß hatte ihren Blick verschleiert und sie benommen zurückgelassen. Das war ein günstiger Vorbote für den endgültigen Ausgang seines Werbens.

»Ich weiß es nicht, Stuart. O Stuart, ich liebe dich wirklich, aber...«

»Wenn ich es nicht besser wüßte, Jessie, dann könnte ich fast glauben, du wolltest mir weismachen, du seist widerwillig.« Er senkte seinen Kopf und küßte sie wieder, diesmal etwas länger, aber es war immer noch kaum mehr als ein Vorgeschmack. »Ist es etwa so?«

»Was?« Nach diesem zweiten Kuß schien es ihr Schwierigkeiten zu bereiten, seinen Worten auch nur noch halbwegs zu folgen. Ihre Lippen zitterten, und ihre Augen waren verschleiert, und das gefiel ihm nur zu gut.

»Schon gut.« Er küßte sie ein drittes Mal, und seine Zunge glitt ganz leicht über die äußeren Konturen ihrer Unterlippe. Zufrieden stellte er fest, daß sie seufzte und näher zu ihm trat, ohne von ihm gedrängt zu werden. Ihre Brüste schmiegten sich an seine Brust, und ihre Arme legten sich um seinen Hals.

»Ich liebe dich, Jessie.« Er murmelte die Worte liebevoll an ihren Lippen, und dann küßte er sie gründlicher. Jeder männliche Instinkt, den er besaß, war jetzt hellwach und reagierte, und seine Instinkte trieben ihn, sie ohne weitere Umschweife zu nehmen. Aber er hielt sich immer noch zurück. Was auch sonst alles in seinem Leben faul sein mochte, er hatte die Absicht, hier nichts zu verpatzen, sondern richtig mit Jessie umzugehen.

»O Stuart.« Es war ein Seufzen, als sie sich noch enger an ihn schmiegte. Trotz seiner guten Vorsätze konnte er nicht verhindern, daß seine Arme sich um sie schlangen und sie noch näher zogen. Er spürte sie auf jedem Millimeter seiner Haut, spürte die sanfte Glut ihrer Brüste mit den festen Spitzen auf seiner Brustmuskulatur, spürte, wie ihre zarten Schamhaare sich an seinen Schenkeln rieben. Er lechzte nach ihr, verzehrte sich nach ihr und glaubte, es nicht länger ertragen zu können, und doch raubte er ihr immer noch nicht mehr als einen weiteren Kuß. Noch nicht. Jessie selbst zeigte ihm, wann sie zu mehr bereit war. Er hielt sie dicht an sich, und seine Zunge erkundete ihren Mund, als sie keuchte und sich auf die Zehenspitzen stellte, während sich ihre Arme fester um seinen Hals schlangen.

Clive konnte sie in seinen Armen zittern fühlen. Innerlich gestattete er sich ein Lächeln, obwohl ihn die Leidenschaft schon so weit mitgerissen hatte, daß er körperlich kein Lächeln mehr zuwege gebracht hätte, selbst dann nicht, wenn sein Mund nicht vollauf damit beschäftigt gewesen wäre, Jessie zu küssen. Dann glitt eine Hand über ihren Rücken, um sanft ihr rundes Hinterteil zu streicheln.

Ihre Haut war seidig glatt, und die Rundung paßte genau in seine Hand, wenn er die Finger spreizte. Clive ergab sich der Versuchung und drückte zu. Sie schrie an seinen Lippen auf.

Gute Vorsätze hin oder her, das war fast mehr, als er ertragen konnte. Zu seinem Erstaunen fingen seine Arme an zu zittern. So hatte er für eine Frau nicht mehr gezittert, seit er ein ganz junger Kerl gewesen war.

»Stuart?« Sie spürte sein Zittern und hinterfragte es. Clive nutzte aus, daß sie den Kopf zurückgezogen hatte, um zu tun, was er anscheinend schon seit Ewigkeiten wollte: er senkte den Kopf und nahm eine steife Brustwarze in den Mund.

Jessie schrie auf und zitterte. Ihre Hände vergruben sich in seinem Haar, und sie riß so fest an seinen Haaren, daß er es in der Kopfhaut spürte, doch sie versuchte nicht, sich von ihm loszureißen. Statt dessen hielt sie ihn ganz fest und bog ihren Rücken noch mehr durch, um ihm ihre Brüste mit einer instinktiven Wollust darzureichen, die stärker auf ihn wirkte als alles, was die erfahrenste Kurtisane ihm je an Tricks hatte zeigen können. Mit seiner Zunge kreiste er über ihre Brustwarze, ehe er daran sog und ihre Süße auskostete, und urplötzlich stellte er fest, daß es für ihn jetzt kein Zurück mehr gab.

Als er den Kopf hob, um ihre Lippen wieder zu küssen, entdeckte er, daß er zitterte wie ein Schuljunge, während er vor Lust entflammt war und sich so inbrünstig nach ihr verzehrte, daß er schon fürchtete, es sei bald zu spät.

Wenn er sie nicht bald nehmen konnte, würde sich sein Samen unwürdig in die kühle Nachtluft ergießen.

Das war eine Schande, die er nicht mehr erlebt hatte, seit er ein dreizehnjähriger Junge gewesen war, und er hatte nicht vor, diese Schmach heute nacht noch einmal zu erleiden. Clive hob Jessie hoch und ließ sie sanft auf die Kornsäcke sinken, und dabei küßte er sie unablässig. Sie umklammerte seinen Hals und erwiderte seine Küsse mit aller Leidenschaft, zu der sie fähig war. Keine Sekunde lang erhob sie Einwände.

Auch dann nicht, als er sie auf den Rücken legte und sich neben sie kniete, nicht, als er ihre Brüste streichelte, nicht, als er mit seinen Händen über ihren Bauch und die zarte Haut ihrer Schenkel strich. Auch dann nicht, als seine Hand zwischen ihren Schenkeln nach oben glitt, bis sie auf der Stelle lag, in die er eindringen wollte, und sie dort berührte.

Sie erhob nicht nur keine Einwände, sondern sie schrie in ihrem freudigen Erstaunen auf und preßte ihren Schamhügel gegen seine Hand.

Clive schloß die Augen, biß die Zähne zusammen und gab

augenblicklich den Kampf auf. Er konnte sich nicht noch länger zurückhalten. Er mußte sie jetzt sofort haben, oder er würde sterben.

Dennoch versuchte er, es ihr leicht zu machen. Sogar, als er sich schon auf sie legte und seine Knie zwischen ihre Beine zwängte, ließ er seine Hand auf der Stelle liegen, von der er gelernt hatte, dort läge das Geheimnis, Frauen Genuß zu verschaffen, und er rieb sie und streichelte sie und bereitete sie auf sein Eindringen vor.

Aus ihrem Zittern und Keuchen und aus den heftigen Reaktionen, mit denen ihre Zunge seiner antwortete, konnte er schließen, daß sie soweit war, wie sie nur irgend kommen konnte.

Sein Herz klopfte so heftig, daß das Blut in seinen Ohren rauschte. Er stützte sich auf seine zitternden Arme, um sie nicht mit seinem Gewicht zu erdrücken, und er küßte sie auf den Mund, während er ihre Beine weit auseinanderspreizte.

Dann drang er so sachte wie möglich in sie ein. Als sich jedoch ihre glühende Nässe um ihn schloß, verlor er jede Selbstbeherrschung und stieß brutal in sie.

Sie umklammerte ihn, wölbte sich ihm entgegen und stöhnte diesen verhaßten Namen, den sie für seinen hielt. Aber Clive war derart von den Klauen seiner eigenen Lust gepackt, daß er nicht hätte sagen können, ob sie mit ihm kam oder nicht, als er heftig dem befreienden Ende entgegenstrebte.

Als er schließlich aufschrie und sein Samen sich in sie ergoß, schrie auch sie auf und zuckte in seinen Armen. War es ein Lustschrei oder ein Schmerzensschrei? O Gott, wie sehr er hoffte, es möge Lust sein. Aber für den Augenblick hatte er sich zu sehr verausgabt, um das jetzt herauszufinden. Er war sogar so erschöpft, daß er nur noch auf ihr zusammenbrechen und keuchend nach Luft schnappen konnte.

Es dauerte eine Weile, bis er wieder so weit zu sich gekommen war, sich von ihr zu wälzen. Er stützte sich auf einen Ellbogen und sah in ihr Gesicht hinunter.

Sie hatte die Augen geschlossen. Ihre Wimpern warfen zarte, dunkle Halbmondschatten auf ihre Wangen. Ihr seidiges Haar breitete sich rings um ihren Kopf herum aus. Einzelne Strähnen hatten sich in dem Haar auf seiner Brust verfangen und bedeckten seinen Arm. Er strich ihr eine vorwitzige Locke aus der Stirn und sah mit Besitzerstolz auf ihren makellosen, nackten Körper herunter. Sie gehörte ihm. Er hatte sie mit seinem Schweiß, seinem Samen, seinem Körper geprägt. Sie war sein, und er hatte die Absicht, sie zu behalten.

»Jessie.«

Keine Antwort. Nicht einmal ihre Wimpern zuckten.

»Jess.«

Sie reagierte nicht, rührte sich nicht von der Stelle. Nur das sachte Auf und Ab dieser schönen Brüste sagte ihm, daß sie noch am Leben war. Bestürzt legte er die Stirn in Falten. Dann, aber auch erst dann ging Clive auf, daß seine große Liebe fest eingeschlafen war.

»Gütiger Himmel«, sagte er verblüfft. Dann verzog sich sein Mund zu einem amüsierten Lächeln. Ganz gleich, welche Reaktion er auch von ihr erwartet hatte, es war ganz sicher nicht das leise Schnarchen, das in eben dem Moment durch ihre geöffneten Lippen drang.

Er beugte sich vor und küßte sie sanft, um sie nicht z uwecken. Dann stand er auf. Minuten später war er angezogen. Er hob ihr Nachthemd und ihren Morgenmantel auf, schüttelte beides, weil sich Stroh und Korn darin verfangen hatten, und schließlich kniete er sich neben Jessie. Er hob sie in eine sitzende Haltung hoch und zog ihr das Nachthemd über den Kopf.

Davon erwachte sie. »Was...?«

»Psst«, sagte Stuart und lächelte, als sie verdutzt blinzelte. Dann zog er das Nachthemd an ihr herunter, warf sich ihren Morgenmantel über den Arm, hob sie auf seine Arme und stand mit ihr auf.

»Stuart?«

»Sei ruhig, Liebling. Ich bringe dich jetzt in dein Bett.«

»Ach so.«

Er bahnte sich behutsam einen Weg durch den Geräteraum, brachte Jasper mit einem Wort zum Schweigen und lief durch den Stall. Nach dem Dunkel des Geräteschuppens schien das Mondlicht draußen gleißend hell zu sein. Er lief eilig auf das Haus zu, ohne einen Moment lang das weiche, vertrauensvolle Bündel zu vergessen, das er auf den Armen trug. Ihr Kopf lehnte an seiner Schulter, ihre Arme waren lose um seinen Hals geschlungen, und sie schien abwechselnd wach und im Halbschlaf zu sein. Ein heftiges Verlangen, sie zu beschützen, regte sich in ihm, als er sie zu dem Bett trug, in dem sie allein schlafen würde. Falls jemand dahinterkam, daß Jessie mit ihm geschlafen hatte, würde Jessie die Leidtragende sein. Daher durfte es um ihretwillen niemand herausfinden, solange er nicht einen Ausweg aus diesem gottverdammten Durcheinander gefunden hatte.

»Stuart?« Sie hob den Kopf und sah ihn blinzelnd an.

»Ja?« Er lächelte zärtlich.

»Du hast recht gehabt.«

»Womit denn, mein Liebling?«

»Beim zweiten Mal hat es kein bißchen weh getan.«

»Habe ich es dir nicht gesagt? Warte erst, was du beim dritten Mal erleben wirst.«

»Ich glaube, ich kann es nicht erwarten.«

Für diese atemberaubende Antwort mußte er ihr bei aller Vorsicht einen Kuß geben, ehe er sie ins Haus trug und sie auf ihr Bett legte.

Als er sie noch ein letztes Mal küßte und gehen wollte, hielt Jessie ihn am Hemd fest.

»Stuart.« Sie lächelte schläfrig und rollte sich bereits zusammen. Als Clive auf sie heruntersah, glaubte er, nie in seinem Leben eine Frau gesehen zu haben, die begehrenswerter schien als sie in diesem Augenblick.

»Was ist, Liebling?«

»Ich glaube, ich werde Mitch doch nicht heiraten.«

»Nein«, sagte er entschieden. Sein Gesicht wurde finster, obwohl er ihr ansehen konnte, daß sie Spaß machte. »Das wirst du wohl kaum tun.«

»Du mißgünstiger Kerl«, sagte sie leise.

Er beugte sich zu ihr herunter, um sie noch einmal zu küssen. Sein ganzer Körper lechzte danach, sich zu ihr ins Bett zu legen, aber er wußte, daß er das schon ihretwegen keinesfalls tun durfte.

»Es mag zwar sein, daß ich dich keinem anderen gönne«, sagte er, als er wieder aufstand, »aber du mußt dir darüber im klaren sein, daß ich dich will. Und jetzt schlaf, Jess.«

Dann ließ er sie allein, und sie lächelte in ihr Kissen, während er sich auf den Weg in sein eigenes, einsames Bett machte.

35

Eine Lerche sang, als Jessie am nächsten Morgen erwachte. Sie streckte sich, lächelte und dachte: Wie angemessen. Ihr war auch danach zumute, lauthals zu singen.

Sie stand aus dem Bett auf und trat ans Fenster, um hinauszusehen. Bei ihren Bewegungen spürte sie, daß sie zwischen den Schenkeln ein wenig aufgescheuert war, und das sagte ihr, daß die letzte Nacht kaum Traum gewesen war, aber sie hatte nirgends wirkliche Schmerzen. Sie fühlte sich prächtig, obwohl sie wenig geschlafen hatte, und sie war glücklich und sorglos und schäumte vor Energie. Das Gras vor dem Fenster schien grüner denn je zu sein und der Himmel blauer. Jessie lehnte sich an den Fensterrahmen und lächelte über die Welt im großen und ganzen. Der Grund, aus dem sie sich so wunderbar fühlte, war der, daß sie das Gefühl hatte, geliebt zu werden. Stuart liebte sie! War das nicht ein Wunder, das diesen Namen zu Recht trug?

Es war sehr früh. Die Sonne stand noch tief, und auf dem Gras lag Tau. Doch es war schon rege Betriebsamkeit ausgebrochen, und Jessie fiel ein, daß heute die letzte Baumwolle geerntet werden sollte. Wie immer, wenn die Baumwollernte zu Ende ging, würde auf dem Fluß reger Verkehr herrschen, da die Baumwolle von den Plantagen zu den großen Hafenstädten wie New Orleans gebracht wurde. Von dort würde sie dann nach England verschifft werden. Jessie hatte den Trubel nach der erfolgreich eingebrachten Ernte schon immer geliebt, doch dieses Jahr waren ihre Sinne geschärft, und sie stellte fest, daß man die Freuden des Alltags viel klarer wahrnahm, wenn man verliebt war.

Stuart war zweifellos dort draußen, und Jessie errötete leicht bei dem Gedanken, ihm nach allem, was in der vergangenen Nacht geschehen war, am hellichten Tage gegenüberzutreten, doch ihr Verlangen, ihn zu sehen, siegte gegen ihre instinktive Scheu. Sie wandte dem Geschehen vor dem Fenster den Rücken zu, um sich eilig anzukleiden.

Sissie hatte wie immer einen Krug heißes Wasser vor Jessies Tür gestellt. Jessie holte ihn, schüttete das Wasser in die Waschschüssel und wusch sich das Gesicht. Ihr Körper kam ihr ein wenig klebrig vor. Sie hätte gern ein Bad genommen, aber da sie gewöhnlich abends badete, hätten Tudi und Sissie sich Fragen gestellt, wenn sie jetzt nach einem heißen Bad verlangte. Wenn sie auch noch so glücklich war, wußte Jessie doch ganz genau, daß das, was in der vergangenen Nacht zwischen Stuart und ihr geschehen war, vom Rest der Welt als skandalös und verrucht verdammt worden wäre. Es war schon genug der Schande, daß sie mit einem Mann geschlafen hatte, mit dem sie nicht verheiratet war, aber wenn dieser Mann außerdem schon verheiratet war, und noch dazu mit der Witwe ihres verstorbenen Vaters... Das war durch und durch sündig, und Jessie wußte es. Wenn jemand die Wahrheit entdeckt hätte, wäre sie als unzüchtige Hure in Verruf gekommen, und man hätte über sie gelästert und sie ausgestoßen. Aber sie war nicht bereit, ihre Freude durch die düstere Realität trüben zu lassen. Sie würde noch früh genug Zeit haben, über die beunruhigenderen Aspekte ihrer Liebe zu Stuart nachzudenken.

Jessie zog ihr Nachthemd aus und seifte sich so gut wie möglich ein. Die bräunlichen Flecken auf der Innenseite ihrer Oberschenkel verwirrten sie einen Moment lang, bis ihr klar wurde, es müsse sich um Blut handeln. Das Blut ihrer Jungfräulichkeit, das als Geschenk an ihren Ehemann in ihrer Hochzeitsnacht gedacht war. Zum erstenmal wurde Jessie wirklich bewußt, daß sie keine Jungfrau mehr war. Eine Eheschließung kam nach der letzten Nacht für sie nicht mehr in Frage. Als sie darüber nachdachte, spürte Jessie eine leise Furcht in sich aufsteigen. Sie liebte Stuart rasend und verließ sich darauf, daß er irgendeine Lösung für ihr Dilemma fand. Er würde sich etwas einfallen lassen, wie sie den Rest ihres Lebens gemeinsam verbringen konnten, und doch war es die bittere Wahrheit, daß er bereits verheiratet war und sie nicht heiraten konnte. War sie dazu verurteilt, ihr weiteres Leben als seine Mätresse auf Mimosa zu verbringen, während ihre Stiefmutter die achtbare Stellung seiner Ehefrau für sich beanspruchen konnte? Würde sich ihre wahre Liebe mit klammheimlichen Stelldicheins um Mitternacht begnügen müssen? Oder würde Stuart versuchen, sich scheiden zu lassen? Schon allein bei dem Gedanken schauerte Jessie zusammen. Die Lage, in die sie sich gebracht hatte, wurde Jessie in all ihrer Abscheulichkeit klar, doch sie drängte diese unerfreulichen Überlegungen entschlossen zurück.

Heute, nur diesen einen Tag lang, würde sie ihr Glück auskosten. Sie liebte, und ihre Liebe wurde erwidert. Ein kleines Weilchen würde sie sich vormachen, daß keines der Hindernisse zwischen ihr und Stuart stand und daß sie sich ungehindert und nach Herzenslust lieben konnten.

Jessie zog sich schnell das pfauenblaue Reitkostüm an, das ihr so unwahrscheinlich gut stand, und dann setzte sie sich vor ihre Frisierkommode und bürstete sich das Haar. Vereinzelte Getreidekörner und Strohhalme hatten sich in ihrer dichten Mähne verfangen, und sie dankte dem Himmel dafür, daß es ihre Gewohnheit war, sich morgens allein zurechtzumachen. Wenn Tudi oder Sissie diese verräterischen Halme in ihrem Haar gesehen hätten, wären außerordentlich peinliche Fragen laut geworden.

Als sie sich frisiert hatte, hob Jessie das Stroh und die Körner einzeln auf, die sie herausgebürstet hatte, und warf sie ganz hinten in den Kamin, wo sie vor einer Entdeckung sicher waren. Dann breitete sie ihr Nachthemd und ihren Morgenmantel auseinander, um nach Blutflecken zu suchen, doch sie stellte erleichtert fest, daß beides sauber war. Schließlich spülte sie den Waschlappen, mit dem sie sich die blutverschmierten Schenkel abgewaschen hatte, aus, bis er keine Flecken mehr hatte. Das trübe Waschwasser schüttete sie fort.

Bei alledem fühlte sie sich so schuldbewußt wie eine Mörderin. Doch als das Werk getan war und sie noch ein letztes Mal in den Spiegel sah, war sie gleich wieder besser gelaunt. Bald, bald schon, würde sie an Stuarts Seite sein. Nichts anderes zählte.

Es war ein kühler Morgen, und das langärmelige Kleid war genau richtig für dieses Wetter. Sie hatte sich das Haar mit einem blauen Band zusammengebunden, und die kastanienbraunen Locken wippten bis auf die Hüften. Das ließ sie auffallend jung aussehen, fand sie, als sie ihr Spiegelbild betrachtete, und sie hoffte, daß es auch hübsch aussah.

Stuart hatte ihr gesagt, sie sei schön. Fand er das wirklich?

Jessie lächelte beseligt bei der Erinnerung daran und verließ ihr Schlafzimmer, um über die Hintertreppe das Haus zu verlassen und sich auf den Weg zum Stall zu machen. Als ihr Tudi und Rosa begegneten, drückte sie Tudi überschwenglich an sich und gab Rosa einen Kuß. Beide Frauen sahen kopfschüttelnd hinter ihr her.

Jessie nahm nicht wahr, daß beide Frauen sich wunderten und sich ihren Teil dachten. Sie lief zum Stall, bat Progress, ihr Pferd zu satteln, tätschelte Firefly und ritt voller Vorfreude hinaus. In wenigen Minuten würde sie Stuart wiedersehen.

Celia kam gerade aus dem Haus und ging auf die Toilette zu. Sie lüpfte ihre Röcke mit übertriebener Sorgfalt, damit sie nur ja nicht mit dem frisch gemähten Gras in Berührung kamen. Selbst auf diese Entfernung wirkte sie außerordentlich verdrossen und noch dünner, als Jessie sie in Erinnerung hatte.

Celia blickte auf und sah ihre Stieftochter. Jessie spürte, daß ein Teil ihres kostbaren Glücks zersprang. Sie wäre fortgeritten, ohne auch nur ein Wort mit ihrer Stiefmutter zu reden, doch Celia winkte sie zu sich. Widerwillig griff Jessie Firefly in die Zügel und ritt auf die Ehefrau des Mannes zu, den sie liebte.

»Du scheinst heute morgen ganz außergewöhnlich gut gelaunt zu sein«, bemerkte Celia kühl und musterte Jessie angewidert, als die jüngere Frau ihr Pferd vor ihr anhielt. Ihr Gesicht war sehr blaß, und ihr Haar war zerzaust, und das sah Celia so gar nicht ähnlich, daß Jessie sich schon fragte, ob sie wohl krank war. Auch ihr Tonfall war gereizter denn je. Natürlich war Celia immer unfreundlich zu ihr gewesen, und ihre Feindseligkeit war von Tag zu Tag größer geworden, seit Jessie attraktiver geworden war, und doch... War es etwa möglich, daß ihre Stiefmutter wußte, was sich in der vergangenen Nacht zwischen ihr und Stuart abgespielt hatte?

Nein, natürlich nicht. Niemand wußte etwas davon, nur sie und Stuart. Trotzdem war Jessie machtlos gegen die schuldbewußte Röte, die in ihre Wangen aufstieg.

»Wolltest du etwas Bestimmtes von mir, Celia?« fragte sie und hoffte, gleich weiterreiten zu können, ehe Celia ihre verräterische Röte wahrnahm.

»Falls du meinem Mann zufällig über den Weg läufst, was ja ständig zu passieren scheint, dann schick ihn bitte zu mir. Also wirklich, dieser Mann ist einfach nie auffindbar – für mich jedenfalls nicht. Soweit ich gehört habe, gelingt es dir ziemlich häufig, ihn zu finden.« Celias mürrischer, keifender Tonfall war nicht ausgeprägter als sonst, sagte sich Jessie. Monate lang hatte Celia darauf angespielt, wieviel Zeit und Aufmerksamkeit Stuart Jessie widmete. Hinter Celias Äußerungen steckte nichts weiter als sonst auch – oder etwa doch?

»Falls er mir zufällig begegnet, schicke ich ihn zu dir.« Jessie wollte losreiten.

»Oh, ich bin ganz sicher, daß du ihm begegnest. Darauf legst du es doch an, oder nicht?«

»Ich sage ihm, daß du ihn sprechen willst«, sagte Jessie mit ruhiger Stimme und kehrte um.

»Wenn ich es mir genauer überlege, brauchst du dir die Mühe eigentlich gar nicht zu machen«, rief Celia hinter ihr her, und die Gehässigkeit war deutlich aus ihrer Stimme herauszuhören. »Was könnte passender sein, als *dich* die guten Nachrichten übermitteln zu lassen? Richte Stuart doch einfach etwas von mir aus. Sag diesem elenden Lüstling, er hätte endlich bekommen, was er wollte: Ich bin ziemlich sicher, daß ich ein Kind kriege.«

36

Jessie ging am frühen Nachmittag an Bord der *River Queen.* Sobald sie zu dem Entschluß gekommen war, unter den Umständen sei es das einzig Mögliche, Mimosa zu verlassen, waren die Einzelheiten erstaunlich einfach gewesen. Nachdem Celia ihre Welt in tausend Stücke geschlagen hatte, war Jessie eine Zeitlang blind drauflos geritten. Als sie sich dann gezwungen hatte, sich mit ihrer wirklichen Lage auseinanderzusetzen, hatte sich eine eisige Ruhe auf sie herabgesenkt, und sie wußte genau, was sie zu tun hatte. Sie kehrte zum Haus zurück, packte ein kleines Köfferchen und schrieb eine Nachricht, die sie unter ihre Bettdecke legte, damit sie erst gefunden wurde, wenn Sissie am Abend kam, um die Decke zurückzuschlagen. Es war nicht so schwierig, wie Jessie gefürchtet hatte, sich mit dem Koffer aus dem Haus zu schleichen. Die Hausangestellten gingen ihren üblichen Aufgaben nach, und Celia hielt sich entweder in ihrem Zimmer oder außer Haus auf, wie tagsüber meistens. Jessie begegnete niemandem, als sie das Haus durch den Haupteingang verließ und nicht durch die Hintertür, denn dort hätte sie Tudi oder Sissie in die Arme laufen können.

Das größte Hindernis schien ihr das Geld zu sein, als sie den Entschluß gefaßt hatte, fortzugehen, aber auch das erwies sich als kein Problem. Um diese Jahreszeit waren alle auf den Feldern beschäftigt, selbst Graydon Bradshaw, der seine Arbeitszeit sonst weitgehend im Büro verbrachte. Das Büro, ein kleiner freistehender Ziegelbau, war leer. Es war abgeschlossen, aber Jessie wußte, wo der Schlüssel aufbewahrt wurde. Sie wußte auch, daß die Kasse unter einer losen Diele versteckt war, und den Schlüssel fand sie in Bradshaws Schreibtisch.

Es war lachhaft einfach, diesen Diebstahl zu begehen.

Jessie verbarg die Stahlkassette wieder in ihrem Versteck und schloß die Tür hinter sich ab, damit niemand etwas merkte, ehe man ihre Nachricht fand. Dann ritt sie mit Firefly zur Anlegestelle der Schiffe. Sie hätte Firefly einen Klaps geben können, und die Stute wäre nach Hause zurückgelaufen, doch dann hätte man Jessies Verschwinden zu früh entdeckt. Daher bat Jessie zwei Feldarbeiter der Chandlers, Firefly für diesen einen Tag nach Elmway mitzunehmen.

»Sie machen einen Ausflug, Miß Jessie?« fragte George, einer der Männer, sie überrascht, als sie ihm Fireflys Zügel in die Hand drückte.

»Ja, ich fahre nach Natchez. Ist das nicht schön?« Jessie hoffte nur, daß die Fröhlichkeit in ihrer Stimme in Georges Ohren nicht ganz so unecht klang wie in ihren eigenen.

»O doch, Miß Jessie. Nehmen Sie die kleine Sissie mit?«

Jeder zweite junge Mann im Tal war hinter Sissie her. Jessie nahm sich vor, mit Stuart darüber zu reden und ihn zu bitten, unter den Männern auf Mimosa einen Mann für das Mädchen zu finden, ehe sie ihr Herz an jemanden von einer anderen Plantage verlor. Denn das hätte endlose Komplikationen nach sich gezogen. Erst hinterher fiel Jessie auf, daß sie Mimosa gerade verließ und keine Gelegenheit mehr haben würde, mit Stuart zu reden, schon gar nicht über Sissies Liebesleben.

Sie litt Seelenqualen, als sie George belügen mußte.

»Sie ist schon an Bord gegangen. Aber ich richte ihr gern aus, daß Sie nach ihr gefragt haben.«

»Ja, bitte, Miß Jessie.«

Jessie tätschelte Firefly und winkte George zu, ehe sie an Bord ging. In dem Moment ging ihr auf, daß sie nicht die geringste Ahnung hatte, wie man eine Schiffspassage buchte. Zum Glück sorgte sich der Kapitän gerade mehr um seine Fracht als um die Passagiere, und sobald sie gezahlt hatte, war auch die Schiffsreise kein Problem mehr. Als sie den Kabinenschlüssel in der Hand hielt, atmete Jessie erleichtert auf. War es nicht komisch, wie furchtbar leicht es einem gemacht wurde, sein ganzes Leben auf den Kopf zu stellen und seine Wurzeln zu kappen?

Die einzige Reise, die Jessie je unternommen hatte, war ihr Ausflug nach Jackson mit Miß Flora und Miß Laurel gewesen. Wenn sie nicht ganz so sehr um Stuart gelitten hätte, hätte ihr die Flußfahrt fast Spaß gemacht. Der Yazoo war ihr nie allzu schmal erschienen, doch als die *River Queen* aus dem Nebenfluß in den breiten, schlammigen Mississippi einbog, war Jessie tief beeindruckt von der Breite dieses Stromes.

Jessie wußte, daß eine Dame nicht allein reiste, und schon jetzt hatte sie Blicke von Männern auf sich gezogen, die ihr gar nicht behagten. Es war wohl das beste, wenn sie sich weitgehend in ihre Kabine zurückzog, bis die *River Queen* ihr Ziel erreicht hatte – New Orleans. Bis dahin konnte sie in Ruhe Pläne schmieden. Die achthundert Dollar, die sie aus der Stahlkassette entwendet hatte, würden nicht ewig reichen.

Es war denkbar, daß sie sich irgendwann eine bezahlte Stellung suchen mußte, aber als was? Und wie suchte man sich überhaupt eine Anstellung? Panik drohte Jessie zu übermannen, als ihr ständig klarer wurde, wie behütet und zurückgezogen sie bisher gelebt hatte. Doch sie war nicht bereit, sich dieser Panik zu überlassen. Wenn sie bisher nicht gelernt hatte, wie man auf sich selbst gestellt in dieser Welt zurechtkam, dann würde sie es eben jetzt herausfinden. Irgendwie würde sie es schaffen, denn es mußte sein. Sie war jung, gesund, intelligent und scheute sich nicht vor harter Arbeit. Warum also sollte ihr die Welt außerhalb der Grenzen von Mimosa so bedrohlich erscheinen?

Natürlich konnte sie sich jederzeit Geld von Mimosa schicken lassen. Jessie hatte das sichere Gefühl, Celia würde es sich eine ansehnliche Summe kosten lassen, ihre verhaßte Stieftochter loszuwerden. Aber das war ein Schritt, den sie hoffte vermeiden zu können. Wenn sie Geld anforderte, hieß das, daß sie ihren Aufenthaltsort preisgeben mußte. Dann würde jemand kommen, um sie zurückzuholen – das war so sicher wie das Amen in der Kirche. Und dieser Jemand würde höchstwahrscheinlich Stuart sein.

Jessie glaubte nicht, daß sie Stuart noch einmal gegenübertreten konnte. Jedenfalls nicht, ohne ihm in die Arme zu fallen und ihn zu bitten, sie wieder nach Hause zu bringen. Als die *River Queen* Mimosa immer weiter hinter sich ließ, geriet Jessie mehr als einmal in ihrem Entschluß ins Wanken. Die Nacht brach an, und das Heimweh regte sich und wurde nur noch durch das Wissen verstärkt, daß sie nie mehr nach Hause zurückkehren konnte.

Als sie nicht einschlafen konnte und sich im Bett herumwälzte, war das einzige, was sie davon abhielt, in der Morgendämmerung sofort umzukehren, das Wissen, daß sie das Richtige getan hatte, als sie Mimosa und Stuart verlassen hatte. Celia war Stuarts Frau, ob es einem der drei Beteiligten nun paßte oder nicht. Es gab keine Lösung, die wie durch ein Wunder alles zum Guten gewendet hätte. Nachdem die Grenze überschritten war und Stuart ihr Liebhaber geworden war, waren alle Voraussetzungen für eine Katastrophe gegeben. Wenn dann auch noch dazukam, daß Celia ein Kind erwartete – mochte es nun von Stuart sein oder nicht, und Jessie war sehr schnell auf den Gedanken gekommen, es könne nicht von Stuart sein –, stand eines fest: für Jessie war auf Mimosa kein Platz mehr.

Es änderte nichts, daß sie Stuart liebte und er sie. Celia war seine Frau, und Celia erwartete ein Kind, das sie als ihr gemeinsames Kind aufziehen würden. Unter den gegebenen Umständen blieb Jessie nichts anderes übrig, als von der Bildfläche zu verschwinden.

Wenn sie nicht schon mit Stuart geschlafen hätte, hätte sie unverzüglich Mitch geheiratet und sich mit diesem Schritt dauerhaft Stuarts Reichweite entzogen. Aber sie *hatte* mit Stuart geschlafen, hatte ihm ihre Jungfräulichkeit geopfert und ihm ihre Liebe geschenkt, und daher war diese Möglichkeit für sie verschlossen. So wollte sie nicht zu Mitch gehen. Die einzige Lösung, die ihr noch blieb, war die, sich ein eigenes Leben in der Ferne aufzubauen, wenn ihr Herz auch noch so sehr blutete.

Im Moment machte sie sich allerdings nicht die geringste Vorstellung davon, wie dieses Leben aussehen sollte.

Sie versuchte hartnäckig, sich mit der Wahrheit abzufinden, wenn es auch noch so weh tat: Sie hatte nicht nur Stuart verloren, sondern alles und jeden, den sie liebte: Tudi und Sissie, Rosa, Progress, Firefly und Jasper, Mimosa...

Tränen brannten in Jessies Augen, als die geliebten Gesichter eines nach dem anderen an ihr vorüberzogen. Sie bemühte sich, Stuart gar nicht erst vor sich zu sehen, doch schließlich verlor sie den Kampf. Sie durchlebte jeden Moment mit ihm noch einmal, angefangen mit dem Anblick des Fremden, den sie auf Anhieb abgelehnt hatte, als er als Celias Verlobter nach Mimosa gekommen war.

Als die Tränen endlich über ihre Wangen rannten, versuchte sie gar nicht erst, ihnen Einhalt zu gebieten. Schluchzend drehte sie sich auf den Bauch und begrub ihr Gesicht im Kissen, doch selbst die Tränen konnten ihren Schmerz nicht lindern. Das hatte sie schon vor langer Zeit gelernt, und sie hätte daran denken sollen.

Jessie blieb in ihrer Kabine, bis die *River Queen* am frühen Nachmittag des folgenden Tages in Natchez anlegte. Trotz der miserablen Nacht hatte sie sich ein schönes Kleid angezogen und das Haar aufgesteckt. Als das Schiff vertäut war, setzte Jessie ihren Hut mit der breiten Krempe auf und verließ ihre Kabine. In dem Trubel, der jetzt herrschte, würde gewiß niemand eine junge Dame belästigen, die allein reiste.

Jessie stellte fest, daß sie Hunger hatte. Vielleicht konnte sie kurz an Land gehen und sich an einem der Stände im Hafen etwas Eßbares kaufen. Die *River Queen* hatte zwar einen Speisesaal, doch Jessie hatte bisher noch nicht den Mut aufgebracht, ihn allein aufzusuchen. Sie sah sich den Schwierigkeiten nicht gewachsen, in einem öffentlichen Restaurant eine Mahlzeit zu bestellen und sie allein zu sich zu nehmen, jedenfalls bisher nicht. Früher oder später würde sie sich natürlich dazu durchringen müssen, wie sie auch vieles andere noch lernen mußte, worum sie sich bisher nie gekümmert hatte.

Ein Fremdenführer, der geschmacklos und auffällig gekleidet war, sprach sie an, sowie sie von Bord gegangen war. Jessie eilte weiter, ohne ihm zu antworten, doch in dem Gedränge kam sie nur langsam voran.

»Für eine junge Dame wie Sie ist es gefährlich, allein durch Natchez zu laufen. Harley Bowen, stets zu Ihren Diensten«, hörte sie plötzlich eine Stimme hinter sich.

Jessie stellte voller Entsetzen fest, daß der Mann mit der grellbunten Weste, der sie schon vorher angesprochen hatte, plötzlich mit einem triumphierenden Lächeln neben ihr auftauchte. Sie konnte nur hoffen, daß er sie in Ruhe ließ, wenn sie ihn nicht beachtete, und daher wandte sie sich eilig ab. Aber der Mann ließ sich nicht abschütteln.

»Du siehst ja wirklich prima aus, Süße. Keine Angst, bei Harley Bowen sind die Frauen sicher. Soll ich dich nicht herumführen, was meinst du dazu?« Er besaß wahrhaftig die Frechheit, eine Hand auf ihren Ellbogen zu legen.

Jessie hatte noch nie mit einem Kerl von der Sorte zu tun gehabt, doch jetzt riß sie den Kopf herum. »Finger weg«, fauchte sie, denn sie hatte es satt, sich Gedanken darüber zu machen, wie man in einer solchen Lage korrekt handelte. Damenhafte Zurückhaltung war nie eine ihrer größten Tugenden gewesen, und sie sah gar keinen Grund, sie ausgerechnet jetzt zu üben.

Harley Bowens graue Augen wurden größer, als sie sich zu ihm umwandte. Seine Hand spannte sich nur noch fester um ihren Arm. »Oho! Wir sind wohl eingebildet? Passen Sie auf, was Sie sagen! Ich bin nicht der Mann, der sich von rotznäsigen Frauen etwas gefallen läßt.«

»Lassen Sie meinen Arm los!«

»Haben Sie Probleme, meine Liebe?« erkundigte sich ein grauhaariger Mann in steifer Kleidung bei ihr. Die Frau an seiner Seite wirkte nicht, als sei sie für einen Scherz zu haben. Als Jessie sie ansah, rechnete sie fast damit, die Dame würde Mr. Bowens Hand von ihrem Ärmel schlagen.

»Ja, also...« Es widerstrebte Jessie, Fremde in ihre Schwierigkeiten hineinzuziehen, aber ihre Zuversicht, allein mit der Lage fertig zu werden, nahm sichtlich ab. Die Hand schloß sich noch fester um ihren Ellbogen.

»Kümmern Sie sich um Ihre eigenen Angelegenheiten!« fauchte Harley Bowen.

»Genau das habe ich vor! Wenn eine unschuldige junge Dame belästigt wird, geht das jeden gottesfürchtigen Bürger etwas an!« Die stämmige Frau sah zu, wie ihr Begleiter und Mr. Bowen gehässige Blicke miteinander tauschten.

»Was ist los, Cornelia? Du weißt doch, wie sehr ich laute Stimmen hasse.« Die Worte wurden heraustrompetet. Einer der Beteiligten mußte schwerhörig sein.

»Dieser Herr belästigt die junge Dame, Martha.« Cornelia redete so laut, daß Jessie vor Scham am liebsten im Erdboden versunken wäre.

»Ach, wirklich?« Martha sah Mr. Bowen und Jessie, die immer noch erfolglos versuchte, ihm den Ellbogen zu entreißen, interessiert an.

»Wer hat dich denn gebeten, dich einzumischen, du fette Kuh?« Martha war offensichtlich nicht schwerhörig, denn ihr Mund klappte entrüstet auf, und ehe einer der Beteiligten ihre Absicht erkannt hatte, ließ sie ihren Sonnenschirm mit aller Kraft auf Mr. Bowens Kopf heruntersausen.

»Oh, Hilfe! So ein Miststück!« heulte Mr. Bowen und riß die Arme hoch, um die Schläge abzuwehren, die auf seinen Kopf hagelten. Er wankte rückwärts und prallte gegen ein Liebespaar, das daraufhin taumelte.

»Sie werde ich lehren, was passiert, wenn man andere Leute mit

Schimpfwörtern bedenkt!« Mit dem rüschenbesetzten, gefährlich erhobenen Sonnenschirm schien Martha der Inbegriff einer rachsüchtigen Furie.

»Gib's ihm, Martha!« Cornelia sprang fast in die Luft, während sie Martha aufhetzte.

Als es gerade so aussah, als käme es zu einer Rauferei, in der jeder nach Lust und Laune mitmischen durfte, erreichte Jessie das Ende des Landungssteges, und die Kampfhähne wurden von den Leuten, die hinter ihnen drängten, weitergestoßen. Als sie in die noch dichtere Menschenmenge eintauchte, die über die Mole wogte, spürte Jessie, wie ihr Arm schon wieder gepackt wurde.

Jessie sah sich um. Als sie ihren Angreifer erkannte, wurde sie blaß, und ihr Herz schlug schneller.

»Was zum Teufel geht hier vor?« fragte Stuart rauh.

37

Wenn sie es sich auch noch so ungern eingestand, war Jessies erste Reaktion, als sie Stuart sah, die reine, ungetrübte Freude. Ihr Herz schlug heftig, ihre Lippen verzogen sich zu einem Lächeln, und sie mußte sich zusammenreißen, um sich ihm nicht in die Arme zu werfen. Mit dem schwarzen Zylinder, dem schwarzen Frack und einer hellbraunen langen Hose, dem neuesten Schrei der Mode, der gerade die Kniebundhosen im Alltagsgebrauch ablöste, sah er ganz wie der vornehme Pflanzer aus. Die strahlende Nachmittagssonne betonte den Blauschimmer seines schwarzen Haares. Gegen seine dunkelbraune Haut wirkten seine Augen besonders blau. Mit seiner beträchtlichen Körpergröße, den breiten Schultern und den schmalen Hüften sah er so gut aus, daß sogar Martha aufhörte zu keifen und ihn anstarrte. Jessie brachte es nur unter größten Mühen fertig, ihm die Arme nicht um den Hals zu schlingen, doch wenige Minuten später fielen ihr alle die Gründe wieder ein, aus denen sie sich nicht darüber hätte freuen dürfen, ihn zu sehen.

Als Stuart auf der Bildfläche auftauchte, fand die Rauferei fast sofort ein Ende. Ein Blick auf diesen kräftigen und eleganten Herrn, der eindeutig ältere Rechte bei der jungen Dame hatte, reichte aus, und Mr. Bowen zog ab. Auch das Liebespaar ging weiter. Martha, die ihres Opfers beraubt worden war, erwartete Stuarts Dank, weil sie sich für Jessie eingesetzt hatte. Zusammenhanglos erklärte sie ihm, was vorgefallen war. Cornelia musterte Stuart kritisch von Kopf bis Fuß. Im Gegensatz zu Martha ließ sie sich von einem schönen Gesicht und guten Manieren nicht einwickeln, und das kam deutlich heraus.

»Kommen Sie mit dem da allein zurecht, meine Liebe?« erkundigte sich Cornelia bei Jessie, ohne dem Umstand Rechnung zu tragen, daß Stuart direkt neben ihr stand und Jessies Arm gepackt hatte.

»O ja, Ma'am. Vielen Dank.«

»Nun gut. Gehen wir, Martha? Nach der Anstrengung kannst du es sicher kaum abwarten, etwas Kaltes zu trinken.«

»Ja, das kann man wohl sagen. Aber hast du gesehen, wie dieser Rohling abgehauen ist? Ich kann mir vorstellen, daß er sich das nächstemal genauer überlegt, ob er eine Dame beleidigt.«

»Ja, ganz bestimmt. Du hast dich prächtig gehalten.«

Die beiden Damen erörterten immer noch lebhaft die Lektion, die Martha Mr. Bowen erteilt hatte, als sie weiterliefen, bis sie aus ihrer Hörweite waren. Stuart zog Jessie in die entgegengesetzte Richtung. Erst als sie einen winzigen Park erreicht und den Trubel der Hafenmolen hinter sich gelassen hatten, blieb er stehen. Unter einem der drei einzigen Bäume, die in diesem Park wuchsen, stand eine Eisenbank. Stuart stieß sie auf die Bank und blieb vor ihr stehen. Jessie mußte sich den Hals verrenken, um ihn ansehen zu können.

»So«, sagte er und verschränkte die Arme vor der Brust. Jessie sah, daß das aufgesetzte Lächeln, mit dem er Martha und Cornelia beruhigt hatte, von seinem Gesicht gewichen war. Seine himmelblauen Augen waren wütend, sein Mund grimmig. »Und jetzt sag mir, was für einen verdammten Blödsinn du vorhattest. Ich mußte Gray und Pharaoh allein lassen. Sie müssen jetzt für vier Männer zupacken, damit ich hinter dir herreiten konnte. Und wenn ich auch noch so halsbrecherisch geritten bin, scheint es doch, als hätte ich es kaum rechtzeitig geschafft. In Natchez gibt es Lokale, deren Schwelle eine junge Dame nur zu überschreiten braucht, und man hört nie wieder etwas von ihr. So wie die Dinge ausgesehen haben, als ich dazugekommen bin, standest du wohl gerade davor, einen dieser Orte mit eigenen Augen kennenzulernen. Herr im Himmel, Jess, machst du dir überhaupt eine Vorstellung davon, was dir hätte zustoßen können? Nein, natürlich nicht. Gott bewahre mich vor Frauen, die noch in den Kinderschuhen stekken!«

Seine letzten Worte wurden derart grimmig ausgestoßen, daß Jessie erkannte, welche Ängste er um sie ausgestanden hatte. Nur dieses Wissen ersparte ihm einen Zornausbruch von ihrer Seite.

»War das alles, was du mir zu sagen hast?« Jessie war stolz auf ihre gelassene Antwort.

»Nein, zum Teufel, ganz und gar nicht!« Er fischte einen zerknitterten Zettel aus seiner Tasche und schwenkte ihn vor ihren Augen. »Und das hier ist der reinste Blödsinn, oder was?«

Jessie erkannte die Nachricht, die sie zurückgelassen hatte, um ihr Verschwinden zu erklären. Darin stand, es sei ihr ein unerträglicher Gedanke, Mitch zu verletzen, indem sie seinen Heiratsantrag doch noch ablehnte, aber andererseits könnte sie ihn unter keinen Umständen heiraten, und daher habe sie vor, eine längere Reise zu unternehmen, denn sie hoffte, bis zu ihrer Rückkehr hätte er sie vergessen. Insofern konnte man die Nachricht zu Recht als ›Blödsinn‹ bezeichnen.

»Was hätte ich denn schreiben sollen? Etwa die Wahrheit?«

»Und wie genau sieht die Wahrheit aus? Sei so gut und klär mich auf.« Stuart stieß die Worte durch die Zähne vor. Die Hand, die den Zettel hielt, ballte sich zur Faust und zerknitterte das Blatt noch mehr.

»Celia bekommt ein Kind.«

»Wenn das so ist, dann ist das Kind nicht von mir.«

»Es geht nicht darum, ob es von dir ist oder nicht. Es geht darum, daß ich... daß du... daß Celia deine Frau ist, nicht ich.«

»Das erklärt natürlich alles.« Er war spöttisch, wie so oft, und Jessie geriet außer sich, wenn er spottete.

»Du weißt genau, was ich meine!«

»Nein, das weiß ich eben nicht. Als ich dich das letztemal gesehen habe – und du hast wirklich ganz bezaubernd ausgesehen –, schien es mir, als hätten wir einander unsere Liebe erklärt und dieses Bündnis nach Kräften besiegelt. Oder trügt mich meine Erinnerung?«

»Du weißt genauso gut wie ich, warum ich fortgelaufen bin, und jetzt hör auf, mir vorzumachen, du wüßtest es nicht!« Es war ein so heftiger Ausbruch, daß etliche Leute, die auf der gepflasterten Straße vorbeikamen, die Köpfe nach ihnen umdrehten. Jessie senkte die Stimme zu einem Zischen. »Hast du wirklich geglaubt, wir hätten danach so weitermachen können wie bisher? Ach so, ich verstehe, du dachtest dir, du könntest eine Frau im Haus und eine Mätresse im Stall beibehalten. Wie nett und gemütlich!«

»Sarkasmus steht dir nicht, Jess.« Seine Augen waren zusammengekniffen.

»Und dir steht deine spöttische überhebliche Art nicht, auf die du immer wieder zurückgreifst.«

Wütend sprang sie von der Bank auf, ließ ihn stehen und lief aus dem Park und auf die Straße, die zur Stadt führte. Die Feder auf ihrem Hut tanzte entrüstet, als sie voranschritt.

»Jessie.« Stuart war hinter ihr. Jessie reckte die Nase noch höher in die Luft und mißachtete ihn bewußt.

»Jess!« Er hielt sie am Arm fest. Sie drehte sich so abrupt zu ihm um, daß ihre Röcke rauschten und ein paar Zentimeter des weißen Spitzenpetticoats herausschauten, die die Blicke weiterer Passanten anlockten.

»Geh doch! Geh zurück zu der Frau, die du ihres Geldes wegen geheiratet hast, und zu dem Kind, das du vielleicht gezeugt hast, aber vielleicht auch nicht, und laß mich in Ruhe!«

»Wenn Celia ein Kind bekommt, was zu bezweifeln steht, dann kann es unmöglich von mir sein. Zwei Wochen nach unserer Heirat habe ich das letztemal mit ihr geschlafen, seitdem nicht mehr!«

»Psst!« Jessie hörte ein schockiertes Keuchen hinter sich und mußte feststellen, daß ein halbes Dutzend Augenpaare auf sie gerichtet waren. Ihre Wangen röteten sich, und sie sah Stuart finster an, um dann bedeutungsvoll in die Runde zu schauen, da sie hoffte, ihn damit zum Schweigen zu bringen.

»Huren sind nicht nach meinem Geschmack, ob ich nun mit ihnen verheiratet bin oder nicht.«

»Stuart!«

Zwei Damen sahen einander schockiert an, stießen die Nasen in die Luft und liefen eilig an ihnen vorbei. Ein Paar lief langsamer, um mit begierigen Blicken zu lauschen. Jessie nahm allzu deutlich wahr, daß sie ein immer größeres Publikum anlockten, und sie versuchte erfolglos, Stuart darauf aufmerksam zu machen.

»Du liebst mich, Jess. Und ich liebe dich.«

»Würdest du dich bitte einmal umsehen?«

Ihr gepeinigtes Stöhnen mußte zu ihm durchgedrungen sein, denn er sah endlich in die Runde. Als er die Schar von Zuschauern sah, die ihre Schritte verlangsamt hatten oder gleich ganz stehen geblieben waren, um zu gaffen, zuckte er zusammen. Als seine eisig blauen Augen finster über die Menge streiften, setzten sich die Passanten augenblicklich wieder in Bewegung.

Stuarts Hand legte sich fester um ihren Arm, und er drehte sie zu sich um. Jessie stellte fest, daß er sie wieder zum Hafen führte.

»Wohin bringst du mich?«

»An einen Ort, an dem wir ungestört miteinander reden können. Du hast doch eine Kabine auf der *River Queen*, stimmt's? Wir werden unser Gespräch dort fortsetzen.«

Als sie wieder an die Zuschauer dachte, die sie angelockt hatten, biß sich Jessie auf die Lippen und ließ sich von ihm an Bord der *River Queen* führen. Sie lenkten keine ungebührliche Aufmerksamkeit mehr auf sich, und Jessie war dankbar dafür.

Stuart blieb vor ihrer Kabinentür stehen und streckte die Hand aus. »Den Schlüssel.« Jessie zog ihn aus ihrer Handtasche und hielt ihn wortlos hin. Er schloß die Tür auf, trat nach ihr ein und steckte den Schlüssel in seine Tasche, als gehörte er ihm, ehe er die Tür wieder schloß und sich daran lehnte, um Jessie zu mustern.

»Ich gehe nicht nach Mimosa zurück.« Jessies Stimme war sehr ruhig.

»Das ist die dämlichste Äußerung, die ich in meinem ganzen Leben gehört habe. Du wirst verdammt noch mal nach Mimosa zurückkommen. Du bist dort zu Hause. Du liebst diesen verfluchten Ort.«

»Trotzdem kann ich nicht dorthin zurückgehen. Wie könnte ich das, wenn ich für dich empfinde, was ich für dich empfinde?«

Er fluchte so deftig, daß Jessie errötete, doch sie wandte ihren Blick nicht ab.

»Es besteht kein Anlaß zu fluchen.«

»Ich fluche, wann es mir paßt. Und mir ist ganz verdammt danach zumute.« Er verstummte, sah sie finster an, holte tief Atem und zog das Zigarettenetui aus seiner Tasche. Er holte eine Zigarre heraus und zündete sie an. Das dauerte nur wenige Augenblicke, doch das war die Zeit, die er zum Nachdenken brauchte.

»Bist du je auf den Gedanken gekommen, daß wir gemeinsam fortgehen könnten? Wir beide?« Die Frage wurde betont beiläufig gestellt, doch er paffte so nervös an seiner Zigarre, daß es nicht zu übersehen war.

Es dauerte eine Weile, bis das zu ihr vordrang. Dann riß Jessie die Augen weit auf. »Du würdest Mimosa verlassen?« Tiefe Ungläubigkeit drückte sich in ihrer Stimme aus.

»Was für eine gute Meinung du doch von mir hast! Ja, ich würde Mimosa verlassen. Mit dir.«

»Du hast Celia geheiratet, um Mimosa zu bekommen.«

»Das war ein Fehler. Ich hätte wissen müssen, daß einem nichts auf Erden so leicht zufällt.«

»Willst du damit wirklich vorschlagen, wir sollten... gemeinsam... ausreißen?« Jessie hielt regelrecht den Atem an.

»Warum denn nicht?« Jetzt lächelte er, ein lausbubenhaftes Lächeln, das unwahrscheinlich charmant war.

»Und nie mehr zurückgehen? Was ist mit Tudi und Sissie und Progess, oh, und mit deinen Tanten...?«

»Wir könnten ihnen jede Woche schreiben.« Das war ein Scherz, aber Jessie fing schon an, ihm zu glauben, daß der Rest sein Ernst war.

»Wie würden wir leben?«

»Du traust mir nicht zu, daß ich dich ernähren kann?«

»Du wärst immer noch mit Celia verheiratet.«

»Vielleicht ließe sich im Laufe der Zeit etwas ändern.«

»Du meinst, du würdest versuchen, dich von ihr scheiden zu lassen?«

»So etwas in dem Stil. Was sagst du dazu, Jess? Sollen wir gemeinsam ausreißen?«

»Denk nur an den Skandal!«

»Weshalb? Wir sind doch nicht da, und wir werden nichts davon mitbekommen.«

»O Stuart.« Sie war in Versuchung, in schrecklich großer Versuchung. Sie hatte sich damit abfinden wollen, alles für ihn aufzugeben, aber es erschien ihr fast unerträglich, sich vorzustellen, er könne alles für sie aufgeben.

Er zog ein letztes Mal an seinem Stumpen, ehe er ihn auf den Boden fallen ließ und die Glut unter seinem Stiefel austrat. Dann kam er auf sie zu und warf auf dem Weg seinen Hut auf das Bett.

»Nun, Jessie, was ist? Wirst du für die Liebe dein Zuhause, deine Freunde und alles übrige aufgeben?«

»Das habe ich doch ohnehin schon getan. Ich hätte nur nie geglaubt, daß du auch mitkommen würdest.« Ihre Antwort war kaum zu hören, und ihre Augen waren riesig, als sie ihm ins Gesicht sah.

»Ist das ein Ja?« Er nahm ihre Hände. Jessie spürte, wie warm und kräftig seine Finger waren, als sie sich um ihre Hände schlangen, die plötzlich eiskalt geworden waren.

»Stuart, bist du ganz sicher?«

»Ob *ich* sicher bin? Jess, alles, was ich aufgebe, hat nie wirklich mir gehört. Du bist diejenige, die ihr Zuhause, ihre Freunde und ihre Geborgenheit opfert.«

»Ohne dich bedeutet mir nichts von alledem etwas.«

Jetzt lächelte er liebevoll und zärtlich und zog sie an sich. »Genauso empfinde ich es auch«, flüsterte er ihr mit gesenktem Kopf ins Ohr, und dann küßte er sie auf den Mund.

38

Jessie schlang ihm die Arme um den Hals und klammerte sich so an ihn, daß er kurz darauf den Kopf hob und lachend einwandte, daß sie ihn ersticke.

Dann schaute er in ihr Gesicht hinunter und sah etwas, was sein Lachen verscheuchte.

»Tränen, Jess?« flüsterte er und wischte ihr die verräterische Feuchtigkeit mit dem Daumen von den Wangen.

»Ich dachte... ich würde dich nie wiedersehen«, gestand Jessie und lehnte ihre Stirn an seine Schulter, damit er die Tränen nicht sehen konnte, die sie hinter geschlossenen Lidern zurückdrängte.

»Mich wird man schwerer los als Falschgeld. Und außerdem hättest du dir denken können, daß ich dir auf den Fersen bin. Oder hast du etwa geglaubt, ich würde dich einfach laufen lassen?«

»Ich dachte, du würdest... auf Mimosa bleiben.«

»Du dachtest, ich würde dir Mimosa vorziehen?« Seine Stimme war scheltend.

»Du hast geheiratet, um es an dich zu bringen.«

»Damals war ich nicht verliebt. Heute bin ich es.« Seine Hand unter ihrem Kinn zog ihren Kopf hoch, bis er ihr ins Gesicht sehen konnte. »Rasend verliebt, Jessie.«

»Das muß wohl sein, wenn du bereit bist, Mimosa dafür aufzugeben.« Sie lachte unsicher, doch gleich darauf folgten weitere Tränen. Stuart stöhnte, hob sie auf seine Arme und setzte sich auf den hochlehnigen Stuhl mit ihr. Jessie lehnte sich zurück und versuchte, ihr Gesicht an seinem Hals zu verbergen, doch dabei behinderte sie der breitkrempige Hut.

»Erzähl mir bloß nicht, daß du dich zur Heulsuse entwickelst. Ich kann weinende Frauen nicht ausstehen.« Doch seine Hände waren sachte, als er ihr den Hut absetzte, ihn zu seinem aufs Bett warf und ihren Kopf dann an seine Schulter preßte.

»Es tut mir leid.« Sie unterdrückte ein Schluchzen und bekam augenblicklich einen Schluckauf.

»So ist es brav.« Er küßte sie auf den Mund und durchsuchte dabei mit den Fingern ihre Mähne nach Haarnadeln. »Ich kann ja mal eine Ausnahme machen – für dich.«

»Hast du viele Frauen gehabt, Stuart?« Seine Bemerkung über die ›weinenden Frauen‹ hatte ihre Neugier geweckt, und sie fragte sich, wieviel er an Tränen erlebt haben mochte.

»Was für eine Frage!« Er zog die letzte Nadel aus ihrem Haar und strich es glatt.

»Sag!«

Er seufzte. »Ein paar, Jessie. Ich bin fast dreißig, und ich habe meine Unschuld um die Zeit eingebüßt, als du gerade laufen gelernt hast. Aber ich habe nie eine Frau gegen ihren Willen genommen, ich habe keine von ihnen geliebt. Bis jetzt.«

»Ist das wahr?« Sie sah ihn mißtrauisch an.

»Bei meiner Ehre.« Er hielt die Hand hoch wie zum Schwur, und dann verzog ein Grinsen seinen Mund. »Gütiger Himmel, ich habe das Gefühl, du gehörst zu eifersüchtigen Sorte.«

»So muß es wohl sein«, sagte Jessie ernst, als sie sich wieder an seine Schulter lehnte. »Ich finde es schrecklich, mir dich mit einer anderen Frau vorzustellen. Du gehörst mir.«

Stuart wurde plötzlich auch ernst. »Ich werde dich nicht betrügen, Jessie. Und ich werde dich auch nicht belügen. Ich werde gut für dich sorgen, das verspreche ich dir. Du wirst bei mir nicht das haben, was du auf Mimosa gehabt hast, aber es wird dir an nichts fehlen. Ich habe ein bißchen Geld auf der hohen Kante. Und ich kann mehr verdienen.«

Jessie setzte sich aufrecht hin, als ihr ein gräßlicher Gedanke durch den Kopf ging. »Oh, glaubst du, Miß Flora und Miß Laurel werden über das, was du getan hast, so schockiert sein, daß sie Ihr Testament ändern?«

»Damit ist fest zu rechnen.« Stuarts Stimme war extrem trocken.

»Du gibst soviel auf…«

»Aber dafür bekomme ich dich, und du bist es, was ich haben will. Und jetzt hör auf mit dem Gequatsche, Frau, und küß mich. Du drehst und windest dich auf meinem Schoß, und ich bin geil wie ein Bock.«

»Stuart! Wie kannst du nur so derb sein!«

»Daran wirst du dich gewöhnen müssen, und an alle meine anderen schlechten Angewohnheiten auch.«

»Mit Vergnügen.« Sein Mund erstickte ihre Worte. Jessie schlang die Arme um seinen Hals und erwiderte seinen Kuß. Als sein Mund sich von ihren Lippen löste und über ihren Hals und ihre Schultern glitt, gab sie einen Laut von sich, der ganz wie das zufriedene Schnurren eines kleinen Kätzchens klang.

»Mir paßt es nicht, daß du in der Öffentlichkeit soviel nackte Haut zeigst.« Es war ein Knurren, während sich sein Mund am Ausschnitt ihres Mieders entlangtastete.

»Dieses Kleid ist kein bißchen ungehörig«, protestierte Jessie.

»Wenn du das sagst. In Zukunft werde ich mit dir zusammen deine Kleider einkaufen. Meine Tanten haben offensichtlich eine gar so lockere Auffassung davon, was sich für eine Dame ziemt.« Bei diesen Worten fanden seine Finger die Häkchen auf ihrem Rükken, und er öffnete sie der Reihe nach.

»Wenn dieses Kleid noch züchtiger wäre, wäre ich ja vom Kinn bis zu den Knöcheln bedeckt!«

»Genau das«, sagte Stuart mit einem amüsierten Lächeln, »ist es, was ich im Sinn hatte. In der Öffentlichkeit.«

Dabei zog er ihr das enge Oberteil hinunter. Darunter trug sie ein dünnes Hemdchen und ein Spitzenmieder. Stuart sah interessiert den Körper an, der zwar noch verhüllt, jedoch für seine Blicke schon fast bloß war.

»Aber wenn wir allein miteinander sind«, fuhr er fort, nachdem seine Blicke sich einen Moment lang auf ihre Brüste geheftet hatten, die sich gegen das Hemdchen wölbten, »wenn wir unter uns sind, könnte es passieren, daß ich dir nie mehr erlaube, irgend etwas anzuziehen. Vielleicht lasse ich dich immer nur nackt herumlaufen.«

Bei diesen Worten stand er mit ihr auf und stellte sie hin. Ihr Kleid, das er längst geöffnet hatte, fiel raschelnd auf den Boden. Jessie stieg heraus und gab dem Kleid einen Tritt.

»Sehr hübsch«, sagte Stuart beifällig, als er sie in ihrer Unterwäsche betrachtete. Er zog ihr die Träger des Hemdes über die Schultern und entblößte ihre Brüste.

»Aber so ist es noch hübscher«, flüsterte er heiser und hob die Hände, um ihre Brüste zu kosen.

Jessies Knie wurden weich. Sie schwankte ihm entgegen und schloß die Augen. Er preßte kurz ihre Brüste und drückte ihr einen schnellen Kuß auf den Mund – und dann legte er die Hände auf ihre Schultern und wandte sie von sich ab.

»Stuart...«

»Diesmal machen wir es so, wie es sein sollte: langsam und genüßlich und in einem Bett. Halt einen Moment lang still. Diese Bänder haben sich verknotet.«

Er fummelte an den Schnüren ihres Korsetts herum. Jessie hielt den Atem an und hielt sich an der Stuhllehne fest, als sie merkte, welche Vorstellung diese Worte in ihr heraufbeschworen. Sie schloß die Augen und öffnete sie erst wieder, als er ihr Korsett aufgeschnürt hatte und es zur Seite warf.

Jetzt war es nur noch eine Frage von Minuten, bis er ihr die Petticoats ausgezogen hatte. Dann drehte er sie wieder zu sich um und zog ihr das Hemd über den Kopf.

Bis auf den Strumpfgürtel mit den Strümpfen und die spitzen Schuhe stand Jessie jetzt nackt vor ihm. Seine Hand strich das dichte Haar zurück, das ihren Oberkörper teils bedeckte. Dann blieb er lange einfach still stehen und starrte sie an.

»Du bist das anmutigste Geschöpf, das ich in meinem ganzen Leben gesehen habe«, murmelte er und kniete sich vor sie hin.

Einen Moment lang starrte Jessie verblüfft auf seine dunklen Locken. Dann schloß sich seine Hand um ihren Knöchel mit dem Seidenstrumpf, hob ihren Fuß vom Boden und zog ihr den eleganten neuen Schuh aus. Sie balancierte auf dem einen Fuß, als er dasselbe an ihrem anderen Fuß wiederholte. Dann glitten seine Augen – und seine Hände – langsam über ihre Waden, ihre Knie, ihre Oberschenkel.

Jessie bebte, als sein Finger die zarte, nackte Haut zwischen ihren Beinen berührten und er ihr die Strümpfe auszog. Er hielt den Kopf gesenkt, und sie konnte seinen warmen Atem auf ihren Schenkeln spüren, doch seinen Gesichtsausdruck konnte sie nicht sehen. Jessie spürte, daß sein Atem schneller ging und daß seine Finger sich unsicher bewegten, als er die Strümpfe an ihren

Beinen herunterrollte, erst den einen, dann den anderen, und sie zur Seite warf.

Sie rechnete damit, daß er aufstehen würde. Doch er blieb weiterhin vor ihr knien. Ihr Herz schlug heftiger, als er den Kopf hob, und sie sah, daß seine Augen wie blaue Flammen glühten.

Sie stand nackt vor ihm und leistete keinen Widerstand, als seine Hände wieder über ihre Beine glitten und sich von hinten um ihre Schenkel legten. Er zog sie dichter an sich, aber trotz aller Liebe zu ihm und trotz aller Leidenschaft, die lodernd in ihr aufzüngelte, zuckte sie schockiert zusammen, als er sein Gesicht auf das gelockte Haardreieck zwischen ihren Schenkeln preßte.

»Stuart, nein!«

Ihre Finger gruben sich in sein Haar und zogen daran, als sie mit Augen, die sich vor Entsetzen geweitet hatten, auf sein Gesicht herunterblickte, das sich so intim an sie schmiegte. Doch er dachte gar nicht daran, ihr zu gehorchen, sondern zog ihre Beine ein wenig auseinander. Jessie wollte gerade noch heftigere Einwände erheben, als sie spürte, wie etwas Warmes, Nasses sie an diesem geheimen Ort zwischen ihren Beinen berührte.

Seine Zunge! Er berührte sie dort mit seiner Zunge! Jessie versuchte wieder, sich von ihm loszureißen, doch er hielt sie fest. Und dann wollte sie ihm nicht mehr entkommen. Sie brachte nicht länger den Willen auf, etwas anderes zu tun, als sich in seinem Haar festzuklammern und zu stöhnen.

Irgendwann, als Jessie gerade sicher war, daß ihre Knie sie nicht länger tragen würden, stieß er sie sachte auf das Bett zurück. Sie wußte nicht genau, wie es passiert war, doch sie lag flach auf dem Rücken, und ihre Beine hingen gespreizt über den Rand der Matratze herunter. Als sein Mund sich einen Moment lang von ihr löste, drohte ihre Scham durchzubrechen, und sie versuchte, die Schenkel zu schließen. Er streichelte sie, bis sie von selbst die Beine wieder spreizte, denn er wußte genau, wo er sie berühren mußte, damit sie in ihrer Lust kaum noch wahrnahm, wie er ihre Schenkel über seine Schultern legte, bis ihre Beine auf seinem Rücken ruhten. Dann drängte sich sein Gesicht sanft wieder zwischen ihre Beine, und er küßte sie dort.

Jessie glaubte, sie müsse vor schändlichem Verlangen sterben.

Dann brachte er sie an den Punkt, an dem sie die Scham verlor, an den Punkt, an dem außer den köstlichen Schauern, die ihren Körper zucken ließen, nichts mehr zählte, an den Punkt, an dem sie schluchzte und seinen Namen keuchte, ohne es selbst zu merken.

Schließlich hob er die Hände, um ihre Brüste zu streicheln, und er rieb ihre Brustwarzen zwischen Daumen und Zeigefinger, mit beiden Händen gleichzeitig, während er zwischen ihren Beinen wundervolle Dinge tat, die sie noch über diesen Punkt hinaus brachten.

Empfindungen explodierten wie Sprengstoff in ihrem Innern. Jessie schrie auf und wand sich, und ihre Nägel gruben sich tief in die Decke, die halb vom Bett gerutscht war.

Während sie noch halb bewußtlos vor Erregung war, stand er auf, nahm sie in seine Arme und zog das zerwühlte Bettzeug vom Bett, ehe er sie ordentlich hinlegte. Jessie spürte ein kühles, weiches Kissen unter ihrer Wange und preßte die Augen fest zu. Sie lief rot an und war zu verlegen, um die Augen aufzuschlagen.

Die Erinnerung an das, was er getan hatte, und an ihre schamlose Reaktion brannte sich unauslöschlich in ihr Gehirn ein. Es war gut möglich, daß sie ihm nie wieder ins Gesicht sehen konnte. Eine Dame hätte niemals gestöhnt oder sich gewunden oder … oder gar zugelassen, daß er so etwas überhaupt erst tat.

Sie war ganz offensichtlich keine Dame, sondern ein schamloses verworfenes Flittchen. Sie wünschte, sie wäre tot gewesen.

»Jessie.«

Immer noch weigerte sie sich, die Augen aufzuschlagen.

»Ich dachte, es hätte dir gefallen.«

Sie schauerte zusammen.

»Wenn du jetzt nicht die Augen aufmachst und mich ansiehst, tue ich dasselbe gleich noch mal.«

Die Drohung erfüllte ihren Zweck. Jessie riß die Augen auf. Stuart stand neben dem Bett und war immer noch vollständig angekleidet. Nicht einmal den Frack hatte er abgelegt. Nur sein zerzaustes Haar gab einen Hinweis darauf, daß auch er mit diesem Geschehen zu tun gehabt hatte. Er lächelte matt, und in seinen Augen stand Besitzerstolz, als er sie von Kopf bis Fuß betrachtete. Jetzt erst wurde Jessie klar, daß sie vollkommen unbedeckt auf dem Bett lag und sich seinen Blicken ungeschützt preisgab. Sie setzte sich sofort kerzengerade auf, griff nach der Zudecke, die vor dem Bett lag, und zog sie sich bis ans Kinn.

»Verlegen, Jess?« Er lachte und zog sich den Frack aus. Jessie merkte, daß das strahlende Licht der Nachmittagssonne durch das kleine Fenster zum Fluß hin drang und daß die Geheimnisse, die ihr Körper für ihn bereitgehalten hatte, keine Geheimnisse mehr waren. Er mußte alles gesehen haben, Stellen, auf die ihr eigener Blick nie gefallen war, intime Körperteile, die niemand je hätte sehen sollen. Bei diesem Gedanken lief sie wieder leuchtend rot an. Sie spürte, wie sich die heiße Röte von dem Haaransatz über ihrer Stirn bis hin zu ihren Zehenspitzen zog.

»Mach dir keine Sorgen, das werden wir dir schon noch abgewöhnen.«

Falls das tröstlich gemeint war, verfehlte es seine Wirkung. Ehe Jessie ihm versichern konnte, sie *wollte* gar nicht darüber hinwegkommen, sich ihre Scham gar nicht erst abgewöhnen, und sie hätte nicht die leiseste Absicht, je wieder etwas zu tun, was erforderte, daß sie ihre Scham überwand, stellte sie fest, daß er seine Krawatte ausgezogen hatte und gerade dabei war, sein Hemd aufzuknöpfen.

»Was tust du da?« Ihre Stimme klang ungläubig und schrill. Er hatte doch bestimmt nicht etwa vor...

»Ich ziehe mich aus.« Er setzte sich auf die Bettkante, um sich die Stiefel von den Füßen zu ziehen. Jessie starrte gegen ihren Willen fasziniert seinen breiten, entblößten Rücken an. Während er an seinen Stiefeln zerrte, sah sie deutlich, wie sich die Muskeln unter seiner Haut bewegten. Sie streckte die Hand aus, um diesen Rücken zu berühren, doch dann gewann sie im letzten Moment die Fassung wieder und zog ihre Hand hastig zurück.

»Du hast doch nicht etwa vor...«

»Ich habe dir doch gesagt, wir würden es diesmal langsam und genüßlich und in einem Bett tun. Das andere war nur dazu da, dich ruhiger zu machen. Ich will doch nicht, daß du mir den Rücken zerkratzt.« Er grinste sie an, als er aufstand, um sich die Hose auszuziehen. Dann war er nackt und stieg zu ihr ins Bett.

39

Jessie zerkratzte ihm trotz allem den Rücken. Sie hätte niemals geglaubt, daß er sie so kurz nach dem, was er gerade mit ihr getan hatte, zu derartigen Gipfeln der Leidenschaft führen könnte, doch so war es. Und sein Vorsatz, es diesmal langsam und genüßlich zu tun? Damit fing es zwar an, doch das änderte sich bald. Sie wurden gemeinsam immer heftiger und schneller in ihren Bewegungen, und es war grandios – und ermattend.

Hinterher rührte sich eine Zeitlang keiner von beiden. Stuart lag auf dem Rücken, und Jessie kuschelte sich an ihn. Sie dösten ein und murmelten zwischendurch im Halbschlaf Koseworte, um gleich wieder weiterzuschlummern. Als Jessie die Augen aufschlug und wieder einigermaßen wach war, fielen lange Schatten in die Kabine. Was sie durch das Bullauge vom Himmel sehen konnte, war ein prächtiges orangegoldenes Farbenspiel.

Es kam ihr ganz so vor, als sie die *River Queen* wieder ausgelaufen.

»Stuart!«

Jessie setzte sich auf, schüttelte das Haar, strich es sich aus dem Gesicht und hielt sich die Decke vor die Brust. Als sie sich zu Stuart umdrehte, stellte sie fest, daß sie mit ihrer Bewegung Stuart gänzlich entblößt hatte. Er lag auf dem Rücken, hatte die Arme hinter dem Kopf verschränkt und bot einen umwerfenden Anblick. Jessie bedauerte, daß ihr so wenig Zeit blieb, um diesen Körper zu bewundern.

»Stuart! Wach auf! Wir sind ausgelaufen!«

»Ausgelaufen!«

Er setzte sich auf, schüttelte den Kopf und sah sich mit großen Augen um.

»Es sieht ganz so aus, als würde ich diesmal mit leichtem Gepäck reisen«, sagte er und ließ sich lachend wieder auf die Matratze zurückfallen.

»Aber... aber du hast ja nicht einmal Kleider zum Wechseln! Du hast ja gar nichts dabei!«

»Keine Sorge, ich bin nicht zum ersten Mal in dieser Lage. Aber im allgemeinen lag meine Besitzlosigkeit daran, daß ich einen bestimmten Ort überstürzt verlassen mußte. Nun ja, das Gasthaus, in dem ich ein Zimmer belegt habe, wird meine Kleider wohl bis zu meiner Rückkehr aufheben, und wenn nicht...« Er zuckte die Achseln. »Kleider findet man leicht. Bis dahin werde ich mein Hemd und meine Wäsche abends auswaschen und morgens feucht anziehen. Das wäre nicht das erste Mal.«

»Was ist mit Saber? Du hast doch Saber geritten, oder nicht?«

»Ich bin auf Saber aufgebrochen, aber er hat kurz vor Vicksburg ein Hufeisen verloren. Ich habe ihn dort in einem Stall stehen gelassen und mir ein Pferd geliehen, das sich jetzt sicher in dem Stall hinter dem Gasthaus, in dem ich die Nacht verbringen wollte, nach Lust und Laune vollfrißt. Ich bin die letzte Nacht ohne Pause durchgeritten, und daher leide ich unter einem gewissen Schlafmangel, und das erklärt auch, warum ich eingedöst bin. Du hast mir das Leben ganz schön schwergemacht, mein Liebling.«

»Tut es dir leid?« Es war ein behutsame Frage.

»Nein. Nein, zum Teufel. Was ist schon eine der reichsten Baumwollplantagen in Mississippi verglichen mit einem Rotschopf, dessen Blut so heiß ist, wie man es den Rothaarigen nachsagt? Ich ziehe eine heißblütige Frau allemal irgendwelchen Reichtümern vor.«

Er neckte sie. Das hatte seltsamerweise die Wirkung, Jessie endgültig zu beruhigen. Sie reckte das Kinn in die Luft. »Ich«, sagte sie würdig, »bin nicht rothaarig.«

»O doch, das bist du.« Er grinste sie übermütig an. »Und nicht nur auf dem Kopf. Da unten...«

»Jetzt reicht es aber!« fiel ihm Jessie empört ins Wort, doch sie mußte auch lachen, als sie sah, wie sehr ihn ihre Entrüstung belustigte. »Die Fassade Ihrer Kultiviertheit weist Sprünge auf, Mr. Edwards.«

Seine Lider flatterten. »Ich muß schon sagen, wahrere Worte sind nie gesprochen worden«, murmelte er merkwürdigerweise vor sich hin.

Als Jessie hinterfragen wollte, was er damit meinte, streckte er die Arme nach ihr aus und zog sie neben sich auf die Matratze.

»Du riechst immer so gut«, flüsterte er ihr ins Ohr, und dann küßte er sie auf den Mund.

Wenn Jessies Magen sich nicht mit einem lauten Knurren zu Wort gemeldet hätte, hätte er sie nicht nur geküßt. Doch bei diesem unangemessenen Laut hob er den Kopf und sah sie überrascht an.

»Ich sterbe vor Hunger«, sagte sie kläglich und löste sich aus seinen Armen, um sich wieder hinzusetzen. Diesmal zog sie die Decke gar nicht erst vor sich, und seine Augen weideten sich an ihren rosigen Brustwarzen. Sie sprang auf, ehe er sie wieder auf die Matratze ziehen konnte. Dabei zog sie das Laken mit sich, um sich einzuhüllen. »Es ist mein Ernst«, beharrte sie und tappte zu ihrem Koffer, um sich etwas zum Anziehen zu suchen. »Ich habe nichts mehr zu essen bekommen, seit... du meine Güte, seit dem Frühstück gestern morgen!«

»Warum bist du nichts ins Schiffsrestaurant gegangen? Oder dachtest du, es gäbe keins?«

»Ich wollte nicht ganz allein essen gehen. Ich habe mir immer wieder gesagt, jemand könnte es seltsam finden, daß ich allein reise. Außerdem finde ich mich da nicht gut zurecht – ich habe nur ein einziges Mal in einem öffentlichen Restaurant gegessen, und das war, als Miß Laurel und Miß Flora mich nach Jackson mitgenommen haben. Und dort haben sie sich um alles gekümmert.«

»Mein Gott.« Stuart setzte sich auf und schwang die Beine über die Bettkante. Er stand auf, ohne sich im geringsten an seiner Nacktheit zu stören, und wusch sich das Gesicht. Jessie betrachtete mit großem Interesse seinen Hintern. Sie wußte bereits, wie stramm und fest er sich anfaßte, doch eben bekam sie ihn zum ersten Mal in aller Ruhe zu sehen. Hübsch, befand sie, äußerst hübsch.

Er drehte sich um und ertappte sie dabei, daß sie ihn anstarrte, und grinste, als sie sich errötend abwandte. »Dann wollen wir doch mal sehen, daß du etwas zu essen bekommst. Es wäre mir gar nicht recht, wenn du zu dürr würdest. Ich mag Frauen, denen man ansieht, daß sie Frauen sind.«

Jessie versuchte, sich unter dem Laken anzuziehen, das sie züchtig um sich gewickelt hatte, doch das war schwierig. Stuart war lange vor ihr fertig und beobachtete sie schmunzelnd. Schließlich ließ sie ihr Hemd fallen und fauchte ihn an.

»Könntest du bitte auf dem Deck rumlaufen oder ... oder sonst was. Du machst mich nervös.«

»Du wirst dich an mich gewöhnen müssen.«

Aber er nahm seinen Hut und ging.

Als sie endlich auftauchte, trug Jessie eine tiefausgeschnittenes Seidenkleid, das einen dunklen Rosaton hatte und ihr von den Kleidern, die sie mitgenommen hatte, am ehesten angemessen für ein Abendessen erschien. Das Haar hatte sie hochgesteckt, und ihre perlenbestickte Handtasche hielt sie in der Hand.

Stuart lehnte behaglich vor der Kabinentür an der Reling und rauchte sein übliches Kraut. Als er sie sah, riß er die Augen auf und stemmte sich von der Reling ab, ehe er den Stumpen über Bord warf.

»Hast du nicht gesagt, du wolltest dich anziehen?«

»An diesem Kleid ist absolut nichts auszusetzen.«

»Hast du nicht einen Schal oder irgend etwas, was du darüber tragen kannst?« Sein Blick glitt auf den Spalt zwischen ihren Brüsten, in den er nur schauen konnte, weil er überdurchschnittlich groß war, dachte Jessie verdrossen. Trotzdem versuchte sie unwillkürlich, an ihrem Mieder zu ziehen. Stuart grinste.

»Wenn du dich dumm anstellst, gehe ich eben allein essen!«

»Du bist ganz schön griesgrämig, wenn du Hunger hast, was? Ich werde dafür sorgen müssen, daß du immer wohlgenährt bist.« Er lief neben ihr her, packte ihre Hand, führte sie an seine Lippen und hing sich dann bei ihr ein. »Du siehst bezaubernd aus, Jessie. Das Kleid gefällt mir – soweit es überhaupt vorhanden ist.«

Als sie den Speisesaal betraten, war Jessie sehr froh darüber, Stuart an ihrer Seite zu haben. Sie rückte noch dichter zu ihm, als sie darauf warteten, einen Tisch zugewiesen zu bekommen. Kronleuchter und Kristall funkelten, und auf allen Tischen lagen blütenweiße Tischdecken.

Das Essen war ausgezeichnet. Stuart bestand darauf, daß sie ein Gericht mit einem vornehmen französischen Namen probieren sollte, von dem sich herausstellte, daß es Schnecken waren, die in Butter schwammen, und er lachte schallend, als es ihr serviert wurde und sie sich weigerte, es auch nur anzurühren. Um sie zu beschwichtigen, aß er die Schnecken selbst und überließ ihr seinen schlichten, altbekannten Mississippi-Wels, den sie genüßlich futterte. Erst als sie sich gesättigt zurücklehnte, nachdem sie den letzten Bissen zu sich genommen hatte, ging Jessie auf, daß dieses hinterhältige Wesen wahrscheinlich von Anfang an vorgehabt hatte, die Teller mit ihr zu tauschen. Er war weit eher der Typ als sie, dem man zutraute, Schnecken zu essen.

Stuart war nicht bereit, Jessie mehr als ein Glas Wein einzuschenken. Den Rest der Flasche trank er selbst. Sie wollte ihn schon daran erinnern, daß er jetzt ihr Liebhaber war – was ohnehin schon wider alle Sitten verstieß – und nicht mehr der Hüter ihrer Moral, aber um der Harmonie willen hielt sie den Mund. Als später ein klebriger Kuchen an den Tisch gebracht wurde, wollte sie wieder ablehnen, doch Stuart bestand darauf, daß man ihr ein Stück servierte.

Der Kuchen war köstlich, und sie war wieder mit Stuart ausgesöhnt.

Das Restaurant war auf dem unteren Deck. Beim Gehen sprach Stuart mit gesenkter Stimme mit dem Steward. Als er zu Jessie zurückkam, die ihn an der Tür erwartete, lächelte er.

»Wieviel Geld hast du bei dir?« fragte er.

»Etwa siebenhundert Dollar. Warum?«

»Und ich habe etwas über tausend. Das sollte genügen.«

»Wofür?« fragte Jessie rätselnd.
»Um mehr daraus zu machen. Komm, Jess, du wirst jetzt eine ganz neue Erfahrung machen.«
Er war nicht bereit, ihr mehr zu sagen, sondern führte sie zu einem kleinen Salon auf dem oberen Deck. Dort klopfte er an eine verschlossene Tür und wurde in einen verräucherten Raum eingelassen, der auf den ersten Blick von Herren in allen Stadien der Trunkenheit bevölkert war, die Karten spielten.
»Sei still, bleib dicht bei mir, und wenn du die Karten siehst, dann darf dein Gesicht nichts verraten«, flüsterte er ihr zu, als er voranging und sie an einen Tisch führte, an dem anscheinend gerade erst die Vorbereitungen zu einem Spiel getroffen wurden.
»Etwas dagegen, wenn ich mitmache?« fragte Stuart einen der Männer am Tisch.
»Haben Sie tausend?«
»Ja.«
»Dann setzen Sie sich. Ich heiße Harris, und das ist Ben Jones. Den anderen Herrn kenne ich nicht, aber das spielt ja keine Rolle. Er hat auch einen Tausender.«
Stuart zog einen Stuhl für Jessie hinter den, auf den er sich setzte. Nachdem sie erst einmal saß, schien er sie vollkommen zu vergessen. Jessie sah dem Spiel eine Zeitlang zu, und dann langweilte sie sich und sah sich um. Mit Spielkarten kannte sie sich ebensowenig wie mit französischen Speisekarten aus, aber Stuart schien ganz in dem Spiel aufzugehen, das er offensichtlich nicht zum ersten Mal spielte. Jessie wurde klar, daß sie sehr wenig über Stuarts Leben wußte, ehe er nach Mimosa gekommen war.
Jessie sah, daß auch Frauen im Raum waren, vielleicht ein halbes Dutzend. Und was für Frauen! Sie trugen prunkvolle Gewänder aus Seide und Satin, gegen die sich ihr Kleid geradezu prüde ausnahm, und sie lachten und stürzten alkoholische Getränke hinunter wie die Männer nach jeder Runde. Während des Spiels standen sie ruhig hinter den Tischen. Jessie betrachtete sie mit einem gewissen Interesse und fragte sich, ob das Frauen waren, die in einem schlechten Ruf standen. Sicher waren sie nicht verrucht, aber ihr Benehmen war doch recht kühn.
Stuart schien Schwierigkeiten mit seiner verletzten Hand zu haben, wenn er an der Reihe war, die Karten zu mischen und sie auszugeben. Jessie erkannte, daß die Verletzung die Geschicklichkeit der Muskeln, die für die Bewegung seiner Finger zuständig

waren, in einem geringen, aber doch verräterischen Maß beeinträchtigt hatte. Er glich es damit aus, daß er die Karten in der verletzten Hand hielt und die meisten erforderlichen Bewegungen mit der anderen gesunden Hand machte. Die verkrampfte Haltung schien ihn jedoch anzustrengen, denn etwa eine halbe Stunde später nahm er die Karten in die andere Hand und ließ seine verletzte Hand unter den Tisch fallen, um sie zu schütteln. Instinktiv hätte sie die verkrampften Muskeln gern massiert, aber in Gesellschaft von anderen Männern ging das natürlich nicht an.

»Sie haben ein As im Ärmel.«

Stuart äußerte diesen Verdacht sehr ruhig, doch Jessies Aufmerksamkeit wandte sich ihm sofort wieder zu. Er hatte die Bemerkung an den Mann gerichtet, der ihm direkt gegenübersaß und zu dem Zeitpunkt wohl das meiste Geld vor sich liegen hatte. Bei diesen Worten war Stuarts Gesicht die unbewegliche, ausdruckslose Maske, die sie schon ein- oder zweimal an ihm gesehen hatte. Er schien ein ganz anderer Mann zu sein als der lachende Liebhaber von vor ein paar Stunden, und Jessie spürte, wie sich ihr Magen verkrampfte. Wenn Stuart so aussah, gab es gleich Ärger.

»Eine solche Verleumdung!«

»Schütteln Sie Ihren Ärmel aus.«

Die beiden anderen Männer am Tisch sahen argwöhnisch von Stuart zu seinem Gegner.

»Ich habe keinen Betrug bemerkt«, sagte der Mann, an den sich Stuart vor Beginn des Spiels gewandt hatte – Harris.

»Ich schon.« Stuarts Stimme war eisig, und seine Augen waren kalt, als er den Mann fest ansah, den er des Betruges angeklagt hatte. »Sei können mir jederzeit beweisen, daß ich mich täusche. Schütteln Sie Ihren Ärmel aus.«

»Schaden kann es nicht«, sagte Harris, und der dritte Mann nickte, doch der Mann, dem Stuart Betrug vorgeworfen hatte, sprang plötzlich auf.

»Niemand wagt es, mir Betrug beim Kartenspiel vorzuwerfen!« brüllte er und fummelte an seinem Gürtel herum. Jessie unterdrückte mühsam einen Schrei, als Stuart aufsprang, einen Satz über den Tisch machte und den Mann am Handgelenk packte. Er drückte zu, bis ein Messer klappernd auf den Boden fiel. Dann knöpfte er, ohne das Handgelenk loszulassen, die Manschette des Mannes auf und schüttelte seinen Arm.

Eine Karte landete neben dem Messer auf dem Boden.

»Meine Güte, der hat ja wirklich betrogen! Wir stehen in Ihrer Schuld, Sir.«

Stuart bückte sich und hob das Messer und die Karte auf, ein Herz-As, ehe er die Hand seines Opfers losließ. Mit rotem Kopf wich der Mann rückwärts vom Tisch zurück, drehte sich um und verließ eilig den Raum.

»Woher wußten Sie das? Mir ist überhaupt nichts aufgefallen!«

Stuart warf einen prüfenden Blick auf Jessie und schien zu dem Schluß zu kommen, daß sie sich so gut hielt, wie es unter den Umständen nur irgend zu erwarten war. Dann setzte er sich wieder hin.

»Ich habe früher öfter gespielt«, sagte er, als sie das eine Antwort. Er und die beiden verbleibenden Spieler holten sich ihre Einsätze zurück, die mitten auf dem Tisch lagen, und dann teilten sie das Geld, das der Betrüger zurückgelassen hatte, so selbstverständlich untereinander auf, als machte man es genau so und nicht anders – und nach allem, was Jessie wußte, hätte es auch durchaus so sein können. Ein Mann, der an der Tür gestanden und anscheinend nur auf einen Einstieg gewartet hatte, kam auf ihren Tisch zu.

»Es sieht so aus, als könnten Sie noch einen vierten Mann gebrauchen.«

»Haben Sie tausend?« Das war anscheinend Harris' Lieblingsspruch.«

»Klar.«

»Setzen Sie sich.«

Die Karten wurden neu gemischt und ausgeteilt, und das Spiel begann gerade von neuem, als eine Frau an den Tisch geeilt kam. Stuart war ganz auf das Blatt in seiner Hand konzentriert, doch Jessie, die nichts anderes zu tun hatte, beobachtete sie beim Näherkommen. Sie lächelte strahlend, eine üppig gebaute Frau, die ihre Reize auffällig zur Schau trug.

»Clive!« rief sie aus, als sie nah genug gekommen war, und dann lief sie um den Tisch herum auf Stuart zu, der endlich aufblickte. »Clive McClintock, so wahr ich hier stehe! Wo hast du dich bloß versteckt, Süßer?«

»Gütiger Himmel«, sagte Stuart und starrte sie an. »Luce!«

40

Im ersten Moment war Clive verrückterweise froh, sie wiederzusehen. Luce war eine alte Freundin aus den Zeiten, zu denen er noch als einer der besten Kartenspieler weit und breit auf dem Mississippi auf und ab gefahren war; noch dazu eine, für die er eine gewisse Schwäche hatte. Doch als er gerade aufspringen und sie kräftig an sich drücken wollte, fiel ihm Jessie wieder ein, die ganz steif hinter ihm saß. Er biß besorgt die Zähne zusammen und musterte Luce jetzt mit dem Entsetzen, mit dem er einen Skorpion betrachtet hätte, der ihm aus seinen Karten entgegenkroch.

Er hätte natürlich so tun können, als sei ihm diese Frau nicht bekannt, doch in seinem ersten Staunen hatte er sie bei ihrem Namen genannt, und außerdem war Jessie bei all ihrer Jugend kein Dummkopf. Luce drückte ihm einen schmatzenden Kuß auf den Mund, und daraus ging deutlich hervor, daß sie einander recht gut kannten. Clive ließ den Kuß über sich ergehen, weil er nicht wußte, was er sonst hätte tun sollen, doch die Haut zwischen seinen Schulterblättern prickelte, als er sich ausmalte, wie sich Jessies Augen in seinen Rücken bohrten.

Dann ging ihm schlagartig noch mehr auf. Luce hatte ihn Clive genannt. Das war ihm im ersten Moment gar nicht aufgefallen, da er sich in erster Linie Sorgen gemacht hatte, wie Jessie darauf reagieren würde, einer seiner früheren Mätressen zu begegnen. Er fühlte sich auch durch und durch als Clive, denn er kam sich wieder vor wie er selbst, seit er an diesem Nachmittag die Entscheidung gefällt hatte, die Götter, die sich ins Fäustchen lachten, auf ihrem eigenen Gebiet zu schlagen, indem er ihnen den Reichtum, den sie ihm so freigebig geschenkt hatten, wieder zurückgab. Er hatte es restlos satt, Stuart Edwards zu spielen, einen hinterhältigen Dieb und Taugenichts, soweit er das hatte feststellen können. Geld war, wie er mit Sicherheit nicht als erster Mensch am eigenen Leib erlebte, nicht alles, und es war noch nicht einmal das Wichtigste auf Erden. Wenn etwas wirklich wichtig war, dann war es das naive, blutjunge Mädchen, das hinter ihm saß.

Er hatte vorgehabt, es ihr zu sagen, ganz im Ernst, aber er hatte sich vorgenommen, sie ganz allmählich mit der Vorstellung vertraut zu machen, daß er nicht *ganz* das war, was sie in ihm sah. Erst mußte er sie soweit mit den Tricks der Liebe vertraut machen, daß sie so wild auf ihn war wie er auf sie. Irgendwann würde er ihr dann ein wenig von dem Leben erzählen, das er vorher geführt hatte, damit sie nicht allzu schockiert war, wenn sie die Wahrheit erfuhr – daß er nun einmal Clive McClintock hieß und ein übler Spieler war, und nicht Stuart Edwards, Sprößling des Familienzweiges der Edwards in South Carolina und Erbe von Tulip Hill.

Dennoch hatte er dieser Enthüllung nicht gerade freudig entgegengesehen. Und jetzt war es soweit, und er hatte keine Zeit für irgendwelche behutsamen Vorbereitungen gehabt.

»Wie ich sehe, ist deine Hand recht gut verheilt.« Luce strahlte ihn an. Clive legte seine Karten auf den Tisch und stand langsam auf. Er hatte Angst, sich umzudrehen, Angst vor dem Ausdruck, den er auf Jessies Gesicht sehen würde, und daher sah er lieber Luce an.

»Sie ist geheilt«, stimmte er ihr zu, und dann nickte er den Männern zu, mit denen er gespielt hatte. »Es tut mir leid, meine Herren, aber ich steige aus.«

Er nahm sein Geld vom Tisch und steckte es sorgsam in seine Westentasche. Dann, und auch wirklich erst dann, drehte er sich zu Jessie um.

Sie hatte weitaufgerissene Augen und war blaß, und sie saß noch genau in der Haltung auf dem Stuhl, in der sie bei Luces Auftauchen erstarrt war. Bis auf ihr leuchtend rotes Haar und ihre schwarzen Augenbrauen hätte sie aus weißem Marmor gemeißelt sein können. Jede Spur von Farbe war aus ihren Wangen gewichen.

»Jess.« Das war nicht seine Stimme. Sie klang eher so, als hätte sie einem quakenden Frosch gehört – oder einem zitternden Feigling, der Clive McClintock bis zu diesem Augenblick nie gewesen war.

»O Gott, Clive, mache ich dir etwa Probleme?« Luces Stimme klang reumütig und belustigt zugleich, als sie von ihm zu Jessie und dann wieder in sein Gesicht sah.

Keiner von beiden machte sich die Mühe, ihr eine Antwort zu geben. Jessie sah ihm fest in die Augen und erhob sich langsam und mit fast gespenstischer Würde.

»Clive?« sagte sie dann. *»Clive?«*

»Was hat sie denn?« fragte Luce verwirrt. »Das klingt ja gerade so, als wüßte sie nicht, wie du heißt.«

»Clive?« wiederholte Jessie mit erhobener Stimme. Clive schritt jetzt schnell ein, denn ihm entging nicht, wieviel Aufmerksamkeit

sie jetzt schon auf sich zogen. Er stellte sich neben Jessie und versuchte, sie am Arm zu nehmen. Sie schüttelte seine Hand ab, trat einen Schritt zurück und sah ihn an, als hätte sie ihn in ihrem ganzen Leben noch nicht gesehen.

»*Clive?*« Sein Name, in dem sich jetzt unterschwellig ihre Wut ausdrückte, schien das einzige zu sein, was ihr über die Lippen kam.

»Ich kann es dir erklären, Jess.« Selbst in seinen eigenen Ohren klangen die Worte erbärmlich, und daher wunderte er sich nicht, als sie sich von ihm abwandte und mit diesen riesigen Augen Luce anstarrte.

»Er heißt Clive? Clive... McClintock?«

Luce wandte sich schnell zu Clive um. Luce war eine gute Freundin, die ihm keine Schwierigkeiten gemacht hätte, wenn es sich vermeiden ließ, aber jetzt saß sie eindeutig in der Klemme. Clive zuckte hilflos die Achseln. Jetzt bestand keine Möglichkeit mehr, Jessie die Wahrheit zu erleichtern.

Luce faßte dieses Achselzucken als Zustimmung auf und nickte. Ihr Gesicht drückte grenzenlose Faszination aus, als sie wieder von Clive zu Jessie sah.

»Kennen Sie ihn schon lange?«

Clive versuchte nicht, Jessies Fragen zu unterbinden. Die Wahrheit kam ohnehin ans Licht, und zwar so kraß, daß es nicht mehr in seiner Macht stand, das Unheil aufzuhalten.

Wieder sah Luce Clive ratsuchend an. Als nichts von ihm kam, antwortete sie voller Unbehagen: »Etwa zehn Jahre.«

»Sie kennen *Clive McClintock* seit etwa zehn Jahren.« Es war eine Feststellung, keine Frage. Jessie wurde, wenn möglich, noch bleicher. »Aber Sie haben ihn in den letzten Monaten nicht mehr gesehen? Etwa seit dem Zwischenfall, bei dem er sich die Hand verletzt hat?«

»Das stimmt.« Luce schien ebenso verblüfft wie fasziniert zu sein.

»Wer also«, meinte Jessie, die zum Kern des Problems kam und endlich abwechselnd Luce und Clive ansah, »ist dann Stuart Edwards? Oder hast du ihn frei erfunden?«

Die letzten Worte waren ein Zischen.

»Nein, ich...« Zum ersten Mal in seinem Leben fehlten Clive die Worte. Aber Luce, die sich jetzt ausmalen konnte, was hier gespielt wurde, antwortete an seiner Stelle. Clive zuckte zusammen.

»Stuart Edwards? Hieß so nicht der Dieb, den du getötet hast? Ach, hast du dein Geld eigentlich je wiederbekommen?«

»Du hinterhältiger, gemeiner, verlogener Betrüger! Du Lump!« Jessie schrie noch nicht einmal. Sie hatte die Hände zu Fäusten geballt, und in ihren Augen loderte die Wut, aber ihre Stimme war kaum lauter als ein Flüstern, und doch trafen ihn die geflüsterten Worte wie Peitschenhiebe. Stille hatte sich über den Raum gesenkt, und ein Augenpaar nach dem anderen wandte sich ihnen zu. Weder Jessie noch Clive nahmen wahr, daß sie ein großes Publikum angelockt hatten, das gebannt lauschte. Luce merkte es, aber sie hatte sich noch nie daran gestört, im Mittelpunkt der Aufmerksamkeit zu stehen.

»Du hast uns alle von Anfang an belogen! Alle – Celia – Miß Flora und Miß Laurel – und mich!«

»Jessie. Ich weiß, daß es doof klingt, aber...«

Sie lachte so hysterisch, daß Clive sich Sorgen machte. Sie schien am Rande eines hysterischen Ausbruchs zu stehen, und ihre Augen waren so schwarz wie Kohlen geworden, die in dem schneeweißen Gesicht glühten. Ihr Hals streckte sich so angespannt über den verkrampften Schultern, daß die Sehnen sich deutlich abzeichneten. Bei der Erinnerung an andere hysterische Frauen, die er erlebt hatte, an ihr überschäumendes Gelächter, ehe sie nur noch schrill kreischten, stellten sich die Haare auf Clives Nacken auf. Er mußte Jessie aus diesem Raum entfernen und sie an einen Ort bringen, an dem er mit ihr reden konnte, und notfalls mußte er sie zwingen, zur Vernunft zu kommen und ihn anzuhören. Was er getan hatte, warf ein schlechtes Licht auf ihn. Dem konnte er nur zustimmen. Aber wenn er ihr erst einmal alles erklärt hatte, würde sie doch gewiß einsehen, daß es nicht annähernd so schlimm war, wie es auf den ersten Blick erschien.

»Ich kann es dir erklären«, sagte er noch einmal stammelnd. Und wieder lachte sie.

Es blieb ihm nichts anderes übrig, als sie in die Kabine zu bringen, sie dort aufs Bett zu setzen und alles klarzustellen. Er war ziemlich sicher, daß sie nur deshalb so wütend war, weil sie fürchtete, wenn er in jedem anderen Punkt gelogen hatte, hätte er auch gelogen, als er ihr seine Liebe erklärt hatte.

Wenn auch das meiste, was er ihr erzählt hatte, gelogen war, war doch gerade diese Aussage wahrheitsgemäß.

»Komm, Jessie. Wir müssen miteinander reden«, sagte er und

nahm ihren Arm. Er hoffte, den drohenden Ausbruch mit seiner ruhigen Art abwenden zu können. Jessie sah auf seine große braune Hand herunter, die auf ihrer nackten weißen Haut lag wie eine Mokassinschlange, die sie jeden Moment beißen konnte.

»Wage es nicht«, sagte sie laut und deutlich, als sie ihren Arm wegzog, »mich je wieder anzurühren.«

Dann machte sie auf dem Absatz kehrt und ging zur Tür. Die Zuschauer spendeten ihr johlend und klatschend Beifall. Falls Jessie sie gehört hatte, mißachtete sie sie völlig. Sie rauschte so majestätisch wie eine Königin zur Tür. Clive, der sein Publikum zum ersten Mal wirklich wahrnahm, spürte den Drang, seine Würde als Mann soweit wie möglich zu wahren. Er achtete sorgsam darauf, daß Jessie es nicht sehen konnte, ehe er mit den Schultern zuckte, als wollte er damit sagen: »Diese Weiber!« Dann folgte er ihr zur Tür.

Sie war kurz vor der Tür, und er hatte sie fast eingeholt, als sie sich plötzlich zu ihm umdrehte. Wut loderte in ihren Augen, und ihr Körper bebte vor Wut. Sie war derart erbost, daß sogar ihr Haar Funken zu sprühen schien.

»Du mieser Ganove«, zischte sie durch zusammengebissene Zähne. Dann holte sie, ehe Clive auch nur ahnte, was sie vorhatte, mit der Hand aus und verpaßte ihm mit der Faust einen Schwinger, der seine arglose Nase traf.

Es war ein meisterlicher Schlag. Clive heulte auf, wankte rückwärts und legte die Hand auf seine Nase, die ihm vorkam, als sei sie gebrochen. Als er die Hand wieder fortzog, stellte er mit ungläubigem Staunen fest, daß seine Finger blutig waren.

Jessie hatte ihm bereits den Rücken zugewandt und stolzierte hinaus. Die Zuschauer brüllten vor Lachen und grölten, während sie ihm Ratschläge zuriefen, die weitgehend anzüglich waren, aber gar nicht zu ihm durchdrangen. Auch Luce lachte, wenn sie auch versuche, es nicht zu zeigen, als sie an seine Seite eilte. Clive lehnte ihr Angebot, ihm beizustehen, mit einem Kopfschütteln ab. Er hatte im Moment größere Sorgen als eine blutende Nase, und es war viel entscheidender, Jessie gewaltsam wieder zur Vernunft zu bringen.

Clive erkannte, daß Jessie ihm mit diesem Hieb eigentlich sogar einen Gefallen getan hatte. Er war jetzt nicht mehr ganz so zerknirscht und schuldbewußt wie noch vor ein paar Sekunden. Auch sein Zorn war jetzt entfacht.

Sollte ihn der Teufel holen, wenn er sich von einem kleinen Mädchen, das noch naß hinter den Ohren war, so etwas gefallen lassen würde!

Als er den Raum verließ, um Jessie zu folgen, hörte er einen letzten Zuschauerbeitrag, der allgemeine Heiterkeit auslöste.

»Die erste Runde geht an die Dame!« kreischte ein Witzbold.

Clive biß die Zähne zusammen. Er wußte, daß sich die Götter wieder einmal ins Fäustchen lachten. Er konnte beinah hören, wie sie sich mit grölendem Gelächter auf seine Kosten lustig machten.

41

Jessie knallte die Kabinentür zu, drehte den Schlüssel im Schloß um und lehnte sich daran. Sie stand immer noch unter Schock. Der Zorn brodelte wie eine kochende Flüssigkeit in ihren Adern, aber noch stärker als jede andere Empfindung war ihr ungläubiges, entrüstetes Staunen. Der Mann, den sie geliebt hatte, hatte nie existiert. Stuart Edwards war nichts weiter als eine Rolle, die Clive McClintock angenommen hatte, um Mimosa an sich zu bringen. Und Clive McClintock war ein schleimiger, mieser Betrüger und Hochstapler, dessen Gewerbe es war, alle, mit denen er in Kontakt kam, zu übervorteilen, sie selbst inbegriffen.

Kurz und gut, er hatte sie in mehr als einer Hinsicht reingelegt.

Als an die Tür geklopft wurde, zuckte sie zusammen, machte einen Satz und drehte sich sofort wieder um, weil sie das Gefühl hatte, die Tür sei plötzlich lebendig geworden und wollte sie beißen. »Jessie. Laß mich rein.«

Wie konnte er es wagen, auch nur ihren Namen auszusprechen und ihn damit zu beschmutzten! Jessie starrte die geschlossene Tür an, als könnten sich ihre Augen durch die Füllung bohren und ihn erdolchen.

»Jessie. Mach die Tür auf. Bitte.«

Ha! dachte sie, und es fiel ihr schwer, es nicht laut zu sagen, aber sie wollte ihm noch nicht einmal die Genugtuung verschaffen, auch nur noch ein Wort mit ihm zu wechseln. Sie würde nach Hause zurückkehren, nach Mimosa und zu Menschen, die das waren, was sie zu sein schienen, ob sie sie nun alle liebten oder nicht. Sobald dieses verdammte Schiff wieder anlegte, würde sie umkehren. Was ihn anging – es würde Jessie größtes Vergnügen bereiten, seine Infamie lauthals herauszuschreien! Falls er es je wagen sollte, sich noch einmal im Yazoo-Tal blicken zu lassen, konnte er von Glück sagen, wenn er nicht mit Schimpf und Schande von dort vertrieben wurde.

»Jessie. Es ist mein Ernst. Schließ sofort diese Tür auf!«

Er glaubte also, er könnte ihr immer noch Vorschriften machen, denen sie gehorchte, was? Dann stand ihm ein gewaltiger Schock bevor! Der Mann, dem sie gehorchte, war der Mann, zu dem sie mit ekelerregender Anbetung aufgeblickt hatte, und dieser Mann war nicht Clive McClintock, verflucht sei sein Name!

»Jessica!« Er rüttelte am Türgriff. Jessies Lippen verzogen sich bitter.

»Verdammt noch mal, Jess!« Wieder wurde am Türgriff gerüttelt. »Wenn du diese verdammte Tür nicht auf der Stelle aufmachst, trete ich sie ein!«

Seine Stimme wurde immer zorniger. Clive McClintock war wohl erbost, weil man ihm auf die Schliche gekommen war, ehe er sein Ziel erreicht hatte, oder? Jessie fragte sich, wie sein nächster Schritt ausgesehen hätte. Nachdem er sie verführt und ihr Leben zerstört hatte, hätte er sie vielleicht irgendwo sitzenlassen und wäre nach Mimosa zurückgegangen, um dort wieder Stuart Edwards zu spielen, solange es ihm behagte. Oder hatte er vor seiner Abreise das Betriebskapital der Plantage und die Einnahmen aus der Baumwollernte erbeutet und von Anfang an vorgehabt, nie mehr zurückzukehren, sondern von dem Geld, das er aus Mimosa herausgezogen hatte, in Saus und Braus zu leben, bis er ein anderes Opfer ausfindig gemacht hatte?

Ein Rumpeln war zu hören, und die Tür wackelte, als hätte er sich mit der Schulter dagegen geworfen. Mit weitaufgerissenen Augen wich Jessie noch einen Schritt zurück, als ihr klar wurde, daß er ernstlich vorhatte, die Tür aufzubrechen. Beim dritten Versucht gab das Schloß nach, und die Tür schwang in ihren Angeln auf. Clive McClintock ragte groß und bedrohlich in der Türöffnung auf. Einen Moment lang zeichnete er sich als ein noch dunklerer Umriß vor der hereinbrechenden Dunkelheit ab, und dann schlenderte er lässig in die Kabine. Zu Jessies Verdruß schien er noch nicht einmal atemlos zu sein.

»Verschwinde!« zischte Jessie. Er sah sie gar nicht erst an, sondern schloß sachte die beschädigte Tür hinter sich. Da das Schloß kaputt war, schwang sie augenblicklich wieder auf. Er nahm einen Stuhl und lehnte ihn gegen die Tür, die daraufhin nicht wieder aufging.

»Verschwinde von hier, oder ich schreie!«

»Das täte ich nicht, wenn ich du wäre.« Seine Stimme klang ein wenig gereizt.

»Und wie ich das tun werde! Ich werde so laut schreien, daß man mich oben auf der Kommandobrücke hört!«

»Wenn du das auch nur probierst, werde ich dich fesseln und knebeln, damit du sitzen bleibst und mir zuhören *mußt!* Wenn du mir nicht glaubst, brauchst du nur einen zu lauten Ton von dir zu geben.«

Seltsamerweise überzeugte seine Stimme gerade dadurch, daß sie vollkommen ruhig klang. Jessie hatte nicht mehr den geringsten Zweifel daran, daß dieser Mistkerl wirklich tun würde, was er angedroht hatte, wenn sie schrie. Daher ließ sie es klugerweise bleiben.

»Setz dich.« Es war ein Befehl, keine freundliche Aufforderung. Als Jessie trotzig stehenblieb, wo sie stand, und sich ihm stumm widersetzte, kam er einen Schritt auf sie zu. Es war dunkel in der Kabine, und sie konnte ihn nur als einen großen, angsteinflößenden Schatten erkennen. Jessie ging plötzlich auf, daß sie diesen Mann überhaupt nicht kannte. Das war nicht Stuart Edwards, den sie liebte. Es war Clive McClintock.

»Ich habe gesagt, du sollst dich setzen!« Die Worte kamen heraus wie ein Peitschenknall. Jessie, die dich neben dem Bett stand, setzte sich abrupt hin.

Er zündete die Deckenlampe an, deren warmer Lichtschein die Kabine freundlicher wirken ließ.

»Wenn du zur Tür hinausläufst, hole ich dich innerhalb von Sekunden ein.«

Er schien genau zu wissen, was in ihrem Kopf vorging. Jessie war wütend. Selbst wenn sie ihm entkommen wäre, hätte er sie überall auf dem Schiff gefunden.

Jetzt wandte er sich wieder zu ihr um. Jessie schnappte nach Luft, als sie sah, was sie mit seinem schönen Gesicht angerichtet hatte.

Sein Mund und seine Wangen waren blutverschmiert, und seine Nase war jetzt schon leicht angeschwollen von dem Hieb, den sie gelandet hatte. Aus seiner Nase lief noch Blut. Als Jessie ihn anstarrte und doch ein wenig entsetzt über ihr eigenes Werk war, wenn er es auch noch so oft verdient haben mochte, trat er an die Waschschüssel, tauchte einen Waschlappen in das restliche Wasser ein und preßte ihn sich gegen die Nase. Bange Besorgnis ergriff Jessie, als sie ihn beobachtete. Was würde er ihr antun, um sich zu rächen? Sie war bisher nie auf den Gedanken gekommen, sich zu fürchten, weil er gewalttätig werden könnte. Doch wieder mußte sie sich sagen, daß das nicht der Mann war, den sie zu kennen geglaubt hatte.

Aber dann blickte er auf. Über der ramponierten Nase sah sie die klaren Augen und das schwarze Haar des Mannes, den sie geliebt hatte. Ob er nun ein mieser Lügner und Betrüger war oder nicht – Jessie fürchtete sich plötzlich nicht mehr vor ihm.

»Ich hoffe, es tut weh.« Das war ihr Ernst.

»Ja, allerdings. Danke der Nachfrage.«

»Du hast es verdient.«

»Wenn ich nicht deiner Meinung wäre, hätte ich dir längst das Hinterteil versohlt.«

»Wenn du es wagst, mich anzurühren...«

Er seufzte. »Hör auf, mir zu drohen, Jess. Laß dir alles erklären, damit du selbst siehst, daß hinter dieser ganzen beklagenswerten Situation nichts weiter als ein Mißverständnis steckt.«

»Ein schönes Mißverständnis!« schnaubte sie. »Ich nehme an, du willst mir einreden, du hättest dich als Clive McClintock bei uns eingeführt und wir, diese armen, rückständigen Dummköpfe, haben versehentlich verstanden, du hättest Stuart Edwards gesagt.«

Sein Blick sagte ihr deutlich, daß ihr Sarkasmus ihm nicht paßte.

»Ich liebe dich, verstehst du? Was du auch von mir denken magst, in dem Punkt habe ich nicht gelogen.«

»O ja, das glaube ich dir aufs Wort.« Ihrem Tonfall war deutlich zu entnehmen, daß sie ihm nicht glaubte.

Er nahm den nassen Waschlappen von seiner Nase, die anscheinend aufgehört hatte zu bluten, drehte sich zu dem Spiegel über dem Waschtisch um und wischte sich das Blut aus dem Gesicht. An den Flecken auf seinem Hemd konnte er im Moment wenig ändern. Er probierte es erfolglos mit dem nassen Lappen, schnitt eine Grimasse und gab es auf.

Dann drehte er sich wieder zu ihr um, kam auf sie zu und blieb vor ihr stehen. Nachdenklich sah er auf sie herunter. Jessie mußte den Kopf ins Genick legen, um ihm ins Gesicht zu sehen, und das gab ihr das Gefühl, im Nachteil zu sein. Wenn sie jedoch aufgestanden wäre, hätte sie sich regelrecht in seine Arme begeben, und allein schon die Vorstellung war ihr unerträglich. Daher blieb sie, wo sie war.

»Ich bin immer noch derselbe Mann, der ich vor einer Stunde war. Ich habe mich nicht verändert. Das einzige, was sich geändert hat, ist mein Name. War es nicht Shakespeare, der gesagt hat, eine Rose duftet genauso süß, wenn man ihr einen anderen Namen gäbe?« Seine Stimme klang einschmeichelnd. Wenn das komisch sein sollte, konnte er sich die Mühe ebensogut sparen.

»Sie würde aber auch genauso gräßlich stinken«, erwiderte Jessie giftig und verschränkte die Arme vor der Brust, als wolle sie eine symbolische Barriere zwischen sich und ihm errichten.

»Ich wollte dir alles erzählen.«

»Ach, ja?« erkundigte sich Jessie höflich. »Wann denn? Mir scheint, du hast ein paar ausgezeichnete Gelegenheiten ungenutzt vorübergehen lassen – zum Beispiel, ehe du mich verführt hast.«

»Ich habe dich nicht verführt«, sagte er gereizt. »Verdammt noch mal, Jessie, ich habe mich in dich verliebt. Und du hast dich in mich verliebt. In mich, und nicht in Stuart Edwards. In mich.«

»Ich kenne dich überhaupt nicht. Einem Clive McClintock bin ich noch nie begegnet.«

»Du bist anscheinend fest entschlossen, es mir möglichst schwer zu machen, oder?«

»Das muß ich wohl. Es entspricht mir sonst nicht, das weiß ich selbst, aber mir fällt es schwer, die Tatsache zu übersehen, daß alles, was du je zu mir gesagt hast, gelogen war.«

»Nicht alles.«

»Du mußte mir verzeihen, wenn ich dir das nicht glaube.«

»Du willst die Wahrheit hören? Das kannst du haben. Ich bin ein Spieler, und ich habe mir auf den Flußschiffen auf dem Mississippi auf diese Art meinen Lebensunterhalt verdient. Eines Abends habe ich eine große Summe gewonnen, und ich hätte für den Rest meines Lebens mein Auskommen gehabt, wenn ich sorgsam mit dem Geld umgegangen wäre. Aber es war spät in der Nacht, und ich mußte meinen Gewinn bis zum Morgen bei mir behalten. In der Nacht sind zwei Männer in meine Kabine eingebrochen, haben mir das Geld gestohlen, das ich gewonnen hatte, und haben mir ein Messer durch die Hand gebohrt. Ich habe Jagd auf sie gemacht und einen von beiden getötet – den echten Stuart Edwards –, aber der andere konnte mit meinem Geld entkommen. Dann hat sich herausgestellt, daß ich mir mit der Hand nicht mehr als professioneller Spieler meinen Unterhalt verdienen kann. Sie wird nie mehr wirklich heilen.«

»Und daher hast du dich entschlossen, dich als einen ehrbaren Menschen auszugeben – ich nehme an, daß dieser Stuart Edwards wirklich der Neffe von Miß Flora und Miß Laurel war? Das war doch nicht etwa auch eine Lüge? Oder? Du wolltest sehen, ob du die Leute nicht genauso ausrauben kannst, wie du ausgeraubt worden bist, aber du wolltest es auf die feinere Art tun?«

»Ich dachte, daß ich dir die Geschichte erzähle und nicht du mir.«

Jessie winkte unwillig ab.

»Mit dieser kaputten Hand – zum Teufel, du weißt genau, wovon ich rede – wußte ich nicht mehr, wovon ich leben soll.«

»Ehrliche Arbeit ist dir wohl nie in den Sinn gekommen?« Sie stellte fest, daß der Sarkasmus ihr zur zweiten Natur wurde.

»Darf ich jetzt ausreden?«

»Entschuldige. Bitte, fahr fort. Es ist wirklich faszinierend.«

»Ich habe mich bemüht, mein Geld wiederzufinden. Ich hatte vor, mir davon ein Stück Land zu kaufen und es zu bebauen. Natürlich nichts, was sich an Mimosa messen könnte, aber etwas, woraus sich eines Tages etwas machen ließe. Ich hatte das Spielen satt und den Fluß ohnehin. Aber ich habe den Schurken nie gefunden, der mit meinem Geld davongekommen ist. Statt dessen habe ich herausgefunden, daß Stuart Edwards zwei alte Tanten hatte, die ihm alles, was sie besitzen, vermachen wollten. Stuart Edwards war tot. Ich nicht. Ich dachte mir, ich gehe einfach mal hin und sehe mir die beiden alten Damen an und rede ihnen ein, daß ich ihr Neffe bin. Ich dachte, wenn sie kurz vor dem Ableben stehen, könnte ein Besuch ihres Neffen sie sogar trösten.«

»Wie edelmütig du doch bist!«

Er nahm den Einwand hin. »Schon gut. Ich dachte, ich könnte vielleicht anstelle des richtigen Stuart Edwards ihr Erbe antreten. Schließlich hat er mir gestohlen, was mir gehört hat. Und er war tot. Irgend jemand mußte die alten Damen doch schließlich beerben.«

»Du brauchst dich doch nicht zu verteidigen. Ich bin sicher, daß jeder andere genau dasselbe getan hätte.«

Er bedachte sie mit einem Blick, der ausreichte, sie zum Schweigen zu bringen. »Dann bin ich nach Tulip Hill gekommen. Es war eindeutig, daß die Damen Edwards in den nächsten Jahren bestimmt nicht ableben. Ich wollte schon wieder verschwinden – und dann ist mir Celia begegnet.«

»Wenigstens sind deine Gedankengänge folgerichtig. Sie sind vom Opportunismus bestimmt, einer wie der andere.«

»Sei still, Jessie, und laß mich reden. Ich habe Celia kennengelernt. Tante Flora ist eine unverbesserliche Kupplerin, und sie war es, die mir gesagt hat, die Witwe Lindsay sei so verflucht reich. Ich habe mir Mimosa angesehen, und was ich gesehen habe, hat mir gefallen. Zum Teufel, du weißt doch seit Monaten, daß ich Celia nur aus einem einzigen Grund geheiratet habe – nämlich, um Mimosa an mich zu bringen. Es ist kein Verbrechen, wegen des Geldes zu heiraten.«

»Nein.«

»Es ist ja nicht so, als hätte ich sie gezwungen, mich zu heiraten. Von dem Moment an, in dem sie mich das erste Mal gesehen hat, war sie scharf auf mich – es war wirklich nicht einfach, sie bis zur Hochzeit gewaltsam von meinem Bett fernzuhalten.«

»Das muß harte Arbeit gewesen sein. Es bringt anscheinend seine Probleme mit sich, Mitgiftjäger zu sein.«

»Jessie, wenn du nicht den Mund hältst, erwürge ich dich. Celia und ich haben durch diese Heirat beide genau das bekommen, was wir haben wollten. Was also ist daran auszusetzen.«

»*Du* hast genau das bekommen, was du wolltest. Celia wollte Stuart Edwards heiraten, den feinen Herrn. Und nicht Clive McClintock, den miesen Kerl.«

»Schon gut. Ich muß dir lassen, daß sie mich wahrscheinlich nicht geheiratet hätte, wenn sie nicht geglaubt hätte, daß ich von meiner Herkunft her denselben gesellschaftlichen Status wie sie habe. Aber ist sie etwa schlecht mit mir dran gewesen? Oder Mimosa? Oder warst du schlecht bei mir dran, Jess?«

Jetzt kam er zum Kern der Sache. Sie war jetzt ein anderer Mensch, nicht mehr das Mädchen, das in seiner Entwicklung zurückgeblieben war, als er sie kennengelernt und sich mit ihr angefreundet hatte. Hätte er es bei einer freundschaftlichen Beziehung belassen, dann hätte sie sich jetzt hartnäckig für ihn eingesetzt, doch so, wie die Dinge standen, wollte sie ihm das Herz aus dem Leib reißen.

»Ich hatte vor, euch allen das Leben schöner zu machen. Sogar Celia. Aber sie – du weißt selbst, wie sie ist. Als wir aus den Flitterwochen zurückgekommen sind, hat es mich schon alle Kraft gekostet, sie nicht umzubringen. Aber ich habe es nicht getan. Ich habe ihr die Verwaltung von Mimosa aus der Hand genommen – dieser verdammte Aufseher, den ihr hattet, hat euch gewaltig bestohlen, wenn er nicht gerade mit Celia im Bett gelegen hat. Und ich habe versucht, dir zu einem schöneren Leben zu verhelfen, als du es vorher hattest. Zum Teufel, du hast mir leid getan. Ich wußte, daß Celia dir das Leben zur Hölle gemacht haben mußte.«

»Ich habe dir ... leid getan?« Wenn er geglaubt hatte, sie damit zu beschwichtigen, so war das ein betrüblicher Irrtum.

»Nur ganz am Anfang.« Er sah seinen Irrtum ein und versuchte eilig, ihn zu berichtigen. »Wenn man es genau nimmt, habe ich erst einmal alles geglaubt, was Celia mir über dich erzählt hat, und daraus habe ich geschlossen, daß du eine undankbare kleine Göre bist. Als ich dann gesehen habe, daß du ... äh ... im gesellschaftlichen Umgang nicht so recht auf der Höhe bist, hast du mir leid getan. Ich fand, du solltest die Gelegenheit haben, so zu sein wie andere Mädchen in deinem Alter, zu tanzen, zu flirten, auf Partys zu gehen und einen netten jungen Mann zu finden, der dich heiratet. Ich habe entdeckt, daß sich hinter deiner unwirschen Art und all diesem Haar in Wirklichkeit ein ganz süßes kleines Ding verbirgt und daß du auf deine Art hübsch bist. Du brauchtest lediglich die richtigen Kleider und ein wenig Erfahrung im gesellschaftlichen Umgang, und dann würdest du dich prächtig machen. Ich habe doch dafür gesorgt, daß du beides bekamst, oder etwa nicht? Aber dann hast du dich von einem unbeholfenen jungen Mädchen in eine schöne Frau verwandelt. Innerhalb von ein oder zwei Monaten, direkt unter meinen Augen. Das war etwas, womit ich nie gerechnet hätte.«

Jessie blieb stumm. Er unterbrach sich und sah sie lange Zeit an. Dann kauerte er sich vor sie hin, ehe sie seine Absicht erkannt hatte, und er brachte sein Gesicht auf eine Höhe mit ihrem. Die Hände stemmte er beidseits neben ihr auf das Bett, und ihr blieb keine Bewegungsfreiheit mehr.

»In diesem Kartenspiel warst du der Joker. Ich war reicher, als ich es mir je erträumt hatte. Ich hatte alles, was ich je wollte, und noch mehr – und dann mußte ich mich doch tatsächlich in dich verlieben. Das war nie meine Absicht, Jessie.«

Wenn er eine Reaktion von ihr erwartete, bekam er keine. Sie sah ihn an, sah ihn nur einfach an, und sie zwang sich, ihr Herz vor seinen Worten zu verschließen. Er war ein erfahrener Betrüger, der andere gekonnt täuschte, aber sie würde sich kein zweites Mal von ihm übers Ohr hauen lassen. Mit seinen schönen Worten würde er sie nicht einwickeln.

»Und dann hast du beschlossen, mich auf die Liste der Dinge zu setzen, die der unechte Stuart Edwards sich angeeignet hat.«

Jetzt bewegte er sich und legte unwillig die Hände auf ihre Oberarme, dicht über den Ellbogen. Er beugte sich weiter zu ihr vor und balancierte auf den Fußballen.

»So war es nicht, und das weißt du selbst. Zum Teufel, Jessie, erst heute nachmittag habe ich alles für dich aufgegeben! Ich habe nichts weiter als rund tausend Dollar in der Tasche und etwas mehr auf einer Bank in New Orleans und die Kleidungsstücke, die ich trage. Wenn ich dich nicht bis zum Wahnsinn lieben würde, warum sollte ich dann Mimosa aufgeben? Es ist ein Vermögen wert, und solange ich Stuart Edwards bliebe, gehört es mir. Nur ein Narr oder ein Mann, der irrsinnig verliebt ist, würde ein solches Geschenk leichtfertig in den Wind schreiben!«

Jessie musterte ihn. Abgesehen von seiner verletzten Nase war er, wie sie widerwillig feststellte, immer noch der bestaussehende Mann, der ihr je unter die Augen gekommen war. Und der größte Lügner von allen war er noch dazu!

»Ich glaube dir kein Wort von dem, was du gesagt hast«, erklärte sie kühl, und als er den Mund aufmachte, um die Auseinandersetzung weiterzuführen, stieß sie ihn mit den Händen von sich. Mit einem Ausruf des Erstaunens kippte er nach hinten um. Ehe er sich wieder gefaßt hatte, sprang sie auf, zerrte den Stuhl von der Tür und stürzte hinaus.

Seine Flüche folgten ihr.

»Verdammt noch mal, Jessie, du wirst sofort wieder zurückkommen!« brüllte er. Aber Jessie lüpfte ihre Röcke und rannte. Sie wußte, daß er ihr nachlaufen würde, und dieses Wissen war so unumstößlich wie der Sonnenaufgang am Morgen, und sie hatte vor, ihm zu entkommen und sich in Sicherheit zu bringen.

42

Natürlich holte er sie ein. Er brauchte mehr als nur ein paar Schritte, doch er holte sie bereits ein, ehe sie die Kommandobrücke erreicht hatte. Sie wollte wahrhaftig zum Kapitän laufen und ihn um Hilfe bitten. Schließlich hatte sie für die Kabine bezahlt, und Stuart – nein, zum Teufel mit ihm, Clive! – hatte nicht das Recht, sich überhaupt dort aufzuhalten. Doch dazu sollte es nie kommen.

»Verdammt, Jessie, den Ärger, den du machst, bist selbst du nicht wert!« Er bekam ihr Kleid zu fassen und zerrte an dem Stoff. Sie war etwa vier Treppenstufen über ihm und sprang behende nach oben, als der Ruck sie aus dem Gleichgewicht brachte. Mit einem Angstschrei wankte sie zurück und landete in seinen Armen.

Trotz seiner Androhung schrie Jessie. Er brachte sie augenblicklich zum Schweigen – mit seinem Mund auf ihren Lippen. Jessie trat um sich, schlug mit den Fäusten auf seinen Kopf ein und wehrte sich erfolglos. Seine Zunge drang in ihren Mund ein, den sie bei ihrem abgerissenen Schrei weit geöffnet hatte.

»Gibt es da unten Ärger?« Ein Schiffsoffizier mußte ihren Schrei gehört haben. Er war von der Brücke gekommen und lehnte über der Treppe am Geländer. Stirnrunzelnd sah er auf die beiden hinunter.

Clive reagierte wesentlich schneller als Jessie. Er hob den Kopf, grinste breit und sagte: »Nur eine kleine Meinungsverschiedenheit unter Liebenden.« Dann küßte er Jessie wieder, ehe sie die Geistesgegenwart besaß, lauthals zu protestieren.

Der Schiffsoffizier zog sich zurück. Jessie siedete vor Wut und biß mit aller Kraft auf diese vorwitzige Zunge. Er riß seinen Kopf zurück. Sobald ihr Mund wieder frei war, schrie Jessie erneut. Diesmal legte ihr Clive die Hand auf den Mund, um sie zum Schweigen zu bringen.

Er hob sie hoch, preßte sie an seine Brust und trug sie zur Kabine. Jeder zufällige Beobachter hätte die beiden für ein verliebtes Paar gehalten. Über ihnen funkelten strahlend die Sterne, die still über dem Fluß standen. Der Mondschein spiegelte sich auf dem Wasser, leichter Wind war aufgekommen. Jessie hätte gefroren, wenn ihr nicht glühend heiß vor Wut gewesen wäre.

Sie hatten ihre Kabine fast erreicht, als ein Paar Arm in Arm über das Deck schlenderte und auf sie zukam. Jessie zappelte und versuchte, um sich zu treten und zu schreien, obwohl seine Hand auf ihren Mund gepreßt war, denn sie wollte das Paar auf ihre Lage aufmerksam machen. Clive preßte die Hand noch fester auf ihren Mund, und sie bekam kaum noch Luft. Das Paar kam an ihnen vorbei und schien nichts Ungewöhnliches bemerkt zu haben.

Dann hatten sie ihre Kabine erreicht, und Clive trug sie durch die Tür. Er ließ sie ohne weitere Umstände auf das Bett fallen. Jessie schrie bei ihrem unsanften Aufprall auf und wollte sofort wieder aufspringen, doch er beugte sich über sie und hielt sie fest.

»Mir reicht es für heute von deinen Kollern«, zischte er durch die Zähne. »Mach mir noch einmal Ärger, und ich versohle dir das Hinterteil, daß du wochenlang nicht sitzen kannst. Darauf gebe ich dir mein Wort.«

Ein schneller Blick in seine Augen sagte Jessie, daß es sein Ernst war. Sie setzte sich auf, als er sie losließ und aufstand, um den Stuhl an die Tür zu lehnen, doch sie unternahm keinen weiteren Fluchtversuch.

»Zieh dich aus.« Er hatte sich wieder zu ihr umgedreht und sah sie an. Er stand mit leicht gespreizten Beinen da und hatte die Hände in die Hüften gestemmt. Schon allein die Haltung seines Kinns wirkte kriegerisch.

»Nein, ganz bestimmt nicht!«

»O doch, genau das wirst du tun!«

»Ich denke gar nicht daran!«

»Jetzt reicht es mir aber!« Ehe Jessie sich wehren konnte, hatte er sie auf den Bauch gedreht und ihr Gesicht auf die Matratze gepreßt, damit sie nicht schreien konnte. Dann setzte er sich auf ihren Rükken.

Jessie war vollkommen wehrlos und mußte hilflos liegen bleiben. Sie siedete vor Wut, als er sie bis aufs Hemd entkleidete. Als er den letzten Petticoat zur Seite warf, rechnete sie schon damit, im nächsten Moment nackt zu sein. Aber er stand auf und drehte sie auf den Rücken.

Jessie setzte sich kerzengerade auf und holte nach seiner Nase aus, doch diesmal war er vorbereitet. Er fing ihre Faust in der Luft, packte ihre andere Hand und hielt beide lange genug fest, um ihr mit einem Seidenstrumpf die Handgelenke zusammenzubinden.

»Was, zum Teufel, hast du vor?« zischte sie und sah wütend auf ihre gefesselten Hände.

»Es ist Zeit zum Schlafengehen«, sagte er durch zusammengebissene Zähne und stieß sie mit der Hand wieder auf die Matratze. »Ich schlafe besser, wenn ich weiß, daß du neben mir liegst und nichts anrichten kannst.«

»Wie kannst du es wagen, mir die Hände zu binden?«

»Wenn du schreist, muß ich dich knebeln«, warnte er sie, und als sie ihm in die Augen sah, glaubte sie es sofort. Er nahm den anderen Seidenstrumpf und band ihre Hände am Kopfende des Bettes fest.

Dann stand er auf und zog sich aus. Jessie war nicht bereit, ihm dabei zuzusehen. Statt dessen starrte sie wütend die Wand an, bis sie spürte, daß er die Bettdecke unter ihr herauszog. Es kam so unerwartet, daß sie sich umsah. Er stand nackt vor ihr.

Sie trat nach ihm. Das war ein Fehler. Der Saum ihres Hemdes rutschte in die Nähe des Nabels, und da sie sich mit ihren gebundenen Händen nicht bedecken konnte, sah Jessie außer sich vor Wut auf ihre nackten langen Beine und das lockige Dreieck dazwischen. Wie konnte er es wagen, ihr das anzutun! Er war durch und durch ein Schurke – sie hatte es ja gleich gewußt! Wenn er sie auch nur anrührte, wenn er es wagte...

Clive kniete sich aufs Bett und streckte die Hand aus.

»Wenn du mich anrührst, bringe ich dich um! Bei Gott, das werde ich tun!« zischte sie.

Clive zog spöttisch eine Augenbraue hoch. Dann griff seine Hand nach dem Saum ihres Hemdes, und er zog es über sie, damit sie halbwegs bedeckt war.

»Ich enttäusche dich nur ungern, Jessie, aber ich bin so müde, daß mich nichts anderes als mein Schlaf interessiert. Aber wenn du willst, kann ich dir morgen früh gern eine Gefälligkeit erweisen.«

Mit diesen Worten blies er die Lampe aus und legte sich neben sie ins Bett. Innerhalb kürzester Zeit war er fest eingeschlafen, und Jessie starrte ins Dunkel. Sie war im selben Maß wütend und verletzt, doch als sie die Augen schloß, hatte die Wut die Oberhand gewonnen.

Irgendwann mitten in der Nacht drehte er sich um und zog ihr die Decke ganz weg. Im Halbschlaf nahm Jessie wahr, daß sie fror. Ihr Körper wandte sich der naheliegendsten Wärmequelle zu, und das war natürlich Clive. Er hatte ihr den Rücken zugekehrt, und sie schmiegte sich dicht an ihn. Dann schlief sie wieder ein.

Jessie träumte, sie sei wieder auf Mimosa und läge geborgen und behaglich in ihrem eigenen Bett. Sie sah, wie Stuart sie anlächelte, als er das Moskitonetz zur Seite zog. Dann kroch er zu ihr ins Bett, streckte die Arme nach ihr aus und streichelte ihren Körper, der aus unerfindlichen Gründen nackt war, und er koste ihre Brüste, ihre Bauch und ihre Schenkel, bis sie vor Vergnügen stöhnte.

Er ragte über ihr auf, und sein Knie schob sich zwischen ihre Beine, um sie zu spreizen, und behutsam versuchte er, in sie einzudringen. Jessie spürte im Traum seine Glut und die Nässe seiner Lippen auf ihren Brüsten.

Dann fand er ganz plötzlich die Öffnung und stieß sich in sie, und zwar so heftig, daß Jessie die Augen aufschlug und feststellte, daß es kein Traum war!

Sie lag flach auf dem Rücken, und er war über ihr und nahm sie. Während er sich ganz langsam und sachte in ihr bewegte, küßte er ihre Brüste. Sie hätte am liebsten auf ihn eingeschlagen und um Hilfe geschrien, weil sie vergewaltigt wurde, doch gleichzeitig sagten ihr die deutlichen Gelüste ihres Körpers, daß das keine Vergewaltigung war. Er hatte es zwar getan, während sie geschlafen hatte, doch er hatte sie so sehr erregt, daß ihre Wut auf ihn keine Chance gegen das dringende Verlangen ihres Fleisches hatte. Sie stellte fest, daß ihre Hände nicht mehr gebunden waren, als er sich fast ganz aus ihr zurückzog und sie seine Schulter packte, um ihn festzuhalten. Er mußte ihre Handgelenke losgebunden haben, als sie schlief.

Diesmal bewegte er sich ganz langsam und sachte und brachte sie erbarmungslos immer wieder ganz kurz vor den Höhepunkt, doch nur, um sich dann zurückzuziehen, bis es sie um den Verstand brachte und sie ihn anflehte, weiterzumachen, ihn anflehte, niemals aufzuhören.

Ihre Arme schlangen sich um seinen Nacken, und ihre Beine schlangen sich um seine Hüften. Bei jeder seiner langsamen, gezielten Bewegungen schrie sie auf und wölbte sich ihm entgegen. Schließlich hob er den Mund von ihren Lippen und flüsterte ihr ins Ohr.

»Sag mir, daß du mich liebst«, befahl er ihr mit belegter Stimme.

Außer sich vor Lust tat sie, was er von ihr verlangte.

Er bewegte sich wieder in ihr und zog sich dann fast ganz zurück.

»Sag es noch einmal.«

»Ich liebe dich! Ich liebe dich! O Stuart, ich liebe dich so sehr!«

Er stieß tief in sie, erst einmal, dann noch einmal und brachte sie dicht vor den Höhepunkt.

»Clive«, flüsterte er ihr heiser ins Ohr. »Du wirst jetzt sagen: ›Ich liebe dich, Clive.‹«

»Ich liebe dich, Clive«, stöhnte sie gehorsam an seinen Lippen. Dann wiederholte sie es wie von Sinnen wieder und immer wieder, während er sie mit sich in einen Taumel riß.

43

Als er am nächsten Morgen erwachte, war sie fort. Clive lag einen Moment lang mit geschlossenen Augen da und kostete seine innere Ruhe aus, ehe er feststellte, daß Jessie nicht mehr an ihn geschmiegt war. Er schlug die Augen auf, um sicherzugehen. Bis auf den Seidenstrumpf, der noch am Kopfende des Bettes baumelte, war keine Spur von ihr zu sehen. Er hatte ihr die Hände nur gebunden, weil er rasend vor Wut gewesen und viel zu müde gewesen war, um sich etwas anderes einfallen zu lassen, wie er sie an seiner Seite festhalten konnte, bis sie sich wieder beruhigt hatte. Als er mitten in der Nacht wachgeworden war und gesehen hatte, wie unbequem sie dalag, hatte er Gewissensbisse bekommen und ihre Hände losgebunden. Dann hatte eins zum anderen geführt, und er hatte geglaubt, zwischen ihnen sei endlich alles geregelt. Aber offensichtlich hatte er sich geirrt.

Clive setzte sich auf, sah sich um und fluchte. Die Kabine war leer, und nicht nur Jessie war verschwunden, sondern auch ihre gesamte Habe. Ungläubig riß er die Augen noch weiter auf und sprang aus dem Bett.

Diese kleine Hexe war ihm fortgelaufen! Während er selig den Schlaf aufgeholt hatte, den sie ihn gekostet hatte, hatte sie sich angezogen, ihre Sachen gepackt und war getürmt!

Erst jetzt bemerkte Clive mit einem flauen Gefühl in der Magengrube, daß die *River Queen* angelegt hatte, während er geschlafen hatte. Als er zu dieser Erkenntnis gelangte, sprang Clive zur Tür, trat den Stuhl zur Seite, den sie von außen wieder vorgezogen haben mußte, so gut es eben ging, und als die Tür aufschwang, stand er nackt in der Öffnung und starrte auf das emsige Treiben einer Hafenstadt hinaus, die er nur allzugut kannte.

Verdammt, es würde höllisch schwer sein, sie in einer Stadt aufzuspüren, die so groß wie Baton Rouge war!

Das verlegene Kichern von drei Frauen, die vorbeikamen, machte ihm seine Lage klar. Sie kicherten hinter vorgehaltenen Händen, und zwei von ihnen hatten die Augen abgewandt, als sie an ihm vorbeikamen, doch die dritte musterte ihn dreist. Sie war ganz sicher keine Dame.

Clive spürte, daß eine ungewohnte Röte in seine Wangen stieg, als er zurücktrat und die Tür zuwarf, die natürlich sofort wieder aufging. Fluchend trat er dagegen und stellte den Stuhl wieder davor, damit die Tür zublieb.

Wenn er Jessie diesmal erwischte, konnte sie von Glück sagen, wenn er sie nicht schlug, um sie endlich zur Vernunft zu bringen! Er liebte sie, verdammt noch mal, und sie liebte ihn, ob Stuart oder Clive, das wußte er genau, ob sie es nun zugab oder nicht. Sie hatte einen vollkommen überflüssigen Koller und wollte ihn für sein kleines Täuschungsmanöver bestrafen, und wenn er ihr nicht eine Lektion erteilte, die sie sich für alle Zeiten merken würde, dann nur, weil es ihm an einer Gelegenheit fehlte.

Er würde sich anziehen und... Wo, zum Teufel, waren seine Kleider?

Das kleine Miststück hatte seine Kleider mitgenommen. Alles war weg, vom Hemd über die Hose bis zu den Stiefeln!

Aber auch sein Portemonnaie war verschwunden, und er hatte keinen Cent mehr!

Er war nackt, hatte kein Geld und war so wütend, daß er auf den Fingernägeln hätte kauen können. Sie sollte nur warten, bis er sie erwischte! Wenn sie ihm in die Finger kam, würde er ihr den Hals umdrehen!

Clive trat fluchend gegen das Bett und hopste dann auf einem Fuß herum, weil er sich am großen Zeh weh getan hatte. Dann wickelte er sich in ein Bettlaken und humpelte an Deck, um sich Beistand zu sichern.

Er hoffte nur, daß Luce noch an Bord war.

Luce würde ihm helfen, würde ihn versorgen mit allem Notwendigen.

Jessie war müde und unglücklich, als sie am folgenden Nachmittag an der Reling der *Delta Princess* stand. Sie wußte, daß sie das Richtige getan hatte, als sie Clive McClintock – diesen Betrüger! – verlassen und sich auf den Heimweg gemacht hatte, aber dieses Wissen trug auch nicht zu ihrem Wohlergehen bei. Sie konnte diesen Schuft einfach nicht von dem Stuart auseinanderhalten, den sie geliebt hatte, und ihr Herz litt Qualen.

Das einzige, was ihr wohltat, war die Vorstellung, wie wütend er gewesen sein mußte, als er aufgewacht war und festgestellt hatte, daß nicht nur sie fort war, sondern auch seine Kleider und sein Geld. Sie fragte sich, wie er es wohl geschafft haben mochte, die *River Queen* zu verlassen, aber vielleicht war es ihm ja gar nicht gelungen. Vielleicht hatte er sich einfach in das Unvermeidliche gefügt und war jetzt auf dem Weg nach New Orleans.

Aber auch dort hätte er nackt von Bord gehen müssen.

Die *Delta Princess* fuhr auf dem Yazoo zu der Anlegestelle direkt westlich von Elmway, und Jessie konnte jetzt schon die Plantagen am Flußufer sehen. Erst Makepeace, die Plantage der Bensons, dann das Beaumont der Culpeppers und schließlich das Riverview der Todds. Mimosa lag nicht direkt am Fluß, und daher konnte sie das Haus von Deck aus nicht sehen. Aber Jessie wußte, daß sie schon fast zu Hause war. Die Vorstellung wärmte ihr das Herz. Wie hatte sie glauben können, sie könnte von dort fortgehen?

Natürlich würde das Mimosa, zu dem sie zurückkehrte, nicht das Mimosa sein, das sie verlassen hatte. Stuart war nicht mehr da, und Celia war wieder allein verantwortlich. Was sie selbst anging – welche Rolle würde sie jetzt dort spielen? Sie war nicht mehr das Kind, das sie gewesen war, ehe Stuart – nein, Clive, sollte der Teufel ihn holen! – ihr dabei geholfen hatte, erwachsen zu werden.

Schweren Herzens versuchte Jessie sich auszumalen, wie es in Zukunft auf Mimosa zugehen würde. Celias gönnerhafte Herablassung hatte sich in den letzten Monaten nahezu in blanken Haß verwandelt. Sie würde ihr Äußerstes tun, um Jessie das Leben zur Hölle zu machen, vor allem dann, wenn Jessie ihr die Wahrheit über Stuart erzählte – nein, Clive! (Würde sie sich je daran gewöhnen können, ihn mit diesem abscheulichen Namen in Verbindung zu bringen?) Aber da Celias Ehe schon seit einer ganzen Weile unglücklich war, würde sie Jessie vielleicht sogar dankbar sein. Doch was wurde dann aus dem Kind, mit dem Celia schwanger war? Ob Stuart/Clive nun der Vater war oder nicht – und Jessie war geneigt, ihm in dem Punkt zu glauben, da Celias Neigungen ihr nur zu gut bekannt waren –, das Baby würde vom Moment seiner Geburt an in Verruf geraten und mit jeder Niederträchtigkeit rechnen müssen, wenn die Wahrheit ans Licht kam. Um die Lage noch mehr zu komplizieren, kam noch hinzu, daß die Rechtsgültigkeit von Celias Ehe in Frage gestellt werden konnte, wenn Stuart nicht Stuart, sondern Clive war. Würde das Kind, selbst dann, wenn Stuarts/Clives Vaterschaft nicht in Zweifel gezogen wurde, als ehelich angesehen werden, wenn die Ehe nicht rechtskräftig war? Jessie fragte sich erbittert, ob es Clive McClintock, wo auch immer er jetzt sein mochte, wohl Freude bereitete, sich auszumalen, welche Katastrophe er zurückgelassen hatte.

Es würde zu einem gräßlichen Skandal kommen. Wenn sich erst herumsprach, daß Stuart Edwards nichts anderes als ein Betrüger war, dem man auf die Schliche gekommen war und der daraufhin das Weite gesucht hatte, dann würde viel und laut und lange darüber geredet. Celia würde ihr keineswegs dankbar dafür sein, daß sie sie alle in Verruf brachte, und Jessie mußte zugeben, daß ihr die Vorstellung auch nicht allzusehr behagte.

Aber wenn sie nichts sagte, stand es Clive McClintock frei, jederzeit wieder zurückzukommen und seine Rolle als Stuart Edwards so lange weiterzuspielen, wie es ihm paßte. Jessie glaubte nicht, daß sie das ertragen konnte. Ihn täglich zu sehen, ihn in der Öffentlichkeit wenigstens mit dem geringsten Anstand zu behandeln und mit anzusehen, wie er als der Ehemann ihrer Stiefmutter und der Neffe der Damen Edwards eine Lüge lebte, und gleichzeitig war er noch ihr – ihr was? Gar nichts. Ob Stuart oder Clive, das spielte keine Rolle. Er war für ihr Leben unwichtig geworden.

In ihren Augen war er lediglich ein Gauner, ein Betrüger und ein Lügner.

Wenn sie etwas ausplauderte, war er im Yazoo-Tal unten durch. Wenn sie den Mund hielt, konnte es passieren, daß er zurückkam. Aber andererseits, dachte Jessie voller Hoffnung, würde er vielleicht auch nicht kommen. Vielleicht sollte sie einfach den Mund halten und abwarten, wie die Ereignisse sich entwickelten. Sie konnte behaupten, ihn unterwegs nicht getroffen zu haben, sondern allein den Entschluß gefaßt zu haben, wieder nach Mimosa zurückzukehren. Stuart Edwards konnte ganz einfach verschwunden sein, und mit der Zeit würde er in Vergessenheit geraten.

Vielleicht war es das beste. Solange er nicht zurückkam.

Jessie klammerte sich an diese Vorstellung, bis die *Delta Princess* anlegte. Sie stand an der Reling und ließ sich die Sonne ins Gesicht scheinen. Am Ufer warteten Karren, die von Maultieren gezogen wurden, darauf, entladen zu werden. Sie brachten die Baumwolle. Ein Kleinbauer und seine Familie standen da und sahen dem Raddampfer entgegen. Etwas weiter hinten saß ein Mann auf einem großen, schwarzen Pferd.

Jessie riß die Augen weit auf. Sie beugte sich vor und starrte, als traute sie ihren eigenen Augen nicht. Das schwarze Pferd war Saber – und der Mann war Clive McClintock.

Als die wenigen Passagiere an Land gingen, blieb Jessie ungläubig und erstarrt stehen. Ihr Blick war auf Clive gerichtet, der von Saber abgestiegen war und an Deck kam. Er griff nach ihrem Koffer, der neben ihr stand. Dann legte er seine Hand kurz über ihren Ellbogen.

»Ich hoffe, du hast meine Stiefel mitgebracht. Dieses Paar mag ich ganz besonders gern.«

»Wie bist du...«

»Später, Jessie. Später.«

Wenn sie keine Szene machen wollte, blieb Jessie nichts anderes übrig, als sich von ihm vom Schiff führen zu lassen. Seine Hand auf ihrem Ellbogen wirkte höflich, und sein Lächeln war korrekt. Doch er sagte kein Wort mehr. Sie auch nicht. Als sie auf festem Boden standen, führte er sie wortlos zu Saber.

Als sie neben dem großen Hengst standen, stellte er ihren Koffer im Gras ab und wandte sich zu ihr um. Er zog sich den Hut aus dem Gesicht. Jessie musterte ihn ungläubig von Kopf bis Fuß. Wie hatte er es geschafft, sich vollständig neu einzukleiden und noch vor ihr hier zu sein?«

»Wie bist du hergekommen?« fragte sie, weil diese Frage für sie so vorrangig war, daß sie an nichts anderes denken konnte.

»Hast du geglaubt, daß ich es nicht schaffe? Du hast mich wieder einmal um den Schlaf gebracht, aber ich werde es überleben.«

»Deine Kleider...« Er trug einen taubengrauen Anzug und eine helle Weste, und alles saß so gut und wirkte so elegant, wie sie es von ihm gewohnt war. Er war unrasiert, aber die schwarzen Stoppeln ließen ihn nur noch reizvoller erscheinen. Selbst sein grauer Zylinder war brandneu!

»Es war nicht nett von dir, daß du meine Kleider mitgenommen hast, Jessie. Ich mußte mir etwas von dem Kavalier borgen, der Luce derzeit begleitet. Eigentlich ein recht netter Kerl, aber doch ziemlich klein.«

»Aber...« Jessie musterte ihn wieder von Kopf bis Fuß. Sie war sprachlos vor Entgeisterung. Sie hatte ihn vor rund vierundzwanzig Stunden ohne einen Cent zurückgelassen, gut zweihundert Meilen weiter flußabwärts. Und jetzt stand er vor ihr, makellos gekleidet, und er war eher dagewesen als sie! Und wenn diese Kleider jemandem gehörten, der kleiner war als er, dann wollte sie einen Besen fressen!

»Zum Glück konnte ich meine eigenen Sachen mitnehmen, als ich durch Natchez gekommen bin. Ich bin fast ohne Pause geritten, seit du mich zurückgelassen hast, Jessie, auf drei verschiedenen Pferden hintereinander. Daß ich nicht gerade bester Laune bin, wirst du doch sicher verstehen.«

Allmählich erholte sie sich von ihrem Schock. Hier stand er jetzt, und er war keine Erscheinung, sondern Clive McClintock, der Mistkerl, in Fleisch und Blut, und er lächelte sie an, während seine himmelblauen Augen eine Warnung ausdrückten, die sich absolut nicht mit dem Gentleman vereinbaren ließ, als der er auftrat.

»Ich wußte schon, daß du kein Gentleman bist, als ich dich das allererste Mal gesehen habe!«

»Welch klare Sicht der Dinge!«

»Du hättest nicht zurückkommen dürfen. Wenn erst einmal alle wissen, was du getan hast, werden die Folgen nicht allzu erfreulich sein.«

Trotz allem, was er ihr angetan hatte, paßte ihr in einem winzigen Winkel ihres lachhaft weichen Herzens die Vorstellung nicht, mitanzusehen, wie er aus dem Tal gejagt oder gar verhaftet wurde oder wie auch immer sein Los aussehen würde. Verstandesmäßig wußte sie, was er war, aber ein Fitzelchen ihres Herzens verwechselte ihn immer noch mit dem Stuart, den sie geliebt hatte.

»Du meinst, wenn alle dahinterkommen, daß Stuart Edwards schon seit einer ganzen Weile tot ist und daß ich in Wirklichkeit Clive McClintock bin?« Er sprach immer noch liebenswürdig mit ihr, doch seine funkelnden Augen vermittelten ihr etwas ganz anderes.

»Ja. Genau das habe ich gemeint.«

»Und wie werden sie alle dahinterkommen? Du willst doch nicht etwa sagen, daß du mich bloßstellen würdest?« Clive zog in geheucheltem Erstaunen die Augenbrauen hoch. »Gewiß nicht! Denk doch nur an die Konsequenzen – für dich selbst.«

Jessie war einen Moment lang entgeistert. »Welche Konsequenzen könnte es für mich denn haben?«

»Nun, mein Liebling, so schmerzlich es auch für mich wäre, aber wenn du aus der Schule plauderst, wäre ich gezwungen, es dir in gleicher Münze heimzuzahlen.«

»Ich verstehe dich nicht.«

»Nein? Dann werde ich es dir genau erklären. Falls du es für notwendig halten solltest, die Welt davon in Kenntnis zu setzen – oder auch nur einen einzigen Menschen –, daß ich gar nicht Stuart Edwards bin, dann würde ich doch gewissen intime Dinge enthüllen, die sich zwischen uns beiden abgespielt haben. Was glaubst du, wer mit übleren Schmähungen zu rechnen hat – der Betrüger oder das einst jungfräuliche kleine Ding, das so tief gesunken ist, seine Mätresse zu werden?«

Als die Bedeutung seiner Worte zu ihr durchsickerte, schoß Jessie das Blut in den Kopf. »Du... Schuft!« schrie sie.

»Etwas derart Unfeines täte ich natürlich nur, wenn du mich dazu zwingst. Was meinst du, Jessie? Sollen wir nicht doch jeder das Geheimnis des anderen für sich behalten?«

»Ich hasse und verabscheue dich«, sagte sie bitter.

»Du wirst darüber hinwegkommen«, antwortete er und faßte ihre Worte anscheinend als die erwartete Zustimmung auf. Er bückte sich, hob ihren Koffer auf und hing ihn über sein Sattelhorn. »Darf ich dich nach Hause bringen?«

»Nein!«

»Komm schon, Jess, sei nicht kindisch. Zu Fuß ist es ein weiter Weg.«

»Lieber laufe ich bis nach Jackson, als mich mit dir auf ein Pferd zu setzen.«

»Wie du willst.« Er zuckte lässig die Achseln, schwang sich in den Sattel und ritt los.

Jessie fehlten die Schimpfworte, als sie hinter ihm her sah. Die Wagen, die die Baumwolle gebracht hatten, waren noch nicht entladen worden. Wenn sie bald wieder nach Mimosa kommen wollte, würde sie wirklich laufen müssen.

Ganz so weit war es ja eigentlich gar nicht, redete sie sich ein, als sie die Straße entlanglief, auf der noch schlammige Pfützen vom Regen der Vornacht standen. Es konnten nicht mehr als acht Kilometer sein, aber Jessie trug ihre neuen Schuhe mit den schmalen, raffinierten französischen Absätzen, und nach einer Weile taten ihre Füße weh. Das Kleid, das sie gleichzeitig mit den Schuhen in Jackson gekauft hatte, war hochmodisch, und der Rock, der hinten länger war, hing ständig im Schmutz. Das Hutband kitzelte sie am Hals, mit dem Hut auf dem Kopf war es ihr zu heiß, sie fühlte sich elend, und ihre Füße taten weh, und wie alles andere in ihrem Leben, was unerfreulich war, war auch das nur Clive McClintocks Schuld!

Dann hörte Jessie ein schwaches Donnergrollen. Als sie besorgt aufblickte, öffnete der Himmel schon seine Schleusen, und ein starker Regenguß ging herunter.

Als sie um die Straßenbiegung kam, hinter der Clive unter dichten, schützenden Baumkronen mit Saber wartete, war sie patschnaß. Ihr Hut war aus der Form geraten, und ihr Kleid wog eine Tonne. Ihre Schuhe hatten sich mit Wasser gefüllt, und das nasse Leder rieb sich schmerzhaft an ihren Füßen.

Trotzdem war sie nicht bereit, klein beizugeben. Als sie Clive sah, der sie erwartete, reckte sie das Kinn in die Luft und stolzierte an ihm vorbei. Das Wissen, wie albern der Anblick sein mußte, den sie bot, wurmte sie. Als er neben ihr herritt, warf sie ihm einen haßerfüllten Blick zu.

Ihr einziger Trost bestand darin, daß er genauso naß wie sie war.

»Hast du es dir inzwischen anders überlegt?« Sie hätte ihn erwürgen können.

»Oder hast du einen Stein im Schuh?« Sie schenkte ihm nicht die geringste Beachtung.

Plötzlich scheute Saber, und ehe Clive ihn wieder beruhigt hatte, prallte Sabers Rückseite mit Jessie zusammen. Sie taumelte, verlor das Gleichgewicht und fiel vornüber in eine Pfütze.

Ehe sie wieder Luft bekam und aufstehen konnte, war Clive von Saber gesprungen und kauerte neben ihr.

»Jessie! Bist du verletzt?«

»Das hast du mit Absicht getan!« warf sie ihm vor. Sie drehte sich um, setzte sich auf und funkelte ihn wütend an.

»Offensichtlich nicht«, beantwortete er sich seine eigene Frage. Dann sah er sie an. Sie war von den Augenbrauen bis zum Rocksaum mit rötlichem Schlamm beschmiert, und er grinste breit.

»Wenn du jetzt lachst, bringe ich dich um«, warnte sie ihn durch zusammengebissene Zähne.

»Das Risiko muß ich wohl eingehen«, brachte er mühsam heraus, ehe er in ein Gelächter ausbrach, bei dem sie sehnsüchtig auf seine Nase sah, die noch leicht verfärbt war.

Ehe Jessie ihre Drohung wahrmachen konnte, hob er sie aus der

Pfütze hoch und setzte sie unter prustendem Gelächter auf Sabers Rücken.

Wenn sie nicht ganz so naß und schlammverschmiert und müde gewesen wäre – und wenn er die Zügel nicht mißtrauisch in der Hand gehalten hätte –, hätte sie Saber die Hacken in die Flanken gebohrt und ihm zum Galopp angetrieben, ehe er sich hinter sie auf das Pferd schwingen konnte.

Aber sie tat es nicht. Sie mußte sich mit der Genugtuung zufriedengeben, daß er fast genauso schlammverschmiert war wie sie, seit er sie hochgehoben hatte.

»Ich hasse dich«, sagte sie, ohne ihn anzusehen.

»Nein, das tust du nicht. Du bist nur außer dir«, sagte er mit aller Ruhe. Jessie ballte die Hände zu Fäusten. Clive griente auf dem gesamten Ritt vor sich hin und fühlte sich zum ersten Mal seit zwei Tagen richtig wohl. Aber als sie an die Abzweigung nach Mimosa kamen, zuckte er zusammen.

»Hier ist etwas passiert«, sagte er.

Jessie sah sich um. Ein halbes Dutzend Kutschen stand in der Auffahrt, und mindestens zwanzig Angestellte von Mimosa drängten sich trotz des heftigen Regenschauers vor dem Haus.

»Diese Kutsche gehörte Dr. Crowell«, sagte Jessie plötzlich, als sie den alten Einspänner sah, der vor Häusern, in denen es zu Geburten, Krankheiten oder Todesfällen kam, ein vertrauter Anblick war.

»Gütiger Himmel.« Clive ritt schneller, und sowie er Saber angehalten hatte, glitt Jessie von seinem Rücken.

»Miß Jessie, oh, Miß Jessie!« Amabel, Pharaohs Frau, kam auf sie zu. »Pharaoh hat sie gefunden!«

»Wen hat er gefunden, Amabel?« fragte Jessie, die es Kraft kostete, ruhig zu bleiben.

Clive band Saber fest. »Was ist passiert?« fragte er mit scharfer Stimme.

In dem Moment kam Dr. Crowell mit Tudi und Rosa aus dem Haus. »O Lämmchen, wo bist du bloß gewesen?« Tudi eilte trotz des Regens die Treppe hinunter.

»Was ist passiert?« fragte Clive noch einmal, als Tudi die nasse, schlammverschmierte Jessie in ihre Arme zog.

»Es tut mir leid, Ihnen diese schlechte Nachricht überbringen zu müssen, Mr. Edwards«, sagte Dr. Crowell bedrückt, »aber ich fürchte, Ihre Frau ist tot.«

44

Celia lag unter einer Decke auf dem kleinen Zweiersofa im Wohnzimmer, auf dem Jessie gesessen hatte, als sie Mitchs Heiratsantrag angenommen hatte. Nur ein kleiner, schlammverspritzter Schuh schaute unter der Decke heraus. Jessie spürte, wie sich ihr Magen verkrampfte. Sie konnte sich unmöglich vorstellen, daß Celia tot war.

Als Clive auf Celia zuging und die Decke zurückzog, wandte sich Jessie eilig ab.

»Gott im Himmel!«

Clives Tonfall drücke ein solches Entsetzen aus, daß Jessie sich die Hand vor den Mund schlug und dagegen ankämpfte, sich zu übergeben. Clive sah sie scharf an.

»Es ist nicht nötig, daß du dir das ansiehst«, sagte er zu ihr und richtete dann über ihre Schulter das Wort an Tudi, die direkt hinter ihr stand. »Bringen Sie sie nach oben, und helfen Sie ihr beim Umkleiden.«

»Ja, Mr. Stuart.«

»O Gott!« Bei dieser Erinnerung daran, daß Stuart nicht Stuart war, stieg die nächste Woge von Übelkeit an Jessie auf. Sie war dankbar, als Tudi sie stützte.

Tudi zog sie aus, während Sissie ihr ein Bad einließ.

»War es das Baby?« flüsterte Jessie, als sie sich in das dampfende Wasser gleiten ließ.

»Das Baby?« fragte Tudi, die kein Wort zu verstehen schien. Jessie ließ sich von ihr waschen wie ein kleines Kind.

»Celia. Was ist passiert? Hat es Probleme mit dem Baby gegeben?«

Tudi und Sissie sahen einander über Jessies Kopf hinweg an. »Nein, Lämmchen«, sagte Tudi. »Es war nicht das Baby.«

»Sie ist ermordet worden!« sprudelte Sissie heraus.

»Ermordet!« Jessie setzte sich auf und sah mit weitaufgerissenen Augen von einer Frau zur anderen.

»Der Doktor hat gesagt, daß jemand sie totgeschlagen hat«, sagte Tudi. Ehe jemand etwas sagen konnte, wurde angeklopft. Sissie ging an die Tür, und als sie zurückkam, waren ihre Augen groß.

»Dr. Crowell sagt, Sie sollen in die Bibliothek kommen, sowie Sie fertig sind, Miß Jessie. Richter Thompson ist da.«

»Richter Thompson!«

»Miß Celia ist ermordet worden, Lämmchen. Wahrscheinlich ist er gekommen, um zu sehen, ob er herausfindet, wer es getan hat.«

»Zieh mich schnell an!«

Jessie ging etwas durch den Kopf, was sie nicht zu fassen bekam. Es war da und beunruhigte sie, wenn sie auch nicht wußte, was es war, doch sie wollte so schnell wie möglich nach unten gehen, ehe Ereignisse ihren Lauf nehmen konnten, die sie nicht mehr aufhalten konnte. Sie hätte nicht sagen können, wie die Ereignisse aussahen, die sie befürchtete.

Sie stand abrupt auf und stieg aus der Wanne. Tudi sagte mit gesenkter Stimme etwas zu Sissie. Als Tudi Jessie in ein Handtuch wickelte, verschwand Sissie aus dem Zimmer. Als sie rund zehn Minuten später zurückkam, hing ein schwarzes Kleid über ihrem Arm.

Jessie riß die Augen auf, aber natürlich war klar, daß sie Schwarz tragen mußte. Ihre Stiefmutter war tot, und sie war offiziell in Trauer.

»Es ist von Miß Elizabeth«, beantwortete Tudi ihre unausgesprochene Frage, als sie Jessie das Kleid anzog. »Sie hat es getragen, nachdem deine Großmama gestorben ist.«

Das Kleid war ein wenig zu kurz und spannte am Busen, doch Jessie machte sich nichts daraus. Als sie sich von Kopf bis Fuß in Schwarz gehüllt wie eine Krähe im Spiegel sah, wurde ihr schlagartig die Situation bewußt, die sie vorher nicht real wahrgenommen hatte: Celia war tot.

»Ich kann runtergehen und sagen, daß dir nicht gut ist, Lämmchen«, bot Tudi an, als Jessie zögerte, ehe sie ihr Zimmer verließ.

Jessie holte tief Atem. »Nein, es geht mir schon wieder besser.« Tudi folgte ihr, als sie die Treppe hinunterlief.

Richter Thompson saß in der Bibliothek, aber außerdem waren noch Dr. Crowell und Seth Chandler da, der den ehrenwerten Posten des richterlichen Beamten innehatte, der die Todesursache feststellen sollte, ein sehr angesehenes Amt, und Clive. Seth Chandler machte einen verkrampften Eindruck; Clive trug seine eiskalte Maske. Die Spannung im Raum war greifbar.

Alle vier Herren drehten sich zu ihr um, als sie eintrat. Tudi schloß leise die Tür hinter ihr, blieb aber selbst draußen in der Halle.

»Meine Herren.« Jessies Stimme war fest, obwohl ihr immer noch ganz flau war.

»Ah, Miß Lindsay«, begrüßte Richter Thompson Jessie. »Schließen Sie sich uns doch bitte an. Ich möchte Ihnen zum Ableben Ihrer Stiefmutter mein tiefstes Beileid aussprechen.«

Seth Chandler und Dr. Crowell murmelten ähnliche Worte vor sich hin. Jessie setzte sich auf den Ledersessel, der am weitesten vom Schreibtisch entfernt war. Clive saß auf einer Ecke des Schreibtischs.

Sie hatte das seltsame Gefühl, einen inneren Abstand von den Dingen zu haben, als sie bemerkte, daß Clive im Gegensatz zu ihr keine Gelegenheit gehabt hatte, sich umzuziehen. Er war noch naß, und auf seinem grauen Anzug klebte Schlamm. Sein Haar war ausnahmsweise völlig zerzaust und dort auffällig lokkig, wo es schon getrocknet war. Sein Gesicht war gefaßt, aber sehr blaß.

»Es tut mir leid, daß ich Sie mit diesen Einzelheiten belästigen muß«, sagte Richter Thompson, als Jessie sich gesetzt hatte. Er zog sich einen Stuhl neben sie und sprach mit gesenkter Stimme, als wolle er damit seinen Respekt vor dem ernsten Thema ausdrücken, das er anschneiden mußte. »Mrs. Edwards ist heute kurz nach der Mittagszeit hinter der Toilette gefunden worden. Einer Ihrer Sklaven, Pharaoh, hat die... äh, hat sie gefunden. Soweit ich gehört habe, arbeitet er schon lange bei Ihrer Familie?«

»Sein Leben lang. Er ist auf Mimosa geboren.«

»Aha. Haben Sie irgendeinen Grund zu der Annahme, er hätte Mrs. Edwards etwas Böses gewünscht?«

Jessie riß die Augen weit auf. »Pharaoh? Nein. Er täte niemandem ein Leid an.«

Richter Thompson und Dr. Crowell sahen einander an. »Miß Lindsay, ich muß noch einmal betonen, daß es mir äußerst unangenehm ist, Sie damit zu belästigen, aber soweit ich gehört habe, haben Sie das Haus vor etwa vier Tagen in einem Zustand... äh... innerer Aufgewühltheit verlassen?«

Clive machte eine abrupte Bewegung, als wolle er Einwände erheben, doch Dr. Crowell stellte sich neben ihn und legte ihm eine Hand auf den Arm, um ihn zum Schweigen zu bringen.

Jessies Aufmerksamkeit wandte sich wieder Richter Thompson zu. »Ja.«

»Und Mr. Edwards ist Ihnen gefolgt?«

Jessie warf einen schnellen Seitenblick auf Clive. Seine Regungen waren hinter dieser ausdruckslosen Maske verborgen, von der ihr jetzt klar wurde, daß es die Maske eines professionellen Spielers war. Aber was hatte er diesmal zu verbergen?«

»Ja.«

»Wann und wo hat Mr. Edwards Sie gefunden?«

»Vorgestern in Natchez.«

»Ich verstehe. Und seit da an war er ständig an Ihrer Seite?«

Plötzlich erkannte Jessie, worauf Richter Thompson mit seinen Fragen hinaus wollte. Er versuchte dahinterzukommen, ob Celias Ehemann für die Tatzeit des Mordes ein Alibi hatte. Es war Clives Glück, daß er mit Jessie zusammen gewesen war. Dann gerann ihr das Blut, als ihr die Wahrheit dämmerte: Zu dem Zeitpunkt, zu dem Celia ermordet worden war, war er nicht bei ihr gewesen. Sie war ihm gestern morgen davongelaufen und hatte ihn nicht mehr gesehen, bis er sie vor gut zwei Stunden an der Anlegestelle am Fluß abgeholt hatte. Natürlich war er in der Zeit von Baton Rouge hierher geritten, aber hatte er in der Zwischenzeit irgendwann Gelegenheit gehabt, kurz nach Mimosa zu reiten und Celia totzuschlagen, ehe er Jessie an der Anlegestelle abgeholt hatte?

Wenn das nicht grotesk war!

»Ja, seit da an war er ständig an meiner Seite«, antwortete Jessie laut und deutlich und warf wieder einen Blick auf Clive. War es Einbildung, oder sah er ein klein wenig erleichtert aus, seit sie diese Antwort gegeben hatte? Sie wartete ab, doch er widersprach ihr nicht.

»Ich verstehe. Meinen herzlichen Dank, Miß Lindsay. Mr. Edwards hat uns natürlich schon dasselbe erzählt, aber wir müssen schließlich jede Aussage bekräftigen, oder nicht?«

Als Richter Thompson aufstand, wirkte er erleichtert. Jessie sah Clive wieder an. Als er ihr in die Augen sah, war sein Ausdruck so unergründlich wie in dem Moment, in dem sie den Raum betreten hatte. Diese himmelblauen Augen waren so unauslotbar wie das Meer.

Es gab sehr vieles, was sie Richter Thompson hätte erzählen können, weit mehr als nur den Umstand, daß Celias Ehemann für die Tatzeit kein Alibi aufweisen konnte. Aber sie hatte den Mund gehalten und sogar gelogen. Die Frage war nur, warum?

Jessie fürchtete, daß sie die Antwort kannte. Und sie fürchtete, daß auch Clive sie kannte.

Diese Antwort ließ sich nur in den unberechenbaren Launen ihres dummen Herzens finden.

45

Celia wurde am nächsten Tag auf dem kleinen Friedhof begraben, auf dem man Jessicas Eltern und Großeltern zur letzten Ruhe gebettet hatte. Es regnete, aber es waren nicht die Regengüsse des Vortags, sondern ein stetiger Nieselregen. Wie alle anderen Anwesenden fror Jessie und spürte die Feuchtigkeit bis in die Knochen. Clive, der als Witwer in Schwarz neben ihr stand, hielt seinen Hut vor sich hin und senkte den Kopf bei den feierlichen Worten des Geistlichen. Er schien den Regen überhaupt nicht wahrzunehmen. Wassertropfen perlten von seinem schwarzen Hut und liefen ihm wie Tränen über das Gesicht.

Er war das vollkommene Bild eines trauernden Gatten. Heuchler! dachte Jessie. Selbst als er die erste Handvoll Erde auf den Sarg warf, hätte sie ihm am liebsten ins Gesicht geschrien. Er hatte Celia nicht geliebt, und man konnte es sogar als eine Tatsache festhalten, daß er sie gehaßt hatte. Er hatte kein Hehl daraus gemacht, daß er sie ausschließlich geheiratet hatte, um Mimosa an sich zu bringen. Da er der Überlebende war, der Celia durch diese Heirat am nächsten stand, gehörte ihm jetzt Mimosa.

Die Frage war nur die, ob er Celia getötet hatte, um es an sich zu bringen.

Miß Flora und Miß Laurel standen hinter ihm und sorgten sich um den Mann, der, auch wenn sie es nicht wußten, keineswegs ihr Neffe war. Nachbarn drängten sich um das Familiengrab. Hinter dem eisernen Gitter standen Tudi, Sissie, Rosa, Progress, Pharaoh und alle anderen als große, stumme Menge da. Jessie überlegte sich, daß sie bei weitem lieber dort gestanden hätte, als da, wo sie war. Diese Menschen waren jetzt ihre Familie, die einzigen, die sie wirklich liebten und die sie liebte.

Aber jetzt waren es nicht mehr ihre Leute, sondern auch sie gehörten Stuart. Nein, sollte der Teufel ihn holen, Clive.

Der Mitgiftjäger hatte das Beste aus seinen Karten gemacht und war mit den gesamten Einsätzen vom Tisch aufgestanden.

»Komm, Jess, es ist vorbei.«

Jessie war in Gedanken weit weg gewesen. Clives Hand auf ihrem Arm und seine geflüsterten Worte holten sie abrupt in die Wirklichkeit zurück. Der Gottesdienst war vorbei, er hatte den Hut auf dem Kopf, und die Nachbarn machten Platz, um die trauernden Familienmitglieder vorausgehen zu lassen. Jessie hielt die Augen gesenkt, als Clive ihr seinen Arm anbot und sie durch die Menge führte, die Beileidsworte murmelte. Sie gingen zu dem Wagen, der sie unten auf der Straße erwartete. Es war nicht weit bis zum Haus, und bei schönem Wetter hätte man leicht laufen können, aber wenn es zu Tragödien kam, entschied sich die Familie immer gegen einen Fußmarsch. Und heute waren sie durch den Regen erst recht gezwungen, den Wagen zu nehmen.

Beim Leichenschmaus auf Mimosa würden die Spekulationen über den möglichen Mörder im Vordergrund stehen. Der naheliegendste Kandidat, der frischgetraute Ehemann, der alles erbte, war aus dem Rennen ausgeschieden, weil die Stieftochter ihm ein Alibi bereitstellte. Das ließ Raum für weithergeholte Theorien. Jessie zweifelte nicht daran, daß die Schar, die sich heute auf Mimosa versammeln würde, sie genüßlich alle nacheinander auseinandernehmen würde.

»Ist alles in Ordnung?« fragte Clive Jessie mit gesenkter Stimme, als sie sich beide auf den Vordersitz setzten.

Miß Laurel und Miß Flora fuhren als die angeblichen Tanten des Witwers mit ihnen im Wagen. Ihre Gegenwart sorgte dafür, daß Jessie ihre Antwort knapp hielt.

»Ja«, sagte sie. Sie beachtete sein Stirnrunzeln nicht weiter, sondern schwieg, als er den beiden alten Damen beim Einsteigen half.

Der Rest des Tages war ein Alptraum. Da der Anstand sie zwang, mit den Nachbarn zu plaudern, bekam Jessie entsetzliche Kopfschmerzen. Es war schon schlimm genug, daß sie eine Trauer heucheln mußte, die sie nicht empfand. Gut, es war ein Schock für sie gewesen, und der nagende Verdacht, vielleicht, ganz vielleicht könnte Clives Infamie doch so weit gehen, daß er seine Frau erschlagen hatte, setzte ihr zu. Aber ansonsten tat es ihr wirklich nicht leid, daß Celia nicht mehr da war. Doch mit anzusehen, wie sich Clive als Stuart ausgab und Komplimente zu seiner Haltung entgegennahm, während er entsprechend ernst schaute, brachte sie dazu, daß sie die Wahrheit am liebsten laut herausgeschrien hätte. Im Lauf dieses endlosen Nachmittags hatte Jessie mehr Gelegenheit denn je, mit eigenen Augen zu beobachten, was für ein meisterlicher Schauspieler dieser Mann in Wirklichkeit war. Aber natürlich hatte Jessie vorher nie etwas über Clive gewußt, wenn er ihr Stuart Edwards vorgespielt hatte.

Kurz vor dem Abendessen hatte sich die Menge schon gelichtet, und Jessie sah, wie Clive Mr. Samuels, Celias Anwalt, zur Seite nahm und sich mit gesenkter Stimme mit ihm unterhielt. Jessies Lippen verzogen sich bitter. Zweifellos wollte Clive mit ihm über das Testament sprechen.

»Warum gehst du jetzt nicht nach oben, Lämmchen? Du hast getan, was nötig war, und niemand wird ein Wort gegen dich sagen, wenn du dich jetzt hinlegst.«

»Ach, Tudi.« Jessie stellte die unberührte Kaffeetasse, die sie in der Hand hielt, auf einen Tisch und drehte sich um, um den Kopf auf Tudis Schulter zu legen. Sie war ausgelaugt, vollkommen ausgelaugt, aber nicht nur körperlich, sondern an Leib und Seele. Im Moment wünschte sie sich nichts anderes auf Erden, als wieder ein kleines Kind zu sein und alles Böse von Tudi verscheuchen zu lassen.

Tudi tätschelte ihren Rücken, und einen Moment lang fühlte sich Jessie getröstet. Dann kam Miß Flora auf sie zu.

»Jessie, Stuart hat mich gebeten, dich zu ihm und Mr. Samuels in die Bibliothek zu schicken.«

Jessie hob den Kopf und wandte sich zu Miß Flora um. Tudi verschwand. »Ach ja?« Sie war äußerst versucht, nicht hinzugehen. Es mochte zwar sein, daß Clive McClintock jetzt Herr über Mimosa war, aber ihr konnte er keine Befehle geben, und dabei würde es auch bleiben.

Schließlich ging sie doch mit. Miß Flora war so freundlich zu ihr, daß Jessie es einfach nicht übers Herz brachte, sie zu brüskieren. Und was hätte sich dadurch schon geändert? Sie würde hingehen und ihre Rolle noch etwas länger spielen. Morgen oder übermorgen würde diese Benommenheit dann von ihr abfallen, und dann würde sie in der Lage sein zu entschieden, was sie tun würde.

Beide Männer erhoben sich höflich, als Jessie eintrat.

»Ich möchte Ihnen mein Beileid zu Mrs. Edwards' Tod ausdrükken, Miß Lindsay«, sagte Mr. Samuels. Jessie hatte das seit gestern schon so oft gehört, daß sie die Worte kaum noch wahrnahm, doch es gelang ihr, ein höfliches ›Danke‹ zu murmeln.

»Du wolltest mich sprechen?« fragte sie und sah Clive an. Sein Ausdruck war nach wie vor entsprechend ernst, aber in seinen

Augen stand ein Leuchten, das Jessie sagte, mit welcher ungehörigen Geschwindigkeit er über den Tod seiner Frau hinwegkommen würde. Jemand, der ihn nicht ganz so gut kannte wie sie, hätte es zwar nicht bemerkt, aber Jessie hatte sogar den Eindruck, daß er fast erleichtert wirkte.

»Setz dich, Jessie.«

Die Herren konnten sich nicht setzen, solange sie es nicht tat. Aber daran hätte sich Clive wohl kaum gestört, wenn er mit ihr allein gewesen wäre, denn er war schließlich kein Gentleman. Jessie setzte sich wieder auf den Stuhl, auf dem sie schon gesessen hatte, als sie Richter Thompson belogen hatte. Clive sah sie finster an, weil sie sich den Stuhl ausgesucht hatte, der am weitesten von ihnen entfernt war, doch er sagte nichts. Er und Mr. Samuels nahmen ihre Plätze wieder ein.

»Sie wissen natürlich, daß ich Mrs. Edwards' Anwalt bin... äh, war.« Mr. Samuels wandte sich zu Jessie um, und sie nickte. »Auf Mr. Edwards' Wunsch hin bin ich ihren Letzten Willen mit ihm zusammen durchgegangen. Es gibt keine Überraschungen. Mit Mrs. Edwards' Wiederverheiratung ist Mimosa natürlich mit all seinen Sklaven und Ländereien an Mr. Edwards gefallen, und daran ändert ihr Tod nichts. Es ändert sich aber dadurch auch nichts an der Verfügung im Testament Ihres Vaters, die Ihnen das Recht zusichert, für den Rest Ihres Lebens auf Mimosa zu bleiben. Da sich das jetzt als problematisch erweisen könnte, weil Mr. Edwards nicht blutsverwandt mit Ihnen ist und im selben Haus mit Ihnen leben würde, ohne selbst verheiratet zu sein, habe ich ihm vorgeschlagen, Ihnen Ihren Anteil auszuzahlen. Hätte er meinen Vorschlag angenommen, dann wären Sie in der Lage, für den Rest Ihres Lebens sorgenfrei zu leben, wo Sie es wünschen.«

»Mich... auszahlen!« Jessie war nahezu sprachlos. Sollte sie jetzt zu allem Überfluß auch noch Mimosa verlieren? Sie sah Clive aus großen, verschleierten Augen an. Das würde er ihr doch gewiß nicht antun.

»Laß ihn ausreden, Jess«, riet ihr Clive mit ruhiger Stimme. Mr. Samuels sah ihn kurz an und fuhr dann fort.

»Aber Mr. Edwards hat sich aus persönlichen Gründen, die ich nicht kenne, geweigert, diesen Weg einzuschlagen. Ich bin jedoch sicher, daß seine Gründe stichhaltig sind, wenn sie auch seinen eigenen Interessen direkt entgegenwirken und ich ihm genaugenommen nicht zuraten kann. Der Weg, den er statt dessen gewählt hat, widerspricht meiner Auffassung nach seinen Interessen – aber natürlich bin ich nur hier, um Ratschläge zu geben.«

Mr. Samuels und seine weitschweifigen Sätze kamen nicht zu Jessie durch. Sie erfaßte, daß Clive es abgelehnt hatte, sie auszubezahlen, und sie fand, das sei gut. Oder hatte er vor, sie ohne jede Entschädigung von hier zu vertreiben? Das hätte er doch bestimmt nicht getan! Aber andererseits war er nicht der Mann, den sie zu kennen glaubte. Dieser Mann war ein Fremder, und ihm war alles zuzutrauen.

»Was Mr. Samuels zu sagen versucht, ist, daß ich dir alles überschrieben habe, Jessie. Mit allem Drum und Dran und ohne irgendwelche Bedingungen.« Clive sah sie mit dem Ausdruck an, mit dem eine Katze vor einem Mauseloch lauert. Jessie runzelte die Stirn. Sie hörte die Worte, aber sie verstand sie nicht. Als sie nichts sagte, fuhr er mit einem Anflug von Ungeduld fort. »Mimosa gehört dir, und so hätte es schon immer sein sollen.«

Jessie sah Mr. Samuels an. »Verstehen Sie, was Sie soeben gehört haben, Miß Lindsay?« fragte er sie liebenswürdig, denn er glaubte zweifellos, ihr Unverständnis sei auf ihren Kummer und ihre Erschütterung zurückzuführen. »Mr. Edwards hat auf alle Rechte an Mimosa verzichtet. Die Plantage gehört Ihnen.«

Jessie riß die Augen weit auf. Langsam wandte sich ihr Blick Clive zu. Er griente sie nicht an – aber das hätte er ebensogut gleich tun können. In diesen himmelblauen Augen stand eine amüsierte Zufriedenheit.

»Ich muß schon sagen, daß das eine recht edle Geste ist«, fuhr Mr. Samuels kopfschüttelnd fort. »Und es bestand selbstverständlich keine Veranlassung für ihn, etwas Derartiges zu tun. Alles ist an ihn gefallen. Legal und rechtskräftig. Aber er fand, angesichts des Umstands, daß er erst vor kurzem nach Mimosa gekommen ist, sollte alles Ihnen gehören.«

Bewunderung und Respekt vor dem Mann, der auf eine Erbschaft wie Mimosa verzichtete, waren deutlich aus Mr. Samuels' Stimme herauszuhören. Jessie zweifelte keinen Moment lang daran, daß sich dieser Beweis für Stuart Edwards' wahrhaft edelmütigen Charakter noch vor dem Abend des kommenden Tages im ganzen Yazoo-Tal herumgesprochen haben würde. »Was für ein Gentleman er doch ist!« würden sie alle sagen. »Es gehört alles dir, Jessie.« Stuart sprach so sanft mit ihr, als glaubte er, sie sei nur so schweigsam, weil seine noble Geste sie überwältigt hatte.

Jessie sagte immer noch nichts. Mit weitaufgerissenen Augen starrte sie ihn an, ohne ihn zu sehen. Dann betrachtete sie ihn. In seinem gutgeschnittenen schwarzen Anzug sah er von Kopf bis Fuß wie ein eleganter Gentleman aus, und noch dazu sah er umwerfend gut aus, wie immer. Sein Ausdruck war ernst und nüchtern, doch in seinen Augen stand ein Schimmer, der Jessie sagte, wie zufrieden er mit sich war.

In dem Moment ging ihr schlagartig auf, daß der Spieler das größte Risiko seines Lebens einging: er setzte mit einem einzigen Blatt alles aufs Spiel. Und aus dem Ausdruck, der in seinen Augen stand, war klar zu ersehen, daß er damit rechnete, zu gewinnen.

46

Hysterie, sagten alle, als Clive gefolgt von einer besorgten Tudi eine Jessie die Treppe hinauftrug, die immer noch kicherte, und sie ins Bett legte. Jessie schnappte mühsam nach Luft, während sie von Lachsalven geschüttelt wurde, und sie fragte sich, ob sie nicht alle recht hatten. Doch das glaubte sie nicht.

Es war nur einfach alles so komisch. So übertrieben komisch, daß man schon hysterisch werden konnte.

Clive hatte also geglaubt, wenn er ihr das eigene Zuhause überschrieb, könnte er ihr endgültig beweisen, daß er nicht mehr der Mitgiftjäger und Spieler war, der sich mit Lügen widerrechtlich in den Besitz von Mimosa gebracht hatte, was? Was für eine meisterliche Strategie von seiner Seite! Dazu mußte sie ihm wirklich gratulieren, wenn sie wieder genug Luft bekam und reden konnte. Aber natürlich verlor ein Spieler genausowenig den Blick für eine ganz große Chance, wie ein Leopard seine Flecken abgelegt hätte. Er mußte wissen, daß seine Täuschung, sein Betrug, falls er herauskam – und Jessie hätte ihn jederzeit bloßstellen können –, dazu führte, daß ihm Mimosa alles andere als sicher war. Wahrscheinlich hätte er dann sogar überhaupt nichts geerbt. Das sprach ihn allerdings weitgehend vom Mordverdacht frei. Aber andererseits zweifelte sie nicht daran, daß er die Tat, falls er sie begangen hatte, in einem Wutausbruch und ohne vorherige Überlegung begangen hatte, und somit war er vielleicht nicht dazu gekommen, sich zu überlegen, daß er sich damit selbst den Geldhahn zudrehte.

So oder so – Celia war tot und Jessie wußte bereits, was für ein opportunistischer Schurke er war. Daher sah es ganz danach aus, als könnte er alles verlieren, was er unter so großen Mühen gewonnen hatte. Wie also sollte er es behalten? Klar, indem er es der naiven, süßen, kleinen Jessie schenkte, die von dieser Geste und allem, was daraus folgte, derart ergriffen war, daß sie vor Liebe zu ihm schmelzen und überstürzt den Heiratsantrag annehmen würde, der zweifellos direkt auf dem Fuß folgte. Dann hatte Clive McClintock, der miese Spieler, alles wieder an sich gebracht: Mimosa und sein Ansehen. Und Jessie war sicher, daß er diesmal alle notwendigen Schritte unternehmen würde, um sich abzusichern, daß seine Ehe, was auch geschehen mochte, rechtskräftig war.

Einmal Mitgiftjäger, immer Mitgiftjäger. Aber diesmal hatte er sich selbst reingelegt. Jessie konnte es kaum erwarten, ihm das zu sagen.

»Holen Sie Dr. Crowell«, sagte Clive über die Schulter zu jemandem, ehe er Jessie durch die Tür zu ihrem Zimmer trug. Sein Gesicht war angespannt und besorgt, als er sie behutsam auf ihr Bett legte und noch einen Moment lang über sie gebeugt stehenblieb.

»Es wird alles gut werden, Jess«, murmelte er, und seine Hand streichelte einen Moment lang ihre Wange. Ehe sie auch nur auf den Gedanken kam, seine Hand zur Seite zu schlagen oder ihm seine niederen Absichten ins Gesicht zu schleudern, betrat Dr. Crowell ihr Zimmer. Sie lachte und keuchte immer noch. Tudi, die im Schlafzimmer ihres Lämmchens bis auf einen Arzt keinen anderen Mann geduldet hätte, verscheuchte Clive.

Aus der Dunkelheit im Zimmer und der Stille, die im Haus herrschte, schloß Jessie, daß es spät am Abend sein mußte, als sie erwachte, weil das Schlafmittel, das Dr. Crowell ihr verabreicht hatte, in seiner Wirkung nachließ. Es dauerte ein paar Minuten, bis sie die Orientierung wiedergefunden hatte, aber mit der Zeit fiel ihr wieder ein, was sich zugetragen hatte. Sie stellte außerdem fest, daß sie in ihrem eigenen Bett lag. Von dem Faltbett am anderen Ende des Zimmers hörte sie ein leises Schnarchen und wußte, daß sie nicht allein war. Jessie stand auf und schlich sich auf Zehenspitzen an. Sie fand Tudi vor, die fest schlief.

Die gute Tudi, die über ihr Lämmchen wachte.

Jessie kehrte zu ihrem Bett zurück, auf dessen Fußende ihr Morgenmantel lag. Sie zog ihn über, schnürte den Gürtel fest und schlich sich auf leisen Sohlen aus dem Raum. Tudi glaubte an die Heilkräfte der frischen Nachtluft und hatte die Fenster selbst in der kühlen Novembernacht einen Spaltweit geöffnet. Durch den Fensterspalt drang der Geruch einer Welt, auf die Regen heruntergegangen war, doch die Nachtluft wehte auch den würzigen Duft einer Zigarre ins Zimmer.

Clive konnte anscheinend nicht schlafen und rauchte im Freien auf dem Balkon. Jessie hatte vor, sich ihm dort anzuschließen.

Das Haus war schwach beleuchtet und roch nach den Blumen, die noch von der Beerdigung stehengeblieben waren. Über allem lag eine gespenstische Stille, als spürte das Haus in gewisser Weise, daß seine Herrin am Vortag gestorben war. Die Königin war tot. Lange lebe der König!

Die Tür zur oberen Galerie war angelehnt. Jessie trat leise auf den Balkon hinaus und sah sich nach Clive um.

Er saß, wie schon öfter, auf dem Schaukelstuhl am hinteren Ende. Barfuß ging sie auf den glitschigen, nassen Holzdielen auf ihn zu. Bisher hatte er sie noch nicht bemerkt. Er schaukelte sachte, starrte in den Nieselregen hinaus und paffte seine Zigarre.

Als er sich schließlich zu ihr umsah, stockte die Hand, mit der er die Zigarre gerade zum Mund führen wollte, und er riß die Augen auf. Jessie wurde klar, daß sie in ihrem weißen Morgenmantel im Dunkel des Balkons wie ein Geist erscheinen mußte, solange sie nicht dicht vor ihm stand. Diese Vorstellung behagte ihr, und sie lächelte. Doch seine Panik hielt nicht lange an – falls es überhaupt Panik war. Nach wenigen Momenten erkannte er sie und steckte die Zigarre zwischen seine Lippen.

»Hast du geglaubt, ich sei Celia?« Die Worte klangen spöttisch.

Er ging nicht auf ihre Frage ein. »Wieso bist du auf?«

»Ich habe deine Zigarre gerochen.«

Er sah sie wieder an, und ein mattes Lächeln spielte um seine Mundwinkel. »Dann wolltest du also zu mir kommen. Heißt das, daß du dich endlich entschlossen hast, mir zu verzeihen und alles zu vergessen, Jess?«

»Es heißt, daß ich finde, wir sollten uns miteinander unterhalten.«

»Fang an.« Er zog wieder an seiner Zigarre.

»Was hältst du davon, mir zuerst einmal zu sagen, ob du Celia getötet hast oder nicht?«

Er verzog die Lippen. »So, darüber wollen wir uns also unterhalten, ja? Ich möchte dir eine Frage stellen, Jess: Was glaubst du?«

»Das ist keine Antwort.«

»Zu mehr bin ich nicht bereit. Ich bin im Moment nicht dazu aufgelegt, mich ins Kreuzverhör nehmen zu lassen.«

»Du wolltest, daß ich Richter Thompson belüge.«

»So, wollte ich das?«

»Ja. Du hast ihm selbst vorher erzählt, was ich ihm dann bestätigt habe.«

»Vielleicht wollte ich nur wissen, ob du mich trotz unserer Unstimmigkeiten genügend liebst, um mich in Schutz zu nehmen und für mich zu lügen.«

»Das glaube ich nicht.«

»Was glaubst du dann? Daß ich in zwei Tagen mehr als dreihundert Kilometer geritten bin, um vor dir hier zu sein, und daß ich mich auf dem Ritt entschlossen habe, einen kleinen Umweg einzulegen und meine Frau umzubringen?«

»Du hättest hier vorbeikommen können, um dich umzuziehen, und dabei könntest du sie... mit... jemandem vorgefunden haben.« Jessie erinnerte sich noch lebhaft daran, wie wütend er gewesen war, als er Celia mit Seth Chandler erwischt hatte. Er hatte ihr damals angedroht, sie umzubringen – und er hatte den Eindruck gemacht, als sei er durchaus in der Lage, seine Drohung wahrzumachen.

»Ja, das könnte sein.«

»Warum kannst du meine Frage nicht einfach beantworten?« Jessie ballte erbittert die Fäuste.

»Weil ich deine Fragen satt habe.« Er stand auf, warf die Zigarre über das Geländer und packte sie an den Oberarmen, ehe sie auch nur einen Schritt zurückweichen konnte. »Genaugenommen habe ich das Reden überhaupt satt. Komm mit mir ins Bett, Jess.«

»Das kann doch wohl nicht dein Ernst sein!«

»O doch, das kannst du mir glauben. Es ist mein voller Ernst.«

»Wir haben Celia heute erst begraben!«

»Ich habe sie nicht geliebt und du auch nicht. Sei nicht so scheinheilig, Jess.«

»Ich und scheinheilig!«

»Aber wenigstens bist du eine sehr hübsche kleine Heuchlerin.«

Ehe Jessie auch nur ahnte, was er vorhatte, hob er sie auf seine Arme und trug sie über den Balkon.

»Laß mich runter!« Er trug sie ins Haus.

»Psst! Sonst weckst du noch Tudi. Überleg dir nur, wie schockiert sie wäre, wenn sie wüßte, daß ich dich gerade in mein Bett trage.«

»Ich will nicht mit dir ins Bett gehen!«

Er bog in den Flur ein, der zu seinem Schlafgemach führte. »Eins habe ich gelernt, mein Liebling, nämlich, daß du wahrhaftig nicht weißt, was, zum Teufel, du willst.«

Dann senkte sie den Kopf, um sie auf die Lippen zu küssen. Jessie versuchte gar nicht erst, ihr Gesicht abzuwenden. Plötzlich ging ihr die Wahrheit auf: Das, genau *das*, war es, weshalb sie sich zu ihm auf den Balkon hinausgeschlichen hatte. Ihr gequältes Herz lechzte nach seinen Küssen, stellte sie fest, als sein Mund ihre Lippen fand. Ihr Körper verzehrte sich danach, von ihm berührt zu werden.

Am nächsten Morgen war es immer noch früh genug, um das zu tun, was sie zu tun hatte. Sie würde ihn zwingen, Farbe zu bekennen. Heute nacht würde sie dieser teuflischen Versuchung noch ein letztes Mal nachgeben.

Als er sie durch die Tür zu seinem Schlafzimmer trug, schlang ihm Jessie die Arme um den Hals und küßte ihn.

»Du weißt selbst, daß du mich liebst, Jess«, murmelte er dicht an ihrem Ohr und brachte sie außer sich, als er die zarte Stelle hinter dem Ohr küßte. Dann suchte er wieder ihren Mund, und sie hatte keine Chance, etwas darauf zu antworten. Mit dem Stiefel stieß er die Tür hinter sich zu. Sie fiel mit einem leisen Klicken ins Schloß.

Was sich zwischen ihnen abspielte, war wollüstig, wild und großartig, und es war beschämend und beseligend zugleich. Clive ließ keinen Zentimeter ihres Körpers unerforscht, und er bestand darauf, daß sie ihm alles nachmachte. Als er sie endlich schlafen ließ, zog bereits das erste Licht der Dämmerung am Himmel auf.

Jessie schlief nicht lange, kaum mehr als eine Stunde, doch als sie die Augen aufschlug, war der Himmel vor seinen Schlafzimmerfenstern, die keine Gardinen hatten, leuchtend orangerot. Er war bereits wach, saß im Bett, war bis auf die Decke, die er sich auf den Schoß gezogen hatte, nackt und rauchte eine seiner Zigarren. Als sie sich wie eine zufriedene Katze an seiner Seite streckte, stand Besitzerstolz in seinen Augen.

»Herr im Himmel! Ich muß sofort wieder in mein Zimmer gehen.

Tudi ist wahrscheinlich schon wach.« Als sie plötzlich wahrnahm, wie hell es schon geworden war, setzte Jessie sich auf. Sie war nackt. Ihre Brüste waren rosig, weil seine Bartstoppeln sie gekratzt hatten, und ihr Mund war leicht angeschwollen von seinen Küssen, ihr Haar eine wirre Lockenmähne.

»Wenn sie allzu sehr empört ist, kannst du ihr immer noch sagen, daß du mich heiraten wirst.«

Jessie erstarrte. Sie wandte den Kopf um und sah ihn an, ohne etwas darauf zu antworten. Er war so schlank und breitschultrig, und seine Haut nahm sich so dunkel gegen die weißen Laken aus, daß es ihr wieder mal den Atem verschlug. Das schwarze Haar, die blauen Augen und sogar die rotglühende Spitze der Zigarre – er verkörperte einfach alles, was sie sich als junges Mädchen erträumt hatte.

Würde sie sich von Clive McClintock derart blenden lassen, daß sie ihm alles auf einem silbernen Tablett offerieren würde, was er durch Tricks und Betrügereien und Listen hatte an sich bringen wollen?

Jessie stieg aus dem Bett, fand ihr Nachthemd dort, wo er es auf den Boden geworfen hatte, und zog es sich über den Kopf. Dann zog sie ihren Morgenmantel an.

»Soll das ein Heiratsantrag sein?«

»Ja. Nimmst du ihn an?«

Der Laut, der über Jessies Lippen kam, war die glaubwürdige Nachahmung eines Lachens. »Ich mag zwar dumm sein, das gebe ich selbst zu, aber so dumm bin ich nun doch nicht, einen Mann zu heiraten, der ein Mitgiftjäger ist, wenn ich selbst gerade ein Vermögen an mich gebracht habe. Du hast mir Mimosa überschrieben. Das war äußerst großzügig von dir, wenn man den Umstand bedenkt, daß deine Ehe mit meiner Stiefmutter wahrscheinlich nicht rechtskräftig war. Und jetzt willst du mich heiraten, um es wieder zu bekommen! War die letzte Nacht dazu gedacht, mich zu einer Einwilligung zu überreden? Wenn ja, dann ist es dir nicht gelungen. Da du so entgegenkommend warst, mir wiederzugeben, was ohnehin mir gehört, wünsche ich sogar, daß du noch heute von meinem Grund und Boden verschwindest.«

Er erstarrte. Jessie, die ihm in die Augen sah, bemerkte das Aufblitzen. Dann verschwanden alle äußeren Anzeichen darauf, was er empfand, hinter einem Vorhang aus silberblauem Eis.

»Wenn du dir unbedingt ins eigene Fleisch schneiden willst,

dann mach nur. Und jetzt solltest du teuflisch schnell aus meinem Zimmer verschwinden, denn andernfalls könnte es gut sein, daß ich die Selbstbeherrschung verliere und der neuen Herrin von Mimosa einen kräftigen Tritt in ihren hübschen Arsch verpasse.«

47

Clive konnte sich nicht erinnern, je in seinem ganzen Leben wütender gewesen zu sein. Er war so zornig, daß er sich mühsam zusammenreißen mußte, denn sonst hätte er getobt und geflucht und gewütet, und er wäre durch den Korridor gelaufen und hätte Jessies Tür eingetreten und ihr Hinterteil mit seiner Hand bearbeitet, bis die zarte Haut rot war und Blasen hatte. Er liebte dieses kleine Miststück, verdammt noch mal, und zwar liebte er sie so, wie er in seinem ganzen Leben noch keine Frau geliebt hatte. Er liebte sie, wie er nie für möglich gehalten hatte, je irgend jemanden zu lieben. Nach der Nacht, die sie gerade miteinander verbracht hatten, von ihr als Mitgiftjäger beschimpft und verhöhnt zu werden versetzte ihn in rasende Wut. Sie hatte seine Liebe und den einzig ernstgemeinten Heiratsantrag, der ihm denkbar war, zurückgewiesen. Er weigerte sich, darüber nachzudenken, wie sehr sie ihn verletzt hatte und daß er nur deshalb so wütend war.

Sein neuerdings ach so verwundbares Herz hatte keinen Kratzer abbekommen; er war einfach nur außer sich vor Wut!

Daher zog er sich an, stopfte ein paar Sachen in eine Tasche, drückte sich den Hut auf den Kopf und stampfte aus dem Haus. Ohne erst auf Progress zu warten, den er auf dem Heuboden hören konnte, der aber noch nicht nach unten in den Stall gekommen war, sattelte er Saber selbst (alles andere hatte er Jessie geschenkt, aber das Pferd konnte sie nicht haben, selbst dann nicht, wenn sie ihn wegen Pferdediebstahls einsperren ließ). Er machte seine Tasche am Sattel fest und brach schleunigst auf.

Sie wollte, daß er von Mimosa verschwand, und sie sollte bei Gott haben, was sie wollte, und sie sollte verflucht sein!

Jessie stand im Nachthemd und im Morgenmantel an einem ihrer Schlafzimmerfenster, als Clive die Auffahrt hinunterritt und nach Westen abbog, in Richtung Vicksburg. Es war kaum eine Stunde vergangen, seit sie aus seinem Zimmer geflohen war. Sie hatte ihm gesagt, er solle verschwinden, und jetzt tat er es. Sie hätte vor Glück außer sich sein sollen. Was sie getan hatte, war richtig. Warum also war sie so verzweifelt?

Tudi, die hinter ihr stand, sah offensichtlich auch, daß Clive aufbrach.

»Das ist ja Mr. Stuart«, sagte Tudi überrascht. »Wo kann er nur so früh am Morgen hin wollen, und dann auch noch so eilig?«

»Ich habe ihn fortgeschickt«, sagte Jessie mit einer Stimme, die verdächtig hohl klang.

»Lämmchen, das hast du doch nicht im Ernst getan!« Tudi legte die Hand auf Jessies Arm und drehte sie zu sich um. »Also hör mal, dir steht doch schon lange ins Gesicht geschrieben, daß du in diesen Mann verliebt bist! Solange Miß Celia noch unter uns war, hatte ich Angst, was passieren würde, aber ich habe nie ein Wort gesagt. Aber jetzt – warum auf Erden solltest du ihn jetzt noch fortschikken?«

Jessie zögerte, doch die Versuchung, sich jemandem anzuvertrauen, war einfach zu groß. Außerdem war Tudi der einzige Mensch, der vielleicht in der Lage war, ihr zu helfen, die eigenen Gefühle zu verstehen. Und Jessie wußte, daß Tudi ihre Geheimnisse mit sich ins Grab nehmen würde.

»O Tudi, er ist nicht das, wofür du ihn hältst«, sagte Jessie. Sie ließ sich auf das Bett sinken und fing an, Tudi bis in alle Einzelheiten über Clive McClintock und seine Betrügereien zu informieren.

»Der war aber wirklich ein übler Junge!« rief Tudi aus, als Jessie ausgeredet hatte. Ihre Augen waren vor Entsetzen weit aufgerissen.

»Aber ich liebe ihn«, schloß Jessie ihren Bericht kläglich ab. »Oder zumindest habe ich ihn geliebt, als ich ihn noch für Stuart gehalten hatte. Aber ich sage mir selbst immer wieder, daß ich noch nicht einmal weiß, wer dieser Clive McClintock ist.«

»Lämmchen, du hast doch obendrein auch noch mit ihm geschlafen, stimmt's? Da warst du doch gestern nacht in seinem Bett, und nicht auf dem Balkon, wie du behauptet hast.«

Jessie ließ den Kopf hängen. Tudi drückte sie an sich. »Aber mach dir deshalb bloß keine Sorgen. Viele Damen haben schon viel Übleres angestellt. Laß uns nur hoffen und beten, daß es keine betrüblichen Folgen hat. Wenn dein Baby unehelich in diesem Haus geboren würde, würde dein Großvater nachts aus seinem

Graf aufstehen und mich als Geist heimsuchen, weil er außer sich wäre.«

»Ach, Tudi.« Jessie mußte lächeln, als sie sich vorstellte, der Geist ihres Großvaters könnte Tudi Angst einjagen, denn Tudi war dafür bekannt, daß sie schon Mokassinschlangen mit einem Besen totgeschlagen hatte. Als sie darüber nachdachte, was Tudi sonst noch gesagt hatte, schwand das Lächeln von ihrem Gesicht. »Ich habe mir nie Gedanken darüber gemacht, daß ich schwanger werden könnte.«

»Mit dem Problem setzen wir uns erst auseinander, wenn es soweit ist – falls es wirklich dazu kommt. Es hat keinen Sinn, wenn du dir jetzt darüber den Kopf zerbrichst, denn von nun an liegt alles in Gottes Hand.«

Jessie sah mit großen, verschleierten Augen zu Tudi auf. »Ich hätte nie geglaubt, daß es so qualvoll sein kann, verliebt zu sein.«

Tudi schüttelte den Kopf und zog Jessies Kopf an ihre Schulter. »Lämmchen, die Liebe macht uns allen Kummer. Da gibt es nichts, was wir dagegen tun können.«

Eine Woche verging, dann noch eine, dann eine dritte. Das Leben auf Mimosa nahm wieder seinen gewohnten Verlauf. Betrüblicherweise mußte gesagt werden, daß Celia nicht allzu sehr vermißt wurde, obwohl die Untersuchung ihrer näheren Todesumstände nicht eingestellt worden war. Jessies Überzeugung, daß Clive ihre Stiefmutter nicht ermordet haben konnte, verstärkte sich von Tag zu Tag. Er war ein Lügner ohne Prinzipien, ein Gauner und ein Schuft, aber sie konnte sich nicht vorstellen, daß er ein Mörder war. Wenn er nach Mimosa zurückgekommen wäre und Celia mit einem Liebhaber vorgefunden hätte, hätte er wohl eher den Mann fix und fertig gemacht, aber er hätte Celia nicht allzuviel angetan. Und wenn er Celia wirklich mit einem Mann erwischt hatte, wo steckte dieser Mann dann jetzt?

Wenn Clive Celia nicht umgebracht hatte, wer hatte es dann getan?

Die Vorstellung, in der Umgebung von Mimosa könnte ein Mörder frei herumlaufen, brachte Tudi dazu, von jetzt an jede Nacht in Jessies Zimmer zu schlafen. Als eine weitere Vorsichtsmaßnahme gab Progress seinen geliebten Schlafplatz auf dem Heuboden auf und schlief jetzt in der Vorratskammer nahe der Hintertür des Hauses. Dieses Zeichen ihrer Sorge rührte Jessie.

Gray Bradshaw und Pharaoh taten gemeinsam ihr Bestes, um die Plantage zu leiten. Jessie dankte Gott täglich von neuem dafür, daß Clive nicht während der Baumwollernte fortgegangen war. Es war erstaunlich, wenn man bedachte, wie kurz er auf Mimosa gewesen war, wieviel er gelernt hatte und wie weit die Leitung der Plantage ganz in seinen Händen gelegen hatte. Jetzt blieb jede endgültige Entscheidung an Jessie hängen, angefangen damit, in welchen Mengen neues Zaumzeug gekauft werden sollte, bis zur Festlegung des günstigsten Zeitpunkts, um die Maulesel beschlagen zu lassen. Sie war genötigt, mehr denn je zu würdigen, was Clive alles auf sich genommen hatte, als er Celia wegen Mimosa geheiratet hatte. Er hatte sich seiner neuen Aufgabe wirklich angenommen.

Wenn sonst schon nichts für diesen gutaussehenden Mann sprach, dann mußte sie ihm doch lassen, daß er trotz seines eleganten Äußeren ein Arbeitstier war. Aber er war auch ein verschlagener, hinterhältiger Opportunist, der darauf aus war, Reichtümer auf jede erdenkliche Weise an sich zu bringen. Er fehlte nicht nur auf der Plantage, sondern die Sklaven vermißten ihn, die Damen Edwards vermißten ihn, und sie selbst vermißte ihn (wenn sie das auch noch so ungern zugab und es nicht einmal sich selbst eingestehen wollte), und doch hatte sie genau das Richtige getan, das einzig Richtige, als sie ihn fortgeschickt hatte. Warum also litt ihr Herz solche Qualen, die von Stunde zu Stunde und von Tag zu Tag schmerzhafter wurden, statt sich zu legen?

Man war sich allgemein darüber einig, daß Jessies Niedergeschlagenheit ein Zeichen echter Trauer um ihre Stiefmutter war, und demzufolge scharten sich die Nachbarn um sie. Mitch war ihr häufigster Besucher, der regelmäßig auftauchte, um sie aufzuheitern. Der gute, anhängliche treue Mitch, der, nachdem er erst einmal beschlossen hatte, daß Jessie die richtige Frau für ihn war, einfach nicht mehr von dieser Vorstellung loszukommen schien. Als sie fortgelaufen war, hatte Clive eine Nachricht nach Riverview bringen lassen, um Jessies Verlobung zu lösen, doch Mitch grollte ihr deshalb nicht. Wenn überhaupt, dann schien er sie eher als eine noch begehrenswertere Ehefrau anzusehen.

Den Nachbarn gegenüber sagte Jessie, Stuart sei fortgefahren, um sich um persönliche Geschäftsangelegenheiten zu kümmern. Es war allgemein bekannt, daß er Jessie Mimosa überschrieben hatte, und alle waren sich darüber einig, daß das eine ungewöhnlich noble Geste war. Man hielt von ihm mehr denn je. Als sie sich von dem dutzendsten Besucher innerhalb von einer Woche anhören mußte, welches Lob er diesem fernen Schmarotzer spendete, überlegte sich Jessie erbittert, daß er wahrscheinlich sogar als siegreicher Held empfangen worden wäre, wenn Clive je zurückgekehrt wäre – und keineswegs als der Halunke, als den sie, und nur sie, ihn kennengelernt hatte.

Clive dagegen betrank sich täglich mehr, wurde immer unerträglicher, und ihn verließ der Mut. Er war in der ersten Woche bis nach New Orleans gekommen und hing wieder mit seinen früheren Weggefährten zusammen. Das Problem bestand darin, daß er sich nicht mehr für denselben Menschen hielt, der er früher einmal gewesen war. Clive McClintock war, ob er wollte oder nicht, nicht mehr der sorglose, unbesonnene Spieler, der er noch vor weniger als einem Jahr gewesen war. Jessie und Mimosa hatten ihn gezeichnet, und wenn er betrunken genug war, um es sich selbst einzugestehen, war sich Clive seiner Sehnsucht bewußt, wieder nach Hause zurückzukehren. Nach Hause! Heim zu den endlosen Baumwollfeldern, über denen sich die Gesänge erhoben, zu einem großen, weißen Haus mit schattigen Veranden und dem Geruch von Rosas köstlicher Hausmannskost. Nach Hause, um mit den nie endenden Problemen eines Pflanzers zu ringen, nämlich gegen den Baumwollkapselkäfer, die Larve des Eulenfalters und den Mehltau. Nach Hause zu einer guten ehrbaren körperlichen Arbeit und einem gesunden, tiefen Nachtschlaf.

Und mehr als alles andere wollte er nach Hause, zu Jessie.

In den Momenten seiner größten Trunkenheit überlegte er sich, daß er genau wußte, wie Adam und Eva sich gefühlt haben mußten, als Gott sie aus dem Garten Eden vertrieben hatte. Er hatte das Gefühl, genausoviel sei ihm genommen worden, und er fühlte sich ebenso ausgestoßen und allein.

Er lebte in einer winzigen Bude im Vieux Carré, in einem Einzelzimmer über einem Saloon, weil er sich nicht die Mühe machte, etwas Besseres zu finden, und weil es auf die Art besonders einfach war, keinen Moment lang nüchtern zu werden. Es konnte Tage, aber vielleicht auch Wochen her sein, seit er das letzte Mal gebadet hatte. Aber er störte sich nicht im geringsten daran. Wenn er halbwegs nüchtern war, spielte er im Saloon Karten, um sich das Geld für die Mahlzeiten zu verdienen, aber er stellte fest, daß er sich selbst aus Karten nichts mehr machte.

Lieber Gott, wie sehr er sich wünschte, nach Hause gehen zu können! Aber Jessie hatte ihn als Mitgiftjäger beschimpft, als Schurken, Lügner und Dieb. Das Schlimme daran war, beschloß er unwillig, als er über sein früheres Ich nachdachte, daß er verstand, in welchen Punkten sie zumindest ansatzweise recht hatte.

So ungern er es auch zugab, aber er schämte sich dessen, was er getan hatte. Doch er war unter keinen Umständen bereit, mit eingezogenem Schwanz zu Jessie zurückzukehren und sie zu bitten, sie solle ihn wieder aufnehmen. Clive McClintock würde nicht kneifen und sich geschlagen geben.

Und dennoch wünschte er sich nichts anderes mehr, als wieder nach Hause gehen zu können.

Miß Flora und Miß Laurel waren die ersten, die Jessie die Neuigkeiten übermittelten. Sie waren zu ihr gekommen wie fast jeden zweiten Tag, um sich zu erkundigen, ob Jessie etwas von ihrem angeblichen Neffen gehört hatte. Jessie hatte die beiden alten Damen zwar sehr ins Herz geschlossen, doch sie fühlte sich in ihrer Gegenwart immer bedrückt. Was sollte sie ihnen sagen, wenn sie sich danach erkundigten, wann der gute Stuart denn wieder nach Hause käme? »Nie, und außerdem heißt er Clive.«

Doch an ebendiesem Nachmittag, fast einen Monat nach Celias Beerdigung, hatten Miß Flora und Miß Laurel weit mehr Interesse daran, Jessie die Neuigkeiten mitzuteilen, die sie gerade gehört hatten, als mit ihr über Stuart zu reden.

Jessie würde es einfach nicht glauben, versicherten sie ihr, aber sie hatten es von Clover gehört, die es von ihrer Schwester Pansy gehört hatte, die mit Deacon verheiratet war, der bei den Chandlers arbeitete, daß gerade erst an diesem Morgen Elmway durchsucht worden war. Ein Feuerhaken mit Blutspuren war dabei entdeckt worden. Er war in einem Gewächshaus versteckt gewesen, und Seth Chandler war wegen des Mordes an Celia verhaftet worden!

Ob Jessie für möglich hielt, daß er schuldig war?

Anfangs interessiert sich Clive überhaupt nicht für das Spiel. Es wurde Siebzehnundvier gespielt, nicht gerade eines seiner Lieblingsspiele, da es weit mehr Glück als Geschicklichkeit erforderte, und er hatte den ganzen Tag lang getrunken und konnte sich daher kaum noch auf den Füßen halten. Aber der Mann, der das Spiel vorgeschlagen hatte, war beharrlich, und da er nichts Besseres zu tun hatte, setzte sich Clive. Dann fingen sie an zu spielen, nur zu zweit, und bald stand für Clive fest, daß sein Gegner glaubte, einen Betrunkenen leicht ausnehmen zu können.

Clive faßte augenblicklich Interesse. Er hatte nicht viel Geld bei sich, aber diesem dreisten Kerl, der glaubte, er könnte Clive McClintock ausnehmen, würde er es zeigen.

Anfangs verlor er absichtlich kleinere Summen, bis der Dummkopf rundum mit sich zufrieden war. Dann ließ Clive sich von ihm überreden, um höhere Einsätze zu spielen.

Als sein Gegner verlor, schien er zu glauben, es sei nur eine Pechsträhne, die schnell vorübergehen würde. Beharrlich spielte er weiter und verlor mehr.

Clive fühlte sich von Minute zu Minute besser. Wenn es je ein Mann verdient hatte, daß man ihm eine Lektion erteilte, dann war es dieser Kerl, der vorhatte, einen armen Betrunkenen übers Ohr zu hauen.

Schließlich gewann Clive das gesamte Geld seines Gegners, rund dreitausend Dollar, und er war bereit, aufzuhören. Aber wie viele Amateure wußte der Kerl nicht, wann man aufhören mußte.

Er sagte, er hätte noch eine Eigentumsurkunde, ein Dokument, das ihm den Besitz eines Grundstücks gleich im Norden von New Orleans zusicherte. Es war eine Menge wert, wieviel wußte er nicht, weil er die Urkunde erst vor zwei Tagen bei einem Spiel gewonnen hatte, doch er erklärte sich bereit, das Dokument unbesehen gegen die dreitausend aufs Spiel zu setzen, die er verloren hatte, wenn Clive noch dreitausend von seinem eigenen Geld drauflegte.

Clive war lange genug Spieler gewesen, um zu wissen, daß das Glück einen selbst dann im Stich lassen konnte, wenn es einem eben noch zugelächelt hatte. Außerdem war es durchaus möglich, daß die Eigentumsurkunde, die sein Gegner durch die Luft schwenkte, keine fünf Cent wert war, weil das Stück Land nichts taugte. Aber andererseits hatte er das Gefühl, eine Glückssträhne zu haben.

Daher schob er sein Geld mitten auf den Tisch, und sein Gegner warf die Grundstücksurkunde darauf. Nach der Runde war Clive um dreitausend Dollar und eine Eigentumsurkunde reicher.

Erst rund zwei Tage später raffte er sich dazu auf, seinen neuerworbenen Besitz aufzusuchen. Er holte Saber aus dem Stall, in dem er weit luxuriöser untergekommen war als Clive in seiner miesen

Bude, und dann ritt er nach Norden, bis er den Pontchartrain-See erreicht hatte. Von dort aus ritt er ein paar Meilen nach Osten auf einer Straße, die dem Flußufer folgte, und schließlich gelangte er zu dem Grundstück, das jetzt ihm gehörte, wie er der Landkarte entnehmen konnte, die er sich vor seinem Aufbruch aus New Orleans noch besorgt hatte.

Er mußte die Koordinaten zweimal überprüfen. Ein Irrtum war ausgeschlossen. Das war das Grundstück.

Gemessen an Mimosa war es natürlich nicht groß. Vielleicht eintausend Morgen von Feldern, die überwuchert waren und Nebengebäuden, an denen Reparaturen nötig waren. Das Haus selbst war ein weitläufiges, zweistöckiges Bauernhaus, das recht gut in Schuß war, wenn es auch einen neuen Außenanstrich gebrauchen konnte und wahrscheinlich innen einiges zu richten war. Hier war schon lange nichts mehr angepflanzt worden. Aber wenn er es sorgfältig plante und mit den nötigen Arbeitskräften ans Werk ging, war das ein Besitz, auf den jeder stolz sein konnte.

Vielleicht lachten sich die Götter ins Fäustchen, aber diesmal lachten sie endlich einmal nicht über ihn. Er hatte gerade die Mittel an sich gebracht, die es ihm ermöglichten, stolz nach Hause zurückzukehren.

48

Als Jessie die Nachricht erhielt, in der sie aufgefordert wurde, noch am selben Nachmittag nach Tulip Hill zu kommen, um eine äußerst dringliche Angelegenheit mit den Damen Edwards zu besprechen, schnitt sie eine Grimasse. Zweifellos hatten die alten Damen vor, sie nach Stuarts Verbleib auszuhorchen. Auf Mimosa hatte sie sich Gesprächen mit ihnen, die ihr zu kompliziert wurden, immer entziehen können, indem sie zuviel Arbeit vorschob. Auf Tulip Hill war sie ihnen auf Gedeih und Verderb ausgeliefert.

Aber es ließ sich nichts daran ändern. Wenn sie sie eigens aufforderten, sie aufzusuchen, mußte sie hinfahren.

Jessie trug Trauerkleidung, ein schwarzes, hochgeschlossenes Kleid, und so sollte es für das nächste Jahr auch bleiben. Seit Celias Tod hatte sie abgenommen, und als sie ihr Spiegelbild ohne größeres Interesse betrachtete, stellte sie fest, daß sie fast zu dünn geworden war und dunkle Ringe unter den Augen hatte, die ihre Augen riesig und sehr dunkel wirken ließen. Ihre Haut nahm sich gegen die schwarze Seide auffallend weiß und fast durchsichtig aus.

Tudi, die über sie wachte wie eine Henne über ihr Küken, seit Clive fort war, fuhr mit ihr nach Tulip Hill. Sie nahmen den Einspänner, und Progress kutschierte sie. Miß Laurel begrüßte Jessie in der Eingangshalle, und Tudi wurde in die Küche geschickt, um dort mit Clover zu plaudern, solange sich Jessie hier aufhalten würde.

»Hallo, meine Liebe. Wie läuft es denn?« fragte Miß Laurel zur Begrüßung und küßte sie auf beide Wangen.

»Danke, mir geht es gut, und vielen Dank für die Einladung.«

»Wir wissen doch selbst, wie es ist, wenn man trauert. Es bieten sich einem nicht viele Gelegenheiten, das Haus zu verlassen.«

Miß Laurel schien nervös zu sein, und Jessie war es in ihrem ganzen Leben noch nicht passiert, daß man sie in der Eingangshalle eines Hauses warten ließ. Sie runzelte die Stirn.

»Ist alles in Ordnung bei Ihnen oder fehlt Ihnen oder Miß Flora etwas?«

»O ja, ach so... ach, wie gut, da ist Flora ja endlich. Flora, Jessica ist da.«

»Dann bring sie doch in den Salon. Sei nicht so albern.«

»Ich wollte es nicht allein tun...«

»Was wollten Sie nicht allein tun?« erkundigte sich Jessie verständnislos. Niemand gab ihr eine Antwort. Miß Flora forderte sie und Miß Laurel ungeduldig auf, doch endlich in den Salon zu kommen.

»Oh, meine Liebe, ich hoffe, du bist nicht allzu böse auf uns. Ich wollte es anders machen«, murmelte Miß Laurel. Jessie war jetzt ganz verstört. »Ich fand, wir sollten zu dir rüberkommen und dich erst langsam mit der Vorstellung vertraut machen.«

Jessie war seit dem verhängnisvollen Abend, an dem sie mit Mitch und Clive getanzt hatte, schon oft in diesem Raum gewesen. Es war ein schönes Zimmer, das altmodisch eingerichtet war, doch durch die frischgepflückten Schnittblumen, die immer dort standen, nie unmodern und muffig wirkte. Heute waren die Vorhänge aufgezogen (normalerweise blieben sie geschlossen, damit die Sonne die Möbelstücke nicht ausbleichte), und man hatte einen wunderbaren Ausblick. Im Kamin brannte ein kleines Feuer.

Miß Flora hatte die Türen hinter sich geschlossen und lehnte mit dem Rücken daran. Miß Laurel stand neben ihr und rang die Hände. Beide Damen wirkten grotesk nervös. Argwöhnisch machte Jessie den Mund auf, um eine Erklärung zu verlangen. Aber die Worte kamen nie über ihre Lippen.

»Hallo, Jess«, sagte eine belegte Stimme. Jessies Herz machte einen Satz. Vor dem Feuer erhob sich die herzbewegende vertraute Gestalt eines großen, dunkelhaarigen Mannes von einem der Sessel. »Clive!« keuchte sie und schlug sich dann augenblicklich die Hand vor den Mund, als sie merkte, daß sie ihn vor seinen angeblichen Tanten verraten hatte.

Es war nicht zu fassen, doch er lächelte so verlegen, daß sein Gesicht einen umwerfend charmanten Ausdruck annahm. »Es ist schon in Ordnung. Sie wissen es.«

»Sie wissen es!« Jessie warf einen Seitenblick auf Miß Flora und Miß Laurel. Miß Laurel nickte heftig.

»Er hat und alles erzählt, Jessie, meine Liebe«, sagte Miß Flora. »Er hätte uns natürlich nicht vormachen sollen, er sei unser Neffe. Aber weißt du, der echte Stuart hat uns in seinem ganzen Leben nicht ein einziges Mal besucht, und er hätte es wahrscheinlich auch nie getan. Dieser Stuart ist alles, was wir uns von unserem Neffen je erhofft haben. Er ist gut zu uns gewesen, Jessica, und wir haben ihn lieben gelernt. Bloß, weil er jetzt anders heißt, hat sich doch nichts an unseren Gefühlen geändert.«

»Nein, wirklich nicht«, fiel Miß Laurel ein.

»Und wir haben darüber geredet und beschlossen, daß er so sehr wie eh und je unser Neffe ist. In unseren Herzen ist er das, und das zählt doch schließlich.«

»O ja«, bekräftigte Miß Laurel.

»Er möchte dir etwas sagen, Jessica. Wir finden, du solltest ihm zuhören.«

»Wir stehen draußen, falls du uns brauchst«, fügte Miß Laurel hinzu, als ihre Schwester die Türen wieder öffnete.

»Wozu sollte sie uns denn brauchen?« schalt Miß Flora Miß Laurel, als die beiden Damen aus dem Zimmer verschwanden.

»Ich weiß es nicht, Schwester. Schließlich war das alles doch...« Ihre weiteren Worte waren nicht zu hören, da sie die Türen hinter sich schlossen.

Jessies Herz überschlug sich. Sie war mit Clive allein im Raum. Mit Clive, nach dem sie sich gesehnt hatte, und doch hatte ihr davor gegraut, ihn wiederzusehen...

Langsam wandte sie ihm den Blick wieder zu. Er sah so gut wie eh und je aus, umwerfend gut, und sein schwarzes Haar fiel gelockt um dieses perfekt geschnittene Gesicht mit den unglaublich blauen Augen. In dem Raum, in dem alles zierlich war und betont weiblich wirkte, machte er sich besonders groß und männlich. Jessie mußte gegen den Drang ankämpfen, sich ihm augenblicklich in die Arme zu werfen.

»Sieh mich nicht so ängstlich an, Jess. Ich will dich nicht fressen.« Er kam näher, und Jessie stellte fest, daß er glattrasiert und makellos gekleidet war wie immer, doch auch er hatte beträchtlich abgenommen, seit sie ihn das letzte Mal gesehen hatte. Ihr fiel aber noch etwas anderes auf: Trotz des schiefen Lächelns, das seine Mundwinkel verzog, und des spöttischen Funkelns in diesen himmelblauen Augen war er mindestens so nervös wie sie.

»Ich fürchte mich nicht«, sagte sie, obwohl das keineswegs die Wahrheit war. Sie hatte große Angst, aber nicht vor ihm, sondern vor sich selbst und davor, welche Gefühle er bei ihr auslöste.

»Es freut mich, wenn sich einer von uns nicht fürchtet«, murmelte er, und Jessie war nicht sicher, ob das für ihre Ohren bestimmt war oder nicht.

Einen Moment lang sahen sie einander an. Hundert Worte drängten sich auf Jessies Zunge, doch sie verwarf sie alle aus dem einen oder anderen Grund. Sie brachte kein Wort über die Lippen, und so war es ihr in ebendiesem Raum vor vielen Monaten schon einmal ergangen, doch sie hatte geglaubt, längst darüber hinweggekommen zu sein. Aber dann ging ihr auf, daß auch Clive Schwierigkeiten hatte, Worte zu finden. Für den redegewandten Clive war das so untypisch, das allein sein Schweigen schon Bände sprach.

»Miß Flora hat gesagt, du hättest mir etwas zu sagen«, half Jessie ihm weiter. Die Vorstellung, daß Clive sich in ihrer Gegenwart befangen fühlte, ließ ein wenig ihr eigenes Unbehagen schwinden. Sie hätte sich niemals vorstellen können, daß er um Worte verlegen sein könnte, und schon gar nicht ihretwegen.

»Ja, das ist richtig.« Aber mehr sagte er nicht.

»Worum geht es denn?« Dieses Zögern von seiner Seite aus war so untypisch, daß Jessie schon anfing, sich Sorgen zu machen. Vielleicht war seine ungewohnte Schüchternheit gar nicht auf Verlegenheit ihr gegenüber zurückzuführen. Lieber Gott, hoffentlich wollte er ihr nicht irgendein gräßliches Geständnis ablegen, das sie lieber nicht hören wollte.

»Ich habe beim Kartenspiel ein Stück Land gewonnen. Natürlich kann es sich nicht an Mimosa messen, aber wenn man Zeit und Geld hineinsteckt, wird es sich einträglich bewirtschaften lassen.«

»Wie schön für dich.« War es das, was er ihr erzählen wollte? Doch ganz gewiß nicht!

»Außerdem habe ich ein bißchen Geld auf einer Bank in New Orleans. Mein Geld. Kein Cent davon stammt von Mimosa.«

»Ach, ja?« Ihre Stimme mußte ihre Bestürzung ausgedrückt haben, denn plötzlich funkelten seine Augen.

»Ich mache meine Sache nicht gerade gut, was? Was ich versuche, dir zu erklären, ist, daß ich weder dein verdammtes Geld noch Mimosa brauche. Ich komme allein sehr gut zurecht.«

»Es freut mich, das zu hören.« Wenn er den weiten Weg nur zurückgelegt hatte, um ihr zu sagen, daß er sie nicht brauchte...

»Sei nicht so abweisend, Jess. Das ist noch nicht alles. Ich wollte außerdem klarstellen, daß ich Celia nicht, ich wiederhole, *nicht* umgebracht habe.«

»Das brauchst du mir nicht zu sagen. Ich bin längst zu dem Schluß gekommen, daß du es nicht warst. Und außerdem ist Seth Chandler verhaftet worden.«

»Seth Chandler?« Clive ließ sich einen Moment lang ablenken. »Ich hätte ihn nicht für einen Mann gehalten, der – schon gut, vergiß es. Es geht mir nur darum, daß ich sie nicht getötet habe.«

»Ich habe nie wirklich geglaubt, du könntest es gewesen sein.«

»Jetzt brauche ich also dein Geld nicht mehr, und deine Stiefmutter habe ich auch nicht umgebracht. Hast du sonst noch etwas Wesentliches gegen mich einzuwenden?«

Jessie blinzelte. »Wie bitte?«

Seine Lippen wurden schmal und verzogen sich dann. »Ach, Jessie, jetzt setz dich endlich. Wenn ich es schon tue, kann ich es ebensogut gleich so tun, wie es sich gehört.«

»Wovon redest du?« fragte sie völlig ratlos. Er hatte sie mit seinen weitschweifenden Erklärungen derart verwirrt, daß sie es zuließ, als er sie an den Händen nahm und sie zu dem kleinen Zweiersofa führte und ihr einen Schubs gab, damit sie sich setzte. Als er sich vor ihr hinkniete, ohne ihre Hände loszulassen, wußte sie immer noch nicht, wie ihr geschah.

»Ich liebe dich, Jessie, und ich bitte dich, meine Frau zu werden«, sagte er mit ruhiger Stimme. »Ich, Clive McClintock. Nicht Stuart Edwards.«

»Ach, du meine Güte!«

»Das ist nicht gerade eine erschöpfende Antwort.« Er ließ sie keinen Moment lang aus den Augen, als er ihre Hände an seine Lippen führte. Er preßte sie sacht auf ihren Handrücken, und schon bei dieser zarten Berührung spürte Jessie, wie ihr ein Schauer über den Rücken lief. Nur Clive hatte je diese Wirkung auf sie gehabt. Es war anzunehmen, daß es nie einen anderen Mann geben würde, der so auf sie wirkte.

»Was sollen wir bloß den Nachbarn sagen?« flüsterte sie.

Es dauerte einen Moment, bis das bei ihm ankam. Als ihre Worte zu ihm durchsickerten, sah er sie mit lodernden Blicken an.

»Ist das ein Ja?«

Jessie nickte. Er feixte, stand auf und zog sie in seine Arme.

»Ist das dein Ernst?«

»Ja, natürlich.«

»O Gott.« Er drückte sie an sich. Jessie schlang die Arme um seinen Hals und schloß die Augen. An ihren Brüsten spürte sie seinen heftigen Herzschlag. Dieses verräterische Geräusch brachte sie zum Lächeln. Es schien, als sei er nicht die einzige Spielernatur. Ob es nun dumm war oder nicht, aber sie setzte alles darauf, der Stimme ihres Herzens zu folgen.

»Du hast mir gefehlt«, flüsterte sie und streichelte seinen Hinterkopf. Er küßte sie auf die Schläfe, auf die Wange, auf das Ohrläppchen. »Es tut mir leid, daß ich dich weggeschickt habe. Das war dumm von mir. Aber andererseits habe ich auch nicht wirklich geglaubt, daß du fortgehen würdest.«

»Du hast mir auch gefehlt«, sagte er leise. »Mehr, als du je ahnen wirst.«

Dann, als sie gerade glaubte, er würde sie jetzt küssen, hielt er sie mit beiden Händen an ihren Oberarmen ein Stück weit von sich. Einen Moment lang sah er auf sie herunter, ohne etwas zu sagen, und sein Gesicht war ernst.

»Du kannst dich darauf verlassen, daß ich gut für dich sorgen werde, Jessie. Ich habe beschlossen, daß Intrigen sich nicht auszahlen.«

»Ich vertraue dir«, versicherte sie ihm und sah ihn zärtlich an. Ihre Hände glitten über seine breiten Schultern und strichen gedankenverloren über den Stoff seiner Jacke. Dann packte sie ihn ganz sanft am Ohrläppchen. »Ich habe nur noch eine Frage an dich: Hast du den letzten Monat mit dieser Freundin von dir verbracht, mit dieser Luce? Wenn es nämlich so ist, dann...«

Sie zog fest an seinem Ohr. Er schrie auf, packte ihre Hand und griente. »Ich habe so keusch wie ein Mönch gelebt, darauf gebe ich dir mein Wort. Und ich bin jederzeit bereit, gewillt und in der Lage, es dir zu beweisen.«

Jessie musterte ihn. »Dein Glück«, sagte sie zufrieden und schlang ihre Arme um seinen Hals, um ihn zu küssen. Endlich zog er sie an sich und senkte seinen Kopf, um ihre Lippen zu suchen.

Als er den Kopf nach langer Zeit wieder hob, war Jessie atemlos und spürte, wie ihr ganzer Körper prickelte. »Ich liebe dich«, flüsterte sie bebend. Sie hauchte die Worte gegen die warme Haut seines Halses, direkt unter seinem Kinn. Seine Arme schlangen sich fester um sie.

»Sag es noch einmal«, murmelte er an ihrem Ohr. »Aber diesmal richtig.«

Richtig? Dann wußte Jessie, was er meinte, und sie lächelte. »Ich liebe dich«, wiederholte sie gehorsam. Dann fügte sie das hinzu, wovon sie genau wußte, daß er es hören wollte. »Clive.«

Er küßte sie wieder. Als Jessies Knie gerade nachzugeben drohten, hörte sie ein leises Geräusch hinter sich. Clive hörte es anscheinend auch. Er hob den Kopf, und Jessie sah sich um.

Sie hatten gehört, wie sich die Türen öffneten. Im Eingang standen Miß Flora, Miß Laurel und Tudi, und ihre Gesichter drückten eines wie das andere größte Spannung aus.

»Sie hat ja gesagt«, teilte Clive ihnen über Jessies Kopf hinweg mit, und Miß Flora und Miß Laurel lächelten strahlend. Tudi dagegen trat vor. Als Jessie ihr früheres Kindermädchen auf sich zukommen sah, fühlte sie einen Anflug von Panik in sich aufsteigen. Wenn es darum ging, ihr Lämmchen zu beschützen, war nicht vorhersehbar, was Tudi sagen oder tun konnte.

»Hör zu, Tudi...«, setzte sie an, denn sie hoffte, abwehren zu können, was hier bevorstand.

»Miß Jessie, das ist eine Sache zwischen ihm und mir«, sagte Tudi und ging direkt auf Clive zu, der weit mehr als einen Kopf größer als sie war, aber nicht annähernd so breit gebaut. Sie sah ihm fest in die Augen.

»Es ist schon gut«, sagte Clive zu Jessie, doch sie glaubte zu spüren, daß er zusammenzuckte, als er Tudi in die strengen, aber gütigen, alten Augen sah.

»Was Sie getan haben, ist einfach nicht richtig, weder in meinen Augen noch in anderen.« Tudis Stimme war äußerst vorwurfsvoll. »Aber ich will Ihnen die Wahrheit sagen: Wenn Sie sich hier nicht bald mal wieder gezeigt hätten, wäre ich persönlich gekommen und hätte Sie geholt. Mein Lämmchen hat Sie wirklich sehr vermißt.«

Clive lächelte jetzt, und es war ein so strahlendes und charmantes Lächeln, daß Jessies Herz einen Purzelbaum schlug.

»Danke, Tudi. Ich weiß zu schätzen, daß du das sagst«, sagte er mit ruhiger Stimme. Dann schob er Jessie zur Seite und hielt Tudi die Hand hin. Sie sah sie einen Moment lang an, ehe sie sie wegstieß.

»Sie gehören jetzt zur Familie, Mr. Clive«, sagte sie und schlang ihre Arme um ihn, daß er ins Wanken geriet. Er umarmte sie mit einem breiten Lächeln, und Jessie spürte, wie ihre Augen feucht wurden und brannten, als sie die beiden Menschen zusammen sah, die sie mehr als alles anderes auf Erden liebte. Tudi trat zurück, runzelte die Stirn und sagte: »Daß heißt, solange Sie gut zu meinem Lämmchen sind.«

Clive lachte laut. »Ich werde gut zu ihr sein, Tudi, das verspreche ich dir.«

Dann flog Jessie ihm wieder in die Arme, und Tudi zog sich zufrieden zurück.

Epilog

Es waren rund neun Monate nach Celias Tod vergangen, und Jessie war bereits seit acht Monaten Mrs. Clive McClintock. Unter den gegebenen Umständen hatte die Hochzeit vor dem Richter in Jackson stattgefunden, und nur Miß Flora, Miß Laurel und Tudi, die sich geweigert hatte, ihr Lämmchen bei seiner Hochzeit allein zu lassen, waren anwesend. Doch die Flitterwochen – die hatten sie auf dem prächtigen Dampfschiff *Belle of Louisiana* verbracht, und sie waren in mehr als einer Hinsicht denkwürdig verlaufen.

Wie Jessie vorhergesagt hatte, erwies es sich als ein wenig verzwickt, den Nachbarn die Namensänderung ihres Gatten zu erklären. Aber da Tante Flora und Miß Laurel ihnen beigestanden hatten, ganz zu schweigen davon, daß alle auf Mimosa und Tulip Hill eisern Partei für sie ergriffen, hatten sie die peinliche Situation halbwegs erträglich bewältigt. Stuart Edwards, der nicht derjenige war, half es beträchtlich weiter, daß die ganze Umgebung zu sehr von den Ereignissen in Anspruch genommen war, die Seth Chandlers Verhaftung nach sich zog. Der Mord an Celia, der ständig für neue Nachrichten sorgte, war einfach viel faszinierender. Als gerade festzustehen schien, daß er schuldig gesprochen und verurteilt werden würde, hatte Lissa Chandler unter Tränen gestanden, daß sie und nicht ihr Mann die Greueltat begangen hatte.

Jessie und Clive waren nicht die einzigen gewesen, die am Abend seines Geburtstags mitangesehen hatten, wie sich Seth Chandler mit Celia getroffen hatte, so schien es. Auch Lissa war unbemerkt von allen Zeugin dieses leidenschaftlichen Kusses gewesen. Später hatte sie ihren Mann daraufhin angesprochen, der ihr nicht nur gestanden hatte, ein Verhältnis zu haben, sondern auch gesagt hatte, er dächte daran, sich von ihr scheiden zu lassen, um Celia zu heiraten. Lissa war so entsetzt über diese Absicht gewesen, daß sie die erstbeste Gelegenheit ergriffen hatte, um nach Mimosa zu fahren und zu versuchen, sich mit Celia darüber vernünftig auseinanderzusetzen. Doch ehe sie das Haus erreicht hatte, hatte Lissa gesehen, wie Celia sich auf den Weg zur Toilette machte. Also hatte sie gewartet, bis Celia wieder herauskam, und diese wenigen Minuten hatte sie damit zugebracht, gelangweilt einen Abfallhaufen hinter der Toilette anzustarren. Unter den Gegenständen, die weggeworfen worden waren, befand sich auch ein alter Feuerhaken mit einem zerbrochenen Griff. Als Celia aus der Toilette gekommen war, hatte Lissa sie angesprochen, ihr gesagt, was sie wußte, und sie gebeten, ihren Mann in Ruhe zu lassen. Celia hatte sie ausgelacht und verhöhnt und sich dann immer noch lachend abgewandt. Lissa, die außer sich war, hatte den Schürhaken aufgehoben und ihn auf Celias Kopf heruntersausen lassen. Der erste Schlag war höchstwahrscheinlich tödlich gewesen, aber in ihrer Hysterie hatte Lissa siebzehnmal zugeschlagen.

Als Tochter des Bezirksrichters von Vicksburg war sie eilig für verrückt erklärt worden. Es stand zu bezweifeln, daß sie je verurteilt werden würde.

Als die Angelegenheit endlich abgeschlossen war, zog sich ein gemeinsames Aufseufzen der Erleichterung durch die Bevölkerung des Yazoo-Tals. Von dem Mord an Celia bis zum Chandler-Prozeß hatte eine Aufregung geherrscht wie noch nie in dieser Gegend. Im Zusammenhang mit diesen Ereignissen hatten sie für die Namensänderung eines Stuart Edwards kaum mehr als eine hochgezogene Augenbraue oder ein Achselzucken übrig. Sollen sich die Leute doch nennen, wie es ihnen paßte. Aber was sollte jetzt aus den armen Töchtern der Chandlers werden?

An jenem Tag Mitte August saß Jessie auf dem Balkon vor dem Haus und fächelte sich Luft zu. Sie war verdrossen, weil sie zu Hause bleiben mußte, während Clive draußen in den Feldern war. Aber sie war im achten Monat – das Kind war eine Erinnerung an ihre Flitterwochen –, und er beharrte darauf, sie wie gesponnenes Glas zu behandeln. Er hatte ihr doch tatsächlich verboten, Firefly zu reiten, solange sie schwanger war, und das fand sie äußerst anmaßend von ihm. Aber Tudi, die sich bei fast allen Verboten, die sich um Jessies Wohlergehen drehten, als seine hartnäckige Verbündete erwies, unterstützte Clive in seinen Forderungen. Jessie fuhr im Wagen, oder sie fuhr gar nicht aus. Geritten wurde jedenfalls nicht.

Bloß, weil es so war, paßte ihr das noch lange nicht.

Vor wenigen Minuten war der Gong ertönt, der das Ende des Arbeitstages signalisierte. Clive würde jetzt jeden Moment nach Hause kommen. Aus dem Haus kam schon der verlockende Duft von Schinken und Jamswurzeln, Clives Lieblingsessen.

Als er angeritten kam, winkte er Jessie zur Begrüßung zu,

schwang sich dann vom Sattel und wechselte ein paar Worte mit Thomas, der bereitstand, um ihm Saber abzunehmen. Dann stieg er die Treppe hinauf. Jessie ging schwerfälig auf ihn zu.

»Und wie geht es meiner kleinen Wassermelone?« erkundigte er sich grinsend und legte eine Hand auf ihren dicken Bauch, während er sich vorbeugte, um ihr einen Kuß auf die Wange zu geben.

Jessie lächelte sauertöpfisch. »Ich bin nicht dazu aufgelegt, mir Witze über meinen Bauch anzuhören«, antwortete sie.

»Sind wir heute reizbar?« fragte er fröhlich. »Laß den Kopf nicht hängen, Liebling, es ist alles bald vorbei. Tudi sagt, daß du dich prächtig machst.«

»Ach ja, sagt sie das?« murmelte Jessie, als sie ihm ins Haus folgte. Er würde vor dem Abendessen baden und sich umziehen, und sie würde auf dem Bett liegen und ihm dabei zusehen. Er ließ noch nicht einmal zu, daß sie ihm den Rücken schrubbte. Und Tudi war beinah noch schlimmer als Clive. Wenn sie in der Nähe war, durfte sich Jessie nicht einmal mehr selbst die Schuhe zubinden.

Jessie und Clive schliefen jetzt beide in Jessies Zimmer. Wie immer stand bereits ein dampfendes Bad für ihn bereit. Er zog sich das Hemd aus, sobald er das Zimmer betreten hatte. Jessie schloß die Tür hinter ihm, lehnte sich daran und sah ihm zu, als er sich auszog.

Er war schmutzig und verschwitzt, ein Muskelpaket und ein prachtvoller Anblick. Sie brauchte ihn nur anzusehen, wenn er sich die Stiefel mit einem Stiefelknecht auszog und dann seine Hose fallen ließ, und schon wurde ihr ganz warm. Das einzige, was er ihr während der Schwangerschaft nicht verboten hatte, war, mit ihm zu schlafen. Jessie hatte allerdings den Verdacht, daß er glaubte, sich enthalten zu sollen, aber einfach der Versuchung immer wieder nicht widerstehen konnte. Jedenfalls war die Tatsache, daß sie es fertigbrachten, immer noch intime Beziehungen zueinander zu unterhalten, das einzige kleine Geheimnis, das sie vor Tudi hatte, die ansonsten über ihre Schwangerschaft und deren Verlauf blendend informiert war.

Tudi hatte ihm äußerst deutlich die Notwendigkeit vor Augen geführt, seine Frau in den letzten Schwangerschaftsmonaten mit seinen Aufmerksamkeiten zu verschonen. Jessie hatte den Vortrag mitangehört, der ihm gehalten worden war, und jedesmal, wenn sie wieder daran dachte, griente sie. Seit sie Clive kannte, hatte sie ihn nur dieses eine Mal erröten sehen.

Wenn er sich ihr näherte und sie zu Späßen aufgelegt war, drohte sie ihm ab und zu damit, ihn bei Tudi zu verpetzen.

»Jess, solltest du dich nicht hinlegen?« rief er aus der Wanne.

Es nutzte ihr nicht das geringste, Einwände zu erheben. Wenn sie sich nicht von allein hinlegte, würde er ganz einfach aus der Wanne steigen, sie hochheben und sie aufs Bett legen. Das konnte zwar manchmal interessant werden, doch im Moment gab sie sich vollauf damit zufrieden, ihm beim Baden zuzusehen.

Jessie streckte sich fügsam auf dem Bett aus und legte die Hand auf ihren Bauch, als sie zusah, wie er sich die Arme kräftig einseifte. »Ich habe nachgedacht«, setzte sie an, als er sich das Gesicht wusch.

»Ich habe dich nicht gehört.«

»Ich habe gesagt, daß ich nachgedacht habe«, sagte sie noch einmal lauter.

»Ich wünschte, das könntest du bleiben lassen.«

»Ach, du!« Jessie schnappte sich das Kissen unter ihrem Kopf und warf es nach ihm. »Ganz im Ernst, Clive.«

»Ganz im Ernst, Jess«, wiederholte er und verulkte sie mit einem Lächeln, als er aufstand, sich ein Handtuch um die Hüften wikkelte, zu ihr kam und sich neben sie auf das Bett setzte. Er legte seine Hand auf ihren prallen Bauch, und sie führte sie dorthin, wo er spüren konnte, wie das Kind herumzappelte, als würde es Purzelbäume schlagen. »Und worüber hast du diesmal nachgedacht?«

»Wenn es ein Junge ist, dann weiß ich, wie wir ihn nennen werden.«

»Was?« Er riß die Augen auf, als das Baby gegen seine Hand trat. Als sie ihm ins Gesicht sah, spürte Jessie, wie ihm ihr Herz entgegenflog.

»Stuart«, antwortete sie und griente hinterlistig.

Clive sah sie an, stöhnte, lachte und beugte sich herunter, um sie zu küssen. »Du machst wohl Witze.«

Sie machte keine Witze, aber ein guter Witz war es doch, und sie machten ihn wahr: sie nannten den Jungen Stuart Clive.